Jane Shemilt

Una famiglia quasi perfetta
Un delitto quasi perfetto
Una casa troppo tranquilla

Newton Compton editori

SUPER INSUPERABILI

152

Titolo originale: *Daughter*
Copyright © Jane Shemilt 2014
Traduzione dall'inglese di Daniela Di Falco

Titolo originale: *The Drowning Lesson*
Copyright © Jane Shemilt, 2015
Traduzione dall'inglese di Alice Crocella

Titolo originale: *How Far We Fall*
Copyright © Jane Shemilt, 2018
Traduzione dall'inglese di Lucilla Rodinò

Prima edizione in questa collana: marzo 2019

www.newtoncompton.com

Stampato nel marzo 2019 da Puntoweb s.r.l., Ariccia (Roma)

UNA FAMIGLIA QUASI PERFETTA

PARTE PRIMA

Capitolo 1

Dorset 2010. Un anno dopo

Le giornate si accorciano. Sul prato sono sparse le mele cadute, la polpa beccata dai corvi. Oggi, prendendo dei ciocchi dalla catasta al riparo del tetto, ne ho calpestata una già rammollita; si è sfatta sotto il mio piede.

Novembre.

Ho sempre freddo, ma lei potrebbe averne di più. Perché dovrei cercare di star bene? Come potrei?

Quando scende la sera, il cane comincia a tremare. La stanza si oscura; accendo il fuoco e la fiamma mi chiama a sé, mentre i rimpianti tornano a divampare, bruciando e sibilando nella mia testa.

Se solo. Se solo avessi ascoltato. Se solo avessi prestato attenzione. Se solo potessi ricominciare daccapo, esattamente un anno fa.

L'album da disegno rilegato in pelle che mi ha regalato Michael è sul tavolo, e nella tasca della vestaglia c'è un mozzicone mordicchiato di matita rossa; ha detto che mi avrebbe aiutato a disegnare il passato. Ho già in mente le immagini: un bisturi in equilibrio fra dita tremanti, una ballerina di plastica che piroetta in cerchi infiniti, appunti impilati con cura su un comodino nel buio.

Ho scritto il nome di mia figlia sulla prima pagina bianca e sotto ho tratteggiato due scarpe nere con i tacchi alti rovesciate su un fianco, i lunghi cinturini ingarbugliati fra loro. Naomi.

Bristol 2009. Un giorno prima

Stava ondeggiando al ritmo della musica del suo iPod e non si accorse subito di me. La sciarpa arancione avvolta intorno al collo, i libri di scuola sparsi ovunque. Chiusi la porta di servizio senza far rumore e posai adagio la borsa sul pavimento; era piena di appunti, il mio stetoscopio, siringhe, boccette e scatole di farmaci.

Era stata una lunga giornata: due ambulatori, visite domiciliari e le solite scartoffie burocratiche. Appoggiata contro la porta della cucina, osservai mia figlia, ma era un'altra la ragazza che vedevo con gli occhi della mente. Jade, distesa su un letto con le braccia piene di lividi.

Quella visione è stato il mio peperoncino nell'occhio. Spruzzano succo di peperoncino nell'occhio dell'elefante quando gli medicano una zampa ferita: serve a distrarlo. Me l'ha detto Theo tempo fa. Allora non avevo creduto che potesse funzionare, ma avrei dovuto prenderlo come un avvertimento. È più facile di quanto si pensi perdere di vista ciò che conta.

Mentre osservavo Naomi, immaginai di disegnarne la curva delle guance in quel suo intimo sorriso. Le avrei delineate con una sfumatura più tenue per via della luce catturata dalla pelle. A ogni passo la frangetta bionda sobbalzava delicatamente contro la fronte. Quando si sollevava, gocce di sudore luccicavano lungo l'attaccatura dei capelli. Si era tirata su le maniche della maglia della scuola; il braccialetto con i ciondoli scorreva su e giù, su e giù sulla pelle liscia del braccio, quasi sfuggendole dal polso. Ero contenta di vedere che lo indossava; credevo l'avesse perso anni prima.

«Mamma! Non ti avevo vista. Che ne pensi?». Si sfilò le cuffie e mi guardò.

«Vorrei poter ballare così…».

Mi feci avanti e sfiorai con un bacio il colorito roseo e vellutato della guancia, respirando il suo odore: saponetta al limone e sudore.

Tirò indietro di scatto la testa, e si chinò a raccogliere i libri con un movimento brusco che aveva in sé una grazia inconsapevole, ancora acerba. «No, intendevo le scarpe. Guardale», disse in tono insofferente.

Dovevano essere nuove. Nere, tacchi vertiginosi, con cinturini di pelle che le fasciavano i piedi e si avvolgevano saldamente intorno ai polpacci snelli; stonavano addosso a lei. Di solito portava delle ballerine in pelle colorata o delle Converse.

«I tacchi sono incredibilmente alti». Persino io notai il tono di critica nella mia voce, così cercai di buttarla sul ridere. «Non come le tue solite…».

«Per niente, vero?». Era trionfante. «Totalmente diverse».

«Saranno costate un sacco di soldi. Non avevi già speso tutta la paghetta?»

«Sono così comode. Proprio della misura giusta». Come se non riuscisse a credere alla propria fortuna.

«Non puoi metterle per uscire, tesoro. Sono esagerate».

«Sei invidiosa, confessa. Le vuoi tu». Mi guardò con un mezzo sorrisetto che non le avevo mai visto prima.

«Naomi...».

«Be', non le avrai. Sono innamorata di queste scarpe. Le amo quasi quanto Bertie». Così dicendo si allungò ad accarezzare il cane. Poi, con un ampio sbadiglio, si avviò lentamente su per le scale. Le scarpe pestarono ogni gradino con un secco rumore metallico, come piccoli martelli.

Si era defilata. La mia domanda era rimasta sospesa, senza risposta, nell'aria calda della cucina.

Mi versai un bicchiere del vino di Ted. Naomi di solito non rispondeva in modo impertinente né si allontanava mentre le stavo parlando. Riposi la borsa medica e gli appunti in un angolo del guardaroba e cominciai a girare per la cucina, sistemando le cose fuori posto. Mi diceva sempre tutto. Mentre appendevo la sua giacca, la forza dell'alcol cominciò a sgombrarmi la mente; rientrava nell'accordo, ed era una parte che avevo valutato attentamente molto tempo prima. Niente di più semplice: facevo il lavoro che amavo e guadagnavo bene, ma questo significava essere a casa meno di altre madri. Il bonus era che lasciava spazio ai ragazzi. Stavano crescendo in modo autonomo, ed era quel che avevamo sempre voluto per loro.

Presi le patate dalla credenza. Erano coperte da piccoli grumi di terra, così le sciacquai sotto il rubinetto. A pensarci bene, però, erano mesi che evitava una conversazione vera e propria. Ted mi avrebbe tranquillizzata. È un'adolescente, avrebbe detto, sta crescendo. L'acqua fredda mi aveva ghiacciato le mani; chiusi il rubinetto. Sta crescendo o si sta allontanando? È preoccupata o introversa? Le domande mi ronzavano nella mente mentre frugavo nel cassetto in cerca dello sbucciapatate. L'estate prima avevo visitato un'adolescente con crisi d'ansia: aveva inciso con cura diverse linee rosse nella pelle delicata dei polsi. Scossi la testa per scacciare quell'immagine. Naomi non era depressa. C'era quel nuovo sorriso a compensare l'inquietudine. Il suo coinvolgimento nello spettacolo a compensare i silenzi a casa. Se sembrava preoccupata era perché adesso era più grande, più riflessiva. La recitazione l'aveva fatta maturare. L'estate prima aveva lavorato con Ted nel laboratorio e aveva cominciato a interessarsi alla medicina. Mentre cominciavo a sbucciare le patate, pensai che quella sicurezza di sé da poco scoperta avrebbe potuto essere la chiave del successo nei colloqui futuri. Forse avrei dovuto esserne felice. Il ruolo di protagonista nella recita scolastica avrebbe anche aumentato le sue possibilità di ottenere un posto presso la facoltà di medicina. Gli esaminatori apprezzavano che gli studenti avessero interessi al di fuori del corso di studi: serviva a controbilanciare il carico di lavoro per diventare dottore. La mia valvola di sfogo era dipingere, eliminava lo stress della medicina generica. Aperto di nuovo il rubinetto, osservai l'acqua roteare in vortici di fanghiglia e scomparire nello scarico. Avevo quasi finito il ritratto di Naomi e in quel momento sentii il richiamo dei pennelli. Ogni volta che dipingevo ero in un mondo differente; ogni preoccupazione svaniva. Il cavalletto era a poche rampe di scale, in mansarda, e avrei voluto rifugiarmi lì più spesso. Buttai le bucce delle patate nella pattumiera e tirai fuori le salsicce dal frigo. Il piatto preferito di Theo da quando ha mosso i primi passi: salsicce e purè. Con Naomi avrei parlato l'indomani.

Più tardi Ted mi telefonò per dire che era stato trattenuto in ospedale. I gemelli tornarono a casa affamati come lupi. Ed alzò una mano in un accenno di saluto e salì di sopra con una pila di sandwich. Sentii la porta della camera chiudersi alle sue spalle e lo immaginai accendere la musica, buttarsi sul letto con un sandwich in mano, chiudere gli occhi. Ricordai come funzionava quando avevi diciassette anni: speravi che nessuno bussasse alla tua porta o, peggio ancora, entrasse a parlare con te. Theo, il volto pallido acceso di lentiggini, snocciolò i trionfi della giornata mentre sgranocchiava biscotti, uno dopo l'altro, dando fondo al barattolo. Naomi scese in cucina, sul collo le ciocche di capelli ancora umidi. Le infilai in fretta qualche sandwich nello zaino prima che uscisse, poi rimasi sulla soglia per alcuni minuti, ascoltando il rumore dei suoi passi percorrere lentamente la strada, sempre più lontani. Il teatro della scuola era nella traversa successiva, ma Naomi arrivava sempre in ritardo. Adesso aveva smesso di correre dappertutto; la recita stava assorbendo tutte le sue energie.

«Benché solo quindicenne, la Maria di Naomi Malcolm è più matura della sua età». «Naomi mescola innocenza e sensualità in una affascinante interpretazione di Maria; è nata una stella». Valeva la pena sentirsi stanca e tesa se erano queste le recensioni pubblicate sul sito della scuola. Ancora altri due spettacoli dopo questo: giovedì e venerdì. Presto saremmo tornati tutti alla normalità.

Dorset 2010. Un anno dopo

So che oggi è venerdì perché sento arrivare la signora della pescheria. Mi accovaccio sotto le scale mentre il furgone accosta e si ferma davanti a casa, la sagoma bianca indistinta oltre il vecchio vetro della porta. La donna suona il campanello e aspetta, una figura tarchiata e speranzosa, la testa che ondeggia mentre sbircia dalle finestre. Se mi vede dovrò aprire la porta, mettere insieme delle parole, sorridere. Oggi nulla di tutto questo è possibile. Un piccolo ragno mi si arrampica sulla mano. Abbasso ancora di più la testa, respiro la polvere del tappeto e dopo un po' il furgone si allontana rombando lungo il vialetto. È un giorno da passare in solitudine. Ogni venerdì sto male, è ancora così. Resto nascosta e aspetto che passino le ore.

Bristol 2009. La sera della scomparsa

Mi inginocchiai sul pavimento della cucina e aprii la borsa medica per spuntare da una lista i farmaci rimasti e capire cosa mi serviva. Un lavoro che mi risultava più facile fuori dallo studio; c'erano meno interruzioni se sceglievo il momento giusto. Ero intenta a frugare nelle profondità delle tasche di pelle, così non mi accorsi che lei era entrata in cucina senza far rumore. Passò dietro di me e la busta che reggeva in mano mi urtò la spalla. Alzai lo sguardo, tenendo il segno sulla lista; stavo esaurendo le scorte di paracetamolo e di petidina. Naomi mi guardò, gli occhi azzurri velati di pensieri. Nonostante il pesante trucco di scena in vista dello spettacolo, notai le occhiaie scure. Sembrava esausta. Quello non era il momento per farle le domande che avevo in mente.

«Hai quasi finito, tesoro. Questo è il penultimo spettacolo», le dissi con fare incoraggiante.

La busta traboccava di indumenti; i tacchi delle scarpe avevano forato la plastica.

«Domani papà e io saremo lì». Mi sedetti sui talloni e la guardai, studiando il suo viso. L'eyeliner nero la faceva apparire più vecchia dei suoi quindici anni. «Sono curiosa di vedere se è cambiato qualcosa dalla prima rappresentazione».

Mi guardò senza battere ciglio e poi mi regalò il suo nuovo sorriso, sollevando solo un angolo della bocca come se stesse sorridendo fra sé.

«A che ora torni?». Rinunciai al mio inventario e mi alzai in piedi a malincuore; non riuscivo mai a finire quel che avevo cominciato. «È giovedì. Di solito ti viene a prendere papà il giovedì».

«Gli ho già detto di non preoccuparsi secoli fa. Preferisco fare quattro passi con gli amici». Mi parve seccata. «La cena finirà verso mezzanotte. Mi darà un passaggio Shan».

«Mezzanotte?». Ma se era già stanca. Mio malgrado, alzai la voce. «Domani avrai di nuovo lo spettacolo, e subito dopo la festa. È solo una cena. Dieci e mezza».

«Non è nemmeno lontanamente sufficiente. Perché devo sempre essere diversa da tutti gli altri?». Cominciò a tamburellare le dita sul tavolo; l'anellino che le aveva regalato qualche ragazzo della scuola scintillò alla luce.

«Allora alle undici».

Mi fissò. «Non sono una bambina». La rabbia nella sua voce mi colse di sorpresa.

Non potevamo discutere per tutta la sera. Presto sarebbe andata in scena e aveva bisogno di calma, e io dovevo finire di controllare i farmaci prima di preparare la cena.

«Undici e mezza. Non un secondo di più».

Scrollò le spalle e si girò, chinandosi su Bertie, lungo disteso a pisolare vicino alla stufa. Gli diede un bacio sulla testa e gli tirò delicatamente le orecchie morbide; Bertie si limitò a battere la coda sul pavimento.

Le posai la mano sul braccio. «È vecchio, amore. Ha bisogno di riposare».

Si liberò della mia mano con uno strattone, il viso teso.

«Rilassati, è tutto ok. Stai riscuotendo grande successo, ricordi?». Le diedi un rapido abbraccio ma lei girò la faccia dall'altra parte. «Manca un solo giorno».

Squillò il suo cellulare e Naomi si ritrasse dall'abbraccio, posando la mano sullo scolatoio mentre rispondeva. Osservai le dita lunghe, coperte da minuscole lentiggini fino alla seconda nocca, color oro pallido, come zucchero di canna grezzo. Le unghie erano mordicchiate come quelle di una bambina, in netto contrasto con l'anello grazioso. Le presi la mano fra le mie e la sfiorai con un bacio. Stava parlando con Nikita; credo che non se ne sia nemmeno accorta. Era ancora abbastanza ragazzina da avere le fossette sulle nocche delle dita: le sentii sotto le labbra. La telefonata finì e lei si girò per andarsene, un cenno di saluto sulla porta, il suo modo per compensare l'atteggiamento scostante di poco prima.

«Ciao, mamma», disse.

Più tardi mi addormentai per sbaglio. Avevo messo su il bollitore per la sua borsa dell'acqua calda verso le undici, e mi ero sdraiata sul divano ad aspettare; dovevo essermi appisolata quasi subito. Mi svegliai con il collo dolorante e la bocca amara. Mi alzai, mi sistemai il pullover e andai a controllare il bollitore.

Il metallo era freddo. Guardai l'orologio. Le due del mattino. Non l'avevo sentita rientrare. Provai un senso di nausea. Non aveva mai fatto così tardi. Cos'era successo? Il sangue mi pulsò dolorosamente nelle orecchie per un istante finché il buonsenso prese il sopravvento. Di certo si era infilata in casa dalla porta principale ed era andata dritta a letto. Addormentata in cucina nel seminterrato, non avevo sentito chiudere la porta. Doveva essersi tolta le scarpe sotto il portico ed era salita in punta di piedi con aria colpevole, senza far rumore, era passata davanti alla nostra camera e aveva proseguito verso la sua, al secondo piano. Mi stiracchiai, in attesa che l'acqua del bollitore fosse pronta; poteva ancora avere la sua borsa bella calda. L'avrei avvolta in un panno e infilata nel letto accanto a lei; per quanto assonnata, ne avrebbe apprezzato il tepore.

Salii in silenzio al piano di sopra. Mentre passavo davanti alle stanze dei ragazzi, Ed russò all'improvviso, facendomi sussultare. Un'altra rampa fino alla camera di Naomi. La porta era socchiusa, entrai senza far rumore. All'interno il buio era completo e l'aria sapeva di chiuso, con una nota di shampoo alla fragola e un altro aroma di fondo, con l'amaro degli agrumi. Andai a tentoni fino al cassettone, tirai fuori una camicia e la avvolsi intorno alla borsa dell'acqua calda. Avanzai cautamente verso il letto, incespicando tra gli indumenti sparsi a terra. Tastai la coperta per sollevarne un lembo senza scoprire il corpo, ma le mie mani toccarono una superficie piatta e liscia.

Il letto era vuoto.

Accesi di scatto la luce. Collant penzolavano fuori dai cassetti aperti, asciugamani e scarpe disseminati sul pavimento. Sul comodino, un perizoma buttato sopra un reggiseno rosso di pizzo, sulla sedia un reggiseno nero a balconcino. Non riconobbi nessuno di quei capi; forse qualche sua amica era venuta a cambiarsi qui? Di solito Naomi era così ordinata. Un flacone di fondotinta si era rovesciato sulla toletta, e uno stick di rossetto giaceva nella piccola pozza beige. Il pullover grigio della scuola era abbandonato sul pavimento, sfilato in tutta fretta insieme alla camicia bianca.

La coperta del letto era leggermente incavata dove si era evidentemente seduta, ma il cuscino era intatto.

L'ansia mi attanagliò la bocca dello stomaco. Mi appoggiai alla parete, ne sentii il freddo percorrermi il braccio e annidarsi nel petto. E poi mi arrivò il rumore della porta d'ingresso che si richiudeva due piani più sotto.

Dio, ti ringrazio.

Misi la borsa dell'acqua calda sotto il piumone, abbastanza in fondo per creare un posticino accogliente per i piedi. Doveva averli freddi, con quelle scarpe leggere. Poi mi precipitai giù, incurante del rumore che facevo. Non mi sarei arrabbiata, non questa sera. L'avrei accolta con un bacio, avrei preso in consegna la giacca e l'avrei spedita su in camera. Per arrabbiarsi c'era tempo l'indomani. I miei passi rallentarono appena girai l'angolo delle scale e Ted si presentò alla vista. Ted, non Naomi. Alzò lo sguardo verso di me. Aveva ancora il cappotto e la valigetta era posata a terra.

«Non è tornata». Ero senza fiato, le parole mi uscirono a fatica di bocca. «Pensavo fosse lei, adesso».

«Cosa?». Sembrava sfinito, con le spalle curve e due occhiaie profonde.

«Naomi non è ancora rientrata». Gli andai vicino. Emanava un lieve odore di bruciato, di certo riconducibile al calore sfrigolante del bisturi diatermico mentre coagulava i vasi sanguigni recisi. Quindi veniva direttamente dalla sala operatoria.

I suoi occhi, azzurro mare come quelli di Naomi, mi fissarono perplessi. «La rappresentazione finiva alle nove e mezza, no?». Un'espressione di panico gli attraversò il volto. «Gesù, è giovedì».

Si era dimenticato che Naomi lo aveva esentato dall'andare a prenderla il giovedì sera, ma in ogni caso non sapeva mai cosa stesse accadendo nelle vite dei suoi figli. Non chiedeva mai niente. Sentii la rabbia montare lentamente dentro di me.

«Torna a piedi insieme agli amici. Ti aveva avvertito».

«Certo che me l'ha detto. Me ne ero scordato. Tutto a posto, allora». Parve sollevato.

«Ma stasera era diverso». Come poteva essere così tranquillo quando il mio cuore martellava come impazzito per l'ansia? «Andava fuori a cena con il cast».

«Non posso tenere tutto a mente», rispose con una scrollata di spalle. «Quindi è fuori con i suoi amici. Forse si stanno divertendo talmente tanto che hanno deciso di trattenersi oltre».

«Ted, sono le due passate...». Il sangue mi affluì alle guance in un misto di panico e rabbia. Senza dubbio si rese conto che c'era qualcosa di diverso, di strano.

«Così tardi? Diamine, scusa. L'intervento si è prolungato più del dovuto. Speravo di trovarti già addormentata». Aprì le mani in un gesto di scusa.

«Dove accidenti è?». Lo fissai, alzando la voce. «Non si comporta mai così. Mi avvisa sempre, anche se è in ritardo di soli cinque minuti». Appena lo ebbi detto, mi accorsi che non lo faceva da tempo, ma in ogni caso non aveva mai fatto così tardi. «C'è uno stupratore a Bristol, l'hanno detto al notiziario...».

«Calmati, Jen. Con chi è, esattamente?». Abbassò lo sguardo su di me e lessi una certa riluttanza nei suoi occhi. Non ci voleva un imprevisto del genere: l'unico suo desiderio era andare a letto.

«Con gli amici dello spettacolo. Nikita, tutti gli altri. Era solo una cena, non una festa».

«Forse dopo sono andati in qualche locale».

«Non l'avrebbero mai fatta entrare». Aveva ancora le guance paffute, il viso di una quindicenne; a volte sembrava anche più giovane, specialmente quando era stanca. «Non ha l'età».

«Ma è quel che fanno tutti». La voce di Ted era pesante di stanchezza. Si appoggiò in tutta la sua altezza contro la parete dell'ingresso. «Hanno carte d'identità false. Ricordi quando Theo...».

«Non Naomi». Poi ricordai le scarpe, quel nuovo sorriso. Un locale notturno? Possibile?

«Diamole un po' più di tempo», riprese in tono pacato. «Voglio dire, non c'è niente di strano: è ancora presto, se ti stai divertendo. Aspettiamo fino alle due e mezza».

«E poi?»

«Probabilmente sarà tornata». Si staccò dalla parete e, passandosi le mani sulla faccia, si avviò verso i gradini in fondo all'ingresso che portavano alla cucina. «Altrimenti, telefoneremo a Shan. Tu hai già chiamato Naomi, ovviamente?».

No. Solo Dio sa perché. Non avevo nemmeno controllato se c'erano SMS. Tastai la tasca in cerca del telefono, ma non era lì. «Dove accidenti è finito il mio cellulare?».

Spinsi da parte Ted e mi precipitai giù per le scale. Doveva essere scivolato fuori, mezzo nascosto com'era sotto un cuscino sgualcito sul divano. Lo afferrai. Nessun SMS. Pestai il suo numero sulla tastiera.

"Ciao, qui Naomi. Mi spiace, ma in questo momento sono impegnata in qualcosa di incredibilmente importante. Ma… uhm… lasciami il numero e ti richiamerò. Promesso. Ciao!".

Scossi la testa, incapace di dire una cosa qualsiasi.

«Ho bisogno di un drink». Ted si diresse con passo stanco verso il mobile bar. Versò due whisky e me ne offrì uno. Sentii l'alcol bruciarmi la gola e scendere lungo l'esofago.

Le due e un quarto. Ancora quindici minuti, poi avremmo chiamato Shan.

Non volevo aspettare. Volevo uscire di casa. Percorrere l'intero tragitto fino al teatro della scuola, spalancare le porte e gridare il suo nome nell'aria polverosa. Se non fosse stata lì, allora sarei corsa giù per la via principale, oltre l'università, avrei fatto irruzione in tutti i locali notturni facendomi largo tra i buttafuori, e avrei urlato alla calca sulla pista da ballo…

«C'è qualcosa da mangiare?»

«Come?»

«Jenny, ho passato la notte in sala operatoria. Ho saltato la cena alla mensa. C'è qualcosa da mangiare?».

Aprii il frigo e guardai dentro. Non riuscii a mettere a fuoco nulla. Forme squadrate e rettangolari. Le mie mani trovarono burro e formaggio. I pezzi di burro freddo strappavano la mollica. Ted mi tolse il pane dalle dita senza dire niente. Si preparò un sandwich ineccepibile e tagliò via la crosta.

Mentre mangiava, trovai il numero di Nikita su un Post-it rosa appiccicato sulla lavagnetta di sughero sopra la credenza. Anche lei non rispose. Il cellulare doveva essere nella borsa, che aveva spinto sotto il tavolo per poter ballare nel locale in cui erano riuscite a entrare. Tutti gli altri volevano andare a casa, tutti i loro amici erano appoggiati alla parete, sbadigliavano, ma Naomi e Nikita continuavano imperterrite a ballare, a divertirsi. Nessuno avrebbe sentito il telefono di Nikita squillare nella borsa sotto il tavolo. Anche Shan doveva essere sveglia, in attesa della figlia. Era passato solo un anno da quando aveva divorziato da Neil; aspettare da sola doveva essere ancora peggio.

Le due e mezza.

Digitai il numero di Shan e, in attesa che rispondesse, ricordai quel che mi aveva detto una settimana prima, che Nikita parlava ancora di tutto con lei – e la fitta di gelosia che avevo provato. Naomi non si apriva più con me. In quel momento fui contenta che Nikita si confidasse ancora con la madre. Shan avrebbe saputo con esattezza dove passarle a prendere.

Rispose una voce assonnata. Doveva essersi addormentata, come me.

«Ciao, Shan». Mi sforzai di mantenere un tono di voce normale. «Scusami tanto se ti ho svegliata. Hai idea di dove siano? Le andiamo a prendere noi, ma il problema è…». Feci una pausa e provai a ridere. «Naomi si è dimenticata di dirmi dove sarebbero andate».

«Aspetta un momento». La immaginai mentre si drizzava a sedere, si passava una mano fra i capelli, sbatteva le palpebre per mettere a fuoco le cifre sulla sveglia sul comodino. «Puoi ripetere?».

Inspirai e cercai di parlare lentamente.

«Naomi non è ancora rientrata. Devono essere andate da qualche parte dopo la cena. Nikita ti ha detto dove?»

«La cena è domani, Jen».

«No, domani c'è la festa».

«Tutte e due domani. Nikita è qui. È esausta; sta dormendo da quando l'ho riportata a casa ore fa».

«Ore fa?», ripetei stupidamente.

«Sono passata a prenderla subito dopo lo spettacolo». Ci fu una breve pausa, poi aggiunse a voce bassa: «Non c'era alcuna cena».

«Ma Naomi mi ha detto che c'era». Avevo la bocca secca. «Si è portata le scarpe nuove. Ha detto…».

Continuai a farfugliare con l'ostinazione di un bambino che vuole qualcosa che non può avere. Aveva preso le scarpe e la busta di indumenti di ricambio. Com'era possibile che non fosse prevista una cena? Di certo Shan si sbagliava; forse Nikita non era stata invitata. Seguì una pausa ancora più lunga.

«Ora chiedo a Nikita», disse. «Ti richiamo fra un minuto».

Ero rimasta fuori da un cancello che si era appena chiuso con un *clic*. Al di là c'era un luogo dove i figli dormivano al sicuro, abbandonati fiduciosamente tra le lenzuola; un luogo dove non telefonavi a un'amica alle due e mezza del mattino.

Le sedie della cucina erano fredde e dure. Il volto di Ted era sbiancato. Continuava a scrocchiare le dita. Avrei voluto dirgli di smetterla, ma se avessi aperto la bocca avrei cominciato a urlare. Afferrai subito il telefono al primo squillo e sulle prime non dissi nulla.

«Non c'era nessuna cena, Jenny». La voce di Shan era leggermente ansimante. «Sono andati tutti a casa. Mi dispiace».

Un debole ronzio cominciò a vibrarmi nella testa, e riempì il silenzio che perdurò dopo le sue parole. Fui colta da un senso di vertigine, come se stessi cadendo in avanti, o il mondo si stesse rovesciando indietro. Mi aggrappai saldamente al bordo del tavolo.

«Posso parlare con Nikita?».

Nel minuscolo spazio di tempo che seguì alla mia domanda, potei misurare quanto mi fossi allontanata dal cancello che si era chiuso con un *clic* alle mie spalle. Shan sembrò esitare.

«È tornata a dormire».

Dormire? Che importanza poteva avere? Nikita era là, al sicuro. Noi non avevamo idea di dove fosse nostra figlia. Un'ondata di rabbia stava per frangersi sulla mia paura.

«Se Nikita sa qualcosa, qualsiasi cosa noi ignoriamo, e Naomi fosse in pericolo…». Mi si serrò la gola. Ted mi prese il telefono di mano.

«Salve, Shania». Pausa. «Capisco che possa essere penoso per Nikita…». Il tono era calmo ma con una nota autoritaria. Era esattamente il modo in cui si rivolgeva ai giovani medici della sua équipe se lo interpellavano riguardo un problema neurochirurgico. «Se Naomi non rientra al più presto, dovremo chiamare la polizia. Più informazioni ci date…». Un'altra pausa. «Grazie. Sì. Saremo lì fra qualche minuto».

I ragazzi dormivano nelle loro stanze. Mi chinai nell'alone caldo di respiro intorno alle loro teste. Theo si era rintanato sotto il piumone; i capelli spuntavano come una gorgiera dal bordo imbottito, duri sotto le mie labbra. La frangia nera di Ed era umida; persino nel sonno le sopracciglia si inarcavano come le ali di un merlo. Mentre mi tiravo su, intravidi la mia immagine riflessa nello specchio. La faccia, illuminata dalla luce del lampione che filtrava dalla finestra, sembrava appartenere a una donna molto più vecchia. I capelli neri e informi. Li sistemai alla meno peggio con la spazzola di Ed.

Quando arrivammo nei pressi del teatro della scuola, Ted accostò e spense il motore. Scendemmo dalla macchina.

Non so perché. Ancora non so perché sentimmo il bisogno di controllare. Pensavamo davvero che potessi essere lì, raggomitolata sul palco a dormire? Che ti avremmo svegliata e tu ci avresti sorriso, stiracchiandoti come un gatto, assonnata e indolenzita, scusandoti per averci messo troppo tempo a cambiarti d'abito? Che ti avremmo presa fra le braccia e riportata a casa?

Le porte a vetri erano chiuse. Ondeggiarono lievemente quando tirai le maniglie. Nel foyer era accesa la luce notturna e le bottiglie scintillavano in file ordinate dietro il bancone del bar. Sul pavimento oltre la porta, c'era un depliant giallo e rosso del programma, mezzo strappato; riuscii a distinguere i caratteri rossi di "West" e "Story" riportati su righe distinte, e parte dell'immagine di una ragazza con una gonna a ruota blu.

Per quanto stanco, Ted stava guidando con prudenza. Aveva premuto il pulsante del cruscotto che faceva riscaldare il mio sedile. Cominciai a sudare, e un senso di nausea sembrò levarsi direttamente dalla tappezzeria in pelle. Gettai uno sguardo a Ted. Era bravo. Davvero bravo a ostentare quell'espressione seria ma non disperata. Quando Naomi aveva dato segni di sofferenza durante il parto, la calma di Ted aveva annullato il mio panico. Aveva predisposto l'epidurale per il taglio cesareo, ed era lì con me quando avevano sollevato in aria il suo corpicino macchiato di sangue. Non avrei dovuto pensarci in quel momento. Guardai subito fuori dal finestrino. Le strade erano lucenti e deserte. Una pioggerella fine aveva cominciato ad appannare i vetri. Com'era vestita? Non riuscivo a ricordare. L'impermeabile? E la sciarpa? Alzai lo sguardo verso gli alberi a lato della strada come se la sciarpa arancione potesse essere lì, aggrovigliata fra i rami scuri e lucidi di pioggia.

Ted bussò con decisione alla porta di Shania. La notte era immobile e silenziosa, ma se fosse passato qualcuno in macchina avrebbe visto una coppia come tante altre. Cappotti caldi e scarpe tirate a lucido, mentre aspettavamo in silenzio, le teste chine sotto la pioggia. Probabilmente avevamo un'aria del tutto normale.

Shania aveva un'espressione di circostanza, calma e seria mentre ci abbracciava. Faceva caldo a casa sua; nel salotto ordinato era accesa la stufa a gas. Nikita era rannicchiata sul divano, curva sul cuscino che si stringeva al petto, le lunghe gambe nel pigiama decorato con dei coniglietti ripiegate sotto di lei. Le sorrisi, ma sentii la bocca tirarsi a fatica e tremare agli angoli. Shan si sedette accanto alla figlia, noi di fronte a loro. Ted mi prese la mano.

«Ted e Jenny vogliono farti qualche domanda su Naomi, piccola». Shania passò il braccio intorno alle spalle di Nikita, che abbassò lo sguardo cominciando ad attorcigliare una ciocca di capelli neri fra le dita.

Mi andai a sedere dall'altro lato di Nikita, che si ritrasse impercettibilmente. Mi sforzai di parlare in tono gentile.

«Dov'è, Nik?»

«Non lo so». Nascose la faccia nel cuscino. La voce uscì soffocata. «Non lo so, non lo so, non lo so».

Gli occhi di Shania incontrarono i miei sopra la testa della figlia.

«Comincio io, allora», disse Shan. «Dirò a Jenny quel che hai detto a me». Nikita annuì. La madre continuò: «Naomi ha detto a Nikita che doveva incontrare qualcuno, un uomo, dopo lo spettacolo».

«Un uomo?». La voce di Ted mi mozzò il respiro. «Quale uomo?». Pronunciata da lui, la parola assunse una nota di pericolo. Non un ragazzo. Qualcuno più grande. Il mio cuore iniziò a battere talmente forte che ebbi paura che Nikita potesse sentirlo e rifiutarsi di raccontarci tutto.

«Ha detto…», cominciò Nikita, esitando. «Ha detto che aveva conosciuto uno. Un tipo arrapante».

Scavallai le gambe e mi girai per guardarla bene in faccia. «Arrapante? Naomi ha detto così?»

«È tutto ok, vero? Siete stati voi a chiedermelo». Nikita aggrottò la fronte, gli occhi pieni di lacrime.

«Naturalmente», risposi.

Ma non era affatto ok. Non avevo mai sentito Naomi usare quella parola. Avevamo parlato di sesso, ma nonostante frugassi disperatamente nella memoria, non riuscii a ricordare quando. Rapporti, sesso e contraccezione – Naomi non sembrava interessata. Oppure sì? Cosa mi era sfuggito?

«Lui è… lei…». Brancolai in una foresta di possibilità. «È uno della scuola?».

Nikita scosse la testa. Intervenne Ted, con incurante leggerezza, come se non fosse importante.

«Questo tipo. Deve averlo conosciuto prima di stasera...».

Nikita incurvò impercettibilmente le spalle e smise di giocherellare con i capelli. La calma di Ted stava funzionando, ma provai una fitta di invidia al pensiero che gli riuscisse così facile. Io riuscivo a stento a non far tremare la voce.

«Sì. Mi sembra di averlo visto a teatro, qualche volta». Abbassò lo sguardo. «Sul retro».

«Sul retro?», ripeté Ted, in tono vagamente indagatore.

«Sì. Dove la gente aspettava. Forse». Nikita alzò gli occhi e vi lessi una certa riluttanza. «Non l'ho visto, in realtà».

«Che aspetto aveva?», domandai in fretta.

«Non lo so». Evitò di guardarmi. Pausa. «Forse aveva i capelli neri?».

Si spostò più vicino alla madre e chiuse gli occhi. Pensai che non ci avrebbe detto altro, ma Ted le fece un'altra domanda.

«E stasera? Cosa ti ha detto di stasera?».

Silenzio. Nikita rimase completamente immobile. Poi Shan si alzò. «Adesso è stanca», disse con voce ferma. «Ha bisogno di dormire».

«Dimmelo, Nikita, ti prego». Le sfiorai appena il braccio. «Ti prego, ti prego, di' cosa ti ha detto».

Allora mi guardò, gli occhi scuri spalancati per la sorpresa. La madre della sua migliore amica era una figura lontana e indaffarata: cordiale, che entrava e usciva di casa. Sempre concentrata sulla propria vita e sulla famiglia. Non una che implorava.

«Ha detto», esitò per una frazione di secondo, «ha detto "Augurami buona fortuna"».

Capitolo 2

Dorset 2010. Un anno dopo

L'autunno s'incupisce nell'inverno. Al mattino, il freddo del silenzio preme contro il mio viso.

Ascolto, anche se non so bene cosa mi aspetto di sentire. Ormai dovrei essermi abituata all'assenza dei suoni che davo per scontati: i passi ovattati di piedi nudi, il bollitore lontano, il mormorio di voci alla radio e il tintinnio di porcellana delle tazzine da caffè sul bordo della vasca da bagno. I rumori che fa una persona sola sono sommessi, accorti, distinti. Si disperdono nel silenzio. Apro la finestra e il respiro del mare che si frange dolcemente entra nella stanza come qualcosa di vivo.

Passando, sfioro la porta della sua camera. Ha scelto questa stanza quando era piccola. Non è mai stata realmente la sua camera, perché fino a pochi mesi fa questa era solo la nostra casa per le vacanze, ma tutti la consideravamo la sua stanza. Da bambina, le piaceva fingere che la piccola finestra rotonda sotto la paglia del tetto fosse un oblò, e il suo letto una nave. La polizia ha portato via materasso, lenzuola e coperte. Il legno della porta è freddo e umido sotto le mie dita. Ted ha lavato via il sangue dal pavimento; da quando sono arrivata, non ci ho messo piede.

Il riflesso della cornice della finestra si spezza intorno alle mie mani mentre sono immersa nell'acqua della vasca. Quando il campanello suona, esco in fretta dal bagno, mi avvolgo in un asciugamano, infilo la vestaglia. In cima alle scale, i miei passi si bloccano. C'è un uomo in uniforme dietro il vetro. Il mio cuore batte talmente forte che mi sento svenire e devo aggrapparmi alla ringhiera. Questo potrebbe essere il momento in cui sono venuti a dirmi di aver trovato qualcosa nel fango di un campo: forse il tacco mezzo marcito di una scarpa, lo scintillio di un braccialetto d'argento, il bianco di un dente. Non c'è niente che possano dirmi a cui io non abbia già pensato, ma mi blocco come se mi avessero sparato. Poi vedo qualcosa di rosso sulla giacca dell'uomo, una busta voluminosa. Qualcuno con una consegna speciale. Quando apro la porta, mi allunga la posta: l'ordine di pennelli piccoli dal negozio di belle arti di Bristol. Sullo zerbino c'è già una cartolina di una montagna gallese dalla vasta collezione di Ted. Il suo modo di tenersi in contatto. Nessun messaggio, come al solito. Mi siedo al tavolo della cucina e il mio cuore rallenta. L'album è di fronte a me. Lo prendo e lo apro. Quando la polizia è venuta alla mia porta e ho visto il bianco e nero della divisa, i giubbotti antiproiettile e i distintivi, la sua assenza è diventata ufficiale. Era ancora buio, ma doveva essere quasi mattina, forse le quattro o le cinque.

La matita è ruvida fra le mie dita; sento le schegge dove è stata mordicchiata mentre disegno un piccolo top con cappuccio, eseguendo l'ombreggiatura tra le pieghe con brusche linee grigie.

Bristol 2009. La sera della scomparsa

Il poliziotto alla porta era sui cinquantacinque anni, gli occhi slavati appesantiti da due borse gonfie. Qualunque fosse la sua espressione naturale, era nascosta sotto una patina di calma professionale, anche se gli occhi, scrutando rapidamente il mio viso, tradirono il suo disagio. Dietro di lui c'era una donna esile, i capelli castani raccolti in uno chignon a conchiglia e un impeccabile rossetto rosso. Mi parve di scorgere una certa irritazione tenuta a freno. Forse si era dovuta alzare appositamente, e aveva dovuto indossare la divisa ben stirata e il trucco coprente.

«Dottoressa Malcolm?». La voce dell'uomo era deliberatamente neutra.

A casa non mi chiamavo "dottoressa"; ero la madre dei miei figli, la moglie di mio marito, ma se quel poliziotto pensava che fossi un tipo professionale avrebbe potuto fare di meglio.

«Sì». Mi tirai indietro per farli entrare.

«Sono l'agente di polizia Steve Wareham e questo è l'agente Sue Dunning».

Si tolse il cappello; gli aveva lasciato un piccolo solco sui radi capelli grigi. Mi strinse la mano e parlò in toni sommessi. Era dispiaciuto per noi, ma non quel genere di dispiacere che temevo. Mi sarei spaventata se avesse espresso il suo dispiacere per la nostra perdita. La donna fu più rude. Mi salutò con un cenno del capo ma mise le mani dietro la schiena come se non volesse toccarmi; ero il genere di donna i cui figli non tornano a casa.

Li accompagnai in cucina. Eravamo appena rientrati da casa di Shan e avevo bisogno di controllare l'orologio. Erano passate più di quattro ore da quando Naomi avrebbe dovuto essere di ritorno e volevo parlare subito agli agenti di quell'uomo, la cui ombra sembrava proiettarsi sulle pareti illuminate della cucina. Nella mia mente, stavo urlando loro di affrettarsi. Andate ora. Potreste raggiungerli. È in macchina con lei, sta percorrendo una lunga strada sotto la pioggia, sta entrando in una casa, sta chiudendo a chiave la porta, si sta girando per guardarla in faccia, lei sta piangendo. No, naturalmente no, lei non piange mai. Sbrigatevi.

Ted cominciò a parlare; cominciò dall'inizio, ed era ciò che loro volevano. E per metterli al corrente di tutto ci volle un'ora. Ci chiesero il portatile di Naomi, poi il suo certificato di nascita e il passaporto. Provarono di nuovo a chiamare il suo cellulare, ma questa volta non ci fu alcun messaggio di risposta e nemmeno un segnale acustico. Scarico. Il telefono di Naomi era spesso scarico, non significava niente. Quando Steve Wareham mi disse che, se fosse stato acceso, avrebbero potuto localizzare il telefono, soffocai un moto di rabbia impotente e paura.

Consegnai loro la foto scolastica dell'ultimo trimestre. La fissai per alcuni istanti. Era stata scattata solo pochi mesi prima, ma Naomi sembrava molto più giovane. Fu come se stessi guardando un'altra ragazza con un ampio sorriso, i capelli lucidi fermati in una coda di cavallo, il viso radioso. Pensai alla pozza di fondotinta intorno alla boccetta. Prima dello spettacolo teatrale, non somigliava più alla ragazzina nella foto. Aveva qualche hobby? Forse. Non lo sapevo. Passavo tutto il giorno al lavoro, come potevo saperlo? L'agente inarcò impercettibilmente un sopracciglio. Quale scuola, quale dottore, quale dentista? (Dentista? Per cosa, impronte dentali? Lo spasmo di dolore sul volto di Ted indicò che aveva pensato la stessa cosa). Amici di scuola? Nomi? Ragazzi? Niente ragazzo, no. Qualcuno che la aspettava sul retro del teatro. Aveva i capelli neri e lei lo trovava arrapante. L'aveva presa lui. Forse le stava facendo del male in quel preciso momento; le mani strette intorno alla sua gola. Forse la stava spingendo con la forza sul pavimento, la stava spogliando, bloccandola sotto di lui, una mano sulla bocca per farla tacere. Mi ficcai le dita in bocca e cominciai a morderle per impedirmi di urlare.

Presero nota di ogni cosa.

L'agente Sue Dunning mi diede da riempire un modulo per la denuncia di persona scomparsa. Disse che era troppo presto per definirlo un rapimento, non c'erano prove in tal senso. Mi tremavano le mani, così scrissi lentamente. Continuarono a parlare con me, a fare domande. Altezza? Un metro e sessantacinque. Peso? Cinquanta chili. Sì, era magra. No, non anoressica, semplicemente una di quelle persone sempre in movimento; mangiava con appetito.

Hai fame? Niente cena, vero? Allora non me ne ero preoccupata, perché pensavo che avresti cenato fuori. Avresti dovuto dirmelo, avrei potuto prepararti qualcosa.

Cosa indossava l'ultima volta che l'avevo vista? Stava scendendo le scale con una busta e mi sembra avesse l'impermeabile, o era la giacca della scuola? Forse la felpa grigia con il cappuccio. Fatemi pensare. Posso guardare nell'armadio e farvelo sapere.

Spero che fosse l'impermeabile; sta piovendo, ti bagnerai.

Pensava di cambiarsi d'abito per lo… perché dopo… e scarpe nuove. Nere con cinturini, tacchi alti. Insolite per lei. Forse erano un regalo, no? Un modo per comprarla. Portava un braccialetto con dei ciondoli. Potrebbe essere importante. La busta aveva dei piccoli buchi. Non saprei, Tesco? Waitrose?

Non provare a correre con quelle scarpe, o ti romperai una caviglia. Toglile, e poi scappa.

C'erano problemi a casa? Era scomparsa altre volte? Aveva mai cercato di farsi del male? Il ritmo delle domande era inesorabile. Ero esausta. Non avevano capito niente. Era presa dallo spettacolo. Era stanca, certo, a volte irritabile, ma era una brava ragazza. E per tutto il tempo aspettai di sentire i suoi passi; sarebbe potuta entrare in casa da un momento all'altro, una scusa banale, sorpresa per tanta agitazione. Tutto si sarebbe ridotto a un brutto sogno.

Steve Wareham stava ancora parlando. «Prima di procedere, dobbiamo perquisire l'immobile».

Lo fissai sbalordita. Non credeva a niente di quel che avevamo detto?

«Cosa?». Anche la voce di Ted era incredula. «Adesso?»

«Potreste rimanere sorpresi». Non voleva suonare paternalistico. «Non credereste al numero di bambini scomparsi che troviamo ancora in casa; ragazzini nascosti dentro l'armadio, per sentirsi importanti».

Guardarono al piano di sopra, con Ted che faceva loro strada. Ispezionarono la mansarda, le credenze e gli armadi. Furono metodici e discreti, e lasciarono dormire i ragazzi, indisturbati. Frugarono nel capanno in giardino e nei cassonetti dei rifiuti. Io rimasi ad aspettare in cucina, la mano sul telefono. Quando ebbero finito, avevano un'aria stanca.

«Più tardi tornerà qualcuno della polizia». Sue Dunning era alquanto imbarazzata. «Dovrete essere esclusi dalle indagini. Misure di routine».

Non aveva bisogno di sentirsi in imbarazzo. Stavano agendo in modo scrupoloso; significava che l'avrebbero trovata.

Ted le chiese quali sarebbero state le prossime mosse e lei gli snocciolò un elenco: fare rapporto, contattare la scuola e il teatro, andare da Nikita per una deposizione scritta, controllare Facebook, esaminare il suo portatile e i cellulari degli amici per eventuali SMS, interrogare i professori, visitare locali, pub, ristoranti, garage, stazioni ferroviarie, porti, aeroporti. Contattare l'Interpol. E se non fosse ricomparsa nelle prossime ventiquattro ore, coinvolgere i media.

Aeroporti? Media? Ted mi cinse con un braccio.

«Un'ultima cosa. Ci serve il suo spazzolino da denti», disse tranquillamente Steve Wareham. «Non si sa mai».

Lo spazzolino rosa nella tazza di plastica gialla aveva un aspetto stranamente infantile nel suo bagno. Sue Dunning lo fece scivolare dentro una bustina di plastica e non fu più di Naomi. Diventò il DNA di una persona scomparsa. Non si sa mai.

«Grazie per la vostra collaborazione». Steve Wareham si alzò rigidamente in piedi, la mano premuta sulle reni. Le rughe sul volto mi sembrarono più profonde. Mi domandai cosa si doveva provare ad affrontare genitori come noi, e per un attimo mi fece pena.

«Ragguaglieremo circa i fatti i nostri colleghi del turno di giorno, che comincia alle sette. Ci sarà una riunione con il commissario capo della Scientifica – non che al momento sospettiamo alcuna attività criminosa». Prese fiato e continuò: «Nel frattempo, sarebbe utile che cercaste indizi qui nella vostra casa, nel caso vi fosse sfuggito qualcosa. Ripensate a tutto quel che è successo negli ultimi giorni e settimane. Tutto ciò che avete notato di diverso o insolito riguardo a vostra figlia. Scrivetelo e riferite a noi. Per il momento porterò via il portatile».

Sorrise mentre lo prendeva, e la sua espressione si fece più gentile. «Michael Kopje si metterà in contatto con voi. È l'agente di collegamento con la famiglia di quest'area. Si attiverà fra un paio d'ore».

Un paio d'ore. E che ne sarà dei prossimi cinque minuti, e dei cinque minuti successivi?

Hanno la foto. Li aiuterà.

Ma non mostra come i suoi capelli risplendono fino a sembrare lamine d'oro.

Ha un piccolo neo, proprio sotto il sopracciglio sinistro.

Profuma lievemente di limone.

Si morde le unghie.

Non piange mai.

Trovatela.

PARTE SECONDA

Capitolo 3

Dorset 2010. Un anno dopo

Il fievole andirivieni che ogni mattina spazza la stradina dal paese è cessato. Il mattino sprofonda in un pomeriggio torpido e, improvviso, il dolore si posa tutto intorno a me. Passerà, a patto che resti completamente immobile. In passato, durante le visite domiciliari, mi bastava osservare dalla soglia l'immobilità dei miei pazienti per intuire la gravità delle loro condizioni. Appendicite, rottura dell'aorta addominale, meningite – i muscoli si irrigidivano per contenere il disastro in corso. D'estate, giacevo immobile mentre le ore si consumavano, guardando la polvere danzare in spirali di luce via via che il sole filtrava a turno da ogni finestra. Volevo morire, ma sapevo, allora come adesso, che un giorno avrei potuto alzare lo sguardo e trovarla là, ferma nel vano della porta. E poi non abbandonerei mai i ragazzi; inoltre, il suo cane dorme nella mia cucina.

Con tempismo perfetto, Bertie sbadiglia, si tira fuori dalla cesta e scodinzola. I suoi occhi opachi mi seguono mentre attraverso la cucina. Il collo è caldo sotto le mie dita quando aggancio il guinzaglio; il pelo folto si è indurito con l'età. Infilo album e matita in tasca. La porta sul retro si apre sul giardino e sui campi al di là.

Mia madre mi ha lasciato il cottage prima di morire. È stata una fortuna che l'abbia fatto; mi ha dato un posto dove nascondermi.

Una fortuna. Buona fortuna, questo è il mio giorno fortunato, augurami buona fortuna. Una parola banale per descrivere il peso delle ali del destino che si aprono o si chiudono davanti a te, come porte massicce che sbattono nel vento. Naomi non pensava mai di aver bisogno di fortuna. Pensava di essere nata sotto una buona stella. E lo pensavo anch'io; lo pensavo di tutti noi. Solo un anno fa, pensavo che avessimo tutto.

È difficile dire con esattezza quando ha iniziato a non essere più così. Continuo a riconsiderare diversi momenti nel tempo per capire dov'è che avrei potuto cambiare il destino. Potrei scegliere quasi ogni momento della mia vita e dargli una forma diversa. Se non avessi deciso di diventare un medico, se Ted non mi avesse aiutata a portare i libri nella biblioteca anni prima, se quel pomeriggio non avessi avuto tanta fretta di tornare allo studio, se avessi avuto più tempo. Di tempo ne era rimasto poco, ma allora non lo sapevo.

Prendo il sentiero che sale alla scogliera, aspettando Bertie che supera i dislivelli di roccia grigia con salti rigidi e incerti. Arrivata in cima, il vento mi spruzza acqua sulla bocca, sottile come pioggia. Filtra tra le mie labbra, salata, più simile a lacrime che a pioggia.

La mia mente torna al pomeriggio della mia vita di dottore in cui l'orologio ha cominciato a battere le ore dell'ultimo giorno di Naomi con noi. Il pomeriggio in cui ho visto Jade, il mio peperoncino nell'occhio.

Seduta su una panchina, di fronte alla distesa del mare e del cielo, tiro fuori l'album dalla tasca e comincio a disegnare una giraffa di peluche, le macchie sul manto e il bordo frastagliato di un orecchio. Bertie si accuccia, la testa posata sui miei piedi, e aspetta, lanciando di tanto in tanto un guaito sommesso.

Il 2 novembre di un anno fa non avevo modo di sapere che ci rimanevano soltanto diciassette giorni.

Bristol 2009. Diciassette giorni prima

Aveva piovuto tutto il giorno. I pazienti stavano arrivando lungo la stradina, vestiti gocciolanti e capelli umidi, lasciando il sibilo e il rombo del traffico della via principale alla fine del nostro piccolo vicolo cieco. Il nostro studio era nei pressi del porto, leggermente arretrato fra un negozio di mobili in pino e un parcheggio cosparso di rifiuti, dove le erbacce crescevano alte e sottili nelle crepe dell'asfalto. Le strade vicine erano affollate di piccole case vittoriane a schiera; quando andavo al lavoro, addentrandomi cautamente con la macchina nelle strade strette, intravedevo l'acqua scura del porto tra i vecchi depositi.

Lo studio era conosciuto, o forse semplicemente comodo. La piccola sala d'attesa era sempre piena zeppa di pazienti, sebbene i pochi minuti che potevamo dedicare a ognuno non sembrassero mai sufficienti. Nei sette minuti assegnati a ogni persona era quasi impossibile dare alla gente ciò che voleva. Ciò nonostante, pensavo sapessero che eravamo dalla loro parte; almeno l'ho pensato fino a quel pomeriggio. Ricordo parecchio; in particolare ricordo l'odore.

Nel tardo pomeriggio, la mia stanza aveva un cattivo odore. Sudore, sangue e alcol svaporato. La pelle assumeva una tonalità verdastra sotto la luce fredda delle lampade. Le veneziane chiuse lasciavano la strada fuori dalle finestre, e all'interno sembrava che il mondo non esistesse. Il caldo era opprimente. C'erano giocattoli sparsi sul pavimento. Il lavabo nell'angolo era pieno di strumenti metallici sporchi di sangue, coperti da asciugamani di carta blu.

Ero stanca. La visita alla signora Bartlett era stata faticosa – l'emorragia aveva reso difficile individuare il polipo cervicale – e l'avevo rinviata a una clinica per un consulto l'indomani. Diedi un'occhiata alla lista sullo schermo e, mentre sgombravo il lavabo e mi lavavo le mani, pensai al paziente successivo. Un residente temporaneo. Yoska Jones. Polacco? Sbadigliai nel piccolo specchio sopra il lavandino; i capelli erano sfuggiti al fermaglio e mi incorniciavano il viso in riccioli ribelli. Il mascara era di nuovo sbavato. Scrutai la mia immagine riflessa, sperando che il problema del signor Jones fosse semplice, così avrei recuperato tempo prezioso. Lo feci entrare. Circa venticinque anni. Zigomi alti, pelle abbronzata. Mi bastò un istante per capire che non era sofferente. Me la sarei cavata alla svelta.

«Come posso aiutarla?»

«Mal di schiena, ereditario». Accento gallese. La mano, forte e segnata dalle intemperie, era posata vicino alla mia sul tavolo. Ritirai le mani in grembo.

«Cosa l'ha provocato, secondo lei?»

«Portare in giro la mia sorellina». Una nota difensiva si insinuò nella sua voce. «Le piace farsi portare sulle spalle, ma comincia a essere pesante».

«Portare i bambini in braccio non aiuta». Ma è una vera tentazione. Io avevo portato Naomi in braccio ovunque, anche molto dopo che aveva imparato a camminare. Mi piaceva sentire il suo peso, la sua guancia contro la mia. «Meglio lasciarla camminare con le proprie gambe».

Colsi una scintilla di rabbia nei suoi occhi, ma in sette minuti un valido consiglio era più importante della comprensione, e dovevo dare un'occhiata alla sua schiena. I lunghi muscoli erettori ai lati della colonna vertebrale erano tonici e levigati come due serpenti, ma quando si sdraiò sulla schiena sussultò appena gli sollevai le gambe. Sciatica. I riflessi e la sensibilità erano normali. Quando gli dissi quali esercizi fare e gli prescrissi degli antidolorifici, sorrise e mi strinse la mano. L'imposizione delle mani aveva operato il miracolo: la sua ostilità era completamente svanita. Mentre usciva con un opuscolo informativo e la ricetta medica, urtò accidentalmente un giocattolo con il piede. Il pupazzetto roteò sul pavimento e andò a sbattere contro la parete. Lo raccolsi mentre la porta si chiudeva. Era l'anatroccolo di plastica con il becco arancione sbiadito, mordicchiato talmente spesso da essere sfilacciato in morbidi spuntoni, e l'ala si era staccata di netto, lasciando un bordo tagliente. Ci fu un clangore smorzato quando atterrò sul fondo di metallo del bidone. Feci entrare un altro paziente.

Sapevo che Jade aveva dieci anni anche se ne dimostrava molti di meno. Rimase immobile mentre la madre le toglieva la giacca a vento, la maglia della scuola, la gonna. Aveva lividi sul viso, sulle braccia e sulle gambe. Sembrava a posto, a parte i lividi, ma il visetto grazioso era spento. Mi scrutò, stringendo a sé una giraffa di velluto malconcia. Quell'anno era venuta almeno quattro volte allo studio: spossatezza, dolori addominali non ben precisati, scarso appetito e ora la tosse. Non c'era stato mai niente che mi avesse colpita in particolar modo, sebbene avessi notato i vestiti sporchi e i capelli aggrovigliati in ciocche. Mi ero limitata a dare consigli e avevo cercato di rassicurare la madre ansiosa. Questa volta era diverso. I lividi erano freschi. Sorrisi a Jade, ma la stanza parve oscurarsi intorno a lei.

La madre, avvolta in una voluminosa pelliccia finta, parlava a voce alta e concitata, senza concedersi pause. Le pause potevano fornire chiavi di interpretazione, invece le parole le uscivano di bocca senza soluzione di continuità.

«Continua a tenerci svegli con questa maledetta tosse».

Gli occhi verdi, duri della donna seguirono i miei.

«C'è qualcos'altro, oltre alla tosse».

Il viso nascosto sotto uno spesso strato di fondotinta si avvicinò, e piccoli grumi di mascara ormai secco tremolarono appena sbatté le palpebre. Le dita si strinsero saldamente intorno alle spalle della figlia.

«Arriva a casa coperta di lividi. Dice che inciampa di continuo.

Noi pensiamo che siano gli altri ragazzini. Se la prendono con lei».

«Per quale motivo?»

«Come faccio a saperlo?».

Aprii adagio le dita chiuse a pugno di Jade e le posai il disco dello stetoscopio sul palmo, così il freddo del metallo sul torace non l'avrebbe infastidita.

«Posso sentirti il pancino?».

La testolina chiara si mosse su e giù.

Per conquistare la sua fiducia, poggiai lo stetoscopio prima sulla maglietta; i capelli ricaddero sulla mia mano e vidi qualcosa di scuro zampettare lungo una ciocca. Quando smise di trattenere il respiro, le sollevai la maglia per auscultare i polmoni. La gabbia toracica, piccola e sporgente, era piena di lividi; ce n'erano altri sulla spina dorsale. Sentii la voce della madre aumentare di tono, sempre più concitata mentre mi osservava, ma smisi di ascoltare le parole. Mantenni un'espressione impassibile e mi concentrai sui gonfiori violacei lungo una costola. A ogni suo respiro avvertivo un sottile crepitio. Ampliai la visita. Quando notai lividi nella parte alta e interna delle cosce, provai una morsa d'ansia allo stomaco.

Digitai una prescrizione di antibiotici mentre la madre rivestiva Jade. Se avessi accennato ai pidocchi, probabilmente non sarebbe più tornata.

«Questo dovrebbe aiutarla con la tosse. Un cucchiaio tre volte al giorno. Vorrei rivederla tra un paio di giorni, va bene per lei?».

La donna fece cenno di sì fissando la ricetta, poi si avviò in fretta verso la porta trascinandosi dietro Jade.

Andai da Lynn, l'infermiera dello studio. Era nella sua stanza, intenta a riempire il vassoio di boccette e siringhe mentre canticchiava sottovoce. Quando le raccontai di Jade socchiuse gli occhi castani con espressione preoccupata.

«Jade non è mai stata portata qui per le vaccinazioni. L'estate scorsa l'ha medicata l'infermiera sostituta: brutta caduta, escoriazioni sulle braccia», mi informò, digitando sulla tastiera con mani efficienti. «Anche il padre è stato qui qualche settimana fa, punti di sutura a una mano. Quel pomeriggio era ubriaco fradicio». Mi lanciò uno sguardo con la fronte aggrottata. «Ho avuto la sensazione che mi avrebbe colpita da un momento all'altro».

Mi ero imbattuta in uomini ubriachi con ferite alla testa durante i turni di assistenza ad adulti e anziani del sabato notte. Ricordavo le minacce oscene, i pugni agitati selvaggiamente mentre ricucivo i bordi delle ferite con dita tremanti.

Quindi il padre di Jade era quel genere di uomo.

«E cosa ne pensi della mamma, Lynn?»

«Non saprei». Si avvicinò allo schermo. «Non viene mai per il Pap test. Qui risulta che l'anno scorso ha visto Frank per una depressione e le è stato prescritto del citalopram, ma non è tornata per i controlli successivi».

Mentre parlava, le tessere del puzzle cominciarono a incastrarsi perfettamente tra loro.

«Grazie, Lynn. Esiste la possibilità che tu, diciamo, possa contattare la madre per le vaccinazioni...».

«E sfruttare l'opportunità per visitare la bambina? Certo che è possibile».

Telefonai all'assistente sociale, lasciai un messaggio. Rintracciare l'infermiera della scuola richiese più tempo. Non era il suo giorno di ambulatorio senza prenotazione, ma la scuola mi diede il numero di cellulare. Rispose al secondo tentativo.

«Jade Price? Sì, conosco Jade. Una creaturina silenziosa. Non è una bambina felice».

«Come mai?»

«Viene esclusa. Gli altri bambini la trattano come una lebbrosa».

La voce stridula era in vena di spettegolare. Tagliai corto.

«Si azzuffa con i compagni? La mamma ha detto...».

«Come dicevo, i ragazzini non le vanno vicino, è troppo taciturna. I pidocchi non l'aiutano. A volte suo padre la viene a prendere a scuola, completamente sbronzo e pieno di rabbia».

Un'altra tessera del puzzle che si inseriva al suo posto. Il pediatra di comunità era fuori; avrei ritentato più tardi. Era mio dovere riferire a Frank in quanto medico più anziano, ma ormai avrei dovuto aspettare fino all'indomani. Si era fatto tardi. Immaginai i pazienti storcere la bocca e guardare nervosamente l'orologio. La morsa d'ansia si era allentata, lasciando una leggera scia di panico. Quando il cellulare mi vibrò nella tasca, lo tirai fuori e diedi un rapido sguardo al display. Ed. Dovevo dire ai ragazzi di non telefonarmi qui; non c'era tempo per parlare con loro. Feci entrare il paziente successivo.

Nigel Arkwright, agente assicurativo di quarant'anni, fece scivolare il referto medico della sua assicurazione sulla scrivania. «Dicono che devo tener d'occhio la pressione». Ampio sorriso.

Mentre gli avvolgevo la fascia del misuratore intorno al braccio bianco e gelatinoso, le dita grassocce tamburellavano sul tavolo; sembravano lucide salsicce rosa, di quelle a buon mercato, con la pelle sottile che si taglia appena la sfiori con il coltello. La pressione era alta ma non in modo preoccupante. Prese l'opuscolo con i consigli per un corretto stile di vita e la prescrizione per le analisi del sangue, poi uscì per prenotare una visita di controllo, borbottando fra sé.

L'aria nel mio piccolo studio sembrava irrespirabile. Fui grata quando Jo, la nostra segretaria, mi portò una tazza di tè fra un paziente e l'altro. Aveva i capelli biondi raccolti a cipolla sulla testa, ma a quell'ora del giorno qualche ciuffetto era sfuggito dall'acconciatura. Posò gentilmente la tazza di porcellana bianca sulla scrivania, in uno spazio libero fra le carte. Prendendo i primi sorsi, guardai le fotografie incorniciate appese alla parete. Era da tempo che non le cambiavo. Una ritraeva Naomi a cinque anni che stringeva fra le braccia Bertie, allora un cucciolo. I ragazzi erano chini su di lei, seminascosti, e le sorridevano. Un'altra risaliva alla notte di Capodanno dell'anno precedente. Ted ci cingeva tutti con le braccia; doveva aver detto qualcosa di divertente perché stavamo ridendo, tutti tranne Naomi; lei stava fissando la macchina fotografica con una concentrazione tale da sembrare aggrottata. Tornai alla realtà e feci entrare un altro paziente.

Il pomeriggio buio scivolò nella sera. I pazienti si susseguirono a ritmo regolare, e per un momento mi sentii in dirittura d'arrivo. Poi Jo fece capolino dalla porta, gli occhi sgranati per l'agitazione: avevano appena portato il piccolo Tom con un attacco d'asma. Sua madre, una graziosa adolescente con una chioma di treccine rasta, era ammutolita dalla paura. Tom stava sudando, la pelle come risucchiata fra le costole, il respiro un sibilo appena percettibile. Inserii la "modalità automatica" e di lì a poco il piccolo stava inalando Ventolin e ossigeno attraverso la maschera pediatrica, troppo stanco per opporre resistenza. La testa cominciò a ciondolare e si addormentò profondamente. L'ambulanza arrivò subito dopo per portarli entrambi all'ospedale, dove la situazione di Tom si sarebbe normalizzata nel corso della notte.

Appena uscirono, lo studio piombò nel silenzio. Il mio stetoscopio era rimasto sopra una pila di buste aperte traboccanti di carte.

Moduli per le analisi del sangue erano ammassati alla rinfusa e un abbassalingua di legno era finito sul pavimento. La superficie beige del tè era cerchiata da un anello bianco di latte. Sbrigai le solite faccende di fine giornata, riordinai le carte e registrai lettere sul dittafono per il pediatra e gli assistenti sociali.

Niente visite. Jo si preparò per tornare a casa; sentii il suo saluto echeggiare nella sala d'attesa vuota. Stilai un elenco di cose da fare il giorno dopo e lo attaccai sullo schermo spento del computer.

La strada era deserta. Luci aranciate tremolavano in pozzanghere oleose. Il negozio di mobili in pino aveva la saracinesca abbassata e dal pub arrivavano suoni smorzati e risate. La mia vecchia Peugeot era rimasta sola nel parcheggio; dando la schiena al buio, armeggiai in cerca delle chiavi, la bocca percorsa da un fremito di paura. Una volta a bordo, l'altra mia vita prese immediatamente il sopravvento con un odore di cane, fango e mute subacquee; mi ricordò la pienezza delle nostre esistenze. Quel che avevamo era stato conquistato con fatica, ma quasi sempre pensavo che eravamo fortunati. Sul pavimento della macchina c'era il foglio lacero di un compito di matematica, e un paio di scarpe da ginnastica infilate sotto il sedile anteriore. Ficcata dentro la tasca laterale, trovai una bustina di cellophane spiegazzata con un'ultima gelatina. Aveva un sapore dolce e pungente. Accesi il motore e avviai la macchina.

Capitolo 4

Dorset 2010. Un anno dopo

Nei campi vicino al cottage l'odore forte della terra, misto al profumo intenso dell'erba, porta con sé il ricordo di bambini che si attardano a giocare in giardino nella penombra della sera – oppure è l'aria che si respira ai funerali? Il volto di Naomi si libra nello spazio grigio davanti a me, le guance velate di ombre come se fosse in una bara. Rapida, mi concentro sul mare, sulla sua voce che ci accompagna. Ma il flusso e il riflusso delle onde in lontananza diventa un battito cardiaco. A sei settimane era tutta cuore. Avevo eseguito un'ecografia precoce, ma il muscolo traslucido e pulsante sullo schermo mi aveva reso inquieta persino allora. Come poteva non sfinirsi? Più avanti, auscultandole il petto per via di una tosse infantile, avevo premuto l'orecchio contro la sua pelle perfetta e sentito quel battito veloce, come di uccellino. Era possibile che alla fine – se c'era stata una fine – si fosse resa conto che il suo cuore stava rallentando? C'è abbastanza sangue in un cervello morente per registrare che il cuore si è fermato? Inciampo nella radice sporgente di un albero e batto forte la testa contro il tronco ruvido. Avevo dimenticato lo shock del dolore fisico. Peperoncino nell'occhio dell'elefante.

Conservo sempre una scorta di bende nell'armadio riscaldato per la biancheria. Le mensole polverose sono piene di vecchie coperte, ma sul retro le mie dita trovano la piccola sacca di stoffa. Una volta è caduta dal muro del giardino, con conseguente lacerazione alla testa. Quando, a cinque anni, le spazzolavo i capelli setosi, vedevo la piccola cicatrice sul cuoio capelluto.

Era stata colpita alla testa? Le ferite alla testa possono rivelarsi fatali in breve tempo. Pensavo di aver smesso di torturarmi, ma è una di quelle brutte giornate in cui i pensieri scivolano lungo i ricordi, affilandoli come coltelli.

Disinfetto il taglio alla svelta, lo tampono con una garza asciutta e unisco i lembi con il sistema di sutura Steri-Strips. Appena ho finito, Bertie mi preme il naso contro la gamba, con un guaito sommesso. Mi sono dimenticata di dargli da mangiare, e il consueto rituale di aprire la scatoletta, trasferire cucchiaiate di cibo per cani nella ciotola e mescolarle con dei biscotti, mi riporta alla normalità di ogni sera. Anche allora era così.

Bristol 2009. Diciassette giorni prima

La pila di panni da stirare sopra la stufa era calda sotto la mia mano, e le corolle arancione carico di un mazzo di crisantemi risplendevano contro il buio oltre le finestre. La cucina era immersa in un aroma pepato di carne lasciata a sobbollire nella casseruola per tutto il giorno. Bertie mi premette la testa contro la gamba per richiamare la mia attenzione e sentii la tensione della giornata mollare la presa. Gli diedi da mangiare e lo portai fuori. Mentre Bertie frusciava in mezzo alle foglie spinte dal vento e si abbeverava nelle pozzanghere, sbirciai attraverso le finestre illuminate delle case a cui passavamo davanti: in una scorsi il bordo lucido di una libreria, in un'altra una tavola apparecchiata con bicchieri scintillanti. Difficile immaginare che quelle case perfette nascondessero da qualche parte credenze come la nostra, piene zeppe di sveglie fuori uso, vecchie chiavi, cavi di computer e tazze con il manico rotto. Mentre superavo l'ultima casa, qualcuno all'interno chiuse le alte persiane di legno.

Le piccole dune alla fine della nostra strada portavano a una distesa erbosa dalla quale si dominava il Clifton Suspension Bridge. Le travi d'acciaio erano state inghiottite dal buio e i cavi imperlati di luci sembravano sospesi nell'aria. Un ricordo baluginò come il fiume giù in basso: il mare di Corfù, l'estate prima, sfolgorante di mille scintille di sole. Nuotando, avevo avuto una visione fugace dell'oscurità sotto di me, digradante negli abissi, e avevo provato un moto irrazionale di terrore. Se avessi dimenticato i movimenti istintivi per tenermi a galla sarei affondata, inerme e invisibile, trascinata dalla corrente nel buio, le mani che si aggrappavano al vuoto. Mi ero girata sul dorso e avevo nuotato verso gli scogli; seduta sulla ruvida superficie di roccia, circondata dal frinire delle cicale e dal profumo di timo, avevo lasciato che la calura sciogliesse il mio terrore. Tirandomi dietro Bertie, mi affrettai verso casa, ascoltando l'eco dei miei passi sul marciapiede; impossibile dimenticare i movimenti istintivi, era questo il punto. Il corpo ricordava.

I gemelli stavano suonando la chitarra, buttati sul divano sotto la finestra. Ed accennò un saluto, le spalle curve, le lunghe dita che pizzicavano le corde. Era cresciuto nell'ultimo anno: si era allungato parecchio, gli zigomi si notavano sotto la pelle, le guance si erano incavate. Mentre lo osservavo, registrando i cambiamenti che ancora mi sorprendevano, lui distolse rapidamente lo sguardo da me e mi ricordai della sua chiamata nel pomeriggio.

«Scusa se non ti ho risposto, tesoro. Volevo richiamarti ma c'è stata un'emergenza. Magari la prossima volta lascia un messaggio in segreteria, oppure aspetta che torni a casa, ok?».

Ed si strinse nelle spalle. Non riuscii a capire cosa stesse pensando, ma ormai mi succedeva spesso. Non ricordavo nemmeno quando era stata l'ultima volta in cui avevamo fatto una chiacchierata insieme. Anche Naomi era diventata più taciturna. Mentre mi toglievo il cappotto, pensai: Cos'è che succede quando i figli crescono? Un processo talmente graduale che non sono mai riuscita a individuare il momento esatto in cui sono diventata solo una figura nel loro entroterra, qualcuno che li guarda da lontano. I miei occhi si spostarono su Theo; la testa gettata indietro e gli occhi chiusi, strimpellava cantando ad alta voce, la cravatta allentata, i libri di arte sparsi sul pavimento fra briciole di toast. Alzò di colpo lo sguardo su di me e sorrise, la bocca larga che fendeva il viso lentigginoso. Avrei voluto abbracciarlo. Almeno Theo era ancora Theo, scherzoso, felice e senza complicazioni. Ed mi stava osservando, così sorrisi a entrambi. Erano sempre stati diversi malgrado avessero ricevuto lo stesso amore e la stessa attenzione. Forse questo dimostrava il fatto che il carattere è predeterminato. Mi piaceva questa spiegazione; mi scagionava da ogni colpa.

Un etto di burro e un etto di zucchero, una manciata di farina, tuorli giallo oro. Tocchetti bianchi di mela dentro la teglia, versare sopra la pastella e mettere in forno. Un'altra serie di gesti automatici, colorati e profumati.

La porta di servizio si spalancò.

«Ehi, cagnolino». Naomi in giaccone nero con cintura si chinò su Bertie. «Ti sono mancata, eh?». I capelli chiari ricaddero come un velo scintillante sul naso del cane, che starnutì sonoramente. Naomi alzò lo sguardo, ma il suo sorriso sbiadì appena mi vide vicino alla stufa, e non rispose al mio. Parlò in tono brusco.

«So cosa stai per dire, quindi lascia perdere. Farò i compiti dietro le quinte. Non posso mancare alle prove. Vado a cambiarmi».

«Non stavo per dire nulla riguardo ai compiti». Ero offesa. «Ma se hai molto…».

Si girò in silenzio e si avviò su per le scale trascinando i piedi. Sentii sbattere una porta al piano di sopra. Di solito saliva di corsa quei gradini. Era stanca. Spuntai i fagiolini; erano ancora i suoi preferiti, saltati nel burro con una spolverata di mandorle tostate. Stanca e nervosa. Le prove dello spettacolo erano incalzanti e si aggiungevano agli esami per il GCSE[1]. I ragazzi raccolsero i libri e si spostarono verso le scale, parlottando. Theo stava prendendo in giro Ed – qualcosa riguardo alle ragazze – a bassa voce perché io non sentissi.

Pace, finalmente. La sensazione rassicurante che ti dà sapere che i figli sono a casa e la notte è chiusa fuori dalla porta. Scolai le patate e le schiacciai fino a renderle morbide, feci dei sandwich per tenere Naomi buona per un po' e preparai un thermos di cioccolata calda. Le avrei lasciato la cena da parte. L'immagine di Jade Price indugiò per un istante nel calore della cucina; mi

[1] General Certificate of Secondary Education, titolo di istruzione secondaria superiore, rilasciato intorno ai 16 anni. *(n.d.t.)*

era parsa così esile quel pomeriggio. Mi domandai se qualcuno le stesse preparando la cena.

Suonò il campanello della porta sul retro: gli amici di Naomi erano passati a prenderla per andare alle prove. Lei scese in cucina e poi scomparve in mezzo a una baraonda di giovani voci.

La porta principale si aprì al piano di sopra. Un tintinnio di chiavi sul tavolo, passi rapidi sulle scale che scendevano in cucina.

«Puzzi di ospedale», mormorai, la guancia contro quella fredda e ispida di Ted. Quando rientrava a casa aveva sempre addosso un odore acuto di disinfettante, appena smorzato da un vago aroma di lavanda del lavaggio asettico. Volevo stargli vicino, ma Ted si tirò indietro e sorrise, sbirciando oltre la mia spalla.

«Ehi, sembra invitante».

Allungò il braccio per staccare un pezzetto di dolce caldo, poi si chinò a prendere una bottiglia di vino dalla rastrelliera. Riempì due bicchieri e me ne porse uno.

«Com'è andata la tua giornata?», mi chiese.

Notai una luce entusiasta nei suoi occhi, così non gli dissi della bambina piena di lividi, dell'irritazione di Naomi o che mi ero ricordata cosa si provava a nuotare in acque profonde.

«Bene», risposi. «E la tua?»

«Fantastica. La bambina è completamente guarita. Grande rilevanza a livello internazionale, è tutto il giorno che la stampa telefona all'ospedale».

Cominciò a passeggiare su e giù, incapace di restare fermo, passandosi le dita fra i capelli biondi fino a sollevarli in ciocche arruffate. Mentre lo osservavo, il mio sguardo si posò sul thermos, lasciato sul tavolo insieme al pacchetto di sandwich confezionato con cura.

«Ha smesso di strillare. Niente più allucinazioni». Mi guardò, gli occhi azzurri lucenti di entusiasmo. «Un'operazione per curare sintomi psicotici – assolutamente innovativa».

A cena, il viso lentigginoso di Theo e quello più scuro di Ed non fecero che alzarsi e abbassarsi dal piatto, seguendo il racconto del padre. Ted ci condusse attraverso i difficili momenti della delicata esplorazione della materia cerebrale per distruggere le cellule malate. La bambina presentava i classici sintomi di psicosi con allucinazioni paranoiche. In corsia, aveva gettato acqua bollente addosso ad altri bambini e morso le infermiere. Quel giorno, dopo l'intervento, disegnava fiori.

Squillò il telefono, il «Daily Mail» voleva sapere di questa cura miracolosa. Ted prese la telefonata al piano di sopra.

Theo finse di trapanare la testa del fratello con le punte smussate della forchetta. «Risolverò i tuoi problemi una volta per tutte».

Prima che Ed potesse sfuggirgli, Theo lo spinse giù dalla sedia e lo immobilizzò a terra, gridando: «Le voci nella mia testa mi stanno dicendo di ucciderti!».

«Se andate subito a fare i compiti, vi dispenso dal lavare i piatti». Un patto che di solito funzionava. «Theo, hai fatto vedere a papà il tuo progetto di arte?»

«Quale?»

«"Il posto dell'uomo nella natura". Finirà per vederlo alla mostra».

«Non posso, mi ucciderà».

«Su, caro, falla finita».

Una volta spariti, la cucina si riempì di silenzio. Cominciai a radunare i piatti sporchi. Quello di Ed era mezzo pieno. Troppi toast prima di cena. Ero ancora lì quando Naomi entrò piano dalla porta sul retro, un'ora più tardi del previsto.

«Com'è andata?», le chiesi, notando le occhiaie scure.

«Bene». Un sorriso le indugiò sulle labbra. Forse mi avrebbe raccontato un aneddoto scherzoso; forse il regista era rimasto soddisfatto di come aveva cantato o recitato la sua parte. La osservai sfilarsi il giaccone, versarsi un bicchiere di latte e appoggiarsi alla stufa per berlo.

Sembrava essere da tutt'altra parte, molto lontano da lì; mi lanciò un'occhiata di traverso, senza incontrare il mio sguardo.

Mentre si avviava verso le scale, non potei fare a meno di ripeterle: «Allora, com'è andata?»

«Al solito. Sono stanca».

Un tempo mi sarebbe venuta dietro mentre sparecchiavo, investendomi con un flusso continuo di chiacchiere, domande, dubbi, battute scherzose. Avrei dovuto chiederle di fare una pausa per consentirmi di controllare le email, ma mi avrebbe seguita fino alla scrivania e avrebbe continuato a parlare seduta sul bracciolo del divano. Sembrò qualcosa che succedeva secoli prima.

Quando mi passò accanto, sentii un vago odore acre. Tabacco.

«Naomi?».

Si girò infastidita.

«Non hai fumato, vero?».

Gli occhi azzurri mi parvero più chiari del solito. Scosse la testa. «Izzy ha fumato nello spogliatoio dopo le prove. Era scocciata perché la signora Mears continuava a darle addosso per le sue battute, perciò...». Si strinse nelle spalle. «Dov'è papà?».

La fissai per un istante. Non le credevo, ma non sarebbe stato difficile sapere se aveva cominciato a fumare abitualmente: vestiti impregnati di fumo, tosse. Una sigaretta isolata non era un dramma. Lasciai correre.

«Il famoso neurochirurgo è nel suo studio, intento a rispondere con cognizione di causa alle domande della stampa mondiale», risposi.

Cominciò a salire i primi gradini.

«Non hai fame, tesoro? Ti sei dimenticata...».

Ma era già scomparsa fra le ombre in cima alle scale.

Capitolo 5

Dorset 2010. Un anno dopo

Non ricordo l'ultima volta che ho toccato o sono stata toccata da qualcuno. Ho baciato la mano di Naomi un anno fa, in cucina. Il calore del ruvido abbraccio di Theo dello scorso Natale è svanito da tempo. Vedo Ed ogni mese, ma evita qualsiasi tipo di contatto con me. Ted e io dividevamo il letto prima che io me ne andassi, ma dormivamo separati, dandoci la schiena. Durante i miei giri di visite nelle case di riposo, trovavo i residenti arenati lungo le pareti di una sala, vecchie mani che si allungavano verso le mie, avide di contatto; ora ho fatto dietrofront. "Non toccare" è diventata una prassi meticolosa. Sto attenta a evitare il contatto accidentale delle dita quando il cassiere mi dà il resto in un negozio. Se qualcuno bussa alla porta, faccio un passo indietro. Così un pomeriggio, quando vedo la signora anziana abbandonata sui gradini del suo villino lungo la stradina, mi sorprendo di quanto mi risulti naturale soccorrerla. È pallida, ma il polso è pieno e regolare, la mano che le ho posato sul petto si alza e si abbassa a ogni respiro. Sotto le palpebre, le pupille sono di eguali dimensioni. Ha un'espressione così serena che esito, chiedendomi come scuoterla senza spaventarla. So cosa si prova a tornare di colpo alla realtà; anche se a volte ne sono stata contenta.

Bristol 2009. Sedici giorni prima

Mi svegliai di soprassalto. Nei miei sogni arrancavo in uno spazio pieno di voci aspre e di un implacabile scrosciare d'acqua. Un rubinetto aperto nelle vicinanze. Jade stava piangendo da qualche parte. Il sollievo del mattino si diffuse a poco a poco dentro di me. Il pianto divenne il grido dei gabbiani portato dal vento. Fuori della nostra finestra, il chiacchiericcio di una gazza che si dondolava sui rami spogli del tiglio. Da qualche parte sopra di me, nella casa, Naomi stava facendo la doccia mattutina. L'acqua doveva scrosciarle addosso, avvolgendola in una colonna lucente.

Avvolsi i piedi intorno a quelli di Ted e lo osservai indugiare in un sonno più leggero. Le guance erano più cascanti del solito, la luce metteva in risalto venature grigie fra i capelli biondi che gli sfioravano il collo. Mi avvicinai, modellando il mio corpo sul suo. Insieme, eravamo al caldo e al sicuro. Il sogno spaventoso si dissolse.

Avevamo piantato due tigli vicini fra loro, diciotto anni prima, quando avevamo saputo che aspettavo due gemelli. Avevamo fatto a gara per vedere quale dei due sarebbe cresciuto più in fretta, ma alla fine i due alberi si erano attorcigliati insieme a formare un unico, grande tronco. Persino i rami erano intrecciati fra loro. D'estate, la luce del mattino che filtrava nella nostra camera era sfumata di verde, ma in quel periodo dell'anno i rami spogli riempivano il cielo di nere linee intersecanti.

Ted emise un verso soddisfatto. Si svegliava sempre felice. La sua mano, calda sulla mia spalla, scivolò lungo il braccio, poi sulla schiena, attirandomi a sé. Le nostre facce si toccarono, la sua bocca sulla mia guancia.

La radio si accese, impostata per la sveglia alle sette. Martedì 3 novembre, disse la voce. Era ora di alzarsi. Dovevo rintracciare il pediatra ed ero di servizio. Rammarico e senso di colpa mi avvolsero come un mantello familiare.

«Scusa». Allontanai il piumone con un calcio. «Scusa. Scusa».

«Metto su il bollitore». I suoi passi scesero lentamente le scale; sentii la sua voce, ma lontana.

L'acqua calda e scintillante che mi accolse nella vasca ebbe su di me un effetto calmante. Niente di grave, pensai, osservando il volto tranquillo di Ted mentre si lavava i denti. Sorseggiai il caffè nero che mi aveva portato. Pazienza.

Parlammo della giornata che ci aspettava: la mia visita a Jade

Price, la sua clinica e la lezione che avrebbe tenuto subito dopo agli studenti. Dopo la doccia, Ted si asciugò passeggiando avanti e indietro sul pianerottolo, seguendo il corso dei suoi pensieri. D'un tratto notò i poster per il progetto d'arte di Theo impilati fuori della porta della sua stanza, pronti per essere laminati a scuola. Si fermò di colpo e, accovacciatosi a terra, cominciò a sfogliarli. Quindi Theo non glieli aveva mostrati la sera prima; non voleva avere guai. Erano una serie di foto di Naomi nei boschi autunnali del Brecon Beacons, scattate in diverse domeniche di ottobre. Ogni volta che gli alberi avevano perso altre foglie, Naomi si era tolta un capo di vestiario. All'inizio solo i guanti, poi le scarpe, il giaccone e il pullover. Ted fece un fischio di ammirazione per il modo in cui Theo aveva saputo catturare le forme e i colori dell'autunno, e il volto pallido di Naomi che risaltava sullo sfondo degli alberi. Via via che passava in rassegna i poster, Ted si fece sempre più silenzioso. L'ultima immagine mostrava Naomi nuda, nascosta fra i rami. I suoi occhi fissavano l'obiettivo, sfidando apertamente lo spettatore. Intuii lo sconcerto di Ted dal suo silenzio.

«Caro», mi fermai alle sue spalle, avvolta in un asciugamano, gocciolando acqua sul parquet. «So cosa stai pensando…».

«Non sai cosa sto pensando», replicò tranquillamente.

«È una metafora. Se ci apriamo al mondo della natura, se ci disfiamo dei nostri strati artefatti, la natura ci proteggerà a sua volta. Conosco Theo…».

«Smettila di dire che conosci tutti. Non è così». Aveva alzato la voce. «Non c'entra un cazzo di niente con il mondo naturale. La sta sfruttando, scattandole una serie di foto osé per attirare l'attenzione. Naomi è troppo giovane per rendersene conto, ma tu sei perfettamente in grado di farlo».

«Ted, è arte».

«Non riesco a credere che tu possa usare questo stereotipo come giustificazione per la pornografia».

«Non è pornografia». Stavo alzando anch'io la voce. «Per l'amor di Dio, aveva le mutande! Si è tenuta il cappotto finché non è stata nascosta dai rami. Nikita era lì con lei. Naomi le lanciava i vestiti man mano che si spogliava». Feci una pausa per riprendere fiato. Come poteva pensare che Theo volesse sfruttarla? Theo e Naomi erano sempre stati molto legati fra loro, anche da piccoli.

«Ti ostini a non capire», replicò seccamente.

Mi tirai fuori dalla lite. Non ce n'era il tempo.

«Ne parleremo stasera con Theo».

«Non c'è altro da dire», concluse con una scrollata di spalle.

Il tempo a disposizione era finito. Le discussioni vengono spesso lasciate incompiute e cessano apparentemente di esistere, falò abbandonati che si consumano, lasciando solo un mucchietto di cenere. Indossati i vestiti, Ted divenne ancora più ostile, energico, efficiente. Mi diede un bacio che non toccò le labbra, gli occhi che guardavano altrove. La porta principale si richiuse alle sue spalle.

Naomi comparve mentre stavo radunando le mie borse. Aveva ancora l'aria stanca nonostante una notte di sonno e si aggirò senza fretta per la cucina, recuperando cartelline, sciarpa e scarpe da hockey. Sembrava assorbita dalla giornata che l'aspettava, e non mi guardò quando le proposi di fare colazione.

«Non ho fame», si limitò a dire, annodandosi la sciarpa davanti al piccolo specchio sulla parete vicino al telefono.

«Mangia qualcosa, tesoro. Un toast? Un uovo?».

Arricciò il naso disgustata senza rispondere, poi si chinò ad accarezzare il cane.

«Ti voglio bene, Bertie».

Baciò l'aria sopra la testa pelosa e uscì sbattendo la porta. Rientrò per prendere il cellulare e sparì di nuovo.

Arrivarono i ragazzi, insonnoliti e taciturni. Ed aveva un'aria arruffata, la cravatta non annodata e i capelli spettinati. Si riempì una ciotola di muesli e mangiò lentamente, leggendo gli ingredienti sul lato della scatola con grande concentrazione. Theo si appoggiò contro lo sportello del frigo, masticando l'ultimo pezzo di torta di mele a occhi chiusi. Poi se ne andarono, scontrandosi mentre uscivano insieme dalla porta principale, le spalle curve mentre portavano la cartella di arte di Theo.

Era ora che uscissi anch'io di casa. Li seguii, ma arrivata alla porta mi fermai, risucchiata dal caldo disordine della cucina. Toast imburrati e morsicati, una pozza luccicante di zucchero rovesciato, confezioni accartocciate, barattoli aperti. Volevo rimanere, chiudere quel caos dentro la credenza e ristabilire l'ordine sul piano dei mobili.

Mia madre, in versione giovanile, sembrava osservarmi fra le ombre dietro ai cappotti appesi nell'ingresso, talmente vicina che sentivo il suo respiro sulla nuca, il mento sulla spalla. Mi stava dicendo di rimanere, di rimettere in ordine e badare alla casa come aveva fatto lei. Mi affrettai a frugare fra le paia di scarpe finché non trovai quelle nuove, rosse con i tacchi. Le infilai, diventando la professionista, il dottore, e uscii tirandomi dietro la porta.

Fuori m'imbattei in Anya che scendeva dalla macchina del marito. Sotto il cappotto portava l'immancabile grembiule a disegni stampati che usava per fare le pulizie a casa nostra. Lavorava sempre con calma, facendo onore a ogni incombenza con mani pazienti. Io invece, per quanto mi adoperassi, finivo sempre con l'affrontare ogni cosa con rabbia, lasciando un lavoro incompleto per cominciarne un altro. Anya e il marito venivano dalla Polonia. Ogni volta che lo vedevo, lui mi fissava con cipiglio severo. Avrei voluto dirgli che Anya rendeva la mia vita possibile, ma questo l'avrebbe fatto arrabbiare ancora di più, come se la mia vita fosse più preziosa di quella di sua moglie. Il suo sguardo ostile saettò dal mio cappotto pesante alla borsa di pelle, alla casa a più piani alle mie spalle.

Mentre aprivo la macchina, salutai la signora Moore dall'altra parte della strada; stava mettendo fuori i rifiuti, confezionati per il riciclaggio. Ted aveva lasciato i nostri sul marciapiede la sera prima: le bottiglie di Shiraz lavate, le esotiche confezioni di cartone dei pasti precotti, copie del «Telegraph» piegate ordinatamente. La signora Moore si raddrizzò premendosi una mano sulle reni. Guardò nella mia direzione e la bocca anziana si dischiuse in un breve sorriso. Intravidi la sagoma indistinta del figlio Harold fare timidamente capolino dalla finestra a golfo. Aveva circa trent'anni ed era affetto da sindrome di Down. Suo marito l'aveva lasciata anni prima. Mi domandai, come facevo ogni volta che la vedevo, cosa la spingeva ad andare avanti un giorno dopo l'altro. Continuò a fissarmi mentre avviavo il motore e premevo il pulsante della radio. D'un tratto, pensai che poteva essere esattamente il contrario: forse non c'era bisogno che mi sentissi in colpa perché apparentemente avevo molto più di lei; mi vedeva sempre andare e venire in tutta fretta, e sapeva che Ted lavorava ogni giorno fino a tardi. Probabilmente mi compativa.

La mattinata scivolò via senza intoppi. Tre donne, una dopo l'altra, destabilizzate da questioni di semplice biologia: mestruazioni, gravidanza, menopausa. Mentre le ascoltavo e le visitavo, avrei voluto dire loro che quella era la normalità della vita, non una malattia. In altre culture avrebbero celebrato momenti del genere; forse lì ero io il celebrante delegato a prendere atto di quei riti di passaggio. L'ultimo paziente, però, il signor Potter, stava davvero male. Novant'anni, si era lucidato le scarpe, aveva disceso la collina e aspettato il suo turno per dirmi che accusava un dolore opprimente al petto, al centro e sul lato sinistro. Guardai il volto sudato, il sorriso forzato che gli tremava sulle labbra. Non c'era molto tempo.

«Mi spiace, dottoressa, non lo sapevo; pensavo fosse indigestione. Non volevo disturbarla». Parlava con difficoltà, cercando di riprendere fiato. «Chi darà da mangiare al mio gatto?».

Usò il telefono per chiamare i vicini, mentre io organizzavo il suo ricovero nell'unità coronarica. Il suo mondo stava cambiando: si lasciava alle spalle un ordinato appartamentino in una casa popolare, le foto sbiadite del matrimonio sulla mensola del camino, il bagliore della stufa a gas davanti a una poltrona ormai vuota, la presenza confortante di un gattino. Lo aspettava un ambiente di luci abbaglianti, di tubicini e il continuo *bip* dei monitor di controllo; il personale dietro la scrivania sarebbe stato troppo distante, o troppo opprimente; gli avrebbe alitato in faccia, parlandogli ad alta voce come se fosse un bambino sordo. Avrei voluto dirgli di appuntarsi sul petto le sue medaglie di guerra.

Frank era seduto dietro a una scrivania antica con il pianale in cuoio, parlava al telefono; vedendomi, sorrise e accennò alla sedia. Due tazze di caffè erano posate davanti a lui, l'aroma riempiva la stanza. Mi accomodai.

Riagganciò il telefono, sospirò e afferrò una delle tazze con entrambe le mani. Gli occhiali gli pendevano storti sul naso; la superficie della scrivania era completamente nascosta da un cumulo di strumenti, penne e moduli.

A quanto pareva, c'era stato un pasticcio burocratico da parte del Dipartimento cure primarie, il che significava che le valutazioni sarebbero cambiate di nuovo. Mentre Frank si lamentava della politica medica, il caffè mi scaldò e mi rilassai. Cominciammo a parlare della mattinata.

«Ho rinviato Jade Price al pediatra di comunità. Possibile abuso di minore. Al momento non ne ho accennato alla madre, quindi passerò da casa loro in giornata».

Frank ascoltò la storia con espressione circospetta.

«Conosco i Price. Fai attenzione, Jenny, e considera la faccenda da ogni possibile angolazione. Non mi sembrano persone in grado di maltrattare bambini».

«Le angolazioni non sono poi tante», dissi, ricordando i lividi e l'immobile spossatezza di Jade. «Il profilo familiare combacia. Il padre è un prepotente che alza facilmente il gomito. La madre è depressa».

«Perché passare da casa loro? Potresti semplicemente telefonare».

«Non sarà facile dirle che sospetto la famiglia di abuso di minore – sarà più semplice trovare il momento giusto parlandone di persona». Mi venne in mente un'altra considerazione. «E poi a casa potrei trovare ulteriori indizi».

«Vuoi che venga con te?»

«Cosa? Perché?»

«Potrebbero cercare di confonderti, o diventare ostili. Mi sembri un po'… preoccupata. Non solo per i Price, intendo dire. C'è qualcosa che ti irrita».

Non era un caso se Frank faceva il medico di fiducia da trent'anni.

«Oh, faccende di famiglia».

«Ted sta bene?»

«Benissimo, direi. Una stella in ascesa, in realtà». Ripensai all'entusiasmo della sera prima, alla scintilla di eccitazione nel suo sguardo.

«I ragazzi? La mia nipote preferita?»

«Naomi è cambiata. Più riservata, forse. Non riesco a individuare con esattezza…». Dicendo questo, provai un moto di preoccupazione. Mi stava sfuggendo qualcosa?

«Sta combinando qualcosa, presumo». Sorrise. «Le quindicenni passano la vita a combinare qualcosa».

«Di solito me ne parla». Non ultimamente, però. Non da settimane. Da mesi, forse.

«Conoscendo Naomi, lo farà quando lo riterrà opportuno. Ted cosa ne dice?»

«Nulla. Be', non gliene ho ancora parlato – troppe cose tutte insieme». Sorrisi mestamente. «Il tempo non è mai abbastanza, e uno dei due finisce per addormentarsi».

«Solo Dio sa come fai a fare tutto. Io ho avuto solo un figlio e Cathy era a casa tutto il tempo».

Non mi piaceva quando la gente mi diceva così. Come se io la stessi imbrogliando. Non c'era nulla di magico. Non era nemmeno particolarmente difficile. Dovevo solo continuare ad andare avanti, e sapevo esattamente come fare. A volte avevo la sensazione di fuggire da una vita a un'altra e viceversa. Non sapevo con precisione da cosa scappassi ogni volta, ma sembrava funzionare; dicevo alle mie amiche che mi forniva una giustificazione inconscia se qualcosa andava storto. Col tempo mi ero resa conto che se lasciavo che i ragazzi se la sbrigassero da soli, di solito ci riuscivano. Adesso potevo biasimare solo me stessa se Naomi stava imparando a essere indipendente. Avrei aspettato finché non avesse abbassato la guardia e fosse stata disposta a parlare.

Avrei sorvolato sulla faccenda della sigaretta e poi, appena mi avesse detto qual era il problema, l'avrei aiutata.

Se qualcuno me lo avesse chiesto, avrei risposto che era felice, e che lo eravamo anche io e Ted. Eravamo tutti perfettamente felici.

La casa dei Price era in una strada nei pressi del porto, a poco più di un chilometro dallo studio. L'area vicino al fiume era stata riedificata; i vecchi depositi erano stati rimpiazzati da uffici in vetro e mattoni e da una palestra. Ma l'architettura ricca di stile non aveva raggiunto la via dove abitavano i Price, due strade più indietro. Parcheggiai la macchina e mi incamminai in cerca del civico 14. Una o due finestre avevano i vetri rotti, rappezzati con dei cartoni; in un giardino davanti a una casa c'era un televisore abbandonato nel fango. Nessuna porta sembrava avere numeri. Notai un gruppo di ragazzi intorno a una motocicletta, un'elegante due ruote in netto contrasto con la strada. Ragazzi esili, ma dritti nel vento pungente. Uno di loro stava scolando una lattina con fare disinvolto, incurante che il liquido gli colasse sulla faccia. Il vento soffiò una pagina ingiallita di giornale contro le mie gambe. Me la strappai di dosso e la osservai svolazzare verso il palo di un lampione. Mi avvicinai al gruppo.

«Salve. Sapete dirmi dov'è il numero 14?».

Il ragazzo più alto alzò di scatto la testa.

«Jeff Price? Perché?».

Si fece avanti un altro ragazzetto. Mi fissò spostando il peso da un piede all'altro, una sigaretta arrotolata a mano stretta fra i denti, le braccia nude incrociate sul petto. Senza dire una parola, accennò alla casa con la porta gialla.

«Grazie per l'aiuto». Rivolsi a tutti un mezzo sorriso.

«Se la tira, eh?», commentò qualcuno mentre mi giravo, e uno di loro lanciò una lattina in mezzo alla strada.

C'erano delle bottiglie fuori della porta gialla, alcune rovesciate. Salendo i gradini le urtai con i piedi e finirono in pezzi sul viottolo. Un'ondata di risate echeggiò alle mie spalle.

Dalla porta socchiusa usciva un tanfo di birra e urina. Il campanello non funzionava, così bussai; nessuna risposta. Spinsi la porta, entrai nell'angusto ingresso buio e chiamai: «Signora Price? Salve, sono la dottoressa. Ci siamo viste ieri».

«Chi c'è?».

Un uomo corpulento emerse dall'oscurità della casa. La vestaglia macchiata era aperta, e rivelava un groviglio di peli tendenti al grigio sul torace e un paio di mutande sformate. Mentre avanzava verso di me veloce come un treno, serrai istintivamente le mani intorno alla borsa.

«La dottoressa. Sono… la dottoressa».

«Ah sì? E cosa vuole?»

«Ieri sua moglie ha portato Jade allo studio medico».

Il cambiamento fu improvviso e totale. La bocca si aprì in un ampio sorriso e dagli occhi sparì ogni traccia di sospetto.

«Che Dio ti benedica, cara. Sono molto preoccupato per Jadie. Entra, ti presento mia madre».

Glielo avrei detto subito. Dopo aver conosciuto sua madre, lo avrei avvisato che ero preoccupata perché sua figlia subiva dei maltrattamenti, anche se non avrei usato quella parola. Gli avrei detto che l'avevo rinviata al pediatra, per maggior sicurezza. Mi guidò lungo il corridoio e oltre una porta stretta in fondo. «Saluta la dottoressa, Ma. È venuta per la nostra piccola Jadie».

L'odore di ammoniaca mi fece lacrimare gli occhi. Una donna anziana sedeva accanto a una stufa con un'unica barra incandescente. Aveva l'aria di un vecchio pappagallo, con gli occhi infossati tra pieghe di pelle avvizzita e piccoli artigli affondati nei braccioli della poltrona. Il corpo era scosso da spasmi e le guance si gonfiavano ritmicamente masticando a vuoto. Sotto la poltrona, il tappeto appariva scuro e bagnato.

«Non riesce a controllarsi. Ora vi preparo una bella tazza di tè. Mettiti comoda, tesoro».

Cercai un posto dove sedermi, ma ogni superficie era occupata: blister di pasticche, fazzoletti di carta appallottolati con depositi verde scuro annidati tra le pieghe. Giocattoli di plastica ingombravano il pavimento ed erano stati spinti sotto il televisore. Appeso alla parete, un foglio con una casetta disegnata da una mano infantile. Il caldo e il cattivo odore erano soffocanti. Tornai nel corridoio e mi misi in ascolto. Sentii il bollitore fischiare, un acciottolio di stoviglie, il rumore di qualcosa che finiva in pezzi e le imprecazioni del signor Price. Guardai su per la stretta scala a chiocciola che si snodava nell'oscurità. Tesi l'orecchio per sentire la presenza di una bambina, ma non ne ebbi il tempo.

«Cercavi me, tesoro?». Il signor Price comparve con una tazza fumante in ciascuna mano. Mi seguì nel soggiorno, incalzandomi con lo stomaco prominente. «Eccoci qui, Ma».

Posò la mia tazza in equilibrio precario su una pila di quotidiani, soffiò rumorosamente dentro l'altra, poi sollevò il viso della madre e cominciò a darle il tè a cucchiaini; rivoli ramati le colarono giù per il mento e sulla camicia da notte di nylon rosa. Accanto alla poltrona c'era una foto di famiglia; da dove ero seduta, riuscii a distinguere la sagoma di una bambina, minuscola in mezzo ai due genitori.

«Riguardo a Jade…».

«Sì?»

«Sono preoccupata per… quei lividi».

«Tracey me l'ha detto. Questa tosse. A volte sente caldo, sa, è tutta sudata. E non ha voglia di mangiare, è sempre più secca. Quei lividi, poi».

«Mi chiedevo come se li è procurati». Lo guardai attentamente mentre lo dicevo.

«Questo è il punto. Non ne abbiamo la più pallida idea. Non ne fa parola».

«È questa, in parte, la ragione per cui voglio mandarla in ospedale per un controllo – i lividi».

«In ospedale. Che mi venga un colpo! Allora è una cosa seria?». Aggrottò la fronte, sembrava sinceramente preoccupato, e capii cosa intendeva Frank. Quest'uomo poteva confondermi.

«Tutto ciò che non ci è chiaro diventa importante». Mantenni un tono pacato. «Voglio che la visiti un pediatra».

«Ah sì? E chi sarebbe costui?»

«Un medico dei bambini. Qualcuno che esamina i problemi che si presentano quando i bambini hanno lesioni inspiegabili. Come Jade. A dire il vero, siamo preoccupati che qualcuno le abbia fatto del male».

«Quelle luride canaglie a scuola».

Ci avevo provato. Avevo fatto tutto il possibile. Se lo avessi costretto a un confronto diretto avrebbe potuto prendere la bambina e sparire.

«Le invieranno un promemoria dell'appuntamento, o forse le telefoneranno entro uno o due giorni se si libera un posto».

«Grazie, doc». La faccia si increspò in un sorriso che parve convincente. «Lo dirò a mia moglie».

Mi alzai, ignorando il tè. La madre sussultò e cominciò a smaniare nella sua poltrona.

«È tutto ok, sta andando via», le gridò il signor Price in un orecchio. «Saluta la dottoressa».

Gli occhi da pappagallo guizzarono nella mia direzione. Lei sapeva. Non poteva abitare in una casa dove una bambina subiva maltrattamenti e non esserne al corrente. Probabilmente sapeva esattamente il motivo della mia visita.

La banda di ragazzi era ancora là. Uno aveva nascosto la faccia dentro una busta, un altro si dondolava appoggiato contro un lampione, gli occhi chiusi. Due erano in posizione accovacciata, teste chine e mani penzoloni. Non mi videro passare. La strada stretta mi parve ancora più tetra; la striscia visibile di cielo era di un grigio cupo e stava cadendo una pioggia leggera. Controllai l'orologio mentre affrettavo il passo: le quattro. Theo doveva essere nello studio d'arte a disporre le sue foto per la mostra. Ed a vogare durante gli allenamenti della squadra della scuola, sguardo concentrato e muscoli in tensione. Avevano più o meno la stessa età di questo gruppo di ragazzi. Ma non mi sentii fortunata, mi sentii spaventata.

Dentro la macchina faceva freddo. Accesi il riscaldamento e la radio. Stavano trasmettendo il notiziario locale. Aggressione da parte di uno stupratore nel centro di Bristol. Allagamenti. Fabbrica di cioccolato che chiudeva i battenti.

D'un tratto sentii il bisogno di parlare con Ted, di sentire la sua voce. Spensi la radio, tirai fuori il cellulare e digitai il suo numero. La sua voce disse che non poteva rispondere, di lasciare un messaggio dopo il segnale acustico. Era diverso dall'ultimo messaggio di risposta, uno che aveva registrato a casa, con un leggero sottofondo di musica, il clangore di un tegame e voci dei ragazzi. Qui c'era unicamente la sua voce, chiara e determinata. Sembrava molto sicuro di sé, e terribilmente lontano.

Capitolo 6

Dorset 2010. Un anno dopo

Stringo fra le dita il polso sottile dell'anziana signora. La sua è un'immagine che ho registrato senza rendermene conto, come un albero lungo la strada che percorro spesso in macchina. Fino a oggi non è stata altro che una figura curva dentro un cappotto ingombrante. Avevo capito che era anziana dall'andatura rigida e zoppicante. A volte, durante il lento scorrere delle ore notturne, guardo fuori dalla finestra e provo conforto nel vedere la luce accesa nella sua stanza. Adesso è stesa in una posizione innaturale: il collo piegato contro lo stipite della porta, le braccia abbandonate sul corpo, le mani conserte.

«Salve, mi sente?».

Nessuna risposta.

«Sente dolore da qualche parte?».

Niente.

«Adesso la tiro su, si regga a me».

Le passo un braccio sotto le spalle e l'altro sotto le ginocchia divaricate. Vista da vicino, la pelle diafana è solcata da una ragnatela di rughe; ci sono chiazze brune sulle guance. Le labbra sottili sono pallide, i capelli bianchi tirati indietro così saldamente da evidenziare le ossa della fronte. Ha l'aspetto di un gattino addormentato e il peso di una bambina. Apro la porta spingendola con una spalla, ed eccomi tornata a fare quel che facevo ogni giorno, quando prendermi cura della gente era parte della mia vita.

Bristol 2009. Da quindici a dieci giorni prima

I giorni passavano in fretta. Giorni normali.

Erano normali? Allora sembrava di sì. È proprio così che sono impressi nella mia memoria: giorni grigio-azzurri di routine e piccoli drammi. Normali, sebbene fossero gli ultimi giorni di vita familiare; normali, anche se venne fuori che quasi tutti stavano mentendo.

Lavoravo presso lo studio, le cliniche prenatali di routine e gli ambulatori giornalieri. A casa, io e Ted parlavamo, discutevamo, facevamo l'amore quando non eravamo troppo esausti. Ed rimase un paio di giorni a casa per un brutto raffreddore e quelle mattine lo lasciai tranquillo a dormire, con bevande e paracetamolo a portata di mano sul comodino. Theo ricevette un encomio per la serie di fotografie nel bosco e le prove di Naomi erano più frequenti e duravano più a lungo. Ted passava più tempo al lavoro. Il suo saggio fu accettato dalla rivista medica «Lancet». Festeggiammo a tarda notte con una bottiglia di vino.

Se i giorni sembravano inafferrabili mentre l'oggi scivolava nel domani, la vita almeno procedeva senza grandi scossoni. Il trucco stava semplicemente nel bilanciare ogni cosa. Famiglia. Matrimonio. Carriera. Pittura. Se la bilancia pendeva in una direzione e il lavoro assorbiva più tempo, nessuno si lamentava. A volte mi sentivo come se stessi facendo le prove per la vita reale, così se qualcosa andava storto non aveva importanza. Un giorno sarei riuscita a organizzare ogni cosa. Sarei stata madre, moglie, dottoressa e artista perfetta. Era solo una questione di pratica. Se sbagliavo qualcosa, bastava ritentare. Al lavoro avevo sempre la fresca sensazione di cominciare da capo. Ogni mattina il lavabo era pulito, il lettino era rivestito da un lenzuolo nuovo di carta azzurra, i giocattoli erano stati riposti nella loro scatola.

Jade fu ricoverata in ospedale giovedì 5 novembre. Nella sua lettera, la segretaria del pediatra aveva menzionato il signor Price. L'uomo aveva ribaltato una sedia nella sala d'attesa e spaccato una finestra. Era stata chiamata la polizia che lo aveva arrestato. Avevo passato la palla a chi di dovere, così cercai di non pensarci più, ma non riuscivo a togliermi dalla mente l'immagine della sua faccia quando gli avevo detto che ero andata lì per Jade. Mi era parso così contento. Decisi che era semplicemente perché lui sapeva di aver perso il controllo ed era sollevato all'idea che qualcuno intendesse fermarlo.

Il lunedì dopo andai presto allo studio per ritagliarmi un momento di tranquillità prima dell'arrivo dei pazienti. Controllai gli esiti degli esami medici mentre sorseggiavo la mia prima tazza di caffè, e i test di funzionalità epatica della signora Blacking erano ancora sul monitor quando il telefono squillò.

«Dottoressa Malcolm?»

«Sì?».

Bloccai il telefono tra mento e spalla mentre facevo scorrere i dati sullo schermo. La mia intuizione era giusta. Capelli radi, palmi arrossati e le venuzze sulle guance l'avevano tradita; la smemoratezza non dipendeva solo dalla menopausa. Non mi aveva detto della bottiglia di sherry in fondo alla credenza, quella che probabilmente acquistava ogni giorno alla Tesco insieme al latte. Mandai una email a Jo chiedendole di fissare un appuntamento per la signora Blacking.

«...dall'Ospedale pediatrico».

«Mi scusi, non ho capito...».

«Dottor Chisholm. Primario dell'Ospedale pediatrico. Ha chiesto il mio consulto per Jade Price».

Posai la tazza e impugnai correttamente il telefono.

«Sì, esatto. Grazie per aver...».

«Vorrei discutere del caso con lei, dottoressa Malcolm».

Mi fece piacere che avesse preso la cosa sul serio, ma non avevo tempo di dilungarmi al telefono. «Posso richiamarla in tarda mattinata? Il mio orario di visita inizia fra tre minuti».

«Preferirei parlarle di persona. Sarò libero all'una – ho cancellato una riunione».

Mi dissi che ero io ad aver bisogno di lui, quindi dovevo essere gentile. «Oggi all'una? Farò il possibile».

«La prego. Sarebbe di grande aiuto. Il mio ufficio è al quinto piano dell'Ospedale pediatrico».

«Chiederò a Frank, il dottor Draycott, il mio collega. Forse può...».

«Bene. A più tardi».

Mi feci subito un'immagine molto chiara del primario. Capelli grigi, pettinati indietro con cura. Teneva la lastra nella mano grande e coperta di efelidi, esaminandola attraverso lenti con montatura di metallo, individuando le vecchie fratture a spirale, impronta inconfutabile di abuso di minore. Non stava pensando alla mia giornata, alle telefonate e alle visite in recondite abitazioni lungo strade dove era impossibile trovare parcheggio. Non sapeva delle richieste di consulto, delle ricette da firmare, della consapevolezza di essere in ritardo e dello sforzo per completare ogni cosa entro la fine della giornata. Voleva parlare con me di Jade, e poiché potevo essere d'aiuto, sapevo che sarei dovuta andare.

All'una in punto, bussai alla porta su cui la scritta "Dr Chisholm" campeggiava a chiare lettere dorate su sfondo nero. Lui si alzò in piedi appena entrai. Era esile e di pelle scura, con intensi occhi castani che fissarono attentamente i miei, cogliendo in essi un lampo di sorpresa.

«Non c'è problema. Tutti vengono tratti in inganno. Purtroppo ho perso il mio accento del Ghana a Oxford». Mi diede una stretta di mano breve ed energica. «Grazie per essere venuta. Prego, si accomodi».

Sedetti sulla sedia di plastica grigia e lui prese posto dietro la scrivania. Sembrava quasi un colloquio di lavoro. Parlai in fretta: «Grazie per avermi chiesto di incontrarci. È una situazione difficile...».

«Jade è malata, dottoressa Malcolm».

«Sì. Il padre non lascia trapelare nulla, ma penso che la cosa vada avanti da un po'. Oltretutto, la bambina è molto depressa».

«Molto malata». Mi fissò impassibile.

«Le assistenti sociali...».

«Ha la leucemia». La sua voce s'impose sulla mia senza difficoltà.

«Leucemia?». Ero confusa, forse lo era lui. Probabilmente stava parlando di un'altra bambina.

La voce era andata avanti a parlare: «...quindi abbiamo la certezza che nessuno abbia abusato di lei. Scarsa igiene, forse, pidocchi e via dicendo. Inconsapevole incuria da parte di genitori inadeguati, sebbene abbia motivo di credere che la bambina sia amata. No, ha una leucemia linfoblastica acuta».

Gesù.

«Le analisi del sangue mostrano linfociti atipici, cellule blastiche. Incapacità di coagulazione. È pericolosamente anemica».

Come diamine avevo fatto a non accorgermene? Tutto divenne improvvisamente, rovinosamente chiaro. L'atteggiamento passivo, lo sfinimento, non dipendevano dalla depressione ma dall'anemia. L'infezione polmonare era marginale rispetto ai globuli bianchi non funzionanti. I lividi erano dovuti a scarsa coagulazione. Era venuta quattro volte allo studio e io non avevo ascoltato, non avevo creduto a sua madre. Un'ondata di rimorso cocente si abbatté su di me.

Il dottor Chisholm raggiunse i miei pensieri e li distanziò.

«Le stiamo somministrando antibiotici per endovena. La risonanza magnetica è prenotata per domani e poi cominceremo la chemioterapia».

«I genitori lo sanno?»

«Non ancora. Per questo ho voluto vederla. È una situazione delicata. In clinica ho detto loro che dovevamo ricoverarla per esaminare la possibilità di lesioni non accidentali. Mi hanno chiesto se era questo che lei aveva pensato».

«Sono andata a casa loro proprio per informarli». Ma era stato un errore, lo capivo adesso. Nel giudicarli mi ero lasciata condizionare in parte dalla loro casa, dalla strada in cui abitavano. «Ho cercato di dirlo al padre».

«La gente sente quello che vuol sentire». I suoi occhi scintillarono prima di volgersi altrove. «Non ho dubbi che lei abbia fatto del suo meglio, dottoressa Malcolm, ma temo che non ne abbiano la minima idea. Il signor Price si è sentito accusato; era irritato».

Irritato? Avrebbe ammazzato qualcuno. I sospetti erano caduti su di lui per colpa mia. Immaginai quella figura taurina scagliare la sedia contro la finestra in preda a una rabbia impotente.

«I risultati dei test sono di stamattina. Da questo momento in poi subentriamo noi nelle cure. Sapevo che sarebbe stata una sorpresa per lei, così ho pensato di dirglielo di persona. Mi chiedevo anche se volesse informarne i genitori. Nel lungo termine, sarebbe meglio per lei discutere la diagnosi insieme a loro in questa fase. Creare un clima di fiducia».

Discutere? Cosa c'era da dire? Che avevo commesso un errore madornale perché non avevo creduto alle loro parole? Che li avevo stereotipizzati nel peggior modo possibile?

Mi fissò dritto negli occhi. Difficile dire se fosse uno sguardo solidale o sprezzante.

«Qual è la prognosi?»

«Il tasso di sopravvivenza a cinque anni è tra il venti e il settantacinque per cento. Dobbiamo aspettare l'esito della risonanza magnetica. Jade ha un numero insolitamente elevato di globuli bianchi anormali in circolo e, come sa, questo peggiora la sua prognosi». Mi stava ancora guardando attentamente. «Quindi, come suo primo punto di contatto, cosa vuole fare?».

Avrei voluto fuggire via dal senso di colpa che mi stava sommergendo. Alla fine avevo chiesto un consulto per Jade, ma per le ragioni sbagliate, e in ritardo di mesi.

«Andrò a far visita ai suoi genitori, naturalmente». Riflettei un istante e aggiunsi: «Vorrei vedere Jade; almeno potrò dire loro come sta».

«Venga con me».

Sgusciò fuori da dietro la scrivania e scivolò oltre la porta e nel corridoio. Dovetti quasi correre per non restare indietro. Sta bene, avrei detto più tardi ai genitori. Sta meglio. Di lì a poco glielo avrei detto. È una fortuna che adesso sia in ospedale. Ha riso – no, riso forse no. Ha sorriso. Ha detto... poi ha detto... poi ha riso...

All'inizio non capii perché ci fossimo fermati vicino al secondo letto. C'era disteso un bambino. Molto magro, con gli occhi chiusi e i capelli chiari, corti e dritti. Non doveva avere più di sei anni. Nel braccio era infilata una flebo, che si allungava fuori del lenzuolo. Poi vidi la giraffa, sporca sullo sfondo immacolato della biancheria stirata. Alcuni lividi erano diventati verdastri, ma ce n'erano di nuovi, rossi e color malva.

«Le abbiamo tagliato i capelli per liberarla più facilmente dai pidocchi». Parlò in tono estremamente pacato. «Ma l'aiuterà anche ad abituarsi alla perdita dei capelli. Abbiamo avuto il suo permesso e quello dei genitori, anche se, come le dicevo, non conoscono la diagnosi».

Mi domandai quanto tempo ci sarebbe voluto perché la chemio la rendesse completamente calva.

Il dottor Chisholm stava parlando a bassa voce, come se avesse letto nei miei pensieri. «Non sappiamo ancora quale combinazione di farmaci useremo. Tutto dipende dalla risonanza magnetica».

«Jade?», le sussurrai. «Ciao, sono la dottoressa».

Il dottor Chisholm mi guardò. I suoi occhi dicevano: dottoressa? La dottoressa?

«Jade non fa che vedere dottori, ormai». Il tono era sprezzante. «Sta dormendo».

Lo ignorai. «Jade? Adesso vado a trovare i tuoi genitori. Dirò loro – cioè, darò loro...». Cosa? Cosa avrei detto? C'era qualcosa da dare?

Un fremito delle palpebre e aprì gli occhi.

Forse fu perché aveva sentito la mia voce prima di allora o forse perché mi aveva sentito nominare mamma e papà, ma per un secondo, meno di un secondo, mi guardò e sorrise.

Fu solo mentre facevo manovra sul cemento sporco d'olio nel parcheggio sotterraneo dell'ospedale che mi venne in mente. Naturalmente, Jade non sapeva che era colpa mia o che avrei potuto aiutarla molto prima, se solo avessi ascoltato.

Capitolo 7

Dorset 2010. Un anno dopo

Mi trovo subito in una cucina calda, ordinata e piena di colori. Noto il linoleum a disegni arancioni, un tavolo rosso scuro, elementi componibili gialli con le maniglie bianche, piano di cottura azzurro e un divano rosso vicino alla parete. Il bagliore di una stufa accesa, lo schermo del televisore che sfarfalla in un angolo, grandi gatti ricamati su una poltrona rivestita di chintz. Bertie ci ha seguite dentro casa; prima che possa impedirglielo, spolvera via un mucchietto di cibo per gatti rimasto in una ciotola e poi si accuccia accanto alla stufa con un piccolo brontolio sospiroso. Adagio l'anziana signora sul divano, le sfilo le scarpe e mi siedo accanto a lei. Mentre le sento il polso, mi guardo rapidamente intorno nella stanza. Ci sono fotografie su ogni superficie: un uomo anziano con un berretto che scava nel giardino, una giovane donna dai capelli neri in riva al mare, che tiene un neonato in braccio e un altro bambino per mano. Famiglia ovunque. Torno col pensiero alla nostra cucina a casa, talmente impregnata di famiglia da convincermi che, se premessi l'orecchio contro la parete, sentirei le voci dei ragazzi impresse nei mattoni. Quando tutto cominciò ad andare storto, il mio unico pensiero era tornare a casa.

Bristol 2009. Dieci giorni prima

Lasciai l'ospedale più in fretta che potei, superando una macchina della scuola guida e scattando in prossimità di un incrocio prima che il semaforo diventasse rosso. Mentre acceleravo lungo Park Road, manciate di parole affiorarono e sgusciarono via dalla mia mente.

Pensavo che i lividi… non c'era mai abbastanza tempo… so che me lo ha detto… mi dispiace.

Raramente rientravo così presto. La porta principale non era chiusa a chiave, le scarpe da ginnastica di Ed abbandonate appena oltre la soglia. Doveva essere tornato di corsa a casa a prendere qualcosa che aveva dimenticato. Le raccolsi. In realtà non aveva bisogno di togliersi le scarpe perché avevamo eliminato i tappeti anni prima. Anche le tende. Le stanze erano spazi vuoti; il sole che si riversava all'interno dalle grande vetrate a ghigliottina disegnava linee a me sconosciute sul legno scuro del pavimento; di solito era buio quando rientravo a casa. C'era un pianoforte lì, pareti tappezzate di libri e una fratina sulla quale Ted poteva spiegare comodamente il suo giornale.

Ora i miei passi echeggiarono cupi mentre attraversavo le stanze deserte. Nonostante la loro ordinata perfezione, le usavamo raramente. Ted lavorava sempre nel suo studio; i ragazzi vivevano nelle loro camere o in cucina. Scesi le scale di legno che portavano alla cucina nel seminterrato e un confortante tepore mi accolse. Tenevo le scarpe di Ed strette al petto. Troppo strette, perché più tardi mi accorsi che avevano lasciato un alone di fango sulla mia camicia.

Ed era seduto davanti al computer nella zona giorno adiacente alla cucina. Mentre mi avvicinavo, una pagina web fu iconizzata in un angolo e se ne aprì un'altra, piena di cifre. Ero talmente contenta di vederlo che provai un lieve senso di vertigine. Mi sedetti accanto a lui sul bracciolo del divano. Volevo dargli un bacio sulla guancia, che odorava sempre di toast caldo, posargli la mano sui capelli ribelli. Ma quando gli arrivai vicino, si ritrasse. Avevo sempre regole nuove da imparare.

«Ciao, tesoro», dissi alla sua schiena. «Sei tornato a casa presto».

«Verifica di matematica», rispose senza guardarmi.

«Ed, sto solo dicendo...».

«Lezioni cancellate. C'era una conferenza per quello stupratore».

«Sì?».

Tenne gli occhi fissi sullo schermo.

«Non mi sono fermato. Era per le ragazze. Consigli su come evitare di tornare a casa da sole, di parlare con sconosciuti. Una noia».

«Cosa hanno detto dello stupratore? Perché proprio oggi?». Qualcos'altro di cui preoccuparsi. «È dall'altra parte di Bristol, no?»

«Cristo, domande». Serrò il pugno sul tavolo. «Alcuni professori dicono di aver visto un tipo strano aggirarsi intorno agli alloggi delle ragazze». Mi lanciò un'occhiata di sbieco, nascondendo qualcosa. «Devo assolutamente fare questa cosa. Sono in ritardo con la consegna».

«Cioccolata calda?»

«Sì, ok».

La preparai subito; mettendo la tazza davanti a lui, gli posai la mano sulla spalla per un momento. Così da vicino, sentii che aveva un odore stantio. Esitai, e lui mi sbirciò con sospetto.

«Di solito a quest'ora non sei al lavoro?», borbottò.

«Di solito, sì».

«Te la sei svignata prima?». Inarcò le sopracciglia, d'un tratto interessato.

Rimasi sbigottita. «Certo che no. E tu?»

«Te l'ho detto, era un discorso per le ragazze. Una volta finito questo, mi rimetto in carreggiata».

«Ok. Bene».

Avrei voluto dirgli che è estremamente facile sbagliare tragitto: un solo errore e sei perduto.

Concessi a me stessa di sedergli accanto per qualche minuto assorbendo la sua aura, la figura alta stravaccata sulla sedia, i piedi grandi con i calzini spiegazzati, la pelle liscia della nuca. Si girò di nuovo a guardarmi con una sorta di diffidenza, non abituato a vedermi inattiva.

Cominciai a spiegare. «Le cose al lavoro sono un po'... C'è qualcosa che mi preoccupa».

«Sì?». Spalle curve, occhi cauti.

«Ma è tutto sotto controllo. Me ne sto occupando».

Le spalle larghe si rilassarono. «Solo che... adesso devo finire...».

«Bene». Raccolsi le scarpe da ginnastica. «Queste sono tue, caro. Hanno bisogno di una lavata. Ed... ricordati qualche volta di mettere a lavare anche i vestiti...».

Prese le scarpe con un mezzo brontolio. Avvicinò di nuovo la faccia al monitor. Gli diedi una pacca sulla spalla e mi allontanai.

In cucina, mi preparai una tazza di tè e osservai il giardino attraverso le volute di vapore. I tronchi si confondevano nella luce del tramonto. Chiamai Ted e questa volta riuscii a parlargli. Mi ascoltò.

«Dio, deve essere dura per te», disse quando feci una pausa. «Mi dispiace, Jen».

«È per Jade che deve dispiacerti, non per me».

«Io ho fatto lo stesso errore – peggio. Ricordi cos'è successo con la spina dorsale di quella ragazzina? Paralizzata. Terribile».

«Sì, certo. È stato terribile», ne convenni. Un errore che era quasi sfociato in un processo; il senso di colpa aveva portato Ted alla depressione. Per un istante mi vergognai; allora non avevo pensato di dargli quel conforto di cui sentivo il bisogno adesso.

«Ma tutti conoscono i rischi della neurochirurgia», dissi dopo una breve pausa. «Firmano i moduli di consenso. Tu spieghi a cosa vanno incontro. I Price non avevano calcolato che fidarsi di me poteva essere rischioso, e io non ho mai pensato alla leucemia. Non ho mai dato ascolto a quel che dicevano...». Mi interruppi, ricordando come avevo ignorato le loro parole, lasciando che i miei pensieri seguissero una diversa direzione.

«Il dovere mi chiama, Jenny», concluse in fretta. «Ora non posso parlare. Cerco di tornare a casa prima. Prendo del vino».

Quella sera, dopo l'orario di visita, telefonai ai Price. Non rispose nessuno. Io e Frank avevamo stabilito di andare da loro l'indomani mattina, ma io decisi di farlo subito. La strada era deserta. Le luci al civico 14 erano spente. Bussai, aspettai, bussai di nuovo. Mi figurai la madre anziana nel soggiorno, in ascolto, che si agitava nella sua poltrona al buio. Dopo un po' andai a casa.

Quella sera i ragazzi erano a un colloquio di orientamento professionale e Naomi alle prove dello spettacolo. Eravamo solo io e Ted. Bevemmo insieme la bottiglia di vino e restammo a lungo seduti davanti ai piatti vuoti. Ted mi teneva per mano e il calore della sua stretta si diffuse fino al polso.

«Cosa devo dire, Ted?»

«Di' loro la verità. Ti sei basata sulle prove che avevi davanti agli occhi; è quello che facciamo sempre».

«La madre ha detto che non sapeva nulla dei lividi. E anche il padre. Ma io non gli ho creduto. Entrambi mi hanno parlato della tosse. Era quella la prova, ma io avevo già tratto le mie conclusioni».

«Non siamo uomini di legge, Jenny. Non sempre c'è il tempo per valutare ogni cosa, non alla prima visita».

«Non era la prima visita; comunque sia, noi ci comportiamo davvero come uomini di legge. Esprimiamo continuamente giudizi».

«Giudizi?»

«I Price erano colpevoli di essere poveri. Di non essere in grado di riferirmi chiaramente le cose, o almeno di esprimersi in un modo per me comprensibile o credibile. Colpevoli di avere una bambina piena di lividi. E ora sono puniti per questo».

«A volte devi andare per istinto».

Si sporse verso di me e mi chiuse la bocca con un bacio. Feci per girare la testa, ma le sue labbra me lo impedirono, la lingua premeva, cercando di aprirsi un varco.

Anche lui non stava ascoltando. Andare per istinto non era abbastanza. Mi tirai indietro. A causa dei miei preconcetti non avevo rinviato Jade a uno specialista con sufficiente tempestività e poi, quando mi ero finalmente decisa a farlo, era stato in base a una diagnosi errata. L'istinto mi aveva completamente tradita.

I ragazzi e Naomi tornarono a casa. I gemelli mangiarono in fretta e andarono di sopra per mettersi in pari con il lavoro. Naomi si liberò presto delle mie domande circa lo stupratore; le ragazze giravano in gruppo, mi disse, ed erano controllate ovunque andassero. China sul tavolo, raccolse con il cucchiaio i resti di *gratin dauphinois* rimasti attaccati ai bordi della pirofila davanti a noi. Rispose alle nostre domande fra un boccone e l'altro. Le prove erano andate magnificamente. I professori le avevano parlato di scuola di teatro. La sua espressione era chiusa, riservata. Era evidente che le possibilità per il futuro stavano cominciando a spiegarsi. La vidi intenta a difendere i propri pensieri e decisi di non forzarla con altre domande. In ogni caso ero troppo stanca per concentrarmi sulle sue risposte. Dopo un po' salì in camera.

Ted e io lavammo i piatti in silenzio e riponemmo il cibo avanzato. Avviai la lavatrice con l'ultimo carico di panni. Salimmo di sopra insieme, le mani si sfioravano. Sentivo le gambe lente, pesanti di stanchezza. A metà rampa, Ted mi passò un braccio intorno alla vita, tirandomi a sé. Arrivai al pianerottolo con l'affanno. I ragazzi erano andati a letto, così parlammo a bassa voce.

Mi costrinsi a spogliarmi, a fare la doccia e a infilarmi una camicia da notte pulita, trovando conforto nella sua morbidezza e nel pizzo. Ted comparve accanto a me mentre mi guardavo allo specchio. Dicono che "chi si somiglia si piglia", ma io non sono mai stata di questo avviso. Ted era alto e robusto con gli occhi di un azzurro intenso. Io gli arrivavo alla spalla, e nello specchio rivedevo il viso irlandese di mia nonna, immortalato nelle foto dell'album di famiglia; capelli neri ricci, occhi chiari, lentiggini. Mentre Ted fissava la mia immagine riflessa, sentii la sua mano sulla nuca. Le dita erano calde, distese sotto l'attaccatura dei capelli.

A letto ci girammo l'uno verso l'altra senza dire una parola. Ora ero pronta per le sue labbra e per un bacio sempre più profondo.

La sua bocca sapeva di vino. Conoscevo il suo odore, la sensazione dei suoi muscoli, le spalle, il ventre piatto con la folta peluria alla base, il peso del suo corpo. Lo conoscevo a memoria. Ma quella sera fu diverso. Quella sera fu più rude e più rapido. Mi spinse giù sul letto, la camicia da notte sollevata, ammassata intorno al collo, e affondò subito dentro di me. Cominciò a muoversi e io con lui, come se lo stress della giornata e lo sfinimento ci avessero scaricato in un luogo diverso dal solito, offrendoci un posto da saccheggiare. Niente preliminari. Nessuna delicatezza. Solo un prendersi e afferrarsi, bocche aperte e occhi increduli, sbattendo uno contro l'altro come animali. Poi, improvviso, squassante, il piacere. Alla fine il nostro abbraccio si sciolse, i nostri corpi rimasero scomposti, ancora intrecciati. Immobili. Senza parlare. Ted si chinò sul mio viso e leccò via le lacrime che non sapevo fossero lì. Dopo di che si addormentò quasi subito, il respiro profondo, la faccia girata dall'altra parte. Rimasi sveglia per un po', lasciando una mano posata sulla sua schiena.

Il sonno, quando venne, fu come una coperta gettata sopra di me. Annullante. Senza sogni.

Capitolo 8

Dorset 2010. Un anno dopo

Probabilmente ha perso i sensi, ma la causa scatenante può essere stata più d'una: un infarto, un coma diabetico, un ictus. Forse ha avuto una convulsione o una colica addominale, sebbene la faccia sia simmetrica e l'addome morbido. Cerco indizi – medicinali su un tavolo o un kit per monitorare la glicemia da qualche parte – ma la casa non ha un'aria trascurata da malattia cronica. Si muove, dischiude le labbra e poi apre gli occhi, perplessi piuttosto che spaventati. Mi guarda in modo diretto mentre le spiego come l'ho trovata, e noto che gli occhi presentano l'anello velato di colesterolo intorno alle iridi. Le tengo la mano in attesa che metta insieme qualche parola. Le articolazioni gonfie e la pelle fragile mi sono familiari; erano così anche le mani di mia madre. Provo una fitta di rimorso a pensarmi qui ora, seduta insieme a una sconosciuta, mentre non ho mai trovato un po' di tempo per mia madre nell'ultimo anno della sua vita.

Bristol 2009. Nove giorni prima

Stavo infilando il portatile nella borsa quando il telefono squillò.

«Ciao, cara».

Presa. Dannazione. «Non posso trattenermi al telefono, mamma».

«Quindi oggi lavori?»

«Sì, sai bene che lavoro tutti i giorni, tranne il venerdì».

«Di nuovo quella sorta di confusione. Assurdo, no? Ieri sera mi sono sentita davvero male, così ho pensato…».

«Male? Cosa vuoi dire, mamma?»

«Male, e basta. Non so spiegarti, Jennifer». Il tono accusatorio mi riportò alla ragazzina di dodici anni di tanto tempo prima. «Parliamo di qualcos'altro. Come sta Jack?», aggiunse con voce più decisa.

«Jack?»

«Tuo marito, cara».

«Mamma, Jack è l'ex marito di Kate».

«Naturalmente. Che sciocca. Allora chi è tuo marito, cara?».

La vedo come se fossi nella stessa stanza. Sta guardando fuori dalla finestra, i vialetti deserti intorno alla casa per anziani; sospira e sfiora la collana di perle, getta un'occhiata indietro, verso il televisore coperto da un trionfo di polvere e da una pila ordinata di riviste. C'è odore di naftalina e di detersivo. La sua memoria comincia a fare acqua. Non devo perdere la pazienza.

«Ted. Ascolta, mamma…».

«Non so cosa fare del cottage. Kate non lo vuole».

No, anche il cottage, adesso. «Verrò a trovarti e ne parliamo insieme».

«Domani?»

«Venerdì. Il mio giorno libero».

«Che bello, cara. È solo che mi sento male».

Frank mi aspettava nel parcheggio dello studio. Salii nella sua macchina e mi trovai circondata dagli accordi di un concerto per violino. Frank era scuro in volto.

«Togliamoci questo dente». Guidò la vettura fuori dal parcheggio.

«Mi dispiace darti questa incombenza, Frank». I suoi appuntamenti con i pazienti della prima parte della mattinata erano stati cancellati; non avevamo nemmeno avuto il tempo per controllare gli esiti degli esami medici del giorno.

«Non che io non abbia mai commesso errori. Sei tu che mi preoccupi».

«Quali errori puoi aver mai fatto?». Lo guardai; i suoi occhi erano fissi sulla strada.

«Non ho riconosciuto quel caso di ipertiroidismo, così il tipo è andato fuori di testa».

«Ma dopo le cure è stato bene», gli ricordai.

«E che mi dici della frattura alla caviglia che pensavo fosse una distorsione?». Mi lanciò una rapida occhiata.

«Dovrai fare di meglio, se vuoi impressionarmi».

«Non ti sto raccontando i casi più gravi. Guarda le riviste della Medical Protection Society. Ti farà sentire meglio».

Le sfogliavo spesso, prendendole dalle instabili pile accatastate nella nostra camera da letto. Non era una lettura facile. Bambini con febbre alta che non venivano nemmeno visitati, poi a mezzanotte la corsa in ospedale con una meningite; alterate abitudini intestinali che erano cancro, non colon irritabile; il mal di testa che era un tumore al cervello, non stress. Le leggevo con un peso sul cuore.

«Mi fanno sentire molto peggio».

Jeff Price aprì la porta e si fece da parte, il volto inespressivo.

Ci accalcammo nell'ingresso angusto. La sua faccia era talmente vicina alla mia che sentivo il calore della sua pelle. Ci indicò la cucina con un cenno brusco della testa.

«Andiamo là. Non voglio che mamma senta tutto questo». Ci fece strada fino alla cucina, dove si fermò con le braccia conserte, in attesa.

«Ho commesso un errore», dissi. Mi sentii avvampare ed ebbi la netta sensazione che sarei scoppiata a piangere.

«Fantastico, non c'è che dire». Era evidente che il signor Price non era disposto a perdonarmi. Una vena sul lato della fronte cominciò a pulsare visibilmente. «La mia bambina viene ricoverata in ospedale per sospetto abuso di minore, io arrestato e ammonito prima di essere rilasciato, e lei viene a dirmi che ha commesso un errore?».

Alla facoltà di medicina mi avevano insegnato ad ammettere i miei errori, ma in quel momento mi chiesi se fosse stato un consiglio valido. Sembrava peggiorare ogni cosa.

«Signor Price», intervenne Frank con voce pacata, «la dottoressa Malcolm è passata per dirle qualcosa di importante».

«Ho richiesto il consulto di un medico ospedaliero per via di quei lividi». Cercai di contenere il tremito della voce. «Noi non sapevamo...».

«Le ho detto che non sapevo niente di quei lividi. Gliel'ho detto quando è venuta qui a ficcare il naso, quando pensavo che volesse aiutarci».

«Mi spiace». Due parole che suonarono meschine e insignificanti in quella cucina.

«Davvero? Non sparirà tutto solo perché d'un tratto decide di sentirsi in colpa. Mia figlia è ancora lì, non è vero? Le hanno tagliato i capelli eccetera. Solo per eliminare i pidocchi. Quando possiamo riaverla?»

«Per il momento, no. Ieri, quando sono andata all'ospedale, mi hanno detto...». Feci una pausa; era qualcosa da comunicare con tatto, poco alla volta, ma ormai era troppo tardi. «Non è una bella notizia, signor Price».

«Che sta cercando di dirmi, adesso? Aspetti, aspetti». Alzò la voce. «Trace. Tracey, vieni qui». Ci fissò con aria ostile, prese una sigaretta da un pacchetto spiegazzato sul tavolo, la accese e tirò una lunga boccata.

Sentii Frank mettersi sulla difensiva e soffocai l'impulso di nascondermi dietro di lui.

La signora Price arrivò in vestaglia. Stava fumando e aveva pianto; le guance erano rigate di mascara.

«Salve, signora Price».

Mi guardò senza tradire alcuna emozione.

«Sono spiacente, ma devo comunicarvi una notizia penosa».

«Penosa per chi, dottoressa?», sbraitò il signor Price. «Sputi il rospo, per l'amor di Dio!».

La moglie gli posò una mano sul braccio. Ora le unghie avevano un aspetto diverso: rosicchiate fino alla carne.

«Temo che abbia una malattia del sangue». Feci una pausa e guardai le loro facce, di colpo sbiancate in un pallore incredulo. «Si chiama leucemia».

«È cancro, vero?». La voce del signor Price era calata di tono.

«Sì, è un tipo di cancro, uno che si può curare». Continuai ad annuire mentre parlavo, tentando di infondere una sicurezza che non provavo.

«Cristo santo», mormorò.

La signora Price crollò a sedere, gli occhi fissi su di me.

«Come fanno a dirlo? Potrebbero sbagliarsi, no? Gli ospedali non ne azzeccano mai una», disse in tono di sfida.

«Dalle analisi del sangue. Hanno ripetuto gli esami due volte. Temo che non ci siano dubbi».

Rimasero per un momento in silenzio; vidi la testa del signor Price sprofondare tra le spalle.

«E ora?». La signora Price prese a torcersi le mani, gli occhi sempre fissi su di me.

«Per il momento deve restare in ospedale».

«E poi?», domandò il marito.

«Le somministreranno dei farmaci potenti, che si sono dimostrati efficaci».

«No», disse piano. «Morirà?».

Ormai avrei dovuto essere in grado di rispondere a domande del genere, ma non c'era mai una risposta, o almeno non una facile. «È una diagnosi grave. Molti bambini sopravvivono e hanno una vita normale. Posso farvi vedere le statistiche…».

«Andiamo all'ospedale». La signora Price si alzò. «Subito. Non posso stare qui ad ascoltarla, non con mia figlia che sta per morire».

«Ha buone possibilità. Non sappiamo ancora…».

«Se muore sarà per colpa sua». Lo disse girando la testa dall'altra parte, come se non potesse più sopportare la mia vista.

«La dottoressa Malcolm si è assicurata che Jade fosse ricoverata in ospedale», disse cautamente Frank. «Si era resa conto che i lividi erano qualcosa di grave. La bambina è stata sottoposta subito agli esami necessari. Non si sarebbe provveduto senza l'intervento della dottoressa».

Credo che i Price non l'abbiano nemmeno sentito.

Il signor Price si rivolse a me. «Mia moglie le ha portato mia figlia in ambulatorio quattro volte. Quattro volte. Avrebbe potuto fare qualcosa e non ha mai alzato un dito. Gliela farò pagare per questo».

In seguito, non sono mai riuscita a ricordare se abbia detto effettivamente queste parole o se sia stata io a immaginarle. In ogni caso, i suoi occhi furono molto eloquenti. Mi guardavano con odio.

Capitolo 9

Dorset 2010. Un anno dopo

L'anziana signora mi fissa, c'è confusione nei suoi occhi, poi aggrotta la fronte e si guarda intorno nella stanza. «Stavo togliendo le erbacce…».

Sfilo la mano da sotto la sua. Sono stata attenta a evitare qualsiasi coinvolgimento con la vita altrui, ma ho come la sensazione che ormai sia troppo tardi: non posso ancora lasciarla.

«Credo che sia svenuta». I suoi occhi si girano verso di me mentre continuo: «Abito qui di fronte. L'ho vista…».

Annuisce e mi sorride. Anche lei mi ha visto, naturalmente; deve aver notato che mantengo sempre le distanze dalla gente del paese. Probabilmente sa anche di Naomi. «Io sono Mary», dice.

«Io Jenny. Posso chiamare qualcuno?». Accenno al telefono. «Un familiare?»

«Starò benissimo fra due minuti». Si guarda intorno nella cucina con aria infelice. «C'è un tale disordine». A me sembra pulsante di vita.

«Mi spiace averle dato questa seccatura», mormora. «Le offrirei una tazza di tè…», aggiunge con voce esitante.

«Lo preparo io».

Il bollitore di metallo è pronto sul piano di cottura. Nel frigorifero c'è una ciotola di lattuga coperta da pellicola per alimenti, alcune uova scure in un piatto smaltato e un bricco da latte in porcellana decorato con una mucca gialla. Sulla mensola accanto allo zucchero c'è una pila di scatolette di cartone: furosemide e perindopril. Farmaci per abbassare le pressione, che forse l'hanno abbassata al punto da farla svenire. Trovo una piccola teiera marrone sulla mensola sopra le pillole e due tazze di porcellana.

Avvicino uno sgabello al divano per poggiare le tazze, prendo un cuscino dalla poltrona e glielo infilo dietro la testa. Ha la pelle fredda.

«Le porto una coperta?».

Sorseggia il tè e un po' di colorito affiora sulle guance pallide. Mi indica una porta.

«Di là, se vuole essere così gentile, cara».

Entrando nella camera da letto, sento di invadere ancora di più il suo territorio. Lei se lo è tenuto stretto; è stata più fortunata di mia madre, che ha dovuto abbandonarlo. La sua demenza incombente ha avuto la meglio dopo la scomparsa di Naomi, ed è morta senza sapere chi fossi, sebbene ne fosse pienamente consapevole quando mi ha lasciato il cottage. Fino a quel momento, tutto era filato liscio.

Bristol 2009. Sei giorni prima

Entrai nel cortile esterno della casa per anziani nella luce incerta del primo mattino. Piccoli globi luminosi evidenziavano vialetti identici fra loro, che si allargavano come dita di luce davanti a identiche porte d'ingresso. Un'intera vita passata a marcare e a contraddistinguere il suo territorio si era ridotta a un viottolo e a una porta uguali a quelli di chiunque altro.

La sua fragilità mi sorprendeva ogni volta. Sul dorso delle mani, la pelle chiazzata e sottile non riusciva a nascondere il blu intenso delle vene; le palpebre flosce ricadevano pesantemente sugli occhi slavati. Camminando adagio con l'ausilio di un deambulatore, mi fece strada dentro il piccolo, anonimo soggiorno. Mentre le massaggiavo i piedi nodosi, portò subito la conversazione sul cottage nel Dorset. Voleva che lo avessi io. Pensai alle prime vacanze di famiglia trascorse lì con i nostri figli, i costumi bagnati di acqua salina messi ad asciugare sul muretto di pietra del giardino, il grido dei gabbiani, le pareti inclinate della camera da letto, le ammoniti che mio padre aveva incassato nelle mura esterne. Era un'offerta allettante, ma io esitai.

«Ti prego, Jenny. Prendilo. Fallo subito. Kate non lo vuole. Una preoccupazione di meno per me. Ho parlato con il mio avvocato».

Una preoccupazione in più per me, però. I ragazzi avevano perso da tempo ogni interesse per il cottage. A loro piaceva praticare il windsurf a Lefkada e i piccoli caffè a Corfù. Ted amava andare a pesca in Galles insieme ai suoi amici.

Quando arrivai a casa, Naomi stava uscendo. «Devo andare, mamma». Era rossa in viso; mi spinse da parte e passò in fretta. Il vestito sotto il cappotto aperto era rosso, scollato, con scintillanti bottoni di madreperla sul corpetto. Aveva una consistenza setosa, insolita.

«Cosa ti sei messa? Non è un po' troppo scollato? Non mangi niente?»

«Me lo ha prestato Nikita. Lo sto provando per lo spettacolo». Si girò a guardarmi in modo accusatorio. «Il frigo è vuoto. Troverò qualcosa dietro le quinte». Era già sulla porta.

«Deve esserci qualcosa nel freezer», dissi subito. «Lo scaldo in forno».

«Come mai sei andata da nonna, Ma?», chiese Theo a gran voce. Era seduto al tavolo e continuò a sfogliare il suo portfolio senza alzare lo sguardo.

«Aspetta un momento. Naomi, quando…».

La porta si richiuse dietro di lei.

«Lasciala respirare, Ma», intervenne Theo con voce annoiata. «Stasera le prove costumi, lo spettacolo tra un paio di giorni… è stravolta».

Posai la borsa a terra e accesi il bollitore. «Stravolta?»

«Sì». Sembrava pensieroso. «Prima è di cattivo umore, poi la senti cantare, poi di nuovo incazzata. È stressata».

Naturalmente aveva ragione. Preparai il tè per tutti e due. Rovistando nel freezer sotto filoni di pane e pacchetti aperti di piselli, trovai dei filetti di platessa che avevo comprato mesi prima e una busta di patatine fritte mezza piena.

«Allora, mamma», insistette Theo. «Nonna sta bene?».

Disposi i filetti su un vassoio e li infilai nel microonde a scongelare. «Vuole lasciarci il cottage».

«Figo!». Si illuminò in volto; spinse indietro la sedia e si alzò. «Lo dico a Ed».

«È rientrato?»

«Dorme. Vado a chiamarlo».

L'ultima volta che eravamo stati al cottage, poco più di un anno prima, erano rimasti quasi sempre a poltrire dentro casa. Solo un film a Bridport. Non ricordavo nemmeno se fossero andati in giardino, e di certo non più lontano della spiaggia.

Ed scese in cucina stropicciandosi gli occhi, i capelli arruffati, con Theo che gli sorrideva accanto.

«Pensavo che aveste perso interesse per il cottage», osservai perplessa.

«Se è nostro, possiamo organizzarci qualche festa». La voce di Ed suonò diversa, più contenta. «Sarebbe favoloso. Dopo gli esami dell'A-level[2]…».

«Ed, è per la famiglia, non per le feste».

[2] General Certificate of Education Advanced Level, o più comunemente A-level, si consegue a 18 anni. Lo studente si specializza nelle materie fondamentali del corso di laurea a cui vorrebbe accedere, e il superamento degli esami relativi diventa requisito necessario per accedere all'università. *(n.d.t.)*

«Scommetto che a nonna non dispiacerebbe».

«A me sì». Si stavano spingendo troppo oltre. «Diventerebbe un disastro».

«Non farlo», disse Ed accigliandosi.

«Cosa?»

«Fingere di dare una cosa e poi riprendertela un minuto dopo. Torno di sopra. Ho già mangiato». Uscì dalla stanza.

Theo si strinse nelle spalle. «Sì, abbiamo mangiato un po' di pizza. Vado a studiare».

«È normale che vogliano portarci gli amici», disse Ted molto più tardi, mentre cenavamo. «Lasciali andare. Non morirà nessuno se gli prestiamo il cottage».

In quel momento Naomi entrò con aria stanca, gli occhi segnati da occhiaie. Quando mi passò accanto per fermarsi vicino a Ted, sentii odore di alcol.

«Tesoro, hai bevuto?», domandai stupita. Non le era mai piaciuto il sapore quando aveva assaggiato un sorso a Natale e nelle ricorrenze familiari.

Era china sul tavolo, intenta a rubare patatine dal piatto di Ted. Mi fissò per un istante.

«È lo struccante. Puzza di alcol, vero?», disse con la bocca piena.

Aveva il viso più tondo del solito. Grazie a Dio non era a dieta come le sue amiche, ma non mi piaceva l'idea che avesse bevuto, tanto meno che mi avesse mentito. Mi stava di nuovo escludendo dalla sua vita. Non bevvi la storia dello struccante. Un bicchiere di alcol non contava; avere segreti, sì. La guardai. Si era cambiata e indossava di nuovo l'uniforme scolastica, il viso era pulito e luminoso; aveva di nuovo l'aspetto di una studentessa. Di solito, i segreti di una studentessa erano innocui. Io ne avevo avuti tanti; non ne ricordavo nemmeno uno.

«Com'è andata con l'abito che ti ha prestato Nikita?». Le sorrisi. Aveva bisogno di sapere che poteva condividere con me i suoi segreti, se lo desiderava. Ero dalla sua parte.

«La signora Mears pensa che non sia adatto al personaggio di Maria». Si strinse nelle spalle. «Così glielo ho restituito. Cos'è questa storia del cottage?».

Le spiegai la faccenda e si rianimò subito.

«Proprio quel che volevamo. Incredibile».

«*Chi* voleva?»

«Abbiamo il fine settimana libero prima che comincino le rappresentazioni. Potremmo andare al cottage. Domani. Solo per un giorno, ti prego, mamma».

«*Abbiamo*?»

«Il gruppo del teatro, James e tutti gli altri». Fece una pausa; stava osservando la mia reazione. «E Nikita, naturalmente».

«E come ci andreste?»

«James ha la patente. Se il padre gli presta la macchina, ci entriamo tutti».

«James?»

«È ripetente, ha un anno più di me. Fa la parte di Chino».

«James», ripetei. Ricordai vagamente un ragazzo con i capelli rossi che l'anno prima aveva aiutato Naomi in matematica. «Non veniva qui ad aiutarti nei compiti, un po' di tempo fa?»

«Ha aiutato anche Nikita». Aggrottò la fronte e cominciò a mordicchiarsi le unghie.

Quello era il momento: aveva abbassato la guardia e forse sarebbe stata disposta a dirmi cosa la preoccupava.

«Tutto a posto, tesoro? Qualche problema che posso aiutarti a risolvere?».

Rimani sul generale.

Notai gli occhi inquieti. «Una pausa sarebbe magnifica. Ti prego, mamma». Sembrava vicina alle lacrime.

Aveva troppi impegni. Lo sapevo. Emotiva; un po' giù di corda. Certo che avrebbe potuto usare il cottage. Le avrebbe tirato su il morale. Non avrebbero fatto grossi danni in un giorno solo.

Capitolo 10

Dorset 2010. Un anno dopo

I colori della stanza di Mary sono caldi: pareti in cotto, cerchi rosa sulla moquette e un plaid azzurro di mohair piegato con cura ai piedi del letto. Lo prendo e lo avvicino alla guancia. In una chiazza di sole sulla trapunta dorme un gattino soriano; i fianchi finemente striati si sollevano e si abbassano a ogni minuscolo respiro. Di là della finestra, un orticello zappato di fresco e galline rossicce che razzolano dentro un recinto di rete metallica. Mentre osservo, il sole scompare. Una nuvola grigia ha occupato il cielo e il bordo che nasconde il sole si accende come brace. Il plaid è morbido. Resto lì per un momento. La pace in questa stanza è talmente palpabile che mi viene voglia di sdraiarmi sul letto accanto al gattino e chiudere gli occhi. Da che mi ricordo, non ho più provato una pace simile. Forse l'anno scorso – un secolo fa – un sabato a Bristol. Probabilmente l'ultima volta che io e Ted siamo stati felici insieme.

Bristol 2009. Cinque giorni prima

Quel sabato aveva il sapore di un giorno di vacanza. Ted era a casa. Telefonai in ospedale al mattino. Jade aveva fatto la prima seduta di chemioterapia e le sue condizioni erano stabili. Dissi che sarei passata a farle visita dopo il finesettimana. Non sapevo cosa avrei fatto o detto, ma era comunque un inizio. Ted e io andammo al museo d'arte della città, poi pranzammo in un pub e leggemmo insieme il giornale. Era da molto tempo che non passavamo una giornata così; anche le cose più semplici venivano depennate a causa degli impegni di Ted. Spesso, e di recente ancor più spesso, passava i sabati all'ospedale per rimettersi in pari con il lavoro. Ma sembrava assorbito dai quadri della galleria e, anche se l'ospedale lo chiamò un paio di volte, anche se eravamo spintonati dalla folla, ci sentivamo in vacanza.

La casa era silenziosa quando rientrammo. Per capriccio, presi in prestito una matita 3B di Theo insieme a qualche foglio. Cominciai a tratteggiare il ritratto di Ted, seduto a rileggere dall'inizio un articolo che stava scrivendo per il «British Journal of Neurosurgery». Aveva un dito posato sul sopracciglio destro e lo strofinava avanti e indietro mentre era immerso nella lettura. Disegnai anche quello. La matita correva sul foglio bianco ruvido, lasciando una scia grigia nell'attrito con la carta. Ted mi guardava di tanto in tanto, sorridendo. Un profondo senso di pace si allargò tutto intorno a noi. Pensai che un giorno sarebbe stato così, quando avremmo chiuso con il lavoro e i ragazzi avrebbero avuto la loro vita.

Quando la porta si aprì senza far rumore pensai che fosse colpa del vento e salii senza fretta a chiuderla, restia a spezzare l'incantesimo. Rimasi sorpresa nel vedere Naomi appena oltre la soglia, immobile. Sul viso aveva un'espressione che non conoscevo. Guardava verso il basso, profondamente assorta, e muoveva le labbra. Non saprei dire se stesse sorridendo; per un momento pensai che stesse contando, o forse cercando di ricordare qualcosa.

«Naomi! Mi hai fatto prendere uno spavento, tesoro. Sei tornata presto».

«James doveva restituire la macchina».

Si tolse il cappotto e lo appese, senza guardarmi.

«Com'è andata?»

«Bene».

«Allora, come ti è sembrato?»

«Il solito cottage, come sempre».

Sembrava stanca.

«E il giardino?»

«Il giardino?»

«Sarà stato pieno di erbacce».

Detestavo pensare a come doveva apparire trascurato il giardino. Quando era piccola, Naomi amava scavare e piantare, per poi sorprendersi di quel che era successo in nostra assenza, fra una vacanza e l'altra. Ormai erano anni che non lo curavamo come si deve.

«Non ci ho fatto caso». Scrollò le spalle.

Provai un moto di disappunto. «La cucina aveva un buon odore?»

«Odore? Di cosa dovrebbe odorare?». Sembrava interdetta.

Da bambina, correva per prima cosa in cucina e inspirava profondamente. Diceva che persino la credenza odorava di cottage: un profumo d'erba e di mare, mescolato a una leggera nota di cera.

«E il piano di sopra?».

Naomi sbirciò al di sopra della mia testa, dove era comparso Ted.

«Ciao, bella fanciulla. Hai fame?». La guardò con un tenero sorriso.

Scosse la testa. «Devo vedermi con Nikita. Vado a...».

«Ma non era con voi?». Ero sconcertata.

«Sì, certo», si affrettò a confermare Naomi. «Ma non abbiamo avuto occasione di parlare...». Cominciò a mordicchiarsi le unghie.

Ted la abbracciò. «Hai passato una bella giornata e i tuoi amici si sono divertiti, giusto?».

Annuì e si tirò subito indietro. «Ho bisogno di una doccia».

Le tremava la voce. Era stanca, talmente stanca da essere sul punto di piangere. Feci per avvicinarmi, ma si girò bruscamente. Quando si chinò ad accarezzare Bertie, che si era appoggiato contro le sue gambe, notai uno scintillio d'argento sull'indice della mano destra. Feci un altro tentativo.

«Un nuovo anello?»

«Me lo ha dato James. È un anello dell'amicizia», rispose prontamente.

«Carino. Quindi significa…?». Allungai il braccio per toccarlo.

Naomi ritirò di scatto la mano. «Ne ha dato uno a tutte le ragazze dello spettacolo; li ha trovati in una scatola insieme ai costumi».

«A-ha, allora li ha rubati?».

Voleva essere una battuta scherzosa, ma Naomi alzò gli occhi al cielo spazientita. Prima che potesse rispondere, la porta principale si spalancò e i ragazzi quasi capitombolarono dentro casa. Erano senza fiato, rossi in viso e sudati. Indossavano calzoncini e scarpe da corsa infangate, di cui si liberarono con un calcio vicino alla porta.

«Dio, siete sporchi da fare schifo», osservò Ted divertito.

Theo appariva trionfante. Aveva la frangetta appiccicata alla fronte, gocce di sudore sulle guance e uno sbaffo di fango sul mento. «Ho vinto».

Ed era stremato. Poggiò le mani sulle ginocchia, cercando di riprendere fiato. «Hai barato», ansimò.

Naomi si precipitò su per le scale. «Faccio la doccia prima che consumiate tutta l'acqua calda».

«Che le prende?», domandò Theo. «Più pulita di così…».

«In confronto a voi, certo». Ted guardò le gambe di Ed, striate di fango ormai secco.

«Ehi, niente male», commentò Theo notando lo schizzo di Ted che avevo lasciato sul tavolo.

«Togliti. Lo stai riempiendo di gocce di sudore misto a fango». Lo spinsi via.

Ted passò un braccio intorno alle spalle di Ed, incurante del fango.

«Ieri le infermiere del reparto di neurochirurgia mi hanno chiesto quando tornerai a fare un altro po' di esperienza sul campo. Credo che tu abbia fatto una buona impressione. Mi domandavo…».

Ed distolse lo sguardo. «Grazie, ma ho già compilato il modulo UCAS».

I ragazzi salirono lentamente al piano di sopra, senza parlare.

«Cos'è successo a Ed? È sempre scontroso, e di solito arriva primo e con un bel distacco», disse Ted.

«Dio, Ted». Mi colpì il pensiero che gli sarebbe bastato rientrare qualche volta prima la sera per rendersi conto di quanto fossero piene di impegni le vite dei ragazzi. «A-level di scienze. Verifiche. Canottaggio. È esausto».

«Sembra che anche Naomi non ne possa più». Accennò verso le scale dove era appena scomparsa.

«Sarà stanca anche lei», replicai tranquillamente. Ted diceva sempre che ero troppo ansiosa riguardo a Naomi. «Un po' emotiva, forse. Il teatro la sta sfibrando. In più, sta crescendo, quindi è naturale che sia più», cercai il termine che meglio avrebbe incluso i piccoli cambiamenti che avevo notato, «assorta nei propri pensieri». Presi il disegno incompiuto, sorridendo per dimostrare che non ero preoccupata. «Ormoni impazziti. Esami in vista. Ma sotto sotto, è la stessa di sempre».

Ted rise. «È una fortuna, perché per un momento ho pensato che fosse infastidita da tutte quelle domande».

Lo fissai. «Cosa vuoi dire con "tutte quelle domande"? Mi interessa sapere quel che fa. C'è forse un altro modo per scoprirlo?».

Ted mi cinse con il braccio. «Diciamoci la verità: tu devi sempre avere tutto sotto controllo, tesoro». Mi diede un bacio e continuò: «Forse se fossi più spesso nei paraggi...».

«Non farmi la paternale. Non sopporterebbe che le stessi più addosso». Mi allontanai da lui e lo guardai. «Come puoi criticarmi? Da quando in qua *tu* sei nei paraggi per vedere come sta uno qualunque di noi? Vado di sopra a finire il ritratto di Naomi. Non voglio essere disturbata».

Mentre salivo l'ultima, stretta rampa di scale, sentii Ed chiedere qualcosa a voce alta. Poteva occuparsene Ted. Con quale coraggio, lui che non era mai a casa insinuava che io avrei dovuto essere più presente? La rabbia mi faceva battere forte il cuore. Nella mansarda, il cavalletto con il ritratto incompiuto di Naomi era al centro della piccola stanza imbiancata a calce. Mentre lo esaminavo, il mio cuore rallentò, l'irritazione dell'ultima ora cominciò a svanire. Gli occhi azzurri sembravano brillare di vita; trovai il pennello e cominciai a sfumarne la tonalità di colore.

Bristol 2009. Tre giorni prima

Lunedì sera, la lunga corsa della giornata volse al termine. Avevamo i biglietti per vedere *West Side Story*, per la prima rappresentazione, e di nuovo per venerdì, l'ultima sera. La casa era pulita e in ordine quando tornai dal lavoro. Anya aveva apparecchiato la tavola per la cena prima di andare via, mettendo accanto a ogni piatto un tovagliolo e un piccolo fiore. Avevamo invitato Shan e Nikita, e anche mia sorella. Mi misi a cucinare un pasto da lasciare nel forno, e trovai rilassante tritare e rimescolare dopo le ore frenetiche allo studio. Osservai le cipolle bianche dorarsi, la pasta di curry sciogliersi al calore e diventare arancione. La miscela di colori mi ricordò la pittura, i pigmenti che si mescolano sulla tavolozza, e desiderai avere il tempo di sgattaiolare in mansarda per proseguire il ritratto di Naomi.

Kate arrivò presto, con un abito di tweed dal taglio semplice e stivaletti alla caviglia. Preparò il vassoio con le flûte per lo champagne, disponendo i bicchieri dal fusto lungo con mani lisce e curate, le unghie perfettamente ovali e lucide di smalto rosso. I capelli a caschetto con mèche ondeggiavano e risplendevano alla luce.

«Come va la vita?», domandai cautamente; aveva divorziato solo pochi mesi prima.

«Vuoi dire da quando Jack se n'è andato? Magnificamente». Kate mi lanciò un'occhiata. «Mi alzo quando mi pare. Niente più calzini puzzolenti da lavare. Niente cucina. E, meglio di tutto il resto, non devo più restare sveglia la notte a chiedermi chi si sta scopando».

«Kate…».

«Non stare in pena per me. Il divorzio è una gran cosa. Dovresti provarlo, prima o poi. Sembri esausta». Sorrise con malizia. «Tuo marito continua a rientrare a ogni ora della notte?».

Le diedi un rapido sguardo. «Mi renderei la vita difficile se non mi fidassi completamente di Ted. Ha sempre avuto orari di lavoro assurdi. Quando so che è di servizio, vado semplicemente a dormire». Non accennai alla discussione che avevamo avuto di recente; dopotutto, non era colpa sua se non stava molto a casa.

«Allora perché hai un'aria così stanca? È per Naomi?», insistette. Scossi la testa, ma continuò imperterrita: «Non ricordi cosa combinavamo alla sua età? Mamma non ne aveva la più pallida idea».

«Era diverso. Noi eravamo diverse. Mamma non si sarebbe accorta di nulla in ogni caso». Adesso ero irritata. «Naomi si impegna molto; non ha tempo di combinare chissà cosa».

Kate mi guardò scettica. «Ah, la figlia perfetta. Che mi dici dei ragazzi?».

Versai del vino bianco in un bicchiere e glielo offrii. «Non si tratta dei ragazzi. Sto cercando di finire il ritratto di Naomi».

«Non ti fermi mai?». Bevve un sorso. «Mi sembra che tu stia correndo su un tapis roulant e abbia paura di quel che potrebbe succedere se ti fermassi».

Il curry borbottò sul fuoco e lo assaggiai, aggiungendo un po' di noce di cocco. Non risposi e Kate concluse la conversazione con una scrollata di spalle. Cercava sempre di provocarmi, ma quella volta lasciai correre. Pietre opalescenti risplendevano sui lobi delle sue orecchie e il make-up era perfetto. Mi ero cambiata d'abito scegliendo una gonna nera con pullover nero; avevo raccolto in fretta i capelli arruffati con un fermaglio e mi ero spalmata l'ombretto con un dito. Spesso mi tagliavo le unghie con le forbici da cucina poco prima di uscire. Non mi avrebbe creduto se le avessi detto che continuavo con quel ritmo perché ero io a volerlo. Volevo tutto, nonostante la stanchezza e i continui escamotage.

Uscendo per incamminarci verso il teatro, vidi Harold Moore guardare dalla finestra di fronte. Mi chiesi se la madre l'avesse mai portato ad assistere a uno spettacolo. Non l'avevo mai visto fuori casa; forse voleva evitare che la gente lo fissasse incuriosita.

Mentre aspettavamo Ted nel foyer, Kate mi disse: «Non far caso a me. Otteniamo quel che scegliamo, e tu hai scelto molto più di me. È solo che a volte sembra troppo».

Più tardi, in sala, ci sedemmo insieme su un'unica fila, Shan, Ted e io, Kate, Ed e Theo. Notai come le luci del palco dorassero i loro profili. Il momento sembrava perfetto. Mi tranquillizzai. Non avevo scelto troppo; funzionava. Mi sentii di nuovo fortunata.

Appena il sipario si alzò, il cuore cominciò a battermi talmente forte che pensai fosse udibile nell'intera sala. Non ero preparata a sentirmi terrorizzata per Naomi. Ma quando apparve sul palco smisi di avere paura. La riconobbi a stento. La sua Maria non era una ragazza innocente: era una giovane seduttrice. C'era in lei qualcosa di crudele e di sensuale nelle scene in cui esercitava il suo potere su Tony. Il pubblico era come ipnotizzato. Faceva sembrare tutto così naturale. Si era impegnata davvero tanto per essere quel personaggio – le prove erano state incalzanti, e una sera dopo l'altra era rientrata a casa con gli occhi sempre più appesantiti da occhiaie scure – ma ci era riuscita: era Maria. Una versione ispirata e tutta sua. Non c'era da stupirsi che fosse esausta.

Durante l'intervallo fummo circondati da amici e conoscenti.

«Ma da dove è venuta fuori?»

«Una vera stella».

«Splendida voce».

I ragazzi si difesero timidamente dalle congratulazioni. Ed continuava a trangugiare vino; Theo sembrava come stordito. Ted sorrideva, pieno di orgoglio.

Nella seconda parte dello spettacolo, la Maria di Naomi si accendeva di rabbia e determinazione. Non una Giulietta in lacrime, non una vittima che cammina a testa bassa. A me sembrò assetata di vendetta.

Tutti applaudirono quando fece il suo ingresso in cucina più tardi, e lasciò che la abbracciassi. Quando accostai la guancia alla sua, un aroma inequivocabile si levò dalla sua pelle accaldata. Alcol. Aveva bevuto ancora.

Mi sciolsi dall'abbraccio e la guardai, ma i suoi occhi stavano già scrutando la stanza e non incontrarono i miei. Proprio in quel momento, Theo si fece largo e venne ad abbracciarla, sollevandola da terra. La bocca di Naomi tremò, ma Nikita le avvolse una lunga sciarpa di seta arancione intorno al viso e le bisbigliò qualcosa che la fece ridere. Kate mi avrebbe detto che da adolescenti bevevamo come pesci. Era normale che delle adolescenti sperimentassero cose nuove, dissi a me stessa. Ma una vocina nella mia mente mi fece notare che questo si andava ad aggiungere alla stanchezza, al riserbo, ai silenzi e all'odore di tabacco. La osservai mentre abbracciava Nikita e decisi che le avrei parlato come si deve, presto, quando fosse stata meno stanca. Per il momento, questa era la *sua* serata. Dovevo rilassarmi.

A cena, feci il giro del tavolo, lasciando del pane naan vicino a ogni piatto. Naomi era seduta a un'estremità, vicino a Nikita, le loro teste si sfioravano. Una chioma dorata e una nero corvino. Indugiai per un istante, felice di vederle così affiatate.

«Quando?».

Fu la nota di timore nella voce di Nikita a catturare la mia attenzione.

«Giovedì. Ehi, cosa vuoi?». Naomi si girò di scatto e mi guardò con fare accusatorio. «Non hai il permesso di ascoltare».

«Ecco il tuo naan, tesoro». Lasciai correre. Non potevo fare altrimenti, quella sera. «E questo è il tuo, Nik. Ho solo sentito parlare di giovedì».

Naomi assunse un'espressione amabile. «Giovedì dopo lo spettacolo andiamo tutti fuori a festeggiare».

«Giovedì? Ma l'ultima rappresentazione è venerdì».

«Esatto. Venerdì ci sarà una festa, ma alcuni di noi volevano passare una serata insieme a chiacchierare, così abbiamo pensato di andare a mangiare qualcosa dopo il penultimo spettacolo». Mi fissò con aria interrogativa.

«Mi sembra una buona idea, tesoro. Cerca solo di non strafare».

Dopo quella sera, fu sempre impegnata con il teatro e raramente a casa. Alla fine non ebbi il tempo per parlarle, come mi ero ripromessa di fare. Tre giorni dopo entrò in cucina con la busta di plastica e quel nuovo sorriso. Poi scomparve.

Capitolo 11

Dorset 2010. Un anno dopo

La mano di Mary, una piccola tenaglia nodosa, stringe il bordo del plaid mentre glielo rimbocco tutto intorno. C'è una pausa. Arrossisce, sembra imbarazzata.

«Non si preoccupi», mi lascio sfuggire. «Ero un medico generico e sono abituata alle persone che svengono. Ho visto le pillole per la pressione. Forse… dovrebbe fare un controllo?»

«Quelle maledette pillole. Fanno più danni che benefici. È stata davvero gentile, mia cara».

Un'altra breve pausa. Intuisco le domande che si sta ponendo su di me, e che restano inespresse.

«Non c'è di che». Bertie mi segue alla porta. Torno indietro per un istante. «Mi spiace che abbia vuotato la ciotola».

«Quel gattino sta diventando troppo grasso». Gli occhi celesti si illuminano. «Torni presto. La prossima volta preparerò il tè».

La saluto e chiudo piano la porta. Senza volerlo, ho fatto amicizia con qualcuno. E mi rendo conto che, durante l'ultima ora, la paura che mi tallona da più di un anno è rimasta indietro.

Bristol 2009. La sera della scomparsa

Uscita la polizia, sentimmo la macchina avviarsi, il rumore degli pneumatici sull'asfalto bagnato allontanarsi in fretta. Fuori, la luce diafana del primo mattino si stava insinuando nel buio oltre il giardino. Aprendo la finestra, urtai con il gomito una pila di libri sul davanzale. Raccolsi un quaderno rosso e lessi "Naomi Malcolm. Chimica", scritto con cura in corsivo. Ovunque c'erano cuori rossi disegnati a biro; alcuni ripassati più volte, al punto che l'inchiostro era sbavato. Lasciai che la mia mano indugiasse sulla carta cedevole per un momento.

Ted andò di sopra a dormire per un'ora.

Rimasi sola in cucina, e si avventò su di me: una paura cruda, violenta e improvvisa. Chinai la testa per riprendere fiato, come se stessi lottando contro il vento. Sentii le mani colmarsi di terrore, il viso contrarsi, il cuoio capelluto formicolare dolorosamente; pulsazioni di sgomento mi serrarono la gola, dalla bocca fin giù allo sterno. Quando poggiai la mano su quel duro pugnale d'osso, lo sentii vibrare. Le gambe di colpo fiacche e pesanti mi impedivano di camminare.

Appena la bile mi salì in gola e nel naso, mi balenò in mente che quello poteva essere il momento in cui lei stava morendo – ecco perché mi sentivo morire anch'io.

Vomitai più volte, e ci vollero tutte le mie forze per asciugare le lacrime e il vomito dal mento con la carta igienica. Dopo di che, abbassai il coperchio della tazza, mi inginocchiai lì vicino e vi posai sopra il braccio e lo usai come cuscino per la testa. Nell'angolo, dove il linoleum incontrava la parete, notai una macchia triangolare di urina e un frammento di carta gialla dal rivestimento di un tampone.

Andai in cucina. Albeggiava. Erano le sette e mezza. Presto i ragazzi si sarebbero alzati per andare a scuola. Quel pezzo di carta gialla poteva essere lì da settimane, ma i miei pensieri precipitarono in un vortice senza senso: cosa succede al ciclo mestruale se il corpo muore? Il sangue continuerebbe a fuoriuscire per un po', raffreddandosi via via che la temperatura corporea si abbassa. Guardai di nuovo l'orologio. Erano passate otto ore da quando sarebbe dovuta rientrare. Non era morta. No. Era in un autogrill, la bocca sul bordo di una tazza di cioccolata calda, oppure sulla distesa di sabbia umida di una spiaggia al primo mattino, a giocare a frisbee. E ogni volta che allungava le braccia i pantaloni le sarebbero calati di poco, lasciando scoperta una striscia di pelle nuda. Aveva deciso di non telefonare, ma non ero arrabbiata. Non mi sarei arrabbiata mai più. Avrei capito ogni cosa. Lo promisi. Promisi a Dio che sarei andata in chiesa ogni santo giorno per il resto della mia vita, purché fosse sana e salva.

Salii lentamente le scale. Sarebbe stato così da vecchi. Ogni movimento lento e difficoltoso. Ted dormiva, allungato sopra il piumone. Si era liberato delle scarpe con un calcio, e la giacca era buttata su una sedia. Dalla bocca aperta usciva un lieve russare. Quel sommesso ronfare che spesso mi teneva sveglia mi fu adesso di conforto. Sembrava così innocente. Mi sdraiai accanto a lui, senza toccarlo, ma abbastanza vicino da sentire il calore del suo corpo. Frammenti di conversazioni sbatacchiavano impazziti contro le pareti della mia testa. Vedevo rosso attraverso le palpebre.

Fuori, gli uccelli cominciarono a cinguettare.

Capitolo 12

Dorset 2010. Un anno dopo

Il vento si è alzato mentre ero con Mary; si sta addensando un temporale. Fra i tetti di paglia, le scogliere lontane splendono come smeraldi contro un cielo grigio carico. Ne rimango affascinata, chiedendomi come rendere una tale intensità nella pittura. Mentre osservo lo scenario, la luce cala e il cielo diventa cinereo, poi il bagliore di un lampo rischiara lo sfondo cupo. Appena raggiungo la porta echeggia lo schianto di un tuono. Bertie guaisce. La pioggia arriva improvvisa, inzuppandoci in un momento mentre armeggio con la serratura, le mani rese scivolose dall'acqua. Noto che la pioggia ha dato alla pelle una colorazione strana, sembra abbronzata. Appena metto piede in casa, sento una serie di tonfi sordi: al piano di sopra, il vento ha spalancato una finestra che sta sbattendo contro il muro esterno. Mi arriva il fragore delle onde sulla spiaggia di ciottoli. Allungo la mano verso la maniglia, ma il vento mi sferza i capelli e mi soffia pioggia gelata sulla faccia, mozzandomi il respiro. La forza pura del temporale è terrificante ed elettrizzante allo stesso tempo; una sensazione diversa dalla gelida paura che, da più di un anno, mi aspetta ogni mattina.

Bristol 2009. Un giorno dopo

Mi svegliai, e un terrore subitaneo mi avvolse in una morsa. Nella stanza accanto, sentii Theo incespicare fuori dal letto, entrare nella doccia, aprire il rubinetto e canticchiare. Sapevo che avrebbe avuto gli occhi ancora mezzi chiusi. Lo scroscio dell'acqua svegliò Ed nella stanza adiacente, sentii gli sbadigli sonori che scemarono in borbottii sommessi e sospiri. Guardai l'orologio: 8:30. Avrei voluto prolungare il tempo del loro non sapere.

Al piano di sotto le luci erano ancora accese. L'odore del caffè mi diede di nuovo la nausea.

Misi ciotole e cereali sul tavolo. Latte, succo, cucchiai. I ragazzi vennero giù. Aspettai, cercando il tono adatto.

«Naomi non è qui».

Pensai che la mia voce fosse normale, ma i ragazzi si fermarono di colpo. Theo, appoggiato contro il tavolo a bere succo d'arancia direttamente dal cartone, lo staccò subito dalla bocca. Ed, intento a versare i cereali nella tazza, raddrizzò la scatola bloccando al volo il rivolo di fiocchi d'avena. Rimasero in attesa.

«Naomi... non è tornata a casa ieri sera. Non è stata dove ha detto che sarebbe andata...».

«Allora?», dissero all'unisono.

Ed si strinse nelle spalle. «Perché tanto casino?».

Mi aggrappai alle sue parole con gratitudine; dunque, era così che appariva la questione? "Tanto casino"? Si aprì uno spiraglio di speranza.

«Ci aveva detto che sarebbe andata a mangiare fuori con il cast, ma noi pensiamo che invece abbia incontrato qualcun altro... non sappiamo ancora chi».

«Allora?», ripeté Ed.

Theo sembrava perplesso. «Come fate a saperlo?»

«Lo abbiamo chiesto a Nikita».

«Avete fatto dire a Nikita i segreti di Naomi?», disse Ed incredulo.

«Ed, abbiamo aspettato fino alle due e mezza di mattina...».

«Cristo, allora avete parlato con Nikita nel cuore della notte?». Il tono di Ed era furioso. Aprì il cassetto delle posate con tale rabbia che coltelli e forchette caddero tintinnando sul pavimento. «Cazzo». Si chinò a raccoglierli, sbattendoli poi sopra il tavolo.

«Forse oggi la polizia verrà alla vostra scuola a fare qualche domanda», dissi a entrambi. «È probabile che voglia parlare anche con voi».

«Anche la polizia, adesso? Magari starà smaltendo la sbornia da qualche amica». Mi guardò storto. «A volte non ti capisco».

«Ha accennato qualcosa a uno di voi due?».

Ed scosse appena la testa e uscì dalla cucina, senza aspettare Theo. Ero scossa dalla sua rabbia. Non capivo da dove venisse fuori, eppure mi aveva fornito un altro punto di vista: stavamo solo facendo "tanto casino".

«Anche a me non ha detto niente». Le sopracciglia bionde di Theo si unirono a formare una "V", e la pelle delicata della fronte fu solcata da rughe sottili parallele. «Ma ultimamente non mi racconta più tutto come faceva un tempo». Le parole gli uscirono di bocca lentamente, quasi ne avesse preso coscienza solo in quel momento. «Papà dov'è? Lo sa?»

«Secondo te, Theo? Certo che lo sa». Gli passai il braccio intorno alla vita. «Siamo stati svegli quasi tutta la notte. Sta ancora dormendo».

«Cosa succederà?». Sembrava smarrito.

«La troveremo, tesoro. Con l'aiuto della polizia». Cercai di sembrare convincente, come se credessi a quel che stavo dicendo, come se la mia testa non fosse piena di dubbi laceranti.

«La polizia. Dio. Ok». Esitò. «Chiederò in giro. Suppongo che telefonerà o manderà un SMS».

«Certo. Grazie, tesoro».

Si sporse per salutarmi – la barba corta mi sfiorò brevemente una guancia – e uscì.

Non so per quanto tempo rimasi seduta a quel tavolo. La stanza cominciò a ondeggiare, i bordi arrossati delle palpebre a toccarsi. Immagino che la testa mi stesse crollando in avanti, perché quando il telefono squillò mi rialzai di scatto.

«Agente investigativo John Harrison».

«Sì?»

«Polizia Scientifica. Dunque, signora Malcolm... scusi, dottoressa Malcolm».

«Sì?»

«Per il momento nessuna notizia. Abbiamo controllato presso tutti gli ospedali. Naomi non è stata ricoverata, il che naturalmente è una buona cosa. Abbiamo telefonato alla scuola e a breve ci andrò di persona per interrogare alcuni insegnanti e le compagne». La sua voce era grave. Lo spiraglio di speranza tornò a chiudersi. Lui sapeva che non stavamo facendo "tanto casino".

«Sarà meglio che li informi».

«Non c'è bisogno. Abbiamo già provveduto. Un agente della squadra verrà a trovarla verso mezzogiorno. Sarà necessario interrogare gli altri suoi figli il prima possibile».

«Theo e Ed?».

Erano sospettati? Ma perché diamine la polizia non setacciava la regione in cerca di un uomo e di una ragazza spaventata a bordo di una macchina? Un uomo, così ci aveva riferito Nikita. Particolare che non ci diceva niente. Poteva essere alto e imponente con due spalle massicce, abbastanza forte da sopraffarla. Poteva essere l'esatto contrario, più giovane, più esile, un ragazzo normale, forse con una faccia innocente, così da ingannarla più facilmente. Poteva realmente essere andata con lui di proposito, dopo aver organizzato ogni cosa in gran segreto? Era un pensiero che racchiudeva speranza, ma sapevo che era illusorio; non si sarebbe mai allontanata da casa senza dircelo. Non dopo averla messa in guardia per una vita contro macchine e sconosciuti.

«Bene, dottoressa… signora…». Forse non ero un tipo professionale dopotutto, forse ero solo una madre con una figlia scomparsa; era confuso.

«Jenny».

«Ok. Jenny. Semplice procedura di routine. Alla fine dà buoni frutti».

«Procedura di routine per una scomparsa di routine?».

Forse, da qualche parte, Naomi stava mormorando il mio nome.

«Non intendevo questo, Jenny. Sarebbe sorpresa di sapere quanti ragazzi spariscono per un po', poi si ripresentano in perfette condizioni. Nel frattempo, non lasciamo nulla di intentato. Facciamo tutto secondo le regole, per così dire».

Doveva avere liste di cliché sul suo taccuino; chissà se erano riportati in ordine alfabetico. Forse li aveva raggruppati a seconda delle occasioni… scomparsa, rapimento, stupro, omicidio.

«Il fatto è, agente…». Mi fermai e inspirai lentamente, come ti insegnano a fare nei corsi di preparazione al parto per gestire le contrazioni. Inspira e conta. Espira lentamente. «Il fatto è che non so cosa fare nell'attesa».

La voce cambiò e suonò più naturale.

«Tenga duro, Jenny, tenga duro».

Mi bruciavano gli occhi.

Tornai di sopra. Ted era esattamente nella stessa posizione; le grinze sulla camicia erano identiche. Riempii la vasca da bagno e mi immersi nell'acqua calda per qualche minuto; poi mi avvolsi in un asciugamano e, ancora bagnata, mi infilai sotto il piumone stringendo in mano il telefono. Scivolai subito nell'incoscienza, come se mi avessero colpito.

Quando suonarono alla porta mi precipitai fuori dal letto, infilai jeans e pullover di Ted e scesi le scale prima che suonassero una seconda volta.

L'uomo davanti alla porta d'ingresso rimase perfettamente immobile. Ci fu un momento di valutazione privo di sorrisi. Aveva una corporatura robusta, capelli grigi su un volto segnato dalle intemperie, un ventaglio di rughe sottili a lato degli occhi grigi. Bocca triste. Chissà quando, doveva essersi rotto il naso. La faccia non era del tutto simmetrica; forse l'occhio sinistro era più grande del destro, oppure di forma leggermente diversa. Prese atto del mio viso senza trucco, dei capelli arruffati, del maglione troppo largo sui vecchi jeans, dei piedi nudi, e riconobbe, suppongo, un'altra vittima.

«Michael Kopjc. Agente di collegamento con la famiglia».

Il suo accento sudafricano mi suonò immediatamente familiare, riportandomi in un baleno al mio anno sabbatico presso un centro missionario in Sud Africa e agli agricoltori coriacei a bordo di malconci pickup, alle prese con la siccità e le malattie del bestiame. Esperti di periodi di crisi.

La stretta di mano fu breve e ferma.

«Le piace The Hill?». Davvero gli ho chiesto una cosa simile? Nonostante la situazione?

Le rughe intorno agli occhi si infittirono e per un istante le labbra si distesero in un sorriso, poi tornarono a incurvarsi verso il basso. Non mi chiese come mai lo conoscevo e ne fui lieta. Non cercavo uno scambio di idee sull'Africa, se lui conosceva la mia o io la sua.

«Sono Jenny. Si accomodi».

Lo accompagnai in cucina, accesi il bollitore e andai di sopra a svegliare Ted. Si alzò all'istante e scese con me. Seguii il suo sguardo verso l'orologio. Mezzogiorno.

«Nostra figlia sarebbe dovuta rientrare più di dodici ore fa. L'unico sostegno di cui abbiamo bisogno è avere notizie», disse Ted. Sedette di fronte a Michael Kopje, fissandolo dall'altra parte del tavolo.

«Sono qui per questo».

«Allora, cosa può dirci?»

«Ho avuto l'opportunità di parlare con l'insegnante di teatro, una certa signora Mears, e con l'intero cast dello spettacolo. Una ragazza di nome...», tirò fuori un taccuino dalla tasca della giacca, «...Nikita ci ha dato alcune informazioni riguardo a Naomi».

Non mi piacque il modo in cui pronunciò il suo nome, con calma, come se la conoscesse. Mi sedetti accanto a Ted e gli presi la mano. Provai una rabbia improvvisa. Non avremmo mai incontrato questo Michael Kopje se Naomi fosse stata lì ma, per colpa di un destino avverso, lui, uno sconosciuto, si stava impossessando del suo nome. Lo fissai con astio negli occhi grigi e lui abbassò lo sguardo; in quel momento capii che sapeva ciò che stavo provando e la morsa di rabbia cominciò ad allentarsi. Ci concesse una piccola pausa e poi riprese a parlare, in tono pacato.

«Finito lo spettacolo, le ragazze sono rimaste a cambiarsi, ma non erano sole nell'edificio. La signora Mears ha detto che c'era un ragazzo più grande ad aspettarle nell'atrio, così è andata via, sapendo anche che il custode sarebbe arrivato più tardi a chiudere il teatro».

«Quale ragazzo?».

Ebbe un attimo di esitazione. «Edward. Vostro figlio».

«Ed?»

«Ha detto alla signora Mears che avrebbe accompagnato Naomi a casa».

Rimasi impietrita sulla sedia. Dunque Ed era stato lì e non ci aveva detto niente. E nemmeno Nikita.

«La prego, vada avanti, signor Kopje». Ted si era irrigidito, le labbra tirate.

«Mi chiami Michael. Nikita ci ha detto che Naomi doveva incontrare un uomo. Voleva aspettare insieme a lei, ma Naomi le ha detto di non preoccuparsi; c'era Ed, capite. Quando la madre di Nikita è passata a prendere la figlia, il teatro era apparentemente vuoto. A che ora è tornato a casa Ed ieri sera?»

«Non lo so. Mi sono addormentata».

A queste parole gli occhi di Michael si spalancarono. Davo l'impressione di una madre sconsiderata, che permetteva ai figli di andare in giro a ogni ora della notte, senza controllo? Non era mia intenzione addormentarmi. A volte ero talmente stanca che il sonno mi coglieva di sorpresa appena mi sedevo. Inutile spiegargli tutto questo: che importanza poteva mai avere adesso?

«Sembra che Ed sia andato via subito dopo Nikita», disse Michael.

«Sarebbe dovuto rimanere, maledizione», mormorò Ted.

Pestai il numero di Ed sulla tastiera, ma entrò subito in funzione la segreteria telefonica.

Michael continuò, come se non avesse sentito il commento di Ted. «Nikita mi ha detto che non sa quasi niente di quest'uomo. Naomi gliene ha parlato per la prima volta circa due settimane fa. Nikita pensa che una sera l'uomo sia stato presente lì a teatro, sul retro, ma lei non lo ha mai visto da vicino».

«Qualcuno avrà pur notato una persona estranea, no?». Cambiai posizione sulla sedia, sporgendomi sul tavolo. «Se chiede agli insegnanti…».

«Ci stavo arrivando. La signora Mears ci ha detto che una volta ha visto un uomo seduto in fondo alla sala durante le prove. Pensa di aver visto Naomi alzarsi dalla poltrona accanto a quella dell'uomo. A quanto pare la signora Mears ha ripreso Naomi perché ad amici e genitori non è permesso assistere alle prove. Naomi le ha risposto che non era stata lei a invitarlo, era capitato lì per caso».

Mentre Michael faceva una pausa, mi domandai se quell'uomo fosse stato lì anche la sera in cui avevamo assistito allo spettacolo. Cercai nella mia mente l'immagine di uno sconosciuto che indugiava nella sala, in disparte, durante l'intervallo. C'era stato qualcuno vicino a una colonna, una figura alta seminascosta, o una testa girata al bar, qualcuno che sbirciava di nascosto il nostro gruppo? Forse. Ma non riuscii a figurarmelo con altrettanta facilità.

«La signora Mears ha notato il suo aspetto?»

«Era buio in fondo alla sala. L'uomo era seduto. Ha pensato che fosse un genitore». Ci guardò entrambi. «Naomi vi ha accennato qualcosa riguardo a una nuova relazione sentimentale? O è successo qualcos'altro che vi ha colpito per la sua singolarità?».

Ted rispose di no nello stesso istante in cui io dicevo sì. Michael si girò verso di me.

«Non ha detto nulla, ma c'era qualcosa di diverso», dissi piano.

«In che senso *diverso*?»

«Più taciturna. Me ne sono resa conto solo dopo una prova dello spettacolo. È rientrata tardi e sembrava molto distante».

«Distante?». Rimase in attesa, la penna sospesa sopra una pagina del taccuino.

Gettai uno sguardo verso la stufa, dove Bertie stava dormendo. Naomi era lì quando mi aveva guardata di traverso.

«Di solito parlava molto con me», dissi. «Di tutto. Quella sera mi sono accorta che aveva smesso di farlo; l'ho attribuito alla stanchezza, fra le prove di teatro e lo studio, ma...». Mi fermai un momento, ricordando quell'ostilità gratuita riguardo ai compiti, il silenzio che ne era seguito. «Ripensandoci, è come se volesse deliberatamente tagliarmi fuori».

Ci fu una pausa; sentii la penna raschiare sul foglio, poi Ted alzò di colpo lo sguardo, la sua voce mise a tacere i miei ricordi.

«Il cottage», disse.

Capitolo 13

Dorset 2010. Un anno dopo

Fermo la finestra perché il vento non la spalanchi di nuovo. Mi libero dei vestiti zuppi ammucchiandoli sul pavimento, e infilo il pigiama, un paio di calzini pesanti e un vecchio pullover. Scendo al piano di sotto, e il cottage mi sembra freddo e spoglio dopo il calore del villino di Mary. Cammino avanti e indietro; sento il mio corpo incredibilmente vivo. Cosa è sfuggito, o cosa ho lasciato entrare? Qualcosa ha aperto uno spiraglio nella mia mente, lasciando entrare uno sfarfallio di colori là dove avevo creato uno spazio buio e silenzioso. Un'immagine si sta formando e vuole essere catturata. Dietro la scrivania c'è il vecchio portfolio di dipinti. Lo tiro fuori alla svelta e prendo una tela bianca, poi spargo i tubetti di colore sul tavolo. Voglio dipingere i colori e i rumori del temporale.

Qualcuno dei dipinti è sgusciato fuori dal portfolio; uno cade sul pavimento. Lo raccolgo prima che Bertie ci zampetti sopra. È il ritratto di Naomi che non ho mai finito. La bocca è sorridente, e nei suoi occhi c'è uno sguardo di trionfo che non avevo notato prima. Dicono che i figli più piccoli l'hanno vinta su cose che ai fratelli maggiori sono vietate. Avevo detto a Ed che non poteva organizzare feste al cottage, ma lo avevo permesso a Naomi. Faceva sempre come voleva lei, in ogni cosa; quella era stata la sua rovina.

Bristol 2009. Un giorno dopo

«È andata al cottage la settimana scorsa», disse Ted. Guardò Michael, che aveva smesso di scrivere e lo stava osservando con aria interrogativa.

«Il cottage?»

«Scusi», disse subito Ted. «I genitori di Jenny intendevano ritirarsi in un cottage per le vacanze nel Dorset. È stato loro da quando si sono sposati. Ma il padre è morto. La madre ha fatto dono del cottage a Jenny poco tempo fa». Sospirò, irrequieto. «A ogni modo, abbiamo permesso a Naomi di andare là lo scorso weekend, prima che iniziassero le rappresentazioni. Ha detto che aveva bisogno di fare una pausa: voleva andare a rilassarsi un po' insieme a qualcuno del cast. Al momento mi è sembrata una richiesta abbastanza ragionevole».

Ricordai come si era fermata appena oltre la soglia, in silenzio. «Era molto… assorta quando è tornata. Non ci ha raccontato molto di quella giornata».

Ted e io ci scambiammo un'occhiata.

«Con chi è andata?», domandò Michael.

«Amici della scuola. Del teatro», rispose Ted. «Almeno così ci ha detto. Un ragazzo che conosce da secoli. Altri membri del cast. Nikita».

«Sono passati a prenderla?». Michael stava prendendo di nuovo appunti.

«No, si sarebbero incontrati altrove», risposi con un senso di nausea. Ma era andata davvero così?

Ted e io balzammo in piedi nello stesso istante.

«Mi serve l'indirizzo». Michael alzò lo sguardo su di noi. «E la chiave».

«Non c'è bisogno», replicò Ted. «Ci vado subito».

Michael infilò il taccuino dentro la giacca e si alzò. Tirò fuori il cellulare e fece una chiamata. Lo sentimmo richiedere un autista e due agenti per accompagnare Ted al cottage.

«Posso andare benissimo da solo. Lo preferisco», obiettò Ted. «Se è là, potrebbe spaventarsi vedendo arrivare un sacco di poliziotti».

Michael interruppe brevemente la sua telefonata e disse con calma: «Se è là, e qualcuno è con lei, il suo arrivo potrebbe gettare quel *qualcuno* nel panico».

Lo fissammo ammutoliti; possibilità impensate si dilatarono nell'aria della cucina. Gettarlo nel panico e spingerlo a fare *cosa*?

Mentre Michael si avviava, sempre parlando al telefono, mi rivolsi a Ted.

«Vengo con te», gli dissi.

«Non hai dormito abbastanza». I suoi occhi scrutarono il mio viso.

«Per l'amor di Dio, sono solo un paio d'ore. Posso dormire lungo la strada».

«Rimani», disse. «Non si sa mai».

Nel caso sentissi i suoi passi correre verso la porta sul retro? La sua voce che chiamava Bertie per avvisarlo che era finalmente a casa e lui poteva smetterla di struggersi? Cose familiari che avevano già assunto la patina dorata di un lusso impossibile.

Quando suonò il campanello, Ted e Michael salirono di sopra ad aprire all'agente che avrebbe portato Ted nel Dorset. Sentii voci, la porta che sbatteva e poi i passi di Michael che scendevano di nuovo in cucina. Accesi il bollitore e guardai l'orologio: 13:30. Quattordici ore. Sarebbero state di più al loro arrivo al cottage. Mi chiesi se avrebbero seguito il nostro solito tragitto: la M5 fino a Taunton e poi lungo le strade secondarie per Chard, Axminster e Bridport. Gli ultimi cinque chilometri fino a Burton Bradstock, con il mare fra le colline sulla destra. A quel punto i ragazzi diventavano insofferenti, volevano sgranchirsi le gambe.

«Mi spiace, Jenny», disse semplicemente Michael avvicinandosi al tavolo.

«Come pensate di trovarla?». La mia voce salì di tono senza che riuscissi a controllarla. «Che ne è stato dello stupratore? Ogni secondo…».

«Niente stupratore», mi interruppe Michael. «Lo abbiamo preso dieci giorni fa; è in stato di arresto. Al momento stiamo facendo tutto il possibile. Abbiamo rilevato le impronte nel camerino, nel teatro, in sala e nello spogliatoio. I suoi amici sono stati interrogati». Mi guardò attentamente, controllando che stessi seguendo. «Stiamo domandando ai residenti e al personale della scuola se hanno visto macchine nella zona in quella fascia oraria, nonché controllando le telecamere di sorveglianza in tutti i garage locali e lungo le strade che portano fuori da Bristol». Lo osservai mentre scorreva la lista riportata sul taccuino; gli occhi grigi erano seri. «Stiamo anche mettendo insieme un fotokit in base alla descrizione della signora Mears che verrà trasmesso nel notiziario delle sei di questa sera. Stiamo prendendo la faccenda molto seriamente».

Questo migliorava le cose, ma allo stesso tempo le peggiorava. Stavo scivolando in un abisso dove non ero mai stata prima, le mani protese in cerca di un appiglio.

Michael rimase in attesa vicino al bollitore, trovò il barattolo, il latte e preparò due tazze di caffè. Me ne diede una e tornò a sedersi di fronte a me al tavolo di cucina, che era ancora ingombro di confezioni di cereali e cartone di succo, ciotole sporche e tazze di tè ormai freddo.

«Stiamo facendo delle ipotesi», disse. «Dobbiamo considerare altre possibilità, per quanto inverosimili».

«Altre possibilità?»

«Ce ne sono diverse. Prima di tutto, ci sono buone possibilità».

Alzai subito lo sguardo. «Cosa intende con "buone"?»

«È con un amico; sta dormendo o si è semplicemente ritagliata un momento tutto per sé».

«Naomi non lo farebbe mai; e poi ha ancora un'ultima rappresentazione da fare».

«Forse la pressione…?»

«No». Scossi la testa. Desiderai poterci credere, ma per quanto fosse cambiata, qualunque cosa ci fosse sfuggita, sapevo che non avrebbe mai abbandonato lo spettacolo in quel modo.

«Allora ci sono altre opzioni. Si è vista con l'uomo sconosciuto per un breve periodo di tempo, o forse non si sono incontrati affatto». Mi stava dicendo che poteva essere stata rapita a teatro da qualcuno di completamente diverso, o forse lungo la strada del ritorno, per puro caso, da un brutale aggressore.

Lo fissai in silenzio. Cosa sarebbe stato peggio? Qualcuno che si era mostrato amico con l'intento di farle del male, oppure uno sconosciuto nascosto nell'ombra fuori della porta del teatro, o più avanti lungo la strada? Mi alzai, ma le gambe non volevano saperne di reggermi e tornai a sedermi.

«Non le viene in mente altro di insolito? Qualcosa che forse non ha notato o a cui ormai ha fatto l'abitudine? Nemici?».

Mi passò un taccuino e una matita. Tenere la matita in mano mi calmò.

Lo guardai; sapeva come aiutare, ma gli angoli piegati in giù della sua bocca triste mi rivelarono che quella parte del suo lavoro non gli era particolarmente gradita.

«Per lei è normale routine», dissi. «Sa come fare».

Suonò come un'accusa. Vidi che stava considerando attentamente come rispondere.

«Sì. Ma ogni volta è diverso. Come il suo lavoro. Lei vedrà molti pazienti con lo stesso tipo di malattia, ma nessun caso è identico all'altro, non esiste una procedura prestabilita». Aveva ragione, naturalmente. Annuii, e lui aprì il taccuino. «Chi abita nella casa accanto?»

«Ci sono vari appartamenti. Gente che va e viene. Coppie giovani, più che altro. In realtà non conosciamo nessuno».

«E di fronte?»

«La signora Moore e suo figlio. Ha la sindrome di Down».

Michael prese nota.

«Nessun altro?».

Nemici, aveva detto. Pensai al marito di Anya che mi guardava in cagnesco quando accompagnava la moglie da noi. Agli occhi del signor Price l'ultima volta che l'avevo visto. Era più facile pensare agli amici. Nikita. Aveva un sacco di altri amici a scuola, ma l'unico a cui pensai in quel momento fu il ragazzo che l'aveva aiutata in matematica, James. Quello con cui era andata al cottage, e che le aveva dato l'anello.

Cominciai a scrivere piano la mia lista; ci volle parecchio tempo per riordinare le idee. Quando il telefono squillò, sobbalzai sulla sedia, ma Michael fu svelto a rispondere.

«No comment», disse concisamente dopo una breve pausa, poi ripeté: «No comment». Riagganciò e si girò verso di me.

«I media saranno invadenti». Era pratico anche di questo. «Preparerò una dichiarazione per voi, chiedendo di rispettare la vostra privacy».

Lo guardai stupita. Non mi importava di niente altro che non fosse Naomi – vederla, sentirla, toccarla, stringerla. La privacy mi sembrava un elemento del tutto irrilevante.

Terminai la lista e gliela consegnai, e lui si alzò per andare via.

Non volevo che se ne andasse; la situazione sembrava meno disperata in sua presenza. Disse che sarebbe tornato nel giro di due o tre ore.

Dopo che se ne fu andato rimasi seduta a lungo, la mente agitata da pensieri incoerenti. Alla fine mi alzai, le gambe indolenzite, lanciando un'occhiata all'orologio. Sedici ore da quando sarebbe dovuta rientrare, ventidue da quando era uscita da quella porta. Proprio in quel momento risentii la sua voce che diceva "ciao" ma, stranamente, non riuscii a ricordare se avevo risposto al suo saluto.

Capitolo 14

Dorset 2010. Un anno dopo

Stendo uno sfondo verde sulla carta, poi mischio verde linfa e rosso cremisi per ottenere un verde grigiastro, ma il colore è troppo freddo, deve essere più intenso, più scuro, più denso. Aggiungo uno strato di verde Veronese e terra d'ombra naturale. Il porpora e marrone scuro della distesa d'acqua si innalza fino al bordo del cielo come se lo volesse ingoiare. Punteggio di bianco la cresta di un'onda, ma quel che voglio rendere più di ogni altra cosa è il respiro cupo e ansante del mare. Mentre il dipinto prende forma, sento che mi sta offrendo un'ancora di salvezza. La sento ruvida di sale e bagnata sotto le mie dita. Di tanto in tanto faccio una pausa per aggiungere legna al fuoco, mandare giù un sorso di vino, camminare su e giù mangiando un sandwich.

Poco dopo mezzanotte la tela mi lascia andare. Il fuoco si è appena sopito e la stanza mi avvolge calda e sicura, anche se fuori infuria ancora il temporale. L'anno scorso le nostre vite sono state distrutte da una tempesta violenta e impietosa. Allora mi ero aggrappata con tutte le forze alla speranza che l'avremmo ritrovata e alla presenza dei ragazzi. Theo e Ed mi hanno aiutata ad andare avanti.

Bristol 2009. Un giorno dopo

Theo rientrò da scuola nel tardo pomeriggio. Aveva comprato pesce fritto e patatine; la busta di carta bianca era diventata lucida d'olio e l'odore di aceto mi diede di nuovo la nausea. Quando squillò il telefono, usai la nausea come scusa per salire al piano di sopra, così Theo non avrebbe ascoltato la conversazione.

La voce di Ted era tesa. «Il cottage è vuoto. Non c'è nessuno qui. Non c'è stato nessuno nelle ultime ventiquattro ore».

Quindi non l'avevano portata lì. Rimasi in attesa.

«Però *è stata* qui. La settimana scorsa, come ci ha detto. Solo che…».

«Sì?»

«Lei… loro…».

«Cosa?». La testa mi formicolava per l'ansia di sapere.

«Il letto è sfatto. Ci ha dormito qualcuno. C'è una macchia che attraversa il materasso da parte a parte».

«Dormito? Ma non si è fermata per la notte». Poi afferrai anche le altre parole. «Cosa vuoi dire con "macchia"?», domandai con voce tremante. «Macchia di che tipo?»

«Sangue».

«Gesù». Per un istante non riuscii a parlare.

«Dicono che risale a diversi giorni fa. E ha sporcato anche il pavimento». Parlava in tono pacato. Doveva esserci qualcuno vicino a lui, forse ad ascoltare quel che mi stava riferendo. «Si può stabilire a quando risale dal colore – così mi ha detto l'agente. È della Scientifica. E il vino nei bicchieri si è seccato. Certamente era qui da più di un giorno e una notte».

«Vino? Quale vino?». Non capivo cosa stesse dicendo.

«C'è una bottiglia accanto al letto, con due bicchieri».

Bicchieri di vino accanto al letto? Non beveva mai alcolici. Odorava di vino dopo le prove e dopo la cena successiva alla prima rappresentazione, ma pensavo che avessero brindato tutti insieme per festeggiare. Credevo che detestasse l'alcol.

«Saranno stati i suoi amici; alcuni dei ragazzi che frequenta sono un po' più… grandi…». Persino mentre lo dicevo, pensai alle ragazzine che si presentavano in ambulatorio, incinte a dodici anni. Ma Naomi non era così. Non aveva mai avuto un ragazzo, lo avevo detto alla polizia. Non era possibile che fosse andata a letto con qualcuno.

«Non è andata insieme agli amici». La voce di Ted risuonò aspra. «Un'altra bugia. Ci sono solo due serie di impronte. Era sola con quel bastardo. Pensavi che fosse preoccupata quando è rientrata a casa l'altro giorno? Non c'è da stupirsi: era traumatizzata». Ci fu un respiro stridulo e sibilante. «Prima l'ha fatta ubriacare…».

Proprio mentre arretravo di fronte alle sue parole, cercai di pensare al di là di esse. «Se è vero, meglio così», mi sentii dire. «Bere insieme è un buon segno».

«Cosa? Un buon segno che lei fosse ubriaca quando l'ha violentata?».

Sussultai alla sua raggelante incredulità. «No». Era così silenziosa e assorta sulla soglia di casa. «L'abbiamo vista quando è rientrata dal cottage. Avrei capito se le fosse capitato qualcosa di spiacevole. Era così calma». Lo dissi più in fretta, con maggior convinzione. «Pensaci un momento. Se bevi vino con qualcuno a letto significa che sei rilassato, in vena di chiacchiere. Ti stai godendo...».

Ted mi interruppe. «Circa un'ora fa è arrivata una squadra locale. Stanno prendendo campioni – impronte digitali, foto, DNA».

Mi focalizzai sui bicchieri di vino. Le aveva versato da bere, l'aveva cinta con un braccio; lei l'aveva sorseggiato, sorridendogli, fingendo che le piacesse.

«Il vino significa che ci teneva a lei». Lo dissi con circospezione. «Il sangue è perché... era la sua prima volta. Quindi se adesso è insieme alla stessa persona, non le farà del male. Non se... hanno fatto l'amore». Le parole suonarono ridicolmente fuori posto. Ma l'amore era meglio dello stupro, meglio dell'omicidio.

«Apri gli occhi. È naturale che debba trattarsi della stessa persona, ma questo non rende la cosa meno pericolosa. Sarà parte di un piano. Questo era solo l'inizio». La voce gli tremò.

Ci fu un silenzio e poi mi disse che avevano messo al lavoro un'altra squadra. Avrebbero avviato un interrogatorio porta a porta nel paese. Ci sarebbe voluto più tempo di quanto avesse immaginato. In quel momento avrei voluto conoscere più abitanti del posto, ma non ci eravamo mai fermati abbastanza a lungo da fare amicizia con qualcuno; eravamo sempre stati assorbiti nella famiglia, sfruttando al massimo il tempo che Ted poteva trascorrere con noi. In quel momento rimpiansi di non essere stata più socievole. Avrei avuto qualcuno a cui domandare se avesse notato qualcosa di insolito, o visto sconosciuti aggirarsi nell'abitato.

Tornai in cucina. Quando il telefono squillò di nuovo sollevai il ricevitore, ma appena sentii la voce acuta di una giornalista che si presentava alla svelta chiusi subito la comunicazione. Il telefono suonò ancora dopo un istante, ma lo ignorai.

Entrò Ed. Si fermò appena mi vide e per un momento sembrò spaventato. Lo presi fra le braccia. Aveva gli occhi arrossati. Aveva pianto? Rimase immobile, i muscoli tesi.

«È tutto a posto, Ed. Andrà tutto bene».

«Niente è a posto».

Si liberò dal mio abbraccio e si allontanò. Quando si lasciò cadere sul divano andai a sedermi accanto a lui. A quel punto si alzò e andò a sedersi su una sedia. Sentii Theo aprire lo sportello del frigorifero.

«Qualunque cosa sia successa, starò dalla tua parte», dissi con calma.

«Che vuoi dire?»

«Michael Kopje del corpo di polizia è venuto da noi. A quanto pare hai detto alla signora Mears…».

«Cazzo».

«Non sei tenuto a dirmelo adesso».

«Ah sì?»

«È probabile che vogliano parlare con te. Comunque, è ovvio che io voglio sapere di Naomi…».

«Lo vedi? Non sai mai quello che dici. Mai».

Aspettai, osservando il suo viso avvampare di rabbia.

Abbassò lo sguardo. «Ho detto alla signora Mears che avrei accompagnato a casa Nik e Naomi, a piedi. Mentre ero nel bagno, è arrivata Shan e ha portato via Nik».

«Sì, lo so».

«Dopo di che, mentre Naomi si stava cambiando, mi ha urlato attraverso la porta di andare. Mi ha detto che aspettava un amico e che l'avrebbe accompagnata lui. Mi ha mandato via».

Mi inginocchiai davanti a lui e gli presi le mani. «Non è colpa tua, Ed… o di qualcun altro, nemmeno mia e di papà. Naomi fa sempre fare alla gente quello che vuole lei». Mentre lo dicevo sentii che era la verità, e mi diede una nuova speranza. Significava che avrebbe convinto chiunque l'avesse portata via a lasciarla andare. Ed girò la faccia dall'altra parte.

Theo si appoggiò alla parete con aria stanca. «La signora Mears si è dimessa», disse.

Mi tirai su e mi voltai verso di lui. «Perché?».

Alle mie spalle, Ed si alzò e uscì dalla stanza.

«Un membro del corpo insegnanti è tenuto a essere sempre presente nel teatro insieme ai ragazzi. Starà da schifo…». La voce di Theo si spense.

Di nuovo quel senso di nausea. Quindi la signora Mears sapeva che se avesse agito in modo diverso Naomi avrebbe potuto essere ancora qui, ma qualunque senso di colpa provasse la professoressa non poteva paragonarsi all'enorme spavento che magari stava provando Naomi. All'angoscia che stavamo vivendo. Sentii montare dentro di me una rabbia bruciante, ma sapevo che non mi sarebbe stata d'aiuto, perché a quel punto avrei dovuto arrabbiarmi anche con Ed, e un sentimento così inutile si sarebbe gonfiato e avrebbe bloccato ogni altra cosa. Dovevo mantenere il controllo.

«Nessuno mi dice niente». Theo sembrava sconcertato. «Nessuno vuole minimamente parlare con me. È strano».

Cercai di spiegare: «Pensano di dover dire qualcosa, ma non sanno come, e questo li fa sentire a disagio. Non significa che non gli importi. Forse dovresti fare tu il primo passo».

«Ci ho provato con due ragazzi, ma se ne sono andati. È come se avessi una malattia contagiosa da evitare».

Lo cinsi in un rapido abbraccio; un gesto affettuoso era meglio di tante parole. Parole che in quel momento non avevo. Non potevo ancora dirgli cosa avevano trovato nel cottage. Perché angustiarlo se non c'era una spiegazione logica? Alle sei seguimmo il notiziario. Anche se guardai e ascoltai lo speaker, registrai soltanto frasi frammentarie. «Naomi Malcolm... vista l'ultima volta ieri sera mentre recitava in uno spettacolo della scuola... La polizia sta cercando un uomo dai capelli neri intorno ai trenta anni per escluderlo dalle indagini...».

Poi la sua immagine, un'altra foto scolastica che non avevo mai visto. Sembrava persino più giovane. Aveva un sorriso aperto e spontaneo, non quel suo nuovo mezzo sorriso. Gli occhi sinceri e fiduciosi. Ora non lo sarebbero stati più. Spensi il televisore. Per chiunque altro al mondo, era la figlia di qualcun altro.

Non era rimasto molto nella credenza, ma nessuno aveva fame. Preparai un sandwich a Ed, che mangiò in silenzio. Dopo che i ragazzi furono saliti al piano di sopra cominciai a girare nella cucina in cerchi sempre più stretti e frenetici, finché sentii che stavo per spezzarmi, come una lenza gravata da un peso che sia stata riavvolta fino al punto di rottura.

«Aiutami... aiutami...», mormorai più e più volte, serrando e disserrando i pugni, madida di sudore disperato.

Ero ancora in cucina quando Ted rientrò molto più tardi. Andò dritto al mobile bar e trovò una vecchia bottiglia di whisky in fondo. Lo ingollò d'un fiato, sollevando di colpo il bicchiere.

«Hanno preso i campioni necessari; li stanno analizzando. Quell'uomo deve essere stupido, ha lasciato impronte dappertutto. Erano visibili anche sulla bottiglia di vino». Bevve ancora, posò il bicchiere e mi guardò per la prima volta. Socchiuse gli occhi. «Lo prenderemo. Ovunque l'abbia portata, ora saremo in grado di acciuffarlo».

«E quel sangue?»

«Non ce n'era molto. Erano più che altro sbavature».

Non molto sangue. Non era ferita. Avrei dovuto capirlo. Quel suo silenzio così intenso, solo una settimana prima. Stava difendendo un segreto, non un maltrattamento. Cosa stava pensando? Ricordai il movimento delle sue labbra – stava ripetendo il nome di lui?

La voce di Ted era rabbiosa. «Stavo pensando a chi potrebbe fare una cosa simile. Un debole, senza dubbio, per dimostrare al mondo che è riuscito a prendersi ciò che voleva: fare sesso con un'adolescente nel territorio dei suoi genitori. Deve essersi sentita lusingata, non rendendosi conto che per tutto il tempo lui ripeteva a se stesso: niente di più facile. La prima parte del piano».

«Calmati». Gli presi la mano; stava tremando, come la mia. «Quale piano?»

«Come lo chiamano, adescamento di minore? Ovviamente aveva calcolato tutto nei minimi dettagli». Adesso la voce era un sussurro, il respiro corto e affrettato. «Dormire con lei nel cottage rientrava nella prima parte. Deve averlo fatto per guadagnare potere su di lei, così dopo lo spettacolo lo avrebbe seguito senza sospettare nulla».

Ted doveva aver rimuginato questi pensieri per tutto il lungo viaggio; ora le parole gli ruzzolavano dalla bocca come se non riuscisse più a contenerle.

«Quando si è resa conto dello sbaglio commesso, era troppo tardi. Può averla portata a chilometri di distanza. Potrebbe essere prigioniera ovunque. E lui, libero di farle male come vuole. Violentarla. Ucciderla».

Almeno le ultime parole le disse a bassa voce. Andai in fondo alle scale e mi misi in ascolto. Nessun rumore. I ragazzi dormivano. Pensai all'odore che doveva ristagnare nel cottage vuoto. Forse le tende erano chiuse, e la scena si era rivelata a Ted solo quando le aveva tirate da parte; forse c'erano mosche a ronzare intorno ai davanzali, o morte nel deposito in fondo a un bicchiere. Il viaggio di ritorno doveva essergli sembrato interminabile; doveva essere stata dura l'attesa in fila nei pressi del ponte sospeso sull'Avon. I suoi occhi apparivano tormentati; lo strinsi fra le braccia.

«Forse la situazione era diversa», gli sussurrai. «Forse non è andata affatto così. E se lui la ama? Se la ama, non le farà del male».

Ted non rispose, e le parole di speranza si persero nel silenzio, come se non le avessi mai pronunciate.

Capitolo 15

Dorset 2010. Un anno dopo

Più tardi il vento rinforza. Sbatacchia la finestra e mi sveglia all'improvviso, ancora aggrappata ai margini di un sogno. Una bussata energica. Rumore d'acqua. Sto sognando il ricordo di un altro sogno. Poi un'esplosione squassa la notte. Uno schianto che fa tremare ogni cosa. Mi metto in ascolto, raggelata. Qualcosa si è spezzato là fuori. Nonostante il rumore e la mia paura, galleggio e mi lascio trasportare sulla superficie del sonno, consapevole che le mie mani sono aperte e si muovono sul lenzuolo, in cerca.

C'è qualcosa di diverso rispetto a ogni altra mattina: l'assenza di rumore, la luce insolitamente vivida. Guardo fuori dalla finestra e il giardino è scomparso. Un sole stranamente caldo per la stagione splende sui rottami. Ci sono frammenti di corteccia e pezzi di tronco ovunque. Il melo è andato, tranciato e disperso dalla tempesta. Grandi schegge di legno sono cadute sui muretti del giardino e sui cespugli di ribes nero. Il cancello è stato divelto dai cardini.

Nel garage c'è una vecchia sega. Lubrificata e ancora affilata, impeccabile come ogni cosa che conservava mio padre, è appesa a un chiodo accanto all'ascia. Un pettirosso sta becchettando la zolla d'erba strappata alla base dell'albero, le cui radici ruvide e contorte sono ora rivolte verso il cielo. Bertie annusa i rami lucidi di pioggia, solleva la zampa vicino al muretto e si accuccia accanto al cancello abbattuto. Mentre taglio a pezzi il tronco, mi sbarazzo della giacca, poi del pullover. Il sudore rende scivolose le mani mentre aziono la sega avanti e indietro. L'odore torboso di legna bagnata mi ricorda falò non ancora accesi e il mio nascondermi fra i cespugli da bambina, prima di andare a letto. I neri rami ricurvi della chioma risvegliano un altro ricordo che non riesco a focalizzare del tutto. Lavoro nella luce mutevole del mattino. Ai miei piedi il piccolo volatile saltella, frulla le ali, guarda, becchetta. A mezzogiorno bevo un po' d'acqua e vado avanti finché non riesco più a piegare le dita intorno al manico e la pelle dei palmi mi sanguina.

Fuori della porta sul retro, mi libero con un calcio degli stivali infangati ed entro nel cottage. Nelle stanze si avverte l'aria fresca e rinnovata dopo la tempesta. C'è una macchia di giallo oltre il vetro della porta principale: sui gradini trovo un piccolo mazzo di crisantemi gialli, insieme a quattro uova in un contenitore da gelato. Deve averli lasciati Mary. Sistemo i fiori in una bottiglia del latte, le mani talmente stanche che tremano. Prendo una delle uova; la forma mi comunica un senso di bontà. Non ricordo quando è stata l'ultima volta che ho mangiato un uovo – un anno fa? Il guscio è punteggiato, c'è una piumetta soffice attaccata alla superficie levigata, e una leggera pennellata di terra. Lo metto subito a bollire e lo mangio, poi un altro, e un altro ancora. Non ho burro né portauovo, così le sbuccio e le avvolgo tra due fette di pane, sulle quali ho tentato di spalmare della Marmite induritasi col tempo; ho trovato il barattolo in fondo alla credenza. Getto i frammenti di guscio e le molliche nella pattumiera e un'immagine viva e improvvisa mi affiora nella mente: il visetto lentigginoso di Naomi a due anni, crostini spalmati di Marmite.

Mary sta meglio, altrimenti non sarebbe passata a lasciarmi dei regali davanti alla porta. Esco in fretta, prima di avere il tempo per cambiare idea. La porta del suo cottage è aperta e arrivano voci dall'interno. Mi faccio indietro, ma Mary mi ha sentita.

«Non vada via», mi invita.

Sul tavolo ci sono mazzi di fiori colorati avvolti nel cellophane e confezioni di dolciumi. Gli abitanti del paese hanno saputo del suo malore. Mary è seduta vicino al tavolo, in grembiule; le guance sono di un rosa carico, ben diverso dal bianco cartaceo di ieri. Un uomo magro come un chiodo è in piedi al centro della stanza, intento a mangiare un dolce e a seminare briciole sul pavimento. Un ragazzo dai capelli neri è al tavolo, una sigaretta arrotolata a mano fra le labbra e i due pollici che digitano rapidamente un SMS. Mi viene presentato come il nipote di Mary, Dan. Mi saluta con un cenno del capo, alzando su di me gli occhi socchiusi per via del fumo. L'uomo magro si fa avanti con solerzia e mi porge la mano.

«Derek Woolley. Vicino di casa. Avvocato in pensione e primo campanaro». Ride timidamente.

«Jenny».

La stretta di mano è moscia; gli occhi puntati nei miei si muovono rapidamente da un lato all'altro, come se volessero catturare al volo segreti sfuggenti. So che le sue domande saranno importune. Sono stanca della bruttura insita nella curiosità.

«Allora, Jenny, da quanto tempo abita qui? Naturalmente, l'ho vista insieme alla sua famiglia in passato, quando venivate per il finesettimana, per così dire...».

Non ricordo la presenza di quest'uomo all'epoca; da quando sono qui, giro sempre la testa dall'altra parte quando incrocio qualcuno per strada.

«Qualche mese», rispondo, gettando uno sguardo alla porta; quando potrò scappare?

«È stata Jenny a soccorrermi ieri, Derek. Mi ha raccolta da terra». Mary parla in fretta nel silenzio.

«Ah, allora è la nostra buona samaritana. Ho sempre desiderato chiederle...».

«Questa è la campana. Hanno già cominciato. Devi affrettarti». Mary gli tiene aperta la porta. «Magari puoi dire loro che sarò lì per l'esercitazione di lunedì. Per allora starò sicuramente meglio».

Derek Woolley scrolla le spalle, vuota la tazza e prende un'altra fetta di dolce prima di andarsene, salutandomi con un breve cenno del capo.

«Si sieda, cara», mi dice Mary chiudendo la porta.

Dan ha fatto una sosta qui mentre tornava a casa dalla scuola di Bridport per aiutare la nonna in giardino. Mary mi domanda se anche io ho bisogno di aiuto; ha sentito l'albero cadere ieri notte. Quando mi alzo per andarmene, Dan, sempre intento a scrivere SMS, mi tiene aperta la porta. Qualcosa nel suo viso, acerbo e irrequieto, mi ricorda Ed.

Rientrata nel mio cottage, mi accorgo che il gioco di luci e ombre è cambiato: guardando di nuovo fuori, noto che le linee curve della chioma creano un disegno. Poi vedo, per un secondo, il viso di Naomi scorrere fra i rami. Naturalmente, questo è ciò che le forme curve e cadute mi hanno ricordato. Naomi nel groviglio di rami, il corpo nudo. Le foto di Theo.

Bristol 2009. Due giorni dopo

Sabato 21 novembre, di primo mattino, Michael Kopje e due colleghi erano già nella nostra cucina. Ted era seduto, ancora stanco dopo il viaggio al cottage del giorno precedente. Era pallido e aveva gli occhi arrossati. Nessuno di noi due aveva dormito per più di un'ora. Avevo preparato la colazione, messo in ordine, mi ero spazzolata i capelli. La mia mente era vuota, ed era un bene; mi serviva una lavagna vuota dove scrivere un piano non contaminato dalla paura. C'era una procedura per le emergenze mediche, semplici lettere da ricordare. Non perdere tempo con le emozioni, ci era stato detto da studenti, limitati a seguire la procedura: A per arterie, B per bronchi, C per circolazione. Pensa, non sentire. Presi le tazze e preparai il tè. Pensa seguendo una lista.

Michael ci osservava con grande attenzione. Parlava lentamente; forse temeva che non capissimo. Stavano seguendo tutte le tracce presenti nel cottage e raccogliendo informazioni dai vicini. La signora anziana che abitava di fronte pensava di aver visto una macchina parcheggiata fuori dal cottage per qualche tempo, ma non ne era sicura; finora nessuno aveva visto Naomi o chiunque altro. Erano stati raccolti campioni di DNA dalle lenzuola e dagli asciugamani, nonché registrazioni delle telecamere di sorveglianza nei garage locali. Michael era lì perché dovevano ispezionare la camera di Naomi, e poi tutte le stanze della casa una seconda volta. Voleva parlare con Theo e Ed separatamente, presso la stazione di polizia, alla presenza di un operatore di sostegno. Normale routine. Ci presentò i due colleghi, Ian, un uomo dalla corporatura robusta sui trentacinque anni, e Pete, un giovane giamaicano. Avrebbero contribuito al lavoro di ispezione, che poteva richiedere anche l'intera giornata.

Ted disse che doveva andare in ospedale. Ci fu un breve silenzio dopo le sue parole. A me suonarono normali, le aveva pronunciate talmente spesso, ma Michael annuì rispettosamente. Pete sembrava impressionato.

Seguii Ted fuori casa e richiusi la porta alle nostre spalle.

«Devi andare adesso?».

Abbassò lo sguardo su di me, ma con la mente era già in ospedale. Mi resi conto che quello era il suo modo per fronteggiare la situazione.

«Certo che devo andare», replicò. «Sono di servizio».

«Cristo, Ted. Fatti sostituire». Serrai le dita intorno alla maniglia.

Non batté ciglio. «Se vado adesso ci vorrà solo un'ora. Non voglio chiedere troppi favori ai miei colleghi in questa fase».

Capii cosa intendeva. D'altra parte, avevo sempre capito. Ma questo non lo rendeva opportuno.

Svegliai Theo e Ed e spiegai loro cosa stava succedendo. Ed sprofondò di nuovo nel sonno; Theo si drizzò a sedere sul letto, la fronte aggrottata per la preoccupazione.

Accompagnai Michael nella camera di Naomi. Non avevo toccato niente, proprio come mi aveva chiesto, ma non avrei messo in ordine in ogni caso. Non sopportavo l'idea di modificare la posizione delle cose che lei aveva lasciato in un certo modo. Adesso, vedendole attraverso gli occhi di Michael, avrei voluto nascondere la baraonda di biancheria intima sconosciuta e mettere a posto i cosmetici sparsi in giro. Sentii il suo sguardo registrare ogni dettaglio, uno stick di rossetto rosso con la punta arrotondata riverso nella piccola pozza di fondotinta, il reggiseno di pizzo, il perizoma, il letto non rifatto. Ma quella non era la vera Naomi. Naomi era lì, avrei voluto dire, nel violoncello appoggiato alla parete, nelle foto di Natale e di Corfù incorniciate da conchiglie, nei braccialetti dell'amicizia dentro la ciotola. Nelle foglie secche d'autunno dietro lo specchio. Lei ama l'autunno, avrei voluto dirgli. Colleziona foglie, come una bambina. È solo una bambina. Quel reggiseno apparterrà a un'amica, e anche il perizoma. Non possono essere suoi. Non li ho mai visti prima d'ora.

In realtà, non avevo visto nemmeno le scarpe prima d'allora, quelle con i tacchi alti e i lunghi cinturini. C'era quell'odore di alcol e di sigarette, il modo in cui si era girata dall'altra parte mentre le parlavo. Cosa mi era sfuggito? Di quali segni avevo bisogno per capire prima che fosse troppo tardi?

Michael allungò la mano e passò in rassegna i libri, lanciandomi un'occhiata. Gli feci cenno che poteva procedere. Prese ogni singolo libro e scosse le pagine. Sulla seconda mensola partendo dall'alto, a un terzo della fila, tirò fuori un volume sottile che non avevo notato. La copertina lucida era decorata con dei fiori. All'interno, mentre sfogliava le pagine, riconobbi la grafia tondeggiante di Naomi. Aveva l'aria di un diario. Mi venne voglia di strapparglielo di mano. I pensieri di Naomi, se questo era il contenuto di quelle pagine, non appartenevano a Michael. Erano suoi, e spettava a me custodirli per lei. Tesi la mano.

«Devo esaminarlo minuziosamente», disse con calma.

«Anche io».

«Mi spiace, ma…».

«Può darmelo, per favore?». La mia mano era protesa, le dita tremanti.

«So cosa prova…», disse.

«No, non lo sa». Non dica così, continuai in silenzio. Lei non ha mai perso un figlio. Lo guardai. Forse non aveva figli; il suo era lo sguardo illeso di un uomo senza figli.

«Ha ragione». Sembrava mortificato. «È ovvio che non so esattamente cosa sta provando. Ma qui dentro potrebbero esserci indizi di vitale importanza».

Forse le cose di Naomi non le appartenevano più; forse era giusto lasciare che degli estranei trafugassero i suoi segreti, se questo avrebbe aiutato a trovarla. Con la sua assenza, aveva rinunciato al diritto alla privacy. Pensa. Non sentire. ABC.

«Comunque sia, lo esamini prima lei». Mi consegnò il libretto. «Ma dopo dovrò portarlo via. È una prova. Mi spiace».

Pensava che avrei alterato le frasi o strappato qualche foglio? L'avrei fatto?

Mi sedetti sul letto a leggere le parole di Naomi. Sfogliai le pagine. La grafia era più piccola e serrata di quanto ricordassi. I miei occhi sfiorarono le righe. La prima annotazione risaliva a circa due anni prima. Gennaio 2008. Qualcosa sui regali di Natale. Aprii il volume in un altro punto. Agosto 2009. Tre mesi prima. Lessi le parole "papà" e "ospedale". Saltai all'ultima pagina in cerca di un nome, un luogo, un indizio qualsiasi da cui partire. Le ultime parole:

Domani cottage. J. 10 settimane.

Doveva averlo scritto solo una settimana prima. J? Dieci settimane *di cosa*?

Tornai indietro di una pagina. Una manciata di cuori disegnati a matita sopra tre lettere. XYZ. La X e la Z erano scritte in nero, la lettera al centro in rosso, con un piccolo cuore che toccava appena le due punte della Y. Niente nomi. Niente date.

Prima partita di hockey in trasferta. Assente a lezione di scienze, portate sigarette fatte a mano.

Naomi che saltava la lezione di scienze? Amava quella materia. Fumo? Misi giù il diario per un istante, colta da un capogiro. Quelle note avrebbe potuto scriverle un'estranea. Mi guardai rapidamente intorno nella stanza e posai gli occhi sul piccolo specchio. Aveva osservato il suo viso riflesso solo due giorni prima. Chi stava diventando mentre si truccava?

Tornai ancora indietro:

Theo ha avuto un encomio. Grazie a me.

Le foto che le aveva scattato fra i rami. Questo almeno aveva senso.

XYZ. *Dopo scuola. Dire a N.*

Ancora quelle lettere. Dopo scuola... la recita? Forse parole o scene da imparare per lo spettacolo? N stava per Nikita? Nikita era stata così laconica, così in imbarazzo quando le avevamo parlato quella notte. Cos'altro sapeva?

Ora Michael stava guardando dentro l'armadio, spingeva da parte le grucce con i vestiti e prendeva le scarpe, ne esaminava le suole. Attraversò la stanza fino al comò, aprì un cassetto dopo l'altro, tastò sotto i vestiti. Dovevo sbrigarmi. Sfogliai ancora il diario, ma vidi solo una lista di date e orari che partivano da agosto, dalle vacanze scolastiche. Le stesse iniziali. E una nuova, K.

XYZ. K *quasi finito.*

Se era agosto, non poteva riferirsi allo spettacolo. Aveva svolto un compito per qualche corso durante le vacanze, era a questo che si riferiva?

Michael si sedette vicino a me sul letto.

«Non ho trovato niente che riesca a capire, anche se N potrebbe significare Nikita», gli dissi. «L'unica cosa chiara è che aveva preso a fumare e ha saltato scienze». Michael mi scrutò, poi distolse lo sguardo. Era dispiaciuto per me, ma non voleva darlo a vedere. Indicai la pagina. «C'è un gruppo di lettere che compare più volte, XYZ. Una specie di codice? Le lettere alla fine dell'alfabeto potrebbero avere un significato particolare. K quasi finito – compito quasi finito?».

Michael osservò attentamente le parole. «Iniziali di amici o di un posto?».

Scossi la testa. Non lo sapevo. Mi sfilò delicatamente il diario dalle mani e lo mise in una busta di plastica.

«Il tempo di fotocopiarlo e glielo restituisco. Nel frattempo, veda se le viene in mente qualcosa».

In quel momento bussarono alla porta; entrò Ian. Sembrava agitato.

«C'è una cosa che dovete vedere», disse con l'affanno. Lo seguimmo al piano di sotto.

Ian aveva trovato le foto di Theo con il corpo nudo di Naomi nascosto fra i rami. Michael le osservò, aggrottando leggermente la fronte.

Proprio allora Theo uscì dal bagno. Il volto, bagnato dalla doccia e disarmato dal sonno, si oscurò incredulo appena si rese conto che le sue foto lo avevano trascinato in un incubo. Spiegò il tema del suo progetto e di come Naomi avesse voluto prendervi parte. Ian, occhi sospettosi, chiese a Theo di ripetere quel che aveva appena detto. Era evidente che non gli credeva.

«Può chiedere a Nikita», mi affrettai a dire, spostandomi vicino a Theo. «Era lì; potrà confermarlo».

Michael andò a telefonare a Shan. Diede istruzioni perché ci incontrassimo tutti alla stazione di polizia. Disse che era il posto utile per trovare risposta ad alcune domande. Ma servì solo ad alimentare la mia ansia che questo avrebbe ritardato le ricerche.

Nella mia testa c'era l'immagine in movimento di una macchina con Naomi a bordo. Il suo viso premuto contro il finestrino, mentre la vettura mi passava accanto. Avrei potuto fermarla in quel momento, ma mi aveva già superato ed era troppo tardi. No, se acceleravo avrei ancora potuto raggiungerla, ma avevo perso anche quel momento utile. Divenne un infinito "troppo tardi, troppo tardi, troppo tardi…". Una sensazione disperata che si ripeté in un ciclo continuo mentre guidavo verso la stazione di polizia, e la piccola macchina nella mia testa che stava portando via Naomi proseguì la sua corsa, sempre più lontana, finché divenne un puntino e svanì.

Alla stazione di polizia, io e Shan sedemmo insieme fuori delle stanze dove i ragazzi venivano interrogati separatamente alla presenza obbligatoria di un operatore volontario di sostegno.

Con lo sguardo fisso sulla porta chiusa davanti a sé, Shan mi disse con voce pacata: «So che stai passando un inferno, Jenny, ma non trascinarci dentro Nikita. Vi ha già detto tutto quel che sa».

«Io non la sto trascinando dentro». Ero senza fiato per la sorpresa… e la rabbia. «È un'indagine di polizia».

Shan non rispose.

«Naomi teneva un diario». Mi tremava la voce. «C'è riportata l'iniziale di Nikita; Naomi potrebbe averle detto qualcosa di segreto e Nik ha paura di dircelo nel caso…».

«Quali segreti?». Adesso parlò con toni più duri. «Naomi non si è fatta vedere molto in giro, ultimamente. Non hanno segreti. Non sono due bimbette».

«Non puoi saperlo con certezza...».

«Conosco mia figlia, Jen. Lasciala stare. È già abbastanza turbata».

Conosco mia figlia. Le parole parvero echeggiare lungo lo stretto corridoio con il pavimento verde lucido, rimbalzare contro le alte pareti segnate da sbavature nere. In fondo c'era una donna poliziotto seduta alla scrivania, con un'espressione di composta severità sul viso. Probabilmente aveva deciso di darsi un'aria professionale, e questo nel suo mondo significava essere "dura".

Dopo molto tempo si aprì una delle porte. Ne uscì Nikita, seguita da Michael. Sembrava sconvolta e si avvicinò in fretta a Shan, che la cinse con un braccio. Nikita posò la testa sulla spalla della madre; io distolsi lo sguardo. Michael aprì le porte adiacenti e uscirono i ragazzi. Theo si accovacciò a terra, le mani penzoloni fra le ginocchia; Ed si appoggiò al muro, gli occhi chiusi. Sembrava esausto.

«Grazie», disse Michael, includendo tutti noi nel suo sguardo. «Siete stati di grande aiuto. Mi spiace avervi trascinato tutti qui. Nessuno è nei guai. Adesso mi è chiara la faccenda delle foto e chiedo scusa per avervi dovuto fare tante domande». Si rivolse a me. «Scusi», disse.

Portai a casa i ragazzi. Erano silenziosi. Non c'era nulla da dire.

Capitolo 16

Dorset 2010. Un anno dopo

Il clima fuori stagione di questo novembre perdura dopo la tempesta: una tardiva estate di San Martino profumata di falò, il fumo che si intreccia ai rami illuminati dal sole e ancora ornati di foglie avvizzite. Tegole rotte sull'asfalto della strada, il telaio di una finestra abbandonato su schegge scintillanti di vetro. Il proprietario del negozio si piega goffamente sul suo pancione, le gambe robuste allargate, e raccoglie le casse per il latte sparse in giro e un bidone di metallo capovolto. Ciuffi di capelli rossi gli cadono sulla fronte; li rimette ordinatamente a posto con le dita tozze, parlando di gusto per tutto il tempo dei danni che la tempesta ha causato al paese.

Poi dice: «Mary ha detto che oggi il giovane Dan farà a pezzi quel che è rimasto del suo melo. Prenderò qualsiasi cosa che non le serva più. In contanti».

Entro nel negozio e mi giro verso gli scaffali, sentendomi mancare il respiro. È questo che succede quando esci dal tuo spazio? La gente comincia ad accalcarsi intorno a te. Avrei dovuto immaginarlo. Metto delle mele nel cestino, insieme al caffè e a un barattolo piccolo di Marmite. Con le mani ancora indolenzite per aver segato i rami, rischio di far cadere a terra il barattolo del caffè. Dan turberà la mia quiete senza avvedersene. Devo prendergli qualcosa da mangiare. Biscotti, fagioli stufati. Non bastano. Nel piccolo congelatore trovo degli hamburger. Prendo anche latte, succo di frutta, birra. Nell'angolo polveroso di uno scatolone c'è una retina di cipolle, prendo anche quelle. Posso farcela; è solo un ragazzo. Mi ricordo che dovrò pagarlo e chiedo uno sconto alla cassa, evitando lo sguardo indiscreto dell'uomo.

Mentre mi avvicino al cottage sento il motore della sega. Oltre il muretto basso del giardino vedo la schiena curva di Dan, le braccia sottili messe alla prova dal peso del macchinario, una pila di pezzi di legno ai suoi piedi. Bertie mi strappa il guinzaglio di mano e gli salta addosso non appena apro il cancello. Mi blocco, temendo che il ragazzo possa spaventarsi e mollare la sega, o girarsi di scatto e farsi male, ma non c'è di che preoccuparsi. Dan drizza la schiena e spegne il motore, poi si china ad accarezzare Bertie. Si toglie la sciarpa che si era legato davanti al naso e alla bocca per proteggersi dalla polvere di legno. Da vicino, il viso è rosso e sudato. Ciocche di capelli neri incollate alla fronte, occhi incerti, sorriso sghembo. Ancora una volta mi ricorda il volto di Ed, che possedeva quella stessa timidezza prima che si indurisse in un'espressione distante. Dan abbassa la testa e guarda altrove: lo stavo fissando, cercando Ed. Indica un punto vicino al muro, dove ha adagiato la chioma su un fianco. I rami più grandi, ancora attaccati, conservano la loro forma ad artiglio.

«Posso prenderli?», mi chiede.

Le foto di Theo che ritraggono Naomi nascosta fra i rami.

Devo aver cambiato espressione perché la voce di Dan sta balbettando qualcosa nel silenzio.

«È che faccio sculture con il legno. Diciamo che uso forme già esistenti. Come quelle». Poi aggiunge: «Sembrano delle mani».

Mani fatte di rami incurvati. Le vedo come mani gentili, che la sostengono con sollecitudine.

«Ma certo, Dan. Scusa. Serviti pure». Mi ricompongo e gli sorrido.

Le foto di Theo svaniscono e torno indietro per entrare in casa, nel caso fosse arrivata posta. Sullo zerbino trovo tre cartoline. Mi risollevano il cuore.

Una è un'immagine color seppia del porto di Bristol come era un tempo. Sul retro, la grafia ordinata di Anya. È la terza cartolina che mi spedisce:

Va tutto bene.
Anya

È rimasta, come aveva promesso, anche dopo che io sono andata via, e per un istante la vedo raccogliere i calzini sparsi di Ted, lavare via i resti incrostati di cibo dai piatti della sera prima, spolverare delicatamente le foto accanto al nostro letto. Di solito le rispondo con una cartolina della spiaggia, sebbene ormai non ci sia molto da dirle, tranne che mi manca.

C'è un'altra cartolina di Ted, questa volta una vista del fiume. Come al solito, non ha scritto nulla. Forse non è nemmeno a Bristol; probabilmente va più spesso ai convegni, ora che non c'è niente che lo tenga a casa.

Una spessa striscia blu e vernice spray bianca. Hockney. È una cartolina di Theo, e per un secondo penso che siano stati i miei ricordi a farla apparire come d'incanto:

Weekend in California a "fare notizia"! Le mie foto alla galleria d'arte di San Francisco! Viaggio pagato con il premio annuale (legno/serie natura). Torno a casa per Natale (con Sam?).
Baci, Theo

Natale con Theo. Gli ultimi quattro mesi a New York gli saranno volati via, pieni delle nuove esperienze che gli ha procurato la borsa di studio. Ma muoio dalla voglia di vederlo; le sopracciglia chiare, la sua semplice presenza, l'infarinatura di efelidi. La sua risata. Il momento, breve e improvviso, in cui poserà ancora la testa sulla mia spalla come faceva quando era piccolo; il modo in cui si attarda in cucina, poggiato contro la parete a mangiare cereali, desideroso di parlare. I suoi abbracci, forti e imprevisti.

Non so ancora molto riguardo a Sam, a parte il fatto che è un dottorando in architettura. Una volta Theo mi ha spedito una foto, dove ha un braccio intorno alle spalle di quest'uomo – viso lungo da studioso, lenti spesse, sorridente. Qualcosa che non avevo previsto. O forse sì? Ed non aveva mai preso in giro il fratello per le ragazze; era sempre stato il contrario. Avevo pensato che l'arte fosse il suo interesse principale e per questo non avesse mai avuto una ragazza. Non sono mai andata oltre questa ipotesi; ero stata cieca al significato sottinteso, non disposta a includervi complicazioni. Cieca ai segreti di Naomi, anche se i suoi avevano portato al disastro, non all'amore. Metto giù la cartolina mentre quel pensiero mi brucia dentro. Fuori della finestra, vedo Dan muoversi intorno all'albero, e da qui sembra un lavoro facile, i pezzi di legno cadono senza alcuno sforzo apparente, il rombo stridente del motore attutito dal vetro. Chiudo gli occhi, e nella mente si presenta l'immagine dell'albero che si schianta nella notte, cambiando per sempre lo scenario del giardino.

Forse Ted non accoglierà con piacere Sam. Io voglio che sia il benvenuto. Theo ha trovato qualcuno da amare; ha così tanto amore da dare. Allo stesso tempo ho paura. Territorio sconosciuto. Cosa penserà Ed? E io cosa penso? Faccio scorrere l'acqua nel bollitore, metto a posto la spesa. So che mi dispiace che non avrà mai figli. Mi dispiace che il mondo potrà rendergli le cose difficili. L'uomo del negozio spettegolerebbe con i suoi clienti, se lo sapesse; nel minuscolo mondo del paese potrebbe suscitare curiosità, chiacchiere.

Preparo una tazza di tè a Dan e la porto nel giardino insieme a un pacco di biscotti; mentre li poso sul gradino, mi vede e alza il pollice in segno di approvazione. Fuori c'è un piacevole tepore; vado a prendere l'album per gli schizzi e provo a catturare le linee dei rami, le curve che brillano nell'aria tersa di novembre, simili a braccia scure che nuotano, fendendo lo spazio invece dell'acqua. Il sole risplende sulla carta, evidenziando la grana fuligginosa delle linee dure tracciate dal carboncino. Per tutto il tempo il pettirosso continua a svolazzare intorno ai ciocchi di legna, becchetta tra la polvere, va a posarsi sui rami caduti. Gironzolando intorno ai resti dell'albero in cerca di altre angolazioni, avverto appena la presenza di Dan alle mie spalle. Mi sdraio sull'erba, l'umidità del terreno filtra attraverso il pullover, e ho la prospettiva che stavo cercando. Le linee si incurvano verso l'alto e lontano da me, congiungendosi alle estremità a racchiudere un globo d'aria. Perfetto.

Quando le campane della chiesa battono due rintocchi dalla torre dell'orologio, rientro in casa per cuocere gli hamburger;

mentre sfrigolano nella padella, l'odore inconsueto e gustoso mi fa venire l'acquolina in bocca. Da che mi ricordo, non ho fatto che cibarmi di mele, toast e caffè. Cedendo a una voglia improvvisa di carne, li cuocio tutti, aggiungo una cipolla affettata alla svelta, li impilo tra le fette di pane e porto il tutto fuori con due lattine di birra. Ci sediamo insieme sul gradino di pietra della porta sul retro, al sole. Dan divora un panino caldo dopo l'altro. Io mangio più lentamente, assaporando il gusto del cibo, la luce calda sul viso. Un momento che sa di buono.

«Grazie». Mi sorride, ha i denti radi.

Scuoto la testa. «Grazie a *te*. Hai già fatto molto, qui».

«Be', sì. Mi tira fuori».

«Da cosa?». Sbirciandolo con la coda dell'occhio, mi accorgo che non gli danno fastidio le domande buttate lì per caso.

«Da scuola, da casa. Non saprei».

«Ti piace creare oggetti?»

«Già».

«Con il legno?».

Fa cenno di sì. «Mi piace trovare forme nei pezzi, comporli insieme come in un puzzle».

Lo sguardo incerto e indolente è scomparso. Sta osservando i rami, gesticola, parla a voce più alta.

«Sei fortunato a sapere cosa vuoi fare», gli dico.

«Sì?»

«Molta gente non lo sa».

Mi guarda.

«Mio padre non vuole che mi guadagni da vivere facendo cose pseudoartistiche. Per lui sono uno spreco di spazio. Vuole che entri in polizia, come lui».

«E lo farai?»

«Non lo so. Suppongo di sì».

Gli occhi si velano di nuovo, inquieti.

Mi alzo e prendo i piatti. «Non è facile scegliere».

«Proprio così, dannazione», risponde alzandosi. Si tira su la sciarpa davanti a naso e bocca.

Quando esco per finire il disegno a carboncino, l'aria si è raffreddata, lo splendore del sole è svanito e i rami sono smorti. È cambiato tutto in un tempo così breve. Dan comincia a radunare i ciocchi e ad accatastarli contro il muro. Bertie lo segue nel suo andirivieni, accucciandosi contro le sue gambe ogni volta che si ferma. Forse Dan gli ricorda i ragazzi; ormai non appartengono più al suo mondo.

Dan fa una pausa per il tè, si accovaccia sui talloni. Ed ecco Bertie che lo spinge con il muso e lo fa cadere indietro strappandogli una risata. Più tardi portiamo insieme altri ciocchi e li sistemiamo al riparo del tetto. Dan dice che tornerà poi a spaccarli.

Mentre si mette lo zaino in spalla, nota il cancello sfasciato. Raccoglie i pezzi di legno con delicatezza e li dispone ordinatamente a terra, come se fossero ossa. Osserva il varco nel muro. «Potrei farne uno nuovo, usando questi pezzi e aggiungendone altri. Se vuole».

«Davvero potresti?».

Prendo tutti i contanti che avevo in casa e glieli metto in mano. Cento sterline. Mi ero sentita una sconsiderata quando li avevo prelevati. Di solito non spendo quasi nulla. Il nutrito mazzetto ha un'aria allettante, irreale, così tante banconote tutte insieme. Lo fissiamo entrambi.

«Non voglio tutti questi soldi».

«Be', così potrò chiederti di tornare».

«Ok».

Lo osservo scendere lungo la strada, verso il cottage di Mary, curvo nello sforzo di spingere la carriola piena di legna per la nonna. Dan è in quel momento della vita in cui il futuro non ha ancora preso forma. Un giorno se lo troverà di fronte e, preso dalla noia o dal panico, forse perché qualcosa lo tira per la manica, distraendolo, farà la sua scelta.

La sera non dipingo né disegno nulla sul mio album. Penso alla scelta di Dan, che lo condurrà verso ogni altra cosa lo attende nel futuro. Le scelte che ho fatto mi hanno condotta da Ted, da Naomi, qui. Come potevo saperlo? Se torno abbastanza indietro nel tempo, ho la sensazione che stessi non tanto scegliendo ma "cogliendo" le opportunità. Durante il mio anno sabbatico trascorso a insegnare in Africa, una bambina mi era passata accanto prima di entrare in aula. Zoppicava. Quando mi aveva fatto vedere il piede, avevo notato una ulcerazione sotto la pianta, grande quanto una clementina, piena di sabbia e pietrisco. In fondo si vedeva il rosa delle fibre muscolari. Dopo quell'incontro tutto era divenuto chiaro. Sapevo cosa volevo. Allora ne ero totalmente sicura.

Quando sei giovane pensi di sapere tutto. Quando guardo il

ritratto di Naomi, vedo determinazione, vedo certezza. A volte, specialmente a notte inoltrata, penso al momento terribile in cui quella certezza deve averla abbandonata e lei si è resa conto di aver commesso un errore.

Capitolo 17

Dorset 2010. Un anno dopo

«Ciao, tesoro».

«Ciao, mamma».

La voce di Ed è fievole; mi sforzo di capire come sta attraverso il crepitio della linea. A volte mi domando se la gente stia lì ad ascoltare le telefonate.

«Come stai?»

«Bene».

Ha perso il cellulare una settimana fa, così lo immagino nel corridoio, appoggiato contro il muro accanto al telefono. L'intonaco bianco sarà macchiato da piccoli sbaffi neri là dove le dita sono state premute con forza contro la parete. Di certo starà guardando fuori, oltre le lastre di vetro della finestra. La gente passa e guarda – è alto e di bell'aspetto, la gente si è sempre girata a guardare – ma il volto sarà circospetto quanto la sua voce. La mano pallida che tiene la cornetta è più esile di un anno fa, quando era robusta e abbronzata a furia di vogare. L'ultima volta che gli ho fatto visita ho notato che aveva le unghie sporche di terra.

«Scusa, tesoro. So di averti chiamato con notevole anticipo, ma non potevo aspettare. Stavo pensando al Natale».

«Già?».

Una replica alquanto brusca. Non proprio una domanda. Proseguo senza fermarmi, con la voce che suona allegra in modo irritante, persino per me.

«Be', siamo già a dicembre. So che l'anno scorso non abbiamo festeggiato il Natale, ma penso...».

Che sia ora che tu torni a casa. Sei stato via per troppo tempo e mi manchi.

«...ti farebbe piacere un po' di cucina casalinga?»

«Potrebbero aver bisogno di un aiuto in più, sono a corto di personale».

Poteva anche essere vero. Ed si era offerto di restare alla fine del suo programma, dando un aiuto in cucina in cambio di un letto per dormire. La signora Chibanda diceva che restituire il favore era parte del processo. Ero stata contenta quando mi aveva detto che Ed sarebbe potuto rimanere presso l'unità; cosa avrebbe fatto qui, con me?

«Verrà anche papà. Presto sarà a Johannesburg per un convegno, ma rientrerà per il giorno di Natale. Gli ho chiesto di fermarsi a pranzo con noi». Faccio una pausa, ricordando le poche parole concise di Ted nella telefonata della settimana scorsa. «Ha detto di salutarti».

Silenzio. Probabilmente non mi crede. Non mi chiede mai di Ted o della separazione. So che a volte si vede con lui, ma lo tiene per sé.

«Che cos'hai, tesoro?». Getto lo sguardo fuori della finestra in attesa della risposta.

Il cielo è grigio pallido; dietro la chiesa c'è un banco di nuvole più cupe. Un baluginio bianco di gabbiani che volteggiano alti, prima di planare in cerca di cibo. Dan ha fatto piazza pulita in giardino, ha portato via tutti i rami. Dove prima c'era il melo è rimasta una chiazza di terra smossa. Tronconi bruni di qualche vegetale dimenticato e cespugli di ribes senza foglie si stagliano nell'orticello che mio padre era solito curare. Il nuovo cancello è già montato, con i suoi due colori di legno: le sbarre vecchie unite alle nuove più grezze. Un passerotto si tiene in equilibrio sulla sbarra superiore; poi, appena una gazza scende a capofitto per appropriarsi del suo spazio, si sposta sul muretto in un frullo d'ali.

Le parole di Ed scivolano più veloci mentre mi racconta che adesso va a correre con Jake.

Ricordai il ragazzo che ci aveva accolto al centro e il suo sorriso dolce. «Jake è ancora là?»

«Pensavo di avertelo detto. Dividiamo la stanza. Sua sorella ci porta dolci e altra roba».

«È magnifico, Ed».

«Suona la fisarmonica e vive su questa barca».

Amici. Una ragazza. Non intendo fare domande, ma mi risolleva il cuore.

«Ti porto qualcosa la prossima settimana?»

«Penne, magari un taccuino». Fa una pausa, poi continua, parlando lentamente: «Ho preso a scrivere questo… diario. Il dottor

Hagan me lo ha consigliato mesi fa. Ne ho letto un po' a Jake e Soph».

«Fai attenzione. Racconta solo le cose che ti va di condividere».

«Be', è ovvio. Ma deve essere autentico. Naomi teneva un diario, vero?».

Gesù. «Sì».

«Penso che potrebbe averla aiutata. Ha aiutato te, no?».

Dopo che ci siamo salutati mi siedo sul pavimento accanto a Bertie. Mi preme il naso umido sul viso e io gli accarezzo le orecchie calde. Non so se scrivere quel diario l'abbia aiutata in qualche modo. Non erano realmente i suoi pensieri. Quelli autentici li teneva per sé. Suppongo che abbia aiutato noi; ci ha portati da James. Mi alzo per prendere l'album e la matita dalla credenza e mi ritrovo a esaminare i dipinti come se fossero opera di qualcun altro e potessero contenere qualcosa in grado di stupirmi.

Mi sento a casa nel tepore di questa cucina, con il tavolo di formica scheggiato, il pavimento in mattoni sbiaditi e il piccolo frigo che ronza nell'angolo. Mi sento al sicuro. La cucina a Bristol mi è diventata estranea già dal terzo giorno; stavo girando per la stanza quando Michael telefonò per dirmi cosa aveva scoperto rileggendo il diario di Naomi. Sento ancora le sue parole mentre porto l'album al davanzale e comincio a tratteggiare la gazza che zampetta impettita sul cancello: una, un dispiacere[3].

Bristol 2009. Quattro giorni dopo

«...così ho avuto la fortunata intuizione che J potrebbe indicare il suo amico James».

«Come? Scusi, Michael. Potrebbe ripetere tutto dall'inizio, lentamente?».

Stavo premendo il telefono contro l'orecchio con tale forza da farmi male. Ogni giorno diventava più difficile. Vedevo ogni cosa attraverso un caleidoscopio mutevole: prima una Naomi sorridente e allegra, poi l'immagine cambiava, e Naomi apriva le labbra per gridare il mio nome. Mi aggiravo per casa come un'ossessa, tappandomi la bocca per non urlare. In nessuna stanza o angolo familiare mi sentivo a casa.

[3] *One for sorrow*: è il primo verso di una filastrocca per bambini, *The Magpie Rhyme*, ispirata alle gazze. A seconda del numero di gazze avvistate in un sol colpo, ci saranno conseguenze diverse, piacevoli o meno. *(n.d.t.)*

Ted e io avevamo passato la domenica con le orecchie tese, ad aspettare guardando l'orologio, camminando su e giù in silenzio, pregando che arrivassero notizie. Le ore erano trascorse inutilmente, vuote e inesorabili; nessuno sembrava darsi da fare per trovare Naomi e riportarla a casa. Negli intervalli di esausta calma avevamo discusso di cosa dovessero fare i ragazzi. Avevamo convenuto che per loro sarebbe stato più facile far fronte alla situazione seguendo la normale routine di ogni giorno. Avrei voluto sottrarmi alla tortura dell'attesa e tornare al lavoro, ma Ted aveva detto che non avevo la lucidità per farlo e sarei crollata. Frank si era mostrato d'accordo. Quando era passato da noi, la sera, mi aveva detto che aveva trovato un sostituto per il tempo necessario.

Almeno i ragazzi dormivano. Andavano a scuola come al solito. Ted era andato al lavoro, aveva detto che non aveva scelta. Osservandolo dalla finestra del piano di sopra, lo avevo visto raddrizzare la schiena appena uscito di casa e diventare il suo "io lavorativo", cambiando espressione mentre pensava alla giornata che lo attendeva. Sarebbe stato difficile per la gente sapere che c'era qualcosa che non andava; si era avviato verso la macchina con il suo solito passo, il completo nero che gli calzava a pennello, i capelli biondi ben spazzolati. Lo avevo osservato attraverso il vetro, consapevole delle mie ciocche che pendevano inerti, dei piedi nudi e del viso sbattuto. C'erano due furgoni bianchi con le antenne paraboliche sul tetto parcheggiati oltre la macchina di Ted. Vedendo due uomini appoggiati contro il fianco di uno di essi, tazzine di plastica in mano, macchine fotografiche appese al collo, mi ero allontanata subito dalla finestra.

Michael parlò a voce più alta, riportandomi al momento presente. «Quella J nel diario di Naomi stava per James. Ho interrogato lui e di nuovo Nikita. Sto venendo da lei».

Sentii il clic del telefono, e dopo qualche istante suonò il campanello.

Il mio senso del tempo si era allungato o ristretto, e non mi sarei meravigliata se ci fosse stato Michael davanti alla porta; invece, trovai un ragazzo alto con i capelli rossi, in uniforme scolastica. Aveva la cravatta allentata, la camicia fuori dai pantaloni e tracce di lacrime sulle guance lentigginose. Gli occhi erano talmente gonfi che mi ci volle qualche secondo per riconoscerlo.

«James».

«Salve, dottoressa Malcolm».

Lo fissai per un momento. «Non è qui, James. Non l'abbiamo più vista da giovedì sera».

Quattro giorni. Per quanto avessi sofferto ogni minuto di quel tempo, i fatti mi colpirono come una novità mentre li riferivo.

«Lo so. Certo che lo so». Sembrava irritato. «Sono stato alla stazione di polizia dalle quattro di questa mattina».

Notai gli occhi arrossati, le occhiaie scure e la barba ispida. «Perché?»

«Non riuscivo a dormire. Avevo bisogno di dirlo a qualcuno. È colpa mia».

Colpa sua? Cosa era colpa sua? Cosa aveva fatto? Lesse lo sconcerto sul mio viso.

«No, io... Senta, non so dove sia, cioè, vorrei... Volevo solo vederla, spiegarle...».

Dondolò sui piedi, incerto. L'afferrai per un braccio e lo tirai dentro. Per metà sedette e per metà crollò su una sedia della cucina, si prese la testa fra le mani. Preparai una tazza di tè zuccherato e gliela misi davanti. Il campanello suonò ancora. Stavolta era Michael. Aveva un'aria grave, ma la sua bocca si rilassò in un sorriso appena mi vide. Mentre mi facevo da parte per lasciarlo entrare, mi resi conto che conoscevo già il suo odore, un pacato aroma maschile di camicie appena stirate e dentifricio. Si sentiva vicino a me, ma era un'illusione: era in un posto completamente diverso dal mio. Per lui, come per tutti, la vita normale continuava il suo corso. Io potevo vederla, sentirne l'odore, ma non ne facevo più parte. Il velo trasparente del disastro mi separava dal suo mondo. Non riuscivo a toccare quel mondo; non riuscivo nemmeno a ricordarne la sensazione.

James alzò uno sguardo sorpreso su Michael, che gli sorrise e gli diede un buffetto sulla spalla.

«James è venuto a dirmi... qualcosa», dissi sedendomi, così da non incombere su di lui.

«Bene. Abbiamo parlato a lungo questa notte».

Michael tirò fuori una sedia e si accomodò accanto a James. I suoi movimenti erano lenti; probabilmente anche lui aveva dormito poco. Il volto del ragazzo era estremamente pallido.

«La amo». Le parole di James vennero fuori all'improvviso. «Lei mi ama. Credo, almeno... Lei... Noi... Stiamo insieme da mesi».

Insieme? Recitavano entrambi nello spettacolo. Si riferiva a questo? Gettai un'occhiata interrogativa a Michael.

Rispose tranquillamente: «Sono sei mesi che vanno a letto insieme».

La stanza divenne fredda. Dovevo alzare il riscaldamento. Le economie di Ted erano ridicole a novembre. Non era possibile, avrei saputo se Naomi andava a letto con questo ragazzo. Lei me lo avrebbe detto. E anche se me lo avesse taciuto, l'avrei capito. Ero sua madre.

Forse James lesse nei miei pensieri e continuò: «Voleva dirglielo. Be', sapeva che l'avrebbe scoperto comunque».

«Com'è stato possibile? Naomi era qui, o a scuola. Sapevo cosa faceva...».

«Dopo la scuola. Nei finesettimana».

Parlava quasi sottovoce; mi sporsi verso di lui per afferrare le parole. Proseguì in tono sommesso: «Le diceva che si vedeva con Nikita, ma in realtà andavamo a casa. A casa mia».

«I tuoi genitori lo sanno?».

Pensai a sua madre. La incontravo sempre agli eventi medici, un'infermiera dai capelli rossi incredibilmente graziosa. Suo padre era un pediatra, un po' più avanti negli anni.

«Papà lavora fino a tardi. Mamma se n'è andata un anno fa. A ogni modo, il problema è...».

Quindi non mi aveva ancora detto qual era il vero problema.

«Ha cominciato a soffrire di nausee».

Davvero? Non me ne ero accorta.

«Al mattino».

Non l'avrei sentita vomitare nel suo bagno, non dalla cucina, ma ricordai che aveva smesso di fare colazione. Mi era parsa disgustata quando glielo avevo proposto, ma cenava sempre, perciò non mi ero preoccupata.

«Si addormentava in classe».

Le prove di teatro erano estenuanti. In effetti aveva smesso di correre da tutte le parti.

«Così ha fatto un test...».

Calò il silenzio. Perché non avevo unito i pezzi? Niente colazione, la stanchezza, gli sbalzi d'umore. Era talmente ovvio. Michael mi stava osservando con aria preoccupata; mi alzai e andai alla finestra. Naomi, incinta. Un'eventualità per me nemmeno vagamente ipotizzabile. Mi rivolsi a James.

«Ne hai la certezza?». La mia voce suonò dura.

«Ha fatto tre test in tutto».

«Di quante settimane?»

«Non lo sapevamo». Girò il volto pallido dall'altra parte, per evitare il mio sguardo. «Pensava di aver saltato due cicli, ma non ne era sicura. Dieci, forse?».

Domani cottage. J. 10 settimane.

«Aspetta. E quel sangue sul materasso?». Guardai Michael, poi James. «Nel cottage, il finesettimana prima che iniziassero le rappresentazioni. Quando è andata là con quell'uomo. Pensavamo che avesse perso sangue perché era la sua prima volta, ma non può essere stata la sua prima volta... era già incinta».

«Quale uomo?». James sembrava confuso. «Ero io. Noi. Pensavo che Naomi le avesse detto che saremmo andati al cottage. Dopo che noi... subito dopo... ha perso sangue, ma ha fatto un altro test di gravidanza tre giorni dopo, praticamente martedì scorso, ed era ancora incinta. Con qualche perdita di sangue, ma incinta».

Quindi non era quell'uomo che l'aveva fatta sanguinare, dopotutto, l'uomo del teatro, il bastardo che l'aveva portata via. Questo peggiorava le cose. L'uomo che l'aveva portata via non era lo stesso che aveva comprato il vino; non avevano condiviso nulla. Di certo non l'amore. Lui non le voleva bene. E se avesse avuto altre perdite, se avesse abortito spontaneamente e avesse avuto perdite, o... una gravidanza extrauterina.

Guardai il volto rigato di lacrime del ragazzo seduto al tavolo e mi sentii pervadere da una rabbia ardente.

«E tu, James? Che intenzioni avevi riguardo a questa gravidanza? Qual era esattamente il tuo piano?»

«Qualsiasi cosa avesse voluto lei. La amo. In realtà non sapevo cosa fare riguardo alla gravidanza».

Volevo colpirlo; volevo ucciderlo per aver reso la situazione di Naomi ancora più rischiosa.

«Se non sapevi cosa fare riguardo a una gravidanza, perché accidenti non hai usato il preservativo?».

James trasalì. Intervenne Michael.

«Prendeva la pillola», mi informò tranquillamente. «Ma a volte se ne dimenticava».

Altri segreti. Come diamine faceva a prendere la pillola? Gliela aveva prescritta uno dei miei amici?

«Avresti dovuto usare comunque il preservativo, maledizione», sbottai. «Avresti dovuto renderti conto di quel che stavi facendo.

Hai peggiorato le cose». Feci un lungo respiro tremante. «Allora chi era l'uomo con cui si vedeva? Ne eri al corrente?».

Chinò il capo. Parlò con voce tremante di pianto. «Sapevo che qualcosa era cambiato. È stato subito dopo l'inizio delle prove. Io l'accompagnavo sempre a casa a piedi, ma a volte mi mandava via; diceva che voleva provare da sola a teatro. Roba del genere. Non era più la stessa. Ha smesso di raccontarmi tutto».

«Vai avanti». Riconobbi a stento la mia voce, tanto era priva di espressione. Immaginai che l'impassibile donna poliziotto seduta in quel corridoio avrebbe usato lo stesso tono rivolgendosi a un criminale.

«Ho visto un uomo, una volta. Stavo passeggiando davanti allo spogliatoio e l'ho vista parlare con qualcuno. L'ho visto solo da dietro. Era appoggiato contro il muro, chino su di lei; aveva capelli lunghi, neri e arruffati. Ci ho fatto caso perché Naomi sembrava totalmente presa da lui. Lei non mi ha visto, anche se le ho detto che avrei aspettato fuori. Ho aspettato secoli. Se ne erano andati tutti e lei ancora non usciva. Alla fine ho rinunciato».

Cominciò a piangere, scosso da singhiozzi profondi. «Sarei dovuto rientrare. Avrei dovuto guardarlo in faccia».

Michael si alzò. «Va bene così, James. Devi essere esausto. Ti accompagno a casa».

«Aspetta». Provai una fitta di rimorso e gli posai una mano sul braccio per impedirgli di alzarsi. «Anche con me non si confidava più. Ascolta, James: hai agito in modo avventato, stupidamente avventato, ma l'amavi. Lo capisco. Ho visto l'anello che le hai dato e…».

«Ma è stata lei a darle quell'anello». Mi guardò sconcertato. «Mi ha detto che era di sua nonna. Un cimelio di famiglia».

Lo fissai con eguale sconcerto. Quindi aveva mentito a entrambi. Doveva averglielo dato quell'uomo; forse quella volta che era appoggiato contro il muro. Forse aveva scelto proprio quel momento per infilarle l'anello al dito, ecco perché lei era così presa; doveva aver pensato che significava qualcosa per lui, e invece era stata ingannata sin dall'inizio.

James si alzò in tutta fretta. Stava per dire che gli dispiaceva. Non volevo ascoltare; non volevo provare compassione per quel ragazzo, quel bambinone, che forse aveva alterato l'equilibrio della vita di Naomi. Ovunque fosse, incinta, forse con perdite di sangue, era ancora più in pericolo di quanto pensassi.

«Dimmi…». Fu dura domandare cosa pensasse Naomi di quella gravidanza, quando avrei dovuto saperlo. È il genere di cose che una figlia confida sottovoce a sua madre, tenendolo segreto a chiunque altro. «Che intenzioni aveva riguardo al bambino?».

Lui mi guardò. Nonostante gli occhi gonfi, fu ovvio che la domanda lo aveva stupito. «Non lo voleva, naturalmente». Fece una risata forzata. «Voleva abortire spontaneamente e aveva letto da qualche parte che sc… se facevamo l'amore, poteva succedere. Per questo voleva andare al cottage. Ed è stata davvero contenta quando ha iniziato a perdere sangue».

Quando se ne fu andato con Michael, tornai a sedermi con le gambe tremanti. Strano che avesse usato quelle parole: fare l'amore. Non avevano fatto niente del genere; anzi, l'esatto opposto. E quel frammento di carta gialla di un tampone che avevo visto sul pavimento la sera della sua scomparsa? Aveva ancora perdite per la minaccia di aborto, non per il ciclo. Stava soffrendo?

Quando Michael tornò, una miriade di possibilità mi turbinava nella mente. Si sedette vicino a me. Riversai i miei pensieri in parole: «Come facciamo a sapere se James ha detto la verità? Forse le ha dato lui l'anello, come mi aveva detto Naomi. Come facciamo a sapere se lei era incinta, o se è andata a letto con lui? Magari lui non è mai andato al cottage. Potrebbe essersi inventato l'intera storia». Tenevo le mani serrate sul tavolo davanti a noi. Non riuscii a fermarmi: «Forse è stato l'altro tipo a portarla al cottage, e James potrebbe essere quello che ha preso Naomi. Ci pensi. Era geloso perché Naomi stava parlando con quell'uomo, così le ha fatto del male o l'ha nascosta da qualche parte…».

Michael posò brevemente una mano sulle mie; aveva dita calde, con le punte squadrate. «È stato ore e ore alla stazione di polizia, Jenny. Sta dicendo la verità». La sua voce era molto sicura. «Sono andati davvero al cottage quel sabato. Un uomo che passeggiava con il suo cane ha visto una Volvo rossa parcheggiata fuori. Hanno preso in prestito la macchina del padre di James».

Chiusi gli occhi. La voce di Michael continuò, elencando tutte le prove. Mi costrinsi ad ascoltare.

«James ha detto che si sono fermati alla stazione di servizio sull'autostrada fuori Taunton, quindi esamineremo le registrazioni delle telecamere di sorveglianza. Questa notte abbiamo preso le impronte digitali di James, così possiamo vedere se corrispondono a quelle rilevate sulla bottiglia e sui bicchieri». Fece una pausa;

aprii gli occhi e lo guardai mentre riprendeva con tutta calma: «Ho parlato anche con Nikita. Sapeva che Naomi era incinta».

«Non hanno segreti. Non sono due bimbette...». Nella voce di Shan c'era stata una nota di irritata certezza, ma credeva veramente a quel che mi aveva detto?

«Cos'altro?». Mi alzai e cominciai di nuovo a girare per la cucina. «Cos'altro sa Nikita? Ha detto se Naomi aveva intenzione di partire?». Le domande mi rotolavano fuori dalla bocca. «Cosa pensava di fare riguardo alla gravidanza?»

«Sapeva che Naomi aveva conosciuto qualcun altro che le piaceva, e che doveva incontrarlo la notte in cui è scomparsa, ma Naomi non le ha raccontato niente di lui. Nikita non crede che avesse intenzione di andarsene sul serio. Pensa che le avrebbe detto qualcosa, una sorta di addio». Michael mi guardò brevemente. «Sapeva che Naomi voleva interrompere la gravidanza, che era preoccupata. Naturalmente c'era il diario, l'accenno alle dieci settimane nelle ultime pagine...».

Aveva deciso che una gravidanza di dieci settimane non era così avanzata da creare un problema. Non sapeva che minuscole unghie si stavano già formando sulle dita delle manine e dei piedini; questo è il genere di informazioni che nessuno vuole sapere se deve fare quel che Naomi aveva in mente.

«Va bene». Mi presi la testa fra le mani, come se volessi fermare il turbinio dei pensieri. «Diciamo che è andata esattamente come ha detto James e che sono andati al cottage. Chi ci dice che non sia stato lui a portarla via quella sera? Forse ha aspettato che il teatro si svuotasse dopo lo spettacolo e poi l'ha portata da qualche parte».

«Suo padre era lì quella sera a vedere lo spettacolo. James interpretava Chino, ricorda? Subito dopo sono andati a cenare all'Hotel du Vin. Abbiamo controllato e il personale ricorda di averli visti. Ci hanno mostrato una copia del conto».

Michael era stato meticoloso e convincente. Niente da dire. Avevo sperato che fosse stato James a nascondere Naomi perché era geloso, perché la amava e la voleva tutta per sé.

«Cambierà qualcosa nel modo di trattarla, chiunque sia quest'uomo? La tratterà con più riguardi, sapendo che è incinta?».

Michael non disse nulla, ma conoscevo già la risposta. Sarebbe stata una seccatura, tra la nausea e le perdite di sangue. Col tempo, se lui glielo avesse concesso e se lei non avesse abortito, si sarebbe notato il pancione...

«Consideriamo ciò che abbiamo». La voce calma di Michael spezzò il filo dei miei pensieri. «Disponiamo di un fotokit migliore del principale sospettato in base alle informazioni fornite dalla signora Mears, da Nikita e da James, e sarà affisso su tutti i lampioni della zona insieme a una foto di Naomi. Continueremo a sorvegliare porti e aeroporti, e oggi avvieremo un'inchiesta porta a porta».

«Perché? Probabilmente non abitava nelle vicinanze».

Mi sembrava talmente aleatorio, talmente inutile. Naomi poteva essere a chilometri di distanza. Un piccolo rifugio in Scozia, un garage nel Galles. Non sapevamo nemmeno che aspetto aveva quell'uomo, anche se la mia mente stava già elaborando le ultime informazioni. Era più grande di età, capelli lunghi, arruffati. Era diverso dai ragazzi che frequentava Naomi – forse era affascinante proprio perché era così diverso?

«Si ricordi che dobbiamo considerare tutte le possibilità». Lo aveva detto prima.

«Che genere di possibilità?».

Si alzò e affondò le mani nelle tasche. Doveva essere difficile darmi una risposta. Notai tensione nei suoi occhi grigi. Nei secondi che impiegò per mettere insieme le parole, una parte distaccata della mia mente si chiese che aspetto avrebbe avuto se avesse sorriso, sorriso davvero. Cosa provava sua moglie tutte le volte che il lavoro le portava via il marito? Le dispiaceva? Si preoccupava? Probabilmente ci aveva fatto l'abitudine, come io con Ted, ripetendosi che era un uomo profondamente dedito alla sua professione.

«Be', sembra probabile che abbia combinato un incontro con quest'uomo, ma è possibile che lui non si sia presentato; in quel caso, sua figlia si sarà incamminata verso casa...».

Un'eventualità che avevo già preso in considerazione. Il teatro era a pochi minuti da casa, e sebbene le avessimo sempre detto di chiamare se era già buio, probabilmente non aveva voluto disturbarci. Il ticchettio dei tacchi sul marciapiede doveva aver risuonato nel silenzio della strada, così poteva non aver sentito i passi felpati che la seguivano finché non erano stati molto vicini...

«Interrogheremo il padre della ragazzina di cui ci ha parlato. Forse ha voluto vendicarsi, come aveva pensato...».

«Non può trattarsi di lui. È un padre». Per qualche motivo gli occhi mi si riempirono di lacrime. «Ama troppo sua figlia per far del male alla figlia di qualcun altro». Ma forse non funzionava così. Forse non c'erano regole. Andai alla finestra e guardai fuori. Adesso i furgoni bianchi erano chiusi; gli uomini con le macchine fotografiche dovevano essere all'interno, a osservare la casa non visti. Sui marciapiedi un andirivieni di pedoni, di macchine sulla strada.

L'uomo che aveva preso nostra figlia poteva essere qualcuno che conoscevo o un uomo ai margini delle nostre vite che non avevo mai notato. Poteva essere chiunque, chiunque al mondo. Forse quell'uomo laggiù, pensai, quello che sorride fra sé mentre attraversa la strada. Forse tiene Naomi da qualche parte, sottochiave e indifesa. Perché sta sorridendo? Avrei voluto correre fuori, gridargli la domanda in faccia, vedere se assumeva un'aria colpevole. Guardai Michael.

«Come dovrei affrontare tutto questo?».

Lui allungò la mano e mi strinse forte il polso.

«Mi dica cosa fare, Michael». Non mi mossi. Avevo bisogno di sentire la forza della sua stretta.

«Un passo alla volta, così si fa». I suoi occhi scrutarono il mio viso. «Deve avere cura di sé, questo è il primo passo. Mangi qualcosa. Si lavi i capelli». Mi sorrise. «Non glielo ho detto prima perché non volevo che si preoccupasse, ma l'appello in televisione è programmato per domani mattina. Dovremo preparare una dichiarazione. Può dirlo a Ted?».

Quando Ted rientrò a casa, avevo fatto il bagno. Persino provato un completo per l'appello dell'indomani, anche se avevo dovuto arrotolare il bordo della gonna in vita perché non mi calasse. Con i capelli avvolti in un asciugamano, stavo provando a mangiare un sandwich. Lo informai della visita di James e Michael, poi mi sedetti accanto a lui, gli presi la mano e gli dissi che Naomi era incinta. Si liberò della mia stretta e balzò in piedi, scandalizzato e incredulo. Pensò subito che James stesse mentendo. Gli raccontai tutto quel che James aveva detto, e anche quel che aveva detto Michael, e di come le annotazioni sul diario adesso avessero un senso. Ted cominciò a camminare nervosamente per la cucina; pensai che avrebbe spaccato qualcosa. Sotto la sua furia indignata percepii un'ondata di amarezza nei miei confronti. Di certo pensava che, essendo sua madre, avrei dovuto capire che era incinta, anche se me l'avesse tenuto nascosto. Forse aveva ragione. Quando tornò a sedersi, il volto pallido e distante, posai la mano sul suo pugno chiuso.

«Non permettere che questo ci distrugga, Ted».

Mi guardò con espressione assente. Non credo che abbia sentito quel che avevo detto.

Capitolo 18

Dorset 2010. Dodici mesi dopo

Metà dicembre. Il periodo più cupo dell'anno; ogni giorno la luce diventa più tenue. Dall'alto di Eggardon Hill i piccoli campi sotto di noi si inclinano verso la costa, le scaglie di mare in lontananza sono bianche come brina. Gli unici rumori nel silenzio della campagna sono i miei passi e quelli di Bertie, che fanno scricchiolare il manto erboso ghiacciato.

Bridport si trova in una valle vicino al mare; le sue strade larghe sono trafficate in questo periodo dell'anno. Gli antichi edifici in pietra si affacciano austeri sulla strada e, nonostante le luci brillanti appese fra loro, mantengono immutato l'aspetto di duecento anni fa.

La porta della libreria si apre tintinnando, ma invece della solita quiete profumata di libri, gli spazi stretti fra gli scaffali sono stipati di gente; c'è odore di capelli umidi e gomma da masticare alla banana. Una donna ben piantata con la faccia scontenta mi pesta i piedi e mi lancia un'occhiata irritata, mentre un bambino nelle vicinanze tira giù libri da una mensola e li getta sul pavimento. Era facile scegliere i libri per Naomi; amava tanti autori diversi fra loro: Lawrence, Kerouac, Mark Haddon, Stieg Larsson. Affronto la calca nella libreria, mi riempio le braccia di romanzi per i ragazzi e li metto in un cesto. Le mie dita indugiano sulle coste di altri libri mentre cerco di ricordare cosa c'era sul comodino di Ted un anno fa. I romanzi che avevo scelto per lui erano sempre rimasti intonsi sotto un sottile strato di polvere; forse non ho mai individuato i suoi gusti letterari. Pago i libri che ho preso ed esco, attraversando la strada sotto la torre dell'orologio mentre batte le undici.

Da Boots scelgo una trousse in pelle per Ted e la fornisco di spazzolino, dentifricio, asciugamano da viso e sapone, poi mi accodo alla calca in fila per pagare. Con la coda dell'occhio colgo uno scintillio rosato; giro la testa e vedo quei piccoli vasetti e tubetti di cosmetici e lo shampoo che le mettevo nella calza, insieme a mutandine a pois, braccialetti, mandarini e biscotti finti di plastica. Era divertente. Me ne ero dimenticata. Quel mondo in cui il divertimento era fine a se stesso era svanito insieme a lei. I giochi e gli scherzi stupidi che faceva ai ragazzi, il trambusto ai compleanni e a Natale, che loro disdegnavano ma al quale partecipavano – tutto era sparito insieme a lei. No, in realtà anche prima della sua scomparsa. Mi fermo, colpita da questo pensiero, e due ragazze in fila dietro di me mi finiscono addosso, ridendo e borbottando. Il divertimento era finito molto tempo prima. Non avevo notato quando, esattamente; era stata una scomparsa graduale. E io ero stata molto presa dal lavoro. Persino durante le vacanze estive, prima che cominciasse il trimestre autunnale, Naomi era stata più taciturna.

Arrivata alla cassa, ritorno in me, pago e raccolgo goffamente le buste poggiate intorno ai miei piedi. Almeno quest'anno ho comprato dei regali. L'anno scorso ci avevo provato, senza riuscirci. Naomi era sparita da poco più di un mese. Ovunque girassi lo sguardo c'erano adolescenti con le loro madri, intente a scegliere decorazioni, piccoli doni, a chiamarsi l'una con l'altra in cerca di conferme. Ricordo che lasciai il mio cesto pieno sul pavimento del negozio e uscii in lacrime in mezzo alla calca. Oggi, andando verso il parcheggio, riesco quasi a sopportare la vista delle famiglie mescolate alla folla. Vedo una madre, un bambino. Adesso riesco a guardarli, ma prima mi era impossibile.

Caricate le buste in macchina, guido fino a casa lungo le stradine strette, oltre il campo da golf che si intravede attraverso i varchi nella siepe e il recinto deserto dove gli asini passavano l'inverno. Nel campo al di là di esso, file di roulotte vuote e un negozio sbarrato con assi di legno, una vista deprimente nella luce fredda, poi i primi villini di mattoni del paese. Li conosco talmente bene che quasi non li vedo. È successo anche con Naomi. Ho smesso di vederla perché la conoscevo a memoria. Passo lentamente davanti alla chiesa e imbocco la mia stradina.

Mentre scarico la macchina e deposito tutto sul pavimento, Bertie annusa il mucchio di buste a lui sconosciute. La luce nella cucina si oscura all'improvviso: qualcuno mi ha seguita fino alla soglia. Mi giro di colpo e batto la testa contro l'angolo della credenza aperta, proprio dove c'era ancora il segno della lacerazione precedente. Comincia a pulsare dolorosamente, e il sangue affiora.

Riconosco la sagoma delle spalle in controluce ancor prima di vederlo in faccia.

«Michael!».

Mi sorprende quanto sia contenta di vederlo, ma andandogli incontro sento le mani svuotarsi di energia per un terrore subitaneo. Cosa è venuto a dirmi? I pomodori mi cadono a terra e il pudding di Natale avvolto nel foglio d'alluminio rotola sotto il tavolo. Bertie corre a indagare e lo fa rotolare ulteriormente con un colpo di zampa.

«Cos'è successo, Michael? Dimmelo, su».

«Niente. Non è successo niente». Allarga le braccia, i palmi aperti per mostrare che è a mani vuote, niente segreti. «Passavo da queste parti…».

«Passavi?». Nessuno passa mai per Burton Bradstock.

«Sto andando nel Devon a trovare i miei parenti. È Natale, ricordi?». Poi cambia espressione, aggrotta la fronte. «Stai sanguinando. Il taglio alla testa».

Tira fuori dalla tasca un fazzoletto bianco; le sue mani sono gentili mentre mi tampona la ferita con il tessuto morbido. Da vicino, colgo quell'odore familiare di biancheria appena stirata e dentifricio. La bocca, a pochi centimetri dai miei occhi, è indifesa. La pelle mi formicola per questo contatto inaspettato e resto completamente immobile. Sento che lui se ne è accorto. Lascia scivolare le mani sulle mie spalle e abbassa lo sguardo su di me.

«Ora non sanguina più». Pausa. «Ti trovo bene», aggiunge, scrutando il mio viso con occhi premurosi. «Mi chiedevo…». Cerca le parole giuste.

Mi tiro indietro. «È bello rivederti. Mi spiace di averti accolto come un fantasma».

Ci guardiamo; è sconcertato dalle mie parole. Abbassa lo sguardo e mi accorgo di quanto sia irritante il mio tono scherzoso. Cosa pensava che sarebbe accaduto al nostro prossimo incontro? Quel breve bacio mesi fa, nella cucina di Bristol, era il risultato di un profondo sfinimento. Avevo abbassato la guardia; un errore, niente di più.

«Caffè?». Mi volto, le mani che indugiano sulle tazzine, in attesa che passi il momento.

«Sì. No. Pensavo di fare due passi… Ti offro il pranzo. Entrando in paese ho visto le indicazioni per un ristorante sulla spiaggia».

Raccolgo il cibo caduto sul pavimento e lo infilo nel frigo, poi metto il guinzaglio a Bertie. Mi do un rapido sguardo nello specchio. Ha detto che mi trova bene. Com'è possibile? I capelli sono una massa arruffata e ora non mi trucco mai, ma l'azzurro degli occhi risalta sulla pelle abbronzata dalle lunghe passeggiate lungo il mare. L'aria pulita e il cibo semplice hanno giovato al mio colorito. Lo specchio restituisce il mio sguardo curioso, come se stessi fissando qualcuno di vagamente familiare ma che non riesco a collocare con precisione.

Usciamo insieme dal cancello del giardino.

«Ho pensato spesso a te in questo posto», dice, con un accenno di sorriso. «È completamente diverso da come l'avevo immaginato».

Pensava che ci sarebbe stato ancora sangue sul pavimento e bicchieri sporchi di vino? Mosche essiccate sui davanzali?

«Stai bene, soprattutto?». Il tono è cauto; vuole sapere, ma non sa come chiedere.

Sto bene? Mentre attraversiamo il campo, poi la strada fino al sentiero per la spiaggia, penso alle sere passate davanti al fuoco a disegnare i miei pensieri. La pila di dipinti dietro la sedia non fa che aumentare. A volte Dan passa qui dopo la scuola per aiutarmi nei lavori più disparati. Ha tinteggiato una stanza per me. Siamo diventati amici, anche se non parliamo molto. Aspetto con impazienza di stare in sua compagnia: mi ricorda i miei ragazzi. Poi c'è il tè insieme a Mary, e a oggi sono già andata due volte in biblioteca con lei. Theo mi telefona di tanto in tanto e vado a trovare Ed. Ted mi invia l'occasionale cartolina o un SMS quando lascia il Paese per qualche convegno. Ma non c'è mai un momento senza un fondo di dolore: il suo volto è ovunque. A volte il bisogno di sapere cos'è accaduto è più forte di quanto possa sopportare. Appena arrivata qui al cottage mi sono ritrovata sulla spiaggia di ciottoli, l'acqua gelida che spumava intorno ai miei piedi, stringendo Bertie a me perché mi impedisse di entrare in mare.

«Non proprio "bene"… qualcosa di meno, ma…».

«Racconta».

Ed ecco che stiamo parlando – io, almeno. Lui ascolta. Parlo e piango. Sento che è pericoloso lasciar scorrere le parole senza controllo, ma non riesco a fermarmi. La disperazione e la solitudine di questi ultimi quattro mesi tracimano oltre le mie barriere. Lui mi cinge le spalle con un braccio e lascia che gli racconti tutto, finché mi sento svuotata e ho dato fondo alle lacrime. Passeggiamo lungo la spiaggia mentre il vento si impiglia nelle creste delle onde, strappa schizzi di spuma e ce la soffia addosso.

Il Beach Hut café è aperto. Sono anni che non ci metto piede, da quando i bambini erano piccoli e venivamo a prendere pesce fritto e patatine. In estate ci sono folle chiassose che mangiano all'aperto sotto il nuovo tendone, ma oggi è tutto tranquillo. Alcuni tavoli sono occupati da uomini anziani intenti a leggere il «Dorchester Chronicle», con i cani accucciati ai loro piedi. Il posto odora di tè e di pelo di cane bagnato. Michael ordina pesce fritto e patatine per due, e nel giro di pochi minuti ci scodellano filetti di eglefino panati e un mucchio di patatine calde e salate su spessi piatti bianchi. Li portiamo a un tavolo accanto alla finestra. Mi apro un varco nel vapore che appanna il vetro e osservo le onde frangersi sulla spiaggia deserta.

Mi bruciano gli occhi per aver pianto, ma mi sono liberata di un peso e mi sento meglio. È bello stare qui con Michael. Con il mare fuori mi sembra di essere su una nave. Nessuno può raggiungerci, potrebbero valere regole diverse.

Con estrema calma, Michael mi informa che ha avuto una promozione e poi, guardando fuori, dice che sua moglie l'ha lasciato sei mesi fa.

Mi sento in colpa; è stato ad ascoltarmi fino a ora. «Non me l'hai mai detto. Mi spiace».

«Avrei dovuto? Avrei dovuto dirtelo?». Mi fissa, io distolgo in fretta lo sguardo.

Un anno fa ci eravamo cercati, una sera, nella cucina di Bristol. Ted era andato a letto senza dire una parola; Michael era passato da noi mentre tornava a casa; ero stanca e in lacrime, arrabbiata con Ted perché riusciva a rifugiarsi nel sonno. La gentilezza di Michael era stata per me un valido appiglio.

Michael guarda di nuovo fuori dalla finestra; le nuvole si riflettono nel grigio dei suoi occhi. Le parole arrivano lente.

«Ci siamo sposati giovani». Si ferma, alza le spalle. «Non voglio annoiarti con i miei guai».

«Dimmi cos'è successo».

«Non ne parlo molto. Ormai è acqua passata».

«Dimmelo».

Esita per un lungo momento. «Ci siamo sposati a diciotto anni, a Città del Capo; era incinta. Ha abortito spontaneamente dopo alcune settimane...».

Ormai dovrei essere in grado di ascoltare queste parole, “incinta” e “aborto spontaneo”, senza provare una fitta di dolore. Il bambino di Naomi dovrebbe avere quasi sei mesi. Ho tenuto il conto dei mesi. Se la gravidanza è andata avanti e il piccolo è sopravvissuto… se lei ha avuto… stringo i denti mentre un’ondata di angoscia mi sommerge, poi si ritira di poco. Michael non se n’è accorto; ha continuato a parlare.

«…così ho pensato che in Inghilterra sarebbe stato diverso, meno pressioni dalle nostre famiglie, migliore consulenza medica – ma non è rimasta di nuovo incinta». Si guarda le mani, poi si rivolge a me. «Dovevo farmi una carriera, ma le ore erano lunghe. È stata dura per lei. Era così sola».

So come è andata. Alle dieci di sera buttava nella pattumiera la cena del marito ormai fredda. Un’altra sera organizzava qualcosa, cinema o teatro, e si sedeva ad aspettare, il cappotto pronto, fino all’inizio dello spettacolo; dopo di che, rimaneva seduta, stringendo fra le dita la busta bianca con dentro i biglietti. Giorni di solitudine, anche se le notti erano ancora peggio. Ogni mese piangeva quando arrivava il ciclo.

Michael continua: «Ha cominciato a fare volontariato per il Citizens Advice Bureau, poi è rimasta incinta e questa volta non ha perso il bambino».

«Quindi tu hai un figlio…». I suoi occhi sono talmente seri che esito. «Un maschio o…».

«Un maschio. Non mio. Il padre è un avvocato che ha conosciuto al Bureau. Sposato, ma ha lasciato la moglie». Pausa. «Non avremmo mai dovuto sposarci».

Come poteva saperlo? E io, come potevo? Quando sei giovane non hai idea di ciò di cui avrai bisogno col passare del tempo o di quanto forte dovrai essere.

«Non essere così preoccupata». Sorride. «Ormai è storia. Mi spiace di aver approfittato…».

Gli dispiace di essersi confidato? Oppure sta ripensando a quella sera di un anno fa, in cucina; anch’io ci penso. Avevo sentito il calore della sua mano sulla schiena, la bocca sulla mia. Dopo tutto, aveva avuto un vago sapore di reale, quando tutto il resto lo aveva perso.

Fuori l’aria si è oscurata. La spuma delle onde biancheggia attraverso la pioggia; verso l’orizzonte, il colore del mare si è perso nel cielo color malva della sera. Fa più freddo di prima, ma il cibo e la conversazione mi hanno scaldato. Torniamo sui nostri passi verso casa, le mani che si sfiorano. Nel cottage, do da mangiare a Bertie mentre Michael prepara il fuoco. Mi commuovo a vederlo qui adesso a preparare il fuoco per me, in silenzio, concentrato sul suo compito. La legna prende, il bagliore della fiamma. Si gira verso di me.

Finisco fra le sue braccia e cominciamo a baciarci come se non ci fossimo mai fermati. Mi fa pensare al calore del sole dopo un lungo periodo di buio e gelo. Mi porta vicino al fuoco e mi toglie il cappotto, si toglie il suo. Ci spogliamo nella penombra. Tira giù la coperta pesante dal divano e la stende su di noi. Rimaniamo distesi, insieme; la sua pelle contro la mia è familiare e sconosciuta allo stesso tempo. Sicura e pericolosa. Avverte il mio disagio e si scosta leggermente, mi accarezza il viso alla luce del fuoco.

«Cosa c'è?», mi chiede dolcemente. «Dimmi».

«Come funziona? Ti è permesso fare una cosa del genere? Voglio dire…».

«Tranquilla». Sento il sorriso nella sua voce. «Sarà il nostro segreto».

Il nostro segreto? Dovremmo averne uno? Mi prende fra le braccia, e nel conforto di quel gesto il mio disagio si dissolve. Le sue mani percorrono lentamente il mio corpo e mentre la pelle comincia a infiammarsi mi volto verso di lui, attirata da quel calore, infine dal desiderio. Nella mia mente affiora il pensiero che è stato così anche per Naomi: attirata in qualcosa di intimo e segreto prima che diventasse qualcosa di pericoloso. Poi la sua bocca copre la mia e cominciamo a muoverci insieme, come se non aspettassimo altro da lungo tempo.

Bristol 2009. Cinque giorni dopo

«Scusa».

Michael aveva un'aria afflitta. Lasciò cadere la mano lungo il fianco.

«È tutto a posto». Ero troppo stanca per quello; sentii la nota di impazienza nella mia voce. «Non fare quella faccia colpevole. Non importa». Non volevo che quello cambiasse le cose, perché dovevamo lavorare ancora insieme.

Eravamo in cucina, Ted era di sopra.

Dopo l'appello televisivo del mattino era andato dritto al lavoro. Ci era rimasto tutto il giorno; aveva detto che gli dava un motivo per andare avanti. Per lui funzionava, ma per me non c'era alcun motivo, ogni motivo aveva cessato di esistere. Vivevo in uno spazio buio e senza prospettive dal quale vedevo Ted, lontano e distante. Dal mio luogo isolato, provavo rabbia e dolore. Non riuscivo a capire come facesse a uscire, a incontrare pazienti e colleghi. Quando rientrava, consumava in fretta la cena, si alzava e andava a letto, pallido di stanchezza.

Michael era passato in tarda serata. I ragazzi erano già andati a dormire.

Gli stavo dicendo quanto fossi preoccupata per i ragazzi ed ero scoppiata in lacrime. Lui mi aveva cinta con un braccio, ci eravamo avvicinati l'uno all'altra, aveva chinato il viso sul mio e, per un istante, le nostre bocche si erano toccate. Mi ero tirata indietro; mi era parso subito un errore. Ero esausta, e doveva esserlo anche lui. Un riflesso momentaneo, tutto qui, provocato dalla disperazione e dalla solitudine. Nessuno da biasimare.

«Oggi sono andata di nuovo a trovare Jade», mi affrettai a dire, sperando che quello ci avrebbe aiutati a tornare da dove eravamo partiti. Sembrò funzionare: mentre parlavamo, lo vidi tranquillizzarsi, riprendere il controllo. «Glielo avevo promesso. Pensavo che la gente mi avrebbe fissata per via delle palpebre così gonfie, ma nessuno ci ha fatto caso».

Mentre lo dicevo, mi resi conto che quando lavoravo in ospedale li avevo ignorati anche io: la schiera anonima degli insonni colpiti dal dolore, seduti nelle corsie, a vegliare nell'attesa.

«C'era suo padre con lei. Si è alzato in piedi quando mi sono avvicinata. È un uomo grande e grosso. Me ne ero dimenticata».

«Perché non mi hai chiamato?», domandò Michael. C'era irritazione nella sua voce. «Potevo accompagnarti. La mia presenza ti avrebbe aiutata. È mio dovere sostenerti; è il mio lavoro, ricordi?»

«Non avrei mai preteso che venissi anche tu; è stato un mio errore», gli dissi. «Ho fatto la diagnosi sbagliata. Dovevo rimediare».

«Com'è andata?»

«Le ho portato dei vecchi libri di Naomi, mi ha ringraziata. Sembrava contenta di vedermi. È ingrassata. La chemioterapia contiene steroidi, quindi è una sorta di grassezza artificiale, ma aveva comunque un aspetto migliore». Sentii gli occhi riempirsi di nuovo di lacrime. «Ma la parte più difficile è stata quel che è successo con Jeff Price».

«Cosa ha fatto?», domandò Michael irritato.

«Niente. Ha detto che gli dispiaceva».

«Cosa?».

Riandai col pensiero al momento in cui Jade aveva preso i libri e ne aveva aperto uno.

«Chi l'ha scritto?». Si era rivolta al padre, mostrandogli i segni a matita scarabocchiati sul cielo raffigurato sulla prima pagina.

«"Naomi Malcolm"», lesse il padre. «"Letto mio. Camera mia. Clifton Road n.1, Bristol. Inghilterra. Mondo. Universo. Spazio esterno». Aveva fatto una pausa, poi aveva aggiunto: «È la figlia della dottoressa, Jadie».

«Non le dispiacerà?», aveva chiesto Jade rivolgendosi a me.

«No», avevo risposto. Mi ero dimenticata di quella scritta. «Lei è... cresciuta, adesso». Avevo cercato di sorridere.

Forse Jade aveva letto la mia espressione. «Glielo restituirò appena finito», aveva detto.

Avevo annuito, incapace di parlare. Jeff Price mi aveva accompagnata lungo la corsia. I bambini giacevano raggomitolati nei loro letti, i visetti arrossati e istupiditi dalla noia. Erano silenziosi come animali feriti, schiacciati fra strati di parenti seduti intorno a loro a guardare la televisione.

Si era fermato nel corridoio fuori delle porte di plastica della corsia.

«Prima l'ho vista in televisione. Mi spiace per quello che le è successo. Non è giusto. So che avevamo litigato, ma non è giusto».

«Grazie», avevo risposto esitante. «La polizia sta interrogando tutti. Persino i miei pazienti...».

«Per me non c'è problema. Fate pure. Qualsiasi cosa, se posso essere d'aiuto. Sono stato qui ventiquattr'ore al giorno, sette giorni su sette, le infermiere lo confermeranno».

Mi aveva toccato la spalla in un gesto di conforto ed era tornato indietro. Sembrava riempire il corridoio con la sua mole, ondeggiando leggermente a ogni passo, con le grosse scarpe bianche da ginnastica che cigolavano sul linoleum blu.

Le porte di plastica si erano richiuse alle sue spalle.

Michael stava aspettando pazientemente la mia risposta.

«Jeff Price era dispiaciuto per Naomi», ripetei. «Forse non c'è bisogno di interrogarlo, dopotutto».

«Be', non ci vorrà molto».

Non sembrava che potessi fermare il meccanismo che avevo avviato, anche se ero sicura che Jeff Price non fosse coinvolto.

«Sei stata grande in televisione». Michael sorrise, cambiando argomento.

Le luci erano calde e accecanti. Mi avevano fatto lacrimare gli occhi, ma non volevo che la gente pensasse che stessi piangendo. Non volevo che il rapitore di Naomi sapesse cosa ci stava facendo passare. Ci avevano avvertito che mostrare la propria angoscia può essere controproducente. I genitori diventano vittime da manipolare. Eppure dovevamo farlo. Dovevamo raggiungere la donna che forse aveva intravisto il viso confuso di Naomi dietro il finestrino di una macchina in una città sconosciuta, e la sua bocca aprirsi per chiedere aiuto. Dovevamo attirare l'attenzione dell'uomo che serviva nel negozio all'angolo, che forse aveva notato qualcosa di diverso nel tipo tranquillo che di solito si limitava a comprare le sigarette; ora acquistava altre cose: cibo, nastro adesivo, assorbenti per le perdite. Dovevamo dire al bambino che girava in bicicletta di raccogliere la felpa grigia con cappuccio rimasta impigliata in fondo alla siepe lungo una stradina di campagna, la felpa che Naomi aveva gettato perché qualcuno la trovasse. Avrei voluto quella donna con me sotto i riflettori, il negoziante e il bambino in bicicletta al mio fianco.

«Sei stata davvero grande», disse ancora Michael quando io non risposi. «E anche Ted. A proposito, sarà necessario vederlo di nuovo».

«Credo che ora stia dormendo. È strano, sembra che riesca a malapena a mantenersi sveglio, mentre io non riesco a chiudere occhio».

«Solo alcune domande; domani sarebbe meglio».

«Forse posso rispondere adesso».

«No. Dobbiamo farle a Ted».

Lo disse con aria grave, quasi dolente. Non capivo.

«Quali domande?»

«Non tutto quadra. Dobbiamo chiarire alcune cose».

Mi venne la nausea. Dovevamo ripetere l'intera trafila, separatamente? Significava che la polizia aveva deciso di non credere a quel che stavamo dicendo?

«Michael, ti prego. Il tempo passa e ogni secondo…».

«Ecco perché dobbiamo farlo subito. Potresti dirgli di presentarsi alla stazione di polizia in mattinata? Verrà una macchina a prenderlo».

Suonava talmente ridicolo, come un film poliziesco dove il marito deve essere interrogato e la moglie diventa isterica.

«Se posso rispondere per lui, risparmieremo un sacco di tempo».

Michael sospirò. «E va bene. Per caso sai dove si trovava Ted la notte in cui Naomi è scomparsa?».

Mi alzai e cominciai a girare per la cucina, raccogliendo tazze e bicchieri che sembravano disseminati su ogni superficie. Conoscevano già la risposta. Ero stanca; volevo andare a letto.

«So esattamente dove si trovava. In ospedale. L'intervento chirurgico si è protratto più del previsto. Un caso difficile – succede sempre così. Se qualcuno non ci crede, può chiedere conferma al personale di sala presso l'ospedale».

Si alzò anche Michael, il viso impassibile come se non avesse sentito.

«Tolgo il disturbo», disse, e la sua voce suonò stranamente formale. «Ti prego, digli che domattina passeremo a prenderlo».

Dopo che fu andato via, sedetti al tavolo e chiusi gli occhi. Le parole di Michael sembravano echeggiare nel silenzio. Dopo un po' andai al telefono e chiamai l'ospedale. Chiesi di essere messa in comunicazione con la sala di neurochirurgia. Nonostante fosse tardi, un giovane assistente rispose immediatamente. Sembrava molto giovane. Gli dissi chi ero e che Ted mi aveva chiesto di controllare l'orario in cui era entrato in sala operatoria la sera di giovedì. Si era dimenticato di registrare la durata dell'intervento e doveva inserirla nella lettera al medico curante. Le parole mi uscirono così spedite che sembrava mi fossi preparata un discorso invece di coglierle qui e là nel tumulto della mia mente. L'assistente si allontanò per qualche istante e poi tornò al telefono.

«Scusi se l'ho fatta attendere, dottoressa Malcolm. Ho dovuto controllare due volte. È sicura che non fosse lunedì?»

«Sono certa che abbia detto giovedì...», replicai, con il cuore che mi batteva forte.

«Il fatto è che giovedì c'era solo il dottor Patel in sala di neurochirurgia. Il caso del dottor Malcolm è stato cancellato. Se può richiamarmi fra qualche minuto, posso controllare la durata dell'intervento di lunedì».

«La contatterà lui, se ha bisogno».

Attaccai il telefono e salii al piano di sopra, dove mi sedetti su una sedia accanto a mio marito addormentato. Lo fissai talmente a lungo che il suo viso parve trasformarsi e dissolversi, come succede alla tua identità quando ripeti più e più volte il tuo nome a te stessa. Alla fine lo vidi come un uomo qualsiasi disteso sul letto, un estraneo nel quale mi ero imbattuta per caso.

Capitolo 19

Dorset 2010. Tredici mesi dopo

All'entrata della stazione di Dorchester, un gruppetto di bambini stretti intorno a una donna con i capelli grigi intona un canto di Natale. I cantori sono irrequieti sotto i cappelli da Babbo Natale troppo larghi: due continuano a pestarsi i piedi, e la bambina più piccola si asciuga il naso gocciolante con la manica. La donna dirige il coro con fare deciso, ma i movimenti bruschi delle mani danno l'idea che stia tracciando punizioni nell'aria. Le note di *Away in a Manger* si rincorrono fuori della stazione mentre mi sposto verso le transenne del binario 1. C'è qualcosa di familiare nel modo in cui questa donna si sta sforzando di interpretare la sua parte: sta in piedi, dritta come un fuso, e la voce è troppo briosa. Appartiene a un mondo di cui ho fatto parte e, guardandola, ne ricordo il peso. Adesso non ci sono doveri che mi incalzano durante la giornata. La vita ne è ormai spoglia e i miei ruoli sono più semplici: madre, non moglie. Se dovessi riempire un modulo, alla voce "occupazione" scriverei "pittrice".

Il treno di Ed è in arrivo. Lo accompagna Sophie. Dopotutto, non avevano bisogno che Ed rimanesse anche a Natale. Solo ora – troppo tardi – mi viene in mente che un viaggio in treno potrebbe risultare pesante per lui, con tutto il rumore e la confusione, dopo l'ordinata ripetitività dei giorni presso l'unità.

Dopo pochi minuti il treno mi sfila accanto, le porte scorrevoli si aprono e poi c'è una marea di teste in movimento da passare in rassegna, così sussulto quando le braccia di mio figlio arrivano da dietro per cingermi saldamente la vita.

«Ed!».

Sta ridendo. Ridendo! Sono mesi che non vedevo Ed nemmeno sorridere. Non avrei dovuto preoccuparmi. Ha il viso non rasato, gli occhi castani pieni di vita, i lunghi capelli neri lucenti. Porta sulle spalle uno zaino e la sua chitarra. Si gira, passa il braccio intorno a una ragazza quasi nascosta dietro di lui.

«Mamma, questa è Sophie. Soph, mamma».

I colori di Sophie rischiarano il grigio della stazione. Capelli corti di un rosso acceso, occhi verdi truccati con kajal grigio, una giacca verde fatta a maglia, guanti blu a righe, cappello arancione, scarponi gialli. Ha anche un cerchietto d'argento infilato nella narice. Porta una fisarmonica sulla schiena, assicurata con delle cinghie. Ha un viso attento, calmo e molto grazioso. Prendo una mano guantata fra le mie.

«Ciao, Sophie».

Mi sorride. «Salve».

«È una fortuna che sia potuta venire», dice Ed, guardandola. «C'è mancato poco. Jake voleva che fosse presente al pranzo di Natale sulla barca, ma alla fine ci è andata bene».

Sorrido a Sophie.

«Grazie per l'invito». Solleva un po' il mento nel dirlo. La sua voce ha una piacevole inflessione irlandese.

Sulla via del ritorno in macchina, Sophie siede vicino a Ed mentre lui le fa notare le spiagge e le scogliere che superiamo. Gli dico che Theo arriverà più tardi con Sam, il compagno che non abbiamo ancora conosciuto. Poi vuole sapere a che ora è previsto l'arrivo di Ted.

«Domani o dopodomani. Rientra oggi in aereo da Johannesburg».

«Immagino sia andato in vacanza», dice Ed scrollando le spalle.

Pensavo che si tenesse in contatto con Ed. Quindi non è cambiato nulla. Per tutta la vita hanno avuto un padre sempre impegnato – non c'erano compleanni, serate con i genitori, a volte nemmeno il Natale e le vacanze. Il carico di responsabilità ricade di nuovo su di me, pesante come lo è stato in tutti gli anni in cui pensavo che lo condividessimo. Ironicamente, è diventato più leggero da quando se n'è andato, o forse ho solo imparato a contare solo sulle mie forze. Allora perché la delusione brucia ancora?

«Non in vacanza. Te l'ho detto, è stato a un convegno».

«Tipico».

Guardo nello specchietto retrovisore, ma Ed sta sorridendo di nuovo; noto anche una punta di orgoglio mentre cinge Sophie con un braccio. Mio padre, un uomo impegnato e importante.

«Buon per tuo padre. Ho sempre desiderato lavorare in Africa», dice Sophie.

«È solo un convegno», le dico. «Per un paio di settimane. Il suo lavoro vero e proprio è a Bristol».

«Sophie lavora per Amnesty International», dice Ed.

«Interessante». Cerco il suo viso nello specchietto; mi sorride e scrolla le spalle.

«Traduco del materiale. Francese e tedesco».

«Lei e Jake parlano fra loro in qualsiasi lingua, soprattutto quando vogliono dire qualcosa su di me e sanno che non capirò», dice Ed con cognizione di causa.

«Non capiresti qualcosa su di te anche se parlassimo nella tua lingua. Gli aspiranti medici non si capiscono. Troppo occupati a essere gli eroi del proprio dramma». C'è una nota divertita nella sua voce.

Scoppiano a ridere, come se fosse una vecchia battuta.

Nelle settimane successive alla sua ammissione all'unità avevamo glissato su quello che avrebbe potuto fare una volta uscito. Non aveva mai accennato a voler riprendere medicina dopo che aveva dovuto lasciare la scuola. Aveva preso il suo A-level nell'unità, e sapere dei risultati eccezionali che aveva ottenuto era servito solo ad accrescere il nostro dolore, la sensazione di quel che avrebbe potuto essere. Mi aveva detto che per il momento era felice di restare a dare una mano. Questo non è il momento di parlare di progetti: sembra fresco di vacanze.

Bertie è già nell'ingresso quando apro la porta. Il viso di Ed si accartoccia nel pianto; si inginocchia ad abbracciare il cane e si abbandona ai singhiozzi. Bertie resta immobile, sbatte le palpebre perplesso. Fa uno starnuto e poi annusa i capelli di Ed, agitando la coda. Sophie si inginocchia accanto a Ed e lo abbraccia, premendo la guancia contro la sua. Preparo il tè. Avrei dovuto aspettarmi questa reazione e prepararlo in qualche modo a questa mescolanza tra passato e presente.

Dopo qualche minuto, Ed si rialza, si soffia il naso e azzarda una risata tremante.

«Scusa, Bert». Si china ad accarezzarlo.

«Che ne dici di andare al mare e portare Bertie?», propone Sophie.

Ed fa cenno di sì. Bevono il loro tè e poi si avviano verso i campi, oltre il giardino. Lo guardo fermarsi al cancello, toccare il pilastro. Per la centesima volta mi chiedo se ha trovato un posto dove accantonare tutto quel che è successo, conservarlo lì finché sarà in grado di rifletterci e cercare di dargli un senso.

Li seguo con lo sguardo lungo il campo, poi è ora di tirare fuori il pollo dal frigo, infilare burro ed erbe aromatiche sotto la pelle e farcirlo con aglio e limone. Quando è nel forno, mi verso un bicchiere di vino e lo porto fuori, nel capanno di legno che ho messo in ordine una settimana fa per adibirlo a studio, sapendo che in casa non ci sarebbe stato spazio. I vetri puliti delle finestre lasciano filtrare la luce; le foglie secche, la polvere e gli escrementi di topo sono stati spazzati via. All'interno c'era già un tavolo poggiato su cavalletti. Ho comprato una stufa nuova e ho appeso qualcuno dei miei disegni ai chiodi sulle pareti.

Il mio dipinto a olio delle mani di Mary è sul tavolo. Sembrano artigli, le dita deformate dall'artrite, la pelle traslucida e gonfia. Le chiama le "mie mani da strega", ma sono in grado di preparare il tè, prendere le uova e gli attrezzi da giardino, infornare il pane. Le ho dipinte aperte e rilassate per ricordare la sua gentilezza. Se Mary è una strega, è una strega buona. Le mani di Dan tengono un pezzo di legno. Appaiono attente e incuranti allo stesso tempo – il legno sporge dalle dita ma è tenuto fermo dal pollice, in una sorta di equilibrio fra trattenere e lasciare andare. E c'è un nuovo schizzo a matita della mano di Michael. Lo scorso finesettimana era seduto qui, su una vecchia sdraio vicino alla finestra. Leggeva, una mano posata sul ginocchio. Il disegno ha colto efficacemente la forza delle sue dita e la larghezza della mano. Devo completarlo. Mentre traccio le prime linee a matita, qualche fiocco di neve sfarfalla oltre il vetro della finestra. Ombreggio la curva marcata dei muscoli alla base del pollice, ed è come se mi stesse toccando. Chiudo gli occhi, ricordando la sensazione delle sue mani sul mio corpo. Gli occhi di Naomi, quelli nel ritratto, ammiccano dietro le mie palpebre. I segreti sono pericolosi; avrebbe dovuto usare prudenza. Dovrei farlo anch'io, con Michael?

Tornano Ed e Sophie. I vestiti chiazzati di neve.

«Non ho mai visto la spiaggia in inverno», dice Ed togliendosi la giacca bagnata. «Era così desolata».

Sophie sta battendo i denti. «Le scogliere sono sbalorditive, tutti quegli strati di roccia».

Vanno a farsi il bagno e la doccia; poi, dopo il pollo, dopo il vino e il caffè e i piatti da lavare, si siedono accanto al fuoco e Sophie suona la fisarmonica. Ed la accompagna con la chitarra. Sono a proprio agio; deve essere una cosa che fanno spesso. Mi unisco a loro ma a una certa distanza, nella penombra, seduta sulla poltrona blu di mio padre vicino alla porta.

«A chi dedichiamo questo pezzo?», domanda Sophie.

«A papà».

«Parlami di lui», dice Sophie con voce assonnata. Rilassa le braccia e le dita non premono più i tasti della fisarmonica.

«Te l'ho detto. È un neurochirurgo», risponde Ed. «Opera la gente alla testa. Rimette a posto i cervelli, sai?».

La nota di orgoglio nella sua voce mi intristisce. Ted ha idea di quanto il figlio sia fiero di lui? Gli importerebbe qualcosa? Due anni fa avrei pensato di conoscere la risposta. No, adesso non avrei nemmeno posto la domanda.

«Deve essere stato difficile crescere, per te. Voglio dire, non avrai passato molto tempo con lui».

«Non è stata poi così dura», replica allegramente Ed. «Era sempre nei paraggi. Veniva qui durante le vacanze e così via. Tornava sempre a casa la sera».

No, non era così. Ed si sbaglia. Non tornava sempre a casa la sera.

Bristol 2009. Sei giorni dopo

Mi svegliai al suono del telefono. Era dal lato del letto di Ted. Mi girai per allungarmi oltre il suo corpo, ma la mano trovò il muro. Ma certo: stanza degli ospiti, letto degli ospiti. Sentii Ted rispondere al piano di sotto; dai toni compassati capii che era una chiamata dall'ospedale. Lo sentii alzarsi e scendere in cucina a preparare il caffè. Aveva mantenuto la solita routine anche se tutto intorno a lui non era più come prima. Forse si stava chiedendo come mai non avessi dormito con lui; forse pensava che fossi andata a letto troppo tardi e non avessi voluto disturbarlo.

Non sapeva che avevo a stento chiuso occhio e che, quando mi ero assopita, incubi inenarrabili mi avevano riempito la mente, incubi ancora presenti al mio risveglio, pensieri talmente spaventosi che sentivo la testa sul punto di scoppiare. Ted aveva mentito. Non era in ospedale la notte in cui Naomi era scomparsa. Era stato Ted a portarla via. Quella sera era andato a prenderla a teatro e l'aveva portata via di nascosto. Perché avrebbe dovuto fare una cosa del genere? La risposta era lì, pronta. Quando l'aveva vista nella parte di Maria, si era reso conto che non era più la sua piccola Naomi ma una ragazza completamente diversa, adulta, sexy, provocante. Forse non lo aveva accettato e l'aveva – cosa? Stuprata? Uccisa? Sapeva come fare; sapeva con precisione come bloccare la carotide o spezzarle la trachea. Lasciai che quei macabri pensieri continuassero a torturarmi finché provai un senso di nausea e vertigine. Sapevo che non c'era nulla di vero, ma non era questo che la gente diceva sempre quando si scopriva che l'assassino era qualcuno che amava?

Scesi la rampa di scale dalla camera degli ospiti e sedetti sul bordo del letto matrimoniale nella nostra stanza. I passi di Ted risalirono lentamente i gradini. Poi entrò e posò il mio caffè sul comodino.

«Ho russato di nuovo?». Si chinò a darmi un bacio sui capelli e andò in bagno senza aspettare una risposta. Un compromesso fra marito e moglie che non era quel che sembrava.

Probabilmente c'erano modi astuti per arrivare alla verità, qualche espediente per coglierlo in fallo, tasche in cui frugare o un diario nascosto da qualche parte; ma ero troppo stanca, troppo scoraggiata. Dovevo sapere in fretta.

«È passato Michael ieri sera».

«Ah sì?». La voce impastata di dentifricio.

«Vuole che tu vada alla stazione di polizia questa mattina».

«Temo che non sarà possibile. Perché, comunque?». Chiuse la porta della doccia, senza aspettare la risposta. Mi infilai i primi indumenti che mi capitarono sotto mano.

Sembrò stupito di vedermi già vestita quando uscì dalla doccia. Si avvolse l'asciugamano intorno ai fianchi. Aveva un fisico notevole per un uomo sui quarantacinque anni: solido, slanciato, muscoloso. Osservai il suo viso, ancora rilassato dal sonno. Un viso che avevo guardato per anni, che pensavo di conoscere meglio del mio.

«Devono interrogarti».

«Mi spiace, Jen. Dovrai andarci tu», concluse con una scrollata di spalle mentre cercava una camicia nell'armadio.

«No».

«Oggi ho la giornata piena. Una clinica dopo l'altra». Scelse una cravatta rossa da abbinare alla camicia blu a righe. «So che è una dannata seccatura, ma potresti rispondere tu al posto mio?».

Per un istante mi chiesi se aspettare, ma non riuscivo a sopportare l'idea di rivivere quegli incubi.

«Vogliono sapere dove eri la notte in cui Naomi è scomparsa». Non so se fu per rabbia o per paura, ma sembrò che gli stessi sputando addosso le parole.

Il volto rimase impassibile. Se mai, apparve un po' più rilassato. Forse le labbra si piegarono leggermente in giù, come se avesse un piccolo tic.

«Sai già la risposta».

Non volevo ascoltare altre bugie, né guardarlo mentre le confezionava. Mi alzai e andai alla finestra, guardando i due tigli attorcigliati insieme a formare un unico, grande tronco.

«Dov'eri?»

«Te l'ho detto. Un intervento a tarda ora...».

Mi girai per guardarlo in faccia. «La tua operazione è stata cancellata. Ho controllato».

Silenzio. Continuò a vestirsi, tirò fuori il completo dall'armadio, cercò i calzini. Attraversai la stanza e gli strappai l'abito dalle mani.

«Dove accidenti eri quella notte?». Respiravo a fatica. «Tua figlia è scomparsa e tu non eri dove hai detto che eri. Cosa significa? Cosa penserà la polizia?».

All'improvviso il volto si soffuse di rabbia appena colse l'eco della mia minaccia. «Cosa stai insinuando?», sbraitò.

Sentii i ragazzi alzarsi dal letto. Pensare a loro, assonnati e privi di sospetti, peggiorò la cosa. Aveva mentito a tutti noi.

«Sta' zitto», sussurrai. «Aspetta che i ragazzi vadano a scuola. Devi andare alla stazione di polizia; passeranno a prenderti».

Mi fissò stizzito, la bocca tirata in una linea dura.

«Possono arrestarti se ti rifiuti di andare con loro per l'interrogatorio».

Non sapevo se fosse vero, ma era probabile.

Ebbe un attimo di esitazione, poi prese il telefono e lo portò fuori dalla camera. Lo sentii cancellare i suoi appuntamenti. Aveva scelto di tornare al lavoro due giorni dopo la scomparsa di Naomi, ma adesso non aveva possibilità di scelta.

Ed uscì dopo una colazione taciturna, Theo si attardò a mettere insieme il suo portfolio di arte. Non voleva andarsene; forse aveva subodorato qualcosa. Rimasti soli, affrontai Ted davanti ai piatti della colazione.

«Ok», borbottò, come se stesse parlando fra sé. «Ok». Alzò lo sguardo. «Avevo intenzione di dirtelo il giorno dopo che è successo, ma era la notte in cui è scomparsa Naomi e non ho potuto».

In quell'istante il terribile incubo svanì. Sapevo cosa stava per dire e non mi importava affatto. In confronto al pensiero torturante che le avesse fatto del male, l'idea che stesse per confessarmi la sua infedeltà mi sembrò del tutto insignificante.

«Dimmelo adesso».

Si guardò rapidamente intorno nella cucina, quasi la vedesse per la prima volta.

«È successo una volta sola, quella sera. Ho commesso uno stupido errore. È giovane. Non è sposata».

Non mi importava. Non mi importava affatto. Mentre aspettavo che continuasse a parlare, capii in un lampo perché era rimasto interdetto pensando di dover andare a prendere Naomi; quella sera aveva cancellato dalla mente tutto quel che riguardava la famiglia.

«Ero stanco. Avevo saltato il pranzo. La mia operazione era stata cancellata e Nitin ha utilizzato la sala per un'emergenza. Avevo appena finito un ultimo giro di visite e Beth stava uscendo dal reparto nello stesso momento…».

«Beth?». In *Piccole donne*, Beth era la più dolce, generosa, femminile. La amavano tutti.

«L'infermiera del reparto di neurochirurgia. Ha visto che ero esausto. Ha detto che vicino all'ospedale c'era un ristorante migliore della mensa, ma quando siamo arrivati lì era chiuso, così l'ho accompagnata a casa».

Pensai che Beth dovesse abitare in una casa tranquilla. Niente scarpe da rugby infangate vicino alla porta, nessun cane che ti salta addosso. Insieme, dovevano aver commentato il dramma della giornata di lavoro appena condivisa. Nessuna questione familiare da discutere, di quelle che non hanno facile risposta, come "quanto dovrebbero studiare i ragazzi a casa" o "fino a che ora possono stare fuori con gli amici". Beth doveva avergli offerto un bicchiere di vino, aveva messo su un po' di musica e abbassato le luci. Doveva essersi seduta vicino a lui, ascoltando con attenzione tutto quel che diceva. Non era troppo stanca per fare sesso.

«Perché?». Non riconobbi la mia voce.

Ci fu una lunga pausa, poi Ted si strinse nelle spalle. «Non so se migliora o peggiora la cosa, ma non c'è alcuna ragione. Era lì, e basta». Si fermò, evidentemente domandandosi se continuare nonostante il mio silenzio. Infine, evitando il mio sguardo, riprese senza fretta: «Tu e io, non c'è mai tempo…».

«Dillo. Mai tempo per il sesso?»

«Siamo stanchi. Andiamo a dormire…».

«Perché non dici quello che pensi davvero?». Ma lo sapevo già. Pensava che fosse colpa mia.

Squillò il telefono e Ted si affrettò a rispondere.

«Salve. Sì, mia moglie me lo ha detto. Sono pronto. Suoni e vengo». Mise a posto il ricevitore e si girò verso di me. «Michael sta parcheggiando; è venuto a prendermi». Raddrizzò le spalle. «Mi spiace, Jenny. Era mia intenzione parlartene». Mi guardò e capii che stava pensando di aggiungere qualcos'altro di necessario. «Ti amo, lo sai».

Suonò il campanello. Sentii tutto il peso della rabbia e dell'offesa risparmiarmi per quel momento. Presente, ma non ancora reale, come le prime avvisaglie di un'emicrania prima che esploda in tutta la sua forza. Ted si alzò e mi fissò per qualche istante. Aveva la pelle ancora abbronzata dall'ultimo viaggio in California. Quando incontravamo vecchi amici della facoltà di medicina, dicevano sempre che Ted non era cambiato affatto. A volte pensavo di essere invecchiata io per tutti e due; avevo visto piccole rughe formarsi intorno agli occhi e poi infittirsi, le vene ingrossarsi intorno alle caviglie, ma pensavo che fosse un prezzo equo per quel che avevo. Pensavo che quel genere di cambiamenti non avessero importanza.

«Mi spiace», ripeté, come se dirlo due volte potesse migliorare la situazione. «Ne riparliamo quando torno».

Già da allora decisi che sarebbe stato inutile parlarne. Le scuse non cambiavano la realtà. Non volevo ascoltarne altre. Gli permisi anche di salutarmi con un bacio. Appena se ne fu andato, il viso di Naomi riempì di nuovo la mia mente; non c'era spazio per altro.

Capitolo 20

Dorset 2010. Tredici mesi dopo

Vigilia di Natale. Al mattino c'è un rumore di passi, risate soffocate, poi di nuovo silenzio. Quando io e Ted eravamo giovani e da poco insieme, l'amore al mattino era spontaneo e appassionato, senza disaccordi o patteggiamenti. Quanto tempo fa? Corro al piano di sotto, non volendo ascoltare o ricordare. Bertie è raggomitolato nella sua cesta, immobile. Allarmata, avvicino le mani al suo corpo per controllare se è caldo, attenta però a non svegliarlo di soprassalto, altrimenti si alzerà in tutta fretta, barcollante e confuso. A Bristol gli agganciavo il guinzaglio mentre dormiva, lo svegliavo e lo portavo fuori. Seguiva fedelmente il mio passo mentre facevo jogging lungo le strade. Ora non potrebbe farlo. Lo lascio dormire.

Ha nevicato ancora durante la notte; i rami sono decorati da candidi nastri. Poggio i gomiti sul davanzale e osservo il giardino in questa nuova veste. Naomi anelava sempre a un bianco Natale, ma devo allontanare in fretta questo pensiero prima che mi monopolizzi la giornata. Ho una famiglia a cui pensare. C'è un pacchettino sul tavolo, avvolto in una carta decorata con alberi e stelle, con un'etichetta marrone. La giro e leggo: «A Jenny, da Sophie». Le mie dita esitano…

«No, Naomi, aspetta fino al giorno di Natale, da brava. Vai a letto».

Strappo il nastro e lo scarto. Dentro c'è un fascio di carboncini, spessi e leggermente nodosi, avvolti in carta velina e legati con un filo di lana rossa. Sophie ci ha messo impegno e creatività. I disegni incorniciati delle mani di Dan e di Mary sono appoggiati contro la parete. Li prendo ed esco dal cottage senza far rumore.

C'è una ghirlanda nuova di agrifoglio sulla porta di Mary. Risponde subito al mio bussare e sembra sollevata nel vedermi.

«Credevo che fossero già tutti qui».

Mette su il bollitore. La sua famiglia arriverà più tardi e lei cucinerà per tutti. Prende i regali che le ho portato in modo quasi brusco e li ficca sotto l'albero. I regali la imbarazzano; non sa cosa dire. A lei piace dare. Prendiamo il tè al tavolo della cucina. Mary tiene le mani sul pelo del gattino soriano che ha in grembo.

«Non ho visto lampadine colorate nella tua finestra. Dov'è il tuo albero?»

«Non mi sono preoccupata di prenderne uno», rispondo. «Ho pensato solo ai regali e al cibo. È sufficiente».

Mary scuote la testa. «I tuoi bambini vorranno un albero».

«Bambini! Mary, sono adulti».

«Dan passerà più tardi. Ti troverà un albero e farà un salto da te».

Non mi dispiace darla vinta a Mary. Non la penso come lei, ma non importa. La saluto con un bacio e mi guarda con cipiglio.

Ed e Sophie sono in cucina a fare colazione.

«Bellissimi quei carboncini, Sophie! Grazie».

Sembra soddisfatta. «Il mio amico sulla barca a fianco usa un fusto per petrolio per fare il carbone. Lo fa andare a fuoco lento e ci vogliono due giorni. C'è un legno di salice speciale che si può trovare nel Somerset».

«È proprio del tipo che preferisco, molto scuro e morbido sulla carta».

Riempio il lavandino di acqua calda, ci spruzzo dentro un po' di detersivo liquido e comincio a raccogliere i piatti dalla tavola. Ed mi passa la sua tazza da caffè vuota; ha uno sguardo accigliato.

«Così l'arte è ancora la cosa più importante della tua vita, mamma?»

«Come?». Mi giro verso di lui mentre faccio scivolare i piatti sporchi nell'acqua saponata, chiedendomi se stia scherzando.

Ed guarda Sophie mentre parla; sul suo volto non c'è traccia di sorriso. «Quando mamma saliva su a dipingere, sapevamo che non dovevamo disturbarla per nessun motivo. Vero, mamma?».

Resto stupita, senza fiato. «Sai che non è vero».

«Andiamo». Si appoggia al tavolo, le braccia conserte. La voce è ostile, sembra molto sicuro del fatto suo. «Ed era lo stesso quando andavi al lavoro. Non rispondevi mai quando ti chiamavo al cellulare. Non c'eri mai quando tornavamo da scuola. Ci faceva ammattire». Si rivolge ancora a Sophie, gesticolando, fingendo di essere divertito. «Mai cibo decente, ovvio».

Perché mi sta facendo questo? «So che dipingevo, ma lo facevo più che altro quando eravate a scuola...».

«Cristo», mi interrompe Ed. «Non riesci nemmeno a ricordare che non c'eri mai? Ogni volta che mi ammalavo mi lasciavi una scatola di pillole vicino al letto e te ne andavi al lavoro».

«Ti lasciavo dormire...».

«Fantastico. E quel giorno che ci hai parlato del cottage? Hai detto che potevamo usarlo, poi hai cambiato idea».

«È solo che non volevo che lo usaste per fare feste...».

«Sparivi sempre nel tuo "studio" senza preavviso», continua. «Non c'è da stupirsi se ci sentivamo rifiutati».

Quando salivo in mansarda a dipingere era per avere uno spazio tutto mio, non per rifiutare i miei figli. Come poteva anche solo pensarlo?

«Ed, l'arte non è stata mai e poi mai la cosa più importante».

Lo sguardo di Sophie corre da Ed a me, da me a Ed. Si sistema una ciocca di capelli rossi dietro l'orecchio, si guarda le mani, comincia a torcere il bigliettino di Natale che le ho dato.

«Certo che lo era», ribatte Ed, gli occhi fissi su di me. «Lo era perché potevi trasformare i tuoi quadri in quello che volevi».

Cosa gli è preso? Non era così ieri sera. «In che senso?»

«Tu dipingevi i quadri, tu avevi il controllo. Bella, l'arte bidimensionale. Non come noi, anche se facevi del tuo meglio; pensavi di avere il controllo anche su di noi. Ci hai dato regole, a milioni». Ha il respiro affrettato, gli occhi accesi di rabbia.

«Non so da dove venga fuori tutto questo, Ed. È la vigilia di Natale...».

«Non è "venuto fuori" da nessuna parte. È quello che ho sempre pensato; trovarmi di nuovo qui ha riportato tutto a galla».

«Io non sapevo...».

Allungo una mano a sfiorargli la manica, ma lui si sottrae al contatto.

«E come facevi a saperlo? Non me lo hai mai chiesto. Non eri mai lì. Probabilmente credevi che fossi uguale a Theo». Ride. «Be', forse non perfetto come era perfetto Theo, ma sostanzialmente i gemelli la pensano allo stesso modo, no?»

«No, affatto. So che siete totalmente diversi».

«Tu non sai niente di me, come non sapevi niente di Naomi». Le parole corrono veloci. «Non c'è da meravigliarsi che non sia qui adesso».

Ed si ferma bruscamente, come se sapesse di essersi spinto troppo oltre. Accenna una mossa verso di me, poi ci ripensa e si rivolge a Sophie. «Dai, Soph. Andiamo a fare una passeggiata». Le prende la mano e la fa alzare. Sophie si lascia trascinare fuori della cucina ma, arrivata sulla soglia, si gira per lanciarmi uno sguardo mesto.

Il detersivo liquido ormai asciutto mi pizzica sulla pelle. Immergo di nuovo le mani nell'acqua calda della vaschetta e osservo le bollicine ammassarsi sulle dita, in corrispondenza degli anelli; forse è il caso che non li porti più. Il silenzio si richiude su di me, custodendo le parole di Ed. Ho le dita ormai avvizzite quando mi ricordo che devo comprare qualcosa alla rivendita di prodotti agricoli di Modbury, il paese vicino. Mi asciugo le mani e provo a sfilarmi gli anelli, ma le dita si sono gonfiate nell'acqua calda e devo tenerli.

Faccio salire Bertie in macchina e guido piano, tenendo la mente sgombra. Il vento ha soffiato la neve dentro le siepi e le colline sono spolverate di bianco. Non ci sono molte persone nel negozio. I mucchi di frutta e verdura nel vecchio edificio di pietra fanno pensare a un quadro olandese del XVI secolo. Una coppia di fagiani appesi gocciola sangue dai becchi; hanno il collo torto, e i colori vividi della testa del maschio risplendono contro lo sfondo bruno del piumaggio della femmina. Cavoletti di Bruxelles verde scuro, piccole patate bionde e clementine lucide traboccano dalle cassette di legno, e vicino al muro c'è un sacco pieno di datteri. Compro un po' di ogni cosa, aggiungo uova, pancetta e un dolce di Natale glassato e carico tutto in macchina. Sulla via del ritorno mi fermo lungo il mare, scendo dall'auto e inspiro profondamente l'aria fredda e salmastra.

All'aperto, le parole che Ed mi ha lanciato addosso cominciano a pulsare nel silenzio della mia testa. Milioni di regole, ha detto. È questa la sensazione che ha avuto? Ma di certo sa che le regole ti proteggono. Bertie e io camminiamo sul terreno innevato dietro alla spiaggia di ciottoli, lasciando impronte traslucide nel sottile strato di neve ghiacciata; l'erba sotto le mie è piegata e ingiallita.

In lontananza, vicino al bordo di spuma delle onde, una ragazzina gioca con un cane. Da qui vedo i suoi capelli biondi. Vicino a lei c'è un uomo, le spalle curve dentro un cappotto nero. Prima di proseguire, aspetto di vederla muoversi. Corre scalciando leggermente in fuori. Naomi correva come una freccia.

Se ci fossero state più regole, o meno regole, Naomi sarebbe ancora qui? Se fossero state di più, forse sarebbe stata più protetta. Se fossero state di meno, non avrebbe dovuto infrangerle. Ma non era solo una questione di regole. Ed aveva ragione: io non ero stata abbastanza presente. Naomi non parlava con me nelle settimane precedenti alla sua scomparsa, ma se io fossi stata lì, disponibile al momento giusto, forse lo avrebbe fatto. Se mi fossi concentrata su tutti quei piccoli cambiamenti invece di relegarli in un angolo della mente, avrei potuto aiutarla. Dicevo a Ted che i ragazzi non mi volevano intorno; avevo mentito a me stessa per costruirmi la vita che volevo?

Ricomincia a nevicare, fiocchi gelidi e impalpabili che si posano isolati sul terreno. L'alcol non si conciliava con l'idea della studentessa che si impegna duramente, così lo avevo relegato in un angolo della mente e avevo creduto alle sue giustificazioni. Le avevo persino create io per lei, così da non vedere la vera Naomi, la ragazza che usava un trucco pesante e il perizoma, beveva, fumava e faceva sesso. Mi stringo addosso la giacca mentre il vento mi soffia in faccia la neve. Non avevo visto nemmeno Ed. Ero stata troppo impegnata per rispondere alle sue chiamate in ambulatorio. Mi ero detta che stava lavorando duro, così il vero Ed era stato lasciato in balia delle correnti, a scivolare verso il pericolo, non visto. Kate diceva che nostra madre non aveva la più pallida idea di quel che combinavamo, ma io ero peggio di lei. Io avevo notato i segnali e li avevo ignorati.

Il pallore del cielo si è incupito. Ci sono chiazze di neve sul pelo di Bertie, ma lui le trasporta imperterrito, senza scrollarle di dosso. Non c'è nessuno nei paraggi; l'uomo e la ragazzina sono andati via. È ora di tornare a casa.

Quando entro carica di buste, trovo un albero di Natale nell'ingresso, i rami intessuti di tralci argentati di edera. La base poggia in un secchio, puntellata con ciottoli della spiaggia. Sul davanzale vicino, candele accese in piccoli supporti di vetro. Sophie deve aver comprato la vernice spray color argento, le candele e i contenitori.

Ed ha lasciato un biglietto sul tavolo della cucina:

Un tipo di nome Dan ha lasciato l'albero. Soph l'ha decorato. Siamo andati al pub.
E e S

Il tremolio delle candele ruba tenui bagliori all'argento dell'edera. Sono ancora qui, a respirare il profumo dell'abete di Natale, quando una macchina sportiva sfila silenziosamente davanti alla finestra lungo la strada innevata e gira nel piccolo cortile davanti al cottage. Lo sportello anteriore si apre e Theo è lì, più alto, più robusto, abbronzato. Vorrei piangere di sollievo. Quando si china ad abbracciarmi, ha un odore diverso, qualcosa di aspro e costoso. Il suo calore scioglie un po' della pena del mattino. Si fa da parte.

«Mamma, lui è Sam».

Sam sembra più grande di Theo di diversi anni, più alto, più asciutto. Ha un'aria diversa dalla foto; forse è la barba. Gli occhi castani dietro le lenti sono attenti.

«Salve, Sam».

Ci scambiamo un abbraccio imbarazzato. Due baci, uno per ogni guancia, mi colgono impreparata. Mi porge un mazzo di fiori con un impeccabile inchino. Theo chiacchiera del viaggio, della sua recente mostra, dell'impressione di essere qui al cottage. Mi tengo vicina a lui, ascoltando più la sua voce che le sue parole, poi riprendo il controllo di me.

«Sarete affamati».

Un momento di esitazione.

«Non proprio», dice Theo dandomi una rapida stretta. «Non ti arrabbiare. Ci siamo fermati a pranzare al Beach Hut».

«Ma eravate talmente vicini a casa».

«Non volevamo incomodarla», risponde prontamente Sam.

Ha dovuto farsi coraggio prima di incontrarmi? Vuole dare prova del suo potere, del fatto che può tenere Theo lontano da noi per tutto il tempo che vuole? La mia mente passa in fugace rassegna queste eventualità.

«Bene, ora siete qui ed è magnifico. Dovete essere stanchi».

«Voglio far vedere la casa a Sam. Quale stanza?»

«Ed e Sophie sono nella sua vecchia camera, ma la tua è piccola; prendete quella mia e di papà».

«Non dire sciocchezze. La mia andrà benissimo. Non occupo molto spazio».

Sento lo sguardo di Sam su di me, pronto a valutare la mia reazione.

«Per me va bene».

«Grazie, mamma. Dov'è Ed?»

«È andato al pub con Sophie».

«Sophie. Accidenti, quanti cambiamenti».

«In meglio», commenta Sam.

Appare Bertie, svegliato dalle voci, e corre da Theo, scodinzolando a più non posso.

«Questo è Bertie?». Sam sembra sorpreso. «È più vecchio di quanto pensassi».

«Bertie!». Theo si inginocchia ad abbracciare il cane. Poi alza lo sguardo su Sam. «Non è vecchio, come osi?».

Eccome, se è vecchio. Anche Theo se n'è accorto.

«Quando arriva papà?».

Tiro fuori il cellulare dalla tasca, controllo il display. Ancora nessun SMS da Ted.

«Domani».

Vanno a disfare i bagagli e dopo prendono Bertie e partono in cerca di Ed e Sophie. Mi metto il grembiule blu; c'è il pesce da affettare e cuocere al vapore, in attesa nel frigo insieme ai lucidi gusci grigi dei gamberi. Comincio a tritare sedano, aglio e cipolle, poi accendo la radio per ascoltare i canti di Natale. La musica familiare mi riempie la mente e il senso di colpa e di rimpianto si attenuano un poco.

Qualcuno bussa alla porta. Mi sciacquo in fretta le mani e vado ad aprire, gli occhi lacrimosi per via delle cipolle. Deve essere Ted, avrà perso la chiave. Mi sento lo stomaco in subbuglio all'idea di rivederlo, e allo stesso tempo mi secca presentarmi con gli occhi rossi e le mani che puzzano di cipolla. Me le asciugo sul grembiule e giro la maniglia.

Per un momento non vedo nulla nel buio, poi Dan avanza nel semicerchio di luce. Il viso sembra più scarno del solito, scultoreo all'ombra del cappuccio. Gli occhi appaiono infossati in due cavità oscure. Senza riflettere, lo accolgo con un bacio. Noto un vago rossore sulle sue guance.

«Grazie per l'albero. È incantevole». Cerco di coprire il suo imbarazzo con le mie parole. «L'ha decorato Sophie... È l'amica di Ed. Sono arrivati ieri».

«Perché piange?», mi chiede di colpo.

«Non sto piangendo. Sono le cipolle. Sto preparando la cena. Entra. Fermati con noi».

«No, io... grazie per il disegno».

Mi guarda attentamente, poi si gira e se ne va. Spalle curve, triste e arrabbiato allo stesso tempo. Sta fuggendo dal Natale in famiglia ed è venuto in cerca di qualcosa. Sento di averlo deluso.

Rimescolo le cipolle, aggiungo il pesce e un dado da brodo, zafferano, vino. Il cellulare vibra nella tasca: un SMS. Mi lavo le mani e lo tiro fuori.

Impossibilitato a venire per Natale. Spero per Capodanno. T

Nessuna parola di rammarico o di affetto. Nessun messaggio per Ed o Theo. Avevo promesso a me stessa che non gli avrei più permesso di cogliermi impreparata a un nuovo dolore. Impossibilitato a venire per Natale. Perché non dare spiegazioni? Il volo è stato cancellato?

Poso il cellulare senza rispondere. Ho passato l'ultimo anno a convincermi che quel che fa Ted non ha importanza e ormai pensavo che fosse vero.

Bristol 2009. Sei giorni dopo

Il problema non era l'infedeltà di Ted. L'avremmo affrontata in seguito, quando avremmo avuto il tempo. Allora non mi avrebbe più ferita.

Mi dissi che ero brava in questo, a stabilire sempre un ordine di priorità.

Ted chiamò dalla stazione di polizia in tarda mattinata.

«Glielo ho detto», disse concisamente. «Non è stato così complicato, dopotutto».

Forse aveva trovato dei complici alla stazione di polizia. L'infedeltà è una faccenda da uomini, si saranno detti; probabilmente l'avranno considerata del tutto irrilevante.

Quando Ted ricomparve in cucina aveva un aspetto migliore. Notai anche un barlume di autocompiacimento, come un ragazzino che ha compiuto una marachella e scopre che potrebbe passarla liscia. In un'altra vita avrei potuto fargli pesare la scusa da lui usata, e più volte ripetuta, di essere stato in ospedale la sera in cui Naomi era scomparsa, ma sentivo che eravamo già più distanti di quanto pensavo che fossimo, e sarebbe stato inutile. Tuttavia, ero curiosa.

«Come mai ti hanno creduto?»

«Hanno chiesto a Beth di venire e...».

«E?»

«Hanno chiamato il ristorante dove volevamo cenare. Si sono ricordati di averci detto che erano chiusi».

Noi. Aver*ci*. Rimasi lì ad ascoltare l'eco delle parole di Ted, davanti al suo sguardo silenzioso. Non potevo permettere che questa faccenda avesse importanza. Non avrei permesso che fosse d'intralcio.

«Ho fatto una lista delle cose da fare», tagliai corto.

Ted distolse lo sguardo. «È stato irrilevante, Jenny. Ero stanco e avevo bevuto. Una stupida distrazione. Non potrebbe avere meno importanza di così».

Una distrazione. Non un tradimento o una bugia. Dopo venti anni insieme poteva avere importanza a più livelli, ma se avessi abbandonato la mia posizione in quel momento sarei stata risucchiata in un abisso di recriminazioni.

«Non voglio parlarne adesso», dissi.

«Non possiamo fingere semplicemente che non sia successo». Era sconcertato.

«È esattamente ciò che intendo fare per il momento. Quando troveremo Naomi, affronteremo il discorso».

«Non ti importa che ti sia stato infedele?». Sembrava incredulo.

«Che cosa vuoi, Ted? Una scenata?»

«Be', sarebbe un modo naturale di…». Non sapeva come finire la frase.

«Non ci penso proprio. Non c'è tempo».

Qualcosa gli balenò negli occhi. Delusione? Trionfo? Si strinse nelle spalle e aggiunse in fretta: «Hai ragione. Stiamo perdendo tempo. Cosa c'è all'ordine del giorno?»

«La signorina Wenham».

«La signorina Wenham?»

«La preside. Abbiamo un appuntamento a mezzogiorno».

«Maledizione. Ho spostato l'orario di ricevimento a mezzogiorno perché dovevo andare alla stazione di polizia». Fece una smorfia dispiaciuta e allargò le braccia. Impotente.

Lascia stare. Puoi farcela.

«Non c'è bisogno che ci andiamo tutti e due», dissi. «Voglio vedere se qualcuno a scuola si è ricordato di altro dopo aver parlato con la polizia; ho fatto cinquecento fotocopie della sua foto scolastica, con informazioni sul posto dove è stata vista l'ultima volta».

«Pensavo se ne fosse occupata la polizia». Aggrottò la fronte come se gli fosse sfuggito qualcosa. «Ce n'è una sul palo del lampione all'esterno; la scuola ne avrà copie in quantità, naturalmente».

«Non sono per questa zona», replicai. «Ho intenzione di andare in ogni angolo di Bristol – locali notturni, pub, stazione ferroviaria, stazione degli autobus. Ovunque ci sia posto, ne affiggerò una». Mentre parlavo giravo nella stanza, raccogliendo il fascio di foto, l'adesivo riutilizzabile Bostik, puntine da disegno, martello, chiodi.

«Potrei aiutarti questa sera; forse riesco a liberarmi nel tardo pomeriggio».

Mi riuscì difficile guardarlo negli occhi.

«Verrà Michael con me».

«Cosa pensi che dovremmo dire ai ragazzi?»

«Niente».

Parve sollevato. «Davvero?»

«Hanno già abbastanza di cui preoccuparsi. L'hai detto tu stesso; non è successo niente di importante».

Ted uscì e io mi feci il bagno. Mentre ero immersa nell'acqua, il corpo alleviato dal calore, immagini insopportabili cominciarono a intrufolarsi nella mia mente. Naomi sporca e desiderosa del conforto di un bagno caldo, il corpo straziato e incrostato di fango o, peggio, coperto di fango. Terra in bocca e nelle orecchie. Se era morta, aveva gli occhi aperti? La bocca? Uscii in fretta dalla vasca e cominciai a strofinarmi energicamente con l'asciugamano. Pensa ad altro, una cosa qualsiasi. Qualcosa che dia speranza. I ragazzi se la stanno cavando. Jade migliora. Sopravvivi, dissi alla faccia pallida riflessa nello specchio. Pensa al viso sorridente di Naomi dopo lo spettacolo, quando Ted l'ha abbracciata. Non era possibile che non l'avrei rivista. «Sopravvivi fino ad allora», sussurrai, non sapendo se lo stessi dicendo a Naomi o a me stessa.

Non mi preoccupai di infilare il cappotto, nonostante fosse una giornata fredda e grigia di fine novembre. Fuori dalla porta, un uomo sui quaranta dall'aria stanca si staccò dal muretto del giardino, taccuino alla mano, con un'espressione di compassato cordoglio sul volto grassoccio. Cominciò a scattare foto, anche se era evidente che non avrei risposto alle sue domande. Girai la testa dall'altra parte e mi avviai in fretta lungo la strada; per un po' lo sentii ansimare alle mie spalle mentre cercava di tenere il passo. La scuola era a soli cinque minuti a piedi. Un tragitto che Naomi aveva percorso centinaia di volte. L'avevano tenuta d'occhio nelle ultime settimane? Anche se stava iniziando una nuova relazione, c'era qualcun altro che la seguiva, registrando gli orari in cui andava e veniva e quando era probabile che fosse da sola?

La signorina Wenham, una donna corpulenta sulla cinquantina, era nel suo ufficio. Si alzò per accogliermi. Aveva sempre lo stesso aspetto: giorno della premiazione annuale degli studenti migliori o giorno dedicato alle gare di atletica, i capelli grigio ferro erano sempre perfettamente in piega. Mi strinse la mano.

«Dottoressa Malcolm, sono costernata. Un momento di grande angoscia. Come scuola, stiamo facendo tutto il possibile per collaborare nelle indagini». Mentre ci sedevamo, il suo sguardo scrutò il mio viso. Non in modo sgarbato, solo curioso.

«Grazie. Ho voluto incontrarla nel caso a qualcuno del personale fosse venuto in mente qualcosa, o forse...», capii subito che non aveva nulla di nuovo da dirmi, e provai una stanchezza talmente schiacciante che quasi non riuscii a finire la frase, «...forse uno dei ragazzi potrebbe sapere qualcosa e averlo detto a lei dopo che è venuta la polizia, o...». Inutile continuare.

Lei scosse la testa. «La polizia è stata qui tre volte». Aggiunse: «Tuttavia la signora Andrews, la docente di riferimento di Naomi, voleva parlare con lei».

Fece un cenno in direzione di una sedia. Una donna giovane, pallida, che non avevo notato fino a quel momento, si alzò e venne verso di me.

«Salve, dottoressa Malcolm. Sono Sally Andrews».

Una ciocca di capelli sfuggita dal fermaglio le era scivolata davanti agli occhi. Mi strinse a malapena la mano e sorrise con evidente disagio. «Mi spiace molto per… per quel che è successo». Arrossì. «Ci ho pensato su, da quando è venuta la polizia. Ci hanno detto di riferire qualsiasi cosa fuori dell'ordinario ci avesse colpito. Ieri sera mi è venuto in mente. C'era stato qualcosa di diverso nel comportamento di Naomi». Sedette sul divano accanto a me.

«Cosa intende per "diverso"?», le domandai, più bruscamente di quanto volessi.

«Da circa due mesi era un po' trasognata. In effetti, ho pensato che fosse giù di tono. Ma mi ha detto che si sentiva bene».

Rimasi in silenzio. Pur non rendendosene conto, Sally Andrews aveva notato la sua gravidanza. Per me, niente di nuovo.

Aveva continuato a parlare: «In realtà non ero preoccupata per la sua aria trasognata, ma all'epoca mi sembrò strano che mi avesse chiesto qualcosa circa il lasciare la scuola». Deglutì a fatica. «Voleva sapere se avrebbe potuto tornare e finire gli esami nel caso avesse lasciato la scuola prima».

«Prima?»

«Pensai che intendesse dire dopo il GCSE. Forse a quel punto avrebbe voluto concedersi una pausa. Alcune ragazze lo fanno, e tornano in seguito per l'A-level. Ma ieri sera, mentre facevo il bagno, ho sentito che parlavano di Naomi alla radio».

Immaginai il suo corpo esile galleggiare nella vasca, i capelli raccolti in una cuffia da bagno, mentre suo marito ciabattava per casa.

«Mi è venuto in mente che era come se avesse saputo che avrebbe lasciato la scuola prima del GCSE dell'estate prossima. Forse è solo una di quelle strane coincidenze, suppongo, ma quando ho saputo che oggi sarebbe venuta qui a scuola ho pensato di doverglielo dire. Non si sa mai». Smise di parlare; aveva le guance rosse.

Le strinsi la mano, le ringraziai entrambe e uscii dall'ufficio. Tornai a casa quasi di corsa. Forse Naomi aveva pianificato ogni cosa, dopotutto; aveva messo i soldi da parte ogni settimana, aveva calcolato cosa fare riguardo agli esami che avrebbe saltato. Se era andata via volontariamente, questo cambiava tutto. Sarebbe stata bene. Sarebbe tornata.

Quando Michael venne a prendermi, sembrò sorpreso di vedermi in cucina bell'e pronta, truccata e con il rotolo di fotocopie in mano.

«Tutto a posto?».

Annuii e uscimmo insieme. Non ci fu alcun segno di imbarazzo quando mi aprì la portiera della macchina; evidentemente aveva accantonato quel bacio senza problemi. Poteva essere perché lo aveva già fatto altre volte e sapeva come comportarsi se non succedeva niente?

Gli riferii le considerazioni di Sally Andrews. Lo vidi valutare attentamente il significato di quelle parole.

«Naomi era incinta», disse. «Pensava al futuro. Il bambino avrebbe comportato una pausa negli studi e probabilmente saltare il GCSE. È logico che volesse sapere se poteva sostenere gli esami in seguito».

La speranza che avevo provato poco prima cominciò a spegnersi.

«Non mi sembra il tipo di ragazza che causerebbe tanta sofferenza ai suoi genitori. Se aveva pianificato tutto, ve lo avrebbe detto». Mi lanciò un'occhiata. «Mi spiace, Jenny».

Ce lo avrebbe detto? Le strade scorrevano fuori dal finestrino, piene di persone che non erano Naomi. Mentre le osservavo camminare lungo i marciapiedi, vive e libere, mi resi conto che non l'avevo appena persa; forse l'avevo persa molto prima che scomparisse e non sapevo più chi fosse.

Capitolo 21

Dorset 2010. Tredici mesi dopo

Poiché un bambino è nato per noi,
Ci è stato dato un figlio...[4]

Un coro di voci gioiose e mattiniere filtra attraverso la pietra grigia e le vetrate colorate, e si libra sopra le tombe coperte di licheni. Strano come tutti siano così felici che Gesù sia nato quan-

[4] Tratto dal *Messiah*, oratorio di Georg Friedrich Händel (1685-1759). *(n.d.t.)*

do sanno come finisce la storia. Di certo si rendono conto che se la fanciulla nella stalla avesse saputo della fine che avrebbe fatto il suo bambino, le si sarebbe spezzato il cuore.

La nascita di Naomi con parto cesareo era stata facile se paragonata al tormento fisico di spingere fuori i gemelli; mi era sembrato di averla messa al mondo con l'inganno. L'avevano tirata fuori e me l'avevano data da tenere, bagnata di sangue e caldissima sulla mia pelle. Mi aveva fissato tranquillamente in faccia, gli occhi blu seri, come se mi conoscesse già. Non volevo lasciarla andare, ma l'avevano infagottata subito e Ted l'aveva tenuta nella quiete afosa della sala parto mentre mi mettevano i punti. Sembravano completamente assorti l'uno nell'altra.

Bertie fiuta il muro della chiesa e alza la zampa per lasciare una traccia. Si avvia lentamente lungo la mulattiera con il muso vicino al terreno, e io lo seguo da vicino. Ieri sera avevo troppo sonno per aspettare che i ragazzi rientrassero dal pub, ma nonostante sia andata a letto presto sono ancora stanca. Il sentiero ci porta giù alla spiaggia. In paese si racconta che questa fosse l'antica pista usata dai contrabbandieri. Di notte, dicono, puoi sentire le pietre scricchiolare sotto i loro stivali e il nitrito dei cavalli, un'eco di bestemmie e il rollio dei carri che trasportano botti di rum. Questa mattina si sente solo il lieve *crack* del sottile strato di ghiaccio sotto i nostri piedi. Un maschio di fagiano sbuca dalla siepe lanciando il suo rauco grido di allarme. Le note di Händel si perdono dietro di noi mentre scendo con Bertie lungo la mulattiera.

Sbuchiamo sulla distesa di ciottoli; il mare ribolle di spuma gialla. Non c'è nessuno sulla spiaggia. Mentre il sole si leva nel cielo, punti di luce danzano e scintillano sull'acqua; se socchiudo gli occhi posso immaginare che siano le luci della città, che mi erano parse così vivide e luminose la notte in cui è nata Naomi. Lo psicologo mi disse di "impacchettare" dei ricordi per quando mi fossi sentita abbastanza forte. Adesso lo sono. Ricordo che la vista della città si era spiegata di fronte a me come una tela luccicante. Ero rimasta ad ammirarla dalla finestra dell'ospedale; persino a mezzanotte sfolgorava ancora di luci, magica e misteriosa. Sapevo che le strade pulsavano di traffico e che ci sarebbe stato del vomito sui marciapiedi, ed escrementi di piccione e rifiuti portati dal vento. Ma dal quarto piano del reparto maternità, le strade mi erano parse festose e immacolate. In lontananza, il Clifton Suspension Bridge risplendeva di luci, come candeline di una torta di compleanno in una stanza buia. La sua testolina sembrava di cera contro le mie labbra, i capelli piume bagnate. Mi ero seduta su una sedia vicino alla finestra, sussultando quando i punti di sutura mi avevano tirato la pelle dolorante. Naomi si era agitata e aveva piagnucolato. Avevo avvicinato delicatamente il faccino al capezzolo. Mentre la allattavo, mi ero sentita così unita a lei, come se fosse ancora dentro di me. Ted era andato a casa a dormire. Lo immaginai disteso a pancia in giù, la testa girata verso il mio lato del letto, un braccio sopra il mio cuscino. Di certo stava russando tranquillamente. Ricordo che sorrisi mentre la cullavo tra le braccia, sentendo il suo calore penetrarmi nel cuore.

Ha ripreso a nevicare; è ora di andare a casa. Mi guardo intorno, aspettandomi di trovare Bertie a pochi passi da me. Non c'è. So che è sceso lungo il sentiero fino alla spiaggia. Le onde sono alte e violente. In pochi istanti sono diventate minacciose – dov'è finito? Grido più volte il suo nome, ma il vento mi ruba la voce; corro lungo la spiaggia, incespicando sui ciottoli. Forse si è incamminato verso casa. D'un tratto lo vedo, nascosto dietro una barca. È disteso a terra, trema; un'onda deve averlo preso in pieno. È fradicio. Lo sollevo a fatica, ma lui si divincola dalla mia stretta e ricade in piedi, scodinzolando di gusto.

«Stupido cane». Accosto la guancia al muso bagnato. «Non farlo mai più».

Al cottage sono già tutti in piedi. Il fuoco è acceso. Respiro l'aroma del caffè e della pastella mentre strofino Bertie con un asciugamano. Sam si è messo il mio grembiule, e sul tavolo c'è una macchina per fare cialde con un fiocco rosso sul coperchio.

«Un regalo per lei», dice. «Volevo offrirle un assaggio».

Cialde dorate e croccanti sono impilate su un piatto. Il suo sorriso è smagliante e affabile. La tensione dell'incontro di ieri si è dissolta e solo ora sento di fare la sua conoscenza nel modo giusto.

Ed arriva dal soggiorno ma evita di guardarmi. Probabilmente è stato contento che io sia andata a letto presto; ha evitato un secondo confronto con me. Prende una cialda e la mangia in un boccone. Non mi ero accorta che fosse così magro.

«Allora quando arriva papà?», mi chiede.

«Mi ha mandato un messaggio ieri. Non verrà... dice che è impossibilitato a venire. Problemi con l'aereo, immagino».

«Lo sapevo. Ti avevo detto che era in vacanza».

Si siede. Sam gli dà un buffetto sulla spalla e continua a mescolare la pastella.

«È colpa di quella donna, no?». Finalmente Ed alza gli occhi su di me.

«Quale donna?». Lo guardo, confusa. Pensa che la segretaria di Ted sia responsabile per i voli cancellati?

«Oh, per l'amor del cielo, mamma. Non devi fingere con me. Lo so già».

«Sai cosa?»

«Di Beth, naturalmente. Sono passati a salutarmi proprio prima di partire per il Sud Africa. Scommetto che l'ha deciso lei. Probabilmente vuole prolungare la vacanza, fare un safari o roba simile».

Il nome "Beth" suona così casuale nella voce di Ed. Solo una volta, aveva detto Ted. L'aveva definita una distrazione, e io avevo deciso di credergli. Nella stanza cala il silenzio. Mi accorgo che Sam mi sta guardando. Mi sforzo di mantenere un'espressione calma.

«Preferisce stare con lei. Ovvio», commenta Ed.

«Forse non è come pensi». Mi metto a sedere. «Forse è bloccato da qualche parte».

«Smettila di proteggerlo. Voglio dire, chi se ne frega? Ha davvero importanza?», conclude Ed con una scrollata di spalle.

Si sbaglia. Non sto proteggendo Ted, sto proteggendo me stessa. Pensavo che gli avessero cancellato il volo. Che stupida. Mi guardo intorno nella stanza, cercando dei punti di riferimento. I ragazzi. Michael. Bertie. I miei quadri. Il cottage. Mary e Dan. Theo entra in cucina e mi dà un bacio, poi bacia Sam.

«Non osare baciarmi», dice Ed al fratello, coprendosi la testa con entrambe le mani.

«Tranquillo. Non ho intenzione di toccare la tua testa pidocchiosa». Theo prende una cialda. «Sembrano favolose».

«Papà non verrà», annuncia Ed.

«Cosa?», farfuglia Theo con la bocca piena.

«Se la sta spassando in Africa, con la sua ragazza».

«Ragazza?». Theo smette di masticare. «Quale ragazza?». Si gira verso di me.

«Mamma non ha battuto ciglio», risponde Ed. «Quindi, chi se ne frega?»

«E questo significa», Sam aggiunge altre due cialde alla pila, «più cialde per noi», conclude con una risata.

Grazie a Dio c'è Sam. Lo amo all'istante. Theo mi vede sorridere e accenna anche lui un sorriso; nel silenzio generale arriva Sophie con un pullover rosso e arancio. Guarda nella mia direzione, scruta il mio volto per vedere come sto.

«Buon Natale», dice.

Sam fa strada nel soggiorno, dove si ferma davanti al fuoco scoppiettante e apre una delle bottiglie di champagne che ha portato; il tappo colpisce il soffitto e il liquido spumante gli bagna la manica mentre lo versa nei bicchieri. Il primo lo offre a me.

«Al coraggio», brinda. Gli occhi castani sono gentili.

Gli restituisco il sorriso e levo in alto il bicchiere. «Al coraggio».

«Sì, mamma. Devi avere coraggio per ospitarci tutti qui a Natale», dice Theo.

Coraggiosa? Sono loro che mi stanno salvando. Punto lo sguardo fuori dalla finestra. In giardino qualcuno – Theo? Sophie? – ha sparso delle briciole sopra il muretto in fondo. Gli uccelli, simili a piccoli triangoli inclinati verso il basso, stanno banchettando, svolazzano su e giù, si contendono il posto. Un'immagine vivida riaffiora nella mia mente. La nostra luna di miele. Una tenda nel Serengeti. Uccelli che ci volano intorno mentre mangiamo. Si posano sul nostro tavolo, si litigano le briciole. Ted mi tiene fra le braccia. Eravamo sempre abbracciati. Calore, sesso e felicità. È un anno che stanno insieme. Non una distrazione e basta, dopotutto. Stanno festeggiando in Africa.

«Mamma, stiamo aspettando di aprire i regali».

Non ha mai smesso di vederla; non ha fatto che mentire.

«Ed, aspetta mamma».

Mi sono fidata come una stupida. I segnali c'erano stati, ma mi ero rifiutata di vederli e, se chiudo gli occhi, riesco a percepire un vago profumo di lavanda.

«Guarda, mamma».

Apro gli occhi.

Theo e Sam hanno portato dalla macchina un pacco largo e piatto e lo hanno appoggiato contro il muro. Theo va a prendere le forbici nel cassetto in cucina e me le consegna, ma tiene una mano sul pacco.

«Ripensandoci, mamma, forse vorrai aspettare prima di aprirlo».

«Aspettare? Non se ne parla». In questo momento devo concentrarmi su ciò che è importante. Il profumo di lavanda si stempera nell'odore intenso della legna che arde e dell'abete di Natale. Forse sarà una delle foto di New York di Theo, oppure di Sam. Theo e Sam con i grattacieli sullo sfondo.

Comincio a strappare la carta.

«È Naomi, mamma». Theo sembra teso.

Tiro via il resto della carta.

Sono tutte foto di Naomi. Ce n'è una grande al centro, scattata dalla scuola per *West Side Story*. Doveva essere già incinta. La pelle è luminosa. Ci sono almeno un centinaio di altre foto, di forme e dimensioni diverse. Naomi a tre anni sulle spalle di Ted; a cinque anni con la frangetta storta che si era tagliata da sola; a dieci anni con l'apparecchio per i denti, mentre saluta dai rami del nostro albero; a dodici con un bastone da hockey, dove ride insieme a Nikita.

«Theo...». Non riesco a continuare.

«Mi dispiace, mamma». Sembra costernato.

Sam dice in tono sommesso: «Ti avevo avvertito. Portala via».

Si china per sollevare la cornice pesante.

«Aspetta. È meraviglioso. Non portarla via. Lasciala qui, vicino al muro». Indico il punto. «La appenderò accanto alla poltrona del nonno. Così la vedrò ogni giorno, quando mi siedo qui. Un po' alla volta riuscirò ad abbracciarla con lo sguardo».

«Sono tutte foto che ho trovato quando ho aiutato papà a sgombrare la mansarda». Adesso Theo ha un'aria più felice. «Avrei voluto dartele prima, ma ho pensato che era meglio aspettare. Probabilmente non avrei dovuto dartele nemmeno ora».

«È un regalo bellissimo».

Ed aggiunge altra legna al fuoco. Sam ha insistito per cucinare la cena di Natale. Ha portato pane di granturco dall'America, e da qualche parte ha trovato mirtilli rossi e ripieno. Anche Theo e Sophie spariscono in cucina; non mi permettono di entrare.

«Vogliamo che si riposi». Sophie mi sorride timidamente e chiude la porta.

Ed si è allungato vicino al fuoco, la testa poggiata su un gomito, e legge uno dei suoi nuovi libri. Il corpo è rilassato, come se avesse detto tutto ciò che doveva dire ieri. Osservo i suoi occhi scorrere lungo il testo. Forse un giorno capirà che non è stato facile, e forse è tutto quel che posso sperare.

Una bussata leggera alla porta. Ed si alza e va nell'ingresso. C'è una breve pausa, poi: «Ehi. Il tuo albero è magnifico. Vuoi vederlo?»

«No... io... volevo solo dire che mia nonna ha detto che la legna è finita... potremmo averne un po' in prestito...». La voce di Dan, esitante, speranzosa.

La porta della cucina si apre; da dove sono seduta, vedo Sam uscire fuori e mettere un bicchiere di champagne in mano a Dan. «Non puoi presentarti a Natale senza entrare a bere qualcosa», dice in tono cordiale.

Dan entra, si sfila le scarpe. Mi lancia un'occhiata interrogativa. Sorrido e sollevo il bicchiere. Porta ancora la felpa col cappuccio e i jeans sono leggermente calati sui fianchi. Sembra infreddolito, come se fosse rimasto fuori per un po'.

Dan scompare con Sam in cucina. Poco dopo vedo Theo in giardino che riempie la carriola di legna per Mary, poi la spinge fuori del cancello laterale che dà sul viottolo. Mary capirà che Dan sta fuggendo dal pranzo di famiglia e lo scuserà con gli altri.

Quando ci raduniamo tutti insieme per la cena, in cucina non rimane più spazio. Fra le candele sul tavolo, decorazioni di agrifoglio e tralci di edera. Sophie ha dato da mangiare a Bertie, ora accucciato ai suoi piedi. Sam posa un piatto fumante di fette di tacchino, ripieno e salsa di fronte a Dan, visibilmente imbarazzato.

«Io non...».

Interviene Theo. «Volevamo conoscerti. Mamma ci ha detto come hai usato i rami del vecchio melo. Una volta ho fatto delle foto a mia sorella, e i rami intorno a lei erano come quelli che hai usato per le tue sculture di legno».

Sorella. Mia sorella. Erano mesi che non sentivo queste parole. Danno l'impressione che lei sia ancora qui. Ed mi guarda, un braccio intorno a Sophie, e solleva il bicchiere. Mi guarda. I suoi occhi sono circospetti, ma non come prima.

Bristol 2009. Otto giorni dopo

Gli occhi di Ed mi spaventarono.

Quella mattina mi ero svegliata con la consapevolezza che erano passati una settimana e un giorno da quando Naomi era scomparsa. Avremmo dovuto mettere insieme le energie, agire più rapidamente. Invece tutto sembrava andare a rilento. Io ero semplicemente in attesa. Peggio, ero inchiodata, immobilizzata dalla paura.

«Basta». Dissi nel silenzio della camera allontanando il piumone con un calcio. «Basta». Quel girono sarebbe stato diverso.

Ted era già andato al lavoro. Anche Theo era uscito presto. Aveva lasciato un appunto sul tavolo per avvertire che era andato ad assemblare il materiale d'esame per la borsa di studio. Aveva fatto domanda per un corso di fotografia presso la New York Film Academy per l'anno successivo; la borsa di studio poteva risultare decisiva, ma avevo dimenticato che fosse quel giorno. In circostanze normali, gli avrei preparato una buona colazione. Avremmo discusso insieme tempi e tecniche, e gli avrei augurato buona fortuna. Provai un profondo senso di colpa; mi stava sfuggendo tutto di mano. Ed scese in cucina mentre stavo preparando il caffè. Sedette al tavolo. Passandogli accanto, sentii di nuovo quell'odore stantio.

«Oggi è venerdì», dissi, cercando di ricordare la sua routine. «Allenamenti di canottaggio?». Anya mi aveva detto che il suo equipaggiamento era rimasto per giorni sul pavimento del bagno, zuppo d'acqua.

Poggiò le mani contro il tavolo e spinse indietro la sedia con tale violenza e rapidità che dovetti scansarmi. Alzandosi mi guardò, e fu allora che notai la furia nei suoi occhi.

«Non sono un fottuto ragazzino», mi disse prima di sbattere la porta.

Anya entrò senza far rumore. Aveva portato una piccola pianta di ciclamino rosa chiaro. La mise in un vaso sul tavolo e mi fece un cenno col capo. Sapevo che voleva confortarmi. Per un momento la mia attenzione fu catturata dai petali setosi e dai bordi arricciati. I fiori si accompagnavano alla malattia e alla morte, alle tombe, ma questi erano rosa, come quelli che avevo portato al mio matrimonio.

«Grazie, Anya, sono bellissimi».

Sorrise e cominciò a sparecchiare la tavola. Avrei vissuto la presenza di chiunque altro come un'intrusione, ma i suoi gesti attenti e premurosi erano un vero balsamo. Senza di lei, la casa sarebbe precipitata nell'incuria. Ed soffriva come tutti noi. Ma forse per lui era peggio. Per quanto gli ripetessimo che non era stata colpa sua, sapevamo che si sentiva responsabile.

Trovai un cartoncino bianco formato A3 infilato dietro la mia scrivania; Theo ne aveva comprato più del necessario per il suo progetto fotografico nel bosco. Con un pennarello blu, scrissi "Naomi" al centro del foglio e tracciai una serie di cerchi concentrici di dimensione crescente intorno al nome: il primo per la famiglia, il secondo per la scuola. Scrissi il nome di Nikita e lo spuntai perché era stata interrogata dalla polizia. James, altro segno di spunta. Insegnanti: Sally Andrews, signorina Wenham. Spuntate. E gli altri professori? La signora Mears, l'insegnante di teatro che si era dimessa? Avrei dovuto chiedere a Michael.

Tracciai un altro cerchio per le persone che vedeva spesso ma non tutti i giorni. Anya? Il marito di Anya? La guardai mentre spazzava il pavimento. Sentì che la stavo osservando e mi sorrise. Tracciai un punto interrogativo accanto al marito di Anya, per ricordarmi di chiedere a Michael se fosse già stato interrogato dalla polizia.

Anche i vicini rientravano in questo cerchio. La signora Moore della casa di fronte, suo figlio Harold, quella figura indistinta dietro la finestra. Michael doveva aver già controllato, ma misi comunque un punto interrogativo accanto al suo nome.

Cos'altro? Lo spettacolo. Chiunque avesse lavorato nel teatro. Il personale della reception. Michael aveva controllato?

Ci fu un'improvvisa esclamazione di dolore. La scopa cadde sul pavimento.

«Anya, stai bene?»

«Ho sbattuto il piede contro la sua borsa medica. Di solito non è qui. Ha cambiato posto?»

«Mi spiace. Spingila sotto la panca. Qualcuno deve averla spostata per sbaglio».

La borsa medica. Lavoro. Un altro cerchio. Colleghi e pazienti. Se tornassi al lavoro, potrebbe venirmi in mente qualcosa. Frank mi aveva detto di assentarmi per tutto il tempo necessario, ma mi sembrava già troppo lungo. Volevo fare qualcosa. Persino tracciare quel grafico significava fare qualcosa.

Quando Michael passò verso mezzogiorno, gli mostrai il mio lavoro. Mi domandai cosa si provava a entrare in quella casa e se fiutavi il dolore già sulla soglia. Si tolse la giacca e si arrotolò le maniche; aveva braccia robuste. Qualcosa nella calma del suo volto e nella concentrazione dei suoi occhi grigi mi fece pensare ai soldati prima di una battaglia.

Si lasciò sfuggire un fischio di ammirazione. «Un vero schema di indagine professionale. Cosa sono questi punti interrogativi?».

Mentre gli passavo una tazza di caffè, avrei voluto ridere. «L'intera faccenda è un unico, grande punto interrogativo».

Si chinò sul grafico. «Alcune domande hanno avuto risposta, quindi possiamo depennare qualcuno. Come la scuola», disse.

«La signora Mears?»

«Sì. Alibi verificato. Ha referenze e precedenti ineccepibili. Come l'intero corpo docente».

«E il resto del personale?»

«Fatto. Tutto il personale ausiliario, giardinieri, addetti alle pulizie, cuochi e custodi. L'addetta alla reception e il personale del bar presso il teatro della scuola. Sono stati tutti interrogati e i loro alibi verificati».

Si era dato da fare. Era un bene, naturalmente, ma mi demoralizzai; avevo pensato di rendermi utile, di fare qualcosa che ci avrebbe portati più vicino a lei. In realtà mi stavo solo trascinando stancamente nella scia delle indagini.

«Ok. Rimane il mio lavoro», dissi. «Dovremmo approfondire lì?»

«Abbiamo interrogato i tuoi colleghi. Anche loro hanno menzionato Jeff Price, ma era in ospedale con Jade, come avevi detto».

Abbassai la voce. «Il marito di Anya?»

«Interrogato. Alibi verificato. Ci hai dato molte di queste informazioni la prima sera».

Il mio ottimismo cominciò a fare acqua. Cos'era successo alla mia memoria? Tutto quel che riuscivo a ricordare era che chiedevo alla polizia di trovarla. Supplicavo e piangevo.

Tornai a guardare il grafico. «I vicini?»

«Ho finito ieri con la signora Moore», rispose.

«Cosa ha detto Harold?»

«Non c'era». Michael sorseggiò il suo caffè. «La madre mi ha detto di non prendermi il disturbo di tornare. A quanto pare, il figlio non riesce a comunicare bene».

«Non esce mai di casa e sono sicura che è in grado di comunicare. Lo sta proteggendo». Mi figurai quella donna minuta, la schiena contro la porta chiusa della stanza dove aveva nascosto suo figlio. Mi affrettai ad aggiungere: «Guarda sempre fuori dalla finestra; potrebbe aver visto qualcosa...».

«Allora dobbiamo capire se è in grado di dircelo». Michael si alzò. «Vuoi venire?», mi chiese. «Potrebbe rivelarsi utile, ma se devo interrogarlo a fondo forse dovrai lasciarci soli».

Presi alcune copie della fotografia di Naomi dalla pila accanto al mio computer. Mentre attraversavamo la strada, Michael si fermò e si avvicinò al furgone bianco parcheggiato vicino alla nostra casa. Aprì lo sportello e parlò in tono adirato, anche se non riuscii a cogliere le singole parole. Non avrebbe dovuto preoccuparsi. Non mi importava dei giornalisti; erano solo una presenza marginale nel terrore allucinante che riempiva ogni momento della mia giornata. Ted non li sopportava.

La signora Moore venne ad aprire la porta dopo qualche minuto. Aveva un grembiule legato stretto intorno alla vita. La sua espressione s'indurì appena ci vide.

«Ho già risposto alle sue domande». Accennò a Michael con fare accusatorio. «Ieri».

«E Harold?». Cercai di mostrarmi gentile. «Potrebbe esserci d'aiuto, signora Moore. Guarda fuori dalla finestra; da lì si vede bene il teatro».

«Adesso sta mangiando».

«Vogliamo solo scambiare due parole», disse tranquillamente Michael. «Non ci vorrà molto».

Entrammo. Uno specchio scintillò nella penombra dell'ingresso. La signora Moore ci guidò in una cucina spaziosa e in perfetto ordine.

Harold non stava mangiando, stava disegnando. Aveva spinto da parte il piatto con un sandwich mangiato per metà. Indossava una camicia a righe a maniche corte, la stoffa tesa sulla schiena curva; le braccia nude erano grassocce e disseminate di nei. Respirava con difficoltà, la lingua fuori mentre si concentrava sul lavoro. Una scatola di matite colorate era poggiata sul tavolo insieme a una pila di disegni. Erano tutti sbavati di pastello a cera blu. Michael prese un disegno e Harold glielo strappò subito di mano.

Mi inginocchiai accanto alla sedia di Harold e gli mostrai una fotocopia.

«Questa è una foto di Naomi, Harold. Tu conosci Naomi».

Visto da vicino, il viso era perfettamente liscio, nessuna ruga d'espressione.

«Sparita».

«Ah». Michael si girò verso la signora Moore.

«L'ha sentito alla TV», disse in tono burbero. «E ieri ha sentito mentre lei ne parlava. Non voglio che sia coinvolto. L'ultima volta che lei è venuto, gli ho detto di restare tranquillo nell'altra stanza. Non sa nulla».

«È vero, Harold?», gli chiese allegramente Michael. «O c'è qualcosa che puoi dirci?».

Harold lo fissò con sguardo assente e cominciò a fare scarabocchi con la matita blu. Mi alzai. Restammo a osservarlo per un lungo momento, restii ad andarcene.

«Bene, se ti ricordi qualcosa, ti prego di informarci», concluse Michael.

Fuori, il furgone bianco non c'era più. Michael sogghignò. Una volta in cucina, annotò qualcosa sul suo taccuino mentre io telefonavo a Frank. Fu un sollievo sentire la segreteria telefonica: significava non dover rispondere a domande del tipo "come stai?". Lasciai un breve messaggio, facendo presente che in pieno inverno l'ambulatorio era sempre affollato di pazienti e avrebbero avuto bisogno di un aiuto. Ero ancora al telefono quando sentii degli energici colpi alla porta. Michael raccolse le sue cose e andò ad aprire.

Era Harold, con un fascio di fogli sotto il braccio.

«Naomi», disse ad alta voce. «Naomi».

La signora Moore arrivò senza fiato dietro al figlio.

«Harold non ha voluto aspettare. Sembra che abbia qualcosa da dirvi, dopotutto».

Harold mise i suoi disegni sul tavolo. Una ventina, pastello a cera blu. In tutti c'era una figura approssimativamente quadrata con un rettangolo che sporgeva da un lato. Indicò la figura.

«Camion», disse.

Michael passò al vaglio la pila di fogli e ne tirò fuori uno dove la figura blu era di fronte a un perimetro quadrato.

«Quello è il teatro», disse la signora Moore. «Dopo che siete andati via ha cominciato con la storia di sua figlia».

Un camion blu fuori del teatro? Frugai disperatamente nella memoria. Avevo visto un camion blu o magari una macchina blu? Mai? Forse ce n'era una, strisciata di fango, sul sedile posteriore un cagnolino col naso contro il finestrino semiaperto? Oppure era una grossa Mercedes blu scuro…? Ipotesi che potevano essere entrambe vere, o totalmente campate in aria, evocate dalla suggestione.

Harold aveva in mano un foglio accartocciato e lo stava spingendo sul disegno del camion blu. Il sudore gli imperlava il labbro superiore. Il rasoio aveva mancato qualche ciuffetto di peli vicino all'orecchio destro e un altro nella fessura sul mento. Si stava innervosendo.

«Grazie, Harold», gli disse Michael con calma. «È gentile da parte tua aiutarci a trovare Naomi».

Harold lo fissò. Michael gli tolse delicatamente di mano il foglio accartocciato e lo spiegò sul tavolo. Era la foto di Naomi.

«Grazie», ripeté Michael. «Ci sei stato di grande aiuto. Più di chiunque altro».

Appena furono usciti, mi rivolsi a Michael. «Potrebbe essere importante».

«Forse», replicò. Esaminò di nuovo il disegno. «La forma rettangolare unita al quadrato fa pensare più a un pickup». Quando si girò verso di me, un'ombra di preoccupazione gli oscurò lo sguardo. Sapevo cosa aveva davanti agli occhi: il mio volto esausto, capelli spenti, occhi arrossati. Una nuova magrezza.

«Hai un…».

«Non dirmi che ho un aspetto orribile. Non me ne frega un emerito cazzo». Un'espressione scioccata gli attraversò il viso e io scoppiai a ridere – incredibile, ma scoppiai a ridere. «Se sapessi quanto non mi interessa l'aspetto che ho».

«Ma ai ragazzi sì», disse Michael in tono fermo. «A Ted. Il tuo aspetto riflette la tua stabilità».

Sapevo che era un'osservazione sensata, ma era quasi impossibile pensare al mio aspetto quando la mia mente era piena di Naomi, dell'aspetto che aveva l'ultima volta che l'avevo vista, dell'aspetto che avrebbe potuto avere adesso.

Toccai il braccio di Michael. «Pensi che ci sarà d'aiuto questo pickup blu?»

«Potrebbe», mi rassicurò con un sorriso. «Ci sono molti pickup blu in circolazione, ma è comunque un dettaglio in più. Un altro filo. È così che funziona, sai. Sbrogliamo la matassa, un filo alla volta».

Theo tornò a casa con un'aria afflitta. Pensava di essere andato male all'esame per la borsa di studio in arte. Aveva cambiato idea troppo spesso e aveva finito col fare le cose in modo precipitoso. Cenammo insieme; Ed arrivò subito dopo. Ultimamente rientrava sempre più tardi, spesso si fermava a studiare in biblioteca fino all'ora di chiusura. Non volle niente; aveva mangiato a scuola.

Dopo cena intravidi Theo allungato sul letto, intento a parlare al cellulare; mi sorrise, sembrava sollevato. Ed aveva lasciato la porta della sua stanza aperta; si era buttato a dormire sul letto con tutti i vestiti. Gli sfilai le scarpe e gli misi addosso una coperta. Quando mi girai per uscire, la luce del pianerottolo illuminò delle banconote sul comodino. Mi avvicinai. Una pila ordinata di pezzi da dieci e da venti, forse trecento sterline in tutto. Cosa doveva fare con quei soldi? Da dove venivano? Ted trasferiva la paghetta per i ragazzi dal suo conto online, quindi era improbabile che glieli avesse dati lui. Ed lavorava in segreto da qualche parte? Forse tutte le sere che lo immaginavo a studiare a scuola in realtà stava lavorando in un pub. Perché non ce lo aveva detto? Voleva mettere i soldi da parte per darli a noi, come ammenda per non essere stato lì per Naomi, a teatro? Al pensiero mi si strinse il cuore. Avrei voluto svegliarlo e chiederglielo; ma anche nel sonno aveva un'aria esausta. Avrei dovuto aspettare fino al mattino. Uscii in punta di piedi e chiusi la porta.

Capitolo 22

Dorset 2010. Tredici mesi dopo

L'aria nel capanno sa di chiuso dopo Natale. Escrementi di topo sono sparsi sul foglio di carta che ho lasciato sul tavolo, e nei pastelli sono impressi i segni di minuscoli denti. Sotto le suole scricchiola la sabbia che il vento ha soffiato attraverso la fessura della porta. Richiudo il battente di legno e rientro nel cottage.

Al mattino, quando la luce è ancora grigia, mi aggiro per la casa in questi giorni anonimi fra Natale e Capodanno. Anche a occhi chiusi, so dire esattamente dove mi trovo. L'aria ha una consistenza diversa intorno alla poltrona blu, al legno liscio della scrivania, alla pila di libri. Toccare gli arredi familiari è come toccare la mia pelle. Guardo le foto della composizione di Theo una alla volta. Oggi è il turno della piccola nella carrozzina, gli occhi seri, assorti nei disegni che i fiori del ciliegio creano sullo sfondo del cielo. L'immagine ha catturato una manina aperta come una stella di mare, che cerca di toccare l'ombra delle foglie all'interno della carrozzina.

Mi mancano i ragazzi, e Michael. Con discrezione, ha preso accordi per sostituire un collega al lavoro in previsione dell'arrivo di Ted per Natale, anche se è al corrente della nostra separazione. Mi chiama ogni sera, mai di giorno; tiene ancora nascosta la nostra relazione ai colleghi. Non so cosa accadrebbe se lo sapessero. Mi manca, il suo corpo manca al mio. Inaspettatamente, mi scopro a desiderarlo. Nei miei momenti di tristezza e diffidenza, mi chiedo se ne sia consapevole, se voglia ottenere una sorta di potere su di me con la sua assenza. Sta forse giocando? Ha superato una linea di confine per fare l'amore: questo dovrebbe rassicurarmi in qualche modo circa le sue intenzioni?

Ed è tornato all'unità. Ha intenzione di restarci per qualche altro mese, ma non ha parlato di piani precisi. E non mi ha più parlato dei suoi pensieri ed emozioni, ma Sophie mi ha abbracciata prima di partire. Le parole di Ed mi echeggiano ancora nella testa e non faccio che rimuginarci sopra, finché sento che finirò per impazzire: ho barattato la vita di Naomi con la mia? Adesso che ho tutto lo spazio e tutto il tempo che ho sempre desiderato, cederei ogni cosa in cambio di un secondo della sua vita.

Chiama Theo. «È fantastico essere tornato a casa». Assurdo provare una fitta di dolore. «Credo che potrei vivere qui per sempre». In sottofondo, sento un tintinnio di bottiglie e la voce di Sam che canta la *Carmen*. Un tempo la relazione di Theo con Sam ci avrebbe richiesto tempo per elaborarla, comportando una deviazione dalla traiettoria lineare delle nostre vite e da ciò che davamo per scontato. Invece ora ha trovato facilmente una sua collocazione.

Dopo la telefonata di Theo, torno nel capanno. Svuoto la scatola dei colori a olio sul tavolo, formando una piramide di tubetti malconci: blu oltremare francese, rosso indiano, giallo di Napoli, un'intera geografia di colori. Theo ha detto "per sempre": è fin lì che spazia il tuo sguardo prima che la vita ti ferisca – eppure Theo è stato ferito. No, è ancora oltre; è fin dove arriva la tua immaginazione, prolungandosi verso tutti i luoghi e tutte le persone che pensi ci saranno sempre. Ma niente dura. Non i luoghi, non le persone, non l'amore, nemmeno gli anni fugaci dell'infanzia. La perdita, invece, dura. Comincio a tracciare spesse linee rette con il carboncino di Sophie. All'inizio non sapevo se sarei mai riuscita a gestire le ore, poi i giorni, le settimane, i mesi di quel "per sempre", dove la nebbia fitta della sua assenza non accennava mai a diradarsi. Mentre disegno, delle particelle nere si staccano dal bastoncino; le soffio via. I ragazzi non parlano molto di Naomi. Lo spazio dietro di loro è pieno di lei, ma le loro vite sono andate oltre la sua. La mia no. Ho resistito, tutto qui.

Traccio delle barre orizzontali a intersecare le linee verticali in modo da formare una griglia, pensando ai colori da inserire fra le righe, luminosi, delimitati dal nero ma non macchiati da esso; questi spazi rappresenteranno le vite dei ragazzi. Cammino in cerchi stretti dentro il capanno, cercando di visionare il colore adatto, una nota chiara che racchiuda in sé note più scure. È difficile pensare a un pigmento che contenga luce e ombra allo stesso tempo, forse un rosso vermiglio acceso. Mi servono altri colori. Immagino la nota intensa di una sabbia del deserto che sia stata mondata dal vento e dal sole. Poi ricordo i capolavori bizantini dipinti nelle grotte di Göreme, in Cappadocia. Gli affreschi sulle pareti di tufo sembrano illuminati in controluce anche negli antri più profondi. Possedevano una luminosità ricca e piena di speranza, ma anche tetra. Faccio esperimenti con pennellate di colore a olio sul mio cavalletto. Giallo di cadmio, cadmio chiaro? Manca un tocco di qualcosa. Bianco? Rosso? Arancio? Poso il pennello in attesa dell'ispirazione giusta. Il sole al tramonto o il tuorlo di un uovo, forse.

Faccio per uscire e urto con le dita un piccolo fascio di legna da ardere poggiato sulla panca. Devo essermi fermata a guardare un quadro mentre andavo a preparare il fuoco, e l'avrò dimenticato qui. Sfilo un lungo ramoscello dal legaccio e lo rigiro fra le dita. Il legno è grigio bruno, con piccole protuberanze dove l'anno scorso si erano formate le gemme delle foglie, la corteccia è finemente butterata e appena spellata in certi punti, l'estremità divelta è spaccata e sfilacciata come se fosse stata mordicchiata, con le punte aperte e allargate come minuscole dita. Traccio uno schizzo approssimativo del ramoscello, poi un altro, più preciso, più grande, poi ancora più grande. Sagome e figure, in attesa di essere trasformate in qualcos'altro; l'idea di un grande dipinto comincia a prendere forma, un ciclo di vita. Un trittico. Un'insolita eccitazione comincia a crescere, talmente lieve e distante che ho paura di spegnerla se mi fermo a pensarci; mi concentro sulle minuscole gemme, uniformi, appena abbozzate.

Dopo un'ora le mani cominciano a tremare per il freddo e devo smettere di disegnare. Il tempo di rientrare nel cottage e l'eccitazione è svanita. Nelle stanze vuote, l'oscurità si addensa intorno a me, il peso familiare della tristezza talmente gravoso che non riesco a muovermi. Quando il campanello suona, arrivo a stento alla porta. Sui gradini c'è Dan, occhi seri, curvo dentro il suo giaccone.

«Non stare lì», faccio un passo fuori e gli tocco la manica, «entra. Speravo che passasse qualcuno, ed eccoti qui».

Mi passa accanto, lo sguardo basso, improvvisamente timido.

«È bello vederti», gli dico prendendogli il giaccone. «È stato fin troppo tranquillo qui, dopo Natale».

«Sta bene?». Gli occhi verdi punteggiati di marrone scrutano il mio viso.

«Sì, certo». Il mio sorriso si spegne sotto il suo sguardo attento. «Be', forse "bene" non è la parola giusta...».

Presumo che abbia saputo di Naomi da Mary, anche se io non gliene ho mai parlato. Sembra aspettare qualcosa di più e la mia determinazione viene meno: «Forse è questo periodo dell'anno, ma è il secondo Natale senza mia figlia, ed è come se si stesse allontanando sempre di più. Mi domando come sarà il terzo e poi il quarto...».

Arrossisce. «Posso restare, se vuole... Vuole che resti?»

«Hai cenato?»

«Be', no, ma...».

«Allora resta. Curry di tacchino? Puoi staccare la carne dall'osso, se vuoi renderti utile».

Entra, si siede al tavolo. Gli do un bicchiere di vino. Si toglie il pullover e si arrotola le maniche mentre io tiro fuori la grossa carcassa dal frigo. Nonostante sia inverno, le braccia mostrano tutto il sole che ha preso lavorando nel giardino di Mary.

«Bella abbronzatura». Frugando nella credenza in cerca di spezie e salsa al curry, noto un leggero rossore diffondersi sulle sue guance; anche Ed si imbarazzava facilmente. Devo fare più attenzione. «Come va con le decisioni?».

Scalca con cura, e riccioli di carne cadono sul tagliere. «Penso che andrò via per un po'». Gli lancio un'occhiata sorpresa. «Già». Abbassa lo sguardo. «Ho messo dei soldi da parte. Theo mi ha parlato di questo corso d'arte a New York. Costa meno che qui. Ho fatto domanda per i moduli di scultura».

«È magnifico, Dan. Dove alloggerai?»

«Sam ha detto che posso dormire su un materasso da loro».

«Fantastico. Vai». Gli riempio di nuovo il bicchiere e brindo con lui. «Com'è che ti sei deciso, alla fine?».

Il riso borbotta. Rovescio la polpa di tacchino che Dan ha ricavato nella salsa bollente. In cucina c'è un piacevole tepore e mi sento di nuovo a casa, come se Theo o Ed fossero qui. Mentre mangiamo, Dan mi parla della sua famiglia, della madre che approva i suoi progetti, del padre, sulle prime poco convinto, e ora pronto ad aiutarlo a pagare le tasse scolastiche. Vuole sapere a cosa sto lavorando. Il viso s'illumina quando gli descrivo il disegno a griglia.

«Sembra favoloso, Jenny. Quasi come la scultura». Non aveva mai pronunciato il mio nome prima d'ora; suona strano, anche se non so perché. Riusciva a malapena a chiamarmi signora Malcolm. Si sporge verso di me. «Vorrei scattare qualche foto dei suoi quadri… potrebbero essermi d'ispirazione».

Non li ho fatti vedere a nessuno.

«Forse», rispondo in tono evasivo. Un'ombra di delusione gli oscura il viso, così mi affretto ad aggiungere: «Nessuno li ha visti, alcuni non sono niente di speciale».

D'un tratto sono stanca. È tardi. Apro la porta a Bertie per il suo giretto in giardino, mentre Dan si alza da tavola e si stiracchia.

«Lavo i piatti».

«Grazie, ma lo faccio sempre al mattino». Vado a prendere il suo giaccone e, porgendoglielo, provo un moto di tenerezza. «Torna prima di partire, Dan. Troverò qualcosa da farti fotografare».

Sulla soglia, si volta indietro. «Voglio fare delle foto anche a lei. Al suo viso».

Il mio viso? Mi sento confusa e sorpresa. Poi mi metto a ridere. «Non a me, Dan. Mary ha un viso bellissimo. Fai qualche foto alle ragazze carine in paese».

«Ne ho già scattate tantissime a Mary e non mi interessano volti di ragazze». Mi guarda quasi con rabbia. «Anche lei è carina. Bella, direi».

«Sciocchezze, Dan». Rido ancora, ma è una risata forzata.

Allungandomi per aprirgli la porta, sussulto quando sento le sue dita sfiorarmi la guancia; poi si gira ed è sparito.

Chiudo la porta e mi appoggio contro il battente. Non avevo messo in conto una cosa del genere, oppure sì? Comincio a sistemare la cucina, butto gli avanzi, sciacquo i piatti, strofino via i residui di cibo dalle pentole. Sono irritata con me stessa. Come ho potuto permettere che accadesse? Dan è persino più giovane dei miei figli, eppure stasera mi sono lasciata consolare dalle sue attenzioni – no, mi hanno fatto piacere. Sono stata avventata; meglio che non lo veda per un po'. Mi sono allontanata più di quanto avessi immaginato dalla mia vecchia vita, dalla persona che ero, la donna perbene, felice, impegnata. Mi avvio lentamente su per le scale. Arriva l'SMS di Michael a darmi la buonanotte. Di solito rispondo subito, ma stasera mi siedo sul bordo del letto, il telefono tra dita indolenti, lo sguardo fisso nell'oscurità oltre la finestra. Se torno indietro al punto in cui io e Ted siamo partiti, mi accorgo che ho viaggiato molto, molto più lontano.

Riandare col pensiero a quei tempi è come guardare un film con attori che recitano la nostra parte. Mi vedo nel caldo della biblioteca. Ricordo l'abito corto a fiori che indossavo e i capelli raccolti alla bell'e meglio; ero assorbita nella lettura di un volume di dermatologia, ignara di tutto il resto. Ero approdata all'università dopo un anno sabbatico che mi ero concessa alla fine della scuola superiore di indirizzo classico, e avevo preso medicina molto seriamente, convinta che diventare un medico fosse tutto ciò che desideravo. Edward Malcolm era del mio anno, ma frequentava un altro gruppo. Aveva una macchina quando nessun altro la aveva; giocava a cricket nella squadra dell'università. Tutto di lui mi dava sui nervi, soprattutto il suo bell'aspetto e la sua eleganza. Dubito che le nostre strade si sarebbero mai incrociate se non fossimo stati entrambi così ambiziosi, e se quel pomeriggio la biblioteca non fosse stata così afosa e affollata. Estate del 1985. Avevo buttato giù la prima stesura di un saggio con il quale intendevo concorrere a un premio di diverse migliaia di sterline. Ero contenta di avere un vantaggio su Ted Malcolm; anche lui mirava sempre a qualsiasi premio, ma non aveva bisogno di denaro quanto me. Il caldo nella biblioteca era soffocante. Mi caricai le braccia di libri da portarmi a casa e mi imbattei in Ted mentre uscivo dalla sala. Con noncuranza, sfilò il primo libro dalla pila. Lottai scherzosamente per riprendermi il volume, ridendo e provando allo stesso tempo una sorta di irritazione. Me lo restituì solo quando gli promisi di uscire con lui. Fu allora che cominciò.

Mi spoglio e mi infilo sotto il piumone. Non era un film, comunque; i film romantici hanno sempre un lieto fine. Nella vita reale solo l'inizio è felice e nulla finisce bene. D'altra parte, nulla finisce davvero.

Capitolo 23

Dorset 2010. Tredici mesi dopo

Il 30 dicembre, stanca di sentire la mancanza di Michael, mi organizzo in modo da non lasciare vuoti nella giornata nei quali potrei "cadere": una passeggiata a Golden Cap. Da questo punto elevato, il complesso collinare della Jurassic Coast si allarga su entrambi i lati. D'estate c'è il caldo profumo vanigliato del ginestrone, ma in questo periodo dell'anno l'aria sarà fresca e salmastra. Posso andare in cerca di colori, anche se prevedo che dovrò aspettare la stagione più calda. Potrei sempre raccogliere quel che devo tratteggiare per il grande disegno sul cambiamento che ho in mente. Mi servono foglie, ramoscelli, piccole gemme.

Bertie e io ci mettiamo in cammino alle sette. Il paese è ancora tranquillo, qualche luce qui e là, finestre illuminate di camere da letto, dove una coppia si è appena svegliata sciogliendosi dall'abbraccio. Tazze di tè passate di mano in mano e poggiate sui comodini. Il profumo della notte indugia ancora nelle ombre brumose fra i cottage. Cammino con passo leggero per non svegliare chi è ancora immerso nel sonno. Nel silenzio, distante e poi più vicino, il rumore di passi dietro l'angolo della stradina. Passi stanchi e irregolari. Forse un fattore che torna per la colazione dopo aver munto le vacche, oppure un pescatore che anela al suo letto dopo aver scaricato a riva la prima pesca della giornata.

Un uomo alto gira l'angolo; una figura curva, indistinta nell'oscurità. Mi ci vuole qualche secondo per riconoscere Ted. La camminata è diversa, lenta e leggermente esitante, non la falcata decisa che conoscevo. Sembra esausto, come se fosse arrivato alla fine di un lungo viaggio.

Mi ero dimenticata del suo SMS e la sorpresa della sua presenza mi dà un senso di malessere. Se mi fermo a lato della strada, potrebbe passare oltre senza notarmi. Troverebbe il cottage buio e chiuso a chiave e forse ripartirebbe. Mi appoggio al muretto di un giardino nella luce incerta del mattino; la pietra è bagnata e ruvida sotto le mie dita. Non mi vedrà, a meno che non guardi fra le ombre, ma potrebbe sentire il battito del mio cuore, che sembra riempire lo spazio che ci separa. È alla mia stessa altezza lungo la strada, sta passando oltre. Trattengo il respiro, ma è Bertie a correre da lui, scodinzolando. Ted si china e capisco che sta pensando quanto somigli a Bertie quel cane; poi, riconoscendolo, alza di colpo gli occhi e mi vede. Pronuncia il mio nome, c'è gioia nella sua voce. Mentre si avvicina, indietreggio, anche se di poco. Non lo guardo dritto negli occhi; anzi, mi concentro su un punto dietro la sua testa, dove l'edera sta avendo la meglio sulle pietre di un vecchio muro. Mi dice che ha lasciato la macchina nel parcheggio del pub; non voleva passare sotto le finestre dei cottage lungo quelle stradine strette, altrimenti il rombo del motore avrebbe svegliato tutti. Torniamo verso il cottage; Bertie trotterella in mezzo a noi, senza staccare lo sguardo da Ted.

In cucina, si siede al tavolo senza togliere il cappotto, come un visitatore che non pensa di fermarsi a lungo. Preparo una tazza di caffè e la poso di fronte a lui, poi mi tiro indietro, assimilando la stranezza della sua presenza.

«Perché ti stavi nascondendo?», mi domanda, e anche la voce è lenta ed esitante. Ha delle ombre scure sotto gli occhi. I capelli sono più grigi, più radi. La barba è talmente lunga che forse ha deciso di farsela crescere. «Se non ti avessi vista contro quel muro, mi avresti lasciato passare oltre».

«Non mi stavo nascondendo. Stavo aspettando...». Parole che mi costano un grande sforzo. Preferirei restare in silenzio.

«Aspettando?».

La risposta prende forma, non detta. Sì, aspettando di vedere cosa sarebbe successo, sperando che lui sarebbe passato oltre, ignaro che fossi lì. Per tutte le settimane e i mesi dopo la scomparsa di Naomi, lo avevo aspettato. Era passato oltre già allora, lasciandomi nell'ombra mentre era diretto da qualcun'altra.

«Va bene così, non sei tenuta a rispondere». Ted scrolla le spalle e allarga le mani in segno di resa, ridendo; ha i palmi arrossati di un bevitore. Si accorge che li sto osservando e li nasconde prendendo la tazza fra le mani. Qualche goccia si versa sulla tovaglia, allargandosi in piccoli cerchi.

«Allora, stai bene? Qui, intendo. Naturalmente non mi riferisco...». Si interrompe.

«Sto bene».

«Ti vedo in forma. In ottima forma, a dire il vero». Sembra sorpreso.

«Grazie».

«Intendo dire che sei bella». Socchiude gli occhi, valutando i particolari.

«Grazie». Se sono bella è grazie a Michael, ma non intendo dirglielo, non ancora.

«Come stanno i ragazzi? Li hai visti a Natale, no?». Si muove sulla sedia, come se cercasse una posizione più comoda.

«Stanno bene». Il cuore mi batte ancora forte; non riesco a formulare frasi lunghe, mentre Ted non sembra a corto di parole. D'altronde, non è lui che è stato colto di sorpresa.

«Mi mancano molto. Ho visto Ed, a ogni modo». Sta pensando di andare a trovare Ed con Beth, la porta sempre con sé.

«Cosa mi dici di Theo?», continua.

«Sta bene».

«Avrei dovuto essere qui per Natale. Mi dispiace».

La camicia è sgualcita; forse ci ha dormito. Il cappotto è troppo grande. Un odore di indumenti impregnati di fumo di sigarette riempie la cucina. Qual è la ragione precisa del suo rammarico? Il Natale? Beth? Le bugie?

«Pensi molto a Naomi?», mi chiede all'improvviso, rompendo il silenzio.

Mi giro verso la finestra, incapace di guardarlo in faccia.

Va avanti a parlare, sempre più in fretta.

«Io penso a lei di continuo».

Sbircio il suo viso con la coda dell'occhio. In mezzo alla barba grigia, uno scintillio di lacrime.

«Adesso è la sensazione delle sue mani, quando era piccola. Erano così morbide. Me le posava sulle guance e diceva che la barba pungeva, e fingevamo di fasciarle». Gli cola il naso; il viso impolverato è rigato di lacrime.

Non voglio che si apra così con me. Gli passo un tovagliolo. Si asciuga la faccia e appallottola la carta, che si riapre sul tavolo, lucida di lacrime e muco.

«La cerco ovunque vado». Parla a voce così bassa che devo piegarmi verso di lui per cogliere le parole. «Una volta, a Città del Capo, lungo la strada dall'hotel all'ospedale, mi è sembrato di vederla. Ho seguito quella ragazza dentro il parco perché camminava come Naomi». Mi sorride. «Ricordo quella sorta di passo elastico, come se potesse andare avanti per sempre».

«Solo che non l'ha fatto».

«Non ha fatto cosa?». Sta ancora sorridendo, ma è perplesso.

«Andare avanti per sempre».

«Lo pensi davvero?». Serra il pugno e lo batte leggermente sul tavolo. «Non arrenderti. Non arrenderti mai. Io sono ancora convinto che la troveremo». Si alza. «Ho commesso tanti errori».

«Non voglio sentirne parlare adesso, Ted. È troppo tardi».

Si ferma di fronte a me, dondolando leggermente sulle gambe, come se fosse ubriaco. Ma non puzza d'alcol. Non riesce a tenere gli occhi aperti. Biascica le parole.

«Scusa. Ho solo bisogno di dormire un po'. Sull'aereo non sono riuscito a chiudere occhio. Ho guidato tutta la notte, devo stendermi… Posso restare qui?».

Gli riempio la vasca da bagno e gli indico la piccola stanza per gli ospiti. Osserva le pareti color avorio che Dan ha tinteggiato con cura, le tende a strisce blu e grigie, la grata del camino piena di pigne d'abete verniciate di bianco. Nota il tappeto di cotone grezzo azzurro chiaro, poi il suo sguardo si posa sulla piccola ciotola accanto al letto, colma di vetri colorati trovati sulla spiaggia. Rilassa le spalle. Si toglie il cappotto e lo poggia sulla sedia di vimini vicino alla finestra. «Bello», farfuglia. «Hai fatto qualcosa di notevole. Non so cosa. Ma è bello». Si siede sul letto, poi crolla di lato con un sospiro. Il respiro si fa quasi subito profondo e regolare. Sciolgo i lacci e gli sfilo le scarpe. Riemerge per un istante.

«Resti qui a dormire con me?».

Chiudo la porta e vuoto la vasca da bagno. Poi scendo in cucina e mi libero senza fretta degli strati di maglie e giacconi che avevo indossato in vista della passeggiata. Ormai c'è più luce, ma sento che comincia a piovere. Dopotutto, non saremmo riusciti a vedere granché dalla cima del Golden Cap. Mi slaccio gli scarponi e li tolgo. Presto sento sui piedi il peso della testa di Bertie. Gli piace la sensazione ruvida della lana sotto il muso.

Bristol 2009. Otto giorni dopo

Ted era in ritardo, come al solito. La cena era finita da tempo quando arrivò a casa, con gli occhi segnati e i vestiti sgualciti infilati in tutta fretta dopo l'intervento chirurgico. Ero contenta di vederlo. Mi aveva assicurato che l'episodio con Beth era stato un errore e io dovevo credergli. Avevo bisogno di lui. Non avevo energie da impiegare nella rabbia; in ogni caso, quel che Ted aveva fatto cominciò a sbiadire di fronte all'angoscia logorante dell'assenza di Naomi. Si avvicinò ai fornelli per prendere il pasto tenuto in caldo senza dire una parola. La carne si era indurita, le patate asciugate, la verdura era diventata filacciosa. Immaginai la sua giornata e come doveva aver pregustato un pasto caldo mentre guidava verso casa.

«È disgustoso, Ted. Vuoi che ti prepari una omelette?»

«Non sei tenuta a farlo». Prese una bottiglia di vino dalla credenza, la aprì e riempì due bicchieri, poi crollò a sedere con un sospiro.

«Scusa se non ho chiamato», disse mentre sorseggiava il vino. «L'intervento si è prolungato per l'intera giornata. Ho fatto più tardi di quel che pensavo. Dove sono i ragazzi?»

«Theo è in giro da qualche parte. Ed è andato a letto».

«Così presto?»

«Ha bisogno di recuperare il sonno; è sempre stanco. Anya non può nemmeno entrare nella sua stanza a mettere in ordine perché si alza sempre molto tardi. L'ansia lo sta consumando». Cominciai a rompere i gusci delle uova sul bordo di una terrina. «È passato Michael. Harold Moore ci ha detto...».

«Chi diavolo è Harold Moore?». Osservò le uova sbattute scivolare, schiumando, nel burro caldo.

Gli ricordai chi fosse Harold, poi gli dissi del pickup blu.

Ted inclinò la testa. «Credo di aver visto una vettura blu, forse un furgone, parcheggiato fuori del teatro. Una o due volte, mi pare». Scrollò le spalle; evidentemente non pensava che fosse rilevante. «Probabilmente verrà fuori che è un mezzo del teatro o di qualcuno che ci lavora», continuò con poca convinzione. «Avere la sindrome di Down non ti rende molto attendibile».

«Penso che Harold sarebbe un buon testimone. Osserva ogni cosa. Era molto concentrato sul suo disegno».

Ted non replicò. Gli misi davanti l'omelette e cominciò a mangiare in fretta.

«Michael ci sta lavorando». Mi sedetti di fronte a lui. «Intende mettere su una sorta di ricostruzione dei fatti. Sai, una ragazza che lascia il teatro a tarda sera e sale su una vettura blu».

«Era tardi ed era buio, quindi può non portare a niente. Cos'altro?»

«Ted, non potresti rinviare i tuoi impegni del sabato e restare a casa domani? Se pensi che stiamo sbagliando linea d'azione, tu cosa proponi in alternativa?». Feci una pausa, costringendomi a restare calma. «Ho tracciato questa specie di schema sulla carta. Voglio il tuo parere».

Ted spinse da parte il piatto vuoto. «Fammi vedere».

Ci curvammo sul tavolo a studiare i cerchi intorno al suo nome. Famiglia. Scuola. Vicinato. Teatro.

«Devi aggiungere un altro cerchio», osservò con calma. «Nemici. Gente che serba rancore».

«Non hai nemici del genere a quindici anni». Lo guardai incredula.

«Non suoi. Nemici nostri», replicò.

«L'ho pensato anche io, riguardo al padre di Jade, persino al marito di Anya, ma mi sbagliavo. Pensi davvero che qualcuno possa odiarci fino a questo punto?».

L'espressione di Ted si fece pensierosa. «Una volta il mio assistente ha trovato la macchina con le quattro gomme squarciate. Si è chiesto se qualcuno gli serbasse rancore. Chissà cosa facciamo o non facciamo, per errore. I dottori si atteggiano a padreterno».

«Cristo». Qualcosa sembrò cambiare e venir meno nella mia determinazione. Cominciai a piangere.

Ted mi cinse forte con il braccio. Sentii il suo odore familiare, leggermente profumato.

«Mi ricorda l'estate», sussurrai, la testa contro la sua spalla.

«Cosa?». Fece un passo indietro per guardarmi.

«La lavanda». Gli rimasi accanto, riluttante a separarmi da lui. Erano giorni che non ci toccavamo. «Non è una critica. Mi piace». Gli presi la mano.

Si liberò dalla stretta e mi diede un buffetto sulla schiena. «Sono state le infermiere a scegliere il disinfettante per la sala operatoria, così è profumato, probabilmente anche costoso». Tornò a esaminare lo schema.

«A proposito di costi». Ripensai al mazzetto di banconote nella camera di Ed. «Per caso hai dato ai ragazzi una somma in contanti invece di trasferirla dal tuo conto online? Non credo sia una buona idea essere così generoso».

«Sono stato generoso?». Non mi stava ascoltando. Si era girato dall'altra parte, aveva tirato fuori il cellulare.

«Ho visto quel denaro, un mazzetto di banconote. Non dovevi farlo».

«Non so a cosa ti riferisci, Jen. Sono mesi che non do contanti ai ragazzi. Trasferisco i soldi sui loro conti tramite bonifico bancario, ricordi? Lasciami inviare un SMS al mio assistente. Deve trovare le ecografie per la lista di domani».

Ero talmente esausta che i piedi mi pulsavano dolorosamente e gli occhi mi bruciavano. Non avrei dovuto chiedergli di rimanere a casa. Era ovvio che non poteva rinviare una lista di operazioni. Da dove accidenti veniva tutto quel denaro? Ero troppo stanca per continuare a fare congetture su quei soldi. Lo avrei chiesto a Ed l'indomani. Ted andò a letto appena prima di me, ma quando mi infilai sotto le coperte accanto a lui si era già addormentato. Cercai di rannicchiarmi contro il suo corpo, ma era disteso a pancia in giù, la testa girata dall'altra parte. Gli posai il capo sulla spalla. Nonostante lo sfinimento, rimasi sveglia a pensare quali nemici potevo avere, sperando di bloccare le immagini che galleggiavano verso di me quando ero stanca e le onde di assoluta disperazione e paura che mi lambivano ovunque andassi.

Bristol 2009. Nove giorni dopo

Ed stava versando cereali nella tazza della colazione e qualche fiocco traboccò oltre il bordo cadendo sul tavolo della cucina.

«Perché devi sempre entrare nella mia stanza?».

Il tono era gelido.

«Ed, ti sei addormentato con i vestiti addosso. Ti ho solo tolto le scarpe e messo una coperta».

«Non sono un bambino».

«Quei soldi?»

«Non sono affari tuoi, mamma, chiaro?». Ci fu una pausa, poi una scrollata di spalle. «Se proprio lo vuoi sapere, parteciperò a una gara sponsorizzata, una sorta di kermesse sportiva. Sarà lunedì. Ho il denaro in custodia. Per questo faccio spesso tardi. Mi sto allenando».

Aveva senso. La stanchezza, le sere a scuola fino a tardi.

Ted dormiva ancora al piano di sopra; la lista di interventi iniziava più tardi il sabato, così lo lasciai dormire e cominciai a passeggiare nervosamente per la cucina. La paura era sempre peggio al mattino, si insinuava sottilmente sotto pelle. Non riuscivo a stare ferma o a concentrarmi a lungo su niente.

Telefonai a Michael. Mi disse che avevano controllato tutti i frequentatori abituali e gli studenti attori del teatro della scuola. Avevano tutti un alibi.

«Qual è la prossima mossa, Michael?»

«Una possibile ricostruzione della serata di giovedì. Ti farò sapere quando la allestiremo».

Quindi un'altra ragazza avrebbe recitato la parte di mia figlia, un'altra ragazza sarebbe salita a bordo di un furgone blu fuori del teatro tra le 22:30 e le 23:00, ma poi, spenta la cinepresa, sarebbe scesa dalla vettura e tornata a casa. Non volevo essere presente.

Frank mi chiamò in risposta al messaggio che gli avevo lasciato. Acconsentì a farmi riprendere le visite in ambulatorio, se ero sicura di farcela. Il ritmo di lavoro aumentava con l'approssimarsi di dicembre. I soliti raffreddori e mali di stagione. Potevo cominciare il lunedì successivo?

Bristol 2009. Undici giorni dopo

Non salivo in macchina da giorni, ma le mie mani sul volante sembravano sapere il fatto loro. La mia stanza presso l'ambulatorio era immacolata. La scrivania era stata messa in ordine. Posai la borsa, tirai fuori lo stetoscopio e l'otoscopio e li allineai accanto al ricettario.

Lynn entrò a darmi un caldo abbraccio.

«Non ho intenzione di essere carina con te. Ti aspetta una giornata di lavoro. Sono nella stanza accanto, se hai bisogno di me». Uscì, passandosi una mano sugli occhi.

Jo mi portò una tazza di tè e mi salutò con un bacio. «Ti abbiamo riservato pazienti facili, così puoi riprendere la mano».

Il primo paziente era un bambino. Magrolino, sei anni, con una frangetta lucida e grandi occhi castani. Sua madre, con un sari blu, sedette in silenzio sulla sedia. Il piccolo mi spiegò cosa c'era che non andava in lui in un inglese perfetto. Aveva piccole chiazze gialle in gola e la testa scottava per la febbre. Gli occhi intensi e fiduciosi del bambino e della madre mi tranquillizzarono. Quando furono andati via, mi resi conto che i pochi minuti della loro presenza avevano lenito la mia pena. Presi una sorsata di tè caldo e zuccherato. Poi fu la volta di una donnina esile, con le spalle curve. La vita era un vuoto grigio. Parlando adagio, mi disse che non riusciva più a guardare la televisione, a mangiare o dormire. Le feci qualche domanda e le prescrissi le analisi del sangue, ma poi mi sedetti e le tenni la mano mentre piangeva, finché per lei non fu ora di andare. Visitai quindici pazienti in tutto. L'ultimo della mattinata fu un giovane muratore con un'infezione a un orecchio. La luce dell'otoscopio era debole: dovevo cambiare le batterie. Aprii la cerniera della borsa medica. Le fiale di morfina e di petidina erano nella parte superiore, conservate al sicuro in appositi scomparti sagomati in gommapiuma, insieme ad antinfiammatori e antiemetici iniettabili. Nell'atto di aprire la borsa, mi dissi che più tardi avrei dovuto controllarne la scadenza. Ma le fiale erano sparite.

Fissai gli spazi vuoti che avrebbero dovuto contenerle. Le avevo già eliminate e me ne ero dimenticata? Di certo mi sarei ricordata la sensazione del vetro liscio fra le dita, il lieve *crac* che avrebbero fatto cadendo nel contenitore per rifiuti taglienti. Aprii di più la borsa, sentendo un campanello d'allarme suonarmi nella testa. C'erano meno farmaci di quanti ricordassi. Le piccole cinghie elastiche laterali trattenevano di solito scatole di medicinali che usavo nelle visite a domicilio. Co-codamol. Temazepam. Spariti anche quelli. Forse mi ero scordata di reintegrare le scorte. Li avevo lasciati a casa di qualche paziente? E se fossero finiti in mano a dei bambini?

Ci misi qualche istante a elaborare l'accaduto. Alla fine trovai le batterie, le inserii nell'otoscopio, esaminai l'orecchio del giovane e scrissi la ricetta, tutto in stato confusionale. Forse i farmaci erano a casa. Forse avevo pulito la borsa e non li avevo rimessi al loro posto, e magari Anya li aveva sistemati nell'armadietto dei medicinali. Decisi di aspettare finché non fossi rientrata a casa. Non volevo dare motivo di preoccupazione a Frank.

Arrivata a casa, andai subito in cucina. Undici giorni prima, tornando dal lavoro, avevo visto mia figlia ballare da sola, felice e incolume. Mi appoggiai contro il muro nel silenzio vuoto della stanza, desiderando solo di buttarmi a terra e piangere come una bambina.

Mi staccai dalla parete. Dovevo essere forte, per lei. Quel giorno ero andata in ambulatorio. Ce l'avevo fatta. Non erano saltati fuori indizi, ma forse prima o poi qualcuno sarebbe entrato da quella porta e mi avrebbe fatto tornare in mente qualcosa che avevo dimenticato. Doveva esserci qualche particolare a cui non avevo pensato. Un velo che dovevo spingere da parte per vedere con maggiore chiarezza. Forse era solo una questione di tempo.

Guardai nell'armadietto dei medicinali ma non trovai nessuno dei farmaci della mia borsa. Cominciai a rovistare dentro gli sportelli del bagno, accanto al mio letto, in cucina. Lasciai le porte aperte mentre correvo da una stanza all'altra. Frugai nella lavanderia, vicino al cibo del cane, sotto il lavello. Niente. Mi rialzai tremando, la mano posata sui panni stirati che aveva lasciato Anya. Una pila ordinata di indumenti accanto a un mucchio di calzini appaiati. Li presi e risalii lentamente le scale. Quel che era successo doveva aver inciso sulla mia capacità di ricordare.

Frank avrebbe capito. Probabilmente avevo buttato i farmaci e gliene avevo chiesti altri, per poi dimenticarmene. Forse li aveva già lì, pronti per me. Cambiai gli asciugamani nel bagno. L'equipaggiamento da canottaggio di Ed era ancora sul pavimento. Anche lui doveva averlo dimenticato. La smemoratezza aveva preso piede nella sua vita come nella mia, ma quello era un giorno importante, c'era la kermesse sportiva di beneficenza. Tirai fuori il cellulare e mi sedetti sul letto per chiamarlo, ma entrò subito in funzione la segreteria telefonica. Doveva essere a lezione. Chiamai la scuola e chiesi di essere messa in comunicazione con il centro sportivo; alla fine mi passarono un allenatore, e io mi offrii di portare l'equipaggiamento di Ed, sapendo che non avrebbe avuto tempo di passare da casa.

«Gara di beneficenza?»

«Questo pomeriggio». Mi stupii che l'allenatore non lo sapesse. «Pensavo di portargli l'occorrente».

«Oh, io non mi preoccuperei, signora Malcolm».

«Di regola non lo faccio». Non mi piaceva il tono divertito della sua voce. «Ma è impegnato su più fronti. È comprensibile che si dimentichi qualcosa».

«Allora deve essersi dimenticato che questo trimestre non facciamo canottaggio. Adesso facciamo corsa campestre, signora Malcolm. Canottaggio sarà al prossimo trimestre». Fece una risatina, come se avesse appena detto una barzelletta.

«Dottoressa, a ogni modo», precisai. «Sono la dottoressa Malcolm, non la signora Malcolm».

«Le chiedo scusa».

Chiusi la comunicazione.

Non lo avevo mai fatto prima d'allora. Forse avevo reagito così perché continuava a usare il mio nome come un rimprovero.

Avevo ancora le mani piene di calzini di Ed. Andai ad aprire il primo cassetto del comò per metterli a posto. Dovevo sbrigarmi, nel caso fosse rientrato. Gli avrebbe dato fastidio trovarmi nella sua camera. Perché aveva mentito riguardo alla kermesse? Cosa faceva tutte le volte che diceva di allenarsi? Il cassetto era già stracolmo di calzini. Doveva aver spinto in fondo quelli sporchi. Li tirai fuori per fare spazio. Le dita urtarono qualcosa di piccolo e duro, nascosto tra le pieghe di una cravatta. Era una fiala di vetro con una piccola scritta nera sul fianco e un cerchio giallo intorno al collo, dove andava spezzata per estrarre l'oppiaceo all'interno.

Capitolo 24

Dorset 2011. Tredici mesi dopo

Alla vigilia di Capodanno, la presenza dormiente di Ted turba il mattino. Bertie zampetta irrequieto intorno ai miei piedi; quando lo lascio uscire, infila il naso nella siepe bagnata e starnutisce. I tralci spinosi si impigliano nel pelo folto e arricciato delle sue orecchie di spaniel; aspetta pazientemente che lo liberi. Rientrati nel cottage, preparo il primo caffè della giornata mentre Bertie si accuccia ai piedi delle scale con il muso sull'ultimo scalino, uggiolando sommessamente. Nel capanno, trovo gli steli di lunaria che mi ha dato ieri Mary. Li ho visti crescere vicino alla sua porta.

«Prendili tutti, sono contenta di liberarmene. Prendi», ha detto, consegnandomi un secchio di granturco, «visto che ci sei, dai da mangiare alle galline».

I frutti secchi della pianta sono venati e opalescenti, e lasciano intravedere i semi piatti e ovoidali all'interno. Le mie idee, seminate un po' di tempo fa, crescono in fretta. Il trittico avrà margini fluidi o forse sarà dipinto come se fosse all'interno di un globo, mostrando semi che diventano fiori che diventano frutti, poi di nuovo semi in un flusso circolare; faccio uno schizzo del progetto.

È mezzogiorno quando decido di fermarmi e torno nel cottage. Ted è in cucina. Ha trovato la vestaglia lasciata da Sam; il tessuto ricade in pieghe morbide sulla cintura. Ted ha il viso lucido di sudore, ciocche di capelli bagnati appiccicate sulla fronte.

«Mi sento uno schifo». La voce sobbalza mentre batte i denti. «Devo essermi preso qualche virus durante il viaggio. Gesù. Devo dare di stomaco». Barcolla fino al bagno; lo sento vomitare più volte. Lo seguo mentre risale al piano di sopra sulle gambe malferme e poi crolla sul letto. Gli rigiro il cuscino e apro la finestra, ma rabbrividisce e si stringe addosso il piumone, così la chiudo di nuovo e tiro le tende.

«Mal di testa? Dolori addominali?». Il polso è accelerato, la pelle scotta.

«Non è meningite, o appendicite». Per un istante stira le labbra in un sorriso, poi chiude gli occhi. «Ho sete...».

Il peso della sua testa sudata mi è familiare. Dopo qualche sorso si stende con un sospiro. Il pomeriggio malinconico scorre lentamente. Gli porto su altra acqua, fette di mela, tè zuccherato. Ogni tanto si sveglia per poco; una volta mi afferra la mano e non la lascia andare per diversi minuti, farfuglia qualcosa, poi precipita di nuovo nel sonno. Più tardi sento la sua voce – sarà al telefono – e suppongo che stia meglio. Quando entro nella stanza, è sulla sedia, nudo, e sta fissando le tende. Gli occhi sono insolitamente luminosi e le mani gli tremano mentre indica le strisce sulla stoffa.

«È lì dentro», dice.

Per un istante penso che abbia visto Mary attraverso la finestra illuminata della sua cucina, dall'altra parte della strada.

«È dietro quelle sbarre». Indica ancora le strisce sulle tende e alza la voce. «Vuole il nostro aiuto. È in prigione».

Gli sento la fronte: bollente. Mi afferra la mano, ha il palmo sudato.

«Aiutala», insiste con voce tremante. «È colpa mia».

Sta male. Non c'è motivo di spaventarsi se farnetica e ha le mani che bruciano. Gli do acqua e paracetamolo. Mi stringe forte la mano, gli occhi febbricitanti.

«È stata colpa mia. Non ero lì. Mi sta chiamando, senti».

Una parte di me, la parte irrazionale che crede alla magia e ai fantasmi, vorrebbe chiedergli cosa sta dicendo e com'è la voce di Naomi. Invece, lo rassicuro con tutta la calma possibile: «La febbre alta ti dà le allucinazioni. Non è lì, Ted».

«Tu non capisci. È stata colpa mia». La voce si abbassa. Ora sta bisbigliando. Devo chinarmi per cogliere le parole. «Me l'ha detto, ma non ho fatto tutto il possibile».

«Ti ha detto cosa, Ted? Tutto il possibile per cosa?».

Chiude gli occhi e il mento gli cade sul petto. Scrolla le spalle e borbotta. Riempio la vasca di acqua fredda e lo aiuto a entrarvi. Il suo corpo è emaciato; il pene rattrappito nel nido di peli grigi. La pelle tira sulle costole; la schiena è diafana e il sudore gli imperla le vertebre. Le scapole sporgono come lame di coltello. Raccolgo l'acqua nel palmo e la faccio scorrere lungo la schiena. "Con il mio corpo, ti onoro". L'avevamo detto? Avevamo promesso che sarebbe stato per sempre? Ricordo solo il calore della sua mano che teneva la mia. Pensavo che le promesse fossero irrilevanti.

Di nuovo a letto, mormora delle parole, e fra esse colgo “Naomi” e “basta” e “ti prego”. Gira la testa a destra e a sinistra. Ogni mezz’ora cerco di farlo bere, gli tampono la fronte con una spugna bagnata. Più tardi gli cambio le lenzuola fradice. Lui è sulla sedia, la testa gli crolla sul petto; prova a sollevarla, ma è inutile.

«Scusa… scusa», farfuglia.

Lo aiuto a tornare sotto le coperte. Si distende con un piccolo gemito di sollievo, lo stesso che faceva quando tornava a casa dopo una lunga giornata e si lasciava cadere nella sua poltrona. Ma io non abito più nella sua casa. Non sono sua moglie. Le promesse erano più fragili di quanto pensassi. Gli calano le palpebre. Dorme.

In cucina, vedo che Michael mi ha inviato un SMS per Capodanno; è solo, sente la mia mancanza. Gli rispondo che anche lui mi manca, e gli dico che Ted è qui, ammalato.

La voce acuta dello speaker alla radio annuncia che è mezzanotte a Trafalgar Square. Il Big Ben scandisce i lenti rintocchi su un sottofondo di grida e scoppi. Nel silenzio del giardino buio, il tappo dello champagne salta in aria con uno schiocco, poi ricade con un lieve fruscio tra l’erba bagnata. Levo in aria la bottiglia.

«Buon anno, tesoro».

Il bordo di vetro sbatte contro i denti, lo champagne ha un gusto amaro. Non può sentirmi. Vuoto il resto della bottiglia sul terreno. Un altro anno che inizia.

Al mattino la febbre è calata. Ted mangia pane tostato e Marmite, beve una tazza di tè dopo l’altra e si riaddormenta. Il dipinto si sviluppa. I semi allungati brillano come perle nere nelle capsule argentee, le sembianze future ancora nascoste. Quale segreto custodisce Ted? Ha detto che era colpa sua, ma cosa intendeva? C’è una bacca coriacea di rosa canina sulla panca, vicino a un fascio di ramoscelli. L’incisione con il temperino rivela i semi piramidali stipati in file, provvisti di peli, ancora acerbi.

La sera Ted dorme ancora. Apro le tende e la finestra. Ha smesso di piovere e l’aria è fresca e pulita. Sogno semi neri che cadono, boccioli di rosa recisi prima di schiudersi.

Il mattino dopo, rientrando in cucina dal capanno, sento un profumo di pane tostato caldo e caffè. Sulla tavola, la marmellata di prugne di Mary sta colando fuori dal barattolo in gocce corpose. Ted appare stranamente ingombrante nella stanza; le gambe allungate sbucano dall'altra parte del tavolo, mostrando le caviglie pelose e i piedi grandi. Per un secondo è un estraneo, poi mi sorride.

«Mi sento magnificamente. La febbre è passata e ho una fame da lupi». Accenna alle briciole sul tavolo e ride. «Non ho potuto aspettare».

Il mio viso è troppo tirato per sorridere. Il mio spazio. La mia cucina. Il mio cibo. Poi mi vergogno. «Sono contenta che ti senta meglio».

«Cosa hai fatto questa mattina?», mi chiede mentre spalma uno spesso strato di burro e marmellata sul pane. Pensa davvero che possiamo tornare indietro di un anno in un istante?

«Ho lavorato».

«Lavori di nuovo?». Parla con la bocca piena, il tono è sorpreso. «A Bridport?»

«Ho dipinto».

«Ah, quel genere di lavoro. Sembra divertente. Posso dare un'occhiata?».

Divertente? Dalla finestra della cucina vedo l'angolo del capanno. Contiene quasi tutto ciò che mi ha riportato al mondo.

«Ok. Magari più tardi». Si stiracchia voluttuosamente. Si è fatto la barba e il viso sembra più pieno. «Grazie per esserti presa cura di me. Ti porto fuori a pranzo. C'è ancora quel locale, il Beach Hut?».

Incrocio le braccia con aria decisa. «Due sere fa hai detto che è stata colpa tua», gli dico. «Cosa intendevi?»

«Davvero?». Si china a bere qualche sorso di caffè, la fronte leggermente aggrottata.

Vado avanti, anche se la sua espressione sembra chiedermi il contrario. «Pensavi di aver sentito Naomi chiamare da dietro le tende».

«Cristo. Stavo davvero male». La sua risata suona forzata.

In quell'istante capisco che sta nascondendo qualcosa. Vorrei saltargli addosso e tirargli fuori la verità con le unghie. Anche se è una verità ormai passata, arrivata troppo tardi, devo conoscerla.

Sento che mi sta osservando attentamente. «Ti ho già sfinito, Jenny. Quando ti ho vista l'altra mattina avevi un aspetto magnifico. È colpa mia».

Colpa sua di *cosa*, esattamente? Il cuore mi sta martellando nel petto.

«Sto bene». Devo essere più cauta. Lo guardo con la coda dell'occhio mentre osservo fuori dalla finestra. Se lo metto sotto pressione con altre domande, si chiuderà a riccio. Aspetterò il momento giusto.

«Faccio un bagno e mi vesto, poi andiamo, ok?». Sembra di nuovo allegro.

«Ok».

Più tardi passeggiamo lungo la spiaggia, i ciottoli scricchiolano sotto i nostri passi. Ted si china a raccoglierne qualcuno di tanto in tanto. Li esamina uno a uno, scegliendo quelli dalle sfumature più tenui che scintillano come grosse perle venate d'oro.

«Quando ero in Sud Africa sono andato in un mercato di pietre preziose». Mentre parla agita la mano che racchiude i ciottoli, scuotendoli come dadi in un bussolotto. «Sul retro di alcuni capannoni c'erano blocchi di diaspro grigio del Kalahari. C'erano diverse pile, una per ogni fase della lavorazione; da una pila all'altra le pietre avevano un aspetto migliore, più luminoso, i bordi smussati». Mi guarda per un istante, distoglie lo sguardo. «Come noi».

«Non credo». Gli rubo un ciottolo bianco e piatto dalla mano e lo lancio di taglio sulla superficie dell'acqua. «La sofferenza non ti migliora». Il sasso rimbalza tre volte, bianco contro il grigio del mare, poi viene inghiottito da un'onda. «Ti rende triste, ti inasprisce».

«Sei cambiata, Jenny. Cosa hai imparato stando qui da sola?»

«Ho imparato a sopravvivere». I gabbiani volteggiano sopra le nostre teste, lanciando nel vento il loro richiamo.

Il Beach Hut è pieno di gente. In un angolo c'è ancora l'albero di Natale. Le luci e le decorazioni sembrano pacchiane nella pallida luce grigia che filtra dalle finestre. Ted fa strada verso lo stesso tavolo dove mi ero seduta con Michael, e penso agli occhi di Michael e alle sue mani mentre osservo Ted avvicinarsi al bancone, ordinare il cibo e tornare con una bottiglia di vino. Lo versa a entrambi e beve un lungo sorso dal suo bicchiere, come un assetato che ingolla acqua. Sospira pesantemente e mi guarda.

«Bene, suppongo che siamo sopravvissuti in modi diversi, no?», dice. Comincia a parlare del Sud Africa, dell'ospedale dove aveva avviato la ricerca, della siccità, dei bambini emaciati, dei non comuni tumori cerebrali. Non menziona Beth.

Lo guardo, noto le spalle smagrite e le nuove rughe tra il naso e la bocca. Non è stato facile nemmeno per lui. Gli riempio il bicchiere, lo vuota di nuovo. Ci servono due grosse bistecche al sangue con contorno di patate. Non riesco a finire tutto, ma Ted mangia come se stesse morendo di fame; alla fine pulisce il piatto con il pane e si appoggia contro lo schienale con un sospiro soddisfatto. Sorride e solleva il bicchiere, invitandomi a fare altrettanto.

«Ne avevo proprio bisogno. Salute, Jenny».

«Allora», parlo con studiata calma, «vuoi dirmi cosa ti ha detto Naomi?»

«Riguardo a cosa?». Posa il bicchiere. Socchiude gli occhi diffidente.

Devo fare attenzione. Ripenso a tutti quei corsi di psicologia e al linguaggio che ci avevano insegnato a usare durante il tirocinio da medico generico.

«Quando deliravi per la febbre, hai balbettato che Naomi ti aveva detto qualcosa; che non avevi fatto tutto il possibile e che era colpa tua». Non faccio trasparire alcuna emozione dalla voce. «Evidentemente è qualcosa che ti tormenta. Ti va di parlarmene?».

Ted mi fissa per un istante, poi la sua espressione si fa meno tesa.

«Il fatto è», comincia, beve un rapido sorso di vino, «che te l'ho detto. Almeno...».

«Me l'hai detto?»

«Sì, a te e alla polizia».

Si è già messo sulla difensiva, e questo mi spaventa.

«Di cosa stai parlando?»

«Naomi si drogava».

Mi viene da ridere. Tante cautele, per un errore. «Era Ed a drogarsi». Deve essere stata la febbre, forse non si è ancora ripreso del tutto. Lo ripeto, calcando di più sulle parole: «Ed assumeva droghe. Per questo è andato all'unità di riabilitazione per tossicodipendenti».

Parlando ancor più lentamente, ribatte: «Questo è successo dopo. Naomi aveva assunto droghe prima di allora».

Lo guardo incredula, e lui continua: «Ricordi quando ti ho raccontato che Naomi aveva provato la droga insieme agli amici una volta? Eravamo da soli; credo che i ragazzi fossero fuori. Faceva caldo...».

«Una volta? Ma non è stato niente di grave».

Estate. Diciotto mesi fa. Le finestre erano aperte e l'aria calda entrava in casa portando con sé un odore di barbecue e un vago sentore di spazzatura dai bidoni all'esterno. I ragazzi erano in Marocco con la scuola. Naomi era andata a giocare a tennis con gli amici. Stavamo bevendo del caffè freddo dopo cena quando me lo disse.

«Solo una volta», aveva detto. «A una festa». Aveva posato la mano sulla mia, calda, rassicurante. «È normale che gli adolescenti sperimentino con gli amici. Non è nulla di grave. Mi ha promesso che non succederà più. Non dirle che te l'ho detto, o non si fiderà più di me; non vuole che ti preoccupi».

«Hai detto che era stato solo un esperimento». Ora sono io a fissarlo.

Ted arrossisce e distoglie lo sguardo, mentre la mia mente torna indietro a tutta velocità a quel momento. Avevo concluso che sperimentare non era come fare uso di droghe. Naomi non si sarebbe esposta a simili rischi, perché era Naomi, la mia figliola intelligente e giudiziosa che aveva fatto una di quelle cose che i ragazzi fanno prima di diventare adulti. All'inizio, mentre aspettavamo che Ted tornasse a casa dal lavoro, Michael mi aveva chiesto se c'era di mezzo la droga, e allora mi era parso un particolare irrilevante; mi ero persino preoccupata che potesse pensare che Naomi facesse uso abituale di droghe e così avrebbe perso tempo a cercare nei posti sbagliati.

«Jenny, Naomi fumava?»

«No».

«Beveva?»

«Direi di no».

«Si drogava?»

«No. Be', è successo solo una volta».

«Sì?»

«Qualche mese fa. Solo quella volta, a una festa di amici. Lo ha detto a Ted. Ragazzi che provano a fumare erba. Da allora non è più successo. L'avrei saputo».

«Mi servono i nomi».

Non avevo saputo dirgli i nomi. Alla fine aveva chiesto agli amici di Naomi, e poi a tutti i ragazzi della scuola. Nessuno aveva ammesso di fare uso di droghe e la cosa era finita lì.

Arriva il cameriere. Allunga le braccia robuste e abbronzate sopra il tavolo e raccoglie piatti e posate; a parte qualche brufolo vicino all'attaccatura dei capelli, la pelle del viso è liscia. Avrà circa sedici anni. Immagino che pratichi il nuoto nel tempo libero, e che non tocchi una sigaretta. Ted gli chiede di portare il caffè e il giovane annuisce senza scomporsi, poi si allontana.

«Perché pensavi alla droga quando avevi la febbre, se non era nulla di importante?».

Un accenno di sorriso. «Stavo delirando».

«Perché, Ted?»

Sfugge al mio sguardo, serra le labbra. Comincia a strofinarsi avanti e indietro il sopracciglio destro.

«In Africa ci pensavo di continuo. Nella comunità di neri, c'erano ragazzi che bighellonavano agli angoli della strada dov'erano gli ambulatori, oppure erano buttati sui marciapiedi, completamente fatti. Bambini. Cominciò a tormentarmi il pensiero che avevo creduto a Naomi sulla parola e non avevo più indagato oltre».

«Ma era marijuana, e solo una volta, Ted…».

Un leggero rossore gli si diffonde sulle guance; si agita sulla sedia, abbassa lo sguardo.

«La marijuana è stata prima, Jenny. Poi è passata alla ketamina».

Il tintinnio di bicchieri e posate diventa vago e distante, come se un sipario fosse calato fra noi e gli altri clienti del ristorante.

Ketamina. Mi sento avvampare per lo shock.

«Cazzo. Com'è possibile che tu non me lo abbia detto?». Ho alzato la voce e la giovane coppia al tavolo accanto tossisce imbarazzata e guarda dritto davanti a sé.

«L'ho detto alla polizia». Mi getta un rapido sguardo, poi abbassa di nuovo gli occhi. «Quel giorno che sono andato da solo alla stazione per dir loro… di Beth». Si versa altro vino, lo beve d'un fiato. «Quel giorno ho detto anche della ketamina. Non pensavano fosse rilevante, ma hanno detto che avrebbero indagato».

«Avrebbero?»

«Michael mi ha lasciato con un paio di agenti di servizio. Hanno preso tutte le informazioni. Non ricordo i loro nomi».

«E…?»

«Niente. Nessuno mi ha contattato di nuovo, così ho pensato che non fosse importante».

«Può essere successo di tutto a quell'informazione – potrebbero aver concluso che non era importante, oppure aver dimenticato di registrarla o non averla registrata in modo corretto…». Dentro la mia testa c'è buio e un caldo rovente; l'oscurità si allarga, mi riempie la gola e mi è difficile parlare.

«I poliziotti sono professionisti», dice.

«I professionisti commettono errori».

A queste parole si gira dall'altra parte, tamburellando le dita sul tavolo.

Il ragazzo torna con il caffè. Posa il vassoio di fronte a me con estrema attenzione e deposita i bricchi con latte e caffè. Sorride e se ne va. Versando il caffè, ricordo il consiglio di Michael: un passo alla volta, risaliamo al bandolo della matassa.

«Come l'hai scoperto?», gli domando.

«È stato quando è venuta a fare esperienza di lavoro nel mio laboratorio. Durante le vacanze estive prima dell'ultimo trimestre, ricordi?».

Annuisco. Certo che lo ricordo. Ero stata io a incoraggiarla.

«Arricchirà il tuo CV, *tesoro. È un'opportunità per scoprire cosa vuoi fare, recitazione o medicina. Se vai in ospedale per tempo insieme a papà, puoi seguirlo nel suo giro di visite in corsia. Ed lo ha fatto»*.

Era stata entusiasta dell'idea. Era orgogliosa di lavorare presso l'ospedale di Ted. Via via che i giorni di esperienza di lavoro si consumavano lentamente, aveva cominciato ad alzarsi sempre prima, impiegando ore a prepararsi, a truccarsi, ad assumere l'aspetto giusto.

La voce di Ted sta continuando: «...e aveva il compito di registrare i farmaci che usavamo nella sperimentazione clinica per la cura delle lesioni al midollo spinale; era sua responsabilità riempire il foglio d'ordine per sapere quante fiale di ketamina ordinare per anestetizzare i ratti. Era rapida e precisa. Ero fiero di lei».

Si ferma, punta il gomito sul tavolo e appoggia la testa sulla mano. Così la voce risulta meno chiara.

«Nessuno l'ha mai capito. Era lei che contava le dosi, così quando ha preso alcune delle fiale, ha dovuto solo ordinarne di più per rimpiazzarle. Una volta, quando mi sono accorto per caso che il numero sul foglio d'ordine non corrispondeva alla quantità usata, mi ha detto che le era caduta una scatola intera di fiale». Abbassa lo sguardo, e anche la voce. «Mi ha persino mostrato i vetri rotti».

«Astuta», commento. «Come l'hai scoperto?»

«Un giorno ha dimenticato la borsa in laboratorio. Non sapevo di chi fosse, così ci ho guardato dentro. Ho aperto il portafoglio e ho trovato la sua carta di credito, ma c'erano anche sei fiale di ketamina, avvolte con cura perché non si rompessero».

Fa una piccola pausa. Immagino il disagio di quel momento, il silenzio del laboratorio rotto solo dallo zampettare dei ratti nelle gabbie e dal respiro di Ted.

«Ho tolto la ketamina e ho portato la borsa a casa quella sera, l'ho posata sul tavolo della cucina perché la trovasse l'indomani. La mattina dopo sono uscito presto; quando è arrivata in ospedale è venuta subito a cercarmi e ha cominciato a piangere. Ha detto che le aveva prese per darle a degli amici».

Riesco a figurarmela mentre spiega la faccenda a Ted: le mani sugli occhi, i capelli biondi che le ricadono sulle dita.

«A quella festa aveva fumato marijuana insieme a dei ragazzi più grandi, e quando questi hanno scoperto che aveva accesso alla ketamina l'hanno convinta a sottrarne un po'. Mi ha assicurato che lei non ne aveva mai fatto uso».

«Perché non è venuta da me?». Sono confusa; pensavo che allora Naomi mi dicesse tutto, tutto ciò che era importante.

«Le ho suggerito di parlarne con te, ma ha detto che innanzitutto non le avresti creduto e poi che saresti rimasta delusa, e questo sarebbe stato peggio di un'arrabbiatura».

Fa una pausa, mi guarda, preoccupato dell'effetto che le sue parole possano avere su di me. Non lascio trasparire alcuna emozione.

«Vai avanti».

«Ha detto che tu ti aspettavi la perfezione, non solo da te stessa ma da tutti». Sorseggia il vino e guarda fuori dalla finestra con espressione mesta. «Non permettevi alle persone di essere se stesse. Aveva la sensazione che tu non la conoscessi realmente».

«Non è vero». Sono senza fiato. «La conoscevo meglio di chiunque altro».

Cala un breve silenzio. No, non la conoscevo così bene. Non sapevo di James, o della gravidanza. Aveva condiviso molte più cose con Ted. Forse perché lui non cercava di essere perfetto? Ted abbassa la testa; intravedo chiazze sul cuoio capelluto, là dove il sole ha trovato spazio fra i capelli diradati. È andata così perché lui non cercava di essere perfetto? Il vino nella bottiglia è quasi finito. Lo verso nel suo bicchiere.

«Non capisco perché tu non me l'abbia detto allora».

Beve in fretta. Gli altri clienti sono andati via. Il cameriere sta pulendo i tavoli, guarda nella nostra direzione. «Vado a pagare il caffè. Tra un minuto andiamo». Si alza, tira fuori il portafoglio dalla giacca.

Siamo stati seduti troppo a lungo. Sto tremando di freddo e la malinconia di questo pomeriggio di gennaio si sta insinuando nel locale. Le lampadine colorate sull'albero di Natale ammiccano inutilmente nella luce grigia.

Bristol 2009. Undici giorni dopo

La fiala di vetro era fredda. La presi cautamente in mano. Lasciai la stanza di Ed, scesi le scale e, aprendo la porta sul retro, uscii in giardino, ma trovarmi in quello spazio freddo e spoglio non mi fece vedere sotto un'altra luce i fatti che si accalcavano nella mia mente. Mi fermai vicino al muro. Ed mi aveva mentito, chissà da quanto tempo. Prendeva i farmaci dalla mia borsa, forse li vendeva, e questo spiegava i soldi sul comodino. Anya aveva sbattuto il piede contro la borsa medica perché era stata spostata e non rimessa a posto. Rubava farmaci. Non mi sembrava possibile.

Ma poi, com'era possibile che Naomi fosse scomparsa da undici giorni? Sapevo che era vero perché avevo osservato le lancette dell'orologio segnare lentamente le ore; avevo fissato il telefono come se a furia di guardarlo potesse squillare. Avevo distribuito la sua foto ovunque mi ero ripromessa di farlo e anche in altri posti – edicole, uffici postali, la biblioteca e il pronto soccorso – e fare queste cose mi aveva aiutata a impiegare il tempo. La sera avevo girato per le strade, mi ero seduta vicino al molo a fissare l'acqua scura. Avevo parlato con Nikita, Shan e James. Avevo ignorato i giornalisti che facevano la fila fuori casa per parlarmi o telefonavano varie volte al giorno. E fra una cosa e l'altra ero rimasta semplicemente in piedi, come ora, perché sedermi non era giusto, troppo confortevole. Quel giorno al lavoro c'erano stati momenti in cui ero riuscita a non pensarci, ma mi era bastato vedere le dita di un bambino aggrapparsi al bordo della mia scrivania per farmi sprofondare di nuovo nello sconforto.

Se potevamo perdere nostra figlia, qualsiasi disastro era possibile.

Ci fu un rumore secco e sentii del liquido nel palmo della mano, e i bordi taglienti del vetro. Squillò il telefono. Lo bloccai tra l'orecchio e la spalla mentre mi sciacquavo la mano nel lavello, osservando schegge e sangue risucchiati nello scarico. Era Michael: voleva dirmi che avevano interrogato tutti i proprietari dei locali di Bristol ma non era emerso niente. L'indomani sarebbe tornato a farmi visita.

Mentre avvolgevo la mano in uno strofinaccio da cucina, sentii Ed rientrare. Mi fermai ai piedi delle scale, e lo ascoltai salire nella sua stanza e sbattersi la porta alle spalle. Poi la porta si riaprì. Sedetti sull'ultimo gradino, sentendo i passi scendere lentamente le scale e fermarsi accanto a me. Mi alzai e vidi le ombre scure sotto gli occhi arrossati, i capelli arruffati, le macchie sulla cravatta della scuola. Le maniche sbottonate della camicia pendevano dai polsi sottili. Era chiaro che fosse dimagrito, sebbene non lo avessi notato prima; come poteva essermi sfuggita una cosa così evidente?

«Sei tornato presto».

Non fece caso alle mie parole. «Sei entrata nella mia stanza, mamma?»

«Ma non c'è da sorprendersi, no?». Mio malgrado, stavo alzando la voce. «Perché non c'era nessuna gara di canottaggio alla fine».

«Già. Cancellata. Che mi dici della mia stanza?».

Fu la menzogna; se non mi avesse mentito, avrei potuto aspettare e vedere se me ne avrebbe parlato di sua iniziativa.

«Non è stata cancellata. Questo trimestre non c'è canottaggio. Perché ci hai mentito?»

«Gesù». Sussultò come se lo avessi colpito. «Perché con te diventa tutto una fottuta questione di stato. Se avessi finto di andare agli allenamenti, almeno mi avresti lasciato un po' di spazio».

«Spazio per fare cosa, Ed?».

Abbassò lo sguardo e si strinse nelle spalle.

«Per rubare le droghe dalla mia borsa, eh? Per fare cosa?».

Mi fissò senza parlare, il volto pallido come non lo avevo mai visto. Gli occhi più intensi e disperati.

Allora capii. Mi mossi in fretta, e prima che potesse divincolarsi gli tirai su la manica della camicia. La parte interna del braccio sinistro era disseminata di cicatrici rosse e gonfie. Nella fossa antecubitale, un reticolo di segni vecchi e freschi, procurati da siringhe manovrate da mani inesperte.

Capitolo 25

Dorset 2011. Tredici mesi dopo

La parete di scogliera dietro alla spiaggia presenta cavità e piccoli anfratti dove il mare è arrivato a scolpire la roccia. D'estate, c'è sempre un odore rancido di urina, ma i temporali invernali hanno spazzato via ogni residuo. Quando ci accovacciamo tra due sporgenze rocciose per proteggerci dal vento, c'è solo un odore fresco di acqua salmastra e alghe. Ted tira fuori una sigaretta da un pacchetto blu sgualcito e si curva per accenderla. Si gira a guardare il mare e sospira. Il fumo aromatico delle Gitanes evoca all'istante immagini dimenticate di lenzuola intrecciate, libri sotto il letto, appunti gettati sul pavimento. Fare l'amore dopo le lezioni. Quando ha ripreso a fumare? Forse Beth fuma, anche se non rientra nell'idea che mi sono fatta di lei. Forse fumano dopo aver fatto sesso, come facevamo noi. Pensieri che rasentano l'inquietudine per qualche secondo e poi si spengono.

«Allora, perché non me l'hai detto, Ted?», torno a domandargli.

Dà una tirata alla sigaretta, prende tempo. «Mi ha chiesto lei di non dirtelo», risponde candidamente. «Si fidava di me».

«Non ti è passato per la mente che dovevo esserne informata? Avresti potuto dirmelo di nascosto...».

Ted scrolla le spalle. «Ti saresti sentita in dovere di discuterne con lei».

Il fumo della sigaretta mi brucia gli occhi. Mi giro dall'altra parte.

Va avanti: «Per te le cose sono giuste o sbagliate. Naturalmente so che non lo avresti mai detto alla polizia...».

Prima che possa pronunciare parole che addossino a me la colpa, mi alzo in piedi. Il vento cattura i capelli, li sferza sugli occhi. Afferro le ciocche, le blocco con le mani, e sento la rabbia montare dentro di me. In questo momento odio Ted, ma odio di più me stessa. Avrei voglia di strapparmi i capelli a manciate e gettarli al vento.

«Non avrebbe pensato che l'avrei detto alla polizia. Non l'ho mai punita». Parlo con l'affanno. «Non ricordo che Naomi abbia mai fatto qualcosa di male. Si è sempre comportata bene, persino quando era piccola».

«È questo il punto. Come poteva deluderti? Di fronte a tante aspettative, era più facile mentire».

Le sue parole sono come una rete che si stringe intorno a me a ogni mia mossa, affondando nella mia pelle. Ovunque mi giro, ho sbagliato. Il mare è cambiato: sibila e si schianta sulla spiaggia. Il vento gelido mi fa male ai denti.

«Vado a casa». Mi avvio, ma le gambe irrigidite dal freddo mi fanno camminare piano. Ted mi segue schermando la sigaretta con le mani, incespicando sui ciottoli.

«Una volta scomparsa», urlo oltre la spalla per superare il fragore delle onde, «non c'era più nulla da perdere. Perché non me lo hai detto allora?».

Mi raggiunge; mi posa la mano sulla spalla e si china verso di me, in modo che le parole cadano vicino al mio orecchio.

«Avevi troppe cose di cui occuparti». Ansima leggermente. «Da allora in poi, ho tenuto d'occhio le scorte di ketamina come un falco. Non è più sparita nemmeno una fiala». Inciampa ancora una volta e si afferra alla mia spalla. Siamo arrivati ai margini della spiaggia. Ted si ferma, mi trattiene lì con lui.

«Pensavo fosse un episodio isolato», aggiunge con più calma.

Smette di parlare. Tre gabbiani ci sfrecciano accanto puntando verso l'interno, dove nuvole cariche di pioggia si addensano all'orizzonte. Si schiarisce la gola mentre risaliamo lungo la mulattiera che sbuca sul retro del cimitero, i nostri passi attutiti dal fango.

Cosa avrei fatto allora, se lo avessi saputo? Lo avrei detto subito alla polizia e a chiunque altro avrebbe potuto essere d'aiuto, ma mi fermo di colpo ripensando ai titoli apparsi su tutti i quotidiani popolari: «Scomparsa figlia adolescente di un medico», avevano strombazzato. La foto scolastica appariva sgranata sul foglio di giornale. Alcune testate avevano pubblicato una vecchia foto di Naomi che riceveva una coppa dopo una gara di nuoto. Nel suo costume aderente era tutta gambe, i piccoli seni schiacciati; aveva quattordici anni quando era stata scattata quella fotografia, ma le immagini di una ragazza seminuda vendono di più. Se i media avessero saputo della ketamina, i titoli sarebbero stati ancora più sensazionali: «Scomparsa figlia adolescente tossica di un medico». Si sarebbe sentita tradita; non sarebbe più tornata anche se avesse potuto. D'altronde, se la polizia fosse stata informata circa la ketamina, forse avrebbe già rintracciato Naomi.

Accelero il passo, come se camminando più velocemente potessi recuperare il tempo perduto. La mano di Ted scivola via dalla mia spalla. Ora stiamo costeggiando il cimitero, dove il sentiero è buio e scivoloso, intralciato dai rami bassi e sporgenti degli alberi di tasso; in autunno, perdono le bacche cremisi a forma di lacrima, e la polpa marcita rende viscido il terreno. Adesso il fango è saturo di pioggia e di sottili aghi di ghiaccio.

Siamo quasi al cottage quando comincia a piovere. Mary sta dando da mangiare alle galline. Si gira verso di noi mentre passiamo davanti al suo cancello e ci scambiamo un breve cenno di saluto. Capirà come, a volte, persino simulare un sorriso sia troppo difficile.

Arrivati alla porta, Ted mi guarda. Gli occhi sono colmi di pena e di rimorso.

«Nel periodo in cui trovai le fiale nella borsa di Naomi, c'erano un sacco di cose in ballo. Avevano minacciato di agire legalmente contro di me dopo l'operazione al midollo spinale di quella ragazza, e facevo avanti e indietro dalla Svezia per le sperimentazioni cliniche sulle cellule staminali che non stavano andando affatto bene. Avrei dovuto chiedere qualcosa di più a Naomi».

Dentro casa, Bertie ci accoglie con aria sonnolenta, premendoci il naso umido contro le gambe. Mi chino ad accarezzarlo, assorbo il calore della schiena solida, ma non riesco a stare ferma. Cammino nervosamente in cucina, nel soggiorno, torno in cucina. Il vento rinforza e scuote la finestra, la pioggia picchietta sottile contro il vetro. Ted si toglie il cappotto e mette su il bollitore.

Quando apre la credenza per prendere le tazze, gli chiedo: «Cosa intendi con "avrei dovuto chiedere qualcosa di più a Naomi", Ted? Cosa pensi che avresti potuto scoprire di più?»

«Avrei potuto chiederle più informazioni. Mi disse che erano suoi amici. Immaginai fossero compagni di scuola, ma poteva trattarsi di qualcun altro».

Mentre assimilo questa ipotesi, un nuovo pensiero mi passa per la mente. «C'è forse un collegamento con Ed?»

«Il problema di Ed era diverso. Naomi non faceva uso di droghe come lui; lei le... rubava, e basta».

«Anche lui».

Ted posa una tazza di tè sul tavolo e la spinge verso di me. «Entrambi rubavano perché avevano accesso alle droghe, ma con motivazioni completamente diverse. È solo una sfortunata coincidenza».

Nella breve pausa che segue le sue parole, mi dico che non esiste niente del genere.

«Penso ancora che mi abbia detto la verità», riprende Ted mentre sorseggia il suo tè. «Si è trattato di un episodio isolato, per i suoi amici».

Ma Naomi aveva mentito tante volte. «Hai mai visto Naomi in ospedale insieme a qualcuno dei suoi amici, o con qualcuno che non conoscevi?», gli domando. Qualcuno che la incoraggiava a prendere la droga, magari allungandole dei soldi.

«No. La sorvegliavo sempre, sia in laboratorio che in corsia. Me ne sarei accorto».

«Non sapevo che venisse anche in corsia».

«Sì che lo sapevi». Sembra sorpreso. «È stata una tua idea che Naomi mi seguisse nel mio giro di visite in corsia. Le piaceva l'andirivieni. A volte la trovavo a chiacchierare con i pazienti in attesa che arrivassi. Credo che la prendessero per una studentessa di medicina, nel suo camice da laboratorio».

«Dava una mano anche nella somministrazione dei farmaci?»

«Per l'amor di Dio». Capisce subito cosa sto pensando. «Quei farmaci sono tenuti sottochiave. Devi essere un'infermiera qualificata anche solo per spingere il carrello in corsia. Naomi si limitava a sedersi con i pazienti, a fare amicizia».

«L'ha conosciuta?». Un nuovo sospetto mi balena davanti agli occhi.

«Conosciuta chi?»

«La tua ragazza, Beth».

«Non è più la mia ragazza. È finita». Si alza e mi volta le spalle; guarda fuori dalla finestra, il giardino investito da una cortina di pioggia. «E la risposta alla tua domanda è "no"».

«Come fai a saperlo?».

Scrolla le spalle. «Non c'era mai quando passavo a prendere Naomi; spesso faceva i turni serali».

Beth avrà visto Naomi, anche se Ted sostiene il contrario; forse si sarà chiesta come sarebbe stato avere un figlio da Ted, avrà accarezzato l'idea che Naomi fosse sua. Il pensiero prende piede.

«Dov'è ora?»

«Chi?»

«Cristo santo, Ted. Beth. Forse c'è di mezzo lei fin dall'inizio. Ha preso Naomi, perché appartiene a te e…».

«Basta». Si solleva sulle punte dei piedi e poggia di nuovo sul pavimento, le mani affondate nelle tasche. Sembra calmo, anche se stringe i pugni con tale forza da tirare la stoffa dei pantaloni; riesco a vedere le nocche attraverso il cotone leggero.

«Sai che era con me la notte in cui è scomparsa Naomi», dice senza scomporsi.

«È quel che mi hai detto».

«Era nel suo appartamento. Ha un alibi di ferro».

È lui il suo alibi? Si gira e coglie il mio sguardo.

«Non io, la polizia». Intuisco che sta ancora nascondendo qualcosa. «Ha chiamato la polizia perché quella sera qualcuno ha fatto irruzione nel suo appartamento». Esita per una frazione di secondo. «Poi ha chiamato me».

«Ha chiamato te?». La mia mente comincia a precipitare in un luogo mai esplorato prima. «Quindi non era la prima volta che andavi da lei, una stupida distrazione perché eri stanco e ubriaco. Eravate già amanti. Dio, sono stata ancora più stupida di quanto pensassi».

«Non ho avuto occasione di spiegarti ogni cosa…».

Quanto ci vuole per dire a qualcuno che hai mentito? Minuti? Mesi? Anni? Metto giù la mia tazza di tè: è spiacevolmente insipido. «So già che la storia è andata avanti dopo che mi hai detto che era finita. Non mi ero resa conto che avevi mentito anche su quando è cominciata».

«Come potevo dirtelo con Naomi appena sparita?». Si è girato verso di me.

Ignoro la sua domanda; accantono le bugie passate e quelle future. Devo rimanere concentrata.

«Beth ha chiamato la polizia e poi te, perché avevano rubato nel suo appartamento». Parlo lentamente, seguendo il mio ragionamento. «In seguito la polizia avrà collegato i fatti: il padre di Naomi era anche l'amante di Beth, e l'appartamento di lei era stato svaligiato la notte in cui Naomi era scomparsa. Un dettaglio importante. Perché Michael non me ne ha parlato?»

«Non lo sapeva». Ted torna a sedersi al tavolo, di fronte a me. «La polizia ha scoperto che stavo… con Beth solo più tardi, quando sono andato alla stazione per l'interrogatorio. Quella sera ho parcheggiato la macchina lontano dal suo appartamento e ho aspettato finché la polizia ha lasciato l'immobile».

Cosa avrà pensato mentre si nascondeva lì, nella strada buia? Si vergognava? Forse pensava alla sua ricerca o all'operazione che era andata male? No, avrà pensato a Beth. A fare sesso con lei più tardi, quando la polizia fosse andata via.

«Naturalmente», concludo. «Sono due volte stupida. La storia doveva rimanere segreta».

«Intendevo chiuderla…».

Non è questo il punto. Niente di tutto ciò lo è. C'è qualcosa che mi sfugge.

«Cosa stavi facendo quando ti ha telefonato?». Riparto dall'inizio. Un filo alla volta.

«Stavo salendo in macchina. Ero stanco morto quella sera». Scuote la testa al ricordo. «Il castello di accuse presentate in tribunale era appena crollato e io mi sentivo come svuotato. Ero così sollevato che l'intervento in programma fosse saltato; volevo solo tornare a casa. Mi ero persino dimenticato se dovevo passare a prendere Naomi o no».

Questo mi sembra vero e gli credo.

«Poi c'è stata la chiamata di Beth. Era sconvolta e spaventata. L'appartamento era stato vandalizzato. Avevano persino dato fuoco alla cucina».

Il vago ricordo di un odore riaffiora: Ted nell'ingresso, tredici mesi fa, intorno a lui un lieve sentore di bruciato. Avevo pensato che fosse il bisturi diatermico che aveva usato durante l'intervento, poi il terrore di quella notte aveva cancellato tutto.

«Avevano? Quindi erano più di uno?»

«A quanto pare la polizia ha pensato che fosse una sorta di banda, forse ragazzi. Anche quando hanno saputo della mia relazione con Beth non hanno mai pensato che fosse collegata in qualche modo alla scomparsa di Naomi».

«Cosa hanno rubato?»

«Niente, apparentemente». Scrolla le spalle; una stranezza che aveva già accettato. «Computer portatile, televisore, macchina fotografica, gioielli – era tutto lì, mescolato alla rinfusa ma c'era».

«Non ti sembra strano, proprio la notte in cui Naomi è scomparsa?». Lo guardo, ma scuote la testa.

«Ogni sera si verificano effrazioni in tutta Bristol». Ted sembra stanco.

Una bambina esile con lividi e spossatezza. Anche quella combinazione non era stata una coincidenza e neanche un abuso di minore. Jade aveva la leucemia.

«Davvero Naomi non ti ha mai visto insieme a Beth?». Difficile restare seduta; mi alzo e lavo le tazze, passando le mani sotto l'acqua corrente per scaldarle.

«No. Te l'ho appena detto...». Si interrompe, come se avesse ricordato improvvisamente qualcosa. «In effetti, ripensandoci, non è del tutto vero. Una volta Beth è entrata nel mio ufficio, ma ha visto Naomi ed è uscita subito. Naomi non se n'è nemmeno resa conto».

Si sbagliava. Naomi doveva aver sentito il profumo di lavanda di Beth; probabilmente aveva sollevato la testa, sconcertata dalla familiarità di quella fragranza, finché non si era ricordata di averla sentita sulla pelle di suo padre. Doveva aver finto di guardare fuori dalla finestra di Ted, quella stretta sopra la scrivania, con le tende disegnate a piume di pavone che avevo cucito anni prima; allo stesso tempo magari aveva sbirciato Beth con la coda dell'occhio, notando il breve sguardo d'intesa fra lei e Ted. Naomi doveva essersene resa conto in pochi istanti.

«Devo telefonare a Michael per metterlo al corrente».

«Siete ancora in contatto?».

Penso alle sue mani calde, agli occhi seri. La mia bocca che sfiora la sua.

«Sì». Abbasso lo sguardo. Perché dovrei dirgli di Michael? Ormai non devo nulla a Ted. «Dovrai restare e parlare con lui, se accetta di venire qui».

«Naturalmente. Ascolta, Jenny...».

Lo guardo attentamente, e al di là della sagoma familiare, della barba corta e delle nuove macchie di nicotina sulle dita, dei capelli più lunghi e del sorriso rassicurante, vedo un uomo di mezza età invecchiato, stanco e amareggiato, come se sapesse di aver fatto degli errori e volesse non averli commessi.

«Dicevo sul serio. È davvero finita con Beth».

«Troverai qualcosa da mangiare al pub», gli dico. «Torna quando avrai bisogno di dormire».

Dopo che è uscito, provo a telefonare a Michael, ma non risponde. Vado nel capanno. Dentro fa freddo e c'è confusione; strano, di solito non ci faccio caso. Non sono in vena di dipingere, così metto in ordine i semi mescolati alla rinfusa e le bacche di rosa canina. Ma non li sogno quella notte. Invece, nei miei sogni vedo Naomi che scaglia vetri rotti contro le pareti annerite dal fuoco della cucina di Beth, e ride. La sua risata mi sveglia, e diventa il verso di un gabbiano che grida nella notte dall'alto del tetto. Resto sdraiata nel buio. Lo scenario del passato è cambiato. Naomi.

Ketamina. Vandali a casa di Beth. La mia mente continua a girare in cerchio. Come ho fatto a non accorgermi di tante cose? Ma è facile che ti sfugga qualcosa, lo so. Non avevo capito il problema di Ed. Avrebbe potuto essere troppo tardi anche per lui.

Abbandono ogni tentativo di riprendere sonno; mi alzo, scendo in cucina senza accendere le luci, e preparo il tè. Il mio album per schizzi è posato a faccia in giù, aperto. Ted gli ha dato una rapida scorsa o ha guardato con attenzione ogni singolo disegno? Forse è rimasto deluso perché lui non compare in nessuna immagine. Il suo cappotto bagnato è sopra la sedia; le maniche gocciolanti hanno formato due piccole pozze d'acqua sul pavimento. Non l'ho sentito rientrare dal pub e salire di sopra. Apro la porta che dà sul giardino e lascio vagare lo sguardo nella quiete del buio. Il temporale venuto dal mare è già passato. Chiudo la porta e mi siedo sul pavimento con la schiena contro la stufa a legna, la tazza di tè accanto a me. I bisturi sono facili da disegnare; più arduo è catturare le dita che li impugnano, impossibile fermarne il tremito sulla carta.

Bristol 2009. Undici giorni dopo

Ed ritirò il braccio e lo scosse per far calare la manica. Girò la testa dall'altra parte, e osservando la linea curva del collo esile capii fino a che punto si fosse spinto. Lo presi fra le braccia. Lo sentii rabbrividire.

«Che cosa ti è successo?».

Si scrollò di dosso il mio abbraccio e si allontanò.

«Non sono arrabbiata». Pensai che non mi avrebbe creduto. Ma era vero. «Voglio aiutarti».

Entrò nel salotto e si lasciò cadere sul divano, la testa buttata indietro a fissare il soffitto. Mi sedetti vicino a lui.

«Puoi dirmi cosa sta succedendo?».

Di colpo si girò a guardarmi, gli occhi furenti fissi nei miei. «Non provare a dirlo a papà».

«Stai facendo uso di droghe prese dalla mia borsa medica?».

Nessuna risposta.

«Non ce ne sono abbastanza lì dentro per ridurti così». Parlando, gli sfiorai l'incavo del gomito, ma Ed sussultò e tirò indietro il braccio. Avevo sentito una tumefazione sotto le dita, calda attraverso il cotone della camicia.

«Vado a preparare sandwich e caffè per due». Forse era così che funzionava, mostrarsi calma e ragionevole – anche se nel vedere il suo viso tirato e sofferente avrei voluto piangere. «Forse lì si è formato un ascesso, Ed. Dopo potrei dare un'occhiata».

Mangiammo in silenzio, cosa che non sembrò dargli fastidio. Andò avanti a masticare guardando fuori dalla finestra con aria assente. Poi, mentre bevevamo il caffè, azzardai la prima domanda.

«Come ti senti adesso?».

Mi lanciò un'occhiata sdegnata. «Di merda. Cosa credevi?»

«Da quanto tempo?»

«E che ne so», rispose con un'alzata di spalle.

«Con quale frequenza?»

«Ogni volta che posso».

Vidi la tensione nella sua postura allentarsi, come se parlarne gli avesse sciolto qualcosa dentro.

«Cosa stai prendendo?»

«Roba varia». Una pausa, poi un borbottio smozzicato che colsi solo avvicinandomi a lui. «Ketamina, più che altro».

Pensare al rischio che aveva corso mi diede la nausea. «Dove l'hai presa?».

Mi guardò di traverso e sorrise con aria sprezzante. «Da un uomo in un locale».

«Cosa pensi di ottenere?»

«Che diamine ne so?»

«Perché la droga, Ed?».

Alzò gli occhi al cielo. «Per tutta l'altra merda».

«Quale altra merda?»

«Problemi».

«Tipo?»

«Theo», disse a bassa voce. «Naomi».

«Theo?».

Le droghe potevano aver alleviato il senso di colpa che provava nei confronti di Naomi, ma alcune cicatrici sembravano vecchie, quindi le stava assumendo da prima che la sorella sparisse. E cosa c'entrava Theo?

«Lascia stare, mamma». Cominciò a far ballonzolare un ginocchio su e giù.

Mi guardai intorno nella stanza come se gli attrezzi per forzare il suo blocco fossero lì da qualche parte, sulla credenza o su una mensola in alto.

«Non è stata colpa tua se hanno preso Naomi. Te lo abbiamo detto; anche se tu avessi aspettato...».

«Ti ho detto lascia stare».

«I soldi?».

Silenzio.

«Ed, da dove vengono quei soldi?».

Il movimento del ginocchio divenne sempre più frenetico, poi Ed si alzò di colpo e si avviò verso le scale.

«Dove vai?»

«Al fottuto Polo Nord».

Aspettai di sentir sbattere la porta della sua camera, poi mi sedetti. Mi sembrò che la stanza si stringesse intorno a me. C'era un ronzio sommesso nell'aria come dopo un'esplosione, ma in realtà era dentro la mia testa. Guardai le mie mani sul tavolo. I tendini risaltavano sotto pelle come pallidi crinali; erano mani più scarne, ma ancora forti. Avevano aiutato a far nascere bambini, inserito cateteri e flebo, ricucito pelli lacerate, sorretto la fronte dei miei figli mentre vomitavano. Le strinsi forte. Posso farcela. Devo.

Era seduto sul letto, la schiena poggiata contro la testiera e le cuffie sulle orecchie. Aveva un libro aperto sulle ginocchia piegate e, appena entrai, cominciò a sfogliarlo in fretta.

Mi sedetti sulla coperta e lui spostò bruscamente le gambe.

«Alcuni genitori coinvolgerebbero la scuola. Altri la scuola e la polizia». Le pagine si fermarono, ma Ed non alzò lo sguardo su di me. «Molti genitori pretenderebbero di conoscere tutti i dettagli della faccenda; ti propongo un accordo».

Si sfilò le cuffie e rimase in attesa.

«Se accetti di andare in una unità di riabilitazione per tossicodipendenti, non coinvolgeremo la scuola o la polizia, e, purché tu ne parli con qualcuno e smetta una volta per tutte, non dovrai darci spiegazioni sulla provenienza delle droghe o del denaro che ho visto».

Mi fissò in silenzio. Concentrò di nuovo lo sguardo sulla pagina, ma senza leggere nulla.

«Lasciare la scuola?»

«Sì, così potrai andare in una unità di riabilitazione».

Si distese e chiuse gli occhi.

Gli presi delicatamente il braccio, tirai su la manica ed esaminai le cicatrici. La vidi chiaramente; una tumefazione grande quanto una prugna che premeva sotto pelle.

«Ed, questo va drenato. Dobbiamo andare al pronto soccorso».

«Fallo tu».

Non protestai, o avrebbe potuto rompere il patto che avevamo appena concluso. Presi un kit sterilizzato dalla cassetta di sicurezza della mia macchina. Lynn mi prendeva sempre in giro dicendo che mi portavo dietro un'unità operativa, ma negli anni si era dimostrata utile per i pazienti che avevano bisogno di interventi di piccola chirurgia e non potevano recarsi in ospedale. Spesso era stato molto gratificante, ma stavolta sarebbe stato diverso. Trovai gli antibiotici dentro la borsa medica. Il pensiero di incidere la pelle di mio figlio mi fece tremare le gambe mentre salivo le scale. Andai in bagno a lavarmi le mani, l'acqua calda quanto riuscii a sopportare. Sapevo che gli avrei fatto male. Dovevo trovare il modo di affrontare la situazione per operare in modo corretto. Mi asciugai le mani con la salvietta di carta del kit e mi infilai i guanti da chirurgo; in quel momento sentii di aver oltrepassato la linea che separava la madre dalla dottoressa. Era solo un problema che andava risolto; era semplice; potevo farlo. Disinfettai il braccio con un tampone imbevuto di iodio, coprii la parte superiore e inferiore del gomito con carta sterile, posizionai il vassoio chirurgico di cartone e spruzzai uno spray criogenico per anestetizzare l'area dell'ascesso.

«Il freddo riduce la sensibilità, ma ti farà male comunque. In ospedale ti darebbero un anestetico più efficace. Sei sicuro, Ed?»

«Fallo».

Dottoressa, non madre...

Presi il bisturi e incisi la pelle tesa e sottile sopra l'ascesso.

Ed gridò appena i due lembi di pelle si separarono e il pus giallo e denso sprizzò fuori dai bordi della ferita, colando sul gomito e nel vassoio.

«Gesù». La fronte imperlata di sudore, osservò la materia grumosa e sanguinolenta riempire il vassoio. «Cazzo, fa male».

«Ho quasi finito». Sentivo il sudore freddo colarmi dalle ascelle e non riuscivo a fermare il tremito nelle mani; tuttavia spremetti fuori le ultime gocce di pus e siringai l'antisettico all'interno. Inserii un morbido tampone giallo nella ferita, lo fermai con una fascia e mi assicurai che Ed mandasse giù una dose iniziale di antibiotici, penicillina e metronidazolo. Paracetamolo. Tè.

Dopo di che mi sedetti sul letto e immobilizzai le mani ancora tremanti fra le ginocchia. Ed aveva le labbra bianche.

«Non dirlo a papà», sussurrò a denti stretti.

«È naturale che lo sappia. Dovrà sapere perché lasci la scuola, se non altro. Non ne sarà entusiasta, ma capirà. Anche per lui è stata dura smettere di fumare, anni fa».

«Non sapevo che papà fumasse».

«Non solo sigarette, a volte».

«Davvero?». Ed mi guardò con una scintilla di curiosità negli occhi.

«Nessuno è infallibile; tutti noi combiniamo dei casini, prima o poi».

«Sì? Persino il perfetto Theo, il figlio perfetto?».

Ah. Abbassò lo sguardo sul copriletto. Non vedevo bene il suo viso, ma il tono era amaro. Aspettai che continuasse, ma non parlò più di Theo.

«Li vendevo», borbottò, la voce indistinta. «Per la ketamina».

Aveva venduto i farmaci presi dalla mia borsa per comprare quello che gli serviva; probabilmente c'era sempre qualcuno disposto a barattare petidina e temazepam con la ketamina. Mi chinai su di lui mentre farfugliava qualcos'altro. Non riuscii ad afferrare le parole. Chiuse gli occhi e scivolò nel sonno.

Richiusi la porta senza far rumore e portai il vassoio e i guanti in cucina. Suonò il cellulare.

«Lo diranno al notiziario». Il tono nella voce di Michael mi mise in guardia. La droga di Ed. Qualcuno doveva averlo scoperto e rivelato ai giornalisti. Grazie a Dio Ed stava dormendo o avrebbe pensato che fossi stata io. Michael stava ancora parlando, e mi ci volle qualche secondo per capire che quel che mi stava dicendo non aveva nulla a che fare con la droga.

«Hanno trovato un pickup blu abbandonato nel bosco».

Capitolo 26

Dorset 2011. Tredici mesi dopo

Quando la vasca da bagno si svuota, sul fondo rimane una scia di pietruzze che mi erano entrate nelle scarpe, sulla spiaggia, e mi si erano incastonate nella pelle. Le spingo verso il buco di scarico, minuscoli residui di roccia con i bordi affilati dal mare, che precipitano in uno scintillio nero e bruno.

Dopo il bagno esco fuori a telefonare; la mia voce si perde

nello spazio bianco e gelido del giardino. Tengo il cellulare accostato alla bocca. La finestra di Ted è aperta; potrebbe svegliarsi e sentire. Mentre aspetto che Michael risponda, il corpo nero di un ragno, appeso a un filo, oscilla come un pendolo di perla verso le pietre che delimitano il giardino. Michael è piacevolmente sorpreso di sentirmi.

«Ted è ancora qui». Con la punta del dito, spingo il ragno verso il muro, dove si aggrappa alla superficie ruvida.

«Ah».

«Dopo il suo arrivo si è ammalato, così...».

«Così ti stai prendendo cura di lui», finisce per me Michael.

«Gli ho permesso di fermarsi qui. Mi ha detto cose di Naomi che non sapevo. Aveva sottratto dei farmaci».

Un silenzio che dura qualche secondo.

«Bene», commenta.

«È successo quando è andata a fare esperienza di lavoro al laboratorio di Ted. Un giorno si è dimenticata lì la borsa e Ted ci ha trovato dentro alcune fiale». Le parole mi escono di bocca senza difficoltà, ma mi sento mancare il fiato.

«Perché non l'ha detto a nessuno?»

«L'ha detto a un agente alla stazione di polizia, ma evidentemente la cosa non ha avuto seguito».

Il ragno zampetta veloce sulla pietra in cerca di un buco dove nascondersi.

«Ma non l'ha detto a te», mi fa notare.

«A quanto pare non ha voluto gravarmi di qualcosa che sembrava irrilevante».

Una pausa, poi di nuovo la sua voce calma: «Ok. Quali farmaci?»

«Ketamina».

Con un tempismo perfetto, l'aria si riempie di un concerto ordinato di campane; l'esercitazione del primo mattino riversa un'innocente cascata di note negli spazi e negli angoli deserti del paese, evocando un mondo di vacanze, sole, prati rasati e pranzi della domenica.

«Ted la usava per anestetizzare i ratti. Naomi era nel laboratorio e aveva accesso al farmaco. La ketamina non è soggetta a restrizioni, e poi si fidavano di lei».

Il ragno è sparito; devo aver perso il momento in cui si è tuffato dentro un varco fra le pietre.

«C'è un grosso traffico di ketamina», dice piano Michael.

«Naomi non si sarebbe lasciata coinvolgere. Ed trafficava droga, non Naomi».

Michael continua come se non avessi parlato: «Posso procurarmi una lista di persone che ne fanno uso».

«Una lista di persone? Ted dice che aveva preso qualche fiala per gli amici…».

«Chi fa uso abituale di ketamina di solito è più grande di Naomi», mi interrompe. «È poco probabile che si tratti di studenti della sua scuola. Avrà avuto contatti di altro tipo».

Quella parola apre uno spiraglio sul mondo che Ed aveva visitato, dove figure indistinte vivono in un network ai margini oscuri della vita, organizzate e pronte a colpire. Contatti. La parola per indicare i partner di un paziente che ha contratto la clamidia o la gonorrea; qualcuno di sconosciuto, con il potere di menomare di nascosto.

«Almeno sappiamo cosa indica la "K" nel suo diario», conclude Michael.

Avevo pensato che fosse un'abbreviazione per indicare un compito svolto durante le vacanze. Com'ero stata ingenua; doveva averlo pensato anche Naomi mentre teneva per sé i suoi segreti.

«Vengo da te», dice Michael.

«Puoi?». Le lacrime mi bruciano gli occhi.

«Sarò lì fra un paio d'ore. Sarebbe utile parlare anche con Ted».

«Grazie». Vorrei aggiungere una parola che dica di più, qualcosa di più grande, ma non riesco a trovarla. Mi ricordo di metterlo in guardia: «Lui non sa di noi».

«No, non deve saperlo».

Forse potrebbe essere sollevato dal nostro caso se si sapesse che stiamo insieme, oppure licenziato. Questa segretezza pesa sulla nostra relazione, appiattendola in qualche modo. A volte, quando sono sola, penso che sia solo frutto della mia fantasia.

Terminata la conversazione, poso la mano sul muro. La pietra è ruvida e fredda. Le fenditure buie devono essere piene di ragni che non vedrò mai, fitte di ragnatele e prede intrappolate. Rientrando nel cottage, lascio dietro di me impronte marcate nell'erba irrigidita dal gelo. L'aria è pulita e gelida; sarà un giorno di sole e di ghiaccio sotto i piedi. Faccio uscire Bertie, lo guardo rotolarsi nella brina. Il calore del suo corpo scioglie il ghiaccio; quando si rialza e si scuote energicamente, c'è una macchia di verde in mezzo al prato bianco. La novità del giardino lo eccita; sembra gradire il freddo che gli penetra nella pelle. Corre in cerchio come un cucciolo.

In cucina, Ted si sta preparando una tazza di caffè. Ha un aspetto diverso da quando è arrivato, forse leggermente più florido, il busto eretto. Indossa il cappotto, vicino ai piedi ha una valigetta. I suoi occhi si sottraggono ai miei, poi tornano a studiarmi, come quelli di un bambino colpevole.

«Mi dispiace», dice.

Mi dà la tazza appena preparata e versa del caffè macinato in un'altra. Continua a parlare in fretta, come se temesse di essere interrotto prima di aver detto quel che gli sta a cuore.

«Ti voleva bene».

Non c'è bisogno che me lo dica lui. Stringo la tazza fra le mani e mi appoggio allo scolatoio. Il sole filtra attraverso i vetri e illumina i blocchi squadrati del pavimento, mettendo in evidenza la polvere e le linee scure lungo i bordi.

«Ho fatto tante cose sbagliate», aggiunge nel silenzio, inciampando sulle parole.

«Cosa esattamente?». Prendo il porridge dentro la credenza e lo verso in una pentola. So già che non c'è un "esattamente". Tutto ciò che ho sbagliato o frainteso si trova in un punto imprecisato nello spazio mutevole fra l'aspettarsi troppo e il non osservare abbastanza.

«Ero sempre via, impegni di lavoro...».

Come può pensare che sia così semplice? Che Naomi sia scomparsa solo perché lui era via, come se tutte le altre cose che ha fatto o non fatto non contassero.

«Che ne dici delle regole che hai infranto?». Doso l'acqua da aggiungere ai fiocchi d'avena con le mani che mi tremano per la rabbia. «Così lei ha pensato che le regole non fossero importanti...». Gli getto un'occhiata, cogliendo una scrollata di spalle insofferente.

«Se ti riferisci a Beth, te l'ho detto: Naomi non lo sapeva. Sono stato attento».

Poi aggiunge, come se fosse una conseguenza logica: «Sai, è davvero finita fra noi». Si avvicina, sbircia oltre la mia spalla. «Perché non metti un po' di latte? Lo rende più gradevole».

«Michael sta venendo qui». Mi allontano di un passo, versando nella pentola un'altra mezza tazza di acqua.

«Domani ho una lista di operazioni, quindi devo tornare per vedere i miei pazienti. Dopo di che pensavo che forse noi…».

«Gli ho parlato questa mattina». Non lo guardo mentre rimescolo il porridge. «Sta venendo a parlare con noi della faccenda della ketamina».

Verso il contenuto della pentola in una ciotola e la lascio sul tavolo per lui.

«Allora aspetterò». Parla adagio, osservandomi.

L'aria in cucina è tesa, carica di parole non dette. «Vado a lavorare un po'», lo avviso, e chiudo la porta.

Non è il periodo giusto dell'anno per i fiori che mi servono per il mio ciclo della vita, ma forse troverò qualcosa nella siepe sul campo. La manica si impiglia mentre apro il cancello. Sul ramo spinoso che ha afferrato la stoffa c'è un bocciolo di rosa avvizzita dal gelo, che penzola da uno stelo annerito. Gli strati esterni si saranno seccati prima, quelli teneri all'interno, più tardi. Libero la manica dalle spine e il fiore mi cade in mano con tutto lo stelo; la ragnatela fra la corolla e lo stelo si tende di poco, poi si spezza.

Dentro il capanno, il bocciolo si delinea sullo spesso cartoncino bianco. I petali sono scuri e induriti lungo i bordi, e questi ultimi sono ripiegati indietro in minuscoli colletti frastagliati; alcuni petali sono rosa vicino al calice, ma segnati da punti e linee malva e marrone scuro; gli strati di petali sono ancora saldamente uniti a formare una coppa. Se coloro i petali di rosa e poi sovrappongo il nero, potrei ottenere il grigio spento della cenere. Non voglio ricordare la poesia di Blake, ma mentre lavoro i versi affiorano nella mente, come se mi stessero aspettando:

Sei ammalata, Rosa:
l'invisibile verme
che vola nella notte
nella tempesta urlante,

Tredici mesi fa il suo mondo era sicuro. Casa, scuola, amici. Adesso so che, al di là di quel cerchio illuminato, il mondo era pieno di pericoli nascosti, in attesa che qualcuno muovesse un passo oltre la luce, nell'oscurità delle ombre. Basta una sola persona, un solo contatto.

ha scoperto il tuo letto
di cremisi gioia

e il suo oscuro segreto amore
ti distrugge la vita.

Mi sforzo di dipingere, di concentrarmi sul foglio al punto che vedo solo colori scuri e figure ricurve. Se qualcuno l'amava, di certo non l'avrebbe distrutta. Traccio il profilo del bocciolo e la mia mente è talmente carica che quando la porta si dischiude con un cigolio, mi giro di scatto, sorpresa.

«Scusa, l'ho fatto di nuovo». È Michael con sciarpa e cappotto, le chiavi della macchina in mano. Ha immaginato che fossi nel capanno ed è venuto direttamente qui. Curva un po' le spalle larghe, come se volesse offrirmi se stesso come un porto sicuro dove rifugiarmi.

Gli tocco il viso, e la pelle è calda sotto le mie dita. «È bello vederti».

Preme le labbra sul palmo della mia mano. «Hai l'aria stanca. Sarei dovuto venire prima, ma pensavo che ci fossero ancora i ragazzi».

«Sono partiti qualche giorno fa. Andiamo in casa, o Ted verrà a cercarci».

Ted ha allineato i coltelli sullo scolatoio come in una sala chirurgica. Ci sono mucchi ordinati di cipolle tritate, spezie, pastinaca affettata. Mentre entriamo in cucina, è intento a sminuzzare il prezzemolo: una mano tiene ferma la punta della lama, mentre l'altra muove rapidamente su e giù il manico del coltello. Cappotto e valigetta non si vedono da nessuna parte.

«Voglio che faccia un pasto nutriente», dice a Michael dopo che si sono stretti la mano. «Si è presa cura di me e ora sono io a prendermi cura di lei». Come se avesse percepito l'intimità che c'è fra me e Michael e stesse cercando di reclamarmi. Rimescola il contenuto del tegame.

Michael passa nel soggiorno. «Perché non venite tutte e due a sedervi?».

Ted leva il tegame dal fuoco e ci segue, si siede accanto a me, un po' troppo vicino, e allunga il braccio sullo schienale del divano.

Michael si accomoda sulla sedia di fronte e si piega verso di noi, studiandoci con sguardo attento e professionale. «Dopo che Jenny mi ha parlato della ketamina, ho fatto dei controlli. Il nostro software ci permette di accedere alle liste nazionali di consumatori e spacciatori, e possiamo effettuare correlazioni incrociate con altri crimini commessi».

Crimini come il rapimento o crimini come lo stupro e l'omicidio? Lancio un'occhiata a Ted per capire se anche lui sta pensando la stessa cosa, ma ha il capo chino e sta assorbendo l'impatto delle parole di Michael.

«Ho portato alcune liste. Quando ho digitato "ketamina" sotto Bristol sono apparsi circa un centinaio di nomi. Guardate se qualcuno vi è familiare».

«Perché dovrebbe esserlo?», domanda Ted.

«Un nome che potreste aver sentito pronunciare casualmente da Naomi, per esempio, oppure l'amico di un amico dei ragazzi».

«Dubito che sia venuta spesso in contatto con delinquenti consumatori di droga», ribatte seccamente Ted.

«Naomi rubava farmaci. E anche Ed». Mi volto per guardare Ted in faccia, alzo la voce. Come può dare ancora per scontata l'innocenza dei suoi figli? «È naturale che siano entrati in contatto con delinquenti consumatori di droga».

Silenzio. Ted ritira il braccio dallo schienale. Michael abbassa lo sguardo sulla lista, è rosso in viso. Percepisco una nota di disappunto: è imbarazzato perché ho perso la calma. Distolgo lo sguardo da entrambi e mi concentro sull'erba, il cielo e gli alberi oltre la finestra.

Michael consegna lo stesso incartamento a entrambi.

«Qualsiasi cosa vi colpisca, per qualunque ragione, potrebbe rivelarsi utile», dice.

Tom Abbot, Joseph Ackerman, Silas Ahmed, Jake Austin, Mike Baker... Leggo i nomi sul foglio. Non ne ho mai sentito nessuno prima d'ora. È un sollievo, e allo stesso tempo non lo è... significa che non abbiamo fatto alcun passo avanti. Ted scuote la testa.

«Mi spiace. Non mi dicono niente».

«Ho una lista più ampia che comprende il Sud-ovest». Michael sta tirando fuori altri fascicoli dalla borsa.

Ted comincia a scorrere la nuova lista; legge in fretta e gira le pagine prima di me. Vorrei che impiegasse più tempo, che la esaminasse più attentamente, ma lui è sempre stato più rapido di me nella lettura, essendo in grado di estrapolare dal testo quel che gli serve omettendo il resto. Leggo e rileggo, getto uno sguardo a Michael per segnalargli la mia gratitudine, ma anche lui sta leggendo la lista, la fronte leggermente aggrottata. Deve essere stanco. Lo vedo mentre arriva presto in ufficio questa mattina, accende il computer, stampa le liste per noi, guida per due ore fino al Dorset. Gli occhi saranno stati concentrati sulla strada, ma quali pensieri gli riempivano la testa mentre la campagna gli sfrecciava accanto? Strano, ma non ne ho proprio idea.

Ted ha finito prima di me. Posa la lista.

«Niente, purtroppo». Non dice altro. Torna in cucina e comincia a rovistare rumorosamente nella credenza.

Continuo a leggere, esaminando ogni singolo nome. Niente di familiare. Michael si avvicina e mi posa una mano sulla spalla. Dalla cucina arriva il sibilo di un frullatore; si ferma, riparte. Il calore del contatto con Michael mi brucia la pelle. Chiudo gli occhi; dopo qualche istante Michael torna alla sua valigetta e tira fuori due grossi fasci di documenti.

«Qui ho la lista nazionale».

«Mio Dio», esclama Ted, ricomparendo con un vassoio di tazze fumanti. «Hai coperto una vasta area».

Michael accetta una tazza di zuppa e ne beve un sorso. «Grazie. Immagino che per te sia lo stesso, quando qualcuno sta male e non sei sicuro della diagnosi. Valuti tutte le possibilità. Esami vari e analisi del sangue. Lavoro da detective».

Ted annuisce. «Ben detto. A volte basta trovare quella piccola informazione mancante – un mal di testa diverso dal solito, un lieve squilibrio elettrolitico o l'ombra più scura in un'ecografia – ed ecco fatta la diagnosi».

La zuppa è calda e speziata. Ted ha imparato a cucinare. Per un secondo vedo Beth, la mia immagine di Beth, il viso arrossato dal calore dei fornelli mentre mescola la zuppa sul fuoco. Ted si sporge oltre la sua spalla per dare un'occhiata, le bacia il collo. Mi fanno male gli occhi a furia di leggere i piccoli caratteri della lista. Vado nel capanno a prendere gli occhiali che ora uso per dipingere da vicino. Quando rientro nel soggiorno, Michael, notando le mie lenti, si alza e accende la luce.

Ted mi sorride. «Così adesso mia moglie porta gli occhiali. Ti donano». Mi siedo di fronte a lui, sulla sedia accanto a Michael.

Michael ci consegna i fasci di documenti. «Questa è la lista nazionale; se i consumatori di droga sono collegati ad altri crimini, il nome è contrassegnato da un asterisco. La lista copre Scozia, Inghilterra del Nord, le Midlands, Anglia orientale, Galles e giù fino al Sud, compresa Londra».

«Ce ne saranno a migliaia, qui dentro», commenta Ted.

Ma non ho bisogno di leggerne migliaia. Eccolo qui, in fondo alla seconda pagina, segnato da un asterisco. Yoska. Yoska Jones. Di nuovo quel bizzarro nome cristiano; resto senza fiato, come se mi avessero dato un pugno nello stomaco.

«Aveva un accento gallese», dico con un filo di voce. «Strano».

«Chi?». Michael si accovaccia vicino alla mia sedia. «Cos'è strano?», mi incalza.

«Era strano perché Yoska non è un nome gallese».

Michael dà una rapida scorsa alla pagina che sto leggendo. «Yoska Jones? Ti ricordi di lui?»

«Ricordo un uomo di nome Yoska», rispondo guardando Michael in faccia, e invece dei suoi penetranti occhi grigi ne vedo altri, castani, su un viso lungo. Mani forti, un corpo slanciato e muscoloso, capelli neri. Zigomi alti. Poi subentra un'altra immagine e per un istante rivedo la calligrafia di Naomi: XYZ. La Y mimetizzata tra la X e la Z, scritta in rosso e toccata da un cuore. Le avrà consigliato di non scrivere mai il suo nome da nessuna parte.

«Cosa aveva che non andava?», domanda Michael.

«È questo il punto, non l'ho mai scoperto».

«Perché no? Non ti ha detto molto? Era un tipo difficile?». Le domande di Michael sono rapide, mi arrivano addosso come proiettili.

«Al contrario. Era affascinante».

«Ricordi con precisione cosa ti ha detto?». Michael mi guarda con occhi speranzosi. Ted ci sta osservando e scuote la testa, pensando evidentemente che non riuscirò ad accontentare Michael.

«Qualcosa», rispondo. «Ma è stato più di un anno fa».

Ricordo che quando è entrato nello studio e si è seduto non mi sembrava sofferente, e questo era già strano di per sé. Di solito i pazienti non hanno un bell'aspetto quando vengono a farsi visitare: sono doloranti, o preoccupati, o tristi. Yoska aveva un colorito sano e credo che stesse sorridendo, o almeno la bocca era atteggiata a un sorriso. Forse aveva una cicatrice, piccola, sotto l'occhio sinistro, che faceva apparire il resto del volto ancora più liscio. Gli occhi castani mi avevano osservato con attenzione. Non mi era parso malato, solo curioso.

«Scrivi cosa ti ha detto, se ci riesci». Michael pesca un foglio bianco nella borsa, lo ferma sotto la molla del portablocco e mi consegna il tutto. Nella tasca trova la penna che porta sempre con sé. «Potrebbe essere importante. Scrivi, così come è andata».

«Parola per parola?»

«Resterai sorpresa da quel che può venir fuori dalla tua memoria. Prova».

Mi sorride, come se ricordare un consulto di sette minuti avvenuto più di un anno fa fosse la cosa più facile del mondo. Era il 2 novembre. Lo so con certezza perché entrò prima di Jade, e la data è impressa nella mia memoria.

Scrivo la data in cima al foglio di carta e la sottolineo. Poi scrivo quel che penso ci siamo detti, e nel frattempo cerco di ricordare la sensazione che avevo avuto.

<u>2 novembre 2009</u>

«Come posso aiutarla?».

Devo aver detto qualcosa del genere; penso di non essermi dilungata oltre. Ricordo che avevo fretta perché ero in ritardo con le visite. Si era sporto in avanti e aveva posato la mano sul tavolo. Lo ricordo chiaramente perché di solito i pazienti non toccavano il tavolo: era il mio territorio. La mano di Yoska era troppo vicina alla mia, così la ritirai in grembo. Mi aveva dato l'impressione di un gioco di potere che lui aveva vinto. Aveva risposto alla mia domanda senza esitazione.

«Mal di schiena, ereditario».

Il mal di schiena in genere non è una malattia genetica, ma sentii che si aspettava una reazione da me, così non feci obiezioni.

«Cosa l'ha provocato, secondo lei?».

A volte i pazienti non gradiscono questa domanda, perché pensano che il dottore dovrebbe saperlo; non si rendono conto che è importante avere la loro opinione. A Yoska non diede fastidio. La sua risposta fu immediata, come se l'avesse preparata prima.

«Portare in giro la mia sorellina. Le piace farsi portare sulle spalle, ma comincia a essere pesante».

Non gli piacque quando gli suggerii di lasciare che la sorella camminasse con le proprie gambe. Lo avevo giudicato come il tipo d'uomo che non vuole sentirsi dire cosa fare, specialmente da una donna.

Il sollevamento della gamba tesa era limitato sul lato sinistro. Gli dissi che si trattava di sciatica e gli prescrissi degli antidolorifici. Ricordo che sorrise e mi strinse la mano. Gli restituii il sorriso, sollevata perché in fondo era filato tutto liscio.

Michael scorre velocemente il dialogo che ho scritto e Ted va a mettersi dietro di lui per leggerlo da sopra la sua spalla.

«Sarà utile?». Guardo Michael.

«Certamente». Annuisce in modo incoraggiante. «Se è lo stesso Yoska della lista. Anche se, indubbiamente, è un'ipotesi un po' azzardata…».

«Sembra sia stato un consulto come tanti altri», osserva Ted.

«Non vedo come possa ricollegarsi a Naomi». Torna a sedersi sul divano e comincia a strofinare avanti e indietro il sopracciglio destro.

«Dovrei riuscire a scaricare una foto dal database», continua Michael. «Nel caso, te ne invio una copia via email».

«E poi?». Lo guardo intensamente, sentendo la piccola speranza di quel momento spegnersi. «Anche se lo Yoska che ho visto all'ambulatorio è lo stesso Yoska spacciatore di ketamina sulla tua lista, questo cosa prova?». La Y rossa sul diario sembra sbiadire mentre parlo, i cuoricini dissolversi nel nulla.

«Non posso ancora dirlo con precisione, ma potrebbe fornirci qualche elemento su cui lavorare». Poi Michael mi sorride. «Un passo alla volta. È così che funziona, ricordi?».

Più tardi, quella sera, ripenso a quando mi aveva detto la stessa cosa: piccoli passi che alla fine ti portano a destinazione. Era l'undicesimo giorno dalla scomparsa di Naomi, e io avevo pensato che non saremmo arrivati da nessuna parte.

Bristol 2009. Undici giorni dopo

Mentre ci avvicinavamo alla curva della strada che da Thornbury portava a Oldbury-on-Severn, vedemmo le colonnine spartitraffico e il giallo e il blu della macchina della polizia parcheggiata risplendere nel grigiore di un pomeriggio invernale. Era quasi buio e la pioggia cadeva fitta.

Michael accostò la jeep alla siepe, scese e si incamminò verso l'agente di guardia. Attraverso le gocce di pioggia sul parabrezza osservai i due incontrarsi a metà strada, poi proseguire insieme oltre gli spartitraffico ed entrare in un campo dal cancello aperto, per poi sparire alla vista lungo un sentiero pieno di pozzanghere.

Ero lieta che Ted fosse di servizio e che fosse stato Michael a portarmi sulla jeep della polizia. Se ci fosse stato anche Ted, in quel momento ci saremmo ritrovati insieme, da soli, ad aspettare che Michael tornasse indietro, con la paura che cresceva di minuto in minuto fino a esplodere in parole di rabbia. Invece era con Ed, che era ancora a letto con il braccio fasciato, e reperibile nel caso l'ospedale l'avesse chiamato per un'emergenza. Io ero lì, spinta dall'impulso irresistibile di essere dove Naomi poteva essere stata dopo l'ultima volta che l'avevamo vista.

Dopo qualche minuto, Michael risalì nella jeep portando con sé un sentore di aria fresca e umida, le labbra serrate in un'espressione tesa.

«Il pickup è stato abbandonato in un boschetto di fianco al campo, su per il pendio». Accennò al cancello aperto e al campo al di là di esso. Serrò le dita intorno al volante.

«Cosa c'è, Michael?», gli domandai, ma stava guardando dritto avanti a sé. «Cos'è successo?».

Staccò una mano dal volante e la posò sulle mie mentre le torcevo in preda all'ansia. «È semidistrutto dal fuoco», mi disse.

Il calore della sua mano filtrò nelle mie. Per un momento avrei voluto abbarbicarmi a quel contatto, ma Michael allungò il braccio e riavviò il motore. Ci muovemmo adagio verso il cancello aperto, dove l'agente rimosse gli spartitraffico e ci lasciò passare.

Nella mia testa risuonava il nome di Naomi, come una preghiera, mentre la jeep sobbalzava sulla stradina di campagna segnata da solchi, inerpicandosi a velocità costante lungo il terreno in pendenza. Notai il fosso vicino alla siepe, fitta di sterpi, e la distesa bruna dei campi. Il fosso era stato ripulito dalle erbacce ed era pieno di acqua melmosa. Pensai ai ratti e agli esserini morti che potevano trovarsi sotto la superficie. Su un'altura isolata, arretrata rispetto al campo, notai un gruppo di alberi a mezza costa. Visto da lì, sembrava uno dei tanti boschetti di alberi spogli che popolano l'inverno nel Sud del Gloucestershire, indistinti nella foschia.

Michael fermò la jeep ai piedi dell'altura e scendemmo. Lo seguii. Aveva smesso di piovere; l'aria fredda e umida odorava di terra ed erba bagnata. C'era quiete ora che il motore era spento, ma il silenzio si riempì a poco a poco del rumore degli storni sugli alberi e dell'improvviso, rauco richiamo di corvi che volteggiavano alti nel cielo. Sentii dei muggiti in lontananza e, più vicino, il sommesso gocciolio della pioggia che cadeva dai rami. La volta grigia del cielo era immensa, lassù; eravamo più in alto di quanto avessi pensato.

Ci arrampicammo lungo il pendio ripido, con i piedi che sprofondavano nel pacciame di foglie avvizzite di faggio, e poi scavalcammo il nastro bianco e blu che era stato fissato tra gli alberi. La vegetazione del sottobosco mi graffiò le gambe, e sulle prime non vidi il pickup. Erano stato spinto sotto una conifera isolata; i rami più bassi erano spogli e bruciacchiati. I finestrini erano esplosi e il metallo del tetto era annerito dal fuoco. Mi fermai accanto al veicolo, immaginando le fiamme che lo avevano ridotto così, il calore che aveva distrutto il rivestimento esterno, il fragore e il tanfo.

Girammo intorno al mezzo; il cofano poggiava contro un tronco d'albero. C'erano ancora frammenti di vernice blu, in gran parte scrostata e macchiata di nero. La targa era stata rimossa.

«Questa parte era meno bruciata», spiegò Michael. «Il serbatoio della benzina avrebbe preso subito fuoco».

«Voglio guardare all'interno, Michael».

«Sapevo che l'avresti detto». Tornò alla jeep, tirò fuori qualcosa dal bagagliaio e tornò con un paio di guanti blu di gomma. Li infilai a fatica sulle dita bagnate.

Lo sportello del passeggero non c'era più; infilai la testa nell'abitacolo e notai il filo metallico e le molle, tutto ciò che era rimasto dei sedili. Misi la mano nel vano vuoto che aveva ospitato la radio. Quello portaoggetti era stato strappato via. Guardai dentro il sedile posteriore. Altre molle e filo metallico. La pioggia era penetrata all'interno e davanti al sedile anteriore c'era una grossa pozza di acqua nera. Non vidi nulla, ma non era abbastanza profonda da nascondere qualcosa. Infilai la mano tra le molle e passai le dita lungo il metallo sul fondo del veicolo; tastai il rivestimento del pickup con la stessa cura con cui tastavo la pelle dei miei pazienti. Niente.

«Perché qui?», chiesi a Michael. «È così lontano da tutto. Qui vicino non c'è una strada principale, né un centro abitato o una stazione ferroviaria. Non c'è possibilità di fuga».

«Non è chiaro, eh?», disse Michael. «Scusami un secondo. Devo fare un paio di telefonate».

Si allontanò fra gli alberi, curvo sul cellulare, e dopo qualche istante lo persi di vista. Pensai a come sarebbe stato diverso quel posto in primavera; sole e ombra avrebbero giocato in mezzo alle campanule e all'aglio selvatico, la luce si sarebbe colorata di verde e oro passando tra le foglie dei faggi e il piccolo bosco avrebbe assunto l'aspetto di una cattedrale.

Mi accorsi che aveva ripreso a piovere dal rumore delle gocce sulle foglie. Si era fatto più buio, e mi domandai quali rumori avrebbero animato il bosco al calare della notte.

«Dobbiamo andare». Michael era tornato indietro e si era fermato vicino a me. «Presto arriveranno altri agenti. Il pickup dovrà essere esaminato».

Esitai per un istante. Cosa avevamo ottenuto, dopotutto? Non c'era nulla in quella carcassa bruciata o nel bosco che mi portasse più vicino a Naomi, niente che potesse dirci se quello era il veicolo su cui era salita. Niente, a parte qualche scaglia di vernice blu.

«È stata solo una perdita di tempo, Michael? Non abbiamo fatto alcun passo avanti».

Michael mi afferrò la mano per un istante e poi la lasciò andare.

«Ti sbagli, Jenny. Facciamo continuamente progressi, ma devi avere pazienza. Per me è più facile; sono stato addestrato per questo. Ricorda, sono passi come questo, uno dopo l'altro, che ci porteranno a destinazione».

Ma i passi sono troppo piccoli, pensai. Ci vorrà troppo tempo. Ciò nonostante, il peso della delusione sembrò alleggerirsi un po'.

«Ora cosa succederà?», gli chiesi.

«Il pickup sarà portato nel garage della Scientifica presso la centrale di polizia di Portishead, ed esaminato centimetro per centimetro; tutti i reperti saranno conservati, nel caso vengano alla luce ulteriori informazioni che possano renderli utili. È così che funziona, sai», disse.

Uscendo dal folto degli alberi, notai per la prima volta il panorama, il verde dell'estuario del Severn che sfociava nel canale, a circa tre chilometri dalla collina su cui ci trovavamo. L'acqua sembrava marrone tra gli alti argini fangosi, dove scafi colorati di barche a vela giacevano su un fianco sopra la linea di marea. Più a sinistra, le luci del nuovo Severn Bridge brillavano nel crepuscolo.

«Laggiù c'è il Galles», disse Michael, e accennò alle colline che sembravano così vicine da poterle toccare, appena al di là del corso d'acqua.

Capitolo 27

Dorset 2011. Tredici mesi dopo

Tornando dal negozio, martedì mattina, vedo Mary aggirarsi nel giardino raccogliendo manciate di piume. Mi guarda dall'altra parte del muro.

«Una volpe», dice. «Si è scavata un passaggio». Forme tondeggianti sfuggono dalla sua presa maldestra, tubi contorti sbucano fra le dita nodose. Visti da vicino, si rivelano i colli torti di due galline. Dietro di lei, nella stia, ci sono mucchi di piume macchiate di sangue. Non c'è il solito chiocciare sommesso di sottofondo, né si vedono becchi che frugano nel terreno.

Nell'oscurità odorosa di catrame del suo capanno ordinato, tiro giù due vanghe dalla fila di attrezzi lucenti appesa alla parete. Scaviamo una buca profonda in un angolo dell'orto, dove il terreno è più soffice. Mary ci rovescia dentro le sei galline morte, i corpi straziati risaltano contro le pareti di terra scura. Dopo aver riempito la buca, ci camminiamo sopra per appiattire la superficie. Le immagini arrivano, le aspettavo; divampano e bruciano ancora, anche se meno spesso. Ora è il suo viso delicato a essere sotto terra; il fango le copre i capelli. Indietreggio di scatto. Mary mi sorride mentre mi toglie di mano la vanga; mi chiedo se abbia capito cosa mi tormenta.

«Almeno il prossimo anno i porri saranno più saporiti», commenta. «Maledette volpi».

In casa, sediamo in silenzio al tavolo della cucina. Al centro, c'è una teiera fiorata con dentro un mazzo di salvia ed erba cipollina, e una busta di carta piena zeppa di quadrati lavorati a maglia rossi, gialli e blu da consegnare alle vicine, che penseranno a cucirli insieme per realizzare coperte destinate alle missioni. Accanto a questi, una pila di contenitori per le uova vuoti.

Mary posa le labbra sul bordo della tazza di porcellana e spinge verso di me la scatola dei biscotti. «Sandy li ha comprati per Natale. A me non piacciono». L'amore di Mary per la figlia è sepolto nel profondo del suo cuore. A volte cerco di riportarlo alla luce.

«Probabilmente li ha fatti lei, Mary».

«Se sembrano fatti in casa è perché li ha comprati per quattro soldi alla festa di beneficenza della scuola. Non mi imbroglia». Poi aggiunge, come se fosse del tutto irrilevante: «A Dan ha fatto piacere conoscere i tuoi ragazzi. Pensa di alloggiare da loro a New York».

«Me l'ha detto». Allungo la mano e prendo una foglia di salvia, la strofino tra le dita. «È passato da me l'altra sera».

Gli occhi attenti di Mary si socchiudono dietro il vapore della tazza fumante. «Quel ragazzo ha bisogno di andare via».

Il volto di Dan indugia nell'aria fra di noi.

«Il vecchio gli ha lasciato una sommetta». Accenna alla fotografia sopra il televisore. «Per la sua istruzione. Adesso gli torna utile».

Occhi infossati sotto un paio di folte sopracciglia mi guardano severi dalla cornice. Aveva visto qualcosa in quel ragazzo. Doveva aver osservato e ascoltato suo nipote come io non avevo fatto con i miei figli. I rimpianti galleggiano appena sotto la superficie, pronti ad emergere a ogni pensiero.

Mary fa una risatina. «Dan è un po' nei pasticci con i sentimenti». Mi guarda di traverso. «Crede di essere innamorato». Si sporge sul tavolo e mi dà una pacca sulla mano. Mi sento avvampare, come se fossi colpevole di qualcosa.

«Per l'amor di Dio, Mary, è un ragazzo. Potrebbe essere mio figlio».

«Lui non ti vede come una madre, tutto qui. Non è colpa tua».

Si alza, prende i contenitori vuoti delle uova e li butta nel bidone del riciclaggio.

Più tardi, mentre dipingo nel capanno, il volto in ombra di Dan, incerto e infelice, si frappone fra me e la carta. Non l'ho più visto da quando si è fermato qui a cena. Non ammetterebbe mai di essere innamorato, non vorrebbe parlarne affatto. Girerebbe la testa dall'altra parte, distrutto. O anche qui mi sbaglio? Vorrebbe parlare di quel che prova? Mi siedo sulla panca, il pennello in mano, e guardo il cielo grigio e impassibile fuori dalla piccola finestra. Cosa ne so io di quanto spazio una persona ha bisogno di avere intorno a sé? Pensavo che Naomi avesse bisogno di spazio, ma forse ero io a pensare che fosse quello il suo bisogno primario. Era più facile, in quel modo. Riesco a pensare che fosse vero con la stessa facilità con cui credo che in realtà non lo fosse. Ogni cosa è diventata incerta. Con il tempo, avevo raggiunto una condizione che ero in grado di gestire, ma ora sto scivolando indietro al punto di partenza. Alla faccenda delle droghe, a quando ho rivisto il nome Yoska.

Mi alzo, guardo i semi sparsi sulla carta; mi concentro sui piccoli frutti rossi e ovali del biancospino selvatico, sulla chiazza nera sulla punta. Poco a poco diventano l'unica realtà presente, piccoli semi in attesa di vita, chiusi, insignificanti, inaccessibili. Il ronzio del cellulare spezza il silenzio.

«Ho trovato una foto di Yoska Jones». La voce di Michael ha un tono cauto. «Non è il suo vero cognome. Usa diversi pseudonimi».

«Che aspetto ha?». Stringo forte il telefono come se fosse la mano di Michael.

«Sui venticinque anni, corporatura media». È la descrizione

concisa da poliziotto che mi comunica un improvviso senso di gelo? «Carnagione olivastra, occhi e capelli castani».

Ricordo gli occhi castani leggermente allungati che avevano seguito ogni mia mossa.

«Ho fatto qualche indagine», continua Michael. «Ci vediamo tra un paio d'ore». Termina la chiamata.

I miei pensieri si accalcano gli uni sugli altri, come le galline di Mary che battono le ali impotenti e si affannano nel buio per sfuggire alla volpe. Cosa ha scoperto? Se venisse fuori che Yoska il paziente è lo Yoska spacciatore ed è coinvolto, sarebbe meglio rispetto al pensiero che è qualcuno che non conosco? Se fosse l'uomo che ha portato via Naomi, sarebbe un bene o un male? Male, risponde la voce nella mia testa. Male, male.

Potrei aver detto qualcos'altro in ambulatorio? Se era lui, e se gli avessi chiesto di farsi rivedere o l'avessi rinviato a uno specialista, avrebbe potuto rabbonirsi. E se gli avessi chiesto della sorella a cui ha accennato e gli avessi offerto il mio aiuto?

In casa, accendo il fuoco in attesa di Michael. La composizione fotografica di Theo cattura la luce tremolante. La foto grande nel centro mi prende sempre: il viso sembra pieno di segreti. Oggi osservo per la prima volta la bocca. Le labbra hanno una piega beffarda. Qual è la foto precedente a questa? Nell'angolo c'è un'immagine piena di foglie d'arancio – la prima della serie scattata da Theo – e lei sta ridendo, il viso rivolto verso l'alto mostra la bocca e i denti, gli occhi sono quasi invisibili. La foto prima di questa? Il suo profilo in un giorno di vacanza. Gli occhi sono puntati su qualcosa fuori dell'inquadratura, leggermente socchiusi. Cosa stava pensando? Era stata più taciturna del solito, intenta a inviare SMS, a leggere, o curva a scrivere su quel volumetto che portava ovunque con sé. Non aveva litigato con i fratelli; non era venuta a fare la spesa con me. Ted aveva detto che era volubile. Continuo il mio viaggio a ritroso fra le fotografie e la vedo alla festa della sera di Capodanno, un anno prima; Theo deve aver preso le foto dalla parete del mio studio. Mi aveva già colpita l'intensità della sua espressione, ma ora noto uno sguardo ancor più duro e determinato di quanto mi fossi resa conto. Mi siedo, scossa da un tremito. Era da molto che aveva pianificato la fuga? E quando ne aveva avuto l'occasione, l'impazienza di metterla in pratica le aveva fatto dimenticare la prudenza e l'aveva spinta a cogliere la prima, pericolosa opportunità di andare via?

Michael bussa alla porta. Mi sfiora la bocca con un bacio, le labbra fredde sulle mie, gli occhi assorti. Si toglie lentamente il cappotto, mentre io aspetto che passi questo istante, e poi il successivo. Presto me la mostrerà, presto saprò.

Andiamo nel soggiorno; apre la valigetta, tira fuori la foto. Lo riconosco immediatamente. Gli occhi allungati, gli zigomi alti, attraente anche in una foto segnaletica.

Non voglio che sia quest'uomo; era troppo astuto e i suoi occhi erano così circospetti. «È lui. Il mio paziente». Poi mi affretto ad aggiungere: «Ma anche se quest'uomo è venuto nel mio ambulatorio, e anche se adesso sappiamo che è uno spacciatore di ketamina, resta sempre un'ipotesi azzardata, giusto?»

«Al tuo ambulatorio non hanno potuto aiutarmi perché era un residente temporaneo e ha omesso di scrivere l'indirizzo, ma c'è un'altra connessione», dice Michael. «Conosco la sua faccia. L'ho già vista prima».

«Come mai?». Ma certo, è uno dei tanti spacciatori. La polizia avrà spesso a che fare con loro.

«All'ospedale».

«Quale ospedale?»

«Il Frenchay».

L'ospedale di Ted.

«Faceva parte di una grande famiglia di zingari che ha creato un gran casino nell'estate del 2009». La voce di Michael è brusca; lo guardo, sorpresa. I nomadi suscitano spesso paure irrazionali e disprezzo. Ma Michael non la pensava così, no?

Continua: «Hanno scatenato una rissa nel reparto, fracassato il mobilio, spaccato i computer. Hanno iniziato a saccheggiare le case del posto».

«Perché?»

«Erano infuriati. L'intervento chirurgico su una ragazzina della famiglia era andato male». Si ferma, si siede sul divano e mi prende la mano per tirarmi accanto a lui. «Un intervento di neurochirurgia».

Mentre lo dice, ma anche prima che lo faccia, so di cosa sta parlando.

La voce di Ted era sommessa, monotona. Era giugno o luglio del 2009?

«Qualcosa al lavoro non è andata come doveva. È stata colpa mia».

In genere non si attribuiva colpe. Dovevo ascoltarlo. Stavo impilando sul nostro letto l'equipaggiamento per i ragazzi. Erano in partenza per le montagne dell'Atlante, in Marocco, avrebbero preso parte a una spedizione per il premio "Duca di Edimburgo" insieme alla scuola. Spuntai la lista mentre radunavo gli indumenti. Faceva caldo, Ted era tornato a casa insolitamente presto e si era buttato sul letto, la cravatta allentata, le maniche della camicia arrotolate.

«Cosa è stato colpa tua, caro?».

Gli lanciai un'occhiata mentre andavo al comò, dove tirai fuori dal cassetto dei calzini pesanti, più comodi dentro gli scarponi da montagna.

«Un intervento su una ragazzina. Aveva la sindrome di Hurler… restringimento innaturale della spina dorsale, cifosi marcata…».

Parlava in modo insolitamente lento; pensai che fosse la stanchezza dopo una lunga giornata. Negli ultimi tempi rientrava più tardi, lavorava di più. Diedi una scorsa alla mia lista: crema solare, berretti di cotone, cappelli di lana perché di notte in montagna fa freddo.

«Sindrome di Hurler. Mi dice qualcosa». Mi girai verso di lui per un momento. «Malattia da accumulo lisosomiale? Carenza enzimatica che determina un accumulo anomalo di metaboliti in ogni dove, nella spina dorsale, nel fegato?». Mi stupii di ricordare così bene gli esami di anni prima.

Credo che a quel punto Ted si sia alzato e abbia cominciato a camminare su e giù per la stanza.

«Ho lasciato l'operazione a Martin. Voleva fare esperienza. È andata male».

Tenni il segno sulla lista che stavo spuntando.

«Peccato».

Aggiunsi una felpa a ogni pila sul letto.

«È colpa mia, capisci. Almeno loro pensano che lo sia». Girò la testa dall'altra parte e non riuscii a vedere la sua espressione. «È successo durante il mio turno di servizio». La voce era talmente sommessa. Sedette sul bordo del letto e nascose il volto fra le mani. «Potrei finire in tribunale».

«È terribile, caro. Povera famiglia. Ma non è stata colpa tua. Vedrai che andrà tutto bene. Si renderanno conto che non sei tu il responsabile». Mi sedetti accanto a lui con gli indumenti piegati in grembo. Non vedevo il suo viso, così gli presi la mano.

«Ma io sono responsabile. Moralmente e legalmente». Dopo un po' ritrasse la mano e io mi alzai, restia a interrompere la preparazione dei bagagli.

«Qui ho quasi finito. Puoi aspettare fino a cena? Ne parleremo a tavola. Non ti tormentare».

Ma poco dopo il suo cellulare squillò e dovette tornare in ospedale. Cenai da sola. Pensai che ne avremmo riparlato in seguito; invece, la faccenda sfumò nel silenzio.

«Era il caso di Ted, vero?», chiedo a Michael con terrore.

«Sì».

«Merda. Allora aveva ragione». Gente che serba rancore, aveva detto. Dottori che si atteggiano a padreterno.

«Cosa vuoi dire?»

«Tempo fa, mentre stavo facendo quel grafico di persone da interpellare, Ted pensò che dovevamo prendere in considerazione la possibilità di una vendetta. Disse che è facile farsi dei nemici; basta un solo errore». Non riesco quasi a respirare mentre pronuncio queste parole. «Gli risposi che non pensavo che qualcuno potesse odiarci fino a quel punto».

Mi alzo per telefonare a Ted; risponde quasi subito. «Ho finito. Sto arrivando, voglio vedere la fotografia».

«Sì».

«Se è lui, allora è colpa mia», aggiunge in fretta prima di riattaccare.

Mi rivolgo a Michael. «Anche tu avevi fatto questa ipotesi».

Aggrotta la fronte; sta riandando indietro col pensiero.

«Parecchio tempo fa mi hai chiesto di fare una lista di nemici», continuo. «Mi vennero in mente solo il padre di Jade e il marito di Anya».

Annuisce, lo ricorda. Sento subito il fuoco del rimorso. E se avessi pensato a Yoska già da allora?

Comincio a battere i denti, il corpo scosso da brividi. Devo aver preso il virus di Ted. Michael mi mette in mano un bicchiere di whisky, poi mi prepara un bagno caldo. Il calore dell'acqua spegne il tremito, e subito dopo mi ritrovo tra le braccia di Michael. Mi bacia, mi attira a sé, ma mi sento troppo male, troppo angosciata per fare l'amore. Rimane accanto a me mentre scivolo nel sonno, ma al mio risveglio sono sola. Sento la voce di Ted al piano di sotto. Mi tiro su a sedere, confusa: non mi sembra possibile di aver dormito.

Appena mi alzo provo un senso di vertigine. La mia fronte scotta. Quando arrivo in fondo alle scale, Ted muove un passo verso di me.

«Gesù, hai un aspetto orribile, Jen».

Michael mi cinge con un braccio e mi accompagna alla poltrona. Il fuoco ha preso bene, la stanza è stata messa in ordine. Ted si ferma, mi guarda, poi guarda Michael e una subitanea consapevolezza gli offusca lo sguardo. Serra le labbra. Sta decidendo di non dire nulla, non ora.

«Dov'è?», domanda bruscamente a Michael.

Michael prende la foto dal tavolo dove l'avevo lasciata e gliela porge con prudenza.

«È uno di loro, non c'è dubbio», dice Ted. Sta per posarla, come se non potesse sopportarne la vista, poi gli dà una seconda occhiata. «Veniva spesso».

Lo guardo, incapace di parlare. La testa comincia a pulsare dolorosamente e piccole linee lucenti si agitano ai bordi del mio campo visivo.

«È stato sempre lì, in effetti». Si rivolge a me e la voce suona diversa, spaventata. «È il tizio dell'ambulatorio, quello di cui ci hai parlato?».

Annuisco. La voce mi esce in un sussurro: «Cos'è successo a quella ragazzina? Non l'ho mai saputo».

«Ho cercato di dirtelo». Mi fissa intensamente. «Ma non eri interessata».

Lo guardo per capire se pensa davvero ciò che ha detto. È una sorta di giustificazione oppure gli ho dato realmente quell'impressione? Ero davvero così?

Lo sguardo duro di Ted si sposta su Michael. «Non dovremmo telefonare a qualcuno? Non dovremmo fare qualcosa in questo preciso istante, ora che sappiamo?»

«È troppo presto per dire che sappiamo qualcosa di certo». La voce di Michael è calma, ferma. «Ho una squadra che si sta occupando di rintracciare la famiglia. Il modo migliore per renderti utile è raccontarci esattamente cosa è successo».

Ted versa un dito di whisky nel mio bicchiere vuoto sul tavolo e lo ingolla d'un fiato. Poi si siede accanto al fuoco e comincia a parlare fissando la fiamma. Le sue dita stringono ancora la fotografia di Yoska.

«È stato circa un anno e mezzo fa. Vidi la ragazzina per la prima volta in clinica. La stanza era affollata – gente appoggiata al muro, alla scrivania. Una famiglia numerosa. Erano zingari, così mi hanno detto, o nomadi?». Fa una risatina. «Comunque sia, ricordo di aver pensato che era una ragazzina fortunata».

«Fortunata?». Michael guarda brevemente Ted, gli occhi grigi increduli. «Pensavo fosse malata».

«Era disabile, sì, ma erano venuti tutti per lei. Nonni, genitori, zii, zie». Fa una pausa. «Era seduta in braccio a uno di loro, calma e sorridente. Era evidente che fosse molto amata».

Alzo lo sguardo su Ted. Perché ora parla di unione familiare? Vuole punire se stesso o me?

«Dove si inserisce Yoska in tutto questo?», domanda Michael.

Ted dà un'altra occhiata alla foto che ha in mano e rimane qualche istante in silenzio. «Non ho mai capito bene le dinamiche di quella famiglia, ma penso che fosse un fratello maggiore. Forse uno zio». Si ferma e guarda Michael. «Non parlava mai, ma aveva lui il potere; la madre era il portavoce ufficiale, ma il gruppo faceva capo a quel giovane».

Potere buono o cattivo? Ripenso a quei sette minuti in ambulatorio; la mano posata sul tavolo, il sorriso, il modo in cui aveva gestito il nostro incontro.

«Cosa hai detto loro riguardo all'operazione?». Michael ha tirato fuori il taccuino, la penna già corre sul foglio.

«Alla clinica spiegai cosa sarebbe accaduto se l'avessimo lasciata così com'era. Poteva finire paralizzata. Dissi che l'intervento avrebbe potuto rappresentare una soluzione, ma che comportava dei rischi», spiega Ted.

«E loro ne hanno preso atto?», gli chiedo.

Fa cenno di sì.

«Gli hai spiegato tutto di nuovo quando hanno firmato il consenso?», indago.

«Si è occupato Martin del consenso». Non mi guarda mentre risponde. «L'assistente chirurgo pediatra». Ora si rivolge a Michael. «L'équipe del reparto pediatrico aveva condiviso il caso e Martin era interessato. Un problema inconsueto alla spina dorsale; era nostra intenzione scrivere un resoconto dettagliato».

Perché la famiglia si era infuriata in quel modo se era consapevole dei rischi? Forse perché nessuno aveva dato loro ascolto? Se Ted li avesse ascoltati, avrebbe scoperto se c'erano elementi non chiari o dubbi, e li avrebbe avvisati di conseguenza. Ted sta ancora parlando.

«...e per il modo in cui la schiena era curvata, ci è voluto più tempo di quanto Martin aveva preventivato. Si è verificato un calo imprevedibile della pressione sanguigna nel corso dell'operazione e la spina dorsale ha subito un danno ischemico».

«Ora mi sono perso», dice Michael smettendo di scrivere.

«Scusa», ribatte Ted con un breve sorriso. «L'apporto di sangue ai tessuti della spina dorsale si è interrotto, perciò quella parte della spina è morta. Significa che il cervello non ha potuto più inviare messaggi alle gambe e viceversa. È rimasta paralizzata all'istante».

Un ciocco di legno si sposta e cade. C'è silenzio nella stanza.

Non riesco a stare ferma. Mi alzo, ma la testa mi pulsa e vengo colta da un senso di vertigine che mi costringe a rimettermi seduta.

«E poi cosa è successo?», chiede Michael.

«Ho saputo dell'operazione, ma la mattina dopo dovevo partire presto. Un convegno a Roma...».

«Perché?», lo interrompo. «Non potevi trattenerti il tempo utile per parlare con la famiglia? Spiegare perché non avevi eseguito tu l'operazione, nonostante fossi il chirurgo più esperto?»

«Abbiamo l'obbligo di lasciare che i medici più giovani si occupino di casi complessi», risponde Ted stizzito. «È un ospedale di formazione».

«E poi?». Michael ha ascoltato in silenzio, ma ora sollecita Ted.

«Quando sono tornato la settimana dopo, il gruppo della famiglia era più numeroso», risponde Ted. «C'era ostilità nell'aria. Persone che le stavano intorno giorno e notte come se volessero proteggerla».

Naturale. Probabilmente volevano evitare che le capitasse qualcos'altro di spiacevole.

«Ho tentato di parlare con loro, ma era come se parlassi una lingua sconosciuta».

Il gergo medico è una lingua sconosciuta, utile per tenere a bada gente impaurita.

«Gli hai detto che ti dispiaceva?».

Ted si agita sulla sedia, visibilmente a disagio. «No, ovviamente. Sarebbe stato come ammettere la mia colpevolezza».

«Sarebbe stato un modo per partecipare al loro dolore».

Ma io ero in difetto quanto lui. Se avessi ascoltato sul serio Yoska, forse avrei capito perché era venuto da me. Se gli avessi chiesto perché doveva portare in giro sua sorella, forse mi avrebbe raccontato cos'era successo e io avrei potuto spiegargli che le operazioni possono non riuscire per puro caso, non per negligenza, e forse lui non avrebbe cercato di vendicarsi. Voleva offrirmi la possibilità di riscattare Ted? Forse tutto quel che Yoska voleva da me era un po' di tempo per essere ascoltato. Rimorsi spaventosi cominciano a cingermi d'assedio, sempre più pressanti.

Michael ci guarda entrambi, poi si alza. «Caffè?», propone, poi va in cucina.

Ted e io ci fronteggiamo. C'è buio nella stanza. Vedo solo il riflesso della fiamma nei suoi occhi, fissi su di me.

Sostengo il suo sguardo. «Oltre a essere un semplice gesto di umanità, chiedere scusa offre alla gente la possibilità di perdonarti».

«In che mondo vivi, Jenny?», ribatte con una risata amara. «Chiedere scusa offre la possibilità di citarti per danni».

«Ma ci hanno provato lo stesso, no?».

Michael torna con le tazze di caffè. Ne porge una a Ted, poi una a me, sfiorandomi la mano con le dita; quel contatto mi fa ritrovare l'autocontrollo. Dare la colpa a Ted servirà solo a rallentare le cose. Vedo le foto di Naomi brillare alla luce del fuoco. Aspettaci, le dico in silenzio. Stiamo cercando di trovarti, ci stiamo avvicinando. Sorseggio il caffè e mi concentro su Ted appena mi risponde.

«Sì, ci hanno provato», dice Ted con un brusco sospiro. «Fortunatamente senza riuscirci. Non è stata accertata alcuna negligenza, quindi la questione non è mai arrivata in tribunale».

«Quando è stata eseguita l'operazione?», chiede Michael. Ha ripreso a prendere appunti e non alza gli occhi dal suo taccuino.

«In estate», risponde Ted dopo una piccola pausa. «Lo so con certezza perché ne parlavo con Naomi quando andavamo insieme in ospedale. Stava facendo esperienza in laboratorio. Sembrava così interessata al caso. Parlarne con lei mi ha aiutato molto».

«Quando ha fatto questa esperienza di lavoro?». Michael guarda dall'uno all'altro in rapida successione.

«Ai primi di luglio», rispondo immediatamente.

Ne sono sicura, perché ricordo ancora il mio disappunto. I ragazzi erano in viaggio con la scuola; Naomi aveva finito gli esami ed era assorbita dall'esperienza lavorativa. Avevo aspettato con impazienza il mese di luglio perché io e Ted avremmo avuto, per una volta, l'opportunità di fare insieme quelle piccole cose che gli altri fanno normalmente. Vedere un film o mangiare fuori. Ma fu allora che Ted cominciò a rientrare tardi quasi ogni giorno. Grossa mole di lavoro, aveva detto. Colleghi in vacanza. Avevo sfruttato quei giorni per rimettermi in pari con i miei documenti di valutazione, per incontrare qualche amica, ma non era ciò che avevo atteso con ansia.

«L'esperienza lavorativa di Naomi la portava in corsia?», chiede Michael a Ted.

«Era più che altro lavoro di laboratorio, ma le piaceva venire in corsia», risponde Ted. «Parlava con i pazienti e con i loro familiari».

«Quindi era lì nello stesso periodo in cui c'era la ragazzina, e Yoska». Poi a bassa voce, quasi borbottando fra sé, Michael aggiunge: «Yoska avrà scoperto chi era e avrà voluto conoscerla, sapere quello che faceva, allo scopo di procurarsi la ketamina. Vendetta lucrativa».

Naomi sarà stata conquistata dal fascino e dal potere di Yoska, avrà provato l'eccitazione data da qualcuno diverso dai compagni di scuola. Sarà stata elettrizzata dal suo nuovo segreto; truccarsi ogni giorno – e io avevo pensato che ci tenesse per il lavoro – così l'esotico sconosciuto non si sarebbe accorto della sua giovane età. Il loro rapporto in fase nascente deve essersi consolidato dopo la conclusione dell'esperienza lavorativa di Naomi, quando Yoska si era ormai guadagnato la sua fiducia; anche se Naomi stava ancora insieme a James, l'influenza che Yoska aveva su di lei non aveva fatto che crescere.

«Chi era l'infermiera di corsia all'epoca?». Michael si rivolge a Ted.

«Beth», risponde Ted con calma. Distoglie lo sguardo da me e lo punta fuori della finestra, anche se è troppo buio per vedere qualsiasi cosa. «Beth Watson».

«Ah, sì, naturalmente. Beth Watson. C'è stato un incendio nel suo appartamento la sera del 19 novembre». Michael fa una breve pausa per lanciarmi un'occhiata; sa che è stata l'ultima volta in cui ho visto Naomi, perciò sentire quella data è come rigirare il coltello nella piaga. Poi la sua voce riprende lentamente: «Prima stavo accennando a Jenny della zuffa in ospedale. Ragazzi nomadi della famiglia di Yoska». Mi lancia un'altra occhiata e prosegue: «Abbiamo sempre pensato che l'incendio nell'appartamento della signorina Watson fosse una semplice coincidenza».

Osservo Michael mentre si alza dalla sedia e va a mettersi davanti alla finestra. Dietro di lui, il bagliore del fuoco si riflette nel vetro. Visti da fuori, sembriamo un gruppo sereno e affiatato, amici e familiari insieme.

«Ora, tuttavia, penso che Yoska possa aver scoperto la relazione fra Ted e la signorina Watson».

Non doveva fare altro che osservarli insieme. Come sono certa avrà fatto Naomi. Yoska non ci avrà messo molto a capirlo, e comunque potrebbe averglielo detto Naomi.

«Ritengo possibile che i nomadi abbiano appiccato deliberatamente il fuoco all'appartamento della signorina Watson, sapendo che avrebbe chiamato Ted», dice Michael.

Ripenso a Ted quella sera, fermo nell'ingresso, quel sentore di bruciato. Gli do un rapido sguardo; sul volto ha un'espressione colpevole.

«Sarà stato interesse di Yoska assicurarsi che Ted rientrasse a casa più tardi del solito, dandogli così più tempo per scappare con Naomi. Più a lungo veniva trattenuto Ted, più tardi sarebbe stato dato l'allarme: contavano su questo».

Michael ci guarda entrambi. «Il vero bersaglio, quella notte, era Naomi».

"Bersaglio". Perché ha dovuto usare quella parola? Mi fa pensare a proiettili che si conficcano dentro un cerchio di cartone, un cerchio che rappresenta un cuore, un cuore pulsante.

«C'è dell'altro...». Una pausa, poi Michael riprende il discorso, quasi con riluttanza. «Sappiamo già che Ed scambiava i farmaci presi dalla borsa di Jenny con la ketamina. Sembra che – sempre nell'ambito del piano di vendetta contro Ted – Yoska si sia premurato di fornire la ketamina a Ed in cambio di quei farmaci».

Fissiamo Michael con gli occhi sgranati, increduli. Anche Ed?

Ted balza in piedi. «Impossibile. Non ha mai incontrato Ed...».

«Ieri sono andato da Ed», lo interrompe Michael. «Spero non vi dispiaccia, ma sentivo che non c'era tempo da perdere. Ho portato la foto con me. Ed ha riconosciuto Yoska come l'uomo che lo riforniva di ketamina. Pensava che fosse un tipo molto generoso; pensate che Yoska ha continuato a procurargli la ketamina anche dopo che Ed aveva esaurito i farmaci sottratti a Jenny. Ed non aveva niente da dargli in cambio, ma Yoska sembrava non preoccuparsene».

Osservo Ted camminare avanti e indietro nella stanza, incapace di accettare quest'ultima verità. Poi si ferma di fronte a Michael.

«Non poteva sapere chi era Ed – come diamine l'ha trovato? Dove?»

«Sarà stato facile per Yoska risalire a Ed da quel che Naomi gli avrà raccontato della sua famiglia», replica Michael con calma sicurezza. «Avere un nome è più che sufficiente. Qualsiasi spacciatore sa dove trovare potenziali clienti: all'entrata della scuola, nei pub, nei locali. Una volta stabilito il contatto, avrà sapientemente manipolato Ed convincendolo a procurarsi i farmaci per ottenere in cambio la ketamina e garantirgli la fornitura anche in seguito».

Un uomo in un locale. Le parole di Ed mi tornano in mente.

Ted continua a camminare su e giù, i pugni affondati nelle tasche. «Perché Ed non ce l'ha detto? Doveva sapere di Yoska e Naomi, allora perché accidenti non ha parlato dopo che è scomparsa?»

«Per la semplice ragione che non lo sapeva». Il tono di Michael è sicuro. «Ed non aveva assolutamente idea della loro relazione; è ovvio che Naomi l'aveva mantenuta segreta. Yoska non si sarebbe mai sognato di dire a Ed che era coinvolto con sua sorella. Non sarebbe servito al suo scopo».

Il suo scopo, naturalmente, era colpire al cuore la nostra famiglia, infliggerci tutto il danno possibile per vendicare la sorella.

Michael ci comunica che ora la ricerca andrà avanti più rapidamente, grazie alle nuove informazioni. Poco dopo riparte; domattina deve andare presto al lavoro.

Mi sfiora la guancia con un bacio mentre esce dalla porta. Ted aspetta ai piedi delle scale.

«Come puoi farlo, con quello che c'è in ballo?»

«Fare cosa?». Cerco di spingerlo da parte. «Sono esausta, Ted, e ho bisogno di dormire. Parleremo più tardi».

«Goditi la tua relazione, se vuoi. Chi sono io per criticare?». Eppure alza la voce. «È un agente di polizia. È totalmente contrario all'etica professionale».

«Come puoi persino pensare una cosa simile, adesso?». Noto il volto arrossato, gli occhi accesi di rabbia. «Michael è stato di aiuto più di quanto tu possa immaginare…».

Ted sbruffa con aria sprezzante. «Ovvio. Uomini così vanno a caccia di donne vulnerabili; probabilmente l'ha già fatto in precedenza».

È geloso. Mi avvio lentamente su per le scale, sentendo i suoi occhi puntati sulla schiena. Adesso sa cosa si prova, ma sono troppo stanca, troppo sconfortata per provare soddisfazione.

Il sonno non arriva. Yoska ci ha teso una trappola. Ha catturato sia Ed che Naomi. Beth sa che la notte in cui ha chiamato Ted era la notte in cui Naomi è scomparsa? Mi chiedo se si senta in colpa. Se Ted fosse rientrato a casa come al solito, la dinamica della serata sarebbe andata diversamente. Mi sarei svegliata prima; avremmo chiamato prima la polizia.

Una volta ho trovato una sciarpa di Beth. Rinunciando a prendere sonno, scendo a prendere il mio album. Mi preparo una tazza di tè e, seduta al tavolo nella cucina silenziosa, cerco il primo foglio bianco e disegno una striscia di seta, sfuggente e contorta come le fiamme nel focolare.

Bristol 2009. Dodici giorni dopo

Una sciarpa cremisi mai vista prima avvolgeva morbidamente i vecchi CD nel vano portaoggetti. Lo avevo aperto mentre cercavo una caramella per Ed, che soffriva di mal d'auto. Mi chinai, e la sciarpa sembrò risplendere nel vano buio: rossa come un segnale di pericolo. Un lieve aroma di lavanda colpì le mie narici.

«Trovata?».

Lo sportello del vano si richiuse con un *clic* metallico. Tutto nella sua macchina calda e profumata di pelle si chiudeva agevolmente, i bordi combaciavano alla perfezione. Il pickup che avevo visto nel bosco due giorni prima non aveva sportelli.

«No». Risposi senza voltarmi a guardarlo. Qualcuno aveva portato via Naomi a bordo di quel veicolo. Avevo bisogno di Ted. Insieme, avevamo più possibilità di ritrovarla. Dovevo allontanare ogni altra cosa dalla mia mente. Quel che era successo con Beth era ormai acqua passata. La sciarpa non aveva importanza.

«Possiamo fermarci alla prossima stazione di servizio». Ted cercò Ed nello specchietto retrovisore. «Ce la fai, Ed?».

Mi girai sul sedile per guardare Ed. Il volto pallido era confinato nell'angolo fra il sedile e il finestrino. Aveva gli occhi chiusi e non rispose. Fingeva di dormire; forse si era addormentato davvero. Abbassai un po' il mio finestrino. Ted preferiva l'aria condizionata, ma un po' d'aria fresca avrebbe aiutato Ed.

Mi appoggiai allo schienale e osservai le mani di Ted sul volante. Le unghie erano corte e impeccabili, persino la peluria bionda sul dorso delle mani sembrava spazzolata con cura. Il volto visto di profilo appariva calmo, persino lievemente compiaciuto. Come poteva? Ci volle tutta la mia forza di volontà per non urlare e strapparmi la pelle di dosso.

Quando ero rientrata a casa la sera prima, non riuscivo a togliermi quel bosco dalla mente. Quel luogo aveva un che di sinistro. Ora la mia fantasia cominciò a percorrere corridoi bui, a vedere Naomi trascinata fuori dal pickup, gli occhi atterriti, una mano sulla bocca per soffocare le sue grida, il suo bisogno di me, di Ted. Le fiamme che guizzano improvvise dal veicolo, terrorizzandola. Bloccai le mani sotto le cosce per fermarne il tremito.

L'espressione tranquilla di Ted mi calmò mio malgrado. Lui si occupava dei fatti; gli piacevano le cose che avevano senso. Era bravo a curare i dettagli. Mi aveva sorpreso piacevolmente dopo che Michael mi aveva riaccompagnata a casa. Aveva preso in consegna il mio impermeabile zuppo, pulito gli stivali infangati, dato da mangiare al cane. Mi aveva detto che, mentre Ed dormiva, aveva fissato per l'indomani una visita al centro di riabilitazione di Croydon, suggeritogli da un collega. Si era preso il giorno libero.

«Dobbiamo porre fine a questa storia, Jenny. Ha bisogno di aiuto, e in fretta. Prima è, meglio è. Restare a casa è uno strazio per lui, lo capisci».

Naturalmente sapevo che Ed aveva bisogno di aiuto. Ero stata io a contrattare con lui la sua cooperazione, ma era stato organizzato tutto così in fretta che avevo avuto a malapena il tempo di abituarmi all'idea.

«Cosa vuoi che facciamo con la scuola?», domandò Ted, lo sguardo fisso avanti a sé.

Mi girai di nuovo verso il sedile posteriore. Ed stava osservando la strada, e i suoi occhi guizzavano ritmicamente indietro seguendo i pali del telegrafo che sfrecciavano accanto alla macchina. Non rispose, ma notai le guance più colorite. Stava meglio.

«Non ti preoccupare per la scuola», dissi a Ed. «Sistemeremo tutto. Non ha importanza». Ed mi diede un rapido sguardo. Non mi credeva, ma era vero. Avevamo perso una figlia; dovevamo mettere Ed in salvo. Niente altro aveva importanza.

Cominciarono ad apparire gli avamposti di Londra. Ponti, una centrale elettrica, una fabbrica di biscotti. Ted si fermò a una stazione di servizio, dove comprammo dei sandwich e io misurai la febbre a Ed; era salita leggermente. Al centro della fascia intorno al gomito c'era una chiazza gialla e umida. Gli diedi la dose di antibiotici di mezzogiorno e altro paracetamolo. Mentre Ted faceva il pieno di benzina, pensai che dovevamo sembrare una famiglia normale in viaggio, magari per accompagnare il figlio all'università. Nessuno avrebbe mai immaginato che quell'uomo dall'aria tranquilla, in forma per la sua mezza età, attraente con i suoi occhi azzurri e i capelli biondi, avesse perso una figlia nelle ultime due settimane; oppure che la donna esile dai capelli neri sul sedile del passeggero si stesse aggrappando alla propria sanità mentale con tutte le forze. E a un'occhiata fugace, Ed sarebbe parso un adolescente come tanti altri.

Il centro sorgeva in uno spazio verde lungo una stradina tranquilla di Croydon, un vecchio edificio vittoriano con ampie finestre e un portone in stile gotico.

Ted parcheggiò sulla ghiaia di fronte all'entrata principale. Un ragazzo scalzo con un sorriso dolce venne ad aprire la porta. Il nodo che mi serrava lo stomaco si allentò un po'.

«Salve». La voce aveva una leggera inflessione irlandese, accogliente, gentile.

«Grazie, Jake. Ora ci penso io». Un uomo basso di mezza età con gli occhi slavati comparve dietro Jake e spalancò la porta; aveva i capelli grigi raccolti in una lunga coda di cavallo e una maglietta tesa sui bicipiti pieni di lentiggini. Il ragazzo chiamato Jake sorrise a Ed e si allontanò senza fretta, lanciando un'occhiata oltre la spalla.

«Entra. Tu devi essere Ed. Io sono Finac».

Seguimmo Ed dentro l'atrio e rimanemmo lì, incerti, infreddoliti e con gli abiti sgualciti dal viaggio. Ed continuava a sbadigliare. Lo sguardo di Finac, rapido, negativamente critico, ci inquadrò subito. Genitori, dicevano i suoi occhi, ecco il problema.

Ci strinse la mano senza sorridere. «Seguitemi».

Ci condusse in una piccola sala, dove un odore acre di sigarette indugiava sul mobilio malandato. Poltrone con logore chiazze unte erano disposte in gruppi ordinati. All'esterno, grandi alberi spogli circondavano un prato.

«Aspettate qui. Vado a chiamare la signora Chibanda».

Dopo qualche minuto una donna entrò nella stanza, avvolta in un tessuto morbidamente drappeggiato dai colori vivaci. La pelle scura era tesa e liscia sugli zigomi. Sorrise stringendoci la mano; emanava un leggero profumo di rose. Tutto di lei mi fece sentire meglio.

«Sono Gertrude Chibanda, la direttrice. Sono io che decido». Chinò appena il capo, sorridendo. Aveva denti perfetti. «Finac sarà il collaboratore di Ed, sempre che siate tutti d'accordo che questo sia il posto adatto per Ed».

Finac ci lanciò un'occhiata e confermò con un cenno della testa.

«Se per voi va bene, parlerò con Ed mentre Finac vi mostrerà la struttura, e poi avremo modo di parlare mentre Ed vede dove potrebbe soggiornare nel caso decida di venire qui...».

Seguimmo Finac lungo corridoi stretti e in stanze silenziose. Vedemmo una sala mensa spoglia e deprimente e una sala musica con poster sgualciti di Jimi Hendrix appesi alla parete, una batteria nuova e chitarre appoggiate contro il muro. Non ci fu permesso visitare le camere da letto.

Ed stava finendo una generosa tazza di caffè quando arrivammo; sparì subito insieme a Finac. Gertrude mi guardò con espressione addolorata.

«Mi dispiace per quel che è successo alla vostra famiglia. Ho perso un figlio a causa di una malattia qualche anno fa». Ci fu una piccola pausa. «Mi dispiace», ripeté semplicemente.

La guardai. «Mi spiace per suo figlio. Non riesco a immaginare cosa si provi; ma Naomi non è morta. È solo... solo...». Non riuscii ad andare avanti. Consapevole dell'espressione afflitta di Gertrude e di quella preoccupata di Ted, mi girai verso la finestra. Il verde del prato si confuse e si sciolse insieme alle lacrime. Gertrude mi porse un fazzoletto piegato con cura. Anche quello profumava di rose.

Due ore dopo erano stati presi tutti gli accordi. Finac ci aveva illustrato il programma in dodici fasi per il recupero dei tossicodipendenti e come funzionava; Ed aveva deciso di fermarsi per qualche giorno in via sperimentale. Parlai con l'infermiera del centro riguardo alla fasciatura di Ed. Il dottore sarebbe andato lì nel pomeriggio e gli avrebbe somministrato altri antibiotici. Avremmo potuto portare la roba di Ed dopo qualche giorno, e nel frattempo io avrei parlato con la scuola. Ed non disse nulla quando ce ne andammo. Non ci guardò nemmeno; lo lasciammo seduto sul suo letto a fissare il vuoto.

«Mi piace», disse Ted lungo il viaggio di ritorno. «Mi è piaciuta la donna, ma non Finac. Perché certe persone vogliono che ogni cosa sia colpa dei genitori, come se fossimo dei nemici?»

«Perché è colpa nostra». Ero troppo stanca per parlare. «Noi siamo i nemici. Non siamo stati sufficientemente attenti, eravamo troppo presi dal lavoro».

Ted mi cinse goffamente le spalle attraverso lo spazio fra i sedili. «Non avremmo potuto amarlo di più. Gli abbiamo dato tutto».

Scossi la testa.

«Non potevamo essere sempre presenti», continuò. «I ragazzi devono crescere. Diventare indipendenti».

«Indipendenti come Naomi?»

«Sono dalla tua parte, Jen». Ted guardò fuori dal finestrino. «Qui, in questo preciso momento, sono con te».

Con me? Per quanto tempo era stato con me? La sciarpa di Beth era nel vano portaoggetti di fronte a me; quando era salita l'ultima volta su quella macchina? E come poteva essere con me quando non avevo la minima idea di dove fossi?

Capitolo 28

Dorset 2011. Tredici mesi dopo

Mi sveglio presto; fuori, il primo strato di buio si è sollevato, facendo apparire il giardino piatto e immobile come un dipinto sotto il cielo grigio. Nel mio sogno c'era lei, sotto l'albero, al riparo dei rami, sole e ombra si rincorrevano sul viso rivolto verso l'alto. L'uniforme scolastica che indossava le andava stretta. Io ero dietro la finestra di questa stanza; ho provato a gridare il suo nome, ma la voce era poco più di un sussurro; non riuscivo a sollevare i piedi, e quando ho cercato di staccarli dal pavimento, sudando per lo sforzo, mi sono svegliata.

Passano i minuti. La delusione bruciante alla vista del giardino deserto si stempera nel dolore sordo e familiare che si localizza da qualche parte nel mio cuore, e mette radici nelle ossa, un peso da portare. Il davanzale è freddo sotto le mie mani; il sogno mi sfugge dalle dita.

Ho la testa confusa; i fatti che ieri si erano allineati in modo così ordinato cominciano a turbinare come foglie al vento. Yoska lo spacciatore di ketamina, Yoska il fratello, Yoska il paziente.

Ieri ero sicura che quel nome ci avrebbe portato da lei, ma gli indizi che sembravano così certi si sono dissolti in semplici sospetti, uniti da un legame labile e temporaneo come serpenti che si attorcigliano gli uni con gli altri. Non ci sono prove. Anche se rintracciassero Yoska, non c'è niente che lo colleghi inconfutabilmente a Naomi, a parte quella "Y" nel suo diario. È sulla lista degli spacciatori di Michael, è stato in corsia con sua sorella, i ragazzi della sua famiglia hanno appiccato l'incendio, ha rifornito Ed di ketamina, è venuto da me in ambulatorio. Un bravo avvocato della difesa potrebbe sostenere che si tratta solo di coincidenze.

«Ci serve qualcos'altro», mormoro fra me e me. Fuori, i rami rimescolano l'aria del mattino e la luce via via più intensa cancella le ombre sotto di essi. «Deve esserci qualcosa di meglio».

Scendo a bere una tazza di tè dopo l'altra; mi tremano le mani e ho la gola irritata, ma il mal di testa è sparito e mi sento meglio. La cucina è stata riordinata. Riconosco il modo di piegare gli strofinacci tipico di Ted: più volte, in forma compatta. Il lavello e lo scolatoio sono clinicamente puliti. Mi ero dimenticata questa mania di Ted; persino le sue mani sono immacolate. Lo immagino mentre le pulisce a fondo prima di un'operazione, gli occhi azzurri assorti ma distanti sopra la linea della maschera, concentrato sull'intervento imminente, la stanza di lavaggio intorno a lui fredda e luminosa come un obitorio.

Il mio ambulatorio, la ketamina, la corsia, l'incendio. La piccola lista scorre nella mia testa come il nastro di una telescrivente, spingendo fuori le immagini di Ted. Yoska è il collegamento fra questi ambienti, ma dov'è la prova che ci serve?

Il cellulare di Michael ha la batteria scarica e scatta la segreteria. Gli telefono in ufficio e risponde una donna. Mentre aspetto, la sento dire a Michael che sono in linea. C'è forse una nota divertita nella sua voce? Una donna, di nuovo… sembra dire. Tu e le tue donne… Poi Michael viene al telefono. Mi ascolta attentamente prima di rispondere.

«È sufficiente così, Jenny. È sufficiente per spingerci a cercarlo e interrogarlo. Abbiamo avviato la ricerca della famiglia». Ha una voce distaccata. È in ufficio, con persone che entrano ed escono, e forse la segretaria è rimasta nella stanza a scartabellare i fascicoli in un cassetto dell'archivio.

«Ma non capisci. È astuto, davvero astuto». La famiglia di Yoska si era rivolta a lui quando la ragazzina era in ospedale; Ted aveva detto che era l'unico a sapere cosa fare. Avrebbe saputo esattamente cosa dire a qualsiasi poliziotto avesse cercato di arrestarlo, o a un avvocato deciso a farlo condannare.

«Appena lo troviamo, valuteremo le mosse successive». La voce di Michael è fiduciosa, ma ho la sensazione che non mi stia ascoltando; deve accusare ancora la stanchezza del viaggio di ieri. Probabilmente sta facendo segno alla segretaria di portargli un caffè.

«Aveva quell'asterisco vicino al nome», insisto con poca convinzione. La luce in cucina si è oscurata; un fronte di nuvole sta arrivando dal mare.

Segue una breve pausa. Sento il suo respiro nel telefono, le dita che digitano sulla tastiera e il *bip* del computer appena si apre la lista.

«Perché ha rubato una macchina, anni fa», dice Michael.

Guardo fuori dalla finestra mentre ascolto. Il verde indistinto di North Hill oltre il vetro bagnato di pioggia mi fa ricordare il piccolo bosco umido e i faggi vicino al fiume Severn, il pickup bruciato ficcato sotto i rami. Un piano sta prendendo forma nella mia testa.

«Quali altri dati avete registrato da allora?», gli chiedo.

«Dovremmo avere il suo DNA». Avverto che è distratto da qualcosa mentre parla, forse sta firmando dei documenti, il telefono bloccato tra il mento e la spalla.

«Quindi se troviamo tracce recenti di DNA che lo ricollegano a Naomi, e se corrispondono al DNA che avete, sapremo con certezza che l'uomo che ha preso Naomi è Yoska, uno spacciatore con il movente della vendetta». La mia voce è concitata, va di pari passo con il turbinio dei pensieri.

«Jenny…».

«E poi, una volta catturato, la corrispondenza tra il DNA recente e il campione che preleverete da lui, lo incriminerà una volta per tutte». Mi concedo una pausa per riprendere fiato, il mio cuore batte all'impazzata e la mano che stringe il telefono è bagnata di sudore.

«Jenny, non c'è alcun DNA recente. Di solito, l'unico modo per ottenere il DNA di un criminale è reperirlo all'interno di un corpo…». Si ferma; lo sento deglutire, come se volesse rimangiarsi le parole, ma è troppo tardi. «Scusa, ho detto una stupidaggine».

Segue una pausa, immagino stia sorseggiando il caffè. Fuori dalla finestra la pioggia si è infittita; la sento battere sulla paglia del tetto. Allontana quelle parole, cancellale.

«Ho intenzione di tornare nel bosco dove era il pickup». Mentre parlo comincio a buttare giù una lista, concentrandomi sul foglio. Torcia. Vanga. Stivali. Guinzaglio del cane.

«La polizia ha setacciato ogni centimetro della zona». Avverto una nota di esasperazione nella sua voce. Strano che riesca a coglierla così chiaramente al telefono. Non l'avevo mai notata prima d'ora.

«Le cose vengono in superficie, giusto?». Parlo così in fretta che ho l'affanno. «I boschi mutano».

Nel cottage c'è un piacevole tepore. Ted ha rifornito la stufa a legna e poi se n'è andato. Mi guardo intorno prima di uscire, nel caso ci fosse qualcosa da mettere a posto. Ma è tutto in ordine. È sempre in ordine. Nel capanno c'è una vanga, anche se non è lucida com'era quella di Mary quando l'ho aiutata a scavare la buca. Lavo via i grumi di fango dal metallo sotto il rubinetto in giardino. Le galline di Mary sono finite dentro una fossa; le loro piume avevano tutti i colori preferiti da Naomi; ma io non sto cercando una tomba. Sto cercando qualcosa che lui abbia toccato.

Il viaggio fino al bosco nel Gloucestershire dura tre ore. Sull'autostrada, il traffico procede a rilento attraverso una fitta cortina di pioggia; la macchina trema a ogni camion che le passa accanto rombando, schizzando acqua sporca sul parabrezza. Bertie dorme raggomitolato sul sedile accanto a me; guido tenendo una mano sulla sua schiena calda. Ricordo l'ubicazione del posto, tra la città di Thornbury e il paesino di Oldbury-on-Severn. Lo trovo senza difficoltà; mi torna subito familiare. Devo avere inconsapevolmente memorizzato la curva lungo la strada e il varco tra la siepe e il fosso. Accosto la macchina alla siepe come aveva fatto Michael. Con Bertie al mio fianco, mi avvio senza fretta lungo il lato del campo in direzione della collina; un vento umido mi sferza il viso. Appena il terreno comincia a salire vorrei di colpo tornare di corsa alla macchina; avrei il vento alle spalle, mi spingerebbe. Vorrei rimettere Bertie in macchina e allontanarmi il prima possibile. È mezzogiorno. Potrei trovare un piccolo caffè a Thornbury, sedermi a mangiare un sandwich e osservare le altre persone che vivono la loro vita normale e illudermi che la mia sia come la loro, e che non c'è bisogno di entrare nel folto degli alberi davanti a me a cercare qualcosa che potrebbe aiutarmi a trovare l'uomo che ha rapito mia figlia un anno fa.

I miei piedi continuano a camminare verso il bosco, scivolando di tanto in tanto nel fango; è passato un intero anno, ma la campagna non ci ha fatto caso. Gli alberi, non più circondati dal nastro segnaletico, sembrano immutati. Esito prima di entrare nella penombra sotto i rami, ma trovo il punto dove era il pickup in pochi istanti perché il tronco della conifera è ancora annerito dal fuoco. Bertie corre intorno alle radici scoperte, annusando il terreno. Un cambiamento c'è, dopotutto: due alberi sono caduti, uno è appoggiato alla conifera bruciata e il fango attaccato alle radici sembra fresco. L'avrà abbattuto un violento temporale invernale. Bertie, eccitato dall'odore di terra smossa, comincia a grattare e a scavare con le zampe.

Affondo la vanga nel punto in cui penso si trovasse il pickup, ma tiro su solo un mucchio di foglie; le sposto da parte con i piedi e con le mani, poi ritento. La punta di metallo intacca a malapena il suolo indurito. Sto cercando una tanica di benzina, un guanto fradicio. Spingo la vanga nel terreno più e più volte. Dopo un po' devo fermarmi a riprendere fiato. I capelli pesanti di pioggia mi scivolano davanti al viso; li pettino indietro con le dita sporche e il fango mi brucia gli occhi.

La vanga impatta sulle radici. Tiro su fango, sassi e frammenti di coccio. Niente. Bertie uggiola, lo ignoro. Quando avrò scavato questa buca, la allargherò, e poi scaverò un cerchio ancora più grande tutto intorno. Bertie comincia ad abbaiare. Gli vado vicino; ha trovato qualcosa? Sotto il frenetico scavare delle zampe intravedo piccole sagome bianche. Un leggero senso di vertigine mi fa crollare sulle ginocchia. Bertie ne ha afferrata una con i denti: è un osso, piatto e incurvato. Lascia che glielo sfili di bocca. È solo la costola di una pecora; ma è piccola, forse di un agnello o di un cerbiatto. Bertie sta scavando ancora; affiora un cranio di forma allungata, con i molari di un erbivoro ancora intatti.

I boschi mutano. Le cose vengono in superficie.

Mi siedo sui talloni. Michael aveva ragione. Non c'è niente qui. Gli indizi saranno da qualche altra parte. Sto cercando nel posto sbagliato. Non sono poi così astuta. Lascio cadere il piccolo osso nel fango. Naomi riderebbe se mi vedesse ora o, ancora peggio, proverebbe pietà per me. Non so.

Bristol 2009. Venti giorni dopo

Ted e io avevamo esaurito gli argomenti. Ed era andato via. Theo passava ore e ore nello studio a scuola e tornava stressato e con poca voglia di parlare. Ted mi osservava e sapevo che voleva dire qualcosa, ma non ci riusciva, né io lo aiutavo; anche io non riuscivo a dire niente. Ero sprofondata nel silenzio. Non avevo la forza di parlare.

In ambulatorio era più facile. Potevo fingere che fosse tutto a posto. Mi lavavo i capelli e stiravo i vestiti per avere un aspetto normale. Visitavo i pazienti e affrontavo i problemi. Solo per mezza giornata. Funzionava. Non sorridevo, non riuscivo a sorridere a nessuno, ma facevo il mio lavoro. Misuravo la pressione, palpavo addomi, esaminavo eruzioni cutanee, osservavo, ascoltavo, riempivo moduli e scrivevo ricette. Naomi non era stata spesso nel mio ambulatorio, così a volte, nella mia stanza, per pochi minuti, sembrava che non fosse successo nulla. Pensavo che sarei riuscita ad andare avanti così a lungo, ma mi sbagliavo.

Jade non era fra i miei appuntamenti di quel pomeriggio, perciò la signora Price doveva aver convinto Jo a lasciarle entrare fra un paziente e l'altro. La piccola si affacciò timidamente sulla porta, tenendo un mazzolino di fiori davanti a sé. La madre le diede una spinta d'incoraggiamento e la fece inciampare. Jade era smagrita ma i lividi erano spariti, e portava un cappellino di lana rosa calato sulle orecchie, così nessuno si sarebbe accorto che non aveva capelli. Erano passate solo cinque settimane da quando era stata ricoverata.

Riuscii ad accennare un sorriso. «Ciao, Jade».

La signora Price si mise a sedere e Jade cercò rifugio nel corpo abbondante della madre, infilandosi tra le sue ginocchia.

«Abbiamo pensato di venire a trovarla», disse la signora Price aggrottando la fronte.

La guardai, un nodo mi strinse la gola.

«Be', so cosa significa». Torse la bocca. «Quando succede a te, voglio dire».

Smise di parlare e mi fissò. Adesso ero io dall'altra parte, la parte sbagliata: ero la vittima. Difficile sapere cosa dirmi.

Si alzò e prese Jade per mano. «Quel che voglio dire è… Avanti, Jade».

La piccola mi consegnò i fiori con un breve sorriso, poi nascose il viso nel cappotto di pelliccia della madre.

Quando furono uscite, chiusi la porta e mi appoggiai contro il battente, poi mi lasciai scivolare giù finendo goffamente in ginocchio sul pavimento. I fiori sgusciarono fuori dal cellophane. Mi ripiegai su me stessa: sentii l'odore acre della varechina sul linoleum sbiadito e notai le piccole crepe che lo solcavano. Poi la mia faccia si contorse e un suono cupo e lamentoso mi salì dal petto, come il gemito di un animale ferito. Dopo un po' mi alzai e feci scorrere l'acqua del rubinetto, così nessuno avrebbe sentito; strappai il lenzuolo di carta dal lettino e me lo premetti sul viso. Ero stata folle a pensare di poter tornare al lavoro così presto. Non ero in grado di gestirlo. Non ero in grado di gestire nulla. Volevo tornare a casa e rannicchiarmi sotto le coperte, al buio. Volevo smettere di respirare.

Sedetti alla scrivania e feci dei lunghi respiri, scossa da un tremito incontrollabile. Non so come, riuscii a chiamare l'interno della segretaria e Jo mi ascoltò mentre la incaricavo di dire ai pazienti che ero stata chiamata fuori per un'emergenza. C'era una porta sul retro; i pazienti in attesa avrebbero pensato che ero uscita in tutta fretta da lì.

Restai seduta nella mia stanza. Jo mi portò una tazza di tè e mi diede una stretta affettuosa; aveva avvisato Frank, e lui avrebbe visitato i pazienti della mia lista che non potevano essere rinviati. Poi mi lasciò sola con me stessa.

La stanza si oscurò. Il mondo si ridusse alla mia mano posata sulla scrivania. Erano passati venti giorni da quando Naomi era uscita dalla nostra cucina. Ogni giorno, ogni istante di ogni giorno, avevo allontanato immagini di lei sofferente, legata, ferita, insanguinata; il suo corpo senza vita dentro una busta di plastica lungo la strada o gettato in una fossa poco profonda. Chiusi gli occhi, cercando di ricordare qualcosa di vivo e luminoso per bloccare quelle immagini. La festa dopo la prima dello spettacolo. Quante voci allegre avevano riempito la cucina quella sera; di colpo riaffiorò nella mia mente, vivida come se stessi guardando una fotografia. Naomi in piedi vicino ai fornelli, un piede scalzo sulla schiena di Bertie: si era isolata per qualche momento. Mi stavo avvicinando a lei, ma mi ero fermata; era così assorta a sbirciare di lato che avevo seguito il suo sguardo per capire dove fosse diretto, ma fuori della finestra c'era solo il buio della notte. Quando ero tornata a osservarla, aveva la bocca increspata in un sorriso. Un sorriso intimo, segreto. Mi era sembrata così diversa. Forse era per via dell'abito nero che indossava ancora, quello per la scena della morte di Tony in *West Side Story*, ma per un istante era diventata più grande, più determinata, in un modo che non riuscivo a spiegare. Un'ombra di inquietudine si era insinuata nella stanza rumorosa. Theo si era avvicinato alla sorella per dirle qualcosa e Naomi era scoppiata a ridere, ed era stata di nuovo lei; qualcuno mi aveva toccato sulla spalla e mi ero voltata, così la scena mi era uscita di mente. Fino a quel momento. Sola nel mio studio, realizzai che il suo sorriso mi aveva detto qualcosa. Era un indizio.

Quando ero uscita dall'ambulatorio era buio e faceva freddo, ma la stanza di Naomi era calda. Avevo lasciato il termosifone acceso perché andavo a sedermi lì quasi tutte le sere. A volte pensavo che molecole della sua pelle o dei suoi capelli fossero ancora nell'aria, e se erano lì sarebbero venute a contatto con il mio viso, con le mie mani. Forse, se fossi rimasta perfettamente immobile, le avrei sentite.

Quella sera una nuova speranza mi serrava la gola, impedendomi quasi di respirare. Volevo con tutte le mie forze che avesse pianificato la fuga. Volevo che fosse quello il motivo del suo intimo sorriso. Non mi importava se sapeva che ci avrebbe fatto soffrire, o addirittura se era quello il suo scopo. Non mi importava, se significava che era sana e salva.

La sua stanza era stata ispezionata dalla polizia e da Michael. Avrei fatto un altro tentativo. Se aveva pianificato tutto, forse c'era ancora un indizio. Il cappotto pesante era nell'armadio, insieme alle gonne per la scuola. Tastai la tasca del cappotto. Niente. Tutte le scarpe erano allineate in fila: le ballerine verdi, le Converse, le infradito. Feci scivolare la mano dentro una delle ballerine, sentendo i piccoli avvallamenti della suola di pelle che avevano ospitato le dita del piede. Aprii i cassetti del comò, infilai le mani sotto i pullover messi alla rinfusa. Niente. I soprammobili sulla mensola del camino erano stati spostati; mani esperte in cerca di indizi avevano tolto le foto dalle cornici per vedere se nascondevano qualcosa e le avevano riposizionate un po' di traverso. Tutto il resto era al suo posto: il cavallo di porcellana, le foglie autunnali, il portagioie.

Sotto di me, sentii aprirsi la porta di casa e i passi di Ted che attraversavano l'ingresso.

Mi sedetti sul letto. Appena alzai il coperchio bianco del portagioie, la ballerina di plastica con la gonna di tulle rosa piroettò al suono incerto e rallentato della melodia. Chiusi gli occhi. Ripensai al giorno del suo sesto compleanno, quando aveva scartato il portagioie e trovato all'interno la collana di corallo. Spalancai gli occhi di colpo. La collana non c'era più. Frugai dentro. Dov'era? Conservava sempre i coralli nel portagioie. Qualcuno li aveva presi, e di recente. C'era ancora l'impronta nella morbida imbottitura di raso. Guardai sulla mensola del camino, sul pavimento, sotto il tappeto. Poi mi precipitai giù.

«Lo sapeva. Aveva pianificato tutto».

Ted era seduto sulla poltrona, lo sguardo fisso avanti a sé, un bicchiere in mano. Si girò verso di me con aria assente.

«Pianificato cosa?»

«La collana è sparita, i coralli che le aveva regalato mia madre. Spariti. Deve averli portati con sé». Mi fermai per riprendere fiato.

«Come fai a dirlo?». La voce di Ted era fiacca e inespressiva. «Potrebbe averli persi anni fa».

«Sono stati prelevati di recente; c'è ancora l'impronta».

«Allora li avrà persi di recente».

«No. Non li avrebbe mai persi. Amava quei coralli. Significa che era tutto pianificato. Li avrà portati con sé. Sapeva che sarebbe andata via. Per questo sorrideva fra sé».

«Sorrideva fra sé?»

«Sì. Alla festa».

«Quale festa?»

Ignorai la domanda. La mia mente stava lavorando a pieno ritmo. Cercai di ricordare l'ultima volta che avevo visto Naomi. Indossava la collana? Forse era nella busta insieme alle scarpe? Le domande iniziarono a rincorrersi l'un l'altra.

«Jenny, sei completamente esausta». Ted si alzò e mi passò un braccio intorno alle spalle. «Sembra che tu abbia pianto».

Il braccio era pesante, l'alito sapeva di alcol. Mi tirai subito indietro.

«Non…».

Mi guardò come se non mi riconoscesse. Scrollò le spalle e si avviò verso le scale.

«Significa che non è stata rapita, non lo capisci?», gli gridai dietro.

Continuò a camminare. «Ora sono troppo stanco», disse. «Non ti preoccupare per la cena. Ho mangiato qualcosa in ospedale. Vado a sdraiarmi».

Lo osservai mente saliva adagio la rampa, aggrappandosi alla ringhiera. Ebbi la sensazione che stesse uscendo lentamente dalla mia vita. Non mi importava. Naomi aveva preso la collana di corallo. Aveva pianificato la fuga. Era salva.

Capitolo 29

Dorset 2011. Tredici mesi dopo

Naomi sta ballando. È Maria che balla con Tony e si vede che si sta innamorando. È diverso dal vero *West Side Story*, ma nel mio sogno non ha importanza. Il ritmo è lento e ballano insieme, vicini, rispecchiandosi l'uno nei movimenti dell'altra. A poco a poco la musica accelera, e devono ballare sempre più velocemente, poi il volume aumenta sempre più, finché smette di essere musica e diventa rumore, sgradevole e assordante. C'è agitazione tra il pubblico. Le luci cominciano a sfarfallare, così i movimenti della danza appaiono bizzarri e spasmodici. C'è qualcosa che non va e in sala si sentono brontolii di protesta. La gente sta lasciando il teatro. Un colpo di tamburo forte come uno schianto mi sveglia di soprassalto, lasciando un'eco evanescente nella mia testa.

Il battito del cuore rallenta in pochi minuti. I sogni tornano ogni notte, ormai.

Erano mesi che non pensavo a quel teatro. Scosto i capelli dagli occhi, così posso rivedere nell'oscurità le immagini che ancora mi affollano la mente. Yoska è stato una figura, un'ombra, intravista in fondo alla platea dalla professoressa e da Nikita. James lo aveva visto appoggiato contro una parete.

Pensieri cominciano a sfarfallare nella mia mente come le luci nel sogno. Aveva dimenticato qualcosa in teatro? Un cappello? Fibre del suo cappotto scuro rimaste su una poltrona? Qualsiasi cosa venuta a contatto con la sua pelle poteva contenere tracce di DNA. La polizia aveva guardato nel teatro, ma poteva essergli sfuggito qualcosa. Telefonerò a Michael e gli chiederò come hanno proceduto. Posso tornarci di persona e cercare meglio. Penserà che sono diventata pazza. Forse è così. Forse dovrò guardare di nuovo in ogni posto – altrimenti come posso essere sicura che non ci siano altre tracce? Da qualche parte, nel mondo, c'è la prova che è stato lui a portarla via. Devo solo trovarla.

Rimango sveglia per il resto della notte, tormentata da mille interrogativi. Alle sette telefono a Michael.

La sua voce è circospetta ma gentile. «Volevo venire da te ieri sera, ma si è fatto tardi. Sono stato in pena. Non avrei dovuto dirti quelle cose sul reperimento del DNA».

«Avevi ragione».

«No, affatto. Non c'è alcun corpo, naturalmente. Non c'è mai stato. Quindi è ovvio che non ci sia alcun DNA».

Forse stava per ripetermi che l'unico posto dove trovare il DNA di un criminale nella ricerca di una ragazza scomparsa è dentro il corpo della malcapitata, ma lo so già. So che cercano nella vagina, nell'esofago, sugli indumenti, sui capelli. Non voglio sentire altre parole sull'argomento. Se non le dirà, non dovrò figurarmi le immagini che parole del genere evocano.

«Intendevo dire che avevi ragione a proposito del bosco. Non c'era niente», gli spiego, per impedirgli di aggiungere altro.

«Così alla fine ci sei andata? Ah, Jenny». Avrà piegato in giù gli angoli della bocca. È stata una delle prime cose che ho notato di lui; ricordo di aver pensato che fosse un buon segno che i casi della vita potessero ancora renderlo triste. «Ti ho detto che la polizia aveva setacciato ogni angolo possibile».

«Anche il teatro?»

«Anche il teatro», ripete lentamente.

«Sì. Sai, l'ho sognato stanotte». Ma se pensa che sia impazzita non mi aiuterà; meglio ricominciare il discorso. «Ha recitato in *West Side Story*, ricordi?». Una breve pausa fa seguito alle mie parole.

«Certo che mi ricordo. Abbiamo fatto una perquisizione accurata, a cominciare dallo spogliatoio».

«Cosa significa, esattamente, una perquisizione accurata?».

Un piccolo sospiro, il rumore di una lampo che si apre mentre tira fuori il portatile dalla custodia. «Ti richiamo fra un minuto e ti darò tutti i dettagli».

Avranno cominciato dallo spogliatoio dove si è trasformata in Maria ma, pensandoci adesso, lo usava solo per cambiarsi. Dopo di che, rimessi i suoi vestiti, non si struccava. Non solo, si truccava sempre a casa, prima di uscire. Perché? Forse lo incontrava mentre andava o tornava dal teatro. Avrà avuto l'aspetto di una diciottenne con l'eyeliner e il fondotinta. Vedendola, Yoska si sarà sentito autorizzato a fare… cosa?

Quando suona il telefono rispondo dopo il primo squillo.

«Come pensavo, hanno guardato dappertutto». La voce di Michael è calma e convinta. «Ho qui la lista».

«Sì?»

«Hanno rilevato le impronte digitali ovunque: maniglie delle porte, rubinetti, sedili in fondo al teatro, toilette. Hanno controllato ogni armadietto, le ceste dei costumi, le pattumiere e i cassonetti all'esterno». Breve pausa. «Hanno sollevato l'impalcato».

Questo non lo sapevo. Quindi persino allora avevano considerato l'ipotesi della sua morte.

«Jenny, questa storia deve finire». Si schiarisce la gola, alza la voce. «Finirai per impazzire». Si ferma, poi riprende con tono più pacato: «Lascia che ci pensiamo noi. Molla tutto».

«Non mollerò mai». Silenzio da parte di Michael. Riprendo a parlare, imperterrita. «Michael, quando lo prenderete, negherà tutto». Yoska scuoterà la testa con sguardo divertito. «Saprà che senza prove inconfutabili non possiamo dimostrare la sua colpevolezza. Ci serve la prova che sia stato con lei».

«Non puoi cercarla in teatro solo perché l'hai sognato», ribatte con una risatina.

Ma io non posso cancellare quel sogno; non posso cancellare Naomi.

Prendo il telefono e digito il numero della scuola di Naomi. La preside è in riunione con il consiglio dei docenti ma mi richiama dopo dieci minuti.

Il tono è gentile. «Sono così contenta di sentirla. Spesso mi sono chiesta come stava».

«Bene, grazie, signorina Wenham».

Se mi vedesse, sono sicura che lo penserebbe anche lei. I mesi sul mare sono serviti a qualcosa. Ho un aspetto decisamente migliore dell'ultima volta che mi ha vista. Non avrebbe modo di accorgersi che le ferite si sono riaperte; anche se sanguinano, non si vede all'esterno.

«Stavo pensando al teatro», dico cautamente. «Potrebbe esserci qualcosa che è sfuggito alla polizia». Parlo in fretta, nel timore che mi interrompa e io mi lasci prendere dal panico. «Vorrei controllare. Forse un oggetto dimenticato è ancora lì, nonostante sia passato tutto questo tempo. So che può sembrarle stupido. Magari un cappello, o una giacca...».

Le parole mi sfuggono troppo in fretta di bocca, e nel silenzio che perdura all'altro capo della linea suonano assurde.

La signorina Wenham è esitante. «Può guardare, naturalmente, mia cara. Ma è improbabile che troverà qualcosa. Ora è molto diverso».

«Diverso?». Forse ora hanno messo porte autobloccanti. Tastierino numerico con password, o un portiere fisso. Una lezione imparata dalla vicenda di Naomi.

«Be', non è ancora ultimato», continua con voce misurata. «Ma siamo in dirittura d'arrivo. Un ex allievo ci ha lasciato una somma nel suo testamento per rimettere a nuovo il complesso». Fa una piccola pausa, ma io non faccio commenti e lei va avanti: «Ci sono stati molti cambiamenti, un nuovo palcoscenico e così via…». La voce si spegne nel silenzio. Si è resa conto di essere stata indelicata.

«Forse potrei venire a dare un'occhiata, non si sa mai». Cerco di infondere una nota di speranza nella mia voce, ma vorrei morire. Troppo tardi, fin troppo tardi.

«Quando avranno finito i lavori, una delle ragazze la accompagnerà in giro per il teatro. Provi a richiamarmi fra una settimana o giù di lì. Sono così contenta…».

Non aspetto di scoprire la causa di tanta contentezza. Metto giù il telefono. Sarà troppo tardi quando avranno finito i lavori; andrò oggi. La giacca può essere ancora appesa a un gancio, un oggetto a cui sono passati davanti mille volte fino a non farci più caso; il cappello magari sarà finito sotto i piedi, spinto in un angolo con un calcio. Posso sempre dare un'occhiata, anche se con quasi quattordici mesi di ritardo.

A volte è così che funziona in medicina: un'illuminazione improvvisa mentre esco in retromarcia dal garage. Visiti di nuovo il paziente, o qualcuno lo fa per te, ed ecco la diagnosi, proprio quando tutti si erano arresi. A volte è la cosa più ovvia a cui nessuno aveva pensato. Per un istante, mi sembra di vedere il visetto di Jade fluttuare nello specchio. Vale sempre la pena dare una seconda occhiata.

Bertie è già sul sedile del passeggero, naso sulle zampe, occhi chiusi, pronto a partire, ma qualcuno bussa al mio finestrino mentre giro la macchina in direzione della strada. È Dan, più alto nel suo cappotto nuovo, il bavero alzato per proteggersi dal vento.

Abbasso il finestrino. «Bel cappotto».

«Grazie. Regalo di Natale della nonna. Nei film nevica sempre a New York».

«Allora ci vai davvero?». Non mi ero resa conto che il tempo passava anche nelle vite degli altri.

«Parto domani. Il corso comincia la prossima settimana». Il volto è compassato, ma la voce tradisce eccitazione.

«Aspetta, parcheggio di nuovo la macchina».

«Non si preoccupi, torno più tardi».

So che non lo farà, e se lo farà io non ci sarò. Spengo il motore e scendo rapidamente.

«Mary sentirà la tua mancanza. E anche io».

Abbassa lo sguardo a terra per un istante.

«Che piani hai?»

«Starò da Theo e Sam finché non troverò un'altra sistemazione».

«Hai soldi a sufficienza?». Ma è una domanda di troppo. Fa un passo indietro, di colpo ostile.

«Parla come mia madre».

«Sono una madre, ecco perché».

«Non la mia». Mi guarda dritto negli occhi, poi continua: «Le farò sapere come va». Pausa. «In ogni caso ci penserà Theo».

C'è un istante in cui potrei toccarlo, un istante in cui resta lì, l'aria smarrita. Come se avesse indovinato i miei pensieri, arrossisce e si gira. «Ci vediamo», dice.

Poi si sta già allontanando lungo la strada, e io non l'ho nemmeno ringraziato. Lo raggiungo con la macchina davanti al negozio, abbasso il finestrino, ma proprio in quel momento due ragazze escono dall'entrata e lo salutano. Nello specchietto retrovisore, lo vedo scendere sull'asfalto, sporgersi per seguire la macchina con lo sguardo; un istante dopo una delle ragazze gli si avvicina e lo prende sottobraccio. Giro l'angolo e non lo vedo più. Andrà a New York; comincerà una nuova vita. Ha ancora tutto davanti a sé. Una vita da vivere, una vita intera, ininterrotta.

Siamo a Bristol per mezzogiorno. L'ultima volta che sono stata qui era estate. I castagni nel Downs sono spogli; ci siamo persi la caduta delle foglie. Il periodo dell'anno preferito da Naomi. L'agente che aveva perquisito la sua camera era rimasto sorpreso dalla collezione di foglie appassite e dal mucchietto di castagne d'India avvizzite sul comodino.

Parcheggio davanti alla nostra casa. Bertie uggiola davanti al cancello, agita la coda. Il pilastro è ruvido sotto le mie dita, la vernice si sta scrostando. I vetri delle finestre sono sporchi e il giardino è pieno di erbacce. Dentro sarà tutto in ordine, grazie ad Anya. A quest'ora Ted sarà al lavoro. Alzo lo sguardo sulle grandi finestre buie, ricordando come, negli ultimi mesi trascorsi qui, tutto il calore e la luce avessero lasciato il posto a una vuota oscurità in cui persino i miei passi avevano assunto la qualità del sogno.

L'anno scorso avevo aspettato qui da novembre fino ad agosto, nove mesi durante i quali il nostro matrimonio si era sfaldato, la speranza si era dissolta e gli amici erano spariti. Frank aveva capito quando non ero riuscita a tornare al lavoro dopo la sera in cui ero crollata. Aveva trovato un altro sostituto, ma il pensiero che Frank fosse lì ad aspettarmi aveva aumentato il mio carico d'ansia, così gli avevo detto che non avrei più ripreso le visite in ambulatorio. Un senso di sconfitta che si era diluito nei mesi senza senso che erano seguiti. Mi sdraiavo sul suo letto, sul pavimento della sua camera, immobile, osservando la luce del giorno inondare la stanza e ritirarsi col passare delle ore. Volevo morire. Poi un giorno ero tornata al cottage. Ed aveva bisogno di alcuni libri che aveva dimenticato lì in un'altra occasione. Aveva cominciato a studiare per l'A-level e stava seguendo il programma di riabilitazione. La luce nel Dorset sembrava diversa. Era più vivida, l'aria più calda. Dal giardino si sentiva il grido dei gabbiani. Ero tornata a casa, ma via via che le ricerche per Naomi rallentavano e le settimane si trascinavano stancamente, avevo cominciato a pensare sempre più spesso al cottage. All'arrivo dell'estate avevo già elaborato un piano, e alla fine di agosto me ne ero andata. Ho vissuto della piccola eredità lasciata dai miei genitori. Ted mi avrebbe dato tutto il necessario se glielo avessi chiesto, ma non ho avuto bisogno del suo aiuto.

Per un momento sono tentata di suonare il campanello. Anya potrebbe essere qui. Ma ora questa casa è territorio di Ted e tiro via Bertie dal cancello.

Ci sono i ponteggi all'esterno del teatro, scale poggiate contro il muro e una pila di termosifoni di ghisa dentro un cassone. Un paio di furgoni sulla strada con gli sportelli aperti; all'interno, gli operai si concedono una pausa per il tè, curvi sulle tazze fumanti. I battenti della porta sono aperti, bloccati con un cuneo. Esito, chiedendomi se posso portare Bertie con me. La sua presenza mi dà coraggio.

Nessuno ci ferma mentre entriamo, calpestando le lastre di compensato che proteggono le nuove tavole di legno lucido dell'ingresso. Il pavimento aveva subito danni quando avevano sollevato le vecchie assi per cercare il suo corpo? Il bar è stato dipinto di rosso; è più grande, adesso, e dietro il bancone c'è uno specchio nuovo. La polvere indugia nell'aria e c'è odore di intonaco. Bertie starnutisce due volte. Spingo le pesanti porte di legno che danno sulla sala, e un sentore acre di vernice e di polvere di legno ci avvolge immediatamente. È più ampia e più luminosa di quanto fosse prima. Non ci sono più zone in ombra sotto le luci forti che si riflettono sulle pareti tinteggiate di fresco. Il palco è sparito. Assi scheggiate sono ammucchiate da una parte, alcune spezzate in due, e c'è una grossa pila di lunghe tavole lucide per il nuovo palcoscenico accostata al muro. Bertie tira il guinzaglio, impaziente, e per un pelo non ruzzola dentro la botola del sottopalco, ora aperta. Ci affacciamo sul bordo: sotto di noi, un uomo dai capelli grigi in tuta da lavoro blu sta misurando il pavimento con una livella a bolla d'aria. Ci sono un paio di sgabelli di legno, un camino apparentemente di plastica e un mucchio di sacchi di tela sporchi in un angolo. L'uomo guarda su, la fronte imperlata di sudore. Mi fa un cenno di saluto, poi, notando Bertie, la sua espressione si addolcisce e si avvicina per allungare la mano e accarezzarlo.

«Non avrebbe dovuto portarlo qui dentro, anche se è simpatico. Ne ho uno simile a casa. Cercava qualcuno?»

«Mia figlia recitava in uno spettacolo lo scorso… prima di… non ritrova alcune cose. Forse sono state messe da parte?»

«Gli oggetti dimenticati sono stati smaltiti molto tempo fa». Scuote la testa. «Cestinati, la scorsa estate».

Mi sento mancare. Che stupida sono stata a venire qui.

Con un ultimo cenno di saluto, l'uomo si gira, ma in quel momento Bertie salta giù nella botola, tirando il guinzaglio. Lo lascio andare, non voglio che si strozzi. L'uomo ride, si china sul cane.

«Ti piaccio, eh?», dice con aria trionfante, accarezzando le orecchie di Bertie.

«Scusi». Mi siedo, infilo le gambe nella botola e salto giù; è più alto di quanto pensassi e atterro goffamente, storcendomi una caviglia. Una fitta di dolore mi blocca appena poggio il peso su quel piede, riesco a malapena a reggermi in piedi. «Scusi», ripeto, consapevole di essere diventata una seccatura e ansiosa di togliere il disturbo.

«Faccia attenzione». Si avvicina e mi aiuta ad arrancare verso i sacchi di tela nell'angolo.

«Si sieda su uno di questi. Dentro ci sono dei costumi, non può fare danni. Una tazza di tè?»

«Costumi?». Mi lascio cadere adagio sulla tela.

«La polizia li ha lasciati qui. Pronti per la prossima occasione, insomma». Si china a stuzzicare Bertie, evidentemente ha voglia di chiacchierare. «Nessuna richiesta di spettacoli da quando è scomparsa quella ragazza. Brutta storia».

Devo allontanarmi da quest'uomo prima che dica altro, ma appena provo ad alzarmi mi mette una mano sulla spalla.

«Tranquilla». Mi sorride. «Stia comoda. La ragazza non è dentro uno di questi sacchi».

Lo guardo in silenzio, soffocando un senso di nausea.

«Mi sembra un po' pallida». Si gratta la testa con aria meditabonda, poi sembra aver trovato la soluzione: «Sa cosa le dico, non si muova da qui. Gliela porto io una tazza di tè. Torno fra un istante».

Si issa sul piano del palco e scompare alla vista.

Ci sono almeno sei sacchi. Potrebbero aver trovato qualcosa di Yoska e averlo mescolato ai costumi per errore. Scivolo via dal sacco su cui sono seduta, mi inginocchio a terra e lo apro. È una mossa azzardata perché ho solo pochi minuti prima che l'uomo ritorni. Infilo dentro la mano e mi affido al tatto: tela ruvida e corda. Ne apro un altro e tiro fuori una giacca di pesante velluto nero, bordata con passamaneria in oro, un cappello di feltro con la tesa sgualcita e una malconcia penna gialla. Li ficco di nuovo dentro. Il terzo contiene tute mimetiche, ripiegate con cura. In quale spettacolo le hanno usate? È probabile che Naomi le abbia viste. Me ne aveva parlato? Se lo aveva fatto, ecco un'altra cosa che mi era sfuggita. Il quarto sacco contiene indumenti morbidi. Tiro fuori una camicia blu, poi il mio cuore perde un colpo: un berretto da poliziotto. Agente Krupke. Rovescio il sacco e lo vuoto a furia di strattoni: gonne rosse e blu, top con volant, abiti di pizzo, foulard di seta. Ultimi a cadere sul pavimento, del tulle viola, un paio di stivaletti, sciarpe e collant. Nessun costume dei ragazzi – devono aver usato indumenti propri per il ballo sincopato sopra i tetti. Osservo ogni cosa per un momento; rivedo le scene di danza dove le gonne ruotavano nell'aria e la musica di Bernstein riempiva la sala. Ma adesso, proprio come gli alberi e il fango nel bosco, questo mucchio di vestiti colorati e scarpe alla rinfusa non mi dice nulla. Solo costumi, come ha detto l'uomo.

Afferro rabbiosamente gli stivaletti per ficcarli di nuovo nel sacco e le dita sfiorano un tessuto di seta, arrotolato e spinto in fondo alla tomaia. Calzini? Fazzoletto da collo? Lo spiego sul pavimento ed è più grande di quanto pensassi: un abito corto di seta rossa, scollato. Bottoncini di madreperla. Il vestito di Nikita. Quello che Naomi aveva preso in prestito per le prove, quello che non aveva riportato a casa. Nascosto nello stivaletto, sarà sfuggito alla polizia. Lo accosto al viso. Ha un lieve profumo di limoni? Non devo piangere. Lo spiego di nuovo sul pavimento, e con la parte del mio cervello ancora in grado di ragionare lucidamente registro che sul corpetto è presente una macchia irregolare giallognola. Sollevo il bordo e guardo dentro il vestito. Rumore di passi che si avvicinano. Arrotolo rapidamente la stoffa morbida e la faccio scivolare nella tasca del cappotto, ficcando il resto degli indumenti nel sacco proprio mentre l'uomo si affaccia dalla botola. Si cala pesantemente nel sottopalco e mi porge la tazza fumante.

«Così ha dato un'occhiata ai costumi». Mi guarda, divertito. «Ha avuto fortuna?».

Scuoto la testa; il tè è scuro e molto dolce, mi rimette in forze.

«Glielo avevo detto», conclude tranquillamente. «Hanno buttato via tutto».

Mentre zoppico lungo la strada in direzione della macchina, vorrei avvolgermi quel vestito intorno al collo, a contatto con la pelle. Ma lo lascio in tasca. Michael lo farà avere alla Scientifica.

Le finestre della casa sono ancora buie. Sistemo Bertie sul sedile e avvio il motore. Il cuore mi batte in testa in un misto di speranza e paura.

Bristol 2009. Ventuno giorni dopo

Non vedevo l'ora di dire a Ed dei coralli scomparsi. Si sarebbe reso conto che era un buon segno, e solo Dio sapeva quanto aveva bisogno di nuove speranze. Avrebbe capito che la sorella aveva pianificato la fuga, e portato con sé qualcosa che le ricordasse la famiglia fino al suo ritorno. Sarebbe stato eccitato quanto me.

Il cellulare di Ed deviò subito la chiamata in segreteria, così chiamai il centro. Rispose la signora Chibanda e andò a chiamarlo. Dopo quella che mi sembrò una lunga attesa, sentii i suoi passi lenti avvicinarsi.

«Ciao mamma». Sembrava stanco, più vecchio.

«Stai bene, tesoro?»

«Perché?»

«È passata più di una settimana. Volevo sapere come stavi».

Sospirò nel telefono, ma non rispose.

«So che mi avrebbero chiamato se le cose non andassero bene…», mi sfuggì di bocca nel silenzio.

«Lascia perdere, mamma», mi interruppe. «Lasciami in pace».

Chiusi gli occhi. Da quando Naomi era scomparsa, tutto era diventato più chiassoso. Persino i suoni mi ferivano, come se mi stessi ammalando, come se avessi perso uno strato di pelle. Avevo dimenticato come rivolgermi a Ed. La conversazione aveva già preso la piega sbagliata. Cominciai a pentirmi di averlo chiamato.

«Noi ti pensiamo sempre». Non era quello che volevo dire, e a lui non sarebbe piaciuto.

«Tipico», ribatté con un filo di voce.

«Cosa vuoi dire?». Non avrei dovuto chiederglielo. Non era per quello che gli avevo telefonato.

«Sapevo che avresti detto una cosa del genere». Dovetti tendere le orecchie per sentire la sua risposta; era come se stesse parlando da solo. «Non hai mai parlato con me prima».

Sta soffrendo per Naomi. Venendo fuori dalla droga. È solo. Non sta dicendo sul serio.

«Ho sempre parlato con te, Ed».

«*A* me».

Cambiai argomento. «Sai una cosa? La collana di corallo di Naomi è sparita!».

«Quale collana?». La voce suonò distante.

«Quella con i rametti color arancio».

«E allora?»

«Deve averla portata con sé. Significa che sapeva che sarebbe andata via».

«Cristo, mamma. L'avrà perduta o regalata a qualcuno».

Vuole distruggere ogni speranza? «Gliel'ha regalata la nonna anni fa».

«A maggior ragione. Tu non la conosci, mamma. Nemmeno un po'».

Dopo averlo salutato e aver aspettato che riagganciasse per primo, camminai su e giù per la cucina. Volevo liberarmi delle sue parole. Non volevo pensare a quel che aveva detto o alla rabbia che ribolliva nel suo animo.

Alla fine telefonai a Shan. Non avrei saputo chi altro chiamare, sebbene non ci fossimo più sentite dopo quel giorno alla stazione di polizia.

«Jen. Ti avrei chiamata più tardi».

Non seppi cosa risponderle, ma non fu un problema perché aggiunse allegramente: «Un periodo così frenetico». Risatina. «Solo Dio sa perché. Il Natale, immagino».

Natale? Quando era stato Natale? Guardai fuori dalla finestra ma la strada era sempre la stessa. Erano settimane che non andavo in giro per negozi. I regali erano fuori dalla mia portata.

«Come stai?», balbettò nel silenzio, suonando più come la vera Shan.

«Me la cavo. Ma c'è una novità positiva. Pensavo di fare un salto da te». Volevo vederla sorridere; quando le avrei detto dei coralli, mi avrebbe abbracciata dicendomi che aveva sempre saputo che tutto si sarebbe risolto per il meglio.

«Preferisci che venga io?»

«No, ho bisogno di uscire». Feci la doccia e trovai dei jeans puliti e una camicia nuova. Mi truccai, persino. Il fondotinta aveva perso fluidità e il rossetto risaltava in modo vistoso sul pallore della pelle, così finii per togliermi tutto con acqua e sapone. Mentre guidavo, una voce piatta alla radio cominciò a leggere il notiziario, ma per me rimase un fastidioso rumore di sottofondo finché non sentii il suo nome: «...scomparsa ormai da ventuno giorni». La voce compiaciuta continuò: «Le ricerche sono ancora in corso; tutti gli aeroporti...». Spensi la radio, disgustata. Michael mi aveva detto di non ascoltare i notiziari.

Shan aprì la porta e mi strinse subito fra le braccia.

«Scusa per come mi sono comportata alla stazione di polizia. Sono stata una pessima amica».

Mi accompagnò in salotto e ci sedemmo insieme.

«Sembri leggermente dimagrita, Jen», disse in tono preoccupato, poi mi prese la mano e sorrise con affetto. «È bello rivederti».

«Naomi aveva una collana», le dissi di getto. «Ieri stavo guardando nella sua camera, nel portagioie...». Mi interruppi, sentendo dei rumori dalla cucina; un bollitore messo sul fuoco, qualcuno che rovistava nella credenza in cerca delle tazze. Shan si girò e parlò verso la porta aperta.

«Se stai preparando il caffè, Nik, Jen ne gradirebbe una tazza. E anche io. Bello forte, per favore».

«È quasi pronto», rispose Nikita.

Shan tornò a rivolgersi a me. «Sta lottando», mi bisbigliò.

«Lottando?», ripetei. Un'immagine di Naomi che si dibatteva nella presa ferrea di un uomo mi bloccò all'improvviso. Nikita era nella stanza accanto, a preparare tranquillamente un caffè. La sua vita stava seguendo il suo corso. Quella di Naomi era stata deviata. Non dovevo provare rabbia; non era colpa di Shan.

«Sì», continuò a bassa voce. «Si sente in colpa. Avrebbe dovuto dirci prima che a Naomi piaceva quel tipo».

Di nuovo quel senso di nausea. Non sarei dovuta venire. Nel silenzio che seguì, Shan arrossì e accennò un sorriso.

«Scusa. Che stupida. Dimentica quel che ho detto. Mi stavi dicendo della collana nel portagioie».

Mi posò una mano sul braccio; il calore di quel contatto filtrò attraverso la manica fino alla pelle. Non dovevo biasimarla se le sue parole sembravano fuori posto; in ogni caso, non c'erano parole adatte. Le restituii il sorriso.

«Era di corallo. Sai, quei piccoli bastoncini color arancio? Non riesco a trovarla da nessuna parte».

Non arrivavano più rumori dalla cucina; sentii i passi leggeri di Nikita salire rapidamente le scale che portavano alle camere. Nella quiete della casa riuscii a cogliere una nota di speranza nella mia voce.

«Era un regalo di mia madre, Naomi era piccola. La teneva sempre dentro il carillon. Ma ora non c'è. Ho guardato ovunque».

Shan mi stava fissando; capii che era sconcertata dal mio atteggiamento sorridente. Stavo per spiegarne il motivo quando Nikita entrò in salotto, un po' affannata, con due tazze di caffè in equilibrio su un vassoio. Si chinò sul tavolo per fare spazio e i capelli le scivolarono davanti al viso come un drappo di seta nera.

«Grazie, Nikita». Le sorrisi. Dopotutto, era la migliore amica di Naomi.

«Prego». Quando rialzò la testa, notai le guance rosso fuoco.

Tese una mano verso di me. Al centro del palmo era arrotolato un filo di coralli, splendido e fragile.

«Ho sentito quel che ha detto prima. Non l'aveva persa», disse in fretta. «Naomi l'ha data a me, ma non si preoccupi, non è che per lei fosse preziosa o roba del genere. Voleva liberarsene».

Ancora un minuto, poi forse sarei riuscita ad alzarmi e andarmene.

«Dio, Jen. Sei bianca come un lenzuolo. Riprendila. Non ti dispiace, vero, Nik?». Shan era sinceramente preoccupata.

«No. Tienila». Se parlavo adagio, avrei controllato il tremito nella voce. «Quando te l'ha data, Nikita?»

«Prima dell'ultimo spettacolo. Me l'ha lanciata; stava ridendo».

La fissai attonita. Cercai di ricordare quando era stata l'ultima volta che avevo sentito Naomi ridere.

«Penso che ora andrò». Dopo pochi secondi mi alzai e uscii.

Quando arrivai a casa cominciava a imbrunire e faceva freddo. La giornata era passata in qualche modo e io non me ne ero accorta.

«Tu non la conosci, mamma».

Mi sdraiai sul letto e tirai il piumone fin sopra la testa. Sentii Bertie abbaiare in lontananza, reclamando la cena, poi di nuovo il silenzio. Evidentemente crollai nel sonno, perché al mio risveglio trovai Ted che dormiva accanto a me. Il suo corpo emanava un calore sudaticcio, così rotolai su un fianco, il più lontano possibile da lui. Mi raggomitolai sul bordo del letto, aspettando che la notte finisse.

«Nemmeno un po'».

Capitolo 30

Dorset 2011. Quattordici mesi dopo

Gli ultimi boccioli di bucaneve risaltano nel fango come bianchi denti aguzzi; altri sono già fiori dai bordi più teneri, il capo chino esposto e venato di verde. Mentre mi chino ad ammirarli, i rumori del mattino filtrano attraverso il silenzio; un pettirosso che fruga nella siepe, il grido lontano dei gabbiani, il respiro lieve del mare. Una pace effimera indugia per un minuto o due, fino a quando una parvenza di movimento alle mie spalle cattura la mia attenzione. Michael. Passi silenziosi sull'erba umida. Sembra piccolo nello spazio verde del giardino, irreale nel suo completo nero e scarpe tirate a lucido. Il suo sguardo prende nota del pigiama raggrinzito di Theo, degli stivali di gomma di Ted. Per un istante ci studiamo come due estranei.

«Come mai sei qui?», gli domando impaziente. «Cos'hai trovato?». Rimango immobile, in attesa della risposta. I rumori intorno a noi passano in sottofondo.

«Stai bene? Hai un'aria...». Si ferma.

Stava per dire "strana"? "Sconvolta"? Che importanza può avere il mio aspetto?

«Ho visto i bucaneve dalla finestra, così... Per l'amor di Dio, Michael. Dimmi cos'è successo».

«Buone notizie. Sappiamo con certezza che Yoska ha preso Naomi e pensiamo che lei l'abbia seguito di sua volontà».

Tendo le mani verso di lui, accecata dalle lacrime.

«Come fai a saperlo?»

«Te lo spiego in casa». Mi prende la mano. «Stai gelando, hai le labbra blu».

È serio, quasi spazientito. Probabilmente lo spavento.

«Sei sicuro che sia lui?»

«Lo hanno visto. Ti dirò di più quando ti sarai scaldata. Devi metterti qualcosa di più pesante».

Il suo tono mi urta, il braccio che mi cinge mentre ci avviamo verso la porta sul retro è irritante. Non sarei arrivata fin qui senza di lui, ma devo fare attenzione; non siamo ancora giunti a destinazione. Mi vesto nella camera da letto fredda, armeggio con i bottoni, strappo via le calze di lana. Michael mi aspetta in fondo alle scale, una tazza di cioccolata fumante in ogni mano.

«Ho comprato latte e cioccolato. Sapevo che avresti avuto il frigo vuoto».

È anche infastidito. Non sa ancora badare a se stessa, sta pensando, dopo tutto questo tempo. Accenna al soggiorno.

«Ho appena acceso il fuoco. Sediamoci lì, staremo più caldi».

Aspetta che io mi sieda vicino al focolare, poi posa delicatamente una tazza sul tavolo accanto a me e prende una sedia. Le sue ginocchia quasi toccano le mie mentre si china.

«Ormai lo abbiamo preso».

«Preso?». È in un cellulare della polizia? Dentro una cella da qualche parte?

«Be', non l'abbiamo ancora arrestato, ma è come se lo avessimo fatto, grazie a te. C'è voluto qualche giorno per avere i risultati, ma abbiamo accertato che il DNA è identico a quello rilevato nel crimine precedente».

«Cioè?». Cosa mi sta dicendo? Ho il cuore in gola.

Mi guarda, esita, mi scruta non sapendo come riferirmi ciò che ha scoperto. Alla fine lo dice, adagio: «Sul vestito che hai trovato c'era il suo sperma».

Mi viene da vomitare. Faccio per alzarmi, ma mi trattiene per un braccio.

«Aspetta». Si schiarisce la gola. «Quando hanno analizzato cosa c'era sulla stoffa, hanno trovato anche del sangue. Di Naomi».

Come sono stata ingenua. Avrei dovuto considerare questa possibilità quando gli ho consegnato il vestito. Speravo che fosse utile per le indagini, ma i miei pensieri si erano fermati lì. Sono diventata brava a bloccarli. Sangue e sperma. L'ha violentata e poi nascosto l'abito nello stivaletto? Ma mentre questo pensiero comincia a prendere forma, un altro lo segue da vicino. Quella sera era rientrata con l'uniforme scolastica dopo aver lasciato il vestito in teatro, era affamata, stanca, sorridente. Non era stata stuprata, proprio come non era stata violentata quella volta nel cottage con James. Doveva aver fatto l'amore con Yoska con quel vestito addosso, poi lo aveva arrotolato con cura e nascosto dove nessuno lo avrebbe trovato: dentro un paio di stivaletti che sapeva non sarebbero serviti. Non avrebbe potuto agire con tanta lucidità e premeditazione se fosse stata stuprata. Aveva voluto Yoska. Aveva voluto fare sesso con lui.

Non riesco a restare seduta. Gli occhi preoccupati di Michael mi seguono da sopra il bordo della tazza mentre cammino nervosa per la stanza. Naturalmente non era stata la prima volta. Era già incinta. Ma James lo conosceva da anni. Erano coetanei; ragazzini che giocano a fare gli adulti, sprovveduti, in un certo senso. Il sesso con Yoska sarebbe stato diverso. Avrebbe davvero infranto le regole. Pensai a quel suo intimo sorriso. Era per Yoska. Doveva essere preoccupata per la gravidanza, ma lui l'aveva resa felice.

Guardo fuori dalla finestra, ma invece del giardino e del cielo la mia mente si chiude su un'immagine vivida di Naomi, la schiena contro il muro nel sottopalco buio e soffocante, la seta rossa del vestito tirata su malamente, le mutande intorno a una caviglia, una gamba avvinghiata intorno al suo fianco, per tenerlo stretto. La testa nera di Yoska affondata nel collo di Naomi, il corpo che affondava nel suo. Naomi ha gli occhi chiusi. Saliva e sudore le sbavano il trucco sulle guance. Scuoto la testa per scacciare quell'immagine, ma i pensieri continuano la loro corsa. Subito dopo le avrà detto di andare a casa, altrimenti i suoi genitori avrebbero sospettato qualcosa. Naomi gli avrà chiesto di aspettare, si sarà sfilata il vestito e lo avrà usato per asciugarsi l'inguine e le gambe. Avrà indossato l'uniforme scolastica che aveva portato con sé e ficcato in tutta fretta il vestito dentro uno degli stivaletti che aveva trovato tra i costumi. Lo avrà nascosto in fondo al sacco di iuta, pensando forse di recuperarlo in un secondo momento, ma se n'era dimenticata.

Il sangue… «Quanto sangue?». Torno a sedermi, guardo Michael, ma solo per un istante.

«Non molto. Non più del solito».

Serro le mani intorno alla tazza. Mi costringo a domandare: «Non più del solito per una coppia che ha fatto l'amore o per uno stupro?»

«Anche dopo il sesso consensuale si trova spesso del sangue. Piccole tracce, rilevabili con un microscopio».

Per questo mi ha detto che l'aveva seguito di sua volontà? Michael ha usato la mia stessa logica; ha concluso che, dopo aver fatto l'amore, Naomi avrebbe voluto rimanere con lui.

«Durante la gravidanza aumenta la vascolarizzazione della cervice». Lo dico più che altro a me stessa. «È facile avere perdite di sangue». Era successo il giorno dopo che era andata a letto con James sperando di abortire, ma non aveva funzionato.

Anche le infezioni possono causare perdite di sangue. Forse c'era stato qualcun altro; forse aveva contratto un'infezione prima di rimanere incinta.

Chissà quando avevi cominciato a cambiare. A diventare una persona completamente diversa senza darlo a vedere. Come avrei potuto capirlo, se ti nascondevi con attenta maestria dietro la bambina che pensavamo che fossi? Come avrei potuto proteggerti?

«Ormai gli stiamo alle costole». Michael fissa un punto lontano fuori dalla finestra; il cielo bianco di gennaio si riflette nei suoi occhi grigi. «Abbiamo seguito le tracce della sua famiglia fino a un campo nomadi nella regione centrale del Galles». Abbassa istintivamente la voce, come se qualcuno potesse sentire e metterli in guardia. «C'è un sito illegale nei pressi di una fattoria abbandonata».

Ricordo le colline gallesi appena al di là del fiume Severn; dal boschetto dove era stato rinvenuto il pickup sembravano così vicine da poterle toccare. C'erano barche sdraiate lungo gli argini. Una volta appiccato il fuoco al veicolo, ci saranno volute non più di due ore per attraversare il fiume con l'aiuto della marea. Lui avrebbe saputo come governare una barca, aveva mani capaci. Le vedo manovrare l'imbarcazione, tirarla sopra la linea di marea sulla riva opposta. Le immagino tendersi verso Naomi, aiutarla a scendere a terra, a mettersi al sicuro.

«Entreremo nel campo nomadi di notte», continua Michael.

«Quando? Come fate a sapere che sono lì?».

Abbassa gli occhi; non ha intenzione di dirmi quando hanno stabilito di agire. Teme che io preceda la polizia, che entri nel campo gridando il suo nome? Lo farei?

«Stiamo tenendo d'occhio l'accampamento», riprende dopo una pausa. «Lo hanno visto, come ti dicevo». Mi lancia una breve occhiata. «Non voglio crearti false speranze, Jenny, ma ieri un'adolescente con i capelli biondi è uscita da una roulotte ed è entrata in un'altra. L'hanno vista da lontano; non ci sono altri elementi che la identifichino come Naomi. Non dovrei nemmeno dirti questo…».

Mi ritrovo in piedi, incapace di respirare o di muovere un passo. Queste sono le parole che ho aspettato di sentire per quattordici mesi. Potrebbe non essere lei, niente me lo assicura, eppure il mio cuore sta battendo talmente forte che riesce quasi a coprire la voce di Michael.

«Potrebbero esserci complicazioni». Stira le labbra in un'espressione preoccupata. «Porteremo i cani. Armi da fuoco».

Guardo il suo volto risoluto e comincio ad avere paura.

«Lui potrebbe nascondersi da qualche parte, ma perquisiremo ogni roulotte, ogni rimorchio, ogni furgone per trasportare i cavalli, ogni mucchio di spazzatura». È come se stesse parlando a se stesso.

Naomi e Yoska sono insieme. In questo preciso momento.

«Forse dovremo arrestare tutti».

«Tutti?».

Nel buio della notte, i bambini cominceranno a piangere, figure in pigiama usciranno allo scoperto, confuse, sbattendo le palpebre alla luce cruda di potenti torce. E sopra l'abbaiare dei cani poliziotto che strattonano irrequieti i guinzagli, si leverà il vagito acuto di un neonato. Pensieri che girano come le bobine di vecchi film in bianco e nero, dove la Gestapo rastrellava le sue vittime durante la notte.

Quando Michael alza di nuovo lo sguardo su di me, le pupille si restringono rapidamente. Lo fanno sembrare in collera.

«Sì». La voce è molto dura. «L'intero gruppo».

Il sole che entra dalla finestra fa risaltare i fili grigi tra i capelli. Le rughe tra le sopracciglia sono marcate come se la pelle fosse stata incisa con un coltello. Non le avevo notate prima d'ora. La luce del mattino non perdona.

Naomi è là, lei e il suo bambino adesso faranno parte della famiglia di Yoska. I nomadi credono nella famiglia. Era incinta; il rapporto con Yoska le avrebbe offerto la possibilità di tenere il bambino, con gente che trova il tempo per i propri figli. Erano venuti tutti alla clinica di Ted, la ragazzina aveva bisogno di loro; erano stati con lei in corsia, quando altri bambini sarebbero rimasti soli. Altri bambini, le cui madri lavoravano quanto i loro padri, quanto io ero solita fare. Figli di genitori che erano troppo impegnati per parlare delle cose che contavano veramente, o per accorgersi che i loro figli stavano cambiando.

«Le donne l'avranno aiutata durante il parto». Mi sforzo di parlare con calma, ma vorrei gridare e cantare e ballare. È viva. Viva. Non l'ha uccisa. Si amano. Anche se l'aveva cercata per vendicarsi, era successo qualcosa di inaspettato. Si era innamorato di Naomi, nonostante il suo piano. Durante i mesi in cui si erano incontrati in segreto, Yoska doveva aver attraversato la linea invisibile che separava la vendetta dall'amore; forse già dopo essere venuto da me in ambulatorio. Le aveva offerto un mondo diverso, l'aveva fatta sorridere; lei aveva ricambiato il suo amore. Non l'aveva rapita; Naomi era andata con lui. Le ha dato quell'anello, la ama, Naomi è a posto. Non riesco più a trattenere le lacrime. Cammino a passo svelto per la stanza, sorridendo, mordendomi le mani per smettere di ridere; più tardi avrò tempo per essere felice. Devo far capire a Michael che Yoska è importante.

«Naomi, il bambino e Yoska. Potrebbero essere una famiglia, ormai».

Ora è Michael ad alzarsi in piedi. Posa la tazza.

«Ha commesso dei crimini. Sesso con una minorenne, rapimento, imprigionamento. Chiunque ne fosse al corrente sarà ritenuto complice».

«Forse non sapeva che era minorenne. Sembrava più grande con il trucco. Potrebbe avergli mentito circa la sua età». Gli tendo la mano, lo faccio sedere accanto a me. «Se Naomi si trova lì, è perché vuole starci».

Michael mi fissa in silenzio.

«Non… rendere tutto questo romantico, Jenny», dice dopo un po'. «È un criminale. Il suo posto è in carcere».

Cerco le parole che potranno convincerlo. «L'ha conosciuto in ospedale a luglio. Se n'è andata a novembre. Quattro mesi. Sufficienti per capire cosa voleva. Nel frattempo ha lasciato James; ha scelto un uomo, non un ragazzo. Michael, forse ha pensato che andando via con lui avrebbe potuto tenere il bambino».

Michael si lascia sfuggire un sospiro insofferente. «Avrà anche avuto il bambino, ma non nelle circostanze migliori. La gente che vive in quel modo, be', non è come noi».

È questo che pensava quando era di pattuglia nelle comunità di neri in Sud Africa? Non l'ho mai sentito parlare così prima d'ora.

«Cioè?»

«Vivono in modo diverso».

Pensavo che fosse questo il punto. Mi guardo intorno, i miei libri, i miei quadri, i tappeti antichi che mio padre amava. *Echi* di vita, non vita. «Ha regalato la sua collana. Forse voleva qualcosa di diverso». E più parlo, più il cuore mi batte forte; immagino il suo viso, immagino il suo bambino.

La voce di Michael si alza, rallenta, come se potesse aiutarmi a capire meglio. «Vivono nella miseria, su terre che non gli appartengono. Rubano ogni cosa».

Guardo il suo volto familiare; forse, dopotutto, lo conosco appena.

Nel mio cuore, sto parlando con lei.

Sono sicura che hai avuto una bambina. Ormai avrà sei mesi; presto mi dirai il suo nome.

«Se Naomi si trova lì, è perché può tornargli utile. Ricorda che spaccia droga. Naomi ha rubato la ketamina per lui. Ci sono bande di trafficanti a Cardiff, e Yoska è coinvolto in altri racket». Non dice "prostituzione ", ma la parola è comunque nell'aria.

Quando Yoska mi aveva sorriso, in ambulatorio, non mi era parso un pericoloso criminale. Forse le persone pericolose sono quelle di cui pensi di poterti fidare, come Michael. Uomini che esprimono giudizi, uomini che hanno bisogno di potere. Forse Ted aveva ragione su Michael? Si era legato a me perché mi aveva vista così vulnerabile? Non mi importa se ha approfittato della situazione, o se voleva avere potere su di me. L'unica cosa che conta è che mi riporti Naomi sana e salva.

«Devo andare». Beve l'ultimo sorso di cioccolata e si alza. «È superfluo dire che sono informazioni strettamente confidenziali, ma anche così potrebbero arrivare ai notiziari. Volevo che tu fossi preparata anche a questo». Si infila il pesante cappotto nero e aggiunge con calma: «Ted deve essere informato. Gli telefono».

«Lascia fare a me», mi affretto a dire. «È meglio».

La sua espressione si addolcisce e mi prende il viso fra le mani.

«Certo, Jenny. Ma diglielo presto. Essendo il padre, deve saperlo subito».

«Grazie», mi ricordo di dire, «per essere venuto ad avvisarmi. Stai attento a… lei».

«Ti farò sapere. Jenny, non…».

«Cosa?»

«Non fare niente».

Mi siedo e abbasso lo sguardo sulle mani, ascoltando la macchina allontanarsi lungo la stradina.

Non ho fatto niente per molto tempo. Per ora non lo dirò a Ted. Aspetterò che lei sia qui al sicuro. Michael la riporterà indietro insieme a lui. Apro la finestra e lascio che l'aria fresca stemperi il calore nella stanza. Mi correrà incontro. Di nuovo le lacrime, fredde sulle mie guance sferzate dal vento. La stringerò fra le braccia. Il mio viso premuto contro il suo – la sua pelle avrà ancora lo stesso odore? Forse i capelli saranno più lunghi. Sarà diventata più alta. Mi porterà la sua bambina.

Ho aspettato quattordici mesi; posso aspettare ancora qualche giorno.

Ma non si tratta di qualche giorno. Solo poche ore.

Un bussare insistente mi scuote a poco a poco dal sonno, e mi ritrovo confusa nel buio e al freddo, il collo dolorante per aver dormito sul divano. Il fuoco si è spento, la grata è coperta di cenere. La luce del portico si è accesa da sola e vedo Michael attraverso il vetro. Deve essersi dimenticato qualcosa ed è tornato indietro. Apro la porta. Mi guarda, e sebbene abbia sempre pensato che lo avrei capito subito, non è così. Ha un'aria esausta. Muove la bocca e la osservo con grande attenzione, perché sta dicendo parole senza senso. Continua a ripetere la stessa cosa all'infinito, finché le parole si fanno sempre più vicine e pressanti e le capisco.

«Mi dispiace. Mi dispiace».

Mi afferra mentre la stanza comincia a ondeggiare e mi fa sedere cautamente in fondo alle scale.

«...mesi fa», sta dicendo.

Se non ascolto, forse Naomi potrebbe essere ancora nel buio del giardino, fuori della porta aperta. Forse è rimasta lì ad aspettare con la bambina in braccio, non sapendo come l'avrei accolta. Mi alzo e cerco di spingerlo da parte, ma Michael mi ferma e mi blocca sul posto.

«È stato dopo aver avuto il bambino». Ha la luce alle spalle, il volto è in ombra. «Ha contratto un'infezione».

«Ma tu hai detto che era lì». Gli urlo le parole in faccia. «Una ragazza con i capelli biondi, hai detto...».

«Non avrei dovuto dirtelo. È venuto fuori che era una giovane madre di due bambini, sui vent'anni. Le ho parlato. Mi dispiace, Jenny».

«Trovalo. Sarà scappato. Devi trovarlo». È stata colpa di Yoska. L'ha lasciata morire.

«Yoska è morto, Jenny. È stato colpito ed è morto subito dopo la mezzanotte».

Michael mi tiene per le braccia e comincia il racconto. Le parole volano intorno alla mia testa come corvi neri.

«È uscito fuori da un furgone e ha aperto il fuoco. Non sappiamo perché; avrà pensato che il campo fosse stato attaccato da una banda di trafficanti. C'erano già stati scontri a fuoco per via della droga. Non ci ha dato la possibilità di negoziare. Ha continuato a spararci addosso; lo abbiamo avvertito». Scuote la testa. «Ha continuato ad avanzare verso di noi, sparando. Sembrava che stesse chiedendo di farlo fuori. Non ci ha lasciato scelta». Fa una pausa. «È stato colpito al petto ed è morto all'istante».

Yoska ucciso. Naomi morta mesi fa.

Michael mi sorregge appena le gambe mi cedono, mi accompagna al divano nel soggiorno. È buio, ma non ha importanza.

«Il bambino, Michael». Mi aggrappo alla sua giacca. «Dov'è il bambino?».

Mi stringe forte a sé. Sento le sue parole attraverso le ossa della faccia.

«Il bambino è morto insieme a Naomi. Avevano la stessa infezione».

Le parole hanno perso il loro potere; non hanno nemmeno più molto senso. La sua voce mi ricorda il modo in cui si era rivolto a noi nella cucina di Bristol, al nostro primo incontro. Lento e cauto, con pause frequenti.

«La sorella di Yoska, Saskia, ci ha raccontato cosa è successo. Ora i suoi genitori sono in arresto».

I bottoni della giacca premono dolorosamente contro la mia guancia, ma resto immobile.

«Il bambino è nato nella roulotte. Avevi ragione; le donne della famiglia l'hanno aiutata».

Naomi avrà preso il corpicino scivoloso con le sue mani da ragazzina e l'avrà stretto a sé, la sofferenza ormai dimenticata e il cuore inondato d'amore. Avrà pensato a me? In quel momento avrà capito cosa ho provato tenendola fra le braccia?

«Era una bambina, vero?»

«Sì». Sembra sorpreso. «Sì. Una bambina».

Il mondo di Naomi sarà diventato un faccino addormentato, una piccola bocca che succhia il latte, le dita minuscole e perfette dei piedini che si arricciavano nelle sue mani.

Michael sta ancora parlando. «...e dopo cinque giorni si è sentita male, era inquieta, facile al pianto. Hanno pensato che fosse lo stress emotivo».

«Lei non piange mai». Suona come un'eco da un passato lontano.

«La bambina scottava di febbre», continua. «È stato allora che si sono rese conto che anche Naomi bruciava».

Capivo sempre quando le saliva la febbre, bastava accostarle le labbra alla fronte. Mi accorgevo se era aumentata anche solo di mezzo grado. Sarà stata una sepsi puerperale. Un'infezione da streptococco, letale se non curata tempestivamente.

Michael si muove irrequieto. «Vuoi che ti racconti tutto adesso?».

Fuori ci sono già le strisce di luce dell'alba. Mi afferro al bracciolo del divano.

«Certo».

«Quando ha cominciato a vomitare, Yoska ha chiamato il dottore. Hanno aspettato per tre ore e nel frattempo lei ha perso conoscenza».

Chissà quanta gente c'era nella roulotte; l'aria doveva essere soffocante. Le pale del ventilatore che utilizzavano nelle notti d'estate battevano il ritmo di un incubo. Naomi giaceva immobile nel letto zuppo di sudore, la piccola rossa di febbre incollata alla pelle.

«Yoska era sconvolto. Decise di portarle in ospedale. Quando lo zio gli disse che qualcuno al pronto soccorso avrebbe potuto riconoscerla, gli ha spaccato il naso. Proprio mentre la sollevava dal letto, Naomi ha smesso di respirare. La bambina è morta dopo pochi minuti. Ormai era troppo tardi».

Troppo tardi. Le parole indugiano nell'aria come il *clic* di una porta che si chiude.

Michael si alza, mi viene vicino, mi cinge le spalle. «Saskia ha detto che Yoska le ha avvolte in un lenzuolo e le ha adagiate delicatamente sul sedile posteriore della macchina». Fa una pausa. «Poi ha portato fuori dalla roulotte tutte le sue cose, quelle della bambina, il letto, il tavolo, tutto. Le ha accatastate insieme, ci ha vuotato sopra una tanica di benzina e ha appiccato il fuoco».

Una pira funeraria. Le fiamme voraci si saranno levate alte nel cielo. Nessuno si sarà potuto avvicinare. Non sarà rimasto niente. Nessuna spazzola con lunghi capelli dorati impigliati fra le setole, né braccialetti o fermacapelli. Poteva esserci un diario, o le prime righe di una lettera per me. Forse aveva raccolto altre foglie d'autunno e le aveva fermate dietro lo specchio. Niente foto della bambina, niente vestitini.

«Dove le ha portate?», chiedo a Michael.

«Fra i nomadi è tradizione seppellire la propria gente in un luogo segreto. Nessuno ha ammesso di sapere dove le ha portate».

La propria gente? Naomi era mia.

È ancora buio nel soggiorno, ma mentre osservo le strisce di luce allargarsi nel cielo, una scintilla di speranza sibila nel silenzio della mia testa. «Chi ti dice che sia vero? Perché credi a tutto quel che ti ha detto la sorella? Forse Naomi non era nemmeno lì…».

Non risponde, ma infila la mano nella tasca interna della giacca e tira fuori qualcosa; me la mette in mano, ripiegandomi le dita intorno a una superficie curva.

«Saskia ha detto che dovevi averla».

Sento i manici, e benché non riesca a vederle nel buio, so che intorno al bordo sono disegnate delle rane salterine. Sul fondo della tazza c'è una rana sorridente, in rilievo.

"Finisci di bere, tesoro". Gli occhi di Naomi sono così azzurri mentre mi osservano oltre il bordo della tazza. "La piccola rana sta aspettando…".

La tazza che usava da bambina, per la sua bambina. Non mi ero nemmeno accorta che non c'era più. Mi domando cosa avrà fatto dei bottoni che ci conservavo dentro.

Il braccio di Michael mi stringe forte; mentre parla sento il suo respiro fra i capelli.

«Persino i bambini ci hanno saputo dire come è morta. Tutti hanno detto la stessa cosa. Ci hanno mostrato l'erba bruciata, la roulotte vuota…».

La voce continua. La sento appena, in sottofondo, mentre parla di impronte digitali e tamponi, alto livello di sospetto, scavi in zona da iniziare domani. Le roulotte sono state già perquisite. Alcune figure chiave del campo nomadi sono sotto custodia; altre sono state rilasciate, purché rimangano nei paraggi. Dovranno continuare le indagini.

C'è una pausa, poi Michael dice: «Dobbiamo trovare il suo corpo. Prima o poi, qualcuno si lascerà sfuggire dove è sepolta». Ignoro le sue parole.

Così quella era la sua casa. La loro casa. Ora è solo una scatola vuota. La luce obliqua della luna illuminerà un pavimento nudo. Forse sta brillando su un giocattolo rotolato in un angolo.

La voce di Michael aumenta di tono. «Yoska è stato via per due settimane e al suo ritorno non ha aperto bocca. Ogni giorno rimaneva ore e ore seduto nella roulotte della sorella, con lo sguardo fisso nel vuoto…».

Lo interrompo senza esitazione. «Voglio andare al campo nomadi, Michael».

La sorella di Yoska ha detto alla polizia di non sapere con certezza dove le ha sepolte; ma forse a me lo dirà.

«Ti porterò laggiù non appena avremo chiuso le indagini. Te lo prometto. Dobbiamo controinterrogare tutti i testimoni, scavare nel sito e perquisire di nuovo ogni veicolo».

Michael va in cucina e intanto tira fuori una fiaschetta dalla tasca. Sento il gorgoglio del bollitore, un tintinnio di posate. Quando torna, resta a guardarmi mentre bevo un caffè corretto col whisky. Questa mattina, quando mi ha preparato la cioccolata calda, Naomi era ancora viva. O è stato ieri? No, che stupida. È morta mesi fa.

Nella luce crescente del mattino, il viso di Michael è pallido di stanchezza; dopo un po' va di sopra a dormire. Sento il tonfo delle scarpe lasciate cadere sul pavimento, qualche brontolio nello sforzo di togliersi i vestiti, lo scricchiolio del letto. Poi la calma. Il silenzio è talmente profondo che è come se una musica che suonava in sottofondo fosse finalmente finita.

Ed ha detto che non la conoscevo nemmeno un po', che non avevo il minimo indizio.

E invece sì. Avevo un sacco di indizi. Li ho avuti intorno a me per molto tempo. Chiudo gli occhi e ripenso all'ultima volta che sono stata nella sua stanza. Persino allora avrei potuto vederli.

Bristol 2010. Nove mesi dopo

Quella mattina Ted andò a fare una lunga passeggiata. Mi disse che non voleva essere presente quando avrei lasciato la casa. Era domenica. Me lo ricordo, perché per anni lo avevo visto uscire di casa ogni giorno della settimana tranne la domenica. Quando uscì, salii nella stanza di Naomi. L'impresa di traslochi sarebbe arrivata a mezzogiorno. Avevo imballato tutto quel che dovevo portare al cottage. Il resto poteva rimanere a casa con Ted.

Faceva già molto caldo. Il sole splendeva in un cielo senza nuvole: una di quelle giornate estive esemplari, che i ragazzi avrebbero ricordato per tutta la vita. La stanza era vuota, a parte il letto e le tende, che erano chiuse. L'aria era soffocante. Aprii la finestra e scostai un po' le tende. La strada era deserta. I giornalisti si erano eclissati da tempo, migrati verso altre tragedie che garantivano più facili guadagni. Mentre guardavo giù in strada, l'aria calda sulla mia pelle, una donna con un prendisole girò l'angolo, spingendo un passeggino con una mano. Aveva un cellulare incollato all'orecchio e muoveva il capo su e giù. Mi ricordò il cagnolino con la testa oscillante che avevo tanto amato da piccola e avevo perso anni prima. Il passeggino era ben imbottito e non riuscii a vedere il bambino all'interno. Seguii la donna finché scomparve alla vista, muovendo sempre la testa su e giù.

La tenda sotto la mia mano era orlata di polvere, soffice e pesante allo stesso tempo. La stoffa era a strisce rosse e oro. L'avevamo scelta insieme, Naomi e io, in un punto vendita John Lewis tre o quattro anni prima. Ma in realtà non avevamo scelto insieme. Io avevo tirato fuori un rotolo di cotone con un motivo a foglie grigio, bianco e giallo limone, immaginando come la luce diffusa dalle tende avrebbe dipinto la stanza di colori freschi. C'era un altro tessuto che mi piaceva, tempestato di piccoli fiori. Mi ero girata per chiedere a Naomi di decidere fra i due, ma lei si stava già dirigendo verso la cassa con un rotolo di stoffa dall'aspetto esotico più alto di lei. La stoffa era riccamente colorata con fasce lucide rosse e oro. Piuttosto appariscente con quelle grosse strisce. Le dissi che avrebbe impedito il passaggio della luce e come la sua stanza sarebbe stata diversa dalle altre della nostra casa. Sarebbe stata buia e appartata. Come una grotta nascosta, senza luce, piena di segreti. Aveva sorriso. Un segno premonitore di quel suo intimo sorriso. «È proprio quello che voglio», aveva detto.

Capitolo 31

Dorset 2011. Quattordici mesi dopo

Nel silenzio della cucina all'alba arriva un rumore improvviso di qualcosa che si lacera o brucia; dopo un istante, il rumore si palesa nella pioggia che scroscia sulla paglia del tetto. L'acqua che batte sui vetri ha il colore grigio del cielo. Devo sbrigarmi a finire le mie lettere. Voglio mettermi in viaggio e ci vorrà di più sotto la pioggia. Quando strappo qualche foglio bianco dal mio album, la rilegatura si sfalda e i disegni si staccano, allargandosi a ventaglio sul pavimento: lo schizzo delle sue scarpe, il piccolo top con cappuccio, la giraffa di peluche, una gazza. Altre pagine vanno a posarsi sopra di esse e le lascio là dove sono cadute.

Ted,

so che starai dormendo mentre ti scrivo questa lettera, ma quando la riceverai avrò parlato con te e tu l'avrai detto ai ragazzi. Ho pensato che sarebbe stato utile scrivere anche le lettere. Mi sono sempre chiesta se sapere sarebbe stato meglio che sperare. Non saprei. Non mi sembra ancora vero.

Non è stata colpa tua o, se lo è stata, è stata anche colpa mia. Avrei dovuto prestare maggiore attenzione quando Yoska è venuto da me. Forse ci avrebbe perdonato. Doveva essere indeciso sul da farsi persino allora; faceva parte di una famiglia, quindi sapeva come avremmo sofferto. Alla fine, credo che l'abbia portata via con sé perché erano innamorati; non avremmo potuto evitarlo.

Vado in Galles. Spero che qualcuno al campo nomadi mi dirà dove sono sepolte.

Ti prego, dillo ad Anya.

Verrò a Bristol il prima possibile.

Jenny

Il rumore del pennino che graffia la carta è niente rispetto al fragore della pioggia. La cucina è calda e accogliente, ma dove sarà Ted quando leggerà questa lettera? I ragazzi saranno con lui; forse Anya si muoverà in silenzio sullo sfondo. Vedo il suo viso, rigato di lacrime.

Caro Ed,

ormai papà ti avrà detto cosa è successo alla nostra Naomi.

Finalmente aveva trovato quel che voleva; tante persone non ci riescono mai.

Se non si fosse ammalata, ci avrebbe fatto conoscere la sua bambina, prima o poi.

Sono così contenta che tu abbia Sophie.

Ci vediamo più tardi, oggi o domani. Ti penso sempre.

Mamma

Spero che Sophie lo stia stringendo fra le braccia. Spero che sia vestita dei suoi mille colori. Lei lo ascolterà, gli renderà più facile la cosa.

Accendo il bollitore; Bertie si agita un po' sentendo il rumore, poi ripiomba nel sonno. Il caffè è nero e bollente.

È difficile scrivere a Theo; mi sembra di soffocare la sua luce con una pennellata di vernice nera.

Theo caro,

sarai in viaggio verso casa, perciò ti invierò questa lettera a Bristol. Spero che Sam sia lì, seduto vicino a te.

Hai detto che non parlava molto con te prima di andarsene. Neanche con me lo faceva. Penso ci stesse dicendo addio.

Ha preso la tazza che usava da bambina, quella con la rana sul fondo. Adesso ce l'ho io.

Quando troveremo lei e la bambina le riporterò a casa. Le seppelliremo qui nel cimitero, così sapremo dov'è.

Mamma

La pioggia cade più leggera, la luce è più forte. Le ultime due lettere.

Nikita,

oggi chiamerò tua madre, così ti avrà già detto cosa è successo.

Michael mi ha detto che tu sapevi che era incinta. Sarebbe contenta di sapere che hai mantenuto il suo segreto. Ha avuto una bambina. Non so il suo nome.

Penso che i coralli fossero un regalo d'addio per te, anche se tu non sapevi che stava per andarsene. Sono felice che li abbia tu.

Jenny

La lettera per Michael è la più difficile. Lo conosco così bene eppure così poco – è come scrivere a uno sconosciuto. Elaboro frasi nella mia testa mentre cammino su e giù per la cucina, ma sembrano insincere sulla carta. C'è così tanto da dire che non riesco a trovare le parole e finisco con lo scrivere quasi niente.

Caro Michael,
sono in partenza e non so quando tornerò.
Bertie starà meglio qui. Puoi farlo uscire in giardino e dargli da mangiare prima di andartene? C'è una mezza scatoletta in frigo. Mary lo terrà con sé fino al mio ritorno. Le telefonerò e verrà a prenderlo.
Ho bisogno di stare con la mia famiglia. So che capirai.
Jenny

Lascio la busta di Michael poggiata contro il barattolo del caffè sul tavolo e sulle altre scrivo l'indirizzo della casa di Bristol. Anche su quella di Nikita, non ricordo il suo indirizzo. Non ho francobolli, ma posso fermarmi lungo la strada a comprarli.

Le dita di Michael sono piegate sul bordo del piumone. Quando faccio scivolare la mano dentro la sua, serra la presa ma i suoi occhi restano chiusi. Gli chiedo a bassa voce dove sono stati portati i genitori di Yoska, così saprò da dove cominciare. Mi sussurra un nome nel sonno, poi la mano si rilassa e il respiro si fa profondo e regolare.

Newtown. Una città sulle rive del fiume Severn nel Powys, Galles centrale. Il sito web turistico mi fornisce il codice di avviamento postale e lo inserisco nel navigatore satellitare. Devo guidare piano; non ho dormito. Sono passate quattro ore da quando Michael mi ha svegliata e il tempo è passato, svanito. Lo shock echeggia nella mia mente; sto aspettando ancora che arrivi il dolore.

Lascio scivolare la macchina giù per la piccola discesa che porta alla strada e avvio il motore fuori portata d'orecchio dal cottage.

Il paesaggio ondulato del Dorset si appiattisce nel Somerset; supero Bristol, solo un segnale che mi lascio alle spalle lungo l'autostrada. Mi fermo in un garage fuori Newport, le buste scivolano giù dal cruscotto e finiscono sul pavimento della macchina. Mary risponde al telefono dopo un po'; accetta immediatamente di prendersi cura di Bertie senza fare domande. Poi chiamo Ted. Quando risponde, sento la radio in sottofondo. Me lo immagino alla finestra della camera da letto, intento a fare il nodo alla cravatta mentre pianifica la sua giornata.

Lo avverto che ho cattive notizie e lo sento spegnere la radio e mettersi a sedere. Poi gli racconto cosa è successo. Nel silenzio che segue, ascolto la mia voce dire che Naomi era diventata parte di un'altra famiglia. Aveva dato alla luce una bambina. Non era stata stuprata o menomata, era stata amata. Ted comincia a piangere e cerco di parlargli ancora. Gli dico che sto per spedirgli una lettera, ma non risponde. Dopo un po' mette giù il telefono.

Prendo una tazza di caffè, ma ha un sapore amaro, così lo verso a terra e riparto. Le strade si stanno riempiendo di macchine e camion. Accelero. Michael ha detto che stavano aspettando il momento opportuno; forse si stavano preparando a partire in questo momento.

A Cardiff prendo la strada per Pontypridd e Merthyr Tydfil. Le Black Mountains. Comincia a piovere e guido con attenzione mentre la strada digrada e serpeggia intorno alle Brecon Beacons. Theo deve averla portata qui da qualche parte per il suo progetto; i suoi occhi erano così vivi in quelle foto. Una volta siamo venute qui anche noi, solo Naomi e io. Avrà avuto nove anni, forse dieci. Un cappellino di lana rosa calato sui capelli biondi, le gambe avvolte in pantaloni impermeabili che si arrampicavano su per i pendii bruni, avanti a me, sempre. Si fermava su costoni alti, troppo alti, piegandosi verso il vento. Non avevo il coraggio di guardare.

A mezzogiorno arrivo a Newtown, dove trovo un piccolo pub con parcheggio lungo la strada. Il viaggio fin qui è durato quattro ore. Fa caldo dentro il pub e l'odore di birra stantia e di cane è soffocante. Un jukebox attaccato alla parete suona della musica, e un gruppo di uomini seduti vicino alla finestra sta bevendo e leggendo i giornali. Un vecchio collie sdraiato sotto il tavolo mi guarda con occhi assonnati. La donna dietro al bancone alza gli occhi al cielo quando le domando se nelle vicinanze c'è un campo nomadi e non mi risponde.

Dietro di me, voci maschili si intromettono. L'intonazione cantilenante non si armonizza con il loro modo di parlare.

«Per mesi c'è stato un campo vicino Llanidloes, alla vecchia fattoria di Hugh».

Mi osservano, parlando intorno a mozziconi di sigaretta stretti fra i denti, gli occhi socchiusi per il fumo. Pensavo che fosse vietato fumare nei pub, ma non faccio commenti.

«Venivano in città a sgraffignare roba e far casino».

«La polizia non faceva niente».

«Zingari. Ha letto sui giornali del traffico di droga?»

«Vagabondi».

Esco dal pub senza nemmeno salutare.

Llanidloes è un posto grazioso con un vecchio mercato coperto in legno e muratura. In un punto vendita Budgens all'incrocio, un uomo con un grembiule marrone sta riempiendo le mensole di barattoli di burro di noccioline. Abbassa lo sguardo su di me.

«Non vorrà andare là», dice. Quando insisto si stringe nelle spalle, prende la mia cartina e la appoggia contro la mensola vuota.

«È oltre Bwlch-y-sarnau», dice, indicando un punto con il dito macchiato di giallo. «Prenda la B4518 appena fuori città. Quando vede la buca delle lettere vicino al bungalow grigio alla sua destra, prenda la prima a sinistra e poi giri ancora a sinistra. È in un avvallamento. Vedrà un sentiero sassoso che porta al campo. Attenta, ci sono dei cani».

Vuole dirmi qualcos'altro. Forse vuole dirmi che ieri notte c'è stato un putiferio. È intervenuta la polizia. Era ora, potrebbe dire. Mi segue con lo sguardo mentre riparto.

Sto percorrendo una strada in discesa piena di curve quando un Land Cruiser Toyota arriva nella direzione opposta. Mi infilo in retromarcia in un cancello. Segue una macchina con un rimorchio per il trasporto dei cavalli. Aspetto mentre passa lentamente oltre. Mi affaccio di nuovo sulla strada, ed ecco arrivare un minibus che mi fa tornare sui miei passi. Dei bambini guardano dai finestrini. Borse, pacchi e valigie premute contro i vetri; è allora che mi rendo conto che alcuni dei nomadi stanno traslocando, come aveva detto Michael, almeno quelli che non sono sotto custodia.

Se proseguo lungo la strada, troverò il sentiero di cui mi ha parlato l'uomo nel negozio. Posso raggiungerli se mi sbrigo. Superata la curva, il sentiero e il campo compaiono alla vista. C'è un gruppo di roulotte verso il bordo del campo, vicino ad alcuni alberi a un centinaio di metri da dove parcheggio. La maggior parte delle roulotte sono dietro un nastro bianco e blu che isola quella parte del sito. Nel mezzo, verso il fondo del campo, ci sono circa dieci poliziotti e uomini con impermeabili gialli allineati in fila, curvi a scavare.

Davanti al nastro c'è una roulotte, e un uomo sta fissando il gancio da rimorchio sul retro di una Land Rover schizzata di fango. Deve essere l'ultima famiglia che la polizia ha autorizzato a partire. La pioggia è cessata e un ragazzino con i capelli neri di circa sei anni, pollice in bocca, è appoggiato contro la roulotte a godersi il sole, osservando l'uomo al lavoro. Quando scendo dalla macchina e apro il cancello, il movimento attira l'attenzione del ragazzino, mentre la polizia non si accorge di niente; se mi vedessero, mi fermerebbero. Il piccolo si gira a guardarmi e l'uomo vicino a lui solleva la schiena. Il volto, rosso per lo sforzo e bordato da una barbetta grigia, è più vecchio di quanto farebbe pensare il fisico robusto. Sessant'anni? Settanta? Mi getta un rapido sguardo, accenna un saluto, poi si china di nuovo sul gancio. Dopo un istante grida qualcosa che non riesco ad afferrare. Una donna di mezza età scende i gradini della roulotte con passi rigidi; è vestita di nero, con una sciarpa nera legata intorno ai lunghi capelli corvini. Ha una grossa borsa di tela sulla spalla. Prende il bambino per mano e, senza guardare nella mia direzione, apre lo sportello della Land Rover. Fa salire il bambino nella vettura, poi si volta verso la porta aperta della roulotte.

«Carys», chiama, cantilenando le sillabe nel suo accento gallese.

Mi guardo intorno. Nell'erba verde sono visibili riquadri sbiaditi dove erano posteggiate altre vetture. Niente cani alla catena; un mucchio di sacchi della spazzatura legati con cura. Al centro c'è una chiazza di erba bruciata. Uno dei poliziotti mi urla qualcosa e mi fa cenno di andare via. Esco dal cancello.

«Carys», chiama di nuovo la donna, poi sparisce dentro la Land Rover.

La porta della roulotte si spalanca di colpo e una giovane donna appare sulla soglia. Appena la vedo, mi manca il respiro e mi aggrappo saldamente al cancello. Si è rasata la testa. I capelli cortissimi sono stati tinti di rosso e ben si armonizzano con il colore della lunga gonna. La pelle è molto chiara. Ha un tatuaggio intorno al collo, sembra un disegno di foglie. Ha in braccio una bimba di circa sei mesi, anche lei con i capelli rossi; da qui vedo i riccioli risplendere al sole. La piccola è avvolta in una coperta a strisce gialle e rosse e sembra addormentata. Arrivata in fondo ai gradini, la giovane si gira verso il cancello, tenendo la bimba davanti al petto come uno scudo.

Le dita che reggono il fagotto sono lunghe, anche se da qui è impossibile vedere le lentiggini – grani di zucchero di canna grezzo – fino alla seconda nocca, o se le unghie sono mordicchiate. È troppo lontana per vedere il piccolo neo sotto il sopracciglio sinistro. Il suo sguardo incontra il mio; gli occhi sono calmi, anche se arrossati come se avesse pianto. Ci guardiamo. So che non smetterò mai di pensarci, ma ci sono cose nel suo sguardo che non saprò mai definire pienamente. Riconoscimento. Sì. Vendetta, chiusura. La sua Maria si è vendicata dopo la morte di Tony. Era stato un avvertimento? E poi qualcos'altro, qualcosa di opposto, di più tenero… Dolore o perdono? Non saprei. È lì. Questo basta. È lì. Il mondo scompare intorno a lei. Le bugie che devono aver detto alla polizia, persino le bugie che hanno insegnato a dire ai bambini, scompaiono. Non piango, non rido né sorrido. Non c'è spazio. Non c'è tempo.

«Carys. Dobbiamo andare».

A quel punto corro verso di lei, ma i piedi scivolano nel fango vicino al cancello. Mi sforzo di non perdere di vista il suo viso anche mentre perdo l'equilibrio e cado goffamente su un fianco, ma mentre la guardo si gira dall'altra parte. Nasconde la testa della bambina nella curva del collo esile e si china per entrare nella macchina. Non la vedo più.

Mi rialzo in piedi, sporca di fango, e mi lancio in una corsa disperata. La Land Rover ha avviato il motore e le ruote slittano sull'erba bagnata. Accelero e per un istante sembra che l'abbia raggiunta, ma la macchina fa un balzo in avanti e si avvia verso il cancello. Se le sbarro la strada si fermerà di certo, ma vedendola avvicinarsi, mio malgrado, cambio direzione. Il lato del suo viso, parzialmente nascosto dalla bambina, è talmente vicino che se il finestrino fosse aperto potrei allungare la mano e toccarla. Poi, all'improvviso, alza la mano vicino al vetro, apre le dita. La linea della vita risalta nitida sul palmo, curva come una strada su una mappa. E poi la macchina è passata oltre; non si ferma quando si immette sulla strada, ma accelera su per la collina e sparisce rapidamente alla vista.

Quindici mesi dopo

Carys. È un nome gallese. L'ho cercato. Significa "amore".

Ringraziamenti

Vorrei ringraziare i miei agenti, Eve White, Jack Ramm e Rebecca Winfield.

Grazie infinite al team della Penguin, in particolare a Maxine Hitchcock, Samantha Humphreys, Celine Kelly, Clare Parkinson, Beatrix McIntyre, Elizabeth Smith e Joe Yule.

Grazie anche al team della HaperCollins USA, in particolare a Rachel Kahan, Kim Lewis, Lorie Young e Mumtaz Mustafa.

La mia gratitudine va anche ai miei tutor, compresi Patricia Ferguson, Chris Wakling, Tessa Hadley, Mimi Thebo e Trícia Wastvedt, il mio tutor personale. E a Rowena Pelling.

Grazie al mio gruppo di scrittura: Tanya Atapattu, Hadiza Isma El-Rufai, Victoria Finlay, Emma Geen, Susan Jordan, Sophie McGovern, Peter Reason, Mimi Thebo, Vanessa Vaughan.

Sono grata all'agente Nick Shaw per i dettagli sulla polizia e per il suo gentile aiuto con il manoscritto, e a mia sorella, Katie Shemilt, per la sua abilità di fotografa.

La mia famiglia ha avuto un effetto determinante. L'incoraggiamento di Martha è stato il punto di partenza, e Henry e Tommy sono stati molto generosi con le loro capacità tecniche. Steve, Mary e Johny sono stati un'indispensabile squadra di sostegno.

A mio padre e a mia madre, dei quali ogni giorno sento la mancanza, grazie.

UN DELITTO QUASI PERFETTO

Alla mia famiglia

Capitolo 1

Botswana, marzo 2014

Il calore della sera avvolge il sentiero, le cicale friniscono fitte. I miei piedi scricchiolano sulla sabbia profonda. Camminare sembra facile come respirare; i pensieri si liberano e fluttuano nell'aria calda.

Adam starà sorseggiando una birra, felice; quel mondo nuovo… Zoe, forse sotto gli alberi con una lucertola tra le mani. Alice sarà accanto a Teko, immersa nella lettura, i capelli neri che spazzano la pagina, più calma di stamattina. Il profumo della cena si diffonde nel giardino; Elisabeth mette fiori in un bicchiere.

Un bulbul crestanera salta via spaventato dal sentiero, il suo richiamo intermittente che spezza la pace: *fa' in fretta, fa' in fretta, Dottoressa, fa' in fretta*. La luce dorata comincia a scurirsi tra gli alberi; un rosso fiore del deserto brilla tra le ombre, ed è il tramonto.

L'ora di cena. L'ora del bagno. Forse Sam starà piangendo.

Un altro uccello risponde al primo e un altro ancora, e poi gli alberi si riempiono tutti di canti spezzati. Sento in bocca l'aria dell'imbrunire, densa come crema.

Un serpente sottile striscia davanti ai miei piedi, un lampo veloce sul sentiero, e scompare in un canale. Voglio un drink a base di gin. Voglio che Adam rimanga impressionato nel vedermi tornare a casa a piedi, pentito di aver dimenticato di controllare l'auto, pentito di non aver messo in carica il cellulare.

Quando lo raggiungo, il cancello è immerso nell'ombra, anche se il legno è ancora caldo a contatto con la mano. Dondola indietro sui cardini con il suo familiare lamento bitonale. Nello stagno dietro casa, le rane hanno dato inizio al loro gracidare notturno. Quando scalcio via le infradito sporche di fango, la sabbia è soffice sotto i miei piedi. Il sollievo di essere a casa sboccia come un dolore in mezzo al petto. Aggiro le anse curvilinee del viale, ansiosa di scorgere le prime luci bucare il prato ricoperto di arbusti.

Mi ci vuole qualche secondo per accorgermi che in casa tutte le luci risplendono, e che il fascio luminoso di una torcia percorre convulsamente il prato. Adam sta gridando, la sua voce è un muggito basso, come di un animale in pena. È laggiù, verso gli alberi. Quando comincio a correre, volta il viso verso di me, il suo pallore balugina nella luce del tramonto. Dentro, Zoe, appoggiata al muro, piange silenziosamente. Allora non si tratta di lei. Alice è accovacciata in un angolo; mi vede e si alza con movimenti fluidi e aggraziati. Non è nemmeno di lei che si tratta.

E allora capisco.

Nella nostra camera da letto, le ombre danzano in modo differente: impiego un secondo per accorgermi che le tende sono tirate e ondeggiano piano nel vento leggero. Di fronte alla finestra, sul tappeto, giace un cumulo di vetri sbrilluccicanti, qualche frammento frastagliato ancora al suo posto nella cornice.

La culla è vuota.

Capitolo 2

Londra, marzo 2013

Non era un buon momento per cominciare una conversazione. Mezzanotte. La pioggia che picchiava contro le finestre, sul tavolo in mezzo a noi una bottiglia di vino, vuota. La faccia magra di Adam era tinta d'un lieve rossore, i capelli neri che se ne stavano dritti là dove aveva passato più e più volte le mani. Avrei voluto appianarglieli e posare le labbra sulle linee tra le sopracciglia, ma c'era in lui un barlume nascosto che mi teneva lontana.

La cucina era un caos: Sofia era andata con gli amici a vedere un film polacco, e le scarpe e gli zaini delle bambine erano sparsi sul pavimento. I nostri bicchieri e le stoviglie erano ancora sul tavolo. I disegni di Zoe ammucchiati in disordine sulla credenza e i compiti di matematica di Alice ordinatamente impilati attendevano entrambi la mia approvazione.

L'indomani, la lista delle cose da fare cominciava alle otto del mattino con due isterectomie. Spinsi indietro la sedia e mi alzai. L'espressione di Adam era assorta, come se stesse risolvendo a mente un calcolo complicato. Cominciai a liberare il tavolo, accatastando le scodelle sullo scolapiatti già zeppo.

Mio padre possedeva un'antica bilancia: la teneva sulla scrivania nello studio, ma dopo la sua morte era scomparsa. Era fatta di legno lucido e ottone, con pesi in metallo goffrato; da bambina, me la lasciava usare per pesare le lettere e i pacchi. Un sottile foglio di carta poteva fare la differenza. Nella relazione tra me e Adam, il successo professionale era equamente bilanciato, ma in ogni momento il piatto poteva pendere di più da una parte o dall'altra. Gettai le posate nel lavandino e il metallo risuonò rumorosamente. Lo amavo. Amavo quasi tutto di lui: il sorriso che gli accentuava le rughe attorno agli occhi, il suo modo di prendere le bambine tra le braccia per farle dondolare in alto alla fine della giornata, il calore del suo corpo accanto al mio nel letto; ma se lui vinceva, a perdere ero io. Volevo il meglio per lui, ma solo finché non otteneva più di me.

«Dimmi». Allungai una mano per prendere il suo piatto. Non ci sarebbe voluto molto. Magari non era nulla. Una diagnosi azzeccata, forse, o il colpo vincente nella partita di squash della pausa pranzo.

«Mi si è presentata un'opportunità di ricerca». Si schiarì la gola, un suono gratuito e irritante. Aveva parlato in tono piatto, ma quando i suoi occhi incontrarono i miei, le pupille dilatate lo tradirono: non si trattava di un progetto di routine. Gettai il piatto nel lavandino sopra a coltelli e forchette e mi sedetti per affrontarlo, le mani sul tavolo, preparandomi ad assorbire il colpo.

«Lasciami indovinare. La Wellcome Trust ha accettato di finanziare il tuo progetto sulle cellule staminali nella cura del cancro?». Orgoglio e gelosia mi corrodevano lo stomaco.

Lui scosse la testa, lo sguardo sfuggente. «Ricordi il tuo progetto di ricerca a San Francisco, dodici anni fa?».

Annuii, anche se mi sembrava fosse passato più tempo. Era un'epoca strana e lontana, fatta della nostalgia di Adam, di passeggiate solitarie nella nebbia su e giù per le colline fino all'ospedale e della musica jazz che arrivava indistinta attraverso la finestra aperta del laboratorio. Passavo giorno e notte a macchiare campioni e studiare diapositive per poi analizzare i risultati; ore a scrivere le mie scoperte.

«...appena sposati, ma era la tua grande opportunità e ti ho lasciata andare», stava continuando Adam.

Svanì il ricordo delle luci del laboratorio a notte fonda, delle file di diapositive e delle tazze vuote di caffè. Adam mi stava fissando e tamburellava con le dita sul tavolo.

Lo fissai a mia volta. «Allora, di cosa si tratta veramente, Adam?».

Abbassò gli occhi. «Mi è stato offerto un posto di ricercatore per un anno in Botswana».

Nel silenzio che seguì, la lavastoviglie emise un suono: la fine del ciclo di lavaggio. Spesso fingevamo di non accorgerci che dovevamo svuotarla, ma adesso il nostro gioco era un altro. Era come se mi avesse preso a pugni nello stomaco. Più una lotta che un gioco.

«Offerto? Allora devi esserti candidato già da tempo».

Attorno a noi, i disegni delle bambine tappezzavano le ante della credenza; gli animali di creta di Zoe affollavano alla rinfusa tutti i davanzali. Una palla da squash era abbandonata in mezzo alle arance nel cesto della frutta. Nell'angolo, il violino di Alice, pronto per l'indomani. Appesi al frigorifero con un magnete a forma di cuore c'erano gli orari della piscina. La mia lista di reperibilità era attaccata con lo scotch al muro sopra il telefono. Le novità di Adam avrebbero potuto cambiare tutto, eppure lui me le aveva tenute nascoste fino ad ora.

«L'offerta è arrivata dal nulla, Em. Te ne avrei parlato prima, se mi fossi candidato. È ovvio».

Un muscolo gli pulsava sulla mascella. Era un movimento minimo, e se non fossi stata a guardarlo tanto da vicino non l'avrei nemmeno notato.

«La storia non può essere tutta qui, queste cose hanno bisogno di essere discusse e pianificate. Perché non me l'hai detto prima?»

«A volte è difficile parlare con te... Il mio successo sembra ferirti così tanto».

«Allora me l'hai tenuto nascosto?»

«Non riuscivo a trovare le parole».

«Raccontamelo adesso».

«Chris Assazar mi ha scritto una email da Johannesburg». Adam si piegò in avanti. «Ha letto il mio studio sui marker sierici per i linfomi e pensa che un oncologo potrebbe fare qualcosa di utile laggiù. Lui provvederà al finanziamento».

«Utile... Il che significa cosa, esattamente?»

«Lui gestisce un centro di ricerca per l'HIV nell'Africa del Sud. Il Botswana ha il record di aumento della popolazione infetta di tutto il continente. Sappiamo che i pazienti con AIDS sono a rischio di linfomi…». Stava cominciando a sembrare pomposo, come probabilmente doveva sembrare quando teneva le sue lezioni agli studenti di medicina. Notò il mio sguardo e accelerò: «Perciò, se con i marker sierici riusciamo a individuare i soggetti a rischio, possiamo somministrare una cura antilinfoma con largo anticipo e prolungare una vita normale di mesi, forse anni».

«E le nostre, di vite normali? Che fine faranno?».

Le nostre vite non erano normali, ma uno di noi era sempre qui in giro, almeno per una parte della giornata, e la ragazza alla pari faceva il resto. Ci alternavamo per i turni di reperibilità. Il fine settimana scorso avevo fatto quattro cesarei, mentre Adam si era occupato di gestire le cose a casa. Spesso dedicavo le serate alla ricerca, mentre lui leggeva alle bambine. Io le portavo a scuola la mattina. Con Adam in Botswana sarei rimasta da sola a occuparmi di tutto; non avrei avuto più tempo per la ricerca e nemmeno per il lavoro in ambulatorio. Lui sarebbe stato libero di lavorare quanto voleva. Avrebbe pubblicato nuovi studi. E io sarei rimasta a mani vuote.

Avrebbe vinto lui. Adam negava sempre che le cose stessero così, ma io non gli credevo. Gli occhi mi bruciavano per la stanchezza, e mi ritrovai all'improvviso ai tempi della scuola, a spingere con tutte le forze in mezzo alla piscina mentre tenevo d'occhio i rivali con gli occhi irritati dal cloro, decisa ad arrivare prima. Come si può non desiderare di vincere?

La sedia di Adam cigolò sul pavimento di ardesia mentre lui si alzava. Lì accanto, sul davanzale, la cornice d'argento con la foto di mio padre. Capelli bianchi, zigomi alti, occhi incavati dietro agli occhiali a mezza luna. La foto non mostrava le sue mani, ruvide e ampie come vanghe. Calde. Era un ostetrico e la gente diceva che aveva le mani da chirurgo, fatte apposta per salvare vite. A me non era sembrato così, nella cava. *O vai a fondo o nuoti*, aveva detto. Avevo cinque anni.

La cava è silenziosa. Nascosta.

Il lago è un mestolo profondo di verde ombroso nascosto tra le scogliere.

Siamo insieme nella sua barca.

È una giornata calda, ma io ho freddo. Indosso un costume da bagno, non so perché. Non so nuotare. Di solito veniamo qui a pescare, ma oggi non ha portato le canne.

«O vai a fondo o nuoti».

Non so cosa voglia dire, ma ho paura.

«Dipende da te», dice. Si china su di me; mi afferra la vita con le mani. Mi tira su, mi tiene sospesa sul bordo della barca e poi, con cautela, mi lascia cadere nell'acqua.

Urto contro le pietre sul fondo, il fango molle come carne, come la terra sulla tomba di mamma. Apro la bocca per gridare e inghiotto acqua.

Una tenue luce gialla penetra attraverso il verde sopra la mia testa. Le bolle risalgono verso l'alto.

Una voce grida il mio nome.

Scatto verso la superficie, i giunchi che mi graffiano le gambe mentre risalgo.

Adam aveva cominciato a camminare avanti e indietro, gesticolando. Le parole uscivano con facilità, come se si fosse allenato ad alta voce mentre tornava a casa in auto: «… bene per tutti e due. Zoe potrebbe saltare il primo anno della scuola primaria senza problemi. In Scandinavia a cinque anni i bambini non ci vanno proprio, a scuola; Alice è così avanti che potrebbe prendere cinque per il resto dell'anno e non farebbe nessuna differenza». Poi si sedette di nuovo e aprì le mani, come per offrirmi un regalo. «Tu potresti prenderti un anno sabbatico e fare tutte le ricerche che vuoi».

Perciò voleva che andassimo in Botswana con lui. Fissai lo sguardo oltre il tavolo, ma senza vederlo. Ero tornata indietro a una mattina presto di dieci anni prima, in cucina, a bere caffè e scrivere articoli mentre Adam dormiva con la piccola Alice. Era successo lo stesso quando era nata Zoe. Da quando ero diventata primario, la mia vita era stata un circolo ininterrotto di ricerca e lavoro ospedaliero. Mi prendevo a malapena una giornata. Come potevo andarmene per un anno? Adam aveva all'attivo più pubblicazioni di me, ma io ero più giovane. L'avrei raggiunto. Non era facile. Il tempo era ancora un lusso. E la famiglia riempiva ogni momento libero, tenendomi a galla, trascinandomi a fondo.

«Em, ti prego…».

Dall'altro lato del tavolo Adam si chinava in avanti, aspettando un mio cenno di assenso. Due anni fa aveva voluto un terzo figlio. Mi aveva supplicata, ma io avevo appena avuto il posto e avevo la responsabilità di un'équipe. Non era il momento giusto. Avevamo già Alice e Zoe; era tutto in equilibrio. Così. Avevo detto di no. Avrei detto di no anche adesso. La ricerca di Adam in Botswana sarebbe durata più a lungo di una gravidanza. Avrei preferito avere un altro figlio piuttosto che passare un anno all'estero: un bambino poteva inserirsi nell'incastro. Toccava a lui rinunciare a qualcosa.

«Quando dovrebbe succedere?», chiesi.

Dovevo mettere ordine nei miei pensieri, ma avevo bisogno di dormire. Se fosse stata una sera normale, come tutte le altre, la cucina ora sarebbe immersa nella pace. Il lampadario sarebbe spento e la stanza sarebbe illuminata dalla luce soffusa delle lampade a parete. Adam starebbe leggendo qualcosa, coi piedi tirati su, sorseggiando un tè, mentre io starei controllando i compiti delle ragazze. Gli unici rumori sarebbero il ticchettio dell'orologio e il fruscio delle pagine voltate; forse il quartetto di Mozart preferito di Adam suonerebbe piano in sottofondo, mentre i pezzi della giornata si rimettono insieme.

«Ci vorrà un po' per preparare il tutto, confermare i finanziamenti e organizzare la squadra».

La sua voce sembrava più pacata. Credeva di avere vinto.

«Megan ha detto che è disposta a darci una mano. I suoi genitori lavoravano in una missione laggiù. Lei è cresciuta lì. Ci vorranno nove mesi per organizzare la ricerca, a partire da ora. Al massimo dieci. Potremmo essere lì all'incirca per Natale». Ora stava sorridendo. «Sarebbe un'occasione per aiutare le persone, trovare un vero senso alle nostre vite».

Ma noi le persone le aiutavamo già. Le nostre vite erano piene di senso. Mi tirai in piedi e, ignorando la lavastoviglie, aprii il rubinetto sopra alla pila di piatti e posate accatastati nel lavandino, schizzandomi l'acqua sui vestiti. Megan, la sua leale segretaria. Avrebbe fatto qualsiasi cosa per aiutarlo a ottenere ciò che desiderava. Non aveva bambini, però: non poteva capire l'effetto che i programmi di Adam avrebbero avuto sulle nostre figlie. Stavano crescendo bene, ma cosa sarebbe successo se le avessimo strappate alla loro routine? Meritavano tutte le possibilità che avevo avuto io. Il che significava che dovevano mantenere il ritmo e lavorare duro.

Adam mi si avvicinò alle spalle, abbracciandomi da dietro. «Sarebbe un'avventura», disse.

Un tempo amavo quella parola. Significava il giro d'Europa in bicicletta dormendo in tenda, o attraversare l'America in autostop, zaini in spalla. Grattai via con un coltello una traccia di pesto da un piatto; non avevo bisogno di quel genere di avventura, adesso. Tutto ciò che volevo era qui, a Londra. Le mani di Adam mi premevano sulla pelle del bacino. Nonostante la stanchezza, sentii il viso ardere dal desiderio.

«Cosa ne pensi?». Le sue labbra erano sul mio collo.

Mi voltai per guardarlo negli occhi. Aveva la bocca socchiusa e potevo sentire l'odore di vino del suo respiro. La mia testa nuotava nell'alcol. Aveva detto nove mesi da ora: avevo ancora del tempo. Mi sarei inventata qualcosa; ne sapevo di sopravvivenza. Sarei sopravvissuta anche a questo.

«Non parliamone adesso». Lo baciai. «Siamo troppo stanchi. Troveremo il tempo per discuterne domani, o nel fine settimana. Vieni a letto».

Lo presi per mano; avrei guardato i disegni e i compiti il giorno dopo. Mentre ci voltavamo per andare, sentii dei passi leggeri salire in fretta per le scale davanti a noi, e poi una porta che si chiudeva piano. Sofia doveva essersi intrufolata in casa senza farsi notare. Stava al piano di sopra, nella stanza accanto a quella di Alice. Alice ultimamente era così stanca. Sperai che Sofia non la svegliasse.

Chiudemmo la porta della camera da letto e ci appoggiammo contro di essa nel buio, ansimando e aggrappandoci l'uno all'altra, il vino e la stanchezza allentavano la tensione. Adam cominciò a sfilarmi la maglia. Io gli slacciai la cintura. Ridevamo.

Lui mi spinse all'indietro sul letto, scivolando con le mani sotto alla mia gonna. Dovevamo fermarci. Dovevo mettergli il preservativo. Si era dimenticato che da tempo non prendevo più la pillola?

Gli sbottonai la camicia con dita tremanti; il cuore mi batteva forte, e i pensieri correvano più forti ancora. Per un'ostetrica come me, nove mesi significano formazione del cuore, crescita del cervello, definizione degli elementi facciali, fissazione delle ossa e delle unghie. Sorrisi e allungai una mano verso di lui. Mi aveva tenuto i suoi piani nascosti fino a oggi; questo dava anche a me il diritto di avere un piano segreto, uno che potesse mandare all'aria il suo, se solo fossi riuscita a pensare con più chiarezza. Non avrei dovuto bere tutto quel vino.

Lui si spinse dentro di me e cominciò a muoversi. La bocca si abbassò sulla mia, Tra poco sarebbe stato troppo tardi, e io stavo cominciando a mollare. Non sarebbe successo niente. C'erano voluti mesi per concepire Alice e più di un anno per Zoe. Ed ero più vecchia, adesso, meno fertile. E poi, avevamo dimenticato il preservativo diverse volte prima d'ora, e il mio ciclo era sempre stato puntuale. Nell'arco di qualche secondo il mio corpo si stava muovendo col suo e i miei ultimi pensieri consapevoli si dissolsero.

Capitolo 3

Londra, aprile 2013

«Che bisogno c'è di guidare tanto in fretta?». Nello specchietto retrovisore, la frangetta nera di Alice, appiattita dal cappellino, rendeva la sua pelle ancora più pallida. Il suo visetto sembrava spaventato.

«Devo portarti a scuola, lasciare Zoe, vedere la signora Philips, fare un turno di guardia e cominciare le operazioni...».

Non aveva alcun bisogno di questa litania, ma mi girava nella testa dalle cinque del mattino. Zoe, rannicchiata accanto a lei, dormiva come un sasso, il viso appoggiato sul gomito della sorella, un baffo di latte e briciole attorno alla bocca e una ciocca di capelli biondi incollata alle labbra.

Guardando nello specchietto, mi accorsi che non indossava la cintura di sicurezza. L'avevo dimenticata. Su entrambi i lati della strada, le macchine erano parcheggiate paraurti contro paraurti. Per rimediare mi sarei dovuta fermare in un vialetto laterale, perdendo altro tempo.

«Mi lasci a scuola troppo presto. Non è permesso».

«Certo che sì, Ally».

«Non ho nessun posto dove andare».

«Puoi stare in classe a leggere, chiacchierare con gli altri...».

Mi girai per sorriderle e tornai a guardare la strada appena in tempo per accorgermi della luce rossa che si accendeva lassù davanti a noi. Schiacciai il piede sul freno, inchiodando. Una giovane donna coi capelli coperti da goccioline di pioggia mi lanciò un'occhiataccia, mentre guidava un bimbetto infagottato attraverso la strada. Dietro di me, Zoe cominciò a piangere forte. Era stata sbalzata in avanti ed era finita nello spazio tra i due sedili. Sudando per il senso di colpa, uscii dall'auto e aprii di corsa la portiera. Era incastrata, il viso rigato da lacrime di shock. La tirai fuori e la misi dritta in piedi sull'asfalto. Nessun danno. Le diedi un rapido e forte abbraccio e la sistemai di nuovo sul sedile, questa volta allacciandole la cintura. Dietro di noi si stava formando una fila di macchine. C'erano visi arrabbiati e clacson strombazzanti. Risalii in macchina, tremando. Non mi capitava spesso di fare errori dovuti alla disattenzione, ma andavo di fretta ed ero distratta dal pensiero del giorno prima, e mi ero dimenticata di controllare se le avevo allacciato la cintura. Stavo diventando quel genere di madre che dà più importanza alla carriera che alla sicurezza dei figli?

«Mi sento male». La voce di Alice era malferma.

A scuola, scese dalla macchina e si avviò piano attraverso il cortile vuoto senza nemmeno salutare; sapeva che era stata colpa mia. Scomparve dietro i gradini che portavano al guardaroba, la schiena stretta piegata sotto il peso dello zaino, le spalle curve contro la pioggerellina.

Nonostante ciò che era appena accaduto, Zoe si era di nuovo addormentata. La caricai di peso e la portai in classe, cercando di non levarle il pollice dalla bocca. Susi, l'assistente della maestra, ci salutò sorridendo mentre la prendeva in braccio. Era troppo tardi per accorgersi che la camicia di Zoe aveva l'orlo scucito, i polsini erano macchiati di pennarello e che indossava calzini spaiati. Susi la trasportò con cautela oltre la porta. Immaginai con quale dolcezza l'avrebbe distesa sui cuscinoni nella stanza del riposino. Li avevo visti quando avevo fatto il giro della scuola prima di iscriverci le bambine; quel dettaglio era stato decisivo. Ora ero preoccupata: perché la maestra di Alice aveva chiesto di vedermi?

La signora Philips mi stava aspettando nell'aula vuota della quinta. Doveva aver appena pulito la lavagna e la polvere di gesso era sospesa nell'aria. Mi guardò, inclinando il capo da un lato, un lungo orecchino arancione penzolava sulla spalla. Posava le dita, con le unghie smaltate di arancio in tinta con l'orecchino, su una piccola foto di Alice allegata a un foglio fittamente scritto; le unghie erano appuntite e brillavano come gli artigli di un piccolo uccello rapace.

«Ho ricevuto la sua email», cominciai.

«La ringrazio di essere venuta. Ho mandato Alice a fare colazione con i convittori. Volevo condividere le mie preoccupazioni con lei in privato, signora Jordan». La sua voce era carica di sincerità. Si chinò in avanti. «Penso che dovrebbe sapere che Alice ha cominciato a prendere delle cose. Piccole cose». L'orecchino dondolò, tremolante.

L'immagine di una pila scintillante di telefonini, orologi e monete mi balenò nella mente. «Che genere di piccole cose?»

«Matite, gomme, elastici per capelli, un paio di calzini».

«Tutto qui?». Mi veniva da ridere. «Forse voleva solo prendere quelle cose in prestito temporaneamente, e poi se n'è dimenticata. A casa abbiamo l'abitudine di condividere tutto, perciò...».

«Le cose sono state ritrovate nel suo banco, in una scatoletta con un'etichetta con sopra scritto il suo nome». Mi rivolse un sorriso gentile.

«Alice lo sa?»

«Gliele ho prese e ho informato Alice che ne avrei parlato con lei. Nessun altro è al corrente della situazione».

Guardai fuori dalla finestra; quella donna non mi piaceva, anche se non sapevo dire bene perché. Piccole frotte di bambini, all'incirca dell'età di Alice, stavano cominciando ad attraversare il cortile in gruppetti di due o tre, tenendosi per mano e chiacchierando. Sembravano felici, ma forse erano segretamente preoccupati di perdere le loro matite e i loro elastici per capelli. Magari stavano meditando la vendetta. Sentii una fitta di preoccupazione per Alice.

«Le parlerò», dissi. Di solito lei mi raccontava della scuola, ma ultimamente non mi aveva detto molto. Abbassai lo sguardo sulle mani che tenevo intrecciate sul grembo. Mani da chirurgo come le sue, aveva detto papà. Mani abili, capaci di individuare il problema ed estirparlo. Avrei dovuto sapere che Alice aveva un problema: avrebbe dovuto essere una di quelle cose che mi confidava bisbigliando alla fine della giornata, mentre le rimboccavo le coperte. Ma spesso in quel momento io non c'ero. C'era Adam. E anche se le avessi chiesto se c'era qualcosa che non andava, me l'avrebbe detto? Avrebbe potuto pensare, basandosi sui fatti, che non m'importasse.

«Penso che Alice si stia auto-valorizzando», stava continuando la signora Philips. «Un bambino di dieci anni che ruba forse sta cercando una sorta di riconoscimento. Mi chiedo se riceva sufficienti gratificazioni da... tutti quelli che se ne prendono cura».

Mi sentii avvampare in volto. L'orologio alle sue spalle segnava le otto. Se mi fossi fermata a discutere avrei fatto tardi. Mi alzai per andarmene. «A casa riceve moltissime gratificazioni. La lodiamo moltissimo. Forse dovrebbe assicurarsi che questo avvenga anche a scuola, invece di accusarla di furto».

Lei non rispose, ma potevo sentirmi addosso il suo sguardo mentre mi avviavo alla porta. Linee iridescenti mi danzavano alla periferia degli occhi: erano il segnale di un'emicrania incipiente. Frugai nella borsa alla ricerca del paracetamolo e intanto attraversavo il cortile, la pioggia affilata che mi sferzava le guance bollenti. Il rumore dei miei tacchi rimbombava sull'asfalto, perforandomi la testa a ogni passo. Maledetta. Non avrei dovuto perdere la calma, ma ero preoccupata per Alice. Ingoiando le tavolette amare, mi chiesi se qualcuno dei bimbi dalla faccia d'angelo che mi oltrepassavano in direzione opposta si ponesse davvero il problema delle gratificazioni.

La sala operatoria era inondata di luce, calda e tranquilla. Gli altoparlanti sul soffitto diffondevano musica classica. Era facile svuotare la mente da tutto quanto non fosse il momento presente. La paziente mi giaceva davanti, priva di conoscenza, intubata, con gli occhi serrati. Il cancro dall'utero aveva invaso la vescica. La mia missione si sintetizzò e divenne, semplicemente, attenta dissezione e riparazione scrupolosa. L'anestetista annuì. Potevo cominciare. La mia assistente mi passò il bisturi in silenzio e cominciai a tagliare. La musica e il brusio della mia équipe si persero nel sottofondo mentre lavoravo, sbattendo le palpebre per scacciare il sudore che mi bruciava negli occhi. Due ore dopo, la pelle era stata accuratamente ricucita e le funzionalità della vescica ripristinate.

Di ritorno nella mia stanza, presi dell'altro paracetamolo, questa volta mandandolo giù con un sorso di acqua dal gusto metallico raccolta nel palmo della mano dal rubinetto del lavandino. Mi sedetti alla scrivania massaggiandomi le tempie; davanti a me, sullo screensaver, Alice e Zoe ridevano su una spiaggia assolata. Stamattina, nello specchietto retrovisore, l'espressione di Alice era cupa. Forse le insinuazioni della signora Philips non erano sbagliate: forse a casa non riceveva gratificazioni sufficienti. Forse non ne riceveva e basta. Non era vero che stavamo tutto il tempo a lodarla. Nonostante quanto avessi affermato, non ricordavo l'ultima volta che l'avevamo fatto. Sembrava che non se ne presentasse mai l'occasione, o era solo la mancanza di tempo. In ogni caso, avrebbe potuto essere peggio di così.

Mi alzai dalla scrivania e lasciai vagare lo sguardo fuori dalla finestra. Davanti a me, il panorama di Londra nord: il cielo, le case, le strade, i pendii erbosi di Hampstead Heath. Gli stagni nascosti tra gli alberi dove l'acqua era verde e profonda. Ero forse diventata come mio padre, senza nemmeno rendermene conto? Forse lei si sentiva costretta a vincere per rendermi felice?

Se ci avessi lavorato durante la pausa pranzo, sarei riuscita finire il mio articolo sul ritardo nella crescita intrauterina per la *Rivista di Medicina riproduttiva*. Una volta tanto sarei potuta tornare a casa prima, avrei potuto sorprendere Alice e saremmo riuscite a parlare.

Nel primo pomeriggio, dall'ambulatorio ginecologico mi richiamarono in sala operatoria per dare una mano in un caso di travaglio ostacolato. Tra una contrazione e l'altra, il monitor mostrava il battito del bambino che calava. Mentre tiravo il forcipe, vidi spuntare dall'apertura dilatata la testolina coperta di sangue, col nasino schiacciato. Una profonda episiotomia, un'ultima tirata di forcipe, e il parto era compiuto. Il minuscolo maschietto finì dritto dai pediatri che l'aspettavano per il primo controllo, e poi, piangente, fu messo in braccio alla madre esausta. Il padre si chinò su di loro, troppo commosso per dire qualcosa. Congratulandomi con un cenno del capo, mi sfilai i guanti e me ne andai, lasciando l'espulsione della placenta e i punti di sutura al mio assistente. Pervasa dalla preoccupazione per la mia, di figlia, non avevo nulla da dire a questi neogenitori. Non mi avrebbero ringraziata se fossi stata onesta, se gli avessi detto che il travaglio era una sciocchezza in confronto alle preoccupazioni che avrebbero dovuto affrontare in futuro.

Attraversai il corridoio per tornare in ambulatorio, incrociando molti dei miei colleghi in preda alla fretta, chi correva verso il prossimo giro in corsia, chi verso l'ambulatorio. Tastai il cappotto bianco alla ricerca del cellulare: volevo parlare con Adam. Quando avevamo appena ottenuto l'abilitazione e tutte le notti ci toccava essere di turno per i ricoveri d'emergenza, alle due del mattino ci incontravamo alla mensa dell'ospedale. Appoggiandoci stancamente l'uno all'altra, di fronte a due tazze di cioccolata calda annacquata posate sul tavolo di formica, cercavamo di trovare un senso alla sofferenza e alle richieste d'aiuto. Adesso non parlavamo mai di quelle cose. Mi rispose la segreteria telefonica di Megan e riagganciai senza lasciare messaggi.

Gli ultimi due pazienti della giornata avevano cancellato i loro appuntamenti, perciò staccai prima. Dato che Alice non sarebbe stata ancora di ritorno, ne approfittai per andare al centro ricreativo a farmi una nuotata. A quell'ora, a bordo piscina i sedili erano pieni di genitori che chiacchieravano tra loro mentre i figli si cambiavano dopo le lezioni di nuoto.

Alla festa della mia scuola – un mercoledì, lo ricordavo – mio padre si era seduto in terza fila. Non veniva mai alle feste, perché il mercoledì pomeriggio doveva sempre lavorare. Ma era il mio decimo compleanno e aveva scambiato il suo turno. Aveva le spalle incurvate e la bocca piegata verso il basso. Sembrava infelice: erano cinque anni che sembrava infelice.

Si può morire di crepacuore? La maestra dice di sì. Le dita dei miei piedi si curvano attorno al bordo della piscina. Il cuore mi batte così forte che non riesco a pensare.

Il suono del fischietto mi attraversa la spina dorsale come una scossa elettrica.

Appena entro a contatto con la superficie le gambe cominciano a battere, le braccia già tagliano l'acqua. Alla prima virata sono in terza posizione. A quella successiva sono seconda. Durante l'ultima vasca non volto la testa per respirare, nemmeno una volta. A metà vasca mi appaio a quella in testa e continuo a spingere.

Senza quasi più aria nei polmoni, tocco il bordo per prima.

Intorno alla piscina echeggia il ruggito dei miei compagni. Mi tiro fuori dall'acqua e mi giro per guardare papà. Sta sorridendo. Un sorriso vero. Non l'ho più visto sorridere da quando la mamma è morta.

Ora so esattamente cosa devo fare.

Quella sera, a cena, Alice rifiutò di mangiare. Era più silenziosa del solito.

«Qualcosa non va, tesoro?»

«Non ho fame», rispose stringendosi nelle spalle, ammonticchiando il purè di patate ai lati del piatto.

«Sai, ho visto la tua maestra, oggi...».

Zoe alzò lo sguardo, incuriosita.

Alice spinse via il piatto. «Non mi va più, grazie», disse. «Mi devo esercitare».

La seguii di sopra, ma quando la raggiunsi nella sua stanza, la trovai con il violino già in mano. Alzò lo sguardo, sul viso un'espressione un po' assente, educatamente interrogativa.

«Ally, probabilmente vorrai sapere cosa mi ha detto la signora Philips...».

Strinse le dita attorno all'archetto ma non disse nulla.

«Mi ha detto che forse hai qualcosa che appartiene alle tue compagne. So che se hai preso qualcosa l'hai fatto per una buona ragione...».

«Mi hanno chiesto loro di badare alle loro cose». Passò l'archetto sulle corde, emettendo una piccola nota stridula. «Gli ho detto che le avrei tenute al sicuro».

«Comunque...».

«Oggi ho restituito tutto. Possono badarci da sole». Voltò una pagina dello spartito, aggrottando la fronte. «Mi devo esercitare, mamma, ok?».

Sarei tornata quando avrebbe finito. Forse più tardi si sarebbe sentita pronta a parlare. Ma per la mezz'ora seguente il violino continuò a suonare scale, avanti e indietro, e poi Alice attaccò con il suo pezzo di Mozart; inciampò qui e là, e un paio di volte si fermò un po' più a lungo. Aspettai fin quando non fui sicura che avesse finito, ma quando salii di nuovo, la stanza era immersa nel buio e lei era già a letto. Aveva gli occhi chiusi e il respiro regolare. Mi chinai a baciarla e non mosse un muscolo. Sembrava tutto normale: le scarpe lasciate scrupolosamente una accanto all'altra, i vestiti piegati con cura, ma poi il mio sguardo cadde sulle bambole russe in ceramica, disposte sulla mensola. Di solito stavano in piedi, impilate una dentro l'altra, ma stavolta erano sdraiate una accanto all'altra in ordine di dimensione. Gliele avevo portate anni prima da Mosca, di ritorno da un congresso di ostetricia. Ne presi una. Sentii la ceramica appuntita sotto la punta delle dita: la bambola era rotta. Le controllai una a una e mi accorsi che erano tutte rotte, la più piccola in mille pezzettini, le schegge colorate sparse sul tappeto. Il vento muoveva le tende: la finestra era rimasta aperta. Forse le bambole erano semplicemente cadute. Chiusi silenziosamente i vetri.

Avremmo parlato il giorno dopo, andando a scuola; allora mi avrebbe raccontato cos'era successo. Spesso era l'unico momento in cui potevamo stare insieme senza che nulla si mettesse tra di noi. Chiusi la porta e tornai disotto. L'emicrania della mattina era di nuovo lì, e si stava esibendo in un rullo di tamburi lancinante. Avevo bisogno di silenzio e oscurità.

Sofia stava spicciando la cucina, la coda di cavallo ondeggiava di qua e di là mentre saltava da un piede all'altro al ritmo di una musica pop sparata a tutto volume. Era lei che si occupava di spolverare la stanza delle bambine. Spensi la radio e si voltò sorpresa, sgranando gli occhi.

«Sofia, lo sapevi che le bambole russe di Alice si sono rotte?».

Arrossì. Ci fu un momento di silenzio. Incrociò il mio sguardo per un secondo e poi abbassò gli occhi, scuotendo la testa.

Il rossore e il silenzio erano rivelatori: doveva averle rotte lei, ma non l'avrebbe mai ammesso. Quelle bambole erano speciali per Alice. Ci giocava sempre, formando piccoli gruppi familiari, con le più grandi sistemate in cerchio attorno alle più piccole, il neonato nel centro.

«Va bene. Adesso porta a letto Zoe, per favore. Magari domani puoi provare ad aggiustarle». Nonostante la sua trascuratezza, avevo bisogno di Sofia. «C'è della colla per ceramica nell'armadio di destra nel ripostiglio».

Lei si strinse nelle spalle, sfilandosi i guanti di gomma, il viso di nuovo inespressivo.

Mi chinai per dare un bacio a Zoe. «Buonanotte, tesoro. Salgo più tardi».

Zoe mi tese il suo cagnolino di pezza per un bacio e poi trotterellò dietro a Sofia.

Adam, seduto all'ampia scrivania dello studio, scriveva. Il viso sembrava svuotato. Quando gli avevo detto che non l'avremmo seguito in Africa, la sua prima reazione era stata d'incredulità. Poi era subentrata la rabbia. Ora, dopo tre settimane, sembrava averlo finalmente metabolizzato.

«Come procedono le cose?». Davanti a lui erano accatastate pile ordinate di mappe plastificate, e le ricevute giacevano in file organizzate sul tavolo. Anche la mia scrivania era sommersa da mucchi di carta. Adam stava stilando una lista in lettere maiuscole, rosse e ordinate: bottiglie di sangue, siringhe e kit di centrifugazione, zanzariere, scarpe da trekking.

«C'è qualcosa che posso fare?». Da vicino, riuscivo a vedere l'eczema che gli si diffondeva in una linea rossa all'altezza del colletto.

«Sta prendendo forma». Posò la penna e mi guardò. «Anche se continuo a sperare che veniate tutte con me. Em, sei davvero sicura?»

«Ne abbiamo parlato un centinaio di volte. Lo sai che non posso andarmene». Mi presero le vertigini, e mi sedetti in fretta sul divano, pentendomi di non aver pranzato. «Non diciamo nulla alle ragazze fino all'ultimo. Alice potrebbe andare in ansia. Stamattina ho parlato con la sua insegnante».

Gli descrissi la riunione con la signora Philips. Adam mi ascoltava con le dita in perenne movimento, impilando fogli bordo a bordo e ordinando le penne in linee parallele.

«Penso che non abbia bisogno di sentir parlare ancora di furti», disse quando seppe tutta la storia. «Dovremmo semplicemente...».

«Non fare nulla? Lasciare le cose come stanno? La isoleranno. Ai ragazzini non piace farsi fregare le cose, anche se poi le restituisci». Lanciai uno sguardo inceneritore alle sue mani, intente a sistemare cellulare e calcolatrice fianco a fianco, come piccoli soldatini neri. «Puoi smetterla di trafficare? Mi mandi al manicomio. Dovremmo semplicemente cosa?»

«Farla sentire amata, credo». Si grattò con le unghie sotto il bordo del colletto. «Fare in modo che a casa si senta al sicuro».

«Smettila di grattarti, per l'amor del cielo!». Il dolore alla testa mi toglieva il fiato. «Come puoi insinuare che io non la ami abbastanza? Lei sa di essere una priorità...».

«Quale priorità tra le tante, Em?». Adam si alzò, tastandosi le tasche alla ricerca dell'inalatore. «Ne hai un mucchio: operazioni, visite, ricerca...».

«Sei un maledetto ipocrita. È esattamente lo stesso anche per te. E adesso sei tutto preso da questa storia del Botswana». Avevo le guance in fiamme per la rabbia. «Quand'è stata l'ultima volta che hai parlato sul serio con Alice?»

«Proprio questa sera. Sono salito da lei mentre faceva gli esercizi di violino». Inalò un paio di sbuffi di Ventolin e poi si appoggiò alla scrivania, corrucciato. «Ho visto che le sue bambole russe erano tutte rotte. L'ha fatto apposta».

«Non è stata lei, Adam. È stata Sofia. È stato un incidente, ne sono sicura, e Sofia aveva un'espressione così colpevole quando gliel'ho chiesto, che sono certa che sia stata lei. Forse Alice vuol prendersi la colpa per proteggerla».

Adam sembrava dubbioso. «Secondo me è molto più semplice. Alice ha bisogno di attenzioni. E ricevere attenzioni negative è sempre meglio che non riceverne affatto. Forse ha bisogno che le dedichiamo più tempo… Forse non sa quanto la amiamo». Fece una pausa, grattandosi il collo.

«Certo che lo sa».

«E come?». Il tono sembrava genuinamente curioso.

«Glielo ripeto sempre». Ma non era vero. Non glielo dicevo mai. Davo per scontato che lo sapesse. «E glielo mostro anche».

Lo facevo? Quando? La mattina, mentre l'accompagnavo a scuola di corsa per non fare tardi al lavoro, o la sera, nella fretta di mettermi in pari con le mie scartoffie? Non poteva certo leggermi la mente. Magari era vero che non sapeva quanto l'amassi. Forse Adam aveva ragione.

Gli voltai le spalle e guardai fuori, verso le luci giù in strada. Nel silenzio, la pioggia ricominciò a cadere, battendo sui vetri della finestra dello studio come una manciata di brecciolino lanciata da una mano invisibile. A diecimila chilometri di distanza, il sole splendeva sopra un paesaggio verde smeraldo. Avrebbe fatto caldo in Africa. Adam qualche giorno prima mi aveva inviato via email alcune foto per cercare di farmi cambiare idea. Una mostrava un grande albero dalla chioma piatta che sorgeva accanto a un lago. L'acqua sbrillucicava nel sole e l'erba sotto l'albero sembrava spessa e morbida. Chiusi gli occhi e immaginai di sedere alla sua ombra con Alice. Nell'aria si sentivano il profumo pungente dell'erba giovane e i richiami tranquilli degli uccelli in volo sopra il lago. Alice era a piedi nudi. Lo eravamo entrambe. Nessuna valigetta in vista.

Adam mi raggiunse alla finestra e si mise a fissare le gocce che scivolavano lungo i vetri scuri. «Oggi ho prenotato il viaggio in Provenza. Stessa villa per le stesse due settimane. Non scappi».

Due settimane di sole e tranquillità. Gli presi la mano e me la portai alla bocca, ruotandola per baciargli il polso. Sotto le labbra, la pelle irritata era calda e gonfia.

Capitolo 4

Londra, maggio 2013

Passai la sonda gelata sulla pelle del pube, guardando lo schermo sopra la mia testa. Ero nel mio ufficio, sdraiata a terra sul tappeto, le porte chiuse a chiave e le tende tirate. Era solo un controllo veloce. A volte il ciclo mestruale può saltare per stress, stanchezza o scarsa alimentazione. Ero stata così impegnata, negli ultimi tempi, che nessuna delle tre eventualità sembrava improbabile.

All'inizio pensai che si trattasse di uno sbaglio, che la forma scura e ricurva nell'utero fosse solo una qualche immagine confusa. Feci scorrere la sonda avanti e indietro, premendo ogni volta più a fondo. Non era un errore. Nell'oscurità c'era un minuscolo cuore che batteva, piccoli blocchi di vertebre, lo spesso cordone ombelicale. Ecco perché nell'ultimo periodo ero stata così fragile emotivamente! Anche adesso le lacrime mi scorrevano lungo le guance. Quello era un bambino. Il nostro. Qualche minuto più tardi, nella sensazione di felicità che mi pervadeva cominciò ad affacciarsi la preoccupazione. Avevo lasciato che succedesse. C'era stato un momento, sei settimane prima, in cui avrei potuto fermare tutto, ma avevo scelto di non farlo. Cosa avrebbe detto Adam? Chiusi gli occhi. Sarebbe stato felice. Ero certa che lo sarebbe stato. Voleva un altro bambino con tutto se stesso. All'inizio avrebbe stentato a crederci, forse avrebbe faticato a prendermi sul serio, ma poi il suo viso si sarebbe aperto in un sorriso. E avrebbe ricordato che questo era esattamente ciò che aveva tanto desiderato.

Una porta si chiuse piano. Nell'ufficio accanto era arrivata Sarah. Passi tranquilli risuonarono sul pavimento, seguiti da un breve suono metallico quando accese il computer. Il tappeto ruvido ora era diventato scomodo; mi dovevo alzare subito e andare avanti come se nulla fosse cambiato. Ma, poi, davvero io non ero cambiata. Volevo ancora tutto. Volevo tutto esattamente com'era. La famiglia, il lavoro, i risultati. Mi asciugai le lacrime. Una volta che il bambino fosse nato sarei tornata al lavoro. Non potevo permettermi di essere emotiva, né adesso né dopo.

«Emmie?».

Mi infilo la maglietta in bocca, ma lui sente comunque. Entra nella stanza.

«Adesso smettila». Si siede sul letto. «Non avrebbe voluto vederti piangere».

Alla mamma non sarebbe importato: ogni volta che piango le mi abbraccia... mi abbracciava.

«Il funerale comincerà tra due ore. Ho bisogno del tuo aiuto. Guardami quando parlo».

Ha la faccia gonfia. Gli occhi sono rossi e piccoli. Mi fa male il petto. Allora ha pianto anche lui.

«Le emozioni ti rendono debole. Sii forte», dice, e mi passa il pollice ruvido sulle guance. «L'unica cosa che ti rimane sei tu. Si chiama sopravvivenza».

Una settimana dopo, mi porta alla cava per la prima volta.

Mi dovevo sbrigare. Esaminai le misure sullo schermo. CRL: 1,46 centimetri. Battito cardiaco: 164. Gemme degli arti: presenti. Tempo di gestazione: sei settimane. Mi ripulii la pelle dalla spessa striscia di gel bluastro, mi alzai in piedi e stampai l'immagine, infilandola nella valigetta.

La stanza sembrava più stretta del solito. L'aria era viziata, come se quella settimana non fosse stata pulita. Volevo aprire la finestra, ma i pesanti pannelli di vetro erano privi di cardini. Nella stanza entrava la luce, ma non l'aria. Se volevo respirare aria fresca dovevo scendere con l'ascensore, percorrere i corridoi e raggiungere il parcheggio affollato di ambulanze, e fermarmi sull'asfalto accanto ai secchi della spazzatura, dove si riunivano i fumatori. Da qualche parte c'erano cieli immensi, un tappeto d'erba illuminato dal sole e alberi dalla chioma a ombrello. Pace.

Sentii squillare il telefono. Adam. Sei settimane prima avevo lasciato che fosse il Fato a decidere, pensando che forse un'eventuale gravidanza mi avrebbe potuto aiutare. Non avevo riflettuto esattamente sul come, il che era piuttosto insolito per una come me, ma i progetti di Adam mi avevano sconvolto. Ero stanca, un po' brilla. Ora dovevo ritrovare la lucidità. Lasciai la chiamata senza risposta e dopo un po' il telefono smise di squillare. Se gli avessi detto che ero incinta, sarebbe partito prima di quanto aveva pianificato, per essere di ritorno in tempo per la nascita del bambino. Tamburellai con le dita sul davanzale. Non doveva partire. Alice aveva bisogno di lui. Io avevo bisogno di lui. Ero già più stanca del solito. Tra quattordici settimane sarei stata al quinto mese di gravidanza. Glielo avrei detto solo allora. A quel punto non sarebbe più valsa la pena di partire. Il progetto dell'Africa sarebbe stato annullato. La vita sarebbe continuata come al solito. Lui sarebbe stato felicissimo del bambino e mi avrebbe perdonata. Alla nascita avrebbe preso un permesso di due settimane, com'era successo per le bambine; io sarei rientrata al lavoro dopo sei. Allora, com'era stato dopo la nascita delle piccole, avremmo continuato le nostre vite normali, insieme.

Per tutta la mattina portai il segreto saldamente e silenziosamente come portavo il piccolo seme di vita che cresceva dentro di me. Avrei dovuto lavorare solo mezza giornata, ma decisi di rimanere per cominciare a raccogliere la documentazione per un progetto di clampaggio del cordone ombelicale al quale ero molto interessata.

La mia segretaria aveva bussato due volte. «C'è suo marito al telefono».

«Cara?».

Il tono esitante, come se mi dovesse chiedere un favore: sapeva che era il mio pomeriggio libero. Mentre aspettavo di sentire quel che aveva da dirmi avrei voluto gridargli la notizia, ma non potevo. Un brivido di senso di colpa mi percorse la pelle.

«Ho lasciato a casa alcune ecografie di cui ho bisogno. Ora sono in riunione e non mi posso assentare. E subito dopo devo andare in ambulatorio, dove mi servono per il primo paziente». Lo sentii allontanarsi dal telefono e starnutire. Di nuovo l'asma. Era lo stress.

«E?»

«Sono sul tavolo nella sala da pranzo, oppure per terra accanto alla scrivania nello studio. Megan mi ha detto che può andare a prenderle anche subito, se qualcuno le apre. Ma è il giorno libero di Sofia».

«Non puoi darle le chiavi?»

«Lo stavo per fare, ma poi ho pensato che se tu sei lì in giro potresti offrirle un caffè, e la cosa sembrerebbe un po' meno un favore. Hai tempo?».

Mi alzai in piedi per riporre le carte. «Mi devi un favore».

«Sei un angelo. Andrò io a prendere le ragazze a scuola». Riagganciò.

Avevo incontrato Megan una sola volta, nel parcheggio dell'ospedale. Mezza età, i capelli raccolti in una coda tirata, mi era sembrata stanca, vagamente assente. Aveva rifiutato i miei inviti per la cena di Natale tutte le volte; mi ero sempre chiesta cosa avessi fatto di sbagliato.

La donna che mi aspettava sulla porta mi colse di sorpresa: più giovane di quanto la ricordassi, capelli castani che le scendevano sulle spalle in morbidi boccoli. Il suo viso liscio s'illuminò vedendomi arrivare. «Grazie davvero di essere tornata apposta».

«È molto gentile da parte tua venire in soccorso di Adam. Caffè?».

Lei esitò, guardando l'elegante orologio da polso.

«Sono sicura che ti può concedere altri dieci minuti. L'ambulatorio neuro-oncologico apre alle due, giusto?»

«Hai ragione. Mi farebbe molto piacere bere una tazza al volo».

Mi seguì in cucina. «Avrei dovuto mandargli un promemoria, ieri sera, ma di solito è così attento». Le lanciai un'occhiata, mentre accendevo il bollitore e tiravo fuori due tazze bordate d'oro, le ultime superstiti di un set che ci era stato regalato per il matrimonio. «Anche al lavoro mette le penne in fila sulla scrivania?».

Smise di sbottonarsi il cappotto e alzò la testa. «Sì!». Poi arrossì: si stava chiedendo se non avesse mancato di lealtà, dicendomelo.

«Non preoccuparti». Le presi il cappotto. «Non glielo dirò».

La camicetta scura si abbinava alla perfezione al colore dei capelli. Mentre le porgevo la tazza, sentii alleggiarle intorno un accenno di profumo costoso. Lo metteva per Adam? Mi domandai se lui lo sapesse. La guardai di nuovo con attenzione: una bella pelle, occhi marrone chiaro, una fossetta sulla guancia sinistra. Nel complesso, un aspetto riservato. Non era il suo tipo, anche se forse quella non era l'espressione giusta: Adam non aveva un suo tipo. Per quanto ne sapessi, non aveva mai degnato di uno sguardo un'altra donna. La vidi osservare la cucina elegante, le lucenti superfici di granito, le porcellane riposte accuratamente nella credenza. Il caos della sera prima era scomparso. Il pavimento d'ardesia era immacolato. Sofia puliva in modo impeccabile.

«Che bella casa». La voce di Megan era calda.

Per un attimo fui tentata di fingere che era tutta opera mia, ma la realtà era più semplice. Megan aveva una vita impegnata, avrebbe capito il discorso delle priorità. «Ho una persona che mi aiuta. Le bambine lasciano sempre un gran disordine, ma io la mattina non ho mai il tempo di occuparmene».

«Alice e Zoe?». Stava guardando con interesse la grande foto in bianco e nero scattata un paio di anni prima, che ci ritraeva tutti insieme. Sembravamo un po' irreali. I capelli artificiosamente scompigliati mi facevano sembrare più una ventenne che una trentenne avanzata. La macchina fotografica aveva sorpreso Adam mentre stava ridendo. In mezzo a noi, le bambine sfoggiavano degli adorabili sorrisi smaglianti. Gli occhi di Megan passarono rapidamente dall'una all'altra. «Che belle bambine». Il tono era serio.

«La mattina vado subito dritta a scuola con loro, perciò... be'...

sai com'è...». Ma Megan non aveva figli. Forse per via di qualche problema di salute del marito. Adam doveva avermene parlato, ma l'avevo dimenticato.

«Mio marito è sempre a casa», disse, e mi sembrò di avvertire un pizzico di emozione nella sua voce. Sembrava sulla difesa, in imbarazzo.

«Beata te. Adam non c'è mai per dare una mano. A volte penso che sia tutto più facile senza di lui».

«Più facile?». Sorseggiò il caffè.

«Se lui non è qui ad aiutarmi con le bambine, almeno significa che c'è una persona in meno per cui cucinare... È una specie di compensazione, con il vantaggio aggiunto di non dover fare sesso quando sei troppo stanca», mi sorpresi a dire. Ma cosa mi veniva in mente? La conoscevo a malapena: avevo abbassato la guardia. Non ero abituata all'amicizia tra donne. Non ne frequentavo molte.

Lei si chinò in avanti. «In Botswana avrete di sicuro un valido aiuto, ne sono certa. Io ci sono cresciuta laggiù».

Allora Adam non le aveva detto che non sarei andata con lui. Sperava ancora che cambiassi idea?

«Ho ancora qualche contatto», continuò lei con entusiasmo. «Adam mi ha detto che gradirebbe molto se riuscissi a organizzarvi qualcosa».

Col pensiero vagliavo le diverse possibilità: era un'offerta innocente, oppure lei sapeva che non sarei andata e stava cercando di convincermi? Lo stava facendo per Adam? Forse era proprio per questo che era qui adesso.

«Megan, in realtà io non andrò con lui», dissi seccamente. «Adam sa che non posso assolutamente sradicare così le bambine o lasciare il lavoro per un anno».

«Ah. Non me l'aveva detto. Mi dispiace».

Forse furono quelle semplici parole, il suo sorriso, oppure la mano, che giaceva rilassata col palmo aperto sul tavolo, ma nel silenzio che seguì, dentro di me qualcosa sembrò sbloccarsi. «Non posso mollare tutto solo per compiacere Adam. È stata dura arrivare dove sono ora. Ho dovuto sacrificare il mio tempo con le bambine...». Però la sera passata ero uscita in anticipo dall'ospedale per riuscire sorprendere Alice prima che fosse l'ora di andare a dormire. Mentre leggeva, mi ero seduta sul letto. Lei aveva alzato lo sguardo e mi aveva sorriso.«Ti ho pensata, oggi, Ally», avevo detto. «Ho avuto una paziente che aveva bisogno di aiuto per far nascere la sua bambina. Aveva i capelli neri, come i tuoi. Quando sei arrivata eri così piccola, e papà ti ha posato sulla mia pancia».

Alice aveva fatto finta di vomitare. «Bleah. Che schifo».

L'avevo guardata tornare con gli occhi al suo libro. «Amore, lo sai quanto sei preziosa per me...».

Ma lei si era messa le mani sulle orecchie e aveva seppellito la testa nel cuscino. Le avevo accarezzato la schiena. Era un comportamento normale, ma sentivo che avevamo bisogno di giorni, probabilmente settimane, da passare insieme, io e lei. Tempo che non avevo. Stavo organizzando la conferenza di ostetricia per quell'estate. Avrei dovuto trovare momenti extra come quello.

«Tre anni fa sono diventata primario e ho un programma di ricerca». Nella cucina silenziosa la mia voce sembrava fragile. «Mio padre mi ha fatto promettere che...», m'interruppi. Avanti di questo passo avrei finito per rivelarle che ero incinta.

«E adesso temi di perdere tutto ciò che hai conquistato finora. So esattamente come ci si sente».

Lo sapeva? Con gli occhi rotondi e la pelle marmorea, sembrava sigillata in un invisibile involucro di calma. Sembrava improbabile che avesse combattuto lo stesso genere di battaglie che combattevo io tutti i giorni. Poco fa, nello specchio, la mia faccia mi era sembrata fatta di spigoli e ombre. Mi ero sorpresa delle piccole linee attorno alla bocca e dello sguardo stanco dei miei occhi.

«Andrew lavorava al laboratorio di analisi dell'ospedale e io studiavo legge, ma lui continuava a lasciar cadere i campioni e ha finito per perdere il lavoro, e così...». Si strinse un poco nelle spalle. Non c'era da sorprendersi che non venissero alle feste. Mi sbagliavo a pensare che non avesse sofferto; aveva affrontato battaglie ben più dure delle mie.

Lei alzò lo sguardo, sorridendo. «Adesso è sempre a casa, perciò va bene così. Almeno può aiutare con gli animali».

«Animali?». Aveva forse un terreno da qualche parte? Non riuscivo a immaginarla con gli stivali infangati mentre trasportava secchi di mangime per le bestie.

Doveva aver visto la sorpresa sul mio volto, perché rise. «Animali di lana per i bambini dell'orfanotrofio. Andrew sceglie la lana. Te ne lascio un paio per le bimbe».

«Grazie, ne saranno contente».

Stava minimizzando il suo sacrificio, ma ciò a cui aveva rinunciato andava così oltre quello che io sarei mai stata disposta a fare, che non mi azzardai a parlarle di come mi sentissi riguardo al progetto di Adam di andare in Africa.

«Potresti continuare a lavorare laggiù. Se mai dovessi cambiare idea, fammelo sapere. Sono sicura che potrei trovare qualcuno...». Abbassò lo sguardo: il gatto era entrato e le si stava strusciando sulle gambe. Lo sollevò e se lo mise in grembo. Era un randagio che Zoe ci aveva supplicato di tenere e di solito non era molto amichevole con gli estranei.

«Fai attenzione. A volte può essere un po' aggressivo con le persone che non conosce».

«I gatti mi amano». Richard cominciò a fare le fusa, forte. «Se deciderai di andare, potrei occuparmene io».

Non risposi, e lei continuò: «Alle bambine piacerebbe moltissimo laggiù in Botswana. Soprattutto ad Alice. Finalmente potrebbe liberarsi di quella maledetta scuola».

Sentii la mia bocca serrarsi. *Soprattutto ad Alice? Quella maledetta scuola?* Quante cose le aveva raccontato Adam della nostra famiglia? Calò una cappa di disagio, una sensazione di violazione di confini che non avrebbero dovuto essere oltrepassati.

«L'ambulatorio comincerà a momenti», dissi sollevando Richard dalle sue gambe e deponendolo sul pavimento.

Lei si alzò in piedi, urtando una tazza col gomito. Quella cadde a terra con uno schianto, e la porcellana si frantumò in una miriade di piccole schegge sul pavimento d'ardesia.

«Sono mortificata...». Megan cercò di raccogliere i frammenti a mani nude.

«Non fa nulla. Raccolgo tutto con la scopa in un attimo».

Prese il cappotto e se lo strinse attorno. L'avevo colta di sorpresa. Avrei dovuto essere meno brusca; non era colpa sua se era al corrente dei problemi di Alice. Se Adam aveva condiviso con lei le sue preoccupazioni familiari, anch'io avevo fatto lo stesso. C'era in lei qualcosa di generoso che invitava alla confidenza. Mentre l'accompagnavo alla porta, raccolsi le ecografie dal pavimento della sala da pranzo e le infilai nella loro busta. «Grazie per essere venuta». Le tesi la busta. «Non preoccuparti per la tazza. Non fa nulla, davvero».

Mi fece un piccolo goffo cenno di saluto e scese i gradini fino alla strada.

Presi la scopa e cominciai a raccogliere i pezzetti di porcellana dal pavimento. Di mattina, le bambine giravano sempre a piedi nudi. Mi chinai per raccogliere i frammenti sotto allo sgabello, e mi si conficcò una scheggia nella mano, affilata come un diamante. La estrassi; dalla ferita sgorgò una goccia di sangue, e mi portai la mano alla bocca. Non avevamo bisogno della porcellana per ricordarci del nostro matrimonio. Buttai i frammenti nel cestino e salii di sopra nel mio studio. Non mi sedetti subito alla scrivania, mi sentivo inquieta, e mi fermai per un po' a guardare dalla finestra. Richard era di nuovo fuori, accovacciato sotto il melo alla fine del prato. Il giardino era immacolato. Era il regno di Adam: le aiuole ben curate e il prato rifinito riflettevano lo stesso ordine meticoloso della sua scrivania. Io avrei voluto una macchia di fiori selvatici, ma quando avevo guardato su internet la cosa mi era sembrata più complicata di quanto avessi pensato e sapevo che non avrei mai avuto il tempo di occuparmene. Il gatto era accovacciato pancia a terra e fissava il groviglio di rami di un cespuglio d'alloro, le zampe ripiegate sotto il corpo scattante, la coda in movimento. Sopra di lui, i neri rami del melo erano densi di fiori bianchi e rosa. Come avevo fatto a non notarlo prima? I germogli dovevano essere spuntati e poi dovevano essersi aperti, il tutto senza che io li vedessi. Anche tutti i giardini accanto al nostro erano in fiore, teneri barlumi di luce rinchiusi dietro muri e inferriate. Non li avevo mai notati. Mi portai una mano sulla pancia e chiusi gli occhi, sentendo il calore del palmo sulla pelle attraverso i vestiti. Dentro di me, quel minuscolo cuore aveva le dimensioni di un seme di papavero. Stava battendo al doppio della velocità del mio. In questa fase la sua pelle era traslucida come un petalo.

Sotto di me, la porta sul retro si chiuse sbattendo. Era Sofia, di ritorno dalla sua lezione d'inglese. Tirai fuori le mie carte, sporcando accidentalmente il primo foglio di sangue. Misi un cerotto sulla ferita e mi sedetti a leggere.

Capitolo 5

Botswana, marzo 2014

No, un momento. La culla non è vuota.

C'è qualche capello biondo nell'incavo dove posava la testa; il cerchio lucido del muco secco della sua bocca.

«Cristo, Em, non toccarlo, maledizione!», grida Adam.

Ci sono impronte insanguinate sul tappeto e sulla zanzariera accartocciata, ma si tratta del mio, di sangue: mi sono ferita la pianta del piede con un frammento di vetro. La sua copertina bianca non c'è più.

«Dobbiamo andarcene da qui». Adam mi trascina fuori dalla stanza. «La polizia vorrà delimitare la zona».

Quindi adesso la nostra stanza è la scena di un crimine. Un criminale ha preso mio figlio. Mi divincolo dalla stretta di Adam e mi porto le mani alla faccia, conficcandomi le unghie nelle guance. «Cos'hai visto? Quando sei tornato a casa, cos'hai visto?», gli urlo contro mentre percorriamo il corridoio. In salotto, Alice si schiaccia contro il muro. Zoe è in piedi accanto a lei, col pollice in bocca, e ci guarda.

«Nessuno… tutti…». Adam rantola come non mai. Riesce a malapena a parlare. Le bambine lo guardano spaventate. «Ho telefonato alla polizia. Stanno arrivando».

«Alice, hai visto qualcosa?». Mi fissa livida. Le circondo le spalle con un braccio e sento il suo corpo tremare come in preda alla febbre. «Ally, hai sentito qualcosa?».

Si divincola dalla mia stretta.

«Torno fuori con Kabo», ansima Adam. «Non ti muovere. Resta con le bambine». Mi siedo sul pavimento e le stringo a me. Zoe mi si arrampica sulle gambe. Tengo Alice per un braccio, che è freddo e inerte come quello di una bambola. Adam esce dalla stanza.

«Cos'è successo, Zo-Zo?». La guardo, viso contro viso, ma lei ricomincia a piangere, scossa da singhiozzi profondi. La stringo forte. Nella mia testa c'è un frastuono assordante. Qualcuno mi tocca il braccio: è Elisabeth, con un bicchiere d'acqua. Me lo rovescio in bocca e deglutisco in fretta.

«Cos'hai visto, Elisabeth?». Le bambine sussultano alla mia voce dura.

«Niente». Elisabeth sembra spaventata. «Ero in giardino con le bambine».

«Josiah? Teko?»

«Josiah sta dormendo. È stata Teko a scoprire che il bambino era sparito».

«Adesso dov'è?».

Elisabeth indica la finestra sul retro. Mi alzo in piedi per guardare: Teko è a malapena visibile, la camicia bianca che brilla nella notte mentre con la torcia perlustra il giuncheto che circonda lo stagno. Il frastuono nella mia testa si fa sempre più forte.

«Non posso restarmene qui seduta mentre tutti gli altri stanno cercando».

«Il capo Momotsi vive nel villaggio», dice Elisabeth. Il nome non mi è sconosciuto, me ne hanno parlato i miei pazienti: un uomo importante, un capo. «Lui vi aiuterà», aggiunge annuendo.

«Ci vado subito». Lascio le bambine e comincio a rovistare alla ricerca delle chiavi di Adam nella fila di ganci del portachiavi a parete. Afferro l'ultima torcia dalla mensola soprastante e chiamo di nuovo le bambine.

Adam ci incrocia sulla porta, si piega in due e ansima in cerca d'aria; mi posa una mano sul braccio. «Aspetta. La polizia...».

Me lo scrollo di dosso. «Per Dio, prendi quel maledetto inalatore. Primo cassetto del comò in camera. La polizia potrebbe metterci ore. Vado dal capo villaggio a Kubung, le bambine vengono con me».

«Emma...».

«E chiedi a Teko perché diavolo non era con Sam questo pomeriggio», gli grido dietro correndo giù per le scale e raggiungendo la jeep senza porte. «Avrebbe dovuto proteggerlo».

Le bambine mi svolazzano dietro in preda all'agitazione, come piccole falene nel buio. Si arrampicano in fretta, scavalcano la portiera e atterrano sul sedile davanti mentre il motore si avvia. Alice circonda Zoe con un braccio. Siedono avvinghiate l'una all'altra.

Ed ecco apparire Adam, che agita le braccia e corre verso di noi. Sterzo per evitarlo e la jeep urta di striscio un albero di jacaranda. Dai rami si alza in volo un uccello, stridendo. Attorno agli occhi arancioni ha dei cerchi bianchi: un gufo di Verreaux. È singolare. Sono settimane che Adam aspetta di vederne uno.

Quando svoltiamo sul sentiero i fari danzano con gli insetti; i coleotteri colpiscono il parabrezza, spiaccicandosi sul vetro. I miei seni, gonfi di latte, ballano mentre la macchina sobbalza sulle buche del sentiero. Sam sarà affamato, il visino inondato di lacrime. La mia pancia è assalita dai crampi.

Alice scruta la strada dal suo lato; io scruto dal mio. Dopo qualche minuto lei mi grida di fermarmi, indicando il fosso. Freno e salto giù, brancolando nel buio, e quasi la torcia mi cade di mano. Nella luce, la figura ricurva si rivela come il cane di Josiah. Illuminato dalla torcia, il pelo giallo è pallido. Gli manca metà della testa. La schiena è nascosta da una coperta viva di vermi.

Capitolo 6

Londra, maggio 2013

Il lavoro all'ambulatorio neuro-oncologico si era trascinato fino a tardi. Quando Adam tornò con un mazzo di rose, i piccoli boccioli già appassiti, si erano fatte le nove. Posò una bottiglia di vino sul tavolo e tirò fuori da una busta della spesa una pila di scatole di cartone, chiuse da un foglio di alluminio, da cui colava un rigagnolo unto color arancione.

Io ero raggomitolata sulla sedia accanto alla finestra in cucina, con il mio portatile, i vetri leggermente aperti per cogliere il profumo lontano del melo in fiore. Mi ero completamente dimenticata della cena. Lui versò il vino con impegno e poi mi porse un bicchiere. «Megan mi ha detto che sei stata molto gentile».

Scossi la testa. Non ero stata gentile. Quando era andata via non era affatto felice. Posai il bicchiere sul davanzale, osservando la superficie rossa del liquido oscillare contro i lati ricurvi. L'avrei contattata, per rassicurarla che non m'importava della tazza, e magari l'avrei invitata a pranzo.

Adam mise le rose nel vaso e cominciò a impiattare mestolate di riso giallo, accompagnandole a bocconi arancioni di pollo; l'odore speziato del tikka masala riempiva l'aria. Mi sentii rivoltare lo stomaco. «Ne voglio solo la metà, Adam».

Rimase col cucchiaio a mezz'aria sopra i contenitori fumanti. Di solito ero sempre affamata.

«Ho mangiato qualcosa prima con le bambine». Falso, ma ero stata in cucina mentre rispondevo a una telefonata dall'ospedale e loro cenavano con Sofia. Aveva preparato ravioli polacchi, lucidi e punteggiati di erbette, per rimediare, pensavo, all'incidente con le bambole russe. Alice sembrava pallida, però aveva chiacchierato con Sofia abbastanza a lungo.

«Naan?». Adam mi porse una fetta di pane caldo e io mi sedetti a tavola, addentando l'impasto soffice e insipido. «Giornata interessante». Adam mi si sedette di fronte con un piccolo sospiro di sollievo. «Ho ricevuto una telefonata dal Botswana. Un certo

Kabo. Sta studiando per il dottorato al laboratorio di Jonathan. Sarà lui la persona con cui dovrò lavorare. Mi è sembrato molto amichevole. Si è offerto di occuparsi delle pratiche per conto mio. Si è detto molto dispiaciuto di non poter conoscere la mia famiglia…». Adam mi lanciò un'occhiata e poi continuò a parlare: erano arrivati i finanziamenti, c'erano stati problemi nel trovare le persone giuste, il centro per le analisi doveva ancora essere scelto…

Smisi di ascoltare. Il senso di colpa mi serrava la gola. Adam non sapeva che tutto quel tempo trascorso a pianificare era solo tempo sprecato. Come si sarebbe sentito quando avrebbe scoperto che ero incinta e che non avrebbe avuto il tempo per andare in Africa? Dovevo mostrargli l'ecografia adesso, mentre mi guardava ancora col sorriso? Avvertirlo che sarebbe dovuto partire al più presto, prima che diventasse troppo tardi?

Misi giù la forchetta e fissai fuori dalla finestra, nell'oscurità, costringendomi a ricordare il tempo di cui mi ero privata per occuparmi delle bambine, come fossi ancora io a gestire la vita familiare, la maggiore libertà di cui lui aveva sempre goduto. Durante le due gravidanze ero riuscita a tenere il passo, ma Adam era sempre stato lì, sullo sfondo. Il viso pallido di Alice s'insinuò nei miei pensieri; aveva bisogno di entrambi. Dovevo ricordarmelo, e una volta nato il bambino, la delusione di Adam sarebbe rapidamente scomparsa.

«Em, sei silenziosa stasera. Qualcosa non va?».

Dovevo darmi un contegno. «Stavo pensando ad Alice».

Era vero: pensavo sempre a lei. Come un perenne sottofondo d'ansia, le domande mi ronzavano senza sosta nella mente: dovevamo farle pressioni per avere risposte sui suoi furtarelli o dovevamo smettere di parlarne? Darle spazio e tempo o cercare di aprirci una strada nella sua intimità? Sul lavoro le decisioni erano semplici. C'erano procedure standard da seguire: quando mandare le pazienti in sala parto, cosa fare in caso di emorragia durante un'isterectomia, come trattare un tumore ovarico in stato avanzato. Se solo ci fosse stato un protocollo per crescere i figli, delle istruzioni da tenere appese all'anta della credenza per farvi riferimento in caso di emergenza. Stasera, mentre ancora una volta ci trovavamo a parlare di Alice, le nostre parole si inseguivano in circolo, in uno stanco girotondo che non portava da nessuna parte.

Salimmo per andare a guardarla. Si era addormentata sul libro, i capelli neri sparsi sul cuscino. La baciai, e poi lo fece anche Adam. Lei parve svegliarsi, borbottò qualcosa e girò la testa sul cuscino. Le bambole di porcellana adesso erano tutte in piedi, riaggiustate con cura. Le risistemai con cautela una dentro l'altra. Spazzola, pettine e deodorante erano sistemati in modo geometrico sulla toletta. Persino le mollette erano ordinate in file a seconda del colore. Le fissammo per un momento, poi Adam si strinse nelle spalle con aria vagamente colpevole. Erano i suoi geni.

Zoe stava dormendo, il pollice in bocca, circondata dai suoi animali di pezza. I vestiti erano sparsi sul pavimento. Li raccolsi. Quando la baciammo non mosse un muscolo.

Più tardi, svestendoci, ripensai all'ecografia nascosta nella mia valigetta. Ancora mi sembrava impossibile. L'incredulità era accompagnata da punte di senso di colpa misto a eccitazione. Mi voltai verso Adam, strusciandomi contro il suo corpo. Nel corso degli anni ci eravamo dati le nostre regole, e stanotte il potere era nelle mie mani, anche se lui non aveva modo di sapere quanto. Alla fine i nostri corpi sudati si separarono.

Rimanemmo sdraiati supini, tenendoci per mano. Voltò la testa verso di me, mentre guardavo attraverso la finestra scorrevole il cielo punteggiato di minuscole stelle. Non tiravo mai le tende. Adoravo quel frammento di cielo notturno che potevamo scorgere dal nostro letto. Anche se era sporcato di arancio e limitato da alti palazzi, riuscivo ancora a immaginare lo spazio oltre le stelle.

Guardando il cielo cercavo mia madre. Se era lì, avrei potuto condividere con lei tutto quel che mi succedeva. Sarebbe stata felice, o almeno pensavo che lo sarebbe stata. Quando morì, avevo solo cinque anni. Ricordo la torta che mi aveva fatto per il compleanno e il suo sorriso illuminato dalle candeline. Aveva capelli neri, come Alice. Lentiggini, come Zoe. Un tumore al cervello. Ci aveva messo solo sei settimane ad andarsene, mi raccontò lui in seguito, ma l'odore dell'ospedale, la sua mano magra venata di blu abbandonata sulle lenzuola, il sapore del cibo preparato dai vicini avevano colorato gli anni della mia infanzia. Nell'anniversario della sua morte, e il giorno del mio compleanno, guardavo le stelle. L'avevo cercata lassù la notte prima del mio decimo compleanno.

L'erba sotto i miei piedi è dura. La luce della luna illumina gli alberi.

Il vento mi incolla addosso la camicia da notte. Il mio viso è gelato.

Sei lì? Ti nascondi da qualche parte tra le stelle o dietro alla luna? Riesci a vedermi?

Una porta si apre. Sento dei passi sulla ghiaia. Un alito che sa di whisky. «Emmina, cosa fai là fuori, bambina? Sono le undici».

Mi prende in braccio, anche se ormai peso troppo. «Non piangere. Non penserai che mi sono dimenticato che domani è il tuo compleanno. Ascolta, verrò alla tua festa».

Sento il suo viso umido contro la mia guancia. Sono le sue lacrime o le mie?

Più tardi, sgattaiolo disotto a controllare: è in cucina, con la testa ciondolante e mezza bottiglia di whisky sul tavolo. Accanto c'è un pacchetto incartato.

Torno a letto in punta di piedi, col cuore che mi martella nel petto. Morirà anche lui? Per la tristezza? Per l'alcol?

«Come farai a organizzarti quando non ci sarò?». La voce assonnata di Adam era facile da decodificare nel buio. Era chiaro che pensava che ce la saremmo cavata benissimo senza di lui.

«Forse potrei prendere un aiuto extra», dissi, voltandomi e avvolgendomi nel piumone. «Magari un insegnante privato per aiutare le ragazze coi compiti quando io sono di turno».

La mattina dopo, quando mi sorprese a vomitare, diedi la colpa al curry.

Quella sera, Sofia mi porse un pacchetto arrivato con la posta di mezzogiorno. Il biglietto era semplice

Cara Emma,

grazie del caffè. Mi dispiace di aver rotto la tazza.

Un saluto, Megan

Avvolta sotto diversi strati di carta c'era una tazza di ceramica dipinta, con un manico delicatamente ricurvo e un delizioso motivo di tenui fiori rosa; faceva la sua bella figura sulla mensola, nella fila di banali porcellane bianche.

Il giorno seguente mi cancellarono un intervento. Aspettai il paziente successivo nella stanza del personale, in preda alla nausea; dagli strappi nella tappezzeria sembrava fuoriuscire l'odore di biscotti scadenti e tè col latte. Davanti a me, due infermiere addette alla sala operatoria sedevano vicine. Una era di mezza età;

dalla cuffietta spuntavano ciuffi di capelli grigi, le maniche del camice verde regolamentare strette attorno alle braccia grassocce. L'amica era più giovane, più curata, i capelli neri ben nascosti, una croce luccicante appesa al collo con una catenella. Ridevano e bisbigliavano tra loro, gli occhi che vagavano attorno, le mani che pescavano dallo stesso pacchetto di patatine. Quando lo sguardo della più anziana incontrò il mio, distolsi gli occhi, vergognandomi come se mi avesse sorpresa a desiderare qualcosa che non mi apparteneva.

I miei colleghi erano soprattutto uomini: avevamo rapporti di gioviale amicizia lavorativa che non diventavano mai qualcosa di più profondo. Joan Ridley Scott, l'unica altra donna dell'équipe, era sempre in ansia. Quando c'incrociammo nel corridoio, mi lanciò uno sguardo di saluto al di sopra degli occhiali a mezza luna, i capelli neri trattenuti in una crocchia disordinata. Era gentile ma distante. Lasciando le bimbe a scuola molto presto e andandole a prendere tardi, non incontravo mai le altre madri davanti al cancello. In ogni caso, l'amicizia sembrava richiedere apporti complicati, obblighi infiniti; per renderla solida bisognava dedicarle del tempo. Oggi, però, invidiavo la semplice intimità delle due infermiere. Sembravano come sorelle, e io non ne avevo mai avute. Adam e io eravamo entrambi figli unici, e i nostri genitori erano morti. A volte mi sembrava che intorno alla nostra famiglia ci fosse una sorta di spazio vuoto, laddove avrebbe dovuto esserci una famiglia allargata. Era quello ciò che mi mancava?, mi domandai guardandole di soppiatto. Una sorella?

Mi alzai e gettai il bicchiere nel cestino. Mentre attraversavo la stanza dove ci si lava prima degli interventi, presi il telefono e mandai un messaggio a Megan, ringraziandola per la tazza e proponendole di pranzare insieme in un locale vicino all'ospedale la settimana successiva. Mi strofinai le mani con la piccola spazzola, voltandole da entrambi i lati sotto il getto d'acqua calda. I muscoli nei palmi erano più forti e sviluppati di quelli della maggior parte delle donne. Erano mani che dovevano combattere contro il tempo, strumenti alla mano, afferrando, tagliando e segando. Ripensai alle mani di Megan sul tavolo della mia cucina, morbide, tranquille, acquiescenti, come sembrava essere anche lei, come se attendessero con calma, avendo a disposizione tutto il tempo del mondo.

Il rumore delle donne che mangiavano, parlavano e ridevano mi colpì come un'onda in pieno viso. Indugiai sulla porta del locale. Sarei dovuta rimanere alla mia scrivania; questo non era il mio mondo. Stavo per inviarle un messaggio di scuse, quando scorsi Megan in un angolo in fondo. Non mi aveva visto. Indossava un giacchetto blu a fiori, le mani intrecciate sul tavolo e la testa inclinata da un lato, in attesa. Misi via il telefono.

«È un posto molto carino», disse mentre scivolavo sulla sedia di fronte alla sua. «Io e Andrew non andiamo mai a mangiare fuori. Non che me ne importi molto, ma avevo dimenticato…». Fissava le rose rosa nel vaso al centro del tavolo, come se stesse confrontando la situazione presente con i pasti a casa, l'inderogabile incombenza di portare il cibo in tavola tutte le sere, che da tempo aveva smesso di essere un momento da celebrare o quantomeno per rilassarsi. Mi chiesi se dovesse occuparsi di imboccare Andrew.

«Anche noi non usciamo mai», dissi. «Solo in vacanza».

Mentre aspettavamo i nostri piatti, parlammo delle vacanze. Lei mi mostrò delle foto sul telefono che risalivano a tre anni prima: Megan in spiaggia con un uomo alto appoggiato a un bastone, i capelli neri davanti agli occhi. Si chinò in avanti per guardare le mie. Ritraevano soprattutto le bambine sulle spiagge della Francia. Scorrendole, mi soffermai su un primo piano di Alice in barca: i suoi occhi, che riflettevano l'acqua, brillavano di luce, la bocca aperta in un ampio sorriso, una guancia sporca di gelato. Mi sorprese un indefinito senso di perdita. Misi via il telefono, guardandomi intorno come se da qualche parte, tra i tavoli e le sedie affollati, avessi potuto rintracciare ciò che avevo smarrito, anche se non sapevo bene dire di cosa si trattasse.

Mentre parlava, Megan toccava sovrappensiero le rose, come per pulirne i petali. Mi stava raccontando un aneddoto su Andrew. Il rumore in sottofondo sembrava svanito e il sole filtrava attraverso la finestra aperta proprio accanto a me; le posate sul tavolo brillavano come un tesoro. Era rasserenante, come se fossi uscita dal mio solito mondo e ne avessi scoperto uno nuovo.

Durante il caffè, le squillò il telefono. Si alzò immediatamente, abbandonando il tavolo con un gesto di scuse. Andrew era caduto e non riusciva ad alzarsi. Uscì di corsa, il viso tirato per la preoccupazione.

Accanto al mio piatto c'era un pacchetto marrone bitorzoluto. Doveva averlo tirato fuori dalla borsa quando aveva preso il telefono. Dentro c'erano due piccoli leoni di lana, completi di criniere e con due etichette legate al collo con un nastro rosso: "Per Alice" e "Per Zoe". Più tardi mi mandò un messaggio per dirmi che Andrew era andato nel panico ma che ora stava bene. Ci accordammo per provare a incontrarci di nuovo tra un paio di settimane.

Capitolo 7

Provenza, agosto 2013

Alice finì il suo croissant, inclinò la sedia all'indietro e chiuse gli occhi. Avvertii uno sfarfallio nel profondo del mio ventre, come il battito d'ali di una farfalla intrappolata nel palmo della mano. Il cortile era silenzioso, tranne che per il ronzio delle api sul timo. Attorno a noi, l'odore polveroso delle pietre scaldate dal sole.

«Non vorrei tornare a casa mai più», mormorò Alice, come parlando a se stessa, o forse pregando.

Incrociai lo sguardo di Adam al di sopra della sua testa. Ci restavano ancora due giorni. Come sarebbe stato se avessimo potuto fermarci ancora?

Avremmo continuato con giornate come queste, fatte di nuotate, giochi e riposo, e il mio lavoro si sarebbe adattato a questa tranquilla routine. Avremmo avuto il tempo per parlare, cucinare e leggere. Adam era silenzioso, forse ci stava pensando anche lui.

Un'ape si posò sul mio piatto, strisciando su uno sbaffo di marmellata di albicocca. Un'altra la raggiunse. Spinsi indietro la sedia e mi alzai, e il metallo strusciò sul pavimento di vecchia pietra. I miei occhi impiegarono un po' per adattarsi all'oscurità cavernosa della cucina. Ovviamente, saremmo tornati a casa; avremmo ripreso il filo della nostra vita londinese. Le ragazze avrebbero ricominciato la scuola. Adam sarebbe tornato al suo lavoro e lo stesso avrei fatto io. Avremmo ripreso la nostra vita normale.

E le nostre, di vite normali? La domanda che avevo rivolto a Adam quando mi aveva parlato per la prima volta del Botswana sembrò riecheggiare nella cucina silenziosa, con le mensole alte zeppe di porcellane blu e rosa e i muri spessi e ruvidi. Cosa avevo voluto dire, davvero? La vita normale era il viaggio quotidiano verso la scuola, lottando in mezzo al traffico, poi i turni di guardia, l'ambulatorio, un panino davanti al computer in ufficio, la sala operatoria fino a tardi, le riunioni al laboratorio, e poi a casa, dove avrei sfogato la frustrazione su Adam e le bambine. Pasti pronti buttati sul tavolo. Serate passate a rispondere alle email. Tra pochi giorni sarebbe ricominciato tutto, fino alla prossima vacanza, tra un anno, escludendo la breve sosta per il Natale. Presi il portatile dalla credenza e uscii in giardino, diretta al tavolo sotto l'olivo, all'estremità della piscina.

Dopo qualche minuto, le bambine mi raggiunsero. Alice si tuffò in acqua, aggraziata come una rondine. Zoe saltò in aria e s'immerse con un tonfo rumoroso. Adam le seguì. Scattai una foto col telefono. Prima o poi, bloccata nel traffico con la pioggia di novembre che scorre sul parabrezza, avrei guardato quell'immagine e avrei ritrovato il blu dell'acqua, il profumo della lavanda nei campi che circondavano la villa, il gusto aspro delle morbide albicocche gialle che cadevano sul prato dall'albero accanto al muro.

Le spalle di Adam luccicavano mentre si spingeva avanti nell'acqua. Zoe gli si era arrampicata addosso, lanciando grida d'incitamento, mentre Alice si teneva al passo, le braccia che apparivano e scomparivano nell'acqua. Guardai il suo viso, mentre voltava la faccia per respirare a ogni bracciata: brillava di una gioia impetuosa, e per la prima volta mi domandai se non stessi commettendo un terribile errore.

Megan mi aveva dipinto diverse immagini del Botswana, aggiungendo nuove pennellate a ogni incontro. Adesso riuscivo a vedere chiaramente le pianure silenziose, la gente amichevole, il sole invadente. Mi appoggiai all'indietro e guardai in alto, verso il cielo terso dietro al verde delle foglie. Nelle ultime due settimane ero riuscita a lavorare molto meglio stando qui di quanto non facessi a casa, meglio sotto la tenue ombra di quest'olivo che nell'afa del mio ufficio.

Era la luce, così chiara? Il caldo? Anche se il vestito in cotone mi s'incollava alla schiena, le mie dita volavano sulla tastiera. Ero concentrata come se avessi in mano un bisturi. Il giorno prima avevo aggiornato gli appunti per la mia valutazione professionale e scritto il resoconto di un caso di cancro all'utero. Dovevo consegnarlo da tempo, ma fin quando non eravamo partiti per la Francia ero stata troppo presa dall'organizzazione della conferenza per quell'estate. Questa era la prima occasione che avevo di rimettermi in paro, e adesso stavo scrivendo alla stessa velocità con cui pensavo.

«Vieni, mamma!».

Le dita bagnate di Alice erano fredde sulla pelle bollente dei miei piedi gonfi, finora uno dei pochi segni della gravidanza. Mentre allungava la mano fuori dalla piscina per toccarmi, teneva l'altra sulla testa di Adam, che stava ansimando piano, riprendendo fiato tra una vasca e l'altra. Aveva il viso leggermente inclinato, e mi colpì la luce che emanava. Quando l'avevo vista così felice l'ultima volta? L'anno scorso? Tre anni fa? Quando era ancora una bimbetta?

Guardai la rete di luce dorata che si espandeva e si contraeva sull'acqua increspata. Stabilire la famiglia a Londra era sembrata la cosa più giusta da fare, ma quando chiusi gli occhi vidi il viso di Alice illuminato dal sole trasformarsi: nell'oscurità dietro alle mie palpebre divenne pallido e teso, gli occhi serrati.

In Africa avrebbe fatto caldo, proprio come qui. La luce sarebbe stata altrettanto chiara. Ci sarebbe stato il tempo per ricostruire un legame con Alice, e Adam sarebbe riuscito a portare a termine il suo progetto. Zoe sarebbe stata nel suo elemento. Il bambino avrebbe iniziato la sua vita immerso nel sole. Se fossi riuscita a lavorare bene come stavo facendo qui in Francia, mi sarei tenuta al passo con Adam. Avrei portato a termine la mia ricerca, avrei unito anno sabbatico e congedo di maternità, e sarei rientrata con un discreto numero di pubblicazioni a mio nome. La bilancia sarebbe stata ancora in equilibrio.

Nelle ultime quattro settimane avevo cominciato a mostrare una piccola pancia, ma l'avevo camuffata sotto i vestiti. Mi ero lamentata ad alta voce che stavo diventando grassa ed ero riuscita a portare Adam fuori strada.

Mi sfilai il caffetano e mi alzai in piedi nel sole, con indosso il costume da bagno; sentivo la pelle immersa nel caldo e nella luce. Mi chiesi se il bambino riuscisse a percepire tutta quella luminosità. Adam mi guardò, poi distolse lo sguardo, poi tornò a guardarmi mentre mi tuffavo, con un sorriso che gli si diffondeva sul volto.

Quando risalii in superficie per respirare, lo trovai in fondo alla piscina che mi aspettava, e m'imprigionò contro il bordo. Nell'acqua fredda la sua bocca era calda. «Hai proprio deciso di tenerlo segreto, eh?».

A contrasto con la pelle abbronzata, gli occhi castano-verdastri erano ancora più chiari. Li guardai, chiedendomi come avrei dovuto rispondergli. Confessare che si era trattato di uno stratagemma deliberato non avrebbe avuto molto senso.

«È stato un errore. Mi ha colto così di… sorpresa quando è successo, e non sapevo cosa volevo», dissi, col cuore che mi martellava nel petto. Mi avrebbe creduto? «Ci ho messo del tempo per elaborare. Ma ora l'ho fatto». Dopotutto, era la verità.

«Il che vuol dire?». Mi prese il mento nella mano bagnata.

Mi aggrappai alle sue spalle, lasciando il corpo galleggiare nell'acqua dietro di me. Era bellissimo sentirsi senza peso. «Andremo in Africa insieme, tutti e cinque».

Socchiuse gli occhi, come se avesse capito che non gli stavo dicendo tutto. Voleva mettermi alla prova? Avrebbe preteso più dettagli? Poi il suo viso si rilassò. Lo guardai mentre decideva di lasciare da parte i dubbi. Dopotutto, nemmeno lui voleva guastare quel momento: tutto ciò che desiderava, l'aveva ottenuto. Mi strinse così forte nel suo abbraccio che riuscivo a malapena a respirare.

Alice nuotò verso di noi con un ampio sorriso.

Non volevo distruggere la sua felicità. Avrebbe potuto sentirsi minacciata da un cambiamento tanto grande. «Diciamogli che andremo in Africa, ma non ancora del bambino», gli bisbigliai nella curva bagnata dell'orecchio. «Una cosa alla volta, ok?».

Lui annuì e si voltò per attirare Alice nel nostro abbraccio.

Ero nel cortile a raccogliere germogli di basilico prima di pranzo, quando ricevetti la chiamata di Megan. Riuscivo a sentire il sorriso nella sua voce. «Ho ricevuto il tuo messaggio. Allora andrete tutti quanti. Splendido».

«Vero?». Mi portai le piccole foglioline al viso. Il pepato aroma verde era così intenso che mi pizzicavano gli occhi.

«Cos'è che ti ha fatto cambiare idea?»

«Soprattutto Alice, il sole e…». Esitai.

Avevo tenuto quel segreto così stretto.

«Non hai bisogno di dirmelo. Lo so». Aveva un tono divertito.

«Come?», entrai in cucina e deposi le foglioline sul tagliere.

«Emma, ci siamo viste per quanti, sei pranzi?», esclamò in tono affettuoso e insieme un po' esasperato. «Come potevo non accorgermene? I vestiti sempre più larghi, la forma del viso…».

Mi guardai nel piccolo specchio accanto al frigo; anche nell'oscurità della cucina potevo vedere le mie guance rotonde, gli occhi lucenti come quelli di un gatto. I capelli erano più spessi. Ero stata troppo impegnata per notarlo, e così Adam. Lui smise di affettare i pomodori e mi circondò con le braccia, il viso accanto al mio che mi sorrideva dallo specchio. «Ciao moglie incinta», bisbigliò, baciandomi una spalla. «Stiamo morendo di fame, qui».

Salutai Megan.

Quella sera, mi sdraiai sul letto di Alice. Stanca per le nuotate e l'eccitazione per via dell'Africa, lei mi si rannicchiò accanto, la schiena premuta contro di me, mentre guardava oltre le persiane aperte l'olivo illuminato dalla luna. Le dita calde dei suoi piedi si piegavano e distendevano contro la mia gamba. Dal giardino ci raggiungeva un tenue profumo di lavanda e timo. Zoe mi si strinse dall'altro lato. Lessi *Hänsel e Gretel*, dal libro delle *Fiabe dei fratelli Grimm*, che Zoe si portava dietro in ogni vacanza. Odiava e amava quella storia. Quando arrivai circa alla metà, mi si rannicchiò più vicino, guardando fuori. «Ci sono le streghe in Francia?». Si tolse il pollice dalla bocca. «Mangiano le persone?»

«È solo una storia, Zoe», intervenne Alice con voce assonnata. «Non esistono cose del genere».

«Va bene», rispose obbediente Zoe, infilandosi di nuovo in bocca il pollice. Dopo qualche minuto era addormentata.

Circondai le mie figlie con le braccia, guardando la luna salire nel cielo che si andava scurendo. Non riuscivo a trovare nemmeno una ragione per cui la vita in Africa non avrebbe dovuto essere perfetta come adesso.

Capitolo 8

Londra, settembre 2013

Le tre del mattino. Cesareo di emergenza. Gli orli della pelle si separavano sotto il bisturi; piccoli ammassi di grasso striato di rosso apparvero alla vista. Un odore bagnaticcio di carne si sparse nella stanza.

Sofferenza fetale. Parto ostruito. Posizione podalica non diagnosticata da qualche aiuto medico inesperto. La decisione di operare era stata facile. L'operazione era facile. Aprire fino alla fascia, separare i retti addominali, tagliare la parete uterina, aspirare il liquido amniotico inquinato dal meconio e frugare dentro, mentre nella mia pancia avvenivano strani movimenti. Alcuni brevi minuti di tensione per liberare le piccole spalle incastrate con un movimento a sega, e poi il corpicino, minuscolo e unto, era fuori. Un vagito incerto, le piccole braccia bianche e sottili tese e spalancate: una bambina sporca di sangue, in piena salute. La tesi al pediatra in attesa. Mi faceva male la testa. Chinarmi era difficile adesso, a ventiquattro settimane di gravidanza. Ma non potevo fermarmi ora, anche se avrei potuto delegare la sutura all'aiuto chirurgo al mio fianco. Arrendermi non era un'opzione.

«Quando il gioco si fa duro, i duri cominciano a giocare».

Mentre lo dice, sorride. Siamo in macchina, diretti in piscina. Sono le sei di mattina e sta piovendo. Ricambio il sorriso. Adesso è semplice. Quando vinco, lui sorride. Posso dire che è felice. Mangia di più. Ha ricominciato a leggere. Ha smesso di bere.

Con la pratica si raggiunge la perfezione; è un'altra delle cose che dice. Mi dice che non devo arrendermi mai e poi mai.

Tutte le mattine la stessa cosa. Legge il giornale e lavora a bordo piscina. Io mi alleno. Lui pensa di farlo per me. Come posso dirgli che in realtà è il contrario?

Ho un allenatore, e ci concentriamo su aspetti diversi. Oggi sulle mani: come inclinarle quando entrano in acqua e come curvare le dita. Nuoto, vasca dopo vasca dopo vasca, concentrandomi solo sulle mani.

Non arrendersi, mai e poi mai.

Mi concentrai sulla ferita aperta, la placenta e l'emorragia di sangue. Il brusio dell'ostetrica svanì nel sottofondo mentre lavoravo, la mascherina bagnata appiccicata alla faccia.

Venti minuti più tardi avevo finito. Altri quindici e stavo guidando piano attraverso Hampstead Heath, nella luce grigio ardesia dell'alba. Le foglie giacevano in cumuli scuri ai piedi degli alberi e in mucchietti sparsi dal vento lungo il canale di scolo. Un cucciolo di volpe attraversò la strada trotterellando a testa alta, infilandosi quasi sotto le ruote della macchina. Dovetti frenare di colpo. Forse aveva visto la macchina ma non si era resa conto del pericolo: troppo grande, troppo vicina, troppo estranea. La piccola coda striata di bianco scomparve nei cespugli. La vita selvatica del luogo venne pian piano nascosta dalla luce del giorno, e accostandomi al marciapiede aprii il finestrino per respirarne ancora. L'aria frizzante era resa pungente dall'aroma di erba bagnata e legno marcio; qualche attimo dopo il canto di un uccello si levò dagli alberi circostanti. Rilassai le mani. Lacrime improvvise mi scorsero fredde lungo le guance.

Una macchina della polizia passò lentamente; il viso stanco di un uomo guardò, non senza gentilezza, attraverso il finestrino. Riavviai il motore e premetti la testa all'indietro sul poggiatesta per allungare i muscoli contratti del collo, girando il capo da un lato e dall'altro, mentre ripassavo mentalmente l'operazione che avevo appena eseguito, alla ricerca di errori. Non ne avevo fatti. Era andato tutto liscio, però non riuscivo a ricordare il nome della paziente. L'avevo mai saputo?

Ma cosa importava? Ero la sua ostetrica, non un'amica. Non aveva bisogno della mia amicizia, ma solo della mia competenza. Svoltai con la macchina nella nostra strada e poi la lasciai scivolare giù per la collina, fino a casa. L'operazione era stata rapida: il cervello della bambina aveva continuato a ricevere ossigeno; non avrebbe avuto problemi. Le ferite della madre sarebbero guarite. Era questo l'importante. Scesi dalla macchina, guardandomi intorno nella strada deserta, con la sua fila di case con le tende tirate. Se c'era qualche altra cosa che avrei dovuto dire o fare, la sua conoscenza mi era preclusa.

Adam era sdraiato dal suo lato del letto. Alzai la tapparella per lasciar entrare la luce, aprii la finestra, poi mi sedetti sul letto a guardarlo. Quando dormiva sembrava più giovane, più di quanto sembrasse quando l'avevo incontrato per la prima volta, anche se era già più anziano del resto di noi. Provenendo dal settore commerciale e finanziario, era più maturo e preparato dal punto di vista organizzativo. I suoi appunti erano sempre organizzati in schede, con riferimenti incrociati e indici; tutto sempre a portata di mano. I miei, invece, erano ammucchiati disordinatamente in giro per la stanza, foglietti sparsi sulla scrivania, il termosifone, il pavimento. Ero disordinata per natura; il suo ordine mi aveva sedotto.

Mi chinai per sfiorargli i capelli con le labbra, sentendo la differenza tra le ispide ciocche grigie e la morbidezza di quelle nere. Poi mi sfilai i vestiti, lanciandoli verso la sedia dove Adam aveva riposto i suoi pantaloni piegati con cura. Alcuni atterrarono sul pavimento, il resto finì in cima ai suoi. Non gli avrebbe fatto piacere. Il matrimonio e anche la nascita dei figli non avevano fatto nessuna differenza: circondato dal disordine, si era trincerato nel suo ordine maniacale. La luce fioca della mattina scelse il dorso di un grande libro sul suo comodino: *Enciclopedia della fauna selvatica nel sud dell'Africa*. Probabilmente aveva preso appunti.

Sollevando con cautela il piumone scivolai accanto a lui, girandomi e allungandomi fino a ritrovarmi con la schiena premuta contro il suo corpo disteso. Sentivo le membra sciogliersi nel calore. Il bambino si esibì in una piccola raffica di calci nelle costole. Adam, ancora addormentato, mi si strinse più vicino, circondandomi con un braccio. Mi ero presa la giornata libera, avrei potuto rilassarmi, ma una lista di cose da fare mi scorreva davanti agli occhi anche mentre gli orli scuri del sonno cominciavano a chiudermisi attorno. Il caffè con Megan, la riunione con la signora Philips, i documenti da stampare in caso la connessione internet in Botswana fosse poco affidabile…

Riaffiorando in una mattina luminosa, mi ritrovai col viso di Adam chino sul mio. Illuminato di striscio da un piccolo raggio del primo sole, le linee profonde tra le sopracciglia erano immerse nell'ombra e tracce sbiadite di eczema squamoso gli orlavano l'attaccatura dei capelli.

«Cos'è successo stanotte, che la tua assistente non ha potuto occuparsene?». Si chinò per baciarmi, la bocca che sapeva di dentifricio e caffè.

«Una primipara con bambino podalico non diagnosticato. Francesca è andata nel panico». Adam annuì e allungò la mano per aprire l'armadio. Se fossimo stati ancora in Francia, ci saremmo svegliati insieme e avremmo fatto l'amore mentre il sole filtrava piano nella stanza. Mi girai goffamente su un fianco e mi tirai su.

«Cosa farai in questo giorno di vacanza?». Sembrava vagamente geloso.

«Mi vedo con Megan per un caffè, poi con la signora Philips dopo quella….». Mi fermai. Alice era sbucata fuori dal nulla e ci guardava, in piedi sulla porta. Zoe veniva subito dietro, la spinse da un lato e si avvicinò, protendendo il viso per il bacio del buongiorno. Poi corse di nuovo fuori. Sentii Sofia chiamare le ragazze per la colazione, ma Alice indugiava.

«Ciao, tesoro». Doveva avermi sentito pronunciare il nome della sua insegnante. «Oggi la signora Philips mi consegnerà il programma da farti svolgere in Africa».

«E che succede se mi blocco su qualcosa mentre siamo laggiù?». Le tremava la voce. «Quando torneremo sarò molto più indietro rispetto agli altri».

«Ce la farai benissimo, Ally. Ma se sei preoccupata possiamo sempre prendere un insegnante privato. Che ne dici?».

Lei annuì e scomparve.

«Mi sembra un'ottima idea, Em». Adam si chinò davanti allo specchio, scoprendo rapidamente i denti per controllare di averli puliti bene. «Te l'avevo detto che aveva solo bisogno di essere rassicurata. E il viaggio in Francia è servito allo scopo». Fischiettava piano, mentre abbassava il mento per abbottonarsi la camicia. Poi alzò lo sguardo. «Perciò, Megan è diventata la tua nuova migliore amica? Non avrei mai detto che fosse il tuo tipo».

Il mio tipo. Voleva forse dire una come me? Non mi fidavo della gente come me: ambiziosa, complicata, disattenta. Megan emanava un'affidabilità rassicurante. Mossi alcuni passi irrigiditi fino alla sedia, buttando il peso all'indietro per bilanciarmi. Presi i vestiti, chiedendomi se Adam ci avesse fatto caso. Adesso eravamo in competizione per la sua segretaria? Anche se lavorava solo part-time, forse lo infastidivano i nostri pranzi, o il fatto che un martedì lei si fosse offerta di andare a prendere le bambine in modo che io potessi finire il lavoro in ambulatorio senza dover fare tutto di fretta.

«Mi piace, Adam. È una persona genuina. E gentile». Lo guardai dritto in faccia. «È un problema?»

«Non per me. A lei piace farsi coinvolgere». Mi circondò la vita con le braccia, sorridendo. «Davvero, non c'è ragione di litigare per Megan». Poi mi accarezzò la pancia. «Il bambino sta diventando grandicello».

Bambino? Era una femmina, ne ero sicura. Una minuscola bambina che si muoveva esattamente come aveva fatto Alice; e avevo la stessa nausea. Le sarebbe somigliata, un piccolo spiritello dai capelli neri. Non mi ero fermata ad analizzare l'ecografia, mi piaceva avere un margine d'incertezza, ma lo sapevo ugualmente.

«Non dovremmo dirlo alle ragazze?». Adam era chino ad allacciarsi le scarpe. «Ventiquattro settimane. Fra poco se ne accorgeranno, se non l'hanno già fatto».

«I ragazzi non badano al corpo dei genitori», replicai, anche se a volte avevo sorpreso Alice lanciarmi rapide occhiate indagatorie. «Alice adesso è preoccupata per via della scuola. Aspettiamo ancora un po'».

Lui scrollò le spalle. Guardandolo in viso, era chiaro che era passato a pensare alla giornata che l'aspettava. Si mise la giacca, mi baciò di nuovo e scese ciabattando.

«Non dimenticare la cena di stasera», gli gridai dietro.

Lui rispose qualcosa che non riuscii a decifrare. Poi chiamò le ragazze alla macchina, e dopo qualche minuto la porta di casa si chiuse sbattendo.

Due ore dopo ero al bar ad aspettare Megan. Il profumo del caffè, il ronzio delle chiacchiere in sottofondo, l'acciottolio di piatti e posate mentre i tavoli venivano sparecchiati mi erano diventati familiari negli ultimi mesi. Presto questo posto sarebbe stato a migliaia di chilometri di distanza. Avvertii un'insolita fitta di apprensione, come l'eco di una contrazione che mi attraversò e poi scomparve.

Poi una piccola confusione di sedie spostate ed ecco Megan, senza fiato. «Scusa il ritardo. Avevamo finito le medicine di Andrew e sono dovuta correre in farmacia».

«Ti ho ordinato il cappuccino». La guardai srotolare la sciarpa, lo sguardo diviso tra affetto e compassione. Sembrava che Andrew fosse un suo paziente, più che un marito.

«Ho mandato un'email al mio amico David, a Gaborone». Si tirò un poco indietro, mentre la cameriera le metteva di fronte una tazza di cappuccino schiumoso. «Dovrebbe riuscire a trovare un po' di personale che possa aiutarvi per quando arriverete».

Nella mia immaginazione, avrei lavorato in un giardino sotto la fresca ombra di un grande albero, col bambino addormentato lì accanto e le ragazze che facevano il bagno in piscina o studiavano sedute al tavolo al mio fianco. Una vita meno caotica. Perché mai avremmo dovuto avere bisogno di personale domestico? «Dovremmo avere le referenze prima», dissi con cautela. «Potrebbe essere complicato».

«David gestisce un orfanotrofio». Guardò lontano, le guance leggermente arrossate. «Tutti i suoi dipendenti sono sottoposti ad accurati controlli».

«Che ne dici se per ora lasciamo la cosa in sospeso?». Le sfiorai la mano e lei sorrise.

«In ogni caso, avrai le ragazze ad aiutarti. Gliel'hai detto?».

Scossi la testa. «Sono ancora preoccupata per Alice. Adesso è in ansia perché teme di rimanere indietro rispetto ai compagni, quando saremo via; la mia gravidanza potrebbe darle il colpo di grazia».

«Martedì scorso mi sembrava stesse bene. Abbiamo parlato del viaggio. Non vedono l'ora. Spero che il Botswana sia all'altezza delle loro aspettative». Megan sembrava stranamente cauta, come se volesse metterci sull'avviso.

«Ma sei stata tu a dirmi che gli sarebbe piaciuto moltissimo». La guardai sorpresa. «Specialmente ad Alice, hai detto. Me lo ricordo».

«È successo qualcosa, laggiù, che mi ha spaventato. Ma è stato molto tempo fa». Sorrise, ma non con gli occhi. «Starete benissimo».

Non me ne aveva mai parlato prima. Ripensandoci, non avevamo mai parlato della sua infanzia, anche se io le avevo raccontato della mia. Segreti che non avevo mai confessato a nessuno: di quando mio padre, accecato dalle lacrime, si era cappottato con la macchina di ritorno dal funerale, intrappolandoci dentro, o di come per anni non avessi osato portare a casa gli amici per paura che lui scoppiasse in lacrime. Ora si fidava di me. «È successo qualcosa che ti ha spaventato alla scuola della missione? Sono state le suore?»

«Non frequentavo la scuola della missione. Ero in un collegio in Sudafrica, con una borsa di studio della chiesa». Una piccola ruga le apparve sulla fronte.

«Raccontami».

Lei abbassò la voce. «È cominciato tutto perché sembravo diversa dagli altri. Indossavo vestiti fatti da mia madre. Ero più grassa e avevo i capelli rossi. Una ragazza aveva detto agli altri di escludermi, e siccome lei era popolare, nessuno mi rivolgeva la parola». Si fermò, e poi concluse in un sussurro: «Dopo un po' mi sembrava quasi di non essere vera».

Sicuramente quella ragazza sarà stata magra, con un sorriso cattivo. Forse aveva i capelli biondi. Anche se la borsa di studio gli permetteva di pagarsi le rette, Megan restava comunque più povera degli altri, e portava vestiti e scarpe diversi. La immaginai in piedi, ai margini di un campo da gioco, tozza, coi capelli rossi, l'ultima a essere scelta quando si formavano le squadre. E mi venne voglia di abbracciarla. «Non l'hai detto ai tuoi genitori?»

«Loro mi facevano qualche domanda quando mi venivano a prendere alla fine del trimestre, ma una volta a casa il resto prendeva il sopravvento». Si strinse nelle spalle. «Stavano sempre in ambulatorio. Mamma era un'ostetrica, proprio come te».

Non proprio come me, pensai, anche se non lo dissi ad alta voce. Io volevo qualcosa di diverso. Tra un paio di mesi Alice sarebbe stata al centro della mia vita.

«E cosa hai fatto?»

«Ho preso l'abitudine di andarmene in giro coi ragazzini del villaggio. Mi accettarono nel loro gruppo».

«Be', è stata una fortuna. Voglio dire, che ti abbiano accettata. Ovviamente, tu eri diversa anche da loro...». Non sapevo bene nemmeno io cosa stessi cercando di dire.

«Loro non avevano pregiudizi. Non sembravano far caso alla nostra differenza. E Dira mi teneva d'occhio». Annuì lentamente. «Mi voleva bene».

La donna al tavolo accanto mi colpì con una gomitata. Stava spingendo da una parte l'insalata che aveva di fronte, le dita luccicanti d'olio. L'amica, col collo circondato da inutili sciarpe, rideva sguaiatamente. All'improvviso, la stanza mi parve piena di donne viziate che perdevano il loro tempo. Non sarebbe stato male rifugiarsi in una cultura dove anche i bambini avevano maniere più educate.

«Perciò, Dira era una sorta di zia acquisita?». Era ora di andare. Scovai un biglietto da cinque sterline in fondo alla borsa e lo infilai sotto il piattino.

«Dira era una strega».

La parola inaspettata riecheggiò casualmente in un momento di silenzio, come se anche la gente lì attorno avesse ascoltato e fosse ammutolita per la paura. Poi la donna con la sciarpa rise di nuovo e il chiacchiericcio riprese. Forse Megan stava scherzando.

«Che fortuna», dissi, tastando col piede sotto il tavolino in cerca delle scarpe di cui mi ero liberata. «Darei qualsiasi cosa per qualche fattura».

«No, non lo faresti». La sua voce era tesa. «Qualche tempo dopo, una ragazza della scuola scomparve. Era quella popolare, che mi aveva fatto escludere». Si chinò verso di me. «La cercarono in tutto il Sudafrica, ma non fu vista mai più. Qualche mese dopo, nella stazione vicino a casa nostra, ritrovarono una borsa con dentro delle ossa pelviche. E venne fuori che appartenevano a lei».

Quelle parole erano grottesche, sembravano uscite da una di quelle fiabe dalle quali Zoe amava tanto farsi spaventare.

«Quando accadde, noi eravamo in vacanza in Inghilterra, ma i nostri amici ci informarono dell'accaduto», continuò lei. «Nel villaggio la gente mormorava. Dicevano che era stata Dira, a causa dei suoi poteri, ma la polizia attribuì il delitto a una gang di violentatori. Furono condannati all'ergastolo. La madre della ragazza impazzì». Megan mi guardò, uno sguardo vacuo negli occhi marroni. «Una parte di me pensa ancora che sia stata colpa mia, perché Dira l'ha fatto per me».

La matriosca più piccola era andata in pezzi. Schegge di porcellana luccicanti erano sparse sul tappeto. Mi chinai verso Megan e le presi la mano. Sotto a tutti i diversi strati – la moglie, la segretaria, l'amica – c'era una bambina profondamente traumatizzata. «Hai detto che la tua scuola era in Sudafrica?».

Annuì, lo sguardo basso.

«Allora come può Dira entrarci qualcosa con un crimine come quello, compiuto a centinaia di chilometri di distanza, in un altro Paese? Non ha senso, Megan».

Non rispose. Il locale adesso era più silenzioso. Le donne del tavolo accanto se n'erano andate e la cameriera stava portando via i piatti. Dovevo andare anch'io. Mi alzai e mi infilai il cappotto. Le posai una mano sulla spalla. «La mia nuova assistente viene a cena da noi questa sera. Perché non venite anche voi? Mi piacerebbe conoscere Andrew».

Dopo qualche secondo, lei alzò lo sguardo e sorrise. «Ci piacerebbe molto».

Parcheggiai davanti alla scuola e attraversai di corsa il cortile. Il sole autunnale, basso sull'orizzonte, brillava attraverso gli alberi e le ombre lunghe dividevano l'asfalto in strisce di luce e di buio. Come riusciva Megan a bilanciare la sua fede nella luce chiara del mondo scientifico in cui lavorava con le oscure credenze che appartenevano a un cupo e antico passato? Rabbrividii e suonai il campanello, poi infilai le mani infreddolite nelle tasche e attesi che mi aprissero.

Nella classe, la signora Philips sbatteva i fogli sui banchi, in preda alla fretta. Quando mi vide sulla porta, fece un cenno col capo e si avviò rapidamente verso una scatola di cartone sulla cattedra. «Ho raccolto i materiali che vi serviranno. C'è una copia del piano di studi, un programma e un calendario settimanale, libri di testo e una guida per l'insegnante per ogni materia». Batté con la mano sulla scatola. «È tutto qui».

«Farò del mio meglio». Cercai di non sembrare scoraggiata. «Alice teme di ritrovarsi indietro rispetto ai compagni».

La signora Philips tornò bruscamente indietro, riprendendo a impilare fogli sui banchi. «È una bambina brillante. La sua comprensione delle lingue è eccellente. È molto avanti rispetto agli altri. In un certo senso, è questo il suo problema».

Lasciai correre. Se la scuola non aveva trovato il modo giusto di gestire una bambina brillante, allora era un bene che ce ne andassimo.

«C'è altro che dovrei sapere?», chiesi.

«Sembra che la cosa sia finita lì». Tornò indietro nella corsia tra i banchi e mi si avvicinò sorridendo. «Adesso sembra più felice». Mi osservò mentre prendevo la scatola. «Immagino che sia felicissima del nuovo arrivo».

Non le dissi che Alice non sapeva ancora nulla della mia gravidanza. Infilai la scatola in macchina. Avrebbe dovuto aspettare la fine della cena. Domani. Allora avrei trovato il tempo per dirglielo nel migliore dei modi.

Capitolo 9

Botswana, marzo 2014

La jeep avanza sobbalzando sulle buche della strada.

Il cane di Josiah era stato ucciso dai rapitori quando aveva abbaiato, per scongiurare il rischio di essere scoperti? Se Sam piange, uccideranno anche lui? Mentre mi premo il dorso della mano sulla bocca, mordendo la pelle a sangue, ricordo che i vermi impiegano del tempo prima di uscire dall'uovo: il cane dev'essere morto almeno due giorni fa, mentre avanzava lungo la strada in cerca d'avventura.

Il villaggio potrebbe essere un qualsiasi villaggio africano di notte: niente elettricità, niente lampioni. Le capanne che oltrepassiamo sono immerse nel silenzio. Non riesco nemmeno a capire dove si trovi il mio ambulatorio. Una capanna lungo la strada mostra il quadrato illuminato di una finestra. Forzo la macchina da quella parte e, a piedi nudi, scendo in una pozzanghera calda. Sangue? Pipì di cane? Abbasso lo sguardo. I miei piedi sono lucidi e neri. Olio per motore.

Busso alla porta, poi la colpisco con i pugni. Dietro di me, nella macchina, Zoe piagnucola. La porta viene aperta da una giovane donna. Dietro di lei c'è un uomo, le braccia tatuate incrociate sul petto, mentre una donna anziana indugia in un angolo, la faccia rugosa che mi scruta con diffidenza. Accanto a lei fa capolino un ragazzino in uniforme scolastica. La luce di una lampada a paraffina appesa alle loro spalle tremola sui poster di automobili appesi al muro verde scuro.

«Ho bisogno di trovare il capo Momotsi. Sapete dirmi dove vive?».

L'uomo viene avanti, le braccia allargate che poggiano sulla cor nice della porta. Alza di scatto la testa, in una muta domanda rabbiosa.

«Il mio bambino è scomparso». Quelle parole oscene rendono tutto vero, il mondo ondeggia impazzito e la vecchia si fa avanti, avvolgendo le dita fredde attorno al mio braccio. La sua presa è forte. Gli occhi brillano sotto le palpebre prive di ciglia; un migliaio di linee le attraversano le guance. Come una strega. Il terrore mi martella nella bocca. Poi sorride e allunga un braccio verso la donna più giovane, spingendola avanti, forse perché faccia da traduttrice. La ragazza è in evidente stato di gravidanza. Probabilmente è una mia paziente, perché mi riconosce e si porta le mani sulla pancia, scuotendo la testa. Teme forse che la sventura di mio figlio possa trasmettersi al bambino che porta in grembo?

Nella jeep alle mie spalle Alice comincia a urlare, brevi e forti grida, come un allarme impazzito che entri in funzione senza nessun motivo. Mi volto, torno al sedile anteriore e la stringo a me. Le grida si fermano, all'improvviso come sono cominciate.

La vecchia mi si trascina dietro, col ragazzino al seguito. Posa la mano magra sulla cima della portiera; un delicato bracciale di perle le scivola lungo le ossa del polso e colpisce il metallo con un leggero suono stridente.

«Kgosi Momotsi». Punta il dito verso il fondo della strada. Il ragazzino annuisce mentre lei si volta e gli dice in fretta qualcosa in tswana. Lui comincia a correre, facendomi segno di seguirlo. Accendo il motore, e la mano della donna scivola via dalla portiera. Mentre si allontana, ridiventa una vecchia donna, stanca e ricurva, che torna alla sua casa e alla sua vita, interrompendo il legame con la nostra catastrofe.

Capitolo 10

Londra, settembre 2013

Francesca sembrava troppo giovane per essere già un'assistente. Com'era riuscita a passare attraverso gli anni di specializzazione senza nemmeno una ruga sul volto? Avevo dimenticato quanto fosse giovane, davvero giovane. Suo marito, Gianni, era più vecchio e più grasso; ciuffetti di capelli grigi gli spuntavano disordinatamente sul collo. Stava fermo in piedi alle sue spalle, sorridendo e parlando a voce un po' troppo alta, come per distogliere l'attenzione dalla differenza d'età. Una volta raggiunto il soggiorno, si tuffò sulle mandorle affumicate e rimase in piedi a masticare, le gambe divaricate, fermo davanti al fuoco a guardarsi intorno, impedendo la diffusione del calore.

C'erano volute due ore, ma il caos di fogli e cavi di computer era scomparso. La stanza era tirata a lucido e in uno spesso vaso di vetro un mazzo di gigli bianchi diffondeva nell'aria il suo inebriante profumo di miele. Sul vassoio dei drink scintillava una fila di bicchieri di cristallo e nel camino il fuoco scoppiettava crepitando. La stanza aveva un aspetto lussuoso e ordinato; nessuno avrebbe immaginato che nel giro di pochi giorni le carte sarebbero tornate a riempirla e i fiori sarebbero morti. Per ora, funzionava.

Quando suonò di nuovo il campanello, sulla porta c'erano Megan e Andrew. Megan sembrava diversa: i capelli spazzolati, la fossetta nella guancia così profonda che creava una piccola ombra. Si era ripresa, ma Andrew mi stupì: era più vecchio di quanto mi aspettassi, o forse era la malattia. Allampanato e con le spalle strette, attraversò zoppicando la soglia, alzando il viso alla vista del fuoco acceso. Mi sedetti con lui e Megan sul divano, sforzandomi di capire quello che diceva, ma le sue parole uscivano lente e indistinte.

Appena prima di cena, sparii un attimo di sopra, per mettere a letto le ragazze. Megan venne con me: voleva dirgli buonanotte. Zoe si era già addormentata sopra il suo mucchio di animali di pezza. La baciai, mentre Megan le accarezzava i capelli con espressione intenerita. Occuparsi di Andrew forse riempiva il vuoto lasciato dall'assenza di bambini, ma mentre rimboccavo le lenzuola attorno a Zoe, sentii una fitta di dolore per la madre che Megan sarebbe potuta essere.

Quando entrammo nella sua stanza, Alice era china sulla scrivania a leggere un libro di scuola, ma appena ci vide si alzò, guardandomi come fossi un'estranea. La mano era serrata attorno allo schienale della sedia, il corpo rigido.

«Buone notizie tesoro, la signora Philips mi ha detto che non devi preoccuparti...», cominciai.

«Mi ha detto del "nuovo arrivo"», mormorò lei. All'inizio non capii cosa volesse dire. «Perché non me l'hai detto?».

Dopo tutto questo tempo, aveva ricevuto la notizia da qualcuno di esterno alla famiglia. Allungai una mano per toccarla, ma lei si allontanò di scatto e indietreggiò con le spalle contro il muro, un piccolo animale spaventato. Megan rimase in silenzio dietro di me; sembrava trattenere il respiro.

«Te l'avrei detto domani», dissi. Come sembravano inadeguate quelle parole, anche a me stessa. «Ho pensato che tu avessi già abbastanza preoccupazioni, Ally, senza doverci aggiungere anche il bambino».

«E perché dovrebbe essere una preoccupazione?»

«A volte i bambini pensano che l'arrivo di un neonato li renda meno importanti agli occhi dei genitori».

Sgranò gli occhi, spaventata. Presi la sua mano fredda tra le mie – le dita erano macchiate d'inchiostro, le unghie smangiucchiate – e me la posai sulla pancia. «Sentilo. Conto su di te, sarai la mia prima aiutante».

Percepii il tremore delle sue dita, prima che tirasse via la mano.

«Non cambierà nulla, tesoro». Non era proprio quello che intendevo, ma qualsiasi cosa dicessi sembrava sbagliato. Mentre cercavo di trovare parole migliori, ci raggiunse la voce di Sofia che chiamava debolmente dalla cucina. Sembrava nel panico.

Megan fece un passo avanti. Circondò le spalle di Alice con un braccio. «Posso stare qui per un po', Alice? Preferisco chiacchierare con te che con tutte quelle persone disotto».

Alice annuì contro la sua spalla. La voce di Sofia si fece più forte.

«Grazie», mormorai, e corsi giù.

La cucina era piena di fumo, le patate si erano bruciate. Sofia stava preparando il tavolo e se ne era dimenticata. Misi il riso in un pentolino e lo lasciai sobbollire.

In soggiorno, Adam stava parlando con Francesca. Gianni aveva raggiunto Andrew sul divano. Colsi qualche parola sui laghi italiani.

Presi Adam da parte. «Alice sa che sono incinta. La sua insegnante le ha detto del bambino. Ora è arrabbiata perché non gliel'abbiamo detto prima».

«Lo sapevo», disse Adam. La bocca era stretta in una linea rabbiosa. «Vado subito a parlarle».

Mentre si voltava per andare, Megan comparve sulla porta; lo fermò posandogli una mano sul braccio. «Alice sta dormendo, ora». Gli sorrise. «Era esausta. Ha pianto un po', ma poi si è divertita quando ci siamo messe a parlare dei nomi possibili. Ha già la sua proposta».

«Non so come ringraziarti». L'abbracciai. «Tutto quello che dicevo non faceva che peggiorare le cose».

«Aveva intuito qualcosa già da un po', ma siccome nessuno le diceva niente», proseguì Megan con una mano sul mio braccio, «ha pensato che stava impazzendo e che immaginava cose che non esistevano».

«Povera Alice». Mi sentivo in colpa.

«Grazie». Adam si chinò per baciarla sulla guancia. «Sei stata bravissima».

«Sono felice di essere stata d'aiuto», rispose lei arrossendo. «Ora dovrebbe andare tutto bene».

Non ero tanto sicura che le cose fossero così semplici, ma almeno adesso Alice sapeva la verità. Presi Megan per un braccio e la condussi nella sala da pranzo, illuminata dalla luce delle candele. I muri erano rosso scuro e le candele creavano pozze di luce sul legno lucido del tavolo. Sofia aveva preparato un piccolo piatto con delle fettine sottili di prosciutto rosato, accompagnate da fichi striati di porpora e rotelle di mozzarella.

«È tutto così perfetto», disse Francesca a Adam, allontanando una sedia dal tavolo e sedendosi accanto a lui.

«Somiglia un po' al grembo materno, non vi pare? Emma ha portato il lavoro a casa…».

Fece una risatina tintinnante.

Io sorrisi e mi rivolsi a Megan. «E che nome ha pensato Alice?»

«Se è maschio Samuel, se è femmina Samantha», rispose Megan. «Sta leggendo *Il signore delle mosche*. Sam era uno dei ragazzi della tribù dei buoni. Credo che pensi…».

«Certo», la interruppi. Non volevo ammettere che non avevo idea di ciò che Alice stesse leggendo. «Samantha», ripetei. «Mi piace».

Sofia aiutò a servire la portata principale: una casseruola ribollente di manzo alla borgognona. Il riso fumava nel piatto da portata, spruzzato di prezzemolo. Si sollevarono piccoli mormorii di approvazione. Nessuno sapeva della teglia di patate bruciate nel forno, e il piatto sembrava perfetto.

Mentre mangiavamo, finimmo per parlare di bambini.

«Non mi spaventa occuparmi di far nascere i figli degli altri, ma il pensiero di badare a un bambino tutto mio mi terrorizza». Francesca infilzava bocconi di manzo sulla forchetta. Diede una piccola scrollata di spalle e sorrise. «Forse devo solo aspettare di avere qualche anno di più».

«Oh, non lo so. Io ero più giovane di te quando è nata Alice e siamo riusciti a sopravvivere, nonostante qualche momento di paura». Cadde un silenzio di attesa. «Un fine settimana dovevo essere reperibile. Tutto era tranquillo. Alice era piccola e la portai in carrozzina al negozio all'angolo».

«Tipico di Emma», disse Adam. «L'ha lasciata nel negozio».

«L'ospedale mi chiamò per un'emergenza; uscii per rispondere al telefono e poi mi precipitai sul posto». Perché stavo raccontando questa storia? Non era per nulla divertente, ma donne come Francesca, che recitavano la parte delle incapaci, mi facevano venire voglia di scioccarle. «Fu solo quando già mi trovavo pronta al mio posto in sala operatoria che ricordai di aver lasciato la bambina davanti al reparto frigoriferi del supermercato».

Il silenzio fu rotto da una nuova risata squillante di Francesca. Megan fissava la tovaglia: l'avevo delusa. Non sapeva quanto potesse essere stranamente facile trascurare i propri figli quando ci si preoccupava della salute degli estranei. O forse sì? Mi attraversò la testa l'immagine di una bambina nel caldo abbacinante di una mattina africana, che guardava la madre scendere di corsa i gradini di una veranda, in mano la valigetta da dottore. Mi pentii di essere stata così superficiale.

«È andato tutto bene, come succede spesso», stava raccontando Adam ai presenti. «Emma mi telefonò e io mi precipitai subito là. Per fortuna i proprietari del negozio ci conoscevano, o avrebbero potuto chiamare la polizia. Alice dormiva beata, al sicuro dietro al bancone».

Francesca lo guardava sbattendo le lunghe ciglia. «Perciò hai salvato la giornata?». La corta frangetta mi faceva pensare a un cucciolo.

«Dato che non era bloccato in ospedale a far nascere bambini, direi che guidare una carrozzina fino a casa non era poi così complicato», dissi. «Qualcuno ne vuole ancora?».

Megan scosse la testa. Gianni annuì con entusiasmo. Andrew aveva gli occhi chiusi e per un momento pensai si fosse addormentato.

Quando mi alzai per andare a prendere il pudding, Megan si offrì di aiutarmi. Stava portando la mousse di cioccolato bianco e aveva appena raggiunto il tavolo quando inciampò. Il tempo sembrò rallentare: il perfetto disco bianco, orlato di mirtilli, si capovolse prima di atterrare sul pavimento. Rimanemmo immobili, a fissare il pasticcio raggrumato di crema bianca striata di rosso scuro. Per un momento mi sembrò sangue sparso sul pavimento.

Un piccolo turbinio di attività circondò Megan, come se si fosse fatta male. Mentre Adam ripuliva tutto con straccio e spazzolone, io assemblai velocemente il piatto dei formaggi.

Quando tutti se ne furono andati, avevo la faccia irrigidita a furia di sorridere. Mi tolsi le scarpe e le lanciai in un angolo. Il mio utero non aveva smesso di contrarsi per tutta la sera. Niente più cene, fino al nostro rientro dall'Africa. Non volevo che il bambino nascesse nemmeno un attimo prima del tempo.

Capitolo 11

Londra, novembre 2013

Il bambino nacque prima comunque. Era un umido pomeriggio di domenica, eravamo in novembre, e Adam era di turno. Alice doveva finire i compiti d'inglese, e io lavoravo al portatile.

Zoe era sdraiata sul pavimento con un libro da colorare, i pastelli sparsi attorno. La pioggia che batteva sui vetri delle finestre ci isolava dal resto del mondo, immerse nella tranquillità. Ero alla trentasettesima settimana. Le bambine erano entrambe nate a termine, perciò quando le contrazioni cominciarono le ignorai. Quando mi si ruppero le acque, m'infilai un asciugamano tra le gambe e proseguii. Mi resi conto che stavo gemendo solo quando Alice mi mise in mano il telefono. «Chiama Megan».

«C'è Sofia, Ally. Aspettiamo che...». Strinsi i denti. Avevo dimenticato come fosse il travaglio.

Alice mi fissò, pallida. «Voglio Megan».

«Arrivo immediatamente». La voce di Megan risuonò decisa al telefono. «Ti porto in ospedale, le ragazze verranno con noi, e poi noi tre ce ne andremo a fare la spesa per la cena. Andrew starà bene finché non torneremo, e poi possono dormire da me».

Quando raggiungemmo l'ospedale, le contrazioni erano molto frequenti e non riuscivo a camminare. Megan trovò una sedia a rotelle e mi spinse in corsia. Potevo sentire i passi leggeri delle ragazze risuonare nei lunghi corridoi alle sue spalle.

Un'ora dopo arrivò Adam, senza fiato. Duncan, l'ostetrico anziano, era già stato chiamato. Il battito del bambino riprendeva il ritmo a fatica tra una contrazione e l'altra. Il dolore non mi dava tregua. Mi accorsi a malapena di Adam. Con le bambine avevo fatto l'epidurale. Avevo organizzato meglio le cose. Adesso era troppo tardi. L'unica cosa che avrei voluto era un cesareo, ma non dissi nulla. Ce l'avrei fatta. Ce la facevo sempre.

Sulla banchina gli altri genitori ci si accalcano attorno. Sembrano ansiosi ma almeno sorridono. Papà si limita a fissarmi, gli angoli della bocca rivolti di nuovo verso il basso. Primo trimestre della specializzazione in medicina. Foglie marroni arricciate sono sparse sui binari del treno.

Parla così piano che devo chinarmi verso di lui per sentirlo. «È più dura di quello che pensi, Em. Se senti che vuoi mollare, ricorda...».

«Mollare?», rido, ma le sue parole mi hanno ferito. «Guardami, papà».

Ride anche lui. Ci salutiamo. Viene inghiottito dalla calca, uno tra tanti; si volta per farmi un cenno con la mano prima di scomparire del tutto. Sta ancora sorridendo.

Come potrei mollare, anche se volessi? Come si fa? Si lascia an dare? E cosa bisognerebbe lasciare andare, esattamente? Come ci si sente a mollare? Sul muro davanti a me c'è un cartellone pubblicitario, uno spot per le vacanze: un treno sui binari, in mezzo a un prato verde, che corre verso una scogliera bianca a picco sul mare. Forse è come lasciarsi cadere in acqua dalla cima di una scogliera? Come affogare?

Dopo trenta minuti di agonia, in un impeto caldo e viscido, spinsi fuori il bambino e crollai sul lettino, ansimante e grondante di sudore.

«È un maschietto», disse Duncan, la voce solenne e felice, come se mi stesse insignendo di un importante riconoscimento. Un maschio. Com'era possibile? Ero così sicura che fosse una bambina. Adam mi strinse la mano, gli occhi pieni di lacrime.

Prima che riuscissi a fermarlo, Ducan eseguì il clampaggio e tagliò il cordone. Per un attimo sentii montare la rabbia: tutti gli studi che avevo letto dimostravano che era meglio aspettare prima di procedere con quelle operazioni. Poi il bambino fu portato in fretta alla culla, per essere controllato dal giovane pediatra. Adam lo seguiva dappresso. Aveva continuato a sorridere beato, ma lo vidi divenire serio all'improvviso. Qualcosa non andava.

«Che succede?». Mi alzai su un gomito, allungando il collo per vedere.

«Niente. È adorabile, bello e sta bene», disse Adam emozionato. La lista era tranquillizzante.

«Allora perché…». Prima che potesse rispondere, mi piegai in avanti e vomitai sul telo di carta che proteggeva il letto. Ma anche vomitando, cercavo di capire cosa stesse accadendo in mezzo alla piccola calca riunita attorno alla culla. «Per l'amor di Dio!». Tornai a sdraiarmi, frastornata, mentre l'ostetrica portava via il telo. «Qualcuno mi dica cosa c'è che non va».

«Ecco tuo figlio». Il pediatra mi mise il bambino tra le braccia.

La guancia destra era ricoperta di una chiazza maculata, una mappa di un rosso fragola vivo stampata su una pelle perfetta, il bordo dentellato. Guardai il resto del corpo: una testolina rotonda e ben formata, una spolverata di capelli chiari, orecchie piccole e precise. Piccole dita sottili si agitavano nell'aria accanto al visetto. Tornai con gli occhi alla voglia. Le bimbe alla nascita erano perfette, non mi aspettavo nulla del genere, non ero preparata. Il pediatra era un assistente nuovo, che non avevo mai incontrato.

«Sembra una voglia di fragola, a meno che non sia un nevo vinoso. Dov'è il dottor Sutton?». Un pediatra anziano, io e lui avevamo spesso collaborato nei casi di parti complicati. Avevo bisogno della sua rude sincerità, adesso, non di questo ragazzo nervoso.

«È il suo giorno libero. Lo sto sostituendo», rispose quello, quasi scusandosi.

«Dobbiamo fare un'eco della lesione». Era più facile pensare alla questione in termini di problema chirurgico. Se era un nevo vinoso, poteva essere collegato a una malformazione arterio-venosa che avrebbe dovuto essere curata.

«Certo, ma sono sicuro che sia una classica voglia di fragola. Nei primi anni di vita tenderà a crescere, ma poi sparirà del tutto». L'assistente si fermò e arrossì. «Come sa, la terremo qui per un paio di notti, perché il bambino è nato tre settimane prima del termine, ma non dovrebbero esserci problemi».

Smisi di ascoltarlo. Appena accostai il bambino al seno sinistro, lui girò la testa e aprì la minuscola bocca in cerca del capezzolo. Da questo lato, la macchia rossa era invisibile. Avrebbe potuto essere completamente normale.

Adam toccò la testa del bambino con un gesto riverente. «Quella macchia non ha nessuna importanza, Em. Non la noterai nemmeno tra un paio di giorni».

Mi si riempirono gli occhi di lacrime. Duncan mi posò per un attimo la mano sulla spalla. «È il momento di mettere i punti. Sei pronta, Emma?»

L'ostetrica mi guidò le caviglie nelle staffe. Un ago si infilò nella carne lacerata come la puntura di un'ape e poi il perineo cominciò a intorpidirsi per l'anestesia.

«John, come mio padre?». Adam prese tra le mani un piccolo piede ancora sporco di sangue.

«Samuel».

«E da dove esce?». Si chinò a baciare i ditini incurvati.

«Alice. Sta leggendo *Il signore delle mosche*. Se fosse stata una femmina sarebbe stata Samantha». Ma l'immagine indistinta di una piccola bimba dai capelli neri era scomparsa, svanita sotto le luci accecanti della sala parto.

«Che c'è che non va con John?», chiese Adam.

«Facciamo contenta Alice, per una volta».

«Samuel. Sam». Passeggiava avanti e indietro, provando l'effetto che gli faceva quel nome. «Mi piace. Sono sicuro che nel Vecchio Testamento c'è un giudice che si chiama Samuel». Sorrise. «Significa "ascoltato da Dio"».

Ero troppo stanca per rispondere al sorriso. Anche la mia voce era resa sottile dalla spossatezza. «È un nome, Adam, non un riferimento biblico».

Un nome che Alice aveva preso dal *Signore delle mosche* da un bambino che aveva dovuto affrontare le vessazioni dei compagni, come sarebbe potuto accadere a questo, di bambino, se la macchia non fosse svanita prima che arrivasse il momento di andare a scuola. Nel silenzio, potevo sentire il rumore del filo di sutura, mentre Duncan lo tirava attraverso gli strati di tessuto, e il rumore delle forbici che ne tagliavano la fine. Chiusi gli occhi e mi addormentai.

Capitolo 12

Londra, inizio dicembre 2013

Sentii la porta di casa aprirsi al piano di sotto. Seguì il silenzio. Adam probabilmente aveva inclinato il capo da un lato, cercando di capire da dove provenissero le grida. Passarono quattro secondi, forse sei, poi lo sentii salire le scale di corsa. Dal ritmo dei passi, stava facendo i gradini due a due. Aprì di colpo la porta della stanza ed entrò una ventata d'aria fredda. Aveva le spalle leggermente spolverate di neve. Il suo disappunto sembrò riempire la stanza, poi raggiunse velocemente la culla, liberandosi intanto della giacca.

«Gesù, Em».

Le grida assunsero una tonalità discendente e tremolante, Adam buttò via la giacca, prese Sam e cominciò a camminare in fretta avanti e indietro, cullando il bambino contro il petto.

Battei sulla tastiera un altro paio di riferimenti. L'orologio digitale all'angolo dello schermo segnava mezzogiorno: era l'ora della poppata, secondo lo schema che mi ero fatta la notte prima. Mi avvicinai al letto. Adam baciò la testolina di Sam e me lo mise in braccio, poi mi si sedette accanto, con il viso tra le mani. Il suo peso fece affondare il materasso e quasi gli crollai addosso. Odorava di freddo, del sentore forte delle salviette imbevute d'alcol, di ospedale.

Il visino bagnato di Sam si voltò verso il mio seno. Quando la sua bocca si strinse attorno al capezzolo ferito, fu come essere perforata da aghi bollenti. Adam, che rantolava in modo evidente, tirò fuori l'inalatore e aspirò una boccata. Nel silenzio si diffusero i suoni leggeri del suo naso che tirava su e del bambino che deglutiva; ero troppo stanca per spiegargli che stavo cercando di stabilire una routine. Il giorno e la notte erano confusi in una serie ininterrotta di poppate e pianti, un ciclo estenuante come nulla che ricordassi. Forse non avevo abbastanza latte.

La voce di Adam era attutita dalle sue mani. «Non puoi prenderti due settimane piene di libertà per occuparti soltanto di farlo ambientare?»

«Quanto tempo ti sei preso tu "di libertà"?».

Quando mi voltai per parlargli, Sam perse il contatto col capezzolo e ricominciò a piangere.

Adam non rispose. Risistemai Sam contro il mio seno. Mentre succhiava sembrava portarmi via ogni goccia di energia rimasta. La voglia si era accentuata, la pelle rossa che luccicava là dove erano scorse le lacrime. Distolsi lo sguardo. Da dove mi trovavo riuscivo a leggere i risultati dello studio sui parti con ventosa, ancora aperto sullo schermo. Dovevo riuscire a finire in qualche modo di sistemarlo per il prossimo numero della *Rivista di ostetricia e ginecologia*.

Adam sollevò il viso dalle mani, seguendo il mio sguardo. Si alzò, raggiunse il computer e prese il piccolo schema che avevo fatto, con le caselle incolonnate. «E questo cos'è?».

Non risposi. Sapeva cosa fosse.

«Non puoi imporre una routine a un bambino allattato al seno quando ha solo quattro settimane». Rise piano. «Pensa alle ragazze».

«Ci penso. Non hanno mai fatto così. Sam piange per la fame dopo nemmeno mezz'ora. Mi sveglio cinque, dieci volte a notte».

Alice si può dire che non piangesse mai. Era spesso sveglia, ma era tranquilla. Ricordo di aver trascorso ore ad ammirare l'assoluta perfezione del suo viso e dei suoi piedini. Mentre lei dormiva, io lavoravo. Zoe era prevedibile: dormiva, mangiava, giocava. Mi capitava di prenderla su dalla culla solo per abbracciarla. Profumava di pane fresco e sapone per bambini.

Adam tornò a sedersi accanto a me. Mi preparai per non rischiare di rotolargli addosso. L'avevo odiato per quella risatina, e non avevo voglia di toccarlo, nemmeno per sbaglio.

«Lo so che è difficile». Adam accarezzò i capelli di Sam. «Pensi che abbia troppa fame? Forse ha bisogno di più latte di quanto ne avessero Alice e Zoe. Si sa che i maschi hanno più fame». Sorrise.

Sam era più piccolo di quanto fossero le ragazze nello stesso periodo; non aveva tutto quel bisogno di mangiare. Mi allontanai verso il bordo del letto.

«Mi sono chiesto se non possa trattarsi di, sai, una specie di depressione postparto». Non mi guardò. Parlava in tono cauto, quasi scusandosi. «Dicono che sia più probabile con i bimbi prematuri».

Sam era nato tre settimane prima del termine. E questo era tutto. Non ero depressa, avevo bisogno di lavorare e di dormire, ero sempre esausta. Non era riconducibile a nulla di patologico, ma se avessi fatto obiezioni, Adam avrebbe pensato che aveva ragione lui. Magari avrebbe chiesto al nostro medico di venire a darmi un'occhiata.

Lui sospirò e si alzò. «Tra venti minuti devo essere in ambulatorio. Sono passato solo a vedere se stavate bene». Guardò la neve che cadeva fuori dalla finestra, grattandosi il collo, poi si voltò di nuovo verso di me. «Ho la risposta. Quando torno dal lavoro ti porto qualche biberon e del latte in polvere. Mi alzerò io per dargli il biberon la notte. Lui dormirà, tu dormirai e tutto andrà meglio».

Non risposi: se pensava che il problema potesse risolversi tanto facilmente non c'era ragione di discutere.

Quando uscì, rimisi Sam nella culla. Lui protestò, ma io lo ignorai e lui cominciò ad appisolarsi. Tornai a battere i risultati al computer.

Non era colpa di Adam se pensava che fossi depressa. Cercava di trovare delle spiegazioni. Ora che l'ecografia aveva decretato che si trattava di una semplice voglia senza nessuna lesione sottostante, considerava il problema risolto. Se gli avessi detto perché non volevo prendere in braccio Sam, non mi avrebbe creduto. Gli sarebbe sembrato assurdo se gli avessi confessato che ogni volta che guardavo quel visino segnato, sentivo su di me il peso schiacciante del fallimento.

Però lo raccontai a Megan. Venne a trovarmi presto, in una gelida domenica mattina, le guance arrossate dal freddo, portando un cestino di animaletti di lana. Tese ad Alice un piccolo gufo, con bottoni rotondi al posto degli occhi. Alice se lo portò al viso, ma poi lasciò quasi subito la stanza. Dalla nascita di Sam si era chiusa ancora di più; parlava con Adam, ma a me rispondeva solo a monosillabi e quando io entravo in una stanza lei ne usciva. Adam diceva che era normale e che aveva solo bisogno di tempo per abituarsi alla nuova famiglia allargata.

Zoe passava ore ad accarezzare Sam; era come se avesse trovato un nuovo animaletto. Megan le aveva fatto un cucciolo di zebra, con spesse strisce color malva e Zoe le aveva buttato le braccia al collo, strillando di felicità. Per Sam aveva fatto una copertina bianca e un piccolo elefante grigio con le orecchie di pelle, che mi aveva infilato tra le braccia accanto a lui.

«Se vuoi puoi prenderlo, non si rompe». Le tesi Sam.

Lei lo prese, con lo sguardo vigile. «È così leggero».

«È perché non ho latte abbastanza, secondo Adam. Adesso gli dà un biberon tutte le notti».

Lei seppellì il viso nel collo del bambino. «Ha un profumo meraviglioso».

«Rigurgiti e pipì. Probabilmente deve essere cambiato». Stavo sfogliando delle carte che avevo lì accanto. Non era vero. Profumava di fieno caldo.

Megan scosse la testa, serrando le mani attorno allo scialle. «È adorabile, Emma».

Gli occhi mi si riempirono di lacrime. «Invece non lo è. Guardalo».

Lei guardò Sam con affetto e le labbra le si curvarono in un sorriso. «Se è la voglia che ti preoccupa, che importanza vuoi che abbia?»

«Forse non dovrebbe, ma invece me ne importa eccome». Da bambina, a scuola, Megan era stata emarginata a causa del suo aspetto. Era chiaro che l'apparenza contava e lei doveva saperlo meglio di chiunque altro. «Quando lo guardo, mi viene da piangere», confessai.

«Se fossi in te lo amerei ancora di più». Lo baciò sulla testa. «Per me, è perfetto». Mi guardò. «Hai una famiglia perfetta, Emma. Sei fortunata».

Mi abbracciò con affetto. E questa fu la volta in cui andò più vicina ad ammettere che soffriva di non avere figli. Avrei dovuto essere io a confortarla, invece l'unica cosa che volevo era poggiare la testa sulla sua spalla e piangere.

Dopo quell'episodio, Megan venne spesso a trovarmi. Organizzò un'uscita al cinema con le ragazze e prese con sé il nostro gatto prima del necessario, promettendoci che si sarebbe presa cura di lui mentre eravamo via. Sembrava che non le creasse alcun disturbo occuparsi di Sam quando io volevo lavorare, o anche semplicemente dormire. A volte mi domandavo cosa avessi fatto per meritare tanta generosità. Un giorno, mentre se ne stava per andare dopo aver riportato a casa le ragazze, le domandai perché fosse tanto gentile.

«Tu faresti lo stesso per me». Doveva aver notato la mia espressione dubbiosa. «Non l'avevo mai detto a nessuno da quando ero bambina, ma l'ho detto a te. Tu mi hai ascoltato. Mi hai fatto sentire capita».

L'avevo capita; non era difficile. Sapevo perfettamente come il passato potesse continuare a vivere dentro, e per un attimo tra noi era apparso il viso di mio padre, la bocca rivolta all'ingiù e gli occhi pieni di lacrime.

Quando Megan si voltò per avviarsi alla porta, gettò uno sguardo indietro all'ingresso affollato, tra i giochi, la carrozzina e il triciclo di Zoe. «E adoro stare coi bambini. Sei tu a essere gentile».

Qualche giorno dopo, mi vide organizzare le carte sul tavolo da pranzo. «Hai avuto il certificato?», domandò, cullando Sam tra le braccia.

Stavo stampando gli ultimi documenti che mi servivano per la ricerca. Raccolsi i fogli che uscivano dalla stampante. «Io ho fatto tutto. Le ragazze hanno l'ultimo richiamo domani».

Megan rise. «No, il certificato per praticare. Sai, il certificato del consiglio del Botswana per le professioni mediche. Ho avuto quello di Adam un po' di tempo fa».

«Lavorerò da casa. Questo è il punto».

Raggruppai i fogli insieme e indietreggiai di un passo per ammirare le pile ordinate. «Ho abbastanza materiale per andare avanti per mesi».

«Se ti serve raccogliere più dati, o anche visionare il lavoro in un ambulatorio, ne avrai bisogno. Adam l'ha ottenuto in fretta». Gli occhi di Sam viaggiavano rapidamente avanti e indietro sotto le palpebre assonnate. Inclinando la testa, lei gli baciò la punta del naso. «Basta che mi mandi il tuo curriculum, i certificati accademici e una copia del passaporto, e te lo farò avere».

Un paio di settimane dopo mi presentò il certificato. Più tardi, quella sera, lo infilai nella valigia che tenevo nello studio insieme alle mie carte, grata ma convinta che avesse perso il suo tempo.

Gettai un'occhiata a quello spazio familiare, la luce nell'angolo, la scrivania di mio padre, le pile di libri ammassate sopra. Spensi le luci e uscii, avvertendo un briciolo di apprensione. Nonostante l'organizzazione di Adam e l'attenta pianificazione, le mappe, i libri e l'equipaggiamento, eravamo diretti verso l'ignoto.

Capitolo 13

Botswana, marzo 2014

Il ragazzo svolta per un sentiero più angusto e attraversa un cancello, le lunghe gambe che vanno e vengono nella luce dei fari. Lo seguo, frenando bruscamente quando scarta davanti alla macchina prima di svanire nel buio. Spengo il motore.

Davanti a noi c'è un rondavel collegato a un edificio basso, il tetto di latta che brilla illuminato dalla luna. Delle figure nere si accalcano attorno a un piccolo fuoco. Usciamo dalla macchina, le bambine che mi si stringono al fianco.

«*Dumela*». Una figura alta si stacca dall'ombra. «Kgosi Momotsi». Si inchina. La luce tremolante illumina un viso lungo e piacevole, austero e immobile, come scolpito nella pietra. La sua presa è ferma. Mi conduce a una sedia, qualcuno mi spinge una tazza tra le mani. Zoe mi si rintana in braccio e Alice mi si stringe al fianco. Le persone attorno al fuoco si alzano in silenzio e scompaiono nelle tenebre. La birra allo zenzero scende bruciando nell'esofago.

«Ero all'ambulatorio, questo pomeriggio. Lavoro con Esther…».

Lui annuisce. Lo sa già. Avrà saputo di noi fin dall'inizio; anche se siamo stati trascurati e non gli abbiamo porto i nostri rispetti, ora abbiamo bisogno del suo aiuto.

«Oggi il mio bambino è stato rubato». Mi crederà? «Ha una macchia sulla faccia», continuo, disegnandomi un cerchio sulla guancia destra, come se questo potesse rendere la mia storia più affidabile.

«Chi potrebbe averlo fatto?», chiede calmo il capo Momotsi, gli occhi fissi nei miei.

Chi? Come uno sciame d'insetti, le domande hanno continuato a ronzarmi attorno, forti e sempre più vicine: Teko, che lo adora, che ho sorpreso in lacrime in un angolo? Josiah, vecchio e gentile? Elisabeth? È stata lì per tutto il tempo. Quel giorno non c'era stato nessun altro in giro, tranne Kabo, e lui era con Adam. Un criminale qualunque, allora, ma per quale ragione?

«Devo andare. A quest'ora la polizia dovrebbe essere arrivata».

«Gli anziani s'incontreranno nel *kgotla* per discutere della faccenda». Si alza anche lui. «Mio figlio vi guiderà fino a casa. Domani verrà da voi mia moglie, Peo». Indicò una donna alta al suo fianco; lei annuì gravemente.

Perché dovremmo avere bisogno di qualcuno, a meno che non ci aiuti a ritrovare Sam? Ma il capo Momotsi s'inchina e si volta per andarsene. L'accordo è già stato preso.

Un ragazzo alto ci si avvicina, i grandi occhiali aggiustati con cura con del nastro adesivo. Gli metto in mano le chiavi. Le ragazze si arrampicano sul sedile posteriore prima di me e la jeep parte sobbalzando.

A casa, a Londra, nel giro di pochi minuti la cucina si sarebbe riempita di uomini in uniforme, avrebbero preso appunti e si sarebbero scambiati informazioni tra le diverse squadre. Avrebbero controllato le registrazioni mentre inviavano le volanti, le sirene che ululavano lungo la strada. E poi? In Inghilterra c'erano bambini che non erano mai stati ritrovati; la polizia non era infallibile in nessun luogo. Sam avrebbe potuto essere perduto proprio alla stessa maniera, ma almeno tutto sarebbe stato familiare: avrei saputo dove rivolgermi e chi chiamare. Ci sarebbe stata Megan a occuparsi delle bambine, a fare il tè.

I fari illuminano le forme contorte dei biancospini da entrambi i lati della strada. Oltre, nell'oscurità, si estende per centinaia di chilometri una terra deserta.

Capitolo 14

In viaggio, Londra-Botswana, dicembre 2013

Nel cielo notturno a 8000 metri sopra Parigi, l'aereo s'inclinò. Adam e le ragazze dormivano, mentre Sam sonnecchiava tra le mie braccia. Nella testa mi scorrevano, come in un film, immagini di orrore. L'esplosione di una bomba, un guasto meccanico, addirittura un momento di distrazione del pilota, e avremmo potuto precipitare tutti nello spazio vuoto sotto di noi. Alice, che dormiva profondamente, si sarebbe svegliata prima di perdere conoscenza? O Zoe, appoggiata sulla spalla di Adam, che russava piano, avrebbe sentito almeno un secondo di dolore quando l'impatto avrebbe mandato in frantumi le ossa del suo canale uditivo, sottili come un guscio d'uovo? Sam sarebbe potuto sopravvivere all'impatto, così piccino e protetto dal mio abbraccio, ma poi sarebbe morto nell'incendio che sarebbe seguito.

Centinaia di passeggeri dormivano. Nessun altro si stava torturando come me. Lo facevo sempre quando ero a bordo di un aereo. Di solito, Adam mi stringeva la mano, ma adesso era a due sedili di distanza, con la testa abbandonata da un lato. Sprofondato nel sonno sembrava distante, ma nelle ultime settimane era diventato distante comunque. Rimaneva in ospedale fino a tardi per seguire i preparativi del viaggio, mentre io mi alzavo presto per finire di sistemare l'articolo sui parti con ventosa. Quando tornava a casa, di solito io stavo già dormendo. Si era convinto della sua diagnosi di depressione postparto: era più facile per lui pensare che il mio disinteresse per Sam fosse causato da un male che l'Africa avrebbe potuto curare. A malapena ci parlavamo. Tra poche ore saremmo arrivati in un mondo diverso, luminoso, ma nonostante quel che pensava Adam, il sole non avrebbe guarito alcunché.

La testolina di Sam si rovesciò all'indietro nel sonno; la bocca scivolò piano dal capezzolo, tirandolo un po' e sollevando una piccola vescica. Quando si sarebbe attaccato di nuovo, il capezzolo avrebbe bruciato e sanguinato. Un sottile rivolo di latte pendeva dalle sue labbra, gocciolando giù per proseguire il cammino sulla mia camicia. Lo sollevai, appoggiandomelo sulla spalla. L'assistente di volo si fermò un attimo mentre si affaccendava avanti e indietro. Alla vista della voglia spalancò gli occhi; si accorse che la guardavo e mi rivolse un breve sorriso professionale. Probabilmente pensava che fossi abituata a quel genere di sguardi.

Non lo ero. Come avrei potuto? Come potevo abituarmi a una voglia che si estendeva come una macchia su tutta la faccia del mio bambino? Mi guardai attorno: gli altri genitori sembravano così sereni, addormentati coi loro bambini mentre si lasciavano trasportare nel cielo nero della notte. Da qualche parte, nel mondo, dovevano esistere dei genitori come me, disgustati dall'aspetto dei propri figli, che nascondevano la repulsione e il senso di colpa. Megan era la sola che sapesse come mi sentivo e ora era a migliaia di chilometri di distanza. I miei pensieri, colpevoli e miserabili com'erano, sarebbero dovuti rimanere nascosti.

L'aereo si spostò, sembrando cambiare rotta mentre viaggiava verso l'Africa, portandoci dove non eravamo stati mai. Il pensiero produsse una piccola sferzata di speranza, come se una mano amica si fosse tesa a prendere la mia. Forse ci aspettava qualcosa che avrebbe cambiato le nostre vite più di quanto potessimo immaginare. Il calore del corpicino di Sam contro il mio aveva un effetto ipnotico. Nell'oscurità, potevo fingere che il suo aspetto fosse completamente normale. Nonostante la mia paura dell'aereo, i muscoli del viso cominciarono a cedere e il mio polso a rallentare, mentre scivolavo nel sonno.

Scendendo lungo la scaletta traballante che ci avrebbe condotto a terra, la ringhiera metallica era bollente. La mia pelle era bombardata dalle sensazioni: calore, come soffiato da un forno; luce, densa e gialla come melassa; un aroma di eucalipto, benzina e polvere. Avrei voluto vivermi a fondo il momento dell'arrivo, ma avevo la bocca impastata, i capezzoli doloranti e Sam che mi si contorceva tra le braccia. Adam era davanti con Zoe, Alice in mezzo a noi, che quasi correva dietro Adam. Sotto le scarpe, l'asfalto sembrava appiccicoso. L'aeroporto era circondato da una terra piatta e marrone che si estendeva fino a un orlo di colline, visibili in lontananza. Accanto al terminal c'era una caotica distesa di edifici abbandonati e filo spinato, dietro al quale due asinelli smagriti brucavano una spolverata di erbetta marrone. Mentre Adam la spingeva avanti, Zoe voltò la testa per guardarli.

Dentro all'edificio con la facciata in vetro, tubi bianchi si tendevano verso l'alto e dal vicino al tetto si sentiva il canto degli uccelli e un frullare d'ali. Mi ero immaginata un edificio dal soffitto basso, rimbombante di rumori, non questa fredda cattedrale. La donna che timbrò i passaporti sorrise e ci diede il benvenuto in Botswana. Nella ressa si stagliava il blu brillante del velo che un'anziana signora portava sulla testa; i fiori rossi nei vasi lasciavano cadere i loro petali sul pallido pavimento in marmo. Sembrava fossimo arrivati in un mondo ordinato e colorato.

Mi chinai verso Alice. «È bello essere di nuovo con i piedi per terra, vero tesoro? Ci divertiremo un mondo qui».

Lei annuì e mi sentii pervadere dal sollievo. Le sollevai una mano, portandomela alle labbra per un bacio veloce.

Una volta recuperati i bagagli, attendemmo insieme nella sala degli arrivi, mentre le ragazze fissavano un albero di Natale che pendeva malamente da una parte. Mancavano due giorni al Natale, ma la mia percezione delle stagioni era stata dislocata. Mi sentivo come se stessimo per cominciare le vacanze estive. Gli altri passeggeri dell'aereo si erano dispersi in giro per l'aeroporto, inghiottiti dal mare di persone. Dopo un po', la gente cominciò a diradarsi e sopravvenne un senso di calma. Sam cominciò a lamentarsi. Forse non avevamo capito gli accordi? Non ero nemmeno sicura che ci fossimo accordati con qualcuno. Adam scrutava la folla e cominciò a gesticolare energicamente col braccio in direzione di qualcuno. Seguendo il suo sguardo, vidi un uomo grosso, di etnia tswana, con le spalle che svettavano al di sopra della folla; teneva un cartello con il nostro nome scritto grossolanamente a spesse lettere blu: FAMIGLIA JORDAN. Un attimo dopo si accorse dei gesti di Adam e ci si affrettò incontro. «Benvenuti». La voce profonda sembrava rimbombargli nella bocca. Indossava un abito bianco spiegazzato e occhiali a mezzaluna, che gli scivolarono sul naso quando si chinò per salutare il nostro piccolo gruppo. «Io sono Kabo».

Adam mi aveva parlato di Kabo, il suo assistente di ricerca, ma l'avevo dimenticato. Anche prima della nascita di Sam, questo genere di dettagli andava spesso perso, sommerso dal clamore in sottofondo. Forse qui sarebbe stato più facile tenere a mente le cose. Kabo strinse entrambe le mani attorno alla mia e mi rivolse un largo sorriso.

«Ti ringrazio davvero molto di essere venuto ad accoglierci». Adam lo salutò con una pacca sulla spalla e poi Kabo diede solennemente la mano a entrambe le ragazze. Sfiorò con un gesto gentile il piedino di Sam. Nel suo sorriso non riconobbi nessuna pietà velocemente camuffata o disgusto, e un po' della tensione accumulata nella lunga notte appena trascorsa cominciò a dissolversi.

Aveva già trovato due carrelli per i nostri bagagli, e superammo i vasi di fiori per ritrovarci nella luce accecante del parcheggio, dove lunghe file di macchine brillavano sotto il sole bollente.

«Forse dovremmo affittare una macchina qui», disse Adam, indicando una fila di persone davanti a un autonoleggio.

«Non è necessario. Vi porto io a Kubung. Abito vicino alla vostra nuova casa», disse Kabo. «E le vostre macchine sono già lì: una jeep per i rifornimenti e una 4x4. Vi serviranno quando piove. Dovete solo ricordarvi di fare i controlli: olio, acqua e via dicendo. Qui non esiste assicurazione». Rise, un gorgoglio profondo che sembrò trasformare le differenze tra i nostri due Paesi in uno scherzo di cui ridere insieme. Indicò con la mano il letto arido di fiori appassiti che si estendeva ai lati della strada. «Abbiamo un gran bisogno di pioggia. Di solito cominciano a settembre. C'è una brutta siccità quasi dappertutto».

Ricordai che nell'atlante scolastico di Alice la maggior parte del Botswana sembrava ricoperta dal giallo del deserto, interrotto solo da un minuscolo appezzamento di verde nel nordest del Paese, vicino al delta.

I nostri bagagli vennero caricati nella macchina spaziosa di Kabo, che poi ci aiutò a sistemare Sam in un seggiolino apparso miracolosamente. Le ragazze si arrampicarono ai lati del fratellino e io sedetti con loro, sollevata di sottrarmi al caldo asfissiante. Adam si accomodò davanti. Kabo fece attentamente manovra attorno a isolotti di palme spelacchiate e siepi disseccate, mentre ci dirigevamo sulla strada principale.

«Non avevo realizzato che avrebbe fatto tutto questo caldo», disse Adam, arrotolandosi le maniche. «Ti colpisce come un martello». Guardò con entusiasmo fuori dal finestrino. Sembrava che quel caldo l'avesse eccitato.

«Lungo la strada passiamo vicino a un albergo con piscina», ci informò Kabo. «Se vi va possiamo fermarci un attimo. Senza problema».

«Grande idea». Adam si voltò per cercare il mio sguardo. «Che ne pensi, Em?»

«Non ne sono sicura». La prospettiva di immergersi nell'acqua fresca era una tentazione, ma volevo che il viaggio finisse, volevo sistemare Sam e mettermi dormire.

«Tanto ci passiamo comunque», disse Kabo. «Potete decidere all'ultimo momento».

La macchina prese velocità lungo un'ampia strada a due carreggiate; Alice guardava fuori dal finestrino; nonostante le voci intorno, gli occhi di Zoe si stavano chiudendo. Sam era assonnato, anche se presto avrebbe dovuto mangiare. Adam e Kabo si chinavano uno verso l'altro, chiacchierando. Colsi le parole "linfoma" e "AIDS"; sembravano già una squadra. Fuori scorrevano edifici alti, con le finestre blu che luccicavano al sole. Mentre li oltrepassavamo, Kabo ne elencava i nomi: Diamond Terminal, Dipartimento della Salute, Centro Commerciale. I tetti degli edifici più bassi erano nascosti tra gli alberi verdi; qui e là lungo la strada c'erano dei negozi, ma andavamo a una velocità tale che non riuscii a capire cosa vendessero. Incrociammo qualche persona che passeggiava sul ciglio della strada. Questa non era l'Africa che mi ero aspettata: avevo immaginato maggiore povertà e folle in movimento. Gaborone sembrava una qualsiasi città cosmopolita. Era più calda, diversa, è ovvio, ma gli edifici, le persone e le strade erano rassicuranti. Le bambine sarebbero state al sicuro; io avrei potuto lavorare alla mia ricerca. Le cose avrebbero funzionato.

Dopo qualche chilometro, Kabo rallentò e indicò un vasto edificio in mattoni poco più avanti, alla nostra sinistra. Nel cortile c'erano palme e dava l'impressione di avere anche uno spazio verde sul retro. Si vedevano alberi verdi sovrastare il tetto. «Questo è l'albergo di cui vi ho parlato. Volete fermarvi?». Mentre la macchina rallentava, si voltò a sorridere alle ragazze. «Di solito nel giardino ci sono delle scimmie».

«Scimmie!», gli fece eco Zoe, entusiasta. Si era appena svegliata e già inclinava la testa per sbirciare tra gli alberi.

Adam si voltò a guardarmi, le sopracciglia alzate.

Tolsi la mano di Zoe dalla maniglia della portiera. «Immagino che un tuffo veloce non sarà un problema», risposi.

Kabo guidò la macchina nel cortile anteriore, parcheggiando di fianco a un pullman e a un minibus giallo sul quale erano dipinti dei leoni. Mentre guardavamo, una fila di bambini scese dal pullman c formò un coccodrillo zigzagante, guidato da due donne in giacca rossa, con quaderni alla mano. Qualche secondo più tardi, scomparvero all'interno dell'hotel. Poi le porte del minibus si aprirono e dieci bambini più piccoli saltellarono fuori, seguiti da una donna bianca, un po' sovrappeso, con una catasta di capelli biondi. Si diressero, un piccolo gruppo disordinato, dentro l'hotel. Un africano alto, con occhiali da sole opachi e un cappello da cowboy a tesa larga, chiudeva la fila.

«Gita scolastica?», chiese Adam slacciandosi la cintura.

Kabo si voltò a guardarlo. «Orfani», disse a bassa voce. «L'AIDS ha falciato un'intera generazione. Questi bambini, e migliaia come loro, sono finiti all'orfanotrofio». Fece un cenno verso l'ultimo bambino, che era corso indietro per raccogliere l'asciugamano che gli era caduto. «Ogni tanto gli fanno fare uscite come questa. L'hotel li lascia entrare gratis, quando non c'è tanta confusione. È una questione di immagine».

Scivolai goffamente fuori dall'auto con Sam, le ragazze smaniose subito dietro. Adam circondò entrambe con un braccio; loro gli si strinsero al fianco, riempiendolo di domande, le voci alte per l'eccitazione. Era facile dimenticare quanto fossimo fortunati. Come poteva un'uscita occasionale cambiare davvero qualcosa nelle vite spezzate di quegli orfani?

Fummo accolti con salviette calde e bicchieri di succo; dentro faceva fresco, e le palline cotonate di un grande mazzo di mimosa sul bancone della reception riempivano la stanza di un aroma di mandorle. La salvietta umida era morbida sul mio viso bagnato dal sudore. Kabo ci registrò come ospiti, mentre Zoe ruotava su se stessa sul lucido pavimento di legno davanti a un albero di Natale, tenendosi gli orli dei pantaloncini. Alice era alla finestra in fondo e studiava il giardino.

«Ci sono delle stanze libere, Em», disse Adam. «Che ne dici di fermarci per la notte per spezzare il viaggio? Kabo ha detto che mancano ancora almeno due ore a Kubung».

Sam cominciò a divincolarsi piagnucolando. Il pensiero di distendermi in un letto dopo la notte passata in aereo con Sam sulle ginocchia era allettante.

«Va bene», dissi.

Zoe batté le mani e le ragazze dietro al bancone sorrisero.

Trovammo un tavolo all'ombra, accanto alla piscina. Sam bevve dal biberon mentre sedevo con Kabo davanti a una caraffa di succo d'arancia fresco. Le ragazze si lanciarono in acqua, dove Adam le aspettava per giocare. Zoe lanciava gridolini di gioia. Gli orfani erano fermi insieme dal lato dove l'acqua era più bassa, in silenzio, e un paio di loro accennavano a qualche timido salto.

«Sembrano così controllati», feci notare a Kabo. «Non come dovrebbero essere dei bambini in una piscina».

«Non hanno idea di come si faccia a giocare», replicò lui. «Alcuni di loro dovevano occuparsi della famiglia o sono stati trovati che dormivano in strada». Scosse la testa. «Gli orfanotrofi non sono l'ideale, ma le alternative sono di gran lunga peggiori».

I bambini più piccoli, quelli che erano scesi dal minibus, ci superarono in fila indiana. Nessuno parlava. Mentre passava, la donna bionda abbassò lo sguardo su Sam e la sua faccia bruciata dal sole s'increspò in un sorriso amichevole. «Che bello», disse.

Forse, per qualcuno che aveva a che fare quotidianamente con situazioni tragiche, la voglia era meno evidente, ma mentre il suo sguardo indugiava sul suo viso, mi sembrò che per la prima volta un estraneo lo stesse veramente apprezzando. Quando erano piccole le bambine, carine com'erano, ricevevano complimenti ovunque andassero, ma ero stata troppo occupata per portare fuori Sam, troppo stanca per invitare qualcuno, troppo piena di vergogna.

«Quella macchia svanirà nell'arco di un anno, e poi sarà bello davvero». Potevo sentire il mio tono infervorato. Gli anni avrebbero potuto essere anche quattro, ma era troppo difficile ammetterlo, persino a me stessa.

«Benvenuti in Botswana. Io sono Claire. Claire Stukker. Siete qui in vacanza?». Indicò con la mano l'hotel. L'accento sudafricano dava alla sua voce una sfumatura ottimista e amichevole.

Scossi la testa. «Rimaniamo solo per una notte». Sam cominciò a fare le bizze e mi alzai per calmarlo.

Kabo prese la parola al mio posto. «Stiamo organizzando un progetto di ricerca per valutare il rischio di cancro nei pazienti malati di AIDS». Fece un cenno con la testa verso Adam e le ragazze che giocavano in piscina. «Il dottor Jordan è appena arrivato con la famiglia dall'Inghilterra».

«Qualsiasi cosa possa fare una qualche differenza sarà d'aiuto». Si voltò verso di me. «Questi bambini hanno perduto tutto».

«Dev'essere dura occuparsi di loro». La guardai osservarne un paio, che si stavano azzuffando a bordo piscina. Sembrava calma ma vigile, proprio come avrebbe dovuto essere.

«Facciamo quel che possiamo», rispose, «ma siamo ben lontani dal fare abbastanza. Naturalmente ho qualcuno che mi aiuta. Il mio compagno Daniel e un piccolo gruppo di donne. Non potrei farcela senza di loro». Abbassò di nuovo lo sguardo su Sam e gli fece una carezza leggera sotto il mento. «Scoprirai che la gente qui è sempre desiderosa di aiutare. Ti consiglio di accettare, se puoi. Amano i bambini e hanno bisogno di soldi». Salutò entrambi con un cenno del capo e si voltò per andarsene.

«Hai qualche altro consiglio per dei nuovi arrivati?». Non volevo che se ne andasse.

«Dipende da dove vi stabilirete». Tornò a guardarmi. «Città o campagna?»

«In piena macchia, temo», le disse Kabo, rivolgendomi uno sguardo ansioso. «A qualche chilometro da Kubung, sulla strada per Thamaga».

«In questo caso, serpenti», disse lei, parlando oltre le spalle mentre si allontanava. «Si nascondono nell'erba alta. Dica alle bambine di indossare le scarpe».

Tutto qui? Avevo sperato in qualcosa di più. La donna raggiunse i bambini, che avevano cominciato a prendersi a pugni, e li separò con fermezza. Tornai a sedermi; non avevo realizzato quanto saremmo stati isolati.

Kabo sorrise. «Adam mi ha detto che lavorerà anche lei. Mi dica della sua ricerca».

Mentre parlavamo, guardavo Adam in piscina, con Zoe sulle spalle e Alice che gli nuotava a fianco. Il sole era ancora alto; l'aria profumava di pino e di erbe. Se non fosse stato per il gruppetto di bambini, fermi con l'acqua alla vita che guardavano in silenzio, avremmo potuto essere in Provenza.

Dopo un po', tutti uscirono dall'acqua e la piscina si svuotò. Diedi Sam a Adam, poi mi cambiai e scivolai in acqua. Per un poco mi lasciai galleggiare sulla schiena, resistendo alla tentazione di iniziare a fare le vasche. Kabo mi avrebbe preso per matta. La donna bionda si era fermata a parlare con Adam, mentre aspettava che i bambini si cambiassero. Il palmo aperto della mano era posato sulla testolina di Sam e le dita gli accarezzavano distrattamente le orecchie. Mi venne voglia di uscire dall'acqua per riprendermelo. Quando le bambine erano piccole e qualche estraneo le toccava avevo sperimentato la stessa sensazione di disagio, ma era la prima volta che mi capitava con Sam. Stranamente rincuorata, mi girai con una capriola e m'immersi sott'acqua. Quando risalii in superficie, la donna era scomparsa. Poco dopo, uscii e sentii il rumore dei pullman che accendevano i motori nel parcheggio dell'hotel.

«Già se ne vanno? Quei poveri bambini non hanno fatto nemmeno in tempo a rilassarsi un po'», dissi a Kabo, sfregandomi i capelli con l'asciugamano. Zoe era accovacciata ai miei piedi a esaminare una piccola lucertola che si crogiolava al sole su una pietra del lastricato.

«Sono diretti a vedere una partita di calcio, hanno infilato moltissime cose in un giorno solo. C'è da ammirare la loro energia». Sorrise. «La donna ti ha lasciato numero di telefono e indirizzo».

Kabo mi tese un foglietto. La donna vi aveva scritto l'indirizzo di Gaborone e un numero di cellulare. Sotto aveva scarabocchiato, in corsivo: "Teniamoci in contatto". Avevo dimenticato quanto potessero essere gentili le persone con i viaggiatori. Memorizzai il contatto sul telefono.

Più tardi, mostrai il biglietto a Adam.

«Ti sei già fatta un'amica». Mi circondò le spalle con il braccio. «Potrebbe essere utile».

Aveva ragione. Un tempo anche lei era stata nuova in questo Paese; si occupava di bambini; c'erano un centinaio di cose che avrei potuto chiederle.

Kabo avrebbe passato la notte dai suoi genitori, che vivevano lì vicino, e se ne andò, promettendo di passare a prenderci all'alba il giorno seguente. Passeggiammo nel giardino. Prati vellutati circondavano gli alberi di banane e limoni. Gli alberi della gomma si ergevano in piccoli gruppi. Alcuni innaffiatori automatici nascosti spruzzavano avanti e indietro, scurendo i tonchi sottili come carta e rilasciando il profumo caldo dell'eucalipto. Le scimmie si arrampicavano sui rami e saltavano sul tetto dell'hotel, i cuccioli appesi dietro, aggrappati alle madri con le dita sottili. Alice sollevò Sam per mostrargli gli animali scorrazzanti. Lui sembrava preso e allungava le manine verso di loro come se stesse cercando di toccarli.

La mattina mi svegliai prima di tutti gli altri. Piccoli spruzzi di vapore acqueo si sollevavano nell'aria e le rondini volavano basse sulla piscina, mentre nuotavo avanti e indietro. Il profumo dei pini era già intenso. Kabo venne a prenderci dopo la colazione; una volta che ci fummo accomodati in macchina, avviò il motore e l'hotel scomparve in fretta alle nostre spalle. Ero ristorata dalla nuotata; chissà quanto tempo sarebbe passato prima della prossima.

«Ci sarà una piscina dove stiamo andando, Kabo?»

Lui mi guardò nello specchietto. «Kubung è un distretto povero», disse cautamente, sistemandosi gli occhiali sul naso. «Molto arido. L'acqua è un bene prezioso. Non penso che ne abbiano da sprecare per le piscine».

Mi vergognai della mia domanda, ma Kabo stava continuando: «Il proprietario ha parlato di acqua sul retro della casa. Immagino che possa trattarsi di un bacino artificiale».

Sarebbe stato perfetto, meglio di una piscina. Ricordavo le foto che mi aveva spedito Adam per email. Magari sarebbe stato ombreggiato, e circondato da prati dove fare picnic. Avremmo potuto nuotare tutti i giorni. Mentre prendevamo velocità, mi voltai per dirlo ad Alice, ma lei si era già addormentata. Le sfilai il golf e si mosse a malapena. Zoe guardava dal finestrino succhiandosi il pollice, le palpebre pesanti di sonno. «Dormi, piccola». Le accarezzai il braccino cicciotto e lei chiuse gli occhi. Sorrisi e guardai Sam. Aveva la testolina girata da un lato nel seggiolino imbottito. La voglia era rivolta verso l'alto: nella luce del sole sembrava più grande e rossa che mai. Presi la crema solare dalla borsa. Mentre gliela spalmavo, lui aprì la bocca e sembrò strofinare il nasino sull'imbottitura del sedile. Mi misi comoda; il mio ultimo pensiero consapevole fu che speravo non l'avesse sporcata.

Un frammento intricato di un sogno spaventoso si dileguò prima che potessi trattenerne qualcosa di più che un'ombra. Ci eravamo fermati e la macchina era silenziosa. Cielo bianco, terra marrone e foglie verdi riempivano il finestrino. Le ragazze erano spaparanzate sui sedili, gli occhi chiusi, il respiro profondo, come se fossero state drogate. Sam aveva le braccine spalancate. Sembrava felice, persino nel sonno. Scivolai oltre Alice e aprii la portiera. Davanti a noi, su un pendio, c'era un lungo e basso edificio con il tetto di paglia. Adam era sotto un albero che parlava con Kabo.

Il caldo era feroce; la pelle sul viso e sulle braccia bruciava. Faceva molto più caldo di quanto non avesse fatto a Gaborone. Inciampando nelle radici degli alberi che spuntavano dalla terra dura e rossastra, raggiunsi in fretta Adam. Lui interruppe la conversazione con Kabo e si rivolse a me. «Siamo arrivati! Hai dormito quasi tutto il tempo». Poi, voltandosi, mi indicò una ragazza giovane che non avevo notato, mezza nascosta dietro a Kabo.

«Questa è Teko», disse Kabo. «Ci stava aspettando. Ha saputo che eravamo in arrivo. È venuta per badare ai bambini».

«Badare ai bambini?». Quella bambina? Megan doveva aver portato avanti la sua idea, dopotutto, ma invece di essergliene grata ne ero irritata. Non avevamo bisogno di una tata, pensavo che ne avessimo parlato. Avevo in mente di trascorrere più tempo coi bambini, a lavorare e giocare insieme. Non vedevo l'ora di passeggiare nella macchia raccogliendo insetti e piante, fare gite nei parchi per vedere la fauna locale, starcene sdraiate sull'erba sotto agli alberi coi nostri libri. Storie della buonanotte. Adam mi guardava con le sopracciglia alzate, in attesa. Sorrisi e strinsi la mano di Teko. Aveva la pelle ruvida. Una mano abituata a lavorare. Il viso era carino ma teso; gli occhi sembravano più vecchi del resto del corpo. Anche se non portava le scarpe, era vestita con cura, con una gonna nera e una fresca camicia bianca; attorno al collo magro portava un'adorabile collana di pietre blu.

«Abbiamo un'amica che ha vissuto qui vicino, da bambina. Ci ha detto che avrebbe potuto trovarci del personale grazie ai suoi contatti con qualcuno che gestisce un orfanotrofio. Ma non avevo realizzato che l'avesse fatto davvero».

Kabo si rivolse a Teko e le chiese qualcosa in tswana; lei mi guardò annuendo e rispose con poche parole. «Viene direttamente dall'orfanotrofio; il suo capo le ha detto che sareste arrivati». Lui si strinse nelle spalle. «Qui da noi è normale. Le persone vengono a offrirsi di lavorare anche senza nessuna presentazione». Poi sorrise, sistemandosi gli occhiali sul naso. «Teko si occupava dei neonati e di qualche altro bambino più grande. Ha portato un foglio con sé». Me lo passò. Lessi le poche frasi dattiloscritte sulle sue responsabilità con i piccoli orfani. Era raccomandata per l'onestà. Lo porsi a Adam, che gli lanciò un'occhiata e lo restituì alla ragazza.

«Bene. Megan ha fatto bene ad andare avanti. Le siamo molto riconoscenti», disse con sincerità. Fece un cenno col capo a Teko. «Sei arrivata al momento giusto».

«Come per magia». Si rivolse a Kabo. «Ma come ha fatto a trovarci?»

«Il suo capo le ha dato l'indirizzo. Ha preso un autobus per il villaggio di Kubung e poi si è fatta dare un passaggio da un contadino diretto a Thamaga», rispose lui, guardandola e annuendo in segno di approvazione. Era riuscita a cavarsela in un viaggio non semplice, implicavano le sue parole; doveva davvero volere quel lavoro.

«Allora, quando vuoi cominciare? Subito?», chiese Adam con un sorriso. Teko gli restituì lo sguardo, la pelle tirata attorno agli occhi sembrò rilassarsi, ma non rispose.

«Non parla l'inglese», buttò lì Kabo. «Ma non è un problema».

Non era un problema? Come potevamo assumere qualcuno con cui non riuscivamo a comunicare?

«Abbiamo bisogno di un insegnante privato più che di una tata, Kabo. Qualcuno che conosca l'inglese».

«Possiamo trovare anche quello, nessun problema», rispose lui.

«Ma penso che l'aiuto di Teko potrebbe farvi comodo comunque. Capisce qualche parola, se gli fate vedere cosa vi serve, dice che riuscirà a capire tutto facilmente». Gli occhiali gli scivolarono di nuovo sul naso.

Tutto? L'ansia di Alice? Le richieste esuberanti di attenzione da parte di Zoe? Sam, la cui routine era già andata in pezzi? L'avrebbe infastidita il conflitto latente tra Adam e me? Non credevo che qualcosa nella nostra famiglia potesse essere facile da capire per un estraneo.

«Tu sarai sempre qui, tutto il tempo, ma potrebbe darti modo di lavorare in santa pace», disse Adam. Poi un uccello di un blu brillante, che volava dentro e fuori dalla chioma dell'albero sopra le nostre teste, lo distrasse. «Storno splendido blu maggiore», mormorò. «Fantastico».

Mi rivolse un sorriso trionfante, come un bambino che abbia appena scovato un tesoro nascosto. Aveva letto molto a proposito degli uccelli locali, mentre io, occupata con Sam, non avevo avuto occasione di farlo. Se avessi avuto il tempo, magari avrei imparato qualche parola di tswana, o cercato notizie sulle piante locali, per poi mostrarle alle ragazze. Nemmeno in aereo ero riuscita a sfogliare le riviste illustrate sul Botswana infilate nella tasca del sedile di fronte. Cominciai ad avvertire un senso di amarezza.

«Significherebbe riuscire a finire quella ricerca sul clampaggio del cordone», proseguì Adam, poggiandomi la mano sul braccio. Mi ritrassi, infuriata. Lui lanciò un'occhiata a Kabo, che stava esaminando l'uccello, fischiettando piano tra sé.

Le pietre blu della collana di Teko erano dello stesso colore degli occhi di Sam. Come avvertendo il mio interesse, lei sollevò una mano per toccare la collana e sorrise timidamente. Mi venne in mente che se rifiutavo la sua proposta di aiuto Kabo avrebbe potuto pensare che non la volessi perché era una ragazza locale. Un'africana. Si sarebbe potuto offendere. E se avessimo assunto Teko avrei potuto trascorrere più tempo con Alice; anche la donna della piscina mi aveva consigliato di accettare l'aiuto di chiunque me l'avesse offerto.

Kabo si chinò verso di noi, circondando Adam e me con il braccio. «Perché non decidete più tardi? Non c'è fretta. Se volete potete fare un giro di prova». Sorrise allegramente. «Venite a dare un'occhiata dentro».

Le bambine stavano ancora dormendo. Kabo aveva parcheggiato la macchina all'ombra. Esitai, guardando la casa, poi Teko si avvicinò all'auto, trascinando leggermente il piede destro. Poliomielite, forse, comune in alcune zone dell'Africa. Potrebbe aver significato un'infanzia difficile. Forse non era facile trovare lavoro. Forse aveva pensato che questa volta avrebbe avuto fortuna. Mi fece un cenno col capo: avrebbe vigilato sulle bambine mentre noi andavamo dentro. Kabo aveva ragione. Comunicare senza parole non sembrava difficile.

«Questa è la casa di campagna di un uomo d'affari», stava continuando Kabo, mentre ci faceva strada verso una rampa di scalini in pietra tagliati in un pendio di terra inaridita. «L'ha costruita per la sua famiglia seguendo lo stile tradizionale, ma ora vivono tutti in grande stile a Gaborone… Diamanti». Percorse con lo sguardo i giardini che circondavano la casa: c'era un ampio prato marroncino, con aiuole sparse di piante grasse e un gruppo di alberi della gomma in fondo. «Aveva tre cani da guardia», aggiunse. «Li teneva legati di giorno e li liberava di notte. Ora si trovano in un canile a Thamaga. Posso chiedergli di prestarveli. Siete isolati qui. Potrebbe essere prudente».

Animali di grossa taglia, probabilmente, che ansimavano ferocemente nelle tenebre del giardino. Che sarebbe successo se le bambine fossero sgattaiolate fuori una sera tardi per giocare sul prato? E se Zoe avesse provato ad accarezzarne uno?

Adam sembrava incerto. «Decidi tu, Em».

«Grazie Kabo, ma ho in programma di stare qui tutto il tempo. E la notte ci sarà anche Adam. E poi, che messaggio daremmo alla comunità?». Bianchi ricchi che hanno paura dei loro vicini africani. Questo sarebbe stato il messaggio, anche se non lo dissi ad alta voce. *Siamo qui per aiutarvi, ma non ci fidiamo nemmeno un po'*.

Kabo aprì la bocca, come per obiettare qualcosa, ma poi evidentemente pensò che fosse meglio tacere. «Fatemi sapere dopo che avrete avuto modo di parlarne. Posso organizzare in fretta. Adesso venite dentro».

Lo seguimmo per le scale fino alla fresca veranda ombreggiata. Dopo la luce accecante del sole, la stanza all'interno sembrava buia. C'era profumo di cera d'api e cibo cucinato. Un lungo divano, foderato di velluto goffrato, stava di fronte alla finestra; grossi libri erano ammassati su un tavolino basso, stuoie di cotone a righe erano distese sul pavimento in legno e su due tavolinetti agli angoli c'erano pesanti lampade a paraffina. Altri libri riempivano le mensole che arrivavano fino al soffitto. A un primo sguardo, sembravano riguardare minerali e miniere. Sul pavimento era posato un mappamondo. Sul muro in fondo era appesa la testa di un animale dalle corna rugose e ricurve.

«Kudu», disse orgogliosamente Kabo seguendo con gli occhi il mio sguardo. Un tempo, questo animale era stato parte del paesaggio; ora era una decorazione appesa a un muro. Mi augurai che Zoe non lo notasse troppo presto.

Un riflesso iridescente di acqua luccicava sul soffitto. Doveva provenire dal bacino artificiale sul retro della casa. Mentre mi avviavo alla finestra in fondo alla stanza, il cuore mi balzò nel petto: un uomo e una donna stavano in piedi silenziosi contro il muro, guardandomi. L'uomo, coi capelli grigi brizzolati e le iridi lattiginose, stava con le spalle dritte, come sull'attenti. La donna era più giovane, ben fatta, rotondetta. Indossava un vestito sbiadito, un cappello di lana verde e un paio di scarpe da ginnastica consunte. I suoi occhi scintillavano nel buio della stanza. Passammo un secondo a guardarci reciprocamente. Superato lo shock, riuscii a sorridere. La donna si fece avanti, presentandosi in un inglese stentato; si chiamava Elisabeth; l'uomo più anziano era suo fratello, Josiah. Si occupava del giardino, ma parlava solo in tswana. Lei era addetta alla casa e alla cucina. Lavoravano per il proprietario e vivevano lì, occupandosi di mantenere il posto curato durante la sua assenza.

Un giardiniere? Una governante? Non avevamo mai parlato di servitù. Avevo pensato che saremmo stati solo noi, insieme come una famiglia; era stato quello il punto. Quello, il lavoro di Adam e la mia ricerca. Avvertii un imbarazzante senso di colpa. Era abbastanza facile avere del personale di servizio in Inghilterra, ma non ero sicura di come funzionasse in Botswana, e già mi sembrava che fossimo fin troppi, anche se era difficile chiedergli di andarsene.

E poi ecco Adam, che sorrideva e gli offriva la mano. Josiah accettò la stretta con un piccolo inchino. Adam gli chiese dove si trovasse il suo villaggio e in che modo riuscisse a gestire quell'appezzamento di terra. Elisabeth, illuminandosi, cominciò a tradurre. Senza la giacca, con le maniche della camicia arrotolate, Adam sembrava tranquillo e a suo agio. I miei pantaloni di lino erano tutti sgualciti e Sam mi aveva sbrodolato il latte sulla schiena. Appezzamento di terra? Adam aveva fatto i suoi compiti, era meglio preparato di me, già avanti. Sentii tornare il senso di amarezza.

Un vagito distante sovrastò la voce bassa di Elisabeth. Sam. Il suo pianto avrebbe svegliato le ragazze e loro si sarebbero agitate, non sapendo dove eravamo scomparsi.

Corsi, inciampando nella stuoia e sbattendo con lo stinco contro il tavolo. Adam mi seguì per aiutarmi, ma in un lampo raggiunsi l'esterno e la macchina; mentre aprivo la portiera di scatto, mi accorsi che l'auto era vuota. Mi guardai freneticamente attorno, scrutando il giardino e il viale prima di realizzare che si trovavano tutti proprio vicino a me, sotto l'albero con Teko. Lei era accovacciata e cantava una nenia in toni bassi, mentre cullava Sam tra le braccia, la mano sulla guancia destra come a proteggere la voglia dal sole. Lui aveva il singhiozzo ed era assorto a tirare la collana verso la bocca, le pietre blu che luccicavano tra le piccole dita. Zoe era appoggiata alla spalla di Teko e dondolava un piede avanti e indietro seguendo il ritmo della canzone. Alice, un poco distante, saltava su e giù, guardando la sabbia che le si alzava attorno ai sandali. Questo valeva più di mille referenze.

Adam mi raggiunse, senza fiato.

«Hai vinto. Può restare», dissi.

Lui mi abbracciò, ridendo. Notai che Kabo stava sorridendo, senza dubbio sollevato di vedere che ci comportavamo come una coppia normale. Probabilmente pensava che la mia precedente irritabilità fosse dovuta alla stanchezza. Le regole che ci permettevano di passare dal ruolo di amanti a quello di rivali erano complicate. Adam adesso poteva vincere: al confronto con le cose per cui combattevamo di solito, sembrava poco importante.

Capitolo 15

Botswana, dicembre 2013

Dopo che Kabo fu andato via e avemmo scaricato le valige, Zoe si mise a correre avanti e indietro lungo il corridoio, i passi che rimbombavano sulle assi del pavimento. Adam tirò fuori i libri dalla borsa e li sistemò su una mensola in soggiorno fischiettando, stringendo i libri del proprietario in una fila per fare spazio. Alice camminava quasi in punta di piedi, aprendo gli armadi, sbirciando all'interno e chiudendoli di nuovo.

Dopo aver lasciato Sam con Adam, uscii sull'ampia veranda che circondava tutta la casa. Intorno a un tavolo, all'ombra, erano raggruppate delle sedie. Di fronte a me un vasto campo di terra marrone si estendeva in lontananza, punteggiato da un migliaio di alberi spinosi e inciso da solchi asimmetrici. Una linea di colline color malva s'increspava all'orizzonte.

Sentii una puntura d'apprensione. Nonostante l'avvertimento di Kabo, non avevo realizzato che saremmo stati soli fino a questo punto. Non c'era segno di edifici o di vita domestica, anche se alcune capre si inerpicavano in un fossato al lato del sentiero, tra gli alberi di fichi selvatici. Il cielo era il più vasto e vuoto che avessi mai visto. Era difficile metabolizzare che a un migliaio di chilometri da lì, in Inghilterra, questa alta distesa di blu sarebbe diventata una bassa coperta di nuvole macchiata di pioggia.

Zoe mi si avvicinò, ansiosa di esplorare. Ricordai il riflesso sul soffitto e siccome non vedevo l'ora di immergermi di nuovo nell'acqua fresca, tirai fuori dalla borsa della notte precedente i costumi da bagno, ancora umidi, e spruzzai velocemente Zoe con lo spray antizanzare. Il giorno prima, in piscina, non era sembrato necessario, ma qui faceva più caldo ed era tutto più selvaggio. Zoe partì di corsa, e gridando si lanciò giù per il pendio cespuglioso sul retro della casa; io la seguii più lentamente, scrutando a terra per individuare eventuali serpenti. Fu solo quando raggiungemmo la riva che mi accorsi che non c'era nessun bacino artificiale. Davanti a noi c'era invece una piccola pozza circolare di acqua marrone, incrostata di schiuma verde e invasa dai giunchi. Gli alberi attorno alla riva erano avvolti da strascichi di liane che scendevano fino alla superficie dell'acqua. Una fila di nidi simili a tazze pendevano sopra allo stagno e piccoli uccelli gialli ci svolazzavano intorno. Zoe si chinò per togliersi i sandali; guardammo il fango spuntare tra le sue dita, come piccole lumache marroni. Nuvole danzanti d'insetti ronzavano attorno agli argini.

«Mamma, non mi piace». Zoe fece qualche passo indietro, scuotendo la testa.

«Ho sbagliato tesoro. Non va bene per nuotare. Metti le scarpe, torniamo indietro».

Le ripulii i piedi dal fango con l'asciugamano umido.

Lei si rimise i sandali e risalì di corsa il pendio fino alla casa. Non mi era mai venuto in mente che fuori dall'inquadratura delle foto del lago di Adam potessero esserci macchie di schiuma sull'acqua, o nuvole d'insetti nelle pozze fangose sugli argini.

Zoe scomparve nella sua stanza e io cominciai la mia esplorazione. La casa era composta da una serie di stanze con il tetto di paglia, tutte sullo stesso livello, unite tra loro da stretti corridoi. Quella in fondo sarebbe stata la nostra: era abbastanza spaziosa per ospitare la culla di Sam; la sistemammo vicino alla porta a vetri che si apriva sul giardino davanti, dove avrebbe potuto guardare fuori la luce che giocava con le foglie. Nella stanza adiacente, Zoe si era accoccolata sul letto con la sua zebra, il gufo e i leoncini di lana; Alice era sdraiata al suo fianco, stringendo l'elefantino di Sam, con un orecchio di pelle scolorito per essere stato ciucciato molte volte. Stava raccontando la storia di un piccolo elefante salvato dai leoni grazie all'aiuto di un gufo. Era da un po' che non mi capitava di vederle così vicine. Mi allontanai in punta di piedi.

La cucina era una stanza scura, soffocante, attaccata alle spalle della casa; un piccolo frigo ronzava nell'angolo, una foresta di bottiglie in equilibrio sulla cima. In una stufa annerita crepitavano dei ciocchi di legno. La porta che dava sull'esterno cedette con una serie di cigolii e mi ritrovai in un giardino con un paio di capanni, una macchia irregolare di granturco e qualche girasole. Un vecchio cane sdraiato presso il muro si svegliò per il rumore e mi si avvicinò con cautela, annusandomi i piedi. Da vicino, il pelo giallo lasciava intravedere delle croste rialzate. Perse presto interesse nei miei confronti, collassando di nuovo a terra sgraziatamente. Sotto un albero spinoso, una capra indietreggiò, tendendo la corda a cui era legata, con gli zoccoli che raspavano la terra indurita. Ero nel territorio di qualcun altro. Tornai indietro di corsa, attraversai la cucina e raggiunsi il soggiorno, dove Adam passeggiava avanti e indietro con Sam.

«Puoi tenerlo? Kabo vuole mostrarmi lo studio che ha tirato su nel garage. È riuscito anche a farci arrivare la connessione internet». Mi depose Sam tra le braccia, sorridendo. «Non è incredibile? Ci divertiremo un mondo qui».

Divertirci?

La stanza buia con la sua tappezzeria pesante e quella mostruosa testa di kudu mi sembrava un luogo alieno; fuori dalla finestra, il panorama arido che si estendeva a perdita d'occhio era diverso da qualunque cosa avessi mai immaginato. Come avremmo fatto a resistere in un posto come quello, giorno dopo giorno? Cosa avremmo potuto fare?

Più tardi, Zoe mi raggiunse nella stanza mentre ero distesa sui cuscini ad allattare Sam. Stringendomisi accanto, lo accarezzò sulla testa, guardandolo curvare le dita dei piedini mentre mangiava. «Siamo davvero in Africa?», mormorò senza togliersi il pollice dalla bocca.

«Sì». La strinsi a me con un braccio. «Davvero».

Lei mi fissò per un momento e poi scomparve di nuovo.

Dopo aver mangiato, il visetto di Sam si rilassò. Si abbandonò inerme sulla mia spalla e la stanchezza mi vinse.

Teko sedeva in cucina. «Teko, puoi occuparti di Sam mentre dormo un po'?». Si alzò, la mano che scattava di nuovo a toccare la collana, come fosse un talismano. Me lo prese dalle braccia, aggrottando la fronte per lo sforzo di capire. Indicai la porta sul retro della cucina e scossi la testa: «Per favore, non portarlo là fuori».

Annuì.

Mentre giacevo sul letto, mi riecheggiava nella mente la domanda di Zoe. Dopo il commiato dalla scuola e dal lavoro, le vaccinazioni e gli antimalarici che avevamo cominciato a prendere, le valige e il lungo viaggio, eravamo davvero in Africa? Esisteva un luogo che potesse reggere il confronto con le aspettative che ci eravamo creati? Dove l'erba era verde, il sole caldo e tutti noi eravamo felici? La parte inferiore del tetto di paglia era guarnita di ragnatele grandi come nidi di uccelli. Sopra la mia testa, nel buio, si sarebbero mossi ragni e altri insetti. Pregai che nulla mi cadesse sulla faccia mentre dormivo e quello fu il mio ultimo pensiero.

Quando mi svegliai, Adam russava piano accanto a me e il calore del suo corpo mi aveva bagnato la camicia. Avevo la bocca riarsa. La casa era immersa nel silenzio. La camera delle ragazze era vuota, come pure la cucina. Dov'erano andati tutti?

«Adam».

Aveva il respiro profondo, gli occhiali sbilenchi e i capelli unti divisi in ciocche. Aprì gli occhi e si guardò attorno. «Per un attimo avevo dimenticato dove fossimo», disse con aria divertita. Chiuse di nuovo le palpebre.

«I bambini sono scomparsi, e anche Teko». C'era una punta di panico nella mia voce.

Si tirò su a sedere, guardando fuori dalla finestra. «Li ho visti fuori mentre ero al garage», disse in tono allegro. «Stavano andando verso il giardino sul retro».

I giunchi attorno allo stagno creavano un intrico umidiccio. Infilando in fretta i piedi nei sandali aprii la portafinestra, e il caldo mi colpì come un pugno in pieno volto. Correndo giù per il pendio, scrutai la superficie liscia dell'acqua prima di sentire una risata. Era passato così tanto da quando avevo sentito Alice ridere veramente che non ero sicura si trattasse proprio di lei.

«Ally? Zoe?».

Le risate provenivano dalla mia sinistra, dove c'era un fitto tappeto di giunchi appiattiti. L'acqua ribolliva tra le canne robuste. Quanto peso avrebbero retto? Il peso di un bambino? Di molti bambini? Mentre spingevo da parte un ciuffo di gambi dritti, un lungo insetto mi si posò sul polso, con un frusciare di ali arancioni. Me lo scossi in fretta di dosso. C'era un odore di acqua stagnante e piante marce. Era profonda? Profonda abbastanza da essere nera e silenziosa sul fondo?

La paura mi si strinse come una benda attorno al petto.

«Alice?».

L'acqua si richiuse sopra i miei piedi. Spostai un'altra spessa parete di giunchi, e intravidi il vestito rosso di Zoe, e poi i pugnetti di Sam che si agitavano nell'aria. Era sdraiato in una piccola cesta di plastica intrecciata, che galleggiava in equilibrio sul tappeto di giunchi, e guardava i rami sulla sua testa aprendo e chiudendo le manine protese. Teko, accovacciata accanto a lui, teneva con una mano il bordo della cesta; vicino a lei erano rannicchiate le ragazze. Con l'acqua ormai alle caviglie, feci qualche passo in avanti e lo afferrai. Lui cominciò a piangere.

Alice balzò in piedi. «Ci hai rovinato il gioco». La voce vibrava d'indignazione, ma avrebbe dovuto sapere che era pericoloso.

«Venite dentro. Teko, ti avevo chiesto di non portare fuori i bambini».

Il viso di Teko rimase impassibile, mentre prendeva la cesta e mi seguiva in silenzio. Zoe cominciò a piangere.

Più tardi, preparai Sam per la nanna. Infilai gli orli della zanzariera sotto al materassino e mi sedetti accanto a lui per un po', guardando la voglia sbiadire, confusa con le ombre mentre il buio calava sulla stanza.

In soggiorno, Adam leggeva una storia alle ragazze. Zoe gli sedeva sulle ginocchia, mentre Alice gli posava una mano sulla spalla. Alzò lo sguardo. «A suo modo era ingegnoso, Em», disse. «Stavano giocando a Mosè nel giuncheto...».

«Ma come è venuto in mente a Teko di portarli in un posto simile?».

Sam sarebbe potuto cadere dalla cesta, scivolare senza un gemito sotto l'acqua marrone. Sarebbe affogato in pochi secondi. «Dovremmo chiederle di andarsene».

Alice sussultò; Adam le circondò le spalle con il braccio. «Ho parlato con Elisabeth proprio adesso», rispose. «Teko ha frainteso Alice. Ha pensato che tu le avessi dato il permesso. Dove stavano giocando l'acqua era profonda solo pochi centimetri, ho controllato. Non hanno fatto nulla di male».

Un neonato poteva affogare in pochi centimetri. Attraverso la finestra, lo stagno brillava alla luce del tramonto; sopra, era come se un fuoco immenso stesse bruciando nel cielo, trapassato da fiamme gialle, cremisi e scarlatte. Un uccello solitario dal collo lungo passò sfrecciando, nero contro l'oro del cielo. Mi appoggiai al davanzale con mani tremanti. Adam mi si avvicinò, e guardammo insieme, fianco a fianco, in silenzio. Il tramonto non durò a lungo, e nel giro di pochi minuti il cielo era tutto nero.

Rimasi a lungo sveglia, sdraiata sul letto, a fissare il buio fuori dalla finestra. Avevamo percorso migliaia di chilometri per venire in un mondo nuovo. Forse era per via del viaggio, che era stato così innaturalmente veloce, ma mi sembrava di aver perduto tutto ciò che possedevo.

Quando mi svegliai la mattina seguente, le mie incertezze erano svanite. Il sole si riversava sul letto, disegnando strisce di un giallo brillante. Adam si stirò accanto a me e il calore del suo corpo mi raggiunse. Dalla nascita di Sam non avevamo più fatto l'amore, ed era come se ci stessimo ritrovando dopo una lunga separazione. Quando si accorse che non mi faceva male, si spinse più a fondo dentro di me. Dovevamo fare piano. La culla di Sam era accanto al letto. Adam accelerò i movimenti e mi coprì la bocca con le mani, per attutire i miei gemiti. Questa mattina toccava a lui il comando. Dopo il sesso, dopo la doccia, tornammo a essere la versione diurna di noi. Se allora Adam si fosse azzardato a dirmi cosa fare, mi sarei infuriata.

Facemmo colazione fuori, Sam seduto tranquillo sulle mie ginocchia. Sembrava felice dopo aver dormito, gli occhi blu che brillavano guardando Zoe che chiacchierava. Strisce di sole illuminavano gli arbusti; dagli alberi della gomma si alzava il canto argentino degli uccelli. «Martin pescatore», disse Adam, senza sollevare lo sguardo dalla *Rough Guide to Africa*, quando scorgemmo un uccellino variopinto, che appariva e scompariva tra i rami.

«Come sapevi che uccello era, papà?», domandò Alice.

«Ho comprato un cd con i canti degli uccelli africani, e l'ho ascoltato in macchina mentre andavo a lavoro finché non l'ho imparato a memoria», rispose lui serio. Io risi.

Per colazione avevamo pane caldo appena sfornato, guava e papaya; l'aria aveva un aroma fresco di alberi ed erba e un profumo più intenso e polveroso che si diffondeva dalla macchia che ci si estendeva davanti. Le forme contorte degli alberi spinosi si stagliavano nette nell'aria tersa.

«Questo melone non mi piace. Sembra andato a male», disse Alice all'improvviso.

«Non è un melone, Ally, è papaya. Se non la vuoi la mangio io». Feci per prendere la sottile fettina di frutta, ma mi scivolò dalle mani e cadde a terra.

«Domani è Natale», disse Adam. Lo fissammo tutti per un attimo, in silenzio. Nonostante gli alberi all'aeroporto e all'hotel, il Natale sembrava lontano, addirittura irreale.

«Pensiamo a qualcosa di bello da fare». Sfogliò il libro che aveva davanti. «Non molto lontano da qui c'è un parco divertimenti, con giraffe, rinoceronti e zebre. Oppure potremmo esplorare quelle colline laggiù, o andare a salutare i nostri vicini al villaggio».

«Voglio vedere gli animali!», strillò Zoe, saltando su e appendendoglisi al collo. «Ti prego, papà!».

«Può venire anche Teko?», chiese Alice.

Io annuii, ne sarebbe stata felice. Mi chinai per osservare le foto dei rinoceronti sul libro di Adam e udii dei passi leggeri e strascicati proprio sotto la veranda: era Josiah con il suo cane alle calcagna. Con la zappa in spalla come un fucile e un cappello color cachi schiacciato sulla testa, sembrava un vecchio soldato che si presentava in servizio. Si voltò per salutarci con un cenno, ma quando vide Sam il viso gli si allargò in un ampio sorriso; fece un piccolo gesto di saluto e poi riprese a camminare, canticchiando tra sé in un basso brontolio. Zoe si sporse dalla ringhiera della veranda per guardare il cane che si trascinava dietro all'anziano padrone verso un'aiuola di cactus in fiore.

Accanto ai miei piedi, un nugolo pullulante di formiche nere si accaniva sull'avanzo di papaya caduto in terra, una fila scura che già si arrampicava su per i gradini. Come avevano fatto ad arrivare così in fretta? Alice, con una smorfia, scavalcò il mucchietto brulicante, ma Zoe si accovacciò, per guardarle da vicino. Presto la papaya sarebbe scomparsa del tutto.

Il giorno dopo, la mattina di Natale, partimmo all'alba, Zoe abbracciata all'ippopotamo di lana di Megan che le avevo messo nella calza la sera prima. Aveva un cappello di carta viola infilato sui capelli chiari e la maglietta già imbrattata di cioccolato. Si arrampicò sul sedile posteriore accanto a Teko e Sam, addormentato nel seggiolino. Alice sedeva in silenzio dall'altro lato. Adam accese la radio e una musica natalizia si diffuse nell'abitacolo. Lui e Zoe cominciarono a cantare a squarciagola. Mi pervase un senso di benessere: stavamo passando il Natale in questo nuovo Paese, e avevamo davanti un anno da trascorrere tutti insieme. Mi sentii di nuovo fortunata, e mi chinai per baciare Adam alla guida. Lui sorrise e mi prese la mano, tenendomela stretta.

Attraversammo un piccolo villaggio che si trovava a pochi chilometri di distanza, in fondo alla strada polverosa. Gli uomini sedevano già ai margini dell'ombra presso le loro capanne, mentre i bambini accorrevano alle recinzioni, fissando l'auto che passava. I piccoli erano magri, i tetti rattoppati, i buchi che si allargavano nelle coperture in paglia. I cortili attorno alle capanne erano brulli e per lo più vuoti. Kabo aveva ragione quando aveva accennato alla siccità e all'indigenza. La sensazione di essere fortunata cominciò ad assottigliarsi; questo era un Botswana diverso da quello prospero della capitale, un posto più oscuro e triste. Quando l'auto raggiunse l'asfalto, prendemmo velocità. Sul ciglio arido della strada, i rifiuti luccicavano al sole. Un asinello morto giaceva da un lato, il collo teso in un angolo innaturale.

Quando attraversammo i cancelli di ferro della riserva naturale di Mokolodi, il sole era già alto. Mentre entravamo, comparvero due ranger sorridenti, ma appena Teko vide la camionetta malconcia e senza porte e realizzò che sarebbe dovuta salire lì sopra, scosse la testa indietreggiando e stringendo al petto Sam. Il ristorante all'aperto era fresco e deserto, eccetto che per una giovane cameriera che asciugava i bicchieri dietro al bancone. Posai Sam sopra il tavolo con tutto il seggiolino. Adesso era sveglio e si guardava intorno. Portai a Teko una bibita e un sandwich e le porsi la borsa di Sam con il biberon per l'acqua e il mio cellulare, appuntandole il numero di Adam su un tovagliolo di carta. La cameriera si avvicinò a Sam, giocherellando timidamente con le dita e sorridendogli. Ce ne andammo, promettendo di fare ritorno dopo non più di un'ora. Adam scattò una foto di Teko e Sam col cellulare e gliela mostrò. Lei si toccò il collo un po' a disagio e non sorrise.

La camionetta sbandava a più non posso da un lato all'altro della strada. Sarebbe stato difficile tenere Sam al sicuro. Mentre frugavo ai miei piedi alla ricerca del cappello, colsi il movimento veloce di una scattante pelliccia marrone e intravidi delle corna tra gli alberi: era un kudu in fuga dal sentiero. Gli occhi neri di una giraffa accanto agli alberi si voltarono per seguirci con lo sguardo. Dopo mezz'ora di caldo e scossoni e visioni sfuggenti di impala, l'autista fermò la macchina, indicando delle impronte nella polvere, ondulate e grandi come piatti di portata. «Rinoceronte», annunciò.

Scendendo con il fucile alla mano, ci fece cenno di seguirlo. Ai lati dei nostri piedi, le cicale saltavano via a ogni passo, mentre lo seguivamo nel caldo infuocato. Venti minuti dopo l'uomo si fermò per spostare col piede una pila di letame fresco. Le zolle spaccate sembravano vive di verdi scarabei striscianti. Eravamo vicini. L'uomo indicò delle grosse rocce grigie dietro al fogliame rado. Guardandole più da vicino, si trasformarono in due rinoceronti sotto un albero spinoso. Mamma e cucciolo. Gli animali si muovevano insieme, con le orecchie che sventolavano, il respiro tranquillo nell'aria calda, mentre ci guardavano con gli occhi nascosti dalle palpebre ripiegate.

In macchina, al ritorno, eravamo tutti in silenzio. Sam mangiava voracemente.

«Ma qual è il senso di tutto questo interesse per gli animali?».

Sobbalzai alla domanda improvvisa di Alice.

«Per preservarli, Ally». Spostai Sam all'altro seno e lei distolse lo sguardo, con un'espressione disgustata. «Per combattere la caccia di frodo».

«Perché?»

«Altrimenti rischierebbero di estinguersi».

«E che cambierebbe se non ci fossero più rinoceronti?». Sotto il cappellino di cotone il viso era arrossato.

«Abbiamo il dovere di proteggere gli animali selvatici. I rinoceronti erano qui migliaia di anni prima di noi». Le misi goffamente un braccio attorno alle spalle, Sam ancora sulle mie ginocchia. «Hanno diritto di stare qui tanto quanto noi».

«Ma i rinoceronti non sono persone». Si ritrasse. «Non hanno la stessa importanza».

Sam cominciò a piangere, agitando i pugnetti nell'aria. Nel caldo, la voglia sembrava pulsare. La sua superficie era umida di latte e sudore. Lo asciugai e me lo misi sulle ginocchia per calmarlo. «Ci sono milioni di persone in più rispetto ai rinoceronti, Ally. Se le persone fossero di meno non sarebbe un problema, anzi, sarebbe una cosa buona. Nessuno lo noterebbe. Invece di rinoceronti ne sono rimaste solo poche migliaia. Perderne anche uno soltanto farebbe differenza».

«Perché?»

«Non vorresti che i tuoi figli potessero vederli?»

«No».

Adam cercò il mio sguardo nello specchietto e mi fece l'occhiolino, ma mentre mi voltavo per assicurare Sam nel seggiolino non potei fare a meno di avvertire un po' di preoccupazione. La risposta di Alice mi sembrava strana. Forse aveva difficoltà a trovare una collocazione per tutte le immagini diverse che avevamo visto? L'ampio centro di vendita dei diamanti, quegli animali magnifici, i bambini smagriti e senza scarpe e i tetti rattoppati? Forse si domandava come funzionasse questa scala gerarchica. Chi sarebbe dovuto venire prima?

«Ha il diritto di esprimere il suo punto di vista», disse Adam quella notte, uscendo dalla doccia, l'asciugamano avvolto attorno ai fianchi. «Quando intorno c'è tanta povertà, è difficile dare un senso a tutto quell'interesse per gli animali».

«Sono d'accordo, ma dovrebbe capire che i rinoceronti sono un valore da preservare».

«Cosa ne dici di qualche dovere in meno?» Si chinò sopra di me, sul letto, i capelli umidi che mi spazzavano il viso.

Lo spinsi via. «Non fare l'ipocrita. Tu hai basato tutta la tua vita sui doveri».

«E tu no?». Si chinò di più per baciarmi. Scossi la testa, ridendo, e abbandonando il mio proposito di rimanere asciutta. L'aria era calda come un forno.

Però aveva ragione lui: mi facevo guidare dai doveri. Durante la specializzazione quella parola mi rimbombava nella testa come un mantra, muto ma inarrestabile, che accompagnava ogni cosa…

Devo studiare.
Non devo andare al pub, fare tardi la sera, bere, fumare, fare sesso.
Devo arrivare in cima, essere la migliore, vincere premi.
Devo fargli avere buone notizie, farlo sorridere, tenerlo al sicuro.

Avevo studiato, ero stata la migliore, avevo vinto tutti i premi. Vincere era diventato la mia droga. Se i costi sembravano alti, i guadagni lo erano di più, e nella mia testa avevo sempre l'immagine di mio padre, a bordo piscina, che sorrideva. Anche dopo la sua morte, continuava a guardarmi. Anche adesso dovevo farlo sorridere.

Più tardi, mentre allattavo Sam, dalla finestra aperta mi raggiunsero i fruscii di una vita notturna sconosciuta che si svolgeva nel giardino là fuori.

Il cielo era pieno di stelle diverse. Guardai Sam scivolare nel sonno tra le mie braccia. A quest'ora, i rinoceronti si sarebbero incamminati alla ricerca dell'acqua, bevendo nel buio, la madre silenziosamente attenta. Era confortante pensare a quel grande animale che badava al suo piccolo, immobile e tranquillo nella notte.

Capitolo 16

Botswana, marzo 2014

Il ragazzo ferma la macchina all'inizio del viale; la casa è buia, la porta spalancata. Sono entrati altri ladri mentre eravamo via? E cosa importerebbe? Non c'è più nulla da prendere.

Il ragazzo scende dalla macchina e si dilegua. In casa si accende una luce. Kabo è in piedi sulla veranda.

Adam ci si precipita incontro. Alla luce dei fari i capelli sembrano incollati alle ossa del cranio. Ha una macchia di schiuma sulla manica. Sa di sudore e acqua stagnante. Il suo viso contro la mia guancia è bagnato. Scuote la testa, seguendo i miei pensieri. No, Sam non era nello stagno.

Tira fuori Zoe dalla macchina. Alice scivola giù dal sedile e sale di corsa i gradini, entrando in casa. Dalla cucina buia, Teko compare silenziosamente: Alice le va incontro, poi si volta e mi lancia un lungo sguardo vuoto. Forse si sente male.

«Va tutto bene, Ally».

Chiude gli occhi. Sa che sto mentendo.

«Accompagno Adam alla stazione di polizia di Gaborone». Le guance di Kabo sono rigate di lacrime e polvere, i pantaloni impiastricciati di fango sulle ginocchia. Probabilmente si è accovacciato per frugare nei cespugli. Mi circonda le spalle con un braccio. «La polizia ancora non è arrivata, perciò andiamo noi. Viene anche Teko. Deve raccontare quello che ha visto».

«Qualcuno le ha già parlato?». Afferro la mano di Adam, ma lui si stringe nelle spalle: non lo sa. Mi volto verso Kabo. «Ha detto qualcosa?».

Kabo scuote la testa. «È troppo scioccata. La polizia saprà come muoversi».

Le dice qualcosa, ma Teko si limita a fissarlo, immobile. I suoi occhi si spostano un attimo su di me, poi torna a guardare altrove. Vorrei urlarle contro, ma la rabbia lotta con il senso di colpa. Se Teko avrebbe dovuto essere al fianco di Sam, lo stesso avrei dovuto fare io. Sono io la madre, e lei è solo un'estranea.

Gli uomini scompaiono oltre la porta, Kabo mi sfiora il braccio passando. Teko mi scivola accanto e li segue nella notte. Elisabeth esce dalla cucina e conduce le bambine fuori dalla stanza.

Tutto è silenzioso. Il moncone della candela che qualcuno ha acceso sul davanzale languisce in una pozza di cera e poi si spegne.

Poggio una mano sul muro. Ci sono due realtà. Posso passare da una all'altra, accenderle e spegnerle. Accendo: questo è un mercoledì sera qualsiasi, le ragazze sono andate a letto e nella stanza giù in fondo Sam dorme nella sua culla, respirando piano, il piccolo petto che si alza e si abbassa illuminato dalla luna. Spengo: lui non è qui; è fuori nella notte, da qualche parte insieme a degli sconosciuti. Piange perché gli fa male l'orecchio. Non so cosa gli stanno facendo.

Non so proprio come farò a sopravvivere, attimo dopo attimo.

Accendo: lui è qui. Spengo: sto cadendo, precipitando, mi trasformo in tenebra.

Capitolo 17

Botswana, gennaio 2014

L'Africa faceva bene a Adam: il suo eczema era svanito; sembrava addirittura più alto. Una sera, alla finestra, mi sorprese un'insolita confusione. Adam, di ritorno dal lavoro, se ne stava fuori con Kabo, piegato in due dalle risate. Risate di pancia come non ne avevo mai sentite. Sul tavolo della veranda scorsi delle bottiglie di birra. Sulla scrivania alle mie spalle, le sue carte erano ammucchiate disordinatamente, le penne gettate alla rinfusa in una tazza. Qualcosa dentro di lui si era sciolto. Appoggiai la fronte contro il vetro freddo; la vita mi stringeva tra le sue spire con tale forza che riuscivo a malapena a respirare. Dopo l'eccitazione dei primi giorni, il mondo si era ridotto a quella casa buia, le tende sempre tirate per tenere fuori il sole. Il caldo rendeva Sam irritabile, e nell'ufficio in garage la connessione internet s'interrompeva in continuazione. Dormivo male: la casa, quando la notte si raffreddava, sembrava riempirsi di scricchiolii e bisbigli.

Come avevo potuto farmi un'idea così sbagliata? Il paesaggio vasto della mia immaginazione si era ridotto alle dimensioni di una gabbia. Non avevo nessun posto dove andare. Stavo lavorando – due articoli di rassegna erano già pronti – ma per una volta non mi sembrava di vincere. Avevo l'impressione che Adam fosse diretto verso altre mete segrete. Giocavo con le ipotesi: risultati che teneva per sé? Una relazione con un'altra donna? Quando gli avevo domandato apertamente perché fosse così felice, lui aveva riso con quella sua nuova risata fragorosa e mi aveva risposto che era perché avevamo ricominciato a fare sesso. Nei momenti di maggior sensatezza, sapevo che non mi avrebbe mai tradito, che il caldo e l'inedia distorcevano le mie percezioni. Megan mi avrebbe aiutato a recuperare la lucidità, ma lei non era qui. Da sola, non riuscivo ad andare oltre alla convinzione che mi stavo perdendo qualcosa.

Nelle prime ore silenziose di un venerdì mattina, mentre allattavo Sam ancora mezzo addormentata, dalla finestra della stanza sorpresi Adam seduto nella veranda fuori dal soggiorno. La sua immobilità attirò la mia attenzione: le spalle, stagliate contro il cielo, avevano la fermezza di una statua.

Rimisi Sam giù nella culla e uscii dalla stanza, attraversando il corridoio e il soggiorno fino alla veranda. «Adam?».

Nessuna risposta. Mi avvicinai e gli posai una mano sulla spalla. Lui sollevò la sua per coprirmela, scivolando con le dita sotto il polsino della vecchia camicia che indossavo a letto. «Ehi, ciao». La voce era lenta e assonnata. «Perché sei già in piedi? È presto».

«E tu?». Davanti a lui non c'erano né un libro né il portatile, e nemmeno una tazza di caffè.

«Siediti e guarda».

«Dovrei andare. Internet funziona meglio la mattina presto, e Simon oggi viene prima. Vuole fare con Alice la simulazione di un esame di matematica, prima che cominci a fare troppo caldo».

Non mi lasciò andare il polso. Mi sedetti sulla sedia lì accanto; il bordo di plastica irruvidita, bagnato di rugiada, mi graffiò il retro delle cosce.

«Questo è il momento della giornata che preferisco». Indicò il cielo appena illuminato. «La sensazione dello spazio prima che il caldo faccia sembrare tutto più stretto e soffocante. Il profumo della macchia prima che venga bruciato dal sole».

«Sono impressionata dal fatto che tu l'abbia notato. Di solito sei troppo occupato per accorgerti di qualsiasi cosa».

Si strinse nelle spalle, sorridendo. «Qui ho meno da fare».

Cos'era che sembrava così diverso? I capelli erano più lunghi, arricciati fino al colletto del pigiama. La pelle sembrava meno segnata. Forse era solo il modo rilassato in cui sedeva, la schiena lunga abbandonata contro la sedia.

«Prima eri sempre indaffarato, soprattutto quando c'era meno da fare». Nel silenzio, la mia voce sembrava fragile. «Pensa ai fine settimana».

I fine settimana di solito erano quasi peggio dei giorni feriali: Adam smistava le email e le chiamate internazionali. E nei momenti tra l'una e l'altra cosa correva a giocare a squash, al balletto di Zoe, alle lezioni di cinese di Alice.

Lui annuì. Di solito Adam non era mai d'accordo.

«Stare qui mi ha permesso di scendere dalla giostra», rispose. «Qui sono altre le cose che sembrano importanti».

«Cosa, per esempio?». Forse lui era sfuggito alla sua solita routine, ma io, nonostante l'aiuto, mi sentivo in trappola. Le ragazze si stavano ambientando, ma le passeggiate che avevo immaginato non erano mai avvenute: il paesaggio intorno era troppo vasto, troppo brullo, troppo caldo. Loro preferivano seguire Teko piuttosto che me. Così mi lasciavano il tempo per studiare, ma ero gelosa. Pensavo che qui la mia gelosia sarebbe scomparsa, e invece era più forte che mai. Il lavoro di Adam gli permetteva di evadere ed esplorare sotto il cielo di questo Paese. E la consapevolezza di essere un'ingrata non faceva che peggiorare le cose; qui in Africa avrei dovuto godermi la pace e il mondo selvaggio che ci circondavano.

«Ieri ho visto una donna». Adam guardò verso gli alberi della gomma in fondo al prato, ancora avvolti nell'ombra. «Tossiva sangue. Aveva ulcere in bocca e nella vulva. I linfonodi avevano la dimensione di una palla da golf. Stava morendo di AIDS e non c'era niente che potessi fare per aiutarla».

«Le persone muoiono anche in Inghilterra». Sentii montare l'irritazione. «Non avevamo bisogno di venire quaggiù per sentirci impotenti davanti alla morte». Nel reparto di ginecologia del Royal Free, c'erano donne con cancri inoperabili alle ovaie e tumori uterini diffusi. Nemmeno loro sarebbero guarite.

«Non è solo il fatto di morire. È come si muore». Si voltò a guardarmi. «La maggior parte dei miei pazienti non ha l'elettricità. Non possono avere una bibita fresca o lenzuola pulite quando ne hanno bisogno. È come una fornace con il tetto di lamiera, e peggiora la notte, quando il caldo sale dalla terra. Nella stagione delle piogge, il team che si occupa delle cure palliative fatica a raggiungere i villaggi».

«Équipe per le cure palliative?». Mi passò nella testa l'immagine dell'hospice di Barnet, con i suoi corridoi silenziosi e il personale allegro. «E che mi dici delle famiglie?»

«Le persone in fin di vita hanno il diritto di avere una riduzione del dolore e situazioni igieniche dignitose». Adam sembrava arrabbiato. «È difficile riuscirci qui. Ne parlerò alla conferenza sull'AIDS che si terrà a Gaborone tra un paio di mesi». Spinse indietro la sedia e si alzò. Dopo qualche momento parlò di nuovo, in tono più calmo. «Ma, sì, la famiglia è cruciale. Tutti sono coinvolti. Anche senza la malattia, i bambini vengono condivisi. Le madri danno i propri figli alle sorelle che non ne hanno».

«Sembra l'ideale se uno ha intenzione di scaricare un bambino…». Avrebbe dovuto ridere, ma alzò entrambe le sopracciglia, e il momento di silenzio si protrasse. «Sto scherzando, Adam». Di sicuro lo sapeva. «Però, lasciando da parte le emozioni, devi ammettere che ha una certa logica».

«Come puoi lasciare da parte le emozioni? Come pensi che ci si senta a dare via il proprio figlio?».

L'orlo del sole apparve da dietro le colline e le cicale cominciarono a cantare. Si stirò. «Devo vestirmi, Kabo sarà qui a momenti».

Sentii dei passi in soggiorno, poi la porta sul corridoio si chiuse piano. Se era Elisabeth, doveva aver sentito la mia battuta superficiale sul dar via un bambino, ma, correndo a controllare, vidi che era solo Teko, che portava una pila di lenzuola pulite. Anche se mi avesse sentito, non avrebbe capito nulla. Accanto a lei c'era Alice, che barcollava sotto un carico uguale.

«Ti sei alzata presto, Ally. Lascia che ti aiuti». Allungai una mano per prendere le lenzuola.

«No!», gridò Alice, voltandosi e aggrappandosi con forza alle lenzuola. Proseguirono insieme lungo il corridoio, Teko che si chinava su di lei, le teste che quasi si toccavano. Le guardai mentre il piccolo scompiglio si acquietava, ascoltando i rumori degli insetti e degli uccelli che entravano in casa dalle finestre aperte, via via sempre più forti. Alice stava affermando la propria indipendenza, ecco tutto. Sam cominciò a piangere. Mi voltai; stava iniziando un'altra torrida giornata. Più tardi, dal garage, sentii la macchina di Simon che arrivava e gli feci un cenno di saluto dalla porta aperta, mentre la sua figura allampanata si staccava dal sedile del guidatore. Guardò nella mia direzione con un ampio sorriso che gli tagliava in due la faccia, ricambiando il saluto. Simon era un amico di Kabo, laureato in matematica, e si occupava dell'istruzione delle ragazze con uno zelo tale da sembrare un tutor universitario. Anche Zoe stava imparando più di quanto non avrebbe fatto a Londra. Già sapeva contare fino a cento e stava iniziando a risolvere semplici addizioni. Simon fece un piccolo inchino in direzione di Elisabeth, scambiandosi il solenne saluto africano; la voce eccitata di Alice e i gridolini striduli di Zoe risuonavano in sottofondo.

Poi la porta si chiuse e tornò il silenzio, a parte il frinire senza fine delle cicale e il ronzio tranquillo del generatore elettrico.

Taglio ritardato del cordone… aumento del volume di sangue… diminuzione dell'anemia. Alzai lo sguardo dall'articolo che avevo davanti per guardare al di là delle porte aperte verso il prato marrone e le colline in lontananza. I risultati di questa ricerca avrebbero potuto essere utili qui: le unità di cura speciale per i neonati dovevano essere poche e poco diffuse. Sembrava un modo semplice per aiutare i nuovi nati a crescere bene. Passai un'ora a stilare la traccia per un altro esperimento, la allegai a un'email per Francesca e premetti invio. Non accadde nulla. Provai ancora una volta. Un piccolo suono mi avvisava che l'invio era fallito di nuovo. La connessione internet era caduta. Avevo perso il conto delle volte che era successo.

Adesso il caldo stava raggiungendo l'interno delle mura di pietra del garage. Uscii fuori e mi avviai alla finestra della casa. Sulla punta dei piedi, attraverso i vetri potevo vedere Simon e Alice, seduti al tavolo uno accanto all'altra. Alice stava scrivendo, Simon indicava la pagina, parlava e sorrideva. Zoe era sdraiata sul pavimento, assorta a impilare mattoncini. Sam era sul tappeto accanto a lei, guardandola da vicino, e Teko, lì accanto, stirava, la testa inclinata verso le ragazze. Non avevano bisogno di me. Tornai indietro, incerta su cosa fare. Feci velocemente il giro della casa, presi un cappello dall'armadio e mi affrettai giù per il viale, verso il cancello.

Una volta fuori dalla nostra proprietà, il senso di distanza svanì e mi ritrovai in un mondo vicino, fatto di grigio e di verde e dell'odore pungente della polvere e degli animali. Il silenzio si dissolse nel ronzio degli insetti e nel belato delle capre. Mi avviai per il sentiero sconnesso, godendomi l'aria sulla pelle. Del filo spinato luccicava dietro a una macchia di cespugli e oltre sorgeva un gruppo di capanne dal tetto di paglia, incorniciate dal verde, come una versione da libro illustrato di un villaggio di campagna dell'Inghilterra medievale in primavera. Mi avvicinai, i piedi che scricchiolavano sull'erba. Da vicino, si vedevano i buchi sui tetti e un cumulo di macchinari fuori uso; le capre belavano dall'interno di un recinto improvvisato. Una donna spazzava a terra, le braccia muscolose istoriate di vene. Un ragazzino appoggiato alla porta giocava con un cucciolo al guinzaglio. Nel piccolo cortile, la pace sembrava andare allo stesso ritmo della scopa.

Adesso il caldo era violento. Tornai indietro lungo il sentiero, e in un attimo i tetti svanirono dalla vista.

Quando arrivai a casa, la macchina di Simon non c'era più. Le bambine erano sotto gli alberi con Teko, in mezzo al prato, la sdraietta di Sam al riparo dell'ombra. Josiah stava scavando e Zoe era accovacciata ai suoi piedi, accanto a una scatola di scarpe. Alice e Teko sedevano sulla stuoia e da qui sembrava stessero ridendo. Affrettai il passo per raggiungerle.

Zoe mi corse incontro. «Io e Josiah abbiamo trovato una rana e una lucertolina», disse. «Vieni a vedere».

Quando mi avvicinai, Teko scattò in piedi. «Va tutto bene, Teko, puoi restare», la tranquillizzai, ma lei scivolò via. Alice si alzò, prese la mano di Teko e si allontanarono insieme verso casa. Sam si svegliò e cominciò a piangere. Prima che potessi raggiungerlo, Josiah accorse e s'inginocchiò con movimenti legnosi, intonando una nenia con voce vibrante. Sam smise di piangere e fissò l'anziano viso chino su di lui. Quando mi avvicinai, Josiah si tirò su e si toccò il cappello. Lo ringraziai con un sorriso e, tenendo in braccio Sam, seguii Zoe fino alla scatola. Tesa per l'eccitazione, lei sollevò il coperchio. Dentro, una piccola rana palpitava sotto un mucchietto d'erba. La lucertola era in un angolo, per metà arrampicata sul lato, le zampette allargate, immobile. Mi congratulai con Zoe, anche se stavo pensando ad Alice. Sembrava così vicina a Teko, mentre io e lei era come se ci guardassimo da lontano, separate da una barriera invisibile.

Quando Kabo accompagnò Adam a casa, quella sera, gli raccontai dei miei problemi con la connessione internet.

«Proverò a chiamare un tecnico, ma potrebbero volerci settimane», mi avvisò.

«Non posso aspettare così a lungo». Gli porsi una tazza di tè. «Diventerò matta».

Fuori dalla finestra, potevo scorgere Zoe con Josiah e Adam sotto gli alberi della gomma, circondati da un rotolo di rete metallica e pezzi di legno. Attraverso il giardino, giungeva il suono del martello. Alice era in piedi accanto a Teko, che stava cullando Sam.

«Avevi proprio ragione su Teko. È stata una benedizione», dissi a Kabo. «Ma ho più tempo libero di quanto pensassi; ci deve pur esser qualcosa di utile che potrei fare per qualche ora al giorno. Mi piacerebbe poter aiutare».

«C'è il centro medico di Kubung». Kabo sorseggiava pensieroso il suo tè. «Non è grande, ma spesso hanno carenza di personale. Chiederò».

Quando l'accompagnai alla macchina, il sole aveva abbandonato il giardino e le bambine erano rientrate in casa. Sottili nuvole rosse si distendevano nel cielo, che si andava scurendo. Ma Kabo guardava tra le ombre sotto gli alberi. «Cosa avete deciso poi per quei cani?», chiese, aprendo la portiera. «Avevate detto che ci avreste pensato…».

«Ne abbiamo già uno, non te l'ho detto?». Indicai il retro della casa. «È di Josiah». Non gli dissi che era vecchio e passava tutto il giorno a dormire. Sarebbe comunque stato in grado di abbaiare se avesse visto qualcuno, e Elisabeth e Josiah erano sempre lì intorno.

Al momento di andare a dormire, Zoe cascava dal sonno. Spostai l'ippopotamo di Megan per baciarle il viso.

Alice era appoggiata a un gomito e leggeva un'enciclopedia sulla fauna selvatica, aperta alla pagina che ritraeva un rinoceronte. «Teko dice che sono molto pericolosi», dichiarò. «Dice che sarebbe felice se morissero tutti».

Non era possibile che Teko avesse detto qualcosa del genere. Sorrisi, anche se mi sentivo il cuore sprofondare. Mi passò davanti agli occhi l'immagine delle bambole rotte e della scatola con gli oggetti rubati. Perché Alice aveva ancora questo bisogno di mentire? «Sono pericolosi solo quando sono spaventati, Ally». La baciai. «Come tutti, immagino».

«Perché Alice ha sentito il bisogno di dirmi che Teko le ha parlato?». Eravamo in soggiorno, qualche ora più tardi; le lampade a paraffina erano accese, ma la stanza era densa di ombre. «Stasera non ho voluto discuterne, ma è chiaro che mentiva».

«Forse parlano in tswana». Adam stava guardando fuori dalla finestra. Le tenebre sembravano più spesse del solito; cumoli di nuvole si ammassavano da giorni. Tutti speravano che arrivasse la pioggia. «E poi che importanza ha? In qualche modo comunicano, e lei ha trovato un'amica».

«Dovrebbe capire che quando mente ce ne accorgiamo». Mi lasciai cadere sul divano. «Così saprebbe quando fermarsi».

«È una bambina sveglia». Mi guardò. «Ne verrà fuori da sola». Tornò a voltarsi verso la finestra. «Ricordi l'alone arancione creato dal traffico e dalla luce dei lampioni, a casa? Mi piace la pura vuotezza del buio, qui. Sapere che non c'è nessun altro per chilometri e chilometri».

Si chinò in avanti, osservando attentamente attraverso i vetri. Non gli dissi che mi mancava quell'alone arancione. Mi mancavano la gente, le strade; addirittura il traffico. Quando la notte mi svegliavo per allattare Sam, l'oscurità non mi sembrava vuota, ma carica di minacce senza nome. La mattina, quando il sole spuntava, inondando il mondo di luce e calore, quei pensieri sembravano infantili persino a me stessa.

Il giorno dopo, la connessione internet era ancora assente. Scorsi i miei contatti sul telefono, alla ricerca del numero di Francesca, e mi imbattei in quello di Claire Stukker. Si era comportata in modo amichevole. Mi aveva detto di tenerci in contatto. Forse anche lei a volte si sentiva sola. Magari avrei potuto raggiungerla in macchina e pranzare insieme. Forse avrebbe potuto segnalarmi qualche lavoro.

Ciao, spero tu stia bene. Noi ci stiamo sistemando. Le mie dita esitarono sui tasti. *Sto cercando un lavoro! Forse puoi consigliarmi qualcosa? Sarebbe bello incontrarci. Emma.*

La sua risposta arrivò subito: *Terrò gli occhi aperti. Buona fortuna!*

Lo rilessi più volte, cercando di trovarci di più di quel che diceva; almeno aveva risposto. Misi giù il telefono e mi avviai alla porta, guardando in alto verso il cielo. Con tutti quei bambini, doveva farsi in quattro. Le nuvole erano più grandi del solito, pesanti e striate di grigio. Forse sentivo semplicemente la mancanza di Megan. Ci scrivevamo email e messaggi, ma non era la stessa cosa. Tornai al tavolo, tirai fuori la mia scatola di carte e mi sedetti a leggere, felice di aver avuto l'accortezza di stamparle.

Il giorno seguente ricevetti la telefonata di Kabo. Nell'ambulatorio di Kubung avevano bisogno di personale: un'infermiera era andata in congedo di maternità. Avevo tutti i documenti in regola per lavorare?

Trovai il certificato che mi serviva tutto spiegazzato insieme ad altre carte in una scatola sotto il tavolo in garage. Mentre lo appianavo, ebbi la sensazione che, se mi fossi voltata abbastanza in fretta, avrei visto mio padre in piedi nell'ombra che mi sorrideva.

Capitolo 18

Botswana, febbraio 2014

Le porte del garage erano spalancate. Da lì riuscivo a vedere Josiah che lavorava accanto alla carrozzina, cantando con la sua voce roca. Il cane era sdraiato vicino, il muso brizzolato accomodato sulle zampe. Di quando in quando Josiah metteva giù la zappa e spingeva la carrozzina avanti e indietro un paio di volte, annuendo. Riuscivo a sentire i versetti di risposta anche a diversi metri di distanza.

Alice era sdraiata sulla pancia su una stuoia, circondata da libri. Ogni mattina, quando arrivava Simon, gli metteva i suoi compiti nelle mani, arrossendo di piacere quando lui si complimentava.

Avevo notato come gli si sedesse vicina e come lo seguisse fino alla macchina. Se aveva una piccola cotta per lui non c'era nulla di male, faceva parte della crescita.

Zoe stava correndo lì attorno con dei barattoli di marmellata, a caccia di cicale per i rettili del suo zoo. Gli occhi mi corsero automaticamente ai piedi delle ragazze: non avevo dimenticato l'avvertimento di Claire a proposito dei serpenti, ma finora non ne avevamo visti.

Le piogge erano finalmente arrivate, e il giardino sbrilluccicava, il profumo dell'erba che mi ricordava l'Inghilterra, anche se a casa la pioggia sarebbe stata diversa: una pioggerellina fredda che cadeva da un cielo scuro; ci sarebbero stati prati fangosi e rami spogli.

Da: drjordan32@gmail.com
A: meganhoward@gmail.com

Ciao,
la connessione internet funziona. Finalmente!
Come sta Andrew? E il lavoro? È più semplice o più complicato senza mio marito?
Qui le cose sono migliorate. Sto lavorando. Brava Megan, tu lo sapevi. Sto sostituendo un'infermiera in maternità, a Kubung, part-time. L'infermiera a tempo pieno, Esther, mi dice cosa fare e io eseguo. La maggior parte sono casi semplici: bambini con diarrea o infezioni alle vie respiratorie…

Dovevo dirle di Baruti? Sarebbe stata capace di mettere la storia di Esther in una sorta di prospettiva? Baruti era venuto in ambulatorio con un'infezione alle vie respiratorie. La madre aveva portato anche il gemello, Ibo; avevano sei anni e una brutta tosse secca. Gli avevo prescritto degli antibiotici e gli avevo detto di tornare per un controllo, ma la madre si era ripresentata solo con Ibo e si era rifiutata di parlare di Baruti. Più tardi, ero andata a cercare Esther, che stava ordinando la scatola delle fasciature durante la sua pausa pranzo. «La signora Munthe non ha riportato Baruti con Ibo. Non vuole parlarne».

«Perché non sa dove si trovi», aveva sussurrato lei guardandosi intorno. «Un vicino due settimane fa gli ha chiesto di aiutarlo a cercare degli asini, e non è più tornato».

In Inghilterra, un bambino scomparso da due settimane avrebbe di certo suscitato clamore, ma non ne avevo sentito dire nulla. «Che dice la polizia?»

«Non serve a niente domandarglielo. Siamo sotto elezioni».

«E che c'entrano le elezioni con la scomparsa di un bambino?»

«Li prendono dalla macchia», mormorò, lanciando uno sguardo preoccupato alla porta. «Sai… per la medicina».

«Di che diamine stai parlando?».

Mise giù le bende, si alzò e chiuse la porta. Poi chiuse anche la finestra. «Potere», disse piano, tornando a sedersi. «Politici e uomini d'affari comprano la medicina per il potere. La polizia non fa niente. Hanno paura dei *boloi*. Tutti ne hanno».

«*Boloi?*»

«Medici stregoni, la peggiore specie». Avvicinò la sedia alla mia e la voce si trasformò in un bisbiglio: «Per fare la medicina utilizzano parti del corpo dei bambini. Palpebre, mani, testicoli. Braccia e gambe». Le parole uscivano con un'urgenza compressa, come acqua da una diga rotta. «Le urla rendono la medicina più forte. Portano il bambino nella macchia e poi cominciano a tagliare. Devono essere in uno spazio aperto, altrimenti la magia non funziona bene. Poi…».

Mi alzai così in fretta che la sedia si rovesciò a terra. Esther straparlava: non poteva dire sul serio; non poteva essere vero. Barbarie di questo tipo avvenivano solo in guerra, non deliberatamente, per soldi. Doveva essere una specie di fiaba, come *Cappuccetto rosso* o *Hänsel e Gretel*. Il contenuto delle fiabe è irrilevante. Lo sanno tutti. Il messaggio vero, qui, era l'importanza dei bambini o, forse, il potere della fede.

Esther lasciò la stanza. Tirai su la sedia, l'attività ambulatoriale ricominciò e non ne parlammo più. Non avrei coinvolto Megan in questa storia. Sarebbe stato inutile. E avrei potuto riportare a galla i ricordi oscuri del suo passato.

I bambini stanno bene. Sam sta mettendo su peso. Faresti fatica a riconoscerlo. Sorride sempre...

Il suo visetto sembrava sciogliersi ogni volta che mi vedeva. Passavo tutto il giorno a pensare a quel sorriso, e mi precipitavo a casa per ritrovarlo, recuperando il tempo perso. Quella voglia continuava a non piacermi, ma non s'intrometteva più tra di noi. Quando guardavo Sam, adesso lo vedevo per quello che era.

Le ragazze vivono all'aperto. Zoe è nel suo elemento. Le piace tutto. Alice

Mentre scrivevo, Teko era uscita e adesso era sulla stuoia con Alice. Aveva portato con lei una piccola busta di baccelli secchi e li stavano infilando su un laccio per fare una collana.

Alice è più felice.

Era vero? Seguiva Teko ovunque andasse e viveva per le sue lezioni con Simon. Aiutava Zoe con lo zoo. La guardai sorridere a Teko mentre sollevava la collana in costruzione. Scrissi in fretta:

Molto più felice, sta imparando il tswana...

Si vergognava di provare davanti a noi, ma parlava con Teko, bisbigliando per non farci sentire.

Adam non lo riconosceresti. È quasi normale. La sua scrivania è un caos!

Proprio allora, la jeep di Kabo risalì lungo il viale. Stava per cominciare la parte migliore della giornata.

Tirando le somme, questo si è trasformato in un ottimo anno di pausa.
Saluta Andrew, ti abbracciamo tutti,
Emma

Adam e Kabo entrarono nel giardino. Cominciò il rituale serale: coprendosi gli occhi, Adam cominciò a contare alla rovescia da dieci, lentamente e a voce alta. Zoe strillò e corse a nascondersi sotto la massa di buganvillea rossa che circondava la nostra finestra. Alice scivolò dietro a un albero.

«...tre... due... uno. Che siate pronte o no, arrivo». Adam lanciò la giacca sull'erba, prese Sam dalle braccia di Teko e, tenendoselo stretto al petto, avanzò teatralmente attraverso il giardino, chinandosi per guardare dietro a ogni cespuglio.

Elisabeth uscì di casa con delle bottiglie di birra in equilibrio su un vassoio. «Unisciti a noi, Elisabeth». Le presi il vassoio dalle mani. «Prendi una birra».

Lei scosse la testa e corse di nuovo dentro casa. Un odore caldo di pollo al curry si diffondeva nel giardino. Kabo si scolò la sua bottiglia e si unì con immenso piacere alla caccia, ringhiando forte ogni volta che si avvicinava a un albero.

Le bambine furono stanate dai loro nascondigli e corsero strillando in mezzo al prato. Presi Sam dalle braccia di Adam ed entrai per riempire d'acqua il lavandino del bagno. Ormai Sam era quasi troppo grande per entrarci, e rideva con la sua risata gorgogliante mentre gli strofinavo il pancino, aggrappandosi ai miei capelli con le piccole dita insaponate. Dopo aver mangiato si addormentò quasi subito, ma io camminai ancora un po' avanti e indietro per la stanza, tenendomelo stretto al petto.

Kabo rimase per la cena; la moglie aveva dovuto portare sua madre dal medico; l'attesa sarebbe stata lunga e sarebbero tornate tardi.

«Dov'è lo studio medico?». Sembravano essercene così pochi in Botswana.

Lui si mosse a disagio sulla sedia. «Niente studio medico, solo una piccola capanna. È un medico tradizionale, erbe, radici e via dicendo. La maggior parte delle persone, in caso di necessità, si rivolge a loro». Si sistemò gli occhiali sul naso. «Se mi viene mal di stomaco, ci vado anch'io. Funziona sempre. Mia moglie c'è andata la settimana scorsa per una fattura. È preoccupata che i vicini possano essere gelosi di noi per via del mio lavoro, e vuole che siamo protetti».

Kabo, uno scienziato laureato, che crede nelle fatture? Lui mi fece cenno di sì con la testa, come se avesse letto nei miei pensieri e fosse d'accordo che si trattava di un paradosso.

«E come s'inseriscono in tutto questo i medici-stregoni?». Parlai a voce bassa per precauzione, ma le bambine si erano già spostate sul divano e ascoltavano Adam parlare di gufi; stava dando una dimostrazione del loro volo in picchiata con quello di lana di Alice.

«C'è una vasta gamma di medici, qui», rispose Kabo. «*Ngaka ya setso*, i guaritori buoni da una parte. Dall'altra, i *boloi*». Abbassò la voce. «Sono quelli che praticano terribili magie…».

A quella parola familiare, Zoe si era voltata.

«Kabo mi sta raccontando una favola». Mi alzai. «Allora, piccole, come facciamo a trovare qualche gufo a papà?».

Più tardi, giocammo a monopoli in veranda; le rondini si rincorrevano sopra le nostre teste, volando tanto basse che Alice si accovacciò e Adam rise. Kabo sorrise mentre raccoglieva i frutti della sua vittoria; stava diventando davvero bravo in questo gioco. Era difficile ricordare la vita stressante di Londra, adesso, le sere sempre di corsa e la stanchezza a fine giornata. Finalmente vivevamo la vita che avevo immaginato.

Lentamente, le ombre si arrampicarono lungo il prato e le zanzare cominciarono a pungere. Mettemmo via il gioco, prendemmo i nostri bicchieri, e guidando le bambine davanti a noi entrammo e chiudemmo la porta.

Capitolo 19

Botswana, marzo 2014

Adam si era alzato presto e stava piegando i vestiti per infilarli in valigia, pronto a partire per la conferenza su l'AIDS che si sarebbe tenuta a Gaborone. Sarebbe stato via un paio di giorni.

Dalla finestra entrava il canto degli uccelli. Sam, nella sua culla lì accanto, tirava su col naso. Abbandonai la mano, il palmo aperto, in una chiazza di sole: controluce, la punta delle dita sembrava traslucida, come se la luce vi fosse intrappolata dentro. Mi sporsi dal letto per accarezzare i capelli di Sam, ora più forti e radunati in morbide ciocche. Avevo sempre pensato che la felicità appartenesse solo ai bambini, o agli stupidi, che non avesse senso lottare per raggiungere qualcosa di così illusorio; o ero cambiata io, oppure qualcosa mi aveva fatto cambiare. Ora la trama setosa della felicità sembrava proprio a portata di mano.

Teko aspettava in cucina. Negli ultimi tempi mi ero affezionata molto a lei. Aveva imparato a malapena qualche parola d'inglese, ma non m'importava: sembrava sapere quello che volevo prima ancora che glielo chiedessi. Spesso l'avevo invitata a unirsi a noi per i pasti, ma lei rifiutava sempre, e sembrava felice di tenersi al margine delle cose, limitandosi a osservare. Forse la vita le aveva insegnato a stare all'erta.

Sollevò Sam tra le braccia e chinò il viso sul suo. Tra loro si era creato un legame, e importava solo questo.

Sul pavimento in legno, risuonavano attutiti i passi delle scarpe da ginnastica di Elisabeth, che andava avanti e indietro spazzando il soggiorno.

L'espressione del mio viso non sfuggì a Adam. «Qual è il problema?»

«Solo… mi sento in colpa. Elisabeth si occupa di tutto».

Lui prese la caraffa, riempì due tazze di caffè e me ne passò una. Il fumo disegnava una spirale nell'aria della mattina. «Però sembra contenta. Fa quello per cui è pagata». Prese un sorso di caffè, seguendo con lo sguardo uno storno splendido maggiore che camminava ondeggiando sul prato. «Non ha nessun bisogno dei tuoi sensi di colpa».

Ma come potevo non sentirmi in colpa? Starmene seduta lì, mentre Elisabeth si dava da fare, sembrava così sbagliato, anche se quando le offrivo il mio aiuto lei scuoteva la testa e distoglieva lo sguardo, come se la cosa la imbarazzasse. Il senso di colpa si aggravava sul lavoro. La maggior parte delle malattie con cui avevo a che fare era causata dalla povertà, ma alla fine della giornata io me ne ritornavo nell'opulenza. E guidavo verso casa chiedendomi se stessi davvero aiutando i pazienti che visitavo, o se non stessi piuttosto aiutando me stessa a coltivare un'illusione; dalla mia conversazione con Kabo, ormai mi era chiaro che anche la maggior parte dei miei pazienti, in caso di bisogno, preferiva rivolgersi ai medici tradizionali.

Stranamente, con Josiah non avevo nessuno di questi problemi. Dopo il lavoro, mi sdraiavo sull'amaca sotto agli alberi della gomma, con Sam che combatteva col suo singhiozzo, contorcendosi sulla mia pancia. Vicino a noi, Josiah lavorava, lo sguardo posato su Sam, il cappello malandato tirato sulle orecchie, il cane fedele lì da qualche parte, non troppo lontano. Guardavo il movimento armonioso della zappa che colpiva il terreno e non provavo nessun senso di colpa.

Come evocato dai miei pensieri, Josiah attraversò la veranda e fece un piccolo cenno di saluto alle bambine.

«Il suo cane non c'è», annunciò Zoe sorpresa, sporgendosi dalla balaustra, i piedi staccati da terra. Aveva ragione: per una volta, non c'era nessun animale che trotterellava alle sue calcagna. Guardai il vecchio avvicinarsi piano al suo capanno, con un sacchettino di *biltong* appeso alla cintura. L'avevo visto dividere le strisce di carne con il cane: non doveva essere troppo lontano.

«Starà dormendo, immagino, Zoe. Metti giù i piedi, tesoro, o finirai per cadere».

«È una bestia rivoltante. Spero che se ne sia andato e non torni mai più», borbottò Alice.

Adam mise giù il giornale che stava leggendo e la guardò. Credo che si accorse dei cerchi neri che aveva attorno agli occhi nello stesso momento in cui me ne accorsi io. «Hai bisogno di un ventilatore per la notte, tesoro? Hai la faccia di una che non ha dormito bene».

Lei lo fissò. «Sei stato tu che mi hai tenuta sveglia, andandotene in giro e sbattendo contro le cose».

«Io?». Adam spinse indietro la sedia. «Mi dispiace, Ally».

«Tu ansimavi dietro alla mia porta. Ti ho sentito bisbigliare».

«Scusa». La baciò sulla testa. «Non mi ricordo. Forse mi sono alzato per bere, o magari camminavo nel sonno». Le fece l'occhiolino, ma lei gli voltò le spalle.

«Perché dici che è rivoltante?». Gli occhi di Zoe si riempirono di lacrime. «A me piace, e voglio che torni».

Alice scrollò le spalle, scese dalla sedia e se ne andò senza rispondere.

«Ti sta solo prendendo in giro». Asciugai gli occhi di Zoe, augurandomi che Alice non volesse esercitare il suo potere sulla sorella; era così facile ridurre in lacrime Zoe. «Chiederò a Elisabeth. Di sicuro lei sa cos'è successo».

Finita la colazione, arrivò Kabo. Mentre aspettava che Adam prendesse le sue cose, appoggiato alla porta, ascoltava la radio. Elezioni locali, commercio di diamanti, pianificazione delle nuove reti stradali. «Non sarebbe male, se solo fosse vero», commentò in tono rassegnato. «Le strade sono messe peggio che mai».

Si lamentava, ma sempre in modo affabile. Era difficile immaginare Kabo dispiaciuto per qualcosa. La sua gentilezza era equiparata alla sua mole. Con lui, anche Alice riusciva a rilassarsi. Metteva alla prova il suo tswana e rideva quando lui la prendeva in giro per l'accento.

Gli uomini si allontanarono, la testa di Kabo china verso quella di Adam, mentre camminavano studiando la documentazione sui risultati della ricerca per la loro presentazione. Quando raggiunsero la macchina, Adam si voltò per salutare le ragazze, a cavalcioni sulla ringhiera della veranda. Zoe rispose al saluto agitando entrambe le mani. Alice fece un cenno con la testa. Saltarono giù, Alice precipitandosi di corsa verso lo zoo, Zoe seguendola piano, fermandosi di tanto in tanto mentre andava, per ispezionare il terreno.

In cucina trovai Elisabeth con le mani immerse nell'acqua insaponata. Posai il vassoio con le cose della colazione accanto al lavandino. «Non abbiamo visto il cane di Josiah con lui». Cominciai a togliere ciotole e tazze. «Zoe si è preoccupata. Sai dove può essere?»

«A volte se ne va in giro nella macchia», disse Elisabeth. Scosse la testa, e nei suoi occhi passò una traccia di bonaria esasperazione. «Non sappiamo mai dove vada, ma quando ha fame torna sempre».

Quella mattina Simon arrivò prima del solito. In genere, le mattine in cui lavoravo uscivo prima che lui arrivasse. Mi offrii di andare a chiamare le ragazze, ma scosse la testa. «Sono venuto prima apposta per incontrarla», disse.

Sedetti con lui in soggiorno, consapevole del tempo che scorreva. Dietro alle lenti spesse, i suoi occhi avevano un'espressione ansiosa. Si schiarì la gola. «Alice ha già finito il programma di matematica, e Zoe sa già fare le addizioni».

Guardai la sua laringe fare su e giù mentre deglutiva; si tirò le dita fino a far scrocchiare le nocche. «Stanno facendo bene. Te ne siamo grati, Simon…».

«Devo darvi una notizia», disse lui in fretta. «Mia moglie ha appena saputo di essere in lizza per un nuovo lavoro molto distante da qui. Abbiamo un bambino di soli sei mesi…».

«Capisco». Il cuore mi sprofondò.

«Vi troverò un sostituto. C'è un collega che sta cercando un lavoro extra ed è laureato in biologia. Potrei chiedere a lui».

«Quando partirai?»

«Domani sarà il mio ultimo giorno. L'abbiamo saputo solo la sera scorsa, e lei ha bisogno di prepararsi».

«Le ragazze si trovavano bene con te, soprattutto Alice», dissi. Una patina di sudore gli faceva luccicare la fronte: era già abbastanza a disagio. «Ma congratulazioni, naturalmente. Tua moglie sarà eccitata».

«Lo è». Le sue mani si rilassarono. «È candidata alle elezioni come segretaria della commissione per lo sviluppo del villaggio, a Serule. È importante per lei, il primo gradino nella scala di una carriera politica».

Proprio allora, Alice spalancò la porta, il viso illuminato. Subito dietro, ecco Zoe. Lo salutai. Zoe non ne avrebbe sofferto, ma ero terrorizzata al pensiero di dover dare la notizia ad Alice.

Passando in auto nei sobborghi di Kubung, scorsi in un cortile una donna anziana che passeggiava, due bimbetti che trotterellavano nella sua scia: orfani dell'AIDS. Come potevo preoccuparmi per la partenza di Simon? Era solo un piccolo contrattempo nella vita delle bambine. Qui c'erano così tante famiglie spezzate.

La prima paziente dell'ambulatorio prenatale fu Mmapula, il bel viso distorto dal dolore; visitandola, riscontrai che era a inizio travaglio e il bambino si presentava podalico. Quando Esther le tradusse la mia proposta di condurla immediatamente all'unità operativa di Thamaga, lei scosse la testa: il suo fidanzato aveva una macchina, l'avrebbe chiamato subito. Scomparve in un lampo. Due ore dopo, quando chiamai l'unità per controllare, mi dissero che non era arrivata. Guardando il viso preoccupato di Esther, misi insieme una borsa per il parto: forcipe, guanti, siringhe, aghi e anestetico. Ci precipitammo insieme giù per le scale, mentre Esther, ansimante, indicava la direzione da seguire.

La capanna in cemento era mezza nascosta dietro a un albero spinoso. Mentre attraversavamo il cortile correndo, con le galline che ci fuggivano in mezzo alle gambe, riuscivo a sentire i lamenti provenire dalla porta. Appena dentro c'era Mmapula, sdraiata su un materasso. Il viso era bagnato di sudore; si contorceva, in preda agli spasmi. Guardandoci con occhi resi folli dal dolore, balbettò qualche parola. Esther, traducendo, scuoteva la testa con rabbia: il fidanzato era ubriaco, addormentato nella sua capanna. Conosceva quell'uomo. Era sempre ubriaco.

Chiedemmo a Mmapula il permesso di visitarla. Anche senza torcia, riuscivo a vedere le piccole natiche del bambino. Esther controllò il battito con uno stetoscopio di Pinar; era lento, non c'era tempo per trasferirla. Strinse la mano di Mmapula, mentre io aprivo la borsa e tiravo fuori i guanti. Lavai la vagina con un sapone disinfettante e le iniettai l'anestetico locale. Tagliai in fretta, poi rilasciai il forcipe e tirai, sudando, al ritmo delle contrazioni. Passarono secondi di tensione. All'improvviso, il minuscolo busto di un maschietto scivolò fuori, mentre spalle e testa rimanevano incastrate. Allentai il cordone intorno al collo, riposizionai il forcipe e tirai. Al terzo tentativo, la testa si liberò. Un minuscolo bambino coperto di sangue mi giaceva tra le braccia, blu e immobile.

Sentii Mmapula chiedere qualcosa e Esther mormorare qualcosa in risposta; sollevai il bimbo muto con una mano, col pollice sul petto, e cercai l'aspiratore, scansandomi i capelli dagli occhi con il braccio. All'improvviso, inaspettatamente, il piccolo petto si sollevò e il familiare vagito da gattino riempì la capanna. Sotto shock, sollevata e con gli occhi che mi bruciavano, deposi il piccolo sulla pancia di Mmapula. Lei mosse una mano per posarla sulla piccola schiena, e chiuse gli occhi.

Quando il cordone smise di pulsare, lo legai e procedetti a tagliarlo, felice che quel minuscolo bambino potesse trarre vantaggio dagli ultimi risultati della ricerca; Esther si occupò dell'espulsione della placenta e poi aiutammo Mmapula ad attraversare barcollando la stanza fino al letto e le demmo il suo bambino avvolto nelle fasce. Mentre Esther teneva la torcia, io mi occupai di richiudere l'episiotomia. Non avevo più anestetico locale da somministrarle, ma Mmapula era completamente immobile e fissava il piccolo esserino tra le sue braccia.

Esther se ne andò, diretta all'ambulatorio per la tubercolosi dell'ora di pranzo. Io rimasi per tenere sotto controllo la pressione del sangue. Mmapula e il figlio dormivano. La stanza era buia e tranquilla; nel mio ospedale la sala travaglio aveva luci forti, macchinari che ronzavano, avvisi sonori, bisturi. Mascherine. Non conoscevo i nomi dei genitori. Si fidavano delle mie capacità professionali, non di me: non mi conoscevano. Qui, mantenere quella distinzione sembrava impossibile. Il bambino miagolò. Mi chinai per controllargli il polso. Le piccole dita si serrano attorno alle mie, stringendo forte.

La capanna cominciò a riempirsi di vicini, qualcuno tirò fuori un barattolo di sorgo caldo, tazze di tè, birra allo zenzero. Quando Esther tornò, Mmapula stava ancora dormendo e io me ne andai trafelata, diretta all'ambulatorio del pomeriggio.

Mentre guidavo verso casa, cominciò a piovere; la donna anziana che avevo visto quella mattina con i bambini era scomparsa. Il villaggio sembrava un luogo diverso, più fosco. La cenere sotto le pentole per cucinare era annerita dall'acqua. Non si vedevano famiglie sedute al sole o bambini giocare nella polvere.

Senza Adam, sembrava tutto più tranquillo. Riuscivo a notare più cose. Alice seguiva Teko ovunque andasse, aiutandola a occuparsi di Sam. Bisbigliavano continuamente tra loro; non riuscivo a sentire cosa si dicessero, ma non avrei capito comunque. Era ora che imparassi lo tswana, al lavoro mi sarebbe tornato utile. Quando, al momento di metterlo a dormire, presi Sam dalle braccia di Alice, il suo scatto di rabbia mi sorprese. «Perché lo metti via?»

«Non lo metto da nessuna parte, Ally. È l'ora della ninna. Ha bisogno di una sua routine».

«Sei tu che ne hai bisogno, è questa la verità», disse lei, quasi gridando. «Lo so che non lo vuoi nella nostra famiglia».

Cosa l'aveva fatta scattare così? Cercai di abbracciarla, ma lei mi respinse. Mentre allattavo Sam nella sua culla, quelle parole mi riecheggiavano nella testa. In parte aveva ragione – avevo bisogno di una routine –, ma aveva anche torto. Anche se non l'avevo mostrato da subito, amavo moltissimo Sam. Accarezzai delicatamente la sua voglia. Mentre scivolava nel sonno, guardai distrattamente i muri bianchi, notando le ditate nere accanto alla porta a vetri. Le bambine dovevano fare più attenzione: non era veramente casa nostra, eravamo solo in affitto. Girai la chiave nella toppa e la riposi in un cassetto, poi misi giù Sam e andai a cercare le ragazze nella loro stanza.

«Ally, Zoe, ricordatevi di lavarvi le mani quando entrate dal giardino. Vicino alla porta a vetri in camera nostra ci sono impronte su tutto il muro. Ora l'ho chiusa, le chiavi sono nel cassetto del comodino, in caso di emergenza».

«Che emergenza?», chiese Zoe, saltando giù dal letto. «Potrebbero venire i leoni, o gli elefanti?». L'eccitazione le vibrava nella voce.

«Incendio, stupida», borbottò Alice.

Zoe sembrava mortificata e le lacrime le sgorgarono dagli occhi.

«Elisabeth dice che il cane se n'è andato un po' in giro in cerca di avventure», le dissi in fretta. «Tornerà presto, vedrai».

Per l'ora di cena, Zoe si era ripresa, e mentre sedevamo tutte insieme davanti alla zucca stufata di Elisabeth, dissi a entrambe che Simon sarebbe partito perché la sua famiglia doveva trasferirsi. Mentre parlavo guardavo Alice, ma la sua reazione mi colse comunque impreparata. Spinse via il piatto, che urtò contro un bicchiere con dei fiori di buganvillea. «È tutta colpa tua!», gridò, e poi corse in camera sua, chiudendosi dentro a chiave. Si rifiutò di aprire e andò a finire che Zoe dovette dormire nel nostro letto.

«Perché Ally è così arrabbiata?», mormorò mentre le rimboccavo le coperte.

«È triste per la partenza di Simon», mormorai in risposta. «Le piaceva». Era più di questo. Per la prima volta, un insegnante era stato capace di considerarla per quella che era, l'aveva presa sul serio. Avevo trascurato un aspetto importante? Tutta concentrata a cercare di comprendere le sue emozioni, avevo dimenticato di tenere in considerazione l'aspetto mentale? Ma ero sicura che molto avesse a che vedere con le emozioni. Lei adorava Simon.

Presi il cellulare e uscii. Fuori il buio era denso di umidità. Chiamai Adam. Partì la segreteria. Provai in hotel, e mi misero in contatto con la sua stanza. Rispose subito; aveva dimenticato di ricaricare il telefono.

«Vedo se riesco a tornare a casa prima», disse quando seppe di Simon. «Potremmo fare qualcosa di carino nel fine settimana. Che ne dici di un campeggio?»

«Non le dico ancora nulla». C'era comunque la possibilità che non riuscisse a sganciarsi, ma con un po' di fortuna avremmo fatto una bella sorpresa alle ragazze. Proprio quello di cui Alice aveva bisogno. «Mi manchi».

Rispose qualcosa che si perse in un fruscio di rumori in sottofondo, e poi cadde la linea. I bagliori dei fulmini illuminavano frammenti di collina a chilometri di distanza; era la prima volta che confessavo a Adam di sentire la sua mancanza. Era difficile ammettere che avevo bisogno di lui, persino con me stessa. Di solito, se tardava, lo aspettavo nella cucina della nostra casa londinese tamburellando irritata con le dita sul tavolo, e mi chiedevo cosa stesse facendo o quali successi stesse ottenendo. Era più semplice, adesso. Ora desideravo semplicemente che lui fosse qui con noi.

Il silenzio si animò di rumori. Fruscii tra i cespugli, un frullare d'ali improvviso, e qualcosa che somigliava a un respiro tranquillo, come se, nell'oscurità, la terra stessa avesse preso vita. Mi alzai e tornai dentro.

Zoe aveva allargato braccia e gambe occupando buona parte del materasso, perciò non mi rimase che sdraiarmi scomodamente sul bordo del letto, le braccia che mi prudevano per le punture delle zanzare. Dormii male. Più tardi, mi sembrò di sentire una porta aprirsi e poi richiudersi, i passi di Alice che correva nel corridoio e la porta della cucina che si chiudeva in lontananza. Probabilmente aveva fatto un'incursione nel frigorifero, visto che aveva lasciato la cena a metà. Scivolai nel sonno, augurandomi che riuscisse a trovare qualcosa da spizzicare.

La mattina seguente, ancora prima di andarmene avevo già fretta di tornare. Sam si era svegliato piangendo e tirandosi l'orecchio destro. Teko lo teneva in braccio: era preoccupata, la mano libera che indugiava sulla collana mentre io ispezionavo il padiglione auricolare con il mio otoscopio. I minuscoli vasi sanguigni sotto la pelle sottile erano dilatati, primo segnale d'infezione. Le guance arrossate bruciavano. Gli diedi un cucchiaio della nostra preziosa Tachipirina e trovai il suo elefantino. Le piccole dita si chiusero strette attorno al corpicino di lana e subito cominciò a ciucciare un orecchio di pelle.

Adesso il soggiorno sembrava proprio casa nostra. Il tavolo era occupato dal puzzle di Alice e al muro pendevano i disegni di Zoe. Il mio cardigan era abbandonato sul bracciolo di una poltrona. Teko aveva appeso la collana di baccelli secchi alle corna del kudu e i cuscini erano stati sprimacciati. Mentre prendevo la borsa, squillò il telefono. Simon. Un fulmine aveva colpito un albero di mopane nel punto in cui il sentiero sterrato incrociava la strada principale per Gaborone. Stava venendo una squadra per liberarla, ma nel frattempo lui non poteva raggiungerci. Era molto dispiaciuto, soprattutto perché quello avrebbe dovuto essere il suo ultimo giorno. Alice doveva proseguire con gli esercizi di matematica; Zoe doveva imparare dieci nuove parole che iniziavano con la *V* e fare i disegni sul quaderno delle lettere. Ci avrebbe inviato altri compiti per email e avrebbe cercato un altro insegnante; nel frattempo, mi chiese di salutare per lui le ragazze. Scusandosi, riagganciò.

«Che genere di parole?». Per una volta, Zoe era arrivata per prima; sedette e mi guardò di traverso da dietro alle dita, aperte come una stella sulla faccia.

«Verme, Zo-Zo, volpe, vespa. Vombato?»

«Viscida medusa?». Sorrise. Uno dei due denti davanti si era finalmente deciso a uscire.

Alice era entrata senza una parola; ora sedeva al tavolo coi suoi libri davanti.

«Simon non riesce ad arrivare perché la strada è bloccata. Mi ha chiesto di dirti di proseguire con gli esercizi. Tutto bene, Ally?».

Aveva il viso pallido, i segni neri sotto gli occhi che ora sembravano lividi.

«È per Simon?»

La mano tremò sopra il libro. Sembrava vicina alle lacrime.

«Mi dispiace così tanto, tesoro; so quanto gli sei affezionata. Piace anche a me. Ti seguirò io, finché non troveremo qualcun altro. Ti ho sentito stanotte. Hai trovato qualcosa da mangiare?».

Nessuna risposta. Sentiva la mancanza di Adam? Ma il suo ritorno anticipato e la gita in campeggio dovevano essere una sorpresa. «Nemmeno a me fa piacere stare senza papà. E anche lui non vede l'ora di tornare per rivederti».

Non rispose, e sentii una fitta al cuore per lei; presto si sarebbe dimenticata di Simon, anche se ancora non lo sapeva. Si sarebbe divertita in campeggio. La baciai sulla guancia. Si stava facendo tardi. Dovevo andare; non riuscivo a trovare i sandali, perciò mi infilai le vecchie infradito davanti alla porta.

La strada era allagata e guidai con cautela, aspettandomi di trovare altri alberi caduti. Ma qui la tempesta non si era accanita più di tanto, o forse doveva ancora arrivare.

Il caso volle che fosse una mattinata di donne anziane e bambini; forse domani sarebbe stato un giorno di uomini anziani e donne incinte. Mi piacevano le mattine come questa. Mi piacevano i bambini, la loro dignitosa ritrosia, il modo in cui se ne stavano a petto in fuori, ostentando coraggio, aspettando che li visitassi. Tra loro avrebbe dovuto esserci anche Ibo. Quando lo dissi a Esther, all'ora di pranzo, lei ripose il panino mezzo sbocconcellato nel contenitore. «La signora Munthe è andata a Francistown e l'ha portato con sé».

«E Baruti?».

Scosse la testa e si alzò per mettere della carta pulita sul lettino. Il nome di Baruti rimase ad aleggiare in mezzo a noi nella stanza.

Il pomeriggio passò lentamente: tre uomini della stessa famiglia con avvelenamento da cibo dopo un matrimonio dove avevano mangiato una capra bollita e lasciata lì da troppo tempo, tigna, mal di schiena cronico, carenza vitaminica. Quando Esther se ne andò a bordo del suo scooter, era quasi l'ora della poppata serale di Sam. Mi tirai dietro le pesanti porte di ferro, finché non sentii lo scatto della serratura. Ora il sole era più basso e la luce del crepuscolo, intrappolata nelle cime piumose del granturco che cresceva nei piccoli appezzamenti attorno alle capanne che circondavano l'ambulatorio, ne rendeva vaghi i contorni. Mi avviai in fretta alla macchina, girai la chiave di accensione, ma non accadde nulla. Provai di nuovo. Le luci funzionavano. L'indicatore segnalava che c'era abbastanza benzina. Sotto gli occhi di una piccola folla di bambini che si era riunita per guardarmi, aprii il cofano. C'erano acqua e olio a sufficienza. Chiamando il cellulare di Adam partiva sempre la segreteria. Ancora non l'aveva messo in carica. A quest'ora doveva aver già lasciato l'albergo. Provai a chiamare a casa, ma il telefono era isolato. Qualcuno doveva aver lasciato la cornetta alzata.

Presi un cappellino di cotone dalla borsa, feci un cenno di saluto ai bambini che mi osservavano e mi incamminai lungo la strada, dondolando le braccia. Era un'avventura, dicevo a me stessa, ricorrendo alla parola che aveva usato Adam all'inizio, per invogliarmi a venire quaggiù. Mentre oltrepassavo l'ultima capanna del villaggio, ripensai a quando mi aveva parlato dell'Africa per la prima volta, a come mi fossi preoccupata per il lavoro, a quanto mi fossi arrabbiata. Guardandomi alle spalle, era come ricordare una commedia su una donna in una storia che avevo quasi dimenticato.

Capitolo 20

Botswana, marzo 2014

Il calore della sera avvolge il sentiero, le cicale friniscono fitte. I miei piedi scricchiolano sulla sabbia profonda. Camminare sembra facile come respirare; i pensieri si liberano e fluttuano nell'aria calda.

Adam starà sorseggiando una birra, felice; quel mondo nuovo… Zoe, forse sotto gli alberi con una lucertola tra le mani. Alice sarà accanto a Teko, immersa nella lettura, i capelli neri che spazzano la pagina, più calma di stamattina. Il profumo della cena si diffonde nel giardino; Elisabeth mette fiori in un bicchiere.

Un bulbul crestanera salta via spaventato dal sentiero, il suo richiamo intermittente che spezza la pace: *fa' in fretta, fa' in fretta, Dottoressa, fa' in fretta*. La luce dorata comincia a scurirsi tra gli alberi; un rosso fiore del deserto brilla tra le ombre, ed è il tramonto.

L'ora di cena. L'ora del bagno. Forse Sam starà piangendo.

Un altro uccello risponde al primo e un altro ancora, e poi gli alberi si riempiono tutti di canti spezzati. Sento in bocca l'aria dell'imbrunire, densa come crema.

Un serpente sottile striscia davanti ai miei piedi, un lampo veloce sul sentiero, e scompare in un canale. Voglio un drink a base di gin. Voglio che Adam rimanga impressionato nel vedermi tornare a casa a piedi, pentito di aver dimenticato di controllare l'auto, pentito di non aver messo in carica il cellulare.

Quando lo raggiungo, il cancello è immerso nell'ombra, anche se il legno è ancora caldo a contatto con la mano. Dondola indietro sui cardini con il suo familiare lamento bitonale. Nello stagno dietro casa, le rane hanno dato inizio al loro gracidare notturno. Quando scalcio via le infradito sporche di fango, la sabbia è soffice sotto i miei piedi. Il sollievo di essere a casa sboccia come un dolore in mezzo al petto. Aggiro le anse curvilinee del viale, ansiosa di scorgere le prime luci bucare il prato ricoperto di arbusti.

Mi ci vuole qualche secondo per accorgermi che in casa tutte le luci risplendono, e che il fascio luminoso di una torcia percorre convulsamente il prato. Adam sta gridando, la sua voce è un muggito basso, come di un animale in pena. È laggiù, verso gli alberi. Quando comincio a correre, volta il viso verso di me, il suo pallore balugina nella luce del tramonto. Dentro, Zoe, appoggiata al muro, piange silenziosamente. Allora non si tratta di lei. Alice è accovacciata in un angolo; mi vede e si alza con movimenti fluidi e aggraziati. Non è nemmeno di lei che si tratta.

E allora capisco.

Nella nostra camera da letto, le ombre danzano in modo differente: impiego un secondo per accorgermi che le tende sono tirate e ondeggiano piano nel vento leggero. Di fronte alla finestra, sul tappeto, giace un cumulo di vetri sbrilluccicanti, qualche frammento frastagliato ancora al suo posto nella cornice.

La culla è vuota.

Capitolo 21

Botswana, marzo 2014

La macchina di Kabo ruggisce lungo il viale, rallenta, si ferma all'angolo con la strada e poi tira via, il rumore che svanisce nel nulla. Ci vorranno due ore prima che raggiungano la stazione di polizia di Gaborone. Kabo parlerà, Teko no. Adam starà in silenzio, aggrappandosi come me alla speranza di trovare Sam alla stazione di polizia: restituzione di oggetto smarrito. Ma le persone non restituiscono i bambini, non dopo averli appena rapiti.

La casa è immersa nel silenzio, ma la cucina si accende di vita propria. La stufa ruggisce. Sottili strisce di carne per il biltong di Josiah pendono dai ganci sul soffitto, disegnando cerchi nell'aria calda. Elisabeth è seduta al tavolo, e lavora una massa di impasto. Josiah mette legna sul fuoco e mi guarda come se non sapesse chi sono. Ha le sopracciglia aggrottate e si guarda attorno pensieroso, corrugando la fronte, gli occhi che vagano confusi da una parte all'altra della stanza. Se lui non capisce cos'è successo, non lo capisco nemmeno io.

«Dimmi cos'è successo, Elisabeth. Tu eri in giardino?».

Annuisce. «Teko era dentro a badare a Sam». Lancia un'occhiata al fratello. «Josiah dormiva nella sua capanna».

Sentendo il suo nome, lui la guarda con gli occhi fiduciosi di un bambino.

«Teko si è messa a gridare», continua lei. «Siamo corsi dentro. Sam non c'era più».

«Dove l'avete cercato?»

«Dappertutto».

«Dappertutto?»

«In tutte le stanze». Le mani tornano a lavorare l'impasto. La voce si abbassa. «Negli armadi».

Un corpo così piccolo potrebbe essere stato piegato e infilato in uno spazio angusto, spinto a forza in un recesso oscuro. Il frigorifero all'angolo singhiozza e comincia a ronzare. Prima d'ora, l'avevo a malapena notato. Mai aperto. Mi alzo e spalanco la porta; il movimento coglie di sorpresa Elisabeth, che balza in piedi con un piccolo grido. Sui ripiani non c'è quasi nulla. Un pezzetto di burro, un po' di latte. Un mazzetto di foglie verdi. Il disappunto di Elisabeth aleggia nell'aria. Josiah si passa una mano sul viso ed esce dalla porta, chiudendosela alle spalle.

«Sto impazzendo», bisbiglio.

Elisabeth tace. Mette l'impasto in una teglia vicino alla stufa, lo copre con un canovaccio e comincia a spazzare il pavimento.

«Domani verrà la moglie del capo».

Annuisce, senza alzare la testa.

«Elisabeth, ho trovato il cane di Josiah». Mi libero in fretta delle parole. «È morto».

Allora mi guarda, scuotendo la testa, come se quello che sto dicendo non avesse alcun senso.

«Deve essere stato investito da una macchina. Il corpo era in un fossato. Mi dispiace. Lo dirò a Josiah».

Stringe le labbra; lancia un'occhiata alla porta. «Glielo dirò io», dice.

Lascio la cucina. Lei saprà dirglielo meglio di me. Per un attimo immagino il cuccioletto giallo che un tempo doveva essere stato, che correva e inciampava nel giardino e dormiva sotto il letto del suo padrone. Poi il viso di Sam torna a invadermi la mente. La bocca aperta, le guance lucide di lacrime, il corpo stretto da braccia sconosciute. Devo trovare in qualche modo la forza per rassegnarmi alle ore di attesa che mi separano dal rientro di Adam. Kabo tornerà a casa e racconterà l'accaduto alla moglie. Presto ne saranno al corrente tutti i vicini. La nostra tragedia correrà in giro, sempre più lontano, infiltrandosi nelle vite degli altri.

Alla TV, il notiziario serale mostra uomini che gridano su un palco, gente che regge cartelli, folla. Le elezioni. Spengo in fretta, il terrore che mi risuona nella testa.

La bottiglia di vino nella credenza è mezza piena; bevo in fretta due bicchieri prima di accorgermi che il cavo del telefono è stato tranciato. Hanno usato un coltello, il taglio è netto. Indietreggio, come se il cavo stesso possa essere pericoloso.

Zoe dorme sdraiata su un fianco, ma Alice è sveglia, gli occhi sbarrati nella luce della luna. Quando entro in punta di piedi, si volta a fissare il muro. Mi sdraio accanto a lei, sperando che la mia presenza possa darle un po' di conforto. Passa un'ora prima che il suo corpo si rilassi nel sonno.

Nella nostra stanza, le lenzuola sono ben tese sul letto. Non hanno avuto il tempo di sedersi. Si sono chinati, hanno allungato le mani verso la culla, l'hanno tirato su e poi se ne sono andati, in un'unica sequenza di movimenti. Abili. Forse sono degli esperti. La pila di salviette e il pacco di pannolini lì accanto sono rimasti indisturbati sulla cassettiera. Perché non li hanno presi? Avrei preferito che l'avessero fatto, un segno di gentilezza, l'intenzione di tenerlo in vita.

Ora il timpano destro si sarà gonfiato, la sottile pelle tesa leggermente rossa. Griderà di dolore e loro non capiranno perché. Lo puniranno? Scivolo contro la porta e mi siedo sul pavimento dondolando, la testa china tra le mani.

Riemergo. Dalla barca lui grida qualcosa, mi dice di muovere braccia e gambe.

Affondo di nuovo. Sotto è buio e silenzioso.

L'acqua mi riempie la gola. Sto affogando.

I minuti sono appesi come la carne ai ganci in cucina, e si allungano silenziosamente.

Finisco il vino. Il sonno, quando arriva, mi passa sopra come un carrarmato.

Capitolo 22

Botswana, marzo 2014

«*Dumela*».

La luce mi ferisce gli occhi. Stretta tra il petto di Adam e i cuscini del divano, riesco a malapena a respirare. La sua camicia è salita. La pelle bagnata schiacciata contro il mio viso odora di alcol e sudore.

Un secondo dopo, torna la disperazione, portando con sé il ricordo di Adam che mi solleva dal pavimento e crolla con me sul divano. Si era addormentato subito; il suo corpo caldo aveva avuto un effetto narcotizzante e avevo dormito di nuovo, o meglio, ero ripiombata nell'incoscienza.

«*Dumela*». La voce pacata ripete il saluto.

Metto a fuoco una donna alta, il corpo chino su di me, le mani giunte. Peo, la moglie del capo di ieri sera. Gli occhi allungati hanno uno sguardo tetro, la bocca non sorride. Mentre la saluto, nella mia testa si inseguono le domande. Sarà in grado di aiutarci? Riuscirà a trovare Sam? Non riuscirei ad articolare parola, né a lei né a nessun altro. Come se potesse leggere nei miei pensieri, la donna scompare dalla mia vista e la porta della cucina si chiude piano.

Indosso ancora i vestiti di ieri. Quelli che portavo quando ho baciato Sam prima di andarmene, ho visitato i miei pazienti, sono tornata di corsa a casa. Scavalcando Adam, metto i piedi a terra: lui grugnisce e borbotta qualcosa, scivolando di nuovo nel sonno. Le domande si contendono lo spazio nella mia testa.

È stato un uomo o una donna? O entrambi?

Il soggiorno sembra diverso: sotto i piedi il pavimento sembra più freddo. Le sedie sono sistemate in semicerchio. Noi non ci siamo mai seduti così. Sarebbe stato meglio? Sam sarebbe stato più al sicuro se fossimo stati quel genere di famiglia che si siede in semicerchio per parlare, invece di farlo prima di uscire, con un piede già fuori dalla porta, o in macchina, scagliando rimproveri verso il sedile posteriore alle proprie spalle?

Forse quando l'hanno preso e lui ha cominciato a piangere gli hanno chiuso la bocca con una mano sulla faccia.

Fuori dalla finestra, il paesaggio spettacolare si è ridotto a una terra desolata coperta di arbusti. Da qualche parte, là fuori, l'aria torrida si modella attorno al corpo del mio bambino. Qualcuno sa dove si trova.

Dovrei essere là, a cercare nella macchia e giù nel fossato. Aspetto la polizia o corro nella macchia per cercarlo dietro a tutti gli alberi?

Mentre me ne sto lì ferma, in piedi, stordita dall'indecisione, da fuori mi raggiunge la voce di Zoe; la vedo attraverso i vetri della finestra, seduta al tavolo in veranda. Alice le siede di fronte. Con loro ci sono due donne. La più anziana ha una mano posata sulla schiena di Alice. Gli anelli di una donna giovane con il viso rotondo brillano mentre pesca con le lunghe dita in un mucchio di noci di marula. Teko non c'è. Starà dormendo, come Adam. Quando esco, le donne alzano lo sguardo e cala il silenzio. La mano scivola via dalla schiena di mia figlia.

«*Dumela*».

La mia voce suona diversa anche a me. Zoe sembra stupita, Alice preoccupata. Hanno entrambe pianto. La donna più anziana inclina il capo. Ha le guance cosparse di nei scuri, come se qualcuno gliene avesse tirato una manciata dritta in faccia. Quella più giovane è carina; le labbra carnose sono tinte di un rosa acceso. Lascia vagare lo sguardo per il giardino, tamburellando con le unghie viola sul tavolo, gli zigomi lievemente arrossati per l'imbarazzo.

Zoe scivola giù dalla sedia e mi corre incontro. «Avete ritrovato Sam?»

«Non ancora, Zoe».

Mi chino su Alice e le sussurro: «Grazie di essere così giudiziosa, tesoro. Papà e io risolveremo tutto. Devo tornare dentro a parlare con lui, ora». La bacio. Le tremano le labbra, poi le costringe in una linea serrata.

Adam sta ancora dormendo. Si sveglia per metà e cerca di mettersi seduto, ma crolla di nuovo, una mano sugli occhi. Sul tavolo vicino al divano qualcuno ha lasciato per me dei vestiti puliti: una gonna colorata, con cerchi blu e arancioni, e una camicia rossa. Elisabeth, o Peo: qualcuno che capisce che per me il gesto di scegliere i vestiti da indossare sarebbe stato impossibile da compiere. Questa gentilezza mi fa bruciare gli occhi.

O forse l'hanno colpito, ridotto all'incoscienza per metterlo a tacere mentre si accucciavano con lui nel buio, nascosti in un angolo della stanza.

Mi svesto e faccio una doccia, tremando sotto l'acqua tiepida. Poi indosso i vestiti puliti. Dallo specchio, un viso gonfio con gli occhi rimpiccioliti mi guarda come se non mi riconoscesse.

Adam è seduto sul divano, anche se è ancora mezzo addormentato.

«E adesso che succede?». Mi aggrappo al suo braccio, non posso più aspettare. «La polizia che sta facendo?».

Posa la mano sulla mia. Le dita sono bollenti e un po' appiccicose. «Hanno messo dei blocchi sulle strade principali e inviato una squadra all'aeroporto».

Sarei dovuta andare dritta all'aeroporto di Gaborone, invece che a Kubung: lì avrei piantonato la sala partenze, controllando ogni bambino che veniva portato fuori dal Paese.

Adam si passa la lingua sulle labbra. Sul tavolo è rimasto un piccolo bicchiere di acqua ormai torbida; glielo passo, lui beve in fretta e poi continua a parlare. «Stanno facendo anche delle ricerche sul posto. Due agenti verranno qui stamattina. Nessuno deve muoversi, vogliono interrogare tutti quanti».

Dunque, alla fine la polizia arriverà. «Che hanno fatto quando siete andati là, ieri sera?»

«Ci hanno ricevuto subito». Si abbandona contro lo schienale del divano. «Sono stato chiamato in una stanza con due agenti. Kabo è rimasto fuori. Dopo è toccato a lui. Ci hanno trattato come sospetti. Hanno continuato a rivolgerci le stesse domande, cercando di farci cadere in contraddizione. Come se pensassero che avessi fatto del male al mio stesso figlio». Vaga con lo sguardo nella stanza, accigliato, come se fosse tornato alla stazione di polizia, a subire interrogatori come un prigioniero in cella.

«Sono sicura che sanno che non puoi essere stato tu. Quando

Sam è stato portato via, tu eri in viaggio, di ritorno dalla conferenza. Il racconto di Teko sarà stato coerente col tuo».

«Le parleranno stamattina». Fa un cenno verso la porta, come se si aspettasse di vederla apparire sul momento.

«Perché ieri sera non hanno sentito la sua versione dei fatti?»

«Forse perché non era lì?». Parla lentamente, come se si stesse rivolgendo a un bambino.

«Come non c'era! È uscita con voi».

«Quando ci siamo fermati alla fine del viale è saltata giù dalla macchina e ha cominciato a piangere, allora l'abbiamo lasciata andare. Kabo ha pensato che per lei sarebbe stato più semplice rispondere alle domande se avesse avuto accanto Elisabeth a sostenerla. Non l'hai vista tornare?».

Prima che abbia finito di parlare, sto già attraversando di corsa il soggiorno diretta in cucina, dove Elisabeth, osservata da Peo, sta sistemando su un vassoio una tovaglietta rosa, di un colore tenue che risalta nella stanza buia. Mi guarda stupita mentre le oltrepasso, sempre correndo, per fiondarmi nel corridoio. Nella stanza di Teko c'è solo un materasso sul pavimento, e nient'altro. Nemmeno il più piccolo biglietto. La stanza è priva di finestre; schiaccio l'interruttore, ma la luce non si accende. Non ero mai entrata qui. La vergogna mi lambisce, insieme allo sbigottimento e alla paura. Era così che viveva, nel buio, in quella stessa casa dove noi avevamo elettricità, mobili, libri e vestiti? Computer e cibo in abbondanza? Quale risentimento poteva aver maturato nei nostri confronti?

«Se n'è andata».

Adam mi ha seguito dentro e guarda negli angoli come se lei potesse essere ancora là, schiacciata contro i muri, invisibile. È per questo che se n'è andata? Perché si sentiva invisibile?

«E questo che significa?». Adam sembra frastornato.

Io lo so cosa significa. Potrebbe essere stata lei ad aver preso Sam. Ed è un bene. Spalle al muro, sotto le mie dita il cemento nudo è freddo, leggermente ruvido. È un bene, perché non dovrebbe essere difficile rintracciarla. Teko mi piaceva, mi fidavo di lei. Sento insorgere la rabbia, ma la ricaccio indietro. Ho bisogno di rimanere lucida. Probabilmente sarà tornata all'orfanotrofio da dove è venuta: è là che li troveremo. Lo terrà nascosto in camera sua mentre cerca di capire cosa farne. L'ha preso perché lo ama? O perché ci odia?

«L'ha preso lei, Adam».

Lui annuisce, senza una parola.

Peo e Elisabeth hanno lasciato sul tavolo in soggiorno il vassoio col tè; ora sono fuori insieme alle altre due donne, Alice e Zoe. Le loro voci producono un dolce brusio, come una canzone che suoni alla radio, un sottofondo musicale.

È per questo che Peo e le sue amiche sono qui. Chiacchierano al posto nostro, camminano, vivono. Tengono viva la casa. Il tè amaro ha il gusto marrone-verdastro delle foglie grezze; il suo calore mi penetra nel profondo.

Beviamo il tè ancora in piedi. Metto giù la tazza, calcolando male la posizione del piattino. Si rovescia, e un piccolo cerchio marrone si allarga sulla tovaglietta rosa.

Gli occhi di Adam sono cerchiati di rosso; uno sfogo rosa scuro è apparso all'attaccatura dei capelli.

«Aspetta la polizia», gli dico. «Io andrò all'orfanotrofio. Saranno andati lì».

Scuote la testa. «Andrò io. La polizia mi ha già interrogato, adesso vogliono sentire te». Mette giù la tazza. «Mi serve l'indirizzo».

«Non è collegato all'ospedale di Molepolole?». Lo guardo, sentendo la punta delle dita che comincia a formicolare per il panico. «A una qualche missione?».

Lui scuote la testa. Non lo sa. Non l'abbiamo mai saputo. Abbiamo accolto Teko valutandola solo per quello che vedevamo, senza un indirizzo, senza referenze a parte quel sottile foglio di carta che le avevamo restituito. Io di solito controllo sempre le referenze; l'agenzia di ragazze alla pari a cui mi rivolgevo in Inghilterra era nota per garantire la massima sicurezza.

Fuori, il prato coperto di arbusti si allunga fino alla strada. Gli alberi riflettono la luce. In Inghilterra, adesso, i mandorli avranno cominciato a fiorire, timidamente, le primule a spuntare sulle sponde umide e verdi. È per via dell'immensa diversità di questo posto, che ci siamo sentiti autorizzati a ignorare le regole o abbiamo pensato che qui non valessero? Ho avuto talmente paura di offendere le usanze locali, che ho messo a rischio la sicurezza del mio stesso figlio?

«Parto subito». Adam è sulla porta. «Alla polizia non diciamo ancora niente di Teko. Se dovesse uscire che è stata lei a prendere Sam, la cercheranno e i media le staranno alle costole. Potrebbe spaventarsi e scomparire una volta per tutte. Devo riuscire a trovarla per primo». Fa un sorriso tirato. «Quando l'avrò riportato a casa, può sparire per sempre, per quel che me ne importa».

«Come troverai il posto?»

«Lo troverò». Il viso di Adam sembra diverso, come il mio poco fa nello specchio. I sacchi delle palpebre sembrano aver ceduto e non si adattano più con naturalezza ai bulbi oculari, perciò i suoi occhi sembrano più grandi, meno protetti; il solco nella pelle secca tra il naso e la bocca è più profondo. Nella notte le spalle si sono incurvate. Per la prima volta riesco a immaginarlo come sarà da vecchio.

Sto tremando, anche se il caldo già mi picchia sul cranio. Anche nella testa di Adam ci sono le immagini che affollano la mia? Immagini che seppellisco sotto a quella di Teko che guarda sorridendo Sam. Ma anche questa svanisce. Vedo corpi tagliati, mani recise.

«Saluta le ragazze da parte mia». Adam prende le chiavi dal gancio. Il tintinnio metallico rievoca un ricordo: Adam che entra dalla porta, a Islington, mette giù le chiavi sorridendo e mi prende Sam dalle braccia. Sorridevo anch'io, o avevo il viso tirato perché ero rimasta tutto il giorno col bambino e invece sarei voluta essere al lavoro?

Adam si china su di me e mi posa una mano sulla spalla. «Vedi se Elisabeth ti sa dire qualcosa di Teko. Qualsiasi briciola di informazione potrebbe essere cruciale».

Lo seguo sulla veranda. Scende le scale di corsa, ma quando arriva all'auto si volta e mi grida: «Cerca Megan. Telefonami».

Megan? Disorientata dalla paura, mi ci vuole qualche secondo per ricordare che è stata lei a chiedere al suo amico di procurarci un aiuto domestico, ed è stato così che Teko è arrivata da noi dapprincipio. Attraverso Megan, dovremmo essere in grado di rintracciarla. Il suo nome, anche solo a pensarlo, mi fa sentire meglio. Mi rievoca la sua calma, gli occhi riflessivi, la voce gentile.

Adam apre la portiera. La camicia è sgualcita e sudata, si nota anche da questa distanza. Ha dimenticato il cappello, e nell'aria umida i capelli gli si sono già incollati alla fronte. Avvia il motore e l'auto corre giù per il viale, mentre i sassi schizzano sotto alle ruote.

Capitolo 23

Botswana, marzo 2014

Megan non risponde. Con le dita rese impacciate dalla fretta, le invio un messaggio, facendo un errore dopo l'altro e lasciando impronte umidicce sui tasti. Zoe lascia il tavolo di corsa e mi avvolge le braccia attorno alla vita, barlumi malva e verdi che illuminano le ciocche di capelli biondi. Non ho mai visto i capelli di Sam illuminati dal sole. Lo tenevamo sempre coperto e lo sistemavamo all'ombra per tenerlo al sicuro. Qui, le donne tengono i bambini legati addosso, ancora più al sicuro. Sento salire il rimorso e la paura. Zoe schiaccia forte il viso contro la mia gonna. «Voglio Sam», dice con voce soffocata. «Dov'è?»

«Papà è andato a cercarlo, Zo-Zo». Il mio tono è naturale, come se Sam fosse in fondo alla strada sotto un albero o a dormire in giardino, magari salutando con la manina la figura china su di lui, in quel modo nuovo che ha appena scoperto, le braccine cicciotte che si muovono a scatti su e giù.

Zoe annuisce, come se avessi risposto alla sua domanda, si asciuga il naso con il dorso della mano e torna ad arrampicarsi sulla sua sedia. «Guarda le mie noci, mamma».

Potremmo essere tornati a Islington e questa potrebbe essere una qualunque domenica mattina. Zoe che disegna al tavolo della cucina, cercando la mia approvazione, Adam che è andato a recuperare Alice dalla sua lezione di cinese. Sam sarebbe al tavolo, sul suo seggiolino, vicino a Zoe, sorridendo quando lei lo guarda e gli sorride. Al sicuro. Io sarei al telefono con la mia assistente, per aiutarla a risolvere qualche problema, accarezzando distrattamente il pancino di Sam.

«Guarda». Il tono di Zoe si fa insistente.

Ho dimenticato che cosa dovrei guardare. «Brava bambina», dico automaticamente. La pila verde davanti a lei brilla e ondeggia.

Quando mi inginocchio davanti alla sedia di Alice, lei volta la testa dall'altra parte.

«Papà è andato a cercare Teko».

Volta la testa di scatto. «Perché? Dov'è?», chiede, la voce incerta per la sorpresa. «Non mi ha detto che sarebbe andata da qualche parte».

Detto? Le passo un braccio attorno alle spalle. Il contorno delle scapole è affilato. Teko non può averle detto nulla, ma non posso mettermi a discutere delle sue bugie, non ora.

«Non penso che l'avesse messo in programma, Ally. Credo sia andata via perché è triste per la scomparsa di Sam, una decisione impulsiva».

Invece non dev'essere andata così. Teko deve aver pianificato tutto con cura. Riesco a immaginare esattamente quello che è accaduto. Dopo aver sistemato Sam in una macchina, avrà lasciato il suo complice ad aspettarla fuori dalla vista; poi deve essere tornata per prendere le ultime cose. Quando Adam è rientrato prima del previsto, si sarà sentita in trappola. La persona al volante sarà dovuta andare via prima, ma lei, camminando di soppiatto all'inizio e trovando poi qualche passaggio, ora l'avrà di certo raggiunta.

«Pensiamo che sia con le persone che conosce, all'orfanotrofio», bisbiglio, senza dirle che crediamo che Sam sia con lei. «Potrebbe essere in grado di dirci qualcosa di utile».

«Che cosa?». Alice mi scruta, serrando le mani.

«Potrebbe aver visto o sentito qualcosa. È stata la prima a scoprire che Sam era scomparso».

Alice si volta e guarda di nuovo dritto davanti a sé; la perla luccicante di una lacrima le scorre lungo una guancia.

«Subito prima che Teko si accorgesse che Sam non c'era più, Ally, hai visto qualcosa di diverso dal solito in giardino?».

Alice è immobile, come se non mi avesse sentito.

«Eravamo dietro casa», interviene Zoe nel silenzio.

«Dietro? Vicino allo stagno? Ma...». Cosa importa, ora, che avessi detto loro di non avvicinarsi a quello stagno mai più?

Mi volto e prendo la mano di Zoe tra le mie. «Allora forse hai sentito qualcosa, Zoe. Magari il rumore di un'auto».

Ma forse non c'era stata nessuna auto. Forse sono venuti a piedi, in silenzio. Nella mia testa sono in due, uno che allunga le mani verso la culla. Forse Sam gli ha sorriso. L'altro sarà stato in corridoio, a fare il palo. Saranno stati magri, i cappelli calati sulla testa, i piedi nudi. Avranno avuto un'aria crudele? Divertita? O concentrata nell'esecuzione di un compito per cui sarebbero stati pagati? Teko deve aver risparmiato a lungo, per riuscire a convincerli ad aiutarla.

Zoe sta scuotendo la testa. «Suonavamo i tamburi. Facevamo un concerto. Elisabeth aveva il biglietto».

«È stata Teko a suggerirvi l'idea del concerto?»

«L'ha detto Ally». Zoe sembra confusa. «Poi Teko ha gridato qualcosa dentro casa».

Le lacrime le riempiono gli occhi. «Allora io e Ally siamo andate a vedere e Sam non c'era più...». Scoppia in un pianto a dirotto.

Alice si tappa le orecchie con le dita. Bacio Zoe e mi alzo, posando una mano sulla testa di Alice. I suoi capelli sono bollenti. Corro nella sua stanza a prenderle il cappellino e torno subito da lei. Intanto continuo a provare a chiamare Megan. Quando arrivo sulla veranda, risponde.

«Sì?»

«Megan, sono Emma».

«Emma!». La sua voce sale di tono. «Mi sono appena svegliata e ho visto il tuo messaggio. Qui siamo un'ora indietro, ho pensato di svegliare Andrew e poi...».

«Sam è scomparso. Qualcuno ieri l'ha portato via». Scendo le scale della veranda per portarmi fuori portata dall'orecchio delle ragazze, ma le gambe mi cedono e quasi cado sull'ultimo gradino.

«Portato via? Cosa intendi con portato via?». Sembra confusa. «Dove?»

«Voglio dire rapito. Qualcuno è entrato dalla finestra e l'ha portato via. Noi eravamo al lavoro. Teko doveva occuparsi di lui, ma è scomparsa anche lei. Ho bisogno del nome dell'orfanotrofio da cui proviene».

«Cosa stai dicendo?». Ha la voce svuotata dallo shock. «Non riesco a capire. Sam, rapito? Non capisco... Non riesco a crederci. Chi è Teko?»

«La ragazza che ci ha trovato il tuo amico. Dobbiamo rintracciarla».

«Dov'è la polizia? Devo...».

«La cosa importante è il nome dell'orfanotrofio». Non m'importa se sembro isterica. Sono isterica.

«Ma non lo so. David non me l'ha mai detto. Nei suoi biglietti di Natale era sempre solo "l'orfanotrofio"».

«L'indirizzo, allora?».

«Non lo so».

«Come puoi non sapere niente?», grido. «Sei tu che hai organizzato tutto».

«All'inizio gli ho scritto un'email chiedendogli di cercare qualcuno». Le trema la voce. «Lui ha risposto promettendomi di aiutarmi. Quando mi hai detto che non ne avevate bisogno, l'ho chiamato al telefono, ma la governante mi ha detto che era in ospedale. Gli ho lasciato un messaggio, ma non ha mai richiamato. Ho lasciato perdere. Avrei dovuto insistere... Oh, Emma, mi dispiace così tanto, è colpa mia, allora...».

«No, scusa...».

Non è colpa sua. David doveva aver organizzato le cose prima di finire all'ospedale. Non è nemmeno colpa sua: è nostra, perché non abbiamo controllato, mia, perché ho assunto una persona di cui non sapevo nulla.

«Posso scoprire da dove viene», dice Megan in fretta. «Chiamerò subito David. Ti richiamo appena posso, potrebbe volerci un po'. A volte non risponde per giorni». Riaggancia.

A terra c'è un improvviso guizzo di colori. Dal buio sotto le scale striscia fuori un grande serpente, che viene dritto verso di me. Un serpente, dopo tutto questo tempo. Sulla pelle grigia brillano strisce arancioni. Le squame luccicano come fossero unte. Una striscia rossa di lingua scivola dentro e fuori.

Quando tiro via i piedi si ferma. Solleva la testa triangolare, guizzando avanti e indietro. Un secondo dopo si gira e scompare nell'erba.

Claire mi aveva avvertito; lo sapeva. Armeggio con la rubrica sul telefono; Claire gestisce un orfanotrofio. Conoscerà gli orfanotrofi di Molepolole e chi li gestisce.

«Sì?». La voce dall'accento sudafricano è professionale.

«Claire, sono Emma. Ti ho mandato un messaggio qualche tempo fa, avevi detto di tenerci in contatto...».

«Sì?»

«Mio figlio è stato rapito». Cade un silenzio scioccato. «La ragazza che si occupava di lui è scomparsa nel nulla. Adam è andato a cercare l'orfanotrofio dal quale veniva, ma non ne conosciamo il nome, perciò...».

«Dove si trova?», m'interrompe lei.

«Da qualche parte a Molepolole. Se tu potessi darci una lista potrei chiamarlo...».

«Molepolole? Dio, mi dispiace. Se fosse stato a Gaborone l'avrei saputo. Molepolole è troppo lontano dalla nostra zona». Mi sento crollare, ma lei prosegue: «Non è un posto molto grande, non ci metterà molto a trovarlo. Può esservi d'aiuto se vi raggiungo?». Le parole sono gentili, e quasi cedo.

«Magari più in là. Grazie, Claire».

Anche se ora non può aiutarci, il pensiero di averla al nostro fianco è qualcosa a cui aggrapparmi in mezzo al panico feroce. Il sole è rovente. L'aria sopra il viale deserto luccica come all'inizio di un'emicrania. La porta alle mie spalle si apre. Elisabeth esce di casa con un vassoio, portando una caraffa d'acqua e dei bicchieri; cammina lentamente, a testa bassa. Scende i gradini, mi prende di mano il cappello di Alice e torna al tavolo. Il cappello viene indossato, e per un momento attorno al tavolo risuonano le risate cortesi delle donne.

«Elisabeth». Salgo i gradini, e mentre lei sta tornando verso la porta le poso una mano sul braccio. «Teko ti ha detto dove sarebbe andata?»

«Teko non parlava con me». Scuote piano la testa.

Non le avevo mai viste parlare, ma avevo immaginato che chiacchierassero la sera, sedute al tavolo in cucina, scambiandosi dettagli sulla propria vita.

«Sai perché è andata via?».

Si irrigidisce un po'. La mia vicinanza la mette a disagio. Poi, lisciandosi il davanti del grembiule, si china verso di me. «L'ha detto a Josiah e lui l'ha detto a me».

Josiah sarebbe stato un buon ascoltatore; avrebbe annuito e sorriso. Senza giudicare.

«È spaventata», confida Elisabeth in un sussurro.

«Spaventata?»

«Pensa che la gente dirà che è stata colpa sua. Ha paura di finire in prigione, perciò ha detto che sarebbe scappata».

E chiedi a Teko perché diavolo non era con Sam questo pomeriggio. Avrebbe dovuto proteggerlo.

Provo un'inattesa fitta di compassione per Teko; l'ho vista uscire barcollando di casa, nel buio, spaventata dalle mie parole, in lacrime per Sam, terrorizzata al pensiero che qualcuno potesse attribuirle la colpa.

«Ti ha mai detto da dove veniva? Non le accadrà niente di male, ma potrebbe rivelarci qualche indizio utile alle ricerche».

Elisabeth china la testa, pensierosa. «Gliel'ho chiesto, una volta», mormora. «Da nessun posto in particolare, ha detto». Poi fa un piccolo movimento con le mani, accennando alla casa: vuole tornare dentro, continuare a svolgere le sue incombenze quotidiane. La vita deve andare avanti, anche se la vita si è fermata. Il cibo deve essere cotto, le stanze pulite, le tende tirate per proteggersi dal sole. Giungo le mani.

«Grazie Elisabeth, ti sono davvero riconoscente».

Annuisce e se ne va.

Megan non sa quale fosse l'orfanotrofio di Teko. Provali tutti. Scrivo a Adam. *E dice che T se n'è andata perché aveva paura di essere incolpata. Forse T non c'entra. Fa' attenzione.*

Cammino avanti e indietro, avanti e indietro lungo il viale, facendomi strada nell'aria rovente. La verità è da qualche parte; devo solo riuscire a raggiungerla.

Emergo per la seconda volta. Mio padre si sporge dal bordo della barca, le mani protese.

Muoviti, bambina. Muovi le braccia, scalcia con le gambe.

Batto le braccia nell'acqua, sforbicio le gambe, giù, sotto la superficie verde, inghiotto acqua, riemergo di nuovo.

Il sole è a picco nel cielo, il caldo arrostisce il profumo dei piccoli cespugli giallo-verdi che costeggiano il viale. Il rumore irritante delle cicale riempie l'aria: come migliaia di piccole seghe. Sono già passate venti ore. Mi fanno male i seni per tutto quel latte inutilizzato.

Non è inverosimile che Teko sia scappata solo per via della paura. Perché una ragazza giovane dovrebbe volere il figlio di un'altra quando può averne uno suo? Una ragazza nera con un bambino bianco non passerebbe inosservata. Avrebbe bisogno di una rete di amicizie. Teko è arrivata qui da noi senza nemmeno le scarpe; non possiede un telefono. Come avrebbe potuto organizzare un rapimento? Se Teko fosse stata coinvolta non ci sarebbe stato alcun bisogno di rompere le finestre. Avrebbe potuto tranquillamente aprire la porta ai suoi complici. Ma se non è stata lei, allora chi? La storia di Esther, liberatasi dagli ormeggi, mi fluttua dinanzi agli occhi. Forse lui è già morto, assassinato nei dieci minuti successivi al rapimento. L'hanno mutilato, prima?

Siedo di nuovo sugli scalini, rannicchiata col telefono in mano, dondolando avanti e indietro, consapevole che il lamento basso che sto sentendo proviene dal retro della mia gola.

Una mano si posa sulla mia spalla. Sulla pietra accanto a me qualcuno lascia una tazza di tè. Dei passi leggeri si allontanano. Mi guardo attorno, ma vedo solo la porta chiudersi piano.

Il tè va giù, scaldandomi la gola. Peo sa che un gesto gentile ha il potere di fermare la discesa nelle tenebre.

Calpesta l'acqua.

Sopravvivi.

Dietro casa, Josiah sta scavando. Ha il cappello calato sulla testa, i piedi impolverati ben piantati a terra.

«Josiah, Teko ti ha detto dove sarebbe andata?».

Scuote la testa; non mi capisce. Ai suoi piedi c'è un monticello di terra, una croce artigianale piantata a un'estremità, due bastoni legati con uno spago; allora ieri sera è andato al fossato, ha trovato i resti del suo cane e li ha riportati indietro per seppellirlo.

«Mi dispiace».

Distoglie lo sguardo. La pelle sotto agli occhi è bagnata. Nello spazio che ci separa aleggia un senso di perdita e la mia domanda su Teko si dissolve nell'aria.

Quando riprende in mano la vanga, gli descrivo il serpente, mimando con le mani le sue spire. Mi segue mentre faccio il giro fino ai gradini davanti alla casa. Gli indico il punto in cui è scomparso. Si china per scrutare tra l'erba, le dita strette attorno al manico della vanga. In quel momento, un'auto bianca con una larga striscia blu svolta nel viale e ne scende una coppia di poliziotti. Josiah scompare. L'uomo più alto cammina guardandosi attorno e, come in uno spezzone di una commedia comica, per poco non sbatte contro un albero. Quello più basso e tarchiato incede con passo deciso; tiene stretto al guinzaglio un pastore alsaziano, che avanza sinuoso al suo fianco, mentre si dirigono verso la casa.

Capitolo 24

Botswana, marzo 2014

I due poliziotti sono fermi, come sull'attenti. Attorno a loro, la stanza si fa più piccola e tetra. Il più giovane ha un volto cavernoso; la pelle tesa sulle ossa affilate. Lascia cadere a terra una grossa borsa, poi ci si mette a cavalcioni, le mani dietro alla schiena. Il collega, un uomo corpulento dagli occhi piccoli, mi stringe la mano. Si presenta come il detective Goodwill; il suo partner è l'agente Kopano. Posso chiamarli semplicemente per cognome.

«Vi ringrazio di essere venuti». Mentre parlo, il pavimento sembra inclinarsi. È un giorno intero che non mangio, forse due. «Prego, accomodatevi». Indico le poltrone e mi siedo in fretta.

«Mi scuso per il ritardo». Goodwill si accomoda sulla poltrona in pelle; tira fuori un fazzoletto e si asciuga la fronte.

La porta della cucina si apre e ne esce Elisabeth, portando un vassoio con un succo di frutta giallo, il ghiaccio che tintinna nella caraffa. Lui la segue con gli occhi mentre lei saluta con un inchino ed esce dalla stanza con passi leggeri.

Goodwill si riempie un bicchiere, lo svuota, poi si accomoda di nuovo con un sospiro. «Ieri sera abbiamo interrogato suo marito. Oggi ci ha chiamato per dirci che era andato a prendere una persona della servitù. Ci dirà di più questo pomeriggio».

«Sono felice che siate qui. So che...».

Alza un mano per intimarmi il silenzio. «Vuole sapere come procedono le ricerche di suo figlio?».

Quest'uomo ha il potere di ritrovare Sam: devo lasciargli guidare la conversazione come desidera.

«Ci sono posti di blocco su tutte le strade principali». Mi fissa in volto; si aspetta forse che lo ringrazi? Esiste forse un qualche protocollo per questo genere di conversazione che io non sto seguendo? Devo chiamare a raccolta tutte le mie forze per non crollare in ginocchio e supplicarli piangendo di aiutarmi.

«Abbiamo inviato agenti di polizia a Kubung, e stanno controllando tutte le abitazioni. Ci sono uomini all'aeroporto e presso le stazioni dei treni. Interpol e consolato sono stati informati».

«Grazie».

Lo troveranno. Spesso i bambini scomparsi vengono ritrovati proprio vicino alla propria abitazione. Nei titoli dei giornali che leggevo di solito nella pausa caffè tra un'operazione e l'altra, si raccontava di bambini rapiti ritrovati proprio nella casa accanto, o in fondo alla strada. Da un minuto all'altro la polizia potrebbe entrare in una capanna di Kubung e trovarci Sam, addormentato in una culla nell'angolo.

«Abbiamo fatto un comunicato stampa». Deve ripetermelo due volte.

«Di già? Pensavo, in qualche modo...». Pensavo che l'avrebbero trovato così in fretta che non ci sarebbe stato bisogno di coinvolgere la stampa. Lui solleva di nuovo la mano. Perle di sudore brillano lungo le linee del palmo carnoso. «La stampa deve essere coinvolta. È importante che le persone sappiano che è scomparso un bambino. Potrebbe fare la differenza».

Meno di ventiquattr'ore fa, Sam stava dormendo a qualche metro da dove sono seduta ora. Prima di andarmene l'ho baciato sulla guancia; la sua pelle era bollente. Apparteneva soltanto a noi. Adesso dovremo condividere la sua immagine con tutto il resto del mondo. Dovremmo esserne grati.

«Prenderemo ogni segnalazione di avvistamento molto sul serio», aggiunge Goodwill. Sembra arrabbiato.

Un estraneo si ricorderà di Sam? Lo riconosceranno scorgendolo solamente per qualche istante in una carrozzina in mezzo alla folla? Si prenderanno la briga di informare la polizia? Premo la punta delle dita una contro l'altra, come se pregassi.

«Se esponenti della stampa si mettono in contatto, le consiglio di indirizzarli direttamente alla polizia. Se sarà necessario, ci parleremo noi. Domani potrà rilasciare una dichiarazione per la televisione. Servirà».

Cosa accade ai genitori, una volta che escono dalla luce dei riflettori? Devono esserci eserciti di madri e padri distrutti, persone che incrociamo per strada senza saperlo. Svuoto un bicchiere di succo, poi un altro.

«Abbiamo bisogno di esaminare la stanza da dove è stato prelevato suo figlio, e poi tutta la casa e i terreni circostanti».

«Tutta la casa?».

Goodwill mi fissa col volto privo d'espressione. Nel silenzio che segue alla mia domanda, capisco; in caso io o Adam l'avessimo nascosto. Ucciso e nascosto il corpo. Mi costringo a guardarlo negli occhi; sta eliminando le varie possibilità. Non m'importa. Non ho bisogno di averlo dalla mia parte. Voglio solo che sia dalla parte di Sam.

Kopano si china sulla sua borsa e ne estrae una macchina fotografica, tute e guanti. Lo guido lungo il corridoio e sulla porta della camera da letto, lui punta l'obbiettivo. Lo scatto esplode come un colpo d'arma da fuoco. Poi indossa la tuta bianca ed entra in punta di piedi, con la grazia di un gatto.

In soggiorno, Goodwill, seduto sul bordo della poltrona, si allunga goffamente verso il tavolo e preme il pulsante di un registratore. La sua presenza assorbe tutta l'energia della stanza. I mobili, le stuoie, anche i muri svaniscono sullo sfondo. Il suo viso è l'unica cosa che vedo, e i suoi occhi piccoli e accesi. Mi chiede del mio lavoro. Quanto spesso mi reco in ambulatorio? Chi sono i miei pazienti? Prende il numero di telefono di Esther, il mio certificato di abilitazione alla pratica, la mia valigetta. Forse pensa che ci siano delle droghe? Che sarei capace di drogare mio figlio? Il sudore si raccoglie attorno al mio collo mentre lui si china sui suoi appunti aggrottando la fronte. Quando mi domanda della gravidanza, della nascita e dei momenti successivi mi percorre il corpo con lo sguardo. Depressione postparto? Incrocio le braccia sul petto e gli dico che sono stata felice, che l'ho amato, da subito. Che differenza fa? La verità, così complicata, non farebbe altro che sviare la sua attenzione.

Mi chiede se tra me e Adam ci siano problemi. Mentre guardo il sole brillare sugli alberi là fuori, la mia mente passa dall'immagine di noi due che bisbigliamo nel letto a quella di noi che ci urliamo contro dalla porta, dall'amore al suo opposto. Mi volto di nuovo verso Goodwill e scuoto la testa. Non abbiamo problemi di sorta. Lui spegne il registratore.

Vuole delle foto. Scorro le immagini sul telefono, e Sam compare sempre senza la sua voglia. L'ho inquadrato sempre da sinistra. Goodwill usa la foto del passaporto. Mi vergogno che l'unica immagine completa di mio figlio sia una foto ufficiale.

«È molto fortunato ad avere questo piccolo segno», dice lui. «Sarà di aiuto».

Lo bacerei per quelle parole. Voglio ringraziare Dio nelle mie preghiere per quella voglia. Con un grugnito Goodwill si tira su dalla poltrona e va in cucina per parlare con Elisabeth e Josiah, Peo e le sue amiche. Non ho ricevuto ancora notizie da Megan. Le mando un messaggio: *Hai sentito David?*

Le bambine mi raggiungono per aspettare con me. Zoe mi si siede in braccio sbadigliando. Alice è per terra ai miei piedi. Sfoglio il libro di fiabe di Zoe, ma non c'è una sola storia che non abbia al centro una morte o una stregoneria, perciò preferisco leggerle dall'enciclopedia notizie su tessitori, iene, facoceri e giraffe:

I passeri tessitori dell'Africa costruiscono nidi simili ad appartamenti nei quali da cento a trecento coppie hanno le proprie camere separate, a forma di bottiglia...

Le iene sono animali preminentemente notturni, a volte si avventurano fuori dalle proprie tane nelle prime ore della mattina...

Il facocero prende il nome dalle quattro grandi protuberanze che si trovano sulla sua testa, che servono come risorsa di grasso...

Fatti, lisci come l'acqua, anche se, mentre leggo delle madri giraffe, che senza mai allontanarsi difendono i loro piccoli fino alla morte, la voce mi trema.

Goodwill ritorna per interrogare le bambine. Tira fuori un bloc-notes per gli appunti, ma loro hanno poco da dire. Zoe gli racconta del concerto. Alice lo fissa e si stringe nelle spalle. Lui scribacchia qualche riga e poi torna in cucina.

«Che idea vi siete fatti, Goodwill?».

Si china per guardarsi le scarpe da vicino. Passa un attimo. Alza gli occhi. Lo sguardo è prudente. «Preferisce aspettare che torni suo marito?»

«Adam farà tardi. Vorrei saperlo adesso.

La pelle della poltrona scricchiola quando Goodwill vi sprofonda con la sua mole.

«A volte il movente si trova nella vita domestica. Un genitore che porta via il figlio per punire l'altro, ad esempio. In quel caso il bambino potrebbe essere stato portato abbastanza lontano».

Quattro giorni fa, sul prato, Adam aveva preso Sam dalle mie braccia, mi aveva baciato e aveva baciato lui. Nella luce del crepuscolo, il giardino era saturo d'oro; scuoto la testa, incapace di dire una sola parola.

«Il rapitore può essere un conoscente, qualcuno di molto vicino alla famiglia, mosso dalla gelosia. Un parente o un amico stretto».

«Non abbiamo parenti. I genitori di entrambi sono morti». Non abbiamo mai avuto molto tempo per gli amici, escludendo Megan. Siamo stati sempre tutti lavoro e famiglia. Quando mia madre è morta, mio padre era là. Poi Adam e i bambini hanno riempito il mio mondo.

Distoglie lo sguardo dal mio. «Qualcuno può aver visto il bambino mentre svolgeva il suo lavoro. Magari un uomo delle consegne, o un giardiniere. Un operaio venuto a riparare il tetto».

«Alle riparazioni ci pensa Josiah, e anche al giardino. Nessuno viene a fare consegne. Josiah non sa guidare, perciò Adam porta Elisabeth a Kubung per fare scorte ogni quindici giorni».

«Allora, ci sono donne che diventano disperate…». La sua voce prosegue in un pacato borbottio. Potrebbe stare parlando del tempo o della lista della spesa. «Donne senza figli che prendono i bambini di un'altra».

Anni addietro, dal mio ospedale era scomparso un bambino. Del rapimento era stata accusata una donna che era uscita di senno dopo una gravidanza finita male. Ma qui siamo troppo isolati per un rapimento casuale. E poi, Adam ha detto che le persone condividono i figli. Non hanno nessun bisogno di rubare il nostro. Le ipotesi di Goodwill non sono d'aiuto.

«La devo avvisare che ci sono altri casi, anche più... difficili». Mi guarda da vicino, e la sua voce ha una punta d'asprezza. «Coinvolgono l'aspetto economico».

«Noi possediamo dei risparmi, una casa...».

«Il rapimento per ottenere un riscatto è una possibilità, ma dobbiamo tenerne in considerazione anche altre. Il traffico produce un vasto giro di denaro, di solito il riscatto non serve».

Traffico? La mia mente va in stallo. Frammenti delle sue parole mi raggiungono in mezzo al frastuono creato dal panico nella mia testa.

«...turpe commercio... frontiere permeabili... venduti come pezzi di pane...».

Venduti? Chi vende i bambini? Perché? Le sue labbra continuano ad articolare parole, ma non riesco a sentirle. Nel petto mi si apre una voragine che m'inghiotte il cuore. I suoi occhi si spostano sul mio viso, constatando il danno.

«Dovremmo aspettare suo marito. Domani avremo tempo di rispondere ad altre domande. Ora dobbiamo fare un'indagine accurata dei locali». Si alza, si avvia alla porta, poi torna a voltarsi. «La contatterà la stampa. Li tenga dalla sua parte, ma a distanza». Goodwill allontana la mano dal corpo, in un gesto dimostrativo; le dita larghe sono segnate da cicatrici identiche su quattro delle nocche.

Dopo che è uscito, nella stanza cala il silenzio. Le ragazze stanno mangiando in cucina. Voltano le facce pallide nella mia direzione. Peo mi passa una ciotola di sorgo caldo, ma sono incapace di deglutire qualunque cosa. Zoe mi appoggia la testa sulla spalla, sbadigliando. Più tardi, mi spremo il latte nel lavandino, guardando i piccoli getti di liquido bianco che schizzano sul metallo, e poi scivolano inutilizzati nello scarico. I seni mi bruciano, ma sono più leggeri.

Poi gli uomini della polizia si chinano sulla porta a vetri sfondata, i mobili e i muri graffiati, e prelevano il telefono con il cavo tranciato. Dappertutto rilevano le impronte.

Mentre le ragazze sonnecchiano nella loro stanza, nella testa mi risuonano le parole di Goodwill: trafficanti che stipano gli immigrati nei camion, uomini costretti a lavorare, donne chiuse in cantina. Sam potrebbe essere pigiato con altri bambini in uno spazio angusto, tenuto malamente, quasi incosciente, mentre soffre il caldo e la fame. Cammino e mi siedo, mi alzo, cammino ancora scuotendo la testa, ma l'immagine non se ne va.

La culla viene smontata, il materasso avvolto nella plastica e portato nell'auto. L'elefantino di Sam è scomparso. Forse hanno preso anche quello. Il pensiero mi offre un minimo di sollievo. Più tardi, Goodwill passa una spazzola sul pavimento sotto alla porta a vetri, raccogliendo frammenti di vetro e terriccio. Quando indico l'impronta di un alluce, non risponde. Ho l'impressione che non gradisca la mia presenza.

Zoe si sveglia dal suo riposino e guardiamo insieme Kopano che indossa un paio di stivaloni di gomma ed entra nello stagno con una grande rete per ripulire il fondo. Quando il cane comincia a saltare dentro e fuori dall'acqua, abbaiando e scuotendo il pelo folto, gli spruzzi che brillano come diamanti, lei lancia un'esclamazione. Se avessimo seguito il consiglio di Kabo, avremmo avuto al fianco cani come questo, cani che potrebbero aver abbaiato agli uomini che erano venuti o, meglio ancora, potrebbero averli attaccati.

Il cane salta fuori dall'acqua, con una piccola pietra grigia stretta tra le mascelle. Kopano lo segue, gli tende la mano, e il cane gliela deposita sul palmo. Kopano mette l'oggetto in una busta trasparente, poi se la infila in tasca.

Il telefono squilla. «Adam?»

«Qui è la "Gazzetta del Botswana". Posso sapere con chi sto parlando?», chiede una donna con voce nasale.

«La signora Jordan». Come hanno fatto a trovare il mio numero?

«Signora, sono molto dispiaciuta di sentire che il suo bambino di quattro mesi ieri è scomparso dalla sua casa...».

Ieri? Solo ieri? Mi sembra come se fosse scomparso da sempre, come se avessi passato la vita intera ad aspettarlo in questa stanza.

La donna continua a sparare parole a raffica come proiettili da una pistola. «Quindi siete dei medici, lavorate sul posto, immagino. Come ci si sente...».

«Grazie». Perché la sto ringraziando? Non c'è nulla di cui essere grati. Chiudo la telefonata. Si sono messi in contatto prima di quanto mi aspettassi.

Il telefono squilla di nuovo.

«Qui è lo "Ngami Times", signora. Parlo con la padrona di casa?»

«Sì».

«Mi può confermare che mentre lei non era in casa il suo figlio più piccolo è stato prelevato dalla culla?».

Mentre lei non era in casa, mentre non teneva la situazione sotto controllo.

«Per favore, contattate la polizia», rispondo.

Goodwill ha detto di tenere la stampa dalla mia parte, ma è come se una nuvola di insetti mi ronzasse attorno, succhiandomi via il sangue. Ricevo un'altra chiamata, ma lascio squillare il cellulare finché non si ferma, e poi lo spengo.

Goodwill bussa alla porta. Vuole informarmi che se ne stanno andando e che torneranno domani. Con la nostra stanza hanno finito, dice. Ora possiamo usarla di nuovo, anche se dovremo coprire la finestra con delle tavole di legno. Kopano si ferma per raccogliere la borsa; il cane è di nuovo al guinzaglio.

«Kopano, cos'ha trovato il cane nello stagno?».

Estrae la busta dalla tasca e me la mostra. Dentro c'è l'elefantino di Sam. Il corpo sembra più grande, come gonfiato dall'acqua. Manca un orecchio, forse strappato via dal cane.

Tendo la mano con le dita tremanti, ma Kopano si rimette il sacchetto in tasca. «È una prova», dice.

Capitolo 25

Botswana, marzo 2014

Le ore passano, e Adam non è ancora rientrato. Le amiche di Peo sono tornate al villaggio e la casa è immersa nel silenzio. Crollo addormentata sul divano, ma un rumore di passi strascicati che proviene dall'esterno mi sveglia. C'è qualcuno che armeggia con la maniglia della porta. Mi si secca la bocca. Ci sono degli oggetti, in cucina, che potrei usare come arma: un coltello sullo scolapiatti, una bottiglia nel frigo. Ma non sono nemmeno a metà della stanza che la porta si apre e appare Adam. Mi fissa con uno sguardo vacuo negli occhi iniettati di sangue, come se non mi riconoscesse. Si lascia cadere a peso morto sulla poltrona; mi inginocchio accanto a lui, col cuore che rallenta. Scuote la testa. Ha le guance pallide come stucco; anche le labbra sono sbiancate, come quelle di una persona che ha perso molto sangue.

Qualche istante dopo, Elisabeth si presenta con del cibo caldo e un bicchiere d'acqua; dev'essere rimasta per tutto il tempo in cucina, in paziente attesa. Adam sistema il piatto in equilibrio sulle gambe e intanto mi racconta com'è andata.

«Trovare l'ospedale è stato semplice». Le mani che stringono coltello e forchetta stanno tremando; non credo sia stato così semplice. La strada non dev'essere di facile percorribilità, le indicazioni stradali poco frequenti. «Il vicedirettore mi ha detto che la missione non esiste più. Ricordava i genitori di Megan e il giovane, David, che lavorava con loro». Adam spinge il cibo ai margini del piatto e manda giù un sorso d'acqua.

«Quando sono morti, David è stato messo a capo di un orfanotrofio, ma lui non aveva idea di come si chiamasse. Ce ne sono tre. Li ho visitati tutti. Una chiesa sconsacrata, un bungalow e qualche baracca sparsa, appena fuori dal paese. Nessun dipendente di nessuno dei tre aveva mai sentito parlare di Teko. Sono finito a cercare nei bar e nei negozi, mostrando la foto di Teko a chiunque potessi. Non l'ha riconosciuta nessuno».

Le persone non si saranno fidate di un europeo con lo sguardo da folle che chiedeva informazioni. Forse avranno avuto paura.

«Ho letto il messaggio dove dici che se n'è andata perché spaventata dalle tue parole». Mette giù il piatto e mi guarda. «Eri davvero così arrabbiata? Non me lo ricordo».

«Ero furiosa. Ci fidavamo di lei. Se fosse rimasta accanto a Sam, lui sarebbe ancora qui».

Ma era giusto fargliene una colpa? Io sarei rimasta a gravitare attorno alla culla di Sam per tutto il tempo? Ai rapitori potrebbe essere bastato un attimo per irrompere in casa e portarlo via, il tempo di preparare una tazza di tè.

Non avrei dovuto gridare a quel modo, adesso lo capisco. «Secondo Elisabeth, era terrorizzata dall'idea di poter finire in prigione».

«Perciò è scappata», conclude Adam lentamente. «Si può capire». Si alza e si avvicina alla credenza per versarsi del vino. Vuota in fretta il bicchiere e si siede accanto a me sul divano, il viso più pallido che mai.

«Dobbiamo trovarla comunque, Adam. Anche se è innocente,

potrebbe sapere qualcosa. Potrebbe aver visto un'auto, aver sentito delle voci o intravisto qualcuno».

Adam si appoggia allo schienale senza rispondere e chiude gli occhi. Il muscoli del viso si allentano e il respiro si fa profondo. Dietro di lui, fuori dalla finestra, un lampeggiare diffuso illumina di verde l'oscurità. È da un giorno e mezzo che Sam non prende il mio latte. Mi conficco le unghie nelle braccia. Megan non si è ancora rifatta viva. Ma perché ci mette tanto?

Megan.

In mezzo alle tenebre che mi oscurano la mente, quel nome si scrive da sé, e le immagini cominciano a dispiegarsi più rapide dei pensieri: lo sguardo di Megan che si posa sulla nostra foto di famiglia, la prima volta che è venuta a casa nostra, la mano aperta sul tavolo; anche allora avevo pensato che stesse aspettando qualcosa. Il modo che aveva di guardare Sam.

Potrebbe essere qualcuno di molto vicino alla famiglia... mosso dalla gelosia...

Forse Megan mi invidiava l'uomo per cui lei lavorava, le belle bambine che aveva visto nella foto? O voleva punirmi? La moglie competitiva, madre di una figlia infelice, la donna negligente che aveva dimenticato la sua bambina in un negozio? Megan aveva sofferto per via del suo aspetto: la mia reazione davanti alla voglia di Sam aveva forse acceso in lei un desiderio di vendetta? La tazza in pezzi, la mousse sul pavimento: sciocche ritorsioni al confronto con quello che forse stava pianificando.

Mi rannicchio a fianco a Adam, rimodellando i ricordi in forme nuove: Megan che mi convince a venire in Botswana, e poi si offre di trovarci un aiuto domestico. Già allora faceva tutto parte di un piano? Forse ci aveva trovato di proposito una persona giovane, distraibile, per rendere più semplice ai ladri intrufolarsi in casa senza essere notati e rubare il nostro bambino? Mi aveva anche procurato la certificazione per lavorare: sarebbe stato più semplice rubare un bambino la cui madre non era sempre presente.

«Adam, svegliati».

È immerso in un sonno profondo e russa pesantemente.

«Potrebbe essere stata Megan». Lo scuoto per una spalla.

Alza di scatto la testa e sbarra gli occhi. Sembra confuso, si guarda intorno, come se lei potesse trovarsi lì nel buio, in un angolo della stanza. «Megan?»

«Potrebbe aver pianificato tutto. Sam potrebbe essere con lei, adesso».

«Cosa?». Si strofina in fretta la faccia, come se volesse scacciare via le mie parole. «Sei diventata matta? Come ti è venuto in mente?»

«Lei ha vissuto in Botswana. Ha dei contatti quaggiù. Potrebbe avere organizzato il tutto. Sembra plausibile».

«No che non lo sembra». Alza entrambe le sopracciglia. «Stai dicendo delle assurdità, Emma. Ti devi calmare». Mi fissa da vicino. «Hai mangiato qualcosa, oggi?»

«Tu non sai cos'è successo a Megan in passato». Mi alzo e comincio a camminare avanti e indietro, torcendomi le mani, mentre i sospetti che mi assillano risvegliano altri pensieri che avevo seppellito nell'oscurità.

«Conosceva una strega». Adam mi guarda basito mentre le parole mi escono da sole dalla bocca. «La ragazza che a scuola tormentava Megan è stata assassinata e hanno ritrovato solo le sue ossa. Megan ha detto che era stata la strega a ucciderla, per proteggere lei. Forse quella stessa strega potrebbe avere Sam proprio adesso».

«Streghe e ossa», ripete Adam incredulo. «Emma, è una follia. E come avrebbe potuto Megan fare tutto questo? Perché? È un'amica, ci vuole bene...».

«Ne vuole a te».

La prima volta che l'avevo vista, tutta profumata e ben curata, per un attimo quel pensiero mi aveva attraversato la mente. Quando era venuta a cena da noi, aveva posato la mano sul braccio di Adam, ed era arrossita quando lui l'aveva baciata.

«Sono sicura che è così. È innamorata di te».

«Come puoi dirlo?». I solchi tra le sopracciglia di Adam si fanno più profondi. «Megan è sposata con Andrew».

«È quello il problema. Non hanno figli».

...donne che diventano disperate... donne senza figli che prendono i bambini di un'altra...

«Voleva un figlio. Il tuo. Tutto torna».

«Non voglio sentire altro». La voce di Adam è piatta. Si tira su dal divano. «Ho bisogno di dormire».

«Mi ha procurato la certificazione di proposito. Così sarei stata lontana da casa».

«E secondo te come diavolo farebbe a farlo arrivare all'estero?», m'interrompe Adam, dirigendosi alla porta. «Se vogliamo trovare Sam, dobbiamo rimanere lucidi». Scompare nel corridoio.

La testa del kudu mi osserva da lontano. La collana di baccelli è sparita. Senza ornamenti, sembra più selvaggio, le corna capaci di una carneficina.

Le parole di Adam filtrano attraverso il silenzio. Forse ha ragione lui. Sto diventando pazza?

Nella quiete, riesco a sentire il battito del mio cuore che rallenta, e dopo un po' alle immagini nella mia testa se ne sostituiscono altre: vedo Megan col capo inclinato, che ascolta le mie confidenze; sento la sua voce che mi consola. Mi ricordo che si è fidata di me, condividendo il suo passato. È venuta a occuparsi delle bambine; ha letto loro delle storie. Ha sferruzzato giocattoli di lana, si è presa cura di me quando avevo bisogno di riposare. Mi ha invitato ad amare Sam. È riuscita ad aprire una breccia in Alice quando nessuno di noi ne era stato capace. La sua tranquillità mi aveva permesso di andare avanti.

Quale serie d'immagini corrisponde alla verità?

Trovo Adam in camera nostra, seduto sul bordo del letto, che si slaccia le scarpe.

«Forse hai ragione. Forse è una follia pensare che Megan c'entri qualcosa. So che è mia amica, è solo che…». È solo che c'è un vuoto che grida, e vuole essere riempito con delle risposte. Da qualche parte una risposta esiste; qualcuno ha preso Sam, anche se non è stata Megan. «C'è qualcos'altro». Parlo alla sua testa china. «Qualcosa di peggio».

Si tira su. Il suo viso, arrossato e gonfio dopo essere stato tanto tempo chino, mi sembra strano. I suoi occhi cercano ansiosamente i miei. «Cosa?»

«Goodwill ha parlato di trafficanti».

«Non penso che ci sia un traffico di neonati», ribatte. «Di uomini, donne, bambini, questo sì». Si toglie le scarpe e si sdraia supino sul letto. «Ma non di neonati».

«Goodwill vuole darci maggiori informazioni domani». Mi appoggio alla porta, troppo stanca per muovermi. «Non mi ha voluto dire molto. Pensa che sia meglio parlarcene insieme».

«Io non ci sarò», dice Adam, chiudendo gli occhi. «Ho telefonato al consolato. Ho un appuntamento».

Se andassi anch'io, forse potrei attenuare per qualche minuto l'angoscia che mi attanaglia. Potrei sentirmi in qualche modo utile.

«Tu devi restare qui», continua Adam, immaginando i miei pensieri. «Le ragazze... la polizia...».

Ha ragione lui. E anche senza quelle incombenze, qualcuno potrebbe bussare alla porta in qualsiasi momento e Sam potrebbe essere là, tra le braccia di uno sconosciuto che me lo riporta indietro dopo averlo trovato per caso. Sam, che si dimena tutto in preda all'entusiasmo, la bocca spalancata in un sorriso. Il bisogno che ho di rivederlo mi fa bruciare la gola.

«Mentre tornavo a casa ho detto alla polizia di Teko. Gli ho mandato la foto che ho scattato al parco il giorno di Natale». Adam farfuglia per la stanchezza. «La troveranno...», sprofonda di nuovo nel sonno, nel mezzo della frase.

La finestra sbatte, seguita dal suono leggero della pioggia che scorre sui vetri. Dopo un attimo, l'odore della terra bagnata s'insinua nella stanza. Poi sento un rumore di passi che si trascinano sulla veranda. Potrebbe essere qualcuno che ci sta riportando Sam, proprio come ho appena immaginato. Ripercorro il corridoio di corsa fino al soggiorno. Lotto con la porta pesante, girando la maniglia in un verso e nell'altro. Finalmente si apre.

La veranda è vuota.

La pioggia mi entra negli occhi; una figura indistinta si muove nel cerchio di luce della porta. È Josiah, nel suo giro di perlustrazione notturno; le chiavi luccicano nella sua mano. Mi fa un cenno col capo, si tira il cappello sulla testa e scompare di nuovo nel buio.

Mi accovaccio; la mano aperta sul legno bagnato. Gocce di pioggia mi scorrono sulla schiena, ma resto dove sono, china su quello spazio vuoto dove avevo immaginato di trovare mio figlio.

Capitolo 26

Botswana, marzo 2014

Quando Sam era appena nato, lo portavo tutte le notti nel nostro letto. Lui si rintanava contro di me, grattando piano con le unghie, la faccia premuta contro il mio seno, la piccola bocca attaccata al capezzolo, mentre io scivolavo dentro e fuori dal sonno. Era più semplice, così, anche se la puericultrice disapprovava. A volte, quando mi svegliavo, me lo ritrovavo sulla pancia, che si muoveva, contorcendosi e sgomitando come se fosse ancora dentro di me. Quando mi sveglio, la seconda mattina senza di lui, sento sulla pelle l'impronta del suo corpo, come se fosse stato lì fino a un secondo prima.

Adam è già in piedi, in cucina, il viso pallido e lo sguardo spento, che beve il caffè. Non si è rasato; i capelli sono ancora appiattiti dal lato dove ha poggiato la testa dormendo. Oggi racconterà la nostra tragedia a degli sconosciuti, e potrebbe dover ascoltare orrori che ancora non abbiamo immaginato. Non nominiamo più Megan. Nella notte i miei sospetti sono svaniti, prendendo le sembianze di un incubo, spaventoso ma irreale, che è scivolato via nell'ombra.

Prima che esca, racconto a Adam che l'elefantino di Sam è stato ritrovato nello stagno.

«Chi può avercelo buttato, Adam? Perché?».

Mi fissa, come se neppure ricordasse che Sam aveva un giocattolo simile.

«Può essere lì da giorni», dice dopo qualche secondo. «Forse è caduto in giardino ed è finito in acqua per caso. Zoe semina giochi in giro in continuazione».

Ma Zoe i suoi giochi poi li raccoglie, per lei sono preziosi; e, escludendo il concerto, le bambine sapevano di non dover tornare a giocare vicino allo stagno. Adam chiude la porta senza nemmeno un saluto, e i miei pensieri si inseguono girando su se stessi, senza arrivare da nessuna parte.

Porto le ragazze, con i loro libri e una stuoia, sul prato sotto gli alberi. Alice è china sugli esercizi di matematica, ma i suoi occhi sono chiusi, la mano abbandonata sulla copertina. Il libro rimane chiuso. Zoe si sdraia a pancia sotto accanto a lei, sospirando. Apre un libro sugli animali, posiziona la carta da lucido sulla sagoma di un elefante e inizia a disegnare, con un sospiro profondo. Accanto a noi siede Peo. Sta cucendo l'orlo di una lunga tunica di cotone verde, le lunghe gambe incrociate sotto alla gonna. I suoi occhi vagano in continuazione, registrando la presenza di Josiah che spazza la veranda, il furgoncino bianco che appare e scompare dietro gli alberi, passando, e il modo in cui l'ombra si sposta, per assicurarsi che le bambine rimangano all'interno dei suoi margini grigi.

Tre giorni fa, Sam era proprio lì, sotto l'albero, il giorno prima che me lo portassero via. Quelle foglie si sono riflesse nel blu dei suoi occhi; agitava braccia e gambe. Integro. Lascio le bambine con Peo e rientro in casa, il cuore che mi scoppia nel petto, gola e occhi brucianti. Mi sembra di essere malata, come se l'angoscia stessa fosse un virus, che cresce e si moltiplica in ogni cellula del mio corpo.

Megan continua a essere irreperibile. Quando accendo il computer per consultare le notizie del giorno, dallo schermo mi sorprende l'immagine di Sam. La foto del passaporto è stata ingrandita, la voglia è ben visibile, di un rosso più vivo rispetto alla realtà. La tocco attraverso lo schermo. I suoi occhi guardano i miei, lo sguardo speranzoso ma solenne. Il testo è d'effetto.

Il piccolo Sam, unico figlio maschio di una coppia di medici inglesi in missione umanitaria in Africa, è scomparso da quaranta ore. Strappato da…

La dottoressa Jordan rientra dal lavoro e scopre che il figlio Sam è scomparso…

Coppia di successo derubata dell'unico figlio…

Tragedia per due britannici…

L'industria dei media che si ciba della nostra disperazione.

Nessuno degli articoli parla di traffico di esseri umani. Le persone che leggeranno penseranno di cercare nei luoghi dove i trafficanti nascondono le loro merci? Porto il computer sulla sedia accanto alla finestra, da dove posso vedere meglio le ragazze in giardino. Adesso Alice è in ginocchio. Zoe è rotolata sulla schiena e tiene la carta da lucido sulla faccia, agitandola in aria.

I trafficanti devono ottenere laute ricompense perché valga la pena correre quei rischi. Chi possiede i soldi per pagarli? «Politici», ha detto Esther, e uomini d'affari, per il prezzo di una boccetta di medicinale. *Palpebre o mani o testicoli*, aveva detto in un sussurro. Appoggio il viso contro la finestra, lasciando un alone di sudore sul vetro. *Braccia e gambe.*

Fuori, Alice è in piedi sulla stuoia, immobile come una piccola statua. Inizio a digitare in fretta: *medicinali umani.* Mi si apre immediatamente una pagina, come se questa fosse una ricerca comune tra la gente, come cercare un vestito o un posto per le vacanze.

…prelevare esseri umani per tagliare parti del corpo da usare come medicinali o per scopi legati alla magia nella stregoneria… a partire dall'Ottocento, aumenta nei momenti di crisi economica… argomento di leggende urbane…

Nel 1994 a Mochudi, in Botswana, una ragazza di quattordici anni, Segametsi Mogomotsi, stava vendendo arance lungo la strada per raggranellare i soldi per la gita scolastica. Arrivarono alcuni uomini e le comprarono tutta la merce, ma non avevano i soldi per pagarla. La ragazza attese per tutto il giorno. Quelli tornarono, l'imbavagliarono, la trascinarono nella macchia e la fecero a pezzi... Nessuno è stato incriminato... si sospetta il coinvolgimento di poliziotti corrotti... rivolta degli studenti... coinvolta Scotland Yard.

L'orrore sembra colare giù dallo schermo e riempire la stanza, finché l'aria vibra tutta di terrore, ed è per questo che non sento subito le grida che provengono da fuori. Quando guardo dalla finestra, sulla stuoia ci sono solo due persone. Peo, in piedi, con Zoe al suo fianco, sta chiamando Alice a gran voce.

Lascio il portatile sulla sedia e corro. Le stanze sono tutte vuote. Dietro la casa, lo stagno è piatto come una moneta, i giunchi intatti. Mi precipito lungo il viale, e attraverso gli alberi scorgo delle macchine sulla strada. Svolto per l'ultimo tornante e finalmente vedo Alice, la faccia rivolta al cancello. Mi sento quasi svenire per il sollievo, rallento e cammino verso di lei, mentre un uomo si sporge oltre le sbarre chiamandola, un microfono in mano. Attorno a lui ci sono furgoni, antenne satellitari e una foresta di treppiedi. Decine di macchine fotografiche scattano all'unisono. Da dove arriva tutto questo?

Mentre mi avvicino, la testa dell'uomo si gira di scatto nella mia direzione: ha la pelle bianca scurita da una ricrescita di peli castani che fuoriescono dal collo di una T-shirt e occhi piccoli che guizzano verso di me, scrutandomi. Accanto a lui, una giovane tswana alza la macchina fotografica nell'aria, puntandomela addosso. Dietro di lei ci sono altre persone, una folla di visi, neri e bianchi, che mi guardano. Costringo Alice, con immensa dolcezza, a voltarsi e ci apprestiamo a tornare indietro. Le voci ci rincorrono, gridando domande.

«Cos'è successo precisamente?»

«Cosa avete visto?»

«Come state reagendo?»

«Dov'è suo marito?»

«Avete dei sospetti?»

«Come si sente?».

Voglio gridare che mi sento morire; che la morte sarebbe meglio del tormento di continuare a chiedermi ogni secondo che passa se sta soffrendo, gridando. Morendo. Che voglio che la terra si apra e li inghiotta, con le loro macchine fotografiche e i loro furgoni, con le loro terribili, invadenti domande.

Zoe getta le braccia al collo di Alice, piangendo forte. Peo le fa una carezza sulla testa, poi arrotola la stuoia, raccoglie i libri e il suo lavoro di cucito e s'incamminano insieme verso casa.

Abbiamo bisogno di questi giornalisti. Abbiamo bisogno di chiunque possieda una macchina fotografica, un microfono e un taccuino. Torno al cancello. Parlando al di sopra del turbinio di scatti e domande, mi costringo a ringraziarli per il loro interesse e gli dico che la polizia potrà dargli maggiori informazioni. Biglietti da visita con numeri di telefono e indirizzi email vengono spinti attraverso le sbarre; una nuova ondata di domande m'insegue lungo il viale.

Il silenzio si stende sopra la casa come un lenzuolo fresco. Elisabeth porta le ragazze in cucina, la porta si richiude piano sul profumo del pane nel forno. Cinque minuti dopo, arrivano Kopano e Goodwill. Emergono dall'auto e sembrano tranquilli. Devono aver negoziato il passaggio attraverso quella mischia senza troppo sforzo. È il loro lavoro. Kopano incede a grandi passi nel giardino, ma Goodwill mi segue dentro. Sprofondando nella medesima poltrona, tira fuori il bloc-notes. Lo apre e alza lo sguardo, senza sorridere.

Ha letto l'email che Adam gli ha scritto a proposito di Teko e vuole sapere tutto di lei. Gli spiego che pensiamo si sia nascosta per paura, non perché colpevole, anche se non abbiamo alcuna certezza.

«Da dove viene? Cognome? Famiglia? Villaggio?».

Non conosco la risposta a nessuna delle sue domande. È sgusciata via come un'ombra, inconsistente e silenziosa com'era quando l'abbiamo incontrata la prima volta.

Tratteggio la sequenza degli eventi che l'hanno condotta alla nostra porta: Megan, David, l'orfanotrofio che Adam non è riuscito a trovare. Goodwill prende il numero di Megan ed esce per chiamarla. Rientra, la bocca serrata. Allora nemmeno lui è riuscito a mettercisi in contatto.

«È cruciale che troviamo questa Teko», dice, sedendosi con il suo bloc-notes. «Può aver visto qualcosa. L'esperienza, comunque, ci dice che questi non sono crimini da ragazze giovani. È improbabile che sia coinvolta. Non è scomparsa insieme a vostro figlio, come mi sarei aspettato, e qualcuno ha dovuto forzare la porta a vetri della vostra camera per entrare. Se fosse stata una complice, gliel'avrebbe fatta trovare aperta».

«Lei non sapeva dove si trovassero le chiavi. Le avevo spostate», gli dico. «Ma durante il giorno la porta principale non viene chiusa a chiave. Se avesse voluto aiutare un complice, l'avrebbe fatto entrare da quella parte».

«Come ho già detto, non ritengo probabile un suo coinvolgimento». Goodwill sembra infastidito.

I criminali devono essersi accucciati tra i cespugli, osservando la stanza mentre Teko si alzava, si stiracchiava, sbadigliava e usciva, forse diretta in cucina. Non avranno impiegato che qualche attimo per rompere i vetri e portare via Sam.

«Dove si trova la chiave, adesso?», domanda Goodwill. La trovo nel cassetto del comodino, dove l'avevo lasciata, e la poso sul tavolo. Lui la guarda, annuendo. «Perché quella porta è chiusa a chiave durante il giorno mentre le altre no?», domanda.

«Vicino alla porta, sul muro, ci sono delle ditate. Ho pensato che fossero state le bambine...». Mi alzo di scatto e corro in camera da letto, ma le impronte sono svanite. Viene convocata Elisabeth. Ha pulito lei i muri, dice spaventata. Quattro giorni fa. Ha pensato che li avessero sporcati le bambine.

«Senza dubbio ha ragione», dice Goodwill, accomodandosi di nuovo sulla poltrona. «C'è qualcun altro che lavora per la famiglia», domanda, «che possa esserle anche involontariamente passato di mente?»

«Josiah ed Elisabeth li avete incontrati». Poi l'occhio mi cade sui libri di Alice, ancora ordinatamente impilati sul tavolo. «Qualcun altro c'è, o meglio, c'era. Simon Katse. Un insegnante privato che seguiva le ragazze. Se n'è andato prima che accadesse tutto».

«Quando?». Goodwill comincia a scrivere sul suo bloc-notes.

«Perché se n'è andato?»

Perché? Per un attimo non riesco a ricordare quando e perché sia andato via, e nemmeno che viso avesse.

Goodwill attende, tamburellando impaziente con la penna rossa contro i denti.

«Se n'è andato a causa della moglie». Gradualmente, comincio a ricordare. «Ha ottenuto un nuovo impego a Serule, e si sono dovuti trasferire. Hanno un bambino piccolo, perciò lui...».

«E quando se n'è andato, esattamente, il vostro signor Katse?»

«Lunedì. Il giorno prima che Sam sparisse. Quattro giorni fa». Un'altra vita.

«E questo nuovo impiego così importante?». Ora sta scrivendo in fretta, senza alzare lo sguardo.

«Qualcosa a che vedere con una commissione per lo sviluppo. Simon mi ha detto che era candidata alle elezioni…». La parola sembra rimanere sospesa nell'aria del soggiorno.

«Dovremo parlare con questo Simon», dice lentamente Goodwill. «Ha il suo indirizzo?»

«No. Ma Kabo lo sa».

«Qualcun altro?». Si schiarisce la gola con impazienza.

«Non avete incontrato o stabilito contatti con nessun altro da quando siete arrivati in Botswana?».

Da quando siamo qui non ho incontrato quasi nessuno. Mi attraversano la mente il viso spaventato di Esther, quello largo di Claire. I ranger sorridenti di Mokolodi. Esther si spaventerà, Claire potrebbe infastidirsi, ma Goodwill arriverebbe a loro comunque. Mentre si appunta i loro recapiti, invio a Esther e Claire un rapido messaggio, sperando che capiscano. *Mi dispiace tanto. La polizia sta controllando tutti i nostri contatti; potrebbe venire anche da voi.*

Sentendomi scrivere, Goodwill si acciglia. Pensa che sto avvertendo i miei amici? Chiude il bloc-notes ed esce, sbattendosi la porta alle spalle. Ben presto lo vedo camminare su e giù per la veranda, il telefono incollato all'orecchio.

Simon è un uomo buono, ma la sua ambiziosa moglie, che spera in una carriera politica, cosa sarebbe capace di fare?

Sulla soglia appare Kopano. «Le gabbie», dice.

È un'affermazione o una domanda?

«Sono delle bambine, per il loro zoo». Che importanza può avere?

Zoe deve aver ascoltato dalla cucina, perché arriva subito nella stanza, va dritta verso Kopano e gli porge una ciotola di prugne. Lui ne prende una, ma la posa sul tavolo. «È uno zoo, per le lucertole e una rana». Alza il viso verso quello di lui, un cerchio scuro di cioccolato attorno alla bocca. «Ci sono due lucertole che si chiamano Josiah e Simon. Sono ottime amiche. La rana è una sola, per ora. L'abbiamo chiamata… Sam». Arrossisce e, guardandomi, abbassa la voce in un sussurro: «Per via del singhiozzo». Poi, dopo aver posato la sua ciotola, corre da me e seppellisce la faccia nella mia gonna.

Kopano la guarda, poi guarda me, e nei suoi occhi incavati balugina un'emozione difficile da leggere, anche se io noto un senso di disagio. Allentando le dita di Zoe, la riporto in cucina; e per un momento sono catturata dalla normalità della scena che mi si svolge davanti, dai suoi colori: nasturzi arancioni dentro a un bicchiere verde, un piatto di prugne color malva accanto ad Alice, seduta al tavolo a leggere un libro. Elisabeth le posa accanto una tazza a righe blu, fumante. Zoe prende un muffin offertole da Peo. Voglio rimanere qui ancora un po' a guardare, senza essere notata. Ma Alice mi ha visto. Scivola giù dalla sedia, il libro nella mano, e, ancora leggendo, mi chiude la porta in faccia.

Kopano mi tocca una spalla; vuole che lo accompagni fuori. Ci affrettiamo giù per i gradini. Alice sta soffrendo, non devo prendermela. Kopano cammina a lunghe falcate. Fatico a tenergli dietro. Lei non mi odia: questo è semplicemente il suo modo di far fronte a quello che è successo.

L'ombra sottile sotto l'albero della gomma profuma, un sollievo dopo la luce accecante sul prato. Kopano indica le gabbie: tutte le porte sono aperte. Le bambine hanno deciso di liberare gli animali? Quando mi avvicino, sento provenire dalla gabbia più grande un forte ronzio. Dentro, un nugolo sbrilluccicante di mosche si ammassa nell'angolo in fondo. Kopano allunga un braccio oltre di me e agita le dita sopra agli insetti. Il rumore sfocia in un crescendo rabbioso mentre le mosche si sollevano, scoprendo un mucchietto di muscoli scintillanti. Ci metto qualche secondo per realizzare che la piccola rana è stata scuoiata.

Capitolo 27

Botswana, marzo 2014

Kopano e Goodwill portano le gabbie alla macchina. Dico ad Alice e Zoe che ho liberato le lucertole e la rana; è meglio, ora che alle ragazze non è permesso uscire in giardino da sole. Entrambe accettano la cosa senza ribattere, una piccola perdita inghiottita da quella assai più grande, ma il mistero mi perseguita. Chi ha scuoiato la piccola rana? Perché? Dove sono finite le lucertole? Vandali occasionali che si stanno radunando tutti qui, attratti come iene dalla devastazione? A dispetto del calore penetrante del pomeriggio, mi sento raggelare. Sembra come un avvertimento, ma uno che non so decifrare.

Goodwill mi viene a cercare: ha preparato una dichiarazione per la stampa, e vuole che io la legga.

Tre giorni fa il nostro bambino di quattro mesi è stato rapito dalla casa che abbiamo preso in affitto vicino al villaggio di Kubung, nel Botswana occidentale. Sam ha una grande voglia rossa sulla guancia destra, capelli biondi e occhi azzurri. Vi preghiamo di segnalare qualsiasi avvistamento.

La sua tata, Teko, è scomparsa il giorno seguente. Potrebbe conoscere informazioni importanti e chiunque sappia qualcosa sulla sua posizione è invitato a farsi avanti immediatamente. Teko è una giovane tra i diciotto e i vent'anni, di altezza media, corporatura minuta. Ha capelli neri, spesso raccolti in trecce e zoppica leggermente dal lato destro.

L'ultima volta che è stata vista, portava una collana di pietre blu.

Riempio delle caraffe con l'acqua delle bottiglie che teniamo nel frigo e, affiancata da Goodwill, porto un vassoio di bicchieri impilati in fondo al viale. Una donna giovane mi prende il vassoio dalle mani con un piccolo inchino. Intorno a lei si raduna un gruppetto e le caraffe vengono rapidamente svuotate.

Goodwill mi guida verso una linea di microfoni; guardando i giornalisti e diverse grosse macchine fotografiche montate sui treppiedi, comincio a leggere: «Tre giorni fa, il nostro bambino di quattro mesi… nostro figlio Sam…». La vista mi si appanna. «Vi prego, aiutateci…».

Fuggo dai microfoni e il foglio mi cade dalle mani. Goodwill lo raccoglie e continua. «Sam è stato rapito dalla casa dove vivono i suoi genitori vicino al villaggio di Kubung. Ha una grande voglia rossa…». La sua voce svanisce mentre mi allontano lungo il viale.

Prima che se ne vada, chiedo di nuovo a Goodwill dei trafficanti. Si limita a scuotere la testa.

Adam rientra la sera, col volto ingrigito e silenzioso. Mentre tornava a casa è stato seguito dai giornalisti, e poi circondato dal gruppo fuori dal cancello. È riuscito a passare, ma adesso giace esausto sul letto. Ora il suo corpo sembra occupare meno spazio di quanto facesse prima, come se il dolore e lo stress l'avessero già rimpicciolito.

«L'Interpol sta coordinando delle squadre internazionali», dice. «Anche se credono sia improbabile che abbia già lasciato il Paese. Hanno intensificato i controlli alla frontiera e negli aeroporti».

Non sarebbe facile far passare Sam inosservato: è troppo riconoscibile. La sua voglia lo proteggerà.

«Stanno seguendo tutte le organizzazioni criminali internazionali di cui sono a conoscenza», continua.

Ma le frontiere che peso hanno nel folto della macchia? Non ci sarà nessuno a fermare un gruppo di persone che attraversa a piedi una striscia selvaggia di terra da un Paese a un altro. Sarebbe impossibile per qualsiasi forza di polizia monitorare chilometri e chilometri di campagna desolata.

«Ho parlato via Skype con un'organizzazione tedesca che si occupa di contrastare i sequestri», dice ancora Adam. «Se mai i rapitori ci contatteranno, dovremo rivolgerci a loro. Non accettare mai di trasferire denaro».

Messo a confronto con questo scorcio sul crimine globalizzato, l'orrore delle gabbie distrutte e della rana scuoiata sembra attenuarsi un poco.

«Potrebbero essere stati dei ragazzi del posto», dice Adam quando gli racconto l'accaduto. «Si saranno incitati a vicenda. Avranno pensato che saremmo stati colti alla sprovvista e che sarebbero riusciti a farla franca».

Erano riusciti a farla franca. Le ombre si radunano sotto gli alberi dove un tempo stavano le gabbie; non sarebbe stato difficile per dei ragazzini nascondersi lì sotto nella notte e attuare nel silenzio i loro crudeli propositi.

Zoe entra di corsa nella stanza, si arrampica sul letto e abbandona la testa sul petto di Adam. Lui la circonda con un braccio e il suo viso si rilassa. Qualche secondo dopo sta dormendo. Lei scende e corre di nuovo fuori dalla stanza.

Durante la cena, nessuno dice una parola. Zoe continua a sbadigliare, Alice non riesce a mangiare, e nemmeno io. Adam mangia mezza porzione di stufato di gombo.

Quando le bambine sono nei loro letti, continuiamo la conversazione in soggiorno.

«Cosa hanno detto del traffico di neonati?»

«Avevi ragione. Succede», risponde Adam.

Il mio cuore cola a picco. Non voglio avere ragione.

«Ma è raro. Il Botswana è più che altro un posto di transito per i bambini rapiti in altri Paesi e portati in Sudafrica».

«Perché?».

Adam mi volta le spalle. Va alla credenza, apre lo sportello e si versa da bere.

«Perché vengono venduti, Adam?»

«Adozioni illegali, il che può voler dire schiavitù, il che vuol dire lavoro forzato nell'industria del sesso, e poi…».

Smette di parlare e manda giù in fretta qualche sorso di vino.

«Continua». Ognuna di queste cose è peggio della precedente.

«Commercio di organi e… stregoneria», conclude, quasi in un sussurro.

Per un po' nessuno dei due apre bocca. Non riesco nemmeno a pensare. Nella mia testa c'è un rumore gracchiante, come una radio che ha smesso di funzionare.

«La moglie di Simon è candidata alle elezioni», gli dico dopo un po'. «Sapevi che i politici usano una medicina ottenuta con parti del corpo umano?»

«Non Simon», ribatte Adam in fretta. «È un insegnante, razionale, intelligente. Non potrebbe mai credere nella stregoneria».

Ragione e intelletto non guidano la fede, però; essa proviene da un posto più profondo e più oscuro. Kabo crede nel potere delle fatture. Una volta io credevo che se avessi nuotato più in fretta e meglio di tutti gli altri sarei riuscita a proteggere mio padre. Che nulla fosse più importante che mantenermi al passo con i successi di mio marito. Adam deve aver pensato che se teneva le sue matite in una linea precisa sulla scrivania e i suoi fogli ordinatamente impilati, sarebbe stato al sicuro.

Gli vado accanto. «Ho letto su internet che in Tanzania gli stregoni si servono dei bambini albini. Pensano che le loro parti del corpo siano particolarmente potenti, perciò potrebbe essere che un neonato bianco…».

«Usano soprattutto i bambini più grandi», m'interrompe lui, come ripetendo un mantra. «Bambini. Non neonati». Va alla finestra e la spalanca con un gesto violento.

Fianco a fianco, guardiamo fuori le sagome sfocate degli alberi della gomma. Forse gli uomini che hanno preso Sam non avevano un'auto. Potrebbero averlo portato in braccio. Li vedo muoversi sul prato, scavalcare lo steccato e addentrarsi nella macchia. Quella notte c'era la luna piena. Mentre guidavo verso il villaggio per cercarlo, forse degli uomini con il nostro bambino si stavano inoltrando sempre di più tra gli alberi argentati. Forse Sam dormiva, cullato dal ritmo dei passi. Avranno raggiunto la loro destinazione, una capanna solitaria o una vecchia stalla abbandonata. Qualcuno li aspettava e gli avrà aperto la porta. Ma non riesco a vedere l'interno della capanna. È come se qualcuno mi avesse chiuso la porta in faccia.

«Hai ragione», dico a Adam. «Simon non avrebbe mai preso Sam. È un amico».

«Dobbiamo lasciare comunque che la polizia faccia le sue indagini». Annuisce, come a se stesso. «Simon capirà che non possono tralasciare nulla».

Doveva essere così che nel medioevo cominciavano le cacce alle streghe: la paura che accendeva sospetti che andavano oltre ogni buon senso. L'immagine del nostro insegnante privato è già messa in ombra da quella del suo gemello cattivo.

Il telefono squilla, strappandomi ai miei pensieri. Potrebbe essere uno dei rapitori che si mette in contatto. Nel secondo che ci impiego a tirare fuori il telefono dalla tasca, ho già deciso che farò qualunque cosa chiedano, nonostante quanto abbia detto Adam, ma invece è un giornalista americano, incurante del fuso orario, in cerca di informazioni.

«"Washington Post". Parlo con la dottoressa Jordan?». Almeno è educato; il che rende le cose più facili. Adam è subito al mio fianco. Scuoto la testa. Nessuna novità. E non sono i rapitori.

«Vorrei portarle la mia solidarietà in questo momento così difficile, signora».

«Grazie». Gli occhi mi si riempiono di lacrime. È una compassione da copione, quella che mi offre, ma fa lo stesso il suo effetto.

«Potrebbe aggiornarmi su come procedono le indagini, così che possa farlo sapere ai milioni di persone che stanno seguendo la vostra storia?».

Milioni? Sono impressionata, com'è normale che sia. Milioni di persone stanno seguendo la nostra storia? Alzo lo sguardo, quasi aspettandomi di vedere visi premuti contro i vetri, ombre che affollano il giardino.

Quello continua, senza lasciarsi dissuadere dal silenzio. «Ci sono così tante persone che si sono fatte coinvolgere dalla vostra tragedia, dottoressa Jordan».

«Tutti fanno quanto possono per aiutarci. La polizia è stata molto gentile». Anche la mia risposta è da copione. «Siamo speranzosi».

Speranza non è la parola giusta. Terrore sarebbe più appropriata.

«C'è qualche sviluppo al momento?»

«Noi… Io…». Non devono sapere di Simon. Non ancora. «Per favore, chieda alla polizia. Grazie».

Spengo il telefono.

Una falena dalle ali pallide entra dalla finestra, così grande che potrebbe essere un pipistrello o un piccolo uccello. Vola silenziosamente verso il soffitto e poi si mette a girare per la stanza, sbattendo contro i muri con un rumore sordo, e posandosi sull'orlo di una tenda. Chiudo in fretta la finestra.

Adam va a controllare le bambine. Zoe ha lasciato la ciotola di prugne sul tavolo. La tiro verso di me per prenderne una, ma appena le mie dita si avvolgono attorno a quella forma morbida e confortante, la lascio cadere di nuovo nella ciotola. Dimensione e peso sono quelli del cuore di un neonato.

Capitolo 28

Botswana, marzo 2014

Mi sveglio di soprassalto perché qualcuno sta bussando forte alla porta. I miei occhi si aprono nella tenue luce dell'alba. Mi avvolgo nella vestaglia e mi precipito in corridoio, col cuore in tumulto per la speranza e la paura.

Elisabeth è arrivata alla porta prima di me: quando entro in soggiorno, le mani che armeggiano con il cordino della vestaglia, la figura ingombrante di Goodwill è là. Elisabeth tira le tende e scompare. Sento il rumore del bollitore che viene posato sul fornello, seguito da quello di un fiammifero sfregato.

Lo sguardo di Goodwill è vagamente ostile. È vestito in modo impeccabile, nonostante l'ora. Per un attimo penso che non ho idea del tempo che impieghi per venire a trovarci, sobbalzando sulle strade dissestate.

«Abbiamo una pista. Una delle persone che lavorano per voi».

Hanno scoperto che è stato Simon. Il mio incubo peggiore si sta avverando.

«A breve faremo un arresto».

«A breve? Ma…». Simon e la moglie potrebbero essere già in viaggio per un altro Paese. La polizia non avrebbe dovuto già arrestarli? Alle mie spalle, Adam entra silenziosamente nella stanza. «Arresteranno Simon», mormoro.

Goodwill alza lo sguardo. Ha sentito le mie parole e stringe gli occhi. «Non ha nulla a che vedere con Simon Katse. L'abbiamo localizzato ieri sera insieme alla moglie e saranno interrogati in giornata». Si ferma, guardandosi attorno in cerca della sua solita poltrona, poi ci si cala con cautela. Allora, Simon è un sospetto? O lo interrogheranno semplicemente per escluderlo dalla lista? In qualsiasi caso, dovrebbero sbrigarsi.

«Sto parlando del vostro giardiniere, Josiah».

«Josiah?». Il gentile, disponibile Josiah? «Deve esserci un errore».

«Perché sospettate di lui?», domanda Adam, grattandosi i polsi. Le unghie sulla pelle secca fanno un rumore forte e stridente, cartavetrata su legno. «Non farebbe del male a una mosca».

Goodwill osserva i fogli sulle sue ginocchia, come per ricordarsi la ragione per cui sospettano di Josiah. «Abbiamo trovato le sue impronte sulle gabbie che abbiamo preso».

«Ma le ha fatte lui. Certo che c'erano le sue impronte».

I pollici di Goodwill continuano a girare uno attorno all'altro, senza sosta; appaiono e scompaiono ai margini del mio campo visivo. «Le impronte che abbiamo trovato sono recenti, molto recenti», dice.

«Ultimamente si è occupato lui di dar da mangiare agli animali. Da quando Sam è scomparso, ho proibito alle bambine di uscire da sole».

Adam mi posa una mano sulla spalla, un tocco leggero. «Avrà le sue ragioni», dice piano.

Goodwill annuisce. L'espressione è benevola, ma dallo sguardo che mi lancia capisco che c'è di più. Si alza, dirigendosi alla porta. La conversazione è finita. Lo sentiamo parlare con Elisabeth in cucina; poi, qualche minuto dopo, lo vediamo passare davanti alla finestra con Josiah al suo fianco. Come sempre, Josiah è a piedi scalzi, e senza il cappello color cachi il suo viso sembra indifeso. Vorrei correre da lui, spiegargli che noi lo sappiamo che è innocente, ma Adam mi prende la mano, scuotendo la testa. «Tutto è possibile», dice.

Accanto alla stazza robusta di Goodwill, Josiah sembra fragile come uno scheletro. Potrebbe essere trattenuto per ore, addirittura giorni. Afferro una bottiglia d'acqua dal frigo e del pane dalle fette impilate sul tavolo, protette da un telo. Mi precipito giù per i gradini, ma l'auto di Goodwill ha già oltrepassato il cancello e sta scomparendo in una nuvola di polvere. Incrocio Elisabeth, che sta rientrando in casa, ma lei mi oltrepassa con occhi che non vedono.

«Mi dispiace, Elisabeth».

Si ferma, a capo chino, come aspettando che aggiunga altro. Vorrei dirle che noi non c'entriamo con questo arresto, ma è evidente che non è così. Se non fossimo venuti qui, Josiah si starebbe preparando tranquillamente per la sua giornata di lavoro in giardino, magari con il suo cane ancora al fianco. Però, è evidente che se noi non fossimo venuti qui, avremmo ancora Sam. Nella luce chiara della mattina il suo viso sembra più magro, la pelle avvizzita. Sembra vecchia.

«Non ho fatto in tempo a dargli questi». Tiro fuori il pane e l'acqua e lei li prende, poi sale lentamente i gradini e scompare nel buio della casa. Kopano è già nel piccolo capanno dove dorme Josiah. La camicia bianca del poliziotto brilla nella stanza scura mentre lui vi si addentra, mani guantate che devastano.

«Per favore, faccia attenzione».

Se mi sente, non lo dà a vedere. Tutti i cassetti del piccolo comò sono aperti. Intravedo una camicia accuratamente piegata, un piccolo asciugamano lacero.

Kopano solleva il materasso dalla rete, poi lo lancia sul pavimento. Si ferma un attimo per guardare ciò che ha fatto, ma qualsiasi cosa si aspettasse di vedere non si rivela. Si stringe nelle spalle e mi oltrepassa, diretto alla porta; il suo sguardo infossato mi evita.

Anche Josiah non mi guardava: i suoi occhi non incrociavano mai i miei, ma seguivano Sam dappertutto. Nel mio cuore si affaccia il dubbio, insieme alla preoccupazione per Megan. Non mi ha più telefonato. Sono passate più di ventiquattr'ore. E se i miei sospetti su di lei non fossero stati così folli, dopotutto?

Quando rientro in casa, è come se la polizia non ci fosse mai stata. Le ragazze devono aver già fatto colazione e stanno aiutando Elisabeth a lavare le lenzuola in una vasca sul prato davanti a casa. Alice e Zoe stanno strizzando un lenzuolo dall'acqua, torcendolo tra di loro. Elisabeth lo prende e lo attacca ai rami di un albero, dove pende come una vela, di un bianco accecante contro le foglie.

Nella nostra stanza, Adam si abbottona la camicia, un pezzo

di pane infilato in bocca. Indossa le robuste scarpe e i pantaloni in tessuto pesante che aveva portato per i safari che aveva in programma. Non sapeva che avrebbe indossato quei vestiti per cercare il suo bambino. Oggi sembra calmo e si muove con gesti determinati, come se stesse davvero per cominciare una di quelle spedizioni. Ieri, su una mappa che aveva stampato prima della nostra partenza, ha disegnato una circonferenza a ventitré chilometri dalla casa, e poi l'ha divisa in otto segmenti. Ha deciso di seguire una diagonale ogni giorno. Forse tagliare lo spazio in fette gli dà come l'impressione che sia più piccolo, ma le linee sono un'illusione: cos'hanno a che vedere con i chilometri di macchia inesplorata? È più o meno l'equivalente che perlustrare da soli tutta la Scozia.

Mi oltrepassa, con lo zaino che gli oscilla sulla spalla; viaggia disegnando un piccolo arco nell'aria e mi colpisce alla tempia. Il dolore scatena la rabbia. «Ti sei mai chiesto se tutto questo non potesse essere evitato?».

Lui fa per venirmi vicino ma si ferma, il viso prima confuso e poi, in un instante, diffidente. «Cosa vuoi dire?». Gli occhi mi scrutano in cerca di indizi.

«Ti è mai venuto in mente che se tu non mi avessi convinta a venire in questo maledetto viaggio, nostro figlio sarebbe ancora con noi?». Rivoli caldi mi colano lungo la faccia: la fibbia deve avermi graffiato.

Lui mi fissa col volto privo di espressione, come se non mi avesse nemmeno sentito. Fuori dalla finestra risuona la voce di Zoe, allegra. Gli uccelli cantano, il frinire delle cicale è ininterrotto; il sottofondo di una vita normale, anche se la vita, ormai, di normale non ha più nulla.

Poi il suo viso si scurisce; le sopracciglia si saldano. «Io non avevo pianificato di venire quaggiù con un neonato. Sei stata tu quella che è rimasta incinta senza dire nulla, ricordi?».

Quando arriva alla fine della frase la sua voce è salita di tono e il respiro è affannoso. Non litighiamo da mesi, ma siamo subito in guerra.

«E tu sei quello che ha sempre maledettamente voluto un altro figlio, ricordi?», grido.

«Avresti dovuto aspettare almeno la fine di questo dannato viaggio», grida lui di rimando, «invece di agire alle mie spalle». Lancia bruscamente lo zaino sul letto; colpisce la lampada sul comodino, che cade a terra, e l'impatto manda in frantumi il bulbo e il legno sottile della base. Dei passi risuonano nel corridoio. Si fermano proprio davanti alla nostra porta e dei cassetti vengono aperti. È Peo, che sta prendendo le lenzuola pulite per i letti dal cassettone appena fuori dalla nostra stanza. Ci fissiamo l'un l'altra, ansimanti. I cassetti si richiudono e i suoi passi si ritirano, svanendo nel silenzio.

Lui avanza verso di me: da vicino, sa di ammoniaca come un cavallo; non si fa una doccia da giorni. Sul viso, un'ombra scura di barba. Dà un calcio alla porta e la violenza di quel gesto mi fa sobbalzare il cuore nel petto, anche se la rabbia continua a montare.

«Che diavolo stai facendo, Adam? Apri quella maledetta porta». Cerco di oltrepassarlo, ma inciampo nei suoi piedi e cado sul letto. Lui si china sopra di me, schiacciandomi contro il materasso. Non riesco a muovermi.

«Tu non volevi davvero un altro bambino, vero? Di solito sei così maledettamente attenta. Dovrei credere che è stato uno sbaglio?». Mi tiene bloccata la testa con le mani, e mi parla a pochi centimetri dalla faccia. Gli occhi sono rossi e così vicini che posso vederne i sottili capillari congestionati. Si è trasformato in un altro, o è diventato più simile al vero se stesso, ora che gli strati superficiali sono crollati?

«A un certo punto, nel corso delle cose, hai deciso di usarmi. Come pensi che mi sia sentito?»

«Non essere stupido. È stato un errore. Te l'ho detto». Mentre lotto per liberare le mani, riesco a leggere i pensieri sul suo viso, a pochi centimetri dal mio. So cosa sta per succedere. Abbiamo lottato nel letto prima d'ora, ma quello era un gioco. Questo è reale. E se lo lasciassi accadere? Soppianterà per un attimo il mio tormento? Cancellerà ciò che gli ho fatto? Lo vedo registrare la mia esitazione e decidere di interpretarla come consenso. Si tira su per un secondo per sbottonarsi i pantaloni e in quel momento il viso di Sam aleggia tra di noi, sorridendo innocentemente, Sam, che nonostante quel che pensa Adam, è stato concepito in un momento di amore e abbandono.

Cerco di divincolarmi sotto di lui, ma lui mi alza la vestaglia e, anche se oppongo resistenza, in un attimo è dentro di me. Fa male, ma dopo un secondo, non me ne importa. Sono attirata nelle fiamme del suo desiderio e lo voglio anch'io. Non esiste più nient'altro che non sia questo. Per qualche istante non penso a nulla se non alla sensazione di Adam, che spinge rabbiosamente dentro di me; anche il peso del suo corpo che mi schiaccia mi sembra una cosa giusta. Quando apro gli occhi, il suo viso ha un'espressione feroce: la bocca distorta. Li chiudo di nuovo, ma in quei secondi la frenesia è definitivamente passata e il mio desiderio, se di quello si trattava, è svanito. Aspetto che finisca. Dopo qualche attimo sussulta e grida, poi si tira fuori, rotola via dal mio corpo e rimane sdraiato al mio fianco.

Gradualmente ritorna il canto degli uccelli, come le chiacchiere delle bambine e i rumori lontani della cucina. Adam ha la testa voltata, le spalle scosse; sta piangendo. Le voci si fanno più forti. Le bambine stanno rientrando in casa. Mi giro e mi alzo dal letto, mi spoglio e mi infilo sotto la doccia, lasciando l'acqua scorrere sul corpo finché non diventa fredda e mi ritrovo a tremare. Quando esco dalla doccia, Adam se n'è andato.

Vado a prendere una scopa e una paletta per la lampada che è andata in pezzi e, mentre i frammenti di vetro e di legno tintinnano nella paletta, è come se stessi spazzando via i resti di una bilancia, il meccanismo compromesso a tal punto che è impossibile ripararlo.

Capitolo 29

Botswana, marzo 2014

La mattina scivola via. Provo dolore a muovermi, come se avessi subito violenza. Sam mi fissa dallo schermo con la stessa solennità piena di speranza; le parole che accompagnano la foto sono esattamente le stesse di ieri. Mi bruciano gli occhi e chiudo il computer. Conosco quelle parole a memoria.

Peo mi porta il tè; mi posa una mano sulla testa per qualche secondo. Il calore del palmo penetra fino alle ossa del cranio. Peo è capace di interpretare i segni? Sa cos'è successo? E io? La violenza e le lacrime, sue e mie, mi riecheggiano nella testa, ma lo svolgimento esatto dei fatti è confuso, gli eventi stanno già diventando uno sfondo nero. Il trauma di stamattina amplifica il trauma già esistente; il peso che sto portando è più grande e più nero.

Mentre cammino con le bambine in giardino, prima di mezzogiorno, anche se il sole mi brucia sulla pelle, dentro sento un gran freddo. Nell'ansia di dimenticare, dimentico la crema solare, anche se Peo ne ha messa un po' alle ragazze. Al cancello, la folla di giornalisti in attesa sembra essersi infoltita; un ricciolo di fumo si alza da un fuoco acceso e un odore di cibo cucinato si spande nell'aria. Grida e risate; aria di festa. Stamattina, Adam deve essere passato per forza di qui: hanno provato a parlargli? Cosa avrà detto? Mi vedono: i flash scattano, sento chiamare il mio nome. Dovrei andarci, ma non ho la forza di parlare. Ci incamminiamo piano verso il giardino sul retro e sediamo su una stuoia accanto allo stagno. Zoe mi appoggia la testa sulle gambe; Alice è sdraiata nell'immobilità più totale, con gli occhi chiusi.

Dopo pranzo, le bambine dormicchiano nei loro letti; in casa l'atmosfera è troppo triste. Scelgo l'ombra scura della veranda. Ora sullo schermo le foto sono cambiate. Ce n'è una piccola di Adam, sfocata, come se fosse stato sorpreso dal fotografo mentre camminava di corsa, sullo sfondo gli alberi e il nostro cancello. Scattata stamattina, dunque, e già teletrasportata in ogni angolo del mondo. Scorro la pagina e ci impiego un attimo per riconoscermi in una foto scattata ieri mentre parlavo alle telecamere; somiglio a mia madre poco prima che morisse. Si sono persi la novità più grande: non c'è nulla su Josiah. Anche se è stato portato via sotto ai loro occhi, il vecchio vestito di stracci è rimasto invisibile.

Una lucertola giace sul pavimento, immobile, un piccola macchia verde sul legno; quando squilla il telefono, scompare apparentemente senza muoversi.

È Megan. Finalmente. Capisco che porta cattive notizie dalla lunghezza della pausa che fa seguire al mio nome. C'è una sorta di protocollo per comunicare le cattive notizie; ci si impiega più tempo e prevedono di essere anticipate da un avvertimento. Nei pochi secondi prima che inizi a parlare, mi passa per la testa il pensiero che forse mi sta per confessare che Sam è lì con lei, che è stato prelevato dall'Africa su sua richiesta, ma che ora ha cambiato idea e ce lo vuole restituire. La perdonerei, le perdonerei tutto se mi restituisse Sam.

Un altro secondo di silenzio. «Mi dispiace così tanto se ti ho fatto aspettare. La governante se n'è andata e ci ho messo due giorni per rintracciarla. Non ci sono buone notizie. David è trapassato quattro mesi fa. Cancro. Sapevo che fosse in ospedale, ma non avevo idea… avrei voluto che me l'avesse detto…».

Trapassato? E dove, di preciso? Come se morire fosse una sorta di dolce passaggio dalla vita a un qualche mondo migliore, non la brutale caduta nel vuoto che ho visto tanto spesso nelle corsie d'ospedale.

«Emma? Sei ancora lì?»

«Aveva una moglie?»

«È morta diversi anni fa in un incidente stradalc sulla strada per Francistown».

Incidente stradale. Parole brevi, come "scomparso" o "rapito", che racchiudono un mondo di macerie e sofferenza. «Perciò, qualcuno sa dove possiamo trovare questo orfanotrofio?»

«Non ci è rimasto nessuno a cui chiederlo». La voce è bassa. «Quando le monache si ritirarono, rimasero solo i miei genitori e David. Poi mamma e papà morirono e la missione venne chiusa. E David prese in carico la gestione dell'orfanotrofio».

«Il vicedirettore dell'ospedale ha detto le stesse cose a Adam, perciò lui ha visitato tutti gli orfanotrofi di Molepolole. Ma nessuno aveva mai visto Teko. Non capisco».

«È l'Africa, Em».

«Cosa vuol dire?». Era una clausola "scappatoia"? Una spiegazione per le tragedie che potevano accadere? Una tragedia era accaduta, ma non c'entrava nulla con l'Africa; dipendeva da me.

«Le cose trovano presto la loro fine quando i soldi a disposizione finiscono. David finanziava l'attività dell'orfanotrofio di tasca sua. Quando è morto, non ci sarà più stato modo di pagare il personale o il cibo per i bambini. L'avranno smantellato nell'arco di pochi giorni e i bambini saranno stati trasferiti in orfanotrofi statali sparsi per il Paese».

«E i suoi figli?»

«Non ne aveva».

«I tuoi genitori…».

«Te l'ho detto, Em. Sono morti entrambi».

Allora, il mondo in cui Megan è cresciuta, fatto di genitori che non riuscivano mai a trovare il tempo per parlarle, occupati ad assistere lunghe file di persone in mezzo alla polvere e alle mosche, delle canzoni provenienti dalla chiesa col soffitto di latta, che si diffondevano nell'aria rovente in mezzo ai pini, dell'orfanotrofio che ne era stato il frutto, quel mondo, era svanito nel nulla; un mondo di fatica e bambini e tragedia. Tutto scomparso.

«È colpa mia. Lo so. Se non avessi contattato David tutto questo non sarebbe mai accaduto… mi sento davvero responsabile». La voce le viene meno per lo sconforto.

«Teko potrebbe essere venuta da qualsiasi orfanotrofio, senza avere niente a che fare con te o David». I miei sospetti su Megan erano pura follia, ora me ne rendo conto. «Abbiamo immaginato che si trattasse di quell'orfanotrofio nello specifico, ma non abbiamo prove che ce lo confermino. Ci hanno detto che qui le persone si presentano spesso per lavorare senza alcun bisogno di raccomandazione…». Mentre le ripeto le parole di Kabo, comincio a vedere Teko come un'estranea di passaggio, che si è presentata per sua scelta alla nostra porta; se le cose stanno così, le speranze di rintracciarla sono davvero poche. Potrebbe essere in qualsiasi parte del Paese, adesso, in qualsiasi parte del mondo.

«Potrei raggiungervi lì, se volete», si offre Megan. «Potrei badare alle ragazze e voi due avreste un po' più di libertà».

Non c'è nessun "voi due", non dopo questa mattina: ma la deriva era già cominciata, anche se è difficile stabilire con esattezza quando: quando Sam è stato rapito o già al momento della sua nascita? Forse quando sono rimasta incinta, o prima ancora, quando Adam ha accettato il posto di ricercatore e l'ha tenuto nascosto alla famiglia.

«Guarderò gli orari dei voli», continua. «Basta che tu mi dica quando».

Mi aggrappo al telefono. Vorrei accettare, ma so che non devo. A casa hanno bisogno di lei; la nostra famiglia non è più quella che lei ha conosciuto; nemmeno io sono più la stessa. «Non posso lasciarti venire, Megan, ma grazie». Saprà che ho il volto rigato di lacrime? Piango per la vergogna e per il senso di perdita. Sono mai riuscita a dare a Megan qualcosa che si avvicini a quello che lei sta dando a me? Se le facessi questa domanda, non ne capirebbe il senso: l'amore per lei non è una bilancia, non c'è nulla da pareggiare.

«Dimmi se cambi idea. Sei sempre nei miei pensieri», dice lei. «Sam era sulla prima pagina del "Times" di oggi, la foto di Adam nel notiziario delle dieci. Al lavoro…».

Da fuori arriva un urlo. L'urlo di Alice. Lascio cadere il telefono e scendo di corsa i gradini, attraversando l'erba fino al punto dove Alice sta fissando qualcosa, in basso, tra le foglie di un grosso cactus.

«Che succede, Ally? Ti sei fatta male?».

Indica qualcosa in mezzo ai grossi gambi, nel punto in cui si intrecciano insieme alla base della pianta. In fondo, sotto un tetto di ragnatele, giace un serpente arrotolato. La bocca è spalancata, gli occhi infestati dalle formiche. Il lungo corpo sinuoso è stato scuoiato con precisione e luccica di mosche.

«È morto, non può farti nulla». La stringo a me. «Era un serpente pericoloso, tesoro, ho chiesto io a Josiah di ucciderlo».

«Guarda», mormora lei, indicando ancora qualcosa. Mezze nascoste sotto il corpo sporco di sangue del serpente ci sono due piccole lucertole, anche loro pullulanti di mosche. Sono state decapitate e scuoiate.

«È orribile, disgustoso…».

«Deve averle acchiappate un topo. O una mangusta». Spero che mi creda. «Deve essere stata una cosa rapida. Una morte pulita». Un altro eufemismo.

«Le hai liberate tu. È colpa tua».

Scappa verso casa, scomparendo dentro la porta.

I corpi sono incollati alle foglie dal sangue che si è rappreso; sotto le dita, sembrano incrostate. Potrebbero essere utili come prove? Per ora le lascio su una trave nel capanno di Josiah, accanto alla compostiera, per tenerle lontane dalle formiche. L'odore forte di creosoto rievoca la figura di mio padre, intento a dipingere uno steccato per proteggerlo dal freddo invernale.

Ero una studentessa, allora, tornata in visita a casa, ed ero sul punto di mollare; non riuscivo a ricordare perché avessi scelto di fare medicina.

«È troppo difficile, papà. Non è interessante».

Lui non mi guarda e si limita a continuare a dipingere. Porta gli occhiali. Sta diventando vecchio? Non riesce a sentirmi?

«Non posso farlo». La mia voce sale di tono.

Seguono alcuni minuti di silenzio, forse cinque; lui pittura con grande attenzione, passando il pennello su ogni piccola assicella di legno, fermando le gocce prima che cadano giù.

«Va tutto bene, Emmie. Tieni duro».

«Perché?»

«Questa è la domanda sbagliata».

«Papà, non riesco a ricordare perché lo sto facendo». Adesso sto gridando e sono sul punto di piangere.

Lui sposta il barattolo e inizia un altro lato. «La domanda non è perché. La domanda è come».

«Cosa vuoi dire con questo?»

«Voglio dire che prima devi capire come riuscirci. La ragione ti si rivelerà in seguito. Ci sono alcune cose che non sopportano troppi perché».

Mi sorride, e allora ecco che ricordo esattamente perché. Il suo sorriso. Perciò, adesso devo solo capire come riuscirci.

Mentre torno indietro verso casa, il calore mi batte sul collo con violenza, le ombre sono corte e scure ai miei talloni. Recupero il telefono dove l'avevo lasciato cadere e invio un messaggio di spiegazioni a Megan. Alice e Zoe siedono al tavolo della cucina e guardano Elisabeth tritare mazzetti di erbe. Nell'aria aleggia il profumo legnoso di limone del timo selvatico. Peo spazza il pavimento, canticchiando.

«Mi dispiace che ti sei spaventata Ally», le sussurro mentre mi lavo le mani. «Ora non ci sono più».

Per un momento rimane immobile, guardandomi come fossi un'estranea. Si alza ed esce. Zoe le corre dietro, ansiosa di sapere che succede; spero che Alice non le dica cosa ha visto.

Mi volto verso Elisabeth. «Alice mi ha mostrato il serpente ucciso da Josiah. È stato scuoiato, e anche le lucertole. Perché qualcuno farebbe una cosa simile?»

Le sue mani si fermano.

«Perché, Elisabeth?»

«Fatture», dice lei piano, e ricomincia a tagliare, ma il coltello le scivola e s'infilza nel tagliere.

Qualcuno del villaggio, allora, qualcuno che ha strisciato nel buio arrivando molto vicino; anche Elisabeth ha paura. Dovremmo riconsiderare l'offerta di Kabo di procurarci dei cani da guardia: gli mando subito un messaggio.

Peo sta bisbigliando qualcosa a Elisabeth, che mentre traduce cerca di sorridere, ma le tremano le labbra. «Peo dice che dal villaggio ci guardano tutti. Ci sono molti uomini che ci guardano, tutto il tempo».

Guardo il paesaggio arido fuori dalla finestra, come aspettandomi che pulluli di uomini, sparsi in giro, che cercano coi bastoni nel sottobosco, come farebbero in Inghilterra. Cosa sperano di trovare gli abitanti del villaggio? Se Sam fosse stato abbandonato là fuori, non avrebbe potuto resistere un solo giorno. Perché dovrebbero cercare nella macchia, se non per cercare un corpo?

Ma la domanda non è perché.

Mi faccio una doccia, indosso vestiti puliti, mi spazzolo i capelli. Sento un rumore di ruote che stridono sulla pietra: i poliziotti, che arrivano più tardi del solito.

Kopano si dirige subito nel giardino sul retro. Goodwill viene a cercarmi in soggiorno, gli occhi che ispezionano il mio abitino leggero. Troppo esausta per lavarmi i vestiti, e non volendo caricare ulteriormente Elisabeth, mi sono rimasti solo gli abiti più inconsistenti. Adam ha lasciato una giacca sulla poltrona. La prendo, ma puzza di sudore e la rimetto dov'era. Goodwill mi guarda senza perdersi nulla.

La domanda è come.

«Dov'è Josiah?». Cerco di tenere un tono gentile, da conversazione, addirittura.

Goodwill si dirige alla finestra. Le dita tamburellano sul davanzale mentre guarda fuori e allunga il collo per osservare il cielo, con un'espressione concentrata sul viso, come domandandosi se pioverà. Mi sta ignorando. Il cuore mi batte forte, non so se per la rabbia o per la paura.

«Perché l'avete arrestato, Goodwill, a parte le impronte sulle gabbie?»

«La signora Babira dell'ambulatorio e la signora Stukker a Gaborone sono state più collaborative», dice, come se non avessi parlato. «In entrambi i casi non abbiamo trovato nulla di sospetto».

Ci impiego un attimo per capire che sta parlando di Esther e di Claire. Sento una fitta di senso di colpa per il disturbo che gli ho causato.

«Il personale del parco di Molokodi ha saputo quello che è successo. Sono molto dispiaciuti. Al momento del rapimento lavoravano tutti. Non abbiamo fatto arresti. Ci sbagliavamo anche a sospettare del signor Katse», continua Goodwill, scuotendo la testa mentre mi guarda, come se fossi stata la sola a pensare che il colpevole potesse essere lui. Prende un fazzoletto e ci tossisce rumorosamente dentro, poi lo ripiega con attenzione e se lo ripone in tasca. È come se Josiah abbia smesso di esistere.

«Abbiamo interrogato a lungo il signor Katse. Quando ha lasciato casa vostra, la sera prima della scomparsa di vostro figlio, è andato a prendere la moglie e hanno guidato nella notte fino a Johannesburg per festeggiare con i parenti».

«Festeggiare?»

«La moglie è già stata eletta. Abbiamo sentito i parenti». Ora annuisce, il mento che ogni volta che scende provoca la comparsa di rigidi rotoli di grasso.

«Perché volevate interrogare Simon? Di cosa era sospettato?».

Mi faccio un po' più vicina, e lui fa un passo di lato, riportando il peso su entrambe le gambe divaricate; come due ballerini che girano attorno a qualcosa di così terribile che non può essere nemmeno nominata. Oggi Goodwill indossa una cravatta a righe rosse; il colore risalta nel buio della stanza. È lui che ha il potere; devo mantenere alta la guardia.

«Era qui il giorno che Sam è stato rapito». Per un uomo della sua stazza ha una voce insolitamente morbida. «Pensavamo che potesse aver notato qualcosa di rilevante».

«Rilevante come le ambizioni politiche della moglie?».

Goodwill si volta verso di me, le mani sui fianchi, e sembra più grosso, più minaccioso. Se è di una minaccia, che si tratta, la ignoro.

«So che alcune parti del corpo vengono usate per il potere… corpi di bambini», continuo.

Quelle parole terribili aleggiano tra di noi, come hanno fatto per tutto il tempo, seppur non pronunciate.

«Purtroppo di quando in quando queste cose accadono, ma non in questa zona». Sposta per un attimo gli occhi sul portatile posato sul tavolo e poi torna a guardarmi. «Di sicuro avrà letto di un vecchio caso a Mochudi. Ma non è stato mai provato nulla».

«So anche di un bambino in età scolare, qui al villaggio, che recentemente è andato nella macchia e non è mai più stato trovato». Sa qualcosa di Baruti? Scruto il suo viso in cerca di indizi.

«I bambini che se ne vanno in giro nella macchia corrono sempre dei rischi». Sembra un po' esasperato. «Serpenti, animali vari, il caldo. I genitori dovrebbero tenerli a casa».

Nel caso di Mochudi c'era il sospetto di complicità da parte della polizia. Da che parte sta Goodwill? In quel momento, denso di congetture, Kopano bussa alla porta ed entra. Lancia uno sguardo a Goodwill e poi si rivolge a me. «Sua figlia mi ha appena raccontato che lei ha trovato dei rettili in giardino che sono stati scuoiati. Devo vederli. Me li può mostrare?».

Non c'erano delle regole che vietavano di interrogare i bambini se non in presenza dei genitori? Con le guance che mi bruciano per la rabbia, gli faccio strada. Kopano mi segue. Fuori, mi volto a guardarlo. È più giovane di Goodwill, meno sulla difensiva. Forse sarà più disposto a rivelarmi ciò che sa.

«Kopano, che sospetti avete su Josiah?».

Non ottengo risposta.

«Perché vi interessa vedere i rettili?».

Mentre cammina al mio fianco lancia un'occhiata verso la casa, ma non risponde.

«Perché, Kopano?».

Quando raggiungiamo il capanno, il passo pesante di Goodwill scende dai gradini della veranda dietro di noi. Devo fare in fretta. «Cosa sa degli omicidi rituali?».

Ma Goodwill è già dietro di me. Kopano apre in silenzio una busta di plastica. Mentre vi depongo i corpi del serpente e delle lucertole, si guarda ansiosamente attorno: allora anche lui crede nella magia.

Se ne vanno, Kopano trasportando la busta a una certa distanza dal corpo, come se fosse contaminata. L'auto si allontana lungo il viale. Non sono riuscita a sapere nulla di più sui motivi che li hanno indotti a tenere Josiah in stato di fermo. Qualche minuto dopo arriva l'auto di Kabo. Al posto del passeggero c'è Adam.

«Ho trovato tuo marito a diversi chilometri da qui». Kabo esce dall'auto, scuotendo la testa. «Si stava incamminando verso casa, ma qui il sole scende in fretta».

Adam se ne sta in piedi, in silenzio, nel viale; si guarda i piedi con espressione tetra.

«Ho avuto il tuo messaggio per i cani». Kabo mi stringe la mano. «Domani sarò dalle parti dei canili per il battesimo di mio nipote. Ci passerò e ve li porterò nel pomeriggio». Guarda titubante Adam, poi i suoi occhi tornano a me e si sistema gli occhiali.

«Rimani per un tè, Kabo».

Metto su la teiera e ci sediamo in veranda; io e Adam evitiamo di guardarci.

«Avremmo dovuto battezzare Sam», dice Adam nel silenzio. Ha il viso coperto di polvere e gli occhi iniettati di sangue. «Il suo nome significa "ascoltato da Dio", ricordi? Dio l'avrebbe sentito che ci chiamava, se l'avessimo battezzato».

Allora non posso fare a meno di guardarlo. Di fissarlo. «Non vorrai fingere che ti sei messo a credere in Dio tutto d'un tratto?».

Alle mie parole, Kabo si agita sulla sedia, passando con lo sguardo da Adam a me. Adam guarda in alto; le rondini volano in formazione a V nel cielo che si sta facendo rosso. Per un momento immagino che stiano migrando verso l'Inghilterra. Ho perso l'ordine delle stagioni. Sarà primavera, là? Estate?

«Il fatto che adesso ho bisogno di lui non rende la sua esistenza meno probabile», borbotta Adam.

Lo fa, invece; si sta comportando in modo irrazionale.

«Forse dovrei iniziare a pregare». All'improvviso si mette a ridere. «Se Sam è morto, forse così andrebbe in paradiso».

«Non penso che Dio faccia i suoi conti in questo modo», dice dolcemente Kabo. «Si prenderà cura di Sam in ogni caso».

Siamo in quel momento della sera in cui cala un breve silenzio, una piccola esitazione prima del buio. La voce di Kabo è bassa, come se ci trovassimo in una chiesa, ma Adam è infuriato. «Dio avrebbe dovuto essere dalla mia parte», dice. «Sono venuto in Africa per aiutare».

Come avevamo immaginato che sarebbe stata l'Africa? La sola parola, un tempo, ci sembrava eccitante, ma è difficile ricordare perché. Adam aveva pensato che qui avrebbe potuto aiutare le persone, e l'avevo fatto anch'io. Quanto sembra arrogante adesso quell'idea, che ingenuità. Dubito che abbiamo davvero aiutato qualcuno; nessuno aveva bisogno del nostro aiuto. L'Africa che avevamo immaginato non esiste. Non ci abbiamo trovato nessuna delle cose che avevamo pensato di trovarci. Al contrario, Dio o non Dio, l'Africa si è rivelata un posto in cui si perde.

Capitolo 30

Botswana, aprile 2014

La mia testa è un distillato di domande. È vivo o morto? Ucciso a pochi minuti dal rapimento? Mentre le ore e i giorni scorrono, la mia mente rimane sospesa tra le possibilità, non osando decidere su quale fermarsi. Mangio a malapena; mi sanguinano le gengive. Quando mi sveglio sento nella bocca il gusto del ferro, come se nel sonno avessi succhiato dei coltelli.

Il latte è andato via più in fretta di quanto pensassi; da un momento all'altro, i seni hanno smesso di farmi male. Non riesco a liberarmi dal pensiero che il mio corpo sappia di più della mia mente, che il mio latte non serve perché Sam è morto.

Adam va al consolato tre volte alla settimana, da solo. Non parla più di Dio; è silenzioso e mangia poco. Goodwill mi dice che è stato coinvolto il dipartimento per la lotta al traffico di esseri umani dell'Organizzazione internazionale per le migrazioni, ma di certo è troppo tardi. Sam potrebbe essere stato portato in un altro Paese in qualsiasi momento, nelle ultime due settimane. Mentre Goodwill parla di sorveglianza popolare e di protezione dei testimoni, riesco a malapena a sentire le sue parole. La mia testa è piena delle immagini di Sam in una culla sudicia in qualche stanza nascosta e senz'aria, magro e col viso bagnato di lacrime. La notte me ne sto sdraiata con gli occhi spalancati, chiedendomi se si ricorderebbe di me, se lo ritrovassimo ora.

Zoe mi segue dappertutto e vuole essere presa in braccio. Muovermi dentro casa mi costa fatica; i rumori e la luce mi feriscono. Passo tutto il giorno a fare ricerche navigando in internet e a setacciare tutti i notiziari.

La distanza tra me e Adam diventa sempre più grande. Quasi non ci parliamo più. Dormiamo nella stessa stanza, ma io vado a letto più tardi, quando lui sta già dormendo; lui si alza presto, e quando io e le bambine facciamo colazione lui è già uscito per perlustrare la macchia o recarsi al consolato.

Ieri un aereo della stampa ha sorvolato due volte la casa; per fortuna le ragazze erano dentro. Gli alberi della gomma si sono piegati, scossi dallo spostamento d'aria. I tre cani da guardia, alloggiati in grosse gabbie vicino al garage, che solitamente di giorno dormono, si sono svegliati e hanno cominciato a girare in circolo, guaendo.

Un mercoledì mattina presto, Peo torna al suo villaggio. Un gruppetto di donne la aspetta sulla strada appena fuori dal cancello, e subito la abbracciano. Attorno a noi i furgoni della stampa sono ancora chiusi. La guancia di un uomo è premuta sul finestrino, un pallido prosciutto schiacciato contro il vetro. Gli ululati delle donne lo svegliano e si precipita fuori, munito di macchina fotografica. Altri lo seguono.

Una ragazza alta si stacca dal gruppo che circonda Peo; mi si avvicina e srotola la fascia che porta attorno al corpo. Mmapula. Mi tende il suo bambino. Sul gruppo di donne è sceso il silenzio, anche se le macchine fotografiche continuano a scattare. Il piccolo è caldo e leggero; miagola nel sonno, come un gattino. Per un momento la testa mi diventa leggera; Mmapula tende le mani per riprenderselo. Mi offre un mazzolino di fiori selvatici.

«*Ka a leboga*», dice, e sorride. Grazie.

Peo mi prende la mano. «*Ka a leboga*». Il mio accento è impacciato. Il mormorio sfocia in un chiacchiericcio che sbiadisce man mano che il gruppo si allontana lungo la strada; vorrei richiamarla indietro.

Qualche portiera si apre e poi si chiude sbattendo, i motori si avviano: alcuni dei giornalisti se ne stanno andando. Per oggi hanno avuto ciò che volevano. Torno verso casa sotto la presenza incombente degli alberi della gomma. Kabo mi ha raccontato che gli alberi hanno uno spirito potente, e mi consola pensare che gli antichi dèi africani degli alberi ci stiano guardando. La mia mano posata sulla corteccia argentata sembra quella di uno scheletro. Guardando in su, nel soffitto di foglie, mi ritrovo a pregare di morire. Da bambina, una volta, convinsi mio padre a portarmi a visitare un museo sulle torture medievali, a Siena. Griglie e gabbie chiodate non sono necessarie per punire una madre; a quegli italiani, nel dodicesimo secolo, sarebbe bastato portarle via il figlio e l'avrebbero convinta ad accettare qualsiasi cosa pur di salvarlo, anche la morte. Ma la mia tortura non finirà. Io non posso morire. Su in casa, i visi delle bambine, come piccoli pallidi fiori, sono schiacciati contro le finestre. Il mazzolino di fiori secchi che mi è stato dato fruscia mentre lo depongo ai piedi dell'albero, come offerta agli dèi.

Dentro, le bambine hanno lasciato la finestra e stanno guardando un cartone alla TV. Cos'è successo alla mia risolutezza? Alla normale struttura delle giornate? Dovrei spegnere la televisione; leggere alle ragazze una storia o aiutare Elisabeth, che senza Josiah è diventata più silenziosa, più magra. Si muove più lentamente. Sto lasciando che le cose vadano per conto loro, che la trama della nostra vita si disfi. Non riesco a ricordare l'ultima volta che le ragazze hanno fatto un compito. Non abbiamo saputo più nulla dell'amico di Simon, e dopo che lui è stato interrogato dalla polizia, non posso insistere.

Quella mattina, più tardi, si presentano i due poliziotti. Kopano scompare subito, ma Goodwill rimane in soggiorno, pestando i piedi avanti e indietro, le scarpe di pelle che scricchiolano. Elisabeth porta le ragazze nel cortiletto del capanno di Josiah. La vedo dalla finestra sistemare un secchio per mungere la capra. Alice è appoggiata al muro, vicino alla gabbia dei cani. Tamburella sul metallo; uno di loro si sveglia e trotterella ai suoi piedi. Lei gli tira un piccolo calcio. L'animale si accuccia all'istante, la coda tra le gambe. Alice non è mai stata crudele. Il dolore ci sta cambiando tutti. Intanto Zoe si accovaccia, guardando Elisabeth, nell'attesa che le dica cosa fare.

Goodwill si siede, ma rimane in silenzio. Forse sta cercando le parole per darmi una cattiva notizia; forse è semplicemente stufo: questo incarico sta andando troppo per le lunghe e non c'è una fine in vista. Devono essercene altri che aspettano la sua attenzione. Come sempre, indossa la sua uniforme immacolata, anche se la camicia ha i bottoni lenti. Anche i bambini che vanno a scuola lungo la strada indossano uniformi perfette, anche se nelle loro case spesso mancano l'elettricità e l'acqua corrente. Forse anche Goodwill vive in una capanna come quelle, forse è infastidito dalla nostra ricchezza, anche se di certo ha capito che abbiamo perso tutto; nessuno potrebbe invidiarci, adesso. Forse è l'attenzione internazionale che lo infastidisce; dopotutto, ci sono bambini scomparsi di cui non parla nessuno. Per un attimo aleggia tra noi il viso di Baruti.

Il bollitore fischia dalla cucina. Il compito di togliere le foglie nere dal barattolo per metterle nella teiera gialla scheggiata e versare l'acqua bollente dal pesante bollitore ha un effetto calmante. Di ritorno in soggiorno, Goodwill prende la sua tazza, sorseggia il tè e fa un sospiro profondo, poi abbassa gli occhi sulle ginocchia, sulle carte che ha tirato fuori dalla valigetta.

«Josiah», dice alla fine, aggrottando la fronte come se quel nome fosse già di per sé un'attestazione di colpa.

«Sì?»

«Quell'uomo ci preoccupa. Non ci dice la verità».

«Perché pensate questo?»

«Tredici giorni fa, il giorno successivo alla scomparsa di vostro figlio, Josiah è andato a casa sua, a Mochudi. Ha detto al fratello che aveva bisogno di soldi, e poi se n'è andato. È arrivato qui solo la mattina dopo. Rifiuta di dirci dov'è stato nelle ore precedenti, ma sembra spaventato, e la cosa mi preoccupa».

Goodwill era tipo da mettere paura a un uomo fragile e anziano, spingendolo a tacere; ma anche così, le sue parole mi mettono sul chi vive. Cos'ha fatto Josiah, che vuole tenere così segreto?

Goodwill si passa le mani sul viso con un gesto veloce. «Nel mio lavoro, paura vuol dire colpa. Mi domando cosa abbia fatto quel giorno, e come possiamo scoprirlo».

«Temo di non poterla aiutare. Non ne ho la minima idea».

Non so nulla di cosa faccia Josiah quando non lavora, e di dove viva la sua famiglia. Come con Teko, non ci siamo intromessi. Mi sommerge un'ondata di cupo rimorso, che si porta dietro una risacca di amarezza. Goodwill mi sta ancora fissando. Sembra sospettare che io voglia proteggere Josiah; pensa che non gli stia dicendo la verità, ma non è così. Non del tutto. Si sono dimenticati di Elisabeth. Forse non sanno che è sua sorella. Forse lei saprebbe dirci di più, ma se c'è qualcosa di più da scoprire, sarò io a portare avanti le ricerche.

Comincio a pensare a Josiah come deve fare Goodwill, come un detective: un uomo senza soldi che all'improvviso cambia le sue abitudini e scompare per un breve periodo, poco dopo la scomparsa di nostro figlio, e rifiuta di dire dov'è stato. Un uomo che ha sempre dedicato a Sam un'attenzione speciale.

Goodwill si tira su in piedi e svuota la tazza. «Kopano sta scavando nella tomba vicino al capanno di Josiah». L'ha rivelato casualmente, ma mentre corro fuori dalla stanza posso sentire il suo sguardo sulla mia schiena.

Kopano è appoggiato alla vanga, mucchi di terra sgretolata disseminati ai suoi piedi. La croce di legno è a terra, in pezzi. Nella terra ci sono brandelli di pelliccia gialla, un teschio lungo e stretto. Torno in soggiorno. Mi tremano le gambe. «Il cane», dico a Goodwill. «Solamente il suo cane».

Goodwill se ne va in silenzio. Ha istinti acuti: pensa che gli sto nascondendo qualcosa. Deve aver saputo che quella era la tomba del cane di Josiah, ma forse mi voleva terrorizzare, pensando che dopo il sollievo mi avrebbe fatto parlare più liberamente.

In cucina, le ragazze sono con Elisabeth e stanno prendendo dei barattoli vuoti da una credenza per fare il burro dal latte della capra; lei le manda a lavarsi le mani e comincia a sciacquare i barattoli nel lavandino. Una bacinella d'acqua con dei vestiti sta bollendo sul fornello, riempiendo l'aria dell'odore vaporoso dei tessuti caldi.

«A proposito di tuo fratello, Josiah».

I barattoli di marmellata galleggiano nell'acqua insaponata mentre li lava. Sembra completamente assorbita dal suo compito: non dà segno di avermi sentito.

«È nei guai. La polizia potrebbe trattenerlo. Tredici giorni fa è andato a cercare suo fratello, che ovviamente è anche il tuo. Poi è scomparso per un intero pomeriggio. Nessuno sa dove sia andato prima di tornare qui».

Elisabeth guarda dalla finestra sopra il lavandino. Gli occhi si soffermano sul suo piccolo orticello; le file ordinate di piante si sono seccate e stanno morendo.

«*Ngaka ya setso*», bisbiglia.

Quella parola tswana, che indica un medico tradizionale. «È malato?».

Mi guarda e poi distoglie gli occhi, lo sguardo pieno di segreti.

Allora è più complicato di una semplice malattia. L'aria carica di vapore si fa più densa, prendendo la forma di un piccolo cuore, membra e labbra. Mi appoggio per un attimo alla parete. «Perché è andato da un medico, Elisabeth?».

Lei si stringe nelle spalle e piega la bocca all'ingiù: ha già detto troppo.

«Ho bisogno di parlare con questo medico. Potrebbe aiutarci ad aiutare Josiah». A queste parole lei si gira e stavolta lo sguardo indugia sul mio viso. Può immaginare gli orrori che mi stanno passando per la testa?

«Mi ci puoi accompagnare?».

China la testa, così in fretta che il gesto potrebbe confondersi con un movimento accidentale.

«Possiamo andare questo pomeriggio, quando torna Adam?».

Un altro piccolo cenno affermativo.

«Per il medico serviranno dei soldi», mi dice. Zoe torna correndo in cucina, seguita poco dopo da Alice, che cammina come se fosse ancora mezza addormentata, inciampa in una sedia e quasi cade. Le metto un braccio attorno alle spalle e lei rimane lì, immobile, aspettando che me ne vada. Elisabeth mette due barattoli sul tavolo e vi versa il latte di capra, avvitando i tappi ben stretti. Li agita, e il latte fa su e giù. Zoe ride. Nessuno si accorge quando lascio la stanza.

Nel capanno di Josiah il caldo è soffocante. Il sole batte sul tetto in lamiera, e i rattoppi rilasciano un penetrante odore di argilla. Ora i cassetti sono stati tirati fuori del tutto; sulla camicia e sull'asciugamano, gettati a terra, ci sono impronte di stivali. Li piego, ripongo camicia e asciugamano e richiudo il cassettone. Dietro alla porta non c'è niente; controllo anche nel buco della serratura.

Le mie dita prelevano uno strato granuloso di polvere dal davanzale. Il materasso è tornato al suo posto sulla rete, sul lato ha uno squarcio da coltello, da cui fuoriesce un po' della gommapiuma macchiata dell'imbottitura. Deve essere stato Kopano, quando è stato qui l'ultima volta.

La stanza è così silenziosa che si sente il brusio dell'aria. Il vecchio non c'è più, e io non riesco ad afferrare nemmeno una debole eco di chi fosse. Gli interrogativi cominciano ad affollare lo spazio nudo che mi circonda: potrebbe quello stesso vuoto costituire un indizio? Uno schermo dietro al quale si nasconde un altro Josiah? Sembra possedere così poco: o forse le cose del vero Josiah si trovano da un'altra parte? Una riserva di soldi o una scatola di coltelli? Comincio ad avere paura.

Capitolo 31

Botswana, aprile 2014

Una volta mio padre mi mostrò delle vecchie foto su un giornale, che ritraevano degli ex nazisti. «Guarda cosa è capace di fare la determinazione», disse a proposito dei cacciatori che erano riusciti a localizzarli, ma io ero rimasta a fissare l'immagine di quei vecchi sul molo. Era difficile riuscire a credere che quelle figure ricurve e dai capelli bianchi fossero state capaci di una simile crudeltà.

Il piccolo appezzamento di terra illuminato dal sole, appena fuori dal capanno di Josiah, è tale e quale a come l'avevo trovato a dicembre. La capra arretra, gli occhi pieni di paura e gli zoccoli che raspano in cerca di un appiglio, proprio come allora. Mi sembra ancora di essere finita nel territorio di qualcun altro. Escludendo la tomba, potrebbe essere il giorno del nostro arrivo, ma sotto la superficie delle cose, tutto è diverso. Josiah è rimasto invisibile ai giornalisti, ma forse il vero Josiah non siamo riusciti a vederlo nemmeno noi. Se fosse un criminale, questa casa sarebbe un buon posto dove nascondersi. Potrebbe aver vissuto qui da chissà quanto, o forse il suo arrivo è coinciso con il nostro, coinciso deliberatamente. E Elisabeth, come s'inserisce in questo quadro? Sorella innocente? Complice?

Quando Adam fa ritorno dalla macchia, crolla sul letto e dorme per un'ora. Trovo il mio portafoglio nell'armadio, ne sfilo cinquecento *pula* e me li ficco in tasca. Prendo le chiavi della macchina dalla sua giacca. La jeep che guidavo di solito è ancora in riparazione. Sto per uscire dalla stanza quando Adam si sveglia, stiracchiandosi. «Porto Elisabeth da un medico. Ho bisogno della macchina per qualche ora. Le bambine sono in camera loro. Più tardi dovranno cenare».

Lui rotola sulla schiena, alzando le sopracciglia. Ha il viso ancora rigato di polvere e sudore. «Non possiamo aiutarla noi, Elisabeth?».

«Dice che è una faccenda personale».

Fa un cenno d'assenso col capo, accettando la mia spiegazione.

Elisabeth mi sta aspettando accanto alla macchina di Adam. Indossa il cappello verde di lana ben calzato sulla testa e una lunga sciarpa viola che le copre il viso per metà. Gli occhi sono guardinghi. Appena siamo in macchina, mormora: «Mochudi».

Alla fine del viale, i giornalisti ci attorniano, bussano ai finestrini e gridano domande. La noia li rende più aggressivi, o forse pensano che nascondiamo qualcosa. Elisabeth si rimpicciolisce sul sedile.

Quando arriviamo nei pressi di Gaborone, ai lati della strada c'è un caos di bancarelle: vendono frutta all'ombra di tendoni strappati. Ci sono bambini dappertutto, che camminano sul margine della strada, ciondolano sulle staccionate, si trascinano dietro agli adulti, alcuni a piedi nudi. Un paio inciampano e rimangono indietro da soli, e il mio cuore ha una stretta di panico. A un bivio, vedo con la coda dell'occhio qualcosa di bianco che si muove: un lenzuolo o una coperta steso su una recinzione. Fermo la macchina al lato della strada e corro, ansante, a controllare: da vicino, ha delle piccole strisce rosse. La coperta di Sam era tutta bianca.

Mentre attraversiamo Gaborone, stringo le mani sul volante come se stessi manovrando una barca in acque agitate. È da parecchio che non mi muovo nel traffico. All'incrocio, un poliziotto alto con dei guanti bianchi si agita e gesticola con energia feroce in mezzo al traffico che gli sfreccia e gli turbina intorno. Quando Kabo ci è venuto a prendere all'aeroporto dobbiamo essere passati per un'altra strada: gli edifici alti con le finestre illuminate dal sole che avevo notato allora sono scomparsi. Le strade sono affollate: gente che cammina o ciondola in giro, spingendo biciclette e carrozzine, che chiacchiera, mangia, balla. A un incrocio, due giovani vacillano e si scontrano, prendendosi a pugni; ai loro piedi, delle bottiglie. L'orizzonte è una linea di recinzioni disseminata di spazzatura e, dietro, case in cemento e baracche di latta. Sembra una città diversa da quella che ho visto quando siamo arrivati.

Dopo quaranta minuti, compaiono le prime case di Mochudi, sparse ai lati della strada principale. Elisabeth mi indica la destra: le strade si snodano curva dopo curva, e gli insediamenti scollegati si addensano giù per un pendio in un agglomerato di strade costeggiate da baracche in cemento.

Lei allunga il collo per guardare dal finestrino e poi alza una mano. Avvolgendosi la sciarpa più stretta attorno al viso, indica una porta di legno che si apre in un muro bianco. Sopra un portello è dipinta in grosse lettere rosse la parola "Dolciumi". La pittura è colata dall'asta della *D*, disegnando un rivolo vermiglio di sangue lungo il muro. Sul sedile, Elisabeth si fa sempre più piccola. Parcheggio all'ombra di un albero e lei chiude gli occhi; forse dormirà. Attraverso la strada stretta, busso e attendo alla porta; il sole picchia sul muro imbiancato. Passa poco, e una bambina con un colletto rosa a frou-frou e i capelli tirati in strette treccine sbircia dal portello. Sento scorrere un chiavistello e la porta si apre su un piccolo cortile di terra circondato da baracche. La bambina mi indica una panca e rimane lì, pancia in fuori contro il muro, senza smettere di guardarmi; un cane ridotto all'osso con le mammelle gonfie mi si avvicina camminando piano, poi per metà si siede e per metà crolla su un gradino e giace ansimante al suo fianco. C'è una vecchia, anche lei in attesa sulla panca, le mani nodose aggrappate a un bastone; ha gli occhi bianchi. Dalle pozze di fango ai nostri piedi si alzano nuvole di mosche.

Dopo un po', la porta di una baracca si apre e ne esce una ragazza più grande, fasciata in una stoffa variopinta arancione e blu, e mi fa cenno di seguirla nel buio. Le indico la vecchia che era lì prima di me, ma la ragazza mi fa di nuovo cenno di andare.

Nell'ombra, riesco a scorgere appena un ometto seduto accanto a una finestra. La stanza sa di muffa e ha un vago profumo di erbe. Di fronte all'uomo è stesa una stuoia intrecciata; di lato c'è una piccola chiazza di cenere e segni neri di fuliggine sul cemento. La ragazza mi indica una sedia accanto all'uomo; da vicino, ha il viso largo, la sottile pelle gialla segnata da una fine trama di rughe. Gli occhi allungati hanno un luccichio quando mi vede. Mi ha riconosciuta. Avevo dimenticato che per settimane il mio viso ha invaso notiziari e giornali. Il mio programma era di cominciare domandandogli se conoscesse Josiah, per poi vedere dove mi avrebbero portato le sue risposte, ma ora che sa chi sono potrebbe essere evasivo e, se è colpevole, si dileguerà. Potrei avvertire la polizia, ma ora la porta si è chiusa e la ragazza vi si è appoggiata contro.

Prendendo tempo, impilo i pula sul pavimento ai suoi piedi; la ragazza raccoglie con cautela le banconote e le infila in una scatola di ferro accanto alla sedia dell'uomo. Lui alza il mento, guardandomi interrogativo.

«Josiah...», comincio, poi mi fermo, non sapendo bene come proseguire.

Lui annuisce e senza voltare la testa comincia a parlare velocemente in tswana alla ragazza sulla porta; mentre lui parla, io mi guardo intorno. Ciotole di plastica affollano le mensole in legno che corrono lungo i muri, bottigliette, piatti in ceramica e piccole scatole di cartone con etichette sbiadite, rosse e arancioni. Dalla mensola più alta pende una collana di baccelli secchi, proprio come quella che Alice aveva fatto con Teko. Il medico mi sta guardando; annuisce, poi indica una pelle di serpente appesa al muro annerito. Anche se gli orli sono avvizziti e arricciati, le strisce rosse brillano come facevano quando ho visto l'animale strisciare vivo nell'erba. C'è un momento di silenzio assoluto.

La ragazza comincia a parlare. «Questo medico conosce te e tuo figlio. Dice che Josiah è venuto con la collana e la pelle di quel serpente e altre pelli. Aveva bisogno di una fattura, fatta con cose che ti appartenessero». Poi aggiunge tranquillamente, come se dovesse essere evidente: «Una fattura speciale, per farti ritrovare il bambino».

Se quello che dice è vero, allora ho frainteso tutto. Terribilmente frainteso. Josiah ha cercato per tutto il tempo di aiutarci. Deve essere stato Josiah a scuoiare il serpente, la rana e le lucertole. Josiah che ha preso la collana dalle corna del kudu. Si è fatto prestare i soldi dal fratello e poi è venuto qui. Dopo aver avuto la sua fattura, avrà intrapreso il viaggio per tornare a casa, aspettando con pazienza che passasse un autobus, probabilmente per tutta la notte.

Perché non l'ha detto alla polizia? Ma conosco la risposta. Sta nelle parole che Elisabeth mi ha detto mesi fa. Hanno tutti paura del potere di questi medici. Josiah non avrà osato dire una parola. Se la polizia fosse venuta a importunare il medico, quale vendetta avrebbe dovuto temere?

«E come dovrebbe funzionare, allora, questa fattura? È una medicina? Chi deve prenderla?». Sono pronta a crederci. Nonostante una vita di pratiche basate sull'evidenza scientifica, voglio credere che una fattura possa riportare Sam a casa. Sacrificherei tutto quello che possiedo, tutta la mia conoscenza medica, se solo fosse possibile.

La ragazza traduce la mia domanda al medico e lui le parla a lungo. Lei si volta verso di me. «Nessuno deve assumere la fattura. Non è per il corpo. Il medico prende le bacche e taglia la pelle del serpente. E ne fa una polvere». Con il pugno sul palmo della mano, fa il gesto di macinare. «Poi con quella polvere fa un fuoco. Il fumo sale in alto». Alza la mano stretta in un pugno nell'aria e poi la apre all'improvviso, allargando le piccole dita. In alto e fuori, suggerisce il suo gesto, fuori nella stanza, nel villaggio, nei chilometri e chilometri di macchia, molecole che viaggiano attraverso i vasti spazi africani. Chiudo gli occhi e viaggio con loro nell'aria calda.

Il sole mi splende sulla faccia.

Batto forte le gambe, le braccia che si spingono nell'acqua.

Sopra il rumore dell'acqua mio padre mi chiama, mi grida che posso farcela.

Il mio corpo si sposta in avanti, avvicinandomi alla barca.

Il medico si alza. Apro gli occhi di scatto. Mi tende un piccolo sacchetto di pelle di leopardo; mi fa cenno di allungare le mani. Faccio una coppa coi palmi e lui vi svuota il contenuto del sacchetto, un mucchietto di ossa sottili.

Sono fredde tra le mie mani: vertebre di topo? Serpente? Insieme ci sono schegge gialle di corna e delle tessere bruciate di un domino. La ragazza mi dice che gli devo sussurrare cosa sono venuta a chiedere.

«Aiutatemi a ritrovare Sam», mormoro nelle mie mani.

Poi, quando il vecchio mima il gesto di aprire le mani, faccio lo stesso, spargendo le ossa sulla stuoia davanti ai suoi piedi. Guardandole da vicino, lui le smuove un po' con un bastone. Poi, tornando a guardarle di tanto in tanto, come se vi leggesse dentro una ricetta, raccoglie le polveri di diversi barattoli e le mescola in un piatto di pietra. Versa sulla polvere il liquido di una bottiglietta. Fiamme violette si alzano dal piatto danzando e, quando si spengono, lui versa la polvere in una boccetta.

«Metti la polvere sul viso», dice la ragazza, porgendomela e toccandosi le palpebre.

«Che succederà?»

«È una pozione potente, di radici e foglie. Ti aiuterà a vedere tuo figlio», risponde lei.

La mano del medico è fredda quando afferra la mia; gli occhi distanti, come se i suoi pensieri fossero già passati al paziente successivo, la vecchia cieca che aspetta sulla panca.

«Josiah è in prigione», gli dico in fretta. «La polizia pensa che stia nascondendo qualcosa».

Mi guarda negli occhi. Li chiude e poi li riapre, e mi volta le spalle.

Durante il viaggio di ritorno verso casa, Elisabeth si libera della sciarpa. Ora ha le mani rilassate in grembo. I chilometri scorrono senza molte parole, ma le dico di aver scoperto che Josiah è stato incredibilmente premuroso nei nostri confronti e i suoi lineamenti tirati si ammorbidiscono. Una volta a casa, si toglie il cappello verde e scompare in cucina. In camera, infilo la boccetta con la polvere in fondo alla tasca laterale della mia valigia. A Adam non dico nulla. Temo che se lo facessi, lui reagirebbe in modo caustico e forse vorrebbe buttarla via.

Dopo cena, Adam libera i cani; guardo la luce della torcia fluttuare su e giù nel buio, mentre li segue lungo il perimetro della recinzione. Dopotutto, non c'è nulla d'importante da dirsi. Non abbiamo scoperto nessun nuovo indizio, oggi; a dispetto di ciò che mi piace credere, non abbiamo fatto nessun passo avanti, e non siamo in alcun modo più vicini al ritrovamento di Sam. Quella notte, sdraiata accanto a Adam, mi chiedo come convincere Goodwill dell'innocenza di Josiah senza dovergli rivelare il suo segreto.

La mattina dopo mi sveglio col rumore della zappa che affonda nella terra: Josiah è di nuovo in giardino, a lavorare.

Più tardi, quando busso, si presenta sulla porta del capanno. Si rifiuta di accettare i soldi che gli porgo, anche se gli dico che sono per la medicina. Mi prende la mano e sorride.

Alle sue spalle, c'è la stanza vuota. Adesso so che non ci sta nascondendo nulla; in ogni caso, non avrebbe nulla da nascondere: non possiede quasi nulla. Vorrei entrare, chiedergli perdono, sedermi con lui, scoprire cos'ha fatto da giovane e perché amava tanto Sam. Ha intrapreso un viaggio, sborsato dei soldi ed è finito in prigione, tutto per nostro figlio. Gli ricordava forse qualche bambino che conosceva? Magari suo figlio?

«*Ka a leboga*». È tutto quello che posso dire, ma lui fa di sì con la testa e sorride di nuovo, poi mi lascia la mano e torna nel capanno.

Goodwill non si presenta quel giorno, e nemmeno il successivo. Dopo un po' ci sembra che anziché andare avanti siamo tornati indietro: Sam è più lontano che mai.

Capitolo 32

Botswana, maggio 2014

«Sono preoccupato per Alice», dice Adam a colazione. Le ragazze hanno già lasciato il tavolo; in soggiorno, Alice ha spinto da parte Zoe e siede così vicina alla televisione che la luce azzurrina dello schermo le riverbera sul viso.

Anch'io sono preoccupata per lei. È silenziosa, e sembra sempre spaventata. Non gioca, e non legge nemmeno. I libri sul tavolo sono stati a malapena toccati dall'ultima volta che Simon è stato qui.

«Ha bisogno di tornare a casa». Mi guarda con diffidenza: si aspetta un litigio. «Anche Zoe. Sono passati due mesi. È ora che tornino a una parvenza di normalità».

Tutte le fragili piste che pensavamo di avere si sono interrotte. Teko è scomparsa senza lasciare traccia. Simon e Josiah non avrebbero mai dovuto essere sospettati. La nostra storia è ancora nei notiziari, un pugno di giornalisti ancora si accampa fuori dal cancello. Elisabeth mi dice che il capo Momotsi sta continuando a cercare. Adam perlustra tutti i giorni la macchia, ma per le bambine il tempo è rimasto sospeso, immobile.

«È talmente infelice che non si cura più di nulla», prosegue Adam. «Siede sotto il sole senza cappello. L'ho vista camminare nell'erba, laggiù, senza le scarpe». Fa un cenno con la testa verso il lato del giardino dove l'erba cresce alta e sottile sotto agli alberi, e potrebbe ospitare serpenti. «È come se non le importasse se le succede qualcosa, come se stesse cercando di farsi del male».

«Sta soffrendo, Adam. Non dipingerla peggio di quello che è. Si dimentica di prendere alcune precauzioni».

«Ovviamente io resterò qui e continuerò le ricerche», prosegue, come se non avessi parlato. «I Met manderanno una task force la settimana prossima e tra qualche giorno arriverà un detective privato».

«Una task force?»

«Te l'ho detto ieri. Goodwill ha accettato di lavorare in collaborazione, visto che non ha trovato piste utili».

«E come pagheremo il detective privato?»

«Ho acceso una seconda ipoteca sulla casa, Emma. Ne abbiamo discusso due giorni fa».

Se l'abbiamo fatto, non lo ricordo. O forse non lo stavo ascoltando. Quando Adam parla, spesso le parole si confondono insieme; a volte guardo le sue labbra che si muovono e mi sembra che i suoni provengano da una grande distanza.

Zoe salta su con un gridolino di allarme quando la oltrepasso per raggiungere la quiete della nostra stanza. Ultimamente, sobbalza per un nonnulla. In camera da letto, la buganvillea che circonda la finestra incornicia il giardino come una ghirlanda. La certezza mi trafigge come una coltellata: Sam è sicuramente morto, oppure è nascosto così bene che non lo troveremo mai. Perché sperare?

Adam mi segue nella stanza; gli faccio segno di sì senza nemmeno voltare la testa.

«Vi prendo i biglietti per partire tra una settimana», dice. Non riesco a capire se provi sollievo o tristezza. «Ti sembra un tempo sufficiente?».

Invio un'email alla scuola delle ragazze, al mio lavoro e a Megan. Lei e io ci scriviamo una volta alla settimana; e ogni volta che leggo il suo nome tra i messaggi in arrivo, il mio cuore si alleggerisce un po'. Adam si occupa dei biglietti. Non facciamo supposizioni sul tempo che ci vorrà prima che anche lui ci raggiunga.

Scrivo a Goodwill per informarlo della nostra partenza. Discutiamo se sia opportuno o meno comprargli qualcosa, ma poi decidiamo che potrebbe sembrare un tentativo di corruzione.

La casa comincia a sembrare un'abitazione fantasma, mentre le stanze si svuotano dei nostri oggetti. Mi muovo con lentezza, una vittima che si alza dai detriti in mezzo al fumo seguito all'esplosione di una bomba. I miei capelli sono scoloriti, le ciocche grigie che si infoltiscono in mezzo al biondo, e il mio viso è più magro. Da quando hanno rapito Sam, non mi sono più truccata. Indosso la prima cosa che mi capita sottomano.

Mentre l'ultima settimana volge al termine, Goodwill e Kopano ci vengono a trovare. Goodwill mi dice che continueranno a lavorare al caso. È in piedi davanti alla finestra. Mentre parliamo, i suoi occhi si posano su Josiah, che sta trasportando della legna in casa con una carriola.

«Avete poi scoperto dov'è stato?». Sono curiosa di sapere se conosce la verità.

«L'autista di un autobus ci ha aiutato a ricostruire i suoi movimenti».

«E i soldi?»

«Josiah ci ha detto che aveva bisogno di una medicina. È anziano. È naturale». Si stringe un poco nelle spalle.

«Quindi l'avete lasciato andare?»

«Abbiamo parlato a lungo con il proprietario della casa; era pronto a garantire per Josiah, lo conosceva da moltissimi anni». Godwill mi fa un cenno comprensivo col capo, mentre mi osserva.

La sua espressione resta prudentemente bonaria. C'è qualcosa di più che non mi sta dicendo. Il medico ha usato la polvere per far sì che Goodwill rilasciasse Josiah, o si è trattato di una coincidenza? Se quel medico aveva davvero qualche potere, di certo era un potere buono, perché un innocente era stato liberato.

«Gli animali scuoiati che Kopano ha prelevato sono serviti a qualcosa?»

«Gli uomini che hanno preso vostro figlio potrebbero aver visto gli animali nelle gabbie ed essere tornati per prenderne le pelli. Hanno un certo valore. Se le avessimo trovate, avrebbero potuto fornirci una pista». Sospira. «Ma non è successo».

Potrei dirgli che una delle pelli è appesa al muro di una baracca buia in una stradina secondaria di Mochudi. E che le altre sono atomi nell'aria. Non hanno capito che Elisabeth è la sorella di Josiah. Anche se Josiah è innocente, è preoccupante quanti indizi gli siano sfuggiti.

«Quali sono le ultime notizie su Teko?».

Si stira il collo, come se il colletto gli stringesse troppo. «Come sa, non crediamo che c'entri qualcosa». Abbassa gli occhi. Le parole successive sembrano uscire in automatico: «Ma rimane comunque la nostra testimone principale e la stiamo cercando dappertutto».

Non c'è più nulla da dire. Posso avvertire la sua voglia di essere fuori da qui; è strano quanto poco io conosca quest'uomo, che pure ha nelle sue mani la vita di mio figlio.

«Lei ha figli, Goodwill?»

«Quattro maschi». Annuisce, la voce resa più profonda dall'orgoglio.

«Quanti anni hanno?»

«Venticinque. Venti. Diciotto». Si ferma. Il sorriso è improvviso e genuino. «Due settimane». Con le mani disegna una forma rotonda nell'aria, della misura di un pacco di zucchero.

Sotto al nostro letto c'è una piccola valigia dentro alla quale abbiamo messo tutte le cose di Sam.

Rovescio in una busta le tutine accuratamente piegate, gli asciugamani con le paperette ricamate sopra e i pannolini, e la porto a Goodwill prima di fare in tempo a cambiare idea. «Per suo figlio». Così si ricorderà del mio, aggiungo tra me.

Goodwill ha dei segni viola sotto gli occhi. Probabilmente il bambino non lo lascia dormire. Annuisce in fretta, senza sorridere. Non so dire se il regalo gli faccia piacere o se invece sia riluttante all'idea di accettare i vestiti usati di un bambino scomparso. Lascia la stanza con passo pesante, senza salutare.

Kopano sorride e mi stringe la mano; la sua è asciutta e leggera. La mano di un atleta. Per un attimo mi pento di non aver cercato di conoscere meglio queste persone, anche se dubito che saremmo mai diventati amici. Non ho mai capito quanto potessi fidarmene.

Il giorno dopo, Adam mi accompagna all'ambulatorio per salutare Esther. Mentre sediamo in una sala d'attesa affollata, Adam dorme, la testa che ciondola e gli cade sul petto. L'ultima volta che sono stata qui, degli sconosciuti stavano accerchiando la nostra casa, strisciando nel giardino e spiando dalle finestre. Non riesco a restarmene seduta. Sul portico, sugli scalini, ci sono tre ragazze; due arrampicate più in alto e una terza sul gradino in basso. Le prime due stanno ridendo e fanno cenni col capo alle spalle della terza. Lei si alza di scatto e se ne va, trascinando leggermente il piede destro. Il cuore mi salta in gola.

Corro giù per i gradini, inciampando nell'ultimo e procurandomi una dolorosa storta alla caviglia. Inseguo la ragazza, per metà correndo e per metà zoppicando. Le amiche sulle scale se ne accorgono e cominciano a chiamarla. Lei si volta, ma non è Teko. Non è nemmeno una ragazza. Le dimensioni mi hanno tratto in inganno. A guardarmi è una donna sulla cinquantina, dal viso magro, le labbra serrate e le mani sui fianchi. Forse pensa che abbia deciso di unirmi alle altre per darle il tormento. Balbetto una scusa e lei se ne va.

Rientro, sotto lo sguardo silenzioso delle due ragazze. Tra una visita e l'altra, ci fanno entrare nella stanza di Esther. L'infermiera che era in congedo di maternità è tornata; si aggira rumorosamente nella piccola stanza che per un po' era stata la mia; intravedo i suoi occhiali nello spazio dove la porta s'incardina al muro. Esther è a disagio; non abbiamo molto da dirci, anche se mi racconta che Baruti non è stato ancora trovato. Tra noi si è aperto un abisso. Vorrei dirle che sono la stessa persona di due mesi fa, anche se entrambe sappiamo che non è così.

Partiamo due giorni dopo, alle quattro di un martedì mattina. I bagagli sono in macchina, le ragazze sono state svegliate e vestite, e ora dormono sul sedile posteriore.

Sulla porta c'è Elisabeth, Josiah accanto a lei. Tira indietro le spalle e rimane lì, diritto come aveva fatto al nostro arrivo. Come avrei potuto immaginare, allora, quanto sarebbe stato difficile separarmene? Abbraccio Elisabeth e la tengo stretta; sorride e mi dà un colpetto sulla spalla. Stringo la mano di Josiah e lui fa un cenno col capo e distoglie lo sguardo. Prima gli ho lasciato dei regali, un po' di soldi e il mio cappotto per Elisabeth. C'è così tanto e allo stesso tempo nulla da dirsi. Gli ultimi attimi passano così in fretta che lasciano solo un senso di vuoto.

Mentre scendiamo i gradini, rientrano in casa e la porta si chiude alle loro spalle. Più tardi, Josiah uscirà per lavorare in giardino. Elisabeth disferà i letti delle ragazze e laverà i pavimenti. Cucinerà la cena per Adam. Ancora dopo, Josiah farà uscire i cani in giardino; gli si è affezionato moltissimo. Mi è capitato di verderlo vicino alle gabbie, il pomeriggio, che gli parlava con voce bassa e cantilenante.

L'auto scivola fuori dal viale e la casa scompare dietro di noi. Presto sarò a migliaia di chilometri da qui; me ne sto andando, senza sapere nulla di più rispetto al giorno in cui Sam è stato rapito. L'ho deluso in tutto, ma dietro di me le ragazze dormono tutte e due, fiduciose che saprò portarle via da questo luogo di dolore e restituirgli la loro vita.

All'aeroporto ci aspetta Kabo; vedendolo nel luogo dove ci siamo incontrati la prima volta, è evidente che questi ultimi mesi l'hanno cambiato. Ora la giacca gli sta larga e i capelli si stanno ingrigendo. Ci aiuta a scaricare i bagagli e porta in braccio Zoe fino al terminal delle partenze. Alice ci segue camminando piano. Kabo e Adam parlano tra loro con calma, progettando di riprendere le ricerche il prima possibile.

Nella sala, appoggiati al muro, ci sono tre poliziotti. Ci riconoscono e ci salutano educatamente. Al bar si è radunato un piccolo gruppo di giornalisti, con le macchine fotografiche al collo: assorbiti dalle loro storie, neppure ci notano.

Zoe mi tira per la mano: deve andare in bagno. Dentro c'è una lunga fila, e lei comincia a piagnucolare. Siamo dietro a una ragazza dalla lunga chioma spettinata, che tiene per la mano un bambino piangente. Gli lascia la mano e raccoglie i capelli con un elastico, rivelando un collo lungo e flessuoso. Il collo di Teko. Teko che sta rapendo un altro bambino? La tocco e la ragazza si volta. Non conosco quel viso coperto dall'acne. Mi fissa con aria interrogativa, una gomma da masticare rosa le spunta dalla bocca, guarda in basso il bambino che piange, poi di nuovo me; pensa che sto richiamando la sua attenzione sul bambino. Sorride e, chinandosi, se lo issa sul fianco. Tira in dentro la gomma e lo bacia, facendolo ballonzolare. Il bambino smette di piangere. Allora non è stato rapito. Continuo ad attendere in fila con Zoe, che ha assistito alla scena in silenzio.

Quando ci chiamano per l'imbarco, Kabo abbraccia le bambine, poi me; si sistema gli occhiali sul naso e se ne va in fretta. Guardo la sua schiena farsi sempre più lontana e un nodo mi stringe la gola.

Adam mi bacia sulla guancia e si china sulle bambine. Seria e silenziosa, Zoe gli appoggia la testa sulla spalla. Alice rimane rigida nel suo abbraccio; quando lui le dice quanto la ami, serra gli occhi.

Saliamo sull'aereo, troviamo i nostri posti e le ragazze si siedono ai miei lati, Zoe dalla parte del finestrino. Decolliamo, e Gaborone diventa sempre più piccola, poi i grandi spazi marroni della macchia si allontanano sotto di noi. Se è vivo, Sam è da qualche parte in questo luogo selvaggio; devo lottare contro il desiderio di saltare su e mettermi a urlare che devo tornare indietro, che ho lasciato lì il mio bambino. Accanto a me, Alice emette un gemito. È rigida, le mani che si aggrappano ai braccioli, il sudore che le bagna la fronte. Poso una mano sulla sua, serrata. «Ally, tesoro. Va tutto bene, stiamo volando».

Mi guarda. I suoi occhi sono vuoti.

«Io lo so chi l'ha rapito», mormora. «Sono stata io ad aiutarli».

Capitolo 33

Londra, gennaio 2015

Fortunatamente, la posta arriva tardi. Quando torno dopo aver lasciato le bambine a scuola, sullo zerbino c'è una grossa busta bianca. Il rapporto dello psichiatra, a giudicare dal peso: se Alice l'avesse vista e ne avesse intuito il contenuto, si sarebbe rovinata il suo primo giorno di rientro a scuola.

Il cucciolo di Zoe ha di nuovo bagnato in terra. Asciugo la piccola pozza, lancio il panno nella spazzatura e poi mi vergogno del mio gesto: in Botswana l'avrebbero lavato e lasciato asciugare al sole, per poi usarlo e riusarlo.

Sento sulle gambe il calore del piccolo cane nero. In questi giorni, ho sempre freddo. Me ne vado in giro con due maglioni, e a volte il piumino. È la perdita di peso. È la perdita.

La pioggia batte contro i vetri. A Kubung, ora sarà mezzogiorno, il caldo che invade anche l'ombra. Josiah starà dormendo nella sua capanna, Elisabeth servendo il pranzo. E ci sarà un'altra, sulla porta, a ripararsi gli occhi dal sole con le mani e richiamare in casa i bambini.

Mentre leggo il rapporto, Kodi mastica la busta, le mie mani che giocano con i morbidi triangoli delle sue orecchie. Kodi: la parola tswana per kudu, un'idea di Alice.

Rapporto del Dott. Harnham Specialista Psichiatra
Paziente: Alice Jordan. Data di nascita 10 agosto 2004
Diagnosi: depressione psicotica
Sindrome d'ansia generalizzata

Fratelli:
Zoe Jordan. Data di nascita: 19 giugno 2008. Viva e in buona salute.

Samuel Jordan. Data di nascita: 17 novembre 2013. Scomparso, presumibilmente morto nel marzo 2014.

Scomparso. Questa parola mi riporta ogni volta in quella stanza deserta: la culla vuota, la notte nera dietro ai vetri in frantumi. *Presumibilmente morto.* Io non presumo nulla. Le certezze si sono disintegrate. Ci sono delle volte in cui so che Sam è vivo, volte in cui lo sento respirare di notte nel silenzio della nostra stanza. Poi, più spesso, e ultimamente molto più spesso, so che lui è morto. Vorrei non aver mai aperto questo rapporto. Vorrei non essere tornata. Anche se io e Adam abbiamo sempre parlato con lo psichiatra di tutto quello che è successo, sembra molto peggio a vederlo scritto nero su bianco.

10/08/2004 Nata a termine, parto normale. Peso: 3,175 kg. Apgar: 10.

Normale? È stato un cataclisma, che mi ha divisa per sempre dalla donna che ero; mi ha consumato, lacerato, distrutto.

Prima infanzia priva di eventi degni di nota.

Priva di eventi? E l'amore? L'allattamento, le storie della buonanotte, le passeggiate al parco, la spiaggia, il cibo? E il ritorno al lavoro, le lacrime, le promesse, i rientri sempre più tardi. Parlarsi sempre di fretta. Eventi, nel bene e nel male, ci sono sempre stati.

Formazione
Percorso scolastico: risultati eccellenti in tutte le materie (vedi documentazione allegata)
Attività extrascolastiche: tennis, lezioni di cinese, violino
Sviluppo delle competenze individuali e sociali
Precedenti di furto: ...oggetti rubati... autovalorizzazione...

Alice che chiede aiuto, che cerca di richiamare l'attenzione. Torno a sfogliare il rapporto.

Vita familiare e morbilità psichiatrica precoce (4-8 anni)
Padre specialista in oncologia
Madre specialista in ostetricia e ginecologia (ora in congedo)
Convivenza con i genitori: elevato livello di emozione espressa... semplificata in vacanza, ma non in modo duraturo... cura della bambina delegata ad altri (diverse ragazze alla pari).

Erano in buone mani, però. Le donne erano efficienti. Controllavo sempre le referenze...

Sintomi ricorrenti a oggi: insonnia, tendenze ossessive...

I passi che avevo sentito di notte, mesi prima di partire per l'Africa, erano di Alice, non di Sofia; anche allora, Alice ci stava ascoltando.

Gli oggetti rubati, le bambole rotte, l'ordine maniacale delle mollette per i capelli: segnali di allarme di una bambina che si sentiva insicura, che stava cercando di dare un ordine al suo mondo. Segnali disattesi e poi dimenticati.

Alice si è sentita esclusa da eventi importanti che riguardavano la famiglia, ad esempio la gravidanza della madre. Diagnosi retrospettiva: leggero stato depressivo associato a disturbi d'ansia.

Avrei dovuto dirglielo. Come vorrei averlo fatto. Era stanca, ma stava reagendo. È questo che abbiamo pensato. Non ci eravamo accorti di niente... No: non avevamo capito niente.

Terzo fratello: nato a termine, parto normale...

Alice ha sperimentato un livello elevato di ansia e depressione riguardo al benessere del bambino e descrive la sua nascita nei termini di un punto di svolta. Da allora in avanti si è sentita sempre meno visibile agli occhi dei genitori, e alla sensazione di maggior insicurezza si è aggiunta la preoccupazione per il benessere del bambino e della sorella minore. Conserva alcuni bei ricordi legati ai momenti trascorsi con un'amica di famiglia, con la quale è riuscita a creare un legame che, all'epoca, ha mitigato gli effetti del suo stato psicologico.

Megan che arriva in soccorso, come del resto fa ancora, ma anche così, nonostante tutto, a volte guardo il suo viso tranquillo, e penso: potrebbe mai essere possibile, nonostante tutto, che sia stata tu?

Eventi significativi recenti

La famiglia si è trasferita a Kubung, in Botswana, nel dicembre 2013, per consentire al dottor Adam Jordan di partecipare a un progetto di ricerca della durata di un anno. Questo per Alice ha significato un aumento dell'ansia, legato all'interruzione della normale routine e delle relazioni affettive con la ragazza alla pari e l'amica di cui sopra. Ad Alice era stato detto dalla madre che durante quell'anno lei sarebbe rimasta a casa con loro, perciò, quando dopo sei settimane ha inaspettatamente ricominciato a lavorare, ha sperimentato una significativa perdita di fiducia.

Quando avevo cominciato a lavorare, mi era sembrato che a malapena l'avesse notato. Credevo stesse bene. Era silenziosa, ma sembrava star bene. Era vero il contrario.

Nel medesimo tempo si sono sviluppati due rapporti interpersonali importanti.

Alice si è affezionata alla tata, Teko, assunta per badare al fratellino. Teko le ha fornito una relazione che le è stata di grande sostegno.

Alice ha sviluppato un attaccamento positivo nei confronti del suo insegnate privato, Simon Katse, che ha fatto oggetto di proiezioni idealizzanti. Convinzioni illusorie da quel momento sono chiaramente divenute parte del suo stato mentale disturbato, e quando il suo insegnante se n'è andato all'improvviso, ha sperimentato un ulteriore deterioramento, che può averle provocato le allucinazioni uditive a seguire (descritte al punto 2).

1. Convinzioni illusorie

Alice era convinta che sua madre odiasse il fratello per via della voglia che aveva sul viso. L'aveva sentita parlare in termini positivi dell'usanza africana di dare via i bambini; sosteneva che Teko fosse solidale con lei, perché aveva assistito alla medesima conversazione.

La seconda convinzione illusoria probabilmente costituisce un meccanismo psicologico di difesa dall'auto-colpevolizzazione; Alice temeva che il rapimento fosse avvenuto in risposta ai suoi desideri; cioè, che il suo desiderio di una casa sicura per il fratello, ne avesse causato il rapimento; affermare la solidarietà di Teko, attenuava il suo senso di colpa, perché poteva condividerlo con qualcuno. È un meccanismo noto come dinamica del capro espiatorio.

Alice doveva aver sentito la mia stupida battuta, quella mattina sulla veranda; avrà avuto un effetto tremendo sul suo stato già deteriorato. Potrebbe aver condiviso le sue preoccupazioni con Teko, in uno tswana elementare; se credeva che Teko avesse compreso una conversazione articolata in inglese, doveva essere davvero vittima delle proprie illusioni.

2. Allucinazioni auditive

Alice afferma di aver sentito qualcuno che respirava, dei passi e delle voci nei giorni precedenti al rapimento. Ha cercato di parlarne alla famiglia, ma nessuno ha preso in considerazione la sua paura, e le hanno fornito altre spiegazioni per quello che diceva di sentire.

Quando ci ha detto del rumore di passi non l'abbiamo ascoltata. Non come avremmo dovuto. Adam ha pensato che avesse sentito lui che si alzava di notte. Lei gli aveva attribuito la colpa dei bisbigli che diceva di aver sentito. Anche se non aveva l'aspetto di una persona sana, non avevo mai pensato, nemmeno per un attimo, che potesse sentire delle voci.

3. Forte senso di colpa e auto-denigrazione

Nonostante "l'invenzione" della solidarietà di Teko (il meccanismo psicologico del capro espiatorio di cui sopra), Alice sostiene di essere stata lei, e non Teko, ad aiutare nel rapimento.

La notte precedente al fatto, Alice è convinta di essere stata persuasa da un'ombra minacciosa o da un qualche genere di fantasma (probabilmente parte di un incubo) ad aiutarla a portare via il fratello dalla sua famiglia "cattiva", per trasferirlo in una "migliore", dove sarebbe stato amato veramente. Se incoraggiata a elaborare, Alice appare confusa e mostra un elevato livello di angoscia. Episodi allucinatori di questo tipo hanno le caratteristiche soggettive degli incubi; finché Alice non sarà a suo agio con quest'esperienza, non ha alcun senso incoraggiarla a riviverla.

A oggi, sappiamo che Alice sostiene di essere stata indotta, durante questo episodio allucinatorio/incubo, a portare il personale domestico fuori di casa nel pomeriggio del rapimento. Non ha detto nulla alla tata Teko, sperando che la sua presenza servisse a proteggere il fratello. Quando ha realizzato che il fratello era stato rapito nonostante la presenza in casa di Teko, ha assunto su di sé la responsabilità dell'accaduto.

Si conoscono altri casi, seppur rari, di bambini con una sensibilità e un'intelligenza particolarmente sviluppate, che hanno cercato di dare un senso ai traumi attraverso esperienze allucinatorie create retrospettivamente.

Subito dopo la scomparsa di Teko, Alice si era convinta che anche lei fosse stata rapita; si sentiva responsabile di entrambe le sparizioni e soffriva per entrambe le perdite. Mentre le ricerche di Sam si protraevano, aveva realizzato il dolore dei suoi genitori e aveva sviluppato tendenze suicide.

Dal rientro della famiglia in Inghilterra, nonostante e in conseguenza dell'episodio di autolesionismo, Alice ha lavorato in stretto contatto con tutti i membri dell'équipe psichiatrica per ricostruire la sequenza di convinzioni e illusioni sopra riportate.

Sull'aereo che ci aveva portato da Gaborone a Londra, io e Alice avevamo parlato. O, almeno, io ci avevo provato, ma era evidente che c'era qualcosa di grave. Dopo essere esplosa a quel modo, era scoppiata in lacrime, insistendo nel dire che era stata colpa sua. Tra i singhiozzi, sosteneva che Sam fosse stato rapito per salvarlo. Nulla di quello che diceva sembrava avere un senso. Era sconvolta dal dolore. L'avevo abbracciata, le avevo detto che l'amavamo, che non era colpa sua. Lentamente si era calmata, e poi si era addormentata. Sapevo che avevamo un grosso problema, ma non avevo mai pensato fosse una questione psichiatrica.

Come da programma, Megan ci venne a prendere e ci accompagnò attraverso la calca di giornalisti impazienti che ci aspettavano a Heathrow, e poi ci aiutò a oltrepassare i reporter assiepati davanti alla casa.

Una volta a casa, telefonai al servizio operativo di psichiatria.

Pensavo che Alice fosse con Megan; lei pensava che fosse con me. Poi Zoe venne a dirmi che non riusciva a entrare in bagno; alla fine, Megan era riuscita ad aprire la porta con un cacciavite. Alice giaceva sul pavimento. Aveva preso dall'armadietto il paracetamolo e l'aveva ingoiato con una manciata di pasticche di diazepam che aveva trovato nel cassetto del mio comodino.

Adam prese il primo aereo per Londra. Quando arrivò, lo stomaco di Alice era già stato sottoposto a lavanda gastrica e lei era nel reparto pediatrico dell'ospedale, dove le monitoravano la funzionalità epatica. Passammo i due giorni seguenti al suo fianco, tenendole la mano o sdraiati a letto con lei mentre dormiva. Non riuscivo a toglierle gli occhi di dosso, consumata dal terrore e dall'amore. Non dormimmo per due giorni consecutivi. Eravamo stati così vicini a perderla. Alice come Sam. Non serve molto paracetamolo per avvelenare un bambino. Lentamente, si riprese dall'overdose e mentre la sua psicosi diventava evidente, capimmo che non potevamo credere a nessuna delle sue parole. L'équipe psichiatrica ci chiese di rimanere un passo indietro.

Il cucciolo sembra più pesante, si è rilassato nel sonno. Quando lo tiro su, si stiracchia insonnolito e mi infila il naso sotto al mento.

Dopo l'intervento psicoterapeutico e di sostegno, Alice sta cominciando ad accettare il fatto che non è stata colpa sua. Riconosce che la sua comprensione dei fatti antecedenti e riguardanti il rapimento era frutto di illusioni e allucinazioni, dovute a uno stato di depressione psicotica e ansia. Allontanandosi dagli eventi, inizia a capire che lei non aveva e non ha nessuna informazione su come e perché sia avvenuto il rapimento del fratello.

Anche se aveva iniziato a comprendere alcune parole in lingua tswana, non sarebbe stata in grado di sostenere una conversazione complessa come quella che riferisce di aver avuto con Teko; e non è ancora chiaro se nella sua convinzione di poter comunicare realmente con lei abbiano avuto un ruolo le allucinazioni uditive o le convinzioni illusorie. Stiamo ancora svolgendo un lavoro psicoterapeutico al fine di capirlo, perché la distinzione ha implicazioni nella prognosi della paziente.

Trattamento
Psicoterapia di supporto
Julie Edwards, psicologo dell'età evolutiva: due incontri a settimana.
Paroxetine: 10mg/g; visite di controllo mensili con il dottor Harnham.

Dopo un po', metto giù Kodi nel suo cesto, vicino alla stufa; gira su se stesso e si abbandona in una morbida palla, il naso sulla coda; la schiena si alza e si abbassa sotto alla mia mano, la pelle che si ritrae al mio tocco. Metto il rapporto sulla scrivania di Adam, perché possa leggerlo quando torna a casa. La superficie lucida è vuota; il suo ordine maniacale è diventato prepotente.

Il resto del giorno scivola via. Lavare i pavimenti e rifare i letti sono punti fermi a cui aggrapparsi: quando liscio le lenzuola con la mano, mi sento più calma, come se stessi lisciando i miei pensieri.

Controllo la strada attraverso le imposte; spesso i giornalisti sono là fuori in agguato. Siamo apparsi in televisione tre volte, tenendoci per mano. Adam collabora con la stampa, ma io la evito.

Sono stati riportati avvistamenti in Africa, in Kenya e in Nigeria. Tutti falsi, e ognuno di loro ci ha portato via Sam un po' di più. Ho avuto anch'io i miei avvistamenti. Due banchi davanti a noi in chiesa, il giorno di Natale, una straniera alta si è alzata, e in quell'attimo è diventata Teko. Solo tre settimane fa ho seguito una ragazza coi capelli proprio come i suoi fino alle casse di Sainsbury, finché non si è voltata a guardarmi, con un'espressione di paura sul viso. Cosa poteva mai farci Teko, in un supermercato di Londra nord, è una domanda che non avevo pensato di pormi. Non so perché senta l'impulso di comportarmi così, dato che io, a differenza di Adam, so che l'abbiamo perduto per sempre.

Ci siamo perduti anche l'un l'altro. Ci aggiriamo per la casa in silenzio, fantasmi intrappolati in un matrimonio che è morto, senza quasi rivolgerci la parola. Abbiamo un tacito accordo, per il bene delle ragazze. Non devono soffrire ancora, perciò manteniamo i nostri rapporti nei limiti dell'educazione. Nessun altro lo sa, anche se adesso riconosco le altre coppie che, come noi, non si parlano e non si toccano, che camminano per la strada uno dietro l'altro.

A metà giornata, mi telefona Megan. «Ciao Emma».

«Ciao».

«Stai bene?»

«Uhmm. Sto pulendo una credenza. Tu?».

«È solo... Ascolta. La signora Ridley Scott stamattina ha parlato con Adam, e lui mi ha chiesto di chiamarti. A quanto pare vuole sapere...».

«No. Non ancora».

Non posso tornare a lavorare. Né ora né mai. Come potrei aiutare i bambini a nascere, guardarli mentre qualcuno li abbraccia?

E non è solo quello: non riesco a finire una frase senza che ne abbia dimenticato l'inizio. Forse potrei lavorare in sala operatoria senza problemi, ma non riesco a sostenere una conversazione.

Scambiamo qualche altra parola, poi lei deve andare.

Le ragazze tornano da scuola. Zoe gioca con Kodi e Alice mi porge un ciondolo in ottone che ha fatto durante l'ora di arte. Un passo avanti.

Più tardi, torna Adam. Legge il rapporto e lo mette da parte. Lo vedo pensare che non dice nulla di nuovo. I fatti non lo colpiscono sempre come se fosse la prima volta, come succede a me. Vuole parlare della conferenza stampa che si terrà a Gaborone entro un paio di mesi: è passato un anno dalla scomparsa. «Alice sta meglio», dice. «Se la caverà senza di noi».

«Senza di noi?». Lo guardo fisso. «Io non verrò, Adam. Non è ancora pronta. Non possiamo andarcene tutti e due».

«Invieremo un messaggio più forte se saremo insieme», dice.

«Va' senza di me».

«Oggi ho incrociato il dottor Harnham nel parcheggio», prosegue lui con calma. «Pensa che ad Alice farebbe bene passare un breve periodo senza di noi. È il momento di concederle un po' d'indipendenza. Staremo via solo una settimana».

«E chi baderà alle bambine?»

«Non possono restare a scuola? Pensavo che ci fosse questa possibilità per chi frequenta solo di giorno, all'occorrenza. Starebbero insieme. Possiamo telefonare tutti i giorni. Kodi può andare dal mio assistente, la moglie adora i cani».

Lo fa sembrare così facile. Alice starà bene. Zoe starà bene. Persino il cane starà bene. L'unica cosa che dobbiamo fare è il viaggio, poi arrivare all'aeroporto, anche se l'ultima volta che l'abbiamo fatto tra le mie braccia c'era Sam. Incontreremo Goodwill e Kopano, altri poliziotti. Quelli del Met sono andati via da un pezzo, come anche il detective privato di Adam; dopotutto, non hanno ottenuto maggior successo della polizia che già lavorava sul campo.

Poi torneremo alla casa di Kubung, insieme a tutti i giornalisti. Ci fotograferanno nel giardino. La settimana scorsa, mentre andavo in biblioteca sotto la pioggia, sono passata davanti al cimitero di Highgate. L'odore fresco dei pini mi ha riportato alla mente il giardino, la prima notte di ricerche e tutte quelle che sono seguite. Mi sono dovuta appoggiare all'inferriata finché non sono passate le vertigini. Non ce la posso fare a tornare laggiù.

Saliamo al piano di sopra, per sederci sui letti delle bambine e parlare. Alice ci racconta un po' della sua giornata. Non parliamo di Sam: lo psichiatra ci ha suggerito di aspettare finché non sarà pronta. Adesso Zoe ha iniziato a dire le sue preghiere, inginocchiandosi davanti al letto e mormorando tra le dita. Non aveva mai pregato prima. Nessuno di noi lo faceva. Mi domando con chi stia parlando e se gli stia chiedendo qualcosa di suo fratello. A volte, quando la guardo, mi ricordo della preghiera bisbigliata alle mie mani, e gli ossicini freddi fluttuano per un momento nella stanza, irreali, come un sogno, o il ricordo di un sogno. Anche Adam la guarda; penso che ne sia felice. Sono convinta che anche lui dica le sue preghiere in segreto, ma non parliamo di ciò che crediamo o di nulla che possa disturbare la superficie liscia delle nostre vite.

A volte ricordo la voce di mio padre che mi chiamava dalla barca e la sensazione delle sue mani che mi tiravano dentro, ma dove un tempo c'erano le sue parole, ora c'è il silenzio. Non riesco a ricordare la sua voce o la sensazione delle sue mani, non riesco nemmeno a richiamarne alla memoria il viso. È completamente svanito, e io sono sola.

Capitolo 34

Londra, febbraio 2015

I gabbiani si alzano in volo e planano nel cielo grigio sopra la BT Tower. Il mare deve essere mosso. Il legno della panca è scuro; l'umidità mi penetra attraverso i jeans. Sul pendio erboso sotto di me c'è un branco di cani: un pastore alsaziano, alcuni spaniel, un magro greyhound. Abbaiano e corrono e si azzuffano, come avviene nei cortili delle scuole, il più forte, il gregario, il più piccolo che rimane escluso. Kodi è il pagliaccio della classe: si rotola sulla schiena e salta addosso agli altri, desideroso di piacere e quasi sempre ignorato.

Attorno, delle donne chiacchierano mentre guardano i loro animali. Hanno carrozzine e passeggini e bambini arrampicati sulle ginocchia. Tenendosi a una certa distanza, due uomini di mezza età nascondono i menti nei loro cappotti e dondolano il peso da una gamba all'altra, guardandomi; sanno di avermi già visto da qualche parte, ma non riescono a ricordare dove. Una delle donne segue il loro sguardo e fa un cenno d'intesa all'amica. Mi guardano e bisbigliano tra loro. Richiamo Kodi. Comunque, è ora di andare a prendere Alice. Lui accorre subito, un tipico labrador, dolce e obbediente. Sono a metà strada lungo la collina, quando una delle donne munite di carrozzina mi oltrepassa. Sta quasi correndo, tirata dal suo pastore tedesco. Mentre la carrozzina mi supera, riesco a vedere solo delle piccole dita bianche aggrappate alla copertina. Devono essere ghiacciate. Vorrei dire alla madre di mettere la manina al sicuro sotto la coperta, ma ormai è troppo lontana.

Più tardi, in cucina, Alice mi chiede una seconda ciambella. Cerco di non sembrarne troppo felice; il dottor Harnham dice di comportarci normalmente, ma non ricordo più come si fa.

«Allora, Ally, com'è andata oggi?». Quando sono andata a prenderla, poco fa, abbiamo parlato di Kodi e dei cani con cui ha giocato; per lasciarle il suo tempo.

China la testa sul piatto, le tremano le spalle. Mi sento male. Forse il dottor Harnham ha detto qualcosa che l'ha turbata. Quando alza la testa non piange, ma ride. Zoe sgrana gli occhi per la sorpresa, e allora rido anch'io, facendole compagnia. Se sembra vera allora lo è, una risata di sollievo.

Zoe dà un colpetto alla sorella, sorridendo. «Che c'è di tanto buffo?»

«Niente», dice Alice, la faccia che diventa seria, gli occhi guardinghi.

Ma è stato qualcosa, insieme alla seconda ciambella. Un altro segnale di recupero.

«E tu Zoe? Hai avuto una buona giornata?».

Zoe sta disegnando, china sopra al foglio sul tavolo, il respiro pesante. Un pezzetto di lingua le sporge tra i denti. Prima che possa rispondere, Alice dice: «Il dottor Harnham mi ha chiesto come andava a scuola».

«Sì?»

«Gli ho detto che va bene».

«Ottimo, Ally».

Prende lo zaino. «Penso che andrò a fare i compiti in camera mia», e si avvia alla porta, facendo dondolare lo zaino.

La cucina è silenziosa. La pioggia batte contro i vetri, sospinta dal vento di febbraio. Amo questo suono. Nel caldo torrido avevo nostalgia di questa pioggia.

Come in coda ai miei pensieri, Zoe dice: «Domani abbiamo un

incontro sull'Africa». Lo dice così, come una qualsiasi notizia legata alla scuola.

«Bene». Subito il mio cuore accelera i battiti.

«Mi hanno chiesto di dire qualcosa».

«Ottimo». Ma non è ottimo. Com'è possibile? Come possono chiederle questo?

«Posso dire tutto quello che mi pare».

«Ok».

Di cosa potrebbe parlare? Non degli animali. Quelli che aveva raccolto, li ha perduti. Il paesaggio? Non è facile per un bambino descrivere quegli spazi desolati. Forse della gente, ma in realtà ha conosciuto solo tre o quattro persone. E se parlasse del giorno che è scomparso Sam?

Zoe si china ancora di più sul suo disegno, premendo con forza il pastello giallo di cera. «Dirò che faceva caldo. Guarda». Mi mostra il suo disegno di un sole giallo; occupa l'intera pagina.

«Un'idea brillante, Zoe».

Il caldo a Kubung ti ferisce la pelle. L'erba avvizzisce; gli asini muoiono di sete lungo la strada.

«Andremo al suo incontro, naturalmente». Le bambine sono a letto e Adam sta cenando. Mi appoggio ai fornelli e guardo la pioggia che sta ancora cadendo sul prato. A Kubung sarebbero felici di una pioggia così. «Dobbiamo sostenerla».

«Certo», risponde. Mi chiedo che diranno gli altri genitori quando lo rivedranno. È sempre stato magro, ma ora è scheletrico. Si muove con più lentezza.

«Parlando di Africa...». Mi guarda speranzoso e io distolgo gli occhi.

«Forse».

Capitolo 35

Botswana, marzo 2015

Non è solo il profumo dei pini. L'odore polveroso della macchia che attraversa Gaborone e s'infila nel giardino dell'hotel è subito familiare. Non mi sarei dovuta preoccupare di come sarebbe stato tornare nello stesso posto. È come se fossimo arrivati in un altro

Paese; un Paese qualsiasi, dove fa caldo e il lavoro costa poco. L'hotel è nuovo dall'anno scorso, un mostro a cinque stelle. Ha un efficiente sistema di aria condizionata, un'illuminazione soffusa e spesse tovaglie di lino sui tavoli. Dietro alle grandi finestre della sala da pranzo la piscina luccica, circondata da file di lettini. Potremmo essere lontani centinaia di chilometri da Kubung, o forse migliaia di anni. A confronto con questa opulenza, il villaggio sembra rimasto al medioevo. Poca acqua corrente, elettricità o internet. Quasi nessuna merce nei negozi o scarpa ai piedi dei bambini. È solo quando sento la voce calda del cuoco tswana e colgo il sorriso della ragazza giovane che ci porta il tè, che comincio a collegare i due mondi.

Siamo venuti direttamente in hotel con un taxi. Nessuno, a parte la polizia, era a conoscenza dell'ora in cui saremmo arrivati. Questa volta vogliamo essere noi a servirci dei giornalisti, non il contrario. Siamo già stati sotto i riflettori dei media. Adam ha prenotato l'albergo per tre giorni, per farci ambientare e prepararci alla conferenza stampa.

Il primo giorno sono inquieta. Prima di fare colazione il secondo giorno, ho già sentito le ragazze via Skype e ho fatto una nuotata in piscina. Mentre mi sto asciugando, un camaleonte sul ramo di un albero di jacaranda richiama la mia attenzione. Ha gli stessi colori del legno ricoperto di licheni, e i suoi occhi brillano mentre apre e chiude le palpebre.

Alla colazione buffet, intorno a noi giravano piatti con strati e strati di cibo impilato: uova e bacon sopra ai pancakes, e sopra ancora filetti di pesce. Corpi lucidi di crema sono distesi a bordo piscina, accanto a bibite ghiacciate. Dei bambini schiamazzano in sottofondo.

«Non posso rimanermene qui, Adam. Mi sembra di diventare matta».

È dalla colazione che prende appunti, cercando di anticipare le domande dei giornalisti e di preparare risposte che colpiscano le corde giuste, tra speranza e realismo. Non dobbiamo avere l'aria delle vittime, ma dobbiamo mostrarci grati alla polizia. Ora ha abbandonato il taccuino sulla faccia; avevamo entrambi dimenticato il caldo cocente.

«Non riesci a rilassarti?». La voce è attutita. «Fra poco dobbiamo provare le risposte».

«Devo andarmene da questo posto».

Il quaderno scivola giù e lui si alza appoggiandosi a un gomito, scrutando il mio viso. «Dici sul serio?».

«Andrò a fare un giro al centro commerciale. Magari prendo qualcosina per le ragazze».

«Almeno cerca di passare inosservata. Metti un cappello e degli occhiali scuri».

«E i baffi finti?»

«Dico sul serio, Emma». Si gratta il collo. È sempre serio.

«Stavolta dobbiamo essere noi a controllare i mezzi d'informazione», continua. «Vogliamo pubblicità, ma alle nostre condizioni».

Compro un paio di occhiali e un cappello di cotone nero a tesa larga nella boutique dell'hotel. Poi, in camera, frugo nella mia valigia e trovo pantaloni di cotone, una giacca di lino e i miei sandali buoni. La falda del cappello nuovo mi tiene il viso in ombra. Non ho nulla per il trucco. Frugando nella borsa alla ricerca di un rossetto, le mie dita si chiudono attorno a un piccolo tubetto di plastica nella tasca laterale. Tiro fuori la boccetta dimenticata con le erbe di campo che avevo nascosto lì dentro un anno fa. Svito il coperchio, avvicino il naso e inspiro. L'odore acre mi fa starnutire. Infilo un dito inumidito nella polvere e me la passo sulle palpebre, con un gesto rapido, prima che possa cambiare idea. Perché no? Dopotutto, qual è la cosa peggiore che potrebbe capitarmi? Uno sfogo cutaneo?

A bordo piscina, Adam sta di nuovo scrivendo. Alza gli occhi, poi mi guarda, studiandomi. Alla fine annuisce. Ho passato l'esame. Mentre mi infilo in un taxi dell'hotel, il blu dell'albero di jacaranda nel cortile luccica come plastica bagnata.

Il centro commerciale è un ammasso di gente e negozi. Non vedo l'ora di togliermi la giacca, e mi domando perché non ho indossato pantaloncini e infradito. Il corridoio tracima di negozi, che mettono in mostra cesti di girandole, vagonate di dolci e mucchi di arachidi. Su uno scaffale è stesa una lunga stoffa in cotone blu, i cerchi arancioni che risaltano, i colori brillanti quanto basta da saltare all'occhio. Il venditore spinge la sua merce con una parlantina irruente. Mentre mi volto, una linea iridescente attraversa ad arco il mio occhio sinistro. Un'emicrania che si prepara a esplodere.

Davanti al centro commerciale c'è una piccola e affollata sala da tè; seduta a un tavolino in metallo verso il fondo del locale, frugo nella borsa alla ricerca del paracetamolo e ne ingoio due pasticche con un sorso di tè bollente che mi serve la proprietaria. Appoggia un fianco generoso al bordo del tavolo. «È qui in vacanza?».

Annuisco: è più facile mentire.

«Allora, le piace il nostro Paese?». Si asciuga la mano sul grembiule in attesa della risposta. Il suo viso rotondo ha un'aria molto gentile; per un attimo, vorrei dirle che ho perso mio figlio nel suo Paese e che tutto ciò di cui potrebbe andare fiera, la vastità del cielo, il calore della gente e l'energia che si respira per strada, si è ridotto a un mucchietto di polvere. Che vorrei non aver mai messo piede quaggiù. Invece ingoio un sorso di tè nero, sperando che se ne vada.

«È felice qui?», insiste.

Per un attimo mi sfiora il ricordo delle mie mani tese nel sole, la sensazione dei capelli morbidi di Sam tra le dita, poi entrambi svaniscono; e scopro che non riesco a ricordare a cosa somigli la felicità. Un uomo batte la mano sul bancone, reclamando a gran voce una bibita fredda; la proprietaria mi fissa ancora per un attimo, poi corre verso l'entrata del locale.

Lascio il tè senza finirlo e mi avvio per la strada, senza un posto dove andare o un amico a cui fare visita. Non posso rischiare di trovarmi davanti alla stessa situazione in un altro bar, ma non posso nemmeno rientrare in albergo e affrontare un'intera giornata a bordo piscina, a prepararmi per l'intervista con la stampa, che sono sicura sarà del tutto inutile.

Continuo a girare per le strade, camminando veloce, guardando attentamente le case e i cortili coi panni stesi ad asciugare, le bici e le sedie; poi attraverso la strada mi raggiunge un vociare di bambini. C'è un grande edificio dall'altra parte della strada, con almeno una trentina di bambini che giocano in cortile. Dietro al cancello vedo due donne, appoggiate alle sbarre di legno, che li sorvegliano e spettegolano tra loro. Una scuola, o forse un orfanotrofio. Due bambini tirano calci a un pallone bucato, e, mentre li guardo, mi sopravviene un pensiero, gradevole come una bibita fresca: dopotutto, un'amica ce l'ho. Claire. Ho ancora sul telefono l'indirizzo del suo orfanotrofio. Potrei prendere un taxi, sedere con lei in cucina, ascoltare le sue chiacchiere sbrigative ma gentili. Adam capirà. Scorro i nomi sul telefono cercando il suo indirizzo. Attraverso la strada, allungo una mano tra le sbarre del cancello e mostro lo schermo alle due donne. Quelle annuiscono; conoscono molto bene la signora Stukker. Gestisce un orfanotrofio più piccolo del loro, ma comunque buono. Parlando forte, contraddicendosi l'una con l'altra e ricominciando daccapo, mi dicono che posso arrivarci facilmente a piedi: dista appena cinque incroci. A destra. Due volte a sinistra. La seconda a destra e poi scendere dove c'è un grande garage. L'orfanotrofio è a metà strada sulla sinistra. Lo riconoscerò dal grosso albero accanto al cancello.

File ordinate di pneumatici costeggiano l'asfalto fuori dal garage; l'odore della gomma scaldata dal sole mi segue lungo la strada. A metà del percorso c'è un grosso albero di mopane che si china su un cancello di ferro bianco; dentro, sotto i suoi rami, è stata sistemata una panca in legno. Mi ci abbandono sopra, all'ombra, recuperando il fiato; era più lontano di quanto pensassi. Più avanti, una rampa di gradini di legno conduce a una porta rossa. Da dentro proviene un vociare di bambini e un rumore di piatti. È l'ora di pranzo; è meglio che aspetti un po'. La porta si apre e ne escono due ragazze. Una parla forte mentre si toglie il grembiule, l'altra indossa un cappello; sorridono entrambe. Assistenti che staccano dal lavoro, felici di uscire e andarsene a casa. La ragazza che parla è bassa e robusta, il vestito nero che la fascia tanto stretto che il tessuto scintilla alla luce del sole. Anche la sua amica è piccola, ma magra e, insolitamente, bionda. Il caschetto ordinato luccica sotto il cappello, troppo perfetto per essere vero, forse si tratta di una parrucca. Indossa un bel vestito con una stampa in stile africano rossa e verde, e porta un grosso pacco. Gli occhiali scuri, come i miei, sono grandi e le nascondono il viso. Mentre scende i gradini, sembra trascinare un poco la gamba destra. La zoppia è così minima che potrei averla immaginata. Forse l'ho fatto.

Le ragazze passano senza guardarmi, si stringono la mano e si separano al cancello; quella bassa attraversa la strada di corsa, agitando la mano e salutando. La bionda si dirige a destra e, incapace di trattenermi, la seguo. Cammina in fretta, nonostante la lieve zoppia, svoltando in fretta agli angoli. Senza farmi vedere, corro per tenerle dietro; sembra un po' più alta di com'era Teko, o forse è più grassa.

Adam non sarà contento di sapere che pedino ancora gli estranei, ma non c'è bisogno che lo sappia. Non glielo dirò. Questa è l'ultima volta, prometto a me stessa accelerando il passo. L'ultima volta davvero.

Capitolo 36

Botswana, marzo 2015

La ragazza svolta di nuovo a destra, al quinto incrocio, ma quando lo faccio anch'io, non la vedo più. Mi appoggio contro il muro di un edificio, asciugandomi il sudore dagli occhi, e scrutando la folla. Poi intravedo il vestito rosso e verde dall'altro lato della strada. È in coda per prendere un pulmino giallo proprio dietro a una fila di taxi.

Attraverso e mi tengo fuori dalla sua visuale, nascosta tra la folla assiepata intorno ai taxi; la ragazza bionda sta guardando il telefono, il pacco abbandonato ai suoi piedi. Sotto al cappello, i capelli ondeggiano in avanti con un movimento innaturale. Dovrei finirla qui, tornare in hotel, raggiungere Adam e prepararmi per la conferenza stampa – uno qualsiasi di questi taxi mi porterebbe senza problemi – ma proprio nel momento in cui mi volto per andarmene, la ragazza alza la mano libera portandosela al collo e, anche se non indossa collane, il cuore mi batte all'impazzata.

Appoggiata alla portiera di una macchina rossa ferma lì, con la scritta "Taxi" sul finestrino, tastando alle mie spalle trovo la maniglia; apro la porta, mi giro e mi siedo sul sedile posteriore. L'autista si volta, sorpreso. Un ragazzo sulla ventina, la bocca impegnata a masticare una gomma, T-shirt gialla aderente, occhiali scuri tirati su, sopra i ricci ingellati. C'è un momento spiacevole, mentre ci fissiamo senza sorridere, lui colto di sorpresa e io impegnata a valutarlo: troppo piacente, troppo giovane. Un uomo più maturo, un padre, sarebbe stato meglio, più forte, se ce ne fosse stato bisogno. Faccio col capo un cenno come per scusarmi e sto per scivolare fuori dall'auto quando colgo un movimento, una macchia di rosso e di verde, là davanti. La ragazza sta salendo sul pulmino giallo.

In quel momento, il giovane autista mi rivolge un sorriso di una dolcezza così luminosa che mi sento riscaldare il cuore. «Sono felice di averla a bordo oggi, signora. Dove la porto?»

«Su quel pulmino giallo c'è una donna. Devo seguirla».

Lui sorride di fronte al cliché e, senza chiedere altro, avvia il motore e si mette al seguito del pulmino.

Avevo dimenticato quel modo di Teko di toccarsi il collo. Ma anche se l'avessi detto a Goodwill, sarebbe stato difficile per chiunque altro cogliere quel movimento minimo. Dovrei chiamare la polizia, ma se la ragazza è Teko, la vista delle auto e il rumore delle sirene la metterebbero sull'avviso. Potrebbe saltare giù dal pulmino quando rallenta e dileguarsi nei vicoli della periferia, sparendo per sempre.

«Sa dov'è diretto il pullman?»

«Tshabong, senza fermate».

Tshabong. Il nome mi è familiare. Una cittadina del sud. L'anno scorso Adam c'è stato per prendere delle scorte di medicine arrivate dal Sudafrica. «Quanto ci vorrà?».

Le spalle lisce si alzano in una lunga scrollata. «Sette ore, più o meno».

Sette ore. Davvero voglio viaggiare per sette ore attraverso un Paese seguendo una ragazza su un pullman solo per il modo in cui si è toccata il collo? Cosa dirò a Adam? Se sapesse che ho ricominciato a seguire gli estranei, comincerà a parlare di incapacità di gestire la sofferenza, di antidepressivi; oppure potrebbe mandare la polizia sulle tracce di Teko e potremmo perderla per sempre. Non mi si presenterà più un'occasione simile. Devo coglierla al volo.

Scrivo in fretta un messaggio a Adam: *Ho incontrato una vecchia collega. Forse può esserci utile. Torno più tardi.*

Dopotutto, è una mezza verità. Spengo il telefono. «Per te va bene portarmi fin lì e ritorno?»

«Se mi paga». Dietro al sorriso si nasconde un filo di preoccupazione: si sta prendendo un rischio.

«Ti pago tutto quello che vuoi». In borsa ho i contanti che abbiamo portato per affittare la macchina per andare a Kubung e per regalare qualcosa a Elisabeth, Josiah, Peo e suo marito. In hotel, Adam ne ha altri. Non m'importa quanto potrà costarmi.

L'autista si volta e mi sorride di nuovo. «Mi chiamo Bogosi, e la sa una cosa? Questo è il mio giorno fortunato».

Abbiamo raggiunto la periferia di Gaborone. La strada ora è più larga, le case più grandi e distanziate; gli alberi si affacciano oltre i muri dei giardini. Il pullman ha preso velocità e corre sbandando, con un lieve dondolio. Dieci minuti dopo siamo in aperta campagna, piatta e sabbiosa, punteggiata di alberi spinosi; questo è il paesaggio che ci accompagnerà per centinaia di chilometri.

Provo un senso di calma, di essere trasportata irrevocabilmente in avanti, verso le prossime ore.

Proprio davanti a me potrebbe esserci Teko, con la testa appoggiata al finestrino, gli occhi chiusi, senza sapere che presto sarà trascinata indietro nel passato. Tra qualche ora, potremmo avere le risposte che cerchiamo, anche se potrebbero toglierci per sempre la speranza.

L'auto corre silenziosamente. Intorpidita dal caldo e dal movimento monotono, mi sento scivolare nell'oscurità.

Capitolo 37

Botswana, marzo 2015

Vengo svegliata dalla macchina che rallenta. La testa mi pulsa e mi sento la gola come ricoperta da uno strato di polvere. Linee bagnate di sudore si sono accumulate nelle pieghe di gomiti e ginocchia. Bogosi sta parcheggiando dietro al pullman giallo nello spazio antistante un'area di servizio. L'autista, un uomo basso con una zazzera di capelli grigi, si stira e sbadiglia vicino alla pompa di benzina, la grossa pancia che riempie la camicia blu come un pallone gonfiabile. Un ragazzo sta mettendo la benzina al pullman. Bogosi esce e fa benzina da solo, allontanando con un gesto un altro ragazzo che si era avvicinato nella speranza di aiutare: nessuno può toccare il suo taxi. Scompare nel negozio e ne esce dopo poco rifornito di bottiglie d'acqua, pacchetti di gomme da masticare e noccioline. Scambia qualche parola con l'autista e gli dà una pacca sulla spalla, ridendo. Ride anche l'altro, facendo di sì con la testa e allargando le braccia come per spiegare qualcosa.

Bogosi entra in macchina, e mi passa una bottiglia d'acqua e qualche nocciolina. «Il primo marito di mia zia», dice, sempre sorridendo. «Fa questo viaggio due volte a settimana. Le persone vengono in paese per vedere i parenti, incontrare gli amici e via dicendo». Si risistema al suo posto, strappando la plastica del pacchetto di gomme coi denti.

«Non gli hai detto che stiamo seguendo una persona che è sul pullman, vero?».

Cerca i miei occhi nello specchietto retrovisore, scuotendo la testa. In quel momento capisco due cose: sa chi sono ed è dalla mia parte.

«Vuole scendere?», mi chiede. «Mi metterò tra lei e l'autobus fino ai bagni».

Sbagliavo a pensare che un uomo più anziano sarebbe stato meglio. Bogosi sta prendendo a cuore la situazione con l'entusiasmo di un ragazzo. Mi abbasso il cappello sulla faccia e camminiamo insieme fino al negozio. Lui aspetta fuori mentre uso il bagno alla turca sul retro dell'edificio. Nel frammento di specchio appeso tra il lavandino e il muro ho un aspetto scarmigliato: ciocche di capelli appiccicate alla pelle dal sudore, ma nella mia bocca c'è qualcosa di diverso. Ho la stessa espressione che mi guardava dallo specchio della stanza dove mi lavavo le mani prima di entrare in sala operatoria. Un'espressione che evoca determinatezza. Sta funzionando. Mi sento più forte. Il mal di testa sta passando.

Quando esco, Bogosi è appoggiato al muro e parla al cellulare. Forse sta cancellando delle corse o tranquillizzando una fidanzata. Questo viaggio deve aver sconvolto la sua routine, ma quando mi vede sorride e mette via il telefono. Ha comprato un giornale e, mentre camminiamo fianco a fianco, apre le pagine stampate per nascondermi ai finestrini del pullman.

«Tiri su i piedi, signora. Starà meglio», mi dice quando rientriamo in macchina. Avvia il motore, seguendo il pullman che imbocca di nuovo la strada principale dondolando. Mi metto comoda, proteggendo i sedili con i fogli del giornale. Ha ragione. Quando alzo i piedi posandoli sulla carta mi sento subito meglio.

«*Ka a leboga*». Gli sorrido nello specchietto, togliendomi il cappello. «È l'unica parola che conosco. Avrei voluto saper parlare la tua lingua bene quanto tu parli la mia».

«Me l'ha insegnata mia zia». Mi porge un sorriso modesto in risposta. «Ha lavorato in Inghilterra. E guardo anche i film americani in TV».

«Che genere di posto è Tshabong?»

«È una cittadina di confine, piccola, molto noiosa». Guarda dal finestrino verso un gruppetto di ragazzine adolescenti che cammina sul ciglio della strada verso l'area di sosta, sorride e le saluta con la mano. Quasi tutte lo ignorano, ma una ridacchia e distoglie lo sguardo. Bogosi sembra gratificato.

«E la gente che ci vive cosa fa?»

«Alcuni lavorano al parco divertimenti di Kgalagadi, nell'ovest del Paese. Ci sono un paio di officine meccaniche. E, ovviamente, c'è molta criminalità». Abbassa il vetro e sputa la gomma fuori dal finestrino. «Si può fuggire in Sudafrica semplicemente attraversando la strada. C'è molto contrabbando. Ovviamente ci sono i controlli alla frontiera, ma col tempo si sono abituati…». Lascia la frase a metà. Tamburella con le dita sul volante. «È un posto tranquillo. Non c'è molta gente. Le persone non ci vanno spesso. A volte ci sono cammelli che se ne vanno in giro». Bogosi accende la radio e l'abitacolo si riempie del ritmo veloce dei tamburi. Se la ragazza sull'autobus è Teko ed è collegata a un gruppo criminale, avranno di sicuro delle armi per proteggere ciò che hanno rubato. Mi asciugo le mani sui pantaloni, lasciando una macchia di sudore sul lino, e sposto i pensieri su Alice e Zoe. Oggi su Skype sembravano felici. Forse il dottor Harnham aveva ragione e avevano davvero bisogno di prendersi uno stacco dalla mia presenza. Chi può dire quali abissi di tristezza gli avevo trasmesso? Sul telefono ho dieci chiamate senza risposta e quattro messaggi di Adam.

Scrivo: *Sto bene. Sono al sicuro.* Il mio orologio segna le cinque del pomeriggio. *Ti spiegherò tutto tra un paio d'ore.*

Quando mi sveglio, la luce è più bassa: la macchina sta rallentando e sta accostando dietro al pullman, mentre quello si dirige a una fermata. Attorno a noi vedo piccole case in cemento con cortili e vialetti sterrati; una nebbia polverosa di sabbia arancione aleggia nell'aria.

L'orologio sul cruscotto segna le 19 in punto; scendono i primi passeggeri, soprattutto donne con cesti e sporte, che si muovono sui gradini con le gambe anchilosate. Scambiano strette di mano e saluti con l'autista; la ragazza bionda scende quasi per ultima. Ignora il saluto allegro dell'autista e se ne va, portandosi dietro il suo pacco e incamminandosi velocemente su per la strada.

Sto per aprire la portiera per seguirla quando Bogosi si volta. «La ragazza bionda con il cappello, giusto?».

«Sì, ma…».

«Aspetti qui. La noterebbe…», dice con autorevolezza.

«Tornerò qui quando avrò visto dove abita». Esce e sbatte la portiera, infila la testa nel finestrino aperto, dice: «Mi sto divertendo» e prima che possa obiettare qualcosa se n'è andato, camminando in fretta lungo la strada con passo disinvolto. Li seguo con lo sguardo finché la ragazza svolta a destra vicino a un gruppo di alberi, Bogosi che la segue dopo pochi secondi.

I minuti si trascinano. Mi infilo il cappello e gli occhiali scuri ed esco dall'auto. Quando mi stiro mi fa male la schiena. L'odore caldo del deserto ha un sottofondo oscuro di carne in putrefazione, come se qualche animale morto fosse stato abbandonato a decomporsi nella calura. C'è un immenso silenzio, ma in esso s'infilano gradualmente il frinire delle cicale e il gracidio delle rane, riportandomi alle serate nel giardino di Kubung, e allora la mia mente viene inondata da quei ricordi che ho imparato a tenere a bada: Sam sdraiato sul nostro letto, che scalcia con le gambine cicciotte nel sole, cinguettando deliziato all'indirizzo di Zoe; Sam nella culla, il visino rilassato nel sonno; Adam che lo tiene tra le braccia mentre si aggira per il giardino giocando a nascondino con le ragazze. La strada vuota si appanna. Non sarei dovuta venire fin qui. Non sarei dovuta venire proprio in Botswana. Dovunque mi giri ci sono ricordi. Voglio tornare indietro: è stata un'inutile fuga. La ragazza non è Teko. Devo tornare a casa.

In giro non c'è nessuno. Dove sono finite tutte le persone che sono scese dal pullman solo pochi minuti fa? Sono già passate due ore da quando ho scritto a Adam. In macchina, gli mando un altro veloce messaggio: *Tutto bene, ho quasi finito. Porta pazienza. Ti spiegherò presto.*

Passano cinque minuti, poi dieci. Nel silenzio, la mia testa si riempie di bisbigli che mi dicono che avrei dovuto chiamare la polizia, che non so nulla di Bogosi. In questo momento potrebbe aver raggiunto la ragazza e averla informata che sono qui dietro l'angolo. Se fosse Teko, sarebbe facilmente ricattabile: lui conosce la storia per averne letto sui giornali. Sarà chiamata a rispondere di negligenza, potrebbe dirle, a meno che non sia disposta a pagare. Lei inizierà a contare le banconote da mettergli in mano, per guadagnare tempo…

«Ho visto dove abita», dice Bogosi ansimante. È accanto alla macchina, piegato in due, che si appoggia alla portiera col sudore che gli sgocciola sulle scarpe. «Possiamo andare più vicino».

La scena immaginaria scompare. Bogosi accoglie i miei complimenti con un sorriso. Dopo un attimo, sale in macchina, avvia il motore e guida piano lungo la strada, imboccando un viottolo sulla destra.

«Non è lontano», dice, ancora senza fiato. «Ma si è fermata un paio di volte per riposare e mi sono dovuto tenere fuori dalla vista». Sorride, ma stringe le mani sul volante: si sta entusiasmando alla caccia.

«Arriveremo abbastanza vicino da poter descrivere la casa, e poi chiameremo la polizia. Controlleranno loro. Lasciamogli questa parte». Se si fa coinvolgere troppo potrebbe mandare tutto all'aria: potrebbero spaventarsi e fuggire.

Il sentiero finisce. Fa inversione per rivolgere l'auto verso la strada e intanto indica con la testa un cancello di legno che si apre in un alto muro dietro a degli alberi.

«È entrata lì», dice. «L'ho vista aprirlo con una chiave, ma trasportava qualcosa e non credo l'abbia richiuso». Sorride. «Forse vale la pena dare un'occhiata».

«Un'occhiata? Sei pazzo, Bogosi? Anche se il cancello non fosse chiuso, nel giardino potrebbero esserci delle persone, o dei cani. Mi vedrebbero subito».

«La porta dell'edificio è dietro l'angolo, un po' distante», continua lui come se non avessi parlato. «Andrò io, e busserò, poi, chiunque apra, lo terrò occupato mentre lei controlla il giardino». Pensa di essere in un film: lui fornisce l'elemento di distrazione, mentre io ispeziono il posto.

«E che gli dirai, per essere credibile?»

«Promuovo il mio nuovo servizio di taxi porta a porta», fa un gesto disinvolto con la mano. «Tariffe economiche per clienti speciali. Ho già fatto promozioni porta a porta prima. Alla gente piace».

«Forse a Gaborone, non in un piccolo insediamento in piena campagna, a chilometri di distanza da tutto», sbotto. «Dobbiamo chiamare la polizia. Ci penseranno loro».

«Si fidi», mi dice con un largo sorriso, uscendo in fretta dalla macchina. Prima che possa fermarlo, si è avviato verso l'angolo del muro, con una camminata vagamente spavalda. Prima di scomparire si volta e mi indica con enfasi esagerata il cancello. Sbrigati, dice il suo gesto, ti sto facendo guadagnare tempo.

In lontananza suona un campanello, al quale risponde il profondo latrato dei cani. Avevo ragione. In un posto isolato come questo, la gente ha dei cani. Quindici mesi fa pensavo di saperne di più e non avevo voluto seguire il consiglio di Kabo. Sono sommersa dal rimorso, e arretro piano. Nell'aria immobile mi raggiungono delle voci: Bogosi sta parlando con una donna; poi si aggiunge un'altra voce, più bassa. Bogosi non compare. Forse è riuscito ad abbindolarli, dopotutto. Passa un minuto. Poi un altro. Il cuoio capelluto mi formicola per la tensione. I cani sono andati alla porta: forse posso provare a entrare dal cancello senza correre troppi rischi. Potrei scattare delle foto per la polizia. Mi infilo di nuovo i sandali, telefono alla mano, e corro al cancello prima di fare in tempo a cambiare idea. La maniglia si abbassa senza sforzo. Bogosi aveva immaginato bene, il cancello non è chiuso a chiave.

Mi si apre un altro mondo. Un quadrato di prato a strisce, sconvolgentemente verde dopo il marrone monotono della macchia; fiori rossi in una fioriera di pietra, un paio di lettini prendisole di teak, ombrelloni inclinati. La superficie immobile dell'acqua di una piscina ovale brilla sotto il sole, ma la casa è irraggiungibile: tutte le finestre sono chiuse e protette da inferriate. Da entrambi i lati della porta sul retro ci sono due grosse cucce di cani, vuote.

Una volta dentro, camminando rasente al muro, fotografo tutto quello che riesco a vedere. La casa, le finestre, il prato. Da qualche parte dentro la casa sbatte una porta. Voltandomi per andarmene mi accorgo che ci sono quattro culle con le sbarrette tirate su, spinte nell'ombra accanto a un piccolo vialetto che corre intorno alla casa. Forse questo posto, alla fine, non è altro che un semplice orfanotrofio? Ma se è così, dove sono tutti i bambini? Gli orfanotrofi dovrebbero essere luoghi rumorosi, pieni di bambini e giocattoli. Una sensazione di disagio mi mette in guardia. Mi rimane pochissimo tempo.

Nella prima culla c'è un bambino di pochi mesi che dorme su un fianco, la pelle scura della guancia premuta sul lenzuolo bianco. Il bambino nella seconda culla è sveglio, gli occhi scuri che guardano il gioco di luci e ombre sopra di lui, il palmo della mano aperta rosa come una conchiglia. Nella terza culla c'è una femminuccia, più grande degli altri. Ha dei fiocchi rosa tra i capelli e le ciglia incurvate sulle guance mentre dorme, il piccolo pollice infilato in bocca. Li fotografo tutti. Lottando con l'ansia di andarmene, mi arrischio a guardare nell'ultima culla.

Il cuore mi balza nel petto. Il bambino nella culla è bianco, e dorme a faccia ingiù. Per un secondo mi manca il respiro, ma un attimo dopo mi rendo conto che non può essere Sam: è troppo grande, troppo lungo, così alto che le gambe sono piegate, i piedini spiaccicati sulla sponda in fondo alla culla. Allora forse questo orfanotrofio prende anche bambini bianchi? Scatto una foto, ma il rumore lo infastidisce: gira la testa e rotola sulla schiena.

Il mondo smette di girare. I colori sbiadiscono. Nella cavità del mio stomaco parte un pulsare attutito, che mi sale fino al petto, e batte così forte che potrebbe stendermi al suolo. La visuale mi si restringe e l'unica cosa che vedo è la voglia: copre quasi tutta la guancia destra; i margini sono frastagliati come quelli di una mappa.

Anche mentre allungo le braccia e lo tiro fuori dalla culla, con un gesto cauto e veloce, posso dire che è perfetto, esattamente lo stesso eppure diverso. Me lo appoggio contro il petto e in un attimo sono completa. Premo piano la guancia sui suoi capelli, ancora dorati ma più scuri, più forti. La forma della testa è esattamente la stessa. Ho le braccia piene di lui. È cresciuto più di quanto avrei creduto possibile. È un bimbo di quindici mesi, non un neonato di quattro. Lo sapevo, ovvio, ma non l'avevo veramente percepito. Nel mio cuore era rimasto immutato.

È anche pesante. Caldo e pesante, abbandonato nel sonno. Quante volte ho sognato di ritrovarlo. Ma nei miei sogni, lui era minuscolo, un neonato pallido e freddo, senza vita tra le mie braccia, e io correvo chiamando aiuto, avanti e indietro per lunghi corridoi deserti. Mai questo bellissimo bimbo, questo bambino che respira, col viso arrossato dal sonno, una striscia di saliva secca sul mento. Il cuore mi batte in modo anomalo. Non devo morire, non adesso. Le persone non muoiono di gioia, di gratitudine.

Lo stringo ancora più stretto, l'imbottitura morbida di un pannolino che mi fruscia sotto la mano. Corro verso il cancello, ma quando sono a metà strada sento una porta aprirsi alle mie spalle. Dalla casa esce la ragazza dell'autobus. Indossa ancora il vestito rosso e verde ma gli occhiali scuri, il cappello e la parrucca sono spariti. Il suo viso è un po' più in carne, ma gli occhi sono gli stessi, lo stesso naso, la stessa bocca. I capelli neri raccolti in treccine ordinate le circondano il collo. Teko. Anche se l'avevo seguita fin lì, rimango immobile per la sorpresa.

Sam protesta piano nel sonno quando la stretta delle mie braccia si fa più forte. Teko mi vede e si blocca. Ci fissiamo, in attesa. Griderà per chiamare aiuto? Mi lancerà contro i cani? C'è un piccolo vagito: uno dei neonati nelle culle si è svegliato. Poi il suono si trasforma in un pianto. Teko mi fa un cenno impercettibile col capo; la mano sinistra fa un piccolo gesto. Mi sta dicendo di andarmene. Adesso.

Faccio un passo indietro, mi volto, e corro per gli ultimi metri di giardino e poi attraverso il cancello, scalciando via i sandali.

Il taxi non c'è. Serro le mani attorno a Sam mentre scruto il sentiero. Forse Bogosi ha perso la calma e si è nascosto?

Poi vedo il metallo rosso luccicare sotto un'ombra sporgente poco più avanti: l'auto è stata spostata ed è nascosta vicino al muro. Dentro c'è Bogosi, chino sul volante. Mi precipito verso di lui, ansimante. Esce e fa il giro, aprendomi la portiera.

«Ho spostato la macchina... Meno ovvio... Più fresco... Mi dispiace», dice senza fiato.

Mi spinge dentro; Sam, sbatacchiato contro la mia spalla, emette un piccolo lamento. Bogosi, di nuovo al posto di guida, gira la chiave e avvia il motore.

Mentre le ruote sgommano sul sentiero sconnesso, due grossi cani balzano fuori dal cancello, abbaiando e puntando la macchina, con i musi che sbattono ai vetri dei finestrini; una striscia densa e schiumosa di saliva cola giù sul vetro. La macchina si lancia in avanti e loro ricadono indietro, mentre una figura massiccia esce dalla casa: un uomo tswana con un cappello da cowboy. Prende uno dei cani per il collare. Ha qualcosa nella mano. Un bastone? Un fucile?

Viene raggiunto da una donna. Mentre afferra l'altro cane con un gesto esperto, rivela il bianco delle braccia. Sta parlando, e sembra per metà divertita e per metà infastidita, i capelli biondi che ricadono scompigliati attorno a un viso largo.

La consapevolezza mi colpisce come un pugno in pieno volto.

Claire.

Come può essere Claire? Il suo orfanotrofio è a Gaborone. Ma quello che mi sembra impossibile si scontra con la realtà: i capelli biondi, le braccia grassocce, il viso largo. Non si è accorta di me, è talmente concentrata sui cani che ha guardato a malapena l'auto, figurarsi i suoi occupanti. Non ha idea che mi sono appena ripresa mio figlio.

L'auto continua a correre. L'incredulità si fonde a una rabbia bianca e bruciante, che mi scalda la faccia e le braccia. È Claire la criminale alla quale abbiamo dato tutti la caccia. La verità mi percorre i nervi come bagliori di fiamma, raggiungendo il cervello. Vorrei fermarmi. Ho bisogno di scendere, prenderla per le spalle, urlargli in faccia le mie domande.

Perché? Perché scegliere Sam? Perché noi? Perché trascinarci all'inferno per un anno intero?

Ma mentre mi sporgo in avanti per chiedere a Bogosi di frenare, abbiamo già svoltato oltre l'angolo e Claire è svanita dalla vista.

Capitolo 38

Botswana, marzo 2015

L'auto corre sulla strada, guadagnando velocità.

«Ha ritrovato suo figlio», esclama Bogosi, la voce un poco rotta dall'emozione.

Sì, ho ritrovato mio figlio. È salvo, sono salva, lo siamo tutti.

Devo reprimere la rabbia, assaporare ogni secondo. Metto giù piano Sam sul sedile, dove posso guardarlo e lui può dormire più comodamente.

Le sue ciglia si sono allungate, scendono in una curva sulle guance, setose come quelle di una ragazza. La pelle è translucida. La voglia, la sfioro con le labbra, è sempre la stessa.

«...per un attimo ho temuto che...», sta dicendo Bogosi. «Ho pensato che potesse esserle successo qualcosa».

Qualcosa mi è successo. Ho ricominciato a vivere: mi sento come se stessi respirando per la prima volta in un anno. Prendo un piedino di Sam tra le mani; nel sonno, spinge forte contro il mio palmo. Forse adesso cammina. Non ci avevo pensato.

«I cani sono spuntati dal cancello sul retro, ma quei tizi sono usciti da davanti. Non avevano idea che qualcuno l'avesse preso. Ha visto il fucile?», chiede in tono scioccato. «Se l'avessero saputo ci avrebbero sparato».

Le unghie di Sam sono state accuratamente tagliate. Chiudo piano la mano attorno al suo morbido pugno. L'immagine delle sue mani legate e impolverate sfuma e poi scompare.

Quando si sveglierà sarà spaventato. Non ha idea di chi io sia. Non si ricorderà di Adam o Alice o Zoe. Due strappi così profondi in così poco tempo. Adesso è più grande: sarà peggio per lui. Dovremo essere molto attenti, avere una grande pazienza. Gli poso piano la mano sul petto e lascio che si alzi e si abbassi al ritmo del suo respiro. Ce la faremo: abbiamo tutto il tempo del mondo.

Stiamo passando le ultime case di Tshabong, quando tre auto della polizia ci passano accanto veloci, dirette proprio verso il luogo da dove stiamo venendo. Gli occhi di Bogosi brillano nello specchietto. «Li ho chiamati dall'area di sosta», dice soddisfatto. «Per metterli in allerta. Una volta trovata la casa gli ho dato l'indirizzo preciso. Non sapevo se avrebbe trovato suo figlio, là, ma ho pensato che potrebbero essere stati interessati alla donna che stavamo seguendo». Dà un'occhiata all'orologio. «Sono passati cinque minuti. Quando si accorgeranno che il bambino è scomparso sapranno che il loro gioco è finito. Tenteranno subito la fuga. Ma dalla velocità delle auto che ci hanno superato, credo che li prenderanno prima che abbiano raggiunto la fine del viale»

Cinque minuti. Tutto qui? Ma non ci vuole molto per cambiare la vita. Per concepirlo è bastato un attimo, un altro per perderlo. Metto il viso accanto al suo, il piccolo orecchio contro la mia guancia è morbido e fresco.

Bogosi, mormorando qualcosa, lancia un'occhiata indietro. Vuole continuare a parlare. «E quella donna che ha aperto la porta, non sorrideva...».

«La conosco».

«Davvero?». La voce è stridula per la sorpresa.

«Ci siamo incontrate per caso. Si chiama Claire. Eravamo appena arrivati dall'Inghilterra e ci siamo fermati in un hotel per una notte».

Non avremmo dovuto fare quella sosta: saremmo dovuti andare dritti a Kubung. Claire avrebbe riportato i bambini all'orfanotrofio dopo la nuotata e Teko non sarebbe mai arrivata alla nostra porta.

«Era in piscina con un gruppo di orfani. È stata amichevole». Il sapore amaro del ricordo mi risale in bocca come vomito. «Sembrava interessata al progetto di ricerca di mio marito».

Invece, adesso lo so, era a Sam che era interessata.

«Non abbiamo parlato molto, se n'è andata prima di noi».

Così ha avuto modo di istruire Teko e organizzare il suo piano. Magari era stata proprio lei ad accompagnare Teko fino a Kubung il giorno seguente, la mattina presto. L'aveva lasciata a qualche chilometro da casa, in modo che potesse raggiungerci a piedi e aspettare il nostro arrivo, e le aveva fatto togliere le scarpe, ingannandoci tutti.

Sulle tempie di Sam, i capelli sottili luccicano. Una polvere d'oro. Apre la bocca e il pollice scivola fuori, raggrinzito dalla saliva umida. Intravedo brillare gli orli frastagliati dei dentini nuovi.

«...non ha detto molto. Mi ha chiesto chi ero e io le ho detto del mio servizio di taxi», sta continuando Bogosi. «Lei tratteneva i cani. Poi è apparso un uomo, che voleva sapere perché avessi scelto proprio loro. Gli ho detto che stavo visitando tutte le case della zona, ma la mia risposta non gli è piaciuta. Ha cominciato a gridare a qualcuno di controllare il giardino sul retro. Pensava che fosse una trappola. Aveva quasi capito». Bogosi sghignazza. «Quando mi ha visto che guardavo oltre le sue spalle, mi ha chiuso la porta in faccia». Si volta con un largo sorriso. «Potevo sentirlo imprecare da dentro».

«Claire è sudafricana, credo. Lo era anche lui?». Forse avevano degli amici oltre il confine. Sarebbero ancora potuti scappare.

«Difficile da capire. Non aveva nessun accento particolare». Frugandosi nel taschino della camicia, tira fuori un pacchetto di gomme, ne prende una e comincia a masticare. «Il suo inglese era perfetto».

«Inglese?». Quando aveva chiamato Teko aveva dovuto farlo per forza in tswana: lei non capisce l'inglese.

«Anche migliore del mio». Ammicca nello specchietto.

«Hai sentito qualcuno rispondere?»

«Ha risposto una ragazza, dicendo che stava andando a controllare».

«E l'ha fatto in...?»

«In inglese. È importante?». Sembra perplesso.

Sì, è importante. Vuol dire che Alice diceva la verità. Teko parlava in inglese, come ci aveva detto lei, anche se noi non le avevamo creduto. Teko, che indugiava al margine delle cose, la testa inclinata, era sempre stata in ascolto.

La macchina avanza ostinata attraverso il paesaggio. Sembra tutto uguale, eppure tutto è cambiato. Un terremoto ha squassato le sembianze del passato. Ha portato alla luce ciò che prima era nascosto.

Alice non mentiva. Se l'avessimo ascoltata avremmo potuto capirlo. Torno con la mente a un anno fa: Teko, capendo l'inglese, doveva aver saputo della conferenza di Adam e averne informato Claire, che aveva conseguentemente pianificato il rapimento.

Sam si rannicchia sul sedile, e infilo la mano tra il suo viso e la pelle. Teko avrà fatto entrare i rapitori dalla porta principale ma, non potendo fuggire per via del ritorno anticipato di Adam, deve aver rotto le porte a vetri, simulando un'effrazione. Non deve averci messo più di qualche minuto.

Alice non mentiva.

Il respiro di Sam sulle mie dita è caldo. Dorme profondamente, come se fosse drogato. Forse l'hanno fatto. I bambini sedati danno meno problemi. Controllo il battito e il respiro, sono entrambi normali. Ne verrà fuori dormendo. Poso le labbra sulla morbida curva della sua guancia.

Non soffriva di psicosi. I bisbigli e i passi che l'avevano spaventata dovevano essere veri: gli uomini di Claire che ci circondavano, lasciando le impronte delle dita sui muri. Ma gli avvertimenti di Alice erano stati ignorati. Quando alla fine era esplosa, avevamo pensato che soffrisse di psicosi; invece era preoccupata, sola e spaventata. Comincio a piangere. Potrà mai perdonarci? Il viso di Bogosi si addolcisce nello specchietto, ma ho più motivi di quelli che lui conosce per piangere: la felicità di aver ritrovato mio figlio sano e salvo, di scoprire che Alice non soffre di disturbi psicotici e la vergogna per non averle creduto.

I capelli di Sam brillano nel sole; luccicano come facevano quelli di Zoe. La sua pelle è immacolata. L'hanno tenuto con tutte le cure, ma cosa si aspettavano in cambio?

«C'erano altri bambini con Sam, Bogosi. Africani, più piccoli. Cosa possiamo fare per loro?».

Scuote la testa. Per un attimo sembra infelice. «Adesso c'è la polizia là. Loro sapranno cosa fare». Si sporge in avanti e alza il volume della radio.

Non vuole parlare di questo. Muove la testa al ritmo della musica. Forse l'ingiustizia lo fa soffrire: il bambino bianco figlio di genitori ricchi ha avuto l'attenzione del mondo intero, ma nessuno ha parlato per gli altri bambini, o se l'hanno fatto, nessuno ha ascoltato. Dov'era la stampa quando i loro genitori avevano bisogno di una voce? Sopra di noi si addensano altre spiegazioni, ali oscure dei mostri a cui siamo fuggiti; traffico di neonati, stregoneria, possibilità alle quali Bogosi non oserebbe dar voce. Poso le mani sulla testolina addormentata di Sam. Adesso è al sicuro.

È arrivato il momento di chiamare Adam. È arrivato da un pezzo. Risponde subito, e grida così forte che mi fa male l'orecchio.

«Cristo, Emma! Dove diamine sei stata? Sono in fila alla stazione di polizia per denunciare la tua scomparsa».

«La polizia sa esattamente dove mi trovo. Ci hanno superato non troppo tempo fa». Comincio a ridere e per un po' mi sembra di non riuscire a fermarmi.

«Di che diavolo stai parlando? Sei uscita di testa? Ho passato ore d'inferno. Stavo impazzendo per la preoccupazione…».

«L'ho trovato, Adam. Ho trovato Sam».

Non dice nulla. Non riesco nemmeno a sentire il suo respiro.

«Sta bene. È bellissimo. È la cosa più bella che tu possa immaginare».

Il silenzio si protrae tanto a lungo che penso abbia deciso che sono davvero impazzita e si stia chiedendo cosa fare. Poi la quiete è rotta da un rumore soffocato di singhiozzi: sta piangendo. Rimango al telefono, perché così mi sembra di tenerlo per mano e voglio che sia qui con me quando Sam apre gli occhi.

Capitolo 39

Londra, gennaio 2016

Stiamo costruendo uno studio per le ragazze, in soffitta. La settimana scorsa sono salita per ripulirla prima dell'arrivo degli operai. Mi aspettavo di trovare tutto sottosopra, ma avevo completamente dimenticato gli scatoloni, accatastati e impilati là dentro. Alla morte di mio padre, avevamo trasferito tutto il suo studio dentro a delle casse da tè, le avevamo ficcate in soffitta, avevamo chiuso la porta ed erano rimaste lì per anni.

Girai attorno alle casse; l'aria era acre di polvere e mosche morte crocchiavano sotto i piedi. Questa era la roba di papà: difficile toccarla, ancor più buttarla via. Mi preparai un tè, accesi la radio e cominciai: i fogli in alto erano così vecchi che scricchiolavano. Le pile ordinate diventarono dei mucchi instabili: vecchi documenti di ricerche e articoli pubblicati, rapporti di commissioni, premi accademici. Nessuna lettera; quelle di mia madre erano già in una scatola nel cassetto della sua scrivania. Nell'ultima cassa c'erano centinaia di documenti bancari e fogli dell'assicurazione. Raccoglitori. La ricevuta della vendita della barca. Sul fondo le mie dita, grattando il compensato e qualche foglia di tè, si chiusero sul suo passaporto. L'aveva rinnovato l'anno prima di morire.

Aveva un aspetto poco familiare. Né triste né felice, solo diverso. La luce dalla finestra era troppo forte, ma inclinando la pagina in un angolo ombroso capii di cosa si trattava. L'avevo già visto: era lo sguardo che aveva Josiah, lo sguardo di un vecchio appagato dalla vita. Mi sedetti sopra a una cassa. Ce l'aveva fatta, allora, anche senza il mio aiuto; c'era riuscito da solo. Mi venne in mente che forse si era sentito così per anni. Quando scesi per lasciare il passaporto sulla sua scrivania, mi sembrò che il mio corpo si muovesse con fluidità, come se galleggiasse, come se una mano mi avesse lasciata andare.

Infilai tutto il resto in alcune buste, cacciandocelo dentro alla rinfusa e schiacciando i fogli sul fondo per far spazio, anche se, quando mi ritrovai tra le mani la ricevuta della vendita della barca, decisi di conservarla. Mi ci vollero tre viaggi alla discarica. Le buste, ondeggiando sul bordo dei cassonetti, atterrarono sul fondo con un rumore sordo. Quando me ne andai, la macchina vuota sembrava svoltare più in fretta per le vie.

Epilogo

Lavoriamo entrambi part-time: siamo in equilibrio, anche se potrebbe non essere la parola giusta. Il consulente di coppia ci ha suggerito di pensare alle nostre vite come a dei cerchi che si allargano, più che pesi su una bilancia. I miei cerchi sono la famiglia, il matrimonio, il lavoro e il nuoto. Sam sta imparando a nuotare; Adam viene con noi. Sam gli si aggrappa. Ce la prendiamo con calma. Ora le notti sono più serene; meno risvegli, meno bisogno di contatto, meno pianti. Due settimane fa ha detto la sua prima parola: cane. Spero che sia Kodi, e non quegli animali feroci che gli facevano la guardia. Lo psichiatra dice che potrebbe avere ripercussioni in futuro, ma si è già sbagliato una volta.

Anche io e Adam ce la stiamo prendendo con calma. Il martedì nuotiamo insieme e lasciamo Sam con Megan. Adam mi batte a farfalla; io sono più forte a stile libero. Toccare il bordo per prima mi dà come una scossa; alcune cose sono troppo radicate per cambiare.

Zoe sta diventando una ragazza determinata. Dice che vuole

fare la veterinaria. Ora è più silenziosa: teniamo d'occhio anche lei, non si sa mai.

Con Alice è diverso. Parla tutto il tempo. Ritorna all'inizio, alla fine, ripercorre continuamente tutto quello che è successo. Lo psichiatra aveva ragione a parlare di ansia e insicurezza, e della paura che era andata peggiorando con la nascita di Sam; quello che nessuno poteva immaginare, era come questo avesse fatto il gioco di Claire.

Dopo il nostro arrivo a Kubung, Alice aveva sentito Teko bisbigliare al telefono in inglese. Lei l'aveva pregata di tenere il segreto, perché temeva di essere licenziata se avessimo scoperto che mentiva. Alice aveva acconsentito: aveva bisogno di un'amica e Teko sembrava una buona amica. Entrambe mi avevano sentito parlare di dar via i propri bambini e Teko era stata solidale con le paure di Alice su Sam, amplificandole abilmente. Quando Teko era scomparsa, Alice non aveva idea che fosse coinvolta nel rapimento del fratello.

La notte prima della scomparsa, Alice aveva sorpreso un uomo che si nascondeva in cucina, come ci aveva raccontato. Lui aveva detto di essere lì per impedirci di dar via Sam e salvarlo. Le aveva detto che avrebbe dovuto aiutarlo o ci sarebbero stati problemi. Terrorizzata, ma desiderando il meglio per Sam, lei si era impegnata a fare in modo che il pomeriggio seguente nessuno della famiglia fosse in casa. Quando aveva visto la nostra angoscia aveva capito di essersi sbagliata. In seguito, piena di rimorso e disperazione, aveva buttato l'elefantino di Sam nello stagno: aveva gettato via suo fratello, che senso aveva tenere i suoi giochi?

Io, soprattutto, ascolto. Sa che non è colpa sua; sa che ci dispiace; si è scusato con lei perfino lo psichiatra.

Non possiamo biasimare Teko, non del tutto. L'ha fatto per uscire dalla povertà o pensava davvero che Sam dovesse essere salvato? Non lo sapremo mai. Qualche minuto dopo che ce ne siamo andati è uscita anche lei, senza portare via nulla con sé, ed è svanita nella macchia.

Quando la polizia è arrivata sul posto, Daniel e Claire erano rientrati in casa, e non sapevano che Sam fosse scomparso e che Teko se n'era andata. Mesi dopo, al processo, i due si accusarono reciprocamente, e piano piano la verità venne a galla.

Megan andò ad assistere per conto nostro. «Lo voglio fare», aveva detto. Teneva Sam sulle ginocchia; aveva spostato il caffè fuori dalla sua portata e poi si era sporta verso di me, sopra alla sua testa. «Ti ho convinto io ad andare in Botswana. Poi non ho approfondito quando David non mi ha fatto più sapere niente. È il minimo che posso fare».

Se lei si sentiva colpevole, potevo dire lo stesso di me. Spero non sappia mai che anche lei è stato un filo nel groviglio di possibilità fino al ritrovamento di Sam.

Il tribunale di Città del Capo è stato preso d'assedio. Claire e Daniel gestivano legittimamente un orfanotrofio a Gaborone. Come ha sottolineato il legale della difesa, l'attività aveva superato le ispezioni delle agenzie governative a pieni voti. Persino Goodwill era stato tratto in inganno. La casa di Tshabong era la base per un commercio nascosto di bambini concepiti o rapiti per finire in un giro di adozioni illegali; i bambini bianchi erano difficili da trovare per le coppie sudafricane. Sam era speciale. E il fatto che avessi detto a Claire che la voglia sarebbe sparita presto li aveva convinti ad agire.

A Teko era stato detto di coordinare il rapimento dall'interno, ma si era affezionata molto ad Alice e tutta l'operazione aveva subito un ritardo. Daniel aveva cominciato a farle visita la notte, per obbligarla a obbedire. Quando Alice lo aveva sorpreso in cucina, aveva minacciato anche lei. Aveva manomesso la mia auto per ritardare il mio rientro; durante un sopralluogo della stanza dove dormiva Sam, aveva lasciato le ditate sul muro.

Claire deve aver sperato che rivelando tutte queste cose di Daniel avrebbe avuto uno sconto della pena, ma entrambi sono stati condannati a numerosi anni di carcere. I loro complici, gli uomini che presero Sam per consegnarglielo, non sono mai stati trovati.

A oggi, nessuno ha reclamato gli altri bambini. Sono stati tutti affidati a degli orfanotrofi statali. Ho spedito le foto che avevo scattato a Goodwill e al capo Momotsi, in caso sapessero di genitori che stavano cercando il proprio figlio. Nessuno si è fatto avanti. Forse sono troppo spaventati. Forse esistevano accordi che Claire non aveva menzionato, quelli non scritti hanno un immenso valore, con uomini d'affari, politici, o gli stessi *boloi*, uomini le cui convinzioni vanno contro al senso comune, all'umanità. Una madre, terrorizzata per il proprio figlio, non oserebbe coinvolgere la polizia. La madre di Baruti non l'ha fatto.

Oggi, a colazione, ci siamo messi a parlare delle vacanze estive. È una di quelle mattine fredde e piovose che fa venire voglia di sole, anche se al tempo stesso è bello starsene tranquilli in casa. La cucina profuma di toast e di caffè. È il mio giorno libero e sono ancora in pigiama, in procinto di dare da mangiare al cane.

Adam vuole andare in Islanda. Alice dice Provenza. Zoe, accarezzando Kodi, alza lo sguardo e sorride. «Africa», dice spensieratamente.

I croccantini del cane cadono nella ciotola. Adam, che si sta allacciando le scarpe, si ferma. «Davvero, Zoe?», domanda.

Sam sta mangiando una banana. La strizza forte nel pugno, guardandola sprizzare dalle fessure tra le dita.

«Ci siamo già stati, Zo-Zo», le dico. Adesso Sam si sta succhiando la mano. È spalmato di banana fin sopra ai capelli.

«Rosie quando c'è stata ha visto gli elefanti».

Noi abbiamo visto altro. Il sole sugli alberi. Il canto degli uccelli. Gentilezza. La povertà e cosa può causare.

Pulisco le mani di Sam e lui scivola giù dalla sua sedia, accovacciandosi accanto a Zoe. Guardano Kodi masticare i croccantini. Quando ha finito, Zoe si alza. Mi prende la mano. «Io voglio tornare in Africa».

Le do un bacio sulla testa. Il suo viso si adombra, ma poi lo sguardo le cade sulla ciotola dell'acqua di Kodi, che è vuota. «Scusa», dice, chinandosi per accarezzarlo. Prende la ciotola e si solleva sulla punta dei piedi per riempirla dal rubinetto. Sam si alza accanto a lei, imitandola, allungandosi più che può. La ciotola scivola, e l'acqua si rovescia addosso a lui e sull'uniforme di Zoe. C'è un po' di trambusto. Quando sono entrambi asciutti, Zoe ha ormai dimenticato la sua richiesta.

Le ragazze escono con Adam. Controllo che le giacche a vento siano ben allacciate, le sciarpe al loro posto e saluto tutti con un bacio.

Non ho dimenticato nulla.

A Sam basta il pannolino. La boccetta con le erbe in polvere è ancora nella tasca della mia valigia, dove l'ho lasciata dieci mesi fa. Sembra una polvere qualsiasi: grigia, soffice, depositata sul fondo. Salgo in piedi su una sedia nello studio e la metto su una mensola in alto, vicino all'enciclopedia medica, proprio in cima, dove nessuno possa arrivare.

Ringraziamenti

Vorrei ringraziare Eve White, Jack Ramm e Kitty Walker dell'agenzia letteraria Eve White.

Mille grazie al gruppo della Penguin: la mia editor Maxine Hitchcock, e anche Hazel Orme, Beatrix McIntyre e Eve Hall. E Lee Motley che ha disegnato la bellissima copertina.

Un grazie di cuore a Jessica Jackson, la mia addetta stampa.

Sono molto grata ai tanti amici che mi hanno fatto da guida in quel Paese magnifico che è il Botswana; meritano un ringraziamento speciale Tebogo Basupang e Boston Naledi Basupang, per l'amicizia e la pazienza. Grazie anche a Evelyn Lorato Botshabelo, allora direttrice della scuola elementare di Kubung, alle maestre Edith Nthaba, Motswaki Mothokatse e Polite Mmopi e a tutti i bambini che vi abbiamo incontrato. Grazie ad Agnes Motlhabedi e Matilda Ranko, infermiere all'ambulatorio di Kubung.

Per la sua saggezza, ringrazio immensamente il capo villaggio di Kubung, Boitshwarelo Mabutlwane e sua moglie, Oefile Mabutlwane.

Modiri e Kaletso Ramahobo, Thongbotho Nkaelang, Kabo Garebakwena e Frank e Moses Peter a Tonota sono stati un aiuto prezioso, come anche lo staff del World Spine Care nei pressi di Mahalapye, nel distretto Centrale del Botswana.

Il villaggio di Kubung del romanzo prende dal vero villaggio di Kubung in Botswana solo il nome; ugualmente, tutti i personaggi che appaiono nel libro sono frutto dell'immaginazione.

Un sentito grazie va anche ad Alexander McCall Smith, incontrato per caso all'aeroporto di Gaborone, per la generosità con la quale ha condiviso il suo tempo e i suoi pensieri.

A mia figlia Mary, che è venuta con me, compagna di viaggio e incantevole compagnia. Grazie.

Molte grazie a Tricia Wastvedt per i preziosi consigli.

Continuano gli incontri del mio gruppo di scrittura; per l'amicizia e l'ispirazione vorrei ringraziare: Tanya Attapattu, Victoria Finlay, Emma Green, Susan Jordan, Sophie McGovern, Peter Reason e Mimi Thebo e, ora più lontane, Hadiza ElRufai e Vanessa Vaughan.

Grazie a Kathryn Atkins e a tutta la famiglia della Durdham Down Bookshop di Northview, a Bristol, per non avermi mai fatto mancare il sostegno.

Perenne gratitudine e amore vanno alla mia famiglia: Steve, la mia roccia, e i nostri amati figli Martha, Mary, Henry, Tommy e Johny.

UNA CASA TROPPO TRANQUILLA

Alla mia amata famiglia

Il bello è brutto e il brutto è bello

PROLOGO
Hampstead Heath

Al crepuscolo, Londra ha uno sfolgorio da luna park.

A questa distanza, le stradine e le file di case si perdono. I graffiti e le bande, gli ubriachi e i ladri, le volpi e i bidoni dell'immondizia, tutto svanisce nella semioscurità. Quello che si vede non è quello che è, quello che si vede non è neanche la metà di quello che c'è.

Ci sono quattro donne sotto gli alberi. Condividono uno spinello; la luce scivola lungo un piercing argentato, evidenzia la punta di un naso, tatuaggi di un sodalizio.

Non parlano molto, non è necessario. Il piano è stato ideato anni fa.

È una questione di tempismo. È una questione di vita e di morte, soprattutto di vita. Chi salveranno e chi no. Si stringono insieme e sussurrano, la rovina è nell'aria. Fumo si leva dalle bocche.

I loro cani sono irrequieti, il pelo bagnato emana un cattivo odore. Tirano i guinzagli, impazienti di andare.

Aspettate, dicono. Arriverà anche il vostro turno.

Londra scintilla, una ragnatela offuscata dalla pioggia.

ATTO PRIMO

Capitolo 1

Londra. Fine estate 2015

Comincia con uno sguardo. Beth si chiede, e lo sguardo intanto le diventa fisso, se dovrebbe andarsene, lasciare la festa, evitare la possibilità di complicazioni e delusioni, tornarsene sana e salva al monolocale sopra al lavasecco, al bicchiere di vino vuoto sul comò, la tazza nel lavandino, i depositi granulosi lungo l'orlo.

Anche se in quel momento ha ancora una scelta, è già troppo tardi per farla. Era troppo tardi settimane fa. Avrebbe dovuto ignorare l'invito affisso alla bacheca della sala caffè e non uscire di casa; avrebbe dovuto fermarsi sulla porta della sala riunioni o andarsene prima che lo sconosciuto comparisse dietro Ted. Ora che l'ha visto in faccia, è in trappola.

Sta insieme a delle colleghe e ascolta in modo distratto le loro chiacchiere. L'accento dello Yorkshire di Stephanie è confortante: a volte Beth ha immaginato di appoggiare la testa contro quel petto morbido e raccontarle tutto. Helena è un tipo forzuto coi capelli sottili e rappresenta il sindacato degli infermieri. Con quel suo muovere la testa come un uccello pare che osservi con aria scaltra e raccolga informazioni. Beth le ha incontrate fuori per caso ed è entrata con loro, sorridendo, come se il coraggio non l'avesse abbandonata sulla soglia. Arrivano altre infermiere, soprattutto madri. Durante la settimana è stato tutto un parlare su cosa indossare, su come convincere i mariti a badare ai bambini, su quanto tardi poter rientrare. Beth ha ascoltato senza dire niente. Voleva rivedere Ted, ma a distanza, osservarlo con la famiglia. Le sue più recondite motivazioni sono avvolte dalle tenebre, anche se la principale è il castigo. Il rimorso di Ted e il castigo, per quanto ancora senza forma.

Lungo il soffitto sono sospese delle bandierine. Ci sono palloncini color pastello attaccati agli schienali delle sedie. La musica si diffonde da invisibili altoparlanti. Il tavolo lungo è stato spinto contro la parete e ricoperto di tovaglie. Già ci sono macchie di vino, resti sparsi di lattuga, l'odore penetrante dell'insalata di cavolo e quello sulfureo delle uova sode. Bottiglie verdi dal collo imperlato emergono dal ghiaccio e tre ragazze si muovono per la sala con vassoi di coppe piene fino all'orlo di champagne. Le offrono senza un sorriso. Beth si sente giudicata da quegli occhi bassi, vergognandosi delle risatine sciocche delle amiche che afferrano bicchieri a ogni passaggio di vassoio.

La stanza si riempie rapidamente, il caldo e il frastuono aumentano. I primari sono in gruppo al centro, tra loro un paio di chirurghe, in eleganti abiti di seta e in volto i segni della stanchezza. I colleghi sono per lo più floridi uomini di mezza età. I dottori più giovani si aggirano ai bordi di questi capannelli, dondolando sui tacchi, giocherellando con i telefonini, guardandosi a vicenda. Attorno al collo pendono superflui stetoscopi. Nel Serengeti con Ted anni fa, aveva visto giovani leoni girare attorno ai più anziani, in cerca di inclusione prima, supremazia poi.

Fra gli uomini, alcuni lanciano uno sguardo verso il suo gruppo, superano all'unisono le amiche e si posano su di lei. I volti si fanno seri, tradiscono interesse. Stasera Beth ha un look esotico, più da seduttrice che da infermiera. La chioma scura le ricade pesantemente sulle spalle, ha un laccio nero attorno al collo, eyeliner nero, uno squarcio rosso di rossetto. Gli zigomi scintillanti. Le amiche in abiti scollati di seta sono un po' più anziane, meno curate; nel vederla hanno strillato per lo stupore, come se il suo aspetto fosse dovuto a magia più che abilità. In mezzo alla loro morbidezza si sente tagliente, luccicante come un coltello.

Nota subito Ted: è facile da individuare. Alto, biondo, la postura. Beth si avvicina lentamente, nascosta tra la folla, un'outsider di passaggio. Gli è accanto la moglie, si tengono per mano. Beth si ferma, ricalcola. Non teneva mai Jenny per mano. Otto anni fa, quando l'ha conosciuto, marito e moglie stavano ai lati opposti della stanza. Oggi, Jenny indossa abiti ampi color grigio, la figura è sommersa dalla stoffa. I capelli ribelli legati in uno chignon e venati di bianco. Beth vede lo sguardo azzurro saettare nella sua direzione e poi spostarsi. Jenny sa esattamente chi è Beth, probabilmente lo sa da anni. Ormai deve aver trovato una casella in cui inserirla. Ci sono anche i gemelli, riconosce Ed. Sta accanto ai genitori, scuro e spigoloso come la madre, a cui volta la testa, come se cercasse di allontanarsi. Ted diceva sempre che il ragazzo era più legato a lui che a Jenny; si prendeva il merito di avergli fatto superare la riabilitazione, non gli era mai venuto in mente che potesse essere lui parte del problema. Dietro Ed c'è una ragazza dai capelli rossi in abito verde, gli cinge la vita con il braccio, stringendosi a lui, timida. Accanto a loro, un'immagine speculare maschile della giovane scruta attentamente la sala: i tratti delicati della ragazza sono affilati in un muso volpino. Si volta a parlare con Ed, che annuisce e ride. Un gruppo dentro il gruppo, facile da decodificare: Ed, la sua ragazza, il di lei fratello maggiore che sembra legato a Ed. A occhio e croce, è venuto prima lui e poi gli ha presentato la sorella. Il figlio incasinato e tossico di Ted si è attaccato al padre di successo. Theo, il fratello fotografo, agile e chiaro come Ted, ciondola in un angolo della stanza con una macchina fotografica al collo. La sorella non c'è, ovviamente.

Ted è il centro gravitazionale della sala, un re con la sua corte. I giovani dottori che gli stanno più vicini fanno a gara per farsi notare. Ha gli occhi limpidi, il gonfiore è scomparso. Deve aver smesso di bere. Ha lo sfolgorio di un uomo che ha vinto le proprie battaglie, che ha seppellito profondamente gli antichi dolori. Si china per bisbigliare qualcosa all'orecchio di Jenny, lei sorride: dunque ha ricucito il matrimonio, quando prende una decisione è difficile resistergli. Anche lei è stata convinta, una volta. Ha dell'amaro in bocca, il sudore le pizzica il collo. Ted si raddrizza e sorride, sa di avere tutti gli occhi addosso, ma non immagina che ci sia lei, non invitata e ormai esclusa dalla sua vita. Beth brinda silenziosamente a lui. Dopo la scomparsa della figlia di Ted, al centro dell'attenzione per un po' c'è stata la tragedia familiare. Quando i corrispondenti di guerra parlano di danni collaterali, Beth sa cosa significa.

Il vino ha un gusto salino, costoso. Il preferito di Ted. Era quello che bevevano sempre i primi anni mentre si spogliavano a fine giornata, prima che lui tornasse a casa. Il martedì e il giovedì. Beth sorride con le amiche, ma altri fantasmi le si accalcano intorno. Dalle ombre echeggia la risata ebbra della madre: alle feste aleggiano sempre i genitori. Morti da vent'anni, egocentrici e quasi sempre ubriachi. Non c'era spazio per nessun altro, e sicuramente non per lei. Di certo stavano litigando prima dell'incidente, litigando e urlando come al solito. L'altro fantasma è radicato più in profondità: l'altra figlia di Ted, quella che lui non ha mai visto.

Ted sta ascoltando un uomo dalle ampie spalle con i capelli ricci ramati che è seminascosto dietro di lui, ma con gli occhi scruta anche i presenti: i primari, gli infermieri, i giovani medici, gli anestesisti e i radiologi. Osserva tutti coloro che lo osservano e che si stia godendo il momento è evidente dal modo in cui atteggia la bocca, con una smorfia di trionfo. Una vanità nuova e sgradevole. La camicia è tesa sulla pancia, quando si raddrizza mette la mano dietro la schiena. Ha dei capelli bianchi, rughe più profonde in faccia, e crudeli attorno alla bocca. Dovrebbe ormai essere arrivato ai sessanta. Beth ha meno della metà dei suoi anni.

Se ci si può innamorare dall'altra parte di una stanza, ci si può anche disamorare, come quando si cade dall'alto per atterrare in un posto diverso con uno scossone che ti sconvolge la mente. Forse in tutto questo tempo si è sbagliata. Forse in realtà non lo vuole, non lo ha mai voluto. Vuole quello che lui ha: famiglia, sicurezza, denaro. Amore. Cose semplici e inimmaginabili. I figli gli sorridono, la moglie lo tiene per mano.

Due flash. Theo è accovacciato contro la parete, sorride e scatta a ripetizione. L'uomo con i capelli ramati ha fatto un passo avanti e batte il bicchiere con un coltello. Al tintinnio del metallo sul vetro le teste si voltano, il chiacchierio scema. Le spalle e il colore dei capelli le sono familiari. L'ha visto da lontano nel parcheggio parlare con Ted o camminare in fretta per i corridoi dell'ospedale, a testa china, circondato da un gruppo di persone. Un uomo di corsa che crea movimento intorno a sé. Ora si è infine rivelato, volto fresco e attraente. Ha indosso un kilt, una giacca di tweed appoggiata alle spalle. I colori spiccano accanto all'abito nero di Ted. Ha un'ossatura più forte di molti dei presenti, zigomi alti, occhi distanti. Nordico, vichingo. Ha l'aria di un soldato prima della battaglia, calmo e pronto a combattere. Le lentiggini lo fanno sembrare molto giovane.

«Signore e signori, un momento, prego». La voce è sicura, scozzese. «Siamo qui per celebrare i successi di un uomo eccezionale. Grazie al professore stiamo mettendo a punto cure per alcune delle più gravi patologie esistenti».

Mentre parla gli si muovono le spalle, i piedi vanno avanti e indietro. Se fosse un animale sarebbe un cavallo in forma perfetta, da cui si sprigiona energia simile a calore. Un tempo anche Ted era così.

«Sono in corso ricerche scientifiche molto speciali, con entusiasmanti prospettive», dice il giovane agli astanti. «Da quando il National ha strappato Ted da Bristol quattro anni fa, il nostro dipartimento è andato di bene in meglio». Uno scroscio di applausi. «Mi ha seguito da quando ho iniziato un paio di anni fa. Amico, mentore, il miglior maestro che abbia mai avuto: è un onore far parte della sua équipe». Pare sincero come un bambino. Leva il bicchiere. «Innanzitutto un brindisi a Jenny; sapete come si dice: dietro un grande uomo c'è sempre una grande donna…».

Due donne. Per sette anni è stata lei, Beth, a stare nell'ombra dietro Ted, più vicina a lui di Jenny. Come a comando, Ted si volta verso la snella sagoma della moglie, la cinge con le braccia e l'attira a sé per un bacio. Ed distoglie lo sguardo prima che riprendano le risate e si levi una breve acclamazione.

«Al professor Edward Malcolm, nuovo presidente dell'Associazione dei neurochirurghi britannici!».

Altri applausi. Ted alza le mani per schermirsi e fa un passo avanti. Si ravvia i capelli, alza il mento e comincia a parlare. Le parole si susseguono senza intoppi, ringrazia il giovanotto per l'elogio con un sorriso autoironico, fa diverse battute e si interrompe per lasciare spazio alle risate. Annuisce ai presenti con sorrisi riconoscenti che sembrano personali. Ringrazia la sua équipe, la moglie, i figli. La performance è magistrale.

Beth si è spostata avanti, vicino al giovane scozzese che è ora accanto a Ed. Mentre osserva Ted, i tratti gli si sono ammorbiditi. Sarà un aiuto di livello intermedio, che lavora sulla parte teorica del tirocinio forse, chino su un microscopio in laboratorio. Intelligente e ambizioso, Ted assume solo persone a lui simili. Provenienti da Oxbridge, di solito, anche se questo pare abbia affrontato un per corso più duro. Di profilo, il naso si abbassa quasi alle labbra; sulla tempia c'è una cicatrice a triangolo, e una frastagliata sul mento.

La voce di Ted si alza, siamo alla fine del discorso. «…Perciò brindo a Baird McAlister, una star in erba». Leva il bicchiere al giovanotto. «E alla prossima generazione di dottori, che porteranno avanti questa ricerca a livelli che possiamo solo immaginare». Sorride a Ed, che dovrebbe essere ormai specializzato. Il figlio guarda accigliata in terra, con le guance rosse per l'imbarazzo. L'amico volpino gli mormora all'orecchio e Ed alza la testa con un ghigno. Beth è abbastanza vicina da afferrare la conversazione, voltando la testa per non essere riconosciuta.

«...dinamiche familiari in atto, davvero interessante».

«Sta' zitto, Jake Valance». Ed sembra irritato. «Non fa notizia».

«Potrebbe invece. Il padre celebre, il figlio ribelle; perfetto per il "Sunday Times"».

«Non avresti il fegato».

Scoppiano a ridere. Quindi l'amico di Ed fa il giornalista: un osservatore di professione che si guarda intorno è stato a sua volta esaminato. Beth si allontana mentre Ted si riunisce alla famiglia durante un lungo applauso. La musica si fa più alta e le luci si abbassano. Diverse infermiere cominciano a ballare in cerchi. Un paio di medici del Pronto Soccorso, giocatori di rugby dal collo taurino, si muovono nella sua direzione. Beth si avvicina a Baird McAlistair. Ha i capelli color del fuoco. Se potesse toccarglieli ha l'impressione che si scotterebbe le mani. Come se avvertisse la sua presenza, si volta a guardarla. Per prima cosa Beth nota le iridi, grigie venate di arancione, il colore della brace, e poi il proprio riflesso nelle pupille: volto pallido, corpo fasciato. Concentrata.

«Bel discorso», dice, levando il bicchiere.

Nella giacca, ci sono fili verdi, blu e arancioni; da vicino odora di asciugamani puliti e disinfettante. Lui scuote il capo ma sul volto balena un'espressione di piacere. Socchiude gli occhi, il riflesso di Beth sparisce.

«Quello del mio capo è stato di gran lunga migliore». Indica Ted che sta ora tracannando un bicchiere di rosso dopo l'altro come a recuperare il tempo perduto. Theo scatta fotografie in rapida successione, i due del Pronto Soccorso sono scomparsi. «Queste cose gli vengono spontanee».

Non è vero. Si esercita, Beth lo sa. Cammina su e giù, esercitandosi finché il discorso non è perfetto. Non c'era niente di vagamente spontaneo in quel discorso. Si chiede se Baird l'abbia già notata, come lei ha notato lui, e se i pettegolezzi l'abbiano associata a Ted. Aveva lasciato intendere di avere un ragazzo, un imprenditore di successo, spesso all'estero. Quando erano cominciate a circolare le voci di una relazione di Ted, nessuno aveva sospettato della distante e assorta Beth. Volta le spalle al gruppo di Ted, non vuole comparire nell'album di famiglia.

«Il tuo era meglio».

Arrossisce fino all'attaccatura dei capelli, tra loro passa un momento di tacita approvazione, poi le sorride. Sorride con tutta la faccia: la bocca si schiude, gli occhi danzano, persino le orecchie si muovono leggermente. Difficile non ricambiare il sorriso.

«Sei molto legato a Ted».

«Certo. Gli devo tutto».

«Gli devi?». Ha un tono leggero, quasi divertito, ma sa bene come si sente: anche lei un tempo si sentiva a quel modo.

«Da tutti i punti di vista. Mi ha dato opportunità per cui molti aiuti avrebbero fatto carte false. Sono stato sotto la sua ala protettrice fin dal principio. All'inizio ho commesso uno stupido errore e lui se n'è preso la colpa». Una rapida occhiata in tralice. «Non avrei dovuto menzionarlo, non dirlo a nessuno».

«Non c'è niente da dire». Gli sorride guardandolo negli occhi. «Parola di scout».

Il giovane ricambia il sorriso, sembra sollevato. In effetti c'è in lui qualcosa del boyscout; gli si potrebbero attribuire parole come innocenza, lealtà, probabilmente anche bontà. Ingenuità, forse. Non c'è da stupirsi che Ted si sia legato a lui, una persona da poter plasmare, la cui devozione accresce il suo ego. Il suo successore: forse dovrebbe metterlo in guardia.

«Giurerei di averti già vista da qualche parte». Gli occhi grigi frugano nei suoi. «In reparto, forse. Sei una dei dottori appena specializzati incaricati di proseguire la mia ricerca?».

Quindi l'ha notata. Vorrebbe dirgli che avrebbe potuto essere una dottoressa se avesse avuto più soldi, se i suoi genitori fossero stati sobri abbastanza per risparmiarli. È uno di quei tipi che starebbe ad ascoltarla.

«Sono infermiera di sala», risponde, sollevando il mento. «Ortopedia».

«Lavoro duro». Pare che lo dica con sincerità. Non può sapere quant'è duro stare in disparte come una serva, porgendo bisturi quando vorrebbe fare lei il taglio, delicato, preciso. L'ha visto così spesso che a volte pensa di poterlo eseguire a occhi chiusi.

Si avvicina una cameriera, con un vassoio pieno di fumanti Yorkshire pudding, coppe in miniatura con dentro pezzi di carne rossa e il sangue che cola dalla sfoglia. La ragazza è un po' troppo giovane, a occhio e croce sui quindici anni, una bionda platino con occhi obliqui color dell'acqua. Ha la bocca piegata in giù: è lì di malavoglia. È vestita di nero con un grembiule bianco decorato a volant come se recitasse la parte della cameriera in una commedia con il costume giusto. Ha il volto inespressivo. Preferirebbe stare da qualche altre parte, in un'altra commedia. La mano che regge il vassoio trema, alla base del pollice c'è il tatuaggio di un minuscolo topo.

«Carino», fa Beth con un sorriso.

La ragazza gira la mano per reggere il vassoio da sotto, nascondendo il pollice. Ha occhiaie verdastre: una studentessa stanca che fa un lavoro serale. Anche Baird McAlister l'ha notato. Sorride alla ragazza e prende un pudding, poi un altro e un altro ancora. Se li mette in bocca e spariscono come per magia.

«Come facevi a sapere che stavo morendo di fame?», scherza, ma la ragazza indietreggia come se avesse scoperto di essere caduta in un tranello. Beth vede aggirarsi per la sala le altre due cameriere. Sembrano più anziane. Una è alta, poco sotto i trenta, sguardo obliquo e folti capelli grigi legati su una faccia ossuta; la più bassa ha spavaldi occhi marroni e un naso all'insù: con i suoi riccioli rossi assomiglia a un gatto tartarugato. Malgrado i colori diversi sono simili, versioni diverse della stessa ragazza. Un'azienda familiare. Beth si trattiene, lacerata come sempre. Sorelle. Le avrebbero cambiato la vita.

«C'è qualcosa nel roastbeef che riesce a ripristinare l'autostima», dice Baird McAlister, chinandosi un poco verso Beth. «Prendine un pezzo».

«Buon cibo e una bella donna. Come diavolo fai, Albie?». Dietro Baird è comparso un giovanotto pallido. Una nuvola opaca di capelli gli spumeggia sul colletto della giacca viola. «Sono Bruce». Gli occhi socchiusi luccicano.

«Beth», replica lei con un sorriso.

«Io e Albie siamo compagni d'armi. Ci contendiamo le risorse, come i nostri ratti da laboratorio». Si avvicina per appoggiarle una mano da talpa sul braccio. «Dov'è che sono finite quelle bellezze coi vassoi?». Fa un'espressione da animale che emerge dalla tana in cerca di cibo.

«Svanite nel nulla, devono averti visto arrivare», gli dice Baird McAlister con una punta di irritazione.

Per Beth è un buon momento per andarsene. Baird sa il suo nome e dove lavora: meglio che sia lui a cercarla. Mentre si accomiata, Baird sposta lo sguardo su qualcuno alle spalle di Beth e fa un ampio sorriso. Voltandosi, vede Ted che la fissa, la bocca atteggiata a un mezzo sorriso.

«Vedo che hai conosciuto Albie», mormora, come se spartissero un segreto, come se nulla fosse cambiato. Gli trema la voce.

Una calda sensazione di trionfo le invade la gola; lo supera, con un leggero sorriso. Chiunque osservi la scena penserà che lo conosca a malapena, che sia poco interessata, un po' annoiata.

Neanche si accorge del tragitto fino alla stazione o della corsa del treno fino a casa, non prende il bicchiere sul comò, né lava la tazza nel lavandino. Si mette a letto ma non dorme. Tende la mano verso la striscia di luce che cade sul letto dal lampione sulla strada e allarga le dita più che può come a cercare di afferrare la stecca luminosa tra i morbidi margini d'ombra. Il volto del giovane chirurgo le brilla nella retina come un'immagine residua del sole, eclissando completamente Ted.

Capitolo 2

Londra. Autunno 2015

Il palcoscenico. Un attore, le sue vittime. Il testimone. Ambizione, Fato, Destino ecc.

Testimone: con la presenza e la percezione può vedere, ascoltare o conoscere. Il testimone può essere uno spettatore, un nemico, un amante. Un osservatore. Può essere qualcuno che all'inizio neanche si nota.

Ambizione: si aggira dietro le quinte.

Fato: annunciato da un rullo di tamburi nella fossa dell'orchestra.

Destino: dirige l'azione a modo suo.

Le gabbie si susseguono lungo tre pareti dello stabulario al decimo piano. Sono numerate e ricoperte di segatura e nastri di carta. Quattro ratti ciascuna. Squittii e strascichii attutiti riempiono la stanza, insieme all'odore dolciastro e polveroso del mangime per animali.

Il nuovo assistente di laboratorio non è arrivato. Albie curva le spalle, il camice blu gli sta stretto sulle braccia. La settimana scorsa ha notato appeso dietro la porta un camice bianco abbandonato di una taglia più grande degli altri. In una tasca sul permesso di plastica per il parcheggio c'era scritto *Professor Malcolm, piano inferiore, solo primari.* Albie ha tenuto con le mani il camice valutandone le dimensioni e poi l'ha rimesso a posto. Ted non ci farebbe caso, ma Bruce sì. Lo prenderebbe in giro. Un pretendente. Bruce dovrebbe essere già lì a lavorare per il PhD; è in ritardo come al solito. Dichiarerà qualche pittoresca avventura sessuale della notte precedente, poi tirerà fuori dalla tasca un foglio stropicciato, una brillante analisi dei risultati, scarabocchiati a penna verde e completati sull'autobus. Un pericolo e no. Da bambino, ad Albie la storia della lepre e della tartaruga è sempre parsa giusta: nelle lunghe notti in laboratorio compare a sostenerlo la sagoma di una piccola tartaruga grigia, con l'occhio scintillante sotto la palpebra, che supera lentamente la lepre sdraiata.

I minuti passano, niente tecnico. Albie apre la gabbia numero otto e tasta all'interno. La lunga bestia bianca gli si contorce tra le mani. La solleva, tenendogli ferme le spalle e la coda. Nella sala operatoria, la sistema nella scatola rossa anestetica e preme un pulsante: il ratto si ripiega dolcemente in terra. Molle, sembra più pesante. Gli inietta nella vena caudale della ketamina poi lo sistema in una morsa, con sbarre mobili di metallo tra le orecchie per tenere ferma la testa. Aprendo la minuscola mascella, colloca un'altra piccola sbarra contro il palato duro. Si lava a fondo le mani per diversi minuti per evitare qualsiasi contaminazione: questi ratti sono stati allevati in ambiente sterile. Un'amara beffa: sono tenuti e operati in condizioni di scrupoloso igiene in modo da poter sopravvivere per essere studiati come vittime della malattia letale che gli inietterà. Non arresta la preparazione, quel pensiero gli è ormai familiare. Dopo aver indossato guanti e mascherina, incide il cuoio capelluto lungo la sezione sagittale, tira i morbidi lembi di pelle, poi trapana il piccolo cranio. Si raddrizza per dare sollievo alle spalle poi prende la siringa e infila senza intoppi l'ago nel cervello. Una volta in posizione, inietta quattro microlitri di liquido, denso di cellule tumorali. Ha visto ieri una bambina con quel tumore. Ted l'ha chiamato in ambulatorio. Il padre era un ricco imprenditore abituato a controllare ogni situazione: i suoi appunti sui sintomi erano sulla scrivania, rappresentati in un grafico, come se questo potesse permettergli di dominare la malattia. La figlioletta gli stava accoccolata in grembo, con un sorriso sdentato e delle ali trasparenti appuntate alla giacchetta rosa. Messa in piedi, aveva sbandato di lato e attraversato la stanza barcollando. Un occhio era rivolto verso l'interno. La TAC evidenziava un tumore delle dimensioni di una noce nel tronco encefalico. Sarebbe morta nel giro di sette mesi. Dopo l'orario di ambulatorio Ted l'aveva chiamato.

«Cosa ne pensi, Albie?».

Aveva un tono indagatore. Non cercava solo una sintesi delle possibili terapie, voleva sapere cosa provava Albie.

«Compassione. Rabbia», aveva risposto lentamente Albie. Aveva cercato le parole per trasmettere lo slancio di determinazione che aveva provato rientrando in laboratorio.

«Va' avanti».

«Se proseguiamo su questa strada, potremo aiutare bambini come quella. Mi ha aperto gli occhi. Mi ha fatto capire...». Non era stato capace di comunicare la pena e la certezza che lo animava: temeva di apparire troppo emotivo.

«Che vale la pena fare quello facciamo», aveva completato per lui Ted.

Si era stupidamente limitato ad annuire al telefono.

«Sei una brava persona», aveva detto nel silenzio Ted. «Ho sempre pensato che avessimo gli stessi sogni, tu e io». E dopo un momento di pausa aveva detto di punto in bianco. «Ho prenotato il campo da squash. Venerdì alle 20. Per una volta cerca di essere puntuale».

Quella conversazione l'ha ricaricato. Se ha anche una sola possibilità contro quella maledetta malattia, gli straordinari e il salario ridicolo sono irrilevanti. Andrà avanti per tutto il tempo che ci vuole.

Il ratto è ancora floscio. Albie sutura la pelle del cranio e lo rimette in gabbia. Quando la ragazza entra nella stanza, con la coda dell'occhio Albie registra camice e cuffia: la nuova assistente di laboratorio è finalmente arrivata. La giovane gli lancia un'occhiata e poi distoglie lo sguardo, intimidita. Sono tre mesi che Albie ha impresso nella mente il volto di Beth, la sua bocca, gli occhi. Non c'è molto spazio per altre, e colei che questa ragazza gli ricorda si allontana anche se lui cerca di trattenerla. Albie mormora un saluto, poi riprende a sciacquarsi il sapone dalle mani. L'assistente precedente, Amil, se n'è andato da una quindicina di giorni. La madre era malata, la sua città natale, Aleppo, travolta dalla guerra. Amil gli spiegava il Medio Oriente durante le pause caffè, ma da quando se n'è andato, Albie non sa più chi batte chi nel creare cumuli di macerie fumanti. Vita e morte su scala tanto vasta sono difficili da digerire. I telegiornali assomigliano a film violenti che vengono trasmessi ogni sera: orrore privo di significato. Le morti nel laboratorio sono controllate e senza dolore. La scala è minima, e salva delle vite.

Un ansito soffocato interrompe quei pensieri. La ragazza sta fissando il corpo raggomitolato del ratto, sulla segatura ci sono chiazze rosse e umide. Ha le sopracciglia tese; rughe marcate le corrugano la fronte pallida.

«Sangue?». Il suo accento conferisce alla domanda un che di enfatico e al contempo melodioso. Potrebbe essere norvegese, finlandese forse.

«È normale. È una procedura di routine». Albie apre la gabbia e prende la bestiola addormentata. Controlla le suture e poi rimette a posto il ratto, che striscia intontito verso le sbarre della gabbia, torcendo il muso rosa, prima di riaccasciarsi in un mucchietto. «Tra mezz'ora starà bene».

La ragazza si dirige verso le altre gabbie, canticchiando un motivetto dalle parole incomprensibili.

«Potresti rimettere in ordine la sala operatoria mentre buttò giù qualche osservazione?». La voce risuona profonda nella piccola stanza. «Arrivo tra un attimo».

La giovane gli gira attorno e mentre cammina dondola le spalle come un operaio, un'andatura vigorosa per una ragazza esile. La osserva scomparire oltre la porta, poi prende la penna, apre il taccuino e scrive in fretta, note distillate come le poesie sul comodino: a volte pensa che la poesia potrebbe farlo guadagnare di più.

Ratto 8: Operazione x 1 ore 09.30 settembre 2015. Anestetico: ketamina. Inserimento ago nel tronco encefalico (9 mm). Iniettati 5 microlitri di liquido con cellule tumorali. Sito chiuso. Perdita di sangue minima. Ratto riportato alle 10.30. Osservazioni: 10.40 fine del sanguinamento. Il ratto riprende a poco a poco mobilità.

Nella sala operatoria, la ragazza fissa la morsa. Sotto c'è una macchia di sangue, a quel punto dovrebbe averla ripulita. Qualcosa nello sguardo lento che gli rivolge gli smuove di nuovo la memoria.

«Tutto a posto?».

Lei annuisce ma ha la carnagione color bianco carta.

«È la prima volta?».

Ha gli occhi bassi, sembra che esamini i tubi trasparenti dove passano i gas.

«Ma sai quello che facciamo», insiste lui, con esasperazione mista a compassione. Gli assistenti di laboratorio non hanno bisogno di qualifiche e neanche di esperienza, ma sono selezionati per la loro efficienza. Il sentimentalismo non è di alcuna utilità.

«Sono interessata al suo lavoro».

Il *suo* lavoro. A quelle parole ha un moto di orgoglio. Albie ha modificato un virus che ora ha la capacità di uccidere i tumori, un significativo passo in avanti. Ma è raro che i ricercatori ne ottengano il merito. È Ted il capo del laboratorio: la ricerca di solito viene identificata come sua. Estrae per lei da sotto il banco uno sgabello.

«Non ho afferrato il tuo nome».

«Skuld». Si siede.

Quella parola gli fa venire in mente luoghi freschi, acque interne. Il lontano Nord. Esistono nomi come questo dove è cresciuto, a Jura. Le sorride.

«Vuoi che ti spieghi il progetto?»

«So che usa i ratti…». Una mano pallida indica la morsa.

Lui annuisce. «Lavoriamo a una cura per il cancro usando dei virus. Cancro al cervello nei bambini». Strappa un foglio dal blocco accanto alla cassetta degli anestetici, prende un mozzicone di matita lì vicino e disegna rapidamente un ovale che rappresenta il cranio, un cerchio all'interno per il cervello e un cilindro sotto il cerchio.

«Questo è il tronco encefalico». Batte sul cilindro. «La via principale. Trasporta tutte le informazioni dal cervello per far funzionare il corpo». Dentro il cilindro, disegna una forma ovale scura che tocca quasi il margine. «Qui c'è il tumore e questo…», traccia una diagonale che attraversa il tumore ovale, «…è il catetere con cui iniettiamo la cura».

«Fa' tutto questo da solo?». Gli occhi si posano sulla riga che taglia il cranio e penetra nel cervello.

«A capo della ricerca è ufficialmente il professor Malcolm, ma è spesso via. Il lavoro lo portiamo avanti io e Bruce». Si alza alle cinque e mezzo, evitando il traffico, per esaminare gli animali e avviare le attività della giornata. Se si ferma un momento, sente le membra pesanti e può vincerlo la stanchezza. Appena si siede si addormenta. Al compleanno di Beth ha dormito durante tutta la commedia. Ogni giorno è lo stesso: medesima stanza, il familiare odore degli animali, le ore passate a esaminare vetrini sotto il microscopio.

«E ora che stava facendo?». La ragazza lancia un'occhiata alla macchia di sangue sotto la morsa.

«Ho iniettato delle cellule tumorali: fa parte del nuovo lavoro che sto svolgendo, con i virus. Lo documento per il mio PhD».

«Fa venire il tumore ai ratti?».

Albie annuisce. «Quelli rari infantili. I tumori crescono in quattordici giorni ma ho scoperto un modo per distruggerli». Aspetta una sua reazione, ma sono ricomparsi i solchi sulla fronte. La ragazza scuote il capo, apparentemente confusa. Albie si raddrizza, la stanchezza ormai svanita. È stato lui ad aprire la strada a quella ricerca, potrebbe parlarne per ore.

«Vedila come una guerra, il cancro è l'invasore. Il tumore nel tronco encefalico è il campo base nemico». Indica l'ovale scuro. «Le cellule tumorali si diffondono da qui al resto del cervello, infiltrandosi come terroristi. Mi segui finora?».

La giovane annuisce in silenzio.

«Ho adattato un ceppo del virus della varicella che colpisce il tumore. Lo iniettiamo in alcuni ratti, distrugge il campo base ed ecco la cosa interessante...». Annuisce euforico. «Il virus attiva il sistema immunitario dei ratti che attacca le cellule tumorali migranti. È come reclutare la popolazione locale per combattere i terroristi. Pare che funzioni. I tumori regrediscono». Mette giù la matita e sorride; ogni volta quel miracolo gli pare nuovo.

«Ha detto alcuni. Cosa succede ai ratti che non ricevono il virus?»

«Non sopravvivono, ma facciamo in modo che non soffrano. Tutti quelli che manifestano i sintomi vengono eutanizzati».

«E quelli in cui i tumori regrediscono?». Lo guarda ma la sua espressione non tradisce niente.

«Dopo due mesi dobbiamo sacrificarli. È importante confrontare i loro cervelli per vedere esattamente l'effetto che ha avuto il virus».

Gli occhi della ragazza sono opachi, stagni profondi in un bosco norvegese. La prima volta che era venuto, Amil gli aveva mostrato il laboratorio; nello stabulario si era teneramente passato da una mano all'altra una bestiolina. Poi, Albie era tornato da solo: i ratti dormivano in una massa bianca e morbida, con le lunghe code intrecciate. Li aveva osservati e si era chiesto se avesse il diritto di interferire con la loro vita, di porvi un termine. Aveva visto morire bambini, soffrire famiglie; ciò malgrado non c'era una risposta chiara, o comunque alla sua portata. All'epoca era stato consapevole di oltrepassare una porta e di intraprendere un cammino. E da allora aveva continuato a percorrerlo, guardando dritto avanti. Se glielo avessero chiesto, avrebbe detto che a conti fatti gli sembrava la cosa giusta da fare. Evitava ulteriori analisi, conscio che avrebbe potuto impantanarsi in scelte che avrebbero fatto perdere tempo prezioso.

«Seguiamo la procedura stabilita dal ministero degli Interni per minimizzare la sofferenza», le disse Albie. «L'eutanasia è rapida, non è necessario che tu assista».

Lo sgabello traballa e la giovane tende una mano per afferrarsi al tavolo, rivelando un topolino blu, disegnato con maestria sull'articolazione alla base del pollice. La ragazza con il roastbeef. «Mi pareva di averti già vista. Servivi alla festa del professore qualche mese fa».

«Una mia sorella lavora nelle cucine, organizza eventi. Do una mano quando sono a corto di personale. Per arrotondare». Le mani le scompaiono in grembo. «Non incide sul mio lavoro».

Albie riconosce quelle frasi brevi, la circospezione, la timidezza. Non ha idea di quanto guadagni ma non deve essere molto; ma neanche lui guadagna molto. Non invidia a Ted l'appartamento di lusso o la Mercedes; le vacanze nella villa in Grecia lo annoierebbero. Tuttavia, sarebbe bello poter riparare il tetto a Jura, rimettere a posto le finestre. Sono anni che va rifatto l'impianto elettrico. Sorride alla giovane che gli sta seduta davanti, con le spalle curve come pronta a respingerlo.

«Quindi tu sei la scienziata della famiglia».

Lei scuote il capo. «Mia sorella maggiore è tecnica nel laboratorio grande. Mia madre lavora con gli animali in un altro ospedale. Io ho appena finito la scuola ma conosco gli animali». Un tono di sfida le si insinua nella voce. «Abbiamo cani randagi. Mamma mi ha insegnato tutto quello che mi serve sapere».

«Anche noi conosciamo gli animali». Albie procede con cautela. «Ma questo è un centro di ricerca…».

Gli vibra il telefonino. Sullo schermo compare un elenco di domande da parte di Beth: A che ora è la cena? Quante persone ci saranno? Cosa deve mettersi? Sembra meno sicura del solito, un po' vulnerabile. Forse si lascia finalmente avvicinare.

«Devo andare». Si toglie il camice. «Bridget, la direttrice del laboratorio ti spiegherà le altre procedure. La persona che ti ha fatto fare il giro ha tralasciato diverse cose. Chi è stato?»

«Bruce».

«Ah». Qualcuno dovrebbe metterla in guardia su Bruce: è molto giovane, un po' fragile. «Io sono Albie. Albie McAlister. Ci vediamo presto».

«Conosco il suo nome». La giovane si alza, eterea malgrado l'ingombrante camice. «Ho sentito parlare di lei».

«Da chi?»

«Dai primari e dal professore».

Gossip da ospedale, per lo più le solite chiacchiere. Niente di vero, ma la menzione di Ted ridesta il suo interesse. «Quando?»

«Ieri, alla riunione organizzativa mensile».

«Davvero? E tu c'eri?». La riunione dei primari è una questione grossa: si definiscono le strategie del dipartimento, si valutano le ricerche, si discutono le future nomine.

«Serviva una mano per il rinfresco, versare il caffè, cose così. Mia sorella ha chiesto espressamente il mio aiuto». Delle chiazze di colore le accendono le guance. «Ci sono rimasta per tutto il tempo della riunione. Ho sentito tutto».

«E cosa hanno detto?», le chiede con ulteriore dolcezza. È una ragazzina che ha appena finito la scuola, si può ferirla facilmente. Le sorride con fare incoraggiante.

«Prima che il professore vada in pensione, vogliono assumere qualcuno che prosegua il suo lavoro. È stato fatto il suo nome. Il professore ha detto che è un brillante chirurgo e che… ehm… è molto fiero di lei; che potrebbe fare la differenza. Lei è molto… uh… innovativo e qui in laboratorio le sue doti restano nascoste».

«Gentile da parte loro». Sorride. Non crede neanche a una parola. Troppe pause, troppo complicato. Se l'è inventato per adularlo oppure ha confuso quello ha sentito. «Immagino che abbiano progetti per tutti noi: me, Bruce, Bridget».

Con un movimento brusco, la ragazza si toglie la cuffia e scuote i capelli in una nuvola chiara che le riflette la luce attorno alla testa. «In effetti, hanno menzionato anche Bruce». È tornato il tono di sfida. «Hanno detto che lascerà comunque un segno».

Albie scoppia a ridere. «Bruce non è un tipo che si dimentica, questo è certo. Dimmi esattamente chi è stato a parlare».

«Il professore, gliel'ho detto. I primari, diversi, non so i nomi. Non parlano con me e io non parlo con loro. Ascolto, tutto qua».

Le ultime parole sembrano credibili. Un'uditrice, fuori dal mondo, il genere di ragazza che si tiene a distanza. Ora si è tolta il camice, rivelando abiti da runner; un top corto mostra la pancia bianca, una finestra di carne tesa. È meno giovane di quanto pensasse, ben fatta. I seni piccoli delineati contro la stoffa aderente. Ancora e non più bambina. Resta immobile; li dividono pochi centimetri. Lo guarda con aspettativa, come in attesa di vedere la sua prossima mossa. Al sole che ora si riversa dal cielo nella piccola stanza, le vede un'ombra di peluria chiara sulle braccia; la pelle emana l'aroma erbaceo della giovinezza. La bocca leggermente schiusa mostra i bordi di piccoli denti bianchi. Albie pensa alla neve, boschi norvegesi innevati, incontaminati. Perché gli ha raccontato tutto questo? Fuori sbatte una porta e si ode un'esplosione di voci che lo fa trasalire. Guarda l'orologio. Ora di pranzo.

Capitolo 3

Londra. Autunno 2015

Quando l'ascensore arriva al decimo piano, dentro c'è Bruce.

«Vai già via?», chiede. «O è ora di pranzo?». Ha il volto attraente pallido come una falena, gli occhi infossati tra grinze rosse. Dagli abiti stropicciati proviene un odore acre. «Allora ritorno giù. Dio, che notte: le ragazze sono sempre più giovani. Perché la prossima volta non vieni anche tu?»

«Non sono minimamente interessato». Le avventure sessuali di Bruce sono fantasie create per stupire. Di quelle storie, trite e ritrite, ridono tutti alle sue spalle. «Dobbiamo parlare. Stiamo esaurendo i ratti: sei tu che dovresti reintegrare le scorte».

«Farò tutto quello che vuoi», replica stancamente Bruce. «A patto che ne discutiamo davanti a una birra».

«Affare fatto». Albie preme il pulsante del pianoterra. Di solito il pranzo si limita a un panino nel suo studio – più di questo gli sembra uno spreco di tempo – ma in questo modo può assicurarsi una quantità regolare di ratti: gli serve un flusso costante.

Escono dalle porte dell'Istituto alla luce accecante del sole. Bruce si mette una mano tremante sugli occhi. Alla loro immediata sinistra c'è il National Hospital of Nervous Diseases, con la sua aggraziata architettura vittoriana accanto alla brutale facciata dell'Istituto, ma per Albie è questo il luogo di maggior fascino, il cervello che si cela dietro alla facciata. È restio ad allontanarsene, anche solo per pranzare.

All'ingresso principale dell'ospedale c'è Ted, i capelli biondi illuminati dal sole. Albie si ferma, sorridendo: un incontro inaspettato, quanto mai gradito. A quest'ora Ted dovrebbe essere in ambulatorio, di solito non lo incontra durante il giorno. Aspetta accanto alla ringhiera. Aspetta anche Bruce, sospirando impaziente. Ted stringe la mano a un uomo alto abbronzato con curati capelli a spazzola grigi, il cui accento del Midwest si percepisce chiaramente nel silenzioso mattino autunnale. A quanto pare, si stanno congratulando a vicenda. L'uomo ride e scompare in un taxi in attesa. Ted lo saluta con un cenno della mano poi si volta per risalire la breve rampa che conduce alle porte dell'ospedale. Ancora sorride quando alza lo sguardo e li vede. Il sorriso svanisce e le folte sopracciglia si inclinano l'una verso l'altra. Da vicino sono punteggiate di bianco, due siepi gelate. Ted sta invecchiando; non l'aveva notato.

«Albie, proprio tu. Possiamo parlare un secondo? Scusaci un momento, Bruce». Ted prende Albie per il braccio e lo trascina dentro l'ospedale. «Lo saprai presto, ma volevo dirtelo a quattr'occhi».

Il tono di Ted è quello serio che adotta quando deve comunicare brutte notizie a un paziente. Albie si sente subito svuotato. Doveva aspettarselo: i finanziamenti vengono interrotti con poco preavviso. Dovrà fare richiesta altrove per completare la ricerca, forse lontano da Londra. Lo sorprende il dispiacere che prova, non troverà più un altro capo come Ted. E Beth? E la casa?

Gli ci vuole un momento perché le parole penetrino il frastuono che ha in testa. «...uno specialista di cui mi fidi che possa prendere il mio posto mentre starò negli Stati Uniti per un anno, a partire da gennaio». Ted è ancora accigliato. «Quindi hai tre mesi per finire la tesi e un paio di settimane per assumere il ruolo di sostituto primario prima che parta».

Albie ha le lacrime agli occhi. Non lo sta licenziando, ma promuovendo. Il cuore comincia a corrergli in petto.

«Il fatto è...». Ted si lancia un'occhiata alle spalle. Bruce li ha seguiti dentro e legge con attenzione l'elenco dei nomi dei primari incisi in oro sui pannelli di quercia in fondo all'atrio. Ted si fa più vicino e abbassa la voce. «Il fatto è che devi ricominciare a operare, nell'interesse della tua carriera, in modo che possa essere pronto, be', diciamo per le opportunità che ti si presenteranno». Gli occhi azzurri scintillano. «Non lo dico spesso e forse dovrei, ma sono fiero di te, Albie: sei il tipo di persona che può fare la differenza». Gli mette la mano sulla spalla, l'ampio palmo è molto caldo. «La verità è che sei un brillante chirurgo, innovativo. In laboratorio le tue capacità sono sprecate».

Le parole di Skuld gli echeggiano in testa. Dopotutto ha riferito esattamente ciò che era emerso alla riunione: avrebbe dovuto prestarle maggiore attenzione. Avrebbe dovuto ringraziarla. Si sente stordito, come se fosse per aria e lontanissimo da terra. Se questa sostituzione è per prepararlo a future opportunità, corrisponde al suo nome menzionato alla riunione come erede dei lavori di Ted. Opportunità... lavori... Potrebbe significare ereditare un giorno il laboratorio e il primariato. Il dipartimento gli ha già pianificato la carriera: si trattiene a stento dall'abbracciare Ted e levare i pugni in aria. I pensieri spiccano il volo. Da bambino guardava le stelle dalle scogliere di Jura, convinto di essere destinato a viaggiare fin lassù, e ora lo farà. Andrà anche oltre, c'è un territorio sconosciuto da esplorare, nuove terapie per creare nuovi virus, nuovi metodi di somministrazione. Il cuore gli batte all'impazzata, lo sente in gola.

Dei passi che risuonano sul pavimento lo riportano in terra. Bruce cammina impaziente alle loro spalle, ma Ted fissa Albie, come concentrato su un tumore da rimuovere dal cervello.

«Scusami, Ted, sono un po'... Non me l'aspettavo. Be', forse sì. Sapevo che un giorno, ovviamente lo speravo...». Farfuglia, non sa bene quello che dice, ebbro di euforia. Si impone di parlare lentamente, anche se ha un sorriso talmente largo che gli risulta difficile formare delle parole. «Sarei onorato. Accetto, naturalmente. Lavorerò sodo. Non ti deluderò».

Ted gli stringe forte la mano. «Pensi che non lo sappia?». Il suo sorriso rispecchia quello di Albie. «Certo che non mi deluderai».

Ma una volta è accaduto. L'ha forse dimenticato? Un paio di anni prima quando era ancora inesperto, aveva operato un tumore pituitario per salvare la vista a un paziente. Ted assisteva all'intervento. I nervi ottici erano incollati al tumore, come del nastro adesivo attorno a un pacchetto informe. Albie aveva cauterizzato i piccoli e intricati vasi sanguigni sulla superficie per facilitare la dissezione; ansioso di fare colpo, aveva cominciato ad accelerare. Ted gli aveva detto di fermarsi, ma incapace di trattenersi aveva bruciato rapidamente un ultimo vaso, più grande degli altri. Quando aveva tolto il sangue, era comparsa la superficie bianca del nervo ottico, con l'arteria perfettamente recisa. Aveva interrotto l'afflusso di sangue a tutto il nervo ottico: il paziente era ora completamente cieco. Ted era subentrato e Albie se n'era tornato a casa, sconvolto. Aveva distrutto la vita di un uomo. Sarebbe stato denunciato, giustamente radiato. Avrebbe dovuto andarsene, tentare una carriera non clinica, nell'amministrazione ospedaliera forse. Era a metà di una bottiglia di whisky quando gli aveva telefonato l'anestesista di Ted. La voce gentile di Owen gli aveva detto che Ted era andato a visitare il paziente e si era assunto ogni responsabilità. I familiari avevano compreso, addirittura perdonato. Non ci sarebbe stata alcuna azione legale. Albie era atteso il giorno dopo per operare un meningioma.

«Hai fatto molta strada». Pare che Ted gli abbia letto nel pensiero. «Ho fiducia in te, Albie». Poi, voltandosi verso Bruce. «Stiamo discutendo qualche idea, Bruce. Unisciti a noi». Bruce si avvicina, con i tratti del volto tesi. «Ho pensato al tuo PhD sulle linee cellulari nel glioblastoma», continua allegramente Ted. «Si potrebbe ampliare per coprire più aspetti. Perché non usare la nuova tecnologia virale di Albie? Vieni nel mio studio, ne discuteremo».

Albie s'irrigidisce. Il suo lavoro. E se Bruce se ne servisse per lasciare un segno, come ha profetizzato Skuld? La lepre potrebbe ancora battere la tartaruga; poi si rilassa, annuendo. Ted è stato generoso: può permettersi di esserlo anche lui.

«Ci sentiamo quando riprendi servizio», mormora Ted ad Albie. Poi, più forte. «Congratulazioni a entrambi. Fate in fretta». Si incammina rapidamente lungo un corridoio.

«Ho sentito tutto. Discutendo qualche idea… Col cazzo». Bruce lo fissa con aria accusatoria. «Come diavolo hai fatto a ottenere il posto di sostituto primario?».

«Su con la vita». Albie gli dà una pacca sulla spalla. «Hai sentito che ha detto Ted. Va' a parlargli, usa pure il mio lavoro se può tornarti utile».

«Non mi trattare come se fossi un bambino», fa Bruce divincolandosi. «Senti, ho sete, possiamo andare?».

Attraversano il giardino davanti all'ospedale. Foglie simili a carte sono ammucchiate in cumuli gialli che scricchiolano sotto i piedi. Due giovani donne siedono su una panchina, con le facce rivolte al sole. Su un'altra panchina è steso un vecchio con un cappello di lana verde che sonnecchia su un materasso di giornali ingialliti, sparse sul prato bottiglie vuote di sidro. Superano la statua bronzea di una madre con un bambino in braccio. Albie si guarda intorno come se non sapesse qual è il mondo reale: i giardini di Queen Square in un caldo giorno londinese di metà settimana o il silenzioso laboratorio alle sue spalle, l'universo di cellule sotto il microscopio.

Nel Queens Larder vengono subito avvolti da un fastidioso brusio. Si fanno strada tra la folla compatta fino al banco, e quando arrivano bevande e baguette se le portano fuori.

«Per essere uno a cui hanno appena triplicato lo stipendio, sei eccezionalmente tranquillo». Bruce lo guarda torvo dall'altra parte del tavolo di legno. «Avevi idea che fosse in ballo una cosa simile?».

L'esitazione è di una frazione di secondo. Meno sa Bruce di quello che ha sentito, meglio è. «Assolutamente no».

«Quindi è solo la mano del destino che ti ha dato una pacca sulla spalla...». Bruce lo guarda negli occhi. Albie fissa gli scintillanti platani nella piazza e scuote il capo, anche se è esattamente così che gli è sembrato. Bruce abbassa lo sguardo sulla birra, la rabbia è svanita. Ha l'aria infelice.

«Ma la nostra nuova assistente di laboratorio ha sentito delle voci sul tuo conto», ammette Albie. «A quanto pare, lascerai un segno».

«La biondina?». Bruce alza lo sguardo. «Ho fatto del mio meglio ma non sono andato molto lontano».

Tipico di Bruce, provarci con una ragazzina. Se è stato troppo aggressivo, questo spiegherebbe parecchie cose. All'inizio, Skuld è stata guardinga, quasi circospetta. Magari temeva le si sarebbe avventato addosso come Bruce, e poi, visto che non l'ha fatto, si è rilassata. Senza volere, si è guadagnato la sua fiducia.

Bruce sorseggia la birra. «Forse dovrei cominciare a lavorare più seriamente». Ha l'aria pensierosa.

Albie si pente di ciò che si è fatto sfuggire, ma poi ricorda il proposito di essere più generoso. Bruce sarà come le meteore che osservava da bambino dalla scogliera, una breve parabola nel cielo notturno poi la precipitosa caduta verso il mare. Saranno sufficienti l'indolenza, il suo stesso stile di vita. Masticano le baguette al tepore del sole. Albie scrive un messaggio a Beth:

Promozione. Prospettive migliori in arrivo. Stasera i dettagli. Non vedo l'ora. Noi due soli.

Capitolo 4

Londra. Autunno 2015

Uscita dalla metro di Belsize Park, Beth gira a destra, supera in fretta il Royal Free Hospital e, seguendo la cartina sul telefono, risvolta subito a destra e scende per Pond Street. Hampstead Hill Gardens è la prima a sinistra. La pace improvvisa è tangibile, il tipo di quiete profonda che in una capitale è alla portata solo dei più agiati. Potrebbe trovarsi a cento chilometri dalla sua stradina di East Acton, dove le moto rombano tra file di auto e l'immondizia si accumula nei canali di scolo. L'ampio edificio vittoriano si trova a metà della strada a mezzaluna, sulla destra: casa dei nonni di Albie, ora sua. Vive nel seminterrato, e per mantenersi affitta il piano terra e i due piani superiori. Le tende sono tirate e l'imponente edificio ha un'aria cupa e austera.

Albie apre un attimo dopo che ha bussato, come se aspettasse dietro la porta. La attira all'interno.

«Benvenuta». Le bacia le labbra, il volto, il collo. «Sei qui, finalmente. Finalmente!».

Finora si sono incontrati in ristoranti e parchi per fare un picnic, al teatro o al cinema. È stata evasiva, quando lui ha proposto di vedersi in casa, preferendo una via di fuga alla fine della serata. Ha osservato crescere in lui l'impazienza, perché voleva essere certa dei sentimenti del ragazzo. Ora anche lei è coinvolta, è un po' impaurita.

Nell'ingresso buio fa freddo, più freddo che per strada; l'aria viziata sa di cane. Lungo il battiscopa sono arenate buste con sopra impronte di zampe. Arriva ticchettando un grosso spaniel nero, e le annusa la gamba, sventolando la coda pelosa.

«Povero Harris. Non ho tempo per un cane, ma era dei miei nonni. Almeno sul retro c'è il giardino». Albie accarezza al cane le orecchie e gli massaggia il collo; Beth ha un brivido come se fosse lei a essere accarezzata. Le prende la mano. «La cucina è calda» e la conduce lungo l'ingresso e sotto i piedi scricchiola il pavimento. Harris passa loro in mezzo sibilando, precedendoli attraverso una porta aperta in fondo a un corridoio e scendendo dei gradini ripidi che portano in una calda cucina. Il tavolo è ingombro di carte, dei dipinti ricoprono le pareti: acquerelli di marine, per quanto riesce a vedere alla luce fioca. Sulle numerose sedie sono accatastate traballanti pile di libri. Sopra il lavandino è appesa una grande fotografia: Ted, con il braccio attorno al collo di Albie. Ted guarda la macchina fotografica e strizza gli occhi contro il sole; accanto c'è Albie, con la testa rivolta verso l'altro, più alto. Sulla sfondo, scogli stratificati e mare: il Dorset. A fare la foto deve essere stata Jenny. Ovviamente non può chiederlo. Albie ha notato la direzione del suo sguardo, è troppo tardi per fingere di non averla vista. Il giovane si avvicina alla foto.

«Un regalo di Ted. L'ho fatta ingrandire e incorniciare. Avevamo appena fatto una corsa sulla spiaggia vicino a Bridport. Hai mai provato a correre sui ciottoli? Ha vinto nettamente lui. È un tipo incredibile». Albie scoppia a ridere ma Beth ripensa al peso del braccio di Ted attorno al suo di collo. Probabilmente anche nelle foto con lei era in primo piano, difficile ricordarlo, le ha strappate in mille pezzi la sera che se n'è andato. Beth si allontana, prendendo dalla credenza un soprammobile a caso. La statuina di un cervo, ben realizzato, ma gli occhi di legno la fissano vuoti e le corna sono molto appuntite; lo rimette giù.

«L'ha fatto mio padre». Le porge un pesante bicchiere di whisky oro scuro. «Dove abitavamo, a Jura, c'erano migliaia di cervi, erano per lui una mania. Gestiva un'attività di caccia al cervo». Le sta talmente vicino che i loro corpi si sfiorano. Trema. Il momento si prolunga finché Albie non indica la stanza stipata di oggetti, i mucchi di carte e le pile di libri. «Scusa questo caos», dice un po' agitato. «Sono rientrato tardi, non ho avuto tempo di riordinare».

Il disordine ha l'aria di essere permanente, malgrado le sue parole: lo nota ora solo perché lo vede con gli occhi di Beth. Comincia a muoversi tra tavolo e fornelli e, dopo essersi rimboccato le maniche, toglie carte, mescola il contenuto di pentole e accende candele, recuperando la calma. Le riempie nuovamente il bicchiere di whisky, poi mette una tovaglia sul tavolo, lisciandola accuratamente con le mani, grandi mani che saranno calde e molto delicate. Beth si china a esaminare i libri, temendo di tradire in volto i suoi sentimenti. Sono soprattutto di poesia e molto usati. Kathleen Raine, George Mackay Brown, Hugh MacDiarmid. Su una sedia è aperto un grosso taccuino rilegato in pelle, con lo schizzo perfetto di ratti addormentati in gabbia. Si riesce a percepire la morbidezza del pelo, sentire quasi il rumore dei sommessi respiri. Gira le pagine e intravede un cervello umano dissezionato, disegni particolareggiati di strumenti di laboratorio, cellule rosa e malva come chiazze artistiche colorate, appunti manoscritti ai lati.

«Non molto tecnici, purtroppo». Albie osserva da dietro le spalle, con un cucchiaio in mano. «Ted dice che dovrei disegnare su un Mac ma penso meglio con la matita in mano».

Uno schermo è più adatto a Ted, ne è certa, l'anonimità del testo, la facilità di cancellazione. In quelle pagine invece c'è passione per la ricerca, per gli animali, anche per il cervello. «Questi disegni sono straordinari, Albie».

Il giovane arrossisce. «Oh, mi aiutano solo a pensare a quello che faccio. Più avanti c'è una sezione con gli appunti delle operazioni; i progetti per la ricerca sono in fondo».

Beth sfoglia il taccuino fino alla fine e vede file e colonne, disegni di strumenti, bozze di progetti, discussioni di metodi; e qua e là ratti zampettano lungo i margini o fanno capolino dietro una colonna di numeri.

«Da dove ti viene questo talento?». Beth indica uno schizzo di Bruce su un margine, una figurina identica all'amico addormentato accanto a un microscopio.

«Da mia madre». La conduce davanti a una foto sbiadita attaccata al frigorifero, alle sue spalle, e le indica una donna snella dai capelli scarmigliati e appoggiato a lei un bambino lentigginoso. Vicino, un ragazzino più alto gioca con un cane, sullo sfondo si stagliano dei monti conici. Un uomo dall'aria triste guarda da un'altra foto, il piede sul collo di un cervo morto. Albie gli punta il dito contro la faccia. «Questo è mio padre. Ci faceva braccare i cervi con lui, passavamo ore a strisciare sotto la pioggia, a osservare e aspettare». La cinge con le braccia. «La mamma era diversa».

«In che senso?». Si appoggia a lui; il mento le sfiora la testa e le braccia la stringono. Sente battergli il cuore attraverso il cotone, la sua pelle la riscalda.

«Era una poetessa e una pittrice. Misteriosa, come il mare». Tace un momento, poi un po' in fretta. «Me la ricordi».

«Il mare in un giorno di sole o di tempesta?», chiede lei con leggerezza.

«Un mare pericoloso. Imprevedibile. A volte ero completamente perso». Beth si volta e lui la guarda come se cercasse di penetrare nei recessi più oscuri. Dopo un attimo, scoppia a ridere e la libera dall'abbraccio. «Si mangia».

Ha preparato capesante con pancetta: sanno di estate e di mare. Gli occhi seguono ansiosi la forchetta di Beth, e quando lei elogia il piatto, il volto si rilassa in un sorriso. «A Jura, le capesante sono grandi quanto uova». Le racconta dell'isola, le spiagge, gli uccelli e i cervi, e delle storie della madre, intrise di una magia antica. Credeva a tutto quello che gli diceva, la seguiva ovunque. «E in un certo senso la seguo ancora. La neurochirurgia ha una sua magia. Più sappiamo del cervello, più diventa straordinario». Versa del vino. Il volto è illuminato dalla luce delle candele, le fiamme gli danzano negli occhi. «Stiamo esplorando i limiti dell'ambito conosciuto. Ci sono ancora così tante scoperte da fare. Ted ha fiducia nelle mie capacità e vuole farle con me. È per me un momento entusiasmante».

Fa' attenzione, vorrebbe dirgli. Non ricambiare la sua fiducia. Non credere alle sue promesse. Se lo farai, ti spezzerà il cuore.

«Oggi mi ha chiesto di fargli da sostituto mentre è negli Stati Uniti». Poi ride, una risata breve e imbarazzata. «È successa una cosa stranissima. La nostra nuova assistente di laboratorio stamattina mi ha detto di aver sentito fare il mio nome come futuro rimpiazzo nella riunione dei primari. Non le ho dato peso, ma cinque minuti dopo Ted mi ha offerto la sostituzione. Credo significhi che sono in lizza per l'incarico quando andrà in pensione». Si fa rosso in volto. «Non posso fare a meno di pensare che il fato mi sorrida, che sia questo il mio destino».

«Sei uno scienziato e credi nel fato?»

«Mia madre ci credeva», risponde lui, un po' serio e un po' scherzoso. «Credeva che ciò che ci capita nella vita si dovesse al fato».

Il fato non ti dà quello che vuoi, di solito te lo prende. Se vuoi una cosa, devi faticare per averla, soffrire. Albie ha gli occhi infossati, le guance incavate. Non gli serve il fato: al di là dell'euforia c'è una dura storia di obblighi e routine, di alzatacce e nottate. Una ferrea autodisciplina.

«Quindi ora devi dimostrare il tuo valore al capo?».

Albie annuisce, ma a Beth si stringe il cuore. Ted potrebbe usare quella situazione, manipolarla. Ted è una compagnia favolosa, ti fa sentire importante; la gente si fida di lui, lo adora ma lui la tradisce. Ha tradito lei con la stessa facilità con cui ha tradito la moglie. Potrebbe accadere anche ad Albie.

Beth si alza e gira attorno al tavolo, gli appoggia una mano sulla spalla e si china a baciarlo. «Mi piacerebbe vedere altre foto di dove sei nato». Albie la prende per mano, lasciano i piatti sul tavolo e si siedono per terra vicino al termosifone in camera da letto. Le copre le spalle con uno scialle di cachemire, la lana è mangiata dalle tarme ma calda. La pagine ingiallite del vecchio album di foto sono staccate, la rilegatura è stata mangiucchiata dai topi. Come il cuoio crepato delle sedie in cucina, il logoro tappeto persiano e le porcellane sbreccate, un tempo tutto era splendido. Le piace questa opulenza trascurata, la sua consistenza, il colore. Avverte l'eco di un'antica ricchezza che risuona attraverso il buio e il freddo, come se suo nonno morto da tanto tempo la prendesse per mano e la rassicurasse. Ora va tutto bene.

Ted considerava riposante la mancanza di disordine in casa di Beth. Diceva che i quadri di Jenny erano accatastati su ogni superficie della casa, che inciampava negli scarpini da calcio dei ragazzi e lo spaniel gli stava tra i piedi. Ma il vuoto dell'appartamento di Beth non era una scelta: il patrimonio del nonno era stato dilapidato in feste e bevute. Dopo il funerale dei genitori, aveva assistito ai caparbi tentativi della zia di recuperare nella casa spoglia qualcosa per la nipote. Beth era rimasta appoggiata al muro a guardare: una bambina di nove anni, sola, il pollice in bocca. Caroline l'aveva presa con sé. Faceva la bibliotecaria a Reading e aveva un piccolo appezzamento di terra. Faceva una vita tranquilla. Beth aveva iniziato a stare meglio; col tempo aveva cominciato a essere felice. Non c'erano soldi per l'università, perciò avevano scelto gli studi da infermiera, ma nel primo semestre, la zia era morta, investita da un autobus mentre andava in bicicletta in biblioteca. Il passato era sprofondato sottoterra, una città perduta congelata sotto il ghiaccio finché non era comparso Ted. La relazione era durata sette anni. Quando era rimasta incinta se n'era andato ed era tornato dalla moglie. In seguito, con un bonifico, era arrivato il denaro per l'aborto. Se appoggia la mano sull'addome, rievoca ancora la rabbia umiliante e cocente che l'aveva fatta andare avanti.

Si appoggia ad Albie che parla, cullata dal flusso di parole che scorre con la scioltezza di una canzone. Segue il suo dito sulla cartina attaccata alla prima pagina dell'album: Jura, un'isola lunga tagliata quasi in due dal mare, al largo della costa occidentale della Scozia, sopra Islay, sotto Mull. L'attività della caccia al cervo si era chiusa con la morte del padre e la proprietà era passata a Jamie, il fratello maggiore che aveva speso ingenti somme per trasformare la casa in un albergo. Il clima era stato pessimo per tre estati, i debiti si erano accumulati. Avevano dovuto vendere tutto tranne Dunbar, la casa del guardiacaccia, l'ultima sul sentiero verso nord. Indica uno squadrato edificio bianco rivolto al sole e al mare, con le finestre spalancate. Beth si china per guardare meglio: in quelle stanze assolate penetrerà il rumore del vento e delle onde. Quando le morirono i genitori, la polizia la trovò due giorni dopo in casa da sola al buio. Il silenzio ancora a volte la spaventa.

«Ho promesso a mia madre di tenere Dunbar ma non posso permettermi i lavori di ristrutturazione, sta cadendo a pezzi. Il lavoro di sostituto mi sarà d'aiuto, grazie a Ted». Sorride, indicando le chiazze oro e marrone dietro la casa. «Vedi quella felceta? Se stessimo lì, a quest'ora sentiremmo bramire i cervi».

«I cervi bramiscono?»

«È autunno, è cominciata la stagione del calore. Tengono alla larga i rivali». Le appoggia una mano sulla coscia e si china per baciarla. «Combattono per una compagna».

Beth prende una decisione e mette la mano sulla sua. «Tu non dovrai combattere».

Più tardi si sveglia, con la faccia irrigidita dal freddo. La trapunta scivolosa è in terra. Si avvicina al tepore addormentato di Albie. Lui si muove e la attira a sé. «Se fossi un sogno, sei appena diventato realtà», le mormora. Le bocche si sfiorano e si aprono.

Dopo, Albie s'infila una vestaglia scozzese e si allontana a passi felpati. Beth si mette al suo posto, allungando le gambe al caldo. Si sente diversa, più leggera, come se avesse messo giù un pesante fardello che portava da tempo. Albie torna, le porge una tazza di caffè e comincia a parlare mentre Beth gli appoggia la testa sulla spalla. Le descrive le ricerche che svolge, e come queste plasmeranno il suo futuro, come l'incarico di sostituto gli abbia focalizzato i pensieri. Le dice che la ama.

Mentre lo ascolta, un ventaglio di possibilità le si dispiega nella mente, come le lenzuola pulite con cui fa il letto dei pazienti, pronte ad accogliere qualsiasi peso, qualsiasi ferita. Di tanto in tanto, si volta per premere le labbra contro la sua spalla, come per conoscerlo tramite la consistenza e il sapore della pelle, come per valutare l'elasticità della carne.

Capitolo 5

Londra. Inverno 2015

«Ragazzi, tè o caffè?». Owen è appoggiato alla parete della piccola sala caffè, rilassato come al solito, malgrado il lungo elenco di pazienti ancora da anestetizzare. Ad Albie, Owen fa venire in mente un surfista, o una versione per bambini di Gesù. La sua serenità è celeberrima: è successo che Ted si sia rifiutato di operare casi difficili senza di lui. Le labbra rosse che sorridono attraverso la barba scura ricordano i margini di una ferita causata da un coltello poco preciso. Albie distoglie lo sguardo: troppe operazioni, troppe incisioni contornate da pelle sanguinolenta.

«Tè, grazie, Owen».

«Caffè», dice secco Ted.

Una mattina come un'altra in sala operatoria: gli interventi sono andati senza intoppi. Ted ha appena impiantato un elettrodo nel cervello di un paziente affetto da Parkinson. Cammina su e giù irrequieto mentre la TAC controlla la posizione.

Owen porge il tè ad Albie e poi dà a Ted una tazza di caffè nero e denso, che viene tracannato all'istante. Albie aspira l'aroma affumicato che sale dalla sua tazza: lo riporta sempre all'infanzia. Jura. Quando, bambino di dieci anni, beveva il tè che la madre gli portava in giardino ogni giorno alle cinque. I gabbiani che strillavano, le onde che si abbattevano sugli scogli, il suo corpo allungato sull'erba, fremente di aspettativa per la vita che lo attendeva. Nessuno sapeva perché era tanto diverso da Jamie. Confuso, il padre l'aveva osservato afferrare qualsiasi opportunità, come un bambino affamato in cerca di cibo. Solo la madre capiva che si stava avviando al suo destino. Ha superato tutto, vinto tutto, ma c'è ancora un premio da ottenere. Chiude gli occhi e unisce la punta delle dita, come se pregasse. Dietro le palpebre s'inserisce Beth, perfetta, misteriosa custode di segreti. Ci sono posti dove Albie non può andare: a parte l'infanzia, il passato di Beth è recintato e lei è la sfuggente guardiana alla porta. Ma è affettuosa, premurosa, nessun altro ascolta i suoi progetti con pari concentrazione o capisce altrettanto bene la pressione a cui è sottoposto. Ha un senno straordinario. Una bellezza che gli mozza il fiato, sempre. Nei corridoi e per strada la gente si volta a guardarla. È difficile lasciarla andare, difficile uscire dal letto. A volte fanno l'amore tutta la notte. Non si era mai sentito così prima d'ora e questo lo spaventa. La sposerebbe domani ma lei ha bisogno di tempo. Stanno insieme solo da sei mesi. Glielo chiederà in primavera, tutto ha inizio in primavera. L'anello di fidanzamento di smeraldi di sua madre aspetta a casa nella scatolina rivestita di seta che ha appositamente acquistato da Cartier.

«Mancano venti minuti», avverte Owen, chiudendosi piano la porta alle spalle prima di andare a controllare il paziente.

Ted cammina su e giù per la stanzetta, guardando l'orologio. Il costante movimento distrae Albie. Di certo disturba Jenny, anche se Owen gli ha detto che vivono per lo più separati. Circolavano voci di una lunga relazione terminata dopo l'arrivo di Albie: una donna esigente e inflessibile, così si mormorava, anche se nessuno sapeva chi fosse. Non sono affari suoi, ma si chiede, mentre Ted gira e rigira, come si può pensare di non essere scoperti ed essere immuni al castigo. Perché rischiare di perdere moglie e famiglia, tutto ciò a cui si tiene? Ci sono degli uomini che tradiscono di continuo, forse amano il rischio. Quel mattino, il corpo di Beth era caldo contro il suo: rischiare tutto questo sarebbe impensabile.

«Dio, come odio tutto questo», mormora Ted, camminando avanti e indietro e lanciando un'occhiata ad Albie.

«Andrà tutto bene, Ted».

«È quello che mi dico anch'io, ma forse c'era un vaso sanguigno che non abbiamo visto. Potrebbe avere un'emorragia cerebrale in questo preciso istante». Ted si ficca i pugni nelle tasche dei pantaloni di cotone blu.

«Hai preso decisioni in base alla situazione. Nessuno può fare di più».

Ted gli scocca uno sguardo esasperato.

«Non c'erano vasi in evidenza nell'area», continua Albie con un sorriso. «Non ci sarà alcun problema». L'elettrodo è stato collocato alla perfezione, cosa succederà dopo rientra nei miracoli ormai di routine. Il tremore del paziente scomparirà. Sarà in grado di bere una tazza di tè, camminare per la stanza. Dormire.

«Esistono sempre rischi imprevedibili, anche se citi le mie stesse parole, non dimenticarlo». Ma il passo è rallentato, le mani si sono rilassate. Ted ricambia il sorriso. «Siediti, Albie, hai l'aria esausta». Indica il piccolo sofà rosso. Ha un avvallamento al centro, la stoffa pende fino in terra e i cuscini sono assottigliati, ma

Albie si siede con un leggero gemito di sollievo, con la schiena dolorante dopo aver assistito per ore Ted, che al contrario sembra fresco come una rosa.

«Parto tra poco per gli Stati Uniti e devo parlarti della Viromed, l'azienda farmaceutica americana». Ted prende una sedia e si siede di fronte ad Albie. «È già qualche mese che ho sottoposto il nostro brevetto sul metodo basato sul virus della varicella al consulente». Ted si passa la mano tra i capelli. Albie lo fissa. Il *nostro* brevetto? «Il mio nome era sulla domanda insieme al tuo, come co-inventore», continua tranquillo Ted. «Il brevetto in sé è di proprietà dell'università, ma questo lo sapevi già».

Albie annuisce, mascherando la sorpresa. Non aveva capito che Ted si sarebbe dichiarato co-inventore. Ted sa che è lui, Albie, ad avere l'unico diritto di proprietà sul brevetto. Dopotutto, è stato lui a modificare il virus. Passa qualche secondo, in cui torna con la mente all'operazione del tumore pituitario, l'arteria recisa, il terribile senso di colpa, la salvezza. Può fidarsi di Ted, la proposta sarà equa. Aspetta.

«Il consulente ha fatto una ricerca: in circolazione non c'è niente di altrettanto specifico che stimoli anche una risposta immunitaria». Ted si sporge in avanti. «L'università ha esposto la cosa alla Viromed ed è arrivata a un accordo. Un gran bell'accordo». Fa una pausa, è in arrivo la battuta finale. «Ci daranno un anticipo di duecentocinquantamila sterline: un quarto andrà all'università, noi avremo il resto. Io prenderò il sessanta per cento, tu il quaranta». Sorride con un disarmante balenio di occhi azzurri e denti bianchi.

Albie fa rapidamente il calcolo: la sua parte ammonterà a settantacinquemila sterline. Più soldi in una volta sola di quanto avrebbe mai sognato di possedere. È sicuramente il miglior accordo che Ted poteva ottenere in suo favore; in fin dei conti non importa se riceveranno somme diverse. Gli è riconoscente, è ovvio. È all'orizzonte una cura che ora potrà raggiungere migliaia di persone. Esserne l'artefice, e all'inizio della carriera, è una cosa straordinaria.

«Una notizia fantastica, Ted».

«Siamo in fase iniziale. La Viromed non ha ancora firmato il contratto». Ted assume un tono pratico. «Dobbiamo eseguire studi sui dosaggi per trovare la miglior concentrazione di virus per la riduzione del tumore. Ora che torni in reparto, se ne può occupare Bruce. Dopo che la Viromed avrà firmato, avremo il denaro quando consegneremo i risultati degli studi e ovviamente il brevetto. A quel punto faranno i loro controlli e poi comincerà la sperimentazione sui bambini, probabilmente nel Boston Children's Hospital». Sorridendo, si rimette comodo. «È una cosa eccezionale, Albie. Non esiste una cura per questa maledetta malattia, nessuna prospettiva di sopravvivenza oltre i sette mesi per i bambini affetti. Verrà adottata in un baleno».

Albie si figura la bambina che ha visto prima durante il giro di visite in reparto, quella graziosa bimba conosciuta nello studio di Ted tre mesi prima, con le ali da fata e la bocca sdentata. Quel mattino la madre era china sul letto, il padre stava appoggiato alla parete e piangeva. Il lenzuolo le ricopriva appena il corpo, aveva la pelle gialla, il fiato corto. Stava morendo. Curata dal tumore al tronco encefalico, quella bambina riacquisterebbe peso e si metterebbe seduta; col tempo scenderebbe dal letto e camminerebbe per il reparto tenendo per mano i genitori.

«In prospettiva, anche le royalty saranno notevoli». Ted si guarda intorno per controllare che siano sempre soli. «Ogni trattamento costerà venticinquemila sterline: se calcoliamo un migliaio di casi l'anno, si parla di un potenziale utile per la Viromed di venticinque milioni».

Albie cerca di celare il proprio shock. Gli sembra osceno, anche se non sa bene perché. Le aziende farmaceutiche devono avere dei profitti: è un lavoro, dopotutto, un'attività economica.

«L'università riceverà la propria quota di royalty e noi divideremo il resto», prosegue Ted. «La tua parte ammonterà a circa settecentocinquantamila sterline l'anno».

Quella cifra gli sembra irreale, è molto più di quanto guadagnerebbe in un anno, persino all'apice della carriera. Cerca di visualizzarla sotto forma di banconote sul tavolo che ha di fronte, sistemate in pile ordinate, come quelle ammucchiate dai criminali nei film polizieschi, ma riesce a vedere solo la bambina che si volta a salutare sulla porta del reparto. La seguiranno altri bambini, bambini che ora vanno incontro a morte certa sopravvivranno grazie al suo lavoro.

Ted beve un sorso di caffè. «Ai fini della sperimentazione, sono stato nominato membro del comitato consultivo scientifico della Viromed», dice, guardandolo oltre l'orlo della tazza.

La fitta di invidia sorprende Albie: avrebbe tanto voluto

quell'incarico. Beth gli dirà che l'avrebbe agevolato nella carriera. Beve un sorso di tè tiepido e lo inghiotte. Dovrà spiegarle che deve a Ted la possibilità di svolgere ricerche nel laboratorio, e l'imminente posto di sostituto primario. Le dirà che se non fosse stato per lui a quest'ora lavorerebbe nell'amministrazione. Deve tutto a Ted.

«...virus in quantità per la sperimentazione in laboratorio». Ted annuisce con fare incoraggiante. «Sei bravo a sviluppare idee, Albie, e il mondo della farmacologia è impaziente di comprarle».

Idee comprate e vendute, come tè o caffè. Non gli era mai venuto in mente che i suoi pensieri avessero un qualche valore monetario. È abituato a essere ricompensato per le sue prestazioni mediche, per tutti gli estenuanti modi in cui viene utilizzata la sua energia. Ma essere pagato per le idee gli pare troppo facile, quasi una truffa.

«Col tempo potremmo diventare ricchi, molto ricchi», dice piano Ted, talmente piano che pare parli tra sé e sé. Poi sorride. «Ma per prima cosa, dobbiamo aspettare la firma della Viromed sul contratto e gli studi sui dosaggi. Potrebbe volerci un anno prima del pagamento, ma non preoccuparti...».

Squilla il telefono e Ted si allontana, con il cellulare all'orecchio. Albie guarda fuori dalla finestrella che dà sul muro posteriore delle cucine dell'ospedale, contro cui sono allineati bidoni della spazzatura, scatole e casse di immondizia. Contro i muri corre un complesso sistema di canne fumarie e tubature, prefabbricati si insinuano tra la muratura vittoriana. Gli intricati meccanismi del sistema, nascosti alla vista e neri di sporcizia.

"Ricco": quella parola ha come un bagliore, simile a un lingotto d'oro. Ted è sempre stato astuto. Ha messo un bungalow nel giardino della sua casa a Bristol e li ha venduti entrambi quando si è trasferito a Londra. Owen gli ha confidato che la somma è stata pazzesca. Ted vive principalmente nell'attico di Chelsea e passa le vacanze in Grecia; Jenny sta nel cottage in Dorset. Hanno trovato un accomodamento. Albie si guarda le mani, ricordando la pelle setosa di Beth quel mattino e chiedendosi come sia possibile vivere lontano dalla donna che si ama. Non ha mai aspirato alla ricchezza, ma comunque il lingotto d'oro s'incunea lasciando aperta una porta della mente attraverso cui scintilla il futuro. Un giorno potrebbe acquisire un laboratorio e ciò che inventa potrebbe appartenere a lui. Non ha importanza se ora Ted prende di più, arriverà anche il suo turno. L'ha imparato da bambino: i lenti spostamenti sulla pancia tra l'erica durante la stagione della caccia, le ore di appostamenti in attesa di un'opportunità, la pazienza che sconfigge il tempo.

Ted ha concluso la telefonata. «Farò cominciare a Bruce gli studi di dosaggio. Dovrà ordinare la consegna di ratti e ottenere altre scorte di virus».

Albie apre gli occhi e sorride, quasi non sente. Ora Dunbar è salva, potrà anche restaurare la casa di Hampstead, ricreare una casa di famiglia come al tempo dei nonni. Dalla porta del futuro, si vede Beth raccogliere rose in giardino, i suoi figli far volare aquiloni sul Heath.

«Allora che devo fare?», chiede a Ted.

«Tutto a posto», intona Owen dalla porta. «Possiamo procedere, ragazzi».

Ted si alza. Si alza anche Albie. Ted impiega un secondo di più per raddrizzare la schiena. È più alto di mezza testa, ma Albie ha dalla sua l'ampiezza e le mani più grandi.

I due uomini si scambiano uno sguardo e Ted sorride. «Penso a tutto io. Fidati».

Capitolo 6

Londra. Primavera 2016

Contro le luci della ribalta si staglia una ragnatela, una rete intricata, scintillante.

Cosa dovrebbe essere? Il web mondiale? Quello sommerso? Oscuro?

Aracne e Anansi chiacchierano da vecchi amici tra le quinte. L'orchestra si accorda.

Shelob e Aragog si fanno avanti danzando, dal pubblico si leva un'acclamazione.

Entrano tre figure nere incappucciate e camminano da una parte all'altra, srotolando matasse di un materiale setoso.

Santo Dio, mormora il pubblico. Vogliamo dialoghi, costumi. Un copione. Vogliamo sapere dove ci troviamo.

Quando Albie termina la lista degli interventi è tardi. Sono tre mesi che fa il sostituto e ancora procede con meticolosità, attento a ogni sutura, annotando gli interventi nel suo taccuino di pelle, come promemoria per il futuro. Stasera ha un appuntamento con Beth da Quaglino's. Nella tasca della giacca ha la scatolina con l'anello. Il messaggio gli arriva mentre scende di corsa le scale dell'ospedale, infilandosi impacciato la giacca con ancora in mano il taccuino. Le hanno chiesto di fare il turno di notte, dovranno vedersi domani. Le dispiace e gli manda un bacio ma la delusione fa male come un ceffone. Albie spinge in fondo alla tasca l'anello. Domani, quindi, le chiederà di sposarlo domani. Manda un messaggio per annullare la cena, ma mentre supera lentamente l'Istituto, esita. Bruce è sicuramente in laboratorio, simpatico, anche se a volte irritante, e informato di tutti i più recenti pettegolezzi, ma al decimo piano corridoi e laboratori sono deserti. Bruce se n'è andato a casa e non risponde al cellulare. Albie fa per andarsene, ma intravede un movimento oltre l'angolo del corridoio. Gli si accelera il battito: degli intrusi. Ci sono i custodi al banco d'ingresso, ma è possibile che qualcuno sia sfuggito al loro controllo. La porta dello stabulario è aperta. Albie attraversa piano il corridoio, lanciando occhiate alle pareti e al soffitto – niente telecamere a circuito chiuso – Bridget e le sue economie. Arrivato alla porta si ferma, il cuore gli batte all'impazzata. Gli attivisti per i diritti degli animali possono essere violenti. Tira fuori il telefono, pronto a scattare fotografie o chiamare la polizia, poi scruta cauto nella stanza.

«Skuld!».

La ragazza è china su una gabbia e alza la testa senza sorridere, per niente sorpresa. Appare diversa da come è di giorno: ha i capelli sciolti attorno al volto, indossa un abito corto di una stoffa semitrasparente. Ha una borsa marrone a tracolla e una giacca sul braccio.

«Quando sono arrivata a casa, non riuscivo a ricordare se avessi chiuso bene la gabbia». Ha il tono tranquillo e melodioso che ricordava. «Poi, l'avevo fatto». C'è un debole accenno di rosa sulle guance pallide, ma lo guarda negli occhi.

«Potevi telefonare al custode ed evitarti il viaggio». Il cuore gli rallenta e si rimette il telefono in tasca.

«Era colpa mia», fa semplicemente lei. «Dovevo occuparmene io».

Non tutti gli assistenti di laboratorio si sarebbero preoccupati. Le sorride; in quell'abito leggero sembra vulnerabile, con una mano piccola sulle sbarre metalliche della gabbia. Gli viene in mente che non ha mai ringraziato quella messaggera della sua buona sorte.

«Mi chiedevo... insomma, se non hai di meglio da fare, ti andrebbe di venire a bere qualcosa?»

«Ho un appuntamento con le mie sorelle al pub». Un sorriso le balena in volto, si mette la giacca e si sistema la tracolla della borsa. «Può venire, se le va».

Nel Queens Larder fa molto caldo. La ragazza si ritoglie la giacca e si siede. Le braccia nude scintillano in mezzo alla folla stipata. Albie mette la giacca sulla sedia e il taccuino sul tavolo e ordina al banco un sidro per lei e una birra per sé. Le sorelle non sono ancora arrivate.

«Devo ringraziarti». Le porge il sidro e si siede di fronte. «Mi hai riferito quello che avevano detto alla riunione dei primari: avevi proprio ragione. Il professore mi ha ripetuto tutto quello che avevi sentito, parola per parola. Ora sto facendo il suo sostituto e lo considero di buon auspicio». Le sorride e si sente rilassato per la prima volta durante la giornata. Aveva dimenticato la quiete, il senso di calma che trasmette quella ragazza. «E come va in laboratorio?»

«Bene. Le persone sono carine».

Albie indaga con discrezione. Scopre che abita a Finsbury Park e che spesso nel weekend va a nuotare a Hampstead Heath con le sorelle, anche d'inverno. Possiedono un piccolo serraglio: è iniziato con i ratti della scuola che portava a casa durante le vacanze. Allora hanno una cosa in comune, le dice. Anche lui a scuola si occupava dei ratti, la scuola di medicina a Glasgow. Per un progetto, ha monitorato il loro livello di stress per un anno. La giovane sorride quando le descrive la direttrice del laboratorio, una tipa tosta di nome Hilary, inflessibile con lui quanto lo era con le sue tre bambine, che si raccoglievano attorno al tavolo per guardarlo lavorare in attesa del padre che le riportasse a casa.

«Bene, bene, bene».

Albie si volta di scatto e incontra l'espressione ironica di una donna alta con folti capelli grigi legati in un morbido chignon. Il volto magro gli pare familiare. Mentre la donna si china a baciare Skuld, Albie ricorda perché: era una delle cameriere alla festa di Ted, forse la maggiore delle sorelle di Skuld.

«Verdandi», mormora Skuld, sorseggiando il sidro.

Albie estrae una sedia e si presenta. Verdandi annuisce con freddezza. «So chi sei».

Albie torna al banco e prende un sidro anche per lei, vedendo avvicinarsi una terza donna, piccola, paffuta e allegra tra svolazzi di sciarpe e braccialetti tintinnanti. Le tre teste si accostano, giallo limone, grigio chiaro e ora rosso fuoco. Albie ordina un altro sidro.

«Scusatemi per essermi imbucato alla festa. Sono Albie». Distribuisce le bevande, poi si china per dare la mano alla rossa. Lei lo guarda. «Oddio, ci sono persone che lo fanno ancora?».

Albie ritira la mano e si siede, imbarazzato.

«Io sono Urth». Gli occhi marroni lo fissano ironici. «Che si pronuncia come *earth*, "terra", come nel sale della. Ti ho vista a quella festa». Quando prende il bicchiere, i braccialetti scivolano all'indietro rivelando un topolino, tatuato in rosso alla base del pollice.

«Ah. Il marchio della sorellanza», fa lui con un sorriso.

La donna lo ignora e leva il bicchiere. «Alla libertà». Qualche testa si volta, ma le sorelle apparentemente non se ne accorgono, concentrate come sono a brindare. Forse lo fanno tutte le sere, celebrando la liberazione alla fine della giornata. Ultimamente quella sensazione di libertà Albie non l'avverte più: si affretta a prendere la metropolitana per andare a casa e cenare con Beth e poi fa le ore piccole scrivendo la tesi di PhD.

«E questo cos'è?». Urth vede il taccuino e comincia a girare le pagine con le dita tozze. Ha un tono divertito, ma gli occhi felini avidi.

«Oh, annotazioni, progetti, cose così. Roba noiosa». Albie avvampa in volto, prende il taccuino e se lo mette in grembo. Non vuole che si faccia gioco dei suoi disegni. «Skuld mi ha detto che una di voi lavora con gli animali e una nella cucina...».

«La cuoca sono io». Urth apre la giacca e rivela un grembiule a righe. Fa una risata, bassa e sexy. «Molto scientifico».

«Quindi... lavorate tutte e due nel laboratorio?».

La donna scuota il capo, sorridendo di fronte alla sua confusione. «No, quella è Verdandi. Io lavoro in cucina e preparo i rinfreschi per le riunioni dei primari e i loro eventi privati. A parte gestisco una piccola pasticceria. Con consegne a domicilio, se vuoi saperlo».

«Da sola?», chiede lui, sorpreso dal proprio imbarazzo.

«Le mie sorelle mi aiutano quando possono. Anche la mamma ha le mani in pasta... Mani in pasta... è una battuta». Anche le sorelle sorridono e lo guardano.

Lo prendono in giro? «Scusa ma credevo che Skuld avesse detto che vostra madre…».

«Lavora con gli animali?», interviene Verdandi. «È vero. Una donna dai molti talenti, nostra madre. Cucinare è un suo hobby, tu che fai per divertirti?».

È da un po' che non pensa al divertimento. Era la parola di suo fratello, non la sua; una parola che appartiene all'infanzia ed è svanita quando Jamie se n'è andato, insieme alle tavole da surf, la musica, i vestiti originali e le folle di amici. *Divertimento* gli ricorda le fiere dove li portava la madre da bambini, ha il sapore dolce e fugace dello zucchero filato.

«Di questi tempi non ho molto tempo per divertirmi».

Verdandi inarca le sopracciglia: sono sottili e grigie come code di minuscoli animali. «Quindi non ti distrai mai?»

«Gioco a squash». Ma non ora che Ted non c'è. Non farà neanche menzione di Beth, comincerebbero a fare battute. È difficile pensare a qualcosa slegato dal lavoro. «Vado a correre. Qualche mese fa sono andato a teatro, ma la sera di solito sto in reparto o scrivo la tesi…». Gli si spegne la voce. Lo stanno guardando con commiserazione.

«Prepara dei dolci invece», dice Urth. Si avvicina tanto che le spalle si toccano. Quando apre la bocca, Albie le vede lo scintillio di un piercing sulla punta della lingua. «Proprio ora stiamo andando a divertirci, vieni con noi».

Scommetterebbe di aver sentito un tocco leggero alla gamba, come lo sfiorare di un piccolo piede. Tutt'intorno il frastuono del pub si fonde in uno sgradevole rombo. Nell'aria pare che volteggi qualcosa di scuro. Quando si alza, allo stridore della sedia la gente si volta. Le sorelle lo guardano come se fosse il buffo animale di uno zoo, e sicuramente si sta rendendo ridicolo.

«Ora di andare a nanna?», chiede Verdandi.

«Scusatemi», fa Albie, arrossendo. «Non mi ero accorto dell'ora. Ho un appuntamento con un amico… una cena…», balbetta mentendo. «A presto».

Si dirige verso la porta con il suo taccuino, conscio che le sorelle hanno riavvicinato le teste. Sente delle risate. L'aria fredda lo calma. Quanto è stato sciocco. È stanco morto, la giornata è stata faticosissima: un bicchiere di birra e si sente minacciato da qualche ragazza. Ciononostante, mentre si affretta per strada, è consapevole di un pericolo che incombe da qualche parte, non visibile.

Nella stazione, i piccioni addormentati gli si levano svolazzando davanti ai piedi per poi gettarsi in picchiata oltre i binari. Gli rivengono in mente gli uccelli a Jura, le aquile di mare che volano sopra le onde in cerca di prede, con le grandi ali che gettano ampie ombre sulla superficie dell'acqua.

Capitolo 7

Jura. Tarda primavera 2016

Una massa di capelli neri si muove pigramente nell'acqua, le ciocche si separano e si riavvicinano al movimento delle onde. Beth affonda le dita nella spuma gelida. Le ciocche sono viscide, fibrose. Alghe, non capelli. L'anello che ha al dito luccica, una scheggia di ghiaccio verde rifratto nella luce subacquea; al di sopra scintilla la fede d'oro. Si asciuga le mani sui pantaloncini e se le infila in tasca. Non dirà niente ad Albie. Sorriderebbe e le chiederebbe com'è possibile che dei capelli umani le arrivino ai piedi trasportati dalla marea. Scalcia di lato la matassa scura e non le piace il modo in cui le si avvolge alle gambe. Un paio di pesci morti giacciono sulla riva: gli occhi sono ormai spariti e nugoli di mosche si affaccendano nelle orbite. Albie è più in là sulla spiaggia, steso su uno scoglio al sole. Sono dieci minuti che non si muove, ha un braccio sopra gli occhi e il gomito puntato al cielo. Sembra a casa, scolpito nel paesaggio.

Harris annusa alghe seccate e rotoli di corda in fondo alla spiaggia; alle sue spalle le rocce frastagliate si innalzano in una parete scoscesa di erba ed erica. Una striscia brillante di ginestrone si estende lungo il bordo dove un albero, piegato dal vento, si aggrappa alla cima della scogliera, il tronco ricoperto di morbido e verde lichene. I Paps, i monti centrali di Jura, si profilano in lontananza. Quando ci si sono arrampicati ieri, era tutta sudata in faccia e i piedi le scivolavano sulla ghiaia, ma Albie l'ha spinta avanti. Sulla cima le ha mostrato la deserta brughiera che si estendeva fino al mare, i piccoli poderi bianchi disseminati lungo la costa e raggruppati attorno alle insenature, e Dunbar per conto suo più su. Il terreno si elevava e scendeva, plasmato dalle ombre e butterato di laghi interni; isole disabitate erano sparse al largo della costa, i monti della terraferma si vedevano appena, imporporati dalla distanza. Un paesaggio vasto in cui il suo mondo si era come racchiuso nella calda stretta della mano di Albie.

Un chiurlo cammina lungo il margine spumoso, con una zampa ricurva sollevata e il becco all'ingiù a esplorare la sabbia. L'aria tiepida trasporta il suo debole richiamo sopra lo sciabordio e il risucchio dell'oceano. Una rondine di mare scende in picchiata, volteggia, poi torna indietro a tutta velocità e le ali le sbattono vicino alla faccia. Beth rimane perfettamente immobile. La fredda spuma delle onde le avvolge i piedi, come il merletto di un abito da sposa, anche se il suo era molto semplice, un tubino bianco senza maniche acquistato in fretta online. Albie aveva premura, impaziente di portarla come signora McAlister nella sua casa sull'isola. La loro casa, l'aveva corretta lui, un posto in cui potevano evadere. Un posto per dei bambini. Si conoscevano da sei mesi ed erano fidanzati da uno: perché aspettare?

Dei bambini. Il cuore le si era riempito di speranza ma un brivido le era corso per la schiena, come il tremore dell'acqua per una folata di vento: poteva rischiare di subire un'altra perdita? Aveva sorriso e concordato su tutto. Era un momento di felicità, niente doveva turbarlo.

Si erano sposati un mese dopo, Owen e sua moglie Elsa avevano fatto da testimoni. Quando l'aveva baciata Owen, la barba le aveva fatto il solletico e quando l'aveva abbracciata Elsa, le perline legate alle ciocche bionde avevano tintinnato e ondeggiato allegramente, ma Gus, il figlio di due anni, aveva pianto a gran voce per tutta la durata della cerimonia. Owen li aveva inondati di petali di rosa sui gradini del municipio, ma pioveva e i petali sotto i piedi si erano ridotti in brandelli marroni. Faceva freddo per essere fine maggio, l'abito sbracciato era stato un errore. La gente guardava. La pioggia, come il singhiozzo incessante del bambino, era parsa infausta, un cattivo presagio, ma Albie aveva sorriso tutto il giorno, tenendola per mano come fosse un trofeo appena conquistato che non osava abbandonare. Avevano preso il treno per Glasgow, poi una macchina per Kennacraig, il traghetto per Islay e un altro per Jura e al loro arrivo il cielo si stava schiarendo. Finalmente un buon segno a contrastare quello cattivo. Li attendeva Dunbar, i muri bianchi splendenti al sole. Scesa dall'auto era stata accolta da un'aria tiepida profumata di erba e sale. Albie l'aveva condotta attraverso il prato e un cancello da cui un sentiero ripido scendeva serpeggiando fino alla spiaggia, stretta tra alti argini, tranquilla e ombreggiata da felci. Quando erano emersi tra i ciottoli con gli uccelli marini che volteggiavano in cielo, era stato come entrare in una cattedrale di luce e canti. Si era voltata tutt'attorno fino a farsi venire il capogiro. L'aveva avvolta una sensazione di felicità e fortuna. Si era davvero sentita sposata.

La rondine di mare si allontana, si libra sui flutti, poi si tuffa e si rialza. Arrivata da Albie, Beth gli si sdraia accanto e gli prende la mano, appoggiando la faccia contro il lino ruvido della camicia. Albie si sveglia e le stringe la mano, tenendola contro il cuore.

«Ti ho sognato». Abbassa il mento e la guarda.

«Che facevo?».

Non risponde, ma le bacia la punta delle dita, una ad una.

«Che facevo?». Beth gli infila la mano libera sotto la camicia e all'ombra del proprio volto gli osserva le pupille dilatarsi.

«Eri in mare da sola, lontanissima, e ti dibattevi». Ha la voce tesa. «Pareva reale. Promettimi che non nuoterai mai da sola».

Se pareva reale, deve aver avuto una visione del passato, non del futuro. Da bambina si era allontanata in mare da sola, mentre i genitori dormivano sulla spiaggia, circondati da bottiglie vuote. L'acqua le arrivava al collo quando un passante l'aveva tirata fuori.

«Fa caldo. Voglio andare a nuotare». Gli lascia la mano, si toglie la camicia e si sdraia all'indietro per togliersi anche i pantaloncini. Sotto non indossa niente: Albie la guarda con un'espressione mista tra stupore e desiderio. Beth sorride. «Se sei preoccupato dal sogno, ti tocca venire con me».

Albie si mette a sedere per togliersi la camicia e si china per baciarle il seno destro, prendendole dolcemente in bocca il capezzolo. Ha la lingua calda. La solleva dagli scogli e la porta in braccio nel mare finché l'acqua non gli arriva alla vita, poi la mette giù delicatamente come se fosse una bottiglia di vino di cui non vuole spargere il contenuto. L'acqua è terribilmente fredda. Nuotano paralleli alla spiaggia, tuffandosi sotto le onde, che rimbombano nelle orecchie. Le foche alzano la testa per guardare, scompaiono e poi riemergono a qualche metro, con espressione placida sul muso canino. Dopo un po', il gelo le penetra nelle ossa ed esce dall'acqua, orientandosi a fatica tra la spuma vorticosa. Si siede sui ciottoli avvolta in un asciugamano; Harris le si stringe contro con il corpo pieno di sabbia e a poco a poco i brividi scemano. Albie resta in acqua un'altra ora.

Più tardi, prendono la macchina e vanno a pranzo all'albergo di Craighouse, lasciando a casa Harris. L'albergo è accanto alla distilleria e guarda la costa. L'aria sa di torba e di alcol, come se le molecole stesse fossero pregne di whisky. Lungo la strada davanti al mare sono allineati dei villini in pietra. Due bambini lentigginosi stanno appoggiati in equilibrio con le bici all'emporio del paese, con i capelli biondi che brillano al sole. Succhiano dei ghiaccioli e fissano Beth. Tre uomini in abiti da lavoro s'incamminano dal negozio alla banchina con in mano dei panini, mentre dei turisti in giacche a vento colorate entrano in fila nella distilleria. Beth li osserva sparire nell'oscurità, contenta di non essere una di loro. Ha una casa sull'isola, ora è del posto, un insider.

Alla reception dell'albergo, una donna dalla faccia tonda con una massa di ricci grigi sta scrivendo in un fascicolo rosso. Quando entrano, alza lo sguardo e sgrana in modo buffo gli occhi, poi si toglie di scatto gli occhiali a mezzaluna, esce dal bancone e afferra le mani di Albie. «Ma bene, avevo saputo che eri qui». Si alza sulle punte dei piedi per dargli un bacio, poi fa un passo indietro e inarcando le sopracciglia sorride a Beth.

«Iona, questa è Beth, mia moglie. Tesoro, Iona. Dà un'occhiata a Dunbar quando non ci siamo, si occupa di un po' di tutto sull'isola».

Iona scoppia a ridere, scuotendo il capo. «Benvenuta a Jura, Beth». L'abbraccio sa di gelsomino. «Auguri». Poi si rivolge ad Albie. «Tuo padre sarebbe stato felicissimo. Dunbar è stata vuota troppo a lungo; qualcuno ha chiesto se era in vendita...».

«Non lo è, credevo lo sapessi». Albie ha nella voce una punta di irritazione che non gli conosce.

«Certo che lo so, caro, ma bisognerebbe spenderci un po' di soldi. In alcuni punti del tetto sono saltate le tegole. I davanzali stanno marcendo. È comprensibile che la gente immagini che sia abbandonata. Cosa pensi, Albie?»

«Cosa penso?». Albie inclina le sopracciglia e stringe le labbra. «Penso che saremmo incredibilmente fortunati se avessimo dei soldi da investire nei lavori».

«Be', col clima siamo fortunati». Beth prende Albie per mano. «Stamattina abbiamo fatto una nuotata vicino a casa».

«Avrete fame, allora». Iona annuisce e incrocia lo sguardo di Beth accennando una strizzatina d'occhi. «Venite con me».

È ancora bassa stagione: li guida attraverso una selva di tavolini vuoti fino a un posto accanto alla finestra. Beth appoggia la testa al vetro; mentre parlavano con Iona si è scatenato un temporale estivo. Il sole è ancora forte ma la pioggia le picchietta contro la guancia al di là della finestra. Le fronde della palma si muovono al vento e la corda sbatte contro il pennone fuori in giardino. A destra, una grossa barca ondeggia all'ancora all'estremità di un molo in pietra; degli uomini caricano delle botti su una gru che solleva i pesanti barili sul ponte. Lavorano imperturbabili sotto la pioggia. L'aria umida è luminosa. Un arcobaleno attraversa il cielo. Albie non l'ha notato. Sta esaminando il menù, solchi profondi gli corrugano la fronte. La conversazione con Iona l'ha inquietato. L'accordo che Ted aveva stipulato con l'azienda farmaceutica per l'acquisto del brevetto del virus di Albie non è approdato a nulla, come tutte le promesse di Ted, ma questo Albie ancora non lo sa. Beth gli sfiora la mano sul tavolo. Albie leva lo sguardo e sorride, coprendole la mano con la sua.

«Prendi il pesce. È semplice ma buono, come tutte le cose che fa Iona. La gente ritorna ogni anno, gli escursionisti, i birdwatcher». Il marito si guarda intorno osservando l'arredamento ordinario, i vasi coi fiori primaverili, le foto color seppia alle pareti con immagini dell'isola di un secolo fa. «Jamie ha voluto strafare con i suoi grandiosi progetti. Il jet set non apprezzava l'isola, non la capiva. È vero che la magia non si rivela facilmente; ti penetra nella pelle a poco a poco, se glielo consenti».

Dopo pranzo, Albie paga il conto e chiacchiera con Iona mentre Beth fa una passeggiata per la strada principale del paese. Ha smesso di piovere e una luce dura si riflette sul mare davanti ai villini. Deve essere facile sentirsi in trappola in quel posto: la vista da quelle finestre è occupata dal mare giorno dopo giorno dopo giorno. La luce danzante e le onde incessanti possono farti impazzire. Capisce i ricchi ospiti dell'albergo di Jamie che non sono più tornati: anche lei non riesce a cogliere la magia. Il mare luccica minaccioso. In lontananza, una barca lotta contro il vento, la vela gonfia, inclinata su un lato. In quel momento, Albie esce dall'albergo, le fa un allegro cenno della mano e si dirige al negozio. Lei gli corre dietro. All'interno, le cartoline su un espositore mostrano l'albergo, il traghetto e cervi su una spiaggia. Prende la cartolina con i cervi per Gus sotto lo sguardo duro di una bionda con una salopette attillata che la scruta attentamente dalla cassa.

«Perché mi fissa?», bisbiglia ad Albie, tra l'irritato e il divertito. «Pensa che possa rubare le cartoline?».

Albie prende del caffè da uno scaffale. «Probabilmente pensa tu sia una star del cinema». La bacia. «Mi stupisce che non ci sia abituata». Mette il barattolo nel cesto e, canticchiando, si china per esaminare del vino in un espositore in terra. Ci è abituata. Occhiate, sorrisi e fischi hanno fatto da sfondo alla sua vita sin dall'età di tredici anni, ma questa donna ha un'aria ostile, come se Beth fosse un'impostora che non dovrebbe stare lì. Lascia cadere la cartolina nel cesto e prende Albie per il braccio.

Sulla via del ritorno, Albie indica un'ampia distesa di spiaggia sabbiosa dove i giovani dell'isola si sono imbarcati per l'America un secolo prima. Alcuni erano molto giovani, dei bambini. I tempi erano duri, le madri sapevano che non sarebbero tornati mai più. Nelle notti buie, le racconta, gli isolani sentono i singhiozzi delle madri ormai morte che piangono i figli perduti. È concentrato sulla storia e non si accorge che Beth ha smesso di parlare. Frena e propone una passeggiata sulla spiaggia ma gli squilla il telefono, così Beth si avvia da sola tra gli scogli, togliendosi le scarpe sulla sabbia. Albie resta in macchina, quando lei si volta le fa un cenno con la mano, il telefono all'orecchio.

Ora il sole è basso nel cielo, le nubi ovattate sono soffuse di cremisi come i margini frastagliati di un livido. La sabbia umida è fredda sotto i piedi. Le lacrime possono scenderle senza pericolo. Sarebbe stato meglio se avesse pianto al momento della perdita, come le madri isolane. L'avrebbe resa più reale. L'emorragia era reale, come reale era il dolore, ma non il corpicino sulle lenzuola, le dita semitrasparenti che si muovevano come mosse da una leggera brezza. Una minuscola figlia, nata troppo presto; viva e non viva, in invisibile equilibrio tra i mondi. Per il funerale l'aveva avvolta di bianco. Due anni prima. La bara di vimini ormai sarà marcita, insieme alla pelle trasparente e alle ossa delicate. L'unico luogo in cui esiste la figlia è in uno spazio della sua mente. Beth si asciuga le guance, deve ricomporsi, la sofferenza è superata. Deve sotterrare il passato, inchiodarci sopra delle assi, andarsene. Intanto, Albie ha concluso la telefonata e le sta andando incontro; anche da laggiù vede che sorride. Beth comincia a correre sulla sabbia verso di lui e quando si scontrano, lui la stringe tra le braccia. La giovane gli preme contro il collo la faccia fresca. Sarà felice; saranno felici. Avranno un altro figlio, il cuore di Beth guarirà. Tornano all'auto, abbracciati.

Albie avvia il motore e, tenendola per mano, comincia a fischiettare. Va veloce e pare elettrizzato e mentre guida le lancia delle occhiate e sorride. Beth si porta la mano del marito alle labbra. È troppo tardi ormai per condividere i suoi segreti, troppo pericoloso. Fuori, ciuffi d'erba e cespugli più scuri di erica fiancheggiano la strada, al di là si estendono vallate e colline, piatte superfici di stagni e laghi si mostrano e si perdono dietro l'auto che corre. I colori sono nitidi dopo la pioggia. Il passato scivola nuovamente sott'acqua.

La strada finisce e procedono sobbalzando sul sentiero sassoso in direzione nord, sbandando da una parte all'altra finché non arrivano in vista della casa, al crepuscolo di un bianco brillante. Albie fa uscire di casa Harris che scompare dietro l'angolo, abbaiando sonoramente. Un attimo dopo, da dietro la casa una coppia di cervi arriva saltellando, supera con un balzo lo steccano e corre per il sentiero e il campo oltre gli alberi. Un secondo dopo li segue un grosso esemplare adulto. Si muove più lentamente, salta con agilità, poi si ferma sul sentiero e la guarda. Lo sguardo dell'animale non è né ostile né interessato: pare si limiti ad assimilare l'immagine di Beth. Passa un attimo poi inclina i palchi verso il cielo, si volta e trotta dietro le femmine.

«Cominciavo a pensare che i cervi qui non ci fossero», sussurra lei, euforica.

«Sono migliaia più di noi ma sono bravi a nascondersi». Albie fissa il bosco dove sono scomparsi gli animali. «Mio padre veniva qui con i cacciatori a braccarli».

Il vento si è rinforzato e i pini dietro la casa si piegano e ondeggiano al crepuscolo; il mare si abbatte sulla scogliera sotto la casa. Beth ha la pelle d'oca sulle braccia nude. Albie la copre con la sua giacca e la conduce dentro.

Si inginocchia ad accendere il camino nel piccolo soggiorno accanto alla cucina, il fuoco divampa scoppiettando. Quando Beth chiude le tende contro le ombre che si addensano, la stanza risalta in caldi contorni netti. Ci sono due profonde poltrone davanti al fuoco e un divano in lino blu sbiadito. Una vecchia accetta dal manico logoro è appoggiata a una catasta di ciocchi in un cesto accanto al caminetto. Dei cervi in legno ornano la mensola e la luce delle fiamme danzanti indora il dorso dei libri stipati in nicchie ai lati del camino. Una serie di consunte enciclopedie per ragazzi, manuali sulla pesca, un'edizione cartonata delle *Leggende delle Isole Occidentali*, un malridotto Raymond

Chandler. Estrae un'*Isola del tesoro* con una lacera sopraccoperta arancione, soffia via la polvere e si sistema in poltrona a leggere accanto al fuoco, immergendosi rapidamente nella ben nota storia.

«Che ne pensi se venissimo qui ogni volta che ne abbiamo voglia?»

«Ci viene anche Jamie, no?», mormora lei, continuando a leggere.

«Potremmo comprare la sua parte».

«Forse. Un giorno, se potremo permettercelo». Alza riluttante lo sguardo dal libro, tenendo il segno con il dito.

Albie si alza in piedi, spazzolandosi schegge di legno dai pantaloni. Sorride. «Al telefono prima era Ted».

«Non potrebbe lasciarci in pace almeno durante la luna di miele?» Si sente venire meno. Ted tiene Albie al laccio e può tirare quando vuole.

«Era impaziente di darci la buona notizia». La voce gli trema di eccitazione. «Il contratto tra la Viromed e l'università è stato firmato oggi».

«E cosa significa in pratica, Albie?»

«La Viromed si è ora impegnata ad acquistare il brevetto del mio virus». Il sorriso si allarga. «I soldi potrebbero arrivarci presto, settantacinquemila sterline!».

«Credo che ti stia prendendo in giro, Albie». È crudele da parte di Ted sventolargli in faccia il denaro, una promessa destinata a essere infranta. Albie non sa che Ted non mantiene le promesse.

«Ted non mi prende in giro. Crede in me, oggi mi ha prolungato l'incarico di sostituto di altri cinque mesi. Non lo conosci bene quanto me, tesoro».

Il ciocco scoppietta, le fiamme danzano alte nel focolare. Beth rivede Ted nel proprio appartamento, nel proprio letto, mentre parla con Jenny al telefono, mentendo di continuo. Il giorno in cui se n'è andato per sempre, mentre usciva in fretta e furia le aveva promesso che sarebbe tornato. Forse Albie ha ragione e lei non lo conosce, non l'ha mai veramente conosciuto, forse la vera conoscenza tra due persone è solo un miraggio. Nessuno rivela tutti i suoi segreti – guarda il volto raggiante di Albie – neanche le persone che ami, soprattutto loro.

«Guarda. Mi ha mandato il contratto, ce l'ho sul telefonino». Albie si china per mostrarle sull'iPhone il documento dell'amministratore delegato della Viromed. La proposta è intestata e formulata in termini ufficiali, firmata e timbrata.

«E ora che succede?»

«Bruce deve completare alcuni studi sui dosaggi, poi subentrerà la Viromed che ci farà il primo pagamento». Cammina su e giù per la stanza, con gli occhi che gli brillano. «Quando il trattamento sarà disponibile, le mie royalty potrebbero ammontare a settecentocinquantamila sterline l'anno».

«Sembra impossibile». Più che felice è cauta, ancora sospettosa. «È parecchio da assimilare tutto insieme».

«Non è fantastico? Quando oggi Ted me l'ha confermato, ho deciso che dovevo dirtelo qui, in questa casa, con dello champagne. È per questo che ho guidato come un pazzo».

Va in cucina fischiettando. Beth sente un tintinnio di bicchieri, il risucchio di un tappo. «Per prima cosa farò fare i lavori qui», grida allegro, «poi contatterò un'impresa edile per ritrasformare quella di Hampstead in una vera casa».

Il pavimento in pietra, le librerie, la catasta di legna accanto alla poltrona sono come erano qualche minuto prima ma nella stanza è entrato qualcos'altro, come una vela gonfia che le è d'improvviso arrivata in faccia. Il mondo sbanda. Cos'hanno messo in moto le parole di Ted? Tutto potrebbe essere a repentaglio. Albie ritorna e le porge un bicchiere spumeggiante.

«Possiamo permetterci le ristrutturazioni a Londra, Albie, e i lavori qui? Il denaro potrebbe non essere sufficiente».

«La casa di Londra ci limiteremo a riconvertirla com'era un tempo, non costerà molto. Chiederò un mutuo fino all'arrivo del primo pagamento». Sorseggia lo champagne. «Casa di Ted è straordinaria, vorrei che la vedessi. Non gli dispiacerà se copiamo qualche idea».

Ma dispiacerà a lei. L'appartamento di Ted è come un palcoscenico pieno di mobili di lusso; nessuno si siede sui grandi divani o suona il pianoforte a coda, ci sono costose opere d'arte alle pareti ma nessuna foto. La cucina assomiglia a una sala operatoria.

«...il resto della casa saranno stanze da letto. Sufficienti per una famiglia con bambini».

Beth si alza per prendere dalla mensola uno dei cervi scolpiti e tocca la testa in legno a mo' di portafortuna. «E se i soldi non arrivano, Albie?»

«Hai visto il contratto. Certo che arriveranno. Fino ad allora ce la caveremo con il mutuo. Prima o poi Ted andrà in pensione: quando prenderò il suo posto, guadagnerò di più».

«Sembri molto certo di avere il suo posto».

«Questa sostituzione fa di me il candidato più ovvio, soprattutto ora che l'ha prolungata».

Beth rimette a posto il cervo. «Tu lavori sodo, Albie, sei un bravo chirurgo. È per questo che hai avuto l'incarico e te l'ha voluto prolungare. Il posto da primario è un altro discorso. Anche se volesse non sta a lui lasciartelo in eredità».

«Non ricordi che a quella riunione dei primari mi hanno proposto come suo rimpiazzo?». Le prende la mano. «E poi sono fortunato». Le bacia il palmo. «L'uomo più fortunato della terra».

«Non mi ascolti». Beth ritrae la mano. «Devi fare attenzione, non dobbiamo correre rischi».

«Il valore della casa aumenterà dopo i lavori, non c'è alcun pericolo. Non devi preoccuparti, cara. A differenza di Jamie, faccio molta attenzione».

Non è il tipo di attenzione che intendeva lei, non parlava solo dei soldi. La vita ti sottrae delle cose, cose importantissime. Le ha preso la sua bambina. Albie non ha idea di quanta attenzione debba fare.

Dopo cena, Albie riempie di legna la stufa e vanno a letto. Il ricordo del mare e della difficoltà ad orientarsi le penetra nei sogni. Dorme male. A poco a poco la stanza s'illumina e le ombre scompaiono. Quando gli uccelli cominciano a cantare, si alza, felice che la notte sia finita. La stufa è ancora calda. Aggiunge della legna e mette a riscaldare una pentola d'acqua. Fuori l'aria è fresca, fa una passeggiata nel giardino in cerca di orme di cervi e le sue impronte lasciano una scia scura nell'erba umida. Il vento si è calmato e le onde respirano tranquille come se il mare fosse ancora addormentato. Alla luce del giorno si sente più forte, più sicura delle sue ragioni. Albie può credere ciò che vuole, ma lei sarà vigile per entrambi. Ha imparato a essere vigile da bambina: l'istinto di conservazione le viene spontaneo. In fondo al giardino, le delicate cime di un boschetto accanto allo steccato sono di un brillante verde oro alla luce dell'alba. I tronchi chiari, acconciati in spirali bianco carta, si ergono in cerchi di terra scavata di fresco.

«Quelli sono per te», il bisbiglio di Albie la fa trasalire. «Ho chiesto a Iona di incaricare i giardinieri dell'albergo prima del nostro arrivo. Il tuo dono di nozze».

Alberi tutti suoi. Gli getta le braccia al collo. «Non potevi pensare a un regalo più bello».

«Le betulle d'argento simboleggiano la felicità e la sicurezza, ho controllato».

I giovani alberi già pendono da un lato in direzione del vento. Beth appoggia la mano su un esile tronco. Gli alberi le ricordano se stessa da ragazzina, una delle tante adolescenti pallide nelle riunioni scolastiche, indebolite da cicli mestruali e diete. Felicità e sicurezza. «Non è poco per un piccolo albero».

«Tengono anche lontano il male». Le prende la mano.

Sulle loro teste, le foglie si rigirano e roteano alla debole brezza, riflettendo il sole, svolazzanti e fragili come carta velina.

Capitolo 8

Londra. Estate 2016

Il bambino è addormentato. Battito cardiaco e respirazione restano regolari grazie all'abilità di Owen; Albie spinge i pesanti aghi d'acciaio attraverso le sopracciglia scure, penetrando la morbida pelle fino all'osso. Altri due aghi vengono inseriti nell'area posteriore del cuoio capelluto, ferite praticate con cautela e precisione: in quei punti le cicatrici non saranno visibili. Nessuno le noterà, né i genitori e neanche Karim quando sarà più grande, sperando che diventi grande.

Albie ha incontrato la famiglia una settimana fa, nell'ambulatorio di Great Ormond Street, opportunamente situato dietro il National Hospital, visto che il tempo stringe, come sempre. È più impegnato che mai, si destreggia tra un impegno e l'altro, corre da un reparto all'altro. Bridget, che gestisce il laboratorio in assenza di Ted, lo chiama spesso per problemi: il numero dei ratti è insufficiente e Bruce, impegnato con il suo PhD, praticamente non ha neanche cominciato gli studi sui dosaggi richiesti da Ted. «Un'altra cosa Albie, il cestino della carta nella stanza di Bruce ieri ha preso fuoco. Ce ne siamo accorti in tempo quindi non ci sono stati danni, ma dovrebbe smettere di fumare. Potresti parlarci? A me non dà ascolto».

Le preoccupazioni aumentano. Le ristrutturazioni di Dunbar sono state più costose del previsto, i lavori di Hampstead sono stati scaglionati in due anni. Fino al pagamento sarà a corto di soldi e ora ci si mettono anche i ritardi di Bruce. Albie si vergogna delle proprie ansie, niente in confronto a quelle dei genitori di Karim. All'inizio, quando li ha incontrati in ambulatorio, non parlavano, come rifugiati approdati in un paese sconosciuto che non sanno ancora se considerarsi in salvo. Il padre aveva in mano una cartellina con radiografie e TAC che estraeva di continuo, mentre la madre si tirava nervosamente i capelli con le mani sottili. C'era anche un'altra figlia, vestita come per andare a una festa, in tutù e ballerine. Stava attaccata alle gonne della madre e lo sguardo le vagava per le pareti. Ripensandoci, mentre sistema il supporto per la testa del fratello, avverte l'ardente desiderio di avere una figlia, una bambina come lei, scura come Beth. Vede talmente tante famiglie che ha cominciato a immaginare la propria. Prima una figlia, forse. La porterà a Jura, le insegnerà a fare castelli di sabbia e a nuotare, le racconterà fiabe della buonanotte sotto le stelle. Non ha condiviso quei sogni con nessuno, neanche con Beth.

Albie aveva messo le lastre sulla lavagna luminosa e aveva mostrato ai genitori di Karim il tumore, un'area di forma ovale di diversa intensità che occupava tutto lo spazio del tronco encefalico. I genitori erano rimasti in silenzio. Era una condanna a morte e lo sapevano. In Iraq non si poteva seguire alcun tipo di terapia, aveva spiegato il padre. Gli ospedali erano stati distrutti. Albie aveva detto che poteva proporgli un trattamento sperimentale che aveva ristretto il tumore nelle cavie. Implicava un intervento chirurgico per inserire dei tubicini nel cervello del bambino e introdurre la chemioterapia direttamente nel tumore. Non era una cura ma poteva far guadagnare tempo. Non aveva parlato della terapia virale: era troppo presto, la sperimentazione a Boston era ancora lontana. Si era guardato le mani, in attesa della loro decisione. Anche il padre le aveva guardate come a valutarne le capacità, anche se era difficile potesse immaginarle che trapanavano la testa del figlio. Quando aveva alzato lo sguardo, i genitori fissavano Karim con terrore e speranza. Più tardi, accanto al letto, aveva spiegato i rischi con l'aiuto di un traduttore.

Ora il portantino e Owen spingono il letto del ragazzo addormentato fino alla sala della risonanza magnetica. Albie identifica gli obiettivi nelle immagini sgranate, pianificando la traiettoria del catetere attraverso il cervello per evitare la rete bianca dei vasi sanguigni. Karim viene riportato in sala operatoria e Owen lo trasferisce sul tavolo con infinita cautela. Albie sistema la piccola testa scura, bloccando il supporto della testa al robot chirurgico. I bracci snodabili di acciaio bianco sembrano enormi accanto al corpo del bambino. Assicura il laser a un braccio del robot: premendo un pulsante il braccio si muove, sistemando il laser nella corretta posizione, esattamente sopra il cranio. Prima dell'intervento, il padre di Karim ha detto che non torneranno nel loro paese: la casa e la città in cui vivevano sono state bombardate. In quello stesso istante, nel paese di Karim, si ricontrollano traiettorie, si premono pulsanti a distanza e si posizionano macchine per lanciare missili. Morte, non vita. Al tocco di un altro pulsante, il robot indirizza il raggio laser sul cuoio capelluto e Albie segna il punto con l'inchiostro. Il procedimento viene ripetuto tre volte.

Mentre evapora il preparato alcolico cutaneo, Albie copre la testa di Karim con della carta assorbente azzurra. Incide il cuoio capelluto, sega un porzione di osso sottostante e trapana per penetrare nel cranio. Con una sonda dall'estremità appuntita all'interno di un tubo guida, penetra lentamente nel cervello fino al tumore, consapevole di attraversare un tessuto che conserva pensieri, emozioni e ricordi. Tutto ciò che rende umano quel bambino. Ha la schiena madida di sudore. Oltre al pericolo di provocare un'emorragia, è a rischio la coscienza stessa. È un compromesso di cui ha avvisato i genitori. Ma i genitori di un bambino che sta per morire danno il consenso a tutto e hanno dato il consenso all'operazione. Albie ha provato una strana miscela di sollievo e senso di colpa. Non avevano alternative. Se stai per perdere tuo figlio, la scelta è un lusso. Raggiunge il tumore, rimuove la sonda e fa scivolare il catetere nel tubo guida. Durante l'inserimento ha praticamente trattenuto il respiro, ora inala il familiare odore ferroso di sangue e vasi cauterizzati. Si rassicura pensando che qualunque sia il danno che sta provocando, è comunque minore di quello causato dal tumore: bisogna mettere i rischi sul piatto della bilancia. Ripete la procedura tre volte in punti diversi del cranio. Alle sue spalle, il personale mormora, fa pettegolezzi e risatine sommesse, ma il mondo circostante è come svanito: come gli ha insegnato Ted, la sua concentrazione è assoluta. Non esiste niente al di fuori del piccolo cervello sotto le sue mani, dell'attenta collocazione dei cateteri, dell'aggiramento dei vasi sanguigni. Dopo che ha ricucito lo scalpo attorno ai cateteri, lava delicatamente i capelli incrostati di sangue. Il bambino avrà già un aspetto strano, un personaggio uscito da un film di fantascienza – con quattro tubicini che gli emergono dalla testa collegati a una pompa a siringa – può almeno risparmiare loro la vista del sangue sui capelli del figlio. Owen trasporta Karim in rianimazione. La madre entra in silenzio e, prendendo la manina molle del figlio, la ricopre di baci. Il padre le sta alle spalle e guarda fisso il volto addormentato di Karim, come se la vita del bimbo dipendesse dalla sua attenzione. Albie dice che l'operazione è andata bene, che il bambino potrà metterci un po' per svegliarsi. Mostra loro i tubi e spiega che l'infusione di chemioterapia comincerà il giorno dopo. Per qualche giorno Karim potrebbe peggiorare a causa degli edemi locali. Sarà più goffo, potrebbe avere difficoltà di parola e nella deglutizione. Ma nel giro di sei settimane, dovrebbe sentirsi meglio, il tumore dovrebbe regredire. La madre abbraccia il marito, sorride in continuazione. Il marito prende la mano di Albie, la muove su e giù, stringendogli le dita, le lacrime gli scorrono sul volto.

Nello spogliatoio, Albie fa qualche rapido schizzo sul suo taccuino per annotare l'approccio al tumore. Nel frattempo chiacchiera con Owen mentre, entrambi sollevati, si tolgono i camici di cotone azzurro e li gettano nel bidone dei panni sporchi. L'intervento è andato bene, Karim e la sua famiglia hanno ottenuto un rinvio. Owen si veste in fretta poi va a controllare il bambino in reparto, levando sulla porta la mano in un laconico segno di congratulazioni. Albie gli sorride ma ha la gola riarsa dalla sete e la testa gli pulsa dolorosamente. Sotto la doccia, l'acqua gli martella il cranio, a pochi millimetri dalla materia grigia, la cui perfetta salute dà per scontata ma che non è più immune dalla catastrofe dei pazienti che vede ogni giorno. Dopo si strofina vigorosamente la testa con l'asciugamano come a tentare di scacciare quel sordo mal di testa. È possibile che dentro il suo stesso cranio stia crescendo il seme di un qualche mostro radicato in profondità, un tumore maligno nascosto che si espande negli scuri recessi del suo cervello, in attesa di sconvolgergli la vita. Si asciuga e si veste. È ben più probabile si tratti di disidratazione, pensa. Prende il taccuino e s'incammina lentamente verso le sale operatorie del reparto, con la testa ferma per minimizzare il dolore, gli occhi semichiusi contro la luce. Va a sbattere contro una sporgenza metallica all'altezza del fianco; si sente un forte tintinnio di stoviglie e un gridolino soffocato. Leva lo sguardo e vede Skuld dietro a un carrello carico di tazze sporche, piatti con briciole scure di torta e caraffe di succo di frutta semivuote.

«Ci si rivede», fa Albie con un sorriso. «Non dovresti essere in laboratorio, o ci vai solo di nascosto la notte?»

Vuole essere una battuta ma la ragazza avvampa. «Oggi sono andata presto in laboratorio per recuperare delle ore».

Albie adocchia i resti del succo d'arancia sul carrello. «Non è che potrei rubarti qualcosa da bere?».

La osserva versargli un bicchiere di succo d'arancia. «Uno degli eventi riservati di Urth, immagino».

Lei gli porge il bicchiere, scuotendo il capo. «Non proprio. La riunione organizzativa speciale dei primari. Ora ci lavoro sempre». Lo sguardo di Skuld si sposta sulla faccia di Albie. «È solo una volta al mese; mia sorella dice che sono fondamentale».

«Sei fortunata. Io sto ancora aspettando un invito». Beve in fretta, gli sembra che il liquido gli penetri fino alle ossa. Sospirando di sollievo, tende il bicchiere per farselo nuovamente riempire. «Ma sono solo un sostituto».

La ragazza torce la bocca. «È molto noioso». Gli vuota la caraffa nel bicchiere. «Litigavano sull'assunzione di altri infermieri. Litigano di continuo».

«Ci scommetto». Albie ride ma prende nota: una spia in quel campo potrebbe essere utile in previsione di future nomine. E Skuld è una spia perfetta, il suo inglese è già migliorato. Finisce il succo, il mal di testa è diminuito. «Grazie». Le ridà il bicchiere. «Mi hai salvato la vita».

«Porta sempre con sé quel libretto», fa lei accennando col capo al taccuino.

«C'è dentro tutta la mia vita», dice lui scherzando, ma la risposta non è molto lontana dalla realtà. La sua intera vita professionale è sintetizzata in quelle pagine, documentata in schizzi e grafici, note sugli interventi e progetti di future ricerche. La giovane ricambia fugacemente il sorriso e rimette a posto il bicchiere, poi si allontana spingendo il carrello senza salutare, come se Albie fosse d'improvviso diventato invisibile. Lui osserva l'andatura dondolante finché non scompare alla vista. Con le sorelle si sente a disagio ma con Skuld è tranquillo. Non aveva mai conosciuto una ragazza così poco pretenziosa: è come se si conoscessero da anni.

Attraversa in fretta il corridoio. Un giorno parteciperà personalmente a quelle riunioni, magari le presiederà. Aspetterà il tempo necessario. È solo questione di tempo e lavoro, tutto qua.

Capitolo 9

Londra. Inizio estate 2017

Il palcoscenico è ormai vuoto se si escludono le figure incappucciate, che hanno finito di srotolare le matasse. Indicano le ombre in fondo e bisbigliano.

«Eccolo che arriva, l'uomo dalla chioma color rosso. Rosso come pericolo. Rosso come sangue, lussuria e fuoco».

È senza fiato, in ritardo ma non troppo, ingenuo ma non innocente, impaziente ma non disperato. Pericoloso, ma non ancora.

Comincia la cantilena: «DNA, destino. Destino, DNA».

Proprio lui, più di chiunque altro, dovrebbe sapere che sono in pratica la stessa cosa.

Al mattino del settimo giorno consecutivo di caldo fuori stagione, Londra si sente come una città meridionale, avvezza al sole. Donne in abiti sbracciati e occhiali da sole passeggiano sul marciapiedi, all'esterno i caffè hanno aperto i tendoni, la gente si riversa per le strade con i bicchieri in mano. C'è un'atmosfera di festa. Uomini in giacca e cravatta mangiano gelati. Le vie sono bollenti, come se l'aria stessa potesse prendere fuoco.

Il taxi diretto all'ospedale è imbottigliato nel traffico. Albie sta andando a sentire la conferenza di Ted, venuto appositamente dalla California per presentare la ricerca al convegno. Albie rivelerà i risultati del suo lavoro sui virus in un altro incontro, dopo che Ted gli avrà dato le correzioni alla tesi di PhD. L'incarico di sostituto primario termina il mese prossimo e spera oggi di discutere la tempistica.

La mattinata è da considerarsi congedo di studio, ma la sensazione è quella di un giorno d'inizio vacanze. Quando è uscito, Beth era semiaddormentata, la pelle luminosa, i capezzoli più scuri. Magari è incinta: ormai è un anno. Il primo anniversario di matrimonio è stato la settimana scorsa, Istanbul per la scappata di un weekend: un giro vertiginoso di moschee e minareti. Nel letto stamattina il suo volto gli ricordava Maria in un affresco bizantino di Santa Sofia, altrettanto misterioso e sereno. Non ha potuto fare a meno di chiedersi se non sia in attesa.

Il tassista impreca sottovoce: il traffico è immobile. Un'ampia folla si è radunata fuori dell'ospedale bloccando il passaggio. Albie scende e si trova davanti cartelloni con immagini di topi insanguinati e scimpanzé dietro le sbarre. Non ci sono foto di ratti arruffati e smagriti dai tumori, ma ciò malgrado, mentre si fa strada tra la folla, è come se attraversasse un groviglio di sensi di colpa che occupa la strada: i suoi sensi di colpa. Se quci manifestanti sapessero delle sue ricerche, probabilmente se la prenderebbero con lui. Neanche a farlo apposta, un giovanotto muscoloso in maglietta arancione si avvicina e comincia a urlargli contro, stringendo la mano carnosa: c'è un pugno in arrivo. S'intromette in fretta un poliziotto permettendo ad Albie di guadagnare l'ingresso dell'ospedale. Una volta dentro, Albie si toglie la giacca con mani tremanti. Il vasto atrio è vuoto, evidentemente gli interventi sono iniziati. Si affretta per i corridoi deserti in direzione della sala Wolfson e dal tavolo vicino alla porta prende un mazzo di pubblicazioni e un orario. Entra in punta di piedi e si sistema in un posto in fondo alla fila, sforzandosi di respirare piano. Intorno a lui, i partecipanti sono concentrati sul palco dove vede Ted indicare delle slide sullo schermo gigante e sente risuonare per la sala la sua voce familiare. Si sporge in avanti trepidante, sorridendo tra sé e sé. Gli è mancato Ted, gli è mancata quella voce. Mentre ascolta, dimentica la manifestazione all'esterno.

Ci mette un po' a rendersi conto che le slide color rosa e malva di cervelli di ratti sono quelle che ha inviato perché venissero approvate da Ted. Le immagini sono impressionanti, e sono le sue immagini, i suoi ratti. La gente intorno si sporge in avanti concentrata sulle prove della regressione dei tumori grazie all'infusione virale: il lavoro che doveva presentare lui, il suo lavoro. Davanti gli balenano sullo schermo le parole che ha scritto, rimaneggiate in un elenco puntato di diversi colori. Ted cammina avanti e indietro, con la testa alta, indicando le slide, tutte estratte dalla tesi di PhD di Albie.

Albie china il capo; gli fa male la faccia come se il pugno di prima l'avesse davvero colpito. Sente un rombo nelle orecchie. Capita, lo sa: spesso è il capo di un laboratorio di ricerca che presente il lavoro svolto, perché per lui dovrebbe essere diverso? Respira profondamente e lentamente, cercando di contenere il dolore. Non c'è da sorprendersi. Probabilmente, è troppo coinvolto, tutti i lunghi giorni e le nottate passate nella tranquillità del laboratorio, un mondo chiuso che riteneva gli appartenesse. Era un'illusione. Le scoperte che ha fatto non sono di sua proprietà, e non sta a lui presentarle. Quelle informazioni devono uscire di lì, i risultati appartengono al mondo. Ciò malgrado, quando cominciano gli applausi se ne va. È stordito, non si sente pronto a incontrare Ted.

Lo riscuote una voce al suo fianco: gli sta accanto un uomo piccolo. Il volto tondo, morbido come un panino, è solcato da rivoli di sudore. Accenna con la testa alla porta.

«Ho detto, hanno già finito?».

Albie annuisce. La voce dell'uomo pare provenire da una grande distanza: lo shock ha allontanato il resto del mondo. Sente un rimbombo nella testa. Ha bisogno di un caffè e di qualcosa da mangiare. Comincia a incamminarsi lungo il corridoio ma l'uomo lo segue ansante e dispiega una mappa dell'ospedale, di quelle che ricevono i pazienti al loro arrivo.

«Sono venuto da molto lontano per questa». Ficca in mano ad Albie il foglio stropicciato che mostra un cerchio attorno a una stanza al di là degli ambulatori. «C'è una conferenza da un'altra parte, è appena cominciata. Sa dov'è?». L'uomo indica il cerchio. Ha un accento simile a quello di Amil, sembra sul punto di piangere. Albie cede.

«Mi segua».

Gli fa strada oltre gli ambulatori, volta a destra dopo il banco di una reception, poi sale qualche gradino fino alla sala ricevimenti. L'uomo gli sta dietro, ansimando rumorosamente. Una voce attutita arriva da una porta sulla sinistra, Albie la apre ed entrano in una piccola sala conferenze. Il suo compagno si lancia su una sedia mentre Albie resta in piedi appoggiato alla parete, riprendendo fiato. Davanti a uno schermo, sta parlando una donna alta con un leggero accento canadese. La stanza è fresca e scura, la voce rassicurante. Il rimbombo in testa comincia a diminuire.

«Possiamo vedere che l'amigdala dei ratti del Gruppo A, gli animali esposti a stress in tenera età, ha un aspetto diverso da quella dei ratti che sono vissuti protetti». L'oratrice si serve di una lunga bacchetta per battere sullo schermo dove brilla nel buio l'immagine luminosa di un cervello. Albie prende un volantino su una sedia davanti: *La neurobiologia del male*. Si siede accanto all'uomo con cui è arrivato.

«Questo gruppo era il più aggressivo nei confronti dei ratti intrusi. E lo stesso…». Passa alla slide successiva e Albie vede la familiare forma ricurva del sistema limbico umano evidenziato in rosso. «Avviene negli umani: ecco di nuovo l'amigdala». La bacchetta batte con insistenza su un'area cerchiata in rosso più scuro. «Assassini e altri criminali hanno amigdale più piccole degli altri».

Albie fissa la slide e immagina il proprio sistema limbico evidenziato in rosso, che pompa il sangue mentre elabora ciò che è appena accaduto. Chiude gli occhi e gli compare la faccia di Ted, tutte le facce di Ted, seria in sala operatoria, felice per delle buone notizie o calma e sicura come nell'auditorium poco fa, una faccia che pensava di conoscere meglio della propria.

«Le nostre più recenti ricerche presso l'università di San Francisco hanno individuato geni specifici che predispongono le persone a comportamenti antisociali. Ne sono stati identificati sette e sono questi i principali indiziati analizzati dai neuroscienziati che, oltre all'anatomia del cervello, ricercano le origini genetiche del male».

Il silenzio in sala si fa più profondo. Il male. La parole evoca immagini di città in fiamme, di uomini vestiti d'arancione costretti a inginocchiarsi nella sabbia con un coltello da macellaio alla gola. La ferocia della guerra. Un mondo medievale che stona in una conferenza medica in un ospedale di Londra. Non sa neanche bene cosa significhi.

L'alta oratrice si allontana dallo schermo per rivolgersi al pubblico. «Riassumendo, riteniamo che avverse situazioni ambientali in tenera età alterino l'espressione genetica, innescando cambiamenti nell'amigdala che conducono a comportamenti criminali». Mette giù la bacchetta. Le luci si accendono e la donna osserva gli astanti, con un sorriso pieno di aspettativa. «Domande?».

Il telefono di Albie vibra. Un messaggio di Owen: devono parlare degli interventi di domani. Quando vede alzarsi Albie, l'uomo entrato con lui lo imita.

«Non ha menzionato il problema principale», bisbiglia accompagnando Albie fuori della porta. Lo segue nel corridoio. «Ci sono geni più sensibili di altri all'ambiente, o tutti, sottoposti a determinate situazioni di stress, possiamo diventare dei criminali?».

Sono tornati nell'atrio. C'è un tavolo nell'angolo circondato da una fitta massa di persone; intravede una tovaglia bianca e sente un aroma di caffè. La folla si sposta: una donna con capelli rossi e ricci distribuisce delle tazze. Urth. Forse ha portato anche i suoi dolci. Albie fa per dirigersi verso il tavolo, ma l'uomo gli sbarra nuovamente la strada.

«Ha parlato di assassini, ma tutte le uccisioni sono malvage? Anche quelle di animali?». Indica i manifestanti che all'esterno agitano i cartelli. Albie osserva il volto sudato. Dipende, vorrebbe dire. È complicato, ma chi è lui per pronunciarsi sulle uccisioni di animali? Scuote il capo e si sposta di lato.

«No, la prego». L'uomo lo tira per la manica. «Ho ancora una domanda, è importante. Se uccidi nel nome della tua tribù o del tuo dio, sei malvagio o solo obbediente?». La voce è salita di volume, ci sono gocce di sputo agli angoli della bocca. È una questione personale.

«Se va a chiederlo all'oratrice, forse potrà darle una risposta». Dovrebbe chiederlo alle vittime di guerra, avranno sottomano tutte le definizioni possibili del male. A lume di naso dovrebbe essere originario del Medio Oriente, Siria o Iraq. La regione di Amil, e anche di Karim; potrebbe addirittura essere lui una vittima. Albie gli fa un cenno col capo e si allontana a disagio. L'uomo potrebbe dirgli che evitare le domande sul male equivale a incoraggiarlo, e forse è vero. Ciò malgrado, Albie decide di rinunciare al caffè e si volta verso la porta.

«Ehi, ciao!». La voce di Ted alle sue spalle ha un tono allegro. Lo stava aspettando? «Grazie per essere passato. Come va la vita coniugale?». Non aspetta la risposta. «Peccato che te ne sia andato prima, ti sei perso l'ultimissima slide, quella che ti attribuiva il merito del lavoro». Il sorriso spicca abbagliante contro l'abbronzatura. «Speravo di incontrarti». Gli mette una mano sul braccio. «Sta diventando difficile per me gestire il laboratorio dagli Stati Uniti. Ci sono dei problemi, di cui il principale è Bruce. Ho saputo che l'altro giorno ha provocato un incendio. Oltretutto, non mi è chiaro a che punto sia con gli studi di dosaggio». Sospira, scuotendo il capo. «Bridget fa del suo meglio a capo del laboratorio, ma al timone preferirei uno specialista. Insomma mi hai capito, vorrei che fossi tu a dirigerlo, a cominciare da ora. Fa completare a Bruce quegli studi: la Viromed aspetta i dati. È un anno che è stato firmato il contratto. Sarai tu a capo della ricerca, io resterò in secondo piano. Che ne dici?».

Tipico di Ted: nel momento in cui prende, arriva un altro dono e cambia il panorama. È andata così con l'accordo con la Viromed. Prendere e dare. Che ci sia davvero stata o meno una slide con il suo nome, Ted sta cercando di fare ammenda. Se si sente in colpa, è il suo modo di scusarsi.

«Fantastico, Ted. La sostituzione termina tra un mese», lavorare in chirurgia e seguire il laboratorio potrebbe essere complicato e deve fare del suo meglio se vuole fare una buona impressione, «perciò se potessi rimandare fino ad allora il lavoro nel laboratorio...».

«Io riuscivo a fare entrambi», fa Ted con un sorriso. «Mi serve che cominci subito. Dovremmo anche parlare della sostituzione. Mi hanno offerto di allungare di un altro anno il periodo negli Stati Uniti, per insegnare e operare. La direzione del National ha acconsentito a estendere di un altro anno il tuo incarico». Guarda pensoso in terra, annuendo. «Se ti assumi anche la gestione del laboratorio, potrei forse evitare di tornare prima del pensionamento e a quel punto i due posti sarebbero vacanti...».

Ci siamo. Il futuro. Il cuore di Albie comincia a correre all'impazzata: il primariato e il laboratorio si avvicinano prima di quanto pensasse. *Prima che il professore vada in pensione, vogliono assumere qualcuno che prosegua il suo lavoro...* Un anno e mezzo fa, Skuld ha sentito i piani del dipartimento: evidentemente deve già prepararsi alla fase finale. Sorride a Ted, pensando in fretta. A capo del laboratorio sarà in grado di proteggere il proprio lavoro, nessuno potrà usare le sue ricerche. Firmerà anche i propri contratti e inoltre il salario aumenterà.

«Comincio subito allora e farò del mio meglio», replica in fretta. «Grazie, Ted».

«Bravo. Per il momento dovremo lasciare così com'è il contratto con la Viromed». Gli occhi azzurri seguono i suoi. «Ma ci saranno altre sperimentazioni basate su altri virus e quando si venderanno i tuoi brevetti futuri, sul contratto ci sarà il tuo nome, non il mio. Essere a capo del laboratorio è per te un'enorme opportunità, Albie».

È chiaro che si tengono d'occhio: l'allievo controlla il maestro che lo controlla a sua volta, rispecchiando l'uno i pensieri dell'altro. Pare che Ted gli legga nella mente. Dovrebbe stare più in guardia?

«Grazie, Ted», ripete più lentamente. «È un onore, sono certo che ce la farò».

«Ce la farai di certo, come sempre». Ted ride, tirandogli un finto pugno sulla spalla. «Voglio che prenda il timone il prima possibile; a Beth non dispiacerà se dovrai lavorare fino a tardi». Osserva di sfuggita un gruppo di partecipanti malesi che si aggirano nelle vicinanze. «Torno in California domani, ma Jenny ti manderà un invito alla nostra festa: il fidanzamento di Ed e Sophie. All'inizio dell'autunno. Ci saranno tutti. Annuncerò ufficialmente il passaggio del laboratorio quella sera. Farò preparare alla mia segretaria il contratto in modo che decorra da quella data. Nel frattempo sarai pagato con i fondi per la ricerca. Tra me e te, da questo momento in poi è tutto tuo. Ci sentiamo». E se ne va, avviandosi per il corridoio, con i dottori malesi che gli corrono dietro. Altri vanno loro dietro e la testa bionda sparisce, trascinata dal fiume di gente. Albie lo guarda e avverte la forza di una corrente che fluisce tra loro, che li connette anche quando Ted scompare alla vista.

All'esterno i colori sembrano più forti, il caldo più intenso. L'euforia gli fa girare la testa, non se l'aspettava tanto presto. Scrive a Beth la notizia ma la testa comincia a pulsargli. Come fa a sapere Ted che a Beth non dispiacerà se lavora fino a tardi? Squilla un debole campanello d'allarme, come l'antifurto di un'auto talmente distante da sembrare irreale. Cancella il messaggio. Le darà la notizia più tardi, di persona.

Una catena di poliziotti ha confinato il gruppo di manifestanti sul marciapiede opposto. Le urla sono meno forti. Albie si avvicina. Sono ore che la folla sta sotto il sole, la gente è seduta per terra. Una donna ben vestita lo fissa e torce in giù la bocca come disgustata. L'uomo in maglietta arancione si alza in piedi. È più grosso di Albie e sembra molto più in forma. Aggira la fila di poliziotti e si avvicina. Albie resta calmo. Sul tavolo operatorio, quel volto bellicoso si rilasserebbe, l'ampio petto si riempirebbe di anestetico e ossigeno. Quell'uomo diventerebbe vulnerabile, come tutti i pazienti. Albie vorrebbe parlargli di Karim. Ha le TAC sul telefono, prima e dopo il trattamento, che mostrano come il tumore abbia cominciato a regredire, più in fretta del previsto. Vorrebbe chiederli come si sentirebbe se Karim fosse figlio suo. Un bip del telefono annuncia l'arrivo di un messaggio. Sempre Owen. L'uomo è ormai vicinissimo. Albie gli legge la stanchezza negli occhi, leva la mano che regge il telefono con un gesto di scuse e di apprezzamento, e poi si allontana in fretta.

«Ce la farò». Beth sposta lo sguardo sul giardino. Ted aveva ragione, a lei non dispiace. Tra loro, sulla tavola, ci sono i resti della cena e una bottiglia di vino. Insetti notturni si aggirano vicino alla grossa candela sistemata da Beth tra i piatti: una falena maculata pare che si abbeveri dalla piccola pozza di cera sciolta sotto la fiamma.

Una pompa gira avanti e indietro nel giardino buio, le rose piantate da Beth sono inzuppate e il loro delizioso profumo esotico si mischia all'aroma legnoso della terra bagnata. L'acqua pompa nel silenzio, scurendo la pietra asciutta dei muri. Ieri uno studente ha reciso accidentalmente un'arteria carotide: il sangue è spruzzato sulle pareti, schizzando tutti.

«Devi farlo». Beth torna a guardarlo, gli occhi in ombra. I muratori stanno ristrutturando il piano superiore e lo fanno senza fretta: il rumore deve essere molto fastidioso. «A ogni costo. Come capo del laboratorio, sarai libero da Ted», dice con tono amaro.

«Ted aveva ogni diritto di presentare la mia ricerca, tesoro; è molto generoso con me». Si sporge per prenderle la mano. «È dalla nostra parte, devi capirlo. La mia principale preoccupazione è che starai molto più da sola. Lavorerò fino a tardi».

«Lo farai per noi», replica lei, appoggiandogli la guancia sul palmo. Ha la pelle morbida, une tiepida pesca. «Per darci più sicurezza».

Albie annuisce vigorosamente. «Con il salario in più potremo estinguere il mutuo e dare un'accelerata al progetto di ristrutturazione». Esita, poi si sporge in avanti e dice piano: «C'è un altro vantaggio a impegnarmi di più ora. Potrei assentarmi in futuro, se arrivasse un bambino, intendo».

Beth resta in silenzio, muove gli occhi da una parte all'altra, seguendo gli spruzzi d'acqua.

Le stringe la mano. «Allora...?».

Beth distoglie lo sguardo. «Non sono incinta, Albie».

«Forse, mi farò controllare».

«È solo un anno...».

«L'uomo giusto è David Smith. È uno specialista in fertilità. Se io sono a posto, darà un'occhiata a te».

Lei libera la mano e si alza senza rispondere.

«Beth?»

«Sono stanca. Vado a letto». Si china per baciarlo.

La delusione gli stringe la bocca dello stomaco, un dolore in sottofondo. È stato sciocco alimentare la speranza. Si alza, chiude l'acqua e spegne la candela sulla tavola. La falena maculata giace alla base con le ali immobili. Ha pagato a caro prezzo l'attrazione per la fiamma. Gli occhi sporgenti nella minuscola testa sono ricoperti di uno spesso strato di cera.

Capitolo 10

Londra. Fine estate 2017

Sulla parete di fondo viene proiettato un video.

Si vede un uomo inginocchiato su una collina. La sequenza è sgranata, inquietante, una sorta di rito. Religioso, forse, potrebbe essere un sacrificio. Il pubblico si raddrizza sulle sedie, ma il commento della voce narrante femminile è tranquillo.

«È venuto ad adorare gli dèi all'aperto, in un luogo elevato, come facevano i suoi avi. Pregavano per la prosperità, la sconfitta del nemico in battaglia, per avere una discendenza».

Quest'uomo non chiamerebbe le sue preghiere con questo nome. Sono pensieri, auguri, desideri. Aspirazioni. Per gli dèi è lo stesso. Farà come i suoi avi. Imbroglierà, mentirà, ruberà. Col tempo, ucciderà. Ci sarà un sacrificio, ma non subito.

La domenica Albie si alza alle cinque e mezza. La routine settimanale prevede una prolungata immobilità. In sala operatoria i suoi movimenti sono precisi, minuziosi. Nel weekend, è irrequieto, come un cavallo rimasto troppo a lungo nella stalla. Indossa i pantaloncini da corsa e una vecchia maglietta. Beth dorme ancora, il braccio nudo sul lenzuolo, freddo e liscio come le braccia metalliche della madre di Queen Square, la donna bronzea con in braccio un bambino. Non ha capito se dovrebbe rappresentare la Madonna o una madre qualsiasi che culla il proprio figlio. Per lui, è Beth con il volto perfetto e le palpebre abbassate. Beth con un bambino.

Corre per la tranquilla strada a mezzaluna. Le case a quell'ora hanno le tende chiuse. Alla luce dell'alba i fiori nei giardini sono radiosi, le rose si riversano oltre i muri. Alcune stanno morendo, altre sono in boccio. Da vicino, probabilmente brulicano di afidi. Beth elimina gli insetti dalle sue rose e li schiaccia tra le dita riducendoli in poltiglia viscida.

Aumenta l'andatura sul Heath, superando i laghetti delle anatre e i salici poi su per il sentiero che serpeggia tra alberi curvi fino al ripido pendio di Parliament Hill. Mentre sale e cominciano a bruciargli i polmoni il cielo gli si apre intorno. In cima si riposa. Davanti è la familiare selva di edifici: St Paul, Canary Wharf, The Shard, dalla punta indorata dal sole nascente. Conosce quel panorama a memoria. Si tende in alto, poi si flette per toccare terra con le mani. La settimana è andata bene: ha spronato Bruce, come aveva chiesto Ted, e qualche giorno fa sono stati inviati alla Viromed i dati degli studi sui dosaggi. Ora hanno il brevetto. Il pagamento dovrebbe arrivare tra una settimana. Ci sono bambini che aspettano in tutto il mondo. Effettuata la sperimentazione sui bambini del Boston, il successo sarà immediato. Si tende più che può, le mani contro il cielo come a toccare l'infinito.

Si rimette in movimento, corre giù per la collina verso il sentiero asfaltato tra distese d'acqua, si lascia a sinistra il laghetto delle donne, riattraversa i cancelli di Kenwood House. Rallenta e si rammenta di Ted e Owen. Correre insieme la domenica mattina era il loro rito settimanale. Lo facevano a turno. Ted sceglieva Hyde Park, Albie Hampstead Heath e Owen li portava sempre a Brockwell Park. All'epoca Ted li passava a prendere in auto, mai il contrario. Evidentemente voleva tenere nascosta la sua ragazza a casa, probabilmente ancora a letto. Albie immagina una giovane dai tratti delicati, debole e graziosa. Forse è ancora in circolazione: Ted ispira devozione. Con rinnovata energia, attraversa di corsa gli alberi. Ora in giro c'è più gente, chi porta a spasso i cani, chi corre. L'aria si sta riscaldando. Semiaccecato dal sudore, sul sentiero si ritrova davanti tre donne e i loro cani ansanti e per poco non cade. Si volta in tempo per vedere tre code che ondeggiano all'unisono scomparendo tra gli alberi. Grigia, rossa, bionda. Si avvia verso i negozi, deciso a non scomporsi. È improbabile fossero le sorelle, non sono tipi che vanno a correre. Poi ricorda la menzione delle nuotate. Prende al negozio un fascio di giornali della domenica. Non possono averlo visto con tutti quei cani in mezzo, probabilmente non si sono neanche accorte di averlo fatto inciampare.

Arrivato a casa, toglie con sollievo scarpe da ginnastica e calzini. Prende tre arance perfette e le taglia con la stessa precisione con cui esegue un intervento, come se la scorza fosse pelle e la polpa grasso sottocutaneo, suddiviso in luccicanti pacchetti. Le spreme e in preda alla sete beve direttamente dalla caraffa, prima di spremerne altre tre per Beth. Accende la macchina del caffè e poi va a piedi scalzi in soggiorno, schivando gli scatoloni. Beth sta mettendo via foto e libri prima che i muratori passino al piano di sotto. Affronta l'incombenza settimanale delle carte sulla scrivania. Archivia bollette ed elimina le scartoffie, senza neanche curarsi del contenuto. In fondo c'è un fascicolo insolito. Si ferma a sfogliarlo. Le pagine hanno l'intestazione con il logo bianco e blu del National: sono gli articoli che aveva preso alla conferenza un paio di mesi fa, copie dei progetti di ricerca dei diversi oratori intervenuti. Fa per richiuderlo, quando un titolo attira la sua attenzione: *Immunoterapia: un campanello d'allarme*.

Lo riapre e torna in cucina. Il caffè è pronto e lo sorseggia mentre legge. La ricerca presenta analogie con la sua. Lo studio in Nuova Zelanda è stato limitato, ma è stato condotto su pazienti oncologici. È stato usato il virus della varicella per attivare il sistema immunitario… in dieci casi di melanoma maligno il tumore si è ridotto… due pazienti hanno avuto gravi reazioni avverse che sono risultate fatali. Fatali? Torna indietro con lo sguardo e legge più lentamente. A un campione di venti adulti era stato instillato tramite flebo il virus della varicella. Si erano verificati miglioramenti in tutti tranne due individui che avevano avuto una violenta reazione asmatica seguita da gravissimi problemi a fegato e reni con esito mortale. La sperimentazione era stata immediatamente interrotta. L'autopsia aveva evidenziato una reazione infiammatoria che indicava una risposta immunitaria acuta, presumibilmente in individui che in precedenza erano stati casualmente infettati dal virus. Quel campanello d'allarme consigliava quindi l'interruzione della sperimentazione del trattamento in attesa di ulteriori test.

Albie si siede lentamente su uno scatolone e fissa il vuoto dinanzi a sé, come a contemplare i suoi sogni infranti. Passano alcuni minuti prima che si alzi, si asciughi la faccia con il bordo della maglietta ed estragga dalla custodia il laptop. Cerca l'articolo negli archivi e lo scorre per esaminare le analisi dettagliate e i commenti redazionali. Leggendo, comincia a rilassarsi. La sperimentazione era stata aspramente criticata dal curatore: a tutti i pazienti era stata somministrata una dose fissa a prescindere dal peso e il risultato era stata un'overdose nei due pazienti poi morti. Il battito gli rallenta, emette un lungo sospiro di sollievo. Non c'è da stupirsi che l'articolo gli sia sfuggito: per via dell'impostazione scorretta non ha mai raggiunto la più ampia stampa scientifica.

Sono le otto, mezzanotte in California. L'ora in cui Ted legge le email. Al secondo squillo risponde. Ted ascolta e quando parla ha una voce molto tranquilla. «Quindi c'è stata una risposta immunitaria secondaria in due individui, tanto grave da risultare fatale?»

«È sottinteso che ai pazienti con una reazione funesta sia stata somministrata una dose troppo alta di virus per il loro peso. Forse erano anche stati infettati in precedenza dal virus della varicella, quindi sì, una risposta immunitaria finita male».

«Perché non accade più spesso? Dopotutto, molte persone vengono reinfettate dal virus e non sviluppano una reazione infiammatoria mortale». Ted è in collera, come se il problema lo toccasse personalmente.

«È una manifestazione idiosincrasica, il rischio è minimo. Ammetto possano esserci in teoria motivi di preoccupazione, ma nella nostra sperimentazione il virus è iniettato direttamente nel cervello. Non può neanche superare la barriera emato-encefalica, perciò il corpo non genera una risposta immunitaria, solo il cervello. C'è una possibilità infinitesimale di un simile tracollo…».

«In teoria?». Ted esplode. «In questo momento sarai anche tu a capo del progetto, Albie, ma questa ricerca è stata fatta nel mio laboratorio. Qualsiasi rischio è inaccettabile. Dobbiamo informare la Viromed. Prima di procedere dovrà aspettare che svolgiamo ulteriori test. Ci serve un nuovo gruppo di ratti: ogni animale deve essere sottoposto a due esposizioni distinte del virus. Se alla seconda esposizione qualcuno morirà, dovremo buttare via tutto e cominciare daccapo». Un aspro respiro al telefono. «È una vera seccatura, stavamo proprio per ricevere il pagamento. Il permesso del ministero per una doppia procedura richiederà parecchio tempo: il ritardo sarà notevole. Conto su di te, Albie, non capisco come abbia potuto trascurare quello studio».

«Mi dispiace, Ted». Meglio non sbilanciarsi. La verità è che è troppo impegnato, con i pazienti di Ted, le visite in reparto, l'ambulatorio e gli interventi. Gli appuntamenti privati. Riunioni e valutazioni, lettere e telefonate ai medici di base, cinquanta email al giorno a cui rispondere. C'è la ricerca da pianificare e coordinare, le riunioni di riesame con Bridget. Bruce da tenere in riga. Non dice niente di tutto questo. Se lo facesse, Ted rientrerebbe e potrebbe reclamare il laboratorio. Il suo futuro potrebbe essere a rischio.

«Dovrò tornare per darti una mano», dice Ted. Albie aveva dimenticato che Ted riesce a leggergli nel pensiero. Si sente il rumore di passi rapidi. Mentre pensa, Ted cammina avanti e indietro.

«Mi occuperò di tutto». Albie lo imita in fretta, camminando fino in fondo al soggiorno e ritorno, il telefono stretto contro l'orecchio. «Sono io il responsabile al momento, lascia fare a me».

«Se c'è una qualsiasi percentuale di rischio, l'accordo con la Viromed andrà in fumo». Ted non lo ascolta, la voce ha un tono angosciato. «Nessuno condurrà una sperimentazione su dei bambini con un rischio del genere, perderemo tutto».

«Lascia fare a me», ripete Albie, alzando la voce. «Domani contatterò quelli della Viromed e li informerò che ci sarà un ritardo di qualche mese mentre eseguiamo la sperimentazione in due tempi».

C'è silenzio all'altro capo della linea: finalmente Ted sta ascoltando.

«Bruce può richiedere altri ratti e organizzare le infiltrazioni», prosegue in fretta Albie. «Bridget acquisterà il virus e farà la domanda di autorizzazione. Ti metterò al corrente di ogni fase».

«Sei sicuro di farcela?». Ted è esitante. «Non possiamo permetterci scorciatoie».

«Lo so, Ted. Fidati di me».

«Bravissimo». Il sollievo è palpabile. «Tornerò tra un paio di mesi per la festa di Ed, potrai aggiornarmi in quell'occasione».

La conversazione si è conclusa. Albie si appoggia al bancone, il mattino ha perso il suo splendore. Prepara il caffè per Beth e lo mette su un vassoio con il succo e il giornale. Beth è ancora a letto; alza gli occhi dal libro. Le racconterà della telefonata la prossima settimana dopo l'esame; non c'è motivo di metterla in ansia ora. Appoggia il vassoio sul tavolino, mette il giornale sul letto e le porge la tazza di caffè.

«Ti ho sentito camminare di sotto», dice lei, sorseggiando il caffè. «Avanti e indietro, come un animale in gabbia».

«Sul serio?». Si siede sul bordo del letto. «Non me n'ero reso conto. Ero al telefono con Ted».

«Scommetto che lo faceva anche lui». Un sorriso le balena in volto.

«Cosa te lo fa pensare?».

Ha gli occhi chini sulla tazza. La finestra è aperta, ma c'è poco traffico la domenica e la strada è nel silenzio più assoluto come se Beth trattenesse il respiro.

Alza lo sguardo, sempre sorridendo. «Me l'hai detto tante volte». Rimette la tazza nel vassoio. «Dici sempre che ti dà fastidio e ora fai lo stesso».

Se n'era dimenticato. Di questi tempi dimentica tutto, ma quelle parole risvegliano in lui un ricordo, di cervi che fanno avanti e indietro su e giù per la collina dietro casa per valutare la forza del rivale prima dello scontro per l'accoppiamento. Non c'è stato tempo di andare a Jura quest'estate. Guarda il cielo circondato da tetti e le auto parcheggiate che scintillano al sole. A Jura, il cielo non ha ostacoli, il sole si posa sulle ampie distese erbose dove i cervi corrono liberi. L'anno prossimo.

«Albie, guarda». La voce di Beth lo riporta alla realtà. Sta indicando un articolo in prima pagina. «Questo tizio l'ho già visto».

Albie si piega per leggere il titolo. «L'uomo accusato degli omicidi di Greenwich, rilasciato dopo una campagna decennale guidata da Jake Valance». Lo fissa dalla pagina un volto tirato. Sembra malato, come se la libertà fosse arrivata troppo tardi per ridargli i dieci anni rubati. «Poveretto. Come diavolo fai a conoscerlo?»

«Non lui, tesoro, il giornalista, Jake Valance». Beth indica una piccola fotografia accanto all'articolo sopra il nome dell'autore. Il reporter ha una folta massa di capelli e lo sguardo intenso. «Ricordo il nome. Era alla festa in cui ci siamo conosciuti. Stava con Ed. Per caso ero vicina e li ho sentiti parlare. Assomigliava a una volpe, ci assomiglia tutt'ora».

«Mi sorprende che possa ricordarti tanti particolari, è passato molto tempo».

«Non capisco perché ti sorprenda», gli fa lei con un sorriso. «Ricordo tutto di quella festa». Gli cinge il collo con le braccia. «Probabilmente è stata la sera più importante della mia vita».

Albie le sorride e si china per baciarla. «Chissà perché».

«Ho conosciuto un uomo fantastico», gli mormora lei all'orecchio. «Era proprio quello che stavo aspettando».

Più tardi, mentre Beth si fa la doccia, Albie porta giù il giornale e i piatti della colazione, poi prende il suo taccuino da un ripiano della credenza. Deve pianificare la nuova sperimentazione in due fasi. Comincia col redigere una lista di ciò che gli serve: tre ratti per ogni gruppo di trattamento, e tre per ogni controllo. Quantità distinte di virus per somministrazione addominale e intracerebrale. Si ferma, con la matita in mano, per lanciare un'occhiata al giornale rimasto piegato con cura sulla credenza. A differenza di Beth, Albie non aveva notato affatto Jack Valance. Non ricorda nessuno di quella sera tranne lei. Ma non stava aspettando, Beth gli era arrivata come un dono del cielo, tanto più bello perché del tutto inaspettato. Era solo un modo di dire, ma è strano pensare che per lei possa essere stato completamente diverso e che aspettasse da sempre, secondo le sue parole, proprio un uomo come lui.

Capitolo 11

Londra. Autunno 2017

Mentire era stato un errore: le prove biologiche smascherano sempre le menzogne.

Due settimane prima erano seduti davanti a David Smith nelle scivolose poltrone in pelle della clinica per la fertilità di Harley Street. L'appuntamento era stato dato per un mese dopo, ma Albie aveva dovuto spostarlo due volte per via di interventi d'urgenza. Beth era stata contenta dei rinvii, non avrebbe voluto andarci affatto: temeva che il passato tornasse a galla, ma non era riuscita a pensare a una scusa. Alla fine avevano incontrato il medico, un tipo dalle guance rosee e i capelli bianchi, affabile anche se muoveva in fretta gli occhietti da una parte all'altra come se loro due si tirassero una palla e lui dovesse intercettarla. Aveva detto loro che le analisi di Albie andavano bene e poi era passato all'anamnesi di Beth. Non l'aveva sottomano, aveva spiegato, perché le note dell'ospedale e quelle private erano conservate separatamente. Non aveva neanche una lettera del medico di base, ma trattandosi di Albie, un collega, poteva soprassedere. Quindi quando le aveva chiesto se era mai stata incinta, Beth aveva risposto di no.

David l'aveva visitata dietro il paravento, sondandola dolorosamente con le dita guantate, e poi li aveva informati che non aveva trovato nulla che non andasse. Albie le aveva stretto la mano e Beth non era riuscita a parlare, non aveva voluto sperare. Anche le analisi del sangue erano normali, ma David aveva consigliato un'isterosalpingografia per visualizzare con mezzo di contrasto l'utero e le tube di Falloppio, per sicurezza. Il medico aveva stretto ad Albie la mano. Beth aveva preso l'opuscolo alla reception e una volta per strada aveva cominciato a piangere. Albie l'aveva abbracciata. Stretti e col passo incerto si erano diretti verso un ristorante italiano all'angolo dove avevano brindato al futuro e Albie aveva scritto su un tovagliolo una lista di nomi.

Il giorno dell'esame, Albie l'aveva chiamata dall'ospedale. «Mi dispiace tanto, cara, alla fine non posso accompagnarti. Ma tu dovresti andare, è tanto che aspettiamo. Perdonami. Devo stabilizzare un collo. Un'alcolizzata: ha distrutto la macchina e nell'incidente...».

«Non preoccuparti, Albie». Non voleva sapere i particolari, li immaginava benissimo: l'odore di alcol, i capelli ingarbugliati in mezzo al vetro rotto, pozze di sangue sull'asfalto, immagini che l'avevano tormentata per anni. Comunque andare da sola sarebbe stato meglio, più facile. Era ancora possibile che uscisse fuori qualcosa, una conseguenza secondaria della gravidanza sufficiente a tradirla. Ma si era ben guardata dal mostrarsi sollevata.

L'infermiera le aveva steso dei teli sulle ginocchia piegate per coprirle la pelvi e le aveva spiegato la procedura con una voce sommessa che sapeva di caffè e biscotti. Le avrebbero inserito una serie di sonde di spessore crescente per distendere la cervice e poi introdurre un catetere, tramite cui sarebbe stata iniettato un mezzo di contrasto per evidenziare l'utero e le tube di Falloppio in tutta la loro lunghezza. Durante l'esplorazione David le stava accanto, quel giorno era brusco come se senza Albie lei non fosse troppo degna di attenzione. Beth aveva stretto i pugni sotto il lenzuolo. Sarebbe durato poco. Nel giro di pochi minuti, avrebbe potuto andarsene, telefonare ad Albie: sarebbe cominciato il futuro.

La sonda metallica è fredda. Entra facilmente, troppo facilmente, nell'apertura della cervice. Una cervice rilassata significa un parto, una prova biologica, la menzogna smascherata. Non ci ha riflettuto: David potrebbe informare Albie. Mentre osserva lo schermo al suo fianco, il sudore le scorre lungo il collo. La sostanza radiopaca cola nella cavità uterina a forma di pera. David le sorride, un sorriso professionale che non coinvolge gli occhi. «La cavità uterina mi sembra a posto, Beth. Nessun segno della presenza di fibromi o altre ostruzioni».

Inclina ulteriormente il monitor verso di lei in modo che Beth possa vedere il contorno liscio dell'agente di contrasto che riempie l'utero mentre lui misura lo strato interno e lo spessore delle pareti.

«Finora tutto perfettamente normale». Sollevata, Beth alza la testa per guardare meglio. «Resti immobile, per favore», le dice bruscamente il medico. «Potrebbe sentire un po' di fastidio quando la sostanza si riversa nella cavità pelvica».

L'infermiera si muove per la stanza alle sue spalle poi si accomoda con la corpulenta mole su una sedia all'altezza della faccia di Beth: è come se testa e bacino fossero scollegati e assistiti separatamente. David parla delle sua vacanze in Cornovaglia la prossima settimana, ma dopo un po' le parole si esauriscono. Beth aspetta la sensazione di fastidio: la sostanza ci mette un po' per riversarsi. Dopo qualche minuto, David si sporge improvvisamente in avanti. Beth allunga il collo per vedere oltre le sue spalle lo schermo dove le linee del mezzo di contrasto s'interrompono bruscamente qualche millimetro fuori dell'utero: diverse quindi dall'immagine sull'opuscolo dove, evidenziate dal liquido radiopaco chiaro, appaiono simili a braccia delicate che si dipartono dall'utero per poi disperdersi nell'area scura della pelvi. Invece di membra sottili, il monitor rivela globi di tessuto dilatato, la sostanza intrappolata che gonfia le tube troncate.

La stanza è nel silenzio più assoluto. Alla fine il dolore più che nel bacino si manifesta al centro del petto, come se le si spezzassero le fibre del cuore. L'infermiera le mette una mano tozza sul ginocchio, ma Beth allontana bruscamente la gamba. David la guarda col volto impassibile.

«Quando è pronta, venga nel mio studio al terzo piano».

Beth si veste in fretta, infilando maldestramente i piedi nelle scarpe e appallottolandosi la giacca sotto il braccio. Quando entra nello studio, David è appoggiato al bordo della scrivania e si fissa le scarpe: un paio di brogue di cuoio lucente allacciate talmente strette da segargli la carne e rigonfiargli i calzini rosa. Zampetti di maiale. Ha un'espressione impersonale, anche se un attimo prima l'ha vista seminuda. Beth si siede, lisciandosi la gonna sulle ginocchia, e aspetta.

«Purtroppo le devo comunicare che il mezzo di contrasto non è riuscito a penetrare per tutta la lunghezza delle tube di Falloppio». Fa una pausa per darle il tempo di assimilare l'informazione, ma Beth lo sa già e sa cosa significa: l'ha capito nel momento in cui ha visto le immagini sul monitor.

«Le tube sono lesionate, e in modo grave». Ha un tono neutro, come se parlasse del tempo. «Gli ovuli non possono andare dalle ovaie lungo le tube fino all'utero e non sono quindi disponibili per la fecondazione». Fa un'altra pausa. Devono avergli insegnato a dare tempo ai pazienti, ma Beth vuole che concluda in fretta. Resta impassibile. I dottori di solito comunicano per prima cosa le brutte notizie. Siede immobile, tra un minuto le dirà che comunque una gravidanza è ancora possibile grazie a qualche nuova tecnica a cui sta lavorando. Si conficca le dita nei palmi, deve aspettare quelle parole.

«La tipica causa di occlusione è un'infezione pregressa al tessuto cicatriziale». Un'altra lunga pausa. Ha le guance lucenti, lisce e rigonfie, che mal si addicono ai capelli bianchi. Forse si è sottoposto a un intervento di chirurgia estetica, eseguito sottocosto da un collega. Se gli lanciasse addosso qualcosa, ad esempio della tintura, scivolerebbe da quella superficie tesa senza lasciare neanche un segno. Chiude gli occhi.

Non aveva mai saputo come l'avevano definita le infermiere: una neonata o un feto in movimento. Aveva chiesto di essere lasciata sola. Aveva tenuto il capezzolo contro quella bocca minuscola che pareva aprirsi come se tentasse di succhiare, ma niente. La bocca si era chiusa, aveva smesso di muoversi dopo dieci minuti, anche meno. Il colore era cambiato, da rosa in blu. Beth non riusciva a ricordare quanto fossero state insieme, mezz'ora, forse meno. Quando avevano portato via la bambina, Beth si era vestita e se n'era andata. Non avrebbe dovuto andarsene prima del controllo ma l'aveva fatto. Nei giorni successivi erano aumentati il dolore e la febbre. Era riuscita ad andare al funerale, solo lei e un prete, con la pioggia che cadeva da un cielo plumbeo. Aveva messo dei bucaneve sul minuscolo feretro. Il giorno dopo aveva avuto delle secrezioni maleodoranti e si era trascinata dal medico per farsi prescrivere degli antibiotici. Era tornata al lavoro dopo due settimane, perché le servivano i soldi per l'affitto. Il dolore era stato sommerso dalla rabbia. Non aveva mai più contattato Ted. Alcuni mesi dopo, lui aveva cominciato a chiamarla e visto che non rispondeva era andato a bussarle alla porta. Si era nascosta al buio finché non si era arreso: era troppo tardi. Ormai il danno era fatto, anche se non ne immaginava le proporzioni. Si era trasferita da neurochirurgia a ortopedia. Quando lo vedeva da lontano in un corridoio cambiava strada. Era passato un anno quando aveva saputo della festa.

«...improbabile ottenere un esito positivo. Secondo la mia opinione, il tessuto cicatriziale è troppo diffuso per intervenire chirurgicamente; l'infezione deve essere durata a lungo, la lesione sarà estesa».

Non ci sarà nessun altro bambino quindi, nessun'altra figlia. Sulla scrivania di David, in un vaso di vetro è compresso un grande mazzo di iris, il forte profumo riempie la stanza di una dolcezza quasi nauseante. I bucaneve avevano un semplice aroma di terra. Trattenendo le lacrime, fissa i grossi petali bianchi con la voglia di fracassare il vaso e calpestare i fiori sul tappeto fino a ridurli in poltiglia. La lesione sarà estesa.

«...fecondazione assistita, con un trentadue per cento di possibilità di riuscita».

David sorride. Beth non capisce perché, quella percentuale, molto meno della metà, la atterrisce. Non ricambia il sorriso. Il medico gira attorno alla scrivania, si sistema nell'ampia sedia, dimenandosi un po' per mettersi comodo. «Vorrà discuterne con Albie. Poi possiamo incontrarci, tutti e tre, per vedere come procedere». Le mani paffute battono delicatamente il tavolo.

Albie è felice, lo sono entrambi. Se gli dice la verità, la felicità si trasformerà in angoscia. Darà a lei la colpa, anche se non lo ammetterà. Potrebbe evitarla ai pasti, in casa, a letto. Nel luogo in cui avrebbe potuto esserci un bambino, tra loro calerà il silenzio. S'intreccia forte le mani in grembo. Potrebbe sottoporsi di nascosto alla fecondazione assistita forse, ma le probabilità di successo sono troppo basse, il fallimento sarebbe intollerabile. Sarebbe come perdere di nuovo la bambina. Se lo dirà, forse Albie vorrà provarci diverse volte e la tensione distruggerebbe il matrimonio. Se non dirà nulla, forse avranno ancora un futuro, avranno l'un l'altro.

Beth si alza. «Quest'informazione deve restare riservata. Se mio marito ne viene a conoscenza, saprò qual è la fonte e le farò causa per violazione del segreto professionale».

La faccia rosa di David si fa rosso scuro. Per la prima volta, pare manifestare un'emozione, difficile dire se si tratti di rabbia o paura. Si sporge in avanti e si schiarisce la voce, ma prima che possa parlare Beth esce dalla stanza.

«È una notizia fantastica. Che sollievo!». Albie getta la borsa nell'angolo della camera da letto e l'abbraccia, avvolta com'è da un asciugamano, bagnata e appena uscita dalla doccia. «Lo sapevo. È solo questione di tempo e concentrazione, come per qualsiasi cosa. Dio, è meraviglioso!».

«Non mi fai respirare, Albie».

«Scusa». La scioglie dall'abbraccio, sempre sorridendo. «E quand'è il prossimo appuntamento?».

Beth entra in bagno e si preme una salvietta sugli occhi. Dopo un po' grida: «Non abbiamo un appuntamento».

«Di solito si fa un controllo». Le arriva la voce perplessa di Albie.

«Non serve». Getta la salvietta nel cesto dei panni sporchi, apre il rubinetto della vasca ed entra in camera da letto. «Non c'è altro da fare. Gli ho detto che sei molto impegnato». Non è una bugia. Non c'è altro da fare, o almeno, nient'altro che lei sia disposta a fare.

«Se ne sei sicura». La osserva gettare via l'asciugamano, agganciare il reggiseno, infilarsi gli slip.

«Sbrigati». Gli dà una leggera spinta. «C'è la festa di Ed. La vasca si sta riempiendo. Possiamo parlare in bagno».

«Ti va di venire?»

«Stasera Ted ti affiderà ufficialmente il laboratorio, certo che mi va».

Beth si siede accanto alla vasca e lo guarda. Le lucenti superfici del corpo sono semimmerse, l'ampio petto, la pancia piatta, le spalle larghe. Le mani grandi. Gli occhi stanchi. La totalità di Albie, tutto ciò che ha Beth.

«Grazie al cielo abbiamo organizzato i test. La faccenda si è complicato con la Viromed». Scivola sotto la superficie dell'acqua e riemerge, con i capelli che fluttuano aggrovigliati. Gli strofina lo shampoo sulla testa, Albie sospira e chiude gli occhi. «Non volevo dirtelo mentre aspettavi l'esito dell'esame, ma c'è stata una battuta d'arresto, il pagamento è stato rinviato. Saremo a corto di soldi ancora per un po'».

«Una battuta d'arresto?»

«È necessario ulteriore lavoro, ci sono stati dei problemi. La Viromed non ci pagherà finché non avremo finito».

«Che tipo di problemi?»

«Qualcuno ha svolto delle ricerche, di scarsa qualità, in realtà, ma le premesse sono simili alle nostre. Dei pazienti affetti da melanoma maligno sono stati trattati con endovenose di virus della varicella per attivare la risposta immunitaria. Due hanno avuto una reazione con esito fatale». Immerge di nuovo la testa sottacqua poi esce dalla vasca. Beth gli porge un asciugamano e lui se lo avvolge attorno alla vita. Beth prende un altro asciugamano,

Albie si siede sul bordo della vasca e lei gli strofina i capelli. «Pare che la risposta immunitaria sia stata innescata da un'infezione precedente dello stesso organismo. I pazienti morti presentavano disfunzione organica».

«Perché non sono stati colpiti tutti?».

Albie ritira la testa. «Non tutti forse erano stati infettati in precedenza; oltretutto, questo genere di reazioni è molto raro. Anche la ricerca sembra piuttosto carente: ai pazienti che sono morti potrebbe essere stata somministrata una dose troppo alta di virus». Esce dal bagno e si lascia cadere sul letto. «A ogni modo, la Viromed avrebbe ripetuto i nostri studi sui propri ratti per sicurezza. Le aziende farmaceutiche non vogliono correre rischi. Ma comunque, Ted dice che dobbiamo ricominciare da capo».

«I ratti dei vostri esperimenti avevano sviluppato una risposta immunitaria quando avevate iniettato il virus?».

Albie scuote il capo. «Erano cresciuti in un ambiente sterile. Non erano mai stati esposti al virus in precedenza, quindi non era possibile una reazione immunitaria pericolosa».

«E ora?». Gli mette una mano sul ginocchio: sotto la pelle calda l'osso è ampio e duro. Ossa da vichingo, razza combattente.

«Altro lavoro. Bruce ha avuto l'incarico di iniettare il virus nell'addome di un nuovo gruppo di ratti, poi dopo un paio di mesi verrà loro infuso nel cervello».

«E se muoiono?»

«La Viromed annullerà l'accordo». Si alza e si dirige verso l'armadio, aprendolo con tale violenza che le stampelle ondeggiano e tintinnano. «Il pagamento e le royalty saranno cancellati. Dovrò ricominciare da capo».

Beth va alla finestra. Dalla camera da letto non c'è una vera vista: oltre il giardino recintato si vede solo il retro di una casa vittoriana come la loro, divisa in appartamenti. Un rettangolo di luce brilla nella finestra dell'appartamento dell'ultimo piano: un bambino in pigiama corre in camera e salta sul letto. Se Albie dovrà ricominciare, passerà molto tempo prima che i bambini abbiano la terapia. Potrebbe dover trascorrere in laboratorio mesi, anni forse. Lunghe ore e nottate. Potrebbe essere indotto in tentazioni a cui lei non aveva ancora pensato. Come Jenny non aveva pensato che il marito potesse essere indotto in tentazioni, ma se questa è la pena, lei l'ha già scontata. Ora tocca a Ted.

«Visto che la Viromed seguirà lo stesso procedimento, le vostre sperimentazioni devono per forza farsi esattamente come hai detto? Se non lo fate chi lo saprà?».

Albie strappa fuori dall'armadio la camicia. «Tutti quelli del laboratorio, anche se la cosa irritante è che le possibilità di una reazione sono minime».

«E se le possibilità fossero nulle?»

«Che vuoi dire?». Indossa la camicia e l'abbottona. «Non possiamo eliminare la possibilità di una reazione».

Beth riguarda fuori dalla finestra. Il bambino sta ancora saltando sul letto e la frangetta scura gli sale e scende sulla fronte. A ogni balzo, Beth sussulta come se stesse saltando sul suo corpo.

Le tube sono lesionate, e in modo grave.

La mano le va sull'addome, allarga le dita. Nella stanza di fronte entra una donna alta, con i capelli legati in una coda. Si muove rapidamente tra Beth e il bambino, le tende vengono chiuse, escludendola. Il bambino scompare alla vista.

L'abito nero nuovo è appeso alla porta, dove l'ha messo prima. Lo infila dalla testa e in quell'istante prende forma un'idea, come se fosse stata celata nelle pieghe scure della seta. Libera la testa e guarda Albie attraverso la stanza. «E se le possibilità di una reazione potessero venire eliminate?»

«Impossibile. Bruce seguirà il protocollo, sono stati ordinati i vaccini, è tutto pronto per cominciare».

Beth si avvicina, sussurrando, come se qualcun altro nella stanza potesse sentire. «Si potrebbe alterare qualcosa...». Le si spegne la voce, osserva il volto del marito.

«Non si può alterare una sperimentazione», fa indietreggiando. «Non sarebbe etico, troppo rischioso. E se morisse un bambino?».

Un bambino è già morto a causa di Ted, il suo bambino. Un tempo Ted aveva potere su di lei. Ora ha in pugno Albie, ma il potere si può strappare di dosso.

«Il progresso è sempre rischioso. Possono morire delle persone, ma molte altre sopravvivono».

«Dobbiamo andare», dice, come se non l'avesse ascoltata.

Beth si spruzza su collo e braccia un profumo alla lavanda, poi spegne la luce e mentre escono dalla stanza gli dice: «Centinaia di bambini potrebbero trarre beneficio dal tuo trattamento, Albie. Migliaia. La sperimentazione deve avere successo se si vuole sottoporli alla terapia».

«La sperimentazione deve procedere come stabilito», replica lui piano. «Ma ti ringrazio per come cerchi di aiutarmi».

Beth non risponde. Nell'auto, Albie trema come se avesse freddo o stesse per ammalarsi. Gli prende la mano. Ci sono tanti tipi di ardore: l'ardore della battaglia, l'ardore del coraggio, la foga del momento. Mentre Albie manovra l'auto per le strade, Beth immagina che il proprio ardore le esca dalla mano e si insinui nella pelle di lui, viaggiando poi lungo le vene fino al cuore.

Capitolo 12

Londra. Autunno 2017

Intervallo.

Un uomo esce dal sipario. Sotto un camicie bianco indossa papillon e panciotto. Ha una voce rassicurante: ovviamente un dottore, di vecchio stampo.

«I chirurghi sanno tutto sulle ferite». Sorride rivolto al pubblico. Tutti lo fissano, sorpresi, le bocche piene di gelato.

«Le infliggiamo quotidianamente». Estrae con uno svolazzo una carta dalla tasca del camice, poi tasta il panciotto in cerca delle lenti bifocali. Così equipaggiato, comincia a leggere.

«Una ferita è una lesione a un tessuto vivo, causata da un taglio, un colpo o qualsiasi altro impatto. Infliggere una ferita significa lesionare, danneggiare, nuocere. Ledere. Provocare una cicatrice». Ammicca alla folla. «Le ferite possono essere aperte o chiuse. Pulite o sporche. Superficiali o profonde. Possono cambiare la vita».

Alla festa si separano come se il peso di ciò che hanno discusso sia troppo pesante da portare insieme. Albie la osserva serpeggiare tra la gente, poi prende da bere. La stanza sembra più bella di quanto ricordasse, deve averci lavorato un arredatore. Ora sulle pareti c'è una seta grigio scuro, ci sono più dipinti, grandi e collocati in pesanti cornici che arrivano al soffitto. Enormi divani rossi sono stipati di persone che chiacchierano e bevono. Altri ospiti sono fuori, su un balcone dove le fiamme in funghi riscaldanti di ferro si levano alte contro il cielo nero. Ci sono colleghi dell'ospedale e persone sconosciute, forse del danaroso mondo dell'arte: ha sentito che Jenny sta avendo un certo successo. Fa il giro delle pareti, sorseggiando il vino. Riconosce le sue opere: marine soprattutto, onde grigio azzurre e cieli fumosi, scogliere frastagliate. Una spoglia distesa di ciottoli grigi, tutte le sfumature del dolore. Si sofferma a pensare alla figlia perduta, l'adolescente difficile mai più tornata. Ted non parla di lei: la tragedia non viene mai discussa, ma quale compensazione può aver consentito, e ancora consente? Forse c'è una ragazza proprio ora in quella stanza, nascosta tra gli ospiti. Non lo escluderebbe da parte di Ted.

Gli compare davanti un vassoio. Prende una focaccina spruzzata di verde, alza lo sguardo per ringraziare, si volta e poi riguarda. I capelli grigi sono lucenti e freschi di messa in piega, il volto sottile ben truccato. Ricorda l'insolita capigliatura, ma il fascino lo coglie di sorpresa. La donna ricambia lo sguardo, con un luccichio negli occhi scuri.

«Verdandi», fa lui con un sorriso. «Dovevo immaginare che saresti venuta a dare una mano».

«Niente nomi», risponde lei torcendo le labbra, più una smorfia che un sorriso. «Sono in incognito».

Albie assaggia una focaccina e sente il sapore di zucchine e semi di papavero, un accenno di parmigiano. Il gusto salino di alghe. «Delizioso. L'hai fatto tu?»

«Mia madre», bisbiglia la donna. «Non dirlo a nessuno». Si mette le dita sulle labbra e si allontana, svanendo tra la folla. Albie allunga il collo in cerca della possibile presenza di Skuld, ma non la vede da nessuna parte. Forse lavora fino a tardi nel laboratorio.

Uno scoppio di risa attira la sua attenzione verso le porte del balcone, dove Jenny e Ted parlano in mezzo a un gruppetto di persone. Jenny è abbronzata, sta meglio dell'ultima volta che l'ha vista, quasi due anni fa. Il tempo e il successo l'hanno rimessa in sesto, almeno in parte, almeno superficialmente. Ed tiene per mano la sua graziosa fidanzata. Un uomo con una folta massa di capelli sta pigramente tra Ed e suo padre, gli occhi concentrati su Ted. Ha un'aria familiare: ma certo, il giornalista volpino di Beth. Jake qualcosa. Albie si avvicina per parlare con Ted, ma ora Jake appoggia una mano sulla spalla di Ted e gli sussurra all'orecchio. La bocca di Ted si spalanca in una chiassosa e insolita risata. Il giovane si sporge per abbracciarlo e Ted contraccambia, un abbraccio caloroso. Albie fissa stupito: Ted abbraccia solo i familiari. Sta ancora guardando quando Ted lancia un'occhiata nella sua direzione. Incuriosito, Jake segue lo sguardo. Albie sorride, ma Ted socchiude gli occhi, la fronte si corruga, il volto pare teso. Ha già visto quello sguardo, quando Ted sta per eseguire un intervento difficile e soppesa i rischi. Dura un secondo, forse due. Malgrado la calca e il rumore assordante, potrebbero trovarsi l'uno di fronte all'altro in una stanza buia. Vede solo quegli occhi luccicanti. Il cuore di Albie comincia a battere in fretta, come se il corpo avesse avvertito una minaccia che la mente non ha ancora afferrato. Ted si volta e tira su il bicchiere. «Un brindisi ai fidanzati».

Si alzano i calici, si gridano gli auguri. Albie si unisce al brindisi, ma lo champagne ha un gusto amaro, un po' sgassato, avrebbe dovuto berlo prima. Stasera Ted è diverso, come se accanto alla famiglia e a quel giornalista, la loro amicizia contasse meno. Si sente snobbato, come un bambino a una festa escluso da un gioco. Deve trovare Beth, devono andarsene. Venire è stato un errore, erano troppo stanchi. Parlerà con Ted domattina.

«...a capo del laboratorio per un anno, con effetto immediato». Ted lo sta nuovamente guardando. Ha perso l'inizio del discorso e le parole restano come sospese nell'aria in un momento di silenzio. Albie sente rilassare il collo e le spalle. Dopotutto, Ted ha mantenuto la promessa. Stava solo aspettando il momento giusto e infatti lo cercava con lo sguardo. Albie fa un passo avanti, elaborando un discorso di ringraziamento. Mentre aspetta che gli applausi finiscano, Ted torna a guardare Ed, che china il capo, con un sorriso. Albie si ferma, confuso, come un uomo a un incrocio in cui i cartelli sono stati cambiati e non sa che direzione prendere.

«Ci consideriamo molto fortunati che abbia accettato. Questo incarico sarà impegnativo, ma ha dalla sua la giovinezza. Contribuirà a guidare i progetti del laboratorio e porterà avanti anche alcuni stimolanti interessi commerciali». Ted sorride al figlio e la voce si colma di affetto. «Arriva in un momento propizio per Ed, ora che festeggiamo il suo fidanzamento con la nostra futura cara nuora, Sophie Valance». Altri applausi. Sophie nasconde la faccia contro la spalla di Ed. Un chirurgo ortopedico accanto a Ed acclama sonoramente, ma Ted alza la mano per chiedere silenzio. «Forse dovrei aggiungere che Ed è stata la scelta unanime della commissione giudicatrice per l'incarico. Il capo sarà lui, io resterò a disposizione, ma in disparte».

Le parole di Ted falciano Albie come un'arma dalla lama seghettata pensata per causare il massimo danno. Resta immobile per contenere il dolore. Probabilmente non sembra diverso, ma la mano gli trema al ritmo selvaggio del cuore e la stanza è offuscata. Percepisce il movimento intorno, un cerchio che si forma attorno a Ed e Sophie. Ted ha voltato la schiena, come se, dopo aver inferto il colpo fatale, può permettersi di ignorare il proprio rivale, abbattuto e non più una minaccia. È questo che è diventato senza rendersene conto: il rivale di Ted? Forse è sempre stato una vittima, derubata a ogni occasione e ora privata di tutto. Albie finisce di bere, versandosi addosso un po' di champagne. Deve andarsene, tornare a casa a curarsi la ferita. Comincia a farsi strada a spallate tra la folla in cerca di Beth. Intravede una ragazza snella, la testa color platino voltata in conversazione con Owen: Skuld. La sua piccola spia. Ne era al corrente? Perché non l'ha avvertito. Si dirige da quella parte e le batte sulla spalla. La testa si volta e lo fissa il volto rugoso di una cinquantenne, le sopracciglia inarcate. Balbetta una scusa e si allontana, rispondendo col capo a un sorriso cordiale di Owen. Ha la faccia tutta sudata, deve uscire.

Beth è in un angolo vicino alla finestra, che parla con una ragazza indiana alta, che cinge col braccio Jake. Albie lo guarda con avversione.

«Eccoti». Beth si volta verso di lui, ha l'aria sollevata. «Non ti trovavo da nessuna parte e allora sono andata a cercarti fuori. Mi sono persa il discorso». Gli prende la mano e lo conduce verso il gruppetto. «Ti presento Jake e Gita. Era Jake di cui ti ho parlato a proposito di quell'articolo sul giornale, ricordi? Gli ho fatto i complimenti per l'articolo». Jake fa un piccolo inchino. «Jake è il migliore amico di Ed, sua sorella è la fidanzata di Ed». Poi sorride a Gita. «Io e Gita parlavamo di giardini».

Il sari rosa di Gita spicca contro la carnagione, i corti e ricci capelli neri incorniciano una testa dalla struttura fine, ma sotto gli occhi ci sono cerchi scuri. «Beth mi stava consigliando quali alberi piantare in modo che possa vederli nostro figlio dalla carrozzina». Sorride ma le trema la voce. «È idrocefalico, e allora...».

«So che sei neurochirurgo, come Ted», interviene Jake.

Albie lo guarda con aria assente. Quelle parole stridono. Lui non è come Ted: non è un ladro o un bugiardo, non viene meno alle promesse, non tradisce la moglie. Jake alza la punta del naso come se fiutasse un problema nell'aria. Da vicino si vede che ha gli occhi di colore diverso, uno è marrone, l'altro verde. Difficile decidere quale guardare. Albie prende Beth per il gomito. «Scusateci, dobbiamo andarcene subito».

Beth gli lancia uno sguardo, gli occhi le guizzano dagli occhi alla bocca di Albie e capisce. Fa scivolare la mano nella sua. Mentre la conduce via, Beth si volta verso Gita. «Ricorda, un ciliegio, per i fiori».

Mentre si dirigono tra la folla verso la porta, li chiama Ted. «Già ve ne andate?». Si avvicina, con una bottiglia di champagne in una mano e un bicchiere nell'altra, la cravatta di traverso. Albie gli fissa la mandibola, dove si tende la pelle abbronzata, il punto in cui nei film il pugno incontra la carne con uno schianto di ossa spezzate. Ma non sono in un film, sono colleghi neurochirurghi a una festa. Vorrebbe fargli del male ma non sa come.

«...so quanto sei impegnato, Albie, l'hai lasciato intendere quando ho menzionato l'incarico. Mi ha fatto riflettere». Ted biascica un po', le parole si accavallano. «Ed ha più tempo di te di gestire un laboratorio».

«Avevi dato quel lavoro a me, Ted. È mio». Albie arde di rabbia. «Sto seguendo la sperimentazione in due fasi, te ne ricordi?». Non gli ha mai parlato a quel modo, ma Ted è mezzo ubriaco, può dire ciò che vuole. Domattina non ricorderà neanche una parola.

«Non è stato firmato niente in proposito». Ted sembra dispiaciuto. «E come hai sentito, a quanto pare non stava a me affidare il laboratorio».

Mente. Ted è a capo della commissione giudicatrice, avrebbe potuto ottenere qualsiasi cosa. Ted si avvicina. All'istante Beth si stringe al fianco di Albie, trema come una foglia, lui la cinge col braccio.

«Non preoccuparti». Ted sorride allegramente. «Anche se Ed da ora in poi si occuperà della sperimentazione, riceverai comunque il pagamento dalla Viromed, più le royalty. Se va tutto secondo i piani. Dopotutto, sei stato tu a modificare il virus». Poi fa spallucce. «Se fallisce, niente accordo ovviamente. In quel caso, Ed partirà con una nuova sperimentazione e qualsiasi pagamento o royalty saranno suoi». Abbassa la voce. «Mi prendo io la responsabilità della sperimentazione già cominciata. Mi sembra giusto visto che lui è ancora alle prime armi. Ed sa bene che la mano finisce con me». Poi scoppia a ridere. «Non fare quella faccia, Albie. Pensavo ne saresti stato sollevato. La sperimentazione è più complicata ora che bisogna seguire due fasi». Lancia un'occhiata a Beth, uno sguardo tagliente gli balena in volto: rabbia? Rammarico? Sparisce prima che Albie possa analizzarlo. «Bella donna. Comprensiva». Barcolla verso di lei e Albie s'irrigidisce, stringendo il pugno. Ted è ubriaco, non ci vorrebbe molto.

«Andiamo, Albie». Beth lo guarda col volto pallido e Albie ricorda che al mattino ha fatto l'esame. Deve riportarla a casa. La guida oltre la porta, ma quando si volta, Ted li sta ancora fissando. Il sorriso è svanito e l'espressione è vuota.

Beth sta dormendo, il profumo di lavanda aleggia nella stanza e sulla sua pelle.

Ha la mani appoggiate sul ventre come se pregasse. Hanno fatto l'amore, un rapporto breve, intenso, e poi, come liberato, ha parlato fino a tarda notte, individuando lo schema dei tradimenti di Ted. Ora gli sembrano così ovvi: i più piccoli, precursori di questo più grande. Il furto del brevetto quasi due anni fa, poi del PhD. Ora Ted gli ha rubato il lavoro. Albie gli ha spianato la strada: gli ha dato attenuanti, cercato di capire, guardato al futuro. Ora non c'è più niente da guardare: Ted ha cancellato tutto.

Il sonno non arriva. Toglie il braccio da sotto il corpo di Beth, si alza e apre il più possibile la finestra. La notte è fredda, c'è luna piena. Gli arriva l'odore di fumo di scarico, di foglie marce, immondizia. Una volpe abbaia nelle vicinanze. Non si era reso conto di quanto in fretta passasse il tempo, l'estate se n'è andata. I viaggi tra casa e lavoro avvengono al buio, le stagioni sono diventate invisibili. Il legno vecchio dell'architrave è umido, la vernice gli si sfalda sotto la mano. Tutto è a rischio.

Il lavoro al laboratorio non c'è più: senza un filone di ricerca a suo nome, le chance di un posto da primario diminuiscono. Tutti i suoi progetti di poter cambiare qualcosa potrebbero finire in una bolla di sapone. Se i ratti della sperimentazione del virus sopravvivranno almeno avrà quella ricerca. La candidatura a un altro lavoro sarebbe rafforzata, avrebbe un futuro. Se qualche ratto dovesse morire, la ricerca verrebbe archiviata e la sua posizione sarebbe indebolita. Ed tenterebbe altri trattamenti, si prenderebbe il merito e il denaro. Senza quei soldi e il salario del laboratorio per pagare il mutuo, anche la casa è a rischio. Non resterebbe niente per eventuali terapie per la fertilità. Una perdita dopo l'altra.

La luna è nascosta da una nuvola. Mentre guarda gli alberi scuri, vaglia ogni vaga possibilità. Risente le parole di Beth, chiare come se gli stesse accanto e gliele sussurrasse all'orecchio.

E se le possibilità di una reazione potessero venire eliminate?

Potrebbe accadere solo se i ratti ricevessero il virus una volta sola, invece di due. I pensieri cominciano a scivolare verso un'idea come lungo un sentiero in pendenza già spianato da Beth.

Si potrebbe alterare qualcosa.

Il protocollo è stabilito e il virus ordinato, ma nessuno verrebbe a sapere se alla prima serie di iniezioni ai ratti fosse iniettato un liquido inerte, soluzione salina ad esempio, invece del virus.

La volpe abbaia di nuovo, il suono si trasforma in grido. Un altro strillo si sovrappone al primo: sembrerebbe una lotta. Il baccano si avvicina. Quando nella seconda iniezione ai ratti verrebbe inoculato il virus, sarebbe in realtà la prima volta. Non ci sarebbe alcuna reazione, il trattamento verrebbe considerato sicuro, la Viromed effettuerebbe il pagamento come stabilito, e la sperimentazione procederebbe, con le migliori probabilità di successo. Se qualche ratto morisse durante i test della Viromed, il trattamento verrebbe interrotto, nessun bambino verrebbe mai messo in pericolo. Ma a quel punto avrebbe almeno ricevuto il pagamento per il brevetto. Se la Viromed incolpasse l'Istituto per aver eseguito male i test, la responsabilità ricadrebbe su Ted. Forse dovrebbe persino dimettersi. Il posto di primario si libererebbe e il prossimo in lista sarebbe lui.

Una volpe salta sopra il muro e corre agilmente con una piccola sagoma che gli si dimena tra le fauci. Un uccello? Un ratto? Il bottino di un combattimento. La volpe salta in aria come se volasse, atterra con grazia e scompare dietro l'albero vicino al capanno. Se attua questo piano entrerà in un territorio selvaggio fitto di ombre, lontano dal chiaro sentiero che ha seguito finora. Solleva il capo, cogliendo un leggero aroma ferroso. La vittima è stata sventrata. Conosce l'odore del sangue in tutte le sue forme, fresco in sala operatoria, putrido su una fasciatura, coagulato all'obitorio. Il vento spazza via le nubi dalla luna e agita i rami del pino della casa accanto: si sollevano e si dimenano come membra. Il giardino s'illumina al chiaro di luna.

Oggi al controllo in ambulatorio, Karim sorrideva, trasformato. Ce ne saranno altri come lui se il trattamento va avanti, generazioni di bambini da salvare. Deve proseguire la ricerca per loro. Indietreggia e chiude la finestra, poi scivola nel letto. Lo avvolge il calore del corpo addormentato di Beth.

Il rumore della macchina del caffè lo sveglia presto. Beth è in cucina alle cinque del mattino, con la divisa sotto il cappotto. Una caraffa di spremuta sul tavolo è intorbidita da corpuscoli che si muovono come se fossero vivi.

«Stavo ripensando alla nostra conversazione prima della festa». Beth gli porge una tazza di caffè. «Ci hai riflettuto?». Raccoglie le bustine del tè, rimaste a scolare in pozze marroni, e getta via le bucce d'arancia.

Albic annuisce, stringendo le mani attorno alla tazza. Il caldo gli brucia i palmi. «Avevi ragione, qualcosa si può alterare». Abbassa la voce. «Sostituire al virus della soluzione salina nella prima serie di inoculazioni, tanto per cominciare...». Si ferma, esitante. Quelle parole gli sembrano sbagliate nella cucina illuminata – appartengono alla notte, al silenzio e all'oscurità – ma Beth socchiude all'istante gli occhi e annuisce.

«Va fatto subito, prima che Bruce cominci la sperimentazione. Dopo sarà troppo tardi». Estrae il pane dal tostapane, imburra la fetta e gliela porge. Ha la bocca lucida di rossetto, i capelli legati con cura da un fermaglio. Ha l'aria riposata dopo una notte di sonno, si muove rapida come sospinta dai propri pensieri. Harris si siede ai suoi piedi e la fissa attentamente. Beth prende i suoi biscotti dalla credenza, ne soppesa una manciata e gliela versa ticchettante nella ciotola. Il cane li sgranocchia nel giro di pochi secondi. «Dopo la lista degli interventi comincerò a pianificare il da farsi». Lo guarda. «Dobbiamo sapere se ci sono telecamere di sorveglianza nel laboratorio, magari va a controllare se hai il tempo». Mentre si muove per la cucina, sgombrando la tavola e rimettendo il latte in frigorifero, l'anello che ha al dito cattura la luce e una scheggia verde danza sulla parete. Albie la osserva mentre addenta il pane tostato, con i pensieri in subbuglio.

Lo saluta con un bacio, poi si chiude la porta alle spalle. Comincia a lavorare dopo di lei. Si veste lentamente, prendendo gli abiti da un mucchio sul pavimento della camera da letto, in mezzo c'è appallottolato il vestito di seta nero. Il piano che pareva tanto chiaro la notte prima ora è confuso, la via che ha davanti invasa da ombre. Rimette a posto gli asciugamani in bagno e si guarda allo specchio. Ha le labbra macchiate del rossetto di Beth. Il gusto è insolito. Si strofina la bocca con una salvietta, osserva la stanza disordinata, chiude la porta al caos ed esce di corsa da casa.

Capitolo 13

Londra. Autunno 2017

Bisturi. Divaricatore. Pinza. Diatermia. Beth conosce l'ordine a memoria. Il chirurgo che le sta accanto è avvolto nel cotone crepitante come un guerriero nell'armatura. Non leva lo sguardo ma tende la mano guantata su cui Beth colloca gli strumenti, battendoglieli sul palmo uno a uno. Agiscono con precisione come se eseguissero una danza mentre le si affacciano alla mente le immagini di ieri: le tube gonfie sullo schermo, la faccia felice di Albie e poi addolorata. Ted che le si avvicina barcollante.

Il chirurgo alza gli occhi. Lei gli passa la sega, dalla parte del manico, e un ronzio assordante riempie la sala. Pulisce il sangue e risciacqua i frammenti, le immagini riscompaiono. La gamba rimossa le viene passata: è più pesante di quanto si aspettasse, molto più calda. La porge a un assistente, poi si rivolta, diatermia, strumenti, aghi e filo. I punti tirano i margini della ferita come una borsa chiusa da una cerniera lampo. Quando l'operazione si è conclusa e il paziente è stato controllato in rianimazione, Beth segue il letto fino al reparto e consegna la cartella clinica e le istruzioni prima di ridiscendere per lavarsi la polvere bianca di ossa dalla faccia. Lasciando l'ospedale, si guarda intorno un momento come se fosse stata gettata sulla riva di un luogo sconosciuto e cercasse di capire dove si trova. Rientra in parte a piedi, ha bisogno di sole e aria dopo una mattina di luce artificiale e odori rugginosi di sangue e ossa. Arrivata a casa indossa la sua più vecchia tuta e si lega i capelli. Nello specchio del bagno gli occhi le sembrano diversi. Sono più brillanti. La mascella appare più definita, come se i muscoli si fossero rinforzati per aver stretto forte i denti nel sonno. Si allontana da quel volto pallido, determinato.

Innanzitutto la cucina. Per il compito che l'aspetta è necessario fare ordine, come il carrello di strumenti prima che il chirurgo si metta all'opera. Ripulisce gli scaffali, strofinando le impronte rotonde appiccicose e gettando fili rotti di pasta e grani di riso. Mentre sfrega e lava, l'ombra del suo incontro con David il giorno prima sbiadisce un poco. Dagli angoli del pavimento della cucina, spazza peli di cane, pezzetti anneriti di carne e scaglie traslucide di formaggio. Harris osserva dalla porta, guaendo debolmente. Dopo un po' si mette a dormire con il naso tra le zampe.

Dietro il bidone del compost in giardino, dove butta l'immondizia, ci sono delle ossa, escrementi nerastri e un odore muschiato. Volpi. Lascia tutto com'è, non vuole spaventarle. E se ci fossero in giro dei cuccioli? Ritorna in casa, guardandosi intorno. Ora ci sono più alberi, un'ampia macchia verde nell'angolo dietro a una siepe, ma non ha pensato a dei fiori per la primavera. A quel punto la sperimentazione di Albie sarà conclusa, i bambini miglioreranno. Albie sarà osannato ovunque e i tradimenti di Ted sbiadiranno. Avranno voglia di posare lo sguardo su festanti gialli e arancioni, colori che rallegrano e conciliano. Mentre il pavimento della cucina si asciuga, chiude Harris in casa e percorre la strada in curva verso Rosslyn Hill. Correndo verso il borgo, sotto i piedi scricchiolano le foglie accartocciate che ingombrano i marciapiedi. Quando svolta in Flask Walk è ormai senza fiato. Al negozio di fiori, si accovaccia per raccogliere da un sacco aperto in terra manciate di bulbi duri color crema e marrone di narcisi e riempire una busta.

«Beth?».

Ci mette un paio di secondi per collocare il volto sorridente chino verso di lei: la festa di ieri sera, la ragazza stanca che voleva piantare alberi per suo figlio. Gita.

«È incredibile. Ho appena ordinato il ciliegio». Gita si piega per baciarla, poi si raddrizza, rivelando un bambino legato al petto in un marsupio a righe. «Ti presento Billy».

Beth avrebbe capito che qualcosa non andava anche se Gita non avesse menzionato l'idrocefalia di Billy. La grossa testa ciondola contro il lato dell'imbracatura, i tratti si accalcano sotto la cupola rigonfia della fronte.

«Dovevo immaginare che ti avrei incontrata da queste parti», continua allegra Gita. «Cosa stai comprando?». Scruta la busta di Beth.

«Oh, solo qualche bulbo di narciso per la primavera prossima».

«Caspita, che organizzazione! A me non verrebbe mai in mente».

Beth sorride, valutando quanto presto può salutare e andarsene: vuole piantare i narcisi, poi sedersi al tavolo della cucina pulita con davanti una lista. Ad Albie serviranno un equipaggiamento da portare in laboratorio, un pretesto per la sua presenza, un'idea del tempo necessario.

Si avvia rapidamente alla cassa. «Devo pagare».

Gita la segue e appoggia il gomito sul bancone per osservare Beth che prende pacchetti con semi di carote, barbabietole e lattuga e, dopo averci pensato, anche prezzemolo. Gita sfiora la bustina di carta. «Mia madre dice sempre che il prezzemolo cresce solo in una casa dove comanda una donna».

Beth annuisce, quasi senza ascoltare, paga e fa per andarsene.

«Vieni a prendere un caffè», propone d'improvviso Gita. «Ho l'auto dietro l'angolo». Tocca Beth sul braccio. «Mia madre ha mandato dei biscotti speciali». Con l'altra mano regge la testa di Billy, nella voce c'è un che di implorante.

L'appartamento di Gita è al piano terra di un edificio moderno sulla strada principale di Crouch End. Gesticola indicando la chiazza d'erba antistante. «Per il ciliegio», dice con un sorriso. All'interno, si fanno strada verso la cucina attraverso una stanza piena di giocattoli. Le superfici sono tutte ingombre: bicchieri con sedimenti rossi stanno accanto a ciotole contenenti cereali rinsecchiti arenati tra pozze di latte. Un gattino sonnecchia su un cuscino vicino al lavandino.

«Un caos!», esclama Gita, quasi con orgoglio. «Ci servirebbe un posto più grande ma non possiamo permettercelo. Jake non ha un salario regolare. Fa il freelance ed è molto esigente. Lavoro solo su cose che ritiene importanti».

«Come quella storia sul giornale?»

«Esatto. Ha lavorato per anni a quel caso. Ha una grande tenacia, ma un po' più di spazio non sarebbe male». Si piega in avanti per appoggiare il marsupio sul bancone. Liberando Billy e, tenendolo stretto, lo volta in aria qua e là quasi a esibirlo come un gattino o un cagnolino. Il bambino sorride e un getto di bava gli scende dalla bocca riversandosi sulla guancia di Gita. La donna ride e se lo appoggia su un fianco per pulirsi, canticchiando mentre si muove per la cucina in disordine. Il bambino sembra parte di lei, essenziale e dato per scontato come un arto. Beth distoglie rapidamente lo sguardo. Una bacheca di sughero alla parete è ricoperta di foto di ogni dimensione: Jake con una chitarra e Sophie che suona la fisarmonica, una con un grande gruppo di famiglia in un ristorante e in mezzo Ted e Jenny.

«Quella è stata fatta la sera che Ed ha chiesto a Sophie di sposarlo», dice Gita. I suoi erano euforici, soprattutto Ted. Sophie che sposava Ed ai suoi occhi completava la famiglia. Aveva già più o meno adottato Jake».

«Jake? Perché?»

«Jake ha conosciuto Ed alla riabilitazione. Forse non lo sai ma Ed da adolescente era tossicodipendente. Anche Jake, ma era più anziano e l'aveva preso sotto la sua protezione. Ne sono usciti insieme. Ted dà a Ed il merito del recupero di Ed, e da allora per lui fa di tutto. Gli ha pagato il corso di giornalismo». Lancia un'occhiata a Billy. «Papà è un tipo fortunato, vero?». Sorride. «Dovresti vederli insieme, Jake e Ted, sembrano due ragazzini. Fanno tenerezza».

Jake dovrebbe fare attenzione. Ted è generoso quando vuole qualcosa, ma una volta ottenuto ciò che gli serve tutto cambia. È accaduto con la moglie e poi con lei, ora è accaduto con Albie. Ieri sera aveva gli occhi scuri di dolore.

«Tutto a posto?». Gita le mette una mano sul braccio.

«Certo». Indica in fretta un'altra foto: una bella donna dai capelli bianchi con un sari blu accanto a una versione più giovane di Gita in rosa con un fagotto tra le braccia. «Queste chi sono?»

«Sono io da bambina, mia madre e mia nonna. Adorano Billy». Appoggia le labbra sulla fronte del bambino. «Verranno qui per Natale».

Riunioni di famiglia, bambini vezzeggiati: i colori brillanti della foto si offuscano. Il fischio del bollitore le fa fare un balzo.

«Ah, scusa, facciamo un tè, il caffè è finito. Puoi tenere Billy?».

Pesa più di quanto pensasse: non come un gattino o un cagnolino, ma quanto un sacchetto di sabbia bagnata. La bocca si atteggia in un perfetto cerchio di sorpresa, la grande testa odora di pane caldo. Il calore le penetra nella pelle e Beth è colpita da un'ondata di desiderio talmente forte da farla vacillare. Gita non se ne accorge. Si è rimessa a canticchiare, mentre mette le bustine di tè nelle tazze e apre una scatola romboidale di biscotti ricoperti di zucchero. «Mamma manda di continuo pacchi di viveri, come se facessimo la fame. Fanno così anche i tuoi?».

Beth scuote il capo, stringendo Billy più forte. Gli ultimi viveri ricevuti dalla madre risalgono a vent'anni fa. Fagioli in scatola davanti alla televisione, seguiti da un bacio sulla guancia, umido e alcolico, la porta che si chiude, tacchi a spillo che ticchettano per le scale. La portiera di un'auto che sbatte, l'avvio del motore: in quel momento i suoi genitori erano, così le aveva detto la polizia, esattamente a cinque minuti dalla morte.

«Non riesco a resistere». Gita sgranocchia un biscotto. «L'allattamento mi fa venire una fame da lupo».

Billy comincia a piagnucolare. Gita tende le braccia e Beth glielo porge. Il punto dov'era appoggiato è ora freddo, un po' umido, vuoto, si liscia la maglietta stropicciata.

Gita si tira su la maglia e il reggiseno di pizzo rosso. Billy si attacca al seno e a quel punto c'è pace. Beth osserva le dita dei piedini arricciarsi. Le vene sotto la pelle tesa della fronte sembrano pulsare ritmicamente, come se si riempissero di liquido a ogni sorsata. Guarda come la boccuccia si chiude attorno al capezzolo, le guance che s'incavano a ogni succhiata e al ricordo avverte un dolore ai capezzoli.

Dopo qualche minuto, Billy tira indietro la testa e comincia a piangere. Gita se lo appoggia sulla spalla, dandogli delicati colpetti sulla schiena. «Ha qualche problema di digestione. Anzi a dire il vero, i problemi sono tanti». Si raddrizza per cullarlo con aria stanca. «Non dovrei lamentarmi. Ted ci aiuta in tutti gli aspetti medici. È un santo, non credi?»

«Non so». Beth guarda la foto di Ted circondato dai familiari. «Bisogna chiedere ad Albie».

Gita sembra sorpresa. «Immagino che i medici siano troppo impegnati per socializzare tra loro». Indica i bicchieri sporchi e sorride. «Jake fa feste con i colleghi in continuazione».

Ci sarà musica, jazz forse, chiacchiere, balli, il profumo di cibi esotici. Sarà caldo e pieno di gente. Le stanze a casa loro sono vuote, un po' fredde. Non viene nessuno. Beth non ha voluto amici. Le basta Albie. Albie è tutto, ma tra queste certezze nella sua mente penetra sottile come un bisturi la sensazione che manchi qualcosa, che sia tutto un errore, che sia troppo tardi. Troppo tardi per risate e feste, troppo tardi per una famiglia. I tacchi a spillo tacciono e la porta dei suoi ricordi si chiude sbattendo. Si alza in piedi. «Devo andare… il cane».

Mentre raccoglie in terra la busta dei bulbi, si apre con uno schianto la porta d'ingresso.

«In cucina!», grida Gita.

Entra Jake, una sagoma compatta che si muove rapida per la stanza. Si ferma a guardare Beth e prende Billy da Gita. Il bambino comincia a piangere. Cullando il figlio, Jake si avvicina a Beth. «Ciao, mi fa piacere rivederti». Gli occhi bicolore sondano i suoi come per scoprire cosa ci faccia in casa sua. Saltella per calmare il bambino ma i movimenti sembrano leggermente aggressivi, come quelli di un pugile.

«Anche a me». Beth si volta, a disagio. Perché mai è andata? Gita ha insistito ma poteva rifiutare. Forse voleva solo seguire il bambino.

«Ora devo andare, Gita, grazie per il tè».

«Ti accompagno in macchina». Gita si alza e, rimettendosi la mammella nel reggiseno, comincia a cercare le scarpe.

«Non preoccuparti, prendo un autobus».

Jake si dirige verso la porta e gliela apre. Billy ha smesso di piangere. La guarda fisso, le ciglia sono raggruppate in piccole punte bagnate.

«Ciao, Billy». Gli tocca molto velocemente il piede.

«Mi ha fatto piacere conoscere tuo marito ieri sera». Jake balonzola da una parte all'altra, bloccandole il passaggio. «Sai, è stato Ted ha inserire il sistema di drenaggio nella testa di Billy. Se ci sono problemi possiamo chiamarlo e a volte ci riceve al reparto dell'ospedale pediatrico di Great Ormond Street». Sospira. «Ma ormai sta principalmente negli Stati Uniti, e allora ci chiedevamo, visto che Albie è il suo sostituto…».

«Glielo chiederò».

Jake si allontana dalla porta, accennando col capo un ringraziamento. Quindi era per questo che Gita era tanto cordiale e l'ha invitata a casa. Non per fare amicizia. Ma Beth capisce. Avrebbe fatto qualsiasi cosa per aiutare la figlia, qualsiasi. Supera in fretta Jake senza salutare.

La zia le avrebbe detto di piantare i fiori ordinatamente, a due bulbi di distanza l'uno dall'altro, ma Beth vuole una vampata casuale di colore e getta sul prato manciate di bulbi. Dove cadono, estrae coni di terra coronati di erba, li infila e poi rimette a posto le zolle appiattendole. Al crepuscolo, attratto dall'odore di terra e in cerca di vermi, un pettirosso svolazza sulla staccionata. Beth resta assolutamente immobile ma l'uccello guizza tra gli alberi della casa accanto. L'umido dell'erba penetra attraverso i pantaloni: ormai è troppo buio per piantare. Sta pressando del concime in un semenzaio sul piano del lavandino della cucina quando torna Albie. La osserva spargere nella terra i semi striati marroni del prezzemolo, e poi si siede con in mano un whisky.

«Hai fame?».

Albie scuote il capo.

«Com'è andata la giornata?».

Fa spallucce. Ha le occhiaie, le sue giornate sono pienissime. «E la tua?»

«Sala operatoria, poi ho pulito, piantato narcisi, fatto liste, e così via. Al negozio di fiori ho incontrato Gita».

Albie guarda fuori dalla finestra, poi si rigira, quasi deluso di non vedere sbocciare i fiori gialli nel buio giardino autunnale. «Gita?», ripete distratto.

«Ieri sera, la compagna di Jake».

Albie non reagisce, deve aver dimenticato. Non riferirà ora la loro richiesta di aiutarli con Billy, le pare troppo stanco. Copre i piccoli semi con granuli marroni di vermiculite e li annaffia.

«Hai notato se nel laboratorio ci sono telecamere di sorveglianza?»

«Non ce n'erano l'ultima volta che ho guardato. Oggi non ho avuto tempo di andarci». Chiude gli occhi.

Beth strappa della pellicola dal rotolo e la tende sul semenzaio. È ancora indeciso. «Pensavo che avresti bisogno di strumenti, siringhe, aghi». Butta quell'idea alla leggera, come concime sbriciolato sui semi. «Guanti, magari, e via dicendo».

Albie non dice niente ma si alza dalla sedia, si versa di nuovo da bere e porge un bicchiere anche a lei.

«Proprio quello che mi serviva, grazie». Gli sorride e porta il semenzaio sul davanzale, poi si lava le mani.

Albie si rimette a sedere e vuota il bicchiere. «I guanti li mettono i criminali», dice infine.

«Sono loro i criminali, Albie». Attraversa la stanza, gli s'inginocchia accanto e parla piano. «Ted è un ladro. Ti ha rubato tutto quello che poteva, ma questa sperimentazione è tua di diritto, tua e dei bambini. Devi essere certo che l'esito sia positivo altrimenti il tuo lavoro sarà bloccato prima che abbia la possibilità di raggiungerli. Devi farlo, Albie, per il bene di tutti quei bambini. Sai che c'è una rete di sicurezza».

Pare che l'ascolti, ma mentre si china a baciarlo, gli vede uno sguardo combattuto. «Sono qui per aiutarti ogni volta che avrai bisogno di me», gli sussurra. «Farò tutto ciò che vuoi».

La guarda come se quella sera la vedesse per la prima volta, si alza e la attira a sé. Beth gli infila la mano tra la cintura dei pantaloni e la pelle calda. La sua reazione è immediata, un cerino acceso. Le tira su la gonna, si slaccia i pantaloni e li scalcia via. Beth si toglie gli slip e lui la solleva, trasportandola di qualche passo verso il muro, la regge mentre lei lo avvolge con le gambe. Il peso del petto contro il suo. È dentro di lei, Beth soffoca un grido, il volto affondato nel collo di lei, è completamente assorbito, ansima, rapido come un animale. Viene in sussulti. Beth gli sta aggrappata, accarezzandogli i capelli. Lacrime di dolore le bagnano le guance, ma non le importa. Le sembra di aver firmato un patto.

A letto, quella notte, fanno di nuovo l'amore. Stavolta Albie è tenero e molto attento: le accarezza i capelli, sussurrando, guardandola in volto mentre aspetta che raggiunga per prima l'orgasmo. Dopo, sdraiati vicini, sentono la volpe, un suono acuto, soprannaturale. Beth si alza di scatto.

«Volpi», le dice lui.

«Ma è un grido più forte del solito».

«Una femmina che va a caccia. Stenditi, tesoro, non muoverti». Le mette un cuscino sotto le gambe, pensando che questo faciliti il passaggio dello sperma.

«Come fai a sapere che è una femmina?»

«Le femmine gridano sempre», farfuglia, mezzo addormentato. «Se ti fa paura, la elimino. A Jura le volpi sono animali dannosi e vengono ammazzate».

«Non fare niente, Albie. E se avesse dei cuccioli?». Albie non risponde. Ha la faccia voltata sul cuscino. Dorme.

Capitolo 14

Londra. Autunno 2017

Le porte a vetri della clinica si richiudono senza fare rumore. Albie entra, lasciandosi alle spalle l'umido mondo di foglie bagnate e cieli grigi, e attraversa l'ambiente lussuoso della reception dirigendosi nello spogliatoio disordinato, dove si cambia, trasformandosi da uomo qualsiasi in dottore. Quando indossa il camice di cotone blu della sala operatoria e infila i piedi in un paio di zoccoli di plastica macchiati di sangue, la metamorfosi è completa. Con quella mise diventa chirurgo e la vita è più semplice.

Si lava a fondo le mani con il Betadine, l'aroma catramoso ricorda i pini in estate dietro casa a Jura, anche se in questo periodo dell'anno gli alberi si agitano ai temporali autunnali. Con l'avanzare della stagione, la vita sull'isola si riduce a clima e cibo: la lotta per la sopravvivenza diventa essenziale. I cervi scendono dalla collina e si raggruppano tra le conifere. Non sa che darebbe per essere lì in questo momento.

Osserva di sfuggita Sabat, l'infermiere di sala, che si lava le mani accanto. La moglie ha avuto un bambino la settimana scorsa, ha l'aria insonnolita. Una giovane infermiera si avvicina con i guanti, ha i capelli biondi legati in trecce e fermati sulla testa come una lattaia. Apre la busta di carta contenente i guanti in modo che una volta pulito, Albie non abbia bisogno di toccare la carta che contaminerebbe le mani. Infila le mani nei guanti, muovendo le dita per sistemarli, e le porte automatiche si aprono sulla sala operatoria. Albie entra nel sancta sanctorum, il cuore pulsante della struttura ospedaliera, del suo lavoro, di quello che è. Sta un po' in disparte. Owen sta parlando al paziente mentre inserisce una siringa piena di un liquido bianco collegata alla cannula nel braccio del vecchio. Questi farfuglia delle risposte e poi tace, le palpebre si abbassano. Viene rapidamente intubato.

Albie controlla le lastre. I dischi degenerati sono evidenti: un blocco osseo si appoggia direttamente su un altro sottostante, inspessito per sostenere il peso, intrappolando il nervo emergente. Davanti a lui non c'è più un collo, pronto a essere inciso, ma un campo operatorio, da pulire e preparare. Tampona il collo con una spugna su un bastoncino intinta di un liquido disinfettante e dispone i panni verdi con la stessa semplicità con cui organizzerebbe la riparazione di una macchina rotta. Sabat gli porge il bisturi e in meno di un secondo, Albie ha inciso la pelle del collo. In quel lembo aperto si trova l'arteria carotide, il nervo laringeo ricorrente e il plesso brachiale. La lesione di uno qualsiasi di questi sarebbe catastrofica. Spostando le strutture di lato con le dita, disseziona fino alla colonna vertebrale. I resti del disco vengono rimossi un pezzo alla volta, come altrettanti brandelli di carne di granchio, poi elimina le sporgenze ossee, liberando il nervo intrappolato ora luccicante nel canale ampliato. Inserisce una giuntura artificiale tra le vertebre, pigiando con decisione. Guarda l'orologio e si stupisce nel constatare che sono passate quasi due ore.

Richiude la ferita poi tira via i guanti dalle mani madide di sudore. Annota l'intervento nella cartella clinica del paziente, poi va nella sala caffè, roteando la testa e muovendo le spalle per rilassare i muscoli irrigiditi. Gli fanno male le spalle. Ma il suo disagio è irrilevante: tra breve il paziente potrà girare delicatamente il collo da una parte all'altra, aprire e chiudere la mano, muoversi senza dolore.

Sabat gli ha preparato il caffè e prende per sé un bicchiere d'acqua. Si siedono l'uno accanto all'altro, sospirando entrambi di sollievo. Osserva il sorriso soddisfatto dell'amico.

«Com'è la vita col bambino, Sabat?», chiede, ignorando una fulminea fitta di invidia.

«Bene, grazie. I miei genitori stanno da noi e mio padre recita preghiere di ringraziamento ogni giorno. È il primo nipote».

«Preghiere», ripete Albie. La parola gli sembra assurda, come "male" alla conferenza. Sono anni che non prega. Non ricorderebbe nemmeno le parole.

«È un sacerdote, e anche mio fratello», continua Sabat. «Anch'io era destinato a farlo, ma poi ho scelto questo lavoro. L'altro fratello fa l'assistente sociale».

Brave persone. Imbevute di bontà fin dall'infanzia. Semplici e trasparenti come l'acqua del bicchiere, anche se l'acqua a Jura ha un sapore diverso nei diversi fiumi, salata come il mare o marrone scuro per via della torba. Il padre gli impediva di bere dai ruscelli nel caso ci fosse qualche carcassa di animale in putrefazione più a monte. Albie guarda fuori dalla finestra il giardino brullo davanti alla sala caffè, le aiuole spoglie coperte di foglie che marciscono. Le sue aspirazioni non sono più semplici. I tradimenti di Ted le hanno infangate, o forse si sono rivelate per ciò che erano sempre state. Fare del bene non è sufficiente, a meno che non contenga la possibilità di avere successo. Riconoscimento e ricompensa: il sale nell'acqua, il sedimento in fondo.

Un'infermiera fa capolino nella porta. «Sono andati a prendere il prossimo paziente, dottor McAlister».

Mentre Albie si lava nuovamente mani e avambracci, la stesse infermiera apre un altro pacchetto di guanti. Gli elementi alla base della sua vita sono contorti come le trecce di quei capelli, la spinta a fare del bene talmente intrecciata all'esigenza di avere successo che anche se riuscisse a districarle, ne uscirebbero comunque deformate. Ormai niente è più semplice.

Il prossimo intervento è una decompressione della colonna lombare, un po' più complicato: le ossa sono più grosse. Dopo un'estenuante lotta, le radici del nervo vengono liberate e, come nel caso precedente, si vede il nervo bianco e lucente correre senza impedimenti lungo il proprio canale. Mentre sta ricucendo la pelle, arriva la notizia che il prossimo intervento è annullato. Per un errore, al paziente è stato dato da mangiare. Di nuovo nello spogliatoio, si sta svestendo quando sente aprirsi e richiudersi la porta. La stanza silenziosa si riempie di voci forti e risate roche. Le persone appena entrate cominciano a cambiarsi e chiacchierano invisibili dietro una fila di alti armadietti. Una delle voci appartiene al chirurgo ortopedico che ha acclamato Ed alla festa. In trappola, Albie finisce di spogliarsi ed entra rapidamente nella doccia, aprendo l'acqua. Non vuole incontrare amici di Ted.

«...Alle sei?»

«Mi massacrerai. Ted non c'è, sono fuori esercizio».

«È bravo?»

«L'anno scorso ha vinto la coppa».

Una pausa. Il rumore di una cintura o una fibbia che si apre.

«...sicuramente in gran forma al fidanzamento». La voce è sforzata, come se l'uomo fosse piegato a slacciarsi le scarpe, «...mi ha stupito».

All'istante, Albie riduce l'acqua a un rivolo e tira la tenda della doccia, per sentire meglio. La risposta è attutita, l'interlocutore evidentemente si sta infilando il camice dalla testa e parla attraverso la stoffa.

«...molto giovane...be' certo...».

Parlano di Ed e del laboratorio. Albie s'irrigidisce in tutto il corpo.

«...tutto in famiglia... ovviamente...».

Anche lui faceva parte della famiglia, o almeno così credeva; serra la mascella. Sente delle risate, il rumore di un armadietto che si apre e si richiude, altre parole, sommerse da altre risate. Ridono di lui, ne è certo. Il pollo che ha fatto tutto il lavoro e poi è stato messo da parte come un cane lasciato a guaire al buio fuori da una porta chiusa. Appoggia il pugno alle piastrelle bagnate, sente chiudersi intorno le pareti. L'acqua gli gocciola sulla testa e lungo il collo, comincia a tremare. Passano diversi minuti prima che senta rumore di zoccoli e passi che escono dalla stanza. Una porta si apre e si richiude, escludendo ulteriori suoni.

Chiude l'acqua con difficoltà, armeggiando col grosso rubinetto. Aspetta un secondo o due per essere certo che non torni nessuno, poi spinge completamente di lato la tenda, esce dalla doccia ed entra nel tepore dello spogliatoio e in quel momento prende la sua decisione. Si lega forte l'asciugamano attorno alla vita, ne prende un altro per strofinare il corpo infreddolito, fremente per la determinazione. La scelta è fatta. Si veste rapidamente e con la borsa si reca in rianimazione. Prende con calma guanti, aghi e siringhe, un sacchetto di soluzione salina. Lo fa con metodo, senza alcun tentativo di nascondere le proprie azioni. Infila gli oggetti nella borsa mentre anestesista e infermieri sono impegnati col paziente: neanche lo notano. Fuori dalla sala rianimazione telefona a Bruce, proponendogli di pranzare insieme, ma le frasi di Bruce sono confuse e inframmezzate da lunghi respiri, sembra distratto o fatto. Ubriaco, forse. Il suo progetto è impossibile, dice, i risultati non arrivano a niente di sensato. È sul punto di lasciar perdere.

Albie coglie l'occasione al volo. Si offre di aiutarlo, anche oggi se vuole, ha tempo. La matematica è il suo forte. Bruce accetta, sembra sul punto di piangere.

Albie recupera l'auto dal parcheggio e si dirige di corsa a sud: se la sperimentazione è già cominciata – come paventava Beth – potrebbe arrivare troppo tardi. Serpeggiando rapidamente nel traffico, accende la radio su Classic FM. Le note limpide di un flauto riempiono l'abitacolo. Quel suono terso si sposa con l'immagine del nervo scintillante che corre senza impedimenti lungo il proprio canale fino a destinazione.

Capitolo 15

Londra. Autunno 2017

Il palcoscenico sembra vuoto. Non fatevi ingannare.

Lotte e squittii, strilli occasionali al ridestarsi degli animali notturni. Questo è il loro momento, ma c'è qualcosa di diverso e lo percepiscono: c'è qualcuno che sta lavorando, se si può definirlo in questo modo. È invisibile, nessuno lo vede per quello che è. Quasi nessuno. Come dicevamo, il palcoscenico sembra vuoto.

Non lo puniremo, non ce n'è bisogno. Lo farà da sé.

L'ago penetra la gomma dura del tappo; Albie aspira il liquido poi si ferma con la siringa in mano. Questo, in fin dei conti, è furto. Potrebbe essere omicidio se le cose vanno storte, infanticidio, il massacro degli innocenti. Il genere di eventi che la famiglia di Sabat pregherebbe il proprio dio di impedire a ogni costo. Poi si china sul lavandino ed espelle il contenuto con attenzione nello scarico. I suoi timori sono infondati, motivati solo dalla tensione.

Non ci sarà alcun bisogno di preghiere perché non si verificherà alcun problema: come gli ha ricordato Beth, c'è una rete di sicurezza. Sta solo accelerando il processo, tutto qui. La Viromed ripeterà la sperimentazione, qualsiasi rischio aggirato ora emergerà allora. Continua a manipolare la fila di fiale, strappando un angolo della linguetta d'alluminio su ogni tappo di gomma e svuotandole una a una.

La gamba sinistra di Bruce saltava su e giù quando Albie era entrato nella stanza tre ore prima. L'aveva guardato con irritazione. Era pallido, con un paio di lesioni pustolose che gli luccicavano accanto al naso, i capelli unti. Sparito qualsiasi accenno di vanità.

«Finalmente», aveva mormorato.

Nessun saluto, nessun ringraziamento per la disponibilità. La tensione di Albie era scomparsa. Bruce era distratto, il suo livello di guardia basso.

«Ho qualche ora», gli aveva detto Albie. «Potremmo cominciare a riordinare questi tuoi risultati. Qual è il problema?»

«Sono nella merda fino al collo». Bruce era tornato a guardare il monitor, che nel frattempo si era disconnesso. Aveva imprecato, scrivendo in fretta la password con le dita macchiate di nicotina, le unghie lunghe che ticchettavano sui tasti. *RATTIMORTI*. Albie aveva distolto lo sguardo con una smorfia. Tipico di Bruce.

«Non hanno senso». Bruce aveva fissato la serie di numeri, scorrendo su e giù. «Mio padre mi ha pagato il PhD. Io sono l'ultima fottuta speranza di una fottutissima famiglia, ma non ce la farò», aveva detto con la voce rotta dal panico. «Non quadra niente».

«Tu o Ed avete ricominciato la sperimentazione che voleva Ted?».

Bruce lo aveva guardato con aria assente.

«Avete iniettato il virus nell'addome di quei ratti. Non puoi non ricordarlo, Bruce, quelli a cui poi bisogna iniettare un'altra dose».

«Cristo. Ma che pretende? I miracoli?», era sbottato Bruce. «Certo che no. L'approvazione del ministero è arrivata solo due settimane fa. Ed è a Berna a studiare cellule staminali. Ha lasciato tutto a me. Sono fregato, Albie».

«Tutto si può fare se fai un passo alla volta». Aveva tirato un sospiro di sollievo: c'era ancora tempo. Aveva sorriso a Bruce. «Se non ricordo male, hai sviluppato cinque linee di cellule tumorali in piastre di Petri, tutti sottotipi di glioblastoma da diversi campioni di biopsia».

Bruce aveva gli occhi iniettati di sangue. «Non ricordo più niente. Sono due notti che non dormo».

«E stai testando l'efficacia di diverse concentrazioni di temozolomide e irinotecan, giusto?»

«Non scherzare. Potrebbe sembrare semplice, ma i dati sono confusi. Quei dannati grafici non tornano».

«E cioè?»

«Si potrebbe pensare che più alta è la concentrazione del farmaco, più rapidamente vengono uccise le cellule tumorali, ma non funziona così. Esistono occasionali anomalie che alterano i risultati». Bruce si era sporto oltre il tavolo, gesticolando verso il monitor. C'era un forte odore di sudore. La gamba aveva ricominciato a ballargli.

Sarebbe stato facile, più facile di quanto avesse osato immaginare. Bruce gli si stava disfacendo davanti agli occhi.

«Va' a casa. Mangia qualcosa, fatti un bagno e mettiti a dormire. Non mi ci vorrà molto». Albie aveva fatto una pausa. «A ogni modo, non penso che deponga bene per il tuo PhD se si scopre che è stato qualcun altro a scrivere i risultati. Prometto di non dire a nessuno di essere stato qui stasera, basta che tu faccia altrettanto».

«Ho le labbra sigillate». Bruce si era alzato dalla sedia, eseguendo una traballante danza di vittoria e reggendosi alla spalla di Albie per non cadere. «Ti sono debitore».

«È il contrario». Albie aveva guardato Bruce negli occhi. «Ti sono grato per eseguire la sperimentazione. Francamente sono sollevato di non dovermene occupare io. Ho poco tempo. Il fatto che qui sia subentrato Ed è stata una manna. Ho rilevato anche i pazienti privati di Ted e quindi…».

«Sei sempre stato un tipo avido…», l'aveva interrotto Bruce con una breve risata.

Avrebbe voluto dargli un pugno. Mette giù la siringa, in attesa di sbollire la rabbia. Non è mai stato avido, non è mai stata una questione di soldi. Il lavoro privato è secondario. Quello che fa ora riguarda il futuro della cura del tumore infantile al cervello. Tra qualche mese, lui, Albie, compirà il miracolo. Sarà richiesto in conferenze internazionali come principale oratore, riconosciuta autorità nel campo. A quel punto nessuno gli porterà via il successo. Ted sarà tra il pubblico e ascolterà nell'ombra.

Prima di andarsene, Bruce aveva indicato una disordinata pila di taccuini verdi appoggiati alla parete dietro la scrivania. «I dati sono tutti qui, se vuoi fare un controllo incrociato».

Albie aveva aperto la prima pagina: i numeri occupavano il foglio in colonne disordinate, alcune cifre erano barrate diverse volte, accanto erano scarabocchiati appunti con frecce a matita che indicavano diverse somme. Aveva girato alcune pagine, cercando di celare la propria sorpresa.

«È anche sul computer». Bruce lo stava osservando. «Se proprio vuoi fare il pignolo».

Albie lo aveva accompagnato per il corridoio, lanciando occhiate al soffitto. Ancora niente telecamere. Alla porta, Bruce si era voltato. «Sei un amico». Aveva fatto un passo avanti e si era lanciato su Albie. L'odore muschiato della cannabis era fortissimo, accompagnato da un più debole sentore di alcol e nicotina.

Albie si era fatto una tazza di caffè nella stanza del personale, abbondando in granuli. Ci avrebbe messo un po' a correggere il progetto di Bruce, poi avrebbe cominciato il vero lavoro. A quell'ora non c'era più nessuno. Si era sentito eccitato come uno studente in prossimità di una scadenza, e altrettanto determinato. All'epoca trascorreva nottate intere nel centro di ricerca di Glasgow, nascondendosi dietro la porta per sfuggire a Hilary, la direttrice, che si aggirava per il laboratorio a caccia di ritardatari. Dopo che se n'era andata, Albie riprendeva a lavorare ai suoi esperimenti, libero dallo sguardo critico di quei piccoli occhi nocciola. Era uno lavoro sgradevole: i ratti erano paralizzati dal terrore sotto la luce forte e cercavano disperatamente di scappare strappandosi l'un l'altro il pelo. C'erano sempre delle vittime, ma Albie aveva proseguito malgrado i sensi di colpa. Era il quadro complessivo che contava, diceva a se stesso, la prospettiva a lungo termine. Col tempo, lui avrebbe cambiato le cose. Ed era rimasto fedele a quella convinzione.

Una fila di chiavi appese a ganci sotto l'armadietto con le tazze. Quella del frigorifero del laboratorio aveva un cartellino rosso. I vaccini erano sicuramente lì, accanto a soluzioni tumorali e agenti chemioterapici, tutti etichettati con cura.

Dei passi leggeri erano risuonati per il corridoio verso la sala caffè. Si era allontanato rapidamente dalle chiavi ed era entrata Skuld. L'aveva guardato senza curiosità e aveva preso un bicchiere dallo scaffale sopra il lavandino.

«Oh, ciao, Skuld», aveva detto con nonchalance, anche se si era sentito morire. Era un problema, aveva sperato che il laboratorio fosse deserto. «Lavori fino a tardi oggi».

Si era riempita il bicchiere con l'acqua del rubinetto ma non aveva risposto. Albie aveva osservato da dietro la snella figura.

«Sto correggendo la tesi di PhD di Bruce, ma è un segreto». Una breve risata. «Non vorrei che si pensasse che sta barando».

Mentre beveva, aveva inclinato indietro la testa: un'ascoltatrice, si era rassicurato, non una pettegola.

«Mi fa piacere vederti», aveva continuato lui. «Volevo chiederti se sapevi che il laboratorio sarebbe stato affidato a Ted. Sei presente a quelle riunioni. Di questi tempi sono quasi sempre in ospedale, ma se vuoi dirmi qualcosa, puoi lasciare un messaggio alla segretaria del dipartimento e poi vengo a certarti io».

Si era voltata, con le sopracciglia chiare leggermente inarcate con aria interrogativa. Aveva scosso il capo.

«Be' ormai non ha importanza». Ha importanza, ancora brucia. E brucerà sempre. «Ero curioso, tutto qua. C'è molto da fare, e probabilmente è meglio così».

Un sorriso le balena sul volto; incoraggiato Albie ricambia il sorriso.

«Ti ho visto correre sul Heath con le tue sorelle qualche tempo fa, di sfuggita ma...».

«Mi raccomando». Le parole erano state sussurrate piano, come una brezza in una notte d'estate, tanto leggere da poter essere immaginate, tanto gelide da far rabbrividire.

«Scusa, cosa...».

«Ci vediamo». Gli era passata accanto e la porta si era chiusa alle sue spalle; aleggiava nell'aria un debole aroma di erba estiva.

Era rimasto immobile, a fissare la porta. La ragazza non poteva in nessun modo sapere cosa era in ballo. "Mi raccomando" era solo un modo di dire, come "stammi bene", come dopo aveva detto "ci vediamo". Il caffè gli era diventato freddo e ne aveva aggiunto altro dalla caffettiera. Non era un avvertimento, aveva detto così, tanto per dire.

Tornato alla scrivania, Albie aveva confrontato i numeri sullo schermo con quelli del taccuino e aveva notato una discrepanza nella primissima pagina, un'altra nella quinta. Aveva scosso il capo incredulo. Bruce aveva semplicemente copiato male le cifre: errori di distrazione, ma sufficienti a viziare il trend ipotizzato. Probabilmente era fatto di droga o alcol, troppo confuso per pensare con lucidità: gli errori erano quelli tipici di un bambino stanco. Bruce poteva anche essere brillante, ma aveva dimenticato che in quel lavoro la precisione era fondamentale e un singolo errore poteva alterare i risultati. Nel giro di tre ore, Albie aveva controllato ogni numero e corretto diversi altri errori di copiatura. Aveva cominciato a inserire nel software i numeri giusti, generando un grafico dopo l'altro. Tutti dimostravano la prevista relazione tra concentrazione di farmaci e distruzione di cellule tumorali; aveva completato l'ultimo entro mezzanotte. Era ormai tempo di cominciare il vero lavoro di quella notte.

Aveva guardato nello stabulario: Skuld se n'era andata via. Con i guanti sottratti prima, aveva preso le chiavi e aperto il frigorifero. Le scatole etichettate erano nel ripiano centrale: *Prima soluzione varicella: lotto 82297X per inoculazioni intra-addominali* era scritto con chiarezza sul cartoncino in pennarello blu. In questioni del genere, Bridget non voleva correre rischi. L'altra scatola era etichettata con una scritta in pennarello arancione: *Soluzione varicella per inoculazione intracerebrale*. Era semplicissimo. Aveva preso la scatola con la scritta blu e l'aveva portata nella stanza di Bruce. Se il guardiano notturno avesse fatto un giro d'ispezione, avrebbe avuto il tempo di nasconderla sotto il bancone.

Ormai è a metà dell'opera. Toglie la sacca di soluzione salina dalla borsa, l'aspira con la siringa poi riempie ogni fiala fino al livello precedente segnato sul lato. Sta ben attento a usare il foro fatto in precedenza e poi preme sopra la carta argentata facendola aderire bene. Si china per esaminare da vicino le fiale: sembrano identiche a prima. Nessuno potrebbe indovinare la sostituzione. Bruce le vuoterà nuovamente tra un giorno o giù di lì, iniettando ignaro un quarto di millilitro di soluzione salina nell'addome di ciascun ratto. Seguiranno poi la dose intracerebrale, i test della Viromed e alla fine, le sperimentazioni sui bambini. La sua parte è finita.

Rimette a posto le fiale nella scatola, poi la scatola nel frigorifero, chiude lo sportello, rimette la chiave sul gancio, poi rimette siringhe e aghi nella borsa, insieme ai guanti e alla sacca vuota di soluzione salina. Controlla che il lavandino sia pulito e ordina la pila di taccuini.

«Finito», mormora, esausto. «Tutto finito».

Il camice di Ted è ancora appeso dietro la porta dello spogliatoio, intatto da due anni, il permesso per il parcheggio sotterraneo ancora in tasca. Prende la carta, scende le scale fino al pianoterra e prosegue fino al piano inferiore e poi al sotterraneo. La sua presenza nelle telecamere di sorveglianza della reception nel pomeriggio non è importante, ma uscire ora potrebbe attirare l'attenzione. Il parcheggio buio è deserto. C'è una rampa che conduce all'uscita, che potrebbe essere videosorvegliata. Comincia a camminare lungo il perimetro. È un eccesso di prudenza: un'altra lezione di Ted. Non sarà mai necessario alcun controllo, ne è certo. Ciononostante, prosegue caparbiamente la sua ricerca finché non trova una porta nell'angolo con una scatola metallica dotata di fessura. Ci inserisce rapidamente la carta: niente. Si strofina la plastica contro la manica e riprova e stavolta la porta si apre con un sordo click. Esce in un vicolo cieco che conduce a una stradina; un'altra svolta lo porta su Great Ormond Street.

Mentre l'auto sale per Haverstock Hill, sta albeggiando, ma sulla Hampstead Hill Gardens tutte le tende sono ancora chiuse. Scorge casa sua, la casa dei suoi nonni, ormai salva. Entro la fine dell'anno, il mutuo sarà estinto. I loro figli, e i figli dei figli, cresceranno in quella casa. Scende i gradini sul lato che conducono alla porta del giardino ed entra piano in cucina. Delle candele accese sulla credenza gocciolano nei portacandele. Beth si è addormentata su una poltrona, con le gambe infilate sotto il corpo, ma come se avvertisse il suo sguardo, spalanca di colpo gli occhi. Sorride assonnata e si tende per prendere una bottiglia di champagne in un secchio di ghiaccio semisciolto sul tavolino al suo fianco.

«C'è stato un imprevisto…». Albie prende le coppe da champagne nella credenza e gliele porge.

«Un imprevisto…?». Il sorriso di Beth vacilla.

«Non potevo immaginare che a quell'ora tarda nel laboratorio potesse esserci Skuld». Scuote il capo. «Non ha visto niente, ma se dovessero esserci dei problemi, potrebbe venir fuori che ho fatto una visita non programmata proprio prima dell'inizio della sperimentazione».

Beth appoggia i bicchieri e prende la bottiglia di champagne. «Che problemi potrebbero esserci, Albie? I test della Viromed individueranno qualsiasi rischio. Non ci sarà alcun problema. Rilassati». Stappa la bottiglia con un'abile torsione della mano come se si fosse esercitata proprio per quel momento. Gli offre un bicchiere e leva in alto il suo.

«Congratulazioni, tesoro. A un nuovo inizio».

ATTO SECONDO

Capitolo 16

Londra. Tarda primavera 2018

Il giorno in cui cambia tutto è il secondo anniversario di matrimonio: comincia con luce e silenzio. Le scale, i teli impolverati e i secchi sono finalmente spariti. L'assenza di radioline e betoniere dà un senso di pace, come una benedizione. La casa è uguale e diversa, come la trasformazione di un amico dalla giovinezza alla mezza età. La struttura ossea è la stessa, come anche gli occhi e le mani, ma tutto il resto è cambiato. Ora nel seminterrato non ci sono più stanze separate, la loro vecchia camera da letto è scomparsa. Invece c'è un'ampia cucina aperta in un soggiorno che guarda il giardino attraverso vetrate e porte a scomparsa. Le pareti sono in mattoni grezzi, il tavolo in acciaio lucente. La credenza non c'è più. Da una bassa rastrelliera pendono scintillanti pentole di rame. C'è un rubinetto di acqua bollente a 100° e un frigorifero delle dimensioni di una piccola stanza che al tocco di un tasto eroga tintinnanti cubetti di ghiaccio. Al piano superiore, le pareti dipinte di fresco scintillano come l'interno di una conchiglia. La vista spazia fino agli alberi sul Heath, verdi azzurri in lontananza sopra le cime dei tetti. A volte, Beth porta Harris a passeggiare su Parliament Hill, dove Albie va a correre, ma un paio di volte delle donne snelle che facevano jogging con i cani l'hanno quasi spinta via dal sentiero. Ci sono bambini ovunque, nelle carrozzine, con gli aquiloni, che si trascinano alla mano dei genitori, che corrono giù per i pendii. Preferisce il borgo e porta Harris per le stradine laterali, indugiando a osservare i giardini.

Nel loro giardino ci sono più piante: i narcisi sono finiti, ma gli alti graticci sono ricoperti di rose e clematidi. Lime intrecciati crescono contro il muro. Ha cominciato un diario di giardinaggio, annotando tutto quello che ha piantato: ci scrive mentre Albie progetta sperimentazioni sul suo taccuino. La rilegatura in pelle è ormai un po' crepata, alcune pagine si sono staccate. È quasi pieno ma non vuole saperne di sostituirlo. Beth l'ha tolto dallo scaffale e sistemato accanto al suo diario di giardinaggio sul tavolino all'ingresso, così per lui è più facile prenderlo quando va al lavoro. Le piace come stanno fianco a fianco, il suo taccuino floreale e quello di Albie in pelle, e si sfiorano.

La sperimentazione in due dosi sui ratti è andata come previsto. Bruce ha dato i risultati alla Viromed sei mesi fa e l'azienda ha eseguito i propri test che, a dire di Ed, non hanno dato problemi. Albie era ammutolito per il sollievo. Quando sono arrivati i soldi, Beth ha comprato dello champagne. È cominciato il conto alla rovescia per la sperimentazione sui bambini. Beth ha lasciato il lavoro, ora non ha più necessità di altri soldi e preferisce di gran lunga passare il tempo in giardino. Di tanto in tanto, si accorge che Albie le osserva il corpo, quando pensa che non stia guardando, in bagno, o mentre prende gli abiti al mattino. Non dice niente e non parla neanche lei. L'incontro con David Smith appartiene ormai al passato, sepolto e non più discusso.

Oggi è una giornata perfetta per fare giardinaggio. Da un cielo chiaro picchia il sole. I gabbiano volano in cerchio e scendono con gli acuti stridii che fendono l'aria. Beth controlla il diario, dove sono elencati in bell'ordine i lavori della settimana: concimare le aiuole, piantare fagioli ed erbe aromatiche, rincalzare le patate novelle. Spinge la carriola piena di scarti di pesce e ossa fino alle aiuole di fiori e li interra, mentre Harris le gratta accanto. Poi pianta i fagioli in buche ordinate, li copre con la terra e attacca del cotone a dei ramoscelli conficcati nel suolo contro gli uccelli. Rincalza le patate e riempie un vecchio vaso di terracotta accanto alla porta posteriore con del concime, mettendoci dentro una talea di rosmarino. Viene interrotta da una consegna: una donna che porta la torta speciale che ha ordinato. Le dice di lasciarla nella scatola in cucina e prosegue, lavorando al ritmo del giardino, un'ora dopo l'altra.

Più tardi, sente sbattere la porta d'ingresso. Ripone trapiantatoio e vanga nel capanno, fiutando di nuovo un odore muschiato: ancora volpi in circolazione. Albie è seduto sul divano a guardare il notiziario. Beth si toglie gli scarponi e gli versa un bicchiere di whisky dall'ultima bottiglia di Jura rimasta. Sull'etichetta d'oro in sottili lettere nere è scritto *Prophecy*. Attraverso il bicchiere, la stanza si colora d'ambra e Albie diventa dorato, un po' sfocato. «Fattelo bastare, tesoro», gli dice. «Siamo all'ultima bottiglia». Lui leva lo sguardo e gli occhi gli vagano sui capelli arruffati, i piedi nudi e gli abiti infangati. Di questi tempi, Beth preferisce stare senza make-up, senza tacchi e calze: più in connessione con il giardino, ma a volte si chiede se a lui non dispiaccia.

«Tra un mese ci andremo. Lo farò durare fino ad allora». Alza il bicchiere nella sua direzione.

Jura tra quattro settimane. Impegnata com'era nel giardinaggio, l'aveva dimenticato. Si china per accogliere il bacio di Albie. «Sai di giardino», le dice lui distrattamente, togliendole una foglia dai capelli. Poi torna con lo sguardo al televisore. Un caso medico è finito in tribunale: una donna accusata di aver assassinato il figlio quando invece era un caso di morte in culla. Beth si allontana, ma Albie è completamente assorbito. Non le chiede come è andata la giornata e Beth ne è contenta: la soddisfazione di scavare e piantare, il modo in cui le ore trascorrono continue, tutto questo non è facile da esprimere a parole. In cucina, tira fuori la torta dalla scatola e la metta su un piatto: due cigni in glassa rosa sono intrecciati accanto a un «Felice anniversario» scritto in lettere d'oro su una superficie bianca e liscia. Prende i piatti e un coltello.

Albie distoglie lo sguardo dalla televisione. «Dovresti guardare questo, tesoro, è interessante. Giurerei di aver visto quel giornalista amico di Ed davanti all'Old Bailey[1] con uno striscione...». Vede la torta e si batte la fronte con la mano. «Oddio, avevo dimenticato».

«Non fa niente». Beth gli taglia una fetta e gli porge il piatto. Non vuole sentir parlare della morte di un bambino, anche se tra quelli che chiedono giustizia c'è Jake. Qualsiasi cosa sia avvenuta, c'è stato un corpicino senza vita, un funerale e un dolore che durerà per sempre.

«Hai l'aria triste». La bacia. «Mi dispiace tanto, tesoro, mi è passato del tutto di mente. E hai anche fatto una torta speciale».

«Non l'ho fatta, l'ho comprata da un catering, uno di quei volantini che mettono nella cassetta delle lettere. È venuta a portarla una donna».

«Era per caso una rossa sui venticinque anni?», chiede lui, con aria divertita.

Beth scuote il capo. «Sui sessanta, un tipo gioviale. Perché?»

[1] Tribunale penale centrale di Londra. (*n.d.t.*)

«Un'ipotesi: la sorella di Skuld ha un'attività di catering e consegne. Mette in bocca un pezzo di dolce e guarda il giardino. Gli occhi gli brillano di contentezza. «Mi sembra quasi di planare».

«Planare?». Il termine è insolito, non le dice niente.

«Un termine marinaro. Succedeva a me e a Jamie nel Wayfarer di papà al largo di Jura. Il dingo impattava l'onda di prua e scivolavamo sull'acqua, come se volassimo. Mi sento così ora. Il lavoro alla clinica va bene. Le sperimentazioni sui ratti hanno avuto successo, la casa è bellissima. Arriva tutto insieme». Termina la fetta di torta e tende la mano. «Sono settimane che non vado nel giardino. Voglio vedere tutto quello che hai piantato».

Escono fuori. Harris li supera di corsa diretto al capanno, abbaiando e annusando intorno alla base.

«Ratti o volpi, immagino. Dovrò comprare del veleno», fa Albie con aria rassegnata.

Beth lo conduce all'orto. «Guarda, patate novelle, le tue preferite». Ma mentre indica la fila di mucchi di terra, appena visibile all'imbrunire, il telefono di Albie segnala l'arrivo di un messaggio.

«Ted. Vuole che lo chiami. Strano orario. Probabilmente riguarda uno dei suoi pazienti privati. Mi servirà il computer».

Corre per il prato e per poco non inciampa entrando in casa. Beth lo osserva andare di corsa alla scrivania e accendere il computer. Trova la torcia sul secondo scaffale del capanno. Albie dà la schiena al giardino, col telefono all'orecchio. Gli angoli del capanno sono appoggiati su pietre quadrate; abbassandosi Beth sente una specie di pigolio, come di pulcini. Orienta la torcia verso lo spazio tra il terreno e la base di legno. Il fascio di luce rivela delle piccole teste, la punta di un orecchio, sei punti rossi luminosi si riflettono da tre paia di occhi. Volpacchiotti. Rimette a posto la torcia, chiude la porta e ci appoggia la schiena. Albie non deve scoprire quella famigliola: le volpi a Jura vengono sterminate.

Le luci del giardino si sono accese grazie a un impianto sepolto nell'erba. Illuminare il prato con dei fari è stata un'idea di Albie. A lei non piace, la luce può confondere gli uccelli e ora le volpi. Ciò nonostante è contenta: possiede un giardino che dà riparo a delle volpi, un marito felice e di successo. Questo è dunque "planare", quando gli elementi della tua vita si combinano alla perfezione e ti pare di volare. Mentre si dirige verso casa, si accorge che Albie ha lasciato la scrivania e fissa il giardino. La felicità di prima è scomparsa. Ha in volto un'espressione colma di orrore.

Capitolo 17

Londra. Primavera 2018

La vede incamminarsi verso casa, entrando e uscendo dai fasci di luce che attraversano il prato buio, con le braccia che ondeggiano. Vorrebbe fermare quel momento, perché cammini sempre verso di lui, sempre felice, sempre lì lì per passare una serata di chiacchiere, vino, cibo e amore. Beth alza la testa in direzione della finestra e poi comincia a correre, un altro secondo ed è dentro.

«Ci hanno messo due settimane a morire, forse meno». Gli prende le mani e lo scruta in volto. «I bambini», le dice in un bisbiglio roco. «I bambini».

Albie tenta di comprendere cosa ha provocato. In principio si saranno verificate alterazioni nel comportamento: inappetenza, stanchezza, pianto, niente di specifico. Il pediatra avrà consigliato Calpol e assunzione di molti liquidi, ma la febbre avrà continuato a salire.

«Ted ha detto che il mal di testa era talmente forte che urlavano come animali».

Si sarà verificato vomito, seguito da convulsioni. A quel punto il bambino sarà stato portato in ospedale, con i genitori al capezzale ad osservare impotenti l'intensificarsi dei trattamenti. Antivirali, iniezioni di steroidi, trasferimento in terapia intensiva.

Il bambino sarà diventato debole, poi paralizzato, prima di scivolare in un coma profondo. La morte sarà sopraggiunta in fretta.

«Erano nove bambini in tutto: due sono morti. Altri tre sono in terapia intensiva».

Beth aggrotta la fronte, scuotendo il capo, come se non riuscisse a recepire l'informazione. È buio nella sua testa, buio fuori, da un momento all'altro Albie non si orienta più. Beth gli versa dell'altro whisky e lui vuota il bicchiere.

«Encefalite». Si prende la testa tra le mani. «Com'è potuto accadere? I test della Viromed erano a posto, perfetti. Ero sicurissimo…».

«Potrebbe essere stato il cancro», lo interrompe Beth, «e non la risposta immunitaria, soprattutto se il tumore si stava espandendo rapidamente».

«Non è stato il cancro». Si dirige verso la scrivania per guardare il computer. «Ted mi ha inviato il referto patologico: "Densa infiltrazione linfocitaria del cervello, tipica di un'infiammazione acuta che ha innescato una violenta risposta immunitaria". Sta per tornare. Andrà al laboratorio e poi verrà qui, domani o dopodomani».

Restare fermo è troppo difficile, si dirige verso la parete e appoggia le mani al vetro. Quella stanza è stata concepita per la luce, non hanno pensato al buio, a come ci si possa sentire a essere circondati dall'oscurità incombente.

«Le nuove terapie sono sempre rischiose, Albie…».

«Rischiose? È stata una condanna a morte».

«La condanna a morte era già stata emessa. Ciò che hai fatto ha avvicinato la cura». Fa per prendergli la mano, ma Albie si ficca i pugni nelle tasche e continua a camminare. Il ragionamento di Beth è confuso. Non ha avvicinato la cura, l'ha allontanata. Il telefono comincia a squillare. Una voce maschile gli gracchia aggressiva nell'orecchio.

«Mike Stevens del "Mail on Sunday". Vorrebbe commentare le recenti morti di bambini negli Stati Uniti a seguito della nuova terapia? Ci risulta che un signor McAlister facesse parte dell'iniziale équipe di ricerca che l'ha sviluppata qui a Londra. Fonti affidabili ci hanno informato che la ricerca si è svolta presso l'Istituto di Neurologia di Queen Square».

Copre la cornetta e mima con le labbra: «La stampa».

Beth si avvicina e gli prende il telefono. Gli mette l'altra mano sulla spalla.

«Può ripetere la domanda, per favore?… Ah, è stato male informato. L'idea iniziale è stata di mio marito, ma se n'è andato molto prima che fosse eseguito qualsiasi esperimento… Sì, ormai è più di un anno, per dedicarsi alla carriera di chirurgo». Fa scivolare la mano dalla spalla e intreccia le dite alle sue. Albie sente nel telefono la voce insistente.

«Esatto», fa lei con un sorriso. «Alcun tipo di coinvolgimento… Ah. Vuol dire il professor Malcolm… Ovviamente, in qualità di capo del laboratorio il professor Malcolm supervisiona tutti i progetti… Totale responsabilità, il professore ci ha sempre tenuto».

Sarà la fine della carriera di Ted. Albie la guarda. È trasformata, le guance arrossate, un bagliore negli occhi. Sta sfoggiando le doti affinate da bambina, per assicurare a entrambi la sopravvivenza, ma a chi non la conosce potrebbe sembrare che esulti.

«Di niente. Prego». Rimette a posto la cornetta. «Coraggio, tesoro». La voce gli risuona calda nell'orecchio. «Sui giornali ci sarà il nome di Ted, e forse quello di Ed, ma non il tuo».

Albie si mette una mano sugli occhi. Vorrebbe piangere.

Due giorni dopo, domenica mattina, Albie è in cucina da solo. Beth è andata al vivaio, con l'intenzione di rientrare prima di lui, ma Albie ha corso come un dannato ed è arrivato a casa prima. Lo sforzo fisico gli ottunde i pensieri. Da quando ha appreso la notizia, solo operare gli ha dato un po' di tregua. Fa poco altro. Non ha fatto alcuna aggiunta al suo taccuino o fatto alcuno schizzo. Progettare sperimentazioni va al di là delle sue capacità. Sta bevendo del succo d'arancia quando il campanello suona impaziente tre volte. Albie apre la porta e Ted entra senza salutare, tutto rosso in faccia. Guarda la strada alle sue spalle, con i giornali della domenica sottobraccio.

«Giornalisti del cazzo», mormora.

Sul marciapiedi due bambine tengono al guinzaglio un barboncino grassoccio, ma al di là, un uomo è seduto in una Mini verde parcheggiata sulle doppie strisce gialle. Solleva il telefono con entrambe le mani puntandolo nella loro direzione. Albie chiude in fretta la porta. Ted lo supera, scende le scale e va in soggiorno. Lo sguardo gli vaga per la stanza e il giardino, come se, malgrado la crisi incombente, valuti l'ambiente. Albie aspetta, col cuore che gli batte in gola. Ted è riuscito a scoprire la verità? È venuto per incolparlo o forse aggredirlo? Ted si volta e lo guarda, circondato da tutto quel vetro sembra più basso di prima, anche più vecchio, anche se lo sguardo è spavaldo. Un vecchio pugile contro le corde del ring, che si illude ancora di poter vincere.

«Siamo nel pieno di una crisi, Albie», dice inespressivo. «Spero non ti dispiaccia questa visita. Non mi veniva in mente nessun altro da cui voler andare».

Ted non nutre alcun sospetto. Anzi per trovare conforto si è rivolto a lui, non a Ed e neanche a Jake. Albie avverte un fugace momento di gratificazione mista a senso di colpa. «Sono contento che sia venuto, Ted». A metà strada tra bugia e verità. Fissa Ted, che gli suscita un'insolita pietà.

«C'è del caffè?». Ted si volta di nuovo verso il giardino. «Te la cavi bene». Indicando il prato vellutato e le coltivazioni ordinate ha un tono accusatorio. Si avvicina alla tragedia lentamente come gli indù che una volta gli ha descritto Sabat, che camminano ritualmente attorno ai loro defunti descrivendo dei cerchi. Per qualche terribile secondo, Albie vede cadaveri di bambini ammucchiati sul lucido assito al centro della stanza, manine ricurve, teste riverse e labbra blu aperte, come se la morte fosse sopraggiunta mentre ancora cercavano di prendere aria.

Entra in cucina. «Ha fatto tutto Beth». Mette il caffè macinato nella macchina. «Organizza tutto in giardino, anche in casa».

Ted si toglie la giacca e si allenta la cravatta con un violento strattone osservando le poltrone di pelle, il tappeto rustico, la lucente stufa a legna e le pareti di mattoni a vista ricoperte di grandi foto in bianco e nero di Jura sotto la tempesta. Ted non viene in quella casa da quando ci si è trasferita Beth, ora deve sembrargli irriconoscibile.

«Beth», fa eco pensoso. «Chi l'avrebbe mai detto?».

«Sembri sorpreso». Albie leva lo sguardo dal nastro scuro di caffè che fluisce nelle tazze dal beccuccio della macchina.

«Non avevo mai pensato che potesse fare cose del genere». Ted guarda nuovamente il giardino, distogliendo gli occhi da Albie. La voce tradisce un misto di emozioni, c'è una punta di rimorso o vergogna, ma anche qualcosa di più duro, come la rabbia.

«E io non avevo mai pensato che la conoscessi tanto bene». Mentre Albie gli porge il caffè, Ted abbassa gli occhi e sorseggia il sottile strato di schiuma dorata sulla superficie.

«Era la mia infermiera di sala».

«Non me l'ha mai detto. Strano, non è da lei dimenticarsi una cosa del genere». Il silenzio tra loro si dilata: ha ripreso a suonare il debole campanello d'allarme che aveva sentito una volta.

«Ma forse in fin dei conti non la conoscevo». Ted fa una smorfia improvvisa, come se avesse una fitta di dolore. «Non si possono conoscere gli altri, non si può conoscere neanche se stessi».

Alla fine Beth non c'entra niente. È chiaro che parla della figlia che non è più tornata, della moglie che se n'è andata. «Siediti, Ted».

Ted si sistema in una poltrona, si muove con cautela e sembra più vecchio. Albie si siede sul divano di fronte.

«Questa situazione va risolta», gli dice Ted.

Albie lo guarda cercando di immaginare che soluzione può mai esserci per le famiglie dei bambini morti. Ted mette giù il caffè e si stringe le mani facendo schioccare le ossa. Ha un'espressione cupa. «Niente potrà riportare in vita quei bambini, ma dobbiamo capire cos'è successo. La morte di bambini era ciò che più temevo quando trovasti quella ricerca; è stato proprio per quello che abbiamo ripetuto la sperimentazione. E ciò nonostante, anche se è inconcepibile, due sono morti. Sono confuso».

«Non capisco cosa sia successo alla Viromed», dice Albie. «Credevo che...».

«Stanno esaminando tutte le fiale che ci hanno mandato. Compreso un lotto rimasto».

La paura è immediata. Albie quasi non riesce a parlare. «Bruce ha tenuto le fiale usate?»

«Mi hanno detto che sono state incenerite. Rifiuti ospedalieri».

Albie si alza e torna in cucina per timore che il volto tradisca il sollievo. «Altro caffè?»

«Grazie».

«Intendevo i test della Viromed», grida per superare il rumore della macinazione. «Quelli che hanno fatto per confermare i nostri risultati. Ed mi ha detto che erano a posto, è questo che non capisco».

«Mio Dio, non te l'hanno detto?». Ted si alza e comincia a camminare avanti e indietro, passandosi le mani tra i capelli. «Pensavo lo sapessi. Poi i test di conferma non li hanno fatti».

«Ma Ed ha detto...».

«L'hanno male informato». Ora Ted sta urlando. «Qualche dannato ricercatore alle prime armi della Viromed a cui non importava un cazzo gli ha dato informazioni sbagliate».

Albie si versa del caffè bollente sulla mano e la mette sotto l'acqua fredda. Quindi non c'era alcuna rete di sicurezza, niente a salvare i bambini da ciò che ha fatto. Significa che li ha uccisi come se li avesse messi in fila e li avesse fucilati, uno dopo l'altro. Chiude il rubinetto e si asciuga lentamente le mani, con la mente che gli turbina invasa dai sensi di colpa.

«La Viromed si è fidata ciecamente dei nostri risultati». Ora Ted ha la voce più tranquilla, più inespressiva. «Il nostro laboratorio ha una reputazione talmente buona che non si sono presi il disturbo di rifare i test, come avevano promesso. Hanno avuto l'autorizzazione della Federal Drug Administration per passare direttamente alla sperimentazione sui bambini sulla base dei dati che gli avevamo fornito. L'hanno motivato con l'impellente necessità clinica».

Albie tace. Solo sei mesi fa si trovava nella stanza di Bruce a togliere meticolosamente la soluzione virale da ogni bottiglietta e gettarla via, ignaro che così facendo stava firmando due condanne a morte, forse di più. Appoggia il caffè sul tavolo vicino a Ted e siede a testa china ascoltando il conto alla rovescia verso il disastro.

«Nel momento in cui abbiamo terminato, la Viromed era pronta a partire. L'approvazione della commissione etica è arrivata prima di quanto pensassero. Poi è stato sollecitato il permesso della FDA. Non eseguire i test sui loro animali da laboratorio gli ha fatto guadagnare altro tempo. Immagino fossero impazienti di fare cassa». Ted fa una pausa, le sopracciglia unite in una linea ininterrotta. Abbassa la voce. «Una volta iniziata la sperimentazione, la situazione si è evoluta in fretta. I bambini si sono ammalati pochi giorni dopo l'inoculazione». Beve un sorso di caffè e lo risputa. «Gesù, è bollente».

Albie va a prendere uno strofinaccio in cucina. Ted si alza per asciugarsi la camicia e poi si risiede, facendo uno sforzo evidente per ricomporsi. Mette le mani sulle ginocchia e si sporge in avanti.

«La Viromed ha contattato un'organizzazione di ricerca a contratto per fare una nuova sperimentazione su un altro campione di ratti col tumore al cervello. Ci vorranno tre settimane minimo: la prima immunizzazione, due settimane per sviluppare l'immunità, poi l'inoculazione intracerebrale». Alza il volto al soffitto e chiude gli occhi come se pregasse. «Se questi ratti sopravvivono, ne uscirò pulito. Se muoiono, i nostri risultati risulteranno falsificati e in quel caso, fine dei giochi. Sono fottuto».

«Anche se non eri neanche in Inghilterra?»

«Non ha importanza. Il laboratorio è mio e mia è la responsabilità».

«Ed Ed?»

«Non avrà problemi, grazie a Dio. Sono sempre stato io il responsabile di questa sperimentazione: lui era appena arrivato al laboratorio e comunque la gran parte del tempo stava in Svizzera».

«E riguardo a Bruce?»

«Di Bruce ho parlato con Bridget ieri al telefono. Non abbiamo potuto incontrarci in laboratorio, per un mese non può entrarci nessuno. Il consiglio di amministrazione ha commissionato un'indagine, è coinvolta anche la polizia». Il volto gli s'irrigidisce, si alza con sforzo e comincia a camminare. «Bridget mi ha detto che

Bruce era sotto stress. Era preoccupata che potesse commettere degli errori durante la sperimentazione, e per questo ha supervisionato ogni inoculazione e annotato tutto. Dicono che Bruce abbia fatto tutto alla perfezione. Non ha più colpe di te, e tu, ovviamente, prima che iniziasse la sperimentazione te n'eri già andato». Guarda mesto Albie. «Ringraziando Dio».

Il senso di colpa gli risale come un conato di vomito, ma Albie lo ricaccia indietro. Fissa Ted, dicendosi che se non avesse dato il laboratorio al figlio, tutto questo non sarebbe successo, che è stato lui a cercarsela. Si apre la porta e Harris si tira su a sedere, battendo la coda sul pavimento mentre Beth entra nella stanza stringendo in mano un vaso con un alberello. Uno schermo di fiori rosa le nasconde alla vista la stanza. Supera il divano e si china a baciare Albie.

«Guarda cos'ho trovato». Sembra più felice, più determinata. «Lo pianterò vicino al capanno, così possiamo vederlo. Ho pensato che avessimo bisogno di tirarci su...».

«C'è qui Ted», la interrompe in fretta Albie.

Beth impallidisce all'istante, per un momento pare stia per svenire. In mezzo a quella disperazione, si riaccendono in Albie le speranze di una gravidanza: se è incinta, non dovrebbe portare pesi. Le prende l'albero, mentre Ted si alza e si avvicina chinandosi per baciarla, nel momento stesso in cui Beth si allontana.

«Ce la faccio». Apre la porta a vetri a scomparsa, riprende l'albero dalle mani di Albie ed esce in giardino. Ted si raddrizza impassibile.

«Il giardinaggio è la sola cosa a cui in questo momento riesce a pensare».

«Ho grande stima per le passioni». Ted segue con gli occhi Beth. «Deve essere bello immergersi in un giardino. La invidio, vi invidio entrambi». Prende la giacca. «Ho corrotto il mio avvocato con un pranzo domenicale, esamineremo le varie opzioni».

Albie apre la porta d'ingresso, la Mini verde è ancora parcheggiata di fronte e il conducente li fissa.

«Cavolo», mormora Ted, indietreggiando. «Non si arrendono mai. Non posso sfuggire. Piantonano persino il cottage in Dorset».

«Forse sarebbe meglio se tornassi negli Stati Uniti». Via dal pericolo, lontano dal laboratorio.

Ted scuote il capo. «Dopo che usciranno i risultati del team di ricerca a contratto, dovrò incontrare i rappresentanti della Medical Protection Society e il consiglio dei primari dell'ospedale che pensano abbia imbrogliato e mentito. Quando verrà riaperto dovrò andare a frugare in laboratorio, anche se dubito che mi lasceranno molta libertà. Hanno già chiesto le mie dimissioni. Ma soprattutto, mi preme sfuggire a quei dannati giornalisti». Lo sguardo gli vaga per la stanza come in cerca di un'uscita secondaria.

«Vieni con noi a Jura. Partiamo fra tre settimane», si ritrova a dire Albie. La compagnia di Ted a Jura è l'ultima cosa di cui hanno bisogno, ma prende piede un'idea. Partiranno per la Scozia prima che riapra il laboratorio: se Ted sarà con loro non potrà cercare prove, qualora ne esistano. Beth capirà, anche se Ted non gli è mai piaciuto. Mette una mano sulla spalla di Ted e sente la spigolosa sagoma dell'osso sotto la giacca. Ted è dimagrito. La compassione accende una calda fiammella. «Ti mando un messaggio con i dettagli. Laggiù sarai al riparo dalla stampa».

«Sai, questo potrebbe salvarmi la vita». Ted si tasta le tasche della giacca e tira fuori chiavi e cellulare. Albie riapre la porta, la macchina verde non c'è più. C'è il leggero rumore di uno scatto e nella Mercedes parcheggiata più avanti sulla strada lampeggiano delle luci. «Grazie, Albie. Ci sentiamo». Si dirige all'auto e apre la portiera, poi si sistema sullo spesso sedile imbottito, col telefono all'orecchio.

Il «Mail on Sunday» si trova dove l'ha gettato Ted, sul divano. Albie gira le pagine, scorrendo tutte le colonne. Trova ciò che cerca in quinta pagina. Il titolo è scioccante.

DUE BAMBINI MORTI PER CURA SPERIMENTALE CONTRO IL TUMORE AL CERVELLO

Continua a leggere con un senso di nausea. *La ricerca era stata supervisionata dal professor Edward Malcolm del National Hospital di Londra… ratti a cui era stato inoculato il tumore… cura miracolosa… venduta per una cifra non svelata al gigante farmaceutico Viromed… un anno dopo in un ospedale di Boston, hanno cominciato a morire i bambini*.

C'è un'immagine sgranata di Ted che sorride stringendo la mano a un uomo che Albie riconosce: un uomo abbronzato con i capelli a spazzola. *Straordinaria nuova cura in arrivo per i bambini affetti da letale tumore al cervello* recita la didascalia datata a due anni prima. *«Siamo felici di collaborare con il professor Malcolm per portare avanti quest'entusiasmante cura», dice il capo della Viromed.* Sotto, c'è un'altra fotografia: un bimbo emaciato in un letto d'ospedale. *I genitori in lutto vogliono delle risposte.*

Albie mette giù il giornale; gli è venuto il mal di testa. In giardino, Beth sta scavando una buca profonda e non si accorge che si sta avvicinando. L'alberello è stato tolto dal vaso e giace su un fianco con le radici bianche che si attorcigliano attorno al compatto cilindro di terra.

«Devi proprio farlo, tesoro? Per un attimo mi è parso stessi per svenire».

«Sto bene». È senza fiato per lo scavo. «Ho dimenticato di fare colazione, tutto qua».

«Non sei incinta, allora?». Azzarda una risata.

Beth scuote il capo e, prendendo di tasca un coltello, comincia a tagliare il cilindro di terra. Il mal di testa di Albie peggiora al rumore della lama che perfora la terra.

«Ma stai tagliando le radici».

«È quello lo scopo. Bisogna reciderle. Le estremità tagliate verranno stimolate a crescere verso l'esterno e ad ancorare la pianta al terreno».

Solleva l'albero con entrambe le mani e lo depone nella buca. Albie lo tiene dritto mentre Beth rimette la terra attorno al tronco e la pesta con decisione col piede. Rimette la vanga nel capanno e si dirige verso casa. «Ted è ancora qui?»

«È andato a un appuntamento con il suo avvocato. Beth, senti, la Viromed poi non ha ripetuto i test di Bruce. Ha dato per buoni i nostri risultati».

Gli sta davanti e in silenzio lo scruta in volto. L'espressione le si indurisce. «Quindi è colpa loro. Non tua. Non nostra. Voi eravate convinti che la Viromed conducesse i suoi test…».

«Ho invitato Ted a Jura», la interrompe lui. Vuole farla smettere di parlare, incolpare la Viromed non riporterà in vita quei bambini.

Lo fissa in silenzio, con occhi imperscrutabili.

«So che non ti è mai piaciuto», dice lui lentamente. «Ma ci serve che stia lontano dai guai. Il laboratorio per ora è chiuso, ma conosco Ted. Non appena avrà il permesso di entrare lo rivolterà da cima a fondo». Non parla di senso di colpa o di compassione. Beth sembra tesa, forse non capisce le sue motivazioni.

«Certo, Albie, anche se sarà un po' imbarazzante. Non lo conosco bene quanto te».

«Mi ha detto che prima eri la sua infermiera di sala». Si acciglia, sentendosi preso in giro. «Un minimo vi conoscerete».

«Ah, sì. Per un po' ho fatto parte della sua équipe». Si volta ed entra in casa; lui la segue. «Sai com'è in sala operatoria». Beth prende le tazze di caffè vuote e le porta in cucina. «Non ci si conosce mai troppo bene».

Albie pensa a Ted in sala operatoria che racconta aneddoti, scherza, mantiene concentrata l'équipe; alle ore passate da Ted a insegnargli, a osservarlo pazientemente e a guidarlo. In sala operatoria, più che altrove, sentiva di conoscere Ted. Dalla finestra guarda l'alberello, in piedi nel suo anello di terra. Chiude gli occhi, cercando di scacciare l'immagine del coltello luccicante che squarcia e taglia i fili delle radici.

Esattamente tre settimane dopo, a mezzanotte, arriva una telefonata. Beth gli passa il telefono. Ted parla biascicando. Dice ad Albie che sono arrivati i risultati dell'organizzazione di ricerca a contratto. L'ottanta per cento dei ratti a cui è stato inoculato il virus attenuato della varicella sono morti quando hanno ricevuto in seguito l'infusione cerebrale dello stesso virus. Le autopsie hanno rivelato un massiccio infiltrato infiammatorio in sede cerebrale. Secondo l'opinione del General Medical Council, la sperimentazione condotta nel laboratorio di Ted è stata palesemente fuorviante. I bambini non avrebbero mai dovuto ricevere il trattamento. L'ente ne ha sospeso l'impiego. Ted potrebbe subire un processo penale.

Albie resta ammutolito. Voleva vendicarsi, ma questo è eccessivo. Si era figurato di ottenere più successo di Ted, ma non si era mai immaginato il carcere.

«Jura tra un paio di giorni, Ted».

«Ho un incontro al quartier generale dell'ente giovedì. Vi raggiungerò nel week-end».

Dopo la telefonata, Albie non riesce più a dormire. Si alza e vaga per la casa, accendendo il computer per poi rispegnerlo. Non se la sente di affrontare email, ma poi ricorda il taccuino, trascurato da quando ha ricevuto la notizia. Non lavoro, qualcosa di diverso. Un disegno potrebbe calmarlo, potrebbe fare uno schizzo di Dunbar, adagiata nella sua curva di terra come se fosse plasmata nel paesaggio. Ne conosce la sagoma a memoria. Va all'ingresso, ma il taccuino non è sul tavolo. Fissa la superficie vuota, cercando di scacciare l'inquietudine. È sparito anche il diario di Beth, deve averli spostati per lucidare il legno. Ora è troppo stanco per cercarlo. Prende un libro di poesie che non legge e si prepara un tazza di tè che non beve, Mentre si abbandona al sonno un'ora dopo sente un urlo all'esterno. Di nuovo le volpi.

Molto presto, al mattino, si sveglia nel buio, con il cuore che batte forte. Alle quattro, si alza per cercare il taccuino. Guarda nella scrivania e in cucina e su ogni superficie della casa. Il taccuino contiene tutte le sue idee e i progetti medici, le future sperimentazioni. È un diario della sua vita professionale, passata e futura: è parte di ciò che è ora. Al pensiero di averlo perso lo invade il panico. Estrae i libri dalla libreria, vuotando ogni scaffale, e tira fuori tutti i cassetti. Svuota gli armadietti della cucina. Il rumore delle stoviglie sveglia Beth.

«Perché è tutto sparso in terra?», chiede lei in procinto di preparare il tè.

«Ho perso il mio taccuino». Quell'ammissione gli sembra pericolosa, quasi non riesce a pronunciare le parole. «L'hai visto?»

«Non lo vedo da un po', mi dispiace».

«Non c'è neanche più il tuo diario di giardinaggio…».

«Penso di averlo lasciato nel capanno l'altro giorno. Avevo notato che il tuo non c'era più, ma ho pensato te lo fossi portato al lavoro».

«Quando è stato?»

«Non ricordo».

«Avresti dovuto dirmelo».

Si siedono in silenzio davanti a una colazione che non mangiano. Beth sta guardando il giardino quando s'illumina in volto. «Se può servire, ora ricordo l'ultima volta che ho visto il taccuino, Albie. Era al nostro anniversario, che si è rivelato un giorno terribile. Avevo controllato il mio diario prima di andare in giardino per lavorare. Sono certa che vicino ci fosse il tuo».

Tre settimane fa. Da allora dolore e rimorso gli hanno vuotato la mente. Proprio non riesce a ricordare dove l'ha messo. Più tardi ha una serie di interventi ma intanto continua a frugare nel solaio, nell'essiccatoio, negli armadi e sotto le coperte. In una scatola nell'armadietto degli utensili trova del veleno per topi che il padre gli aveva dato anni prima per una disinfestazione. È scaduto, ma prima di andarsene Albie corre in giardino e ne mette un tubetto sotto il capanno. Chiede a Beth di continuare a cercare, di guardare ancora. Lui controllerà in reparto e in sala operatoria. Un taccuino non può sparire nel nulla.

Capitolo 18

Jura. Estate 2018

Glasgow è più calda di Londra, più buia. L'aria è pesante. L'uomo pagato per tenere in garage la Range Rover di Albie si toglie gli occhiali per asciugarsi il volto sudato. Le ammicca con fare cordiale. Un tizio qualunque, di corporatura robusta con una tuta blu, un brav'uomo. Se sapesse esattamente perché i bambini dei titoli dei giornali sono morti, il volto sorridente si rabbuierebbe. Rifiuterebbe il loro denaro, sputerebbe in terra e se ne andrebbe.

Albie si sistema dietro il volante e comincia a guidare in silenzio. Ha detto a malapena una parola durante il volo. La pioggia inizia a spruzzare il parabrezza all'altezza di Loch Lomond, davanti a loro si stagliano le Trossachs in una luce verdastra. Si lasciano sulla sinistra Inverary, poi il lungo bagliore grigio di Loch Fyne. Quando arrivano a Kennacraig, il traghetto bianco e nero è ormeggiato in attesa, la ciminiera rossa contro il cielo grigio. Si accomodano in un angolo della sala da pranzo, Albie compra dei sandwich, apre il laptop e comincia a lavorare. Nel caldo soffocante, le palpebre di Beth si chiudono. Arriva il sonno: si trova in un reparto d'ospedale, un luogo che riconosce vagamente. Dei genitori piangono accanto a un letto. Mentre si avvicina per consolarli, vede qualcosa che si dimena sul cuscino, dove una nidiata di ratti squittisce come in preda al dolore. Si sveglia con un rantolo di orrore. Albie è concentrato sul monitor e non alza lo sguardo. Beth cammina incerta verso il finestrino: onde grigio scuro si gonfiano oltre il vetro sporco. Non ha praticamente osato pensare ai bambini. Dopo lo shock iniziale, Albie non ha parlato di quello che è successo, in generale ha parlato poco. Il dramma è ancora troppo fresco, la disgrazia troppo grande. Non è abituato, come lei, a seppellire tragedie. Le passa accanto un giovane con un giubbotto verde e una massa di capelli rossicci. Ha stretto al petto un bambino, avvolto in una copertina bianca da cui emergono ciocche di capelli biondi. Il passato le emerge da sotto i piedi. Si tiene forte al davanzale e dopo un minuto torna lentamente a sedere, facendo appello alla propria determinazione. Le madri dei bambini della sperimentazione li hanno avuti più a lungo di quanto abbia avuto lei sua figlia, li hanno visti crescere prima che morissero, hanno più ricordi da conservare di quanti ne abbia avuti lei. Si siede accanto ad Albie. Deve esserci un modo per superare tutto questo, troverà un modo. Albie non alza lo sguardo, Beth non lo tocca, anche se vorrebbe. Avranno del tempo prima dell'arrivo di Ted: gli ha portato un libro di poesie e un nuovo taccuino in attesa che salti fuori quello vecchio. Nel borsone ha un plaid morbido per il giardino e in valigia biancheria intima di seta. Dopo che Albie avrà dormito a sazietà, leggerà in giardino e faranno l'amore. In qualche modo si riavvicineranno.

La barca attracca a Port Askaig nell'isola di Inslay, un agglomerato di case bianche che si ammassano attorno al porto e poi si sparpagliano lungo la strada, la fila bianca interrotta dal rosso di una cabina telefonica e il beige spellato di un decrepito pub. Albie fa il pieno in una piccola stazione di benzina vicino al porto; il telefono squilla mentre fanno la seconda fila per il traghetto per Feolin a Jura. Albie sta ancora ascoltando quando conduce l'auto sul traghetto. Un marinaio mal rasato con una tela cerata macchiata fa loro cenno di parcheggiare dietro a un furgone blu. Albie conclude la telefonata, ma quando escono per mettersi accanto al parapetto, l'uomo lo guarda male.

«È arrabbiato perché parlavi al telefono?».

Albie scuote il capo. «Secondo un'antica credenza scozzese gli uomini con i capelli rossi a bordo di una nave portano sfortuna». Un tempo un'assurdità del genere lo avrebbe fatto ridere, ma ora è concentrato sul mare davanti alla barca dove uccelli bianchi si gettano in picchiata tra le onde simili a bombe. Ha il volto teso. «Comunque, al telefono era Ed. Sta venendo con il padre, e anche con Theo».

«Vengono anche i ragazzi? Non sapevo che avessi invitato anche loro».

«Si sono autoinvitati. È un problema?».

Beth scuote il capo, seppellendo l'ansia. Ted non dirà niente della loro relazione, finora non l'ha fatto. Ed li ha visti una volta insieme ma ha giurato al padre di tacere. Magari ormai l'ha dimenticato. Theo non l'ha mai saputo, o almeno così le diceva a suo tempo Ted.

«...devono tenerlo d'occhio», sta continuando Albie. «È talmente depresso che pensano sia meglio averlo sempre sotto controllo». Le lancia un'occhiata. «Sai cosa penso di lui, Beth, ma non posso dimenticare di essere responsabile».

È uscito il sole: un'alta e compatta palla di luce tra le nuvole. Le fanno male gli occhi per via dello sfolgorio riflesso sull'acqua. Jura si avvicina. Si trovano a quella precisa distanza in cui la liscia spiaggia grigia diventa di singoli ciottoli, il verde della collina si trasforma in erba, alberi ed erica. Il rischio è evidente. Il senso di colpa sta legando Albie a Ted, potrebbe creare un legame più stretto dell'affetto, più duraturo. Potrebbe venire messa da parte, allontanata.

«È casa tua, Albie. Possiamo pulire le stanze del sottotetto per i ragazzi. Viene anche Sophie?»

«Casa nostra». Ammorbidisce lo sguardo. «Sophie resta a organizzare il matrimonio, ma Ed porta anche Jake. Ted gli vuole bene. Immaginavo che non ti sarebbe dispiaciuto».

Ma a lei dispiace invece, e le dispiace soprattutto la presenza di Jake. Ha sempre avuto uno sguardo molto attento, ma alcune battaglie vale la pena combatterle solo se si sa di poter vincere.

Risalgono in auto mentre la barca si avvicina a Feolin, un semplice molo con un basso edificio in mattoni e una tettoia, un paio di camion in attesa. Scendono dal traghetto, sobbalzando su lamiere metalliche e seguono le altre auto, che accelerano lungo la strada e svaniscono come inghiottite dall'isola. A Craighouse, Albie scompare nel negozio, lasciandola in macchina. Beth abbassa il finestrino. L'odore di whisky è più forte che mai, ma il villaggio è tranquillo, non c'è nessuno in giro. Il silenzio è opprimente. Quando esce dal negozio, Albie sta parlato con un uomo barbuto in tweed che allontanandosi lo saluta allegramente.

«Il nuovo dottore». Albie mette le buste della spesa nel sedile posteriore dell'auto. «Sembra simpatico».

Escono da Craighouse, superando Lowlandman's Bay, poi i villini a Lagg. Albie è ripiombato nel silenzio. Dalla direzione opposta non arriva nessuno, giugno è presto per i turisti. Quando arrivano, la casa odora di chiuso. Malgrado il caldo esterno, le stanze sono fresche, un po' umide. Albie ha dimenticato di avvertire Iona del loro arrivo, vicino al bollitore ci sono escrementi di topo e ragnatele attorno alla finestra. Più tardi, Albie fa un giro del giardino da solo, al buio.

Il mattino dopo, Beth si affaccia alla finestra. La giornata è già calda. In loro assenza, il giardino si è inselvatichito, l'erba si è trasformata in paglia. Le sue betulle d'argento sono più grandi, il cerfoglio selvatico spumeggia alla base dei tronchi bianchi. Il mare è blu come ricordava, ma nuotando con Albie dopo colazione, si spaventa di nuovo. La forza delle onde sembra più impetuosa di prima, l'acqua più fredda. Dopo, si sdraiano sull'erba primaverile in un avvallamento tra gli scogli sopra la spiaggia, assorbendo col corpo il calore.

«Pensavo che qui sarebbe stato meglio, ma è peggio», mormora Albie. «Associo questo posto alla felicità, ma ormai non c'è più niente di tutto questo. Il mare e il vento sono forze positive, e questo rende quello che è successo ancora peggiore». La voce si affievolisce diventando un sussurro. «A questo punto non riesco neanche a ricordare perché l'ho fatto».

Le montagne spiccano scure in lontananza, gli alberi avvizziti in fondo alla spiaggia sono sferzati dal vento. Le onde si abbattono sulle rocce, si ritirano e si riabbattono. Le forze lì le paiono ostili più che positive. Si avvicina al tepore del suo corpo, puntellandosi su un gomito per guardarlo.

«Hai corso un rischio, Albie. Non potevi sapere che la Viromed non avrebbe ripetuto i test. Non ha funzionato ma avrebbe potuto». Lui la guarda e Beth continua. «Hai imparato, devi andare avanti, ce la farai e altre centinaia di bambini ne trarranno giovamento».

Sta omettendo le regole che ha violato e il ruolo che lei stessa ha svolto. Ma Albie annuisce e chiude gli occhi, in apparenza accettando ciò che dice.

Il giorno dopo fa più caldo, molto più caldo di quanto sia solito fare in giugno sull'isola. L'aria sembra gonfia di umidità. All'orizzonte si formano delle nubi che si dissolvono entro mezzogiorno. Consumano tutti i pasti con la schiena appoggiata alla pietra calda della casa, osservando la luce sul mare che da color platino si fa cobalto e poi oro. Nel giardino crescono spontanei tra l'erba iris gialli, campanule e gerani, bellezze segrete, al momento nascoste. A letto restano distanti, anche se quando lui dorme, Beth gli appoggia una mano sulla schiena.

Il quarto giorno, Albie si mette una maglietta, infila i piedi nei sandali e sparisce senza dire una parola, tornando poi con buste della spesa stracolme. Le lascia cadere in terra e sparisce. Fuori, si avvia scoppiettando un motore, e Albie passa davanti alla finestra spingendo un tosaerba ammaccato. Bisogna sistemare in frigorifero due polli, formaggio, burro e grandi bistecche di cervo. Vino e whisky vanno nella dispensa insieme a sacchi di patate e piselli. Dalla finestra aperta della cucina proviene odore di gasolio, inasprito dall'aroma di erba tagliata. Riponendo barattoli di caffè nella credenza, si ricorda dei fiori selvatici e corre fuori, ma l'erba è puntuta sotto i piedi: tutto è stato falciato.

Il giorno dopo, Albie si rialza presto e getta coperte sul prato dalle finestre di sopra. Tolgono la biancheria dai letti e lavano le lenzuola. Beth le stende sulla corda in giardino dove pendono immobili nell'afa. Albie pulisce le finestre macchiate di salsedine mentre Beth spazza i pavimenti, toglie mosche morte dagli scaffali della credenza e gratta via il calcare che incrosta i rubinetti.

«Non so bene perché facciamo tutto questo. Non dobbiamo impressionare Ted». Siedono fuori con i sandwich. L'aria è soffocante, Beth si tiene un bicchiere d'acqua contro il collo. «La caratteristica di questo posto è la semplicità, e lui ama le cose semplici».

«Come fai a sapere cosa piace a Ted?». Albie fissa con gli occhi socchiusi le betulle d'argento. «Credevo non lo conoscessi bene».

Che sciocco permettere al passato di insinuarsi di nuovo tra loro. «Non sono tutti come noi, in cerca di una fuga dalle complicazioni della vita?». Si alza in piedi. «Quelle lenzuola dovrebbero essere abbastanza asciutte da poterle stirare, qua fuori sembra un forno».

Il mucchio di biancheria lavata e stirata aumenta e Beth lo sistema accanto alla stufa. Le lenzuola sanno di pulito. Avvicina a una la lingua: sa leggermente di sale. Deve stare attenta, molto attenta. Non deve più menzionare Ted e quando arriva cercherà di evitarlo il più possibile.

Sentono la macchina alle sei. Si accostano vicino alla porta in attesa. L'aria calda comprime la faccia di Beth e le secca la gola, respira a stento. La Mercedes rossa di Ted si ferma piano davanti al cancello. Ne esce Ed: per la prima volta negli occhi blu e le sopracciglia dritte Beth riconosce la proporzionata bellezza di Jenny. Si volta per sorreggere un vecchio che esce lentamente. Ha il volto smunto, gli occhi infossati, i capelli quasi tutti bianchi. Con un leggero shock riconosce Ted. È invecchiato di anni in poche settimane, nel vedere Albie che va loro incontro per salutarli e li guida verso la porta il volto gli si apre in un sorriso. Malgrado il suo aspetto, deve trattenersi dall'indietreggiare quando "il nemico" le passa davanti per entrare. Nel frattempo Theo è sceso dal sedile posteriore dell'auto e la saluta con un cenno della mano arrampicandosi sul cofano per guardare il paesaggio. Ha le guance piene di lentiggini, i capelli biondi sospinti indietro dal vento. Indossa dei pantaloncini e fa un ampio sorriso. Ted doveva essere così un tempo, prima che lo conoscesse. Jake apre l'altro sportello e scende, stiracchiandosi e guardandosi intorno incuriosito. Non fa alcun commento sul panorama.

«Ciao». Si avvicina, scrutandole gli occhi, come in cerca di qualcosa che possa divertirlo.

«Benvenuti», si rammenta di dire lei, sperando che il sorriso sembri sincero.

«Beth, è un posto splendido, splendido», urla Theo. «Guarda quella foca. Vieni, Jake, dobbiamo farci subito il bagno».

«Va' tu intanto», gli risponde Jake, poi si rivolge a Beth. «Io resterò con Ted».

«Oh, non preoccuparti, Jake». Più riuscirà a tenerlo a bada, meglio sarà. È un estraneo, potrebbe avere sentore della relazione ignorata dalla famiglia e in quel caso potrebbe dirlo ad Albie. È spaventata. «C'è Ed con il padre. Va' con Theo, ti farà bene una nuotata».

«Per me Ted è come un padre, anche io faccio parte della famiglia». Si volta di scatto e sparisce in casa; seguendolo Beth si sente mancare. Ed sta bevendo dell'acqua al tavolo della cucina. Quando Beth entra, alza lo sguardo e poi lo riabbassa in fretta, le guance s'imporporano. Non ha dimenticato, dunque.

Albie è appoggiato al frigorifero. Non c'è traccia di Ted. «Sta molto peggio di come l'abbiamo visto poche settimane fa». Albie ha la fronte corrugata.

Ed rialza lo sguardo, ha l'aria infelice. «Quando è stato costretto a dimettersi dal laboratorio ha avuto un tracollo. L'inchiesta dell'ordine dei medici è tra un mese: è sicuro che verrà radiato per aver condotto una sperimentazione fraudolenta. Per uno come papà, non potrebbe andare peggio. Va avanti ad alcolici e Diazepam». Ed sembra sul punto di piangere. «Più di una volta ha parlato di suicidio».

Albie ascolta attentamente, le labbra serrate. Sembra dispiaciuto per Ed. Se nutre del risentimento nei suoi riguardi per avergli preso il lavoro, per ora l'ha messo da parte.

Jake si siede accanto a Ed, cingendogli la spalla col braccio. «Ted è sicuramente provato ma oggi mi è parso di vederlo meglio. Era come stava seduto in macchina durante il viaggio: stava più dritto, guardava fuori».

Ed si stringe nelle spalle ma non risponde.

In quel momento, si sentono i passi di qualcuno che scende lentamente le scale e nella stanza entra Ted. «Il mio contributo». Appoggia sul tavolo un paio di bottiglie di whisky, ha la voce impastata. «Qualcuno vuole unirsi a me?». Guarda fisso Beth, che, consapevole degli occhi attenti di Jake, lascia bruscamente la stanza per andare a prendere un asciugamano per Theo.

A cena l'umore è sottotono. La conversazione langue, tutti sembrano troppo stanchi per parlare. Ted crolla sulla sedia. Ed osserva il padre, ma quando Beth si alza per riempire la brocca dell'acqua, lo sguardo gli guizza nella sua direzione, uno sguardo indagatore, come se cercasse di valutare se la donna un tempo amata dal padre possa costituire un pericolo o un aiuto. È solo un attimo, ma Jake lo coglie. Gli occhi marrone e verde passano da lei a Ed e poi a Ted. Ha già afferrato qualcosa. Albie parla con Theo e pare non accorgersi di niente. Beth riempie la brocca, prende del ghiaccio in freezer e aggiunge rametti di menta presi dalla cassetta accanto al lavandino e intanto cerca di ricomporsi. Rimette l'acqua sulla tavola poi si scusa: è stanca e li lascia a chiacchierare. Uscendo dalla stanza è consapevole dello sguardo di Jake che la segue fino alla porta.

Capitolo 19

Jura. Estate 2018

Il fracasso la ridesta d'improvviso dal sonno. La finestra del pianerottolo, lasciata aperta per il caldo, è stata sbattuta dal vento. Mentre la chiude, sente un mormorio provenire dalla cucina. Scende in punta di piedi le scale, stringendosi attorno al corpo la vestaglia. La porta della cucina è socchiusa, si avvicina furtiva per ascoltare.

«...in America forse?»

«Il finanziamento è stato ritirato».

«So che ti sei dimesso dal laboratorio, ma il lavoro da primario?»

«Quando mi hanno trovato in ospedale la settimana scorsa, sono stato praticamente scortato fuori dall'edificio».

«Mi dispiace, Ted».

«Non preoccuparti. Ho scoperto qualcosa nel laboratorio l'altra notte. Il portiere è un amico e mi ha fatto entrare».

Il terrore è istantaneo. Alla fine le telecamere di sorveglianza o una siringa perduta rotolata in un angolo? Albie ha dimenticato un guanto?

«Qualcosa di utile?». C'è paura nel tono leggermente incuriosito di Albie. Beth si avvicina alla porta: potrebbe aver bisogno di aiuto.

«Non sono ancora sicuro». Ted è reticente. «Forse potrebbe costituire una prova».

Beth entra nella stanza. «Fate come se non ci fossi. Non riuscivo a dormire. Preparerò qualcosa da bere».

«Grazie». Ted la osserva attraversare la cucina.

«Se mi dici cosa hai scoperto», fa Albie sporgendosi in avanti, «magari potremmo aiutarti».

Ted fissa il fuoco. Albie deve averlo acceso apposta per confortarlo, le notti lì possono essere gelide, anche d'estate. Un ciocco cade con un leggero tonfo. Beth sistema il bollitore sul fornello e versa un bicchiere di whisky.

«Forse non è nulla», mormora Ted.

Beth si china verso di lui, gli sorride guardandolo negli occhi e gli porge un bicchiere pieno di whisky.

«Grazie», ripete lui piano, fissandola, immobile, come ipnotizzato. Poi vuota il bicchiere e cambia posizione per estrarre dalla tasca dei pantaloni un rotolo di stoffa. Lo apre con cautela e riversa il contenuto sulla mano. Due tubetti di vetro tintinnano sull'ampio palmo, hanno un tappo di gomma ricoperto da una linguetta d'alluminio e un'etichetta bianca. Beth gli guarda la mano, celando il proprio sgomento, e sente che alle sue spalle Albie è immobile.

«Mi hanno detto che le fiale usate da Bruce erano state tutte distrutte, ma poi mi sono ricordato che non gli erano servite tutte. Ho frugato ovunque, nel mio studio, negli stabulari e poi ho cominciato a guardare nel frigorifero, in tutte le scatole di ogni ripiano». Parla, sorridendo, tirandola un po' per le lunghe, come un cantastorie che sa che il racconto ha un lieto fine. Beth aspetta, col sudore che le pizzica sotto le ascelle, il cuore che batte forte. «C'erano centinaia di fiale. Queste le ho trovate dopo tre ore. Vedete, sapevo il numero di lotto. Erano state messe per errore in una scatola con degli agenti chemioterapici».

«Che c'è sull'etichetta?», chiede Albie.

«Vaccino vivo attenuato varicella. Lotto n. 82297X», risponde Ted, senza guardare. Sa il numero a memoria, parla più forte. Jake aveva ragione, Ted è più contento, nutre qualche speranza. Beth soffoca un brivido.

«Non volevo perderle di vista perciò me le sono portate dietro in una borsa con del ghiaccio», prosegue allegro. «Stasera le ho guardate bene per la prima volta». Indica il tappo della fiala. «Sembra che la linguetta sia stata scollata e poi riattaccata. Sono sicuro che c'è una piccolo foratura sul tappo di gomma».

Beth si china per guardare le fiale. «Non vedo niente. Forse queste linguette si scollano un poco nell'umidità del frigorifero».

«O forse sono state manipolate», replica Ted. «Il mio amico portiere ha controllato i video delle telecamere di sorveglianza all'ingresso dell'Istituto, ma non ci sono stati movimenti insoliti negli orari in cui questo potrebbe essere successo. Finora è un mistero».

«Che pensi di fare?», chiede Albie.

«Analizzarle».

Beth sfiora leggermente Albie sulla schiena.

«Posso farlo io», dice Albie tendendo la mano. «Potrebbe essere difficile per te, date le circostanze».

Ted chiude le dita attorno alle fiale. «Ho paura che possano perdersi, le cose si smarriscono facilmente. Le può portare direttamente Ed a Patologia Chimica. Quando rientreremo». Abbassa la voce. «Forse sono paranoico, ma non riesco a togliermi dalla mente l'idea che qualcuno volesse sabotare il mio lavoro».

«Che ne pensano i ragazzi?», chiede Beth.

«Ne ho parlato con Ed prima di cena. Pensa che sia fuori di testa».

«In effetti è un po' inverosimile», dice Albie con un sorriso.

Ted non risponde ma riavvolge con cura le fiale nella stoffa.

«Dalle a me, le metto in frigorifero», propone Beth. «È meglio conservarle al freddo».

«Potrebbero essere buttate via per sbaglio. Devo trovare un posto assolutamente sicuro. Potrebbero restituirmi il mio futuro». Ted si guarda intorno. «Ma comunque potrei avvolgerle meglio».

Dall'armadietto sotto il lavandino, Beth stacca un paio di buste azzurre da freezer da un rotolo e prende alcuni fogli di carta da cucina.

«Le hai mostrate a qualcuno del laboratorio?», chiede lei con nonchalance. «Per chiedere consiglio, intendo».

«Ho telefonato solo a Bruce, non so bene di chi posso fidarmi», risponde Ted. «Non mi è stato di grande aiuto. Credo che farò analizzare il contenuto e poi le indagini le lascerò alla polizia».

«Spero si risolvi tutto. Vi auguro la buonanotte, è molto tardi». Dovrebbe essere facile l'indomani trovare un paio di buste di plastica azzurra, nascoste tra gli effetti di Ted. È a metà della scala quando sente la domanda di Ted.

«...bellissima. Quand'è che mettete su famiglia?»

«È questo il punto...». Albie ha abbassato la voce. Beth preme forte l'orecchio contro la parete. «Non succede, non so bene perché...». Vede la smorfia di rammarico sulle labbra di Albie come se ce l'avesse davanti.

«C'è ancora molto tempo», replica Ted. Beth avverte dell'autocompiacimento. Forse sotto sotto si sta complimentando con se stesso: il maschio alfa che ha ingravidato la femmina, impedendo ad altri di farlo. Ma il tempo non c'è. Si sbaglia, il tempo per lei si è esaurito anni fa. La invade la collera, fredda come il mare, le mani le formicolano di rabbia. È stata colpa di Ted: deve ancora pagare per ciò che ha fatto. Appiattisce le dita contro il muro. La vecchia vernice è leggermente umida e setosa, come pelle, la pelle di un bambino.

Il mattino seguente, Ted dorme ma gli altri si alzano tutti presto. Theo si stiracchia in cucina, il grosso corpo e le mani tese sembrano occupare l'intero spazio della piccola stanza. Guarda i monti Paps attraverso la finestra, scintillano al primo sole del mattino.

«Mi piacerebbe scalarli, chi vuole fare un'escursione?». Theo pare contento di essere scappato dalla vita londinese di fotografo, forse il viaggio gli sembra una gita familiare.

«Ottima idea. Lo dico a Jake». Ed corre di sopra, con una fetta di pane tostato ficcata in bocca.

«Vengo anch'io», dice Albie a Theo. «È più difficile di quanto pensi trovare la via per salire. Ci serviranno crema solare e acqua, giacche a vento in caso di temporale: su quest'isola possono arrivare all'improvviso. Tu vieni, Jake?».

Jake è entrato nella stanza, sta controllando il telefono. Ha la bocca rivolta in giù, come un bambino col broncio.

«Tutto bene?», chiede Beth.

«Billy è irrequieto, niente di nuovo». Si stringe nelle spalle. «Non c'è molto che possa fare da qui. Credo che mi unirò agli scalatori, mi piacciono le sfide».

Gita potrebbe essere preoccupata o sentirsi sola. Beth trova nella dispensa delle vecchie bottiglie d'acqua e sciacqua via la polvere e due ragni raggomitolati. Jake sembra concentrato sulle proprie scoperte, forse non si rende conto di quanto possa essere fragile la vita di un bambino. Se sua figlia fosse vissuta abbastanza a lungo da essere irrequieta, non l'avrebbe mai lasciata, neanche per un secondo.

Albie apre la cartina per mostrare a Theo dove andranno. Sorride, la prima volta che sorride da settimane. Beth avverte un moto di felicità: staranno assieme, si terranno per mano come un tempo. Mentre fa per prendere la giacca a vento, Albie le sussurra all'orecchio: «Ted sta dormendo, qualcuno deve restare per tenerlo d'occhio».

Beth si slaccia gli scarponi e riappende al piolo la giacca a vento. Come paventava, Ted si è messo in mezzo, il senso di colpa che temeva potesse provare Albie la sta già respingendo. Li segue fino al cancello e li vede partire. Theo le fa un cenno di saluto dal finestrino mentre l'auto svanisce. La mattinata è già opprimente. Nubi temporalesche si addensano nel cielo, le zanzare danzano nell'aria. Sarebbe un sollievo se scoppiasse un temporale. Si dirige alle sue betulle e si appoggia a un tronco, guardando il cielo tra le foglie con i pensieri che si rincorrono. Ted è intelligente: ha capito che le fiale sono state manomesse, anche se ancora non sa da chi. Una volta stabilito che contengono soluzione salina invece del vaccino, verrà scagionato dalle accuse. Innanzitutto ci sarà un'indagine interna. Bruce potrebbe rivelare che Albie si è offerto di aiutarlo con la tesi di PhD una sera e che è rimasto da solo in laboratorio per ore, in un periodo precedente le prime inoculazioni. Potrebbero controinterrogare Skuld. A quel punto non ci vorrà molto: Albie perderà ogni cosa, e anche lei. Non hanno altra scelta: devono trovare quelle fiale.

Rientrata a casa, scopre Ted che dorme in soggiorno. Deve essere sceso in sua assenza e si è riaddormentato sulla poltrona. Una tazza gli si è rovesciata ai piedi e in terra c'è una pozza lucente di tè. Ted russa sonoramente. Beth prende uno strofinaccio, s'inginocchia al suo fianco e asciuga il tè e al tempo stesso gli infila delicatamente la mano nella tasca aperta dei pantaloni. Con le dita tocca la stoffa ma Ted si muove e lei ritira la mano. L'uomo apre gli occhi e subito li richiude e ripiomba nel sonno. Ricomincia a russare.

Beth sale le scale ed entra in camera di Ted, fruga nella valigia, nei cassetti, sotto il cuscino e sotto il letto. Non trova niente e scende di nuovo in cucina. Ted sta ancora russando. Sgombra la tavola e comincia a sgranare piselli in un colino sullo scolapiatti davanti alla finestra. Fa scorrere un'unghia lungo la giuntura verde, separando i compatti baccelli e versando uno dopo l'altro i piselli verde chiaro nel colino. Quel lavoro la calma. Presto prenderà forma un piano, è sempre così. Qualcosa le verrà in mente se riuscirà a placare la mente. Da lì vede i monti Paps: Albie starò salendo in cima, guardando giù la loro casa ridotta a una minuscola scatoletta, forse pensando a lei, come lei pensa a lui. Sorride. Quando una mano le cinge la vita, lo shock le svuota la mente. Si divincola e il colino s'inclina, i piselli cadono e rimbalzano in terra, sparpagliandosi per la stanza. Sente una protesta gutturale, deve essere stata sua, e, reggendosi al muro e respirando a fatica, si ritrova davanti Ted.

«Gesù, che c'è?», dice lui con tono innocente, ma ha le guance rosse. Tira una sedia vicino al tavolo e si siede. «Pensavo potesse... sai...».

«Potesse cosa...?». Beth confezione un sorriso incredulo. Non gli darà la soddisfazione di vederla indignata, anche se il cuore le batte forte in gola.

«Farti piacere un abbraccio». Sorride, il colore gli sta sbiadendo dalla faccia, si riprende in fretta. «Ti conosco, Beth, ho avvertito la tensione ieri sera. Ho pensato, forse le cose tra Beth e Albie non funzionano e se è così, be', qualcuno deve tirarla su».

Sta mentendo. Beth ha sentito la conversazione con Albie la sera prima. Siccome non hanno bambini, Ted deve aver concluso che lei e Albie non fanno l'amore. Sta tentando la sorte. Lo fissa e si sente lentamente invadere dall'odio. Ted sta ancora sorridendo. I denti sembrano più lunghi di un tempo, le labbra più flosce. Gli guarda la mano appoggiata sul tavolo. Le dita hanno le pelle sottile e chiazzata di marrone, le unghie sono sporche. Anni prima, quand'era sua infermiera di sala, nel guardare quelle mani che si muovevano con delicata precisione, sapendo che più tardi si sarebbero poggiate sul suo corpo, era travolta dal desiderio. Ora rabbrividisce dal disgusto. Continuerà a perseguitarla: quando si mette una cosa in testa non demorde. Sarà lo stesso con le fiale: scoprirà la verità, distruggerà Albie e poi distruggerà lei.

Beth esce in giardino, lasciando Ted al tavolo. L'aria bollente è come un muro contro la faccia, le colline lontane fluttuano nel caldo soffocante. Se ci sono dei cervi, saranno nel bosco dove è più fresco, e per ora più sicuro. La stagione venatoria non è ancora cominciata, i cacciatori arriveranno alla fine di agosto. E poi ha un'illuminazione. L'idea le scivola nella mente con la stessa delicatezza con cui i piselli cadevano dal baccello nel colino. Si asciuga con l'avambraccio la faccia sudata. Non dirà niente a Ted, neanche una parola di collera o recriminazione, lo ignorerà completamente. Albie potrebbe avere difficoltà a fare ciò che è necessario, anche se vuole fare carriera più di qualunque altra cosa. Quasi. Si liscia la gonna sulla pancia, dura e piatta come una pietra sotto le mani, la pancia di una donna che non ha mai portato a termine una gravidanza, e sa esattamente cosa dirà al marito. Non sarà complicato, la verità non lo è mai. Le bugie sono molto più difficili. Si piega per raccogliere una manciata di timo selvatico che cresce tra le fenditure del muro di pietra, atteggia il volto a una calma composta e torna nel giardino e poi in cucina quando cominciano a cadere le prime gocce di pioggia.

Capitolo 20

Jura. Estate 2018

Albie si ferma sulla soglia, con una bracciata di ciocchi. I peli ritti sulla nuca, come un cane che fiuta il pericolo. Davanti a lui sta accadendo qualcosa che riesce a percepire ma non a vedere, come se attraverso la stanza venissero tesi dei fili invisibili. L'aria è pregna dell'aroma di timo, della carne che cuoce e dei vestiti che si asciugano. Le giacche a vento gocciolano sulla pietra, gli scarponi infangati giacciono alla rinfusa. Beth sta tritando le erbe aromatiche. Ed e Theo giocano a carte accanto al fuoco. Jake è appoggiato alla libreria, assorto nella lettura. Ted beve del vino, guarda Beth dall'altra parte della stanza, poi distoglie lo sguardo e la riguarda. Beth ha il volto girato, un pallido scudo inclinato contro le frecce.

Albie getta i ciocchi sul focolare, il fracasso interrompe le conversazioni. Beth alza lo sguardo, i fili si spezzano. «La cena è pronta», dice con voce rotta.

È stanca. La giornata sarà stata lunga sola in casa con Ted. Albie spinge i ciocchi nel fuoco poi si allontana. Non li lascerà più soli.

Ted siede al tavolo della cucina, sospirando e allungando le gambe. «Avrei voluto venire con voi». Si guarda intorno irrequieto. «Ho bisogno di aria fresca. Qualcuno vuole venire a fare una passeggiata con me dopo cena?»

«Dove vorresti andare ora, papà? È buio». Ed fissa il padre oltre il tavolo.

«Non è buio. Qui non fa mai buio». Ted indica la finestra dove nubi temporalesche si addensano nel cielo sopra la scogliera.

«Risparmia le forze, Ted. Domani vi porterò al gorgo di Corryvreckan», interviene Albie. Ted è troppo ubriaco per andare da qualche parte stasera.

«Ho bisogno di sgranchirmi le gambe», insiste Ted. «Prestami una giacca, santo cielo, e non fare tante storie».

«Ti presterò una giacca domani». Albie si prepara a litigare ma Ted fa spallucce, mormorando qualcosa. Beth appoggia una manciata di posate sulla tavola ma Ted resta impigliato con il piede alla tovaglia e fa cadere in terra con un gran frastuono coltelli e forchette. Impassibile, Beth li raccoglie e li rilancia sulla tavola. Quando Ted si sporge dalla sedia e apre il forno per guardare il pane che si sta riscaldando, Beth lo richiude col piede. Gli occhi di Jake seguono ogni movimento. Ed passa le posate con espressione imperscrutabile. C'è un balletto che viene eseguito davanti ad Albie, è successo qualcosa che non capisce. Beth porta lo stufato in tavola e Jake le si siede accanto.

«In cima a quella montagna oggi pareva di stare sulla luna», osserva Jake in tono colloquiale. «La vista era stupenda. Chilometri e chilometri di niente».

«Non sono d'accordo». Ed si sporge in avanti con i pugni sul tavolo. «Le colline erano piene di luci e ombre, c'erano poiane in volo. Fiori di campo ovunque. Dettagli: bastava guardare».

Ted un tempo era uguale, polemico, combattivo anche. Albie guarda Ted che sta fissando Beth: un tempo avrebbe partecipato a una discussione del genere ma ora sembra preoccupato.

«A te piacciono i dettagli, a me interessa il quadro generale». Jake sorride ai commensali e lo sguardo indugia su Beth prima di spostarsi. Rotea la bevanda nel bicchiere. «Vengono in mente boschi e alberi», mormora prima di mandare giù il vino in un unico sorso, sorridendo tra sé e sé. Albie lo fissa. Jake deve essere ubriaco, dopo una giornata all'aria aperta il vino deve avergli dato subito alla testa.

«Che vuoi dire? E qual è il quadro che non starei vedendo?». Ed guarda di traverso Jake.

«Quello che hai davanti agli occhi, e che è sempre il più facile da trascurare», gli dice Jake.

«Di che diavolo stai parlando?». Theo dà a Jake un leggero pugno sul braccio.

Jake scuote il capo, sorridendo, poi si rivolge ad Albie. «È stata una bellissima giornata, grazie, Albie».

«Sono contento che ti sia piaciuta». Albie annuisce brevemente.

«Sì, grazie, Albie». La faccia lentigginosa di Theo sorride all'altro capo del tavolo. «Peccato che non c'eri, papà».

«Sì, peccato». Ted scuote il capo. «Alla fine, nel complesso qui la giornata è stata piuttosto deludente».

Beth si alza bruscamente, prende il pane dal forno e lo sbatte sulla tavola. Ted sta per servirsi di stufato nell'esatto momento in cui lei sposta la pentola verso Theo e il cucchiaio riversa una scia di sugo sulla tovaglia bianca. Beth impreca sottovoce. Accorgendosi che Jake ha socchiuso gli occhi, Albie si sporge in avanti: come la trama di un'oscura commedia, un segreto si sta dipanando davanti ai suoi occhi. Per un po' mangiano tutti in silenzio. Vengono passate le patate, una montagna di schegge croccanti.

«Buonissimo», osserva Theo. «Grazie, Beth, devi averci messo un sacco a preparare tutto».

Beth non risponde. Albie nota il suo silenzio, il risentimento sul volto. L'ha vista spesso preparare lo stufato: tagliare la carne e affettare cipolle di solito la rilassa ma ora percepisce una rabbia latente. Si è arrabbiata perché le ha chiesto di restare a casa?

«Beth». Si sporge verso di lei, parlando piano. «Spero che…».

«E come hanno passato la giornata i due pantofolai?», lo interrompe Jake e lo sguardo gli vaga tra il volto paonazzo di Ted a quello pallido di Beth. Nessuno dei due risponde e la domanda resta sospesa. Albie si scopre impaziente della risposta, Ed si mette dritto e persino Theo pare interessato.

«Io ho cucinato», risponde secca Beth.

«E io sono riuscito a rovinare tutto», aggiunge Ted con una risata colpevole, lanciando un'occhiata a Beth che ha voltato la faccia.

«Perché Ted si sente tanto in colpa?». Jake fissa Beth, con tono provocatorio. Ed osserva il padre, con l'ansia negli occhi. Albie guarda Ted poi Beth e infine Jake, con crescente disagio.

«Oh, non credo che Ted si senta in colpa», replica Beth, ha gli occhi scurissimi. «Stavo sgranando i piselli, Ted mi ha spaventato e ho fatto cadere il colino. I piselli sono caduti in terra. Tutto qui».

«Sono curioso», dice Jake a Ted. «Le sei arrivato di soppiatto alle spalle e hai gridato "bu"?».

Ted sta ancora guardando Beth, ma lei ha la testa voltata. Jake allarga il sorriso. Senza bene sapere perché, Albie sente la necessità di cancellare quel sorriso dalla faccia di Jake.

«Ehi, Jake, che ne dici se noi due sparecchiamo?».

Jake sposta rapidamente lo sguardo su di lui. «Sissignore». Si mette le dita sulla fronte simulando un saluto militare e si alza per sparecchiare. Anche Albie e Theo si alzano. Ed va a sedersi vicino al padre e lo cinge con un braccio. Ted gli sorride. Ted e suo figlio, insieme. Albie prova un fugace e violento moto di invidia.

Quando piatti e tegami sono impilati da un lato, Beth mette sulla tavola una torta. «Mele», dice brusca. «Non l'ho fatta io, l'ha comprata Albie».

Ted si alza e si dirige incerto verso il frigorifero, poi tira fuori un magnum di champagne.

«Sapevo che ci sarebbe stato qualcosa da festeggiare», dice, togliendo il tappo con fare esperto. Albie aggrotta la fronte. L'agilità di movimenti gli è familiare. Ted riempie maldestramente i bicchieri con lo champagne, versandone un po'. La tovaglia s'inzuppa.

«Alla torta di mele comprata». Alza il bicchiere.

Restano tutti seduti e Jake leva il bicchiere a Beth con un sorriso. «E all'amore, ovunque esso sia».

La giovane lo fissa, con la tensione impressa chiaramente in volto. Albie ne ha abbastanza, Jake sta mettendo tutti a disagio.

«Smettila, Jake», dice calmo. «Non so quale sia il problema, ma siamo tutti stanchi...».

«Il momento perfetto per una canzone d'amore», lo interrompe Jake. «Una al tempo stesso triste e romantica. Chi ne sa una che faccia al caso nostro?».

All'improvviso Ted spinge indietro la sedia. Si alza, si schiarisce la voce e comincia a cantare.

> Vai alla fiera di Scarborough?
> Prezzemolo, salvia, rosmarino e timo…».

Si unisce Theo, poi Jake, anche se la potente voce baritonale di Ted domina le altre. Albie guarda sorpreso Ted e la rabbia sbollisce, non aveva idea che cantasse così bene. Ascolta, sorseggiando lo champagne.

> Salutami una donna che vive lì
> Un tempo è stata il mio vero amore…[2]

Beth si alza, getta via il suo champagne, prende i piatti e li mette rumorosamente nel lavandino. Ted alza la voce mentre segue con gli occhi Beth che va avanti e indietro raccogliendo i bicchieri. Albie non l'ha mai visto così triste. Arrabbiato, depresso, annoiato e sconfitto forse, ma l'espressione sul suo volto ora tradisce struggimento. Ad Albie comincia a pulsare la testa. L'arrampicata e l'alcol si aggiungono al senso di colpa e al dolore per i bambini che galleggia su tutto, come del petrolio riversato in mare che contamini ogni cosa.

Quando la canzone giunge al termine, Albie si alza. «Scusatemi ragazzi, la giornata mi ha distrutto. Dobbiamo partire presto domani per approfittare dell'alta marea se vogliamo vedere il gorgo nel momento migliore».

Percepisce più che vedere il pallido disco della faccia di Beth voltarsi per osservarlo uscire dalla cucina. Quando la moglie entra in camera da letto dieci minuti dopo, Albie è ancora seduto sul bordo del letto, che cerca di raccogliere l'energia necessaria per spogliarsi. Alza stancamente lo sguardo.

«Neanche a me piace Ted. Non mi fido per niente di lui, ma è stato sicuramente ferito a sufficienza. Non possiamo far finta di perdonarlo, almeno mentre è ospite sotto il nostro tetto?»

«Gli animali feriti sono feroci», ribatte lei. «Si avvicinano per uccidere. Quando scoprirà quello che è successo, ci perseguiterà con ogni mezzo».

[2] Antica ballata inglese. (*n.d.t.*)

«Frugheremo nella sua stanza domani. Quelle fiale non possono essere sparite. Se organizzeremo una ricerca meticolosa, usciranno fuori».

«E se non le trovassimo?», sibila lei. «Ho già frugato nella sua stanza. Ted è furbo, se le ha nascoste, le ha messe in un posto dove non pensiamo di guardare. Non le troveremo. Dopo che le avrà fatte analizzare, Bruce o Skuld potrebbero parlare, la pista condurrà a te. Perderai tutto e anche io, a cominciare dalla libertà».

«Ti sentiranno». Le mette una mano sul braccio. «Le fiale devono essere da qualche parte…».

«Non mi ascolti», dice divincolandosi, poi smette di parlare e nel silenzio Albie sente il vento alzarsi fuori, gli alberi cominciare a muoversi con un violento fruscio. Poi il suo sguardo incontra quello di Beth, ma ora è come se lei si guardasse dentro, i suoi occhi sembrano pieni di segreti. Il disagio gli pizzica il collo. La osserva prendere i fiammiferi dalla mensola del camino e accendere le candele bianche al sandalo sul davanzale. I suoi movimenti sono lenti e studiati come se si preparasse a recitare un ruolo che ha provato decine di volte. Si siede sulla poltrona, mettendosi un plaid sulle spalle e poi comincia a parlare.

La voce è dolce, ma mentre parla la stanza comincia a girarle attorno, con il denso nucleo al centro, il punto in cui confluisce l'oscurità. Albie non riesce a muoversi, non riesce a distogliere lo sguardo. Il vento scuote le finestre e soffia attraverso le fessure dei cardini, spegnendo una candela. Beth la riaccende.

«Sette anni in tutto…», conclude piano. Lo stoppino prende e il bagliore si diffonde, indorandole il volto. Il cuore gli batte violento in petto. È paralizzato dallo shock come se l'avessero rapinato per strada. Le labbra di Beth si uniscono per soffiare sul fiammifero, come un bacio. Deve aver baciato Ted migliaia di volte, sette anni di baci. Sette anni di scopate. I loro corpi insieme a letto, le bocche unite, Ted dentro di lei. Il dolore al petto è fortissimo, la gola stretta. Stava con Ted quando si sono conosciuti? Quando hanno fatto l'amore per la prima volta? I suoi pensieri piombano sempre più nell'oscurità. C'è ancora qualcosa tra loro?

«Era finita da almeno un anno quando ci siamo conosciuti», dice lei, seguendo il ritmo dei suoi pensieri. «Mi ha lasciato quando sono rimasta incinta».

La parola che aspettava di sentire da anni: Beth incinta, ma del bambino di Ted. Sottili dardi di pioggia colpiscono le finestre. A quel rumore Albie leva lo sguardo confuso. Il vento ululante echeggia per il camino, ma il rumore sembra provenire anche dal fondo di se stesso. La voce di Beth prosegue inesorabile.

«...mi aveva già lasciato, quando avevano perso la figlia, ma dopo qualche settimana era tornato». Torce le labbra come se stesse masticando un boccone amaro. «L'ho seguito a Londra quando si è comprato l'appartamento. Ho vissuto con lui finché non sono rimasta incinta».

Di nuovo quella parola, quella parola che significa tutto.

«Quando gliel'ho detto tutto è cambiato. Mi ha detto che la sua famiglia aveva bisogno di lui, ma la verità era che non voleva un altro figlio. Se n'è andato ed è tornato da Jenny. Più tardi, con un bonifico, mi sono arrivati i soldi per l'aborto».

Beth si muove sulla poltrona e abbassa la voce. Ha gli occhi bassi, il volto immobile. Una Madonna. «Ho vissuto in un pensionato finché non ho trovato casa. Per pagare l'affitto di sera facevo la cameriera. È stata dura, in piedi giorno e notte. A volte sanguinavo un po' ma poi si fermava. Pensavo non fosse un problema, ma poi le doglie sono arrivate alla ventiduesima settimana. Una bambina. È morta dopo mezz'ora».

Albie s'inginocchia ai suoi piedi come per chiedere perdono di una colpa che non è sua. Dopo un po', Beth si alza e si mette vicino alla finestra, lui la segue. Nella cupa luce grigio verde, dei corvi, scacciati dal nido, girano attorno agli alberi, nere ceneri di un fuoco. Sembra novembre, non giugno. Ali di rabbia gli battono nella testa, neri uccelli intrappolati nel cranio.

«Me ne sono andata contro il parere dei medici, e dopo sono stata malissimo». Albie le prende la mano. È fredda. «Era un'infezione pelvica. Alla fine ho preso degli antibiotici, ma ormai il danno era fatto».

«Il danno?»

«Tessuto cicatriziale sulle tube. Non posso avere figli, a causa di Ted».

Quando era bambino, uno scaffale che aveva cercato di fissare si era staccato: il miglior servizio di fine porcellana di sua madre si era fracassato sul pavimento. Quello stesso fragore prolungato e penetrante gli riempie ora la testa. Frammenti aguzzi si sparpagliano nel buio della sua mente. Beth continua a parlare ma non riesce a sentirla bene e si avvicina.

«...so cosa dirai, Albie, e avresti ragione, ci sono cose che potremmo tentare, ma io non voglio un bambino a ogni costo». Ha la voce velata, trattiene le lacrime. «Non sopporto il pensiero di una fecondazione assistita, la gente finisce per provarci in eterno e farsi distruggere. E se riuscissi a restare incinta e poi perdessi di nuovo il bambino? Ne morirei». Abbassa lo sguardo. «A gennaio è stato il suo compleanno, avrebbe compiuto quattro anni».

«Perché Ted non ti ha aiutato? Avrebbe potuto darti immediatamente degli antibiotici». Albie ha le labbra irrigidite, parla con difficoltà.

«Ted si è tenuto alla larga. Anche se ci ha pensato, deve aver immaginato che avessi abortito».

I corvi oltre la finestra volano e ruotano nel vento, una scia di dolore gli volteggia nella testa.

«Perché non me l'hai detto? Perché non me ne hai parlato anni fa?»

«Prima dell'esame non sapevo del tessuto cicatriziale». Una frasetta semplice, tanto semplice da essere vera. «A quel punto ti avevo detto troppe bugie».

«Avresti potuto dirmi di Ted all'inizio».

«Ho aspettato finché non mi sono potuta fidare di te, ma a quel punto eravamo innamorati». Gli occhi le vagano. «Avevo troppo da perdere. Temevo potessi lasciarmi se l'avessi saputo oppure che avresti affrontato Ted rovinandoti la carriera. Ogni giorno sapevo che avrei dovuto dirtelo, ma ogni giorno era più tardi di quello precedente. È andata avanti così finché non è stato troppo tardi».

«Ma me lo stai dicendo ora...».

«Perché pensi che sia innocuo». Beth tira via la mano. «Ti aspetti che mi comporti come se lo avessi perdonato quando so che si merita tutto quello che gli sta capitando».

«Va tutto bene, Beth...».

«No». Albie sente il vento che ulula fuori dalla finestra, avverte il fiato di Beth sulla pelle. «Quando oggi te ne stavi tranquillo in giro, il tuo addolorato collega ci ha provato con me. Mi ha messo le mani...». Non termina la frase.

Albie è grondante di rabbia, senza fiato come se gli avessero gettato in faccia un secchio pieno di ghiaccio.

«Come si è permesso?». Ha gli occhi feroci come quelli di una tigre sul punto di attaccare. «Com'è possibile che non avesse paura di quello che sarebbe successo se l'avessi scoperto?»

«Per Ted la paura è una perdita di tempo. Conta sul fatto che non ne sai niente. Sa che ti proteggerei».

«Proteggermi da cosa?»

«Dalla rabbia che proveresti». La fredda mano di Beth scivola nella sua. «Della vendetta che potresti desiderare».

Vendetta. I tubi che impianta sono sottili quanto un capello e altrettanto delicati. Li attraversano sostanze chimiche che arrivano al cervello, alterando ogni cellula che incontrano: le parole di Beth gli sono penetrate nella mente, trasformando tutto ciò che pensava di sapere di Ted.

«Dovrai fermarmi», le dice tra i capelli. «Perché se non lo fai, francamente penso che lo ammazzerò».

Fuori, il vento è calato e il cielo è limpido. Quelle parole cadono nel silenzio.

«Non ti fermerò, Albie». Beth indietreggia per guardarlo, gli occhi le luccicano al chiarore della luna. «Ti aiuterò».

Cala il silenzio mentre il mondo gira, tutto cambia nella spazio di un secondo.

«Chi sa di te e Ted?», chiede lui.

«Ed ci ha visti insieme solo una volta, molto tempo fa. Ted gli ha fatto promettere di mantenere il segreto. Non credo l'abbia detto a nessuno, neanche a Theo. Jake pare che abbia afferrato qualcosa, ma dubito ne sia sicuro».

Albie resta in silenzio. Hanno raggiunto un accordo e per un po' almeno non c'è altro da dire. Beth ora sembra esausta. Si spoglia e si addormenta subito, anche se si rigira inquieta come in preda a un incubo e le lenzuola le si attorcigliano alle gambe. Alla luce delle candele, il corpo nudo è liscio e sottile come una lama. È della stessa bellezza mozzafiato della sera in cui si sono conosciuti e dal nulla è entrata nella sua vita. Ted deve averli tenuti d'occhio quella sera, deve averli tenuti d'occhio fin da allora. Domani. Non importa esattamente quando o come, ma domani avrà la sua vendetta.

Il mattino dopo al risveglio c'è il sole. Il triangolo di mare tra le scogliere scoscese è già di un turchese carico. Il temporale è passato nella notte. Sarà una giornata splendida.

Capitolo 21

Jura. Estate 2018

Jake sta sulla punta più alta della scogliera, incorniciato dal cielo. S'inchina al cerchio di volti attenti che gli stanno davanti e comincia a declamare. Parla come animato da un presentimento.

«...molte storie si narrano sul vortice di acqua di Corryvreckan».

Ha portato da casa le *Leggende delle Isole Occidentali* e ha insistito per leggerne una ad alta voce prima del picnic. Una bella storia, ha assicurato, su amore, menzogne e magia.

Il sole si riflette sui massi tondi che sono sparsi sull'erba come se fossero stati lanciati da giganti. Beth è appoggiata a una roccia, Harris è ai suoi piedi, Theo e Albie ai lati. Oltre Theo, Ted è seduto su un masso e si sporge in avanti, dal collo gli pende un binocolo. È rivolto verso Beth. Ed siede in terra accanto al padre. Albie ha l'aria tirata, gli occhi arrossati, come se non avesse dormito. Beth lo cinge col braccio.

«C'era un principe norvegese di nome Breakan», prosegue Jake, guardandosi intorno per accertarsi di avere l'attenzione di tutti. «Era innamorato di una giovane di nobili natali. Per ottenere dal padre la sua mano, Breakan acconsentì a eseguire una prova di coraggio: doveva ancorare la propria barca per tre notti nel gorgo di Corryvreckan». Indica oltre la scogliera, dove un ampio cerchio di acqua increspata è visibile contro uno sfondo più calmo. Le onde crestate vorticano e si sollevano come se fossero vive.

«Breakan tornò al suo paese dove tre saggi gli consigliarono di farsi fare delle corde intrecciate: una di canapa, una di lana e una filata con dei capelli di fanciulle».

I capelli di Beth volano sulla faccia di Albie in ciocche scure simili e fruste. A scuola c'era una bambina con le trecce, più grosse delle altre, più sfacciate. Era figlia di americani che volevano sperimentare per un anno il sistema statale. Attorno a sé aveva radunato un piccolo gruppo, sparlando di Beth, dicendo che aveva delle scarpe buffe, che il padre era un alcolizzato. Le grosse trecce bionde le pendevano oltre lo schienale della sedia, davanti al banco di Beth. Durante una lezione di arte, Beth si era sporta in avanti con delle forbici e gliele aveva tagliate con uno scrocchio che a volte riesce ancora a sentire. Albie si china per infilarle teneramente i capelli nel colletto: il volto pallido e oblungo di Ted si volta verso il mare.

«Breakan tornò a Corryvreckan e ancorò la barca». Leggendo, Jake cammina su e giù sull'erba, aumentando la voce in un crescendo. «La prima notte, la corda di canapa si spezzò. Durante la seconda, la fune di lana si ruppe. La terza, una tempesta infuriò sul mare e l'ultima corda la cui forza risiedeva nella purezza delle fanciulle, fu fatta a pezzi».

Come la storia si avvicina alla conclusione, la voce si abbassa. «Troppo tardi, Breakan si era reso conto che le fanciulle non erano virtuose come era stato indotto a credere. Lui e la barca furono trascinati nel gorgo e s'inabissarono».

Jake fa un inchino profondo e tutti applaudono. Ted si alza per congratularsi, si alza anche Ed, guardando Ted, e sorride. È sollevato, il padre sembra migliorato. Beth si avvicina al bordo della scogliera, il pendio è a strapiombo. Più sotto, in lontananza, le onde mordono le rocce come denti. Il principe della storia non aveva alcuna possibilità. Nessuno l'avrebbe.

Ed e Theo hanno steso un plaid e sopra una tovaglia di pizzo bianco, poi sistemato i sandwich preparati da Theo. Ci sono lattine di birra, un mucchio di mele e un dolce alla frutta che ha mandato Sophie tramite Ed, accuratamente avvolto in carta d'alluminio. Dopo mangiato, quando si alzano per sgranchirsi le gambe e si dirigono verso il bordo della scogliera, Beth comincia a mettere via: vuole tornare a casa, bisogna pensare a un piano. Avvolge i resti del dolce nell'alluminio. Era cotto alla perfezione, scuro e pieno di frutta e liquore. Sophie sarà una madre meravigliosa per i figli di Ed. Cucinerà per loro. Non li manderà mai a scuola affamati o con gli abiti sbagliati. Non salirà in macchina con un marito ubriaco, lasciando sola sua figlia al buio.

Ed le si accovaccia vicino, offrendole una birra. È meno sgarbato di ieri, ora che il padre sembra più contento è come se avesse dichiarato una tregua. «Guarda». Raccoglie uno stelo con un frutto bianco simile a una perla, un altro con foglie più spesse e minuscoli amenti. «Ehi, Jake». Apre il palmo. «È questo che intendevo per dettagli, non sono belli?»

«E questo è il quadro generale». Jake indica con la mano le scogliere e il mare. «Incredibile».

«Quell'acqua ti trascinerebbe giù in un momento». Albie parla per la prima volta nell'arco della giornata. «Le rocce ti farebbero a pezzi». Prende una lattina di birra e si allontana dal gruppo.

Ed si alza per raggiungere il padre mentre Jake va a inginocchiarsi accanto a Beth che stipa mele nella tasca laterale dello zaino.

«Spero non te la sia presa per quella storia». Gli occhi verde e marrone luccicano. Beth si volta impilando piatti. «Sempre la solita storia: amore, tradimento, le bugie che dicono le donne». Sorride. «Buffo come queste antiche leggende siano sempre attuali».

«Jake, vieni qui. Voglio farti una foto con il libro e il gorgo sullo sfondo». Theo indica un punto elevato sul bordo della scogliera. Jake sorride, si alza e si avvia senza fretta verso Theo. Jake era in cerca di informazioni, non sa nulla di certo. Beth comincia a infilare i piatti nello zaino, allontanando col gomito Harris dai resti dei sandwich. Una mano copre la sua, quella di Ted. Beth la tira via.

«Mi ricorda i nostri picnic in Cornovaglia», dice inginocchiandosi rigidamente accanto. «Ricordi il giorno che ci fu quell'acquazzone e dovemmo...».

«Cerchi di rimorchiare mia moglie?». Albie è alle loro spalle, la voce tremante.

Ted si alza in piedi, prende fiato e sorride. «Le stavo dando una mano», dice allegramente, ammiccando a Beth.

«Papà, porta qui il cannocchiale», urla Ed dal bordo della scogliera. «Giurerei di avere appena visto un'aquila di mare». Ted va a raggiungerlo, sorridendo tra sé e sé. Malgrado tutto ciò che è successo, la fiducia nelle sue doti di seduttore sembra immutata. Albie ha la guance in fiamme, lo sguardo omicida. Beth lo cinge con le braccia, attirandolo a sé. «Sii carino», sussurra. «Devi essere carino ancora per un po'».

Albie ha i muscoli tesi sotto le mani di Beth, ansima. «Aspetta», gli dice all'orecchio. «Aspetta fino a stasera».

Sulla via del ritorno, il sole scompare dietro le nuvole, il tempo sta di nuovo cambiando in fretta. In lontananza, sul cielo viene tirata una scura tenda di pioggia. Albie fa strada. Ted è stanco, l'andatura vacilla dietro alla falcata regolare di Albie. Ma Albie conosce il territorio, ha girato tutta l'isola. Seguono Ed e Jake. Theo è subito dietro, che fischietta e scatta fotografie del temporale imminente. In fondo c'è Beth con Harris. Arrivano a casa qualche minuto prima dell'acquazzone. Ted beve l'ultimo sorso di birra e si addormenta sulla poltrona, ma Albie è richiesto da Ed e Theo per una partita a carte: l'ideazione del piano è rinviata. Jake legge per i fatti suoi. Sembra stanco e non tenta di riparlarle. Prima di cena, Ted si sveglia, è inquieto e beve camminando su e giù. Nei lunghi momenti di silenzio, Beth sente il vento rialzarsi e cominciare a sibilare giù per il camino. Dopo cena, Ted comincia a frugare sull'attaccapanni vicino alla porta. «Dov'è finita la tua giacca, Albie?»

«Non ricominciare, papà», fa stancamente Theo. «C'è di nuovo tempesta. È pericoloso. Potresti perderti». Si china per dare al padre il bacio della buonanotte, il volto lentigginoso in netto contrasto col volto rugoso di Ted, uno la copia giovane dell'altro.

«Ho bisogno di dormire», mormora Ed ad Albie. «Potresti tenere d'occhio papà finché non va a letto? Mi sembra che stia meglio, ma non si sa mai».

Quando i ragazzi se ne sono andati, Beth esce furtiva dalla stanza. Albie la segue, lasciando Ted da solo a frugare tra le giacche. Si mettono vicini in camera da letto, c'è pochissimo tempo.

«Vuole uscire a tutti i costi», bisbiglia lei. «È la nostra chance...». Non ripete le parole che si sono scambiati la notte prima. Albie le avrà avute in testa tutto il giorno. Il marito guarda fuori dalla finestra, il sudore gli tremola in gocce minuscole lungo l'attaccatura dei capelli, ma non si muove.

«Ha le fiale, Albie. Ha nelle mani il nostro futuro. Devi seguirlo».

Da come respira, capisce che la sta ascoltando, ma continua a non muoversi.

Gli si fa più vicina. «Si prenderà tutto. Perderai la carriera, tutto il tuo lavoro, le tue case. Abbiamo già perso i nostri figli».

Albie si volta e la guarda negli occhi. Sembra che le guardi attraverso, come se cercasse i figli che non avranno mai, i figli dei figli, e più avanti ancora, la discendenza persa per sempre. Le prende la mano: la firma del patto. È sorprendente come, dopo tutto questo tempo, un'idea si trasformi così facilmente in azione, come si arrivi silenziosamente a una conclusione.

«Ecco la tua giacca». La prende da un gancio sulla porta della camera. «Vado a portargliela». Ritorna dopo qualche minuto, con un altra giacca in mano. «Questa è per te. Sta per uscire. Gli ho fatto vedere il sentiero sulla carta, quello che porta alle alte scogliere sul promontorio qui vicino». Lo bacia, lui non ha ancora detto una parola.

«Una vita per una vita, Albie. Una vita per molte vite».

Di sotto si sente sbattere la porta sul retro.

«Corri».

I passi leggeri scendono silenziosamente le scale. Dalla finestra lo vede uscire di casa, un attimo dopo la sagoma scompare come inghiottita dalla pioggia.

Capitolo 22

Jura. Estate 2018

Deve correre a precipizio per non perdere di vista Ted, ma di tanto in tanto si ferma per accucciarsi tra le felci e riprendere fiato, mentre il coriaceo sottobosco gli graffia le dita. La sagoma davanti compare e scompare tra le raffiche di pioggia.

Un gufo bubola due volte dagli alberi sulla sua sinistra, ma Ted non esita. Quando il pendio si appiana in un prato brucato dai cervi, Albie ha guadagnato terreno ed è abbastanza vicino da riuscire a vedere il cranio di Ted tra i fili di capelli bianchi, il verde della giacca presa in prestito. Ted è voltato verso il mare dove uno smorto giallo argentato tinge l'orizzonte. Il vento è fortissimo. Un aroma pungente di sterco e salsedine lo assale alla gola, sulla scoglicra balcna l'immaginc dclla sala dcllc autopsic per poi scomparire. Le onde si schiantano sulle rocce una decina di metri più sotto, calme durante il giorno ma ora schiumanti e ruggenti.

Lo scarpone sbatte su un masso semisepolto di granito coperto di licheni e a quel rumore Ted si volta. Nella luce cupa ad Albie sembra di guardare un se stesso più anziano, un se stesso abbattuto e invecchiato.

«Sei tu». Ted sembra sollevato. «Avevo la sensazione di essere seguito ma credevo fosse la mia immaginazione. La tempesta gioca brutti scherzi. Se avessi saputo, ti avrei aspettato».

Albie sente il cuore battergli in gola. Il sangue nella testa rumoreggia come il mare. Con il polso si asciuga gli occhi dalla pioggia. Con la coda dell'occhia vede un uccello scuro, grande quanto un bambino, che si leva da uno sperone roccioso e sale silenziosamente battendo le ali. Si voltano entrambi per guardarlo sparire, le piume candide della coda lasciano una scia bianca nell'aria nebbiosa. Un'aquila di mare, mangiatrice di morti.

«Così vicina...», dice Ted. «Oggi ne avevo cercata una».

«Ti ho seguito da casa». Può ammetterlo tranquillamente. Ted si fida di lui, anche se quel pensiero lo fa infuriare: l'eterno vice, troppo docile per essere pericoloso.

«Sei stato gentile». Ted sorride, una versione sbilenca del suo antico sorriso. «È proprio da te preoccuparti così, ma non ce n'è bisogno».

«Non ero preoccupato», replica Albie ma Ted non ascolta, forse non ha mai davvero ascoltato.

«Non farei mai una sciocchezza, anche se ammetto che a volte ci sono andato vicino. La mattina presto è il momento peggiore», continua Ted, stringendosi nella giacca di Albie. Guarda il bordo della scogliera, dove l'erba finisce bruscamente come tagliata da un coltello. «Quelle fiale hanno cambiato le cose, e poi ovviamente non avrei mai abbandonato i miei ragazzi...».

I miei ragazzi. Alla fine, tutto si riduce ai figli: quelli che Ted ha e quelli che gli ha rubato. Il frastuono nella testa aumenta, il sangue starà scorrendo veloce nelle arterie del cervello, una scura corrente che si espande negli intricati vasi. La rabbia gli monta in gola. Sono a pochi centimetri dal bordo.

Afferra Ted per le braccia. Ted sorride e con la mano sinistra prende la destra di Albie, ringraziandolo per il gesto: l'amico vuole confortarlo. Anche quando viene sollevato in aria, fa una risata di sorpresa. Immagina forse che voglia attirarlo in un abbraccio?

Albie lo avvicina dondolando, le facce quasi si toccano, e nella violenza di quel movimento Ted emette un brontolio di protesta. Spalanca la bocca, la massa rossa della lingua fa per produrre un suono. Ha le pupille dilatate. Albie allarga le gambe, la decisione diventa definitiva. Raccoglie le forze e spinge Ted all'indietro, oltre il bordo dello strapiombo.

Si sente un rumore, un brusco frullio o un grido come se le molecole di aria umida attraverso cui sta cadendo Ted vibrino emettendo un suono. Albie si piega in avanti a guardare, con le braccia ancora aperte come ad affrontare un mostro. Attraverso la grigia aria nebbiosa vede la testa incontrare la roccia, poi il busto rotolare e rimbalzare tra scure sporgenze con tale rapidità che il corpo è solo una chiazza confusa. Non lo vede scomparire sotto la superficie agitata dell'acqua. La vista deve averlo rilevato ma finisce tutto troppo in fretta, ed è troppo terribile da registrare. Dalla sua postazione, una rondine di mare spaventata volteggia, garrendo contro la roccia nera. Albie rimane dov'è, ansante, a scrutare le distanti onde vuote che vanno e vengono.

ATTO TERZO

Capitolo 23

Jura. Estate 2018

«Sembro identico a prima».

Beth lo osserva guardarsi nel piccolo specchio dalla cornice dorata sopra al comò. La carnagione dalla doratura estiva e lo sguardo azzurro riflettono innocenza mentre lei fluttua come uno spettro nel buio alle sue spalle, gli occhi in ombra. Albie si allontana col volto increspato dall'angoscia e si siede sul letto. Beth gli toglie gli scarponi.

«Quando l'ho afferrato, pensava che volessi abbracciarlo. Cristo».

«È finita, Albie». Lo aiuta a togliersi la giacca a vento, poi gli si siede accanto e si porta la mano bagnata alla bocca. Ha il cuore leggero, ha la sensazione che il corpo stia per volare via. Gli bacia ripetutamente il palmo della mano. «È finita». Lo abbraccia. «Siamo salvi ormai. Niente può sfiorarci, siamo liberi di fare quello che…».

«Liberi?». Si divincola, fissandola come se non la conoscesse. «Io non sono libero, sono imprigionato in quel momento. Non riesco a togliermelo dalla testa. Ted non ci credeva neanche quando ha cominciato a cadere…».

«Non pensarci. Dimenticalo. È un sollievo…». Distoglie gli occhi dallo sguardo furioso di Albie. «È un sollievo che stia bene, tesoro. Tutto qui. Ero così spaventata quando gli sei andato dietro, ora sei a casa sano e salvo, non so neanche quello che dico». Si alza e gli tocca la spalla. «Cerca di dormire. Ti porto una tazza di tè e poi ti lascio in pace».

La cartina è ancora sul tavolo della cucina. Quando ha indicato a Ted il sentiero, i loro volti erano vicini, gli occhi di lui concentrati. Quegli occhi ora saranno vuoti, la pelle delle guance scorticata fino ai muscoli. Ripiega la carta e stringe la bocca. Prepara una tazza di tè e riempie una borsa dell'acqua calda. In camera da letto, Albie si è avvolto nel piumino, lo sguardo inespressivo la segue mentre appoggia la tazza sul comodino e gli mette accanto la borsa dell'acqua calda. Beth prende i vestiti e gli scarponi sporchi di fango, spegne la luce e chiude piano la porta. Mette i vestiti dentro secchi nella dispensa, nascondendoli sotto un asciugamano, ma potrebbero esserci altre prove: tracce sulla scogliera, un guanto caduto o uno scarpone perduto durante la lotta. Harris si sistema davanti alla porta mentre Beth si allaccia gli scarponi. Fuori, il bagliore metallico delle pozzanghere segna il sentiero fino alla scogliera. Beth lo segue fino in fondo, passando tra alti affioramenti rocciosi dove il rumore del mare e degli uccelli le arriva come un ruggito ululante. L'erba e l'erica in cima alla scogliera sembrano deserte. Beth controlla ma non è rimasto niente, neanche delle impronte. Non osa guardare oltre il bordo, si volta e corre a casa mentre albeggia.

La casa è addormentata, le tende ancora chiuse, ma in giardino le ombre appaiono diverse. È cambiato qualcosa. Osserva i tronchi strapazzati e i rami sparpagliati tra l'erba e capisce: la tempesta notturna ha spezzato le sue betulle d'argento. Il dono di nozze di Albie, ridotto in mille pezzi. Con le lacrime agli occhi, corre in casa, con Harris alle calcagna. In cucina mette i suoi vestiti insieme a quelli di Albie, pulisce la giacca a vento e sciacqua la pezza che ha usato. Ogni traccia dell'attività mattutina è scomparsa. Sale i gradini uno a uno. Per il momento non dirà ad Albie degli alberi.

Albie si sveglia al tocco di Beth. «È tornato?»

«Chi, Albie?». Ma sa a chi si riferisce e si sente venire meno.

«Ted».

Beth scuote lentamente il capo.

«Oddio». Volta la testa.

«Devi alzarti».

Di sotto, Harris comincia ad abbaiare.

«Gesù. Sta venendo qualcuno. L'hanno trovato». Il volto di Albie si liquefa dalla paura.

«Ricomponiti. Scendo io». Si mette una maglietta e pantaloni asciutti, poi arrivata alla porta si volta e si sforza di parlare con dolcezza, come a un bambino. «Lavati le mani e la faccia, tesoro. Ti sentirai meglio».

In cucina Harris le corre incontro abbaiando, stranamente agitato. Beth apre la porta ma fuori non c'è nessuno. Il cane si mette davanti alla stufa, guaiolando. Beth tira fuori tazze e ciotole per la colazione ma le tremano le mani e rovescia i cereali. Nel soggiorno, le tende aperte rivelano i campi umidi, gli alberi avvolti dalle ombre, il sentiero infangato, il solito panorama dell'isola all'alba. Nessuno potrebbe immaginare che un uomo è stato inseguito al buio lungo il sentiero. Lancia una rapida occhiata alla collina, quasi aspettandosi di vedere comparire traballante la sagoma alta di Ted. Comincia a scuotere cuscini, rimettere a posto libri sugli scaffali, raddrizzare il plaid. Se ordina, rassetta e pulisce forse la notte svanirà, forse non dovrà pensare. Dopo aver preso una tazza, si volta per andare in cucina e trasalisce: la tazza le cade dalle mani e si fracassa in terra. Accanto al caminetto sulla poltrona è seduto in silenzio Jake che osserva ogni sua mossa.

«Jake». Ha la bocca talmente secca che le riesce difficile parlare. «Mi hai fatto prendere un colpo».

«Evidentemente». Sorride, una gamba accavallata sull'altra, dondolando il piede. Pare che goda del suo disagio. Beth raccoglie i cocci e va in cucina, col cuore che batte forte. Per questo Harris abbaiava, Jake deve aver spaventato anche lui.

«Caffè?», grida lei.

Jake la segue.

«Sei stato qua sotto tutta la notte?». Getta via la tazza rotta e accende il bollitore. Cosa può aver visto o sentito?

«Abbastanza da sentirvi parlare in camera da letto poco fa». Fa di nuovo il suo sorriso beffardo.

La loro fortuna è stata quindi appesa a un sottilissimo filo: se fosse sceso prima avrebbe visto Albie tornare o lei uscire. Prepara una brocca di caffè e gli porge una tazza, sperando che non noti la superficie del liquido che trema.

«Grazie». Si appoggia alla stufa, continuando a guardarla. Beth si volta per aprire la finestra. I gabbiani volano in cerchio nel cielo oltre la scogliera e i loro stridii raggiungono la stanza. Li osserva volteggiare come se fossero sospesi in aria. Mentre cadeva Ted deve averli sentiti. Se il tempo per lui si è rallentato, come dicono che succeda, potrebbe essersi chiesto perché Albie gli ha fatto questo, prima di capire nell'ultimo mezzo secondo di vita che è stata lei, è ovvio che è stata Beth. Ha avuto il tempo di gridare il suo nome?

«Dov'è Ted?»
«Dorme. Era stanco morto».
«Porto questo a Ed». Jake riempie una tazza dalla brocca e sparisce.
Beth lo segue per andare in camera sua. Albie è seduto sul letto, semivestito. Ha le spalle curve, il volto pallidissimo.
«Jake è già in piedi», sussurra sedendoglisi accanto. Gli prende la mano, ha la pelle sudaticcia. «Tra un minuto devi scendere anche tu».
Albie scuote il capo.
«È più facile di quanto credi, tesoro. Sii naturale».
Il marito la fissa, confuso, come se avesse perso la cognizione di chi possa essere: amica, collega, dottoressa, ospite, cospiratrice, assassina? Beth fa per toccargli il volto ma lui si ritrae e lei si alza in piedi. «Dobbiamo affrontare la situazione, Albie. Non si può tornare indietro».
Albie si prende le testa tra le mani e non risponde.
Jake è di nuovo in cucina a preparare dell'altro caffè. «Dopo ieri sera Ted avrà bisogno di smaltire la sbornia. Ne faccio uno molto forte, apposta per lui».
«Credo che Ted più che di caffè abbia bisogno di riposo», fa Beth con un sorriso.
«Ed dice che dovremmo svegliarlo per fare una passeggiata». Jake sparisce su per le scale ma torno dopo un attimo.
«Non c'è».
«Deve esserci». Di sopra, Beth apre le tende in camera di Ted, bussa alla porta chiusa del bagno. Quando ritorna in cucina, trova Albie seduto in silenzio al tavolo. Ha l'aria sfatta.
«Jake ha ragione, Ted deve essersene andato da qualche parte». Bacia Albie sulla testa e gli si siede accanto, sorridendo allegramente.
Entra Ed, guardandosi intorno, seguito da Theo che sbadiglia scarmigliato.
«Papà si è alzato?», chiede Ed.
«Non era in camera», gli dice Jake. «E il letto è ancora in ordine».
Le sopracciglia scure di Ed si corrugano, Theo sembra perplesso. Beth versa tre tazze di caffè e le mette sul tavolo.
«Forse ha rifatto il letto prima di uscire. Sarà giù in spiaggia, a guardare il mare», dice Beth.

«Papà non ha mai rifatto un letto in vita sua». I loro occhi si incrociano e lo sguardo tagliente di Ed la coglie di sorpresa. Fra tutti, dice quello sguardo, è proprio la sua ex amante che dovrebbe saperlo. «Da quando siamo arrivati sono stato io ad aggiustarglielo», continua. «Dove diavolo è potuto andare?». Cammina per la cucina, nel soggiorno, di nuovo in cucina, guardando l'orologio. Jake aggrotta la fronte infilando delle fette nel tostapane.

«Spesso papà quando gli salta il ticchio prende e se ne va», commenta sereno Theo, sorseggiando il caffè. «Un tempo quando eravamo più giovani spariva per ore, ricordi? La mamma fingeva di non essere preoccupata. Nessuno sapeva dove andasse, ma tornava sempre». Sorride a Beth.

Erano le volte in cui veniva a trovare me. Avverte una rapida occhiata di Jake, ma resta impassibile. L'espressione di Theo è schietta, non ha idea che lei e il padre fossero amanti. Ed ha protetto il fratello dalla verità: è una famiglia brava a mantenere i segreti.

«Se se n'è andato senza dire niente come ai vecchi tempi, vuol dire che si sente meglio», conclude Theo.

«O peggio». Ed si siede, digitando un numero sul cellulare.

«Avete visto quei poveri alberi?», chiede Jake, accennando col capo verso la finestra mentre imburra fette di pane tostato e le appoggia sul tavolo. «Spezzati in due dalla tempesta. Non dovrei dirlo ma ne verrebbe fuori una foto fantastica. Dovresti fare qualche scatto in bianco e nero, Theo».

Theo guarda fuori dalla finestra ed emette un fischio di sorpresa.

«Mandami le foto», prosegue Jake. «Sto scrivendo un articolo sui cambiamenti climatici e ci rientrano anche i temporali estivi. Danni ovunque, nessuno sembra notarlo».

«Cazzo. Il telefono è irraggiungibile». La preoccupazione nella voce di Ed è palpabile.

Theo offre al fratello una fetta di pane. «È tutto a posto, Ed. Stiamo parlando di papà. Cerca di non preoccuparti».

«Nel letto non ha dormito, non risponde al telefono. Ieri sera era ubriaco ed è molto depresso. Come faccio a non preoccuparmi?», risponde infuriato Ed, ignorando il pane.

Beth non deve aggiungere altro a ciò che viene detto o pensato, non deve suggerire che il suicidio è una possibilità o accennare l'ipotesi di un incidente. Sta al fianco di Albie, in attesa di vedere come evolvono le cose.

«Ti ha per caso detto che voleva uscire ieri sera?». Jake mette una mano sulla spalla di Ed.

«L'ho lasciato in cucina con Albie e Beth».

«Ci ha detto che si sarebbe coricato presto, voleva esaminare la cartina», dice lei, intuendo la direzione dei pensieri di Ed. «Siamo andati a letto, abbiamo immaginato che l'avrebbe fatto anche lui».

Jake la fissa attentamente, come a saggiare la veridicità delle sue parole, ma Ed balza in piedi. «Merda. Qualcuno l'ha sentito uscire?»

«Pioveva a dirotto», dice Albie. «Il vento ululava. Non si sentiva niente di niente».

«Lo vado subito a cercare». Ed tira fuori gli scarponi e li allaccia. «Come minimo può essere caduto ed essersi storto una caviglia».

«O può aver trovato un riparo e aver dormito lì», dice speranzoso Theo. «Vengo anch'io. Jake?».

Jake annuisce in silenzio, attorcigliandosi al collo una lunga sciarpa.

«Vengo con voi. Conosco ogni centimetro di quest'isola», dice Albie, poi si rivolge a Beth: «È meglio che tu resti qui. Se ritorna, chiamaci subito».

Beth annuisce senza rispondere. Sta succedendo di nuovo, forse alla fine si è sbagliata. Non potrà mai sfuggire a Ted. Ora che non c'è più, la sua influenza su Albie potrebbe essere anche più forte.

«Avete visto la mia giacca?». Albie rovista tra gli strati di giacche appese dietro la porta.

«Forse l'ha presa Ted», risponde Beth. «Te l'aveva chiesta in prestito l'altro ieri sera, ricordi?». È come se avessero provato le rispettive battute. Potrebbe essere importante in seguito, una prova forse del fatto che Albie non è uscito di casa: sotto la tempesta non l'avrebbe fatto senza una giacca.

Escono in un gruppo disordinato, a testa china. Nessuno parla. L'aria si sta scaldando. Beth fruga di nuovo in camera di Ted, ma invano. Nella stanza di Theo e Ed i letti sono rifatti alla perfezione, i vestiti appesi ordinatamente nell'armadio, ma non trova niente. In quella di Jake, gli abiti sono sparsi in terra e sul letto sfatto. Ci vuole di più a cercare ma il risultato non cambia. Fuori, la Mercedes di Theo è aperta. Nel vano portaoggetti ci sono i documenti della macchina, CD e caricatori del telefono; in fondo le dita indagatrici toccano qualcosa di morbido. Tira fuori una sottile sciarpa rossa, sua di tanto, tantissimo tempo fa. Se la porta al volto, la seta è ancora impregnata di un debole profumo di lavanda. Una volta che la indossava, Ted l'aveva chiamata la sua donna del peccato. L'appallottola nella mano, poi apre lo sportello della stufa e la getta tra le fiamme. Passa un'altra ora nell'infruttuosa ricerca in armadi e scaffali. Sta capovolgendo delle vecchie calosce quando squilla il cellulare.

«Non l'abbiamo trovato», dice succinto Albie. «Ho contattato Iona, ha telefonato alla squadra di Ricerca e Soccorso a Islay. Manderanno un elicottero, potrebbe passare la polizia a casa. Stiamo continuando a cercare». Chiude la telefonata prima che possa replicare.

Beth torna in giardino e si siede contro il muro della casa. Le fiale sono sparite, probabilmente le aveva ancora in tasca quando è caduto e ora saranno in mille pezzi. Harris le appoggia la testa sulle gambe e gli occhi le si stanno per chiudere ma un rumore assordante riempie il giardino, ridestandola dal sonno. Si accovaccia mentre l'enorme e scintillante sagoma lunga di un elicottero passa bassa sopra la casa. Intravede il pilota con gli occhiali scuri. Comincia a tremare violentemente. Manda giù due bicchieri di whisky, poi si prepara un bagno con l'acqua più bollente possibile ed entra nella vasca. A poco a poco il tremito passa. Si veste e va di nuovo giù, si sforza di pensare al pranzo: quando rientreranno avranno fame. Niente carne, una quiche forse o qualcosa del genere. Sta mischiando il burro alla farina quando un uomo in uniforme bussa alla porta ed entra.

«Sergente Carmichael». Si toglie il berretto e fa un inchino formale. Lei lo fissa, in scioccato silenzio, le dita infarinate immerse nella ciotola, e nota mole, distintivi, un naso grosso con peli che crescono nelle narici.

Si sciacqua le mani, la farina bagnata le si agglomera sulla punta delle dita. «Avete qualche notizia?»

«Siamo stati chiamati per aiutare nelle ricerche di un certo professor Edward Malcolm», risponde lui impassibile. «Ci hanno dato questo indirizzo. Lei è una parente?».

Un ex amante non rientra nella categoria, anche se conosceva la vittima bene quanto la moglie. Scuote il capo asciugandosi le mani. «Un'amica. È un collega di mio marito, è ospite da noi».

«Forse è meglio che si sieda».

Beth non si muove. «Mi dica».

L'espressione si irrigidisce ulteriormente. «Mi dispiace doverla informare che mentre venivo qui mi è stato comunicato il ritrovamento di un corpo sulla spiaggia nel Nord dell'isola».

Dopotutto deve sedersi.

«Abbiamo ragione di credere che sia l'individuo scomparso, anche se il corpo è rimasto in mare per un certo tempo. Dovrà essere ufficialmente identificato».

«Oddio…», sussurra. Meno tempo di quanto pensasse. Immaginava la scoperta dopo qualche settimana, su un'altra isola o in fondo al mare. Il poliziotto la osserva attentamente, come a prepararsi a un attacco isterico.

«Ma com'è successo? Cioè…». Si blocca, incerta sulla differenza tra le domande che potrebbe fare un amico e quelle che potrebbe voler porre un assassino.

«Di questo non sono stato informato. Ci sarà un'autopsia». Gli occhi piccoli dietro le lenti spesse non sono scortesi. «Ho inteso che qui da voi ci sono anche i figli».

«Ora sono fuori a cercarlo, con mio marito». Non aggiunge che la moglie, Jenny, è a centinaia di chilometri in un paesino del Dorset. La donna che un tempo invidiava e commiserava ha già avuto la sua dose di polizia quando è scomparsa la figlia, e ha già avuto anche la sua dose di ex amante del marito. La notizia dovrebbero dargliela i figli, non la polizia. E sicuramente non lei.

Il sergente trova il bollitore. Sembra che per lui sia un'abitudine dare brutte notizie a donne in cucina e preparare loro del tè. In attesa che l'acqua bolla sta fermo con le gambe aperte ben piantate, mentre Beth con dita tremanti scorre i numeri in cerca di quello di Albie. Ha la voce roca. «Hanno trovato un corpo. Pensano che sia Ted».

«Ah». Albie espira bruscamente, come se fosse reduce da una corsa, una corsa che ha appena perso. Sperava forse che contro ogni probabilità Ted fosse sopravvissuto?

Il sergente Carmichael ha preparato il tè, arancione e dolcissimo. Beth lo getta nel lavandino quando l'uomo sale in camera di Ted e camminando fa scricchiolare sonoramente il pavimento.

Ed è il primo a entrare, strizzando gli occhi e ansimando come se dominasse un enorme dolore fisico. Jake deve essere caduto, ha gli occhiali schizzati e i capelli irrigiditi dal fango, ci sono segni di lacrime sulle guance. Theo sta piangendo, appoggiato ad Albie che guarda Beth col volto privo di qualsiasi espressione. Lei gli si avvicina, ma Albie l'allontana con un cenno della mano. Forse ha paura che se lo tocca possa crollare, o peggio, confessare. Il sergente Carmichael li informa che sulla spiaggia più a nord è stato ritrovato il corpo di un uomo anziano con i capelli bianchi e una giacca verde. Alto circa uno e novanta. Pantaloni marroni, orologio con il cinturino nero. Senza scarpe. Non menziona il contenuto delle tasche.

«Hanno provato a rianimarlo?», chiede Ed. Jake gli sta vicino, stringendogli il braccio.

«Era chiaro che era morto da un certo tempo, signore», gli dice il sergente. «Era ferito. Il mare era agitato, capisce, e molto freddo».

«Avrebbero dovuto provarci comunque», insiste Ed. «In ospedale, noi...».

«Le ferite erano gravi». Il sergente Carmichael si ferma come a valutare se continuare o meno, poi va avanti. «Mancava parte del cranio e del cervello».

Ed impallidisce. Theo si volta e vomita nel lavandino. Jake gli asciuga la bocca con uno strofinaccio e lo conduce al tavolo, come un padre. Ci si dimentica facilmente che Jake ha un figlio. Beth lo osserva tirare fuori dalla tasca un pacchetto di tabacco e rollarsi una sigaretta con dita tremanti.

«Dobbiamo dirlo alla mamma», dice Theo tra le lacrime.

«Gliel'ho già detto», fa Ed. «L'ho chiamata mentre tornavamo a casa».

Jenny sarà stata nel suo studiolo o a passeggiare per le colline del Dorset? Forse in riva al mare, probabilmente da sola. Beth immagina quel bel volto deformarsi, rigarsi di lacrime.

«Avete idea di come possa essere finito in acqua?», chiede Jake, socchiudendo gli occhi mentre soffia il fumo della sigaretta.

Il poliziotto lo guarda. «In questa fase, non c'è modo di saperlo, signore. Sappiamo però che c'era un brutto temporale ieri notte. Sappiamo anche che la scogliera può essere pericolosa al buio. Qualsiasi altra cosa sarebbe una pura congettura».

«Cristo», mormora Jake.

Il sergente Carmichael si schiarisce con forza la gola. «Deve essere identificato».

Theo alza in fretta la testa. «Quindi potrebbe non essere papà?»

«L'identificazione è una formalità necessaria. Il corpo è stato portato alla centrale di polizia di Bowmore a Islay».

«Vengo io». Theo si alza in piedi, col volto grondante di lacrime e muco.

«Anch'io». Ed si alza, e con lui Jake.

«Devo avvisarvi che la centrale chiude alle sei del pomeriggio. Mi dispiace per questa sfortunata circostanza avvenuta durante la vostra vacanza». Lo fissano increduli. Beth si chiede se ha una qualche idea di come risultino quelle parole, anche se ovviamente non ci sono parole che potrebbero consolare Ed e Theo, o anche Jake.

«Mi dispiace», ripete, con tono più umano. Esce con passo misurato e chiude piano la porta. Sentono una macchina partire e allontanarsi.

«Vi porto io», dice Albie. «Conosco la strada».

«No». La voce di Jake è ferma. «Li porto io».

Nessuno parla più. Non c'è altro da dire, non ce n'è bisogno. La famiglia pare essersi stretta e aver serrato i ranghi contro gli estranei. Albie esce dalla stanza, e Beth si ritira in cucina, preparando piano un vassoio di bicchieri e una bottiglia di whisky. Cominciano a mormorare, lei si muove silenziosamente a piedi nudi, concentrandosi su ogni parola.

«Dio...». Theo piange ancora. Si sentono parole di conforto da parte di Jake e passi di qualcuno che cammina avanti e indietro, probabilmente Ed. Emette suoni inarticolati come se imprecasse o singhiozzasse.

«Che cazzo dobbiamo fare?», chiede Theo dopo un po'. «Non voglio più stare qui ora...».

«Dorset», mormora Jake. «Jenny avrà bisogno di voi».

«Sì». La voce di Ed. «Certo. Dobbiamo andare dalla mamma».

«Se andiamo a Islay, è più logico fare i bagagli e partire direttamente», continua Jake.

«Perché quell'uomo ha detto "Qualsiasi altra cosa sarebbe una pura congettura"?», chiede Theo con voce tremante. «Papà deve essere caduto, no?».

Segue una lunga pausa. «Penso volesse dirci che si potrebbe pensare che l'ha fatto di proposito». Ed è molto cauto, continua a proteggere il fratello.

«Ma negli ultimi giorni era più allegro». Theo ha ricominciato a piangere. «Da quando sono morti quei bambini qui stava per la prima volta meglio».

«Perché si era convinto di poter dimostrare la propria innocenza. Vorrei...».

Un bicchiere le cade dalle mani e si rompe sul vassoio. I ragazzi guardano attraverso l'arco della cucina, Jake si alza in piedi. Beth offre in fretta il vassoio.

«Prendete qualcosa da bere. Potrebbe aiutare».

Ed guarda da un'altra parte, col volto cupo di dolore ma senza sospetto. Non ancora. Jake scuote in silenzio il capo. Theo prende un bicchiere ma non beve.

«Prepariamo le nostre cose», dice Jake ai fratelli. Tutti e tre le sfilano davanti e salgono le scale in silenzio.

Beth prepara dei sandwich al formaggio per il viaggio e un thermos di caffè, ma nella dispensa i resti del dolce di frutta di Sophie sono ora un mucchio di briciole scure. Guardando con attenzione, capisce che i topi si sono dati da fare. Devono essersi lanciati sul dolce: escrementi scuri simili a minuscole pallottole sono sparsi sul piatto e sul ripiano. Allora in sostituzione cerca sugli scaffali delle mele o un pacco di biscotti, e trasalisce al rumore della porta sul retro che sbatte. In cucina, c'è Albie in piedi con in mano i sandwiche, il thermos è ancora sul tavolo con la ciotola dove sono semimischiati burro e farina. Sentono il rumore della macchina che risale la collina, poi Albie con un movimento violento butta i sandwich nella pattumiera.

«È uno spreco, Albie».

«Uno spreco?». La risata è nuova, cupa, più simile a un singhiozzo. «Questa è bella. Erano sandwich, Beth, tutto qui. Dei sandwich del cazzo». Va in giardino e la porta sbatte di nuovo.

Capitolo 24

Jura. Estate 2018

Albie è appoggiato al cofano della macchina e controlla gli orari del traghetto con il cellulare, la valigia ai piedi. Beth porta fuori due tazze di caffè forte su un vassoio, caffeina per tenerlo sveglio durante la guida. Albie sta dormendo male, si sveglia spesso. Vanno in giardino, fermandosi a sorseggiare le tazze fumanti. L'erba bagnata risplende di mille minuscoli arcobaleni ma sotto gli alberi sono disseminate scure schegge d'ombra. Beth è spaventata. Il silenzio di Albie ha un che di minaccioso: da quando se ne sono andati i ragazzi due giorni fa ha parlato a stento. Aggirano i rami ancora sparsi sul prato, le foglie si stanno avvizzendo. Stamattina le è sembrato di vedersi la faccia incartapecorita, le rughe attorno alla bocca più profonde, come se qualcosa in lei si fosse rotto e anche lei avesse cominciato ad avvizzire.

«Quanto tempo starai via?».

Albie si stringe nelle spalle.

«Io starò bene. Non devi preoccuparti per me. Non ho la macchina, certo, ma c'è un sacco da mangiare...». Parla a vanvera, e non lo fa mai. Non vuole che se ne vada.

Il mare scintilla oltre la scogliera, il colore riflette il cielo, quel perpetuo azzurro dell'infinito. Lo spazio attorno a un omicidio è più vasto di quanto si possa pensare: il tempo precedente può durare anni, quello successivo potrebbe fare lo stesso. Cammina con il marito su e giù per il giardino. Albie si gira e si rigira come un animale in una gabbia troppo piccola. Beth si asciuga rapida gli occhi con il dorso della mano, lui non ha notato le lacrime. È stanca, tutto qua. Neanche lei ha dormito, sono lacrime di sfinimento.

«Sei sicuro che debba restare qui, Albie. Preferirei tornare a casa con te».

«Verrà la polizia. Deve esserci qualcuno, altrimenti saremo costretti a tornare. E a un certo momento Ed tornerà a prendere le cose del padre».

Le occhiaie sotto gli occhi sono verde scuro, il volto è pallido. Albie comincia a borbottare ma non la guarda, sembra parlare a se stesso.

«Sono quasi, ma non del tutto, certo che quando ha battuto la testa sulle rocce è morto sul colpo».

Quasi ma non del tutto certo. Tra quelle parole ci sono vuoti in cui si può cadere e perdersi. Gli mette la mano sul palmo e glielo stringe ripiegando le dita.

«Il poliziotto ha detto che mancava parte del cranio. Se è successo allora non avrà sentito l'impatto con l'acqua. Non avrà capito che annegava».

«Sì», dice lei. «Deve essere andata così, allora».

«Mi dico che tutti moriamo di un danno al cervello, il cervello muore quando il sangue smette di scorrere. Non lo sentiamo, no? Oppure sì?». Non aspetta la risposta, ha gli occhi stravolti. «Forse sì, i centri del linguaggio potrebbero morire prima della coscienza, quindi nessuno può dirci cosa succede o se è doloroso».

Camminano avanti e indietro sul prato. L'erba ora sta crescendo, i fiorellini sono spariti, anche se il timo è ancora attaccato ai muri. Beth sente con chiarezza l'antica ballata, come se Ted gliela stesse cantando in giardino.

Dille di trovarmi un pezzo di terra
Prezzemolo, salvia, rosmarino e timo
Tra l'acqua salata e la riva del mare
Allora sarà il mio vero amore.

Quanti veri amori ci sono concessi? Uno? Due? Il vero amore è il primo, una persona che hai amato quando eri giovane, o l'uomo che farebbe tutto per te, qualunque cosa gli chieda? Che succede se entrambi ti lasciano?

«...ma forse non ha battuto la testa». Albie ha la voce tesa. «Non c'era molta luce. Forse sarà stato come ora, dalla cima della scogliera».

Ha tirato via la mano e cammina talmente veloce che per stargli dietro Beth deve correre.

«Quindi se era vivo quando è entrato in acqua, lo shock sarà stato sufficiente a fargli perdere i sensi?». Parla così in fretta che quasi non riesce ad afferrare le parole. «O magari è sopravvissuto anche a quello. Ted è un lottatore. Quindi avrà avuto il tempo di odiarmi».

«Non credo fosse cosciente...».

«Ma neppure Ted può essere sopravvissuto al moto ondoso contro le rocce. Il cranio deve essersi aperto come un uovo».

«Devi smetterla, Albie. Quello che è fatto è fatto».

La fissa come se fosse un'estranea.

«Hai passato un periodo traumatico...».

«Ah. Credevo l'avesse passato Ted». Una risata aspra.

«Quando morirono i miei genitori, all'inizio vedevo continuamente immagini di corpi schiacciati e riversi in strada». Osserva i rami sparpagliati intorno. «Ma dopo un po' divenne come un film che avevo visto alcune volte, su delle persone che non conoscevo».

«Quindi è così che l'hai affrontato, prendendo le distanze?»

«Tutti l'affrontano così».

«No, non è vero». Sembra arrabbiato. «Se escludi gli avvenimenti terribili, come potrai mai accettarli?».

Beth è in piedi sotto un albero, tremante. Non hanno mai avuto un simile diverbio prima d'ora, non avevano mai avuto un diverbio.

«A un certo punto devi lasciarli andare».

«Allora siamo decisamente diversi».

«Ted avrebbe detto lo stesso».

«Cosa?». Le si rivolge come una furia. «Osi darmi consigli sulla base della tua esperienza con lui?»

«Me l'hai detto tu», balbetta lei. «Hai detto che quando dovevi operare ti consigliava di sgomberare la mente, di concentrarti».

«Hai ragione», replica dopo una pausa. «Sto già dimenticando quello che mi ha insegnato».

Non lo stai dimenticando, dice lei tra sé e sé: non ti era ancora venuto in mente di servirti dei consigli di Ted per affrontare il suo omicidio, l'omicidio di cui ti stai già pentendo. Sente gli occhi colmarsi di nuove lacrime e volta la faccia.

Albie guarda l'orologio. «Devo andare». Si dirige verso la macchina e Beth lo segue. «Tornerò appena possibile. Ci saranno cose da portare a casa in macchina, tende, coprisedie, tutta la biancheria. Cose che qui in inverno ammuffiscono. Di solito mi porto anche casse di whisky». Si guarda intorno come per dire addio alla casa e al giardino ma non guarda lei. «Dopodiché dubito che torneremo prima dell'estate prossima».

Vorranno mai tornarci? Lo osserva sedersi in macchina, lui si volta a guardarla attraverso il finestrino ma non sorride.

«Buon viaggio, amore», dice lei, ma l'auto ha già cominciato a muoversi e Albie guarda dritto la strada davanti a sé.

Capitolo 25

Londra. Estate 2018

«È stato facile, Albie. Facile da morire». Dovrebbe essere una battuta? Non capisce se lei sta ridendo o piangendo. Entrambi forse, una risata isterica magari.

«Aspetta un momento. Vado in un posto più tranquillo».

Col telefono all'orecchio, si dirige dal reparto verso il dipartimento di neurochirurgia. La targa con su scritto *Professor E. Malcolm* è ancora attaccata sulla terza porta a sinistra. La perdita ha scosso tutti, come lo shock inaspettato di una recinzione elettrificata. Entra con una spallata, lascia cadere la borsa e si siede alla scrivania. L'incarico di sostituto gli è stato prolungato. Sta ufficialmente “reggendo la baracca”, così gli ha detto la commissione esaminatrice.

Si deve mettere un annuncio per il posto di chirurgo, selezionare una rosa di candidati, fare colloqui. Le regole sono regole ma in privato gli è stato assicurato che il posto da ora in poi sarà suo.

Dal suo ritorno, due settimane fa, è a malapena entrato in quella stanza, non si è ancora seduto in quella sedia. La sedia di Ted. Neanche Ted ci si sedeva tanto, ora Albie capisce perché. È costantemente in piedi a gestire i reparti e il laboratorio in assenza di Ed. Ted aveva sostenuto di aver dato il laboratorio al figlio perché sapeva che Albie era troppo impegnato: poteva, in fin dei conti, essere vero? Si spalanca un dubbio, un baratro oltre il dirupo. Indietreggia.

Sul tavolo, davanti a lui, c’è una foto di famiglia. Dentro una cornice d’argento, mostra Jenny, con i capelli più scuri, Ted che ride cingendola col braccio. I due figli più piccoli che fanno le smorfie e una ragazzina adolescente con i capelli biondi sugli occhi. Di una decina di anni fa almeno: una famiglia felice, anche se all’epoca Beth aveva una relazione con Ted, ci andava a letto. Aveva mentito alla moglie e ai figli nella foto, ha mentito a lui. Quante altre menzogne ci sono state? Mette la foto capovolta sulla scrivania.

«Albie? Sei ancora lì?», fa lei con tono brusco.

«Sembri diversa». Anche quando se n’è andato, era diversa. La sua compostezza era svanita, insieme al volto liscio da Madonna e al modo in cui abbassava gli occhi come se custodisse dei segreti. È così era stato, per anni. «Mangi abbastanza?»

«Sto bene». La voce le si ammorbidisce. «Mi manchi. Ed non si è ancora fatto vivo. Tu l’hai visto?»

«Non si è fatto vivo nemmeno qui. Nessuno sa dove sia e neanche se tornerà». Si rivolta le maniche del camice. Ha dimenticato il suo e quello di Ted gli sta largo. «Bridget mi ha chiesto di dirigere il laboratorio per il momento, quindi sto facendo anche quello».

«Come volevi», dice lei inespressiva, come se fosse arrivata alla fine di un viaggio ma la destinazione non fosse quella sperata.

«Come volevamo», la corregge lui, ma capisce come si sente. Si sente anche lui così. Il giorno in cui Ted gli ha chiesto di fargli da sostituto, era volato con la fantasia alle scogliere di Jura, a guardare le stelle, all’inizio di una fulgida carriera. Si muove sulla sedia dura, cercando di mettersi comodo. L'ultima volta che è stato su quelle scogliere, invece, guardava giù, alle lontane acque spumeggianti.

«Ti stavo dicendo della polizia», continua Beth. «È stato più facile del previsto. Si sono limitati ad ascoltare e a prendere appunti. Hanno perquisito la casa, non so bene perché… non hanno trovato niente. Hanno detto che forse dovranno tornare per controllare dei dettagli».

«E le fiale?»

«Nessuna traccia. Ho guardato ovunque due volte. Sono stata in soffitta e nel capanno dove tieni il tosaerba».

«Il sentiero? In cima alla scogliera?»

«Ci sono andata di nuovo ieri. Anche se mi fosse sfuggito qualcosa la prima volta, ora non c'è più niente. Sparito tutto». Ancora quella risata strana, dura.

Albie si guarda intorno. Sugli scaffali ci sono pile alte di fascicoli. I diplomi di Ted ricoprono la parete. Gli anni di studio, le operazioni, le ore di ricerca sono ormai svaniti. I sogni di Ted, la sua amicizia, lui stesso… sparito tutto.

«Ci sei ancora, Albie?»

«Devo andare. Devo controllare l'attrezzatura per alcune sperimentazioni che ho progettato, ricominciare…».

Non è ancora uscito fuori il suo amato taccuino, nonostante al suo ritorno l'abbia di nuovo cercato. Dovrà ricominciare da zero, riprogettare tutto.

«Altre sperimentazioni». Un leggero sospiro proviene dal telefono. «Be', l'abbiamo fatta franca, Albie». Sembra esausta più che trionfante.

«Cerca di dormire», le dice lui. Anche lui è esausto, di una stanchezza profonda. Ha il sonno ancora interrotto da incubi.

«Quanto ancora? È strano stare qui da sola».

«Aspetta finché non verrà Ed, poi arriverò io».

Mentre si dirige verso l'ascensore, è come se si allontanasse da lei o se lei si allontanasse da lui, diventando una sagoma sempre più piccola, in una stanza, in una casa su un'isola in un altro paese, lontano.

Esce dall'ospedale e va all'Istituto accanto. Le nuove sperimentazioni devono cominciare subito se si vuole ripristinare la fama del laboratorio. I tavoli servitori e le siringhe automatiche che aveva ordinato mesi fa sono stati sistemati nella stanza di Ted e sono ancora nelle scatole. A differenza del suo studio in ospedale, però, la stanza di Ted nel laboratorio ora è chiusa a chiave. Lungo il corridoio, intravede Bruce che lo guarda e poi si volta; una porta si apre e Bruce sparisce.

Albie percorre il corridoio ed entra senza bussare. Bruce è seduto dietro al computer. Alza lo sguardo e l'espressione cauta è sostituita da un breve sorriso. «È bello rivederti, Albie».

Albie annuisce. Bruce mente. Non è contento di vederlo, è scappato nella sua stanza come un topo. È la prima volta che vede l'amico da quando è tornato: Bruce sta di nuovo battendo la fiacca. È tempo che si muova.

«Dove sei stato nelle ultime due settimane, Bruce?»

«Un corso di management, a Birmingham. Ero lì quando ho saputo la notizia, povero Ted. Davvero terribile». Gli occhi gli si riempiono di lacrime. «Mi sembra di capire che nessuno abbia idea di cosa sia successo».

«Esatto». Senza essere invitato, Albie gli si siede di fronte.

«Bridget pensa sia stato un suicidio. In quanto direttrice del laboratorio si sente in parte responsabile. Le dispiace di non essere stata più solidale nella questione dei risultati dei test. Le ho detto che Ted non si sarebbe mai suicidato».

«No?»

«Pensava che la sperimentazione fosse stata sabotata. Quell'idea gli aveva ridato speranza. Aveva in mente di parlartene». Bruce lo guarda, al di sotto della superficiale compassione, Albie scorge un luccichio più duro. L'amico sta sondando il terreno.

«Non mi ha parlato di sabotaggio», replica Albie. «Ma avevo capito che aveva frugato nel laboratorio in cerca di indizi. Nel frattempo è stato trovato qualcosa?»

«Ci sono state un paio di perquisizioni ufficiali ma non è emerso niente. E intanto io mi considero il portabandiera, quello che manda avanti la baracca», prosegue Bruce, abbassando gli occhi con modestia.

È uno scherzo? Bruce solleva il capo ma non sorride. «Sai quanto mi fosse affezionato Ted, sin da subito».

Albie lo guarda. Quali altre storie si racconta Bruce?

«Sembri sorpreso», mormora Bruce. «Mi ha affidato il tuo progetto tre anni fa».

L'indimenticabile momento seguito poi da tutti gli altri momenti. Un giorno di sole e speranza, gli alberi in autunno, la mano di Ted sulla spalla. Le parole di Skuld trasformate in realtà.

«Per me è cominciato tutto quel giorno», dice Bruce compiaciuto. «Mi riferisti delle chiacchiere di Skuld. Probabilmente non te lo ricordi…».

«Mi sorprende che te ne ricordi tu…».

«Perché cambiò la situazione. Era stato piantato un seme anche se all'epoca feci di tutto per ignorarlo». Scuote il capo, con aria malinconica. «Per poco non superavo il PhD, ma poi ricordai quelle parole: qualcuno aveva creduto in me. Da quel momento in poi ho lavorato come un mulo». Una breve risata. «Skuld si è sempre rifiutata di darmi altri dettagli su quello che aveva sentito».

«L'hai vista di recente?»

«Se n'è andata un paio di settimane fa per andare a lavorare al Royal Free, ma le sue parole ora sembrano profetiche».

«Ricordami cosa disse».

Bruce si schiarisce la gola, un suono pedante, sussiegoso. «Un segno, Albie. Disse che avrei lasciato un segno».

«Secondo te implicava un subentro?». Un tentativo di fare una battuta, ma la voce gli trema dalla rabbia.

«Una necessità, direi. Ed pare sparito e io mi sono dato una regolata. Ho eliminato fumo e alcol». Si sporge in avanti e sussurra. «Niente più porno». Si riappoggia allo schienale, mettendosi comodo. «Al corso della settimana scorsa ho preso il massimo nel modulo in leadership».

Albie sente il battito del cuore in testa. «Saprai che Bridget mi ha chiesto di reggere la baracca».

«Una misura temporanea, mi hanno detto. Ho chiesto ai membri del consiglio un incontro per domani». Bruce sembra diverso, determinato. Ha i capelli più puliti. Da vicino, la carnagione è chiara, sa di dopobarba. Guarda l'orologio. «Devo fare una conta di cellule nelle linee colturali dell'SP 9271. Resta nei paraggi, pranziamo insieme».

«Quanto ci vuole?»

«Un'ora».

«Ti aspetto, nel frattempo devo entrare nella stanza di Ted». Albie si alza. «Hai la chiave?».

Un'espressione difficile da interpretare attraversa il volto di Bruce, fastidio misto a soddisfazione. «Nessuno può entrarci. Ordini della polizia. Poco più di due settimane fa nella stanza c'è stato un incendio. I mobili sono andati distrutti. Era in tutti i notiziari, erano coinvolti gli animalisti. Mi sorprende che non l'abbia saputo».

«A Jura internet va e viene e non abbiamo comprato giornali… Cos'è successo alle scatole delle mie attrezzature?»

«Carbonizzate, purtroppo».

Albie si sente male. «Come diavolo è successo?»

«Ricordi l'incendio nella mia stanza di cui tutti mi hanno incolpato? Ora la polizia crede che sia stata la stessa banda, anche se stavolta l'allarme antincendio è stato disattivato. C'è di peggio, purtroppo». Gli balena un sorriso, rapidamente soppresso. «Quei ratti con immunodeficienza che avevi selezionato per la tua prossima sperimentazione sono spariti. Tutti e diciotto».

«Hanno rubato i miei ratti?»

«Pare quasi che sapessero della tua sperimentazione».

«Non lo sapeva nessuno, Bruce. I progetti erano nel taccuino che tengo sempre con me».

Il taccuino che però è scomparso. Ha cercato ovunque: a casa, Bridget ha guardato su sua richiesta in laboratorio, lui ha frugato nei reparti e persino nelle sale operatorie. Qualcuno deve averlo trovato nello spogliatoio mentre operava e usato per colpire il suo lavoro: un collega invidioso, forse. Un manifestante potrebbe averlo seguito in metropolitana e averglielo sottratto. Potrebbe essere rimasto in un taxi. Potrebbe essere ovunque ma dentro c'è il suo nome, con un po' di pazienza rispunterà fuori.

«…caso simile di incendi scoppiati in un laboratorio di Oxford tre anni fa», sta continuando Bruce. «La polizia crede che sia opera di un gruppo di animalisti, stanno collegando i due episodi. Hanno consigliato l'installazione di telecamere di sorveglianza e hanno preso le impronte digitali. Le mie, quelle di Bridget, di Skuld. Ovviamente siamo stati tutti scagionati». Si alza.

Albie si alza con lui, pensando in fretta. Questa sfortuna potrebbe volgersi a suo vantaggio. Il laboratorio è vulnerabile. Bridget non ha mai compreso l'importanza della sicurezza e gli animalisti ne hanno tratto vantaggio. Ed è scomparso: potrebbe rivelarsi un'opportunità per presentarsi come il candidato più esperto e affidabile nel lungo periodo. Bruce non merita di ottenere il posto che in origine era stato promesso a lui. Deve esserci qualcosa che può fare. Bruce ha preparato bene le proprie fortificazioni, ma a cercare con attenzione ogni castello ha un punto debole. Un ponte levatoio rimasto abbassato, una porta incustodita. Lasciano insieme la stanza. Bruce non si prende la briga di chiudere, deve andare al laboratorio dietro l'angolo. Albie entra nell'ascensore, chiude la porta, scende al pianoterra poi risale e torna rapidamente nella stanza di Bruce dove chiude a chiave la porta.

Comincia a scorrere i fogli sulla scrivania, in cerca di informazioni, di una strategia da sabotare, di contatti a cui può mandare email anonime con informazioni poco lusinghiere sull'amico. Gli occhi gli vagano per la stanza in cerca di liste o numeri. Intravede invece l'immagine di una donna nuda sulla bacheca e si avvicina. L'interesse di Bruce per le ragazzine potrebbe rivelarsi utile. La ragazza cavalca una moto rossa su un calendario. È giovane, probabilmente più giovane di quel che sembra, e un piano comincia a prendere forma tra i pensieri che gli affollano la testa. Quando il cellulare squilla un attimo dopo, risponde senza guardare sul display il nome del chiamante. Attraverso il telefono arrivano singhiozzi soffocati.

«Puoi aspettare, Beth? Ti richiamo tra un'ora».

«Sono Gita, Albie. Billy sta male».

«Billy sta male?». Torna nel suo altro mondo, dove regna la malattia, dove i dottori sono d'aiuto ai pazienti. «Come posso aiutarti?»

«Ha perso l'appetito; ha vomitato un paio di volte. L'infermiera dell'ambulatorio pensa si tratti di uno dei soliti virus in circolazione, ma io conosco Billy. Jake non c'è. Di solito Ted... Oddio, Ted. Che tristezza. Deve essere terribile per tutti voi».

«Sì». È stato il momento più terribile di tutta la sua vita. «Dimmi di Billy», continua in fretta. «È caldo? Sonnolento?».

La donna snocciola un elenco di sintomi, ma nessuno sembra particolarmente preoccupante. Le dice di portare Billy al Terzo Reparto di Great Ormond Street, poi contatta il personale chiedendo una stanza riservata. Uno dei pazienti speciali del professor Malcolm, un suo parente quasi, il bambino con l'idrocefalia. Sì, esatto, Billy. Lo visiterà personalmente. Non crede che sarà necessario un ricovero.

Sarà un problema minore. Gita è da sola e tutto le sembra più grave. Chiude il telefono e aprendo la borsa, estrae i guanti che aveva preso tempo fa. Non ci mette molto a trovare il laptop personale di Bruce dietro la porta. Apre la lampo della custodia e lo appoggia sulla scrivania. Nuovo, top della gamma.

Bruce si è fatto un regalo anticipato in previsione dell'aumento di salario che immagina di ottenere. Ad Albie serve solo la password: recitando una tacita preghiera perché Bruce abbia la stessa sia per uso personale che professionale, digita RATTIMORTI. Entra immediatamente. A quel punto si ferma, consapevole di percorrere una via che può condurlo in una foresta tenebrosa. L'ha imboccata sabotando la sperimentazione, si è inoltrato quando ha spinto Ted dalla scogliera. Potrebbe abbandonarla ora, rimettendo il laptop nella custodia, incontrando Bruce come previsto e cercando un compromesso. Si siede, tutto sudato per l'indecisione, ma si trova nello studio di Bruce e gli viene subito in mente la faccia dell'amico: falsamente modesto, riposato dopo una bella dormita, senza alcun incubo che lo tormenti. Bruce non ha sofferto come lui. Albie prende una chiavetta infilata in una tazza tra un accendino e dei pennarelli. Dopo averla infilata sul lato del computer, cominciare a fare un ricerca su Google, inserendo termini che lo fanno rabbrividire. «Immagini di bambini…Sesso con bambini… immagini abusi preadolescenti nudi». In ogni sito cerca immagini e le esamina, disgustato, anche se secondo alcuni standard sono immagini moderate. Per trovare le peggiori probabilmente dovrebbe pagare o unirsi al dark web, ma queste saranno sufficienti allo scopo. Salva intere pagine web sulla chiavetta, scaricandone una cinquantina. Estrae la chiavetta, richiude il laptop nella custodia e lo rimette dietro la porta. Si siede davanti al computer dell'ospedale di Bruce, inserisce la chiavetta e digita la stessa password. Ci vuole un attimo per copiare le immagini sul drive. Alla fine riapre Google e scrive «pornografia infantile».

Subito un messaggio rosso riempie lo schermo: ACCESSO NEGATO.

Chiude il computer e rimette la chiavetta nella tazza. Estrae una manciata di fazzolettini da una scatola sulla scrivania e si asciuga la faccia. Ogni settimana, una volta almeno, il computer dell'ospedale fa un controllo delle parole altamente sensibili, esaminando tutte le operazioni. Un mese fa, un patologo è stato licenziato per aver guardato materiale pornografico. Questo è abuso su minori, infinitamente peggio. La ricerca abortita su Google dal computer dell'ospedale li metterà in allarme e tutti i file di Bruce saranno meticolosamente analizzati. Quelle immagini oscene saranno ben presto scoperte.

Rimette i guanti nella borsa e lascia la stanza come l'ha trovata. Scende come prima al parcheggio sotterraneo, poi torna al suo studio nell'ospedale. Guarda l'orologio. È passata un'ora, un'ora per distruggere una carriera. Dopo cinque minuti, telefona a Bruce spiegandogli che è stato trattenuto in reparto. La prossima settimana sarà più semplice. Giovedì?

«Bene», dice allegro Bruce. «A quel punto potrei darti diverse notizie».

Albie si appoggia allo schienale. La camicia gli sta appiccicata alla pelle. Giovedì prossimo l'amico potrebbe essere in carcere. La nausea aumenta. La via che stava percorrendo si è fatta ripida: sta accelerando, scendendo senza controllo. Deve uscire dalla stanza, ha bisogno di aria.

Mentre attraversa la strada, un ciclista che consegna delle pizze deve sterzare per evitarlo. Frastornato, si siede barcollando su una panchina nei giardini. Sul lato opposto, il vecchio col cappello di lana verde beve del sidro. Albie si siede a testa china, boccheggiando. Ha un peso sul petto e fa fatica a respirare. Le mani gli formicolano fino a fargli male. Due bambini sono morti in conseguenza di ciò che ha fatto; ha assassinato un collega e ne ha appena rovinato un altro per giustificare quell'azione. Allenta la cravatta e sbottona il colletto. Ogni passo intrapreso in quel momento aveva una sua logica, ma ora non riesce più a ricordarla. Ormai è andato troppo in là per tornare indietro. Non c'è altra alternativa che andare avanti, addentrarsi sempre più nella foresta dove gli alberi crescono fitti ed è impossibile scorgere l'uscita. Respira il più lentamente e profondamente possibile ma i polmoni sono come rimpiccioliti, il capogiro peggiora. Si sporge in avanti con il volto madido di sudore e le gocce gli cadono ai piedi sul lastricato. Vede minuscole crepe nella pietra, fessure che si diramano in una rete sottilissima troppo piccola per essere notata da lontano. Devono essersi create quando è stata messa in opera, o forse quando è stata estratta dalla cava anni prima.

«Tutto a posto, amico?». L'ubriaco si è spostato lungo la panchina e ora gli sta accanto e gli offre la bottiglia di sidro. Il puzzo di urina è fortissimo.

Albie lo allontana con un cenno e l'uomo si ritrae, spaventato. Il movimento riscuote Albie. È un attacco di panico, tutto qui. Si impone di respirare più lentamente. Attraverso il frastuono che ha in testa comincia a penetrare il canto degli uccelli nella piazza. Un attacco di panico, ne ha diagnosticati a centinaia. S'incammina lentamente per il sentiero che costeggia il prato: il cadenzato movimento dei piedi riporta ordine nei suoi pensieri. Sotto la sua guida, il laboratorio diventerà un centro di eccellenza. Assumerà le persone giuste: gente che lavora, non cani sciolti come Bruce. Dirigerà la ricerca in modo da immettere sul mercato nuovi vaccini. Ne beneficeranno centinaia di persone. Migliaia. Reinvestirà il denaro nella ricerca, nella tutela del laboratorio con telecamere e serrature e affiderà la cura degli animali a persone di cui si fida, Skuld, ad esempio. Si risiede, stavolta su un panchina vuota. Un piccione ai suoi piedi comincia a camminare impettito, descrivendo piccoli cerchi, osservando, valutando eventuali pericoli. Le piume purpuree sul collo scintillano al sole. Nelle vicinanze si odono le sirene della polizia; sente il rombo familiare dei taxi che arrivano all'ospedale. Rumori normali di un giorno apparentemente normale.

Con Bruce fuori dai giochi, solo Ed resta a contendergli la leadership. Probabilmente ha già presentato la sua candidatura. Il piccione si avvicina, inclinando la testa di lato, prestando ascolto a ogni rumore. Di Ed se ne sarà già discusso nell'ultima riunione organizzativa dei primari, forse in termini favorevoli per via dei sei mesi di incarico che ha già ricoperto. A quella riunione sarebbe stata utile Skuld, se fosse avvenuta prima che se ne andasse: potrebbe aver sentito qualcosa di utile per valutare la minaccia rappresentata da Ed e quindi contrastarla. A quel pensiero si alza e il piccione vola via: il panico si diffonde in fretta e mentre Albie si avvia di corsa verso Great Ormond Street, l'aria si riempie del rumore delle ali battenti degli uccelli.

Gita lo accoglie con un gridolino di sollievo. Sembra diversa dalla graziosa donna alla festa di Ed: ha il volto teso per la preoccupazione, gli occhi scuri di stanchezza. Culla Billy che piagnucola e scalcia freneticamente.

«Come va?», chiede Gita, baciandolo. «Non riesco a immaginare quanto sia stato terribile per tutti voi».

«Grazie, Gita. Dimmi di Billy». Indica le sedie. Mentre si siedono, Billy si calma: la stanza è tranquilla, malgrado le attrezzature mediche ammassate contro le pareti e i colori contrastanti dei giocattoli nei contenitori in plastica rossi e arancioni. C'è un'atmosfera pura. Sono giorni che Albie non dorme come si deve, ha le membra pesanti, gli occhi gli si chiudono.

«...shunt bloccato forse? È molto agitato».

Albie apre di scatto gli occhi. Gita sta esaminando Billy in volto, non si è accorta dell'attimo di sonno di Albie. Proprio in quel momento, il bambino comincia a russare piano.

«Agitato non direi», commenta Albie, ed entrambi scoppiano a ridere.

«Tipico, no?». Gita è irritata e sollevata al tempo stesso. «È stato sveglio quasi tutta la notte».

«E come dicevi, sei da sola…».

«Niente di nuovo». La voce s'indurisce. «Jake ha accompagnato Ed a Jura per riprendere le cose di Ted. Mio marito prende il suo ruolo all'interno di quella famiglia molto seriamente, più seriamente di quello nella sua, a volte». Una breve risata.

Quindi è lì che è andato Ed. Il dolore potrebbe renderlo meno attivo, ma Jake è acuto, curioso per professione, potrebbe tempestare Beth di domande e lei potrebbe lasciarsi sfuggire qualcosa. Deve fare in modo che rientrino, soprattutto Jake. Se Billy fosse in ospedale, Jake si sentirebbe obbligato a tornare ed Ed lo accompagnerebbe nell'unica macchina.

Esamina Billy tastando delicatamente la testa con le dita, due centimetri sopra, due dietro l'orecchio destro. Trova il piccolo corpo di silicone impiantato sotto pelle, una valvola connessa a due tubi, uno nel ventricolo cerebrale, dove viene prodotto il liquido cerebrospinale, l'altro all'interno della cavità addominale in modo da poterlo drenare. Quando preme, la valvola si riempie, anche se lentamente. È improbabile, ma non impossibile, che lo shunt sia bloccato. Mette un dito sul piccolo polso serico per sentire il battito. Il bambino urla e si dimena. Gita lo tiene fermo mentre Albie gli esamina la parte posteriore dell'occhio, già rassicurato. Un bambino che protesta non ha bisogno di intervento immediato. Si gira verso Gita.

«Ha il battito un po' accelerato ma è fresco e i dischi ottici sono a posto. Non sta male al punto da far pensare a uno shunt bloccato o infettato, la valvola si riempie e questo conferma la mia ipotesi». Gita annuisce, col volto teso per la concentrazione. «L'infermiera del tuo ambulatorio potrebbe aver ragione», prosegue. «Potrebbe trattarsi di un'infezione virale, probabilmente delle vie aeree superiori. Lo teniamo in osservazione ventiquattr'ore per sicurezza. Nel frattempo, fa rientrare quel fannullone di tuo marito. Potremo discutere ulteriori trattamenti e analisi quando sarà rientrato».

Gita s'illumina in volto. «Grazie, caro Albie. Sei davvero gentile».

Albie parla con la capo infermiera: possono passare la notte in reparto, gli viene promesso che Billy sarà monitorato con attenzione e che qualsiasi peggioramento verrà riferito subito al medico di turno. Albie prende congedo da Gita che sta sistemando il bambino in una culla. Ora è più tranquillo e lei sembra sollevata.

«Salutami la tua adorabile moglie», gli dice con un bacio. «È stata così dolce con Billy».

Albie si dirige verso l'ascensore. Deve essere più stanco di quanto pensasse: quelle parole gli fanno venire voglia di piangere. La sua adorabile moglie. La moglie che amava. *Ti prego, non perdere il controllo, Beth*, le dice tra sé e sé. *Aspetta. Ti verrò a prendere presto. Torneremo insieme. Avremo tempo di parlare, comprendere. Perdonare. Guarire.*

Dà un'occhiata all'orologio: è atteso in ambulatorio e comincia a camminare talmente in fretta che quasi si mette a correre. Ora non c'è tempo. Beth aspetterà, capirà. Nei pochi momenti che ha in ascensore, le manda un rapido messaggio.

Ed e Jake stanno tornando a Jura. Resta lì.

Si affretta dall'ascensore verso l'ambulatorio. È abituata ad aspettare, dopotutto. Non sarà per molto.

Capitolo 26

Jura. Estate 2018

Quando arriva il messaggio di Albie, Beth sta estirpando le erbacce: legge il messaggio poi, dopo un momento, lo cancella. *Resta lì.* Come si dice ai cani.

Da quando Albie è partito il tempo è stato bellissimo. L'aria s'increspa per il calore, persino gli uccelli sono silenziosi. Di notte, sale fino alla finestra il profumo dell'erba calda. Rientra lentamente verso casa. Ed e Jake stanno tornando. Prenderanno i vestiti di Ted ma vorranno cercare le fiale, faranno domande. Dopo il bagliore del giardino, l'aria in casa è scura e fresca come l'acqua. È in soggiorno e tamburella le dita sulla scrivania di Albie. Ha guardato ovunque ma ha dimenticato di frugare in quella scrivania. La apre in fretta. Sono ammassati alla rinfusa diplomi e riconoscimenti scientifici. Prende la foto del diploma di maturità di Albie: all'epoca aveva la faccia più piena, i capelli più lunghi. Ha l'espressione seria ma la carnagione ha una sorta di lucentezza, come se fosse illuminata dall'interno. Quando se n'è andato due settimane fa sembrava pieno di tenebra. Rivolta libri di matematica, fisica e chimica, un volume di sonetti di Shakespeare, ma niente arte o musica. Per farsi strada nel mondo, bisogno concentrarsi sui fatti. Indurirsi, evitare le distrazioni. Lei ha fatto lo stesso, ma le fibre dure hanno un punto di rottura, in realtà si spaccano più facilmente. Negli ultimi giorni è stato come se i fili che la sorreggevano si fossero spezzati uno a uno. Rimpila tutto e chiude sbattendo il coperchio.

Harris comincia a guaire poi ad abbaiare forte. Ha dimenticato di dargli da mangiare e non ricorda quando l'ha fatto l'ultima volta. Con il barattolo in mano, rovista fragorosamente tra i coltelli nel cassetto in cerca dell'apriscatole. Quando la porta si apre, si accovaccia colta dal panico, attirando a sé Harris. Non ha pensato di chiudere le porte a chiave, neanche la notte.

Una figura alta blocca la luce. Ted. La stessa altezza, la stessa inclinazione delle spalle. Ted da giovane, alto, con lo sguardo acuto, tornato a vendicarsi. Le si secca la bocca, non riesce a muoversi, ha le gambe paralizzate dalla paura. È troppo tardi per chiedere perdono. Apre la bocca per gridare aiuto anche se non c'è nessuno che possa sentirla attraverso chilometri e chilometri di brughiera. Nessuno verrà a soccorrerla. Un attimo dopo la figura si dissolve in Ed. Alle sue spalle entra dalla porta Jake. Harris corre ad accoglierli, scodinzolando. Beth resta a fissarli, con il cuore che le martella, incapace di parlare.

Ed si ferma, pare sorpreso, un po' a disagio. «Oh, siete ancora qui. Scusa l'intrusione. Non c'era la macchina fuori, pensavamo foste partiti».

Beth si alza lentamente. «È stato Albie a prendere la macchina, doveva tornare al lavoro. Come stai?»

«Bene, grazie», dà una risposta automatica. Non sta bene, ovviamente, si vede che sta male.

«È bello rivedervi». Mente anche lei: incombono nella cucina e con loro è entrato il passato. Dovrà essere molto astuta, più accorta di quanto sia mai stata. «Volete del tè?». Si volta verso il bollitore, le mani le tremano. «Dovete essere stanchi dopo il viaggio».

«Siamo venuti a prendere le cose di papà», dice Ed, guardandosi intorno come se si aspettasse di vedere il padre che dorme accasciato in una poltrona.

«Certo». Beth riscalda la teiera, mette il tè, aggiunge l'acqua. Quel piccolo rituale è rassicurante. Ce la farà, tra un attimo andranno in camera di Ted, prenderanno la valigia e se ne andranno. Poi chiamerà Albie. Può venirla a prendere, torneranno insieme a casa.

«È tutto pronto sopra». Porge a Ed una tazza di tè e ne dà una anche a Jake.

«All'inchiesta di Ted, il coroner ha emesso un verdetto aperto». Jake accetta la tazza ma la guarda negli occhi come se fosse un avvocato e lei sul banco degli imputati. Ha sbagliato a illudersi. Vuole molto più di una valigia di vestiti: Jake cerca la verità. Il cuore comincia a correrle penosamente in petto. Intanto, Ed fissa la sedia dove Ted era seduto a cena l'ultima sera della sua vita. Si afferra al tavolo, gli occhi pieni di lacrime. Jake tira indietro una sedia, lo fa sedere e poi gli si mette accanto come a restare di guardia. «Il coroner non è stato in grado di giungere ad alcuna conclusione. C'erano prove insufficienti sia per l'ipotesi di incidente che di suicidio».

«Non so bene cosa significhi verdetto aperto», fa lei cercando di guadagnare tempo per riordinare i pensieri.

«Che l'inchiesta si può riaprire nel caso che al coroner vengano presentate nuove prove», risponde Jake.

«Capisco... prove del suicidio?»

«Non necessariamente. Potrebbero essere prove di una disgrazia, ad esempio». Abbassa la voce. «O di un omicidio». È immobile e la fissa come se si aspettasse una risposta, ma parole come quelle richiedono spazio, una cornice di silenzio.

Ed leva lo sguardo. Beth legge pena più che accusa, è profondamente addolorato. Il pericolo è Jake, l'amico non il figlio. Non dice niente, ma Jake ribatte aspramente come se l'avesse fatto.

«Non c'è niente di concreto che suggerisca il suicidio. Nessun biglietto».

«Suppongo che ci siano casi in cui questo genere di decisione viene presa all'improvviso, un pensiero disperato, istantaneo...». Sta camminando su una fune invisibile, tutto deve essere in perfetto equilibrio. Troppo peso da una parte o dall'altra e cadrà.

«Il coroner ha detto che in un numero sorprendente di casi un biglietto c'è».

Non deve sottolineare che l'assenza di un biglietto non è una prova contro l'ipotesi di suicidio. Deve mettere un piede dopo l'altro con infinita attenzione. Da entrambi i lati si spalanca il baratro.

«Hai parlato di una disgrazia: un piede in fallo sul bordo della scogliera, ad esempio?»

«Ci ho pensato», dice Jake. «Ci ho pensato molto. So che era invecchiato, ma non l'ho mai visto inciampare, aveva un equilibrio ottimo. Non inciampava mai». Ha una risposta per tutto, come un tennista che restituisca ogni palla. Il tipo di tennista che alla fine vince.

«Sembrava così stanco, meno in forma di prima...», dice lei. Jake le rivolge uno sguardo tagliente, con un luccichio di trionfo negli occhi. Ha commesso uno sbaglio, le sue parole implicano una conoscenza passata, e forse un secondo fine. «Albie mi ha detto che giocavano a squash, ma era ormai diverso tempo fa», aggiunge. Ha i palmi delle mani madidi di sudore.

«Stava bene quel giorno, Beth. Eravamo con lui, ha camminato per chilometri fino al gorgo e ritorno».

«Poi ha bevuto, forse...».

«Reggeva l'alcol. Non ho mai visto che gli annebbiasse la mente. E tu?»

«Non lo so, lo vedevo solo a distanza alle feste, una volta l'anno».

Jake si concede un sorriso, quel tipo di sorriso che dice: stai mentendo, sai molto più di quello che dici, conoscevi Ted come le tue tasche.

«Non aveva bevuto molto quella sera». D'improvviso Ed leva lo sguardo. Ha le guance bagnate di lacrime. «E quel giorno era più contento. Nei giorni prima di morire era molto più su di morale. Aveva trovato nel laboratorio quelle bottigliette che pensava l'avrebbero scagionato».

«Scusa, Ed». Si volta verso di lui con espressione interrogativa. «Di che bottigliette parli?»

«Fiale che contenevano la soluzione che era stata usata in quegli esperimenti. Pensava fossero state manomesse. Diceva che si vedeva che erano state aperte ma io non mi sono preso la briga di guardare», gli si spezza la voce. «Non l'ho ascoltato, è colpa mia. È tutta colpa mia. Se non me ne fossi andato a Berna quando è cominciata la sperimentazione avrei potuto vedere qualcosa...».

«Non è colpa tua, Ed», lo interrompe Jake. «Ne abbiamo già discusso». Guarda Beth. «Dobbiamo trovare quelle fiale». Il tono è aspro e sospettoso.

«Certo», annuisce lei, indicando la stanza. Non c'è posto dove non abbia guardato.

«Avere quelle fiale gli dava una ragione per restare in vita, capisci». Le va più vicino. «Perché suicidarsi se pensava di poter essere scagionato?»

«Troppi "se"». Beth si alza in fretta, un po' stordita. «Continuiamo a girare in tondo, senza trovare delle vere risposte». E i giri si fanno sempre più piccoli, come una trappola che si stringe attorno alla vittima. Jake non dice altro. Ora può fare a meno di lei, vuole che si tolga di mezzo. «Cercate dove volete, se avete bisogno di me sono di sopra».

Sul letto ha la valigia dove ha cominciato a mettere le sue cose alcuni giorni fa. Ora che Ed e Jake sono venuti, può finire di prepararla. Dopo che se ne saranno andati chiamerà Albie. La biancheria di seta è ancora nel cellophane, acquistata quando pensava di poter confortare Albie con il proprio corpo. Quella speranza si era dissolta con la stessa rapidità della nebbia sul mare in un caldo mattino. Oltre la finestra aperta, le scogliere sono di un verde brillante contro il cielo e nell'aria ferma sale l'aroma mandorlato del cerfoglio selvatico. Mentre piega una camicia, nel silenzio si leva un acuto miagolio simile al grido lontano di un bambino. Corre quasi ruzzolando per le scale, storcendosi una caviglia, poi attraversa zoppicando la cucina. Ed e Jake stanno frugando nella scrivania di Albie e neanche guardano. Corre faticosamente in giardino, perlustrando la boscaglia, guardando sotto gli alberi, col respiro che le brucia in gola. Un bambino da qualche parte, solo e che chiama disperatamente la madre. Si ferma per ascoltare di nuovo, ma il gemito non viene da terra. Sulla sua testa, volteggiano due grandi poiane, pallidi cerchi sotto ciascun'ala. I loro versi sono acuti, più simili a quelli di un gatto che di un bambino. È impazzita? Si porta una mano tremante alla bocca e lentamente torna zoppicando in casa e incontra Ed e Jake che escono.

«Già ve ne andate?»

«In albergo, abbiamo prenotato due stanze». Le dice Ed, con la mano sulla portiera dell'auto. Ha pianto di nuovo, ha gli occhi tutti rossi. «Jake è stanco, ha guidato tutta la notte. Torneremo domani».

Mentre li osserva allontanarsi, scrive un messaggio ad Albie:

Sono venuti Ed e Jake a cercare le fiale. Ritornano domani.

Si rimette il telefono in tasca e rientra in casa per bere un bicchiere d'acqua. Dovrebbe mangiare, come ha detto Albie, ma quando mastica le fa male il molare sinistro. Era solita occuparsi del proprio corpo come un soldato cura le armi, ma ora neanche ricorda l'ultima volta che è stata dal dentista. Ha uno strano sapore in bocca, dolciastro, rancido. Ha i denti sabbiosi, come se si fosse ficcata in bocca pezzi di un dolce schifoso che poi non è riuscita a mandare giù. Dovrebbe andare a fare una nuotata per schiarirsi le idee, ma l'oceano circonda la casa, come un'armata scintillante che ha posto un assedio. Siede accanto alla finestra mentre fuori le poiane scivolano nell'aria calda, vigili e in attesa della preda.

Capitolo 27

Londra. Estate 2018

Ora sul palcoscenico c'è un bosco: alberi realistici e un uomo che si aggira confuso come se si fosse smarrito. Non ci sono cartelli e nessuno che possa guidarlo o impartirgli ordini. È un uomo solo, nel bene e nel male.

Ha abbandonato la sicurezza del rifugio: una decisione pericolosa. Basta chiedere a un qualsiasi animale.

Dando la schiena alla finestra, Albie ha una buona visuale delle porte. Sta aspettando Skuld alla caffetteria del pianoterra del Royal Free Hospital. A un tavolo vicino, un gruppo di studenti in camice bianco sta chino su lattine di Coca-Cola. Hanno le tasche rigonfie di penne e torce. Sono entusiasti e un po' trascurati, in quella fase in cui pensi che la conoscenza ti possa aprire il mondo come le pagine di un libro. Osserva dove e come siedono, chi parla e chi ascolta, i piccoli segnali che indicano chi sono il maschio e la femmina alfa, anche se alla fine questo non avrà alcuna importanza. Sono destinati alle stesse gabbie, le stesse ruote. Avranno vite ordinate, dalle limitate tragedie. Non inseguiranno gloria o vendetta e quando dormiranno avranno bei sogni.

Romba un tuono. Fuori dalle grandi finestra, il cielo è nero. Sono previsti temporali, insoliti per luglio, ma è tutta l'estate che il tempo è insolito. Un gruppo di infermiere entra nel caffè, l'aria risuona di chiacchiere e tintinnio di posate. La persona alla reception con cui ha parlato ieri gli ha promesso di trasmettere il messaggio: Skuld dovrebbe arrivare a breve. Le offrirà il pranzo, potrebbe dirgli cosa ha sentito all'ultima riunione dei primari, se era presente. Mentre scruta la fila della mensa in cerca di una testa bionda, una figura esile, gli squilla il telefono.

«Mr Shaw è in piedi, si sente meglio e vuole andarsene», Suria è la sua nuova aiutante, ansiosa di piacergli. «Brian Thwaite sta bene, il tremore è passato». Mentre ascolta, la caffetteria si fa più buia, ha cominciato a piovere.

«Bene. Li mandi a casa, per favore».

«Billy stamattina è di nuovo agitato…». È esitante, come se le brutte notizie fossero in un certo senso colpa sua. «Ha passato una notte tranquilla ma all'alba gli è salita la febbre, e ora ha 38 e mezzo».

«Battito?»

«Centoquaranta».

«Vomito?»

«Non da quando è stato ricoverato. Dischi ottici normali, ma è irrequieto ed è difficile osservarli bene».

«Ricontrolli. La valvola si riempie sotto pressione?»

«Molto lentamente».

«È arrivato il padre?»

«C'è solo la madre. È molto preoccupata».

Mentre Albie ascolta, i lampi disegnano ghirigori tra le nuvole, gli studenti sibilano ed esclamano. Prende una decisione: gli antibiotici gli faranno guadagnare un po' di tempo in modo che Jake rientri con il pretesto di discutere un'operazione per rimuovere lo shunt.

«Senta il microbiologo per stabilire la miscela migliore di antibiotici e gli faccia una flebo. Cerchi di contattare il padre di Billy, e gli chieda di venire per discutere le possibili terapie».

«Potrei organizzare la sala operatoria», suggerisce impaziente Suria. «Lo metterò in cima alla lista e così…».

«Lo shunt non è bloccato, Suria. Con gli antibiotici per ora non corre rischi. Contatti Mr Valance per favore. Più tardi passerò a vedere Billy».

Conclude la telefonata. Si sente odore di bruciato, proveniente sicuramente dalla cucina, ma pensa ai lampi nel cielo, a ponti ridotti in cenere alle sue spalle. Guarda l'orologio. Controllerà Billy tra qualche ora, poi se non sta meglio rimuoverà lo shunt. Nel frattempo, la terapia è ragionevole: gli antibiotici dovrebbero fare il loro lavoro.

«Baird».

Si volta. Alla sua sinistra c'è una donna grassottella dai capelli bianchi e con in mano una tazza di tè. L'accento scozzese è familiare. Un'amica del paese natale? Una paziente?

«Baird McAlister, proprio lui». Obliqui occhi nocciola dietro lenti spesse lo scrutano acuti. «Mi hai dimenticato?». Si china per baciarlo, ha le guance grinzose e ricoperte di peluria simili a pesche troppo mature. Albie percepisce l'aroma di formalina e cioccolato e in quel momento gli ritornano in mente le nottate al laboratorio di Glasgow, il progetto sullo stress dei ratti che aveva portato avanti malgrado la disapprovazione della direttrice del laboratorio, che è ora davanti a lui, un po' più grassa, ma con lo stesso sguardo beffardo e una capiente borsa a tracolla davanti al petto a mo' di scudo. Hilary Jenks.

«Hilary. Che sorpresa». Indica la sedia accanto. Come può averla dimenticata, anche solo per un momento? Il suo era stato un dominio severo.

La donna appoggia il tè sul tavolo e si siede, una gatta pingue che si sistema sul cuscino. «Non proprio una sorpresa; ora gestisco qui il laboratorio animale. Mi hanno detto che hai telefonato quindi sapevo dove trovarti. Non ho resistito». Lo squadra rapidamente, aggrottando la fronte come a fare un'analisi dei rischi. È sempre stata molto schietta. «E invece tu che combini, ragazzo?»

«Sono stato nominato primario ad interim al National Hospital di Queen Square e capo del laboratorio ad interim presso l'Istituto di Neurologia». Ad interim. L'attore sostituto convocato all'ultimo minuto che ancora non sa bene la parte. Confeziona una sorriso per il suo pubblico. «Sono stato fortunato».

«Hai fatto molta strada», la donna stringe leggermente le labbra. «Come avevo previsto». Congratulazioni ambigue, ma è sempre stato difficile interpretarla. Si aggirava attorno al suo studente tentando di limitare le ore che passava ad accendere luci sui ratti e a contare le defecazioni come marcatrici di stress. Era contraria alle infinite ripetizioni ma la scrupolosità di Albie era stata premiata: aveva vinto il premio per il progetto di quell'anno che l'aveva avviato sulla buona strada. Le è debitore.

«Anche lei ha fatto molta strada».

«Il laboratorio di Glasgow è stato chiuso. Un incendio, era in tutti i telegiornali», c'è una punta di orgoglio nella voce.

Altri incendi. Si risveglia un ricordo. Glasgow. Tre anni fa, le fiamme che si levavano nell'aria scura, la tragedia degli animali soccorsi al notiziario delle dieci. Un ricercatore era morto tentando di salvare il proprio lavoro.

«Mi dispiace, Hilary».

«Non c'è motivo. Era arrivato il momento di cambiare. Prima Oxford e poi qui circa tre anni fa. Ora ho molte più responsabilità».

«E la famiglia?»

«Io e Sven abbiamo divorziato, perciò mi sono trasferita vicino alle mie figlie». Sorride con affetto. «Continuiamo a salvare cani randagi».

Albie ricorda le bambine che lo fissavano mangiando i brownies della madre in attesa del padre; il bastardino che aveva sotto la scrivania.

«Mi dispiace, Hilary».

«Non c'è motivo. Stiamo molto meglio da sole, io e le mie ragazze. E gli animali, ovviamente». L'occhiata successiva è indagatrice. «Ho saputo di quelle sperimentazioni sui vaccini all'Istituto. Cos'è successo?».

«Non ne so molto. All'epoca il laboratorio lo gestiva Ed Malcolm per conto del padre. In quel periodo ero sempre in reparto».

«E la recente morte del professore?»

«Una tragedia».

«Deve essere stato sotto pressione».

Albie annuisce, distogliendo lo sguardo. Non è ancora pronto a parlare di Ted con chi non lo conosceva. Sorseggiano il tè in silenzio e poi Albie si sporge in avanti. «È stato bello rivederla», dice con convinzione, «ma sono qui perché speravo di incontrare la sua nuova assistente di laboratorio: si chiama Skuld».

«E come mai?». Gli occhi da gatta scintillano.

«La polizia sta cercando di risalire a tutti quelli che lavoravano con Ted per avere informazioni sul suo stato psicologico». Da dove vengono quelle bugie? Si chiede. Appaiono bell'e pronte da una riserva che non sapeva esistesse. «Ho promesso che avrei chiesto a Skuld per conto loro».

«Be', non puoi. È andata a nuotare, mezza giornata libera». Gli dà un buffetto sulla mano e si alza. «Non fare quell'aria triste, le dirò che sei passato. Si metterà in contatto lei se ha qualcosa da dire».

Albie la bacia, le guance si affossano, più marshmallow che pesche, una superficie ruvida e zuccherosa. La donna si sistema la borsa a tracolla e lo saluta con un cenno.

Piove ancora. Uscito dall'ospedale volta a destra e comincia a correre lungo Pond Street. È stato interessante rincontrare Hilary, non più dolce di quando sorvegliava il laboratorio dell'ospedale universitario, anzi forse più provocatrice. Ha avuto la sensazione che volesse tenerlo lontano da Skuld, ma forse sa dov'è andata a nuotare. Gli ha detto che con le sorelle va a nuotare nei laghetti dell'Heath e non ce la vede nell'acqua clorata del Swiss Cottage Leisure Centre: troppo convenzionale, troppo affollato. Gira a sinistra per South End Road poi a destra per l'Heath. Ai margini, l'erba e gli alberi estivi sono di un verde brillante. Mentre corre, sotto le scarpe inzuppate si attaccano le faggine. I tuoni rombano distanti: il temporale si sta allontanando. A metà strada su Parliament Hill svolta a sinistra, corre giù e costeggia il laghetto degli uomini e imbocca lo stretto sentiero di ghiaia che conduce verso Highgate. D'improvviso la luce diminuisce e filtra attraverso rami intricati. L'odore della terra bagnata si mescola all'aroma metallico dell'acqua del laghetto.

Alla staccionata sono legate insieme tre biciclette. Il cancello è chiuso. Un avviso, appeso a una corda fissata al palo, recita che durante i temporali non è permesso nuotare. Si arrampica goffamente sulla staccionata e salta giù, l'atterraggio è attutito dagli aghi di pino che ricoprono il terreno. Alberi bagnati si affollano vicino al sentiero, più avanti l'acqua verde scuro scintilla tra i tronchi color edera. Intravede del movimento nell'acqua, teste che galleggiano come staccate dal corpo: bionda, rossa e grigia. Accanto si estende un prato di fiori di campo, in parte nascosto dal laghetto da alberi e cespugli. Tremante negli abiti bagnati, si apposta dietro un salice tra papaveri avvizziti e l'erba sottile che gli arriva alle ginocchia. Si sente ridicolo. Dovrebbe essere al lavoro, non nascosto vicino al laghetto delle donne dell'Heath sotto la pioggia, ma si è ormai spinto troppo in là per avere dubbi.

Mentre aspetta non può fare a meno di camminare avanti e indietro e di pensare che sta diventando sempre più simile a Ted. Lo vede chiaramente come se fosse lì a camminare sull'erba davanti a lui, alto e vigoroso come un tempo, col telefonino attaccato all'orecchio, girandosi e rigirandosi, fermandosi per dire una battuta o fare una smorfia. Il dolore è fisico, un pugno allo stomaco: non l'aveva calcolato. Nel caldo di quella notte non aveva calcolato niente. Resta immobile, in attesa che il dolore passi. Dopo cinque minuti, le donne nuotano fino alla riva del laghetto ed escono. Skuld è distinguibile dall'andatura da operaio in contrasto con il corpo fragile. I movimenti di Verdandi sono calmi mentre Urth si lancia di scatto a prendere l'asciugamano. Le osserva liberarsi dai costumi neri, imbarazzato spettatore della schiena bianca di Skuld con sopra il tatuaggio di un serpente arrotolato, delle armoniose natiche e dei piccoli seni che si sollevano quando infila la maglietta. Le donne si avviano verso gli alberi e Albie corre in fondo al prato, facendosi strada tra i rovi, impigliandosi con gli abiti alle spine. Quando è riuscito infine a districarsi, è arrivato praticamente nel punto in cui sono sedute su un plaid in una radura. Si guardano intorno tranquille, come se sapessero del suo arrivo. Albie sorride: comincia ad avere dimestichezza con queste ragazze, con l'aria di mistero di cui si ammantano, come se avessero dei poteri occulti.

«Scusate se arrivo così all'improvviso».

Skuld indica il plaid. Davanti a loro ci sono mucchietti di foglie appassite, panini scuri, biscotti, mele. Albie scuote la testa ma lo prende come un invito a unirsi a loro e le si siede accanto. Il volto di Verdandi si illumina tra le cortine cascanti di capelli grigi, gli occhi marroni di Urth sono chini sulle mani giunte. Seguendo il suo sguardo, Albie le intravede tra le dita tozze una pelliccia bianca, due code senza peli. Ratti, ratti bianchi da laboratorio. È sbalordito e sdegnato al tempo stesso. Urth li mette delicatamente in terra, un naso si alza e si torce, gli occhi rosa sono semichiusi al bagliore della luce. I ratti si voltano e zampettano attraverso l'arco creato dalle sue cosce sollevate.

«Gesù». Albie balza in piedi e fa un passo avanti nell'erba, ma i ratti sono scomparsi. «Da dove diavolo venivano? Moriranno entro mezz'ora».

«Libertà», dice trionfante Urth. Quella parola con la sua voce risveglia il ricordo di un pub due anni prima: le sorelle festeggiavano la fine della giornata di lavoro, o almeno così aveva creduto. Sta male dalla rabbia. Anche allora avevano liberato dei ratti? Gli balena nella mente il volto compiaciuto di Bruce, la perdita dei suoi ratti lo colpisce con violenza. «Mio Dio, dei ratti sono scomparsi dall'Istituto di recente, i miei ratti. Siete state voi?»

«I tuoi ratti?». Verdandi lo guarda sprezzante. «Gli animali appartengono a se stessi». Si piega per prendere il costume da bagno e Urth comincia a incartare gli avanzi di cibo. Sembrano di fretta. Albie percepisce una finestra che si chiude, il tempo che scivola via. Se le spaventa con delle accuse non avrà le risposte che gli servono. Si accovaccia accanto a Skuld. L'ha vista l'ultima volta quando ha sostituito il contenuto delle fiale: quella notte era lì per rubare dei ratti? Accantona i propri sospetti, non ha scelta. «Lasciamo perdere i ratti per ora. Sono venuto a cercarti perché speravo potessi aiutarmi».

La ragazza si sporge in avanti e prende un ramo d'edera, accarezzando con le dita le foglie lucenti. Le sorelle si fermano, si avvicinano.

«Circa tre anni fa, mi dicesti quello che era stato discusso alla riunione dei primari, la prima in cui hai servito i rinfreschi».

La scruta in volto per capire se se ne ricorda ma lei non sposta lo sguardo. Forse l'ha dimenticato ma per Albie quel momento è nitido come se si fosse appena chiuso la porta alle spalle, se avesse appena incontrato Bruce in ascensore, avesse appena incontrato Ted sui gradini dell'ospedale. «Quello che mi dicesti allora si è rivelato profetico. Speravo potessi riferirmi anche cosa è avvenuto alla loro ultima riunione».

«Cosa ti fa credere che fosse presente anche a questa?», chiede infuriata Urth, prevenendo la risposta della sorella.

«Skuld mi ha detto che serviva sempre il caffè alle riunioni dei primari», le dice, sorpreso. «Glielo chiedevi tu».

Urth si acciglia ma non risponde. Albie si rivolge a Skuld. «L'ultima riunione dovrebbe essere avvenuta circa un mese fa, poco prima che te ne andassi».

«Cosa vuoi sapere esattamente?», chiede Verdandi.

Albie esita ma è improbabile che le sorelle riferiscano a qualcuno quella conversazione. «Più o meno all'epoca Ted ha dato le dimissioni e in quelle riunioni si discutono le nomine. Devo scoprire se in sua sostituzione è stato fatto il nome mio o di Ed. Al momento sono io il responsabile, se devo subentrare in modo permanente vorrei pianificare il futuro del laboratorio».

«Avevo saputo che il professore aveva dato quel posto al figlio». Gli occhi di Verdandi lo scrutano in volto. Aveva dimenticato che c'era anche lei alla festa di fidanzamento di Ed.

«Ha avuto il posto per un po', ma era sempre Ted il responsabile», risponde lui. «Mi aveva fatto capire che quando sarebbe andato in pensione la guida del laboratorio sarebbe passata a me».

Si rivolge nuovamente a Skuld. «Speravo potessi dirmi cosa è stato deciso a quella riunione. Ci sono mille cose che vorrei fare».

La ragazza solleva il capo, gli occhi chiari fissano serenamente i suoi. I pensieri di Albie si concretizzano. «Io condivido la visione di Ted», prosegue. «Lavoravamo insieme. Voglio dedicarmi a fare della cura del tumore infantile al cervello una realtà». Si rende conto che quelle parole sono assolutamente vere. La sua ambizione è diventata, semmai, più pura. Non ci sarà alcuna famiglia a cui dare alloggio, nessun figlio da proteggere. Beth non vorrà più vivere in grande ormai. La sua immagine, esile e in lacrime nel giardino, come l'ha vista l'ultima volta, si illumina e poi ritorna nell'ombra. «Sono convinto che Ted avrebbe voluto che io, non Ed, proseguissi il suo lavoro al laboratorio. Sono sicuro che…».

«Sì», lo interrompe con calma la voce melodiosa di Skuld. «È questo che ha detto nell'ultima riunione».

Albie la fissa, e quasi non crede alle sue orecchie. Forse si è perso nel fitto del bosco, ma può ancora trovare la via del ritorno.

«Ero lì con il caffè, come al solito». È più sciolta di quanto ricordi, molto più sicura. «Il professore aveva dato le dimissioni come ha detto lei, in realtà era triste. Disse che prevedeva tempi duri e che aveva chiesto al figlio di farsi da parte per lasciare l'incarico a lei…».

«Quindi ora hai l'informazione che volevi», la voce di Verdandi interrompe bruscamente quella di Skuld.

Dunque Ted aveva fiducia in lui, dopotutto, più che in suo figlio. Un debole picchiettio rompe il silenzio: la pioggia comincia a cadere sulle foglie sopra di loro. L'aria si fa più fredda. Albie è sul punto di piangere. Alla fine, Ted aveva mantenuto la promessa, ma non aveva detto una parola. Forse aveva pensato di fargli una sorpresa, un dono pianificato in segreto.

Le ragazze si alzano. Urth infila il cibo in uno zaino. Verdandi ripiega il plaid, le snelle braccia bianche balenano nell'aria. Skuld sta tremando, hanno tutte vestiti leggeri. Sono più vulnerabili di quanto pensino. Le loro distorte idee di libertà per gli animali le trascinano verso il pericolo.

Si rivolge a Skuld. «Non parlerò a nessuno di quei ratti scomparsi, ma dovete fare attenzione. La donna per cui lavori è una mia vecchia conoscenza. Se sapesse cosa state facendo, chiamerebbe la polizia».

Verdandi sorride e Urth ridacchia. Albie le guarda, confuso.

Forse si considerano al di sopra della legge. Le ha avvisate, non può fare altro.

Skuld getta i pezzi di un panino a una coppia di maschi di anatra mandarina che nuotano oltre le ninfee. Arrivano di corsa sguazzando, gli occhi lucenti come perle. Il più grosso mette la zampa palmata sul dorso dell'altro, spingendolo giù.

«Dobbiamo andare. Vieni, Urth, sbrigati, Skuld». I curiosi nomi norvegesi si adattano a queste donne, dovrebbe cercarne il significato. Verdandi serpeggia in fretta tra l'edera e l'ortica, seguita dappresso da Urth. Mentre Skuld si volta per seguirle, le mette una mano sul braccio. «Grazie per avermi riferito quello che è stato detto alla riunione». Le sorride, se non fosse stata interrotta dalle sorelle gli avrebbe detto dell'altro. «Francamente, mi sorprende che i primari parlino tanto liberamente...».

«Davanti a me?». Tira via il braccio e per la prima volta alza la voce, infuriata. «È molto semplice. Non parlo perciò non mi vedono. Ci trattano come i loro animali, se non parli come loro, non esisti». Sputa in terra e si affretta a raggiungere le sorelle con la sua andatura dondolante.

«Arrivederci», le grida, ma lei non si volta. Albie si asciuga la fronte e le guance con il polsino della camicia, come se gli avesse sputato in faccia. È scosso e resta accanto al laghetto a guardare le anatre che si allontanano, dimentiche del litigio. Ora è difficile stabilire chi fosse l'aggressore e chi la vittima.

Vicino alla staccionata, le biciclette sono sparite. Scavalca il cancello e comincia a correre verso Kenwood House. I pantaloni bagnati gli sbattono in modo fastidioso contro le gambe. Gli è tornato il dolore all'addome, è oppresso dal rammarico. All'ultima riunione, Ted gli aveva spianato la strada, a prescindere da ciò che era successo prima. L'uomo che ha ucciso lo apprezzava, aveva fiducia in lui. È sull'orlo di un abisso e cerca disperatamente un appiglio. Alla fine lo trova. Arrivano a proposito le parole di Ted, quelle che pronunciava ogni volta che Albie si pentiva di una decisione in sala operatoria o di una diagnosi errata. *Si prende una decisione sulla base delle informazioni disponibili al momento, è tutto ciò che si può fare.* Ted aveva dato il laboratorio al figlio: la decisione di Albie di sabotare la sperimentazione era nata da questo. Quella decisione si era basata sulle informazioni disponibili in quel momento. Come avrebbe potuto sapere ciò che sarebbe accaduto in seguito?

Supera il cancello dei giardini di Kenwood e la vista si allarga. Ha smesso di piovere. Albie si ferma presso i prati in pendenza davanti alla grande residenza bianca per accendere il telefono. Ignora un messaggio vocale di Beth e scorre fino al testo di Suria: «Billy sembra stabile». Un altro di Bridget che gli chiede di passare con urgenza. Può farlo mentre va a visitare Billy. Il messaggio della moglie può aspettare fino a quando avrà più tempo: Beth sta scivolando sotto la superficie dei suoi pensieri, laddove Ted è emerso dagli abissi. Un paio di corridori lo superano facendolo trasalire: i volti sudati, i piedi che colpiscono il sentiero, concentrati solo sul movimento. Li segue, accelerando il passo. Si sente libero. La via dinanzi a lui è sgombra.

Bridget poi Billy. Una lista: è abituato alle liste. Il dolore addominale è diminuito. Corre verso l'uscita di Highgate.

Capitolo 28

Jura. Estate 2018

Ogni giorno, al mattino presto, c'è un gruppo di sei cervi che la osserva. Si sistemano sul promontorio grigio verde sopra la casa, con le teste delicate che si stagliano contro il cielo. I cerbiatti sono maculati, hanno gli zoccoli di un nero lucido. Sembrano usciti da una fiaba, troppo perfetti per essere veri. Un cerbiatto più audace fa qualche passo nella sua direzione e poi torna indietro. Le piccole corna sono già visibili. Le cerve restano assolutamente immobili: non ci sono maschi ma il gruppo sembra completo. La osservano come se venissero da un altro mondo, un mondo più antico, in attesa di vedere cosa farà questa femmina sola, senza piccoli. Beth si siede a gambe incrociate sull'erba fuori dal cancello, sperando che il cerbiatto coraggioso si avvicini e magari le metta il muso morbido nella mano per prendere il sale. Le orme di cervi sono ovunque sull'isola, nel fango, sull'erba rosicchiata e impresse sulla spiaggia, grossi punti esclamativi nella sabbia bagnata. Di notte apre loro il cancello ma non entrano mai nel giardino, o se lo fanno non lasciano impronte. Ora l'erba è più alta, quasi setosa, inframezzata da strigoli, statici rosa e trifogli.

Oggi è troppo in ritardo per vedere il piccolo branco. È rimasta sveglia quasi tutta la notte in attesa di una chiamata di Albie, con paure illogiche che divampavano come incendi estivi tra i brughi, un pensiero che accendeva l'altro. Quando si è addormentata il cielo era chiaro. Si è svegliata madida di sudore, con il sole sul letto, il telefono in mano, il collo irrigidito per la posizione contorta sui cuscini. Il dente in fondo alla bocca le fa di nuovo male. Si odono leggeri rumori in casa, potrebbero essere voci, mormorii, che pronunciano il suo nome. Resta immobile, col cuore che batte talmente forte che il lenzuolo sul petto si muove ritmicamente. È la sua immaginazione? O potrebbero essere dei ladri? Più verosimilmente poliziotti. Hanno detto che forse sarebbero tornati, deve aver dimenticato di nuovo di chiudere a chiave la porta. Tempo di vestirsi e scendere furtiva e sono scomparsi senza lasciare traccia. Fuori, l'erba è sciupata e gialla all'afa di mezzogiorno. I cervi si sono rifugiati da tempo nella frescura del bosco. Harris guaisce per poter uscire e Beth apre la porta. La ciotola è quasi vuota e l'acqua è verde.

Il frigorifero è ancora zeppo di pancetta, formaggio e burro. Due polli in una pozza di sangue rosa chiaro, la pelle grigia tempestata di punte di piume, schegge nere conficcate nella carne. Infila la pancetta in freezer. Nel portapane, sulla pagnotta si sono diffuse chiazze di muffa, piccole esplosioni blu. Ma c'è del vino: le bottiglie sono nella dispensa sul lavello di metallo, un gruppo dalle spalle tondeggianti che raccoglie polvere. Albie deve aver pensato di bere sia a pranzo che a cena, prevedendo risate, brindisi. Chiacchiere conviviali. Così sarebbe andata, e andrebbe ancora se non avesse detto niente del suo passato. Deve sorreggersi allo stipite della porta mentre questo pensiero le penetra la mente, lasciando una scia di fuoco. Se la colpa è sua, ora sta subendo la punizione. Albie potrebbe lasciarla, come ha fatto Ted, come hanno fatto i suoi genitori. Forse l'ha già lasciata. Si versa un bicchiere di vino e lo beve in fretta, dopotutto è mezzogiorno: i suoi genitori erano già ubriachi a colazione. Se ne versa un altro e un altro ancora. Il mal di denti comincia a svanire. Pulisce la ciotola del cane, strofinando il fondo melmoso con le dita e sciacquandola con acqua fresca. Nel giardino, l'assale il rumore degli uccelli e del mare, più forte del solito. Non ci sono messaggi di Albie. Lo chiama ma non risponde, gli lascia un messaggio vocale. «Sta' attento», gli bisbiglia al telefono. «Molto attento. Non parlare con nessuno. Non fidarti di nessuno. La polizia è tornata a ficcare il naso».

La chiazza di ortica che cresce vicino agli alberi è raddoppiata. Nel capanno c'è una paletta, ma Beth invece si siede, già esausta, con la schiena appoggiata al muro della casa, un bicchiere di vino in mano, la paletta in grembo. Si addormenta al sole finché non la sveglia un'improvvisa ombra fredda. Apre gli occhi e vede Ed, di ritorno dopo la notte in albergo. Incombe su di lei, con la valigia in mano, nascondendo il sole.

«Ciao». Ha l'aria impaziente, è già accaldato. «Posso ricominciare a cercare?».

Beth si alza lentamente, intontita dal sonno e dal vino, e gli fa strada all'interno. Ed scompare di sopra. Jake è già su, e urla qualcosa di incomprensibile, sbattendo gli sportelli dell'armadio. La botola della soffitta viene aperta e con un tonfo scende la scala. Beth ritorna in giardino con un altro bicchiere di vino. L'ortica sotto l'albero è difficile da estirpare, le radici sono profonde. Dopo un'ora ha fatto pochi progressi. Malgrado i guanti, ha mani e braccia coperte di ponfi, che bruciano e prudono. Recupera il bicchiere, ma entrando in cerca di una lozione alla camomilla, accecata dal sole, inciampa e cade. Il bicchiere si fracassa sul pavimento e le schegge le si conficcano nel palmo della mano. Devono aver reciso un vaso sanguigno perché il sangue sgorga abbondante. Gemendo di dolore, estrae due pezzi frastagliati di vetro e si fascia la mano con uno strofinaccio, poi comincia a spazzare i frammenti prima che Harris si ritrovi una scheggia nelle zampe. Ed scende di corsa.

Esamina la ferita. «Bisogna mettere dei punti». Sembra arrabbiato. «E fare l'antitetanica».

«No». Non riesce ad affrontare un dottore o delle domande. Si ritrae, scuotendo il capo. «Guarirà da sé se la tengo pulita».

«Non fare la sciocca». Ed tira fuori dalla tasca le chiavi dell'auto. «Oltre all'emorragia, potrebbe compromettere la funzionalità della mano. La ferita sembra profonda».

Il sangue ha intriso lo strofinaccio. Ed gliene lega un altro più stretto attorno alla mano e la conduce verso la porta, prendendo intanto la valigia. Jake è ancora di sopra, lo sente spostare mobili. Quando escono, li chiama, ma Ed non si cura di rispondere. Una volta per strada, guida a rotta di collo.

«Riguardo te e papà», dice dopo dieci minuti, con gli occhi sulla strada. Il cuore di Beth comincia a battere all'impazzata, come le ali di un uccello catturato da un falco. «Non ho mai saputo quando è finita». La guarda di traverso poi si rivolge nuovamente alla strada. «Non l'ho detto a Jake, adora papà. Non volevo tradire mio padre. Ma comunque Jake ha capito che c'era qualcosa tra voi, perciò ora non sono neanche sicuro che fosse finita». La voce è sommessa, il volto pallidissimo. È sul punto di piangere. «Non sopporto il pensiero che lo tenessi sulle spine».

«Jake si sbaglia». Quindi Jake aveva individuato un legame, ma scoprendo una verità ne aveva mancata un'altra, più oscura. Ciò che la legava a Ted era odio, non amore, ma se Jake pensa che avesse ancora una storia con Ted, la rete potrebbe stringersi attorno ad Albie, il marito geloso. «Non c'era niente tra me e tuo padre. Era finita da anni, molto prima che mi sposassi».

«Ha perso tutto: Naomi, la mamma, te, la sua carriera». Ed si asciuga gli occhi con un gesto infuriato. «E alla fine ha perso la vita». Le lancia nuovamente un'occhiata, la macchina sbanda e lui la raddrizza in fretta. «Sono contento che Jake si sbagli. A essere sinceri, mi sono sempre chiesto se sia stata tu a lasciarlo e se fosse ancora infelice per questo». Le dita stringono il volante così forte che i tendini del dorso delle mani schizzano in fuori come sottili corde gialle. «Non sopporto il pensiero che soffrisse a causa tua, oltre a tutto il resto».

Il contrario, vorrebbe dire lei: è stato Ted a piantarla. È stata lei a soffrire, non lui. Ma deve essere cauta, o potrebbe pensare che è stata lei a volersi vendicare, ad averlo fatto soffrire alla fine.

«Aveva chiesto una pausa, Ed, ma non c'era del rancore. La storia aveva seguito il suo corso».

Ed annuisce, apparentemente contento di accettare quella versione. Lo dirà a Jake, forse lo renderà meno sospettoso. Ora Beth si sente male, la mano le pulsa dolorosamente. A Craighouse, Ed si ferma al negozio per chiedere dov'è un ambulatorio e la proprietaria del negozio esce sulla porta per indicargli la strada: è la stessa bionda che aveva visto durante la luna di miele. Ora sembra più curata, più magra. Porta i capelli legati su e ha in braccio un bambino piccolo. La sua vita è andata avanti, non indietro.

Arrivano davanti a un edificio in legno appena in tempo per fermare il medico che sta facendo manovra con la macchina nello spiazzo. Beth riconosce il medico barbuto con cui Albie aveva chiacchierato accanto al negozio, un secolo fa. Da vicino, ha degli occhi sporgenti che gli conferiscono un'aria di perenne sorpresa. Si presenta come dottor McAleer, ma i pazienti lo chiamano Andrew. Apre l'ambulatorio e li fa entrare. Il locale sa di disinfettante e moquette nuova. Entrano nel suo studio, un luogo spartano con una scrivania con sopra la foto in cornice d'ottone di una ragazza felice in jeans su una spiaggia con un bambino legato al petto. Beth guarda fuori dalla finestra il mare, una linea blu in lontananza tra i tetti. Non ricorda quand'è stata l'ultima volta che è stata felice.

Ed dà i dettagli dell'incidente e il suo nome come contatto insieme al numero di cellulare e indirizzo email. Ora Beth è registrata come paziente provvisoria. Il dottore annuisce, digitando sulla tastiera. Quando sente dove abita, alza lo sguardo.

«Ho saputo cos'è successo. Mi dispiace». Probabilmente lo dice cento volte al giorno ma sembra sincero. Gli occhi le si riempiono di lacrime, come se avesse diritto a essere triste e meritasse compassione. Ed ha i pugni stretti in tasca, il capo chino.

Vengono guidati in una stanza attrezzata da piccola sala operatoria: ci sono delle luci forti, un lettino beige con una coperta ordinatamente piegata e su un carrello degli strumenti impacchettati. Andrew si toglie la giacca e si lava le mani sul piccolo lavandino.

«Devo andarmene presto se voglio prendere l'aereo per Glasgow. Il traghetto parte tra un quarto d'ora». Ed guarda Beth, scuotendo le chiavi dell'auto, pensa forse che l'abbia fatto apposta?

«Posso riportare io Beth a casa, lei non ha il tempo». Andrew non alza lo sguardo, è impegnato a sistemare la mano su un telo e pulire la pelle attorno alla ferita con un disinfettante rosa.

«Dovrai comunque prendere il traghetto successivo», mormora Beth a denti stretti, col sudore che le cola lungo la schiena mentre il liquido le penetra bruciando nella ferita. «Devi andare a prendere Jake».

«È già partito». Ed fa per andarsene.

«Quando? Non è possibile». Il dolore forse lo rende distratto. «L'ho sentito rovistare di sopra prima. Ha urlato qualcosa mentre uscivamo, se non torni a prenderlo resterà bloccato». Come me, aggiunge tra sé e sé.

«Beth, ho visto Jake partire in traghetto ieri sera», dice Ed. «Ha preso un'auto a noleggio a Islay e mi ha lasciato la sua». Si scambia un'occhiata con il dottore. Il rumore della carta strappata per estrarre gli strumenti risuona forte nel silenzio. Beth fissa Ed, le certezze si ribaltano come strumenti su un vassoio.

«Il figlio sta male, è partito in fretta».

«Billy sta male?».

Ed annuisce ed esce senza rispondere, la porta si chiude alle sue spalle.

Allora quella che ha sentito deve essere stata la polizia, tornata a setacciare le camere da letto insieme a Ed. Perché Ed non gliel'ha detto? Sa più di quanto dice? La paura le batte in gola, rabbrividisce anche se la stanza è calda.

Il dottore infila un ago nei margini frastagliati della ferita per iniettarle un anestetico locale. Cerca i pezzi di vetro con un forcipe sottile. Quando incontrano i frammenti, le punte grattano. Sporche di sangue, sollevate alla luce le schegge brillano come gemme.

«La ferita è profonda», mormora il medico dopo un po'. «Ma credo di aver trovato tutti i pezzi. Bisognerebbe fare una radiografia. Gliela prenoto per domani». Leva uno sguardo cortese, ma indagatore. «Quindi è caduta con un bicchiere in mano».

«Stavo bevendo». La giudicherà per questo, ma non le importa. Però se ne conoscesse il motivo terminerebbe il lavoro, chiuderebbe la porta a chiave e chiamerebbe la polizia.

«Per questo c'è odore di alcol», dice calmo, come se fosse normale bere al mattino, bere talmente da non reggersi in piedi e avere la mente confusa. Pulisce la ferita poi inserisce l'ago con il filo attraverso il muscolo lacerato, cucendo in silenzio. La stanza silenziosa, persino la sgradevole sensazione di qualcosa che tira dentro la mano, le danno un senso di sicurezza, l'impressione di essere accudita. Si appoggia allo schienale della sedia.

«Se non era Jake, doveva essere la polizia», mormora. «Hanno detto che forse sarebbero tornati ma non so cosa sperano di trovare». Nel silenzio che segue, fissa la testa china, i capelli folti e ondulati e le scaglie lucenti di forfora lungo la scriminatura, e il disagio aumenta. Stavano cercando le fiale? «Ho paura». Le parole le escono dalle labbra prima che possa fermarle.

Il dottore pulisce nuovamente la pelle e comincia a suturare i margini. «Non c'è motivo, guarirà perfettamente». Fa una pausa e aggiunge con tono più gentile: «Ma sulla polizia si sbaglia. Oggi sull'isola non c'era». Fa con cura un nodo e taglia il filo con le forbici. «Viene da Islay in caso di necessità, ma stamattina presto le caldaie del traghetto erano in manutenzione perciò la prima nave ha attraccato solo dieci minuti fa».

Sta insinuando che si sia immaginata i rumori del piano di sopra. Una sommessa risatina la coglie di sorpresa. Lo guarda, sta forse ridendo di lei?

«Quasi fatto», dice con gentilezza. La testa comincia a batterle, si porta la mano libera alla faccia, è tutta sudata.

«I giorni successivi a una morte possono essere molto difficili», continua Andrew. «Per quanto ancora starà da sola?»

«Mio marito verrà a prendermi domani o dopodomani». Non gli dice che non hanno stabilito un giorno, che non ci sono piani definitivi per il suo ritorno, almeno per quanto riesca a ricordare. Il panico comincia a insinuarsi in lei come i primi sintomi striscianti di un'influenza.

«Nell'attesa ce la farà con una mano sola? Ha viveri in casa?».

Gli dice che ne ha, fin troppi. Non confessa che non mangia da due giorni, che si sente stordita, come se galleggiasse alla deriva. Quando ha finito, il medico aspira il liquido dell'antitetanica. Mentre l'ago le perfora la pelle, Beth comincia a tremare in modo incontrollabile, senza riuscire a fermare il battito dei denti. Andrew l'avvolge nella coperta del lettino e dopo essersi infilato la giacca di tweed l'aiuta a salire in macchina. Guida lentamente, salutando intanto le persone con un cenno della mano: due vecchi imberrettati appoggiati contro un muro, una donna con una grossa carrozzina che cammina lentamente al centro della strada. Sembra conosciuto, apprezzato.

«Dorme bene?». Ora che sono fuori Craighouse guida un po' più veloce.

Beth annuisce, dorme a malapena una o due ore a notte, ma è inutile dirglielo.

«Mangia?».

Al pensiero del pollo e dei pezzi di formaggio in frigorifero le viene la nausea. Apre il finestrino mentre superano il lago, vede scioccata una bambina assolutamente immobile tra la strada e l'acqua. I capelli scuri e il vestitino bianco sono fuori luogo tra i delicati verdi e marroni del paesaggio. Guarda dritta Beth, sorridendo come se la riconoscesse, e poi solleva il braccio per salutare, con le piccole dita che si agitano come mosse da una brezza leggera. Beth sorride e risponde al saluto, notando che non c'è nessun altro intorno, né tovaglie da picnic, auto o genitori. Sente una morsa di panico e dice ad Andrew: «C'è una bambina tutta sola laggiù, avrà quattro anni. Dovremmo fermarci».

«Non ho mai visto una bambina sola da queste parti». Frena. «Mi faccia vedere».

Beth si volta, ma l'erba tremolante è praticamente vuota se si escludono le palle sfilacciate di erioforo che risplendono come bandiere bianche.

«Era laggiù, proprio là, e mi faceva cenno con la mano». La voce le trema. Deve essersela immaginata, non c'è assolutamente nessuno. Si porta la mano alla bocca, spaventata. La bambina sembrava talmente reale, in un certo senso riconoscibile. Trema di nuovo. Le assi che ha inchiodato si stanno rompendo e qualcosa comincia a penetrare.

Andrew guida in silenzio per un po' e poi ricomincia a parlare. «La tristezza e lo shock possono influenzarci in vari modi, facendoci immaginare molte cose».

Ha la voce dolce, le mani sul volante sembrano gentili, in quella macchina calda Beth si sente chiusa ermeticamente contro l'esterno, protetta dalla vita reale. Come se il mondo non esistesse e potesse dire tutto ciò che vuole. I dottori sono legati dal segreto professionale, se si confida, Andrew manterrà il silenzio. Sarebbe un sollievo aprire il cuore a qualcuno di cui può fidarsi.

«È tutta colpa mia», sussurra.

Gli occhi del dottore sono di nuovo sulla strada. Annuisce, la confessione non sembra sorprenderlo. «Il senso di colpa è una parte normale del dolore».

«Voglio dire che sono stata io la responsabile sin dall'inizio. Era da un po' che avevo quell'idea in testa e ho convinto anche Albie».

La macchina passa su una buca, Beth urta la mano contro la portiera. Fa una smorfia di dolore ma lui non se n'è accorge. «È stata lei a ispirarlo? Caspita. Suo marito è un grand'uomo. Seguo il suo lavoro». Pare che ammiri Albie, come Albie quando un tempo parlava di Ted. Andrew le sorride. «Quindi è stata lei ad avere quell'idea, come le è venuta?».

Ora Beth si sente male. La fronte è sudata, la visione si sta scurendo ai margini, cerca le parole alla cieca. «Le fiale, credo; sì, è così che è cominciato tutto, con le fiale».

«Mi scusi, Beth, di che fiale parla?».

Dovrà cominciare dal principio. Si asciuga la fronte con la manica della camicia. Andrew ha ragione, deve mangiare, i fatti le stanno sfuggendo. «Quelle che Albie ha cambiato. Ted le ha scoperte… erano una prova, capisce. Dovevamo fare qualcosa». Si blocca sorpresa: questa è la versione breve della storia. Poi c'è la storia più lunga che si cela dietro la prima, una storia di amore, tradimento e perdita, ma i dettagli le scivolano via dalla mente. Cos'è che ha perso? In preda al panico, guarda il dottore.

«Va bene. Credo di aver capito». La voce di Andrew è rassicurante. «È stata un'impresa collettiva, suo marito ha modificato l'idea che lei gli ha ispirato. Ted l'ha confermata con delle prove. Una cosa del genere comunque, un impressionante lavoro d'équipe. Bravi».

Beth si volta. Quant'è stupido. Non doveva fidarsi. Creda ciò che vuole, i segreti non andrebbero confidati. Lei ha detto i suoi ad Albie e guarda cos'è successo. La mano le pulsa e il dente fa eco con una fitta di dolore.

«Posso scendere qui?». Appoggia la mano sana sulla maniglia della portiera e fa per abbassarla. «Faccio il resto a piedi».

«Stia attenta». Il dottore preme un interruttore e le sicure dell'auto cliccano all'unisono. Beth ha un momento di apprensione ma il tono del dottore è pragmatico. «L'accompagno a casa. Non è in condizione di camminare: ha passato un brutto periodo».

Beth appoggia la testa al finestrino, ora si è stancata di quell'uomo. Forse si è sbagliata sui rumori stamattina e sulla bambina poco fa, ma se se li è immaginati forse sta immaginando anche questo. Forse niente è reale, presto si sveglierà e si ritroverà a Londra, a letto con Albie. Sorride. Squillerà il telefono e sarà Ted, che chiede ad Albie di vedersi per andare a correre o per discutere di un paziente che lo preoccupa. Albie obbedirà, fa sempre quello che vuole Ted. Cerca di trattenere il più possibile quest'immagine, chiude le dita della mano ferita e il dolore aumenta. Apre le mani, le immagini svaniscono.

Il dottore l'ha vista sorridere e sorride a sua volta. Si vede che Beth gli piace. Quando arrivano a casa, non gli chiede di entrare e sembra deluso. Si allontana e Beth entra. Harris le corre incontro, scodinzolando allegramente. Gli dà da mangiare, si versa un bicchiere di whisky abbondante e lo beve appoggiata alla porta osservando Harris che si rotola attorno agli alberi spezzati. Si sente già meglio, aveva solo bisogno di bere. Controlla il telefono ma non ci sono messaggi. Ne manda lei uno ad Albie.

Non hanno trovato le fiale. Billy sta male, Jake sta tornando a Londra.

Risponde dopo un secondo.

Bene, come avevo previsto.

Cosa significa? Aveva previsto il ritorno di Jake? Come? Va in giardino ma si ferma di botto, come se davanti a lei si fosse aperta una botola che si affaccia su acque profonde e nere. L'unica risposta che spiega il messaggio di Albie la terrorizza. Albie ha attirato Jake a casa, usando come esca la malattia di Billy. La mano le pulsa con violenza ed entra in casa. Se Albie sta correndo lungo un percorso inatteso, è stata lei ad aprirgli il cancello, lei a dargli il via, ma non era stata loro intenzione fare del male a quei bambini: sono state morte accidentali. Questo però è diverso, Billy potrebbe essere in pericolo. Billy, che aveva la testa che profumava di pane tostato, che col suo tiepido peso le stava comodamente appoggiato sul fianco. Al telefono Albie non risponde.

Non scherzare, scrive allora, è la vita di un bambino, Albie.

Arriva immediatamente una risposta.

Non preoccuparti. A Billy non accadrà nulla.

Beth prende la bottiglia di whisky e si siede sul pavimento della cucina accanto alla stufa. La malattia può cogliere alla sprovvista. Gita sarà nel panico. Harris le appoggia la testa sulle gambe. Beth mette la mano ferita sulla testa calda del cane e chiude gli occhi. Il dente le picchia in bocca, e allora si attacca alla bottiglia. Il whisky la riscalda, la fame svanisce e dopo un po' il dolore si dissolve insieme all'ansia. Chiude gli occhi.

Capitolo 29

Londra. Estate 2018

Bruce è ancora lì. Il materiale scaricato deve essere sfuggito al sistema di controllo informatico. Albie è enormemente sollevato, quello che ha fatto non era necessario, può ancora tornare sui suoi passi. Bruce si sta allontanando per il corridoio in mezzo a un gruppo di colleghi del laboratorio, i capelli opachi e la giacca viola sono inconfondibili tra i camici bianchi. Accanto a lui si affaccenda Bridget, chiassosa e dalla chioma rosso fiamma.

«Bruce!».

Il laboratorio sarà sicuramente suo, deve rimediare al danno che ha fatto all'amico prima che le immagini vengano rintracciate. Può far finta di essere stato a sua volta vittima di immagini equivoche scaricate nel proprio computer, consigliare Bruce di controllare i file e cancellarli prima che vengano individuati.

«Aspetta». Corre per il corridoio ma quando raggiunge il gruppo, Bruce non c'è. Gli altri lo guardano sorpresi, con espressioni interrogative. Albie ha un capogiro come se il mondo si ribaltasse.

«Scusate», dice confuso, con le guance ardenti. «Che sciocco, l'immaginazione mi tira brutti scherzi. Ho lavorato fino a tardi. Avrei giurato che...». S'interrompe, non c'è niente da dire. L'apparizione era parsa così reale a distanza. Scuote il capo imbarazzato, uno sbaglio ridicolo. La tensione comincia a farsi sentire, deve controllarsi.

«Andate pure. Vi raggiungo tra un attimo», dice Bridget. Il gruppetto si allontana e facendo cenno ad Albie di seguirla, Bridget si avvia per il corridoio fino alla sua stanza dove si siedono ai lati della disordinata scrivania, cosparsa di foto di gatti e mucchi di carte. Dallo schienale della sedia pende un cardigan color malva pieno di pelucchi.

«Grazie per essere venuto subito, Albie. Ti ho mandato quel messaggio urgente perché volevo dirtelo prima che lo vedessi al notiziario. Non sapevo se ne eri al corrente».

«Al corrente di cosa?». Potrebbe trattarsi di qualsiasi cosa: fa un'espressione tra lo stupito e il preoccupato.

«Ieri hanno arrestato Bruce». Bridget parla con calma ma la mano sul tavolo trema. «Hanno preso il suo computer, il laptop, il telefonino. Tutti i libri, tutto insomma».

«Ieri hanno arrestato Bruce?», ripete, sinceramente sbalordito. La caduta di Bruce è stata molto più rapida di quanto avesse previsto. «Deve esserci uno sbaglio».

«Sono andata da Mike Foster, il capo della sezione informatica». Sembra sconcertata anche lei, la sua parlata solitamente secca è ammorbidita dallo sgomento. «In teoria non avrebbe dovuto dirmelo e io non dovrei riferirlo a te, ma so quanto siete amici».

Amici? Forse è così che sembrano agli altri: buoni amici che si sostengono a vicenda, chiacchierano nella sala caffè, discutono del lavoro di ricerca. Forse non è facile individuare la rivalità che esiste tra loro.

«Bruce ha scaricato materiale illegale. Immagini dalla rete».

«Ha sempre guardato pornografia, lo sapevamo. Ora è illegale?»

«Non si trattava di pornografia, Albie. Erano immagini di bambini, di violenze su bambini».

È facile assumere un'espressione inorridita: quelle parole, pronunciate ad alta voce nel modesto studio di Bridget, con il cardigan e le foto dei gatti, sono grottescamente fuori luogo.

«Cosa gli accadrà?», chiede Albie, sottraendosi alla discussione su come la gente ti sorprenda, su come mai avresti immaginato che quella persona che conoscevi o credevi di conoscere fosse capace di azioni tanto turpi.

«Libertà su cauzione all'inizio. Carcere forse, dopo il processo. Ma una cosa è certa…».

Albie osserva la lotta tra dolore e rabbia sul quel volto semplice. È abituata a gestire orari e turni, di fronte alla depravazione è spaesata.

«Non lavorerà mai più qui. La sua carriera di medico è finita e sarà bandito da tutti i laboratori di ricerca che si occupano di malattie infantili». Si alza in piedi. «Il buffo è che Bruce voleva dirigere il laboratorio». Scuote il capo tristemente. «Una volta mi ha detto di essere un po' invidioso di te, Albie. Pensava che tutto ti andasse bene nella vita: l'incarico da sostituto primario, il matrimonio, la casa per la villeggiatura. Gli sembravi così posato. Forse non lo sai, ma ti ammirava. Mi ha accennato che l'avevi molto aiutato con la ricerca. Se noi ci sentiamo traditi, figurati tu».

Albie s'incammina per il corridoio verso l'uscita accanto a Bridget. La donna continua a parlare: un fiume di parole che lui sente a malapena. È divorato dal rimorso. Non è in grado di replicare.

«…quindi vieni la prossima settimana». Bridget si è fermata davanti all'ascensore. «Le acque si saranno calmate. Dobbiamo fare una chiacchierata. Fornirò alla commissione delle referenze aggiornate e dopo la tua nomina potremo discutere della futura gestione del laboratorio. Malgrado tutto, Bruce aveva qualche buona idea, che può valere la pena portare avanti». Raddrizza le spalle mentre girano l'angolo e si affretta verso il gruppetto che aspetta vicino alle fontanelle.

Alla fine era vero, Bruce lascerà un segno. Albie entra nell'ascensore ma si volta a scrutare il corridoio, quasi aspettandosi di vedere la testa ricciuta del collega, appoggiato al muro, il volto increspato in un sorriso divertito come se gli avesse fatto uno scherzo.

La mano di Billy sta aperta sul lenzuolo, dita e palmo paffuto rosa simili a una stella marina. Del vomito verde riempie la padella in cartone sul letto. All'ingresso di Albie, Gita alza la testa dal letto con espressione sollevata. Ha i capelli appiattiti su un lato, la pelle della guancia che era appoggiata al lenzuolo segnata da grinze. Billy comincia a piangere, un suono debole e acuto che si conclude con un singhiozzo ansante.

«È stato bene stanotte e benino fino a un paio di ore fa», dice Gita, prendendolo in braccio. «Da allora continua a peggiorare, la situazione sta precipitando».

Albie appoggia la mano sulla fronte rigonfia, il bambino tira indietro la testa. Le urla ora sono assordanti, Albie chiama l'infermiera. Entra una donna alta africana che emana un'aura di calma maestosa.

«Devo guardare la parte posteriore dell'occhio, Judy. Potrebbe tenermelo?».

Albie orienta la luce dell'oftalmoscopio verso gli occhi di Billy. Immobilizzato tra le braccia di Judy, il bambino si calma. Gita sta accanto alla finestra con le mani giunte sulla bocca. I dischi ottici solitamente piatti sono gonfi per via della pressione trasmessa dal cervello: i vasi congestionati che corrono con il nervo sono distorti e sporgono al di sopra della pronunciata curvatura sul bordo del disco.

«Che c'è? Cosa vedi?»

«Il disco ottico è gonfio, Gita».

«Sapevo che la pressione era aumentata». Ha le nocche simili a bianche protuberanze ossute. «Quindi c'è un'infezione da qualche parte nel sistema?»

«È possibile, anche se sta assumendo antibiotici come sai», risponde lui tastando la testa di Billy. La valvola di silicone si vuota sotto la pressione ma stavolta non si riempie. Ha un tuffo al cuore.

«Ora lo shunt è bloccato, e il blocco è nel cervello», dice piano a Gita.

«Come fai a esserne tanto sicuro?», chiede mentre Judy le mette in braccio Billy, che si muove e si lamenta piano come se fosse esausto.

«La valvola stavolta non si riempie. Questo significa che il liquido va dalla valvola all'addome ma non dai ventricoli per riempire la valvola. Lo shunt deve essere bloccato nei ventricoli», spiega scrupoloso.

La donna guarda Billy che si è addormentato. «Si sbloccherà da sé se raddoppiamo la dose di antibiotici?», sussurra.

«Non è così semplice. Quale che sia la causa, se lo shunt è bloccato devo operare. Se non c'è un'infezione posso semplicemente sostituire il catetere. Se c'è un'infezione, bisogna rimuovere l'intero sistema: il catetere, la valvola e lo shunt peritoneale». Fa un sorriso forzato, ma il rimorso gli monta amaro in bocca come bile. Avrebbe potuto rimuovere il catetere o tutto il sistema ore prima.

«L'ultimo blocco è stato causato da un'infezione». Le trema la bocca. «Che altro potrebbe bloccarlo stavolta?»

«I piccoli fori laterali dello shunt potrebbero essere semplicemente ostruiti da proteine». Le mette una mano sulla spalla. «Molto raramente i minuscoli vasi sanguigni che costituiscono il liquido possono venire risucchiati all'estremità del tubo e bloccarlo». Questa è l'ipotesi peggiore, ma non c'è bisogno di spaventarla, le probabilità che ciò avvenga sono minime.

«Quindi in ogni caso devi sostituire il tubo nel cervello?»

«Esatto», dice con tono volutamente allegro. Il minimo che può fare è non condividere la sua preoccupazione. «È un piccolo intervento ma ci sono dei rischi, come in ogni operazione. Ci serve il tuo consenso».

«Non c'è problema». Ora che Billy è tranquillo, è più rilassata. Non le dice che quel genere di tranquillità è un brutto segno.

«Prima di operare dobbiamo fare una TAC. Può aiutarmi a portarlo nella sala TAC, Judy?»

«Dovrebbe venire anche Jake, è giù che telefona al lavoro». Gita tira fuori il cellulare.

«Quindi alla fine è tornato».

«Non abbastanza in fretta». Digita sul telefono.

Judy sposta il comodino e afferra la testata, Albie spinge l'altra estremità e insieme portano il letto fuori dalla stanza. Il bimbo malato geme piano e il senso di colpa travolge Albie, un dolore profondo, come i sintomi di un'influenza in arrivo. Il piano per far tornare Jake ha funzionato, e l'attesa può essere giustificata dal punto di vista medico, ma ciò malgrado il senso di una tragedia incombente è intessuto di scuri fili di colpa. Non aveva bisogno di far tornare Jake. Jake non aveva trovato le fiale, e neanche Ed: lì non c'erano. La storia delle fiale scomparse si è conclusa. Questa invece è la storia della vita e si sta dipanando in fretta.

Incontrano Jake a metà del corridoio, quando rivede il figlio il volto si affloscia. «Gesù. È peggiorato».

«Ciao, Jake». Albie continua a spingere il letto. «Stiamo portando Billy a fare una TAC per capire cosa sta succedendo».

«Dovresti sapere cosa sta succedendo». Jake tiene la mano al figlio camminando accanto al letto. «Lo shunt deve essere bloccato da un'infezione, gli hai dato gli antibiotici sbagliati».

«Ancora non possiamo essere sicuri di niente», replica Albie, facendo svoltare il pesante letto a un angolo.

«Lo saresti se fossi stato con lui». Jake si raddrizza e mentre camminano cerca di prendere la mano di Gita ma lei si cinge il corpo con le braccia, schermandosi. Si siedono nella sala d'aspetto, mentre Albie prosegue con Billy verso la sala TAC.

Owen anestetizza il bambino, l'espressione di solito rilassata è tesa e concentrata, le sopracciglia aggrottate, la bocca una linea sottile. Albie disinfetta il cuoio capelluto con clorexidina e inserisce un minuscolo ago arancione nella valvola per estrarre alcune gocce di liquido chiaro rimaste alla base. Le inietta in una fiala che un'infermiera corre a portare al laboratorio di microbiologia. La piccola équipe si raccoglie attorno al bambino che viene collocato nella macchina. Albie va nell'adiacente sala immagini: fissa lo schermo del computer e aspetta.

Il senso di tragedia è palpabile attorno al macchinario silenzioso della sala TAC e incombe anche su di lui. Se nel buio dello schermo comparisse una scansione del suo cervello, non di quello di Billy, il sistema limbico sarebbe deformato e irriconoscibile, l'amigdala più piccola. Era un bravo dottore un tempo, un brav'uomo, ma ormai è troppo tardi per rimediare o pentirsi. Si guarda la mano come se le intricate vene blu del dorso fossero una mappa che può indicare il punto in cui è cominciato tutto. Ma le vene sono una rete che non ha un inizio. Si diramano e vanno in tondo. Dov'è che ha sbagliato strada? Quanto indietro deve tornare? Ha fatto tutte scelte sbagliate, anche se forse non erano scelte ma conseguenze di come era fatto e chi era realmente. Intreccia le dita per contenere il tremore.

Compare la TAC di Billy. È evidente la nuova e più grossa dimensione dei ventricoli. Gli spazi cavernosi nel cervello sembrano riempirlo completamente. Inoltre, ci sono fessure scure all'interno della circostante sostanza bianca, che si irradiano dalla parete interna dei ventricoli: liquido sotto pressione spinto nel cervello stesso.

Fa venire nella stanza Gita e Jake, sono abituati alle TAC di Billy. Di fronte a questa nuova immagine, Gita emette un grido di sgomento. Jake si fa avanti, sfiorando quasi lo schermo con la faccia.

«La TAC conferma che il liquido cerebrospinale è bloccato, ma solo da questa non possiamo vedere perché», dice Albie.

«Allora sbloccalo». Jake salta sulle punte dei piedi. Albie sente il suo odore, sa di sudore e vestiti sporchi. Non è rasato, deve aver fatto tutta una tirata, con il traghetto da Jura a Islay, poi da Islay alla terraferma. Il lungo viaggio in macchina fino a Glasgow poi l'attesa per trovare posto sul prossimo volo o su quello successivo. L'ha fatto anche lui tante volte.

«È proprio quello che farò».

«Perché hai aspettato a fare l'esame?». Gli occhi di Jake ardono, pronti alla battaglia. «Continuava a peggiorare».

«È stato sempre scrupolosamente seguito, Jake. Ho iniziato il trattamento non appena si è evidenziato un problema, e da quel momento la mia équipe ha costantemente monitorato la situazione», risponde, asciugandosi le mani sul camicie bianco.

«In tua assenza». Jake tiene la faccia vicina a quella di Albie. «Cosa c'era di più urgente di un bambino malato?»

«Neanche tu c'eri, Jake», fa Gita con voce tremante.

«Ero in Scozia, ad aiutare Ed. Era importante».

«Più importante di tuo figlio?». Gita si volta e guarda dalla vetrata la sala TAC dove Owen e il suo assistente stanno delicatamente sollevando Billy dalla macchina per rimetterlo sul letto. Jake batte una mano contro l'altra, un movimento violento. Non supereranno questa crisi, comunque vada. Il volto di Jake si è fatto rosso, quello di Gita è striato di lacrime. È un amore, che sta per finire. Un momento come il mal di testa che presagisce un cancro. Seguiranno distruzione, confusione e dolore. Poi, il vuoto. Albie si avvia lentamente dalla sala immagini al corridoio, seguendo l'équipe anestetica che spinge il letto verso le sale operatorie di neurochirurgia. Anche il legame tra lui e Beth pare essersi spezzato, come se cadendo Ted l'avesse fatto precipitare con sé. Affretta il passo per raggiungere il letto. Dopo tutto questo, quando Billy starà meglio, penserà a Beth. Le fratture guariscono, le ferite non sono sempre fatali. Si ritroveranno, col tempo. Poi vuota la mente da Beth, Gita e Jake, e anche Billy. Non c'è tristezza, né rimorso o tragedia, neanche un bambino in pericolo. C'è semplicemente uno shunt bloccato che bisogna rimuovere e sostituire. Dovrà fare ricorso a tutta la sua abilità.

Quindici minuti dopo è in sala operatoria con indosso i guanti. Billy è in sedazione profonda, la testa disinfettata e collocata su un sostegno imbottito a ferro di cavallo, con la parte destra in alto.

L'infermiera gli dice che i risultati del laboratorio di patologia indicano che non c'è infezione.

Albie esegue una precisa incisione a C nel cuoio capelluto attorno alla valvola in silicone e poi la estrae dal sottostante foro trapanato nel cranio. Tenendo la valvola con un forcipe dentato, molto, molto delicatamente esercita una leggera pressione per estrarre il tubo connesso al ventricolo. Non succede niente. Tira di nuovo poco più forte, sempre niente. Prova diverse volte, aumentando la pressione di frazioni infinitesimali. Le mani cominciano a sudargli. Ricorda un esame di anatomia all'inizio del corso, una domanda più impossibile dell'altra. A un certo punto, pur di farla finita, aveva cominciato a dare risposte a vanvera. Anche ora ha raggiunto quel limite. I bambini morti, Ted e Bruce gli stanno attaccati al gomito. Anche Beth si aggira nelle vicinanze. Si è ormai spinto troppo in là, ha fatto troppo. Non può più tornare indietro. Serra forte le labbra e tira. Con un leggero strappo, il tubo gli resta in mano. Immediatamente ne esamina l'estremità. Con un terribile senso di impotenza, vede filamenti rossastri, delicate alghe piene di sangue. Il plesso coroideo si è lacerato, quella delicata rete di vasi che si trova nei ventricoli è finita nei buchi del tubo, la diagnosi che temeva di più. Ora le estremità lacerate nei ventricoli dentro il cervello sanguineranno rapidamente e non c'è modo di arrestare il flusso. Chiede un altro catetere, ma prima che possa inserirlo nella vecchia sede per drenare il sangue, il cervello sotto l'eccessiva pressione sporge dal foro trapanato.

Osserva la massa di luccicante gelatina grigia che si infila tra i vasi sanguigni. La sostanza della vita. *La vita di un bambino, Albie.*

«Cazzo», mormora. «Cazzo. Cazzo». Avverte lo sguardo di Owen. Di solito Albie è tranquillo, mai incline alle imprecazioni. Avrebbe dovuto lasciar perdere quando ha sentito che il tubo non cedeva, avrebbe dovuto inserire un altro shunt accanto, lasciando quello vecchio al suo posto. I fantasmi sono spariti, hanno forse ottenuto quello che volevano? Deve fare in fretta. Potrebbe ancora esserci una speranza, un altro punto in cui drenare il liquido. Inserisce un nuovo tubo più o meno lungo il percorso di quello che ha appena rimosso e lo posiziona nei ventricoli molto vicino a dov'era l'altro. Estrae il catetere interno: il sangue comincia a scorrere rapidamente dall'estremità dello shunt.

Chiede all'assistente di asciugargli la faccia. Con voce calma domanda a Owen di fare un test di compatibilità del sangue. Nel giro di quindici minuti, il sangue che cola dal tubo rallenta e poi si ferma. Col trapano esegue un foro sull'osso parietale opposto, inserisce rapidamente un altro catetere, cercando di raggiungere il ventricolo da quel lato, sperando, in caso di riuscita, che dall'estremità cominci a colare il liquido chiaro per alleggerire la pressione crescente nel cervello di Billy, ma niente. Nessun liquido cerebrospinale, neanche sangue. L'ansia gli si addensa in fondo alla gola. Si sforza di respirare lentamente per tenere a bada il panico in aumento. Su sua richiesta, Billy viene portato a fare una TAC dall'équipe in silenzio. Dalle immagini trasmesse sullo schermo in sala operatoria vede che il sangue si è finalmente coagulato ma ha di fronte un nuovo orrore. Ora c'è un massiccio versamento di sangue, rappreso come argilla, che occupa l'intero volume dei ventricoli.

Il bambino rientra nel giro di pochi minuti. Albie ritrae leggermente il catetere con la speranza che ai margini dell'enorme coagulo riesca a passare parte del liquido cerebrospinale. Non arriva niente. Abbassa lo sguardo: ha gli zoccoli in una pozza di sangue di Billy. Il punto di non ritorno.

A voce bassa dà l'ordine di portare Billy all'unità pediatrica di Terapia Intensiva. Aiuta Owen a spostare il bambino dal tavolo operatorio al letto e lo segue in Sala Rianimazione. Il piccolo cervello verrà ora spinto verso il basso nel cranio. Una volta schiacciato il terzo nervo che controlla la dimensione delle pupille, queste si dilateranno e la morte sarà immediata. Se sapesse pregare, ora sarebbe il momento giusto per farlo. Mentre esce dalla sala operatoria i pensieri si accavallano frenetici. Trapanare un altro foro. Ma a che servirà visto che il sangue è rappreso in un enorme coagulo? Aspirare non porterebbe a nulla. Una craniotomia con rimozione manuale del coagulo danneggerebbe il cervello. Se in terapia intensiva, Billy fosse costantemente ventilato c'è la remota possibilità che il coagulo possa sciogliersi, allora si potrebbe drenare. Ti prego Dio...

La voce sommessa di Owen interrompe i pensieri che si rincorrono.

«Entrambe le pupille fisse e dilatate».

Il gruppo attorno al letto indietreggia. Nessuno guarda Albie.

Owen accarezza i capelli di Billy. «Mi dispiace», dice, ma non è chiaro a chi si rivolge.

Capitolo 30

Jura. Estate 2018

L'odore di terra in primo piano: torba e fumo. Funghi. Legno. Ferro. Sangue.

Una formica con tante zampe sta sulla schiena, diventa due, che lottano, una tira l'altra tra i fili d'erba, cade, la riprende, la trascina. Aggreditrice o soccorritrice. Guidata comunque da un fortissimo istinto. L'organismo aggrovigliato prosegue e scompare vacillante. Ci sono dei semi, marroni e color crema, sparsi sul terreno scuro. Schegge di legno. Gli steli d'erba ormai gialli alla base. Beth appoggia forte l'orecchio al suolo per ascoltare i rumori che sembrano risuonare sotto la superficie – mormorii indecifrabili – infuriati quasi che la terra l'accusasse.

Un metro più in là, c'è un dorso ricurvo dalla pelle arancione, i fianchi chiazzati di bianco, come se fossero stati toccati da un dito intinto nella vernice. Un orecchio vibra. Sono ore che il cerbiatto è tra l'erba, una notte e un giorno almeno. Sono stati entrambi abbandonati, anche se lei attende di essere soccorsa da più tempo di lui. Tre settimane in tutto? Di più? Fluttua nel tempo, ha perso il conto.

La bestiola inizialmente ha cercato di alzarsi, poi ha rinunciato, fissandola come se fosse una pietra o un albero, una macchia nel paesaggio. Puro sguardo, semplice testimone.

Le orecchie sono lunghe, appuntite, orlate di bianco. Guizzano all'indietro e in parte ruotano. Avrebbe voluto accarezzare quella piccola testa, sorreggere con la mano l'angolo peloso della mandibola, ma sapeva che non doveva. Dopo un po', il collo si era nuovamente rilassato, allungandosi in avanti, il cranio affusolato vicino al terreno. Bagliori verdi dall'anello che ha al dito, la luce potrebbe colpirgli l'occhio come una lama. Un anello dovrebbe significare sicurezza ma il suo le dà un senso di pericolo: non le serve più, senza è meno prigioniera. Ha assolto al suo scopo, anche se a ripensarci non ricorda quale fosse. Lo spinge delicatamente, con la pietra capovolta, in terra. La fede lo seguirà. Resta immobile, come il cerbiatto. Ora si sente più vicina a lui, sempre più vicina col passare delle ore e il calare della luce. Non viene nessuno. Sono stati abbandonati dalle loro famiglie, le madri di entrambi se ne sono andate. La madre del cerbiatto forse sta mangiando, o si sta accoppiando o potrebbe essere morta. Forse sta osservando dall'ombra, in attesa che lei se ne vada per andare a prendere il suo cucciolo.

A quel pensiero Beth si alza in piedi e il mondo si fa buio. Resta ferma finché non rivede, il cerbiatto non si muove. Il lembo bianco di una vela sbatte oltre gli alberi, o sono le piume della coda di una grande uccello simile a un'aquila di mare. Sparito in un attimo. Il riflesso della luce del sole su una roccia forse. S'incammina lentamente verso casa con la testa che le fa male. Il giardino la osserva, indifferente al suo dramma. All'interno, le mosche si levano ronzando dai bicchieri sporchi di vino sulla tavola e dai resti di un sandwich su un piatto. La cena di ieri sera o dell'altroieri. Mentre masticava si è ritrovata un sassolino in bocca. Nella mano si è rivelato un dente. Non le ha fatto male, ma aveva la bocca piena di sangue.

Sul pavimento sono sparsi ramoscelli ed erba, soffiati dal vento. Cerca di spazzarli ma la mano le pulsa, aumentano i mormorii, lascia cadere la scopa.

Allo specchio guarda la faccia di un'altra persona. Scarmigliata, una foglia tra le chiome nere annodate. Fango sul mento. Lacrime sul volto. Sangue sul colletto della camicia. Una camicia da uomo. Rimane immobile quando l'auto scende dalla strada. Si ferma, dei passi si avvicinano alla porta. Qualcuno bussa. Bussa più forte. Beth si appiattisce contro la parete: la pietra è fredda contro i seni. Si sente un rumore cadenzato di passi attorno alla casa. Beth striscia di sopra e guarda dalla finestra, attenta a non farsi vedere. Un uomo con capelli scuri e ondulati. Spalle coperte da una giaccia di tweed. Familiare, anche se non riesce a collocarlo. Va da una finestra all'altra, schermandosi gli occhi con la mano. Non ha un'aria pericolosa, ma potrebbe essere un travestimento. Si sdraia sul letto. Dopo un po' si sente sbattere la portiera di un'auto, un motore si avvia, poi il rumore si perde in lontananza.

Le voci sono più forti, più chiare, anche se non distingue le parole. Capisce che la accusano di qualcosa, ma non riesce a immaginare cosa. Quando la luce forte lascia la stanza, e le ombre si allungano sul letto, si alza e guarda fuori dalla finestra. Tra gli alberi guizza sempre del bianco. Vela? Uccello? Lenzuolo? Scialle? Abito? Scende giù con la nausea, reggendosi e muovendosi lentamente.

Fuori, il cerbiatto è steso nello stesso punto. Non deve toccarlo, anche se vorrebbe. Se lo tocca, potrebbe morire. Un bambino è morto, era il suo? Occhio per occhio, dente per dente. Si mette la mano nella bocca, le dita escono coperte di sangue.

Comincia a seguire il bianco che guizza oltre gli alberi, più chiaro ora: una copertina da neonato. No, un abito, un abito da bambina. No, è una bambina, quella bambina: è arrivata fin lì e danza oltre il cancello sulla distesa erbosa. Scompare per il sentiero. Beth la segue, annebbiata e stordita dal caldo. Sulla spiaggia vede che la bambina si è arrampicata sulle rocce sotto la scogliera: troppo alto. Ha un tuffo al cuore, corre verso di lei, ma la bambina salta, l'abito bianco fluttua. La luce del sole basso è accecante. Beth si scherma gli occhi con le mani, guarda attentamente l'acqua luccicante. La bambina ha l'acqua fino al collo e le fa cenno.

Beth si toglie la camicia, sorpresa dal proprio corpo alla luce del giorno. Ha i seni più piccoli. Pancia e cosce sono dimagrite. Scende lungo la sporgenza rocciosa fino al punto più basso e poi salta, andando più a fondo di quanto volesse. Deve avere le ossa molto più a fior di pelle rispetto a prima perché le dolgono per il freddo. Il sale trova la ferita sulla mano. Un'onda la manda di traverso e le si riempiono di acqua le orecchie. In un varco tra le onde intravede la bambina. L'abito bianco le galleggia intorno, resterà intrappolata. Deve raggiungerla e toglierglielo, riportarla verso le rocce.

Muri d'acqua argentati la intralciano. Vedrà meglio in piedi, ma quando mette i piedi in terra, la terra non c'è. Le viene in mente che avrebbe dovuto dire a qualcuno che andava a nuotare, ma non c'era rimasto nessuno. L'acqua le riempie la bocca, più fredda del sangue. La bambina si è allontanata e non si vede più.

Una volta con lei c'era qualcuno, la sua faccia scintillava al sole. Nuotava nell'acqua come una foca ma ora non c'è. In quel momento di paura persino il suo nome è svanito. Un'onda la colpisce in faccia. Non c'è nessuna bambina in acqua, deve essersi sbagliata. Un'altra onda la colpisce e poi un'altra ancora. Ha acqua in gola. Si volta per tornare indietro ma le onde le sbarrano la strada. La assalgono come belve.

Il gruppo di cervi aspetta fuori dal cancello aperto finché non diventa buio. Tengono alzate le teste, ascoltano, fiutano l'aria. Si avvicinano a poco a poco alla casa, brucando lungo la via, finché nel vento non sbatte una finestra e tornano indietro con un sobbalzo, poi si riavvicinano, aspettano di nuovo. C'è un cane che abbaia a lungo, poi guaisce e poi il rumore cessa. La femmina più grande entra nel giardino. Procede rigida ed elegante verso l'albero. Piega il collo, annusa la sagoma immobile, la lecca.

La pelle ha un guizzo. Il cerbiatto solleva il capo e, agitando freneticamente le zampe, si alza barcollante e resta in piedi ondeggiando. La madre si volta ed esce dal giardino e il piccolo la segue.

ATTO QUARTO

Capitolo 31

Londra. Autunno 2018

La posta ricade dove capita. Volantini dei ristoranti di quartiere, opuscoli politici, immagini di cani incatenati e animali in gabbia, bollette in buste marroni, alcune a caratteri rossi. Che importa? Con un calcio leva di mezzo tutto il mucchio.

Di questi tempi comincia presto e finisce tardi in reparto o in laboratorio. È stato promosso primario chirurgo e capo ufficiale del laboratorio. Entrambi i lavori di Ted ora sono suoi. La nomina al laboratorio non ha trovato alcuna opposizione, Ed non ha nemmeno fatto domanda. Owen gli ha detto che Ed ha avuto un posto come aiuto a Nottingham: è improbabile che le loro vie s'incrocino di nuovo.

Gli avevano proposto un mese di ferie ma ha rifiutato, accettando invece una terapia del lutto. A volte si guarda nello specchio della sala operatoria e vede Ted com'era nelle ultime settimane, curvo, giallognolo e con le guance incavate. Harris viene accudito da un gruppo di dog-sitter dal mattino presto alla sera tardi: dovrebbe venderlo o darlo via ma gli manca il coraggio.

Mangia pasti riscaldati al microonde in piedi, beve bottiglie di vino. Si concentra sulla prossima cosa da fare, e poi su quella dopo. Apparentemente è possibile restare a galla, in questo senso è di aiuto il meccanismo dei viaggi. Conferenze in America, Giappone e Australia, discorsi da preparare, aeroporti in cui arrivare e da cui partire, registrazioni in alberghi, caldo estenuante da sopportare, tutto utile. Quattro mesi. Riesce a passare intere giornate pensando esclusivamente al lavoro. A volte è come se gli ultimi tre anni non siano mai esistititi. Cammina attorno al baratro della perdita di Beth, tenendosi a debita distanza, e si chiede se sia possibile continuare così per sempre.

Tornando a notte fonda da una conferenza a Parigi fa fatica a entrare in casa: la porta d'ingresso è bloccata da montagne di posta. Il giorno dopo lo dice a Owen.

«Ti serve una governante». Owen gli scruta faccia e abiti.

«Mi serve solo qualcuno che ritiri la posta».

«Le tue camicie hanno bisogno di una stirata. Sei dimagrito. Noi abbiamo Natalie, così Elsa ha più tempo per Gus. Fa il bucato e cucina. Può anche ritirare la posta». Gus ora è un esigente bambino di quattro anni: di recente gli è stata diagnosticata la sindrome di Asperger.

«Per me è diverso. Casa mia in questo momento è un po' in disordine ma quando sarò meno impegnato…».

«Chiedo a Natalie».

Natalie è ordinata, ha i jeans strappati con estrema precisione. Mastica le gomme con cura. Stira le camicie, impila la posta sulla scrivania. Nei giorni in cui viene, Albie trova i pasti in frigorifero, etichettati con mano attenta. Le lascia i soldi ogni settimana, in contanti. Passano due mesi.

«Come stai?». In sala operatoria sono rimasti soli lui e Owen. I quattro neurochirurghi americani venuti a seguire l'intervento sono andati a mangiare. Albie è dispiaciuto per loro: è più difficile guardare che operare, molto più stancante. C'è gente che viene ogni settimana, quasi ogni giorno. Sta diventando famoso per le sue operazioni, per l'uso dei virus. Ora ne usano di diversi. L'università non ha ammesso alcuna responsabilità per i risultati fuorvianti della sperimentazione ma alle famiglie colpite dal lutto è stato espresso il più sentito rammarico. La morte di Billy è stata esaminata dal coroner e considerata il risultato della sua malattia cronica: è stato terribilmente increscioso che l'inevitabile lesione al plesso coroideo abbia portato a una conclamata emorragia, ma non è stato riscontrato alcun errore attribuibile al chirurgo o alla sua équipe. Owen deve aver percepito la tensione crescente di quel pomeriggio, ma solo Albie sa che accanto a lui c'erano i fantasmi del passato e che ha fatto una scelta sbagliata.

Ha iniziato a scrivere diverse lettere a Jake e a Gita ma non è stato in grado di pensare cosa dire o come concludere. Una volta ha cercato di telefonare ma la chiamata è stata bloccata. Non si sono mai fatti vivi. Forse si stanno rassegnando alla morte di Billy a modo loro, magari non pensandoci, come fa lui, per il momento. Ciò che è accaduto a Ted è passato ampiamente inosservato, almeno in pubblico. Resta ancora il verdetto aperto, ma se i genitori dei bambini che sono morti durante la sperimentazione ritenessero che la giustizia ha seguito il suo giusto corso, chi potrebbe biasimarli? Il rapporto definitivo delle indagini al laboratorio non ha evidenziato niente di particolare, ma sono entrare in vigore nuove e più rigorose procedure.

Per un po' il destino di Bruce è stato oggetto di un certo interesse da parte dei media e i suoi dinieghi sono stati accolti con scetticismo. Sia il computer portatile che quello fisso dell'ospedale erano stati usati per tentare di scaricare le immagini: le prove contro di lui erano schiaccianti. Il suo avvocato non ha potuto dimostrare che non fosse lui l'autore del reato. È sfuggito al carcere dopo un lungo processo, ma la polizia da quel momento in poi gli controlla tutti i dispositivi. È stato condannato a pagare una pesante multa e in più a svolgere un lavoro socialmente utile. La sua carriera si è conclusa. È stato visto a volte in qualche locale, una o due volte barcollante per strada, poi è scomparso. Bridget ritiene che abbia lasciato il paese, ma per quanto ne sanno potrebbe essere morto di overdose sul retro di qualche locale. A volte Albie lo sogna sporco di vomito e svenuto, accasciato contro un water su un pavimento sudicio. Di giorno Albie dimentica tutto con il lavoro. Riceve le congratulazioni per la sua perseveranza, la sopportazione contro ogni avversità, per aver trasformato il laboratorio in un centro di fama internazionale.

«Come stai veramente?».

Sempre meno persone ormai glielo chiedono, le domande sono svanite in fretta. «Bene» comprende tutto: i giorni in cui procede alla cieca nella nebbia, quelli migliori in cui riesce a mangiare, i peggiori in cui lo tiene sveglio il terrore. Il modo in cui il cliché si rivela vero: i soldi non fanno la felicità. Quanto gli manca Ted, e anche Bruce.

«Albie?»

«Scusa». Guarda il volto serio dell'amico. «Sto bene».

«Vieni a cena da noi stasera».

Non riesce a pensare a una scusa, quindi ci va e porta una bottiglia di vino. Owen vive in un appartamento ricavato da un magazzino convertito a Brixton. Per arrivare ci vuole un'ora. Gli ambienti sono grandi, un po' freddi. Ci sono mattoncini Lego sparsi ovunque. Elsa ha cucinato per Gus della pasta, l'unica cosa che mangia. Il bambino ha gambe lunghe, denti grandi e una frangetta irregolare di capelli serici. Sulle ginocchia ha svariati strati di cerotti. Alza lo sguardo dai Lego che sta disponendo uno accanto all'altro lungo la stanza poi si ripiega, la sagoma contratta tradisce delusione. Solo allora Albie ricorda che a un pranzo Beth non aveva mangiato per stare con il bambino a guardare un libro, rispondere a domande sulle piante. A tavola, Gus allontana il piatto. Le spalle di Elsa crollano per la stanchezza. Owen le porta da bere a tavola toccandole la spalla: lei alza la mano per metterla su quella del marito. Albie distoglie lo sguardo.

«Voglio Beth», piagnucola Gus.

Albie avverte una pressione dietro agli occhi. Ha fatto male a venire. Ha trovato il modo di evitarla a casa, qui è in trappola.

«Non può venire», mormora Owen al figlio, lanciando un'occhiata a Albie.

«Perché non può venire?»

«È morta Gus. È annegata in mare». Le parole di Albie sono fuori luogo in quella cucina luminosa tra i tegami sparsi e i Lego in terra. Gus comincia a dondolare sulla sedia. Elsa lo abbraccia, appoggiandogli la fronte sulla testa, e chiude gli occhi: la stanza è piena di taciti rimproveri. Ora che ha cominciato, Albie vorrebbe continuare, raccontare che la polizia l'ha trovata nelle secche. Il tempo era bello e calmo, un giorno d'estate, l'isola nel suo momento migliore. Il corpo veniva sospinto qua e là dolcemente dalle onde, i capelli sparsi come alghe scure. Nuda. Avrebbe voluto dire loro che non era lei all'obitorio con la faccia livida, la bocca violacea, i punti sul pallido palmo della mano. Gli anelli non c'erano più. Lei non c'era più. Ciò malgrado gli aveva appoggiato la bocca all'orecchio freddo, una scia di sale scintillante sull'orlo e un ditale d'acqua nel meato. Le aveva chiesto perdono. Non avrebbe dovuto lasciarla sola. L'amava, pensava lo sapesse.

Non dice niente. Non conosce Owen fino a quel punto, non conosce nessuno fino a quel punto. Elsa mette a letto Gus.

«Ho sentito Ed questo pomeriggio». Owen gli versa dell'altro vino e si siede, mettendosi comodo.

Albie vuota il bicchiere, il vino gli brucia la gola. Di recente ha bevuto troppo. «Come sta?»

«Affaccendato», dice Owen. «Ha chiesto notizie delle tue ricerche».

«Sono contento che si sia trasferito, per il suo bene». Albie osserva Owen. Si è mai chiesto cosa sia successo davvero?

«Sono d'accordo». Owen mette giù il bicchiere e si stiracchia. «Aveva bisogno di mettere della distanza tra sé e il regno del padre, tuo ora, naturalmente». Guarda il bicchiere vuoto di Albie, si alza per prendere la bottiglia, gli versa del vino e si rimette a sedere. «Mi ha detto che per il momento Theo sta con la madre. Jenny ha preso la morte di Ted peggio di quanto immaginassero. Per il momento Theo ha messo in pausa la carriera. Dalla conversazione non ho capito quando ha in mente di ricominciare».

Jenny forse non si riprenderà e i paesaggi grigi dei suoi dipinti si faranno più cupi. Theo ha perso tutto. Albie è divorato dal rimorso e se ne va senza aspettare di salutare Elsa che sta leggendo una storia a Gus. È contento di rientrare a casa, l'estremo ordine lo calma. La posta è stata sistemata in due pile sulla scrivania. Si prepara un caffè e si appresta a lavorare durante la notte, separando lettere di condoglianze, vecchie multe per sosta vietata e inviti a conferenze. I pensieri si riordinano: ci vuole un'ora prima che arrivi alle bollette. Quella di Scottish Power è a caratteri rossi e lo avvisa che gli taglieranno la fornitura se la bolletta non sarà pagata entro due settimane.

Questo due mesi fa. Ora siamo in novembre. La casa sarà gelida senza il riscaldamento. Le tubature si ghiacceranno, forse l'hanno già fatto. Dopo l'autopsia di Beth è tornato a casa per fare i bagagli e prendere Harris da Iona, ma se n'è andato in fretta, tralasciando i lavori di fine estate. Avrebbe dovuto chiudere l'acqua, lasciare acceso il riscaldamento ad accumulo. Disfare i letti. Per quanto ne sa forse c'è ancora del cibo in frigorifero. Paga la bolletta della luce online e il giorno dopo all'ora di pranzo cerca su Google "turismo a Jura". Compare la foto di un cervo sulla spiaggia, l'acqua serpeggia invitante sulla sabbia. Manda un'email a *islandholidays.com*, un'agenzia a conduzione familiare che affitta e provvede alla manutenzione di case vacanza. Chiede una pulizia della casa e, a ben ripensarci, anche la possibilità di darla in affitto. Aggiunge che una copia delle chiavi si trova in albergo. Quella sera gli arriva l'email di risposta di una certa Mary Mackay, che accetta di pulire la casa: i loro genitori si conoscevano. È un periodo tranquillo, ci andranno tra un paio di giorni. Gli promette anche un contratto, il conto per la pulizia gli arriverà a lavoro eseguito. Il nome gli è familiare, un vecchio nome isolano. Quando arriva il contratto lo firma in fretta.

Passano tre settimane. La vita è cambiata dalla serata con

Owen, si è fatta grigia, soffusa di nero, quando abbassa la guardia. Non ha più avuto notizie da Mary Mckay, deve essere impegnata, distratta dalla famiglia. Le manda un'altra email. Il venerdì della quarta settimana la lista degli interventi viene cancellata per lasciare il posto a delle emergenze: è una giornata tempestosa e lavora a casa, per mettersi in paro. Ci sono settanta email da controllare compresa una di Scottish Power che lo informa che la luce è stata riallacciata. Nel pomeriggio si mette a scrivere un articolo, ma col passare delle ore la casa sembra piena di rumori e perde la concentrazione. La pioggia colpisce le vetrate in scrosci obliqui. Si prevede un peggioramento con venti di burrasca. A quest'ora a Jura l'acqua si abbatterà sulla scogliera, le onde colpiranno la spiaggia dove l'hanno trovata. A quel pensiero si alza, la sedia cade all'indietro, e, prendendo dal gancio sulla porta la giacca a vento, esce fuori. L'ultima volta che è stato in giardino era una tiepida sera di fine primavera, ma ora la giornata è fredda e buia per il temporale. Il vento è così forte che quasi non riesce a respirare. C'è un vecchio vaso vicino alla porta che non aveva notato prima, una pianta di rosmarino si espande oltre il bordo. Rosmarino per la rimembranza[3]. Il prato è ricoperto da un tappeto di foglie scure, i meli sono spogli. Dietro la siepe, l'orto è pieno di erbacce, fogliame cresciuto a dismisura, semi marciti e foglie annerite di vecchie piante di patate. Lo aveva tenuto per mano, gli aveva mostrato dei mucchietti di terra rincalzata: patate novelle, le sue preferite, aveva detto. Prende dall'erba la paletta, il manico di legno si è ammorbidito per la pioggia. Un annaffiatoio è pieno di acqua piovana e foglie, lo svuota e lo porta nel capanno. La luce è saltata e cammina sul brecciolino. Qualche animale ha fatto dei buchi sul fondo di un sacco di fertilizzante. Topi o volpi forse. Sul banco si trova un taccuino gonfio di umidità: è ormai sbiadito ma si vede ancora un motivo floreale. Accanto, tra i bulbi rosicchiati, c'è una torcia. L'accende e la spegne, balenano dei ricordi. Il terreno è bagnato ma si sdraia per inclinare la torcia sotto il capanno. Il debole fascio di luce evidenzia sassi, foglie, un mucchio di carta masticata, pelo rosso, ossa bianche. Piccoli teschi: resti di volpacchiotti.

Le lacrime gli scorrono calde sul viso, inarrestabili. A quattro zampe, neanche si accorge che emette suoni quasi animaleschi.

[3] Citazione dall'*Amleto* (IV, 5). (*n.d.t.*)

Perde la cognizione del tempo. La luce rimasta gli svanisce intorno, il vento si fa più violento, la pioggia gli inzuppa la testa. A poco a poco, il freddo penetra nelle mani, Harris gli guaisce accanto. Si tira su e si avvia lentamente verso casa.

L'acqua calda della doccia sciacqua il fango e le lacrime, rimane a lungo sotto il getto. Quando chiude il rubinetto, si rende conto che il campanello della porta emette suoni prolungati e impazienti. Si veste in fretta, infila i piedi in un paio di scarpe da ginnastica, va alla porta e apre.

Gli ci vuole un attimo per riconoscere Jake.

Capitolo 32

Londra. Fine autunno 2018

Finale.

Il teatro è buio. Nessun movimento, niente musica.

Il pubblico è incerto. È finito? Devono andarsene? Una voce nel buio comincia a recitare una poesia, il pezzo di una poesia. Anzi, un verso, con delle aggiunte.

«*Nessun uomo è un'isola.*

Si considera un'eccezione, separato e duraturo, come la sua isola. Alla fine vincono il tempo e la marea anche se pensa di avere il tempo dalla sua parte».

Dei suoni ritmici riempiono la sala, come il battito di un cuore o il respiro di un corridore o delle onde. I rumori si fanno sempre più forti fino a diventare un boato assordante come se la parete di una scogliera si fosse staccata dalla terra. Poi, silenzio.

Jake sembra molto più vecchio, anche se è difficile dire esattamente perché. Più grande, ma non più grasso. Ha il petto robusto, le spalle più ampie. Ha i capelli rossicci tagliati a spazzola. Gli occhi di colori diversi sono inespressivi, le mani gli pendono ai fianchi. L'ultima volta che Albie l'ha visto è stato all'inchiesta per la morte di Billy. Allora pareva più giovane, una giovinezza stravolta dal lutto. Se n'era andato subito dopo, seguito da Gita che era irriconoscibile.

Un cassonetto è stato rovesciato dal vento e il contenuto sparso sull'asfalto. I gabbiani si sono già lanciati sui rifiuti, la strada è piena di rami.

«Jake. Entra».

Il vento soffia in casa, portando con sé foglie, ramoscelli, pezzi di corteccia, che mulinano nell'ingresso. Jake supera la soglia e poi resta immobile, gli abiti gocciolanti di acqua.

«Dammi la giacca».

Jake incurva le spalle, ficcandosi le mani nelle tasche.

«Be', prendiamo un caffè». Albie chiude la porta e le foglie sul pavimento si sollevano e danzano.

«Penso di sapere come ti senti». Fa per toccargli la spalla, ma Jake si tira indietro. «Capisco a che punto ti trovi». Cristo. Sta cominciando a parlare come il suo terapista del lutto. L'aggressività nel volto di Jake lo rende nervoso. Fa strada verso la cucina e accende il bollitore. «Spero che tu e Gita...».

«Mi ha lasciato».

«Mi dispiace».

«Vaffanculo». La faccia volpina si fa lupesca, le parole vengono ringhiate. Jake si avvicina e per la prima volta Albie avverte un fremito di paura.

«Incolpa me di quello che è successo a Billy. E io incolpo me stesso perché non c'ero, ma tu e io sappiamo perché è morto».

«È morto di una rara complicazione della sua patologia, Jake. C'eri anche tu all'inchiesta: i vasi sanguigni si erano aggrovigliati nel tubo prima che Billy arrivasse in ospedale».

La stanza era soffocante, molto affollata. Albie aveva detto al giudice che Billy era stato immediatamente ricoverato, monitorato, trattato con antibiotici, esaminato con una TAC e operato nel giro di poche ore da quando la situazione era peggiorata. Ciò che era accaduto era un evento fortuito, un caso su un milione di cui non aveva colpa. Non aveva detto che aveva aspettato a operare fino al ritorno di Jake – comunque non avrebbe fatto alcuna differenza – né del momento di disperazione che aveva avuto. Niente avrebbe riportato in vita Billy.

«Vaffanculo». Più forte stavolta.

Albie prepara il caffè, si sforza di tenere ferme le mani. L'istinto di Jake è affinato: non è possibile che sappia esattamente cosa è successo, ma percepisce che l'esito avrebbe potuto essere diverso.

«Ed è tornato». Suona come una minaccia.

Il caffè si rovescia sul piattino. «Come sta?»

«È tornato per il lavoro».

«Mi hanno detto che si è sistemato a Nottingham».

«Il lavoro che gli hai tenuto in caldo».

Quindi Jake è venuto da parte di Ed. Albie asciuga il piattino e lo guarda. «Mi rendo conto che Ed possa essersi sentito scavalcato, ma Ted aveva detto chiaramente che voleva dare a me il posto. Ed lo sapeva».

«Come diavolo fai a saperlo?»

«Ho saputo da fonte certa che Ted aveva consigliato al figlio di farsi da parte per lasciare spazio a me. Aveva chiarito la sua opinione in una riunione dei primari. Avevamo la stessa visione, capisci...».

«Col cazzo». Jake scoppia a ridere, e si avvicina ancora. «Ovviamente ti hanno voluto dire una mezza verità. Ted sapeva che la sua carriera era finita dopo la morte di quei bambini, aveva avvertito Ed che non ti saresti fermato davanti a niente pur di dirigere il laboratorio. Ted disse a Ed esattamente quello che era emerso durante la riunione: aveva consigliato ai colleghi di far ricadere su di te la colpa della sperimentazione e di farti rimediare – dovevi essere il capro espiatorio – ma era Ed il futuro del laboratorio. Aveva detto ai primari che avrebbe consigliato a Ed di aspettare e poi di fare domanda dopo qualche mese. Il tempo ora è passato, presto avrà la nomina».

Dove si trova la verità, tutta la verità? Quanto a fondo bisogna scavare? Quanto indietro nel tempo bisogna andare? Forse dipende da dove ci si trova e di cosa si ha bisogno, a chi si decide di credere. La pioggia tempesta il vetro. Il volto imperscrutabile di Skuld sembra fluttuare nella luce grigio verde. È stato volutamente ingannato? Forse ha solo sentito quello che voleva sentire. La verità è come il mare, i cui colori cangianti derivano dal tempo del momento. Ciò che si era detto da ragazzo sono diventate le menzogne in cui poi ha creduto. È troppo tardi per la verità.

«Ebbene, ora Ed è pronto». La minaccia nel tono di Jake è evidente. È venuto a preparare la strada all'amico.

«Stiamo parlando a vanvera. Non ci sono posti vacanti. Anche se Ted ha effettivamente detto quelle cose, e ne dubito, non possono costringermi ad andarmene».

«Costringerti non sarà necessario. Ed ha le prove per farti fuori».

Non c'è nessuna prova. È un trucco per farlo parlare, il più vecchio del mondo. Sorride. «Mi dispiace, Jake, devi metterci un po' più di impegno».

Jake ricambia il sorriso, si mette le mani in tasca e sembra rilassarsi. Per la prima volta ha quasi un'aria amichevole. «L'avresti fatta franca se non avessi contattato Mary».

Chi diavolo è Mary? Fissa Jake, frugando intanto tra i ricordi.

«Circa un mese fa su tua richiesta, Mary Mackay ha fatto pulire la casa», continua Jake con tono cordiale. «Si sono trovati davanti una pozza di acqua fetida».

Quindi poi ci è andata, strano che non gli abbia mandato il conto. Si figura tappeti fradici e mobili rovinati, una piccola eco di preoccupazione che si perde in un rumore più grande. «Non capisco come lo scoppio di qualche tubatura possa costituire una prova».

«Non temere per le tubature, erano a posto. Il problema era il freezer del frigorifero che ha smesso di funzionare quando hanno tagliato la luce. Non c'era molta acqua, un paio di secchi al massimo. Il problema era il contenuto. L'odore di cibo andato a male era terribile, Mary ha dovuto pulire personalmente, i dipendenti si sono rifiutati».

Jake è venuto a fargli una ramanzina sulla bolletta della luce? «Ho pagato diverse settimane fa, la luce è stata riattaccata…».

«Devono averla riattaccata dopo che ci è andata. Per fortuna, altrimenti queste si sarebbero ricongelate e non le avremmo trovate». Jake estrae il pugno dalla tasca. «Le ha viste quando ha svuotato il ripiano inferiore». Apre le dita: due piccole fiale gli tintinnano nel palmo, come la debolissima eco di una musica di tanto tempo fa.

«Erano in una busta di plastica dietro ad alcuni pacchetti di pancetta andati a male». Alza alla luce una fiala piena. «Estratto del vaccino della varicella per l'immunizzazione. Lotto 82297X. Il lotto usato nella sperimentazione. Solo che non contengono il vaccino, vero, Albie?».

Albie aspetta che finisca mentre i pensieri gli corrono negli angoli della mente come ratti in una gabbia.

«Quella piena contiene quasi sicuramente soluzione salina. Lo sappiamo perché il contenuto dell'altra è stato già analizzato. Preiniettato con soluzione salina, nessun ratto avrebbe reagito male alle iniezioni successive. I risultati avrebbero indicato che il trattamento era sicuro, anche se noi tutti sappiamo che si è rivelato mortale. Sì», dice tranquillo Jake. «Ora anch'io sono preparato in immunologia».

«Ah, allora erano lì».

Jake è stato molto scrupoloso, voleva vendicare la morte del figlio e quella di Ted, ma se Albie non perde la testa, non c'è niente che possa collegarlo alle fiale. «Ted ci ha detto di aver trovato delle fiale. Temeva che qualcuno avesse sabotato la sperimentazione. A quanto pare aveva ragione. È morto prima di dirci dove le aveva messe. È una buona notizia, Jake. Se hai ragione, vuol dire che Ted sarà scagionato. I familiari ne saranno felici. Ti faccio dell'altro caffè, questo è freddo».

«Alla fine Beth si è tradita».

«Beth?». Si ferma di scatto, indignato.

«Ma torniamo a Mary. Quando ha trovato le fiale si è preoccupata», continua Jake. «Sapeva che le medicine devono essere smaltite in modo corretto, quindi le ha date al medico dell'isola, un certo dottor McAleer».

Un uomo con la barba andato da lui dopo l'inchiesta sulla morte di Beth per sussurrargli dello stato mentale della moglie. Allucinazioni visive e uditive. Una psicosi depressiva rivelata dallo stress. Albie era roso dal senso di colpa, era stata dura ascoltarlo fino in fondo.

«Beth era caduta, con un bicchiere in mano, probabilmente questo lo sai. Dopo averla medicata, il dottore l'aveva riaccompagnata a casa. Farneticava di certe fiale. Aveva pensato che si riferisse alle tue ricerche ma in quel momento non aveva capito il vero significato».

«Beth non stava bene». Vuole che Jake la smetta di parlare di Beth, la smetta di pronunciare il suo nome. Si allontana, ma Jake lo segue, spostandosi in modo da guardarlo nuovamente in faccia, sempre troppo vicino.

«È stata tutta un'idea del dottore. Era così preoccupato del suo stato mentale che era tornato a cercarla. Non trovandola, aveva scritto nel suo file tutto quello che gli aveva detto. Pensava avesse bisogno di cure; era ripassato il giorno dopo ma poi aveva rinunciato, immaginando che l'avessi riportata a casa, come Beth gli aveva preannunciato. È stata trovata sulla spiaggia il giorno dopo. Quando Mary gli ha mostrato le fiale mesi dopo e gli ha detto di averle trovate a casa tua, gli è suonato un campanello. Ha riguardato i suoi appunti e le parole di Beth hanno cominciato ad avere un senso. Nella scheda c'era il nome di Ed e quindi l'ha contattato: ora è tutto in mano alla polizia».

Avrebbe dovuto stare con lei, era spaventata. Avrebbe dovuto abbracciarla e calmarla e riportarla a casa. «Non era in lei. Niente di quello che ha detto può essere preso per vero».

«Povero Albie. Dovrei essere dispiaciuto per te. Alla fine la donna che hai sposato si è rivelata matta oltre che vendicativa».

Presto sarà tutto finito se mantiene i nervi saldi, non ci sono vere prove. La voce di Jake assume un tono di scherno.

«Ovviamente voleva vendicarsi. Ed mi ha raccontato che il padre l'ha usata per poi tornare da Jenny. Beth era una donna respinta, Albie. Un cliché. Ti ha usato per distruggere Ted».

«Capisco il dolore per il tuo lutto, Jake...».

«Ed ha ricostruito tutto. Hai manipolato le fiale, vero?». Si avvicina ancora. «Ted aveva intuito che avrebbero dimostrato la sua innocenza, e questo significa che non pensiamo si sia suicidato». La faccia sfiora quasi quella di Albie. Albie gli vede i pori sul naso, le scaglie di pelle secca all'attaccatura dei capelli. «E questo significa che pensiamo tu l'abbia assassinato». Jake sorride, un'espressione amara senza alcuna gioia. «Questo rientrava alla perfezione nel piano di vendetta di Beth. Ragazza astuta, tua moglie, paziente anche. Deve averlo pianificato per anni». La bocca di Jake sorride ancora, ma gli occhi sono cupi. «C'è chi fa qualsiasi cosa per amore», aggiunge.

Amore. Il volto delicato di Beth al chiaro di luna, la mano in quella di Albie. I bambini che hanno provato ad avere, la bambina che ha abortito. Beth, che galleggia tra le onde, inerme. La mente gli scoppia per la sofferenza.

«Quando sono andato con Ed a cercare le fiale, Iona mi ha raccontato un po' di cose. Stavamo all'albergo. Ci ha riferito i retroscena». Jake ha assunto un tono maligno. «Si dice che tuo padre fosse un tiranno, tua madre viveva fuori dalla realtà. Tuo fratello era un perdigiorno. E tu eri quello ambizioso. Beth deve averlo capito e l'ha manipolato a suo vantaggio». Ride, emettendo un suono acuto quasi uno strillo più simile a un ululato che a una risata. «Aspettava proprio che arrivasse uno come te, talmente accecato dall'ambizione da non vedere la realtà. Sei stato usato, Albie».

La rabbia lo travolge come un'onda. «È stato Ted a usare lei. E voleva continuare a farlo, non ha mai smesso. Il giorno prima di morire, le ha messo le mani addosso».

Jake fa spallucce e lo guarda, in attesa.

«Non guardare così, bastardo!», urla Albie. Harris striscia guaendo sotto al tavolo. «Era mia. Ted era un ladro, mi ha rubato tutto: le idee, il lavoro, i figli che avrei potuto avere. Voleva rubarmi anche la moglie». È sommerso dalla rabbia, ci affoga dentro. «Sono contento di averlo ucciso. Meritava di morire. Lo rifarei». Vede uno sputo atterrare sul volto di Jake.

Jake sorride. «E ora è solo questione di tempo. Stanno venendo a prenderti e il tempo sta scadendo. Tic tac, bastardo».

Albie smette di ascoltarlo. Ora questa è diventata un'operazione d'urgenza. Deve concentrarsi, svuotare la mente, badare ai dettagli. La giacca a vento è dietro la porta: la toglie dal gancio, prende il portafoglio dalla scrivania e il cellulare. Jake segue ogni sua mossa. Harris è sempre sotto il tavolo. Prende il guinzaglio dal bancone e tirando a sé il cane glielo mette. Apre la porta, il crepuscolo è arrivato prima, piove ancora forte. In lontananza sente diverse sirene. Non può già essere la polizia che viene a prenderlo, ma comincia a correre per strada, aumentando con scioltezza l'andatura. Harris gli galoppa accanto. Hanno il vento forte alle spalle che li aiuta. Si sente in forma e potente. Attraverserà l'Heath dove le macchine della polizia non possono seguirlo, uscirà a Highgate e procederà per vie secondarie fino alla stazione Vittoria, poi prenderà il treno notturno per Glasgow. Dopodiché, un'isola. Non Jura, potrebbero aspettarlo lì, le Orcadi forse. Poi l'Islanda. Avrà tempo di pensare dopo.

Il rumore delle sirene echeggia per Haverstock Hill. Corre per Pond Street. Sull'altro lato della strada i camion dei pompieri si ammassano all'ingresso del Royal Free Hospital, con le luci blu lampeggianti nella semioscurità: uomini in divisa stringono manichette, la polizia guida persone in fila fuori dalle porte nello spiazzo e nel parcheggio, infermieri spingono letti. Vengono urlati al megafono degli ordini. Un allarme bomba? Terroristi? Corre più in fretta, esaminando intanto l'edificio e individuando del fumo nero dietro i vetri dell'ultimo piano. Riguarda incredulo, conta i piani. Quello che ospita lo stabulario è in fiamme. Da qualche parte lì c'è Hilary, anche Skuld. In qualsiasi altro giorno sarebbe corso a dare una mano, ma questo non è un giorno qualsiasi. I passanti risalgono la strada sicuramente per offrire il proprio aiuto. Lo guardano sorpresi precipitarsi dall'altra parte, ma scappa per mettersi in salvo e anche se il mondo è impazzito, non può permettersi di fermarsi. Hilary è piena di risorse, Skuld non corre pericolo.

In fondo svolta a sinistra, Harris tiene il passo. C'è un cartello all'ingresso dell'Heath che avverte del pericolo di forte vento e caduta di alberi. Se qualcuno l'ha seguito penserà che è entrato nella stazione della metropolitana di Hampstead Heath. I sentieri sotto gli alberi sono oscurati da ombre e invasi dall'acqua, insidiosi dove sporgono i rami. Più avanti un gruppo di donne incappucciate si ripara sotto i rami aggettanti di un grande pino. Stanno fumando, rannicchiate vicine, apparentemente incuranti del temporale. Hanno numerosi cani al guinzaglio, grossi bastardi recalcitranti, che come si avvicina scattano e ringhiano. Si sposta sul bordo del sentiero, tenendosi alla larga, per poco non inciampando, e vede di sfuggita una mano su un guinzaglio. Vede disegnato sul retro di un polso paffuto e lentigginoso il perfetto tatuaggio di un topolino.

Leva lo sguardo sul volto tondo di Hilary: sta parlando. Skuld, Urth e Verdandi le stanno vicino. Hilary sorride alle ragazze, gli occhi obliqui come quelli di un gatto. Gli occhi di Skuld sono identici, anche quelli di Urth e quelli di Verdandi. Nota la somiglianza e tutta la verità lo colpisce con forza glaciale. Tutto diventa subito terribilmente logico, tutto tranne la propria stupidità. Come può non averlo capito fino a ora? Le giovani e l'anziana sono legate dal sangue oltre che dal piccolo tatuaggio. È ora di un'ovvietà sconcertante che le bambine di Hilary con il loro scintillante sguardo ovale sono diventate le donne dagli occhi obliqui che l'hanno fuorviato con le mezze verità che Jake ha appena messo a nudo. Hilary, la sua vecchia rivale, è la madre. Hanno tutte i suoi occhi.

I fatti gli zigzagano in mente come lampi: illuminato in modo diverso tutto si rivela. Gli attacchi ai laboratori di Glasgow, Oxford, dell'Istituto e ora del Royal Free: tutti luoghi in cui lavoravano Hilary o le sue figlie, tutti andati a fuoco. Bruce gli aveva detto che la polizia pensava che gli attacchi di Oxford e dell'Istituto fossero collegati ma Albie non aveva immaginato il legame: Hilary e le figlie.

Le donne sono impegnate in una fitta conversazione e non lo degnano neanche di uno sguardo. Nessuna di loro fa mostra di riconoscerlo: dopotutto è solo una figura schizzata di fango che passa di corsa, una delle tante ogni giorno. Si riprende e riacquista velocità. Respira a fatica, correndo tra gli scrosci di pioggia, mentre si dissolvono tutte le certezze della sua vita.

Cos'ha fatto esattamente Hilary? Cosa gli ha fatto? Perché?

Deve essere stato un lavoro di anni preparare le figlie, mentre gli si avvicinava a suon di incendi, istruirle a compiere le loro azioni malvage in nome dei diritti degli animali. Perché di malvagità si è trattato, per un po' rivolta specificamente contro di lui. Afferra i fatti che gli turbinano in mente. Allineati come tessere di un domino che iniziano a comporsi in perfetto ordine, riesce quasi a sentire il debole schiocco nel momento in cui si toccano: Hilary la scienziata che dava una mano all'attività familiare di catering. Era sempre stata dietro le quinte, a dirigere, coordinare le figlie e la sua rovina. Sessantenne, gioviale, era stata Hilary a consegnare la torta di anniversario. Un'altra tessera sistemata: l'anniversario, l'ultima volta che Beth aveva visto il suo taccuino. Sarà stata Skuld a dirle cosa cercare, ci sarà voluto un attimo a infilarlo nella borsa mentre usciva: una preziosa guida delle attrezzature giuste a cui dare fuoco, dei ratti giusti da liberare. Non ci sono prove, né mai ci saranno. Hilary è troppo intelligente per lasciarne.

Albie si spinge su per la collina, e il respiro gli esce in singhiozzi irregolari. È stato uno sciocco, sciocco e cieco. Quanto devono aver riso alle sue spalle. Le immagina in una cucina, con i cani sotto al tavolo. Hilary serve un dolce, Urth ridacchia, Verdandi sorride di quel suo sorriso scaltro. Skuld ascolta, non ride, rispetto alle sorelle è sempre stata più dalla sua parte. Una volta gli ha detto: «Mi raccomando». Se al laghetto le sorelle non l'avessero interrotta, forse gli avrebbe rivelato tutte le parole di Ted. O forse no. Non lo saprà mai.

Scivola sul terreno bagnato, strappando l'erba, e per poco non cade. Perché lui? Conosce la risposta: vendetta per i suoi esperimenti a Glasgow. Baird McAlister, una minaccia per gli animali, un uomo che potrebbe farsi rovinare dalla sua stessa ambizione. Si raddrizza e barcollando riprende a correre. Oppure il suo coinvolgimento è stata una pura coincidenza? Magari Hilary ha mandato le figlie a tessere una tela in cui lui è finito per caso. Le parole di Skuld potrebbero essere state del tutto innocenti, ed è stata la sua ambizione a fare il resto, mettendo in moto la morte dei bambini, la distruzione di Ted. Di Bruce. Di Beth.

Beth. Si ferma in cima a Parliament Hill, col petto ansante. La vista su Londra è nascosta. Non riesce a vedere gli edifici o le strade, i grattacieli o le minuscole case in mezzo. Restano solo i lampioni, tutti il resto è scomparso. Ora davanti a lui non c'è nessun paesaggio, nessun punto evidente di riferimento. Il vento gli soffia sulla faccia, è zuppo fino all'osso. Beth e Ted. Li amava e li ha distrutti o è stato il contrario? Ormai non c'è più nessuno che possa dirglielo. Harris gli guaisce ai piedi, ma Albie si prende la testa tra le mani. Deve decidere dove andare e a cosa credere, ma resta fermo sotto la pioggia come un uomo in lutto davanti a una tomba.

Al suono di sirene che si avvicinano, alza la testa, guardando gli alberi alle sue spalle, dove le sigarette brillano al buio. Skuld e sorelle stanno in conciliabolo con la madre e i cani. Da lì sembrano innocue, un gruppo di donne che ha trovato riparo dal temporale. Potrebbe forse vederle in questo modo, considerarle una famiglia di amanti degli animali uscita a fare una passeggiata, donne qualsiasi la cui strada si è per caso incrociata con la sua. Dopotutto, non c'è niente che dimostri il contrario. Gli incendi potrebbero non avere nulla a che fare con Hilary; i ratti che ha visto potrebbero essere stati gli unici che hanno liberato. Potrebbe aver lui stesso perso il taccuino in reparto o forse per strada. Chiunque siano quelle donne, qualsiasi cosa abbiano fatto, è meglio pensarle spettatrici casuali del corso che ha stabilito sin da bambino, testimoni passive del suo destino. Meglio, molto, molto meglio, ricordare la sua amata Beth come una moglie affettuosa e non la vittima di una vendetta, una donna che sin dall'inizio si è solo voluta servire di lui. Nessuno gli ha manipolato la vita per i propri fini, sarebbe stato impossibile. Il suo destino era scritto nelle stelle.

Fato. Destino. Quelle parole gli ardono il corpo con il loro antico potere. Non è ancora un uomo finito. Toglie il guinzaglio a Harris, il cane correrà meglio da solo. Albie comincia a scendere, accelerando sempre più. Ha ancora il controllo della situazione, è forte, abbastanza giovane. Può andare avanti, può vincere. Oltre gli alberi sente suonare due sirene, anche se mescolate come sono all'abbaiare dei cani è difficile dire se siano davanti o dietro. Si volta a guardare e inciampa. Oltre la cima della collina arriva diretto verso di lui un grosso branco di cani sguinzagliati.

INDICE

p. 7 Una famiglia quasi perfetta

283 Un delitto quasi perfetto

505 Una casa troppo tranquilla

Salvo Toscano

Le indagini dei fratelli Corsaro

Salvo Toscano, giornalista, è stato semifinalista al Premio Scerbanenco e finalista al Premio Zocca Giovani. Con la Newton Compton ha pubblicato anche *Falsa testimonianza* e *Joe Petrosino. Il mistero del cadavere nel barile*. È stato tradotto nei Paesi di lingua inglese. Per saperne di più: www.salvotoscano.com

Volume rilegato di 512 pagine

Un uomo viene scarcerato dopo un periodo di ingiusta detenzione. Fabrizio Corsaro, cronista di nera, lo contatta per fargli raccontare la vicenda in un'intervista.
Ma quando si presenta all'appuntamento, trova l'uomo assassinato. Gli inquirenti cominciano così a sospettare che il killer sia Fabrizio. E toccherà al fratello Roberto, avvocato penalista, cercare di tirarlo fuori dall'incubo.
L'avvocato Roberto Corsaro ha accompagnato un'amica a riscuotere un'eredità. Le pratiche per la riscossione procedono senza intoppi, ma durante la notte, nell'albergo che ospita tutti i componenti della famiglia, uno di loro viene brutalmente assassinato. Fabrizio Corsaro, giornalista di cronaca e fratello di Roberto, viene inviato nel paesino per scrivere un articolo sul delitto.
Cosimo Pandolfo è in galera da anni, accusato di omicidio, ma si è sempre dichiarato innocente. Solo il figlio gli crede. E quando una testimone in punto di morte gli racconta una verità rimasta nascosta che potrebbe scagionare il padre, il ragazzo si rivolge ai fratelli Corsaro.

NEWTON COMPTON EDITORI

Alessandra Carnevali

Le indagini del commissario Calligaris

Alessandra Carnevali è nata a Orvieto ed è laureata in Lingue. Ha partecipato, in veste di autrice, al Festival di Sanremo 2002 con il brano *All'infinito* eseguito da Andrea Febo. Nel 2007 è stata la prima blogger accreditata al Festival di Sanremo. Si occupa di promozione web per eventi e artisti emergenti. Con *Uno strano caso per il commissario Calligaris* ha vinto il premio ilmioesordio nel 2016.

Volume rilegato di 480 pagine

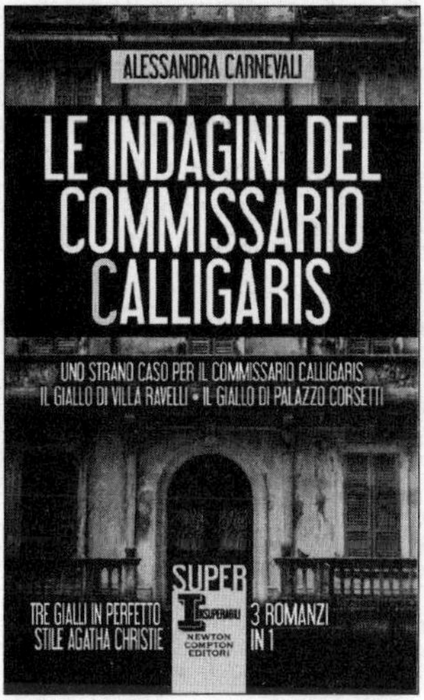

Il commissario Adalgisa Calligaris è una donna dura, brusca, per niente bella ma con un'intelligenza imbattibile. Ha deciso di concedersi un po' di riposo e si è trasferita in un tranquillo paesino umbro, ma anche qui i problemi non tardano ad arrivare, quando viene rinvenuto un cadavere. Il corpo è quello di una cittadina americana, ospite di un centro benessere. Ad aiutare Adalgisa c'è Carlo Petri, il medico legale, che ai tempi della scuola era stato il grande amore del futuro commissario…

Nel secondo caso, il corpo senza vita di Silvia Ravelli è stato trovato dalla sorella nella sua villa. L'ha uccisa un colpo di arma da fuoco, ma non c'è traccia della pistola. Tra le due sorelle non correva buon sangue, ma se Adalgisa vuole arrivare alla verità, deve allargare il raggio delle indagini.

Ne *Il giallo di Palazzo Corsetti*, la cittadina umbra è stata scelta come location per un reality show musicale. La sera della finale, in diretta nazionale, un terribile incidente trasforma in tragedia il clima festoso della proclamazione e dà inizio a una serie di omicidi misteriosi.

NEWTON COMPTON EDITORI

Joseph Kanon

Le città dei delitti

Joseph Kanon vive con la moglie e i due figli a New York, dove ha lavorato nel campo dell'editoria prima di dedicarsi a tempo pieno alla scrittura. Dal suo romanzo *The Good German* è stato tratto il film *Intrigo a Berlino* con George Clooney e Cate Blanchett. Per saperne di più: josephkanon.com

Volume rilegato di 896 pagine

La seconda guerra mondiale si è conclusa, e a Istanbul i servizi segreti si preparano a lasciare la città.
Per l'uomo d'affari Leon Bauer, che ha svolto incarichi sotto copertura, c'è un'ultima missione da portare a termine: nascondere un disertore per un paio di giorni, fino a quando un aereo non verrà a prenderlo. Sembra un lavoro semplice, ma qualcosa va storto.
Dopo la guerra, Berlino è piena di macerie. Alex Meier, uno scrittore ebreo, è sfuggito ai nazisti e si è rifugiato in America. Ma a causa degli ideali politici della sua giovinezza è nel mirino di McCarthy. Di fronte alla possibilità di essere deportato, fa un accordo con la cia: potrà tornare in America dopo che avrà lavorato come agente segreto a Berlino.
Era il 1949 quando Frank Weeks, un agente della neonata cia, decise di fuggire a Mosca. Nessuno ebbe più sue notizie. Sono passati degli anni, e ora ha deciso di scrivere la sua biografia, che si preannuncia un bestseller. Così ha chiesto a suo fratello Simon di raggiungerlo a Mosca per aiutarlo con l'editing. Sembra una questione da niente, invece è l'alba di un nuovo intrigo.